WILLIAM TREVOR

EIN TRAUM VON SCHMETTERLINGEN

MEISTERERZÄHLUNGEN

Aus dem Englischen von Brigitte Jakobeit
und Hans-Christian Oeser

Mit einem Vorwort von Thomas David

HOFFMANN UND CAMPE

1. Auflage 2015
Copyright © William Trevor, 1975, 1981, 1990, 1996, 2000, 2004, 2007, 2013
Für die deutschsprachige Ausgabe
Copyright © 2015 by Hoffmann und Campe Verlag
www.hoca.de
Einbandgestaltung und Illustration: glanegger.com, München
Einbandabbildung: Das Titelbilddesign stammt aus dem
Originaldesign Miro, © Sanderson
Satz: Pinkuin Satz und Datentechnik, Berlin
Gesetzt aus der Adobe Garamond
Druck und Bindung: CPI books GmbH, Leck
ISBN 978-3-455-40527-9

HOFFMANN
UND CAMPE

Ein Unternehmen der
GANSKE VERLAGSGRUPPE

INHALT

VORWORT

von Thomas David

Die schmalen, von Bäumen und niedrigen Hecken gesäumten Straßen, die sich nordwestlich von Exeter durch die englische Grafschaft Devon schlängeln. Die sanften Hügel, das tiefe Blau des Nachmittaghimmels. Das Farm- und Weideland und die ehemalige Mühle, vor der Trevors Gärtner die Sträucher schnitt, als das Taxi an der Einfahrt zum Haus hielt. Erinnerungen an die Schafe, die neben dem reetgedeckten Haus grasten, an die Stille, ein wie aus dem Alltag der lärmenden Gegenwart herausgelöstes Schweigen, das über der herrlichen Landschaft lag und den Dingen überhaupt erst Gestalt und Wirklichkeit zu verleihen schien. Erinnerungen an den im April 2010 knapp 82-jährigen William Trevor, der seinen Besucher mit einem festen Händedruck begrüßte und an seinem Arbeitszimmer vorbei ins Wohnzimmer führte, wo er zum Interview Tee und Kuchen servierte. Trevor trug ein kariertes Sakko, Hemd und Krawatte unter einem Pullover, an den Füßen bequeme Lederschuhe. Er hatte ein weiches, freundliches Gesicht, traurige Augen. Das eindringlichste Bild jedoch, das über die Jahre in Erinnerung bleibt, ist das der alten Olympia, die auf einem kleinen Tisch in der Mitte des Arbeitszimmers stand: Neben der Schreibmaschine, in die ein Bogen blauen Papiers eingespannt war, lag die Schere, mit der Trevor einzelne Wörter und Sätze oder ganze Absätze aus seinen Manuskripten herauszuschneiden pflegte, wie er im Gespräch erläuterte. Auf der Olympia schrieb er damals seine letzten Erzählungen.

»In Isfahan«, eine von Trevors berühmtesten Kurzgeschichten, das Meisterstück aus dem 1975 erschienenen und von Graham Greene als die »vielleicht beste Sammlung seit Joyce' *Dubliner*« bezeichneten

Erzählungsband *Angels at the Ritz.* »Ein Traum von Schmetterlingen« aus *Lovers of Their Time and Other Stories* (1978) und die 1980 zuerst in der britischen Literaturzeitschrift *Encounter* veröffentlichte Story »Das Teddybärenpicknick«. »Die Frauen des Klavierstimmers«, die 1995 wie zahlreiche andere im renommierten *New Yorker* erstveröffentlichte Erzählung, in der Trevor das Glück einer späten Ehe durch die Schatten der Erinnerung verdunkelt und eine Distanz von mehreren Jahrzehnten mitunter in einem einzigen, auf verschiedenen Zeitebenen verankerten Satz überbrückt: Die Spuren der Schere, deren stille, vom Gestus des Privaten erfüllte Arbeit unter dem Klappern der Schreibmaschine kaum zu vernehmen gewesen sein dürfte, sind in den frühen Erzählungen des vorliegenden Bandes ebenso augenfällig wie in den jeweils zwölf Erzählungen der in den zweitausender Jahren erschienenen Sammlungen, *Seitensprung* und *Mogeln beim Canasta*, die zusammen mit den Romanen *Die Geschichte der Lucy Gault* (2002) und *Liebe und Sommer* (2009) das grandiose Spätwerk des 1928 als William Trevor Cox in der irischen Grafschaft Cork geborenen Schriftstellers bilden. Trevor ist ein Meister der Auslassung, dessen Erzählungen dem Schweigen entspringen und schließlich wieder in dieses münden und die Stille doch auf ganz ähnliche Weise verändert zurücklassen wie das Klavierspiel des durchreisenden Italieners, das in der nur vierzehn Seiten langen Erzählung »Die Musik des Tanzlehrers« das junge Dienstmädchen Brigid so tief berührt, dass es die Klänge in Gedanken noch als alte Frau zu hören glaubt, als die ehemalige Herrschaft längst verarmt und deren Haus dem Verfall preisgegeben ist. Trevor ist ein Meister der Zurückhaltung und der Verdichtung, der jedes Wort auf seinen Wert und seine Festigkeit prüft und erst bei der Arbeit mit der Schere die im Konvolut des Manuskriptes verborgene Gestalt des Textes entdeckt. Ein Meister der Andeutung, der wie ein Gärtner das Trockenholz einer Erzählung beseitigt, den Wildwuchs der Sträucher zurückschneidet, damit diese in der Phantasie des Lesers wachsen können und dort ihre Blüten treiben. Nicht auszuschließen, dass er gelegentlich auf das verworfene, überschüssige Material einer Erzählung zurückgreift und es sich bei dem Vater der vierzehnjährigen, mutterlos aufgewachsenen Cecilia Normanton, die in der im Januar 2013 erschienenen Story »Die Frauen« die Aufmerksamkeit zweier ihr unbekannter Frauen auf sich zieht und eine verstörende, wie aus einem Spinnennetz der Lügen und des Schweigens befreite Wahrheit erfährt, um eine neuerliche Ausgestaltung ebenjenes Mr Normanton handelt, der in »In Isfahan« die tragische Geschichte des Scheiterns seiner beiden Ehen vor einer Reisebekanntschaft verbirgt und wie so viele von Trevors Figuren allein dem Leser Einblick in die intimen und unsagbaren Geheimnisse seines Lebens gewährt. Als Meister einer »halb-poetischen« Kunst, um ein Wort der Schriftstellerin Elizabeth Bowen zu verwenden, mit der Trevor nicht nur die anglo-irische Herkunft und das Gefühl der im englischen Exil nie überwundenen Heimatlosigkeit teilt, sondern auch die von der 1973 verstorbenen Bowen als »freie Form« bezeichnete Art von Kurzgeschichte, in der sich Handlung aus einer nuancierten Figurenzeichnung und die einzigartige Gestalt jeder Erzählung aus zwingender Notwendigkeit und nicht aus dem formalen Regelwerk eines klassischen Aufbaus ergibt, enthüllt Trevor den dunklen, meist in Einsamkeit und Entfremdung verkapselten Kern menschlicher Erfahrung, ohne seinen Kurzgeschichten Offenheit und eine überaus faszinierende Mehrdeutigkeit zu nehmen. »Diese fadenscheinige Übung in bloßen Vermutungen, die das Offensichtliche, das nahezu Gewisse zitternd in Frage stellten, war schwach und ungenau«, so Trevor in den letzten Zeilen von »Die Frauen«, in denen der Erzähler über die Identitäten der beiden »sonderbaren Frauen« spekuliert, über Wahn oder Wahrheit einer Cecilia eingeredeten Behauptung, aber zugleich die Poetik jenes suggestiven, sich der eindeutigen Interpretation widersetzenden Innuendos zu benennen scheint, das Trevors Erzählungen die Aura großer Kunst verleiht. »Doch Cecilia wusste, dass die Vermutungen nicht nachlassen würden, und hielt sich an das Geflüster tröstlichen Zweifels.«

Ein Traktor, der auf der schmalen Straße an Trevors Haus vorbeifuhr; zwei Saatkrähen, die über die Felder flogen. Auf einem Fenstersims des Wohnzimmers stand die expressionistische, Anfang der fünfziger Jahre angefertigte Holzskulptur eines kopflosen, an Armen und Beinen gefesselten Mannes, ein Memento jener frühen Jahre, als Trevor nach dem Geschichtsstudium am Dubliner Trinity College noch eine Karriere als Bildhauer verfolgt hatte. Trevor saß mit ausgestreckten Beinen in einem Sessel, im Rücken zwei weiche Kissen. Er nahm die Hände von den Sessellehnen, alte, arthritische Hände, die Zeigefinger wie an der Olympia krumm gestoßen, und faltete sie vor dem Bauch. Er erzählte von der schmerzhaften Erkenntnis, im von Armut und Arbeitslosigkeit geprägten Irland der fünfziger Jahre kein dauerhaftes Auskommen finden zu können, ein Thema, das beispielsweise in seiner 2003 mit dem O. Henry Prize ausgezeichneten Erzählung »Heiligenfiguren« anklingt, in der ein junger Bildhauer das Geld zu beschaffen versucht, das ihm eine Ausbildung zum Steinmetz und vielleicht die erhoffte Sicherung des Lebensunterhalts für seine Familie ermöglichen würde. Trevor erzählte von den frühen Jahren in England, wo er anfangs als Lehrer gearbeitet hatte, nach Geburt seines zweiten Sohnes als Texter einer Londoner Werbeagentur und die Bildhauerei schließlich zugunsten der Arbeit als Schriftsteller aufgegeben hatte, weil seine Skulpturen zunehmend abstrakter geworden waren und er an einen Punkt gelangt war, an dem ihm die Arbeit sinnlos erschien, weil sie ihm nichts mehr über den Menschen erzählte. Über die Sehnsucht und das Verlangen, über Verlust und Trauer, die bittere Melancholie von Aufbruch und Abschied oder eine untilgbare Schuld, über die Verzweiflung und die Illusion von Liebe, die peinigenden Seelennöte, die flüchtigen Zärtlichkeiten, über die leisen, doch mitunter gewaltigen Erschütterungen des Alltags, von denen Trevors mehr als einhundertdreißig Erzählungen handeln, dem Trauma und der Unbill der menschlichen Existenz. »A Standard of Behaviour«, Trevors erster, von ihm später gern verschwiegener Roman, erschien 1958; »Altherrentag«, sein offizielles literarisches Debüt, der erste von insgesamt vierzehn Romanen, in dem er im satirischen Geist Evelyn Waughs und Kingsley Amis' die Idiosynkrasien und Torheiten des Alters beschreibt, sechs Jahre später. Trevor sagte: »Ich habe nach wie vor eine unstillbare Neugier auf das Leben.« Er blickte auf den Stapel Bücher, der im Wohnzimmer vor ihm lag – ein von seinem Besucher errichtetes Denkmal, vor dem Trevor schließlich nur niederkniete, um die Bücher auf dem Fußboden zu signieren. Seit April 2010 sind lediglich zwei neue Erzählungen erschienen. Er sagte: »Natürlich bezeugen diese Bücher mein Leben. Aber sie haben mit mir dennoch sehr viel weniger zu tun als die Geschichte, an der ich heute morgen gearbeitet habe – an die ich sogar denke, während wir miteinander reden. Ich kann nicht erklären, weshalb mich die Belange der Figuren, die in ihr auftreten, so rückhaltlos gefangen nehmen, zumal die Geschichte von nichts Besonderem handelt und in ihr gar nicht viel passiert.« Er schob sich langsam in den Sessel zurück und sagte: »Ich habe meine Arbeit nie analysiert und glaube, es ist manchmal besser, dass man nicht weiß, weshalb man etwas tut. An einem Geheimnis zu rühren käme mir vor wie ein schrecklicher Vandalismus. Ich bin ein sehr instinktiver Mensch, ich liebe die Einfachheit, alles Komplizierte ist mir verdächtig. Ich setze mich früh an jedem Morgen an meine Schreibmaschine, und wenn ich getan habe, was ich tun wollte, stehe ich wieder auf. Das ist die einzige Erklärung, die ich für meine Arbeit habe.«

IN ISFAHAN

Sie lernten einander ganz zufällig kennen, im oberen Büro der Chaharbagh Tours Inc. Ein Junge im unteren Büro hatte Normanton gebeten, nach oben zu gehen und zu warten: Die Stadtrundfahrt werde etwas später beginnen, da es Probleme mit dem Motor des Minibusses gebe.

Das obere Büro mit seinen an zwei Wänden aufgereihten Stühlen ähnelte eher einem winzigen Wartezimmer als einem Büro. Die Stühle waren sehr einfach: Metallrahmen und rotes Plastik auf Schaumgummi. Es gab einen Tresen, auf dem sich kostenlose Isfahan-Reiseführer auf Französisch und Deutsch stapelten, Führer über Shiraz und Persepolis auch auf Englisch. An den Wänden hingen Poster des Iranischen Fremdenverkehrsamtes: der Berg Damavand, die Straße nach Chalus, einheimische Tänzer südiranischer Volksstämme, der Apadana-Palast in Persepolis, die Medrese von Isfahan. Kosten und Konditionen der Chaharbagh Tours waren eindeutig festgelegt: *Rundfahrten mit De Luxe Microbus. Pro Person 375 Rial (5 Dollar). Rundfahrten in französischer und englischer Sprache. Microbus kommt zum Hotel, andernfalls kommen Sie zum Büro. Sämtliche Eintrittspreise inbegriffen. Keine Einkaufsgelegenheiten. Chaharbagh Tours Inc. wünscht Ihnen alles Gute.*

Auf eine Broschüre gestützt, die sie auf ihrer Handtasche ausgebreitet hatte, schrieb sie gerade mit Kugelschreiber einen Luftpostbrief. Eine unbequeme Schreibposition, die ihr jedoch nichts auszumachen schien. Sie schrieb flüssig, ohne aufzublicken, als er eintrat, ohne innezuhalten, um darüber nachzudenken, was sie im nächsten Satz sagen wollte. Sonst befand sich im oberen Büro niemand.

Er nahm einige Faltblätter von den Ständern auf dem Tresen. *Isfahan était capitale de l'Iran sous les Seldjoukides et les Safavides. Sous le règne de ces deux dynasties l'art islamique de l'Iran avait atteint son apogée.*

»Wollen Sie auch die Stadtrundfahrt machen?«

Er drehte sich zu ihr um, überrascht, dass sie Engländerin war. Sie war schlank und wäre vermutlich nicht sehr groß, wenn sie sich aufrichtete, eine Frau in ihren Dreißigern, ohne Ehering. Ihre Augen in dem blassen Gesicht waren hinter riesigen runden Sonnenbrillengläsern verborgen. Ihr Mund war sinnlich mit recht vollen Lippen, das Haar weich und schwarz. Sie trug ein pinkfarbenes Kleid und weiße hochhackige Sandalen. Nichts an ihr wirkte elegant.

Sie ihrerseits sah einen Mann, der ihr typisch englisch vorkam. Er war mittleren Alters mit graumeliertem Haar, trug einen Leinenanzug und einen dazu passenden Leinenhut. Sein Gesicht wies zahlreiche Runzeln und Fältchen auf, besonders um die Augen und den Mund herum. Wenn er lächelte, bildeten sich noch mehr Runzeln und Fältchen. Seine Haut war gebräunt, sah allerdings so aus, als sei sie normalerweise bleich. Sie schätzte, dass er sich erst seit ein paar Wochen in Persien aufhielt.

»Ja, ich will auch die Stadtrundfahrt machen«, sagte er. »Es gibt Probleme mit dem Minibus.«

»Sind wir beide die Einzigen?«

Er sagte, das glaube er nicht. Der Minibus werde die Hotels abklappern und die Leute, die Karten für die Rundfahrt gelöst hätten, einsammeln. Er wies auf die Notiz an der Wand.

Sie nahm ihre dunkle Brille ab. Ihre Augen waren ihr hervorstechendstes Merkmal: wunderschöne braune Augen von unendlicher Tiefe, die sich in ihrem eher gewöhnlichen Gesicht geradezu geheimnisvoll ausnahmen. Ohne die dunkle Brille hatte sie das Aussehen einer Inderin: Lippen, Haare und Augen vereinigten sich zu diesem Eindruck. Ihre Aussprache dagegen war eindeutig englisch und durch ihr Bemühen, einen stark näselnden Cockney-Akzent zu verdecken, womöglich hässlicher, als sie ursprünglich sein mochte.

»Ich schreibe gerade an meine Mutter«, erklärte sie.

Er lächelte sie an und nickte. Sie setzte die Sonnenbrille wieder auf und befeuchtete mit den Lippen die Ränder des Luftpostkuverts.

»Microbus bereit«, sagte der Junge von unten, ein lächelnder Halbwüchsiger von etwa fünfzehn Jahren mit schwarzgeränderter Brille und blendend weißen Zähnen. Er trug ein weißes Hemd mit sorgfältig aufgerollten Ärmeln und eine braune Baumwollhose. »Rundfahrt beginnt, bitte«, sagte er. »Ich bin Reiseleiter Hafiz.«

Er führte sie zum Minibus. »Sie zwei deutsch?«, erkundigte er sich, und als sie antworteten, sie seien Engländer, sagte er, es kämen nicht viele Engländer nach Persien. »Amerikaner«, sagte er. »Franzosen. Deutsche oft.«

Sie stiegen ein. Der Fahrer wandte den Kopf, nickte und lächelte ihnen zu. Mit Hafiz wechselte er ein paar Worte auf Persisch und lachte.

»Er beginnt einen Witz«, sagte Hafiz. »Er wünscht mir alles Gute. Das ist die erste Rundfahrt, die ich mache. Entschuldigen Sie mich, bitte.« Er las Faltblätter und Reiseführer durch, wobei er sich nervös mit der Zunge über die Lippen fuhr.

»Ich heiße Iris Smith«, sagte sie.

Er heiße Normanton, verriet er ihr.

Sie fuhren durch das blaue Isfahan, vorbei an Kuppeln und Minaretten und an Andenkenläden in der Chahar Bagh Avenue, jede Fläche mit blauen Mosaiken verziert, selbst die Taxis blau lackiert. Wegen des dürren Bodens wirkten Bäume und Gräser besonders kostbar. Der Himmel war bleich und verhieß Hitze.

Der Minibus hielt am Park Hotel, am Intercontinental und am Shah Abbas Hotel, in dem Normanton übernachtete. Vor dem Old Atlantic, das, wie Iris Smith am Flughafen von Teheran erfahren hatte, billig und sauber war, fuhr er nicht vor. Er sammelte eine Gruppe von Franzosen ein, ein deutsches Paar, das sich einen Sonnenbrand zugezogen hatte, und zwei junge Amerikanerinnen mit rosigen Gesichtern. Hafiz sprach weiterhin englisch und erklärte, dies sei die einzige Fremdsprache, die er beherrsche. »Ladies-Gentlemen, ich bin Schüler aus Teheran«, verkündete er stolz, und dann gestand er: »Isfahan kenne ich nicht gut.«

Der Anführer der französischen Reisegruppe, ein gereizt aussehender Mann, den Normanton für einen Universitätsprofessor hielt, hatte bereits dagegen protestiert, dass ihr Reiseleiter kein Französisch sprach. Er protestierte abermals, als Hafiz sagte, er kenne Isfahan nicht gut, und beschwerte sich, er sei erheblich getäuscht worden.

»Nein, nein«, erwiderte Hafiz. »Das ist nicht meine Schuld, Sir, ich bin armer persischer Schüler, Sir. Gestern Abend komme ich das erste Mal nach Isfahan. Es ist unmöglich, dass mein Vater mich schon einmal nach Isfahan schickt.« Er lächelte den gereizten Franzosen an. »Also, hören Sie bitte, Ladies-Gentlemen. Heute Morgen wir beginnen glückliche Rundfahrt, sehen viele kuriose Szenen.« Wieder blitzte sein Lächeln auf. Auf Englisch las er aus einem Faltblatt der Iran Air vor: »*Isfahan ist das Schmuckstück des islamischen Persien, aber vor mindestens zweitausend Jahren gegründet!* Jetzt, Ladies-Gentlemen, sind wir vor dem Chehel-Sotun-Palast. Das ist Pavillon von lyrischer Schönheit, Palast von vierzig Säulen, wo Schah Abbas II. alle seine königlichen Gäste bewirtete. Alle verlassen bitte Mikrobus.«

Normanton schlenderte allein zwischen den vierzig Säulen des Palastes umher. Die jungen Amerikanerinnen machten Fotos, das deutsche Paar ebenso. Ein Mitglied der französischen Reisegruppe hantierte mit einer Videokamera, um bewegte Bilder einzufangen, dabei bewegten sich nur die Touristen und ihre Reiseleiter. Die junge Frau namens Iris Smith schien fehl am Platz, fand Normanton, wie sie auf ihren hochhackigen Sandalen herumstöckelte.

»So, jetzt Masjed-e Schah«, rief Hafiz und klatschte in die Hände, um seine Schäfchen wieder aufzulesen. Der reizbare Franzose fuhr fort zu protestieren und beschwerte sich darüber, dass zu viel Zeit auf das Chehel Sotun verschwendet worden sei. Hafiz lächelte ihn an.

»*Masjed-e Schah*«, las er von einem Faltblatt, als der Minibus sich wieder in Bewegung setzte, »*ist herausragendste und imposanteste Moschee, erbaut Anfang des 17. Jahrhunderts von Schah Abbas dem Großen.*«

Doch als der Minibus vor der Masjed-e Schah vorfuhr, stellte sich heraus, dass diese wegen Renovierungsarbeiten für Touristen geschlossen war. Die Sheikh-Lotfollah-Moschee bedauerlicherweise ebenfalls.

»So wir beginnen Teppichweberei«, sagte Hafiz und schüttelte angesichts der Proteste des französischen Professors lächelnd den Kopf.

Die Kameras bewegten sich zwischen den Teppichweberinnen, Frauen jeden Alters, die mit flinken Händen Isfahan-Teppiche für den Export herstellten. »Sehen Sie jetzt alle her«, befahl Hafiz und zeigte auf einen Teppich, in den die Gesichtszüge des verstorbenen Präsidenten Kennedy eingewoben waren. »Bitte sehen Sie dieses Können, Ladies-Gentlemen.«

Im Minibus gab er bekannt, dass die Rundfahrt sie nunmehr zur Masjed-e Jamé, der Großen Freitagsmoschee, führen werde. Diese, berichtete er, nachdem er seine Faltblätter zu Rate gezogen hatte, repräsentiere persische Architektur des 9. bis 18. Jahrhunderts. »*Älteste und größte in Isfahan*«, las er vor. »*Nicht zu verpassen! Viele Minarette in engen Reihen!* Alle verlassen Mikrobus, Ladies-Gentlemen. Alle treffen sich in einer Stunde bei Mikrobus.«

Daraufhin erhob sich seitens der französischen Reisegruppe ein Geschnatter. Laut Broschüre sollte es eine geführte Stadtrundfahrt sein, bei der die verschiedenen Sehenswürdigkeiten erläutert würden. Die Stadtrundfahrt kostete dreihundertfünfundsiebzig Rial.

»Gut, Ladies-Gentlemen«, sagte Hafiz. »Ladies-Gentlemen kommen zu mir, um Informationen zu beginnen. Andere Ladies-Gentlemen kommen in einer Stunde zu Mikrobus.«

Eine Stunde in der Freitagsmoschee war eine lange Zeit. Normanton schlenderte davon, durch staubige, bevölkerte Gassen zu den Marktplätzen, wo die Briefeschreiber auf ihren Schemeln schliefen und der Analphabeten mit ihren Sorgen harrten. In dem heißen, grellen Sonnenlicht feilschten Bauern, die ihre Waren anboten, mit gerissenen Krämern. Im Staub kauerten Schuster und fertigten Schuhe an. Auf einem Holzstuhl unter einem Baum wurde ein Mann rasiert. Andere Männer tranken Sorbett und stritten sich so heftig, wie es die Hitze eben erlaubte. Verschleierte Frauen eilten vorüber und blieben nur stehen, um an Fleischbuden Innereien zu betasten oder Reiskörner zu befingern.

»Sie sind vom Touristenpfad abgekommen, Mr Normanton.«

Ihre weißen, hochhackigen Sandalen waren von einer Staubschicht überzogen. Sie sah müde aus.

»Sie auch«, erwiderte er.

»Ich bin froh, dass ich Sie treffe. Ich wollte gerade fragen, wie viel das Kleid hier kostet.«

Sie zeigte auf ein schlaffes blaues Kleid, das an einem Stand hing. In dieser Gegend der Welt sei es schwierig für eine Frau ohne Begleitung, sich nach dem Preis von etwas zu erkundigen, führte sie aus. Das kenne sie bereits aus ihrem Leben in Bombay.

Er fragte den Budenbesitzer, was das Kleid kosten solle, aber es erwies sich als zu teuer, auch wenn der Preis Normanton eher niedrig vorkam. Der Budenbesitzer folgte ihnen die Straße entlang und erbot sich, den Preis zu senken, er habe auch noch andere Waren: Taschen, Baumwolltücher, Elfenbeinschnitzereien, alles beste Qualität, alles günstige Gelegenheiten. Normanton forderte ihn auf, sie in Ruhe zu lassen.

»Sie leben in Bombay?« Er fragte sich, ob sie vielleicht Inderin war, in London aufgewachsen, oder ein Halbblut.

»Ja, ich lebe in Bombay. Und manchmal in England.«

Das war die Aussage einer Frau, die Iris Smith ganz und gar nicht ähnelte: Sie suggerierte Vornehmheit, eine gewisse Eleganz, Schönheit und einigen Wohlstand. »Ich war noch nie in Bombay«, sagte er.

»Es lässt sich dort recht angenehm leben. Ein reges gesellschaftliches Treiben.«

Sie gelangten wieder zur Großen Freitagsmoschee.

»Haben Sie das alles schon gesehen?« Er machte eine Handbewegung.

Sie bejahte, aber er hatte den Eindruck, dass sie sich mit der Moschee nicht sonderlich befasst hatte. Er konnte sich nicht vorstellen, was sie nach Isfahan gelockt hatte.

»Ich reise für mein Leben gern«, sagte sie.

Die französische Gruppe hatte sich bereits wieder im Minibus eingerichtet, alle bis auf den Mann mit der Videokamera. Sie unterhielten sich lärmend untereinander und beschwerten sich über Hafiz und Chaharbagh Tours. Das Paar traf ein; nach ihren Streifzügen war die sonnenverbrannte Gesichtshaut der beiden Deutschen noch stärker gerötet. Hafiz kehrte mit den beiden jungen Amerikanerinnen zurück. Er lachte und begann mit ihnen zu flirten.

»So«, sagte er im Minibus, »wir beginnen die Schwankenden Minarette. *Zwei Minarette, die schwanken können*«, las er vor, »*acht Kilometer vor der Stadt*. Sehr berühmt, Ladies-Gentlemen, sehr kurios.«

Der Fahrer fuhr an, aber die französische Reisegruppe protestierte schrill und erklärte, der Mann mit der Videokamera sei zurückgelassen worden. »*Où est-ce qu'il est?*«, rief eine Frau in Rot.

»Ich erzähle euch einen persischen Witz«, sagte Hafiz zu den jungen Amerikanerinnen. »Ein persischer Student beginnt auf einer Party –«

»*Attention!*«, rief die Frau in Rot.

»*Imbécile!*«, brüllte der Professor Hafiz an.

Hafiz lächelte ihnen zu. Er verstehe ihre Sorgen nicht, sagte er, während sie ihn weiter anschrien. Bedächtig nahm er seine Brille von der Nase und wischte einen Staubfilm ab. »Also, ein persischer Student beginnt auf einer Party«, setzte er von Neuem an.

»Ich glaube, Sie haben jemanden vergessen«, sagte Normanton. »Den Mann mit der Videokamera.«

Der Fahrer des Minibusses lachte, und dann, als er seinen Irrtum erkannte, lachte auch Hafiz. Er setzte sich auf einen Sitz neben den jungen Amerikanerinnen und lachte hemmungslos. Er schlug sich mit der Faust auf die Knie und entblößte seine blendend weißen Zähne. Der Fahrer schaltete den Rückwärtsgang ein und drückte auf die Hupe. »Böser Mann!«, sagte Hafiz zu dem Franzosen, als der in den Bus kletterte, und lachte erneut. »Hahaha«, lachte er, und der Fahrer und die jungen Amerikanerinnen stimmten in sein Gelächter ein.

»*Il est fou!*«, murmelte einer aus der französischen Reisegruppe verärgert. »*Incroyable!*«

Normanton warf einen Blick in den Minibus und stellte fest, dass Iris Smith, belustigt von all den fremdländischen Gefühlswallungen, ihn schon anblickte. Er lächelte ihr zu, und sie lächelte zurück.

Hafiz bezahlte zwei Männer dafür, die Schwankenden Minarette zu besteigen und sie zum Schwanken zu bringen. Der Franzose fing bewegte Bilder von dieser Schwingung ein. Hafiz verkündete, dass in der Nähe das Mausoleum eines Einsiedlers liege. Von dem Dach, auf dem sie standen, zeigte er auf die Aussicht. Langsam las er aus einem der Faltblätter vor und informierte sie, dass der Ausblick grandios sei. »Auf der Party«, sagte er zu den jungen Amerikanerinnen, »betrachtet der Student ein Flugzeug auf der Brust eines schönen Mädchens.« ›Warum du betrachtest mein Flugzeug?‹, beginnt das Mädchen. ›Gefällt dir mein Flugzeug?‹ ›Was mir gefällt, ist nicht das Flugzeug‹, beginnt der Student. ›Was mir gefällt, ist der Flughafen des Flugzeugs.‹ Das ist ein persischer Witz.«

Auf dem Dach mit den Schwankenden Minaretten war es ausgesprochen heiß. Normanton setzte seinen Leinenhut auf. Iris Smith band sich ein schwarzes Chiffontuch um den Kopf.

»Wir beginnen zu den Büros«, sagte Hafiz. »Heute Nachmittag wir besuchen die Vank-Kathedrale. Auch kuriosen Feuertempel.« Er zog seine Faltblätter zu Rate. »Ein Armenisches Museum. *Hier können Sie sehen eine schöne Sammlung alter Handschriften und Gemälde.*«

Als der Minibus vor den Büros der Chaharbagh Tours anhielt, sagte Hafiz, es sei wichtig, dass alle mit hineinkämen. Er ging voran, durch das untere Büro hinauf ins obere Büro. Tee wurde serviert. Hafiz reichte ein Körbchen mit Nnaschereien herum, eingewickelte Konfektstücke, die am Ort von Hand hergestellt wurden; sehr kurioser Geschmack, sagte er. Mehrere Männer in leichten Anzügen, die Geschäftsleiter von Chaharbagh Tours, tranken ebenfalls Tee. Als der französische Professor sich beschwerte, die Stadtrundfahrt sei nicht zufriedenstellend verlaufen, lächelten die Männer. Sie leugneten, Französisch oder Englisch zu verstehen, und ließen sich nicht anmerken, ob sie den Unterschied wahrnahmen, als der Professor von der einen Sprache in die andere überwechselte. Wahrscheinlich, so mutmaßte Normanton, beherrschten sie beide Sprachen fließend.

»Werden Sie nach dem Mittagessen weiterfahren?«, fragte er Iris Smith. »Die Vank-Kathedrale, ein Armenisches Museum? Es gibt auch noch die Medrese, die wirklich der schönste Bau von allen ist. Keine Stadtrundfahrt kommt ohne sie aus.«

»Haben Sie die Tour schon einmal gemacht?«

»Ich bin zu Fuß umhergestreift. Habe mich ein bisschen in Isfahan umgesehen.«

»Warum machen Sie dann –?«

»Um etwas zu tun zu haben. Rundfahrten lohnen sich immer. Zunächst einmal sind andere Leute mit von der Partie.«

»Ich werde mich heute Nachmittag ausruhen.«

»Die Medrese ist leicht zu finden. Sie ist nicht weit vom Shah Abbas Hotel entfernt.«

»Sind Sie dort untergebracht?«

»Ja.«

Sie war neugierig geworden. Das konnte er in ihren Augen ablesen, denn sie hatte die Sonnenbrille abgesetzt. Und doch konnte er nicht glauben, dass er ein ebenso geheimnisvolles Äußeres bot wie sie.

»Soll schön sein, habe ich gehört«, sagte sie. »Das Hotel.«

»Ja, das ist es.«

»Ich finde, alles in Isfahan ist schön.«

»Bleiben Sie lange?«

»Bis morgen früh, mit dem Fünfuhrbus zurück nach Teheran. Ich bin gestern Abend angekommen.«

»Aus London?«

»Ja.«

Die Teezeremonie neigte sich dem Ende zu. Die Männer in den leichten Anzügen verbeugten sich. Hafiz sagte den jungen Amerikanerinnen, er freue sich darauf, sie am Nachmittag wiederzusehen, um zwei Uhr. Falls sie am Abend nichts anderes vorhätten, könnten sie sich treffen. Allen anderen lächelte er zu. Sie würden auch weiterhin eine glückliche Rundfahrt haben, versprach er, um zwei Uhr. Er werde sich geehrt fühlen, ihnen jede gewünschte Information zu geben.

Normanton verabschiedete sich von Iris Smith. Er selbst, sagte er, werde an der Rundfahrt am Nachmittag auch nicht teilnehmen. Nachmittags, dies fügte er nicht hinzu, waren die Leute von der Vormittagstour nie amüsant: Es wäre nicht lustig, wenn der Franzose mit der Videokamera abermals zurückgelassen würde, die Gereiztheit des Professors und Hafiz' englisches Kauderwelsch würden im weiteren Verlauf des Tages voraussichtlich ermüdend wirken.

Er riet ihr erneut, sich die Medrese nicht entgehen zu lassen. Daneben gebe es einen Touristenbasar mit Boutiquen, wo sie vielleicht ein Kleid auftreiben könne. Aber die Preise dort seien höher. Sie schüttelte den Kopf: Sie mache lieber Jagd auf Schnäppchen. Er ging zu Fuß zum Shah Abbas Hotel. Iris Smith vergaß er.

Sie nahm eine schwache Schlaftablette und schlief auf ihrem Bett im Old Atlantic. Als sie erwachte, war es Viertel vor sieben. Das Zimmer lag fast im Dunkeln, da sie die Vorhänge zugezogen hatte. Sie hatte ihr pinkfarbenes Kleid ausgezogen und aufgehängt. Sie lag in ihrem Unterrock da und starrte schläfrig zu einer Decke empor, die sie nicht sehen konnte. Kurz vor dem Einschlafen hatten ihre Augen das Netz von Rissen und abblätternder Farbe abgesucht. Da hatte das Licht noch ausgereicht, obwohl die Vorhänge bereits zugezogen waren.

Sie schlüpfte aus dem Bett und trat ans Fenster. Draußen war schon die Abenddämmerung hereingebrochen, ein Licht, das sich mehr als sonst vom grellen Sonnenschein des Nachmittags abzuheben schien. Als sie am Vorabend angekommen war, um Mitternacht, hatte sich Isfahan ebenfalls von Grund auf anders dargeboten: pechschwarz, vollkommen still.

Jetzt war es ganz und gar nicht still. Die blauen Taxis ließen die Motoren aufheulen, wenn sie vor dem Old Atlantic im Stau standen. Touristen plapperten in verschiedenen Sprachen. Scharen von Kindern, die aus der Nachmittagsschule kamen, riefen von einem Bürgersteig zum anderen. Verkehrspolizisten bliesen auf ihren Trillerpfeifen.

Im Dämmerlicht blinkten Neonlichter, und in der Ferne konnte sie die riesige beleuchtete Kuppel der Medrese erkennen, ein dickes blaues Juwel, das die gesamte Stadt beherrschte.

Sie wusch sich und zog sich an, dann öffnete sie einen Koffer, um ein schwarz-weißes Kleid zu finden, das ihre Mutter ihr genäht hatte, und ein mit Rüschen verziertes schwarzes Schultertuch. Mit einem Papiertaschentuch wischte sie den Staub von ihren hochhackigen Sandalen. Es wäre schöner gewesen, ein anderes Paar Schuhe anzuziehen, passender für den Abend, aber dann hätte sie ihre Koffer weiter auspacken müssen, und überhaupt, wer würde von ihr schon Notiz nehmen? Sie schluckte etwas Arznei, weil sie seit Monaten von einem ärgerlichen kleinen Husten gequält wurde, der sich gewöhnlich abends einstellte. Es war jedes Mal dasselbe: Wann immer sie nach England zurückkehrte, holte sie sich einen Husten.

In seinem Hotelzimmer las er, dass der Schah sich in Moskau aufhielt und ein Abkommen mit den Russen aushandelte. Er schloss die Augen und ließ die Zeitung auf den Teppich gleiten.

Um sieben Uhr würde er nach unten gehen, sich in die Bar setzen und die Reisegruppen beobachten. Inzwischen kannte man ihn in der Bar bereits. Sobald er eintrat, würde einer der Barkeeper einen Finger heben und nicken. Einen Moment später würde er seinen Wodka mit Limonensaft und zerstoßenem Eis serviert bekommen. »Hatten Sie einen angenehmen Tag, Sir?«, würde ihn der Barkeeper fragen, wer immer es gerade sein mochte.

Seit der Chaharbagh-Rundfahrt am Vormittag hatte er ein Sandwich mit Hühnerfleisch verzehrt und war schätzungsweise fünfzehn Kilometer gelaufen. Erschöpft hatte er ein Bad genommen und das Fluten warmen Wassers um seinen Körper genossen. Er war richtig schläfrig geworden, bis das Wasser abkühlte und er zu frieren begann. Er hatte sich auf dem Bett ausgestreckt und sich danach gemächlich angezogen – ein anderer Leinenanzug.

Sein Zimmer im Shah Abbas Hotel war riesig, mit einem Balkon, vergrößerten Fotos von Kuppeln und Minaretten und einem Doppelbett, das so groß war wie die Tanzfläche eines Nachtclubs. Seit er es das erste Mal gesehen hatte, musste er immer wieder daran denken, dass es groß war wie eine Tanzfläche. Das Zimmer selbst war so geräumig, dass eine kinderreiche Familie darin Platz gefunden hätte.

Um sieben Uhr ging er nach unten. Er benutzte die Treppe, da er Lifts hasste, außerdem war es angenehm, durch das luxuriöse Hotel zu wandern. Im Foyer war eine Gruppe von etwa vierzig Schweizern eingetroffen. Einen Augenblick lang blieb er an einer Säule stehen und beobachtete sie. Ihr Leiter regelte etwas an der Rezeption, Gepäckträger schafften die Koffer der Neuankömmlinge aus dem Flughafenbus. Sie blickten glücklicher drein, als die einzelnen Gepäckstücke ausgeladen waren. Schweizer Archäologen, mutmaßte

Normanton, die Gruppenreise irgendeiner Genfer Gesellschaft. Und statt geradewegs die Bar aufzusuchen, schritt er schließlich aus dem Hotel in die Abenddämmerung.

Sie begegneten sich im Touristenbasar. Sie hatte eine Brosche erstanden, ein farbiges Baumwolltuch, eine Tragetasche aus Segeltuch. Als er sie sah, wusste er sofort, dass er nur zum Touristenbasar gegangen war, weil er sie dort vermutet hatte. Sie gingen zusammen weiter, verglichen die Preise für elfenbeinerne Miniaturen, die traditionellen Polospiel-Szenarien, verschiedentlich dargestellt. Es war reine Neugier, weiter nichts, weswegen er ihre Bekanntschaft erneuern wollte.

»Die Medrese ist geschlossen«, sagte sie.

»Man kann trotzdem hinein.«

Vom Basar aus führte er sie hin, und vor der Medrese klingelte er. Dem Portier steckte er ein paar Rial zu. Sie würden nicht lange bleiben.

Sie bestaunte die Ruhe, die Stille der offenen Innenhöfe, die blauen Mosaikwände, das blaue Wasser, die stumm betenden Männer. Sie nannte die Medrese eine Grotte des Himmels. Sie hörte einen Laut und sagte, es sei eine Nachtigall, und er sagte, mag sein, aber der eigentliche Ort für Nachtigallen sei Shiraz. »Wein und Rosen und Nachtigallen«, sagte er, weil er wusste, dass er sie damit erfreute. Auch Shiraz sei schön, aber nicht so schön wie Isfahan. Der Rasen in den Innenhöfen der Medrese sei nicht wie gewöhnlicher Rasen, sagte sie. Umgeben von all der Bläue, gewönnen selbst die Pflastersteine und das Wasser eine andere Dimension. Blau sei die Farbe der Heiligkeit: Hier könne man die Heiligkeit sinnlich spüren.

»Sie ist schöner als das Tadsch Mahal. Man ist vollkommen verzaubert.«

»Möchten Sie einen Drink, Miss Smith? Ich könnte Ihnen den Zauber des Shah Abbas Hotel zeigen.«

»Das wäre jetzt genau das Richtige.«

Diesmal hatte sie ihre Sonnenbrille nicht auf. Wenn sie sprach, kratzte der näselnde Klang ihrer Stimme auch jetzt wieder in seinen Ohren, ihre Augen aber schienen noch herrlicher als am helllichten Tag. Schade, dass er ihr nicht sagen konnte, ihre Augen seien genauso schön wie die Baukunst der Medrese, doch eine solche Bemerkung würde natürlich missverstanden werden.

»Was darf's denn sein?«, fragte er sie in der Hotelbar. Die Angehörigen der Schweizer Reisegruppe um sie herum sprachen ausnahmslos Französisch. Eine Gruppe texanischer Ölarbeiter und ihrer Ehefrauen, die schon am Vorabend in der Bar gesessen hatte, war auch wieder da und hatte dieselbe Ecke in Beschlag genommen. Das sonnenverbrannte deutsche Paar von der Chaharbagh-Rundfahrt war da, zusammen mit anderen Deutschen, mit denen es sich angefreundet hatte.

»Ich hätte gern einen Whisky«, sagte sie. »Mit Soda. Das ist sehr nett von Ihnen.«

Als ihre Drinks serviert wurden, schlug er ihr vor, eine Führung durchs Hotel zu machen. Ihre Drinks könnten sie mitnehmen, sagte er. »Ich werde Reiseleiter Hafiz sein.«

Er genoss es, ihr das Hotel zu zeigen, weil sie die ganze Zeit Laute des Entzückens von sich gab, in den marmornen Gängen den Atem anhielt und die endlosen Wandmosaiken befühlte. Ihre hochhackigen Sandalen versanken im plüschigen Teppich. Sie sei völlig verzaubert, sagte sie: der Schimmer des Goldes und des Spiegelglases zwischen dem Blau und Rot der Mosaiken, das wunderschön gearbeitete Mobiliar, die Treppe, die Kronleuchter.

»Das ist mein Zimmer«, sagte er und drehte den Schlüssel im Schloss einer polierten Mahagonitür um.

»Donnerwetter!«

»Setzen Sie sich, Miss Smith.«

Sie ließen sich nieder und nippten an ihren Getränken. Sie unterhielten sich über das Zimmer. Sie trat auf den Balkon hinaus, dann kam sie herein und setzte sich wieder. Es sei ziemlich kalt geworden, bemerkte sie und fröstelte ein wenig. Daraufhin hustete sie.

»Sie haben eine Erkältung.«

»In England hole ich mir jedes Mal eine Erkältung.«

Sie saßen in zwei mit dunklem Tweed bezogenen Sesseln, zwischen ihnen ein Glastisch. Ein Zimmermädchen hatte das Bett gemacht. Sein grüner Pyjama lag auf dem Kopfkissen für ihn bereit.

Sie sprachen über die Leute auf der Rundfahrt, über Hafiz und den gereizten Professor und über den Franzosen mit der Videokamera. Sie hatte Hafiz und die jungen Amerikanerinnen im Touristenbasar gesehen, im Teeladen. Am Nachmittag hatte der Minibus eine Panne gehabt: Er hatte ihn vor dem Armenischen Museum gesehen, der Fahrer und Hafiz hätten die Zündkerzen überprüft.

»Meiner Mutter würde sie so gut gefallen«, sagte sie.

»Die Medrese?«

»Meine Mutter würde ihren Geist erfassen. Und ihre Heiligkeit.«

»Ihre Mutter lebt in England?«

»In Bournemouth.«

»Und Sie selbst –«

»Ich war bei ihr auf Urlaub. Sechs Wochen waren geplant, und ein Jahr bin ich geblieben. Mein Mann ist in Bombay.«

Er blickte auf ihre linke Hand in der Meinung, sich geirrt zu haben.

»Ich habe meinen Ehering die ganze Zeit nicht getragen. In Bombay werde ich das wieder tun.«

»Möchten Sie zu Abend essen?«

Sie zögerte. Erst schüttelte sie den Kopf, aber dann besann sie sich eines anderen. »Sind Sie sicher?«, fragte sie. »Hier im Hotel?«

»Das Essen imponiert mir noch am wenigsten.«

Er hatte sie gefragt, weil er sich mit einem Mal nur noch ungern in diesem riesigen Schlafzimmer mit ihr aufhielt. Es war vergnüglich, sie durchs Hotel zu führen, aber er wollte keine Missverständnisse aufkommen lassen.

»Gehen wir nach unten«, sagte er.

In der Bar nahmen sie noch einen Drink. Die Schweizer Gruppe war schon gegangen, ebenso die Deutschen. Die Texaner lärmten lauter als zuvor. »Noch einmal dasselbe bitte«, bat er den Barkeeper und klopfte gegen ihre beiden Gläser.

In Bournemouth hatte sie das Jahr über als Stenotypistin gearbeitet. Auch in der Vergangenheit, vor ihrer Heirat, als sie und ihre Mutter noch in London wohnten, hatte sie als Stenotypistin gearbeitet. »Mein angeheirateter Name lautet Mrs Azann«, sagte sie.

»Als ich Sie das erste Mal sah, fand ich, dass Sie ein wenig indisch aussehen.«

»Vielleicht kommt das, wenn man einen Inder heiratet.«

»Und Sie sind Engländerin durch und durch?«

»Ich habe mich stets zum Orient hingezogen gefühlt. Eine geistige Wahlverwandtschaft.«

Ihr Gesprächsstil erinnerte an den in einer Novelle. Dies und ihre Stimme, ihre unpassenden Schuhe, ihr Husten und dass sie in der kühlen Abendluft nicht genug am Leib trug – all das ergab ein abgerundetes Bild, nur ihre Augen fielen aus dem Rahmen. Und je länger sie von sich sprach, desto mehr schienen ihre Augen einem anderen Menschen zu gehören.

»Ich bewundere meinen Mann sehr«, sagte sie. »Er ist sehr vornehm. Hochintelligent. Zweiundzwanzig Jahre älter als ich.«

Dann, sie saßen noch immer in der Bar, erzählte sie ihm ihre Geschichte. Obwohl sie es nicht aussprach, hatte sie des Geldes wegen geheiratet. Und obwohl sie eindeutig die Wahrheit sagte, als sie gestand, dass sie ihren Mann bewunderte, war die Ehe nicht rundum glücklich. Zunächst einmal konnte sie keine Kinder haben, was zum Zeitpunkt der Hochzeit keiner von ihnen gewusst hatte und was, als es zur unumstößlichen Tatsache wurde, ihren Ehemann verärgerte. Sie selbst war ungehalten gewesen, als sie herausfand, dass ihr Mann nicht so reich war, wie es den Anschein gehabt hatte. Er sei Besitzer eines Möbelhauses, hatte er im Regent Palace Hotel gesagt, wo sie sich zufällig begegnet waren, als sie auf jemand anders wartete: Das entsprach ja noch der Wahrheit, nur hatte er ihr verschwiegen, dass sein Möbelhaus nicht florierte. Ungehalten war sie auch, als sie in der Hochzeitsnacht entdeckte, dass sie sich nur ungern von ihm berühren ließ. Und es gab noch ein Problem: In ihrem Bungalow in Bombay wohnten außer ihr und ihrem Mann auch noch seine Mutter und eine Tante, sein Bruder und sein Geschäftsleiter. Für eine junge Frau, die ein solches Gemeinschaftsdasein nicht gewohnt war, ließ sich das Leben in dem Bungalow in Bombay schwierig an.

»Das klingt mehr als schwierig.«

»Manchmal.«

»Er hat Sie geheiratet, weil Sie wie eine Inderin aussehen, während Sie in anderer Hinsicht das Gegenteil einer Inderin sind. Ihre blasse englische Haut. Ihre – Ihre englische Stimme.«

»In Bombay unterrichte ich Sprecherziehung.«

Er musste blinzeln, dann lächelte er, um die Unhöflichkeit zu überdecken, die sich womöglich in seinem Gesicht gespiegelt hatte.

»Für indische Frauen«, sagte sie, »die in den Club kommen. Mein Mann und ich sind Mitglieder eines Clubs. Das ist das Beste am Leben in Bombay, der gesellige Verkehr.«

»Eine sonderbare Vorstellung – Sie in Bombay.«

»Ich habe darüber nachgedacht, nicht zurückzugehen. Ich dachte, dass ich vielleicht bei meiner Mutter wohnen bleiben könnte. Aber in England ist nicht mehr viel.«

»Ich hänge sehr an England.«

»Das dachte ich mir.« Sie hustete wieder, nahm ihre Arznei aus ihrer Handtasche und tröpfelte ein wenig davon in ihren Whisky. Sie trank einen Schluck der Mixtur, dann entschuldigte sie sich mit der Bemerkung, das sei nicht sehr damenhaft. Im Club würde ein solches Benehmen Stirnrunzeln hervorrufen.

»Bei dem Husten sollten Sie wirklich eine Strickjacke tragen.« Er winkte dem Barkeeper und bestellte eine weitere Runde.

»Ich bin gleich betrunken«, sagte sie kichernd.

Er hatte das Gefühl, dass seine Neugier berechtigt war. Ihre Geschichte war sonderbar. Er stellte sich vor, wie die indischen Frauen im Club mit ihrer nasalen Intonation englisch sprachen, wie sie die Lippen verdrehten, um die verzerrten Laute zu formen, und wie sie die H ausließen, weil es ihnen so vorgemacht wurde. Er stellte sich Iris Smith im Bungalow vor, mit einem ältlichen Ehemann, der nicht reich war, seinen Verwandten und seinem Geschäftsleiter. Es war ein bitteres kleines Märchen, ein Märchen von Aschenbrödel und einem Prinzen, der kein Prinz war, und die Kutsche verwandelte sich in einen eiskalten Kürbis. Unbehagen verdrängte seine Neugier, und wieder fragte er sich, warum sie nach Isfahan gekommen war.

»Kommen Sie, jetzt gehen wir essen«, schlug er mit leicht ungestümer Stimme vor.

Doch Mrs Azann, die ihn aus ihren herrlichen Augen musterte, sagte, sie könne keinen Bissen herunterbringen.

Er war bestimmt verheiratet, spekulierte sie. Schmerz lag in seinen Gesichtszügen, selbst wenn er viel lächelte und unbeschwert wirkte. Sie überlegte, ob er vielleicht eine schlimme Krankheit überstanden hatte. Als er sie in sein Schlafzimmer gebracht hatte und sie beisammensaßen, hatte sie überlegt, ob er wohl zudringlich werden würde. Aber mit Männern, die zudringlich wurden, kannte sie sich aus, und er schien nicht der Typ dafür zu sein. Er war zu attraktiv, um zudringlich werden zu müssen. Seine Umgangsformen waren zu elegant; er war zu nett.

»Ich werde Ihnen beim Essen zusehen«, sagte sie. »Es macht mir überhaupt nichts aus, Ihnen zuzusehen, falls Sie Hunger haben. Ich möchte Sie nicht um Ihr Abendessen bringen.«

»Nun ja, ich bin ziemlich ausgehungert.«

Seine Lippen wölbten sich, wenn er dergleichen sagte, weil er dabei lächelte. Sie überlegte, ob er wohl Architekt sein könnte. Kaum war ihr die Idee gekommen, nach Isfahan zu reisen, hatte sie gewusst, dass es keine bloße Idee war. Sie glaubte an das Schicksal, das hatte sie schon immer getan.

Sie gingen ins Restaurant, das wie alles andere im Hotel riesig und luxuriös war, schwach erleuchtet, auf jedem Tisch eine Öllampe. Die Art, wie er den Kellnern erklärte, dass sie nichts zu essen wünsche, gefiel ihr. Er selbst bestellte Hühnerkebab und Salat.

»Einen Wein vielleicht?«, regte er an und lächelte auf dieselbe Art. »Persischer Wein ist ausgesprochen süffig.«

»Sehr gern.«

Er bestellte den Wein.

Sie fragte: »Reisen Sie immer allein?«

»Ja.«

»Aber Sie sind verheiratet?«

»Ja.«

»Dann ist Ihre Frau wohl ein eher häuslicher Mensch?«

»Ja.«

Sie stellte sich ihn vor in einem Haus in einem Dorf, vielleicht in der Nähe von Midhurst oder Sevenoaks. Sie stellte sich seine Frau vor, eine fähige Frau, tüchtig im Garten und in Ausschüssen. Sie sah seine Frau ganz deutlich vor sich, wie sie Gartenwicken schnitt, etwas füllig, aber nett.

»Sie haben mir gar nichts von sich erzählt«, sagte sie.

»Da gibt es wenig zu erzählen. Ich fürchte, eine Geschichte wie die Ihre habe ich nicht vorzuweisen.«

»Warum sind Sie in Isfahan?«

»Urlaub.«

»Verbringen Sie Ihren Urlaub immer allein?«

»Ich bin gern allein. Ich mag Hotels. Ich mag es, herumzulaufen und die Leute zu beobachten.«

»Sie sind wie ich. Sie reisen gern.«

»Das stimmt.«

»Ich stelle Sie mir in einem Haus in einem Dorf vor, irgendwo in den Home Counties.«

»Das ist sehr klug von Ihnen.«

»Auch Ihre Frau kann ich deutlich sehen.« Sie beschrieb die Frau, die sie deutlich vor sich sah, ohne zu erwähnen, dass sie sie für füllig hielt. Er nickte. Sie habe das zweite Gesicht, sagte er mit seinem Lächeln.

»Die Leute sagen, ich hätte übersinnliche Fähigkeiten. Ich bin froh, dass wir uns getroffen haben.«

»Es war mir ein Vergnügen, Sie kennenzulernen. Geschichten wie die Ihre sind selten genug.«

»Aber sie ist wahr. Jedes Wort.«

»Oh, ich weiß.«

»Sind Sie Architekt?«

»Sie sind wirklich bemerkenswert«, sagte er.

Er beendete seine Mahlzeit, und gemeinsam leerten sie die Flasche Wein. Sie tranken Kaffee, und dann fragte sie ihn, ob er netterweise Kaffee nachbestellen würde. Die Schweizer Reisegesellschaft hatte das Restaurant verlassen, ebenso das deutsche Paar mit seinen neuen Freunden. Andere Tischgäste waren gekommen und gegangen. Die

Texaner waren gerade im Aufbruch begriffen, als Mrs Azann noch einen Kaffee vorschlug. Keiner der anderen Tische war besetzt.

»Aber gewiss«, sagte er.

Er wünschte, sie würde jetzt gehen. Sie hatten den Abend gemeinsam herumgebracht. Ihre hässliche Stimme würde er lange Zeit ebenso wenig vergessen wie ihre schönen Augen. Auch das Märchen, das bitter für sie ausgegangen war, würde er nicht so leicht vergessen. Aber das war es dann auch schon. Der Abend war zu Ende.

Der Kellner brachte ihnen den Kaffee. Die Aufgabe schien ihn außerordentlich zu ermüden.

»Sollten wir vielleicht noch einen Drink nehmen? Was meinen Sie?«, fragte sie. »Ob es hier wohl Zigaretten gibt?«

Er bestellte einen Brandy und sie einen weiteren Whisky. Der Kellner brachte ihr amerikanische Zigaretten.

»Eigentlich will ich nicht nach Bombay zurück«, sagte sie.

»Das tut mir leid.«

»Ich würde gern für immer in Isfahan bleiben.«

»Sie würden sich ungemein langweilen. Hier gibt es keinen Club. Überhaupt kein gesellschaftliches Leben für eine Engländerin, würde ich meinen.«

»Gesellschaftliche Aktivitäten sind mir wichtig.« Sie lächelte ihn an und zog dabei ihren sinnlichen Mund breit. »Mein Vater war Verkäufer«, sagte sie. »In einem Coop. Das hätten Sie nicht gedacht, stimmt's?«

»Nein«, log er.

»Das ist mein kleines Geheimnis. Wenn ich das den Frauen in meinem Club erzähle oder der Mutter meines Mannes oder seiner Tante – die würden einen Anfall bekommen. Nicht einmal mein Mann weiß davon. Nur meine Mutter und ich teilen dieses Geheimnis.«

»Verstehe.«

»Und jetzt Sie.«

»Bei Fremden sind Geheimnisse gut aufgehoben.«

»Warum, glauben Sie, habe ich Ihnen dieses Geheimnis anvertraut?«

»Weil wir wie zwei Schiffe in der Nacht sind.«

»Weil Sie mitfühlend sind.«

Der Kellner hielt sich in der Nähe auf, dann näherte er sich ihnen verwegen. Die Bar sei geöffnet, so lange sie es wünschten. In der Bar gebe es Unmengen anderer Getränke. Geschickt räumte er die Kaffeekanne und ihre Tassen ab.

»Er ist wie ein Magier«, sagte sie. »Alles in Isfahan hat etwas Magisches.«

»Sind Sie froh, dass Sie gekommen sind?«

»Immerhin habe ich Sie hier kennengelernt.«

Er erhob sich. Er musste einen Augenblick stehen, da sie sitzen blieb, die Handtasche auf dem Tisch, darauf das mit Rüschen verzierte schwarze Schultertuch. Sie hatte ihren Whisky noch nicht ausgetrunken, aber er erwartete, dass sie das Glas an die Lippen heben und trinken würde, so viel sie eben wollte, oder dass sie es einfach stehen lassen würde. Sie stand auf und ging, das Glas in der Hand, mit ihm aus dem Restaurant. Die freie Hand schob sie unter seinen Arm.

»Unten gibt's eine Diskothek«, sagte sie.

»Oh, ich fürchte, das ist nichts für mich.«

»Für mich auch nicht. Gehen wir wieder in unsere Bar.«

Sie reichte ihm ihr Glas und sagte, sie müsse mal verschwinden. Sie hätte gern einen weiteren Whisky mit Soda, sagte sie, obwohl sie ihr Glas noch gar nicht ausgetrunken hatte. Ohne Eis, sagte sie.

Die Bar war leer bis auf einen einzelnen Barkeeper. Normanton bestellte einen weiteren Brandy für sich und Whisky für Mrs Azann. Eigentlich bevorzugte er sie als Iris Smith mit ihrem billigen pinkfarbenen Kleid und der Sonnenbrille, die ihre Augen verbarg: Sie hätte eine beliebige kleine Stenotypistin sein können, außer dass sie Mr Azann geheiratet und eine Geschichte zu erzählen hatte.

»Es ist trotz allem nett«, erklärte sie, als sie sich setzte. »Es ist nett, obwohl er immer nur Sie-wissen-schon-was will und trotz der Frauen im Bungalow, seines Bruders und des Geschäftsleiters. Sie alle lehnen mich ab, weil ich Engländerin bin, besonders seine Mutter und seine Tante. Er selbst lehnt mich nicht ab, denn er ist verrückt nach mir. Dem Geschäftsleiter macht es nichts aus, nehme ich an. Den Hunden auch nicht. Verstehen Sie? Trotz allem ist es schön, jemanden zu haben, der verrückt nach einem ist. Und der Club, das Gesellschaftsleben. Selbst wenn wir knapp bei Kasse sind – für eine Frau ist es besser als in England. Zum Beispiel das Personal.«

Der Whisky beeinträchtigte ihre Ausdrucksweise. Eine Stunde zuvor hätte sie nicht gesagt »Sie-wissen-schon-was« oder »knapp bei Kasse«. Eigenartig, dass sie sich derartiger Feinheiten bewusst war und doch nicht den nasalen Akzent in ihrer Stimme hören konnte, der sie sofort verriet.

»Aber Sie lieben Ihren Mann nicht.«

»Ich respektiere ihn. Es ist nur, dass ich es hasse, Sie-wissen-schon-was mit ihm zu haben. Wie ich das hasse! Ich habe ihn nie wirklich geliebt.«

Er bedauerte seine Bemerkung, dass sie ihren Mann nicht liebe; sie war ihm herausgerutscht, und es war bedauerlich, da es ihn auf eine Weise ins Gespräch zog, die ihm unangenehm war.

»Vielleicht verbessert sich die Lage ja, wenn Sie wieder zurück sind.«

»Ich weiß, wohin ich zurückkehre.« Sie schwieg und suchte seine Augen. »Solange ich lebe, werde ich Isfahan nicht vergessen.«

»Eine wunderschöne Stadt.«

»Ich werde nie die Chaharbagh Tours vergessen oder Hafiz. Ich werde nie die Medrese vergessen, zu der Sie mich gebracht haben. Oder das Shah Abbas Hotel.«

»Ich glaube, es ist an der Zeit, dass ich Sie zu Ihrem Hotel begleite.«

»Ich könnte für immer in dieser Bar sitzen bleiben.«

»Ich fürchte, das Nachtleben ist ganz und gar nichts für mich.«

»Ich werde mir Ihr Bild heraufbeschwören, wenn ich wieder in Bombay bin. Ich werde Sie mir in Ihrem Dorf vorstellen, mit Ihrer Frau, ein glückliches Leben in England. Ich werde mir vorstellen, wie Sie an Ihren Bauentwürfen arbeiten. Ich werde oft daran denken, dass Sie allein reisen, weil Ihre Frau sich nichts daraus macht.«

»Ich hoffe, dass sich die Dinge in Bombay besser anlassen. Manchmal kommt es so, wenn man am wenigsten damit rechnet.«

»Das ist wie Balsam. Sie haben mich sehr glücklich gemacht.«

»Es ist sehr freundlich, dass Sie das sagen.«

»So vieles zwischen uns ist unausgesprochen geblieben. Werden Sie sich an mich erinnern?«

»Aber ja, natürlich.«

Widerstrebend leerte sie ihren Whisky bis zur Neige. Sie nahm ihre Arznei aus der Handtasche, goss ein paar Tropfen davon in das Glas und trank auch diese. Die Arznei helfe gegen das Kitzeln in ihrem Hals, sagte sie. Wenn der vermaledeite Husten komme, verspüre sie immer dieses Kitzeln im Hals.

»Sollen wir zurückgehen?«

Sie verließen die Bar. Wieder hängte sie sich bei ihm ein und ging sehr langsam zwischen den mosaikverzierten Säulen. Auf dem Rückweg zum Old Atlantic Hotel redete sie von dem Abend, den sie miteinander verbracht hatten, wie wunderbar er gewesen sei. Um nichts in der Welt hätte sie Isfahan missen wollen, wiederholte sie mehrere Male.

Als sie sich verabschiedeten, küsste sie ihn auf die Wange. Ihre schönen Augen verschlangen ihn, und einen Moment lang hatte er das Gefühl, dass ihre Augen das Wirkliche an ihr waren und sie so spiegelten, wie sie hätte sein sollen.

Um halb drei wachte er auf und konnte nicht wieder einschlafen. Die Morgendämmerung brach bereits herein. Er lag da und sah zu, wie durch die Vorhänge, die er einen Spaltbreit offen gelassen hatte, damit Luft ins Zimmer kam, immer stärker das Licht eindrang. Ein weiterer Tag war verstrichen: In Gedanken ging er ihn Schritt für Schritt durch, von seinem Spaziergang am frühen Morgen bis zu dem Augenblick, da er seinen grünen Pyjama angezogen hatte und ins Bett gegangen war. Für ihn war dies eine regelmäßige Übung zur Nachtzeit. Er schloss die Augen und rief sich jedes Detail ins Gedächtnis.

Er fand sich wieder in den Büros der Chaharbagh Tours ein, und Hafiz bat ihn wieder, ins obere Büro zu gehen. Er sah sie dasitzen, wie sie an ihre Mutter schrieb, und hörte wieder ihre Stimme, als sie ihn fragte, ob er auch die Stadtrundfahrt machen wolle. Er sah wieder die sonnenverbrannten Gesichter des deutschen Paares vor sich, die rosigen Gesichter der jungen Amerikanerinnen und die Gesichter der französischen Reisegesellschaft. Er machte wieder seinen Nachmittagsspaziergang, und danach nahm er sein Bad. Im Basar kam sie auf ihn zu, mit ihrer dunklen Brille und ihren kleinen Einkäufen. Dann war die Geschichte an der Reihe, die sie ihm erzählt hatte.

Er für sein Teil hatte nichts von sich preisgegeben. Er war einverstanden mit dem novellenartigen Bild, das sie sich von ihm gemacht hatte, von seinem Leben in einem Dorf in den Home Counties, vom wohlhabenden Architekten, verheiratet mit einer Frau, die gärtnerte. Architekt war ein ebenso romantischer Beruf geworden wie Arzt, und er hatte keinen Grund gehabt, ihr die Illusion zu rauben. Sie würde ihn für immer vor sich sehen, wie er exotische Gegenden bereiste, allein, weil er es genoss, weil seine Frau ein häuslicher Mensch war.

Warum hatte er ihr nichts von sich erzählen können? Warum hatte er nicht eine Geschichte gegen eine andere eintauschen können? Sie hatte alles ruiniert und versuchte nicht, es zu verbergen. Das Leben hatte sie enttäuscht, sie selbst hatte sich enttäuscht. Lächerlicherweise erteilte sie indischen Frauen Sprechunterricht und sah darin nichts Lächerliches. Sie hatte ihm ihr Geheimnis anvertraut, und er wusste, dass er es tatsächlich nur mit ihr und ihrer Mutter teilte.

Die Stunden vergingen. Er sollte mit ihr in diesem Bett liegen, das so groß war wie eine Tanzfläche. Im Morgengrauen sollte er in ihre herrlichen Augen schauen, verliebt in das Geheimnis, das sie bargen. Er sollte sich ihr anvertrauen und sie um Mitgefühl bitten, so wie sie ihn um seines gebeten hatte. Er sollte ihr erzählen, dass er ins Zimmer gekommen war, nicht etwa in einem Dorf in den Home Counties, sondern im harschen, hässlichen Hampstead, und seine zweite Frau, so wie schon seine erste, mit einem fremden Mann im Bett ertappt hatte. In aller Demut hätte er sie fragen sollen, weshalb er ein geborener Hahnrei war, weshalb sich gleich zwei Frauen ganz unterschiedlichen Temperaments und Charakters dazu veranlasst fühlten, sich zu seinen Lasten einen Liebhaber zuzulegen. Wenn die

Wärme ihres Körpers den seinen wärmte, hätte er ihr sagen sollen, dass seine zweite Frau ihm gestanden hatte, größeren sexuellen Genuss zu verspüren bei dem Gedanken, dass sie ihn betrog.

Diese Geschichte war nicht besser als ihre, aber zweifellos genauso unangenehm. Und doch hatte er nicht den Mut aufgebracht, sie zu erzählen, da sie ihn in ein gewisses Licht rückte. Er reiste ohne Mühe, bewegte sich auf Oberflächen und bot doch selbst nur Oberfläche. Als Fremder war er annehmbar: In zwei Ehen hatte man ihm nicht verziehen, dass er sich als ein anderer entpuppte, als der er schien. Einmal ein Hahnrei zu sein war Spielerpech, aber ein zweites Mal zum Hahnrei zu werden hatte etwas von Rache. In aller Demut hätte er sie danach fragen können.

Um halb fünf stellte er sich ans Fenster und blickte hinaus auf die menschenleere Straße vor dem Hotel. Inzwischen wäre sie auf dem Weg zum Busbahnhof, um den Fünfuhrbus nach Teheran zu nehmen. Er könnte sich anziehen, sich sogar noch rasieren und immer noch rechtzeitig hingelangen. Er könnte in ihrem Namen den Aufpreis zahlen, den die Fluggesellschaft aufschlagen würde. Er könnte ihr seine Geschichte anvertrauen, und sie könnten ein paar Tage miteinander verbringen. Sie könnten zusammen nach Shiraz fahren, in die Stadt des Weines, der Rosen und der Nachtigallen.

Er stand am Fenster und blickte auf die Straße, in der nichts geschah. Selbst wenn er in alle Ewigkeit dort stehen blieb, würde er den Mut nicht aufbringen, das wusste er. Sie hatte einen mitfühlenden Mann kennengelernt, der ihr wunderbarer vorkam als alle Wunder Isfahans. Sie würde diese Erinnerung zu dem Bungalow in Bombay tragen und nichts von einer Engherzigkeit ahnen, die in Menschen Grausamkeit hervorbrachte. Und er würde sich an eine Frau erinnern, die, tief unter einer wenig anziehenden Oberfläche, jene Würde besaß, die ihre Augen auf geheimnisvolle Weise für sie beanspruchten. Unter anderen Umständen, hätte er eine weniger verhängnisvolle Geschichte zu erzählen gehabt, wäre sie ans Licht gekommen. Doch am frühen Morgen enthüllte sich ihm eine andere Wahrheit: Er war der Stoff, aus dem die Träume sind. Sie hatte Klasse, er nicht.

EIN TRAUM VON SCHMETTERLINGEN

Verschiedene Leute wachten mit einem Gefühl der Erleichterung auf. Colin Rhodes fragte sich schläfrig, weshalb er sich eigentlich erleichtert fühlen sollte. Wie jeden Morgen im Augenblick des Erwachens umfasste er mit der linken Hand eine der molligen Brüste seiner Frau, dann erinnerte er sich an das Resultat der Versammlung vom Vorabend. Miss Cogings, die, allein in ihrem schmalen Bett, dem Chor der Mehlschwalben lauschte, erinnerte sich daran mit demselben Grad an Genugtuung. Ebenso die Poudards, als ihr Teekocher sie um Viertel vor sieben weckte. Ebenso Reverend Feare und Mr Mottershead und Mr und Mrs Tilzey und die Blennerhassetts, die den Dorfladen betrieben. Mrs Feare, mit einem kränkelnden Kind schon seit dem Morgengrauen auf den Beinen, freute sich, weil ihr Mann sich freute. Sie hatten ihnen eine Niederlage zugefügt.

Die Allenbys in Luffnell Lodge indessen wachten mit gemischten Gefühlen auf. Was sollte mit dem Haus geschehen, nun da es unverkauft blieb? Wie lange würden sie auf einen anderen Käufer warten müssen? Denn da sie sich nun einmal dazu durchgerungen hatten, wollten sie so bald wie möglich wegziehen. Sie hatten über ein Überbrückungsdarlehen nachgedacht, doch dann hatten sie sich dagegen entschieden, weil die Zinsen zu hoch ausfielen. Sie hatten vor, in einer Gegend von Cornwall, die für ihre Wärme und Trockenheit bekannt war – beides würde Mrs Allenbys Arthritis lindern –, einen Bungalow zu erstehen. Alles, was bei der Versammlung gesagt worden war, leuchtete Mr und Mrs Allenby ein; den allgemeinen Standpunkt konnten sie durchaus verstehen. Doch an diesem Morgen wünschten sie, die Sache wäre anders ausgegangen.

»Das ist wirklich bizarr«, sagte Hugh im Frühstücksraum der Mansors.

»Das sind Träume oft.«

»Aber Schmetterlinge –«

»Es hat mit der Versammlung zu tun.«

»Ah, natürlich, die Versammlung.«

Er begriff sofort, was geschehen war. Die Gedankengänge seiner Frau konnte er mühelos nachvollziehen, ein Gedanke baute auf dem anderen auf, und am Ende wurden aus Fakten Phantasien.

Emily bestrich ihre Toastscheibe mit Butter und griff nach der Grapefruitmarmelade. »Albern«, sagte sie, ohne es zu meinen.

»Ein bisschen schon«, stimmte er zu und lächelte sie an. Dann sprach er von etwas anderem, einer Meldung in der *Times*, schon wieder war ein Flugzeug entführt worden.

In ihren Frühstücksraum schien die Sonne. Sie wärmte die Knochen seines gedrungenen Gesichts; sie belebte sein schlichtes graues Haar. Sie fand den tulpenförmigen Storchenbiss an ihrem Hals; sie brachte ihre Brille zum Funkeln. Die beiden waren gleich alt, zweiundfünfzig Jahre; noch waren sie keine Großeltern, würden es aber bald werden. Er handelte mit Immobilien; sie war früher Latein- und Griechischlehrerin gewesen. Sie war klein und neigte dazu, Fett anzusetzen, wenn sie nicht achtgab; sie fand sich pummelig.

»Lass dich davon nicht beunruhigen«, sagte Hugh und faltete die *Times* zusammen, um sie später im Zug zu lesen. »Die Sache ist ausgestanden.«

Auf seine hagere Art war er gut aussehend, sie eher reizlos. Vielleicht hatte er sie geheiratet, weil er sich dem Glanz einer schönen Frau nicht ebenbürtig fühlte: Als junger Mann, der sich in der Welt noch nicht bewiesen hatte, litt er unter Minderwertigkeitskomplexen und war sie trotz der Erfolge, die er in mittlerem Alter für sich verbuchen konnte, nie losgeworden. Es hätte ihn nicht verwundert, wenn sich die Höhen, die er in seiner Geschäftswelt erklommen hatte, mit einem Mal als Brachland herausstellten. Er war spezialisiert auf Immobilien in fernen Gegenden: Jamaika, Spanien, den Bahamas; ein wirtschaftlicher Rückschlag konnte alles zunichtemachen. Das

Haus, in dem sie wohnten, am Rande eines Dorfes in Sussex, symbolisierte das Glück, das ihm im Lauf der Jahre zuteilgeworden war. Aber er hatte auch ein Anrecht darauf, denn er hatte beharrlich gearbeitet; nur seine Minderwertigkeitskomplexe hinderten ihn daran, es für selbstverständlich zu halten. Ihn verblüffte, dass aus ihm, der als Schüler so wenig Anlass zu großer Hoffnung gegeben hatte, doch noch etwas Ordentliches geworden war; und gelegentlich, wenn auch nicht eben oft, verblüffte ihn, dass sie eine erfolgreiche Ehe führten, und das in Zeiten hoher Scheidungsraten. Vielleicht lebten sie deshalb so harmonisch, weil auch sie bescheiden war; mehr als einmal hatte er sich gefragt, ob das wohl der Grund sei. Könnte es sein, dass Emily, die viel gescheiter war als er, nur deshalb so gut mit ihm zurechtkam, weil ihr Mangel an Schönheit sie auf ihren Platz verwies, so wie seine Minderwertigkeitskomplexe ihn auf seinen? Sie hatte ihm erzählt, als Mädchen habe sie geglaubt, sie werde niemals heiraten, da sie annahm, ein Storchenbiss, Pummeligkeit und dazu noch die Brille seien für jeden Mann zu viel. Er dachte oft darüber nach, wie sie in der Schule gewesen sein musste, die Gescheiteste in der Klasse; während er eher begriffsstutzig war. »Du bist sehr lieb«, dieses Kompliment machte ihm Emily am häufigsten.

»Ich wünsche dir einen schönen Tag«, sagte sie jetzt und zwang sich zu einem heiteren Gesichtsausdruck, denn der Traum, den sie gehabt hatte, stimmte sie noch immer traurig, und die Erinnerung an die Versammlung beunruhigte sie.

»Ich komme mit dem Fünf-Uhr-Zug.« Er berührte mit den Lippen ihre Wange; dann war er fort, die Tür zum Frühstücksraum öffnete und schloss sich, die Haustür schlug zu. Sie hörte, wie er den Wagen anließ, wie die Räder über den Asphalt rollten und das Motorgeräusch sich in der Ferne verlor.

Wie er empfand sie, dass sie sich in siebenundzwanzig Jahren Ehe nicht schlecht geschlagen hatten. Sie war eine Miss Forrest gewesen; Mrs Mansor zu werden war ihr als das Schönste erschienen, was ihr bis dahin widerfahren war, und ihr ganzes Eheleben hindurch hatte sie nichts bereut – nicht die Sorgen während der mageren Jahre, nicht die Erziehung ihrer drei Kinder –, und am Ende, in mittlerem Alter, hatte sie den Lohn empfangen: Glück. Sie vermisste ihren Sohn und ihre Töchter, die inzwischen alle selbst verheiratet waren, doch zum Ausgleich bescherten ihr Haus und Garten Zufriedenheit, genauso wie das anspruchslose Dorfleben. Außerdem waren da die Besuche ihrer Kinder und die Erinnerungen an die Mädchen, die sie unterrichtet hatte und von denen einige noch immer Kontakt zu ihr hielten. Es bereitete ihr noch immer Vergnügen, Horaz und die unbedeutenderen griechischen Dichter zu lesen, auf experimentelle Art zu einer neuen Deutung zu finden anstelle der gängigen der Gelehrten.

Ihr Haus, im Queen-Anne-Stil erbaut, in Wahrheit aber aus einer späteren Periode, wurde von der Straße und den umgebenden Feldern durch Waldwiesen mit Silberbirken abgeschirmt. Es war ein kompaktes Haus, leicht zu pflegen und sauber zu halten, im Winter warm. Wenn sie morgens allein zu Hause war, spielte Emily auf dem HiFi-System im Wohnzimmer oft Bach oder Mozart, dann wehte die Musik in die Küche, die Schlafzimmer und den Frühstücksraum und folgte ihr auf angenehme Weise, wohin sie auch ging.

An diesem Morgen jedoch war sie nicht in der rechten Stimmung für Bach oder Mozart. Sie blieb sitzen, wo ihr Mann sie zurückgelassen hatte, und sagte sich, dass sie sich mit dem Geschehenen abfinden müsse. Sie hatte die Stimme erhoben, doch niemand hatte ihr zuhören mögen. Lediglich Golkorn hatte ihr zugehört, sein großer kurzgeschorener Schädel hatte langsam genickt, mitunter hatten sich seine Augen in ihre gebohrt. Auf der Versammlung hatte ihre Stimme gestockt; ihre Wangen hatten sich erhitzt; nichts war ihr so über die Lippen gekommen, wie sie es gemeint hatte.

Undamenhafte Anhäufung falscher Anschuldigungen. Im Zug nach Waterloo wollte ihm kein Wort mit neun Buchstaben einfallen. Jeden Tag stellte er sich die kleine Aufgabe, das Kreuzworträtsel in der *Times* zu lösen, entschlossen, sich durch Übung zu verbessern. *In einem Kardinal steckt nicht der alte Adam* (sechs Buchstaben). Er seufzte und ließ die Zeitung sinken.

Es beunruhigte ihn, dass sie so bestürzt gewesen war. Als sie während der Versammlung plötzlich aufgestanden war, um ihre vergebliche Rede zu halten, hatte er nicht gewusst, was er sagen oder tun sollte. Er war peinlich berührt gewesen, sei es aus Mitleid oder aus Schamgefühl. Er konnte ihr nicht recht beipflichten und war überrascht, als sie aufstand, denn es sah ihr nicht ähnlich, die Aufmerksamkeit auf sich zu ziehen, auch wenn sie schon seit Monaten gesagt hatte, wie unglücklich sie über die Sache sei. Andererseits war sie ein so unentschiedener Mensch, dass sich oft nur schwer erraten ließ, wann sich bei ihr eine feste Ansicht herausgebildet hatte.

Zusammen mit anderen Männern in Anzügen, einige hatten wie er eine Aktentasche und eine Zeitung in der Hand, stieg er in Waterloo aus. Er schritt mit ihnen den Bahnsteig entlang, einer in einer ganzen Armee, so kam es ihm oft vor. Trotz ihrer Gefühlsanwandlungen konnte er nicht umhin zu glauben, dass das Dorf gerettet worden war. Ihr Haus, ihr Garten, die Waldwiesen mit Silberbirken würden nicht in Mitleidenschaft gezogen werden. Statt beträchtlich zu sinken, würde der Wert des Hauses im Einklang mit der Inflation weiter steigen. Statt wütender Stimmen und persönlicher Angriffe, statt dass Colin Rhodes Golkorn ins Gesicht sagte, er sei nicht von hier, würde wieder Ruhe im Dorf einkehren. Gott sei Dank, es war ausgestanden.

»Ein Fernschreiben ist eingetroffen«, informierte ihn Miss Owen in seinem Büro. »Die Immobilie in Gibraltar.«

Im Frühstücksraum hatten Emilys Gedanken sich ausgebreitet, fort von ihrem Traum von Schmetterlingen und von der Versammlung, die am Vorabend stattgefunden hatte. Sie sah Bilder der Frauen vor sich, wie sie tatsächlich sein mochten: Sie streiften durch die Wälder nahe dem Dorf, zwei von ihnen saßen auf der steinernen Bank neben dem Pferdetrog auf dem Anger, eine andere stand in einer Gasse und hielt Jakobskraut in der Hand. Es waren harmlose Frauen, ganz wie Golkorn beteuert hatte. Nur ihre Gesichter waren sonderbar, ihre Bewegungen nicht richtig gegliedert; natürlich ergab nichts von dem, was sie sagten, einen Sinn. »Überall, nur nicht hier«, blaffte Colin Rhodes' Stimme, als sie sich die Versammlung lebhaft ins Gedächtnis zurückrief. »Mein Gott, Ihnen steht die ganze Welt zur Verfügung, Golkorn.«

Golkorn hatte gelächelt. Ihr Dorf sei schön, hatte er aufreizend gesagt, als sei das eine Antwort. Auf der Versammlung vom Vorabend war wie schon auf früheren Versammlungen wiederholt geäußert worden, das Dorf sei etwas ganz Besonderes, da es zu den schönsten Dörfern Englands zähle. Das Herrenhaus stamme noch aus angelsächsischer Zeit, hieß es, und die Cottages um den Anger seien geradezu einzigartig. Doch eben diese Schönheit, die Friedlichkeit der Wege und Wälder, so hatte Golkorn behauptet, würde das Dorf zu einem Paradies für seine von Krankheit heimgesuchten Frauen machen. Deshalb habe er Luffnell Lodge gewählt, als das Haus zum Verkauf angeboten wurde. Luffnell Lodge war zwar weniger imposant als das Herrenhaus und gewiss nicht so alt. Es war größer und weniger komfortabel, zugiger und in einem schlechteren Zustand, für Golkorns Zwecke jedoch offenbar ideal. In ihrem Traum war Emily mit ihm auf einer Wiese umhergelaufen, und er hatte auf etwas gezeigt, was sie zunächst für Blumen gehalten hatte. Dann hatte sich herausgestellt, dass es Schmetterlinge waren. »So etwas haben Sie noch nie gesehen«, hatte er gesagt. »Trauernde Schmetterlinge, Mrs Mansor.« Noch während er sprach, waren die Schmetterlinge, ein ganzer Schwarm, davongeflogen und hatten eifrig mit den schwarzen Flügeln geflattert.

Sie stand auf und räumte das Frühstück ab. Auf einem Tablett trug sie die Sachen durch die Diele in die Küche. Ihr Hund, ein alter Sealyham-Terrier namens Spratts, wedelte mit dem Schwanz, ohne sich aus seinem Korb zu erheben. Auf der Fensterbank hinter der Spüle, heiß vom morgendlichen Sonnenschein, saß ein Schmetterling, und sofort glaubte sie an einen sonderbaren Zufall. Seine Flügel waren fest geschlossen; er hätte tot sein können, aber sie wusste, dass er noch lebte, und als sie ihn berührte und er die Flügel ausbreitete, waren diese nicht düster und bedrohlich.

Natürlich war es zu ihrer aller Bestem, dass die Allenbys gemerkt hatten, welch großen Schaden sie anrichten würden, wenn sie Luffnell Lodge an Golkorn verkauften. Als Hugh mit dem Fernschreiben über die Immobilie in Gibraltar befasst war, ertappte er sich wieder bei diesen Gedanken. Golkorn war ein schrecklicher Mensch; es war *seine* Anwesenheit, nicht so sehr die seiner kranken Frauen, an der man vernünftigerweise Anstoß nehmen konnte. Wenn erst einmal seine Patientinnen darin wohnten, hatte Golkorn selbstbewusst versprochen, werde Luffnell Lodge dem Dorf zu großem Ansehen verhelfen. In medizinischer Hinsicht werde ihm ein Durchbruch gelingen. Und Hugh wusste, dass er den Allenbys eine höhere Summe geboten hatte, als sie sonst erzielen würden. Man konnte ihnen keinen Vorwurf daraus machen, dass sie sich Golkorns geschickte Argumente angehört hatten; sie waren betagt und wollten loswerden, was sie schon lange als lästigen Besitz ansahen. Die Allenbys hatten nichts Falsches getan und am Ende ein Opfer gebracht. Sie würden Luffnell Lodge irgendwann verkaufen, selbst wenn sie sich noch eine Weile gedulden müssten. »Sehen Sie, wir möchten nicht unnötig lange warten«, hatte der alte Mr Allenby gesagt. »Das ist ja das Problem. Wir haben ohnehin schon zwei Jahre gewartet.« Die Allenbys hatten Hugh um Rat gebeten, weil sie glaubten, jemand, der auf dem internationalen Immobilienmarkt tätig war, kenne sich besser aus als Musgrove und Carter, die schließlich nur Makler für Immobilien auf dem Land waren. »Dr. Golkorn macht Ihnen ein höchst attraktives Angebot«, hatte er zugeben müssen, es führte kein Weg daran vorbei. »Es kann durchaus dauern, bis jemand gleichzieht.« Mr Allenby hatte gefragt, ob er daran interessiert sei, den Verkauf gemeinsam mit Musgrove und Carter abzuwickeln, aber Hugh hatte ihnen erklären müssen, dass englische Immobilien nicht in den Zuständigkeitsbereich seiner Firma fielen. »Oje, das alles ist so schwierig«, hatte Mrs Allenby niedergeschlagen gemurmelt, sichtlich unglücklich über die Aussicht, zwei weitere Jahre in Luffnell Lodge wohnen zu müssen. Hugh hatte die Allenbys stets gemocht. In vielerlei Hinsicht, als Freund und als Fachkundiger, hätte er ihnen raten sollen, Golkorns Angebot unverzüglich anzunehmen. Aber er hatte ihnen nun einmal nicht dazu geraten, und am besten war es, die Sache zu vergessen.

Für Hugh verging der Tag wie jeder andere im Büro. Er diktierte Briefe und nahm Anrufe entgegen. Mit einem Klienten aß er in der Isola Bella zu Mittag und musste dabei recht oft an seine Frau denken.

Emily war unglücklich wegen allem, was vorgefallen war. Sie hatte das Gefühl, er habe die Allenbys im Stich gelassen, auch wenn sie es nicht aussprach. Sie hatte das Gefühl, sie selbst habe die Insassinnen von Golkorns Heim im Stich gelassen. Hugh versuchte, nicht darüber nachzudenken, doch er sah dauernd vor sich, wie sie auf der Versammlung aufgestanden war und gesagt hatte, von Krankheit heimgesuchte Frauen müssten doch irgendwo unterkommen. Wie mongoloide Kinder, hatte sie gestammelt, oder wie Blinde. »Das wissen wir zu schätzen, Mrs Mansor«, hatte Reverend Feare gemurmelt, und als wollte er ihr Beistand leisten, hatte Golkorn gefragt, ob er zu der Versammlung sprechen dürfe. Mit seinem kahlrasierten schweren Schädel hatte er Emily zugenickt; er hatte wiederholt, was sie gesagt hatte: dass von Krankheit heimgesuchte Frauen, wie mongoloide Kinder und Blinde, irgendwo unterkommen müssten. Er hatte gelächelt und die Arme ausgebreitet, ungeduldig mit denen, die protestierten und doch ihren Protest auf schmierige Art zu kaschieren suchten. Er hatte sogar behauptet, eines Tages könnte eine der anwesenden Frauen auf das Heim angewiesen sein, das er in Luffnell Lodge einrichten wollte. Hugh seufzte, ihm stand alles nur allzu deutlich vor Augen. Er würde Emily zum Abendessen ins Rowan House Hotel ausführen. Gerade wollte er zum Telefon greifen, um sich zu ihr durchstellen zu lassen, als es klingelte. Komisch, dachte er, als er den Hörer abnahm, dass sie so seltsam von Schmetterlingen geträumt hatte.

»Ein Dr. Golkorn«, sagte die Stimme seiner Sekretärin. »Auf der anderen Leitung, Mr Mansor.«

Er zögerte. Es hatte keinen Sinn, mit Golkorn zu reden; gestern Abend um halb elf hatte Golkorn den Fall verloren; die Angelegenheit war erledigt. Und doch ließ ihn etwas – vielleicht war es nur Höflichkeit, dachte er hinterher – nach dem anderen Hörer greifen. »Ja?«, sagte er.

»Hier Golkorn«, sagte Golkorn. »Schauen Sie, Mr Mansor, könnten wir uns unterhalten?«

»Über Luffnell Lodge? Aber die Sache ist gelaufen, Dr. Golkorn. Die Allenbys –«

»Sir, die Allenbys standen unter großem Druck, mir das Haus

nicht zu überlassen. Aber bei allem Respekt, ist das gerecht, Sir? Erklären Sie sich doch wenigstens bereit, noch ein, zwei Worte mit mir zu wechseln, Mr Mansor.«

»Ich fürchte, das wäre zwecklos.«

»Mr Mansor, tun Sie mir den Gefallen.«

»Ich würde Ihnen den Gefallen gern tun, wenn ich der Meinung wäre –«

»Geben Sie mir nur zehn Minuten. Ich würde es sehr zu schätzen wissen, Mr Mansor, wenn ich auf zehn Minuten vorbeischauen könnte.«

»Sie meinen, Sie wollen hierherkommen?«

»Ich meine, Sir, ich würde Sie gern in Ihrem schönen Haus aufsuchen. Wenn es Ihnen genehm ist, würde ich gern heute Abend um sieben vorbeikommen. Das schlage ich Ihnen deswegen vor, Mr Mansor, weil ich noch in der Nähe bin. Ich übernachte noch immer in demselben Hotel.«

»Nun gut, kommen Sie ruhig her, aber ich muss Sie wirklich warnen –«

»Ich bin vieles gewohnt, Mr Mansor.« Diese Bemerkung wurde von einem Lachen begleitet, dann sagte Golkorn: »Ich freue mich darauf, Sie und Ihre nette Frau zu treffen. Ich verspreche Ihnen, dass ich Sie nur zehn Minuten in Beschlag nehmen werde.«

Hugh rief Emily an. »Golkorn«, sagte er. »Er will vorbeikommen und uns sprechen.«

»Aber wozu?«

»Ich weiß es wirklich nicht. Ich konnte nicht nein sagen.

»Natürlich nicht.«

»Er kommt um sieben.«

Sie verabschiedete sich und legte auf. Die Entwicklung erstaunte sie. Sie hatte geglaubt, wenigstens mit Golkorn seien sie fertig gewesen.

Wieder klingelte das Telefon, und Hugh schlug vor, zum Abendessen ins Rowan House Hotel auszugehen, wie sie es häufig taten. Ihr war klar, dass er ihr den Vorschlag nur deswegen machte, weil sie so bestürzt gewesen war. Sie wusste es zu würdigen, sagte jedoch, dass es ihr lieber wäre, das Abendessen zu verschieben, vor allem weil sie einen Eintopf auf dem Herd habe. »Tut mir leid wegen dieses elenden Mannes«, sagte Hugh. »Ich konnte ihn nicht abwimmeln.« Sie beruhigte ihn, scherzte über Golkorns Hartnäckigkeit und sagte, es spiele keine Rolle.

Im Garten pflückte sie Wicken. Einen Augenblick lang blieb sie in der Ecke sitzen, wo sie und Hugh samstags oder sonntags morgens oft ihren Kaffee tranken. Sie legte die Wicken auf den Lattentisch und ließ ihren Blick über Lupinen, Rittersporn und den Geranienbaum wandern, der Hughs besonderer Stolz war. An den Spalieren und Bogengängen, die er gebaut hatte, rankte sich eine Fülle von Kletterrosen, *Mermaid* und *Danse de Feu*. Sie liebte den Garten, so wie sie das Haus liebte.

Der Sealyham-Terrier namens Spratts legte sich zu ihren Füßen, um sich auszuruhen, aber sie warnte ihn, dass sie nicht vorhatte, lange in der abgeschiedenen Ecke zu verweilen. Gleich darauf hob sie die Wicken auf und brachte sie in die Küche, wo sie sie in einer Kristallvase arrangierte. Der Hund folgte ihr, als sie die Vase ins Wohnzimmer trug. War das seltsam, fragte sie sich, für jemanden, den man nicht leiden konnte, eigens Blumen zu pflücken? Und doch erschien es ihr wie eine natürliche Geste; wenn sich Besuch angekündigt hatte, pflückte sie immer Blumen.

»Zehn Minuten habe ich versprochen«, sagte Golkorn, als er, bemerkenswert pünktlich, um sieben Uhr eintraf, »und bei zehn Minuten wird es bleiben.« Er lachte, als habe er einen Scherz gemacht. »Nein, für mich bitte keinen Alkohol.«

Hugh goss Emily ein Glas von dem Sherry ein, den sie immer trank, Harvey's Luncheon Dry. Für sich selbst schwenkte er ein Glas mit Angostura-Tropfen aus und gab Gin und Wasser hinzu. Vielleicht war ja etwas dran, dass er sie gerettet hatte, dachte er, er wollte lieber über sie als über den Besucher nachdenken. Obwohl sie ihr Schulfach liebte, war sie als Lehrerin für klassische Sprachen nie ganz glücklich gewesen, denn sie war schüchtern. Bis sie sie näher kennenlernte, hatte sie vor den Mädchen, die sie unterrichtete, Angst gehabt: Ihre Brille, ihr Storchenbiss und ihre Pummeligkeit, die bloße

Tatsache, dass sie Lehrerin war, schien sie zu benachteiligen, sie in eine gewisse Schublade zu stecken. Und dass er sie gerettet hatte, falls man es so hochtrabend bezeichnen konnte, hatte auch ihm etwas geschenkt, das ihm zuvor gefehlt hatte. Vielleicht war ihre Ehe tatsächlich auf wechselseitige Schulden gegründet.

»Orangensaft, Mr Golkorn?«, schlug Emily vor und stand bereits auf, um den Saft zu holen.

Er winkte ab, als brauchte er keinen Orangensaft. »Schauen Sie«, sagte er. »Ich will nicht um den heißen Brei herumreden. Ich komme lieber gleich zur Sache. Luffnell Lodge. Mr Mansor. Sie sind Geschäftsmann, Sie wissen, dass die Leute nie wieder einen solchen Preis erzielen werden. Sie werden eine Menge Geld verlieren. Das wissen Sie.«

»Das alles ist gründlich besprochen worden, Dr. Golkorn. Die Allenbys wollen Ihnen nicht ihr Haus verkaufen.«

»Es sind betagte Leute –«

»Das hat nichts damit zu tun.«

»Bei allem Respekt, Mr Mansor, vielleicht doch. Unsere betagten Freunde könnten Winter für Winter in dieser Kaserne hocken. Sie könnten erfrieren. Die alte Dame ist jetzt schon von Arthritis befallen.«

»Mrs Allenbys Kankheit hat nichts damit zu tun. Die Allenbys –«

»Bei allem Respekt, Sir, die Allenbys haben Sie um Rat gefragt.«

»Das ist richtig.«

»Bei allem Respekt, Sir, Sie haben ihnen einen schlechten Rat gegeben.«

»Wenn sie Ihnen Luffnell Lodge verkauft hätten, wären sie jetzt im ganzen Dorf verhasst.«

»Aber sie wären fort, Mr Mansor. Sie hätten den Staub von ihren Schuhen geschüttelt. Sie würden irgendwo auf einer Insel Sonne aufsaugen. Wie ihr Arzt ihnen angeraten hat.«

»Sie wohnen seit mehr als fünfzig Jahren in diesem Dorf. Es ist ihnen wichtig, was das Dorf von ihnen denkt. Das alles haben wir schon durchgekaut, wissen Sie. Ich kann Ihnen nicht helfen, Dr. Golkorn.«

Golkorn beugte einen Moment lang das Gesicht über seine gefalteten Hände, als bete er um Geduld. Er lächelte leicht. Als er schließlich wieder aufsah, war ein Funkeln in seine klugen dunklen Augen getreten, welches darauf hindeutete, dass er entgegen allem Anschein die besseren Karten in der Hand hielt. Sein schwarzer Nadelstreifenanzug war faltenlos, seine glatten schwarzen Schuhe hatten einen glasigen Glanz. Er trug ein blaues Hemd und eine blaue Fliege mit kleinen weißen Punkten. Bei der Versammlung am Vorabend war er bis auf Hemd und Fliege genauso gekleidet gewesen. Gestern Abend war das Hemd rosa gewesen und die Fliege tief dunkelrot, allerdings ebenfalls mit weißen Punkten.

»Was meinen Sie, Mrs Mansor?«, sagte er mit seiner weichen, gemächlichen Stimme, noch immer leicht lächelnd. »Wie sehen Sie diese unglückselige Angelegenheit?« Sein Auftreten legte nahe, dass sie seine Patienten sein könnten. Jeden Moment, dachte Hugh, könnte er ihnen vorschlagen, einen Spaziergang zu machen.

»Ich denke so wie mein Mann«, sagte Emily. »Ich denke, dass die Allenbys Ihnen ihre Antwort gegeben haben.«

»Ich meine, Madam, wie denken Sie über die Menschen, denen ich helfen möchte? Ich meine nicht die Allenbys, Mrs Mansor; natürlich meine ich die, die eines Tages in Luffnell Lodge meine Patientinnen sein würden.«

»Sie haben gehört, was meine Frau gestern Abend gesagt hat, Dr. Golkorn«, warf Hugh ein. »Für solche Menschen hat sie Verständnis.«

»Sie selbst hätten also keine Einwände gegen diese Patientinnen in Ihrem Dorf, Mrs Mansor? Habe ich Sie richtig verstanden, als Sie gestern Abend gesprochen haben?«

»Genau das habe ich gesagt. Ich persönlich hätte keine Einwände.«

»Bei allem Respekt, Madam, empfinden Sie da eine gewisse Schuld? Nun, ich versichere Ihnen, Schuldgefühle sind etwas ganz Natürliches. Das heißt, für manche Menschen.« Er lachte. »Selbstverständlich nicht für Colin Rhodes oder Mr Mottershead oder Mr und Mrs Tilzey oder Miss Cogings. Auch nicht für Ihren Geistlichen, Mr Feare, obwohl er darauf bedacht ist, sein Mitgefühl für Kranke zu beteuern. Ich glaube, Sie sind anders, Madam.«

»Meine Frau –«

»Vielleicht hören wir Ihre Frau an, ja? Mrs Mansor, Sie glauben nicht, dass das Dorf zu einem Tollhaus werden würde, falls eine Handvoll unglücklicher Frauen hinzukäme. Das haben Sie doch gestern Abend sagen wollen?«

»Ja.«

»Aber bei der Abstimmung sind Sie unterlegen.«

»Es wurde nicht abgestimmt«, entgegnete Hugh scharf. »Die Versammlung wurde lediglich zu dem Zweck einberufen, um Ihnen auseinanderzusetzen, weshalb die Allenbys beschlossen haben, nicht zu verkaufen.«

»Aber es hat andere Versammlungen gegeben, nicht wahr? Bei denen ich natürlich nicht anwesend war. Ich glaube, ich gehe recht in der Annahme, dass es sechs Monate lang immer wieder Versammlungen gegeben hat. Untereinander haben Sie das Für und Wider abgewogen, und natürlich wurde Partei ergriffen. Wissen Sie, am Ende müssen wir uns diese eine Frage stellen: Sollten unsere betagten Freunde nicht das tun dürfen, was das Beste für sie ist, zumal sie in der Vergangenheit so viel für das Dorf getan haben? Die andere Frage, die wir uns stellen müssen, lautet: Würde es das Ende der Welt bedeuten, in Luffnell Lodge eine Handvoll psychisch kranker Frauen zu beherbergen? Bei allem Respekt, Madam, jetzt fühlen Sie sich schuldig, weil Sie nicht unnachgiebig genug für Gerechtigkeit und Menschlichkeit eingetreten sind. Und Sie, Sir, weil Sie sich in Ihrem Bemühen, jedermanns Sichtweise zu verstehen, von der Mehrheit haben einschüchtern lassen und zu ihrem Werkzeug geworden sind.«

»Hören Sie, Dr. Golkorn –«

»Bei allem Respekt, Sie haben die Verkäufer falsch informiert, Sir. Jetzt werden sie in Luffnell Lodge bleiben müssen, bis sie sterben.«

»Das Haus wird an einen anderen Interessenten verkauft werden. Es ist nur eine Frage der Zeit.«

»Das Haus ist das, was Sie einen Klotz am Bein nennen, Sir.«

»Ich glaube, Sie sollten jetzt besser gehen, Dr. Golkorn –«

Golkorn lehnte sich in seinem Sessel zurück. Er schlug die Beine übereinander. Er lächelte und wandte dabei ein wenig den Kopf, sodass sich sein Lächeln erst an Hugh, dann an Emily richtete. Er sagte:

»Sie sind beide bestürzt. Mein Beruf, Mr Mansor, hat mit dem menschlichen Herzen ebenso viel zu tun wie mit dem menschlichen Verstand, so konnte ich gestern Abend spüren, dass Sie beide bestürzt waren. Sie haben sich gesagt, Sir, dass Sie einer Fehleinschätzung unterlegen sind. Mrs Mansor wollte weinen.«

»Ich bin mir keinerlei Fehleinschätzung bewusst –«

»Sollen wir es dann als Fehler einstufen, Sir? Sie haben einen Fehler begangen, mit dem Sie so lange leben werden, bis der lästige Besitz endlich veräußert ist. Und selbst wenn er noch zu Lebzeiten der Verkäufer veräußert werden sollte, wird der Fehler weiterbestehen, wegen der Geldsumme, die den beiden entgangen ist. In gutem Glauben haben die beiden Sie zu sich gebeten, Sir, weil sie Sie für einen ehrlichen Mann hielten –«

»Jetzt werden Sie beleidigend, Dr. Golkorn.«

»Dafür entschuldige ich mich, Sir. Ich wollte nur eine Aussage treffen. Gestatten Sie mir eine weitere. Ihre Frau, solange sie Atem hat, um zu leben, wird sich niemals verzeihen.«

Emily versuchte, ihn nicht anzusehen. Sie betrachtete die Wicken, die sie arrangiert hatte. Durch ihre Schuhe hindurch spürte sie die Körperwärme des Sealyham-Terriers, der sich gern an ihre Füße kuschelte. Sie hatte das Gefühl, nichts sagen zu können.

Hugh stand auf und durchquerte das Zimmer. Er bemerkte, dass Emily ihren Sherry nicht angerührt hatte. Er schüttelte die kleine Flasche Angostura Bitter über seinem Glas und goss Gin und Wasser hinzu.

»Eigentlich, Sir«, sagte Golkorn, »möchte ich Ihnen nur vorschlagen, nach dem Telefon zu greifen. Und Sie, Madam, brauchen Mrs Allenby nur mitzuteilen, was Sie empfinden. Auch sie hat humanitäre Instinkte –«

Seinen scharfen Augen war nicht entgangen, dass sie die schwachen Glieder in der Kette waren. Als er am Vorabend bei dem Versuch, seinen Standpunkt darzulegen, mit den anderen gestritten hatte, hatten sich die Fronten sogleich verhärtet. Und als er auf seinem Standpunkt beharrt hatte, war Ärger aufgeflammt. »Um es geradeheraus zu sagen«, hatte Colin Rhodes ihn angebrüllt, »wir wollen Sie nicht hier haben. Wenn Sie unbedingt ein Schandfleck in der Landschaft sein wollen, wären wir dankbar, wenn Sie es woanders wären.« Und heute würde Colin Rhodes es vermutlich noch nachdrücklicher formulieren. Es wäre zwecklos gewesen, wenn Golkorn sich ins Wohnzimmer der Rhodes oder ins Wohnzimmer von Reverend Feare oder von Mr Mottershead oder Miss Cogings eingeschlichen hätte. Es wäre zwecklos gewesen, die Poudards zur Rede zu stellen, sich mit den Tilzeys anzulegen oder bei Mr und Mrs Blennerhassett im Dorfladen Theater zu machen.

»Mein Problem ist«, sagte Golkorn leise und lachte dabei, als wollte er seine Worte mit einem Hauch von Zartheit entschärfen, »ein Nein kann ich nicht akzeptieren.«

Sie stellte sich vor, wie sie ihm erzählen würde, dass sie von trauernden Schmetterlingen geträumt hatte. Sie stellte sich vor, wie sein kahlgeschorener Schädel vorsichtig nicken, wie er sich in unausgesprochenem Entzücken auf und ab bewegen würde. Schließlich würde er ihr den Traum erklären und großen Gefallen an seinen Fachausdrücken finden. Er würde ihr nichts mitteilen, was sie nicht bereits wusste. Er war ein Meister des Offensichtlichen. Er nahm gewöhnliche, unleugbare Tatsachen und verlieh ihnen die Schärfe einer Waffe.

»Was ist wichtiger«, erkundigte er sich beiläufig, »die Schönheit eines englischen Dorfes, wie ein Bild auf einem Kalender, oder das Glück der Elenden?« Er redete weiter, beackerte immer wieder denselben Boden, nannte die Poudards und die Tilzeys und die Blennerhassetts, Mr Mottershead, Miss Cogings, Colin Rhodes, Reverend Feare und Mrs Feare abermals beim Namen und verglich diese gesunden und normalen Menschen mit anderen, die weder das eine noch das andere seien. Er ließ sie wie Ungeheuer erscheinen. Er erwähnte das Mittelalter und behauptete, die Dorfbewohner lebten in einem Inferno der Ignoranz, aus dem sich der Rest der Welt am eigenen Schopf herausgezogen habe. Um das Maß vollzumachen, warf er ein, er selbst sei früher einmal ein armer Mann gewesen; er habe sich an einer ausländischen Universität hochgearbeitet, über die er Einzelheiten verlauten ließ, er habe sich der Menschlichkeit verschrieben, sagte er.

Doch die Poudards und die Tilzeys waren keine Ungeheuer. Die Blennerhassetts vertraten nur entschiedene Ansichten, ebenso wie die anderen, in jeweils unterschiedlicher Ausprägung. Mr Mottershead würde alles für einen tun; die Feares hatten zwei Sommer nacheinander Kinder aus Nordirland bei sich aufgenommen; Miss Cogings putzte der alten Mrs Dugdall die Fenster, weil die alte Mrs Dugdall dies nicht mehr selbst bewerkstelligen konnte. Sonntags nach der Kirche mit Colin Rhodes Sherry zu trinken war eine zivilisierte Angelegenheit; nie und nimmer konnte man behaupten, Colin Rhodes und Daphne seien Ungeheuer.

»Hören Sie, Sie irren sich gewaltig, Dr. Golkorn«, sagte Hugh.

»Das sehe ich anders, Sir.«

»Ihre Patientinnen würden die ganze Nachbarschaft unsicher machen. Das haben Sie selbst zugegeben. Sie würden im Dorf umherirren –«

»Jetzt verstehe ich, Sir, ich hätte lügen sollen. Ich hätte sagen sollen, dass diese unglücklichen Menschen sicher hinter Schloss und Riegel verwahrt werden würden; ich hätte sagen sollen, dass kein leidendes Gesicht jemals den Frieden Ihres Bilderbuchdorfes stören würde.«

»Und warum haben Sie es nicht getan?«, fragte Emily, die ihre Neugier nicht zügeln konnte.

»Weil es, bei allem Respekt, Madam, nicht meinem Lebensstil entspricht, Lügen zu erzählen.«

Dem mussten sie zustimmen. In allem, was er den Allenbys und auf der Versammlung am Vorabend gesagt hatte, war er offen und aufrichtig gewesen, er hatte nicht verschwiegen, was er mit Luffnell Lodge zu tun beabsichtigte. Er hätte ohne weiteres den Mund halten und das Haus einfach kaufen können. Fast war es so, als hätte er den Wunsch gehabt, seine Schlacht nach von ihm selbst festgelegten Regeln zu schlagen, denn wenn Lügen nicht seinem Lebensstil entsprachen, so glich seine Verschlagenheit diesen Mangel aus. Er wusste, wenn sie die Allenbys ansprächen, weil sie, wie er es vorschlug, noch einmal nachgedacht hatten, würden die Allenbys nicht zögern. Absichtlich hatte er dafür gesorgt, dass sich die ungehobeltere Opposition in rechtschaffenem Zorn verausgabte, und die Niederlage hingenommen, weil er den Sieg im Visier hatte. Seine Augen hatten sich kein einziges Mal zu Emilys tulpenförmigem Muttermal verirrt, sie hatten auch nicht auf ihrer Brille oder auf ihrer pummeligen Figur verweilt, wie derartige Augen es mühelos hätten tun können. Er hatte nicht versucht, Hugh mit Argumenten zu demütigen, die zu schnell oder zu klug gewesen wären.

»Ich glaube«, sagte er, »wir wissen es alle drei. Sie sind anständige Leute. Sie können der Sache nicht den Rücken kehren.«

In Luffnell Lodge würden die Frauen getröstet, einige von ihnen sogar geheilt werden. Das wusste Emily. Sie wusste, dass er nichts vortäuschte oder zu viel für sich reklamierte. Sie wusste, dass seine Behandlung solcher Frauen erfolgreich war. Er hatte recht, wenn er sagte, dass man der Sache nicht den Rücken kehren dürfe. Man konnte keine Mauer um ein hübsches Dorf errichten und sagen, Unangenehmes werde hier nicht geduldet. Kein Wunder, dass sie von Schmetterlingen geträumt hatte, die über die Menschheit trauerten. Und doch hasste sie Golkorn. Sie hasste seine Vermessenheit, wenn er annahm, niemand könne Einwände erheben, nur weil er eine gute Sache vertrat. Weit mehr als die paar schlichten Lügen, die er hätte erzählen können, hasste sie seine Verschlagenheit. Hätte er den Allenbys ein, zwei Lügen aufgetischt, vielleicht hätte sich all dies vermeiden lassen.

Hugh wollte, dass er ging. Er brauchte keinen Golkorn, um zu wissen, dass er die Allenbys in die Irre geführt hatte. Als er sie in die Irre führte, hatte er aus Instinkten heraus gehandelt, die nicht unehrenhaft waren, aber das würde Golkorn nicht einmal ansatzweise verstehen.

»Ich habe meinen Wagen dabei«, sagte Golkorn. »Wir könnten jetzt alle drei nach Luffnell Lodge fahren.«

Hugh schüttelte den Kopf.

»Und Sie, Mrs Mansor?«, soufflierte Golkorn.

»Ich möchte mit meinem Mann reden.«

»Ich hatte gehofft, Ihnen Benzin zu sparen, Madam.« Er sprach, als wäre es in einem solchen Moment, bei einem solchen Streitpunkt noch von Bedeutung, Benzin zu sparen.

»Ja, wir möchten miteinander reden«, sagte Hugh.

»Sehr wohl, Sir. Falls ich Sie in einer Stunde oder so von meinem Hotel aus anrufen kann? Um zu erfahren, wie Sie sich entschieden haben?«

Sie wussten, dass er anrufen würde. Sie wussten, dass er nicht eher ruhen würde, als bis er ihnen ein schlechtes Gewissen eingeredet hätte und sie sich ans nützliche Werk gemacht hätten. Sollten sie nicht nach Luffnell Lodge fahren, würde er wiederkommen und weiter argumentieren.

»Sie verstehen, dass wir das Dorf verlassen müssen, falls wir Ihrem Vorschlag folgen?«, gab Hugh zu bedenken. »Wir könnten nicht hier bleiben.«

Golkorn runzelte sie Stirn. Er wirkte aufrichtig verwirrt. Er ruderte mit den Armen. »Aber weshalb denn, Sir? Weshalb das Dorf verlassen? Bei allem Respekt, ich verstehe Sie nicht.«

»Wir wären unseren Freunden gegenüber illoyal. Wir würden alle im Stich lassen.«

»Mich lassen Sie nicht im Stich, Sir. Zwei betagte Menschen lassen Sie nicht im Stich, und auch nicht die Frauen, die auf Fürsorge und Liebe angewiesen sind –«

»Ja, dessen sind wir uns bewusst, Dr. Golkorn.«

»Sir, darf ich sagen, dass die Bewohner dieses Dorfes unseren Standpunkt mit der Zeit verstehen werden? Sie werden all die guten Werke um sie herum sehen, und sie werden verstehen.«

»Nein, das werden sie nicht.«

»Nun, das möchte ich bestreiten, Sir. Bei allem Respekt –«

»Wir wären jetzt gern allein, Dr. Golkorn.«

Er ging, und sie blieben mit den letzten Momenten des Sturms zurück, den er mitgebracht hatte. Sie sagten nicht viel, doch nach einiger Zeit gingen sie aus dem Haus und durch den Garten zum Wagen. Sie winkten Colin Rhodes zu, der seine Retriever auf dem Anger spazieren führte, und Miss Cogings, die mit einem Brief zum Postkasten eilte. Erst als der Wagen vor Luffnell Lodge anhielt, erst als sie mit den Allenbys in der Eingangshalle standen, waren sie dankbar, dass sie sich hatten ausnutzen lassen.

DAS TEDDYBÄRENPICKNICK

»Ich kann's einfach nicht fassen«, sagte Edwin. »Erwachsene Menschen?«

»Na ja, jetzt sind wir erwachsen, Liebling. Wir waren nicht immer erwachsen.«

»Aber *Teddybären*, Deborah?«

»Ich hab dir bestimmt schon Dutzende Male davon erzählt.«

Edwin schüttelte den Kopf, zog die Stirn kraus und starrte seine Frau an. Sie waren seit sechs Monaten verheiratet: Er war neunundzwanzig und hatte eine steile Karriere in einem Börsenmaklerbüro vor sich, Deborah war sechsundzwanzig und beabsichtigte, so lange Mr Harridances Sekretärin zu bleiben, bis sich ein Kind ankündigte. Sie wohnten in Wimbledon, in einem Etagenhaus namens The Zodiac. Ihre Anschrift lautete Nr. 23 The Zodiac, und wenn Freunde auf ein Gläschen zu Besuch kamen, fanden sie den Namen amüsant und spritzig und machten Scherze über Zwillinge, Stiere und Steinböcke. Es war ein Däne, der The Zodiac 1968 entworfen hatte.

»Ich will dir eins sagen«, versicherte Edwin, »ich werde mich an dieser Sache nicht beteiligen.«

»Aber Liebling –«

»Ach, sei doch nicht so verdammt albern, Deborah.«

Edwins Mutter hatte Deborah »ein hübsches kleines Ding« genannt, was für diejenigen, die sich etwas auf ihren Scharfsinn zugutehielten, einen gewissen Vorbehalt verriet. Edwin gegenüber war sie offener gewesen, in einem Gespräch unter vier Augen, das sie führten, nachdem Edwin erklärt hatte, er und Deborah wollten heiraten. »Denk daran, mein Lieber«, so hatte Mrs Chalm sich damals ausgedrückt, »sie wird nicht immer ein hübsches kleines Ding bleiben. Das ist nun wirklich keine vernünftige Heirat, Edwin.« Mrs Chalm galt als Frau, die nicht lange um den heißen Brei herumredete, wenn es um das Leben der Kinder ging, die sie zur Welt gebracht und aufgezogen hatte; wie sie gern zugab, fackelte sie da nicht lange. Ihr Mann wiederum hielt sich aus allem heraus.

Doch am Ende hatten Edwin und Deborah geheiratet, an einem Dienstagnachmittag im Dezember, und Mrs Chalm beschloss, das Beste daraus zu machen. Sie erteilte Deborah diesen und jenen Ratschlag, schenkte ihr Topfpflanzen für Nr. 23 The Zodiac und zeigte sich von ihrer freundlichsten Seite. Hätte Deborah von den Zweifeln ihrer Schwiegermutter gewusst, sie wäre überrascht gewesen.

»Aber das haben wir doch schon immer gemacht, Edwin. Wir alle.«

»Wer, wir alle, Himmel noch mal?«

»Nun, zum Beispiel Angela. Und natürlich Holly und Jeremy.«

»*Jeremy?* Mein Gott!«

»Und Peter. Und Enid und Charlotte und Harriet.«

»Du hast mir nie ein Wort davon gesagt, Deborah.«

»Doch, bestimmt.«

Das Wohnzimmer, in dem der Streit stattfand, wies ein einziges riesiges Fenster mit Blick auf den fernen Wimbledon Common auf. Die Wände waren mit pflaumenblauer Rupfentapete bedeckt, der Fußboden mit pflaumenblauer Auslegeware. Die Chalms waren noch dabei, sich Möbel anzuschaffen. Was bereits vorhanden war, entsprach dem Baustil von The Zodiac: gebogener Stahl und Glas. Es gab ein einziges Bild, von einem Distelfeld, das sich bei näherer Betrachtung als Foto erwies. Auf einer gläsernen Tischplatte standen alkoholische Getränke, deren bunte Etiketten die Ecke belebten. Hätten die Chalms in einer viktorianischen Wohnung gelebt oder in einem Cottage in einer ehemaligen Stallung, ihr Wohnzimmer wäre anders ausgefallen, überladener und reicher geschmückt, von seinem architektonischen Umfeld bestimmt. Dekor und Mobiliar waren die Wahl von Neuvermählten, die noch keine Geschmackssicherheit entwickelt hatten.

»Willst du damit etwa sagen, dass ihr alle mit euren Teddybären herumsitzt und ein Picknick veranstaltet?«, fragte Edwin. »Und dass ihr das auch noch mit achtzig machen wollt?«

»Was soll das heißen, mit achtzig?«

»Wenn ihr achtzig seid, Gott noch mal. Willst du mir etwa sagen, dass ihr auch dann noch in diesen Garten geht, wenn ihr herumstolpert und schwerhörig seid, eine Bande von Rentnern, die sich mit Teddybären ins Gras hocken?«

»Ich habe nichts davon gesagt, wie es ist, wenn wir alt sind.«

»Du hast gesagt, es sei eine Tradition, Gott noch mal.«

Er schenkte sich etwas Whisky in ein Glas und gab aus einer Siphonflasche von Sparklets einen Spritzer Soda hinzu. Normalerweise hätte er seiner Frau einen Gin mit trockenem Wermut eingegossen, doch an diesem Abend war er zu verärgert, um ihr den Gefallen zu tun. Er hatte nicht den unbeschwertesten Tag hinter sich. Im Büro war es zu einem Irrtum wegen der BAT-Aktien gekommen, die ein Klient kaufen wollte, und er hatte keine Gelegenheit gehabt, zu Mittag zu essen, denn kaum war die BAT-Geschichte überstanden, war eine Krise wegen Zuckerspekulation ausgebrochen. Es war schon fast acht Uhr, als er endlich nach Hause kam, ins Zodiac, und statt eine Mahlzeit anzurichten, hatte Deborah am Telefon gesessen und mit ihrer Freundin Angela über Teddybären geredet.

Edwin war ein agiler junger Mann mit recht kurz geschorenem schwarzem Haar und einem Gesicht, das ein klein wenig an einen Windhund erinnerte. Er war kräftig und athletisch gebaut, ein tüchtiger Tennisspieler, er begeisterte sich für Squash und, seit neuestem, für Golf. Seine Mutter hatte einmal geäußert, dass Edwin keine Niederlagen verkraftete und bis zur Skrupellosigkeit darum kämpfte, keine erleiden zu müssen. Ihrem Mann gegenüber hatte sie sogar von ihrer Befürchtung gesprochen, dass diese Eigenschaft eines Tages Scherereien heraufbeschwören würde, aber ihr Mann hatte nur erwidert, sie sei vermutlich genau das, was ein Börsenmakler brauche. Mrs Chalm hatte eher an persönliche Beziehungen gedacht, bei denen Niederlagen nicht zu vermeiden waren. Genau die hatte sie im Sinn gehabt, als ihr Zweifel an der Ehe kamen, denn jene Zweifel stellten sich nicht einfach deswegen ein, weil Deborah ein hübsches kleines Ding war: Es war die Verbindung, die Mrs Chalm beunruhigte.

»Zufälligerweise habe ich kein Mittagessen gehabt«, sagte Edwin jetzt bissig. »Ich habe einen langen, unangenehmen Tag hinter mir, und wenn ich nach Hause komme –«

»Tut mir leid, Liebling.«

Deborah erhob sich sogleich von den pflaumenblauen Sofakissen und ging in die Küche, wo sie zwei Schweinekoteletts aus einer Tragetüte von Marks and Spencer's nahm und sie unter den Grill des elektrischen Kochherds legte. Ferner holte sie eine Packung gefrorener Brokkoliröschen aus der Tragetüte und zwei Trifle von Marks und Spencer's. Als sie am Nachmittag Briefe getippt hatte, hatte sie sich vorgenommen, die Koteletts und die Brokkoliröschen zur Abwechslung mit gebratenen Nudeln zu servieren. Eine Woche zuvor hatten sie gebratene Nudeln in dem neuen mexikanischen Restaurant gegessen, auf das sie gestoßen waren, und Edwin hatte gesagt, wie wunderbar die schmeckten. Sobald sie die Wohnung betreten hatte, schleuderte Deborah ihre Schuhe von sich und hatte sie seitdem nicht wieder angezogen. Sie trug ein Kleid mit scharlachroten Petunien. Dunkelhaarig, mit einem herzförmigen Gesicht und blauen Augen, die gelegentlich einen verwirrten Ausdruck annahmen, wirkte sie mehrere Jahre jünger als sechsundzwanzig, eher wie achtzehn.

Sie setzte Wasser auf, um die Brokkoliröschen zu kochen, obwohl die Koteletts noch lange nicht gar wären. Für die Nudeln tat sie Öl in eine Pfanne in der Hoffnung, dass man sie auf diese Weise briet. Sie konnte nicht verstehen, weshalb Edwin sich so ereiferte, nur weil Angela angerufen hatte, und schrieb es der Tatsache zu, dass er nicht zu Mittag gegessen hatte.

Edwin stand vor dem großen Wohnzimmerfenster und ließ seinen Blick über die Baumwipfel und, in der Ferne, über den Wimbledon Common schweifen. Sie musste anderthalb Stunden mit Angela telefoniert haben, vermutlich noch länger. Er hatte versucht, sie anzurufen, um ihr mitzuteilen, dass er sich verspäten würde, doch die Leitung war jedes Mal besetzt gewesen. Sorgfältig ging er in Gedanken die drei Jahre durch, die er Deborah jetzt kannte, doch an die Erwähnung eines Teddybärenpicknicks konnte er sich nicht erinnern. Er hatte sehr entschieden behauptet, dass sie dergleichen nie erzählt habe, aber das hatte er nur aus Verärgerung getan, um seine Sicht der Dinge durchzusetzen: Als er ihre vielen Gespräche jetzt Revue passieren ließ, merkte er, dass er recht gehabt hatte, und frohlockte. Natürlich hätte er sich an dergleichen erinnert, das hätte jeder Mann.

Weit unten bog ein Auto in den breiten Vorhof von The Zodiac ein, allem Anschein nach ein Rover, ein diskreter Grünton. Es würde nicht mehr allzu lange dauern, bis auch sie einen Rover besäßen, selbst wenn man davon ausging, dass die Kinder, auf die sie hofften, sich jeden Augenblick einstellen mochten. Edwin hatte nichts dagegen einzuwenden gehabt, dass Deborah nach der Heirat weiterarbeitete, aber wenn sie das, sobald Kinder zur Welt kamen, nicht länger konnte, würde das Familienleben natürlich in viel geordneteren Bahnen verlaufen. Schließlich würden sie in ein Haus mit Garten ziehen müssen, denn es war nur natürlich, dass Deborah diesen Wunsch hegte, und nichts lag ihm ferner, als ihr zu widersprechen.

»Und noch etwas«, sagte er und bewegte sich vom Fenster zu der geöffneten Küchentür, »wie kommt es, dass du in all den Jahren, seit ich dich kenne, nie ein solches Treffen gehabt hast? Wenn das eine jährliche Angelegenheit ist –«

»Es ist keine jährliche Angelegenheit, Edwin. Wir haben seit 1975 kein Picknick mehr gehabt, und davor war das letzte 1971. Ich denke, die kommen nur dann zustande, wenn jemandem danach ist. Es ist doch nur ein kleiner Spaß, Liebling.«

»Du nennst es einen kleinen Spaß, sich mit Teddybären hinzusetzen? Erwachsene Menschen?«

»Ich wünschte, du würdest nicht dauernd von erwachsenen Menschen reden. Ich weiß, dass wir erwachsen sind. Darum geht es doch. Als wir noch klein waren, haben wir uns alle gelobt –«

»Mein Gott!«

Er wandte sich ab und schenkte sich ein weiteres Glas ein. Sie hatte es deswegen nie erwähnt, weil sie wusste, wie albern es war. Sie schämte sich; wie beschämend es wirklich war, würde sie herausfinden, wenn sie etwas erwachsener wäre.

»Du weißt doch, dass ich Binky habe«, sagte sie, folgte ihm zur Hausbar und goss sich etwas Gin ein. »Hunderte von Malen habe ich dir gesagt, dass ich ihn überallhin mitnehme. Wenn du ihn nicht im Schlafzimmer haben willst, tue ich ihn eben woandershin. Ich wusste nicht, dass du ihn nicht leiden kannst.«

»Das habe ich nicht gesagt, Deborah. Was du da sagst, ist etwas ganz anderes. Zunächst einmal ist es etwas rein Privates. Ich meine, er ist dein Teddybär, und du hast mir gesagt, wie gern du ihn hast. Das ist etwas ganz anderes, als sich mit einem Haufen Idioten zusammenzusetzen –«

»Es sind keine Idioten, Edwin, wirklich nicht.«

»Es hört sich aber ganz danach an. Willst du etwa sagen, Jeremy und Peter kommen mit Teddybären im Arm, setzen sich ins Gras und tun so, als würden sie sie mit Kekskrümeln füttern? Himmel noch mal, Jeremy ist *Arzt*!«

»Niemand sitzt im Gras, denn das Gras dürfte zu feucht sein. Letztes Mal hat jeder eine Decke mitgebracht. In Wahrheit geht es um den Garten, weißt du? Wahrscheinlich ist es der schönste Garten in ganz South Buckinghamshire, und dann sind da auch noch die Ainley-Foxletons. Ich meine, die sind ganz verrückt danach.«

Tatsächlich hatte er sich schon einmal in dem Garten aufgehalten, und tatsächlich war er den Ainley-Foxletons schon einmal begegnet. Eines Samstagnachmittags während seiner Verlobungszeit mit Deborah war auf dem erhöhten Rasenstück Tee serviert worden. Der Goldlack und der Ginster hatten geblüht, weit und breit ein dichtes Gelb. Ganz angenehme Leute, die alten Ainley-Foxletons, aber keiner von beiden hatte ein Teddybärenpicknick erwähnt.

»Ich glaube, sie auf alle Fälle«, beharrte Deborah milde. »Ich weiß es noch, weil ich sagte, eigentlich sei es gar nicht so lange her seit dem letzten Mal – war es vor etwa achtzehn Monaten, dass ich dich zu ihnen mitgenommen habe? Nun ja, jedenfalls war seit 1975 noch nicht so viel Zeit vergangen, und sie sagte, ihr komme es vor wie Äonen. Ich erinnere mich, dass sie das gesagt hat, ich erinnere mich an ›Äonen‹ und wie ich noch dachte, dass es ihr ähnlich sieht, ein Wort zu benutzen, das die Leute längst nicht mehr verwenden.«

»Und du hast nie daran gedacht, mir die berühmte Picknickstelle zu zeigen? Stundenlang sind wir in dem Garten herumspaziert, und doch ist es dir nie in den Sinn gekommen –«

»Wir sind nicht stundenlang herumspaziert. Tut mir leid, dass du dich gelangweilt hast, Edwin.«

»Ich habe nicht gesagt, dass ich mich gelangweilt habe.«

»Ich weiß, die Ainley-Foxletons hören schlecht und sind ziemlich anstrengend, aber du hattest gesagt, dass du sie kennenlernen wolltest –«

»Ich habe nichts dergleichen gesagt. Du hast mir dauernd von diesen Leuten vorgeschwärmt, von ihrem Haus und ihrem Garten, aber ich habe dich ganz sicher nicht darum gebeten, sie kennenzulernen, wo oder wie auch immer. Eigentlich wollte ich an dem Nachmittag lieber Tennis spielen.«

»Das hast du damals nicht gesagt.«

»Natürlich habe ich es nicht gesagt.«

»Siehst du.«

»Ich will dir nur klarmachen, dass wir stundenlang in dem Garten herumspaziert sind, obwohl es begonnen hatte zu regnen. Und nicht ein Mal hast du gesagt: ›Hier hatten wir immer unser berühmtes Teddybärenpicknick.‹«

»Doch, ich glaube schon. Und es ist nicht berühmt. Ich wünschte, du würdest nicht dauernd behaupten, es sei berühmt.«

Deborah schenkte sich einen weiteren Gin ein und gab die gleiche Menge trockenen Wermuts hinzu. Sie fand es unhöflich von Edwin, dass er dauernd im Zimmer herumstapfte, nur weil er einen schlechten Tag hinter sich hatte, dass er selbst trank und sie überging. Wenn er die armen alten Ainley-Foxletons nicht leiden konnte, hätte er es sagen sollen. Wenn er an dem Nachmittag hatte Tennis spielen wollen, hätte er es ebenfalls sagen sollen.

»Nun, wie dem auch sei«, sagte er jetzt, Deborahs Meinung nach eher wichtigtuerisch, »ich habe nicht die geringste Absicht, mich auf irgendeine Weise an diesem Unfug zu beteiligen.«

»Aber alle anderen Ehemänner kommen, und die Ehefrauen auch. Es ist doch nur ein Spaß, Liebling.«

»Ach, hör doch auf, von einem Spaß zu reden. Du hörst dich wie ein ausgemachter Trottel an. Und aus der Küche riecht es angebrannt.«

»Das ist wirklich nicht nett von dir, Edwin. Es gibt keinen Grund, mich einen Trottel zu nennen.«

»Hör zu, ich habe einen äußerst unangenehmen Tag hinter mir –«

»Ach, hör doch auf mit deinem blöden alten Tag.«

Sie trug ihr Glas in die Küche und holte die Koteletts unter dem Grill hervor. Sie waren ziemlich schwarz, und das geschah ihm recht, hatte er sie doch gekränkt. Warum in aller Welt musste er immer so viel Aufhebens machen, warum konnte er nicht wie alle anderen sein? Es war doch nur ein Anlass zum Herumalbern, durfte nicht so ernst genommen werden, ein einziger Sonntagnachmittag, an dem sie ohnehin nichts anderes unternehmen würden. Sie gab eine Handvoll Nudeln in das heiße Öl, dann eine zweite.

Als Edwin gerade Soda in ein weiteres Glas Whisky spritzte, läutete im Wohnzimmer das Telefon. »Ja?«, fragte er, und schon trällerte Angelas Stimme durch die Leitung. Sie sagte, sie wolle Debbie nicht stören, aber soeben sei das Datum festgelegt worden: der 17. Juni. »Ehrlich, Edwin, du wirst dich vor Lachen biegen.«

»Ja, gut, ich richte es ihr aus«, sagte er, so kalt er konnte. Er legte den Hörer auf, ohne auf Wiedersehen zu sagen. Aus Angela hatte er sich noch nie etwas gemacht, ein herablassendes Geschöpf.

Deborah wusste, dass Angela angerufen hatte, sie musste Edwin das Datum mitgeteilt haben, das sie mit Charlotte und Peter vereinbart hatte. Bei dem ersten, von Jeremy vorgeschlagenen Datum waren die beiden unschlüssig gewesen. Angela hatte versprochen zurückzurufen, um sie von der Entscheidung zu unterrichten, doch als die Chalms sich zu ihren Koteletts, Brokkoliröschen und Nudeln an den Tisch setzten, hatte Edwin die Information noch immer nicht weitergegeben.

»Mein Gott, was soll denn das sein?«, fragte er und stocherte mit der Gabel an einer braunen Nudel, dann an dem verbrannten Kotelett herum.

»Die dünnen Dinger sind die gebratenen Nudeln, die du neulich so lecker fandest. Das größere Ding ist ein Schweinekotelett, das nicht so verbrutzelt aussähe, wenn du nicht einen Streit vom Zaun gebrochen hättest!«

»Um Himmels willen!«

Er rückte seinen Stuhl ab und stand auf. Er kehrte ins Wohnzimmer zurück, und Deborah hörte das Spritzgeräusch des Sodasiphons. Sie erhob sich ebenfalls, folgte ihm ins Wohnzimmer und schenkte sich einen weiteren Gin mit Wermut ein. Keiner von beiden sprach. Deborah ging wieder in die Küche und aß ihre Portion Brokkoliröschen auf. Aus dem Wohnzimmer drang der Ton des Fernsehgeräts. »Hör zu, Freundchen, du gibst den Zaster dem Killer, in Ordnung?«, forderte eine Stimme. »Okay, ich geb ihm den Zaster«, erwiderte eine zweite Stimme.

Sie hatten sich auch früher schon gestritten. Sie hatten sich aus keinem ersichtlichen Grund auf ihrer Hochzeitsreise in Griechenland gestritten. Sie hatten sich gestritten, als sie einmal die Zündung angelassen hatte und die Autobatterie sich leerte. Sie hatten sich wegen Enids langweiliger Party kurz vor Weihnachten gestritten. Deborah wusste, dass der jetzige Streit auch nichts anderes war: Edwin würde schmollend sitzen bleiben, sie würde das Geschirr abwaschen und sich elend fühlen, und vermutlich würde er das Kotelett und den Brokkoli essen, wenn beides kalt geworden war. Sie konnte ihm keinen Vorwurf daraus machen, dass er keine Lust auf die Nudeln verspürte, denn offenbar hatte sie sie nicht richtig zubereitet. Dann dachte sie: Was, wenn er nicht zum Picknick mitkommt, was, wenn er störrisch bleibt, was er sehr gut konnte, wenn er wollte? Alle würden Bescheid wissen. »Wo ist Edwin?«, würden sie fragen, und sie würde ihnen etwas vorlügen, und jeder würde die Lüge durchschauen, und jeder würde wissen, dass sie nicht miteinander auskamen. Nur sechs Monate sind vergangen, würde jeder sagen, und er kann sich nicht einmal an einem kleinen Spaß beteiligen.

Aber zu Deborahs Erleichterung kam es nicht dazu. Später am Abend aß Edwin das kalte Schweinekotelett, und zwar mit den Fingern, weil es ihm nicht gelang, es mit der Gabel aufzuspießen. Auch den kalten Brokkoli aß er, nur die Nudeln rührte er nicht an.

Sie machte ihm Tee und setzte ihm ein Hefestückchen vor, und am Morgen entschuldigte er sich.

»Wenn wir dürfen, das wäre wunderbar«, sagte Deborah am Telefon in ihrem Büro. Sie hatte ihrer Mutter erzählt, es würde wieder ein Teddybärenpicknick geben, vor allem Angela und Jeremy hätten sich darum gekümmert. Und die Ainley-Foxletons seien natürlich ganz versessen darauf, womöglich das letzte Picknick, das sie miterleben würden.

»Meine Liebe, ihr seid immer willkommen, das weißt du doch.« Die Stimme von Deborahs Mutter kam von weit her, aus South Buckinghamshire, aus dem Dorf, wo sich Haus und Garten der Ainley-Foxletons befanden und wo Deborah und Angela, Jeremy, Charlotte, Harriet, Enid, Peter und Holly zusammen ihre Kindheit verbracht hatten. Der Plan sah vor, dass Edwin und Deborah das Wochenende des 17. Juni bei Deborahs Eltern verbringen sollten, und Deborahs Mutter hatte sogar versprochen, für Edwin am Samstag einen Tennistermin zu organisieren. Deborah selbst war keine gute Tennisspielerin.

»Danke, Mummy«, konnte sie eben noch sagen, als Mr Harridance von seiner Mittagspause kam.

»Nein, wir verbringen das ganze Wochenende dort«, informierte Edwin seine Mutter. »Da ist doch noch diese Teddybärensache, zu der Deborah muss.«

»Was für eine Teddybärensache?«

Edwin beschrieb es ihr näher und erklärte, dass die Kinder, die vor nahezu zwanzig Jahren in einem Dorf in South Buckinghamshire miteinander befreundet gewesen waren, sich von Zeit zu Zeit trafen, um ein Teddybärenpicknick abzuhalten, denn so hatten sie sich damals die Zeit vertrieben.

»Aber jetzt sind sie doch längst erwachsen«, führte Mrs Chalm aus.

»Ja, ich weiß.«

»Nun, ich hoffe, ihr werdet euch gut unterhalten, mein Lieber.«

»Köstlich, da bin ich mir sicher.«

»Seltsam, man sollte doch meinen, sie seien erwachsen.«

Untereinander sprachen Edwin und Deborah nicht mehr von dem Teddybärenpicknick. Während des Streits war Edwin verwirrt gewesen, er wusste nie so recht, wie er sich verhalten sollte, und hoffte, die Lage bei einem künftigen Anlass besser zu meistern. Es ärgerte ihn, wenn er einer Situation nicht gewachsen war, und der Ärger hing ihm noch nach. Andererseits waren sechs Monate in einer Ehe, von der er hoffte, dass sie ewig dauern würde, nicht lange: Die Ehe hatte eben noch keine Chance gehabt, die ihr angemessene Gestalt anzunehmen, so wie er und Deborah noch keine Zeit gehabt hatten, hinsichtlich des Mobiliars und der Innenausstattung einen eigenen Geschmack zu entwickeln. Dass es Schwierigkeiten und Ungewissheit gab, war nur zu erwarten.

Was Deborah betraf, so wusste sie nichts davon, dass Ehen eine Gestalt annehmen mussten: Sie war sich nicht darüber im Klaren, dass, wenn der erste Glanz verflogen war, Regeln und stillschweigende Abmachungen, Abkommen über Geben und Nehmen eine Ehe erst ermöglichten. Für Deborah war die Ehe die Fortsetzung einer Liebesaffäre, und bislang hatte sie wenig Grund zur Klage. Sie wusste natürlich, dass Streit unvermeidlich war.

Sie hatten sich bei einer Party kennengelernt. Edwin hatte sich aus einer Gruppe von Menschen gelöst, denen er zugehört hatte, und war auf die Ecke zugetreten, in der ein Computerspezialist sie langweilte. »Hallo«, hatte Edwin schlicht gesagt. Alle drei hatten Teller mit Paella in der Hand.

Da Deborah Betrachtungen über die Vergangenheit angenehmer fand als Spekulationen über die Zukunft, rief sie sich jenen Moment oft ins Gedächtnis zurück: Edwins markantes Gesicht, das sie anlächelte, der verwirrte Computerfachmann, der säuerliche Geschmack der Paella. »Sie sind doch nicht etwa Fionas Schwester?«, hatte Edwin gefragt, und als sie ihn lange Zeit danach ausfragte, wer Fiona sei, gestand er, dass er sich diese ausgedacht hatte. »Von dem Zeug würde ich nichts mehr essen«, sagte er und nahm ihr die Paella weg. Das hatte Deborah beeindruckt: Sie und der Computermann hatten lustlos mit ihren Gabeln in der Paella herumgestochert, beide zu höflich, um zu sagen, dass irgendetwas daran nicht stimmte. »Was machen Sie?«, fragte Edwin einige Minuten später, und das war mehr, als der Computermann gefragt hatte.

In den darauffolgenden Wochen hatten sie einander alles von sich erzählt, von ihren Eltern und den Häusern, in denen sie als Kinder gewohnt, den Schulen, die sie besucht, den Freunden, die sie gewonnen hatten. Edwin war ein Draufgänger, erfolgreich, und er nahm die Dinge gern in die Hand. Ohne irgendwie überheblich zu klingen, erzählte er ihr von Episoden aus seiner Kindheit, von den Schülerstreichen, die er gespielt hatte. Einmal hatte er das Bett des ältlichen Musiklehrers auseinandergeschraubt, sodass es zusammenbrach, als dieser sich später darauflegte. Aus dem Auto eines anderen Lehrers hatte er den Vergaser ausgebaut, in einer Eisenwarenhandlung einen Schneebesen entwendet. All das waren Mutproben, und gegen Ende seiner Schulzeit hatte er sich den Ruf erworben, furchtlos zu sein: Es gebe nichts, was er nicht wagte, hieß es.

Für Deborah war es ein Leichtes, ihn zu lieben, und alles, was er ihr mit einem gehörigen Schuss Selbstironie erzählte, entsprach eindeutig der Wahrheit. Doch eine verliebte Deborah fragte sich natürlich nicht, wie diese Seite von Edwins Charakter sich in der Ehe ausnehmen oder wie sie sich entwickeln würde, wenn Edwin erst einmal in ein gesetzteres Alter kam. Sie konnte sich nichts Schöneres ausmalen, als ihn jeden Tag dazuhaben, und von ihrer Hochzeitsreise in Griechenland oder von den zwei, drei vergeblichen Anläufen bei der Wohnungssuche, ehe sie endlich in der Nr. 23 The Zodiac landeten, war sie keineswegs enttäuscht. Edwin ging täglich in sein Büro, Deborah in ihres. Dass er ihr mehr von den Aktienpreisen erzählte als sie ihm von den Briefen, die sie für Mr Harridance tippte, lag daran, dass Aktienpreise von größerer Wichtigkeit waren. Gewiss, hin und wieder wäre sie gern mehr Einzelheiten über dieses oder jenes losgeworden, zum Beispiel über die Handelskorrespondenz mit Flitts, Hay & Co., bei der es um nahezu achtzehntausend fehlerhafte Stuhlrollen ging. Diese Korrespondenz war interessant, weil sie sich über zwei Jahre erstreckte und in Schmähungen ausartete. Doch als sie das Thema ansprach, hatte Edwin nur liebenswürdig genickt. Und da war die Sache mit Miss Royals Kratzern gewesen, über die jeder im Büro seine eigenen Vermutungen anstellte: Wie in aller Welt hatte sich eine Frau wie Miss Royal zwischen halb sechs an einem Montagabend und halb zehn am folgenden Morgen vier lange Kratzer an Gesicht und Hals zugezogen? »Ach ja?«, hatte Edwin gesagt und war dazu übergegangen, vom Mercantile Investment Fund zu reden.

Deborah wusste diese verräterischen Anzeichen nicht zu deuten. Sie erinnerte sich nicht daran, dass Edwin, als sie zum ersten Mal Einzelheiten über ihre Kindheit austauschten, mitunter nur gelächelt hatte, als schweiften seine Gedanken ab. Dass er von Flitts, Hay & Co. oder von Miss Royals Kratzern nichts hören wollte, war nur eine leise Enttäuschung: Niemand würde sich wegen solcher Belanglosigkeiten aufregen. Dem albernen Streit über das Teddybärenpicknick, das natürlich an sich schon albern war, maß Deborah nur wenig Bedeutung bei. Sie begriff nicht, dass der Streit mit Freunden zu tun hatte, die ihre Freunde waren und nicht Edwins; ebenso wenig war ihr bewusst, dass es Edwin gewesen war, der die Entscheidungen traf, als sie sich ernstlich Gedanken über die Inneneinrichtung von Nr. 23 The Zodiac zu machen begannen. Sie hatten viel gemeinsam, hätte Deborah gesagt: Schließlich würden sie nun trotz des Streits zum Teddybärenpicknick fahren. Edwin liebte sie, er war gütig und überhaupt ziemlich wunderbar. Ganz allein ihr zuliebe hatte er eingewilligt, ein ganzes Wochenende dranzugeben.

So fühlte sich Deborah rundum glücklich, als sie an einem warmen Freitagnachmittag in ihrem Saab von London losfuhren. Sie hörte zu, als Edwin von dem Riesengewinn erzählte, den ein Mann namens Dupree beim Verkauf seines Aktienanteils an der International Asphalt eingestrichen hatte. »James James Morrison Morrison Weatherby George Dupree«, sagte sie.

»Was in aller Welt ist das?«

»Das ist von A. A. Milne, dem Mann, der über Pu den Bären geschrieben hat. Armer Pu!«

Edwin sagte nichts.

»Jeremy wird Pu genannt.«

»Verstehe.«

Auf dem Autorücksitz, in eine Ecke gelehnt, saß der blaue Teddybär namens Binky, den Deborah hatte, seit sie ein Jahr alt war.

Der Rhododendron im Garten der Ainley-Foxletons stand in voller Blüte, wegen des strengen Winters dieses Jahr später als sonst. Ebenso der Goldlack, an den Edwin sich noch erinnern konnte, der Ginster und mehrere gelbe Azaleen. »Mein Lieber, wir freuen uns riesig«, sagte die alte Mrs Ainley-Foxleton und küsste ihn, da sie ihn für eines der Kinder aus ihrer Vergangenheit hielt. Ihr Mann, der da über das erhöhte Rasenstück wackelte und an den sich Edwin noch von seinem letzten Besuch erinnerte, hatte mittlerweile den Tatterich. »Ihr Lieben, Mrs Bright hat unser Tischtuch für uns gebügelt!«, verkündete Mrs Ainley-Foxleton mit schwungvoller Gebärde.

Sie teilte diesen Sachverhalt mit, weil Mrs Bright, die Reinemachfrau der Ainley-Foxletons, in diesem Augenblick mit dem gebügelten Tischtuch über dem Arm aus dem Haus trat. Sie trug ein Tablett, auf dem sich Karaffen mit Orangen- und Zitronensaft, ein Krug Milch, Becher mit Beatrix-Potter-Figuren und zwei Teller Sandwiches, nicht viel größer als eine Briefmarke, befanden. Sie stieg die Steintreppe von dem erhöhten Rasenstück hinab, überquerte eine ausgedehntere Rasenfläche und verschwand in einem Gebüsch. Während alle ihr Geplauder mit den Ainley-Foxletons fortsetzten – niemand half dabei, das Picknick auszubreiten, da dies noch nie dazugehört hatte –, tauchte Mrs Bright wieder aus dem Gebüsch auf, ging zurück ins Haus und trat daraufhin einen zweiten Gang an, diesmal war ihr Tablett mit Kuchen und Keksen beladen.

Vor dem Mittagessen hatte Edwin lange Zeit mit Deborahs Vater in der Gartenlaube gesessen und getrunken. An Sonntagvormittagen genoss es Deborahs Vater, sich ein gewisses Maß an schläfriger Trunkenheit zu gestatten, die sich erst dann bemerkbar machte, wenn beim Mittagessen zwei Flaschen Bordeaux geleert worden waren. Heute tat Edwin es ihm nach, zweimal war er aufgestanden, um ihrer beider Gläser nachzufüllen, und während des Mittagessens war es ihm gelungen, sich in die Gartenlaube zu stehlen, wo er einen großzügig bemessenen Schluck Whisky zu sich nahm, der recht hübsch zum Bordeaux passte. Er konnte sich keinen anderen Zustand vorstellen, in dem er sich – mit einem Teddybären im Arm, den Deborahs Mutter ihm aufgenötigt hatte – im Garten der Ainley-Foxletons hätte präsentieren können. »Lieber du als ich, alter Knabe«, hatte Deborahs Vater nach dem Essen zu ihm gesagt und sich mit einem Glucksen in einen Sessel sinken lassen. Im letzten Augenblick war Edwin rasch noch einmal in die Gartenlaube zurückgekehrt und hatte sich zu einem weiteren Quantum Whisky verholfen. Da die Gläser bereits eingesammelt worden waren, hatte er aus der Kappe der Teacher's-Flasche getrunken. Er nahm an, dass er wie eine Schnapsbrennerei gerochen haben musste, als Mrs Ainley-Foxleton ihn küsste, und war froh darum.

»Da sind wir also«, sagte Jeremy auf der Lichtung, wo 1957 das erste Picknick stattgefunden hatte. Er saß mit gekreuzten Beinen auf einer karierten Decke an einem Kopfende des Tischtuchs. Er trug eine Brille und war untersetzt. Peter, der am anderen Ende des Tischtuchs saß, schien in den dazwischenliegenden Jahren nicht übermäßig gewachsen zu sein, Angela dagegen war aufgeschossen wie eine Stockrose, mit der sie auch sonst Ähnlichkeit hatte. Enid war plump, Charlotte fast eine Schönheit; Harriet hatte vorstehende Zähne, Holly war lebhaft. Jeremys Frau, Peters Frau und Charlottes Mann – der bei Shell arbeitete – gaben sich der Stimmung des Anlasses hin. Ebenso Angelas Mann, der aus der Tschechoslowakei stammte und die Vorgänge bizarr finden musste: dass jeder mit einem Teddybären dasaß, der einen Namen trug. Angela trat zu Mrs Ainley-Foxletons altem aufziehbarem Grammophon und legte eine Platte auf. *Oh, don't go down to the woods today,* kreischte eine Stimme, *without consulting me.* Mr und Mrs Ainley-Foxleton wollten später dazustoßen, wie es der Tradition entsprach. Anscheinend kamen sie mit Pralinen und mit Butterblumensträußchen für die Teddybären.

»Danke, Edwin«, flüsterte Deborah, während Musik und Gesang andauerten. Sie wollte, dass er sich an den Streit erinnerte, den sie wegen des Picknicks gehabt hatten; sie wollte ihn wissen lassen, dass sie ihm jetzt wahrhaftig verzieh und es zu schätzen wusste, dass er am Ende doch noch eingesehen hatte, wie viel Spaß sie hatten.

»Hör mal, ich muss aufs Klo«, sagte Edwin. »Entschuldige mich einen Moment.« Bis auf Deborah schien niemand zu bemerken, dass er davonschlenderte, denn jeder unterhielt sich angeregt und tauschte Neuigkeiten aus.

Der Ärger, der sich nach dem Streit auf Edwin gelegt hatte, war nie verraucht. Voller Ärger hatte er seine Mutter angerufen, und als sie sagte, sie hoffe, er werde sich gut unterhalten, hatte ihn abermals Ärger übermannt. Damit hatte sie gemeint: Hab ich's dir nicht gesagt? Heirate ein hübsches kleines Ding, und ehe du dich's versiehst, setzt du dich mit Teddybären zum Tee. Du bist ein Narr, dass du dir solch einen Unfug gefallen lässt, war, was Deborahs Vater gemeint hatte, als er sagte: Lieber du als ich.

Edwin mangelte es nicht an Grips, und er war sich dessen stets bewusst gewesen. Es war seine Klugheit, die sich noch immer gekränkt fühlte von dem, was er für eine Peinlichkeit hielt, für eine scheußliche Rührseligkeit im Garten eines ältlichen Paares. In der Schule hatte er alles verabscheut, was mit Kostümierung zu tun hatte, ja selbst wenn er Gedichte aufsagen musste, war er verlegen gewesen. Edwin bewunderte Solidität: Ihm gefielen Westminster und die Londoner City, ihm gefielen störungsfrei verkehrende Züge, Anzüge und reine Hemden. Als er Deborah geheiratet hatte, wusste er – ohne dass seine Mutter es ihm eigens sagen musste –, dass sie keine sehr kluge Person war, doch Edwins Ansicht nach war eine kluge Frau keine Notwendigkeit. Er hatte eine Zukunft vor sich gesehen, in der Kinder zur Welt kamen und erzogen wurden, in der Deborah mancherlei Kochkünste und hausfrauliches Geschick entfaltete, in der sie zusammen gepflegte Tischgesellschaften gaben. Stattdessen, nach nur sechs Monaten, dieser groteske Unsinn. Edwin hatte nicht die Angewohnheit, sich zu betrinken: Er trank, wenn er sich ärgerte, wie er es am Abend des Streits getan hatte.

Mr Ainley-Foxleton tippelte an seinem Gehstock auf dem erhöhten Rasenstück umher, doch Edwin nahm keine Notiz von ihm. Der alte Mann schien etwas zu suchen, er hatte den Kopf, der auf seinem dürren Hals ruhte, nach unten gesenkt und suchte mit bebrillten Augen das Gras ab. Edwin trat ins Haus. Hinter einer geschlossenen Tür hörte er die Stimmen von Mrs Ainley-Foxleton und Mrs Bright, die sich über Butterblumen unterhielten. Er öffnete eine andere Tür und betrat das Speisezimmer der Ainley-Foxletons. Auf der Anrichte stand eine Reihe von Karaffen.

Edwin stellte fest, dass es nicht leicht war, aus einer Karaffe zu trinken, dennoch gelang es ihm. Wieder stieg Ärger in ihm hoch. Es schien unglaublich, dass er ein Mädchen geheiratet hatte, das nicht richtig erwachsen war. Keiner von ihnen war erwachsen geworden, keiner von ihnen hatte auch nur den Wunsch, der Erwachsenenwelt anzugehören, nicht einmal die Ehemänner und Ehefrauen, die nicht von Anfang an in die Geschichte verwickelt gewesen waren. Wenn Deborah ihm an jenem Sonntagnachmittag, als sie diesem Haus einen Besuch abstatteten, auch nur das Geringste davon erzählt hätte – ob er sie wohl je geheiratet hätte?

Doch während er, für den Fall, dass jemand hereinkam, den Stöpsel zwischen jedem Schluck wieder in die Karaffe drückte, fand Edwin es schier unmöglich, zuzugeben, dass er einen Fehler begangen hatte, als er Deborah heiratete: Er liebte sie, hatte noch nie eine andere geliebt und bezweifelte, ob er in Zukunft je eine andere lieben würde. In müßigen Augenblicken im Büro, zwischen dem Kauf und Verkauf von Aktien, musste er oft an sie denken, stellte sie sich in verschiedenen Kleidern vor und manchmal ohne alle Kleider. Wenn er nach Hause kam, Nr. 23 The Zodiac, legte er manchmal den Arm um sie und ließ sie erst wieder los, wenn er sie sanft auf ihr Ehebett gelegt hatte. Deborah hielt die allergrößten Stücke auf ihn – das hatte sie ihm oft genug versichert.

Trotz alledem war es äußerst verdrießlich, dass der Streit ihm das Gefühl gab, er sei der Situation nicht gewachsen. Er hätte imstande sein sollen, derartigem Unfug binnen weniger Minuten ein Ende zu bereiten; er verdiente die höhnische Bemerkung seiner Mutter, und die seines Schwiegervaters nicht minder. Obwohl sie erst seit sechs Monaten verheiratet waren, war es lächerlich, dass er Deborah, nur weil sie ihn so liebte, nicht klarmachen konnte, wie töricht sie sich aufführte. Es war lächerlich, betrunken hier herumzustehen.

Das Speisezimmer der Ainley-Foxletons, voll Silber, polierter Möbelstücke und trüber Ölgemälde, verschwamm ihm vor den Augen. Die Reihe Karaffen verdoppelte sich zu zweien und wurde wieder eine. Der mit schweren Teppichen belegte Fußboden neigte sich unter ihm, schien sich nach links zu senken und dann wieder nach rechts. Deborah hatte ihn im Stich gelassen. Sie hatte ihn hierher gebracht, damit er Angela und Jeremy und Charlotte, Harriet, Holly, Enid, Peter und den Ehemännern und Ehefrauen vorgeführt werden konnte. Sie zeigte damit, dass sie nur ihren kleinen Finger zu heben brauchte, dass seine Klugheit, verglichen mit seiner Liebe zu ihr, nichts war. Jetzt hämmerte der Ärger so stark auf ihn ein, dass es beinahe schmerzte. Er wollte fortgehen, wollte mit dem Saab nach London zurückfahren und, wenn Deborah ihm folgte, ganz kategorisch erklären: Falls sie die Absicht habe, die Närrin zu spielen, werde es zur Scheidung kommen. Bei all seinem Ärger bestand jedoch etwas in ihm darauf, dass eine solche Vorgehensweise ein Eingeständnis von Versagen und Niederlage wäre. Es war lächerlich, dass eine freiwillig eingegangene Ehe nur einer Dummheit wegen enden sollte, noch bevor sie recht begonnen hatte.

Edwin nahm einen letzten Schluck Whisky zu sich und drückte den Glasstöpsel fest. Er erinnerte sich an einen anderen gesellschaftlichen Anlass vor Jahren, und ihm fielen gewisse Ähnlichkeiten mit diesem auf. Jemand hatte eine Gartenparty zugunsten irgendeiner von seiner Mutter unterstützten Wohltätigkeitseinrichtung veranstaltet, zu der er, sein Bruder, seine Schwester und sein Vater mitgeschleppt wurden. Es war ein quälend langweiliger Nachmittag gewesen, mitten in einer Hitzewelle. Er hatte seinen verhassten Schlapphut aus Baumwolle tragen müssen und einen schrecklichen gelbbraunen Sommeranzug, ebenfalls aus Baumwolle. Stundenlang hatte er herumstehen müssen, während seine Mutter sich mit Leuten unterhielt. Manchmal erklärte sie ihnen betont langsam Kochrezepte, die sie sich notierten. Edwins Geschwistern schien es nichts auszumachen; sein Vater tat wie geheißen. Deshalb war Edwin davongeschlendert, in ein Haus, das größer und ansehnlicher war als das der Ainley-Foxletons. Er hatte in den Zimmern des Erdgeschosses herumgeschnüffelt, von einer Konfitüre genascht, die er in der Küche fand, und war dann nach oben gegangen, zu den Schlafzimmern. Auch dort hatte er eine Weile herumgestöbert, hatte Schubladen aufgezogen und Schränke geöffnet, anschließend war er eine Treppe ohne Teppichboden hinaufgestiegen, die zu einer Dachkammer führte. Von dort war er aufs Dach geklettert. Edwin hatte den Vorfall schon fast vergessen, jedenfalls nie lange bei ihm verweilt, doch jetzt meldete er sich mit einer Deutlichkeit zurück, die ihn überraschte.

Er verließ das Speisezimmer. In der Diele konnte er noch immer die Stimmen von Mrs Ainley-Foxleton und Mrs Bright hören. Damals hatte sich niemand um ihn gekümmert; seine Mutter, deren Liebling er stets gewesen war, war sogar ungeduldig geworden, als er sagte, er habe Zahnweh. Niemand hatte bemerkt, dass er sich davongeschlichen hatte. Doch von der Dachbrüstung aus hatte sich alles ganz anders ausgenommen. Die Gesichter der Leute waren blass, gleichförmige Pünktchen, die alle zu ihm heraufstarrten. Die Farben der Damenkleider vermischten sich mit denen der Blumen. Alles wedelte hektisch mit den Armen; jemand rief und befahl ihm, herunterzukommen.

Auf dem erhöhten Rasenstück erforschte der alte Mann noch immer das Gras, er hielt noch immer den Kopf gesenkt und stocherte mit seinem Gehstock im Boden herum. Von der Lichtung, wo das Picknick stattfand, drang kurzer Applaus herüber, als habe soeben jemand eine Rede beendet. ... *today's the day the teddy-bears have their picnic,* sang die kreischende Stimme undeutlich.

Eine Brise hatte Edwins sonnenverbrannte Arme gekühlt, als er die Brüstung entlangkroch. Er hatte geahnt, dass seine Mutter erst jetzt merkte, dass es sich um ihn handelte, und er hatte gesehen, dass seine Geschwister weinten. Er hatte gesehen, wie sein Vater aus dem Auto herbeigerufen wurde, wo er gedöst hatte. Edwin hielt die Arme ausgestreckt und balancierte wie ein Drahtseilakrobat. Für alle Langeweile, die lästige Sonne, Hut und Anzug aus Baumwolle war er ohne weiteres entschädigt worden. Binnen Minuten war der Tag zu seinem geworden.

»Na, jedenfalls das richtige Wetter«, sagte Edwin zu dem alten Mann.

»Wie?«

»Angenehmes Wetter«, rief er. »Ein schöner Tag.«

»Der Rasen ist voller Pilze, wissen Sie. Es wimmelt nur so davon.« Mr Ainley-Foxleton untersuchte die kleinen schwarzen Flecken mit seinem Gehstock. »Gar nicht gewusst, dass es hier Pilze gibt«, sagte er.

Sie standen dicht an der Rasenkante. Unter ihnen befand sich der Steingarten voller Ehrenpreis, Grasnelken und Seifenkraut. Der Steingarten war in einem Halbkreis angelegt, um eine Sonnenuhr herum.

»Das hier sieht mir auch ganz nach Pilzen aus«, sagte Edwin und zeigte auf die größere Rasenfläche, die sich hinter dem Steingarten erstreckte.

»Wie?« Der alte Mann spähte über die Kante, wusste aber nicht, wonach er Ausschau halten musste, da er nicht richtig verstanden hatte. »Wie?«, sagte er ein zweites Mal, und Edwin versetzte ihm mit dem Ellbogen einen Stoß. Der Gehstock flog in hohem Bogen davon, und der alte Mann schlug mit dem Kopf auf der Sonnenuhr auf. Es gab einen scharfen, lauten Knacks. *Oh, don't go down to the woods today,* hob die Stimme erneut an und erscholl durch den Sonnenschein über den duftenden Garten hinweg. Edwin musterte rasch die Fenster des Hauses, für den Fall, dass sich in einem von ihnen ein Gesicht zeigte. Nicht dass es darauf ankam; aus der Entfernung konnte niemand einen so leichten Stoß mit dem Ellbogen erkennen.

Sie aßen Sandwiches mit Banane und Sandwiches mit Ei, Kekse mit Zuckerguss, Schokoladentorte und Kaffeekuchen. Die Schnauzen der Bären wurden in Beatrix-Potter-Becher getunkt und jeder Teddybär mit Namen angeredet. Edwins hieß Tomkin.

»Wisst ihr noch, der Tag mit dem Gewitter?«, fragte Enid und verzog das Gesicht, wie sie es immer tat – eigentlich fast schon ein Tick, dachte Edwin. Der Tag, an dem er die Brüstung entlanggelaufen war – vielleicht war das ja sogar der Tag mit dem Gewitter gewesen, und er musste lächeln, weil er den Gedanken amüsant fand. Auch Angela lächelte, ebenso Jeremy und Enid, Charlotte, Harriet und Holly, Peter und die Ehemänner und Ehefrauen. Besonders Deborah lächelte. Als Edwin von Gesicht zu Gesicht blickte, fühlte er sich an die Gesichter erinnert, die von weit unten zu ihm heraufgestarrt hatten, nur dass sie damals angstverzerrt waren statt lächelnd.

»Wisst ihr noch, das mit dem Sirup?«, fragte Angela. »Danach musste der arme Algernon ein ganz grässliches Bad nehmen.«

»War das nicht Horatio?«, fragte Deborah.

»Ja, das war Horatio«, bestätigte Enid und balancierte Horatio lustig auf ihrer Schulter.

Today's the day the teddy-bears have their picnic, sangen plötzlich alle und ließen sich von der Stimme aus dem Grammophon leiten. Edwin lächelte und fing sogar selbst zu singen an. Wenn sie zu Deborahs Elternhaus zurückkehrten, wäre die Stimmung gedrückt. »Der arme alte Kerl ist übersehen worden«, würde vermutlich er es übernehmen müssen zu erklären, »wegen des ganzen Theaters.« Und auch in Nr. 23 The Zodiac wäre die Stimmung gedrückt. »Ich glaube, du solltest ihn loswerden«, würde er vorschlagen und argumentieren, dass der blaue Teddybär sie für immer daran erinnern würde. Deborah, aufgrund des Geschehens ein kleines bisschen erwachsener geworden, würde sich natürlich einverstanden erklären. Wie alles andere auch musste eine Ehe die ihr angemessene Gestalt annehmen.

Charlotte erzählte die Geschichte eines Abenteuers, das ihr Mikey gehabt hatte, als sie ihn mit ins Internat nahm, wie ein abstoßendes Mädchen names Agnes Thorpe ihn mit einem Fleischspieß durchbohrt hatte. Holly erzählte, wie sie ihren Percival vor dem Ertrinken retten musste, als er aus einem Motorboot gefallen war. Jeremy zog das Grammophon auf, und das Geschnatter nahm seinen fröhlichen Fortgang, wobei die Ehemänner und Ehefrauen ebenso entzückt schienen wie alle anderen auch. Harriet erzählte, dass sie eigentlich Peter hatte heiraten wollen, und Peter erzählte, wie entschlossen er gewesen sei, Deborah zu heiraten. *Oh, don't go down to the woods today,* hob die Stimme erneut an, und dann ertönte Mrs Ainley-Fox-letons Aufschrei.

Alle stürzten davon und ließen die Teddybären einfach liegen und das Grammophon weiterplärren. Edwin war der Erste, der sich über die gespreizt daliegende Gestalt des alten Mannes beugte. Er erklärte Mr Ainley-Foxleton für tot, dann nahm er die Sache in die Hand.

EINE DREIEINIGKEIT

Ihr erster Urlaub seit ihren Flitterwochen wurde von dem älteren Mann bezahlt, den sie beide Onkel nannten. In Wahrheit war er mit keinem von beiden verwandt: Seit elf Jahren war er Dawnes Arbeitgeber, eigentlich aber glich die Beziehung eher der zwischen einem Wohltäter und den von ihm Abhängigen. Sie wohnten bei ihm und kümmerten sich um ihn, doch andererseits war er es, der sich um sie kümmerte und regelmäßig demonstrierte, dass sie derartiger Fürsorge bedurften. »Was ihr braucht, das ist ein bisschen Herbstsonne«, hatte er gesagt und Keith mit dem Auftrag losgeschickt, so viele Urlaubsprospekte mitzubringen, wie er auftreiben konnte. »Ihr zwei seid ja weiß wie Bettlaken.«

Der alte Mann kostete Aspekte ihres Lebens gleichsam stellvertretend aus und hörte ihnen bei allem, was sie sagten, aufmerksam zu. Er teilte ihre Vorfreude und blätterte mit größtem Vergnügen die Seiten der farbigen Broschüren durch. Einen Hochglanzprospekt nach dem anderen breitete er auf dem Küchentisch aus. Er bestaunte das Blau der Ägäis und die Blumenmärkte von San Remo, den Nil und die Pyramiden, die Costa del Sol, die Schätze Bayerns. Aber die Stadt Venedig war es, die vom ersten Moment an seine Phantasie beschäftigte, und wieder und wieder kam er auf das Wunder ihrer Brücken und Kanäle, auf die Majestät der Piazza San Marco zu sprechen.

»Ich bin zu alt für Venedig«, bemerkte er etwas traurig. »Inzwischen bin ich zu alt für überall.«

Sie widersprachen ihm. Sie drängten ihn, sie zu begleiten. Aber es war nicht nur das Alter, er musste auch an seinen Papierwarenladen denken. Er konnte doch Mrs Withers nicht zurücklassen, die dann zusehen müsste, wie sie allein zurechtkäme; das wäre nicht anständig.

»Schickt mir ein, zwei Ansichtskarten«, sagte er. »Das genügt.«

Er wählte einen Pauschalurlaub zu einem sehr annehmbaren Preis für sie aus: einen Flug von Gatwick Airport, zwölf Nächte in der Märchenstadt, in der Pensione Concordia. Als Keith und Dawne gemeinsam ins Reisebüro gingen, um die Buchung vorzunehmen, erläuterte ihnen der Schalterangestellte, die anderen Teilnehmer dieser ganz besonderen Pauschalreise seien Schüler eines Sprachkurses aus Windsor, die unter Leitung eines gewissen Signor Bancini Italienisch lernten. »Es liegt ganz bei Ihnen, ob Sie sich den Stadtführungen Signor Bancinis anschließen wollen«, erklärte der Schalterangestellte. »Und zum Frühstück und zum Abendessen haben Sie natürlich Ihren eigenen Tisch.«

Der alte Mann war hocherfreut, als er von der Gruppe aus Windsor erfuhr. Der Umgang mit solchen Leuten und die Möglichkeit, sich für einen geringen Aufpreis die Sachkenntnis eines Italienischlehrers zunutze zu machen, kamen, wie er betonte, einer Dreingabe gleich. »Reisen erweitert den Horizont«, sagte er. »Ich bedaure, dass ich nie die Gelegenheit dazu hatte.«

Aber irgendetwas lief schief. Entweder im Reisebüro oder in Gatwick oder in irgendeinem anonymen Computer nahm ein kleines Unheil seinen Lauf. Dawne und Keith landeten schließlich in einem Hotel namens Edelweiß, Zimmer 212, in der Schweiz. In Gatwick hatten sie ihre Flugtickets einer jungen Frau in der rot-gelben »Your-Kind-of-Holiday«-Uniform vorgezeigt. Sie hatte sie mit Namen angesprochen, die Angaben auf ihren Tickets überprüft und gesagt, es sei alles in bester Ordnung. Eine Stunde später waren sie überrascht, als sie im Flugzeug ältere Menschen mit einem starken nordenglischen Akzent sprechen hörten, wo doch der Schalterangestellte im Reisebüro unmissverständlich klargestellt hatte, Signor Bancinis Italienischkurs komme aus Windsor. Dawne hatte diesbezüglich sogar eine Bemerkung fallenlassen, aber Keith hatte gemeint, es müsse wohl eine Stornierung erfolgt sein oder vielleicht befinde sich der Italienischkurs ja an Bord einer zweiten Maschine. »Das wird der Name des Flughafens sein«, erklärte er selbstsicher, als der Pilot über die Bordsprechanlage ein Ziel nannte, das durchaus nicht wie Venedig klang. »So als würde er Gatwick sagen. Oder Heathrow.«

Sie bestellten zwei Drambuie, Dawnes Lieblingsgetränk, und dann noch zwei. »Es geht mit dem Bus weiter«, verkündete eine dicke Frau mit Brille, als das Flugzeug landete. »Bleiben Sie jetzt alle beisammen.« In der Broschüre war zwar von einem Zwischenstopp mit Übernachtung keine Rede gewesen, doch als der Bus vor dem Hotel Edelweiß vorfuhr, erklärte Keith, dass es sich offenbar genau darum handele. Zuerst mit dem Flugzeug und dann weiter mit dem Bus: So hielten die Pauschalreiseveranstalter die Preise niedrig, hatte ihm ein Arbeitskollege erzählt. Als sie aus dem Bus ausstiegen, war es schon fast Mitternacht. Ermüdet und gezeichnet von der Reise, wollten sie ihr Recht auf die angebotenen Betten nicht in Zweifel ziehen. Als sich jedoch am nächsten Morgen herausstellte, dass ihnen die Betten für die Dauer ihres Urlaubs angeboten wurden, waren sie ernsthaft beunruhigt.

»Wir haben hier den See und die Wasservögel«, erklärte der Empfangschef lächelnd. »Und wir können den Dampfer nach Interlaken nehmen.«

»Es liegt ein Irrtum vor«, informierte Keith den Mann in bemüht gleichmäßigem Tonfall, denn es war von größter Bedeutung, die Ruhe zu bewahren. Dicht neben sich nahm er den erregten Atem seiner Frau wahr. Sie hatte sich erst einmal hinsetzen müssen, als ihnen klargeworden war, dass etwas nicht stimmte, doch jetzt war sie wieder auf den Beinen.

»Wir können Ihnen kein anderes Zimmer geben, Sir«, entgegnete der Empfangschef rasch. »Jedem wurde ein Zimmer zugeteilt. Sie gehören zu der Gruppe, Sir?«

Keith schüttelte den Kopf. Nicht zu dieser Gruppe, sagte er, zu einer anderen Gruppe; einer Gruppe, die an einen anderen Bestimmungsort weitergereist sei. Keith war kein hochgewachsener Mann, und er litt oft unter der Arroganz, die er an anderen Menschen wahrzunehmen glaubte, an Amtspersonen dieser oder jener Art oder auch an Verkäufern, die zu der Annahme neigten, seine mangelnde Körpergröße lasse auf ein entsprechendes Format seiner Persönlichkeit schließen. In einem Ton, der Keith gar nicht gefiel, wiederholte der Empfangschef:

»Das ist das Hotel Edelweiß, Sir.«

»Wir sollten aber in Venedig sein. In der Pensione Concordia.«

»Der Name ist mir nicht bekannt, Sir. Hier haben wir die Schweiz.«

»Wir sollen mit einem Bus weiterfahren. Das hat eine der Reiseleiterinnen im Flugzeug gesagt. Sie war letzte Nacht hier, diese Frau.«

»Morgen haben wir die Fondueparty«, fuhr der Empfangschef fort, nachdem er sich die Information über die Reiseleiterin höflich angehört hatte. »Am Dienstag gibt es einen Besuch in der Schokoladenfabrik. An anderen Tagen können wir den Dampfer nach Interlaken nehmen, wo es Teestuben gibt. In Interlaken kann man zu anständigen Preisen Souvenirs erstehen.«

Dawne hatte noch nichts gesagt. Auch sie war zart gebaut, ihre Gesichtszüge blass unter orangefarbenem Puder. »Mickrig«, bemerkte der alte Mann gewohnheitsmäßig in scherzhaftem Ton, und manchmal riet er ihr, sich hinzulegen.

»Schön hier, nicht?«, begeisterte sich eine Stimme hinter Keith. »Draußen gewesen, die Enten füttern, was?«

Keith drehte sich nicht um. Langsam, jedem einzelnen Wort Raum gebend, sagte er zu dem Empfangschef: »Man hat uns für die falsche Ferienreise gebucht.«

»Ihre Gruppe ist für zwölf Nächte im Hotel Edelweiß gebucht. Jetzt noch eine Änderung vorzunehmen, Sir, falls Sie es sich anders überlegt haben –«

»Wir haben es uns nicht anders überlegt. Es liegt ein Irrtum vor.«

Der Empfangschef schüttelte den Kopf. Er wisse von keinem Irrtum. Davon habe man ihm nichts gesagt. Er würde ja gern helfen, wenn er könnte, aber er sehe nicht, wie ihnen am besten zu helfen wäre.

»Der Mann, der die Buchung entgegennahm«, unterbrach Dawne, »hatte eine Glatze, eine Brille und einen Schnurrbart.« Sie nannte den Namen des Reisebüros in London.

Zur Antwort lächelte der Empfangschef mit berufsmäßiger Anteilnahme. Mit dem Finger fuhr er den Rand des Gästebuchs entlang. »Mit Schnurrbart?«, sagte er.

Drei betagte Frauen, die im Flugzeug gesessen hatten, kamen

durch den Empfangsbereich. Ob jemandem aufgefallen sei, bemerkte eine von ihnen, dass unter den Betttüchern Gummilaken lagen? Tja, man kann nicht vorsichtig genug sein, wenn man ein Hotel führt, erwiderte eine andere liebenswürdig.

»Haben wir etwa ein Problem?«, fragte eine andere Frau und strahlte Keith an. Es war die dicke Frau, die er als Reiseleiterin bezeichnet hatte, an diesem Morgen erschien sie auffällig herausgeputzt in einem zweifarbigen Hosenanzug, grün und blau. Metallene Schnörkel, die nach Gold aussehen sollten, zierten ihre fleischfarbene Brille; ihr graues Haar war sorgfältig gewellt. Sie hatten sie in Gatwick mit der gelb-roten jungen Frau reden sehen. Im Flugzeug war sie den Gang auf und ab geschlendert und hatte die Leute angelächelt.

»Mein Name ist Franks«, sagte sie jetzt. »Ich bin mit dem Mann verheiratet, der das schlimme Bein hat.«

»Sind Sie hier zuständig, Mrs Franks?«, erkundigte sich Dawne.

»Wir sind nämlich im falschen Hotel.« Wieder nannte sie den Namen des Reisebüros und beschrieb den kahlköpfigen Schalterangestellten, nicht ohne seine Brille und seinen Schnurrbart zu erwähnen. Keith fiel ihr ins Wort.

»Anscheinend sind wir in die falsche Gruppe geraten. Wir haben uns bei der ›Your-Kind-of-Holiday‹-Frau gemeldet und alles Übrige ihr überlassen.«

»Wir hätten es wissen müssen, als wir merkten, dass die gar nicht aus Windsor waren«, steuerte Dawne bei. »Wir haben gehört, wie sie über Darlington sprachen.«

Keith gab einen ungeduldigen Kehllaut von sich. Er wünschte, sie würde das Reden ihm überlassen. Es hatte keinen Sinn, über Darlington und den Schnurrbart des Schalterangestellten daherzureden und alles nur noch verwirrender zu machen.

»Sie sind uns in Gatwick aufgefallen«, sagte er zu der dicken Frau. »Wir wussten, dass Sie für die Organisation verantwortlich sind.«

»*Sie* sind *mir* aufgefallen. Ja, natürlich sind Sie mir das, selbstverständlich. Ich habe Sie abgezählt, obwohl Sie es bestimmt nicht gemerkt haben. Monica hat die Tickets überprüft, und ich habe die Reiseteilnehmer abgezählt. Darum weiß ich auch, dass alles seine

Ordnung hat. Nun, ich will es Ihnen erklären. ›Your-Kind-of-Holiday‹ bietet seinen Kunden viele Reiseziele an, viele Rundfahrten, die unterschiedlichsten Angebote zu den unterschiedlichsten Preisen. Können Sie mir so weit folgen? Etwas für jeden Geldbeutel, etwas für jeden Geschmack. So gibt es zum Beispiel Villenurlaube für Abenteuerlustige unter fünfunddreißig. Es gibt Wanderurlaube in die Türkei und Wanderurlaube für Singles im Himalaja. Es gibt Selbstversorgung in Portugal, Novembervergünstigungen in Casablanca, Februar in Biarritz. Es gibt Kultur-in-der-Toskana und Sonnenschein-in-Sorrento. Es gibt den Nil. Es gibt ›Your-Kind-of-Safari‹ in Kenia. Nun, was ich Ihnen zu erklären versuche, meine Guten: Natürlich sehen die Tickets und die Anhänger einander alle ähnlich, zwei rote Streifen auf gelbem Hintergrund.« Mrs Franks lachte plötzlich auf. »Wenn man also einfach anderen Leuten mit rot-gelben Anhängern folgen würde, könnte man es für möglich halten, dass man schließlich in einem Safaripark endet!« Mrs Franks' Rede überstürzte sich, die Wörter purzelten durcheinander und sprudelten geradezu zwischen ihren Zähnen hervor. »Aber natürlich«, fügte sie beschwichtigend hinzu, »könnte so etwas in tausend Jahren nicht passieren.«

»Wir wollten aber nicht in die Schweiz«, beharrte Keith störrisch.

»Dann schauen wir mal, ja?«

Unerwartet drehte sich Mrs Franks um, ging davon und ließ die beiden stehen. Der Empfangschef stand nicht länger hinter der Rezeption. Tippgeräusche waren zu hören.

»Sie scheint ziemlich nett zu sein«, flüsterte Dawne, »die Frau.«

Keith fand diese Bemerkung unnötig. Unter den gegebenen Umständen war jegliche Betrachtung über Mrs Franks ebenso belanglos wie die Beschreibung des Mannes im Reisebüro. Er versuchte, in Gedanken Schritt für Schritt nachzuvollziehen, was geschehen war: wie sie der jungen Frau die Tickets vorgezeigt und sich zum Warten hingesetzt hatten, dann die Stimme des Piloten, der sie an Bord willkommen geheißen hatte, und die Flugbegleiterin mit den glatten schwarzen Haaren, die umherging, um nachzuprüfen, ob auch alle angegurtet waren.

»Snaith hat er geheißen«, sagte Dawne. »Auf dem Plastikding vor ihm stand *Snaith*.«

»Wovon redest du?«

»Der Mann in dem Reiseladen hieß Snaith. *G. Snaith* stand darauf.«

»Der Mann war doch nur ein Angestellter.«

»Er hat uns aber falsch gebucht. Dieser Mann ist für alles verantwortlich, Keith.«

»Wie dem auch sei.«

Dawne hatte es vorausgesehen – früher oder später würde er sagen: »Wie dem auch sei.« Mit dieser Phrase wies er sie in ihre Schranken, das hatte er immer schon getan. Man gab eine unschuldige Bemerkung von sich, tat sein Bestes, um zu helfen, und schon kam er einem mit »Wie dem auch sei«. Man erwartete, dass er fortfuhr, den Satz vollendete, aber das tat er nie. Die Phrase hing einfach in der Luft, und er hörte sich ungebildet an.

»Rufst du den Mann an, Keith?«

»Welchen Mann meinst du?«

Sie erwiderte nichts. Er wusste genau, welchen Mann sie meinte. Er brauchte nur bei der Auskunft anzurufen und die Nummer des Reisebüros herauszufinden. Es war sinnlos, sich bei einem Empfangschef zu beschweren, der nichts damit zu tun hatte, oder bei einer Frau, die für eine ganz andere Pauschalreise zuständig war. Sinnlos, die Schuld dort zu suchen, wo sie nicht lag.

»Schön, auch ein paar junge Leute dabeizuhaben«, sagte ein ältlicher Mann. »Gestatten, Nottage.«

Dawne lächelte, so wie sie es im Laden tat, wenn jemand versuchte, liebenswürdig zu sein, aber Keith nahm die Begrüßung nicht zur Kenntnis, da er nicht in ein Gespräch verwickelt werden wollte.

»Schon die Enten gesehen, hm? Echt famos, die Enten.«

Die Frau des alten Mannes war bei ihm, beide sahen wie über achtzig aus. Sie nickte, als er sagte, die Enten seien echt famos. Wie die Murmeltiere hätten sie geschlafen, sagte sie, der erholsamste Schlaf, den sie seit Jahren gehabt hätten, was natürlich der Luft am See zu verdanken sei.

»Schön für Sie«, sagte Dawne.

Keith verließ den Empfangsbereich, und Dawne folgte ihm. Auf dem Kiesplatz vor dem Hotel sprachen sie nicht darüber, dass dem Missgeschick, das sich ereignet hatte, eine gewisse Ironie innewohnte. Der erste Urlaub seit ihren Flitterwochen, und sie hatten es fertiggebracht, sich auf einer Pauschalreise für alte Leute wiederzufinden, wo doch der Zweck des Urlaubs gerade darin bestand, den Bedürfnissen und Forderungen der Alten zu entrinnen. Auf seine herrische Art hatte Onkel das selbst gesagt, als sie ihn dazu überreden wollten, sie zu begleiten.

»Du musst Snaith anrufen«, sagte Dawne und reizte Keith nur noch mehr. Was sie einfach nicht begreifen wollte: Sollte der Irrtum tatsächlich dem Mann unterlaufen sein, von dem sie sprach, dann hatte sich in der Zwischenzeit alles dermaßen verschlimmert, dass der Mann einfach behaupten würde, in ihrer gegenwärtigen Zwangslage nichts für sie tun zu können. Keith verkaufte über den Tresen Versicherungen für die Allgemeine Unfallversicherungsgesellschaft und wusste einiges von den Komplikationen, die sich ergaben, wenn man bei einer Anforderung auch nur die geringste Fehlmeldung in ein Computerprogramm eingab. Irgendwo in der Kette der Ereignisse war etwas dergleichen passiert, aber es würde sehr, sehr lange dauern, Dawne das auseinanderzusetzen. Eine Kasse konnte Dawne so gut wie jede andere bedienen; im Laden wusste sie den Preis von Marsriegeln und verschiedenen Zigaretten- und Tabaksorten auswendig, ebenso die Preise sämtlicher Zeitungen und Zeitschriften, aber davon abgesehen hielt Keith sie für eher begriffsstutzig, oft war sie unfähig, einer einfachen Erörterung zu folgen.

»Hallo, da drüben!«, rief Mrs Franks, und als sie sich umdrehten, sahen sie, wie sie über den Kies auf sie zugeeilt kam. In der Hand hielt sie einen rosafarbenen Zettel. »Ich habe meine Hausaufgaben gemacht!«, rief sie, als sie etwas näher war. Sie winkte mit dem rosafarbenen Zettel. »Werfen Sie einen Blick darauf.«

Es war eine Liste mit Namen, ein Computerausdruck, jeder Name eine Reihe winziger Pünktchen. *K. und H. Beale*, lasen sie, *T. und G. Craven, P. und R. Feinman.* Es gab noch viele andere, darunter auch *B. und Y. Nottage.* Sie selbst standen an der richtigen Stelle im Alphabet, zwischen *J. und A. Hines* und *C. und L. Mace.*

»Die Sache ist die«, setzte Dawne an, und Keith sah weg. Mit leiser Stimme fuhr seine Frau fort, Mrs Franks zu erklären, ihr Urlaub sei liebenswürdigerweise von dem alten Mann bezahlt worden, bei dem sie wohnten und der, schon bevor sie bei ihm einzogen, Dawnes Arbeitgeber gewesen sei und es noch immer war. Sie nannten ihn Onkel, aber er war kein Verwandter, eher ein Freund – mehr als das. Die Sache war die: Er würde sich sehr darüber ärgern, dass sie nicht in Venedig seien, wo er sich doch für Venedig entschieden hatte. Er würde sich sehr darüber ärgern, dass sie an einer Pauschalreise für Alte teilnahmen, wo er doch wollte, dass sie sich von den Alten einmal ausruhen, nicht dass es sie, Dawne, störe, sich um Onkel zu kümmern, oder je stören würde. Der Mann im Reisebüro habe gesagt, die Leute aus Windsor seien ziemlich jung. »So etwas merke ich mir immer«, schloss Dawne. »Snaith hat er geheißen. G. Snaith.«

»Nun, das ist sehr interessant«, äußerte sich Mrs Franks, um nach einer Pause hinzuzufügen: »Übrigens, Dawne, Mr Franks und ich sind noch in unseren Fünfzigern.«

»Wie dem auch sei«, sagte Keith. »Zu keinem Zeitpunkt haben wir einen Urlaub in der Schweiz gebucht.«

»Tja, das ist es ja, sehen Sie. Das Ticket, das Sie in Gatwick vorgezeigt haben, ist ganz unverkennbar, ganz eindeutig das gleiche wie das der Beales und der Maces – das gleiche wie unseres, wo wir schon einmal dabei sind. Nicht die Spur eines Unterschieds, Keith.«

»Wir müssen zu unserem richtigen Reiseziel befördert werden. Es müssen Vorbereitungen getroffen werden.«

»Ich weiß nicht, ob Sie es wissen, Keith, aber das Problem ist, dass zwischen Ihnen und Venedig ein halber Kontinent liegt. Dazu kommt noch, dass ich nicht für ›Your-Kind‹ arbeite, ganz und gar nicht. Wir bekommen nur ein leicht verbilligtes Ticket dafür, dass ich mich bereit erkläre, ein bisschen aufzupassen. Vor Ort, wie wir sagen.« Mrs Franks erklärte weiter, auch ihr Mann habe den rosafarbenen Zettel genauestens geprüft und sei ganz ihrer Meinung. Sie fragte Keith, ob er ihren Mann schon kennengelernt habe, und erklärte abermals, dass er der Mann mit dem schlimmen Bein sei. Er sei Buchhalter von Beruf gewesen und erledige, wenn es sich ergebe, nach wie vor eine Menge Buchhaltungsarbeiten, auf eigene Rechnung. Das Hotel Edelweiß sei ausgezeichnet, sagte sie. »Your-Kind« würde niemals ein mittelmäßiges Hotel auswählen.

»Wir möchten Sie bitten, Ihre Firma in London zu kontaktieren«, sagte Keith. »Wir gehören nicht zu Ihrer Gruppe.«

Schweigend, aber lächelnd hielt Mrs Franks ihm die rosafarbene Liste hin. Ihre Miene beharrte darauf, dass die Liste für sich sprach. Niemand konnte die Identität ihrer gepunkteten Namen zwischen all den anderen anfechten.

»Unser Name steht irrtümlich auf der Liste.«

Ein Mann humpelte ihnen über den Kies entgegen, ein großer Mann mit schlurfendem Gang. Sakko und Weste, marineblau und nadelgestreift, passten nicht recht zu seiner braunen Hose; seine Brille wurde mit Tesafilm zusammengehalten. Als er sich näherte, war sein geräuschvoller Atem zu hören. Er blies ihn durch halb geschürzte Lippen, die ungefähre Wiedergabe einer Gilbert-und-Sullivan-Melodie.

»Das sind die armen verlorenen Lämmlein«, sagte Mrs Franks. »Keith und Dawne.«

»Wie geht's?« Mr Franks streckte die Hand aus. »Dumme Sache, was?«

Es war Mr Franks, der Keith schließlich vorschlug, selbst bei »Your-Kind-of-Holiday« anzurufen, eine Nummer in Croydon, und zu seiner Überraschung bekam Keith mühelos Anschluss. »Entschuldigen Sie mich für einen Moment«, sagte die junge Frau, als er ausgeredet hatte. Er hörte, wie sie mit jemand anders sprach, und hörte die andere Person lachen. Als die junge Frau wieder an den Apparat kam, sagte sie, die Spur eines Lachens in der Stimme, mitten in einer Pauschalreise sei es unmöglich, sich anders zu entscheiden. Unter keinen Umständen könne das gestattet werden. »Wir haben uns nicht anders entschieden«, protestierte Keith, aber als er noch einmal von vorn anfing, wurde die Verbindung unterbrochen, da er keine Münzen mehr hatte. Beim Empfangschef löste er einen Reisescheck ein und erhielt etliche Fünffrankenmünzen, doch als er die Nummer von neuem wählte, konnte man die junge Frau, mit der er gesprochen hatte, nirgends finden, sodass er die ganze Geschichte einer anderen jungen Frau erklären musste. »Es tut mir leid, Sir«, sagte die Frau, »aber wenn wir den Leuten erlauben würden, sich anders zu entscheiden, nur weil ihnen ein Ferienort nicht gefällt, könnten wir das Geschäft gleich aufgeben.« Keith fing an, in die Muschel zu brüllen, und Dawne klopfte an die Glasscheibe der Telefonzelle und hielt einen Zettel hoch, auf den sie geschrieben hatte: *G. Snaith hat er geheißen.* »Irgendein Verrückter«, hörte Keith die junge Frau in Croydon sagen, die die Sprechmuschel nur unzureichend mit der Hand abgedeckt hatte. Jemand brach in Kichern aus, bevor die Verbindung zu ihm getrennt wurde.

Es war nicht das erste Mal, dass Keith und Dawne auf diese Art zu leiden hatten: Niederlagen waren ihnen vertraut. Es hatte eine Zeit gegeben, zwei Jahre nach ihrer Heirat, da Keith sich durch den Kauf von Bastelmaterialien für Flaschenschiffe verschuldet hatte; noch früher – bevor sie sich kennengelernt hatten – war es so weit gekommen, dass das Lamb and Flag Dawne entließ, weil sie Trinkgelder angenommen hatte, obwohl die Vorschriften dies ausdrücklich untersagten. Einmal hatte Keith das falsche Wasserrohr durchgesägt, und als die Zimmerdecke der Wohnung unter ihnen einstürzte, hatte der Hauswirt ihm eine Rechnung in Höhe von fast zweihundert Pfund präsentiert. Onkel war es gewesen, der Dawne nach der Lamb-and-Flag-Episode eine Stelle in seinem Laden verschafft und ihnen auf die Füße geholfen hatte, indem er die ausstehenden Bastelschulden beglich. Schließlich überredete er sie, bei ihm einzuziehen, wobei er hervorstrich, dass alle drei von diesem Arrangement profitieren würden. Seit dem Tod seiner Schwester hatte er es mühsam gefunden, sich allein zurechtzufinden.

In Interlaken wählten sie für ihn eine Ansichtskarte mit einem Berg, der in einem James-Bond-Film vorkam. Allerdings wussten sie nicht, was sie schreiben sollten: Wenn sie die Wahrheit gestünden, würden sie bei ihrer Rückkehr die unausgesprochene Verachtung des alten Mannes zu spüren bekommen – ein Ausdruck in seinen Augen, während er sie schweigend betrachtete. Vor Jahren hatte er – nur dieses eine Mal – offen gesagt, dass sie zu Unfällen neigten. Sie hätten in ihren Geschäften mit der Welt kein Glück, hatte er ausgeführt, als Dawne nachfragte; Nieten, könne man wohl sagen, falls sie ihm den Ausdruck verzeihen würden, geborene Opfer, ohne eigene Schuld. Seither waren solche Urteile nur von seinen Augen ausgesprochen worden.

»Man wählt ein Stück Torte aus«, sagte Dawne, »vorn beim Tresen. Sie tun es einem auf den Teller. Dann kommt die Kellnerin, und man bestellt den Tee. Ich habe beobachtet, wie es geht.«

Keith wählte ein Stück Reineclaudenkuchen mit Glasur, Dawne eine Portion Erdbeerkuchen. Kaum hatten sie sich gesetzt, als auch schon eine Kellnerin kam und lächelnd vor ihnen stand. »Tee mit Milch«, bestellte Dawne, denn als sie davon erzählt hatte, dass sie eine Auslandsreise machen wollten, hatte jemand, der in den Laden gekommen war, sie gewarnt, dass man die Milch eigens dazubestellen müsse, andernfalls werde der Tee einfach so gebracht, manchmal nichts weiter als ein Teebeutel und ein Glas heißes Wasser.

»Ein Streik?«, schlug Dawne vor. »Man hört doch ständig von Flughafenstreiks.«

Aber Keith starrte weiter auf die leere Ansichtskarte, er hielt es für unklug, Zuflucht zu einer Unwahrheit zu nehmen. Es war nicht leicht, den alten Mann anzulügen. Er hatte die Gabe, derlei Versuche unbeholfen erscheinen zu lassen, und am Ende kitzelte er die Wahrheit dann doch aus einem heraus. Aber seine Verachtung würde monatelang andauern, zumal er, wie er es nennen würde – und das mindestens einige hundert Mal –, »gutes Geld« für ihre Tickets gezahlt hatte. »Das ist wieder typisch Keith, also wirklich«, würde er in Dawnes Hörweite seine Kunden immer wieder in Kenntnis setzen, und sie würde es noch in derselben Nacht im Bett weitergeben, so wie sie seine Kommentare immer weitergab.

Keith verzehrte sein Stück Reineclaudenkuchen, Dawne ihren Erdbeerkuchen. Sie tauschten sich nicht darüber aus, was sie dachten, obwohl ihre Gedanken einander glichen. »Ihr habt beide keinen Sinn fürs Geschäftliche«, hatte er nach der Flaschenschiffmisere gesagt und dann wieder, als Dawne sich erfolglos als Änderungsschneiderin versucht hatte. »Nicht eine Woche würdest du durchstehen, wenn du unten die Verantwortung hättest.« Er sprach vom Laden stets als »unten«. Jeden Tag seines Lebens stand er um fünf Uhr auf, um unten zu sein, wenn die Zeitungen angeliefert wurden. So hatte er es dreiundfünfzig Jahre lang gehalten.

Das Flugzeug, schrieb Keith, *konnte den italienischen Flughafen wegen eines Streiks nicht anfliegen. So musste es stattdessen hier landen. Irgendwie ist das gut, denn auf diese Weise bekommen wir noch ein anderes Land zu sehen! Deine Erkältung ist hoffentlich besser geworden*, fügte Dawne dazu. *Es ist wirklich großartig hier! XXX*

Sie stellten sich vor, wie er die Karte Mrs Withers zeigte. »Das ist typisch, also wirklich«, sagte er in ihrer Vorstellung, und Mrs Withers würde versuchen, ihn bei Laune zu halten, und sagen, er solle nicht so sarkastisch sein. Mrs Withers war erfreut darüber gewesen, sich etwas hinzuverdienen zu können; ganz erpicht darauf, als er sie gebeten hatte, zwei Wochen lang Vollzeit zu arbeiten.

»Kann jedem passieren, so ein Streik«, sagte Dawne, Mrs Withers' Antwort vorwegnehmend.

Keith aß seinen Reineclaudenkuchen auf. »Rufen Sie bei Smith's wegen eines Testamentformulars an«, hörte er Onkels übellaunige, gereizte Stimme zu Mrs Withers sagen, und die Postkarte wäre bereits auf dem Embassy-Filter-Regal verstaut. Und wenn sie dann am nächsten Morgen mit dem Formular ins Geschäft käme, würde er es den ganzen Tag herumliegen lassen, doch wenn sie ginge und bevor er die Ladentür hinter ihr zusperrte, würde er es wieder in der Hand halten. »Albern, wirklich«, würde Mrs Withers sagen, wenn sie Dawne schließlich davon erzählte.

»Eigentlich bin ich genauso gern hier«, flüsterte Dawne, wobei sie sich ein wenig vorbeugte; endlich brachte sie den Mut auf, es zu sagen. »Ich bin genauso gern in der Schweiz, Keithie.«

Statt zu antworten, sah er sich in der Teestube um. Er blickte auf die Kuchen, die in der langen Glasvitrine ausgestellt waren, welche auch als Tresen diente – Aprikose, Pflaume und Apfel, Karottenkuchen und Schwarzwälder Kirschtorte, Früchtekuchen mit dicker Glasur, Marzipanschnitten, kleine Zitronentörtchen, Orangenéclairs, Kaffeefondants. Verärgert über die Bemerkung seiner Frau, wollte er gemein zu ihr sein, indem er ihr die Antwort schuldig blieb. So ließ er seinen Blick über die Gesichter der Paare gleiten, die gelassen an runden, hübsch gedeckten Tischen saßen. Gemächlich musterte er die lächelnden Kellnerinnen, deren karmesinrote Schürzen dieselbe Farbe hatten wie die gerüschten Tischtücher. Er bemühte sich, den Anschein zu erwecken, als fühlte er sich von den Kellnerinnen angezogen.

»Es ist wirklich nett hier«, sagte Dawne, ihre Stimme noch immer leise und schüchtern.

Er konnte ihr nicht widersprechen; es gab an dem Ort nichts auszusetzen. Die Leute sprachen zwar deutsch, aber wenn man englisch sprach, verstanden sie einen. Enoch Melchor, Abteilung Schadensfälle, war letztes Jahr irgendwo in Italien gewesen und wegen der Sprache in alle möglichen Schwierigkeiten geraten: Einmal hatte er einen Fischkopf vorgesetzt bekommen, obwohl er glaubte, Erbsen bestellt zu haben.

»Wir könnten sagen, es hätte uns so gut gefallen, dass wir beschlossen hätten zu bleiben«, schlug Dawne vor.

Sie schien nicht zu verstehen, dass es nicht bei ihnen lag, irgendetwas zu entscheiden. Zwölf Tage Venedig waren für sie ausgewählt, zwölf Tage Venedig bezahlt worden. »Nicht viel besser als 'ne Jauchegrube«, hatte Enoch Melchor gesagt – nicht dass er jemals dort gewesen wäre. »Stinkt zum Himmel«, hatte er gesagt, aber auch darum ging es nicht. Erinnerungen an Venedig waren bestellt worden, Erinnerungen, die nach London mitgebracht werden mussten, zusammen mit Glasfiguren für den Kaminsims, da Venedig für sein Glas berühmt war. Die Speisezettel in der Pensione Concordia und die Melodien, die von den Caféorchestern gespielt wurden, sollten Tag für Tag in Dawnes Notizbuch festgehalten werden. Venedig badete im Sonnenschein, der beste Herbst seit Jahren, den Zeitungen zufolge.

Sie verließen die Teestube und spazierten durch die Straßen. Anfangs brannten ihnen die Augen, bis sie sich an den scharfen Wind gewöhnt hatten, der aufgekommen war. Sie betrachteten Auslagen voller Armbanduhren und schlenderten von einem Souvenirladen zum nächsten, da auf den Aushängen stand, dass der Eintritt gratis sei. Es gab eine Wanduhr mit einem Mädchen, das jede Stunde auf einer Schaukel schaukelte, eine andere mit einem Mann und einer Frau, die mit einer Säge hantierten, eine dritte mit einer Kuh, die gemolken wurde. Aus unterschiedlich geformten Spieldosen erklangen alle möglichen Melodien: »Lili Marleen«, »An der schönen blauen Donau«, »Laras Thema« aus *Doktor Schiwago*, »Der Schicksalswalzer«. Es gab Ofenhandschuhe, die auf Englisch mit dem Kalender für das kommende Jahr bedruckt waren, und Miniaturgestecke aus getrockneten Blumen, gerahmt und auf Samt. In den Pralinenläden waren sämtliche Marken zu kaufen. Lindt, Suchard, Nestlé, Cailler und Dutzende andere. Es gab Schokolade mit Nüssen und Schokolade mit Rosinen, mit Nougat und Honig, weiße, Milch- und Bitterschokolade, Schokolade gefüllt mit Fondant, mit Cognac, Whiskey oder Chartreuse, Schokoladenmäuse und Schokoladenwindmühlen.

»Es ist so angenehm hier«, bemerkte Dawne mit ungeheuchelter Begeisterung. Sie betraten eine andere Teestube, und diesmal aß Keith ein Stück Kastanientorte und Dawne eines mit schwarzen Johannisbeeren, beide mit Sahne.

Zum Abendessen saßen sie in einem geschmackvoll mit grau gestrichenem Holz getäfelten Speisesaal zwischen den Leuten aus Darlington, an einem Zweiertisch, genau wie es ihnen der Angestellte im Reisebüro versprochen hatte. Die Nudelsuppe mit Hühnerfleischeinlage entsprach ganz dem, was sie gewohnt waren, ebenso die Schweinekoteletts mit Apfelsoße und Pommes frites, die folgten. »Die wissen, was wir mögen«, rief die Frau namens Mrs Franks, als sie eine Runde von Tisch zu Tisch drehte, um an jedem dasselbe zu sagen.

»Wirklich nett«, stimmte Dawne ihr zu. Als ihnen der Irrtum zum ersten Mal aufgegangen war, war ihr übel geworden; sie hatte auf die Toilette gehen wollen, um einfach dort sitzen zu bleiben und darauf zu hoffen, dass alles nur ein Albtraum sei. Sie hatte sich selbst die Schuld gegeben, weil sie es gewesen war, die sich über die vielen alten Leute im Flugzeug gewundert hatte, wo doch der Mann im Reiseladen den Eindruck von jungen Leuten, von jungen Leuten aus Windsor, vermittelt hatte. Sie war es gewesen, die, nur einen Moment lang, die Stirn gerunzelt hatte, als der Pilot den Namen des Flughafens nannte. Keith hatte die Angewohnheit, ihre Zweifel beiseitezuwischen, so wie damals, als sie misstrauisch war wegen der Männer, die zur Tür kamen, um Matratzen zu verkaufen, und Keith überredeten, eine Anzahlung zu leisten. Das Problem mit Keith war, dass er immer so selbstsicher klang, als wisse er etwas, das sie nicht wusste, als habe ihn jemand informiert. »Wir sind nur für diese eine Nacht hier«, hatte er gesagt, und sie hatte gedacht, dass er das in der Reisebroschüre gelesen haben musste oder dass es ihm der Angestellte in dem Reiseladen gesagt hatte. Natürlich, er konnte nicht aus seiner Haut heraus; so war er nun einmal. »Du hast wohl Watte im Hirn, was?«, hatte Onkel grob bemerkt, damals, an dem Augustfeiertag, als der arme Keith sie in den langsamen Zug nach Brighton verfrachtet hatte, der eine Stunde länger brauchte.

»Silberstreifen, Keithie.« Sie legte den Kopf zur Seite, und ihr kleines Gesicht entspannte sich zu einem Lächeln. Vor dem Abendessen waren sie am Seeufer spazieren gegangen. Sie hatte sich nur bücken müssen, und schon waren die Vögel, die auf dem Wasser schwammen, angelockt worden. Danach hatte sie ihr neues beigefarbenes Kleid angezogen, das sie eigens für den Urlaub gekauft hatte.

»Morgen probiere ich es unter der Nummer noch einmal«, sagte Keith.

Sie sah, dass er sich nach wie vor Sorgen machte. Er war schrecklich gedrückt, wenngleich er seine Portion aufessen konnte. Er wurde unwirsch, wenn sie das Büro erwähnte, wo sie die Tickets gekauft hatten, also unterließ sie es, obwohl sie gern darauf zurückgekommen wäre. Zeit genug, die Suppe auszulöffeln, wenn sie zurück waren; besser, man machte jetzt das Beste daraus. Aber auch das sagte sie nicht.

»Wenn du willst, Keithie«, sagte sie stattdessen. »Versuch's, wenn dir danach ist.«

Natürlich beschäftigte es ihn mehr als sie; als Mann würde er auch mehr getadelt werden. Aber am Ende war es vielleicht gar nicht so schlimm, am Ende würden sie dem Sturm standhalten. Sie würden von der Fondueparty erzählen können und vom Besuch in der Schokoladenfabrik. Es gab die Wasservögel und die Teestuben und die Eisenbahnfahrt, für die sie einen Aushang gesehen hatten, bis hinauf zum Gipfel eines hohen Berges.

»Bananensplit?«, bot der Kellner an. »Oder vielleicht lieber Meringue Williams?«

Sie zögerten. Meringue Williams sei Schaumgebäck mit Birnen und Eiscreme, erklärte der Kellner. Sehr gut. Er selbst empfehle Meringue Williams.

»Klingt wunderbar«, sagte Dawne, und Keith nahm dasselbe. Sie überlegte, ob sie erwähnen sollte, wie nett alle zu ihnen waren – Mrs Franks war überaus einfühlsam, der Mann, der an ihrem Tisch vorbeigekommen war und nachgefragt hatte, ob das Essen recht gewesen sei, überaus freundlich, und der Kellner auch. Aber sie entschied sich dagegen, denn oft wollte Keith gar nicht aufgemuntert werden. »Trauerkloß« nannte Onkel ihn zuweilen, oder »Nieselpriem«.

Überall um sie herum plapperten die alten Leute. Dawne sah, dass sie älter waren als Onkel; einige von ihnen zehn Jahre älter, sogar fünfzehn. Sie fragte sich, ob es Keith wohl aufgefallen war, ob es zu seiner gedrückten Stimmung vielleicht beitrug. Sie hörte, wie sie sich über die Souvenirs unterhielten, die sie gekauft, über die Teestuben, die sie besucht hatten; gesund und munter wirkten sie, noch immer voller Lebenslust wie Onkel. »Jeden Tag kann es so weit sein, dass ich den Löffel abgebe«, sagte der gern, was natürlich Unsinn war. Dawne beobachtete, wie die alten Münder Banane oder Meringue aufnahmen, das langsame Kauen, den Genuss der Süße. Onkel hatte noch gut zwanzig Jahre vor sich, dachte sie plötzlich.

»Es ist einfach Pech«, sagte sie.

»Wie dem auch sei.«

»Sag das nicht, Keithie.«

»Sag was nicht?«

»Sag nicht ›Wie dem auch sei‹.«

»Und warum nicht?«

»Ach, einfach darum.«

Sie hatten einen gemeinsamen Heimhintergrund: Beide hatten sie ihre Eltern nicht gekannt. Dawne konnte sich an Keith erinnern, als er elf Jahre alt war und sie neun, obwohl sie sich damals nicht zueinander hingezogen gefühlt hatten. Später sahen sie sich wieder, als sie anlässlich des alljährlichen Tanzes ihr Kinderheim besuchten – Disco nannte man das zu jener Zeit. »Ich habe Arbeit in einem Laden gefunden«, hatte sie gesagt, ohne Onkel zu erwähnen, denn damals, zu der Zeit, als seine Schwester noch lebte, war er nur ihr Arbeitgeber gewesen. Sie waren schon eine Weile verheiratet, bevor er zu einer wichtigen Größe in ihrem Leben wurde. Mittlerweile konnten sie, ohne groß nachzudenken, jede seiner Stimmungsschwankungen und Marotten erahnen, konnten den nächsten Streit mit Reverend Simms, in dessen Kirche er gelegentlich ging, schon aus weiter Ferne vorhersehen. Früher hatten sie versucht, derartigen Streitigkeiten vorzubeugen, sich gegen Stimmungsschwankungen zu wappnen und seinen Marotten, wenn sie lästig wurden, entgegenzutreten. Das taten sie nicht mehr. Obwohl er ihnen genau zuhörte, beachtete er nicht, was sie sagten, da er die Oberhand hatte. Die smithschen Testamentsformulare und ein altes Billardzimmer – »der schönste Ort, an dem ein Mann eine Stunde verbringen kann« –, das war es, womit er ihnen drohte. In dem Billardzimmer traf er sich mit seinen Freunden; dort las er seinen *Daily Express* und trank Double Diamond, seiner Meinung nach das beste Flaschenbier der Welt. Es wäre schrecklich, wenn Männer, ganz gleich welchen Alters, in diesem Zimmer nicht mehr Billard spielen könnten, schrecklich, wenn keine Mittel mehr vorhanden wären, um den Betrieb für immer am Laufen zu halten.

Mrs Franks machte eine Ankündigung. Sie bat um Ruhe, dann teilte sie die Einzelheiten des Programms für den nächsten Tag mit. Geplant war ein Ausflug zu dem James-Bond-Berg, Treffpunkt sei der Platz vor dem Hotel um halb elf. Wer nicht mitkommen wolle, möge ihr bitte heute Abend Bescheid geben.

»Wir müssen nicht mit, Keithie«, flüsterte Dawne, nachdem Mrs Franks sich hingesetzt hatte. »Nicht, wenn wir nicht wollen.«

Das Geplapper setzte von neuem ein, Löffel wurden aufgeregt durch die Luft geschwenkt. Falsche Zähne, graue Haare, Brillengestelle; Onkel hätte gut dazu gepasst, aber das würde nie geschehen, denn Onkel beteuerte, dass er alte Menschen verachte. »Das erzählt ihr *mir*? Ihr wollt mir weismachen, dass ihr euch mit einem Haufen Rentner zusammengetan habt?« So deutlich, als säße er neben ihr, konnte Dawne seine von gespielter Verblüffung durchdrungene Stimme hören. »Ihr seid im falschen Land angekommen und habt euren Urlaub mit einem geriatrischen Verein verbracht? Das wollt ihr mir doch wohl nicht weismachen?«

Bei aller Anteilnahme hatte Mrs Franks die Sache doch heruntergespielt. Sie wusste, dass ein junges Paar in den Dreißigern auf einer Pauschalreise für alte Leute nichts verloren hatte; sie wusste, dass der Irrtum nicht bei ihnen lag. Aber es hatte keinen Sinn, Onkel gegenüber Mrs Franks zu erwähnen. Es hatte keinen Sinn, zu sagen, dass Keith zu dem Empfangschef und den Leuten in Croydon ausfallend geworden war. Er würde zuhören, und dann würde Schweigen herrschen. Danach würde er anfangen, über das Billardzimmer zu reden.

»Schönen Tag gehabt, ja?«, sagte Mrs Franks beim Verlassen des Speisesaals. »Ende gut, alles gut, stimmt's?«

Keith aß weiter an seiner Meringue Williams, als sei er gar nicht angesprochen worden. Mr Franks kommentierte lachend die Meringue und sagte, sie alle müssten auf ihre schlanke Linie achten. »Ich muss schon sagen«, meinte Mrs Franks, »mit dem Wetter haben wir Glück. Wenigstens regnet es nicht.« Sie trug dieselbe auffällige Kleidung. Sie sagte, sie habe ein paar Sachen von Madame Rochas kaufen können, enorme Schnäppchen.

»Das mit den alten Leuten brauchen wir ja nicht zu sagen«, flüsterte Dawne, als das Ehepaar Franks weitergegangen war. »Brauchen wir gar nicht zu erwähnen.«

Dawne grub in dem tiefen Glas nach der Eiscreme, die unter den Birnenschnitzen lag. Sie wusste, was er dachte: dass ihr das mit den alten Leuten herausrutschen würde. Jeden Samstag wusch sie Onkel die Haare, weil er es selbst zu beschwerlich fand. Da er jedoch über das lauwarme Wasser murrte, das nötig war, damit er sich hinterher keine Erkältung holte, musste sie ihn bei Laune halten. Sie hatte es immer schon schwierig gefunden, zwei Dinge gleichzeitig zu tun, und so kam es während des Haarewaschens gelegentlich vor, dass sie sich beim Reden vergaß. Aber sie war entschlossen, diesen Fehler nicht noch einmal zu begehen, so wie sie schon vor Ewigkeiten den Vorsatz gefasst hatte, sich nicht durcheinanderbringen zu lassen, wenn er ihr plötzlich eine Frage stellte, während sie die unverkauften Zeitungen zählte.

»Haben Sie Ihre Freunde aus Windsor gefunden?«, erkundigte sich eine alte Frau mit Gehhilfe. »Ach, es wäre schlimm, wenn Sie Ihre Freunde verloren hätten.«

Dawne klärte sie auf, da die Frau es nicht böse gemeint hatte. Andere alte Leute standen daneben und lauschten, aber einige von ihnen waren schwerhörig und baten darum, das Gesagte zu wiederholen. Keith fuhr fort, seine Meringue Williams zu essen.

»Es ist doch nicht ihre Schuld, Keithie«, begann sie zögerlich, als die Leute weitergegangen waren. »Die können doch nichts dafür.«

»Wie dem auch sei. Es gibt keinen Grund, ihre Aufmerksamkeit auf uns zu ziehen.«

»Ich habe ihre Aufmerksamkeit nicht auf uns gezogen. Sie sind einfach hergekommen. Genau wie Mrs Franks.«

»Wer ist Mrs Franks?«

»Du weißt genau, wer sie ist. Die füllige Frau. Sie hat uns heute Morgen ihren Namen genannt, Keithie.«

»Sobald ich zurück bin, werde ich entsprechende Schritte in die Wege leiten.«

An seinem Tonfall erkannte sie, dass er darüber nachgedacht hatte. Die ganze Zeit auf dem Dampfer nach Interlaken, die ganze Zeit in der Teestube und in den kalten Straßen und in den Souvenirläden, die ganze Zeit, während sie sich die Uhren- und die Schokoladenauslagen angesehen hatten, die ganze Zeit in dem grau getäfelten Speisesaal – die ganze Zeit über hatte er geplant, was er sagen und was er vermutlich schon auf der nächsten Ansichtskarte schreiben würde: dass er vorhatte, eine Klage anzustrengen. Nach ihrer Rückkehr würde er in der Küche stehen und seine Absichten darlegen, ganz sachlich. Gleich am Montag, so würde er erklären, werde er einen Anwalt aufsuchen, ein Termin während der Mittagspause. Und Onkel würde schweigen, würde nicht einmal ab und zu den Kopf senken oder schütteln, da er wusste, dass Anwälte Geld kosteten.

»Sie sind für den vollen Betrag haftbar. Für jeden Penny.«

»Lass uns doch versuchen, uns zu amüsieren, Keithie. Warum sage ich Mrs Franks nicht, dass wir auf den Berg mitkommen?«

»Auf was für einen Berg?«

»Der Berg, von dem sie gesprochen hat, der auf der Ansichtskarte, die wir ihm geschickt haben.«

»Ich muss morgen früh in Croydon anrufen.«

»Das kannst du auch vor halb elf, Keithie.«

Die letzten der alten Leute trotteten aus dem Speisesaal und wünschten ihnen im Hinausgehen eine gute Nacht. Der Tag würde kommen, dachte Dawne, wo sie auf eigene Faust nach Venedig führen, mit Leuten wie den Leuten aus Windsor. Sie stellte sich die Leute aus Windsor in der Pensione Concordia vor, keiner von ihnen einen Tag älter als sie selbst. Sie stellte sich vor, wie Signor Bancini sich unter sie mischte und im Vorübergehen ein, zwei Wörter Italienisch dolmetschte. Im Speisesaal der Pensione Concordia gäbe es Gelächter, und auf den Tischen stünden Rotweinflaschen. Die jungen Leute hätten Namen wie Désirée und Rob, Luke und Angélique, Seán und Aimée. »Wir nannten ihn immer Onkel«, hörte sie ihre eigene Stimme sagen. »Er ist vor einiger Zeit gestorben.«

Keith stand auf. Der Kellner, geschickt mit den Tischtüchern hantierend, wünschte ihnen eine gute Nacht. Die Rezeption war jetzt mit einer jungen Frau besetzt, die ihnen zulächelte. Einige der alten Leute standen herum und meinten, für einen Spaziergang sei es zu kalt. Natürlich fehle einem das Fernsehen, bemerkte einer von ihnen.

Die Wärme ihrer Körper war ihnen ein vertrauter Trost. Sie hatten keine Kinder, weil die Zimmer über dem Laden für Kinder ungeeignet waren. Das Schreien in der Nacht hätte Onkel in den Wahnsinn getrieben, und natürlich konnte man seinen Standpunkt verstehen. Einmal – sie wohnten noch nicht lange bei ihm – hatten sie nicht aufgepasst und nicht wenig Geld ausgeben müssen, um die Folgen zu beseitigen.

Sie unterließen es, zu sagen, dass ihre Körper ihnen ein Trost waren. Das hatten sie noch nie gesagt. Was sie in ihrer beider Leben sagten, hatte mit Keiths Hoffnung auf Beförderung zu tun oder mit den Kleidern, die Dawne sich wünschte. Was sie sagten, hatte mit ihren Bemühungen zu tun, sich ein Zubrot zu verdienen oder ihre Rechnungen zu bezahlen, indem sie die Holzarbeiten im Haus eines alten Mannes reinigten und seine fadenscheinigen Teppiche mit Reißzwecken befestigten.

Wenn er ihre Neuigkeiten hörte, würde er die Ersparnisse bei der Halifax Building Society erwähnen, den Geschäftswert des Ladens und die Schätzung, die vor vier Jahren vorgenommen worden war. Er würde wieder erwähnen, dass Männer jeden Alters einen Ort haben sollten, wo sie abends oder nachmittags oder morgens hingehen konnten, einen Ort, an dem man seine Ruhe hatte. Er würde sie daran erinnern, dass ein Mann, der Nutznießer dieser Einrichtung gewesen war, nicht aus dem Leben scheiden konnte, ohne Vorkehrungen für die Miete, die Heizkosten und neue Billardtische getroffen zu haben, wenn es so weit wäre. »Zum Andenken an einen anspruchslosen Mann«, würde er wiederholen. »Ladeninhaber in diesem Viertel.«

In der Dunkelheit sagten sie einander nicht, dass ihnen eine weitere Demütigung erspart geblieben wäre, wenn er nicht darauf beharrt hätte, dass sie ein bisschen Herbstsonne brauchten. Es war, als ob er, der sie so gut kannte, ihr Scheitern eingefädelt hatte, um seiner Verachtung Nahrung zu geben. Als Geschöpfe einer ärmlichen Anstalt, hatten seine Augen schon so oft gesagt, konnten sie allein nicht klarkommen: waren nicht einmal imstande, ihre wechselseitigen Bedürfnisse zu befriedigen.

In der Dunkelheit sagten sie nicht, dass ihre Gier nach seinem Geld sich nicht von seiner Gier nach ihrem Gehorsam unterschied, dass es Gier war, was die Dreieinigkeit nährte, zu der sie geworden waren. Sie sagten nicht, Geld – und die Freiheit, die es verhieß – sei der Leitstern ihres Lebens, so wie seine Grausamkeit die letzte Freude in seinem. Während sie sich, fast ohne es zu merken, unter den Bettdecken aneinander festhielten, hörten sie bereits sein leises, spöttisches Lachen – zuerst, als sie noch wach waren, dann, als sie bereits schliefen.

DIE FRAUEN DES KLAVIERSTIMMERS

Violet heiratete den Klavierstimmer, als er ein junger Mann war. Als er alt war, heiratete ihn Belle.

Das war aber nicht alles, denn indem der Klavierstimmer Violet zur Frau erwählte, hatte er Bella zurückgewiesen. Daran erinnerte sich jeder, als die zweite Hochzeit bekanntgegeben wurde. »Immerhin kriegt sie noch die Reste ab«, äußerte sich ein Farmer aus der Nachbarschaft. Er sprach ohne Rachsucht und legte den Sachverhalt so dar, wie er ihn sah. Andere sahen es ähnlich, auch wenn sich die meisten von ihnen anders ausgedrückt hätten.

Das Haar des Klavierstimmers war weiß geworden, und mit jedem feuchten Winter, der vorüberging, wurde eines seiner Knie arthritischer. Früher einmal war er schlank gewesen, aber das war lange her, und er war noch blinder als an jenem Tag, an dem er Violet geheiratet hatte – an einem Donnerstag im Jahre 1951, am 7. Juni. Die Schatten, unter denen er jetzt lebte, besaßen weniger Konturen und eine geringere Dichte als jene des Jahres 1951.

»Ja«, antwortete er in der kleinen protestantischen Kirche von St. Colman. Er stand an fast genau derselben Stelle, an der er an jenem anderen Nachmittag gestanden hatte. Und Belle wiederholte in ihrem neunundfünfzigsten Lebensjahr die Worte, die auch ihre einstige Rivalin vor diesem Altar gesprochen hatte. Eine angemessene Frist war verstrichen; niemand in der Kirche war der Auffassung, dass Violets Andenken nicht geehrt, ihr Ableben nicht qualvoll betrauert worden sei. »... all meine weltlichen Güter werde ich mit dir teilen«, erklärte der Klavierstimmer, während seine neue Frau dachte, dass sie lieber in Weiß neben ihm gestanden hätte als in altersgemäßem Weinrot. An der ersten Trauung hatte sie, obwohl eingeladen, nicht teilgenommen. An dem betreffenden Tag hatte sie sich damit abgelenkt, den Hühnerstall zu tünchen, dennoch hatte sie geweint. Aber Tränen hin, Tränen her, sie war schöner – und fast fünf Jahre jünger – als die Braut, die Belles Gedanken so lebhaft in Anspruch nahm, als sie mit ihrer Eifersucht kämpfte. Und doch hatte er Violet vorgezogen – oder vielmehr, wie Belle sich im Hühnerstall verbittert sagte, die Aussicht auf das Haus, das ihr eines Tages zufallen würde, und auf das bisschen Geld, das es gab, eine Erleichterung im Leben eines blinden Mannes. Wie verständlich dies war, daran wurde sie später erinnert, jedes Mal, wenn sie sah, wie Violet ihn führte, jedes Mal, wenn sie an Violet dachte, die dafür sorgte, dass alles funktionierte, die ihm ein Leben schenkte. Nun, das hätte sie auch gekonnt.

Als sie aus der Kirche traten, ertönte Musik von Bach. An diesem Tag wurde die Orgel von jemandem anders gespielt, gewöhnlich war das seine Aufgabe. Auf dem kleinen Friedhof, der das graue Kirchengebäude umschloss und auf dem die Eltern des Klavierstimmers und seine Vorfahren väterlicherseits begraben waren, bildeten sich Grüppchen. Für jeden der Hochzeitsgäste, der die Fahrt zu dem zwei Meilen entfernt gelegenen Haus auf sich nahm, würde es Tee und ein paar alkoholische Getränke geben, doch einige verabschiedeten sich schon jetzt und wünschten dem Paar Glück. Der Klavierstimmer schüttelte Hände, die ihm vertraut waren; vor seinem inneren Auge sah er Gesichter, die seine erste Frau ihm beschrieben hatte. Wie 1951 war Hochsommer, die Sonne schien ihm warm auf Stirn und Wangen, er spürte sie durch den schweren Hochzeitsanzug hindurch auf seinem Körper. Sein ganzes Leben lang hatte er diesen Friedhof gekannt, hatte zuerst als Kind die Lettern auf den Grabsteinen ertastet und seiner Mutter die Namen der Familie seines Vaters vorbuchstabiert. Violet und er hatten keine Kinder, obwohl sie gerne welche gehabt hätten. *Er* sei ihr Kind, war geraunt worden, eine Aussage, die Belle ärgerte, wann immer sie sie vernahm. Sie hätte ihm Kinder geschenkt, dessen war sie gewiss.

»Nächsten Monat steht mein Besuch bei Ihnen an«, erinnerte der alte Bräutigam eine Frau, deren Hand noch in der seinen ruhte, Eigentümerin eines Steinway, des einzigen unter all den Klavieren, die er stimmte. Sie spielte sehr schön darauf. Immer, wenn er den Flügel stimmte, bat er sie, ihm vorzuspielen, und versicherte, ihr zuzuhören sei Honorar genug. Doch sie bestand stets darauf, die fällige Summe zu bezahlen.

»Am Montag, dem dritten, glaube ich.«

»Ja, so ist es, Julia.«

Sie nannte ihn Mr Dromgould – etwas an ihm ermutigte andere Menschen nicht zu Vertraulichkeit. Wenn die Leute von ihm sprachen, nannten sie ihn oft nur den Klavierstimmer. In diesem Verweis auf seinen Beruf spiegelte sich der Respekt, der Menschen mit Talent entgegengebracht wird. Sein vollständiger Name lautete Owen Francis Dromgould.

»Nun, wir hatten genau das richtige Wetter«, bemerkte der junge Geistliche der Gemeinde. »Es hieß, vielleicht gebe es Regenschauer, aber sie haben sich eindeutig geirrt.«

»Der Himmel –?«

»Oh, wolkenlos, Mr Dromgould, wolkenlos.«

»Das ist schön. Und ich hoffe, Sie kommen noch zum Haus?«

»Natürlich, das muss er«, drängte Belle, dann eilte sie durch die auf dem Friedhof versammelte Menschenmenge, um die Einladung zu erneuern, denn sie war fest entschlossen, eine Party zu feiern.

Einige Zeit später, als die neue Ehe eine gewisse Routine angenommen hatte, fragten sich die Leute, ob der Klavierstimmer jetzt wohl mit dem Gedanken spiele, in den Ruhestand zu treten. In den Häusern, Klöstern und Schulaulen, in denen er sein Können ausübte, hätte man ihm, im Alter ohne Sehkraft und mit einem schlimmen Knie, bereitwillig verziehen. Er hatte ein Recht auf Muße, das Glück, nicht länger allein zu sein, während die Jahre verrannen, hatte er sich redlich verdient. Wenn die Geschwätzigen oder die Neugierigen ihn jedoch gelegentlich darauf ansprachen, leugnete er, derartige Erwägungen anzustellen; allein die Heimsuchung durch den Tod werde der Sache ein Ende machen. In Wahrheit wäre er verloren gewesen ohne seine Arbeit, ohne seine Reisen, ohne seine etwa halbjährlichen Besuche in einer der Kleinstädte, denen er schon so lange seine Dienste anbot. Nein, nein, versprach er, sie würden auch weiterhin den weißen Vauxhall sehen, wie er in eine Hofeinfahrt bog, eine halbe Stunde lang auf dem Spielplatz einer Klosterschule parkte oder auf einem Seitenstreifen stand, während er seine Mittagsbrote verzehrte und seine Frau ihm aus einer Thermoskanne Tee einschenkte.

Es war Violet, die den größten Teil dieser Aktvitäten veranlasst hatte. Als sie heirateten, lebte er noch bei seiner Mutter im Pförtnerhäuschen von Barnagorm House. Er hatte bereits damit begonnen, Klaviere zu stimmen – die beiden in Barnagorm House, ein weiteres in der Stadt Barnagorm und eines in einem vier Meilen entfernten Farmhaus, zu dem er zu Fuß ging. Damals war er ein Fall für die Wohltätigkeit vor Ort, weil er blind war, hin und wieder wurde er gebeten, die Seegrassitze von Schemeln oder Stühlen instand zu setzen – eine Fertigkeit, die er sich angeeignet hatte – oder bei einer Feierlichkeit auf der Geige zu spielen, die seine Mutter ihm in seiner Kindheit gekauft hatte. Doch als Violet ihn heiratete, änderte sie sein Leben von Grund auf. Sie zog ins Pförtnerhäuschen ein. Sie und seine Mutter waren sich zwar nicht in allem einig, dennoch gelang es ihnen, sich zu arrangieren. Sie besaß ein Auto, was bedeutete, dass sie ihn überallhin fahren konnte, wo sie ein meist vernachlässigtes Klavier entdeckt hatte. Sogar zu Häusern, die vierzig Meilen entfernt lagen, fuhr sie ihn. Sie setzte seine Honorare fest und berechnete Benzinverbrauch und Fahrzeugabnutzung mit ein. Effizient, wie sie war, führte sie ein Adressbuch und vermerkte den jeweils nächsten Stimmtermin in einem Taschenkalender. Sie konnte eine beträchtliche Verbesserung der Einkünfte verbuchen und stellte fest, dass er mit seinem Geigenspiel mehr Geld verdienen konnte, als er bis dahin angenommen hatte: Country-&-Western-Abende in einsam gelegenen Pubs, die sommerlichen Tänze an Wegkreuzungen – ein Brauch, der 1951 noch nicht gänzlich ausgestorben war. Owen Dromgould freute sich an seiner Geige und spielte überall mit ihr auf, ob gegen Bezahlung oder ohne. Doch Violet war auf Gewinn bedacht.

So nahm die erste Ehe geschäftig ihren Fortgang, und als Violet schließlich das Haus ihres Vaters erbte, zog sie mit ihrem Mann darin ein. Früher ein Farmhaus, war es das längst nicht mehr, denn der Grundbesitz, der ihm diesen Titel verlieh, war dank der Vorliebe für starke alkoholische Getränke, die die Familie seit Generationen geplagt hatte – ohne jedoch bis zu Violet vorzudringen –, längst eingebüßt worden.

»Nun sag mir, was da ist«, bat ihr Mann sie in den Anfangsjahren oft, und Violet erzählte ihm von dem Haus, in das sie ihn gebracht hatte. Etwas abseits einer Straßenbiegung, lag es abgeschieden am Fuß der Berge, die bei bestimmtem Licht blau aussahen. Sie beschrieb die Winkel der Zimmer, die hölzernen Fensterläden, die sie, wie er hörte, zuzog und verriegelte, wenn der Ostwind einen Luftzug verursachte, der das Kaminfeuer in dem früher gute Stube genannten Zimmer zum Flackern brachte. Sie beschrieb das Teppichmuster auf der einzigen Treppe, die blau-weißen Porzellanknäufe an den Küchenschränken, die Eingangstür, die nie geöffnet wurde. Er liebte es, ihr zuzuhören. Seine Mutter, die sich mit seinem Gebrechen nie so recht abgefunden hatte, war ungeduldig gewesen. Seinen Vater, Stallmeister von Barnagorm House, der nach einem Sturz gestorben war, hatte er nicht gekannt. »Schlank wie ein Windhund«, beschrieb Violet seinen Vater nach einem Foto, das ihm verblieben war.

Sie beschwor die große, kalte Eingangshalle von Barnagorm House herauf. »Auf dem Weg zur Treppe laufen wir um einen Tisch mit einem Pfau darauf. Ein riesiger silberner Vogel mit bunten Glasstückchen, die in die gespreizten Flügel eingelassen sind, um die Pracht seines Gefieders zu repräsentieren. Grün und Blau«, sagte sie, als er sich nach der Farbe erkundigte, und ja, sie sei sicher, dass es sich nur um Glas handele, nicht um Edelsteine, denn einmal, als er sich um den arg strapazierten Flügel im Gesellschaftszimmer bemühte, hatte man es ihr erklärt. Die Treppe war gewendelt, das wusste er, weil er sie auf dem Weg zum Chappell-Piano im Kinderzimmer so oft hinauf- und wieder hinabsteigen musste. Der Gang im ersten Stock war düster wie ein Tunnel, sagte Violet, zwei Sofas, an jedem Ende eins, und Reihen ernster Porträts, die vom Dunkel der Wände fast verschluckt wurden.

»Jetzt kommen wir an Doocey's vorbei«, sagte Violet etwa. »Father Feely steht an der Zapfsäule und tankt.« Bei Doocey's gab es Esso, und er wusste, wie man das Wort schrieb, denn als er danach fragte, hatte man es ihm gesagt. Für das Schild hatte man zwei verschiedene Farben verwendet; seine Form war mit Formen verglichen wurde, die er ertasten konnte. Mit Violets Augen sah er die karge Fassade vom Haus der McKirdys am Stadtrand von Oghill. Er sah das bleiche blasse Gesicht des Schreibwarenhändlers in Kiliath. Er sah die im Tod geschlossenen Augen seiner Mutter, deren Hände auf ihrer Brust gekreuzt waren. Er sah die Berge, an manchen Tagen blau, an anderen grau verhangen. »Eine Schlüsselblume ist nicht sehr farbenprächtig«, sagte Violet. »Eher wie Stroh oder Landbutter, mit einem Farbklecks in der Mitte.« Dann nickte er und wusste Bescheid. Ein weiches Blau wie Rauch, sagte sie von den Bergen; der Klecks in der Mitte eher orange als rot. Über Rauch wusste er nicht mehr, als was sie ihm erzählt hatte, aber die Laute konnte er unterscheiden. Er wisse, was Rot sei, beharrte er, wegen des Lauts; Orange, weil man es schmecken könne. Er konnte das Rot im Esso-Schild sehen und den orangenen Klecks in der Schlüsselblume. »Stroh« und »Landbutter« halfen ihm, und wenn Violet Mr Whitten knorrig nannte, reichte das aus. Eine gewisse Mutter Oberin blickte streng drein. Anna Craigie hatte träumerische Augen. Thomas in der Sägemühle war schlampig. Bat Conlon hatte die gleiche Stirn wie der Retriever der Merricks, der jedes Mal, wenn der Klavierstimmer mit dem Broadwood-Flügel der Merricks befasst war, gestreichelt wurde.

Zwischen der einen Frau und der nächsten war der Klavierstimmer ohne irgendjemanden ausgekommen. Von den Klavierbesitzern wurde er abgeholt und zu ihren Häusern gefahren, beim Einkauf und im Haushalt half man ihm. Er hatte das Gefühl, den Leuten zur Last zu fallen, und er wusste, dass Violet dies nicht gewünscht hätte. Genauso wenig hätte sie gewünscht, dass das Geschäft, das sie für ihn aufgebaut hatte, vernachlässigt würde. Sie war stolz, dass er die Orgel der St. Colman's Church spielte. »Hör niemals damit auf«, flüsterte sie, kurz bevor sie ihre letzten Worte flüsterte, und so ging er allein zur Kirche. An einem Sonntag, nachdem fast zwei Jahre verstrichen waren, begann das Liebesverhältnis mit Belle.

Seitdem sie damals zurückgewiesen worden war, hatte Belle ihre

Eifersucht nicht abschütteln können, sie war gekränkt, weil sie das Aussehen hatte und Violet nicht, verbittert, weil es ihr vorkam, als sei die Strafe der Blindheit eine Strafe auch für sie. Denn wie sonst sollte man das Dunkel nennen, in dem Menschen ohne Augenlicht lebten? Und was anderes war es als eine Strafe, dass sich dieses Dunkel über ihre Schönheit legte? Aber da war keine Sünde gewesen, die bestraft werden musste, und sie hätten ein ansehnliches Paar abgegeben, sie und Owen Dromgould. Ein Akt der Gnade wäre es gewesen: ihre Schönheit einem Mann zu schenken, der nicht wusste, dass es sie gab.

Weil ihr Unglück unaufhörlich an ihr nagte, war Belle unverheiratet geblieben. Zuerst half sie ihrem Vater, dann ihrem Bruder im Geschäft der Familie, stellte Abholscheine für die Uhren und Armbanduhren aus, die zur Reparatur dagelassen wurden, notierte die Einzelheiten für die Gravur von Sporttrophäen. Sie bediente hinter der Theke. Am meisten hatte sie vor Weihnachten zu tun, die beliebtesten Hochzeitsgeschenke waren Glaswaren und Barometer; Zigarettenanzünder und billiger Schmuck bei weniger feierlichen Anlässen willkommen. Irgendwann erforderten Uhren und Armbanduhren nur noch den Einsatz einer Batterie, und so wurde das Geschenksortiment des Ladens erweitert. Doch während die Zeit verrann, gab es keinen Mann in der Stadt, der an den einen herangereicht hätte, der ihr entrissen worden war.

Belle war über dem Laden zur Welt gekommen, und als Haus und Laden in den Besitz ihres Bruders übergingen, blieb sie weiterhin dort wohnen. Die Kinder ihres Bruders wurden geboren, aber es gab noch immer Platz für sie, und niemand verdrängte sie aus ihrer Stellung hinter der Ladentheke. Sie war es, die auf dem Hinterhof Hühner hielt, die stets für sie verantwortlich gewesen war, seit man ihr diese Verantwortung an ihrem zehnten Geburtstag übertragen hatte; auch das setzte sich fort. Dass sie mit einer Enttäuschung lebte, war längst ein Teil von ihr geworden, hatte sie zu dem gemacht, was sie für ihre Nichten und ihren Neffen war. Die Enttäuschung saß in ihren Augen, wie einige Leute bemerkten, verlieh ihrer Schönheit sogar eine Qualität, die sie nur noch steigerte. Als das Liebesverhältnis mit dem Mann begann, der sie einst zurückgewiesen hatte, glaubten ihr Bruder und seine Frau, dass sie einen Fehler machte, doch sie sagten nichts, sondern fragten nur lachend, ob sie vorhabe, die Hühner mitzunehmen.

An jenem Sonntag standen sie plaudernd auf dem Friedhof, als die Handvoll anderer Gemeindemitglieder bereits gegangen war. »Komm, ich zeig dir die Gräber«, sagte er und ging voran. Er wusste genau, wo er entlangging, betrat den Rasen und tastete den ersten Grabstein ab. Seine Großmutter väterlicherseits, sagte er, und einen Augenblick lang wollte auch Belle die eingemeißelten Lettern fühlen, statt sie anzuschauen. Wie sie sich so zwischen den Gräbern umherbewegten, waren sie sich bewusst, dass die Gemeindemitglieder, als sie nach Hause gingen, Notiz davon genommen hatten, dass sie zu zweit zurückgeblieben waren. Seit Violets Tod war er an Sonntagen immer zu Fuß zur Kirche und nach Hause gegangen, es sei denn, es regnete, dann brachte der Mann, der die alte Mrs Purtill zur Kirche fuhr, auch ihn nach Hause. »Magst du spazieren gehen, Bella?«, fragte er, nachdem er ihr seine Familiengräber gezeigt hatte. Sie sagte ja.

Bella nahm die Hühner nicht mit, als sie heiratete. Sie sagte, sie sei die Hühner leid. Später bedauerte sie ihre Entscheidung, denn bei jedem Handgriff, den sie in dem Haus, das Violet gehört hatte, verrichtete, hatte sie das Gefühl, Violet habe ihn schon vor ihr verrichtet. Wenn sie das Fleisch für einen Eintopf in Stücke schnitt und das Licht auf das Hackbrett fiel, das Violet benutzt hatte, oder auf das Messer, das sie in der Hand hielt, hatte sie das Gefühl, eine Wiedergängerin zu sein. In der Hoffnung, dass Violet die Karotten in Scheiben geschnitten hatte, schnitt sie sie in Würfel. Sie kaufte neue Kochlöffel, weil Violets so verschrumpelt waren. Sie strich die Geländerstäbe der Treppe. Sie strich die Innenseite der Haustür, die nie geöffnet wurde. Sie entsorgte die Stapel uralter Frauenzeitschriften, die sie oben in einem Schrank gefunden hatte. Sie warf eine Bratpfanne weg, weil sie sie unhygienisch fand. Sie bestellte neues Vinyl für den Küchenfußboden. Aber sie jätete das Unkraut in den Blumenbeeten hintem Haus, damit ihr niemand, der vorbeikam, nachsagen konnte, sie lasse das Haus verlottern.

Ständig gab es diesen Zwiespalt: was beibehalten, was verändern? Gab sie Violet nach, wenn sie deren Blumenbeete pflegte? Gab sie ihrer eigenen Kleinlichkeit nach, wenn sie eine Bratpfanne und drei Kochlöffel wegwarf? Was immer Belle tat, hinterher kamen ihr Zweifel. Die plumpe Gestalt Violets, grauhaarig, wie sie am Ende gewesen war, und mit Augen, die in ihrem pummeligen Gesicht verschwanden, schien ihr aufreizend befehlen zu wollen. Und der blinde Ehemann, den sie teilten, der in dem einen oder anderen Zimmer sanft auf seiner Violine spielte, wusste nicht, dass seine erste Frau sich schlecht gekleidet hatte, wusste nicht, dass sie dick und schlampig geworden war, wusste nicht, dass sie eine unreinliche Köchin gewesen war. Dass sie, Belle, diejenige war, die noch lebte, dass ihr die ganze Zuneigung eines Mannes zuteilwurde, dass sie die Besitztümer seiner anderen Frau plünderte, ihr Schlafzimmer in Beschlag nahm und ihr Auto fuhr, hätte ihr reichen sollen. Es hätte alles für sie sein sollen, doch im Lauf der Zeit kam es Belle wie fast nichts vor. Er hatte sich Dinge angewöhnt, die in einer nahezu vierzig Jahre währenden Ehe gestattet und geheiligt gewesen waren: Das war es, was immer da war.

Ein Jahr nach der Hochzeit, als das Paar eines Mittags im Wagen saß, den Belle durch ein Gatter auf ein Feld gesteuert hatte, fragte er:

»Du würdest es mir sagen, wenn es dir zu viel wird?«

»Zu viel, Owen?«

»Mich durch die ganze Grafschaft zu chauffieren. Mich hierhin und dorthin zu kutschieren. Dazusitzen und mir zuhören zu müssen.«

»Es wird mir nicht zu viel.«

»Du bist sehr lieb, dass du so viel Geduld aufbringst.«

»Ich finde, ich bin überhaupt nicht lieb.«

»Ich wusste, dass du an jenem Sonntag in der Kirche warst. Ich konnte das Parfüm riechen, das du aufgelegt hattest. Noch an der Orgel konnte ich es riechen.«

»Ich werde diesen Sonntag nie vergessen.«

»Ich liebte dich, als ich dir die Gräber zeigen durfte.«

»Ich habe dich schon früher geliebt.«

»Ich möchte dich nicht ermüden mit all der Fahrerei wegen der Klaviere. Ich könnte damit aufhören, weißt du.«

Das würde er für sie tun, dachte sie, während er sprach. Er habe einer Frau nicht viel zu bieten, hatte er ein andermal gesagt: ein blinder Mann, der sich dem Ende seiner Tage nähere. Er bekannte, nachdem er entschlossen gewesen sei, sie zu heiraten, habe er mehr als zwei Monate lang damit hinterm Berg gehalten, da er besser als sie wusste, worauf sie sich einließ, falls sie ja sagte. »Wie sieht diese Belle eigentlich aus?«, hatte er Violet ein paar Jahre zuvor gefragt. Zuerst hatte Violet nicht geantwortet. Dann hatte sie offenbar gesagt: »Belle sieht immer noch wie ein Mädchen aus.«

»Ich würde nicht wollen, dass du mit deiner Arbeit aufhörst. Niemals, Owen.«

»Du bist ganz Herz, Liebste. Sag bloß nicht, dass du nicht lieb bist.«

»So komme auch ich herum, weißt du. Mehr als je zuvor in meinem Leben. Entlang all dieser Wege zu Häusern, von denen ich nicht einmal wusste, dass es sie gibt. Städte, in denen ich noch nie war. Menschen, die ich nicht kannte. Vorher war alles sehr eingeschränkt.«

Das Wort war ihr entrutscht, aber es spielte keine Rolle. Er antwortete nicht, dass er sich auf Einschränkung nur allzu gut verstand, denn das war nicht sein Stil. Als sie einander besser kennenlernten, nach jenem Sonntag vor der Kirche, hatte er gesagt, er habe oft an sie gedacht, wie sie im Juweliergeschäft ihres Bruders Geschenke einwickelte, so wie sie die Armbanduhr eingewickelt hatte, die er einmal Violet zum Geburtstag gekauft hatte. Er habe sich vorgestellt, wie sie abends die Gitter vor den Fenstern herabgelassen und die Ladentür verschlossen habe und dann nach oben gegangen sei, um mit der Familie ihres Bruders zusammenzusitzen. Als sie verheiratet waren, erzählte sie ihm mehr: wie sie die meisten Tage ihres Lebens verbracht hatte mit den Hühnern als ihrem einzigen Besitz. »Elegant in ihren Kleidern«, hatte Violet hinzugefügt, als sie sagte, die Frau, die er zurückgewiesen hatte, sehe immer noch wie ein Mädchen aus.

Flitterwochen hatte es nicht gegeben, doch wenige Monate nachdem er überlegt hatte, ob ihr die ständige Fahrerei zu viel werde, brachte er Bella in ein Seebad, wo Violet und er oft eine Woche verbracht hatten. Sie übernachteten in derselben Pension, dem Sans Souci, und spazierten den langen, leeren Strand entlang und über Feldwege, wo Lärchen in den Fuchsien umherhuschten, und auf den Klippen. Sie tranken in Malley's Pub. Im herbstlichen Sonnenschein lagen sie in den Dünen.

»Du bist lieb, dass du daran gedacht hast.« Belle lächelte ihn an, froh darüber, dass er sie glücklich machen wollte.

»Das wird uns über den Winter helfen, Belle.«

Sie wusste, dass es ihm nicht leichtfiel. Sie waren an diesen Ort gereist, weil er keinen anderen kannte; bevor sie aufbrachen, war er sich der emotionalen Komplikationen bewusst, die sich ergeben mochten, wenn sie ankämen. Sie hatte es in seinem Gesicht gelesen, ein Stoizismus ihr zuliebe. Wegen des Treuebruchs hatte er insgeheim Schuldgefühle, geweckt vom Geruch des Meeres und des Seetangs. Die Stimmen in der Pension waren die Stimmen, die Violet gehört hatte. Auch Violet war der Duft des Geißblatts bis in den Oktober hinein geblieben. Es war Violet, die zuerst gesagt hatte, eine Woche in der Herbstsonne werde ihnen über den Winter helfen. Auch das war ihm anzumerken, kaum dass er die Worte ausgesprochen hatte.

»Ich sage dir, was wir tun werden«, sagte er. »Wenn wir zurück sind, werden wir einen Fernseher für dich anschaffen, Belle.«

»Oh, aber du –«

»Du wirst mir berichten.«

Als er das sagte, gingen sie gerade an der Felsküste spazieren, in der Nähe des Leuchtturms. Den Fernseher hatte er wohl auch schon Violet angeboten, aber Violet musste gesagt haben, sie werde sich mit dem Ding nicht abgeben. Wahrscheinlich hatte sie argumentiert, dass es nie eingeschaltet werden würde; ohnehin sei nur albernes Zeug zu sehen.

»Du bist lieb zu mir«, sagte Belle stattdessen.

»Ach nein, nein.«

Als sie sich dem Leuchtturm näherten, rief er einen Namen, und von einem Fenster erwiderte ein Mann seinen Ruf. »Warten Sie einen Moment«, sagte der Mann, und als er die Tür öffnete, musste er erraten haben, dass die Ehefrau, die er gekannt hatte, gestorben war. »Mögen Sie einen Schluck?«, bot er an, als sie sich im Innern des Leuchtturms befanden und der Todesfall und die Wiederverheiratung erwähnt worden waren. Er schenkte Whiskey ein, und Belle hatte das Gefühl, dass die drei Gläser, die zur Begrüßung erhoben wurden, eine Ehrbezeigung ihr gegenüber war, auch wenn es nicht ausgesprochen wurde. Auf dem Rückweg zur Pension regnete es. Es war ihr letzter Urlaubstag.

»Das ist etwas Schönes für den Winter«, sagte er, als sie ihn anderntags durch einen Regen fuhr, der nicht nachlassen wollte. »So ein Fernseher.«

Als er geliefert wurde, stellten sie ihn in dem kleinen Zimmer auf, das früher einmal gute Stube genannt worden war, neben der Küche. Meistens saßen sie hier, wo auch das Radio stand. Vierzehn Tage nach der Ankunft des Fernsehgeräts schaffte Belle sich eine kleine schwarze Hütehündin an, die ein Farmer loswerden wollte, weil sie Angst vor Schafen hatte. Der Hund wurde ihr Hund und stets ihr Hund genannt. Sie fütterte ihn und kümmerte sich um ihn. Sie gewöhnte die Hündin daran, mit ihnen im Auto umherzufahren. Sie gab ihr einen neuen Namen, Maggie, auf den sie bald hörte.

Doch trotz Hund und Fernsehgerät, trotz der Dinge, die fürs Haus angeschafft oder die entsorgt wurden, und obwohl er ihr so aufrichtig versicherte, dass er sie liebe, obwohl er ihr beteuerte, wie lieb sie sei – für Belle änderte sich nichts. Die Frau, die so lange den Arm ihres Mannes genommen und ihn in die Zimmer von Häusern geführt hatte, wo er Klaviere wieder zum Leben erweckte, erhob noch immer Anspruch auf Existenz. Nicht als lästiger Geist, als unversöhnliche Spukgestalt mit ungewisser Präsenz, sondern als sei ein Teil von ihr in dem Mann, den sie geliebt hatte, zurückgeblieben.

Owen Dromgould, der auf eine Art einfühlsam war, die anderen abging, spürte das Unbehagen seiner zweiten Ehefrau. Das wusste sie. Deshalb hatte er sich erboten, seine Arbeit aufzugeben, deshalb hatte er sie zu Violets Meeresküste gebracht und dort die Schuld seines Treuebruchs auf sich genommen, deshalb gab es jetzt ein Fernsehgerät und eine Hütehündin. Er hatte erraten, weshalb sie in der Küche einen neuen Boden hatte legen lassen. Stolz hatte er das Glas auf sie erhoben, in Gesellschaft eines Mannes, der Violet gekannt hatte. Stolz hatte er mir ihr im Speisesaal der Pension und in Malley's Pub gesessen.

Belle zwang sich dazu, sich all das in Erinnerung zu rufen. Sie zwang sich dazu, bis sie die Flasche John Jameson vor sich sah, die im Leuchtturm aus einem Schrank geholt worden war, und die Stimmen in der Pension hörte. Er verstand sie, er tat sein Bestes, sie zu trösten; seine Zuneigung wohnte allem inne, was er tat. Aber Violet hätte ihm gesagt, welche Blätter sich verfärbten. Violet hätte ihm berichtet, ob Ebbe oder Flut herrschte. Belle begriff es zu spät. Violet war der Gesichtssinn des blinden Mannes gewesen. Violet ließ ihr keinen Raum zum Atmen.

Eines Tages, als sie von dem Haus losfuhren, das von allen am weitesten entfernt lag – Belle war zum ersten Mal da gewesen –, sagte er:

»Hast du je ein so düsteres Zimmer gesehen? Sind die Heiligenbilder daran schuld?«

Belle setzte zurück, bis der Wagen gerade stand, dann bugsierte sie ihn vorsichtig durch eine Toreinfahrt, die dreißig Jahre zuvor nicht breit genug angelegt worden war.

»Düster?«, sagte sie auf einem Feldweg, der einem Flussbett glich, und wich, so gut sie konnte, den Schlaglöchern aus.

»Wir haben uns immer gefragt, ob sie vielleicht keine farbigen Tapeten wollten, weil das den Heiligenbildern gegenüber unehrerbietig wäre.«

Belle äußerte sich nicht dazu. Sie manövrierte den Vauxhall auf die Asphaltstraße und fuhr schweigend durch ein Stück Moorland. Sie sah die Heiligenbilder in dem Zimmer, in dem Mrs Grenaghans Klavier stand, lebhaft vor sich: Jungfrau und Kind, das heilige Herz Jesu, die hl. Katharina mit ihrer Lilie, die Jungfrau allein, Jesus mit Glorienschein. Sie hingen vor einem nichtssagenden Braun; auf dem Kaminsims und in einem Eckregal standen Statuetten. Mrs Grenaghan hatte Tee und Kekse in das kleine, schwermütige Zimmer gebracht und in gedämpftem Ton gesprochen, als verlange dies die Heiligkeit von ihr.

»Was für Bilder?«, fragte Belle, ohne den Kopf zu wenden. Dabei hätte sie das durchaus tun können, denn es herrschte kein Verkehr, und die Moorstraße verlief schnurgerade.

»Hängen denn die Bilder nicht mehr da? Die Heiligenbilder an allen Wänden?«

»Sie müssen sie abgehängt haben.«

»Was hängt denn jetzt da?«

Belle fuhr etwas schneller. Sie sagte, zur Linken sei wie aus dem Nichts ein Fuchs aufgetaucht. Er stehe reglos da, sagte sie, wie Füchse das so tun.

»Möchtest du anhalten und ihn beobachten, Belle?«

»Nein, nein. Er ist schon weitergelaufen. War es Mrs Grenaghans Tochter, die Klavier gespielt hat?«

»O ja. Und sie hatte das Mädchen seit Jahren nicht gesehen. Vielleicht haben die Heiligenbilder sie vertrieben, haben wir immer gesagt. Was hängt denn jetzt an den Wänden?«

»Eine gestreifte Tapete.« Und Belle fügte hinzu: »Auf dem Kaminsims steht ein Foto der Tochter.«

Als er an einem anderen Tag, einige Zeit später, erwähnte, eine der Schwestern im Kloster von Meena habe Wangen so rot wie ein Speiseapfel, sagte Bella, die Nonne sei inzwischen kreideweiß, das Gesicht ausgezehrt und eingefallen. »Dann hat sie wohl eine Krankheit«, sagte er.

Plötzlich wurde Belle selbstbewusster, es kümmerte sie nicht mehr, was die Leute dachten, und sie riss Violets Pflanzen aus ihren Beeten hinter dem Haus und ließ Gras darüber wachsen. Sie erzählte ihrem Mann von Veränderungen in Doocey's Tankstelle: Statt Esso werde nun Texaco verkauft. Sie beschrieb das Logo von Texaco: den großen roten Stern und die Anordnung der Buchstaben. Sie vermied es, bei Doocey's anzuhalten, damit sich kein Gespräch ergab, damit ihr Mann Doocey nicht fragte, ob Esso ihn im Stich gelassen habe, oder was immer. »Nein, ich würde ihn nicht gerade silbern nennen«, sagte Belle über den Pfau in der Eingangshalle von Barnagorm House.

»Ich würde sagen, wenn sie ihn putzen würden, käme Messing zum Vorschein.« Die Sofas an beiden Enden des Gangs im ersten Stock hatten neue Überwürfe mit einem Muster aus verschiedenfarbigen Chyrsanthemen. »Nun ja, *schlank* würde ich ihn nicht nennen«, sagte Belle, die Fotografie des Vaters ihres Mannes in der Hand. »Ein stämmiges Gesicht, würde ich sagen.« Eine Lehrerin, deren Zähne früher als »windig« bezeichnet worden waren, hatte jetzt ein künstliches Gebiss, ihr Lächeln war schläfrig. Offenbar hatte die Zeit das helle Weiß von McKirdys Fassade ausgebleicht, man konnte es fast grau nennen. »Vergissmeinnicht-Blau«, sagte Belle eines Tages, als sie von den Bergen sprach, die blau waren, wenn das Wetter diese Farbe hervorbrachte. »Du würdest es kaum glauben.« Und nie wieder wurde im Haus des Klavierstimmers davon gesprochen, dass das Blau der Berge das zarte Blau von Rauch sei.

Owen Dromgould hatte seine Finger über die Rinde von Bäumen gleiten lassen. Er erkannte die unterschiedlichen Umrisse ihrer Blätter; er konnte die Dornen von Stechginster und Brombeergestrüpp unterscheiden. Er erkannte Vögel anhand ihres Gesangs, Hunde anhand ihres Gebells, Katzen anhand der Art, wie sie um seine Beine strichen. Es gab die Lettern auf den Grabsteinen, die Registerknöpfe der Orgel, seine Geige. Er konnte Rot sehen, die Beeren der Stechpalme und der Mispel. Er konnte Lavendel und Thymian riechen.

All das konnte ihm nicht genommen werden. Und es kam nicht darauf an, ob die Farbe an den Knäufen der Küchenschränke über Nacht abgenutzt war. Es kam nicht darauf an, ob der Porzellanschirm der Küchenlampe einen Riss aufwies, von dem er noch nie zuvor gehört hatte. Worauf es ankam, das war die Beschädigung, die ein so fragiles Gebilde wie ein Traum erlitt.

Die Ehefrau, die er zuerst erwählt hatte, hatte sich trist gekleidet – inzwischen konnte er das Belles Schweigen und ihrem Tonfall entnehmen, mehr als ihren Worten. Violets graues Haar war ihr bis auf die Schultern gewuchert, ihr Rücken leicht gekrümmt gewesen. Er war umhergetappt, und wenn sie ihre Runden gedreht hatten, waren sie zwei alte Menschen gewesen, älter als in ihrem alterslosen

Glück. Violet hätte keiner Fliege etwas zuleide getan, sie war kein Mensch, auf den man hätte eifersüchtig sein müssen, aber für eine neue Ehefrau war es natürlich schwer, wenn sie sich vom Glück verfolgt sah, sich von der Unkompliziertheit eines früheren Lebens herausgefordert fühlte. Er hatte sich zwei Frauen hingegeben; er hatte sich von der ersten nicht zurückgezogen, er zog sich von der zweiten nicht zurück.

Jedes Haus, das ein Klavier beherbergte, brachte seine eigenen Widersprüche hervor. Die Perlen, die die alte Mrs Purtill trug, waren Opale, die blasse Haut des Schreibwarenhändlers in Kiliath war mit Sommersprossen übersät, die beiden Reihen von Eichen oberhalb von Oghill waren doch wohl Buchen? »Natürlich, natürlich«, stimmte Owen Dromgould zu, denn das war nur recht und billig. Er konnte Belle nicht vorwerfen, dass sie ihre Ansprüche geltend machte, und Ansprüche ließen sich nicht ohne Beschädigung oder Zerstörung geltend machen. Am Ende würde Belle gewinnen, denn die Lebenden gewinnen stets. Und auch dies schien nur recht und billig, denn Violet hatte am Anfang gewonnen und die besseren Jahre gehabt.

ZU DRITT

Auf der Treppe vor dem Haus der Scheles, zu beiden Seiten der braun
gestrichenen Eingangstür Buntglasfenster, schüttelt Sidney den Regen von seinem Plastikmantel, den er eigens dafür auszieht. Er sperrt
auf und tritt in die kleine Vorhalle, dann hält er einen Augenblick
inne, um sich mit einem Taschentuch den Regen vom Gesicht zu
wischen, und klingelt an der Innentür. So gefällt es ihnen, sein Eintreten in die Vorhalle mithilfe eines Schlüssels, danach die Bekannt-
gabe seiner Ankunft. Sie werden wissen, wer es ist: Niemand sonst
drückt auf den inneren Klingelknopf.

»Guten Tag, Sidney«, begrüßt ihn Vera, nachdem sie die Riegel
zurückgeschoben und den Schlüssel im Schloss herumgedreht hat.
»Regnet's immer noch, Sidney?«

»Ja. Es schüttet.«

»Wir haben nicht hinausgeschaut.«

In der Diele brennt Licht, wie immer – außer im Hochsommer.

Sidney wartet, bis der Schlüssel im Schloss zurückgedreht ist und
die Riegel wieder an ihrem Platz sind. Dann hängt er seinen farb-
losen Plastikmantel an den Haken des Kleiderständers.

»So, da ist das Badezimmer«, sagt Vera. »Es steht schon alles bereit.«

»Ihr Vater –«

»Ach, dem geht's gut, Sidney. Vater ruht sich gerade aus. Sie wissen schon: sein Nachmittagsschläfchen.«

»Ich hatte gehofft, heute Vormittag kommen zu können.«

»Er hatte auch darauf gehofft, Sidney. Vielleicht um elf.«

»Heute Vormittag war's schwierig.«

»Ach, mir selbst ist es gleich.«

Im Badezimmer sind Farbtöpfe, Pinsel und eine Rolle ausgebreitet, Wanne und Waschbecken mit alten Vorhängen abgedeckt. Auch Füllspachtel und Terpentinersatz stehen bereit; letzte Woche hat Sidney gesagt, die benötige er. Statt Terpentinersatz hätte er Reinigerkonzentrat sagen sollen, fällt ihm ein; das taugt besser zum Auswaschen der Pinsel.

»Möchten Sie erst einen Tee, Sidney?«, bietet Vera an. »Möchten Sie eine Tasse, bevor Sie anfangen?«

Vera hat markante Wangenknochen, die Haare hat sie sich schwarz gefärbt, da sie allmählich ergrauen. Die Magerkeit in ihrem Gesicht setzt sich auch andernorts fort; ein marineblauer Rock liegt eng an den knochigen Hüften, ihr schlichter roter Pullover sitzt knapp wie der eines Kindes und schmiegt sich an Brüste, die kaum hervortreten. Was auffällt, sind ihre großen braunen Augen und die sinnlichen Lippen, die Augen ausdruckslos, die Lippen vielleicht eine List der Natur, denn ansonsten wirkt Vera nicht im mindesten sinnlich.

»Tee später.« Sidney zögert. Er blickt Vera an, als habe er Angst, sie zu kränken. »Ginge das?«

Vera lächelt und sagt, aber natürlich ginge das. Es gibt ein Hefeteilchen, sagt sie, ein Hefeteilchen mit Aprikosen, noch von gestern, sie wird es aufbacken.

»Danke, Vera.«

»Da ist Vater, er ist gerade aufgewacht.«

Als Farbton hat man Pastellblau gewählt. Sidney gießt die Farbe in die Farbwanne und trägt sie mit der Rolle auf die Zimmerdecke auf. Er beginnt in der Mitte, wie ihm einmal ein Farbenhändler geraten hat: Das sei die beste Vorgehensweise. Die Farbe kommt ihm weiß vor, aber er hat gelernt, dass dem nicht so ist. Wenn sie trocknet, wird sie eine Nuance dunkler. Eine Satinfarbe, passend für ein Badezimmer.

»Die Fliesen«, sagt Mr Schele in der Tür, als Sidney bereits mit den Wänden begonnen hat. »Vielleicht erst die Fliesen.«

Beim Wegräumen seiner Sachen – seiner Zahnbürste und seines Rasierers – hat Mr Schele die Fliesen um das Handwaschbecken und die Badewanne bemerkt. An einigen Stellen sind die Fliesen nicht mehr ganz in Ordnung, sagt er. An einigen Stellen haben sie sich vielleicht ein bisschen gelockert, etliche haben Risse. Man merkt es kaum, aber wenn Sie genau hinsehen, wenn Sie sich die Zeit nehmen, werden Sie sehen, dass sie gesprungen sind. Und die Dichtungsmasse um die Wanne hat sich verfärbt. Sieht schmuddelig aus, sagt Mr Schele.

»Ja, wird alles erledigt.«

»Nicht zuerst die Fliesen und dann streichen, eh? Nicht vielleicht zuerst die Fliesen?«

Sidney weiß, dass der Alte recht hat. Die Ersatzfliesen und die Dichtungsfuge sollten zuerst an die Reihe kommen, wegen der Sauerei. So geht man üblicherweise vor. Nicht dass Sidney Fachmann wäre, nicht dass er schon viele Badezimmer gestrichen hätte, aber es leuchtet ein.

»Es wird schon gehen, Mr Schele. Es sind ja nicht viele Fliesen anzubringen, nur zwei oder drei.«

Während die Grundierfarbe auf den Holzteilen trocknet, wird er die neuen Fliesen verlegen. Er wird die Dichtungsmasse herausschneiden und aus der Spritzpistole neue hineinfüllen, ein schwieriges Unterfangen, das er ungern angeht. Bisher hatte er erst einmal mit der Spritzpistole gearbeitet, hinter der Spüle in der Küche. Während die Masse antrocknet, wird er die Holzteile lackieren.

»Tüchtig, tüchtig, Sidney.«

Er arbeitet den ganzen Nachmittag. Als Vera ihm das Hefeteilchen und den Tee bringt und zwei verschiedene Sorten Kekse, bleibt sie nicht lange, weil er zu tun hat. Sidney wird für seine Arbeit nicht bezahlt, anders als für seine anderen Tätigkeiten – im Klub, wenn er Handzettel austrägt oder auf der Straße verteilt, je nachdem, was von ihm verlangt wird. Er kommt aus mit dem, was er bezieht; er braucht nicht viel, denn er muss keine Miete zahlen. Gerade genug für Nahrungsmittel und für das Gas zum Kochen. Für Strom braucht er nicht aufzukommen; seine Kleidungsstücke stammen aus einem Wohltätigkeitsladen.

Man lässt ihn über dem Klub wohnen, da sich dort ein Zimmer befindet. Abends nimmt er das Eintrittsgeld in seinem Kabuff entgegen, beschützt von Alfie und Harry an der Tür; tagsüber räumt er vom Vorabend auf und nimmt Anrufe an. Sämtliche Einrichtungen des Klubs stehen ihm zur Verfügung, was er zu schätzen weiß. Sidney ist jetzt vierunddreißig Jahre alt, vierunddreißig Jahre, eine Woche und zwei Tage. Als er Vera das erste Mal geholfen hatte, war er gerade zwanzig geworden.

In Mr Scheles Haus wird es nie erwähnt. Sie sprechen nicht über eine Zeit, die für Vera wie auch für Mr Schele bedrückend war. Aber wenn Sidney nicht im Haus ist, wenn er allein und für sich ist, in seinem Zimmer über dem Klub, spricht er mit sich selbst darüber. »In schillernder Rüstung«, sagt er sich vor, denn so stand es in der Zeitung; und steht es immer noch, falls er nachschauen möchte. *Ein Ritter in schillernder Rüstung,* über eine ganze Seite hinweg. Manchmal, wenn er versucht einzuschlafen, liegt er da und poliert die Rüstung, breitet ihre Einzelteile aus, faltet Lappen auseinander, stellt Duraglit und Politur von Goddard's bereit.

»Sidney, bleiben Sie heute zum Abendessen?« Es sei genug da, versichert ihm Vera. Eine zusätzliche Tasse Reis, mehr brauche es nicht, und sie zählt die samstägliche Speisenfolge auf: Hähnchen nach Veras Art, ihr schmackhafter Salat, Strudel und ein kleines bisschen Sahne. Danach *Casualty* im Fernsehen, um fünf nach acht.

Es ist eine Bitte, die sie gelegentlich ausspricht, wenn Sidney sich so spät noch im Haus aufhält. Mit ihrer Einladung bettelt Vera um Gesellschaft, denkt Sidney, um die Gegenwart eines anderen als ihres ältlichen Vaters. Vera dürfte sich gefreut haben, dass er nicht schon am Vormittag erschienen war, denn dann hätte er früher mit der Arbeit aufgehört, zu früh fürs Abendessen, und zum Mittagessen dazubleiben war nicht das Gleiche.

»Ich mach mich lieber auf den Weg.«

»Ach, bleiben Sie doch noch bei uns.«

Und Sidney bleibt. Er sitzt mit Mr Schele im Wohnzimmer, und es gibt einen Appetizer, kleine Salzbrezeln, die Vera eingekauft hat. Keine Getränke dazu. Mr Schele erzählt von seiner Kindheit.

»Den großen Rosenstrauch hat's umgeweht«, unterbricht ihn Sidney, der jetzt am Fenster steht. »Der Wind hat ihn umgeknickt.«

Mr Schele tritt zu ihm, um hinauszusehen, und schüttelt kummervoll den Kopf. »Vielleicht halten die Wurzeln ja noch«, meint er. »Vielleicht lässt sich was machen.«

Sidney geht durch die Küche zum Garten. »Nein«, sagt er, als alle drei sich zu Tisch setzen: Die Wurzeln sind schon im Herbst gebrochen. Die Nachricht bestürzt Mr Schele, der sich daran erinnert, wie die Rose gepflanzt wurde, als Vera noch ein halbes Kind war. Er werde im Garten bestimmt keine Rose mehr zu einer solchen Größe heranwachsen sehen, sagt er. Die Schuld daran schiebt er sich zu, aber Vera verneint, und Sidney weist darauf hin, dass selbst das Leben einer Rose endlich ist.

Auf das nach Veras Art gekochte Hähnchen und ihren schmackhaften Salat folgt ein mit Sultaninen gespickter Strudel, dann stehen sie in der Badezimmertür und begutachten Sidneys Arbeit. Das Badezimmer sei wie neu, sagt Mr Schele, von dem Anblick sichtlich aufgemuntert. Wie damals, als das Haus erbaut wurde. Bis auf das Linoleum, mit dem der Fußboden schon seit 1951 bedeckt ist, rechnet Mr Schele nach.

»Ein schöner neuer PVC-Fußboden«, schlägt Mr Schele vor, und Vera fügt hinzu, dass man nicht viel brauche: zweidreiviertel Meter lang, einen Meter breit. Heute Morgen hat sie nachgemessen. »Werden Sie ihn verlegen, Sidney?«, erkundigt sich Mr Schele. »Werden Sie ihn für uns verlegen?«

Sie wissen es sehr wohl. Sobald Vera sich etwas nach ihren Wünschen ausgesucht hat und das Stück mit nach Hause bringt, wird er es verlegen. Es ist noch etwas Klebstoff übrig von damals, als er den Bodenbelag in Mr Scheles kleinem Schlafzimmer verlegt hat. Da das Schlafzimmer im Erdgeschoss liegt, war bei windigem Wetter Zugluft durch die Ritzen zwischen den Dielenbrettern gedrungen. Seit Sidney den PVC-Schutzbelag ausgeschnitten und festgeklebt hat, gibt es damit keine Probleme mehr, höchstens, dass Mr Schele sich immer noch nicht an die Farbe gewöhnt hat, marmorierte Orangetöne.

»Fürs Badezimmer bleiben wir aber bei Pastell, oder?«, legt er jetzt seine Präferenzen dar.

Damit es zum Pastellblau passt, pflichtet Vera ihm bei. Vielleicht sogar Weiß, abgestimmt auf Wanne, Waschbecken und Fliesen. Ein zartes Rosa überzieht Veras hohle Wangen, und Sidney – der Vera gut kennt – weiß, dass es in Erwartung des Genusses geschieht, der ihr bevorsteht: die Auswahl des Bodenbelags, genau das richtige Gewicht für eine Verwendung im Badezimmer, eine Schattierung, die zum Anstrich oder zum Porzellan passt.

»Könnten Sie noch einen Moment warten, Sidney?«, fragt Vera und geht davon, ehe sie gleich darauf mit einem Stück Pappe wiederkommt, das sie von einer Cornflakes-Packung abgerissen hat. »Könnten Sie hier etwas Farbe auftragen, Sidney?«, bittet sie ihn. Sidney kommt ihrem Wunsch nach und wäscht den Pinsel ein zweites Mal aus. Als er das orangene PVC fürs Schlafzimmer zugeschnitten hatte, war ihm das Teppichmesser abgerutscht; eine Naht von drei Stichen und eine Tetanusspritze.

»Zeit für die Krankenhaus-Serie«, ermahnt Mr Schele seine Tochter, die enttäuscht ist, als Sidney den Kopf schüttelt. Diesen Samstag nicht, erklärt er, denn er hat Frühschicht im Klub.

»Schön, dass Sie gekommen sind, Sidney«, sagt Vera in der Vorhalle. Sie flüstert, wie noch jedes Mal, wenn sie es sagt. Sie ist älter als Sidney, einundvierzig; als er ihr das erste Mal geholfen hatte, damals, als sie in Nöten war, zählte sie siebenundzwanzig Jahre.

»Keine Ursache«, sagt er, bevor er geht, sein immer gleichbleibender Abschiedsgruß.

Man hatte Vera in Gewahrsam genommen, denn am Ende glaubte man ihr die Geschichte von dem Einbrecher nicht, der ins Haus eingedrungen sei, während sie im Kino war. Zunächst, als alles noch zusammenpasste, hatte man ihr geglaubt – das aufgebrochene Küchenfenster, die Spuren getrockneten Lehms auf dem Abtropfbrett und an der Tür, wo die Schuhe ausgezogen worden waren. Achtundvierzig Pfund und neun Pence waren entwendet worden, Medaillen sowie ein versilbertes Manschettenknopfkästchen. Als Vera nach Hause gekommen war, hatten die Dielentür und die Tür zur Vorhalle weit offen gestanden; Mr Schele, der damals in einem Radio- und Fernsehgeschäft arbeitete, war noch im Laden. Man nahm Vera in Gewahrsam, weil etwas am Einstieg durch das Küchenfenster der Polizei nicht ganz einleuchtete: Auf dem Weg vor dem Haus waren keine trockenen Lehmspuren zu sehen, ebenso wenig auf der Fensterbank. Auch, dass nur ein Manschettenknopfkästchen und Medaillen gestohlen worden waren, jedoch keiner der anderen kleinen Gegenstände, die umherlagen, leuchtete nicht ein; und im Kino konnte sich niemand an Vera erinnern. Dann spürte ein Hund im Garten ein Stück von einem Handschuh auf, der im Gartenfeuer verbrannt worden war, und die Wolle stimmte mit den Fusseln überein, die man oben im Zimmer gefunden hatte. Seltsam, oder?, dass jemand Handschuhe verbrannt hatte, selbst wenn sie alt und unbrauchbar waren.

All das geht Sidney durch den Kopf, wie meistens, wenn er sich vom Haus der Scheles auf den Heimweg macht. Er wird nicht zu spät zum Klub kommen, um seinen samstäglichen Pflichten zu genügen; er hat keine Eile. Nach einem Nachmittag im Haus tut die Luft gut. Der Wind, der den Regen vertrieben hat, rauscht in den kahlen Wipfeln, hebt einen Mülleimerdeckel ab und spielt in den kleinen Vorgärten mit Plastikblumentöpfen. Bis der Regen wieder einsetzt, wird Sidney zu Fuß gehen, dann einen Bus nehmen.

»Bei Fuß, Angus! Angus!«, befiehlt eine Frau ihrem Hund, einem Spitz. »Was für ein Wind!«, ruft sie Sidney im Vorübergehen zu, und dieser antwortet, in der Tat, was für ein Wind. Er kennt die Frau, da er ihr und ihrem Hund auf dieser Strecke immer wieder begegnet. Mehrmals am Tag führt sie ihn aus.

Als Sidney durch die schlecht beleuchteten Vorstadtstraßen geht, die geraden und die halbmondförmigen – der Wind hat das Laub auf den Gehsteigen verstreut oder in Ecken gefegt –, fällt ihm das Foto von Vera ein: ihre großen Lippen stehen leicht offen, ihr Haar, damals noch blond, fällt ihr fast bis auf die Schultern, ihre Augen sind unschuldig und reizvoll. Als er das Foto sah, befand sie sich in Untersuchungshaft; ihre Anwälte, nicht sie selbst, appellierten an alle, die gesehen hatten, wie sie das Kino betrat oder verließ, sich zu melden.

Sidney biegt in Straßen mit geschlossenen Läden und Minimärkten, Zahnarzt- und Pedikürenwerbung, dem Regina Takeaway, der Eckkneipe Queen's Arms, Joe Coral's Wettbüro. Dann kommt eine ruhige Wohngegend, der gelbe Wohnwagen noch immer im Garten abgestellt, die Freifläche, die kein richtiger Park ist, durchweichter Abfall auf dem einzigen Fußweg. Der Kinofilm hieß *French Connection 2*. Sobald er das Foto gesehen hatte, schaute er ihn sich an, um sich mit der Handlung vertraut zu machen.

Im Bus wird er müde, weil er vergangene Nacht, Freitag, Spätschicht gehabt hat. Aber er schläft nicht, weil es ihm zuwider ist, in einem Bus aufzuwachen. Einmal hat er seine Haltestelle verpasst und musste nachlösen, aber seitdem ist es nicht wieder vorgekommen. Etwas hält ihn wach, vielleicht die Sorge, wieder nachzahlen zu müssen; inzwischen wacht er immer eine Haltestelle vor seiner auf, doch einnicken möchte er lieber nicht. Allerdings schließt er die Augen, um in Gedanken noch einmal alles durchzugehen, um es abspulen zu lassen, um sicherzustellen, dass er alles noch im Kopf hat: So verfährt er meistens, wenn er bei den Scheles gewesen ist. »Die Eisverkäuferin hat ihre Runde gedreht«, hatte er gesagt, und jedes Wort war protokolliert worden. »Das Licht ist angegangen.«

Er hätte sich nicht neben sie setzen müssen, aber er habe es getan, hatte er ausgesagt. Er wollte es eben; sobald er ihre Haare gesehen hatte, wollte er es, sobald er die Sitzreihe entlanggeblickt hatte und ihre Lippen sah, die sich zufällig gerade bewegten, vielleicht ein Bonbon lutschten oder Schokolade. »Machen Sie das immer so, Sidney?«, hatte der Polizeimeister gefragt. Nun ja, so habe er es schon ein-, zweimal gehalten, bei einer Frau, die ihm gefiel.

Der Bus kommt zum Stehen, drei Fahrgäste steigen aus, zwei Männer und eine junge Frau, die Männer viel älter, als sei einer von ihnen ihr Vater. »Sind Sie sicher, Sidney?«, war der Sergeant in ihn gedrungen, und er hatte ausgesagt, die Eisverkäuferin habe sich Zeit gelassen, nicht dass ihr irgendjemand etwas abgekauft habe, die Lichter seien gute fünf Minuten an gewesen. Und natürlich hinterher. Wie sollte er da nicht sicher sein, hatte er gesagt. »Ganz bestimmt«, hatte er bekräftigt. »O ja.« Dann kam der andere Mann herein und stellte ihm dieselben Fragen noch einmal von vorn. »Können Sie uns sagen, wie sie gekleidet war, Sidney? Lassen Sie sich Zeit, mein Junge.« In der Zeitung war ihre Kleidung erwähnt worden, und er konnte sich daran erinnern, weil er es sich eingeprägt hatte.

Als er ankommt, liegt der Klub im Dunkeln, doch sobald er eingetreten ist, schaltet er die Beleuchtung ein. Heute Morgen hat er aufgeräumt, zur selben Zeit wie immer. Alles steht bereit. Alfie und Harry treffen ein, und er macht ihnen einen Maxwell House, so wie sie ihn mögen, und sie sitzen da, trinken und rauchen. Morgen wird er wieder hingehen, nimmt Sidney sich vor, und den umgeknickten Rosenstrauch entfernen.

Als Vera aus dem Küchenfenster blickt, läuten die Sonntagsglocken einer Kirche zum Frühgottesdienst. Da ist Sidney und zerschneidet den großen Rosenstrauch, den der Wind umgeweht hat. In Vera steigt Wärme auf, sie breitet sich von einem Punkt in ihrem Innern bis zu den Schultern und Schenkeln aus und kribbelt in ihren Armen und Beinen. Es ist die Wärme ihrer Leidenschaft, eine Wallung in ihrem Blut, die ein so unerwarteter Anblick stets in ihr auslöst. Gestern erst ist Sidney gekommen, um auszuhelfen. Warum dann gleich heute wieder? Der umgewehte Rosenstrauch hätte auch warten können.

»Sidney ist hier«, sagt ihr Vater, der ebenfalls hinausgeschaut hat. »Fünfundzwanzig Jahre alt, dieser Rosenstrauch. Baumhoch, und jetzt müssen wir wieder von vorn anfangen.«

»Ach, mir tut's nicht leid, dass er verschwunden ist. Er hat den Garten verdunkelt. Sidney, möchten Sie einen Kaffee?«, ruft Vera von der Hintertür, und Sidney winkt und sagt, noch einen Augenblick.

»Hat Sidney die Gartenhandschuhe angezogen?«, fragt Mr Schele übertrieben besorgt. »Bei einer Rose braucht man Handschuhe.«

»Sidney kennt sich aus.«

Einmal, als er im Garten gearbeitet und alte Holzbretter zersägt hatte, war ein Splitter unter seinen Daumennagel geraten, und Vera hatte ihn versorgt: Sidneys Hand lag flach auf der Küchenarbeitsfläche ausgestreckt, daneben eine eigens hereingebrachte Lampe, eine in einer Streichholzflamme sterilisierte Nadel, Antiseptikum und

Pinzette. In ihren nächtlichen Phantasien hatte sie Sidney getröstet, ihm zugeflüstert, ihn gebeten, mit ihr zu reden. Manchmal, wenn er an einem Wochenende den ganzen Vormittag hindurch gearbeitet hat, schaltet sie den Warmwasserkessel an, falls Sidney, bevor er geht, ein Bad nehmen möchte. Als er sich einmal in die Hand schnitt, hatte sie den Blutfluss mit einem Druckverband gestillt.

»Fertig, Sidney«, ruft sie von der Hintertür. »Kaffee.«

Mr Schele spürt, dass etwas in der Luft liegt. Seine Gedanken spiegeln Veras: So unansehnlich es ist, das Dickicht verbogener Zweige auf dem Gras hätte gut und gerne noch eine Woche liegen bleiben können. Es ist ein Vorwand, sagt sich Mr Schele; ein Grund, schon so früh wiederzukommen. Er gießt heiße Milch auf seine Bran Flakes und rührt die Mischung mit seinem Löffel um, damit die Getreideflocken aufweichen, denn er mag sie nicht knusprig. Ist dies endlich der Sonntag des Heiratsantrags? Er beobachtet Vera am Herd. Sie wird sich ihrer flauschigen Pantoffeln bewusst und eilt davon, um sie gegen andere Schuhe auszuwechseln. Der Glasdeckel auf dem Milchtopf klappert, und Mr Schele steht auf, um sich darum zu kümmern. Er wird nicht ewig leben; mit achtundsiebzig ist jeder Tag geborgte Zeit. Was für ein Leben ist einer alleinstehenden Frau beschieden?

Mr Schele nimmt den Topf von der Gasflamme; er akzeptiert, dass Vera niemanden hat, wenn er nicht mehr ist. Verabredungen mit Männern – und von denen hat es einige gegeben – gehören seit dem Ärger mit der Polizei der Vergangenheit an. Vera wird für den Rest ihrer Tage allein sein: So viel begreift er, auch wenn darüber nie gesprochen wird. Möglicherweise würde sich ihr Schicksal sogar eine Weile lang zum Besseren wenden, ehe ein neuer Mann, mit dem sie sich befreundete, es sich anders überlegen würde, obwohl sie damals ohne Makel geblieben war. So läuft es nun einmal, weiß Mr Schele, und er weiß, dass auch Vera sich darüber im Klaren ist. Sidney ist anders, denn er hatte sich gemeldet, und in gewissem Sinne hat er sich seither immer wieder gemeldet, als der gute Freund, der er ihr schon damals gewesen war, eigentlich sogar ihr Retter: Mr Scheles Meinung nach ist das Wort nicht zu hoch gegriffen. Es brauchte einige Zeit, bis er zu dieser Erkenntnis gelangte, wie es für einen Vater nur natürlich ist, unter den gegebenen Umständen.

»Das ist nett von Sidney. Nur weil die Rose umgeweht ist.«

»Ja, das ist es.«

Vera nickt, während sie das sagt, es verleiht ihren Worten etwas Nachdruck. Ihr Vater weiß, was andere Leute wissen, nicht mehr. Er war zur gewohnten Zeit nach Hause gekommen, kurz nach halb sieben. Er sah die weißen Polizeiwagen vor dem Haus und war schon erregt, noch ehe er durch die Vorhalle ging. »Setz dich«, sagte sie und erzählte ihm alles, und die Polizistin brachte ihm einen Tee. »Das kann nicht sein«, sagte er immer wieder. Später brachte sie Bücklinge im Kochbeutel, aber sie mochten nichts essen. Sie klappte den Rollstuhl zusammen und stellte ihn in die Besenkammer unter der Treppe, um ihn nicht vor Augen zu haben. Am besten schafft man ihn aus dem Haus, entschied sie nach Ablauf eines Monats, als die Lage sich beruhigt hatte, und sie erzielten einen angemessenen Preis dafür.

»Nutz deine Chancen, Vera.«

Sie weiß, was er meint, aber Sidney wird ihr keinen Heiratsantrag machen, weder heute Morgen noch zu irgendeinem anderen Zeitpunkt, denn Ehe steht nicht zur Debatte und hat nie zur Debatte gestanden. Der Eindringling hätte nicht damit gerechnet, dass sich jemand im Zimmer befand, denn wenn er das Haus observierte, hatte er immer nur zwei Personen kommen und gehen sehen: Das alles setzen die Polizisten ihnen auseinander. Einbrecher spionierten ein Haus immer erst aus, erläuterten sie, die kamen nicht einfach hereingeplatzt. Ihr Vater war ab Viertel nach acht den ganzen Tag außer Haus, und der Täter wäre ihr bis zum Kino gefolgt und hätte abgewartet, bis sie hineingegangen war. Kinobesuche, Beerdigungen, Hochzeiten: So liebten es Einbrecher. »Ach nein, das ist doch absurd«, murmelte ihr Vater vor sich hin, als sie sich anders besannen und plötzlich eine andere Linie verfolgten. Er hatte sie immer für absurd gehalten, ihre grundlosen Nachbohrungen, wie er es nannte. Er hatte stets geglaubt, dass ihre Anklage in sich zusammenstürzen würde wie ein Kartenhaus, weil sie einfach keinen Sinn ergab.

»Du weißt, wovon ich rede, Vera? Nutz deine Chancen.«

Sie nickt. Als sie, Sidneys Ankunft zuliebe, ihre Pantoffeln gegen Schuhe getauscht hat, hat sie entschieden, auch gleich ihren grauen Sonntagsrock gegen einen Rock mit Hahnentrittmuster zu tauschen. Wie in alten Zeiten hat sie vor dem langen Kleiderschrankspiegel gestanden. In alten Zeiten hat sie sich gern elegant gekleidet, und das ist noch immer der Fall. Manchmal, im Supermarkt oder auf der Straße, mustert sie ein Mann. Auch Sidney tut das, wenn er glaubt, dass sie es nicht bemerkt. Sie erhitzt die Milch aufs Neue und ist bereit, frischen Kaffee aufzubrühen.

»Mögen Sie ein Ei, Sidney?«, bietet sie ihm an, als er hereinkommt. »Ein verlorenes Ei? Oder vielleicht ein Rührei?«

»Nein, wirklich nicht. Danke, Vera.« Bei dem Wind sei es zu riskant, den Rosenstrauch zu verbrennen, sagt er, aber er habe ihn klein geschnitten, für einen windstilleren Tag.

In seinen Haaren hat sich ein Blatt verfangen, und Vera macht ihn darauf aufmerksam. »So setzen Sie sich doch.«

»Nur eine Tasse Kaffee, Vera.«

An diesem Morgen ist Sidney um halb sieben aufgewacht, der Tag dämmerte gerade. Als Erstes dachte er an Vera, obwohl es im Klub besonders hoch hergegangen war und ihm das gewöhnlich an erster Stelle in den Sinn kommt. Harry und Alfie hatten mehrere Jugendliche trennen müssen, die eine Schlägerei angezettelt hatten, einer von ihnen mit einem Messer. Später, nach zwei, war ein Mädchen, eine Fremde im Klub, zusammengebrochen. Doch obwohl diese Aufregungen sich dazwischendrängen wollten, ist er heute Morgen mit dem Gedanken an Vera aufgewacht, an ihr Gesicht, als ihr Haar noch blond war. Fleischig hätte man ihr Gesicht damals genannt, weich, hatte er gedacht, als er zum ersten Mal das Foto gesehen hatte, in dem Exemplar des *Evening Standard*, das jemand im Klub hatte liegenlassen. Es macht nichts, dass Vera inzwischen magerer ist, es macht nichts, dass sie eine andere Haarfarbe hat. Vera ist dieselbe geblieben, keine Frage.

»Getrocknet ein schöner Farbton«, sagte Mr Schele. »Das Badezimmer.«

»Die Dose ist noch halb voll, zum Auffrischen.« Die Kaffeetasse fühlt sich warm an in Sidneys kalten Händen. Der Rock gefällt ihm. Er würde ihn gern zusammengefaltet auf einem Stuhl sehen, vor sich Vera in ihrem Höschen, nur noch mit ihrem Pullover bekleidet. Die Knöpfe befinden sich oben, entlang der Schulter, vier rote Knöpfe, die farblich zur Wolle passen. Auf dem Foto waren es eine Jacke und eine weiß getupfte Bluse gewesen. Eine liebevolle Schwester, hatte in der Zeitung gestanden.

»Gibt's was Wichtiges in den Nachrichten, Sidney?«

Er schüttelt den Kopf, er kann die Frage nicht beantworten, weil er heute Morgen das Radio nicht eingeschaltet hat. Irgendeine Expedition hat einen Berggipfel erreicht, sagt Vera.

»Schlimme Nacht im Klub«, sagt Sidney und erzählt ihnen davon. Er musste Glühbirnen und Dosen aus der Toilette fischen, ehe er abschließen konnte, aber das lässt er unerwähnt. Das Mädchen, das zusammengebrochen war, habe Ecstasy genommen, hatten die Sanitäter gesagt. An irgendetwas können sie einen Ecstasy-Zusammenbruch erkennen, jetzt, wo das zu ihrem täglichen Geschäft gehört. Sidney weiß nicht, woran.

»Aus den Fugen«, kommentiert Mr Schele, als er das hört. »Die ganze Welt ist aus den Fugen.«

»Vielleicht daran, wie sie schwitzen. Menschen schwitzen auf unterschiedliche Weise, hat mir ein Sanitäter erklärt. Je nachdem, was sie zu sich genommen haben.«

Der Schlag hatte kaum eine Quetschung hinterlassen. Er war auf den Hals erfolgt, hatte es in der Zeitung geheißen, auf die Seite des Halses, nicht mehr als ein Klaps. Der Eindringling hatte den Kopf verloren; er war in ein Zimmer getreten, in dem er niemanden erwartet hatte, und da saß eine Gestalt in einem Rollstuhl. Er wäre sofort gesehen worden, aber er wusste nicht, dass er keinesfalls hätte beschrieben werden können. Vermutlich schlug er zu, um ihr Angst einzujagen; vermutlich sagte er, sollte sie je eine Beschreibung von ihm geben, käme er wieder. Das Zimmer steht jetzt leer, selbst das Bett ist fortgeschafft; vor zwei Jahren hat Sidney die geblümte Tapete mit glänzender Emulsionsfarbe überstrichen – eine blasse Sorbet-Farbe –, das Holz mit dazu passendem Glanzlack.

»Was ich wirklich hasse«, sagt er, »wenn ein Rettungswagen gerufen werden muss.«

In Seiner ganzen Schöpfung hat Gott keinen anderen Mann erschaffen, der so sanft ist, denkt Vera oft und denkt es auch jetzt. Seine Stimme war sanft, als er von dem Rettungswagen erzählte, der das Ecstasy-Mädchen abtransportierte, die Hände, die die Kaffeetasse umfassen, sind sanft. »Bei dem sind ein, zwei Schrauben locker«, hatten sie gemeint, als sie ihr berichteten, ein Mann habe sich gemeldet. »Aber kristallklar in seinen Aussagen.«

Als sie ihn das erste Mal vor Gericht sah, fiel ihr sein schäbiges Jackett auf, das genäht werden musste. Ja, was er sage, treffe zu, hatte sie gestanden, als man sie damit konfrontierte, und war aufgefordert worden, lauter zu sprechen.

»Sie sehen die ganze Welt in diesem Klub, Sidney«, sagt ihr Vater.

Nachdem sie freigesprochen worden und ins Haus zurückgekehrt war, hatte ihr Vater ihr zuerst nicht in die Augen geblickt. Und als er es dann doch tat, konnte sie sehen, dass er dachte, ein Mann, ein Fremder, dessen Gesicht ihr nicht einmal aufgefallen war, habe im Dunkel des Kinosaals die Hände nach ihr ausgestreckt, und sie habe es geduldet. Bei ihrem Aussehen hätte sie jeden haben können: Auch das sprach ihr Vater nicht aus.

»Ja, 'ne Menge Leute kommen in den Klub. Obwohl montags nie viel los ist. Spielt sich nicht viel ab montags.«

Sie wusste, dass er zu Besuch kommen würde. Sie wusste es schon im Gerichtssaal, etwas an ihm, etwas an dem Mitgefühl, das in seinen Augen stand. Fast ein Jahr verstrich, trotzdem rechnete sie damit, dass sie eines Tages die Tür zur Vorhalle öffnen würde und er stünde vor ihr, und dann stand er tatsächlich vor ihr. Er kam, als er wusste, dass ihr Vater zur Arbeit gegangen war. Er stand da und brachte keinen Ton heraus, und sie bat ihn, einzutreten. »Ich könnte ihm nicht ins Gesicht sehen«, sagte ihr Vater, als sie ihm davon erzählte, aber schließlich tat er es, verdankte er ihm doch so viel; und jetzt wartet er auf einen Heiratsantrag. Schritt für Schritt hat die Zeit das Vorurteil abgebaut, das jeder Vater hegt.

»Probieren Sie die neuen Kekse, Sidney.« Sie schiebt ihm den

Teller hin, dann schenkt sie ihm Kaffee ein. Leckerer als die mit Zitronat, sagt sie.

»Ich bin wieder der Frau mit dem Hund begegnet. Gestern Abend.«

Sie wissen nicht, wer die Frau ist. Muss wohl auf der anderen Seite der Grünfläche wohnen, hatte ihr Vater gesagt, als die Frau zum ersten Mal erwähnt wurde. Auf seinen Spaziergängen ist er ihr noch nie begegnet, da er es vorzieht, in die entgegengesetzte Richtung zu laufen.

»Meinen Sie, wir sollten eine andere Rose pflanzen, Sidney?«, fragt ihr Vater.

»So, wie's jetzt aussieht, wirkt es ziemlich leer. Fällt auf.«

»Das habe ich befürchtet.«

Mr Schele geht hinaus, um sich selbst davon zu überzeugen, in dem Schuppen an der Hintertür wechselt er das Schuhwerk. Als er Sidney zum ersten Mal gegenüberstand, hatte er dauernd auf seine Hände schauen müssen, außerstande, den Blick abzuwenden. Er musste an Vera denken, als sie noch klein war, als ihre Mutter noch lebte, als Mona bereits an den Rollstuhl gefessel war. Vera hatte immer nach ihm Ausschau gehalten, war den Gartenweg entlanggerannt, um ihm entgegenzustürzen, wenn er nach Hause kam, und er hatte sie hoch in die Luft gehoben und zum Lachen gebracht, wie es der armen Mona nie vergönnt war, ihr ganzes Leben lang nicht. Als er Sidney das erste Mal gegenübertrat, musste er hinausgehen und frische Luft schöpfen, hatte dort gestanden, wo er jetzt steht, neben dem Rosenstrauch. Es war nicht unrecht, dass Vera an jenem Nachmittag Mona allein im Haus gelassen hatte. Seit dem Tod ihrer Mutter hatte er Vera immer wieder eingeschärft, sie dürfe sich im Haus nicht als Gefangene fühlen. Eine Schwester dürfe die andere nicht gefangen halten, wie auch immer die Umstände sein mochten; so weit dürfe es nicht kommen. Einkäufe müssten getätigt werden; und niemand dürfe dem andern eine Stunde oder so im Kino missgönnen. Und doch fragte er sich, als er Sidney das erste Mal gegenüberstand, warum es so kommen musste, wie es gekommen war; der armen Mona hing der Kopf zur Seite, als sei ihr der Nacken gebrochen worden, während im Dunkel des Kinosaals *das* vor sich ging?

»Tut mir leid, dass es Scherereien gegeben hat«, sagt Vera in der Küche, sie meint die Schlägerei im Klub und das Mädchen, deretwegen ein Rettungswagen kommen musste.

»An Samstagen muss man damit rechnen.« Und Sidney sagt, er wisse auch nicht, warum. An Donnerstagen oder Freitagen sei der Klub genauso voll. »Ich ziehe die Sonntage vor«, sagt er plötzlich, als sei es ihm erstmals aufgegangen. »Irgendwo in der Nähe des Klubs gibt's Kirchenglocken. Jedenfalls trägt ihr Geläute so weit. Könnten auch ein, zwei Kilometer entfernt sein.«

An Sonntagabenden geht Vera in die Kirche, eine Baptistenkirche, aber jedes andere Gotteshaus tät's auch. Wenn sie niederkniet, sagt sie, es reue sie, und fühlt sich besser, weil sie es in einer Kirche sagt, in der auch andere Menschen sitzen. Und hinterher überlegt sie, was diese wohl denken würden, wenn sie es wüssten, die Gesichter noch immer gläubig nach ihrer Stunde der Tröstung. Sie zwingt sich dazu, wenn sie auf der Bank kniet, und lässt keine Ausflüchte zu. Sie will die Aufmerksamkeit darauf lenken, wie furchtbar es so lange gewesen war, seit dem Tod ihrer Mutter, wie furchtbar es für immer gewesen wäre, sie beide als Hinterbliebene, Waschen, Ankleiden, Aus-dem-Rollstuhl-Heben, Füttern, der stumme Blick. Wenn sie betet, widersetzt sich Vera alledem. »Willste abgetörnt werden«, hatte ein Junge auf dem Pausenhof einmal gesagt, sie war damals vierzehn Jahre alt. »Dann guck dir mal die Schwester an.« Und später, als der Rollstuhl noch immer hinaus- und umhergeschoben wurde, erfolgten keine Heiratsanträge. Noch später, als es auf der Straße zu Tränen und Protesten kam, wurde der Rollstuhl aufgegeben, nicht einmal mehr in den Garten geschoben, denn auch das verursachte Kummer: Mona wurde nach oben verbannt. »Vera, nimm deinen Freund mit nach oben«, hatte ihr Vater einmal vorgeschlagen, ohne zu merken, was er tat: das Recht einer von Krankheit geschlagenen Schwester, Besucher im Haus anzustarren. Auf Knien – richtig hingekniet, nicht nur vornübergeneigt – zwingt sich Vera dazu, den Schatten zu beobachten, der sie selbst ist, die seitliche Bewegung ihrer flachen Hand, eine Art Knacks, den sie verspürte, auch der Kopf hing seitlich herab.

»Der Wind hat sich gelegt. Wollen Sie zum Mittagessen dableiben, Sidney? Dann könnten Sie Ihr Feuer machen.«

Die Leute im Gerichtssaal hatten sie beide angestarrt. Als sie gefragt wurde, bestätigte sie seine Aussage abermals. »Ja, so ist es«, bestätigte sie, denn ein Mann, den sie nicht kannte, wollte, dass sie es aussprach: dass sie für die Dauer des Films ein Liebespaar waren.

»Gut, dann mach ich das Feuer«, sagt er, und als er vom Fenster zurücktritt, sieht sie ihren Vater, der an der Stelle steht, wo der Rosenstrauch gestanden hat. Sein Glaube schützt sie beide, weist ihnen ihre Rollen zu, beschränkt alles, was ist, auf Schweigen. Wenn ihr Vater im Grab liegt, wird sein Geist dann wiederkehren, um ihr mitzuteilen, sein Tod sei die Strafe für einen abgeschlossenen Handel?

»Lammlende«, sagt Vera und holt sie aus dem Kühlschrank, umwickelt mit einem Netz aus Rindertalg, damit sie beim Braten schön saftig bleibt. Auch Pastinaken wird sie rösten und Kartoffeln, denn es gibt nichts, was Sidney lieber äße.

»Ich habe meine Streichhölzer im Klub gelassen.«

Aus einem Wandschrank holt sie eine Schachtel, beim Hineingreifen stößt sie die Tür, die sich auf gleicher Höhe befindet wie ihr Kopf, weit auf. *Cook's Matches,* steht auf dem Etikett. Sie reicht sie ihm, ihre Finger berühren sich nicht. Ihr Vater im Garten hat sich nicht von der Stelle gerührt, noch immer steht er dort, wo der Rosenstrauch stand. Er ist gebrechlich, er leidet unter den Unpässlichkeiten des Alters. Öfter als früher spricht er von geborgter Zeit.

»Ich werd's jetzt anzünden«, sagt Sidney.

Es wird ein Begräbnis geben, das sich kaum von dem ihrer Mutter unterscheiden wird, anders als Monas. Auch ihrer beider Zeit ist geborgt, die Strafe umso schrecklicher, als sie wissen, dass es sie gibt: Es bedarf keines Geistes, der es ausspricht.

Sie reibt die Pastinaken, die sie geschnitten hat, mit Öl ein und bestäubt die Kartoffeln, die sie bereits gewaschen und getrocknet hat, mit Mehl. Sidney liebt seine im Ofen gerösteten Kartoffeln kross. Es gibt nichts, denkt Vera manchmal, was sie über seine Vorlieben und Abneigungen nicht wüsste. Bei der Beerdigung wird er dastehen und sie auch, durch andere Trauergäste voneinander getrennt. Die Wahrheit wird wiederhergestellt sein, doch kein anderer wird davon wissen.

»Kälter geworden«, sagt ihr Vater, als er hereinkommt. Der Wind hat gedreht und, noch während er abflaute, Kälte hinterlassen.

Er wärmt sich, indem er dicht an den Gasherd tritt und sich die Finger massiert. Ohne seine Gegenwart gäbe es keinen Grund, jene Rollen zu spielen; keinen Grund, Betrug zu üben. Erleuchtet ist das Dunkel ihres Geheimnisses, der Liebe, die zu ihnen kam, da sie einander bemitleideten: All das mag das leere Zimmer oben füllen und jeden Winkel des Hauses. Aber Vera weiß, ohne ihren Vater würden sie einander ängstigen.

VON GEISTLICHEM STANDE

Er hatte den Bezug verloren und spürte es oft: den Bezug zu den Zeiten und was in ihnen geschah, den Bezug zu zwei Generationen der Veränderung, zu seinem Land und was aus diesem geworden war. Er wusste, wenn er außerhalb Irlands reiste, was er noch nie getan hatte, würde er allenthalben auf dieselben neuen Mores stoßen, auf die verschiedenen Einschränkungen, mit denen die Menschen mittlerweile bevorzugt ihr Leben führten; stattdessen dachte er an Irland, an die Hülse des Alten, die Saat des Neuen. Und oft fragte er sich, woraus wohl dies Neue bestünde.

Rev. Grattan Fitzmaurice, Ennismolach Rectory – so waren die Briefe an ihn adressiert, gefolgt von der nächstgelegenen Stadt und der Grafschaft. Seine drei Sprengel der Church of Ireland, die im Lauf der Jahre vereinigt worden waren, lagen in einem Tal mit Weideland in den Bergen, markiert von drei kleinen Kirchen, eine davon unterdessen verwaist, die zweite abseitig wie seine Pfarrei, wie sein Leben.

Die nächste Stadt lag zwanzig Kilometer entfernt, dort, wo der Berghang in eine Ebene auslief und über den Fluss, der durch die Gemarkung Ennismolach floss, eine Brücke gebaut worden war. Von der Kreuzung bei Doonan erreichte man das Pfarrhaus, indem man die Straße zum Corlough Gap nahm und fünf Kilometer weiter an der Shell-Tankstelle rechts abbog. Wenige Minuten später erhob sich die große katholische Kirche Mariä Himmelfahrt, ein prachtvoller Solitär am Straßenrand. Sie wirkte wie neu, obgleich sie schon seit sechzig Jahren dort stand. Hinter der nächsten Hügelkuppe befand sich das Tor zur Pfarrei von Ennismolach, die lang geschwungene Auffahrt war schon seit Jahren überwuchert.

Dies war Granitlandschaft, und Grattan Fitzmaurice hatte das Aussehen jenes grauen, unnachgiebigen Gesteins, das selbst zwischen den Weideflächen des Tals zu erkennen war. Hager und hochgewachsen, gehörte er dieser Landschaft an, war ihr entsprungen und hatte es vorgezogen, zu ihr zurückzukehren. Auch den Zölibat hatte er vorgezogen. In früheren Zeiten hatten sich ganze Familien in dem riesigen Pfarrhaus getummelt; jetzt war nur noch das Echo seiner eigenen Schritte zu hören, der Riegel an der Hintertür, wenn morgens Mrs Bradshaw kam, das Gähnen seines Retrievers und der Radioapparat, wenn er ihn denn eingeschaltet hatte. In der hohlen Leere erklang jedes Geräusch gleich zweimal, denn ein Echo täuschte mehr Aktivität vor, als es tatsächlich gab, so als wolle es ihm aus Erbarmen Gesellschaft leisten.

Außerdem gab es noch die Gesellschaft der Vergangenheit. Die Familie, an die Grattan sich hier erinnerte, war seine eigene gewesen: sein Vater, vor ihm Pfarrer von Ennismolach, seine Mutter, die die Zimmer tapeziert und die Dielenbohlen gebeizt hatte, um sie aufzufrischen, seine Schwestern. Die Pfarrei war stets sein Zuhause gewesen, in seiner Kindheit eine große Kraft, die Erwartung, dass es sie immer geben werde. Die Veränderung war schon vor seiner Geburt eingetreten, die Familie hatte gerade Revolution und Bürgerkrieg überstanden. Die einst unbezwinglichen Landgüter waren wieder zu Lehm geworden, die Bewohner fortgezogen, ausgebrannte Häuser ihre Gedenksteine. Pfarreien entgingen diesem Schicksal, denn in Irland würden Männer von geistlichem Stande noch stets einen Platz innehaben: Während die in den Kinderschuhen steckende Nation in den dreißiger Jahren hochgepäppelt wurde, hatte es in Ennismolach den Anschein, als würde man in den hohen Zimmern immer über die Runden kommen, als würde es im Winter immer Frostbeulen geben, beim Metzger von Fenit Bridge billige Fleischstücke, die samstägliche Stille, wenn eine Predigt ausgearbeitet wurde. Und schon als Kind hatte Grattan in diesem Kirchspiel in die Fußstapfen seines Vaters treten wollen.

Sein Vater war 1957 gestorben, seine Mutter noch im selben Jahr. Schon damals war die Gemeinde von Ennismolach geschrumpft, die Hilfskirche von Fenit Bridge seit Jahren nicht mehr benutzt worden, andere weit abgelegene Sprengel der Grafschaft von Schwermut gezeichnet. Die Herrenhäuser, die sie unterstützt hatten, verfielen zusehends; die Familien, die geflohen waren, kehrten nicht zurück; und auf Gehöften und Feldern in den Gemarkungen ringsum forderte die Emigration ihren Tribut. »Es wird noch schlimmer kommen«, hatte Grattans Vater wenige Wochen vor seinem Tod gesagt. »Du spürst, dass es noch schlimmer kommen wird?« Man müsse damit rechnen, sagte er, dass die Umwälzung weitere, verhaltenere Umwälzungen nach sich ziehen würde. Die Bezeichnung für die protestantische Kirchengründung, der er diente, »Church of Ireland«, klang ihm längst zu imposant, beinahe lächerlich in ihrem Anspruch. »Wir sind ein Überbleibsel«, hatte Grattans Vater gesagt.

Es war eine Ironie der Geschichte, dass es so mit ihnen gekommen war, denn ihre protestantischen Vorläufer – Wolfe Tone und Thomas Davis, Emmet und Parnell und jener Henry Grattan, nach dem Grattan benannt war – hatten auf verschiedene Weise und zu verschiedenen Zeiten genau das Irland inspiriert, das jetzt entstanden war, und Grattan wusste, dass die Geburt der Nation Irlands angestammtes Recht war, ganz gleich, wie sie am Ende zustande gekommen war. Und doch traf es zu: Sie waren ein Überbleibsel. Mochten neben den alten Kirchentoren noch immer die Tafeln der Church of Irland stehen und goldene Lettern auf schwarzem Untergrund Einzelheiten der angebotenen Gottesdienste ankündigen, so trocknete doch die Kirche von innen auf eine Weise aus, die natürlich erschien. Auferstanden nach fast vollständiger Unterdrückung, ererbte die große Kirche Roms ganz Irland.

In einem Traum ritt Grattan, gealtert, von Ennismolach los und trat dann zwischen überfüllten Kirchenbänken langsam vor einen Altar. Der Traum stellte sich häufig ein, und er wusste, der Grund dafür war, dass die Vergangenheit ihn nicht losließ. Außerdem wusste er, dass er das Rad der Zeit nicht zurückdrehen konnte und dass die Vergangenheit, als sie noch die Gegenwart gewesen, mit Mängeln, Enttäuschungen, Ungerechtigkeit und Leid behaftet war. Er ärgerte sich keineswegs darüber, dass, während seine eigenen Kirchlein baufällig wurden, die Kirche Mariä Himmelfahrt, mit ihrer Mariengrotte und ihrem Hang frischer Gräber, am Straßenrand wuchs und gedieh, dass zur Sonntagsmesse auf den Seitenstreifen und in den Einfahrten lange Autoschlangen parkten, es außer Father MacPartlan auch noch Father Leahy gab und bei der Kollekte für die Mission unter den afrikanischen Heiden hohe Summen zusammenkamen. Father MacPartlan und Father Leahy rühmten, frohlockten und zelebrierten, erteilten die Absolution, sagten Dank. Die Einfalt uneingeschränkten Glaubens, der Zugehörigkeit und des lebendigen Bezugs nährten Father MacPartlans gesunde Gesichtsfarbe und Father Leahys ungetrübtes Lächeln – jedenfalls erschien es Grattan so.

Im Garten der Pfarrei von Ennismolach arbeitete ein Mann namens Con Tonan, der bei einem Traktorunfall einen Arm eingebüßt hatte. Sein Gebrechen machte ihn untauglich für die Beschäftigung als Landarbeiter, mit der er bis dahin seinen Lebensunterhalt bestritten hatte. Obwohl Grattan ihm kaum mehr als einen Hungerlohn zahlen konnte, hatte er ihn eingestellt, nachdem er bereits ein Jahr lang erwerbslos gewesen war. Con Tonan, damals noch jung, verstand zwar nichts von Gärtnerei, doch verliehen die zehn Kilometer lange Radfahrt nach Ennismolach und sein redliches Bemühen um die Auslichtung der wirr verzweigten Sträucher und die Neugestaltung der fast gänzlich verwilderten Blumenbeete seinem Tagesablauf dreimal in der Woche Struktur. Mrs Bradshaw, eins von Grattans Schäfchen in Glenoe, trat ihre Stelle in der Pfarrei an, als Con Tonan den Garten eben zu begreifen begann. Zweimal die Woche kam sie in einem kleinen alten Volkswagen aus Glenoe herübergefahren, eine Frau, die ebenso warmherzig wie pflichtbewusst war.

Dies war der Haushalt in Ennismolach; auch Mrs Bradshaw wurde kümmerlich entlohnt, und ihre Ankunft jeden Dienstag und Donnerstag war ebenso sehr ein Akt der Nächstenliebe wie die Beschäftigung eines Einarmigen durch Grattan. Manchmal brachte Con Tonan einen seiner Sprösslinge mit, wobei er das Kind trotz des fehlenden Armes geschickt auf der Lenkstange balancierte.

Achtundzwanzig Jahre lang war Con Tonan zur Pfarrei gekommen, doch eines Tages vor Anbruch des Winters befand er, die Fahrt sei zu viel für ihn. »Wirklich, dafür bin ich jetzt zu alt«, sagte er nur, als er seine Absicht bekannt gab. Vielleicht, weil ihm seine Rente bewilligt worden war, meinte Mrs Bradshaw, doch Grattan wusste es besser. Weil Con Tonan ebenso alt war wie er selbst, weil er müde war.

Mrs Bradshaw war jünger. Mollig und ehrbar, kannte sie sich aus in der großen Welt, freute sich an deren Komfort ebenso, wie sie ihre Exzesse beklagte. Dienstags und donnerstags saßen sie und Grattan immer zusammen am Küchentisch und tauschten die wenigen Neuigkeiten aus, die sie mitgebracht oder die er morgens im Radio gehört hatte, das sie selbst nur selten einschaltete.

Er spürte, dass sie ihm Zuneigung entgegenbrachte – einem alten Mann, der in der Nachbarschaft allein deshalb eine legendäre Gestalt war, weil er ihr schon so lange angehörte –, und manchmal fragte er sie, ob schon gemunkelt wurde, dass er über seine Zeit hinaus im Amt sei. Wurde gemunkelt, dass er sein Amt nicht effektiv ausübe, dass er das, was seiner Kirche in den zusammengelegten Sprengeln noch an Einfluss geblieben sei, nicht erfolgreich verwalte? Jedes Mal beruhigte sie ihn. Niemand wolle, dass er gehe, niemand wolle, dass irgendein munterer junger Kurat jeden zweiten Sonntag aus einer der Städte herbeikomme, um einer Gemeinde, die kaum mehr bestand, Leben einzuhauchen.

»Mr Fitzmaurice«, sagte ein rotwangiger, rothaariger Jugendlicher, der eines Tages im Frühsommer 1997 zum Pfarrhaus kam. »Mein Vater ist gestorben.«

In dem Fahrrad, von dem der Junge abstieg, erkannte Grattan das große alte Rudge wieder, das einst so regelmäßig die Auffahrt zur Pfarrei hinauf- und hinuntergerollt war. Seit Jahren hatte er keins von Con Tonans Kindern mehr gesehen, da sie, eins nach dem andern, zu schwer geworden waren, um auf der Lenkstange ihres Vaters mitgenommen zu werden.

»Ach, Seamus, mein Beileid. Komm doch rein, komm rein.«

Sein vormaliger Gärtner war einem Hirnschlag erlegen, eine Wohltat, dass er nicht lange hatte leiden müssen: Der Junge drückte sich klar aus, übermittelte die traurige Botschaft langsam, aber deutlich.

»Eines Tages konnte er nicht mehr sprechen, Mr Fitzmaurice. Das war das Ende.« Seine Mutter hatte ihn geschickt, und Grattan war gerührt, dass man sich seiner erinnert hatte. Das Begräbnis finde am Montag statt.

»Natürlich komme ich, Seamus.«

Er machte Tee und stellte Kekse hin. Er fragte Seamus, ob er ein gekochtes Ei wolle, doch Seamus verneinte. Sie unterhielten sich eine Weile, bis der Tee, den er ausgeschenkt hatte, abgekühlt und ausgetrunken war. Seamus arbeitete für die Kelly Brothers, die an der Fenit Bridge zwei Bungalows bauten.

»Und Sie, kommen Sie zurecht, Mr Fitzmaurice?«, erkundigte er sich, ehe er sich aufs Fahrrad schwang, das jetzt ihm gehörte. Nun diente es schon der dritten Generation, war auf dieselbe Weise in seinen Besitz übergegangen wie früher in den seines Vaters.

»Ach ja, Seamus, es geht.«

»Dann mach ich mich jetzt auf den Weg.«

Am nächsten Morgen überbrachte Mrs Bradshaw die gleiche Kunde. Ein anständiger, ruhiger Mann, sagte sie, etwas, was sie zu Con Tonans Lebzeiten nicht gesagt hatte. Ein bescheidener Mann, der die Tragödie, die sein Leben verändert hatte, ohne Bitterkeit akzeptiert habe. »War er hier etwa nicht glücklich?«, lautete ihr Kommentar, und ihr Tonfall fügte einem abschließenden Urteil ein weiteres hinzu. Sie wusch ihre beiden Kaffeetassen in der Spüle ab und räumte die Untertassen weg. Sie habe Eier mitgebracht, sagte sie, die Hennen hätten wieder zu legen begonnen.

Am Montag wohnte er der Beerdigung bei. Hinterher drückte er sich vor der großen Kirche herum, die noch immer wie neu wirkte, und wartete darauf, dass er an die Reihe kam, um der Witwe sein Beileid auszusprechen. Er kannte sie nicht sehr gut; konnte sich nur an eine einzige Begegnung mit ihr erinnern, vor langer Zeit.

»Er ist immer so gern zum Pfarrhaus gefahren«, sagte sie, und als ob irgendetwas in der Miene des Geistlichen Verwunderung erkennen ließ, wiederholte sie es noch einmal und umklammerte seine Hand. »Ach, das ist er wirklich, Mr Fitzmaurice«, beteuerte sie. »Am Ende hat er's gut getroffen gehabt, sagte er immer. Hätte er nicht den

Unfall gehabt, hätte er die Pfarrei in Ennismolach nie kennengelernt. Auch Sie hätte er nie kennengelernt, Sir.«

Erwärmt von ihren Worten, fuhr Grattan Fitzmaurice von der Beerdigung weg. Als er mit seinem Hund durch den Garten spazierte, dessen Zustand sich in den letzten paar Jahren verschlechtert hatte, obwohl er längst nicht so vernachlässigt wirkte wie damals, bevor er Hilfe hinzuzog, dachte er über den verstorbenen Mann nach, der ihm ein Freund geworden war. Als Con Tonan das erste Mal kam, hatte er nicht gewusst, was Seidelbast war oder wie Choisya und Ceanothus auf Englisch hießen. Er hatte gestaunt, dass Himbeerstängel im Herbst bis zum Boden zurückgeschnitten wurden. Er hatte gelernt, wie man bei Rosen die Schösslinge entfernte, wann man die Eibenhecke stutzte und dass man das Laub, das im Herbst herabfiel, nicht etwa verbrannte, sondern vermodern ließ, um den Boden zu düngen. Die beiden Männer hatten sich über gewöhnliche Dinge wie das Wetter unterhalten, manchmal auch darüber, welche Absichten eine neue Regierung verfolgte, hatten gegrübelt, welche Wahlversprechen leicht zu halten wären und auf welche verzichtet werden müsse. In anderer Hinsicht waren sie grundverschieden gewesen, aber das hatte nie eine Rolle gespielt. Als Grattan am Abend der Beisetzung seinen Hund gefüttert hatte, als er die beiden Eier gekocht hatte, die er stets um Viertel nach sieben mit Toast und einer Kanne Tee zu sich nahm, hörte er ein Auto vorfahren. Wenige Augenblicke später öffnete er die Haustür. Es war der jüngere der beiden Priester, die die Totenmesse gelesen hatten. Lächelnd, mit ausgestreckter Hand, sagte Father Leahy: »Ich dachte, ich schau mal vorbei.«

Er sagte es unbekümmert, als wäre es seine Angewohnheit, regelmäßig in der Pfarrei vorzusprechen, als wüsste er aus langer Erfahrung, dass dies der rechte Augenblick sei. Doch weder er noch Father MacPartlan waren je zuvor nach Ennismolach hinausgefahren.

»Kommen Sie rein, kommen Sie«, forderte Grattan ihn auf. Der Händedruck des Kuraten war fest gewesen, von der Art, der man die Freundlichkeit anmerkt.

»Ist es nicht ein wunderschöner Abend, Mr Fitzmaurice? Kommt eine Hitzewelle auf uns zu?«

»Das könnte durchaus sein.«

Das Mobiliar im großen Salon war alt, aber nicht alt genug, um als kostbar zu gelten: Lehnsessel und ein abgewetztes Sofa, Pflanzenständer und wacklige kleine Tische mit Büchern und Zierrat, sonnenvergilbte, mit Gemälden und Fotos vollgehängte Tapeten, ein riesiger trüber Spiegel über dem weißen Marmorsims, ein Kartenspieltisch mit einer Schreibmaschine. Die langen Vorhänge – früher einmal zwei Blautöne – waren fast verblichen und mussten dringend ausgebessert werden.

»Eine Tasse Tee, Hochwürden?«

»Ach nein, nein. Aber trotzdem danke, Mr Fitzmaurice.«

»Tja, wir haben den armen Con verloren.«

»Gott schenke ihm Frieden.«

»Ich habe ihn vermisst, als es ihm am Ende zu viel wurde, hier herauszukommen.«

Als er sich beim Hinsetzen kurz umblickte, bemerkte Grattan die *Irish Times*, die er zuvor auf den Tisch neben seinem Lehnsessel gelegt hatte. Dabei war sein Blick so wie jetzt auf die lächelnde Miene Father Brendan Smyths gefallen, der von einem Kriminalbeamten mit grimmigem Gesicht in Gewahrsam genommen worden war. *Pädophiler Priester wird ausgeliefert*, lautete die Schlagzeile. Er griff nach der Zeitung und drehte sie um.

»Natürlich vermissen Sie Con.« Es entstand eine Pause, dann setzte Father Leahy hinzu: »Sie sind hier fernab der Welt.«

»Ich habe mich daran gewöhnt.«

Er überlegte, ob sein Griff nach der Zeitung bemerkt worden war. Er hatte es als Höflichkeitsgeste gemeint, aber auch eine Höflichkeitsgeste konnte kränkend wirken. Fernab der Welt oder nicht, man konnte nicht umhin, von dem Prämonstratenserpriester zu wissen, der zwanzig Jahre lang in Belfast Kindern nachgestellt hatte. Nachdem er bereits eine Strafe im Magilligan-Gefängnis in der Grafschaft Derry verbüßt hatte, befand er sich jetzt auf dem Weg nach Dublin, wo er sich vierundsiebzig ähnlich lautenden Anklagen ausgesetzt sah. Die Nachrichten vom Vortag waren voll davon gewesen.

»Es war nett von Ihnen, dass Sie zum Begräbnis gekommen sind, Mr Fitzmaurice.«

»Ich habe Con gern gemocht.«

Der Trauergottesdienst hatte ihn beeindruckt. Dem Zeremoniell und dem Ritual, den feierlichen Stimmen Father MacPartlans und Father Leahys, der versammelten Gemeinde wohnte Zuversicht inne. Ebenso den Gebärden der beiden Priester, die mit erhobenen Händen den Segen spendeten, der langen Schlange der Kommunikanten und dem auf Schultern fortgetragenen Sarg, der mahnenden Grabrede. Auf einen Fels gebaut, hatte Grattan gedacht: Hier spürte man es. Die lackierten Kirchenbänke waren hässlich, die Christusfigur an den Stationen des Kreuzwegs schien leblos, aber die Zuversicht und den Fels spürte man dennoch.

»Auch Mrs Tonan hat gesagt, wie nett von Ihnen es war, dass Sie gekommen sind. Manchmal ist es einem Gemeindemitglied schwer verständlich, dass jemand aus Ihrer Kirche teilhaben möchte.«

»Aber natürlich wollte ich das.«

»Sag ich ja.«

Es trat Schweigen ein. Dann sagte Father Leahy:

»Ein prächtiger Hund.«

»Ohne Oisín wäre ich verloren.«

»Sie hatten schon immer einen Hund. Stets habe ich dasselbe Bild vor Augen: Sie mit einem Hund im Auto.«

»Zur Gesellschaft.« Und Grattan dachte, einen Priester mit Hund sieht man nicht oft. Vielleicht hin und wieder, aber nicht oft. Er sprach es nicht aus, für den Fall, dass es zudringlich klang. Er erinnerte sich an Father Leahy, als der noch ein Kind gewesen war, eins von den Leahys aus dem weiß gekalkten Bauernhaus an der Straße nach Ballytoom. An drei Brüder erinnerte er sich, die ihre Beine von einer getünchten Mauer baumeln ließen und ihm zuwinkten, wann immer er vorbeifuhr. Der Priester dürfte der jüngste sein, der Jüngste in der Familie, hatte ihm einmal jemand gesagt. Auch vier Mädchen gab es.

»Keiner von uns beiden ist weit herumgekommen«, sagte er, und mit einem Nicken bestätigte Father Leahy, dass er verstand, welchen Verlauf das Gespräch nahm.

»Das ist freilich wahr«, sagte er.

Grattan fragte sich, weshalb der Kurat gekommen war. Hatte er beschlossen, ihm einen Besuch abzustatten, als er bei der Beerdigung die einsame Gestalt wahrnahm? War er gekommen, um ihm eine halbe Stunde Gesellschaft zu leisten, womöglich aus Mitleid? Hatten die beiden Priester nach dem Gottesdienst vielleicht gesagt, für einen protestantischen Geistlichen, der keine Gemeinde mehr habe, sei der Anlass schwer zu ertragen gewesen?

»Ihre Familie lebt verstreut?« Aus dem Gefühl heraus, dass es von ihm erwartet wurde, hielt er das Gespräch aufrecht.

»Zum größten Teil.«

Der Bauernhof wurde noch immer von dem Bruder bewirtschaftet, der ihn geerbt hatte, von Young Pat. Ein weiterer Bruder wohnte in Cleveland, Ohio. Die Schwestern waren alle fort, verheiratet in verschiedenen Gegenden der Grafschaft, zwei in Cork.

»Früher sind wir Weihnachten immer zusammengekommen, zumindest einige von uns. Die Mädchen würden ja auch jetzt noch zum Hof zurückkehren, aber inzwischen haben sie selbst Familie. Sie möchten nicht so weit reisen.«

»Ich erinnere mich daran, wie Sie immer auf der Mauer gesessen haben.«

»Wir haben die Nummernschilder auswendig gelernt. Nicht dass es viele gegeben hätte, vielleicht zwei am Tag. ZB 726.«

»War das mein alter Morris?«

»Der grüne Morris mit dem Buckel. Wenn Sie vorbeifuhren, haben Sie immer einen Winker ausgeklappt und uns zugewinkt. Wissen Sie noch? Das kleine orangene Teil?«

»Den Wagen hatte ich Mr Keane in der Bank of Ireland abgekauft. Kannten Sie Mr Keane?«

»Aber natürlich. War es nicht Keane, der meinem Vater das Geld für den Melkstall geliehen hat? Ein anständiger Mann.«

Protestanten wurden oft anständig genannt. Man wusste, woran man mit ihnen war: So sagte man damals oft. Gemeint war ein reeller Handel. Der Filialleiter war Kirchenvorsteher in Ennismolach gewesen.

»Father MacPartlan erinnert sich noch an Ihren Vater. Auch an Ihre Mutter.«

Grattan stellte sich vor, wie Father MacPartlan sie erwähnt, seinem Kuraten von den alten Zeiten erzählt hatte, als die Herrenhäuser niedergebrannt und die Familien aus ihnen vertrieben wurden, die Pfarreien indes verschont blieben. »Wollen Sie den Alten nicht irgendwann einmal abends aufsuchen?«, stellte er sich Father MacPartlans Drängen vor. »Falls es nicht falsch aufgefasst würde?« Und der raue, aber herzliche Ton des älteren Priesters brachte Grattans Gedanken nach wie vor durcheinander: wie er den Kuraten in verständnisvoller Barmherzigkeit unterwies und ihn an den Geist einer neuen Zeit erinnerte. Schließlich, auch das wurde festgehalten, war der geistliche Stand allen dreien gemeinsam.

»Hätten Sie etwas gegen einen Spaziergang durch den Garten, Hochwürden?«

»Das wäre herrlich.«

Die Abenddämmerung war hereingebrochen. Die beiden Männer, ein paar Schritte hinter ihnen der Hund, gingen langsam schlendernd von Weg zu Weg, und Grattan machte ihn auf Sträucher und Blumen aufmerksam. Father Leahy, wie einst Con Tonan, wusste kaum einen Namen.

»Con hat den Garten für mich in Schuss gebracht.«

»Seine Frau sagte, Sie hätten ihm alles erklären müssen.«

»Anfangs schon. Aber am Ende wusste er besser Bescheid als ich. Er liebte den alten Garten, bevor er mit ihm Schluss machte.«

»Er war lange hier.«

»Das war er.«

»Er muss etwa zu derselben Zeit zu Ihnen gekommen sein, als Father MacPartlan in den Priesterstand eintrat.«

Die Luft war erfüllt vom Duft der Nachtlevkojen, sie hörten Oisín im Unterholz stöbern. In den Garten kamen öfters Kaninchen, und jetzt hoppelte eins davon.

»Father MacPartlan stammt wie ich von einem Bauernhof. In Irland stammen viele Priester von einem Bauernhof.«

»Das tun sie auch heute noch, höre ich.«

»Zu Beginn ziemlich schlichte Burschen.«

»Ja.«

Grattan wollte es vorkommen, als redeten sie von etwas anderem. Er ertappte sich bei dem Gedanken, dass nichts je ganz so war, wie es schien, und wusste nicht, warum er das dachte.

»Anders als Sie, würde ich sagen, Mr Fitzmaurice.«

Grattan lachte. »Ach ja, ich wusste, worauf ich mich einließ.«

Am Ende des Gartens blieben sie vor dem Stacheldrahtzaun stehen und blickten hinaus auf das dunkle Weideland dahinter. Dort grasten Färsen, aber sie waren kaum zu erkennen. Selber schattenhaft, wandten sich die beiden schwarz gekleideten Gestalten um und kehrten auf demselben Weg zurück, den sie gekommen waren. Es war nicht wahrscheinlich, überkam Grattan plötzlich die Erkenntnis, dass die Priester so von ihm gesprochen hatten, wie er angenommen hatte, dass der Kurat in verständnisvoller Barmherzigkeit unterwiesen worden war. Wenn man sich etwas lediglich vorstellte, irrte man oft, und wieder fragte er sich, weshalb sein Besucher wohl gekommen war.

»Es ist ein großes altes Haus«, sagte Father Leahy. »Bestimmt hat es schon immer als Pfarrhaus gedient, oder?«

»O ja, es wurde als Pfarrhaus erbaut. 1791.«

»Es wird noch einige Jahre erleben.«

»Viele Geistliche heute würden etwas Kleineres vorziehen.«

»Aber Sie selbst nicht?«

»Man gewöhnt sich an einen Ort.«

Als sie wieder vor dem Haus ankamen, war die Dämmerung der Dunkelheit gewichen, und sie blieben bei Father Leahys Wagen stehen. Das Schweigen verdichtete sich, ihr harmloses Geplauder hatte sich erschöpft. Oisín trottete über den Kies und ließ sich geduldig auf den Eingangsstufen nieder. Father Leahy sagte:

»Ich habe noch nie ein so friedliches Haus kennengelernt.«

»Schauen Sie vorbei, wann immer Sie in der Nähe sind, Hochwürden.«

Ein Streichholz flammte auf, dann erglühte die Zigarette des Priesters, und in der Abendluft vermischte sich der Tabakgeruch angenehm mit dem Duft der Blumen.

»Ich nehme an, es war nicht leicht.« Father Leahys Gesicht blieb in der Dunkelheit verborgen, es bewegte sich nur die glühende Zigarettenspitze, und seine Stimme verlor sich.

»Leicht, Hochwürden?«

»Ich meine, für Sie.«

Grattan kam es vor, als ließe sich, was unausgesprochen geblieben war, im Dunkeln sagen, als könnte im Dunkeln die Wahrheit erblühen, als fiele die Verständigung im Dunkeln leichter.

»In Irland gab es Zeiten, in denen ein Priester nicht die *Irish Times* las. Father MacPartlan spricht immer davon. Aber jetzt haben wir sie abonniert.«

»Ich dachte, dass das Foto vielleicht –«

»Hinter alledem steckt mehr, als was dieses Foto verrät.«

Etwas an seinem ruhigen Tonfall verwirrte Grattan. Und es gab Andeutungen in einem Unterton, der ihn erschreckte. Father Leahy sagte: »So weit ist es mit uns gekommen.«

Der Satz war so leise dahingesagt, dass Grattan ihn kaum vernahm, und dann wurde er noch einmal wiederholt, was seine Verwirrung nur noch steigerte. Wieso kam es ihm vor, als wollte man ihm sagen, dass die den Priestern eigene Zuversicht nur eine Oberfläche war, die ihren Tag überdauert hatte? Wieso hatte er beim Zuhören diesen Eindruck gewonnen? Wieso kam es ihm vor, als wollte man ihm sagen, dass die feierlichen Stimmen, die zum Segen erhobenen Hände, das Weihwasser, das in die Luft geschlagene Kreuz eine Selbsttäuschung bargen? Vor langer Zeit hatten in Ennismolach Einspänner jeglicher Bauart auf den Seitenstreifen geparkt, so wie heute die Autos vor der Kirche Mariä Himmelfahrt. Er hatte dieselbe Empfindung gehabt, genährt zu werden, sicher auf einen Fels gebaut zu haben, der nicht zerspringen könne. Weshalb fühlte er sich an jene Vergangenheit erinnert?

»Aber bestimmt –«, setzte er an, dann besann er sich eines anderen und ließ die beiden Wörter unnütz in der Luft hängen. In der Zeitung las er inzwischen des Öfteren, dass die Messe in den Städten nicht mehr so gut besucht war wie selbst noch vor ein paar Jahren. In den Städten hielt man sich nicht immer mit Heirat auf,

Beichte und Sündenerlass wurden übergangen. Eine andere Kultur, nannten sie es, in welcher Zurückhaltung und Gebet nicht so verbreitet seien wie früher. In dieser anderen Kultur, hieß es, breitete sich das Verbrechen aus, Kinder nahmen Drogen, Frauen wurden vergewaltigt, Morde verübt. Es war eine Geißel, und bald würde es auf das flache Land übergreifen, fast war es schon so weit. In Dorfläden und Bauernküchen, auf den Anrichten der Cottages, bei Mahlzeiten gegen den Milchkrug gelehnt, lächelte der fidele Gottesmann, der Prämonstratenser, aus dem Zeitungsfoto, und dann lächelte er noch einmal von den Fernsehbildschirmen. Würde er behaupten, er habe nichts weiter getan als zugelangt und eingestrichen, was ihm zustand, Gott habe ihn so erschaffen? In dieser anderen Kultur hatte die Nachfolge Christi wenig zu bieten.

»Ich denke oft an die Mönche auf den Inseln«, sagte Father Leahy. »Zu jedem Flecken, den sie im Meer erspähten, sind sie hinausgerudert, um zu sehen, ob sie dort nicht eine Gemeinschaft gründen könnten.«

»So war es.«

»Mit Kutte und Kapuze bekleidet gegen den Wind. Oder gegen das, was sie zurückließen. Voller Angst, sagt Father MacPartlan. Wenn Father MacPartlan zum Frühstück kommt, kann man sehen, dass seine Augenränder gerötet sind.«

Einen Moment lang trat Grattan lebhaft das Bild des älteren Priesters vor Augen, sein Trauerschwarz, der Kragen, der ihm in die rosige Haut schnitt, das Haar, das sich in den Jahren ihrer Bekanntschaft gelichtet hatte und ergraut war. Dass dieser Mann nachts weinte, war schwer zu glauben.

»Ich bin noch nie aus Irland rausgekommen«, sagte Father Leahy. »Ich war noch nie im Ausland.«

»Ich auch nicht.« Das Schweigen, das folgte, gehörte dem Dunkel an, war sorglos, hatte nichts Betretenes. Und Grattan sagte: »Ich liebe Irland.«

Sie liebten es auf unterschiedliche Art: unausgesprochen im Dunkeln, eine weitere Andeutung. Für Grattan gab es die Erzählung der Geschichte, Bedauern, Unglück und Leid, die Stimmen nie eroberter Männer, den Lebensmut von Frauen, stolz wie Kaiserinnen. Für Grattan gab es die Flüsse, die er kannte, die Berge, die er nie bestiegen hatte, wilde Fuchsien am Meeresufer und die Schwalben, die zurückkehrten, den Torfrauch in der Luft der kleinen Städte, die Stille in den langgestreckten Bergschluchten. Klang, Aussehen und Gestalt Irlands, und Irlands Regen und Irlands Sonnenschein, und Irlands Lebende und Irlands Tote: alles dies.

Sonntags, wenn die Messe gelesen wurde, wenn sie gelesen war, stand Father Leahy in der Menge und schaute den Männern aus Kildare und Kerry, aus Offaly und Meath zu, feuerte sie lautstark an und bedauerte das mangelnde Geschick eines Spielers. Und hinterher trank er wie jeder andere Mann auch seinen Pint und sprach die Spielbegegnung durch. Für Father Leahy gab es die Erinnerung an die Autos, die vorüberfuhren, die nackten Füße auf dem Kopfsteinpflaster des Gehöfts, das Opfer, das er dargebracht hatte, und die Gläubigen, die zu ihm kamen, das Kreuz, mit dem sein Ornat geschmückt war. Das gut katholische Irland, ein goldenes Zeitalter.

»Wo immer man ist«, sagte Grattan, »gibt's Veränderung. So wie der Tag zur Nacht wird.«

»Ich weiß. Natürlich weiß ich das.«

Father Leahys Zigarette fiel zu Boden. Als er den Funken austrat, der noch im Stummel glomm, war das Knirschen seines Schuhs zu hören, danach seine Schritte auf dem Kies. Als er die Autotür öffnete, leuchtete ein Licht auf.

»Man bleibt nicht allein zurück, wissen Sie«, sagte Grattan.

»Als Father MacPartlan heute Abend Zucker in seinen Tee gab, hat er über den Tisch geblickt und zu mir gesagt, Sie hätten Con Tonan das Leben wiedergeschenkt. Obwohl Con Tonan nicht einer der Ihren war.«

»Ach nein, nein, das habe ich nicht getan.«

»Wissen Sie, wie es manchmal ist, wenn man jemandem etwas mitteilen will?«

Bevor er den Motor anließ, streckte der Kurat ihm in dem kleinen Lichtkegel die Hand entgegen, und seinem Händedruck wohnte wieder die gleiche Freundlichkeit inne.

»Gestern Abend ist Father Leahy vorbeigekommen«, hörte Grattan sich schon zu Mrs Bradshaw sagen. »Soweit ich mich erinnern kann, das erste Mal, dass ein Priester das Pfarrhaus betreten hat.« Und den ganzen Morgen während der Arbeit würde Mrs Bradshaw erstaunt darüber nachdenken, und vermutlich würde sie, bevor sie ging, sagen, der Besuch des Kuraten sei ein Ausdruck jenes ökumenischen Geistes, von dem heutzutage alle Welt rede. Etwas dieser Art.

Grattan blieb noch ein paar Minuten länger draußen, ein Hauch des Tabakgeruchs hing noch im Garten, das ferne Brummen des Wagens war noch nicht ganz verhallt. Die Zukunft flößte Father Leahy Angst ein, wie einst den Mönchen, die aus Irland weggerudert waren, hinaus zu ihren Felsen; wie seinem Vater auf dem Totenbett. Aber die Mönche und sein Vater hatten entkommen können, ihnen war Barmherzigkeit gewährt worden. Das Goldene Zeitalter der Bischöfe ging in einem Drama verloren, das ebenso gewalttätig verlief wie die Brandschatzung der Herrenhäuser und die Flucht der Familien, und alte Priester wie Father MacPartlan machte der Verlust ganz schwermütig, und sie reichten ihre Schwermut weiter.

»Komm, Oisín«, rief Grattan, denn sein Hund strich im Garten umher. »Komm jetzt.«

Er hatte Con Tonan gezahlt, so viel er eben erübrigen konnte; war froh über seine Gesellschaft gewesen. Con Tonans Tätigkeit in seinem Garten hatte er nie für eine Aufgabe gehalten, die ihm übertragen worden war, für eine Ranke des Weinstocks, den er zu seinem machen sollte. Aber heute Abend war der Priester gekommen, um zu sagen, dass es sich genau so verhielt, und indem er es sagte, hatte er selber Trost gefunden. Jetzt kam es auf die kleinen Gesten an, und Äußerungen im Dunkeln waren eine Art, sich den Glauben zu bewahren, so wie die Mönche sich den ihren bewahrt hatten, in einem Irland, das gleichfalls anders war.

EINE GUTE NACHRICHT

»Hallo«, sagte der Kahlköpfige mit den Ohrringen. »Ich bin Roland.«
Er musterte Bea durch kleine, runde Brillengläser. Sie sah, wie
sein Blick langsam über ihr Gesicht wanderte, über ihre Schultern,
ihre Brust und ihre Hände, die zwischen ihnen auf dem Tisch lagen.
Bea war neun, sie hatte langes dunkles Haar und braune Augen mit
einem träumerischen Ausdruck, der bisweilen mit Traurigkeit verwechselt wurde.

»Magst du uns vorspielen, Leah?«, fragte der Mann mit den Ohrringen, und die junge Frau in marineblauem Pullover und Jeans, die
neben ihm stand, fuhr mit dem Zeigefinger eine Liste auf ihrem
Klemmbrett entlang und sagte ihm, der Name des Mädchens sei Bea.

»Lass dir Zeit, Leah«, sagte der Mann.

Bea hatte geübt; die Vorhänge waren zugezogen worden, damit
es dunkel war, und plötzlich hatte Iris die Tischlampe angeknipst.
Auf dem Sofa aufzuwachen und sich zu wundern, wo sie sei, war im
Drehbuch als die Stelle markiert, die sie ihnen vorspielen sollte.

Sie ging auf die beiden Stühle zu, die zusammengerückt waren
und das Sofa darstellten. Sie legte sich hin und wartete darauf, dass
die junge Frau mit dem Klemmbrett sagte, sie habe das Licht eingeschaltet, so wie sie es angekündigt hatte. Daraufhin fuhren Beas
Hände in die Höhe, und sie beschirmte die Augen, ohne indes die
Geste zu übertreiben, ohne Effekthascherei. Man dürfe nie nach Effekt haschen, hatte Iris erklärt, Subtilität sei alles.

»Ziemlich gut«, sagte der Mann mit den Ohrringen.

Iris war Beas Mutter. Ihr Geburtsname war Iris Stebbing, aber aus
beruflichen Gründen hatte sie sich in Iris Orlando umbenannt, und
Iris Adams war sie geworden, als sie Dickie geheiratet hatte. Es war

mehrere Jahre her, dass sie sich selbst um eine Rolle beworben hatte – »Frau in Massagesalon« –, eine Rolle, für die sie, wie man ihr in letzter Minute mitgeteilt hatte, nicht recht geeignet war. Gelegentlich rief sie wegen einer bevorstehenden Produktion an, von der sie in *The Stage* gelesen hatte, und stets versprach man ihr, sie im Hinterkopf zu behalten. Aber nie rief jemand zurück.

Bea war anders, ihr stand noch alles bevor. Und Bea hatte Talent, davon war Iris überzeugt. Sie konnte sie sich irgendwann einmal als Ophelia vorstellen, als die Jungvermählte in *Die Überfahrt*, die sie selbst auch schon gespielt hatte, oder als Rachel-Elizabeth in *Bring on the Night*. Iris hatte Bea alles beigebracht, was sie wusste.

Ein weiteres Kind kam herein, um zu warten, zusammen mit einer beleibten jungen Frau, vermutlich ebenfalls eine Mutter. Iris fand, dass sie ungesund aussah. Das Kind war schüchtern, was natürlich genau den Wünschen der Filmemacher entsprach, aber von häschenhaftem Aussehen, was ihren Wünschen bestimmt nicht entsprach, keinen Moment lang. Bea war zwar still, war es schon immer gewesen, wirkte aber nicht halb tot. Wichtiger noch, sie hatte nicht solche Zähne.

»Hallo«, sagte die Mutter.

Iris kräuselte ein wenig die Lippen, das Lächeln, das sie Fremden schenkte. Natürlich würden auch noch andere dazustoßen. Im Fünfzehn-Minuten-Rhythmus würden sie eintreffen, den ganzen Vormittag über. Sie war mit der Prozedur vertraut.

Iris selbst war keine junge Mutter. Eigentlich hatte sie keine Kinder haben wollen, doch als sie die vierzig erreichte, geriet sie plötzlich in helle Panik, was ihr natürlich – wie sie freimütig zugab – ganz ähnlich sah. Damals hatte sie einen Part in einer Krankenhaus-Serie, befürchtete aber, nie wieder einen anderen zu bekommen. Es war das letzte Jahr in Wanstead. Damals war Dickie noch geschäftlich unterwegs, Bürobedarf.

Wieder kam eine Mutter mit Kind herein, die Mutter noch jünger als die dicke, das Kind dreist, überhaupt nicht das Richtige. Alle waren überpünktlich, mindestens eine halbe Stunde zu früh, und diesmal wurde nicht gegrüßt, nicht gesprochen, nicht gelächelt. Ihr

Wetteifer war geweckt; Iris verspürte ihn in sich selbst, eine wachsende Abneigung gegen diejenigen, mit denen sie das kleine Wartezimmer teilte.

»So, das hätten wir«, sagte die junge Frau in dem marineblauen Pullover und Jeans, die Bea zurückbrachte. »Möchtest du jetzt hereinkommen?«, forderte sie das häschenhafte Kind auf und schüttelte den Kopf, als die Mutter Anstalten machte, sie zu begleiten. »Wir rufen Sie heute Abend an«, sagte sie zu Iris, »falls Bea es geschafft hat. Aber nicht vor fünf. Also nach fünf, in Ordnung?«

Iris bejahte und reichte Bea ihren Mantel. Man sagte nicht mehr: »Rufen Sie bitte nicht an«, das war zum Witz geworden. Aber sie konnte sich noch an Zeiten erinnern, da es kein Witz war.

Als sie den Raum verließen, trat eine weitere Mutter mit Kind ein, und Iris starrte kurz auf das Kind: plump, anders konnte man es nicht nennen, und dünne Haare mit einem Anflug von Grau.

»Komm, wir gehen einen Kaffee trinken«, sagte Iris auf der Straße.

Bea dachte über Dickie nach. Als Iris den Hörer aufgelegt und gesagt hatte, es gebe eine Vorspielprobe, hatte sie über ihn nachgedacht; und seitdem – während sie probten und das Drehbuch durchgingen –, war er ihr immer wieder in den Sinn gekommen. Der Streit wegen der Hemden lag jetzt zwei Jahre zurück, als Iris gesagt hatte, jetzt reiche es ihr aber, und Dickie hinausgestürmt war, vorletzten Sommer, an einem Montag.

»Haben sie gesagt, wie sie dich fanden?«, fragte Iris im Café. »Haben sie irgendwas gesagt?«

Bea schüttelte den Kopf, dann strich sie die Haare zurück, die ihr in die Stirn gefallen waren. Das Café hieß John's und war ganz in Grün gehalten, was Bea gefiel, weil Grün ihre Lieblingsfarbe war. Sie saßen an einer Theke, die an den Fenstern verlief, und ein Mädchen brachte ihnen Cappuccini.

»Nur übers Aufwachen haben sie was gesagt«, erzählte Bea.

Als sie Dickie auf ihrem Spaziergang über das staubige Gras des Wildparks von der Vorspielprobe erzählt hatte, war er plötzlich stehen geblieben. Sie hatte ihm davon erzählt, weil Iris sie dazu angehalten hatte, als der Termin am Sonntag längst feststand. Er hatte sich nicht gerührt und auf die Bäume in der Ferne gestarrt, dann hatte er sich umgedreht und auf sie niedergeblickt. Das sei wunderbar, hatte er gesagt.

»Wollten sie, dass du's mit Bewegungen spielst?«, fragte Iris. »So, wie ich's dir vorgemacht habe?«

Bea schüttelte den Kopf. Sie wollten keine Bewegungen, sagte sie. Der Mann habe sie Leah genannt.

»Leah? Mein Gott, der hat dich wohl mit einer anderen verwechselt! Mein Gott!«

»Er hat ›Bea‹ nicht richtig verstanden.«

Sie hatte gewusst, was Dickie im Wildpark durch den Kopf gegangen war, als er die Neuigkeit hörte. Sie hatte es gewusst, wegen der anderen Male, wenn eine gute Nachricht eingetroffen war – als Iris bei der Losziehung des Milchmanns fünfzehn Pfund gewann und Dickie wieder eine Anstellung fand, als Iris' Tante starb und ein Testament hinterließ. Am Sonntag nach der Losziehung des Milchmanns war Dickie eingeladen worden, und es hatte eine Flasche Wein gegeben. »Behält er die Stelle?«, fragte Iris immer, aber er hatte sie nicht behalten, nicht lange; und das Testament hatte ihnen gerade mal das Fischbesteck eingebracht. Dennoch, was Dickie und Iris betraf, hellten gute Nachrichten, wenn sie denn kamen, die Stimmung auf, und irgendwann würde sie sich nicht einfach wieder verflüchtigen. Dessen war Bea sich ganz gewiss.

»Aber du hast es dem Mann doch gesagt? Das mit dem Namen hast du ihm gesagt?«

»Die junge Frau wusste ihn.«

»Hast du ihn ihr genannt? Bist du sicher?«

»Sie hatte ihn aufgeschrieben.«

Es war Juli, warm, ja schwül, keine Spur von Sonne. Es freute Bea, dass all das kurz vor den Sommerferien zustande gekommen war und niemand in ihrer Klasse erfahren würde, dass sie an einer Vorspielprobe für eine Fernsehsendung teilnahm. »Natürlich musst du's ihnen sagen«, hatte Iris gemeint, »wenn du die Rolle bekommst. Weil sie dich sehen werden, wenn der Film im Fernsehen läuft.«

Bea glaubte eher nicht, dass sie etwas sagen würde. Vielleicht würden sie sie gar nicht erkennen. Das wäre ihr nur recht. Sie wusste nicht, warum, wo sie die Rolle doch unbedingt ergattern wollte, Dickie zuliebe. »Was für eine Art Geschichte ist es denn?«, hatte Dickie im Wildpark gefragt, und sie hatte geantwortet, es werde eine Frau darin ermordet.

»Üben wir noch ein bisschen?«, fragte Iris, als sie wieder in der Wohnung waren und Muschelsuppe und Salat gegessen hatten.

Bea hatte keine Lust, jetzt, wo das Probespielen ausgestanden war, aber Iris sagte, es würde ihnen helfen, die Zeit herumzubringen. So übten sie eine Stunde, dann setzten sie sich ans offene Fenster, lauschten auf den Verkehrslärm, der von der Chalmers Street heraufbrandete, und beobachteten die Passanten, und am Nachmittag wurde es endlich sonnig. »Sei nicht enttäuscht«, sagte Iris immer wieder, und als um Viertel vor sechs Uhr das Telefon klingelte, sagte sie, das könnte jeder X-Beliebige sein. Es könnte Dickie sein, wegen morgen, oder die Leute von der Telefongesellschaft, die oft an einem Samstag um diese Zeit anriefen, um irgendein Sonderangebot zu erläutern und kostenlose Anrufe anzubieten, falls man tat, was sie wollten.

Aber es war die junge Frau in dem marineblauen Pullover, die mitteilte, Bea habe die Rolle bekommen.

Die Proben fanden in einer Exerzierhalle der Armee statt. Iris musste mitkommen, ebenso zu den Filmstudios, wo sich der Szenenaufbau befand, und zu den Originalschauplätzen. Sie hatte sich eigens Urlaub genommen; und es beunruhigte Bea, dass sie vorhatte, sich krankzumelden, wenn ihr Urlaub zu Ende ging. »Die Halle kenne ich doch!«, rief sie aus, als sie am ersten Morgen hineingingen, und blickte sich aufgeregt in der Exerzierhalle um.

»Schon eine Weile her«, hörte Bea sie zu der Frau sagen, die erklärt hatte, sie spiele die Stadtstreicherin. Sie habe große Ambitionen gehabt, sagte Iris, aber die Heirat und all das hätten sie weit zurückgeschlagen. Sechs Jahre oder doch fast annähernd so lange sei er ohne Arbeit gewesen, und natürlich auch später wieder. Das sei zum Dauerzustand geworden, und sie habe das bisschen Arbeit annehmen müssen, das in einer Schreibstube für sie abfiel. Mörderisch sei es gewesen, wie sie vorausgeahnt habe, wie sich jeder im Metier denken könne.

»Das Kind wird Sie für alles entschädigen«, prophezeite die Stadtstreicherin. »Ganz bestimmt«, fügte sie hinzu, als wolle sie wettmachen, dass sie nicht interessiert genug geklungen habe.

»Als der Anruf kam, hab ich's zuerst nicht glauben können. ›Ruf Dickie an‹, hab ich gesagt. Das gehört sich so, Vergangenheit hin oder her.«

»Ein Vater möchte Bescheid wissen. Jeder Vater.«

»Sie musste sich die Haare abschneiden lassen.«

Bea hörte sich den Wortwechsel an, weil es nichts anderes zu tun gab. Als sie Dickie angerufen hatte, um es ihm zu erzählen, hatte er spontan gesagt, er sei ganz aus dem Häuschen, und sie wusste, dass es stimmte. »Sag Iris, das hat sie gut gemacht!«, hatte er gesagt, und wie sie es manchmal tat, hatte sie sich sogleich ausgemalt, er würde wieder zu ihnen in die Wohnung zurückkehren, mit seinen beiden alten Koffern vor der Tür stehen. »Ach, was weiß man schon?«, hatte er am Telefon immer wieder gesagt. »Ich hätte es nie gedacht!«

Er mochte es, wenn Bea ihn Dickie nannte, denn sie nannte auch Iris Iris, und wie er sagte, mochte er die Wärme, die darin lag. »Weißt du noch damals, als wir im Hotel übernachtet haben?«, rief er ihr oft ins Gedächtnis. Einmal hatte er sie für eine Nacht nach Brighton mitgenommen. »Weißt du noch, wie wir den Unfall gesehen haben, den Bus, der zu schnell gefahren war? Erinnerst du dich noch an das erste Mal im Wildpark?«

Er war groß und unbeholfen, neigte dazu, Gegenstände umzustoßen. Er hatte ein weiteres Kind, ein dunkelhäutiges, das auch nicht bei ihm wohnte. »Sag ihr: Gute alte Iris«, trug er ihr am Telefon auf, »Ehre, wem Ehre gebührt«, denn er wusste, dass Iris schon seit Jahren auf dieses Ziel hingearbeitet hatte. »Wirst du es auch nicht vergessen, altes Mädchen?«

Ihm wäre jeder Vorwand recht gewesen, um zurückzukehren. Dass er ganz aus dem Häuschen sei, hatte er deshalb gesagt, weil dies die Gelegenheit sein mochte, die alles von Grund auf verändern würde. Bea sah ihn alle zwei Wochen, Sonntag in einer Woche wäre das nächste Mal, und er hatte gesagt, er könne es nicht erwarten.

»Hallo, Bea«, sagte der Mann namens Roland, als alle an dem langen Tapeziertisch in der Exerzierhalle saßen, und diesmal sprach er ihren Namen richtig aus. Die junge Frau in dem marineblauen Pullover hatte ein Walkie-Talkie an ihrem Klemmbrett befestigt und trug ein Namensschild, auf dem *Andi* stand. Ein Junge mit einem Wuschelkopf reichte Kekse und Pappbecher mit Kaffee herum. »Der beste Kaffee in London«, sagte er pausenlos, und manchmal lachte jemand.

Bea sah zu, wie die Drehbücher durchgeblättert wurden, einige waren mit Kugelschreiber angestrichen. Sie wendete die Seiten ihres eigenen Drehbuchs um und fand Seite vierzehn, wo sie ihren Auftritt hatte, auch wenn sie im ganzen Film keinen einzigen Satz von sich gab. »Mr Hance«, stellte sich der Mann vor, der sich auf den Stuhl neben ihr gesetzt hatte, er nannte den Namen der Figur, die er verkörperte. Er war lang und dünn, mit milchigen Augen unter einer gedrungenen Stirn, sein grauer Anzug leicht befleckt, die Krawatte an seinem unbequem wirkenden Kragen zu einem engen Knoten gebunden. »Die Kleidung passt zu deiner Rolle«, hörte Bea Andi zu ihm sagen.

»Von vorn«, rief Roland, und es wurde still in der Exerzierhalle. Dann setzten die Stimmen ein.

Es war die alte Frau mit dem gefärbten roten Haar, die ermordet wurde. In der Exerzierhalle war ihre Ältlichkeit mit hellrotem Lippenstift und Henna im Haar getarnt. Mr Hance tat das Gift in den Jogurtbecher, der ihr mittwochs und freitags zusammen mit der Milch vor die Haustür gestellt wurde. All das hatte Iris ihr erklärt, aber jetzt, wo Bea die Stimmen in der Exerzierhalle hörte, begriff sie es besser.

Nicht dass sie alles begriff. Im Drehbuch hieß es, dass Mr Hance mit ihr Murmeln spielte, ein Spiel, das niemand, den Bea kannte, spielte oder interessant fand. »Das ist ein sehr einsamer Mann«, hatte Iris gesagt, aber es kam Bea sonderbar vor, dass ein einsamer Mensch nicht in die Kneipe oder in eine Billardhalle ging, sondern stattdessen auf einem Parkplatz mit einem Kind Murmeln spielte. Das Drehbuch sah vor, dass auch sie sich einsam fühlte. »Mein kleines Schlüsselkind«, nannte Mr Hance sie, weil nie jemand zu Hause war, um sie einzulassen. Im Drehbuch hieß es, die alte Frau habe wohlfrisiertes weißes Haar und einen Gehstock, ohne den sie nicht auskam.

Iris war glücklich, kaum dass sie die Exerzierhalle betreten hatte. Bea merkte es ihr an. Sie könne sich noch so gut erinnern, hörte Bea sie zur Stadtstreicherin sagen und später zu Ann-Marie, der Tochter des Zeitungshändlers. Der Branchenklatsch, die Strickerei, während man auf sein Stichwort wartete, das unfreiwillige Ziehen an einer Zigarette, wenn etwas schiefging: Iris war wieder in ihrem Element, unter den Freunden, die sie hätte haben können.

Am späten Nachmittag kam die Beerdigungsszene dran: Der Geistliche ließ seine Worte erklingen, die Trauergäste umstanden ein mit Kreide auf den Fußboden gezeichnetes Rechteck, die ermordete alte Frau löste das Kreuzworträtsel im *Daily Telegraph*. Als die Bestattung vorbei war, wurde der Junge mit dem Wuschelkopf damit betraut, Bea und Mr Hance beizubringen, wie man Murmeln spielte.

»Bist du so weit, Bea?«, fragte Andi mehrere Male, und Bea sagte ja. Vermutlich war es die fehlende Körpergröße, dachte sie, die Andi das schwerfällige Aussehen verlieh, über das sie zuvor geklagt hatte. Sie mache eine Abmagerungskur, hatte sie gesagt, aber die schien nicht anzuschlagen. Von allen Leuten in der Exerzierhalle mochte Bea sie am liebsten.

»Noch mal von vorn«, rief Roland, als Bea schon dachte, die Probe sei bestimmt zu Ende, und sie gingen ein weiteres Mal das gesamte Drehbuch durch. Die Freude ihrer Mutter über den Verlauf des Tages hatte sie nicht geteilt. Sie hatte nicht gewusst, was sie erwartete, so wie sie auch nicht gewusst hatte, was sie auf der Vorspielprobe erwartete. Als das Drehbuch eingetroffen war, hatte Iris gesagt, die einzige Enttäuschung sei, dass Bea keine Sprechrolle habe. Während der Beerdigungsszene hatte sie die gleiche Bemerkung an Ann-Marie gerichtet, im Flüsterton, um nicht zu stören. Und Ann-Marie, die, wie Bea fand, missmutig wirkte, aber sehr hübsch war, wartete mit ihrer Antwort, bis die Beerdigungsszene zu Ende war, dann sagte sie,

Beas Rolle sei umso vielsagender, gerade weil es eine stumme Rolle sei. Bea war froh gewesen, dass sie nichts zu sagen brauchte, aber inzwischen fragte sie sich, ob es vielleicht weniger langweilig wäre, wenn sie wenigstens ein kleines bisschen was zu sagen hätte.

»Wie geht's voran, Beasie?«

An Dickies braunem Jackett war die Seitentasche, die zu ihr zeigte und die sich genau auf Augenhöhe befand, eingerissen. Weiter eingerissen als noch vor zwei Sonntagen, als sie ihn das letzte Mal gesehen hatte. Er sei außerstande, auf seine Kleidung zu achten, sagte Iris.

»Es geht«, antwortete Bea. Seit dem ersten Tag in der Exerzierhalle waren drei Wochen vergangen, und die Exerzierhalle hatten sie längst hinter sich. Sie waren in eins der Studios umgezogen, wo ein Set aufgebaut worden war, und an anderen Tagen war an Originalschauplätzen gefilmt worden.

»Hast du Iris ausgerichtet, was ich letztes Mal gesagt hatte, Beasie? Hast du ihr ausgerichtet, dass sie es gut gemacht hat?«

Sie nickte. Ihr war kalt auf der Straße, in der sie spazieren gingen, obwohl es August war. Sie vergrub die Hände in den Taschen ihres Mantels, den Iris ihr mitzunehmen aufgetragen hatte, falls es regnete. Schon am vorletzten Sonntag hatte sie erzählt, sie habe es Iris ausgerichtet.

»Ich hab's ihr ausgerichtet«, sagte sie abermals.

Heute hatte er Iris nicht gesehen. Auch letzten Sonntag hatte er sie nicht gesehen. Er hatte geklingelt, Bea hatte über die Gegensprechanlage geantwortet, und er hatte draußen auf sie gewartet, beide Male.

»*The Stage* war ihre Bibel«, sagte er auf der Straße, »all die Jahre über.«

»Ja.«

Und am Ende hatte *The Stage* ihr doch noch Erfolg gebracht. Dickie redete weiter davon, und Bea stellte sich vor, dass ihre Mutter ihn in die Wohnung bat. Diesen Sonntag oder nächsten, sagte sie sich, früher oder später. »Wir müssen Dickie davon erzählen«, hatte Iris während der drei Wochen, die verstrichen waren, immer wieder gesagt: von Ann-Marie, die frühmorgens schlaftrunken war, die die Stöße Zeitungen, die sie eben aufgeschnitten hatte, vom Tresen fallen ließ und die verschiedenen Teile aufs Geratewohl wieder ineinanderlegte, von Mr Hance und den Murmeln, von dem Kanarienvogel im Käfig, der noch sang, als die alte Frau schon tot dalag.

»Es macht dir doch nicht etwa Angst, das ganze Zeug?«, hatte Dickie im Wildpark gefragt, als sie ihm im Drehbuch die Stelle mit dem Mord gezeigt hatte. »Wenn's dir Angst macht, musst du's mir sagen, altes Mädchen.«

Das würde sie nie. Auch Iris erzählte sie nicht davon, wenn sie von dem Hund auf der Müllhalde träumte, von den Mikroben, die man in der betreffenden Szene durch seine Eingeweide krabbeln sah. Zusammen mit den anderen hatte sie im Tonaufnahmestudio gesessen, vor dem das rote Lämpchen aufleuchtete, und nicht gewusst, wonach die Polizei auf der Müllhalde suchte. Sie hatte hingeschaut, als die Kamera sich langsam über die Eingeweide des Hundes bewegte. Sie wusste nicht, weshalb die alte Frau mit ihrem Stock dauernd gegen das Fenster pochte, weshalb sie dort saß und dauernd wieder klopfte. »Sie ist eine Schnüfflerin«, mehr hatte Mr Hance laut Drehbuch nicht gesagt, und während der langen Wartezeiten, wenn Bea nicht beteiligt war, machte ihre Verwirrung die Langeweile nur noch schlimmer.

»Wie ist denn dieser Hance so?«, fragte Dickie.

»In Ordnung.« Bea sagte nicht, dass sie ihn nicht leiden konnte. Sie sagte, jeder nenne ihn zum Scherz Mr Hance. In sein Drehbuch seien zusätzliche Seiten eingefügt worden, zuerst gelbe Seiten, der zweite Schwung rosa. Ihr selbst waren keine ausgehändigt worden, doch wenn er auf der Fahrt zu den Filmstudios oder zu dem Drehort neben ihr im Bus saß, konnte sie die Farben am Seitenrand sehen. Er saß immer neben ihr. Um sie kennenzulernen, meinte Iris.

»Findet Iris, dass er was taugt?«, fragte Dickie.

»O ja.«

Das taten sie alle. Er gebe sich große Mühe, sagten sie; er habe seinen Stil gefunden. »Sie war nicht sehr nett, weißt du«, sagte er von der alten Frau. Er redete über sie in dem Zimmer, in dem Bea auf dem Sofa aufwachen musste. Er sah einem nicht oft in die Augen, wenn er sprach, und wegen seiner Flüsterstimme konnte man ihn manchmal nicht verstehen. Bea wusste nicht, weshalb Mr Hance sie nervös machte, schon vom ersten Tag an, vor allem wenn er im Bus neben ihr saß. Mit einem Finger zeichnete er wieder und wieder die Umrisse des kleinen Etiketts nach, das am Rand seines schlichten braunen Schals eingenäht war. Am Ende jeder Fahrt wandte er seine milchigen Augen vom Busfenster ab, und seine Finger wurden reglos. Stumm blickte er Bea an, und zuerst dachte sie, er übe seinen Part. Das hatte sie auch die anderen tun sehen, sie probierten etwas aus, nahmen einander den Text ab, doch im Bus kam es ihr nicht wie Proben vor. Das Zimmer mit dem Sofa befand sich in seinem Haus; dorthin brachte er sie, als die alte Frau tot war, das Sofa alt und durchgesessen, auf dem Fensterbrett zwei leere Milchflaschen, auf dem Fußboden darunter Katzendreck. Sie mussten die Szene, in der sie aufwachte, mehrmals wiederholen, um sie richtig hinzukriegen.

»Wollen wir uns einen Film anschauen?«, schlug Dickie vor. »Die zeigen wieder *Die große Liebe nebenan*.« Als sie im Kino saß und den Songs lauschte, versuchte Bea nicht daran zu denken, dass sie sich am nächsten Tag wieder langweilen oder dass Mr Hance sie im Bus wieder nervös machen würde. Sie versuchte, die Schweißperlen auf seiner gedrungenen Stirn nicht zu sehen, wenn er sich vors Sofa kniete und sie um Verzeihung bat. Sie versuchte, nicht hinzuhören, wenn er im Bus etwas sagte, das sie nicht hören konnte, oder wenn er nichts sagte, während er sie ansah.

»War das nicht toll?«, fragte Dickie, als Judy Garland zum letzten Mal sang und *The End* über die Leinwand rollte. »Ich habe Rosinenbrötchen«, sagte er, als sie wieder auf der Straße standen, obwohl gar nicht Ostern war, eine völlig verkehrte Jahreszeit. In seinem Wohnschlafzimmer rösteten sie die Rosinenbrötchen, weil sie schon etwas altbacken waren. Sie hockten sich auf den Fußboden und drückten ihre Brötchen, jeder mit einer Gabel, an den Glühstab des Heizöfchens.

Es war warm im Wohnschlafzimmer. Dickies Mantel hing an einem Haken an der Rückseite der Tür, unter den schrägen Fenstern stand sein Bett, und ein Vorhang war zugezogen, damit man die Spüle nicht sah. Er hatte kleine Marmeladenportiönchen, Schwarze Johannisbeere und Erdbeere, und überließ ihr die Wahl.

»Es gibt auch eine Biskuitrolle«, sagte er und lachte. Oder was davon noch übrig sei, meinte er. Er habe ihr etwas aufgehoben. »Ist Iris heute Abend beschäftigt?«, fragte er, als sie alles aufgegessen hatten. »Geht sie aus?«

Bea schüttelte den Kopf, doch als sie zur Wohnung kamen, bat Iris ihn nicht herein. Iris ist sich noch nicht im Klaren, sagte sich Bea, und später, als sie im Bett lag, ging sie in Gedanken die Signale durch, die Iris gegeben hatte – sie hatte gesagt, sie müssten Dickie von der Vorspielprobe erzählen, dann von Ann-Marie und den Zeitungen und von dem singenden Kanarienvogel. Doch als Bea einschlief, war es nicht der zurückgekehrte Dickie, der ihr in ihren Träumen erschien. In dem Zimmer mit den Milchflaschen auf dem Fensterbrett zeigte Mr Hance ihr das Etikett an seinem Schal, und sie sagte, sie müsse jetzt gehen. Immerfort versuchte sie, vom Sofa aufzustehen, vermochte es aber nicht.

»Es ist, als hättest du Mitleid mit Mr Hance«, sagte Roland im Tonaufnahmestudio und drehte einen Stuhl herum, sodass er Bea gegenübersaß. Er ließ ein Bein über die Stuhllehne baumeln – seine Lieblingsposition. Seine Ohrringe waren Kruzifixe, bemerkte Bea zum ersten Mal. »Der Film handelt von so 'nem Kram, Mäuschen.«

Gestern war Mr Hance auf dem Bildschirm von der Beerdigung weggegangen und immer weitergelaufen, die Straßen am Fluss entlang und an den Gasometern vorbei. Auf beunruhigende Weise hatten seine Gesichtszüge plötzlich den ganzen Bildschirm ausgefüllt, auf seinen mageren Wangen hatten Tränen geglänzt.

»Wir machen auf Mitgefühl«, sagte Roland.

Bea versuchte, Mr Hances verweintes Gesicht zu vergessen, das sie noch immer vor Augen hatte, obwohl der Bildschirm inzwischen leer war. Die Tränen rannen ihm bis zu den Mundwinkeln, wo kleinere Tropfen hängen blieben oder in die Falten seines Kinns weiterliefen.

»Wie ein armer verwundeter Vogel«, sagte Roland. »Ein kleiner

Spatz mit zerquetschtem Flügel. Und er tut dir leid, weil die anderen Spatzen vielleicht schneller sind und ihm die Krümel wegpicken. Verstehst du, Bea?«

Ihre Mutter sah sie scharf an, was sie an den knopfäugigen Blick eines Spatzen erinnerte. Bea wusste, Iris sah sie deswegen so scharf an, weil sie nicht wollte, dass sie zugab, keine Federn zu mögen, und dass sie deshalb nie Brotkrumen streuten. Damals auf dem Trafalgar Square hatten die Tauben sie geängstigt, weil sie so dicht vorüberjagten und einem mit den Flügeln ins Gesicht klatschten. »Nie wieder«, hatte Dickie versprochen. »Gib deine Nüsse dem kleinen Jungen da.« Doch selbst das wollte sie nicht. Sie hatte die Nüsse nicht eine Sekunde länger in der Hand behalten können.

»Wollen wir's versuchen?«, fragte Roland. »Die Mitleidsschiene?«

Bea nickte zögerlich. »Warum musste er sie ermorden?«, fragte sie, denn das hatte sie schon die ganze Zeit wissen wollen.

»Weil ihm die Freundschaft entzogen zu werden droht.« Roland schwang sein Bein von der Stuhllehne. »Weil die alte Dame etwas in die falsche Kehle bekommen hat. Kapiert, Mäuschen?«

Bea bejahte, denn es schien nicht viel Zweck zu haben, noch etwas zu sagen. Sie hatte Iris gefragt, was es mit dem Kadaver des Hundes auf der Müllhalde auf sich habe, ob der Hund der alten Frau gehört habe oder was, und Iris hatte geantwortet, das würden sie erst dann verstehen, wenn der ganze Film zusammengeschnitten sei. Dann würden sie verstehen, welche Bewandtnis es mit Ann-Marie hatte, die die Zeitungen zusammenlegte, mit der Stadtstreicherin, die in den Abfalleimern bei den Laternenpfählen nach weggeworfenen Essensresten stöberte, mit den Arbeitern, die einen Gehsteig ausbesserten, und mit dem Mann in dem kastanienbraunen Auto. Das Dumme ist, sagte Iris, dass die Szenen nicht in der richtigen Reihenfolge gedreht würden, was das Verständnis naturgemäß erschwere. Der Joghurt, in den das Gift gegeben worden war, hatte Bananen- und Guave-Geschmack, und Bea nahm sich vor, nie wieder in ihrem Leben Bananen-Guave-Joghurt zu essen. Eines Morgens fragte Mr Hance sie im Bus, welche Farbe ihre Schuluniform habe, und sie wurde nervös, auch wenn sie nicht wusste, warum, es war doch nur eine einfache

Frage. Sie wollte aufstehen und sich einen anderen Sitzplatz suchen, aber wenn sie im Bus umherlief, würde sie die Aufmerksamkeit auf sich lenken, und das wollte sie nicht. »Es ist alles nur gestellt«, sagte Mr Hance ein andermal. »Nur gestellt, Bea.« Es mutete seltsam an, das zu sagen, etwas zu sagen, was sie bereits wusste, und sie fragte sich, ob sie sich verhört hatte, weil Mr Hance so leise sprach.

Einmal, als der Bus vorfuhr und sie alle ausstiegen, als Bea mit Iris zum Drehort ging, wollte sie so unendlich gern sagen, dass sie sich vor Mr Hance fürchte, dass sie es beinahe getan hätte. Sie setzte an, aber glücklicherweise hörte Iris nicht zu. Bea wusste sofort, was für ein Glück das war. Alles wäre im Eimer gewesen.

»Dann wollen wir mal, Mäuschen«, sagte Roland am letzten Tag und begann mit der letzten Aufnahme. Als der Junge mit dem Wuschelkopf die Take-Nummer genannt und die Klappe geschlagen hatte, konnte Bea das sanfte Surren der Kamera hören. Sie hatten die Szene vor der Kaffeepause geübt und dann noch einmal danach. Roland hatte aufs Neue alles wiederholt, was er über das Mitleid gesagt hatte.

Bei der Aufnahme kriegte Bea ihren Part auch nicht besser hin als bei der Probe. »Aus!«, musste der Junge mit dem Wuschelkopf immer wieder rufen, und Roland kam aufs Set gelaufen und redete erneut auf Bea ein, und Iris kam ebenfalls herbei, da er sie darum gebeten hatte. »Tut mir leid«, sagte Bea immer wieder.

Zum Schluss traten die Maskenbildnerinnen heran. Sie schminkten ihr künstliche Tränen auf, und der Kameramann meinte, das sei schon sehr viel besser. Der Beleuchter veränderte die Beleuchtung, machte sie um einiges weicher.

»Jetzt wird's ernst«, sagte Roland, und der Junge mit dem Wuschelkopf hielt die Klappe vor die Kamera und rief eine weitere Nummer. »Einmal noch«, sagte Roland, als Bea schon die Übersicht über die Anzahl der Takes verloren hatte.

Die Aufnahmen zogen sich bis in die Mittagspause hin, erst fünfzehn Minuten später gingen sie auseinander und machten sich auf den Weg zur fahrbaren Kantine. Bei einem Hühnersalat und Pommes frites erzählte Iris der Stadtstreicherin und dem Polizeikommissar von der Rolle, die sie – damals selbst noch ein Kind – in einer Episode von *Z Cars* gespielt hatte, das war 1962 gewesen. Bea hatte sich die Geschichte schon mehrere Mal anhören müssen, und da ihr der Bohnen-Würstchen-Auflauf, den sie gewählt hatte, nicht schmeckte, sah sie sich um, ob sie ihn wegschütten könnte, ohne dass jemand, besonders Iris, es bemerkte. Iris riet ihr immer, in der fahrbaren Kantine tüchtig zu essen, damit sie nicht so viel kochen mussten, wenn sie in die Wohnung zurückkamen. Aber es gab keine geeigneten Vasen oder Feuerlöscheimer, in die Bea den Pappteller mit ihrer Portion hineinkippen konnte. Draußen, wo die Autos geparkt waren, fand sie endlich die Mülleimer.

Danach wollte sie nicht wieder zum Stellplatz der Kantine zurückgehen, denn dann würden die anderen sehen, dass sie nichts gegessen hatte, und ihr eine Menge Zeug aufdrängen, das sie nicht wollte. Sie lief zwischen den menschenleeren Kulissen umher, die sie bis dahin noch nie für sich gehabt hatte. Sie wanderte von Zimmer zu Zimmer und dachte, wie schade es sei, dass sie bald wieder abgebaut würden, wo doch die Obdachlosen, die in Häusereingängen schliefen, sie so gut hätten gebrauchen können, und sei es nur für eine Nacht.

»Hallo«, sagte eine Stimme, noch bevor Bea Mr Hance' Schritte gehört hatte, und sie wusste, dass er gekommen war, um sie zu suchen.

Zur Party am selben Abend kam auch Dickie. »Du fragst deinen Vater«, hatte Iris gesagt. »Das gehört sich so.« Dickie hatte sofort zugesagt.

»Zeit und Budget unterschritten!«, verkündete Roland in seiner Dankesrede an die Mitwirkenden, und alle applaudierten.

Sie waren alle auf dem Set – die Stadtstreicherin, Ann-Marie, der Polizeikommissar, die alte Frau, der Mann in dem kastanienbraunen Auto, die Arbeiter, die den Gehsteig ausgebessert hatten, die Polizisten, die die Müllhalde durchsucht hatten, Mr Hance.

Sie machten viel Wind um Mr Hance. Es sei sein Film, sagten sie, seine Show. »Ich habe viel von Ihnen gehört«, sagte Dickie zu ihm, und Bea dachte, dass das eigentlich gar nicht stimmte, aber Dickie war gut im Höflichsein. Der Riss an seiner Jackentasche war noch immer nicht geflickt. Bea hatte gesehen, dass er auch Iris aufgefallen war, als Dickie zu ihnen herüberkam, um Hallo zu sagen.

»So, was steht als Nächstes auf dem Programm?«, fragte der Polizeikommissar Bea. »Hat sich schon 'ne andere Rolle ergeben?«

»Sie hat die Qual der Wahl«, sagte Iris, aber Bea wunderte sich darüber, und Dickie fragte, was das heißen solle? Eine gewisse junge Dame sei auf dem besten Wege, das solle es heißen, erwiderte der Polizeikommissar.

Sämtliche Techniker und Angehörigen des Produktionsteams waren zur Party gekommen: der Tonmeister, der Kameramann und der Kamera-Assistent, der Ausstatter, die Maskenbildnerinnen, die Kostümbildnerinnen, das Scriptgirl. Sie tranken Wein, weißen oder roten, und zum kalten Büfett gab es Coca-Cola oder Orangensaft. Dickie fragte, wer die mollige Frau mit der Brillenkette sei, und Iris antwortete: »Die Produzentin.«

»Erinnerst du dich noch an die Produzentin von *Emergency Ward 10*?«, fragte Dickie.

»O Gott, bloß nicht!«

Musik setzte ein. Bea führte Dickie zwischen den Kulissen herum: Mr Hance' Zimmer, wo noch immer der Katzendreck herumlag, die Treppe, die Diele mit den Hirschgeweihen, das Wohnzimmer des anderen Hauses, wo die alte Frau dauernd mit ihrem Gehstock gegen die Fenster gepocht hatte. »Unglaublich!«, rief Dick immer wieder aus. Ein Teil des Szenenbilds war bereits abgebaut, und Iris kam hinzu, um alles zu erklären.

Andi und der Junge mit dem Wuschelkopf brachten den Wein und das Essen. Roland klopfte mit dem Gehstock der alten Frau auf den Boden: Auch wenn es noch früh sei, sagte er, er müsse gehen. Sie seien großartig gewesen, beglückwünschte er jeden. Die Produktion habe unter Strom gestanden, das Gütesiegel der Haushaltsführung.

Gelächter und noch mehr Applaus. Roland winkte zum Abschied mit dem Gehstock, dann überreichte er ihn Andi. Als er gegangen war, stellte jemand die Musik lauter.

Als niemand hersah, klappte Bea das Sandwich auf, das sie genommen hatte. Es schien mit Rührei zu sein, deshalb warf sie es in einen leeren Pappkarton neben sich. Sie stand allein da, verdeckt von den Topfpflanzen, die alle auf einen Tisch gestellt worden waren, damit sie an *Flowers Etc.* zurückgehen konnten. Der Name war auf einen Zettel gekritzelt, der an einer von ihnen festgebunden war. Sie sah Dickie, Iris und Mr Hance, der Tonmeister schien ihnen eine Geschichte zu erzählen. Als er sie zu Ende erzählt hatte, lachten sie, besonders Iris, die den Kopf zurückwarf, wie sie es immer tat. Der Junge mit dem Wuschelkopf, der nach wie vor Wein ausschenkte, sah in die Richtung, aus der das Gelächter gekommen war, und musste ebenfalls lachen, dann ging er auf sie zu, um ihre Gläser nachzufüllen.

Als Bea durch die fleischigen grünen Blätter spähte, sah sie, dass Mr Hance ernst geworden war. Dickie hielt den Kopf vorgebeugt und hörte ihm zu. Kurz zuvor hatte Iris sich an Dickies Arm festgehalten, nur für eine Sekunde, als sie mit einem ihrer hohen Absätze umgeknickt war. Sie hatte die Hand ausgestreckt und sich auf ihn gestützt, er hatte sie angelächelt, und sie hatte zurückgelächelt. Sie standen ganz in der Nähe der Stelle, wo Bea gestanden hatte, als Mr Hance am Nachmittag Hallo zu ihr sagte.

Auf der anderen Seite des Sets saß die alte Frau allein für sich, eine glühende Zigarette in der Hand, das Weinglas halb voll. Mit ihrem geschminkten Gesicht und ihrem hell gefärbten Haar sah sie überhaupt nicht wie die alte Frau am Fenster aus, und trotzdem war sie's, und plötzlich wollte Bea zu ihr hinübergehen und sagen, dass sie recht gehabt hatte. Sie wollte, dass sie Bescheid wusste. Sie wollte, dass wenigstens ein Mensch Bescheid wusste.

»Hallo, Bea«, sagte Andi. »Dann ist das wohl dein Papa?«

»Ja.«

»Sieht nett aus. Hat 'ne nette Art.«

»Ja.«

»Ist aber nicht beim Film? Wie deine Mama?« Andi griff nach einem der Blätter, um es zu befühlen. Sanft rieb sie es zwischen Zeigefinger und Daumen. »Er könnte eine Komparsenrolle bekommen, dein Papa. Man weiß nie.«

Ohne Klemmbrett und Handy wirkte Andi verloren. Sie trug

denselben blauen Pullover, den sie während der ganzen sechs Wochen der Produktion getragen hatte. Sie trank keinen Wein; sie aß nichts, aber das hatte wohl mit ihrer Abmagerungskur zu tun.

»Wirst du mal zum Film gehen, Bea? Was meinst du?« Sie hatte es selbst versucht, aber es war nichts daraus geworden. Für die schauspielerische Seite des Filmgeschäfts war sie nicht die Richtige, obwohl sie sie ursprünglich angestrebt hatte. »Bei dir ist das was anderes«, sagte Andi.

»Ja.«

Es wäre besser, Andi davon zu erzählen. Es wäre leichter, ihr zu sagen, es sei ein Geheimnis, sie wolle lediglich, dass wenigstens ein Mensch Bescheid wisse. Es schien gemein, Andi nicht davon erzählen, wo sie doch eigens herübergekommen war, um nett zu ihr zu sein.

»Vielleicht kreuzen sich unsere Wege ja noch einmal«, sagte Andi. »Jedenfalls hoffe ich das.«

»Ja.«

»Du hast deine Sache gut gemacht.«

Bea schüttelte den Kopf. Durch das Blattwerk sah sie, dass Mr Hance seine Hand hinhielt, erst ihrer Mutter, dann Dickie. Sie lächelten ihn an, dann bahnte er sich einen Weg durch die Menge der Partygäste und trat über das Stromkabel, das von einem Raum der Kulisse zum anderen verlief. Hin und wieder blieb er stehen, um Hände zu schütteln oder sich umarmen zu lassen. Die alte Frau lachte zu ihm auf und machte eine scherzhafte Bemerkung.

»Ich muss mich verabschieden.« Andi küsste Bea und sagte noch einmal, sie hoffe, dass ihre Wege sich irgendwann einmal kreuzen würden.

»Ich auch.« Dann versuchte Bea, Andi davon zu erzählen. Doch falls Andi davon wüsste, würde vielleicht ihr Gesicht etwas verraten, selbst wenn sie es gar nicht wollte. Vielleicht würde es ihr schwerfallen, das Geheimnis zu bewahren, und wenn jemand sie fragte, was los sei, mochte es ihr aus Versehen herausrutschen.

»Tschüs«, sagte Andi.

Auch die Stadtstreicherin ging. In der Ecke, wo noch die Kameras standen, vor dem Szenenaufbau selbst, tanzte Ann-Marie mit einem der Polizisten. Dickie hielt Iris ihren durchsichtigen Plastikregenmantel hin und wartete, dass sie hineinschlüpfte. »Bis demnächst«, rief der Junge mit dem Wuschelkopf Mr Hance nach, und dieser drehte sich um und winkte ihm zu, bevor er aus der Helligkeit der Party ins Freie trat.

Im Zug erzählte Iris Dickie, wer jeder war, welche Rolle sie gespielt hatten, wer von den Technikern wer war. Dickie stellte ihr Fragen, um sie in Gang zu halten.

Es war das erste Mal, dass Bea die Fahrt von den Studios mit dem Zug unternahm. Bis dahin hatte stets der Bus bereitgestanden, zu den Studios und zurück, wo auch immer die Dreharbeiten stattfanden. Der Zug war bequemer, die Häuser, deren Rückfront an die Gleise grenzte, waren erleuchtet, hier und da saßen noch Leute in den Gärten, obwohl es bereits dunkel war. Manchmal hielt der Zug an einem Vorortbahnhof, die Fahrgäste, die ausstiegen, schienen müde, als sie den Bahnsteig entlanggingen. »Ich muss sagen, ich hab's genossen«, sagte Dickie.

Sie nahmen den letzten Bus zur Chalmers Street und gingen, alle drei, zur Wohnung. »Kommst du mit rein, Dickie?«, lud Iris ihn ein.

Sie hatte die Getreideflocken besorgt, die er gern aß, sie standen auf dem Küchentisch, der schon zum Frühstück gedeckt war. Bea sah, dass er es bemerkt hatte.

»Gute Nacht, altes Mädchen«, sagte er, und Bea küsste ihn und küsste auch Iris, denn Iris hatte gesagt, sie sei zu erschöpft, um noch bei ihr reinzuschauen und gute Nacht zu sagen.

Bea wusch sich, faltete ihre Kleider zusammen und putzte sich die Zähne. Sie schaltete das Licht aus und überlegte, ob ihre Träume jetzt anders verlaufen würden. Sie ermahnte sich, keinen Schrei auszustoßen, damit sie in ihrer Schlafmützigkeit nicht alles zuschanden machte.

TRAUER

Sie lebten in einem Eckhaus der grauen Wohnsiedlung an der Dunmanway Road. Dort hatten sie schon immer gelebt. Mrs Brogan hatte sechs Kinder zur Welt gebracht und aufgezogen. Brogan, der für den Stadtrat arbeitete, baute noch immer Gemüse und ein paar Ringelblumen in dem kleinen Garten an. Jetzt wohnte nur noch Liam Pat bei ihnen, mit dreiundzwanzig der Jüngste in der Familie. Er arbeitete für O'Dwyer, den Bauunternehmer. Seine Mutter – sein Vater ebenfalls, wenngleich auf andere Art – war bestürzt, als Liam Pat verkündete, er spiele mit dem Gedanken, weiter wegzuziehen. »Nach Cork?«, fragte seine Mutter. Aber Liam Pat schwebte England vor.

Dessie Coglan sagte, er könnte ihm Arbeit und Unterkunft verschaffen. Er würde selbst gehen, wenn er keine Frau hätte und wenn nicht ein weiteres Kind unterwegs wäre, sagte Dessie Coglan. Rosita würde sich nicht von der Stelle rühren, auf gar keinen Fall würde sie sich auch nur fünf Schritte aus der Siedlung hinausbewegen, wo ihre Mutter nur zwei Türen entfernt wohnt. »Da drüben wirst du schnell Fuß fassen«, sagte Dessie Coglan ihm zuversichtlich voraus. »Und ob du das wirst.«

Liam Pat besaß keine wilden Ambitionen; aber er wollte doch seine Möglichkeiten nutzen. Bei den Christlichen Schulbrüdern war er der Ordentlichste in der Klasse gewesen. Immer aufmerksam, auch wenn er nicht alles mitbekam. Father Mooney hatte ihn stets zu dem Anzug beglückwünscht, den er zur Messe trug und der von Kind zu Kind vererbt worden war, und zu der Krawatte, die er sich sonntags umband. »Ja, ja, Respekt, Liam Pat«, sagte Father Mooney dann. »Es ist ermutigend für deinen alten Priester, dass du Respekt zeigst, dass du deine Stiefel bürstest.« Dabei trug Liam Pat zur Sonntagsmesse Schuhe, schwarze und geflickte Schuhe, auch diese vererbt. Obwohl sie die Nässe nicht abwiesen, hielt ihn das nicht davon ab, sie auch bei Regen zu tragen, dann stopfte er sie, wenn er wieder zu Hause war, mit Zeitungspapier aus. »Ach, das lernst du im Handumdrehen«, sagte O'Dwyer, als Liam Pat ihn fragte, ob er ein Handwerk erlernen könne. Er werde alles von der Pieke auf lernen – Klempnern, Maurern, Schreinern, Streichen. Alles werde er aus dem Effeff beherrschen; wenn er sich nur für ein bestimmtes Handwerk entscheide, werde er es nicht halb so weit bringen. Insgeheim war O'Dwyer der Ansicht, dass Liam Pat nicht genug auf dem Kasten hatte, um ein Handwerk zu meistern, und wenn's darauf ankam, was war schon so schlimm daran, die Betonmischmaschine zu bedienen? »Der Betonmischer muß sich drehen und Liam Pat Brogan dahinterstehen«, lautete eins von O'Dwyers gutmütigen Schlagwörtern auf den Baustellen, wo seine Arbeiter für ihn Häuser bauten. »Typisch O'Dwyer«, urteilte Dessie Coglan verächtlich. Wenn Pat Liam bei O'Dwyer bliebe, würde er für den Rest seiner Tage nassen Zement schaufeln müssen.

Auch Dessie wohnte in der Siedlung. Er hatte in sie eingeheiratet und, als das zweite Kind zur Welt kam, ein Haus zugewiesen bekommen. Bei den Schulbrüdern war Dessie immer von großen Ideen beseelt gewesen; nach ein, zwei Gläschen kamen sie wieder zum Vorschein. Dann redete er von den »Jungs«, von seinen »Verbindungen« zur extremen Republikanischen Bewegung, und plusterte sich als Geschäftemacher auf. Von Beruf war er Gipser.

»Ruf mal den Mann hier an, sobald du drüben bist«, wies er Liam Pat an, und Liam Pat notierte sich die Nummer. Er hatte Dessie stets bewundert, seine unbekümmerte Art, wie er mit Rosita Drudy umging, bevor er sie heiratete, die Art, wie er den Ausgang eines Hurlingspiels voraussagen konnte, obwohl er noch nie einen Hurlingschläger in der Hand gehabt hatte, die Art, wie er durch die Zigarette sprach, die er rauchte. Seine Stimme wurde so leise, dass man kaum hören konnte, was er sagte, und seine Augen verengten sich, um dem vertraulichen Inhalt dessen, was er weitergab, Gewicht zu verleihen. Einige Leute sagten, Dessie Coglan habe eine große Klappe und nichts dahinter, aber Liam Pat war da anderer Meinung.

Es ist gar nicht so schlecht hier, schrieb Liam Pat auf eine Postkarte, als er eine Woche in London gewesen war. *Es gibt einen Typen aus Lismore und einen andern aus Westmeath.* Unter einem Polier namens Huxter bediente er eine Betonmischmaschine und goss Fundamente. Dass er einsam war, fügte er seiner Grußbotschaft allerdings nicht hinzu. *Der Lohn ist doppelt so hoch wie bei O'Dwyer,* quetschte er stattdessen unten auf die Karte, die einen Gardisten in einem Wachhäuschen zeigte.

Mrs Brogan stellte sie auf den Kaminsims. Sie selbst fühlte sich ebenfalls einsam, wie sie es vorausgeahnt hatte, nun, da das Nesthäkchen aus dem Haus war. Mr Brogan ging in den Garten und versuchte, nicht daran zu denken, was für eine Art Stadt London war. Liam Pat war halsstarrig wie seine Mutter, überlegte er. Gutmütig, aber halsstarrig, das gleiche rote Haar, zumindest bis ihres grau geworden war. Er hatte Father Mooney gebeten, mit Liam Pat zu reden, aber das hatte auch nichts gefruchtet.

Danach rief Liam Pat alle vier Wochen oder so an einem Samstagabend an. Sie machten sich Hoffnung, er werde bald zurückkehren, doch er sprach immer nur von einer gekündigten oder einer neu angetretenen Stelle, davon, wie er jeden Morgen darauf warte, in der Gegend, wo er ein Zimmer hatte, vom Minibus abgeholt und durch halb London kutschiert zu werden. Wie Dessie Coglan vorausgesagt hatte, hatte der Mann, den er kannte, Liam Pat Arbeit verschafft. »Ein Mr Huxter sucht junge Burschen«, hatte der Mann mit Namen Feeny gesagt, als Liam Pat ihn anrief, kaum dass er in London angekommen war. Während seiner Samstagstelefonate – jedes Mal zuerst mit seiner Mutter und danach, kürzer, mit seinem Vater – verriet Liam Pat nicht, dass er Huxter, den Polier, danach gefragt hatte, ob er ein Handwerk erlernen könne; dieser hatte entgegnet, sie brauchten einen Handlanger, er solle sich entscheiden. Liam Pat berichtete auch nicht, dass Huxter gleich am allerersten Morgen in der Kolonne eine, soweit Liam Pat beurteilen konnte, völlig unbegründete Abneigung gegen ihn gefasst hatte. Es sei Huxters Art, immer einen der Arbeiter zu schikanieren, hieß es in der Kolonne.

Sie fragten sich nicht nach dem Grund, auch Liam Pat nicht. Sie wussten nicht, dass ein Sündenbock die notwendige Entschädigung für die Unzulänglichkeiten in Huxters Leben war: für die regelmäßige Weigerung seiner Frau, ihm zu gewähren, was er für sein eheliches Recht hielt, für die Niederlage eines Rennpferdes oder eines Windhundes; eine Entschädigung auch für den Sarkasmus der Bauaufsicht und die Pingeligkeit der Architekten in ihren modischen Stiefeln. Huxter, ein kräftiger Mann mit schwarzem Schnurrbart, arbeitete so hart wie nur irgendeiner der Männer unter ihm. Dann zog er sich bis aufs Unterhemd aus, und an dem Gürtel, der seine Hose hielt, sah man eine Messingschnalle. »Was soll denn das für ein Name sein?«, fragte er, als Liam Pat sich vorstellte, und nannte ihn stattdessen Mick. Irgendetwas an Liam Pats Sommersprossengesicht irritierte Huxter, und obwohl er mit irischen Akzenten durchaus vertraut war, redete er sich ein, diesen einen nicht verstehen zu können. »Ach ja, sehr irisch«, sagte Huxter selbst dann, wenn Liam Pat etwas Vernünftiges tat, etwa wenn er Bretter in den Schlamm legte, damit sich die Schubkarren besser rollen ließen.

Als Liam Pat sechs Wochen mit Huxter zusammengearbeitet hatte, nahm der Mann namens Feeny eines Sonntags wieder Kontakt mit ihm auf. »Na, wie läuft's?«, erkundigte sich Feeny am Telefon. »Hast du dich eingelebt, mein Junge?«

Liam bejahte, und ein paar Tage später, als er mit den beiden anderen irischen Jungs aus der Kolonne am Tresen eines Pubs namens Spurs and Horse stand, erschien Feeny persönlich. »Na, wie läuft's?«, fragte er abermals und stellte sich vor. Er hatte ein verschrumpeltes Gesicht und schwarze Haare mit Geheimratsecken. Sein Aussehen hatte etwas von einem Geistlichen, doch wie er bald betonte, war er kein Priester. Er arbeite in einer Glasfabrik, sagte er.

Er schüttelte allen dreien die Hand, Rafferty und Noonan ebenso herzlich wie Liam Pat. Dann spendierte er ihnen eine Runde, und als sie sich revanchieren wollten, schlug er es aus; er könne nicht zulassen, dass junge Burschen ihm einen ausgäben. Er sei lediglich auf ein bisschen Gesellschaft aus, sagte er. »Das hält den armen Exilanten in Schwung, was?«

Diese Gefühlsregung konnten alle nachvollziehen. Es gab welche, sagte Feeny, die herüberkamen und es nicht länger als ein paar Tage aushielten. »Vermissen die Mama«, sagte er und zog flüchtig die dünnen Lippen zurück, um sich ein Lachen zu genehmigen, von dem Rafferty hinterher bemerkte, es habe ihn an das Bellen eines Hundes erinnert. »Einmal ist ein junger Bursche aus dem Zug gar nicht erst ausgestiegen«, sagte Feeny.

Danach schaute Feeny des Öfteren im Spurs and Horse vorbei. Im Lauf ihrer Unterhaltungen, bei denen er Fragen stellte und Interesse zeigte, erfuhr er, dass Huxter Liam Pat schikanierte. Er kenne Huxter nicht persönlich, sagte er, aber sowohl Rafferty als auch Noonan versicherten ihm, dass Liam Pat mehr Grund zum Klagen habe, als er zugebe; wenn Huxter erst einmal in Fahrt gerate, sei es gar nicht mehr lustig. Feeny bekundete sein Mitgefühl; auf die ihm eigentümliche Art verzog er den Mund und schüttelte angewidert den Kopf. Vielleicht war das der Grund, folgerten Rafferty und Noonan, dass Feeny sich besonders mit Liam Pat anfreundete, viel enger als mit ihnen, was unter den gegebenen Umständen nur billig war.

Feeny nahm Liam Pat mit zur Windhundrennbahn; er verschaffte ihm eine bessere Unterkunft; einmal, als Liam Pat knapp bei Kasse war, lieh er ihm Geld und drängte nicht auf baldige Rückzahlung. Nach ein paar weiteren Wochen wäre für Liam Pat alles in Ordnung gewesen, hätte es da nicht Huxter gegeben. »Ach nein, mir geht's prima«, beteuerte er nach wie vor, wenn er samstags zu Hause anrief, und erwähnte noch immer nicht die Schwierigkeiten, die er mit dem Polier hatte. Dabei war ihm schon mehrere Male durch den Sinn gegangen, dass er eines Montagmorgens nicht mehr dastehen und auf den Minibus warten würde, der ihn abholte, dass er die Schnauze voll hätte.

»Aber was würdest du dann anfangen?«, fragte ihn Feeny in Bob's Dining Rooms, wo er und Liam Pat sich an den Wochenenden oft zu einer Mahlzeit trafen.

»Nach Hause fahren.«

Feeny nickte; dann seufzte er, und nach einer Pause sagte er, so weit könne es kommen. Das habe er schon oft erlebt: ein tyrannischer Polier, der sich eigens einen jungen Kerl aussuche, um ihn zu piesacken.

»Es ist so schlimm geworden, dass ich ihn richtig hasse.«

Wieder ließ Feeny zu, dass Schweigen eintrat. Dann sagte er:

»Die sehen auf uns herab.«

»Wie meinen Sie das?«

»Auf jeden Mann mit einem irischen Akzent. So, wie die Dinge stehen.«

»Meinen Sie die Bomben und all das?«

»Ich meine, du atmest ihre Luft, und die wollen dir dafür noch was berechnen. Als ich dir das erste Mal über den Weg gelaufen bin, Liam Pat, haben deine Freunde da nicht erzählt, dass du in einer anderen Bar nicht bedient worden bist?«

»Ja, im The Hop Poles. Die bedienen einen nicht in Arbeitskluft.«

Feeny lehnte sich über seinen Teller mit Leber und Kartoffeln. Er senkte die Stimme zu einem Flüstern. »Die waschen das Geschirr nach uns gleich zweimal ab. Teller, Tassen, das Glas, aus dem du trinkst. Einmal war ich in einem Waschsalon, und als ich mit meiner Wäsche fertig war, bot ich einer Frau meine Waschtrommel an. ›Nein, danke‹, hat sie gesagt, sobald ich den Mund auftat.«

Liam Pat hatte dergleichen noch nie erlebt, aber freundlich waren die Leute nicht. In der Kolonne lief es einigermaßen; ebenso, wenn er mit Rafferty und Noonan oder mit Feeny ausging. Aber die Leute lächelten nicht, sie nickten und grüßten nicht, wenn sie einen kommen sahen. Die erste Frau, von der er ein Zimmer gemietet hatte, war argwöhnisch und stand immer in der Diele, wenn er aus dem Haus ging, als glaubte sie, er könne bei Nacht und Nebel ausziehen und ihre Sachen mitgehen lassen. In der Unterkunft, die Feeny ihm besorgt hatte, kam jeden Sonntagmorgen ein Mann vorbei, der nicht dort wohnte und dessen Namen er nicht wusste; man bezahlte ihm die Miete, und er stellte eine Quittung aus. Er sagte nie etwas, und Liam Pat fragte sich, ob er vielleicht einen Sprachfehler habe. Obwohl Lebensmittel von anderen Leuten in der Küche herumlagen, obwohl er auf der Treppe und manchmal im Zimmer über ihm Schritte hörte, hatte Liam Pat in den Wochen, seit er dort wohnte, nie auch nur einen anderen Mieter gesehen oder Stimmen gehört. In einem der Zimmer im Erdgeschoss waren, wie man von außen sehen konnte, immer die Vorhänge zugezogen, was zu der Grabesstimmung im Haus beitrug.

»Es ist immer dasselbe«, sagte Feeny. »Dumm wie Sau. Können die überhaupt ihren Namen schreiben? Man sieht richtig, wie sie das denken.«

Huxter sagte es frei heraus. »Komm endlich in die Hufe!«, schrie er Liam Pat an, und einmal, als wieder etwas nicht nach seinem Geschmack war, sagte er, eine irische Rübe habe mehr Verstand. »Schleppt die verdammte Insel hinaus aufs Meer«, sagte er ein andermal. Man sollte es ihnen mit gleicher Münze heimzahlen, sagte er.

»Ich hab dich nicht woanders unterbringen können«, sagte Feeny. »Wenn ich's könnte, würde ich es tun.«

»In einer anderen Kolonne?«

»Vielleicht ergibt sich in zwei Wochen was.«

»Das wäre prima, 'ne andere Kolonne.«

»Bist du schon mal McTighe begegnet?«

Liam schüttelte den Kopf. Er sagte, Feeny habe ihm die gleiche Frage schon einmal gestellt. Ob McTighe eine Kolonne leite, fragte er.

»Der arbeitet bei einem Buchmacher. Wäre 'ne gute Sache, wenn du McTighe kennenlernen könntest. Gut in jeder Hinsicht, Liam Pat.«

Zehn Tage später, als Liam Pat mit Rafferty und Noonan im Spurs and Horse trank, gesellte sich Feeny zu ihnen, und anschließend verließ er den Pub zusammen mit Liam Pat.

»Nehmen wir noch einen Absacker?«, schlug er zu Liam Pats Überraschung vor, denn sie waren gegangen, nachdem bereits die Sperrstunde ausgerufen worden war, und woanders sähe es genauso aus. »Kein Problem«, sagte Feeny und wischte damit den Einwand beiseite.

»Aber ich muss den letzten Bus kriegen. Der kommt in zehn Minuten.«

»Da, wo wir hingehen, kannst du auch pennen. Überhaupt kein Problem, mein Junge.«

Liam Pat fragte sich, ob Feeny betrunken war. Er haue sich lieber in die eigene Falle, beharrte er, aber Feeny schien ihn nicht zu hören. Sie bogen in eine Nebenstraße ein und gingen zur Rückseite eines Hauses. Feeny klopfte leise an eine Fensterscheibe, und das Gewirr von Fernsehstimmen erstarb fast umgehend. Die Hintertür des Hauses wurde geöffnet.

»Hier ist Liam Pat Brogan«, sagte Feeny.

In dem Rechteck aus Licht stand ein untersetzter Mann mittleren Alters, mit grobem blondem Haar über einem gleichmütigen geröteten Gesicht. Er trug einen schwarzen Pullover und eine schwarze Hose.

»Ah, der zähe Bursche«, begrüßte er Liam Pat und streckte eine Hand mit einer Schnittwunde am Daumen aus.

»Mr McTighe«, beendete Feeny die gegenseitige Vorstellung. »Wir sind zufällig vorbeigekommen.«

Mr McTighe führte sie in die Küche. Er riss zwei Dosen Bier auf und reichte jedem seiner Gäste eine. Dann nahm er eine dritte vom Kühlschrank. Carling Black Label.

»Wie läuft's, Liam Pat?«, fragte Mr McTighe.

Liam Pat antwortete, es laufe ganz gut, aber Feeny berichtigte ihn sanft. Immer wieder das Gleiche, erzählte er: Ein Polier mache einem irischen Burschen das Leben schwer. Mr McTighe vollführte mit seiner großen, eckigen Hand eine mitfühlende Geste. Er hatte eine heisere Stimme, die aus den Tiefen seiner Brust zu kommen schien. Aus Belfast, sagte sich Liam Pat, als er sich an den Akzent gewöhnt hatte. Ein Stadtkind.

»Ist dein Zimmer in Ordnung?«, fragte Mr McTighe, eine Frage, die Liam Pat überraschte. »Hast du dich eingelebt?«

Liam antwortete, das Zimmer sei in Ordnung, und Feeny sagte:

»Das hat dir Mr McTighe besorgt.«

»Das Zimmer?«

»Ja, natürlich.«

»Das Haus ist mir nicht unbekannt«, sagte Mr McTighe, ging

aber nicht näher darauf ein. Stattdessen gab er ihnen einen Renntipp, Cassandra's Friend, beim ersten Rennen in Newton Abbot.

»Darauf kannst du dein letztes Hemd verwetten, Liam Pat«, riet Feeny und lachte. Sie blieben nicht länger als eine halbe Stunde und verließen die Küche, wie sie sie betreten hatten, durch die Tür zum Hinterhof. Auf der Straße sagte Feeny:

»Bei Mr McTighe bist du in guten Händen.«

Liam Pat verstand zwar nicht, aber er entgegnete nichts. Vermutlich hatte es etwas mit dem Renntipp zu tun, sagte er sich. Er fragte, wer der Mann sei, der jeden Sonntagmorgen wegen der Miete vorbeikam.

»Das weiß ich auch nicht, mein Junge.«

»Ich glaube, ich bin zur Zeit der einzige Mieter da. Ein paar sind ausgezogen, denke ich.«

»Dann ist es also ruhig?«

»Ruhig ist es schon.«

Liam Pat musste in dieser Nacht zu Fuß zum Haus zurücklaufen; bei Mr McTighe zu pennen war nicht in Betracht gekommen. Er brauchte fast zwei Stunden, aber die Nacht war schön, und es störte ihn nicht. In Gedanken ging er noch einmal das Gespräch durch und rief sich Mr McTighes Sorge um sein Wohlbefinden in Erinnerung, die ihn noch immer verwirrte. Als er sich hinlegte – es war so spät, dass er gar nicht erst seine Kleider auszog –, schlief er sofort ein.

Wochen vergingen, in denen Liam Pat Feeny nicht zu Gesicht bekam. Eins der anderen Zimmer in dem Haus, in dem er zur Miete wohnte, war inzwischen wieder besetzt, aber nur für ein Wochenende, danach schien er wieder allein zu sein. Eines Freitags gab Huxter Rafferty und Noonan die Papiere und beschuldigte sie, sich vor der Arbeit zu drücken. »Du kannst bleiben, wenn du willst«, sagte er zu Liam Pat, und dieser merkte, dass der Polier ihn nicht entlassen wollte, weil er seinen Zweck als Huxters Zielscheibe erfüllte. Aber ohne seine Freunde war er einsam, und unaufhörlich nagte an ihm ein bitterer Groll, der seine Ursache darin hatte, wie der Polier ihn behandelte.

Er erstreckte sich auf sämtliche Menschen, die ihm fremd waren, und verzerrte das Verhältnis zu ihnen.

»Ich glaube, ich gehe zurück«, sagte er, als er Feeny das nächste Mal eines Abends vor dem Spurs and Horse über den Weg lief. Zuerst hatte er gedacht, Feeny sei überempfindlich, wenn er von seinen Erlebnissen in einem Waschsalon erzählte oder davon, dass irgendwelche Teller gleich zweimal abgewaschen werden mussten; aber inzwischen hatte er das Gefühl, es könnte was dran sein. Man kaufte bei derselben Frau seine Zigaretten, und sie gab sich nicht einmal flüchtig mit einem ab, obwohl man erst am Vortag in ihrem Laden gestanden hatte. Das einzig Gute an dieser Stadt waren die Pubs, wo man Jungs aus Irland traf, fröhliches Geplänkel hörte und, wenn es gestattet war, gemeinsam Lieder sang. Doch sobald der Abend zu Ende ging, war man wieder allein.

»Warum willst du zurück, mein Junge?«

»Es passt mir nicht.«

»Ich weiß, was du meinst. Hab selbst oft dran gedacht.«

»Das ist doch kein Leben für einen jungen Kerl.«

»Die haben dich vergrätzt. Acht Jahrhunderte haben sie damit zugebracht, uns zu schinden, und jetzt sind sie schon wieder damit beschäftigt.«

»Er hat meine Mama eine Hure genannt.«

Huxter sei nicht würdig, Mrs Brogan die Schuhe zu binden, sagte Feeny. Das habe er alles schon erlebt, sagte er. »Die sind alle gleich, mein Junge.«

»Die paar Wochen auf der Baustelle, wo wir gerade sind, mach ich noch zu Ende.«

»Weihnachten wirst du wieder zu Hause sein.«

»So ist es.«

Sie gingen langsam durch die Straßen, die Pubs leerten sich, die Nachtluft war kalt und feucht. Feeny blieb in der Dunkelheit stehen, unter einer Straßenlaterne, die nicht brannte. Leise sagte er:

»Mr McTighe hat was für dich.«

Es hörte sich nach einem weiteren Renntipp an, aber Feeny verneinte. Schweigend ging er weiter, und Liam Pat dachte bei sich, bestimmt handele es sich um eine neue Arbeitsstelle, einen neuen Polier. Er dachte darüber nach. Huxter war das Schlimmste von allem, aber es ging nicht allein um Huxter. Liam Pat hatte Heimweh nach der Wohnsiedlung, nach der kleinen Stadt, wo einen die Leute grüßten. Seit er in London war, hatte er kaum je richtig gegessen: zum Frühstück und zum Mittagessen Sandwiches, die er am Vorabend gekauft hatte, später Hamburger und Fritten, sonntags in Bob's Dining Rooms. Vor seiner Ankunft hatte er sich gar nicht damit befasst – was er essen würde, wie ein Sonntag verlaufen würde. Manchmal sah er in der heiligen Messe ein Mädchen, das ihm gefiel, jedes Mal dasselbe Mädchen, ruhige Gesichtszüge, das Haar zurückgebunden. Doch als er, einige Wochen zuvor, nach der Messe auf sie zugegangen war, hatte sie sich wortlos abgewandt.

»Ich will keinen anderen Job«, sagte er.

»Warum solltest du, Liam Pat? Nach allem, was du durchgemacht hast?«

»Ich dachte, Sie hätten gesagt, Mr McTighe –«

»Ach nein, nein. Mr McTighe hat sich nur daran erinnert, dass ihr, du und Dessie Coglan, damals die kleine Zeitschrift verteilt habt.«

Sie gingen immer noch langsam. Feeny gab das Tempo vor.

»Aber damals waren wir noch Kinder«, sagte Liam Pat, erstaunt über das Gehörte.

»Trotzdem, damals hast du Farbe bekannt.«

Jetzt verstand Liam gar nichts mehr. Er wusste nicht, weshalb sie über eine Zeit sprachen, als er noch bei den Christlichen Schulbrüdern war, als Dessie Coglan und er die Freiheitszeitschrift in die Briefkästen gesteckt hatten. Sie taten es erst, wenn es dunkel geworden war, damit niemand sie sah. Verdeckte Arbeit, nannte es Dessie, und ein-, zweimal erwähnte er Michael Collins.

»Ich habe eine Nachricht von Mr McTighe«, sagte Feeny.

»Schauen wir wieder bei ihm vorbei?«

»Er wird uns ein Bier ausgeben.«

»Als wir die Zeitschrift ausgetragen haben, wollten wir doch nur den starken Mann markieren.«

»Man hat nicht vergessen, dass ihr sie ausgetragen habt.«

Liam Pat hatte nie gewusst, woher sie die Exemplare der Zeit-schrift bezogen. Dessie Coglan sagte immer nur, von den Jungs, aber vermutlich war es der Herrenfriseur, Gaughan, ein älterer Mann, der 1921 vier Finger seiner linken Hand eingebüßt hatte. Liam Pat fiel auf, dass Dessie oft aus Gaughans Frisiersalon kam oder sich im Laden-eingang mit Gaughan unterhielt, unter dem Innungszeichen, der rot-weiß gestreiften Stange. Trotz seiner fingerlosen Hand konnte Gaughan noch immer einen Mann rasieren oder Haare schneiden.

»Kommt rein«, lud Mr McTighe sie ein und machte ihnen die Hintertür auf. »Eine unwirtliche Nacht.«

Sie saßen wieder in der Küche. Mr McTighe reichte Dosen Car-ling Black Label herum.

»Wirst du den Auftrag übernehmen, Liam?«

»Welchen Auftrag, Mr McTighe?«

»Feeny wird dich in alles einweihen.«

»Die Sache ist nur die, ich gehe zurück nach Irland.«

»Das hab ich mir schon gedacht. ›Der Mann will bestimmt nach Hause‹, hab ich mir gesagt. Hab ich das nicht gesagt, Feeny?

»Natürlich haben Sie das gesagt, Mr McTighe.«

»Ich habe mir nur gedacht, die Kleinigkeit könntest du für mich erledigen, bevor du dich auf den Weg machst, Liam. Wie wir es letz-tes Mal besprochen haben«, sagte Mr McTighe, und Liam fragte sich, ob er an dem Abend zu viel Bier getrunken hatte, denn er konnte sich nicht daran erinnern, dass sie irgendetwas besprochen hätten.

Feeny öffnete die Tür zu dem Zimmer, in dem die Vorhänge zugezo-gen waren, und holte das Zeug unter den Dielenbrettern hervor. Er schaltete nicht das Licht an, sondern leuchtete stattdessen mit einer Taschenlampe auf die Stelle, wo er mehrere Dielen hochgenommen hatte. Liam Pat erblickte rote und schwarze Drähte und das creme-farbene Ziffernblatt eines Zeitzünders. Ein Kinderspiel, sagte Feeny und machte die Taschenlampe aus. Liam Pat hörte, wie die Dielen-bretter zurückgelegt wurden. Er trat wieder hinaus auf den Gang, von dem die Zimmertür abging. Feeny und er durchquerten die Ein-gangshalle und stiegen die Treppe zu Liam Pats Zimmer hinauf.

»Lass das Rollo runter, mein Junge«, sagte Feeny.

Im Rahmen des Spiegels über dem Handwaschbecken steckte ein Foto von Liam Pats Mutter; bei dem von seinem Vater genau darüber hatten sich die Ecken eingerollt. Der billige braune Koffer, mit dem er aus Irland angereist war, stand geöffnet auf dem Fußboden, die Kleidungsstücke, die er im Waschsalon abgeholt hatte, waren unordentlich hineingestopft. Er hatte den Koffer bei Lacey's in der Emmet Street gekauft, am Tag nachdem er bei O'Dwyer gekündigt hatte.

»Jetzt hör mir gut zu«, sagte Feeny und setzte sich aufs Bett.

Die Matratzenfedern quietschten laut. Feeny streckte die Hand aus, um den jähen Ruck des Kopfbretts abzufangen. »Das freut mich«, sagte er und deutete mit dem Kopf auf eine Karte. Liam Pats Mutter hatte ihm das Versprechen abgenommen, sie in jedweder Bleibe, die er finden würde, aufzuhängen. In den Armen der Jungfrau hob das Jesuskind zwei plumpe Finger zum Segen.

»Ich will mit dem, was Sie sich da ausdenken, nichts zu schaffen haben«, sagte Liam Pat.

»Mr McTighe hat dich hergeholt, mein Junge.«

Feenys verschrumpeltes Gesicht war ausdruckslos. Sein priesterlicher Anzug hatte seine Form verloren und war an einem Ellbogen durchgescheuert. Von dem beschmutzten Kragen seines Hemdes hing eine Krawatte, dünn wie ein Schnürsenkel, der winzige Knoten hart und glänzend. Er starrte auf seine Knie, als er sagte, Mr McTighe habe Liam Pat aus Irland geholt. Liam Pat entgegnete:

»Ich bin aber von ganz allein gekommen.«

Feeny musterte noch immer den dunklen Stoff, der seine Knie bedeckte, als fürchte er auch dort eine Beschädigung, und schüttelte den Kopf.

»Mr McTighe hat dir das Zimmer besorgt. Mr McTighe hat sich um dein Wohlergehen gekümmert. ›Liam Pat Brogan, dem seine Art gefällt mir.‹ Das waren seine Worte, mein Junge. Als wir ihn das erste Mal besucht haben, hat er sich da nicht gleich am nächsten Tag telefonisch bei mir gemeldet, um acht morgens? Willst du wissen, was er damals gesagt hat?«

»Nein, lieber nicht.«

»›Liam Pat Brogan ist unser Mann‹, hat er gesagt.«

»Ich könnte trotzdem nicht tun, was Sie von mir verlangen.«

»Hör mir gut zu, mein Junge. Die kennen deine Vergangenheit nicht. Für die bist du nur ein Paddy, der zu Weihnachten nach Hause fährt, wie jeder andere auch. Verstehst du, was ich dir sage, Liam Pat?«

»Vor meiner Ankunft hatte ich von Mr McTighe noch nie gehört.«

»Er ist dir ein Freund, Liam Pat, genau wie ich. Bin ich dir etwa kein Freund gewesen, Liam Pat?«

»Doch, natürlich.«

»Mehr sage ich nicht.«

»Ich hätte nie den Mumm zum Bombenleger.«

»Glaubst du etwa, irgendjemand möchte Bombenleger werden? Gibt es irgendeinen Mann auf Gottes weiter Erde, der diese Wahl treffen würde, mein Junge?« Feeny verstummte. Er nahm ein Taschentuch aus seiner Hosentasche und führte es zur Nase. Zum ersten Mal, seit sie Liam Pats Zimmer betreten hatten, sah er ihn direkt an. »Es wird niemand zu Schaden kommen, mein Junge. Keine Gefahr für Leib und Leben. Nichts dergleichen.«

Liam Pat legte die Stirn in Falten. Er schüttelte den Kopf und deutete noch größere Verwirrung an.

»Mr McTighe möchte nicht, dass es zu Blutvergießen kommt«, fuhr Feeny fort. »Eine Sonntagnacht. Kannst du mir folgen? Sonntags ist die Stadt wie ausgestorben. Aber du darfst nicht das Geringste aufschreiben. Weder Datum noch Uhrzeit. Nichts, sage ich dir.« Er tippte sich an die Schläfe. »Nichts, du musst dir alles merken.«

Dann redete Feeny weiter. Da es im Zimmer keinen Stuhl gab, setzte sich Liam Pat mit dem Rücken zur Wand auf den Fußboden. Ein Kinderspiel, sagte Feeny abermals. Er sprach über Mr McTighe und über die Mission, von der er erfüllt war wie jeder Ire, der etwas taugte; je weiter man von zu Hause weg war, desto stärker wurde es. »Verstehst du?«, fragte Feeny und unterbrach seinen langen Redefluss häufig mit dieser Frage, er hatte Sorge, dass Unverständnis herrschte, wo Klarheit herrschen sollte. »Wolfe Tones Traum«, sagte er. »Isaac

Butts und Charles Stewart Parnells Traum. Lord Edward Fitzgeralds Traum.«

Die Namen riefen in Liam Pat Erinnerungen an seine Schulzeit wach, an den Laienlehrer Riordan, der Informationen über sie verlangte. Seine dicke Oberlippe war von einem zerbissenen Schnurrbart verdeckt, auf seinem Nadelstreifenanzug hatte Kreidestaub gelegen. »War dieser Fitzgerald bei der Flucht der Grafen dabei?«, hatte Hasessy einmal gefragt, und Riordan war voller Verachtung gewesen. »Das Massaker an den Unschuldigen«, sagte Feeny. »Bloody Sunday.« Er sprach von Lug und Trug, von Unwahrheiten und gebrochenen Versprechen, von einer Tyrannei, die sich kaum von Huxters Tyrannei unterschied. »O'Connell«, sagte er. »Pearse. Michael Collins, der Big Fellow. Das waren Männer, Liam Pat, und du wirst als einer von ihnen davongehen. Du wirst erhobenen Hauptes davongehen.«

So wie ein Fisch sich von einem Wurm ködern lässt, obwohl er misstrauisch ist, genauso ließ sich Liam Pat von Feenys Beredsamkeit verlocken. An einem der Abende, als sie die Zeitschriften ausgetragen hatten, hatte Dessie Coglan ihm das Kompliment gemacht: »Mein Gott, du könntest der Big Fellow selbst sein.« Er hatte das Wegkreuz gesehen, mit dem Leben und Tod des Big Fellow geehrt wurden; erst vor ein paar Wochen hatte er sich den Film angeschaut. Er lehnte den Kopf gegen die Wand, und während er Feeny anblickte, sah er sich ausschreiten mit Michael Collins schwungvollem Schritt. Die Flut von Feenys Versicherungen und Versprechungen, die Verbindungen, die er herstellte, bewegten ihn. Dennoch sagte er:

»Aber es könnte jemand vorbeikommen.«

»Es wird niemand vorbeikommen, mein Junge. Deswegen ist die Wahl ja auf eine Sonntagnacht gefallen – um sicherzugehen. Nichts als leere Büros, keine Wachleute auf dem Gelände. Alles genauestens ausgetüftelt.«

Feeny erhob sich vom Bett. Er gab ein Zeichen mit der Hand, und auch Liam Pat stand auf. Bis zu dem gewählten Zeitpunkt, sagte Feeny, werde außer Liam Pat niemand im Haus sein. Schreib nichts auf, ermahnte er ihn nochmals. »Du wirst verhört werden. Vielleicht werden Polizisten den Zug besteigen. Oder sie werden am Hafen warten, wenn du dort ankommst.«

»Aber was soll ich ihnen sagen?«

»Nur, dass du über Weihnachten nach Hause fährst, in die Grafschaft Cork. Nur, dass du nicht in der Nähe des Ortes warst, nach dem sie dich fragen werden. In deinem ganzen Leben nicht. Nie davon gehört.«

»Werden sie fragen, ob ich Sie kenne? Werden sie fragen, ob ich Mr McTighe kenne?«

»Sie kennen diese Namen nicht. Falls sie dich nach Namen fragen, nenne ihnen die Namen der Burschen in deiner Kolonne, nenne Rafferty und Noonan, nenne ihnen irgendwelche Namen, die du in Pubs gehört hast. Nenne ihnen Feeny und McTighe, wenn dir sonst niemand einfällt. Die werden nicht wissen, von wem du redest.«

»Sind denn das nicht Ihre Namen?«

»Wie kommst du denn darauf, mein Junge?«

Liam Pats Protest, er könne das einfach nicht, schwächte sich zunächst nicht ab, doch als Feeny immer weiterredete und die Worte sich in Liam Pats Einbildungskraft zu Bildern verdichteten, er stets im Mittelpunkt von allem, wurde er von einer gewissen Erregung erfasst. Huxter würde nicht mitbekommen, was bevorstand; Huxter würde ihn ansehen und annehmen, er sei noch der Alte. Die Leute, die ihn nicht grüßten, wenn er Zigaretten oder eine Zeitung kaufte, würden ebenfalls keinen Unterschied wahrnehmen. Der Erregung wohnte eine Kraft inne, eine Energie, wie sie Liam Pat noch nie erlebt hatte. Jeden Morgen auf dem Weg zur Baustelle würde er ein Geheimnis in sich tragen. Er würde damit durch die Straßen gehen, eine Macht verspüren, wo vorher Leere war. »Du handelst ganz wie ein Mann aus Cork«, sagte Feeny, und in dem Zimmer mit den zugezogenen Vorhängen erläuterte er Liam Pat den Auftrag.

Bis zu dem ausersehenen Sonntag sollten noch sechzehn Tage vergehen. Während dieser Zeit wollte Liam Pat im Spurs and Horse auf dieselbe Art wie Feeny und Mr McTighe reden, auf eine verhaltene, rätselhafte Art, sodass die Worte, die er benutzte, eine geheime

Bedeutung bekamen. Er war sich seiner gehobenen Stimmung und seines zuversichtlichen Auftretens bewusst, und leichter als früher ließ er sich ins Gespräch ziehen. Eines Abends fasste ihn die Barkellnerin auf dieselbe Art ins Auge, wie Rosita Drudy es vor Jahren in Brady's Bar mit Dessie Coglan getan hatte.

Liam Pat sah Feeny nicht wieder – genau wie dieser es angekündigt hatte. Auch Mr McTighe sah er nicht wieder. Es kam auch keiner mehr, um die Miete abzukassieren, und sechzehn Tage lang war Liam Pat der einzige Mensch im Haus. Er hielt sich in seinem Zimmer auf, außer wenn er zu den durchgesägten Dielenbrettern ging und sie wegnahm, um sich mit der bevorstehenden Aufgabe vertraut zu machen und sich zu vergewissern, dass in der Sporttasche auch dann genügend Platz war, wenn der Zeitzünder so darin verstaut war, dass er sich mühelos einstellen ließ. In der Küche kochte er nicht, denn Feeny hatte ihm davon abgeraten. Zwar wusste er den Grund nicht, aber trotzdem gehorchte er dem Befehl. So fasste er den Ratschlag auf, als einen Befehl, der nicht zu hinterfragen war. Sein Abendbrot machte er sich in seinem Zimmer, butterte eine Scheibe Brot und bestreute sie mit Zucker, öffnete Dosen mit Bohnen oder Suppe und verzehrte den Inhalt kalt. Insgesamt fünfmal hatte er die Fahrt hinter sich gebracht, die er an dem ausersehenen Sonntag antreten sollte. Wie Feeny angeregt hatte, stoppte er die Zeit, gewöhnte sich an die Fahrtstrecke und achtete auf die kleinste Abweichung.

Am Samstag vor dem Sonntag packte er seinen Koffer, fuhr, noch immer Feenys Anweisungen folgend, durch die Stadt und verstaute ihn in einem Schließfach in der Euston Station. Als er ins Haus zurückkehrte, sammelte er die Dosen, die er geöffnet hatte, sowie die Essensreste ein und füllte damit eine Tragetüte, die er in einer anderen Straße in einen Abfalleimer stopfte. Am nächsten Tag um ein Uhr nahm er in Bob's Dining Rooms eine Mahlzeit ein, die letzte, die er dort zu sich nehmen würde. Die Leute waren freundlicher als zuvor.

Als er das Haus zum letzten Mal verließ, blieb nichts von dem, was ihm gehörte, darin zurück. Feeny hatte ihm aufgetragen, sein Zimmer gründlich mit dem Philips-Staubsauger zu reinigen, der zum allgemeinen Gebrauch unter der Treppe stand. Er hatte ihm geraten, sämtliche Oberflächen zu saugen, und Liam Pat tat, wie ihm geheißen. Er benutzte keine Verlängerungsdüse, sondern nur die kleine runde Bürste am Saugrohr. Zu seinem eigenen Schutz. Als Letztes wischst du die Türklinken mit einem Papiertuch ab, hatte Feeny geraten, wo immer er sie angefasst haben könnte.

Um kurz nach sieben übte er noch einmal die Einstellung des Zündzeitpunkts. Im unteren Zimmer wollte er eine Zigarette rauchen, unterließ es aber, weil Feeny es untersagt hatte. Er zog den Reißverschluss der Sporttasche zu und trat mit ihr aus dem Haus. Draußen zündete er sich eine Zigarette an.

Auf dem Weg zu der zwei Straßenzüge entfernten Bushaltestelle warf er die Hausschlüssel in einen Gully, auch dies eine Anweisung. Als Feeny ihm riet, die Oberflächen zu reinigen und sicherzustellen, dass nichts zurückblieb, was seine Identität verraten könnte, hatte Liam Pat den Eindruck gehabt, dass Mr McTighe sich mit so etwas nicht abgegeben hätte, dass Mr McTighe nur daran interessiert war, dass der Auftrag ausgeführt wurde. Im Bus ging er aufs Oberdeck und setzte sich nach hinten. An der nächsten Haltestelle stieg ein Pärchen aus, sodass er allein war.

In diesem Augenblick bekam Liam Pat es mit der Angst zu tun. Es war eine Sache, sich an Huxter zu rächen, zu wissen, dass Huxter nichts wusste; es war eine Sache, von einer Barkellnerin angelächelt zu werden. Aber eine ganz andere Sache war es, mit einer Sprengladung in einem Bus zu sitzen. Die Erregung, die ihn gewärmt hatte, solange er Feeny zuhörte, solange er auf dem Fußboden saß und den Kopf gegen die Wand lehnte, hatte sich verflüchtigt. Dass Mr McTighe ausgerechnet ihn auserwählt hatte, bedeutete ihm nichts mehr, und als er versuchte, sich selbst in Michael Collins' Trenchcoat vorzustellen, mit Michael Collins' schwungvollem Schritt, herrschte auch da nur Leere. Feenys Gerede, er handele ganz wie ein Mann aus Cork, klang sinnlos.

Er stellte die Sporttasche auf den Boden und klemmte sie sich zwischen die Füße. In seinen Armen breitete sich eine Schwäche aus, und einen Moment lang glaubte er schon, die Tasche nicht mehr anheben zu können, doch als er es versuchte, schien alles in Ordnung zu sein, obwohl die Empfindung der Schwäche noch anhielt. Einen Augenblick später zwang ihn ein Schwindelanfall, die Augen zu schließen. Der Bus schlingerte und rüttelte durch die menschenleeren Sonntagabendstraßen. Wenn er an den Haltestellen im Leerlauf stand, vibrierte der Motor, und Liam musste wiederholt zwischen seine Knie langen und die Sporttasche am Griff festhalten, damit sie nicht noch weiter erschüttert wurde. Er wollte aussteigen, die Treppe, die sich neben seinem Sitzplatz befand, hinunterhasten, vom Bus abspringen und die Tasche stehen lassen, wo sie stand. Er ahnte, was er nicht begriff: dass all dies schon einmal geschehen war, dass ihn deshalb ein so plötzliches Entsetzen gepackt hatte, weil er etwas erlebte, was er schon einmal erlebt hatte.

Zwei Mädchen kamen plappernd die Treppe herauf und gingen bis ganz nach vorn durch. Lachend setzten sie sich hin, eine von ihnen beugte sich vor, weil sie nicht länger an sich halten konnte. Die andere fuhr in ihrer Erzählung fort, auch sie lachte, aber Liam Pat konnte nicht hören, was sie sagte. Der Schaffner kam, um ihr Fahrgeld entgegenzunehmen, und als er gegangen war, stellten die beiden fest, dass sie kein Feuer für ihre Zigaretten hatten. Die eine, die so viel gelacht hatte, saß am Fenster. Die andere stand auf. »Danke«, sagte sie, als sie Liam Pat fragte, ob er ein Feuerzeug habe, und er ihr seine Schachtel mit Streichhölzern reichte. Weil seine Hände zitterten, riss er keins an, aber sie musste es wohl trotzdem gesehen haben. »Danke«, sagte sie noch einmal.

Es hätte auch ein Traum sein können. Ebenso gut hätte er träumen können, dass er mit der Tasche in einem Bus saß. An dem Abend, als er Feeny zum letzten Mal gesehen hatte, hatte er vielleicht einen Traum gehabt, in dem er in einem Bus saß, und als er anderntags aufwachte, versuchte er, sich zu erinnern, aber es gelang ihm nicht.

Das Mädchen, das am Fenster saß, blickte über ihre Schulter, als habe sie erst eben erfahren, dass er ihrer Freundin die ganze Schachtel gereicht hatte, statt ein Streichholz für sie anzureißen. Deswegen würden sie sich an ihn erinnern. Die andere, die ihn angesprochen hatte, würde sich an die Sporttasche erinnern. »Tschüs«, sagte sie, als die beiden ein paar Haltestellen später ausstiegen.

Es war kein Traum. Es war die Zeitung *The Examiner*, die einige Monate zuvor ausgebreitet auf dem Küchentisch gelegen hatte. Sein Vater hatte wegen des Begräbnisses den Kopf geschüttelt und mit Bitterkeit in der Stimme gefragt, warum man die Leute nicht ihrem Leid überlassen konnte, warum Fremde kamen, die den Sarg schultern wollten. »Mein Gott! Mein Gott!«, hatte seine Vater ungestüm ausgerufen.

Beim ersten Mal war die Sache nicht gut ausgegangen. Auch da eine Sonntagnacht, ein anderer Bursche, ein anderer Bus. Liam Pat versuchte, sich an den Namen des Jungen zu entsinnen, aber er fiel ihm nicht ein. »Armer blutiger Held«, hatte sein Vater gesagt.

Ein anderer Dessie Coglan hatte den Big Fellow gespielt, alles arrangiert, in Verbindung mit einem anderen Gaughan, in Verbindung mit den Jungs, die gekommen waren, um am Grab vorbeizudefilieren. Ein anderer Huxter war auserwählt worden. Ein anderer Feeny hatte gesagt, es bleibe genügend Zeit, um hinterher sicher zur Euston Station zu gelangen, keine Gefahr für Leib und Leben, der Zug gehe genau um zehn. Die Leichenfetzen waren vom Bürgersteig und von der Straße geschabt worden, Haut und Knochen, fünfzig Meter entfernt ein Stück von einer Geldtasche.

Big Ben schlug eben acht, als er ausstieg. Er trug die Sporttasche in einigem Abstand von seinem Körper, obwohl er wusste, dass die Vorsichtsmaßnahme zwecklos war. Seine Hände zitterten nicht mehr, das Gefühl der Übelkeit in seinem Magen war abgeklungen, aber er hatte noch immer Angst, die gleiche Angst, die ihn im Bus erfasst hatte, kalte Angst.

Unweit der Glockenschläge von Big Ben führte eine Brücke über den Fluss. An seinem ersten Wochenende in London hatte er sie gemeinsam mit Rafferty und Noonan überquert, in dem Glauben, sie seien auf dem Weg nach Fulham, dabei hatten sie sich völlig verlaufen. Er wusste, welchen Weg er einschlagen musste, doch als er die Flussmauer erreichte, musste er warten, weil Menschen herumstanden und Autos vorbeifuhren. Und als der Augenblick gekommen war, als er die Tasche auf die geschwungene Mauerkrone gehoben hatte, fuhr ein weiteres Auto vorbei, und er dachte schon, dass es anhalten und umkehren würde, da die Insassen wüssten, was er vorhatte. Doch der Wagen fuhr weiter, und die Tasche fiel mit einem kaum wahrnehmbaren Platschen in den Fluss, und es passierte nichts.

O'Dwyer hatte Arbeit für ihn, er müsse sich aber bis März gedulden, bis der alte Hoyne das Ruhestandsalter erreiche. Er würde wieder die Mischmaschine bedienen, Dächer teeren, nach Feierabend den Hof ausfegen. Er werde es noch zu etwas bringen, sagte O'Dwyer. Warte nur ein Weilchen, man weiß nie; warte nur ein Weilchen, Liam Pat könne noch seine rechte Hand werden. Er sei ihm nicht böse, nur weil er sich eine Weile aus dem Staub gemacht habe.

»Sag lieber nichts«, hatte Mrs Brogan ihren Mann an dem Abend, an dem Liam Pat so unerwartet zurückgekehrt war, in einem ruhigen Augenblick gewarnt. Es hatte sie beide überrascht, dass er diese Route gewählt hatte, einen Umweg, wo er doch dieselbe Strecke hätte nehmen können wie auf der Hinfahrt, die Passage nach Wexford. »Ich hab den Sieben-Uhr-Zug verpasst«, log er, und Mrs Brogan wusste, dass er log, denn bei ihren Kindern trog ihr Instinkt sie nicht. Vielleicht hatte seine plötzliche Rückkehr etwas mit einem Mädchen zu tun, sagte sie sich. Aber auch das ließ sie unerforscht.

»Ach, das ist halt nicht für jeden«, sagte Dessie Coglan in Brady's Bar. Rosita stand kurz vor der Niederkunft, und er redete von nichts anderem. Er habe noch nie eine Frau gekannt, die so schnell schwanger werde wie Rosita, sagte er. Er fragte Liam Pat nicht, ob er die Telefonnummer verwendet habe, die er ihm gegeben hatte, ob er auf diese Weise Arbeit gefunden habe. »Es könnten gut und gerne vierzehn werden«, sagte er. Rosita war eins von elf Kindern.

Liam Pat sagte nicht viel, weder zu O'Dwyer noch daheim oder zu Dessie Coglan. Die Zeit schlich, während der alte Hoyne die wenigen Monate abarbeitete, die ihm von all den Jahren mit O'Dwyer noch verblieben. Der alte Hoyne war nie zu einer höheren Position als der eines Handlangers aufgestiegen, und Liam Pat wusste, dass ihm dasselbe bevorstand.

Jeden Nachmittag lief er die Straße nach Mountross entlang, die eisige Luft einer bitterkalten Jahreszeit biss ihm in die Hände und ins Gesicht. Wenn er im Januar und im milderen Februar täglich an dem verrosteten Tor der Mountross Abbey vorbeikam und an dem Wegweiser nach Ballyfen, dachte er an das Begräbnis und an die unerwünschte Anwesenheit der Jungs, und so manches Mal stellte er es sich als sein eigenes vor.

Sein ganzes Leben lang würde er niemandem davon erzählen können. Nie würde er das stumme Haus oder die gleichmütige Miene Mr McTighes beschreiben, Feenys Reden wiedergeben können. Nie würde er von den Mädchen im Bus berichten können, davon, dass er das Streichholz nicht hatte anreißen können oder wie jäh ihm aufgegangen war, dass dies der zweite Versuch war. Nie würde er erzählen können, wie er mit der Sporttasche an der Flussmauer gestanden hatte und dass, als sie auf der Wasseroberfläche aufschlug, nichts passiert war. Auch nicht, dass er geweint hatte, als er davonging, dass ihm die Tränen über die Wangen gelaufen und auf seine Kleidung getropft waren, dass er um den Bombenleger geweint hatte, der er selbst hätte sein können.

Ebenso gut hätte er die Tasche auch im Bus liegen lassen können, wie es ihm durch den Kopf gegangen war. Er hätte die Treppe hinunterhasten und rasch abspringen können. Doch in seiner Angst hatte er eine Spur Mut gefunden, und die hatte mit dem Jungen zu tun: Das wusste er jetzt und konnte sich an das Gefühl erinnern. Es war seine Trauer um den Jungen, so wie er um sich selbst hätte trauern können.

Auf seinen Spaziergängen oder wenn er sich zu den Mahlzeiten an den Tisch setzte und dem Gespräch seiner Eltern lauschte, war die Trauer noch immer da, einsam und heimlich. Sie war in Brady's Bar und in den Läden der Stadt, wenn er für seine Mutter Besorgungen erledigte. Sie würde da sein, wenn er O'Dwyers Betonmischer übernahm, wenn er nassen Zement schaufelte und bei jeder Witterung malochte. Auf der Straße nach Mountross schritt Liam Pat nicht mit Michael Collins' schwungvollem Schritt aus, vielmehr wunderte er sich über den Mut, den seine Angst ihm gestattet hatte, und flehte darum, dass seine Trauer nie enden möge.

EIN GESCHÄFTSFREUND

Sie verliebten sich, als einen ganzen Sommer lang *A Whiter Shade of Pale* gespielt wurde. Sie heirateten, als Tony Orlando *Tie a Yellow Ribbon Round the Old Oak Tree* sang. Diese Melodien sind nur mehr blasse Erinnerungen, kaum noch vorhanden; Procol Harum, Suzi Quatro und Brotherhood of Man haben sie längst vergessen und sich Brahms zugewandt.

Um ihre Ehe steht es gut, sie hat die Stadien des Bundes fürs Leben mühelos durchlaufen und allen Stürmen getrotzt. Wenn Clione zurückblickt, kommt es ihr lächerlich vor, dass sie sich einst erregte, weil ihr Mann auf ihrer ersten Abendgesellschaft die unschuldige Bemerkung von sich gab, sie habe die Windbeutel nicht selbst gebacken. Es sei seinerseits lächerlich gewesen, hatte James sich entschuldigt, dass er, als sie Kaffee über Pedburys *Der optimistische Gärtner* geschüttet hatte, aus dem Haus gestürzt war, lächerlich, dass er nicht die Ruhe bewahrt hatte, als sie in der Gare de Lyon den Nachtzug verpassten, lächerlich, dass sie sich gestritten hatten, als die Handwerker die verkehrten Fliesen legten.

Heftige Leidenschaft und rasch aufkommende Empfindlichkeit waren den Freuden und den Zwängen des Familienlebens gewichen – drei heranwachsende Kinder, alternde Großeltern. Als die Kinder noch ein Stück erwachsener wurden, als Sunset Home einen Großvater, Caring Fold eine Großmutter aufnahm, kehrte Ruhe ein. Geben und Nehmen lautete der Grundsatz der mittleren Ehejahre; die Ehe stellte sich allen Widrigkeiten und obsiegte. Nun, da die Schlachten geschlagen, die Hundstage des Ennui ausgestanden sind, scheint ihre Liebe ungefährdeter als zuvor.

Clione ist so schlank wie eh und je, sie hat große blaue Augen, die, gelegentlich, noch immer etwas Verschrecktes an sich haben. Bislang

hat die Schönheit nicht mit ihr abgeschlossen: Ihre zarten Gesichtszüge – klassisch gerade Nase und schön geformte Lippen – sind,
wie sie schon immer waren, und Krähenfüße haben einen eigenen
Reiz. Sie ist froh, dass sie keinen anderen geheiratet hat, und wäre
nicht einmal versucht gewesen, ihm untreu zu werden. Sie weiß – sie
braucht ihn nicht zu fragen –, dass auch ihr Mann nicht treulos
gewesen ist.

Er handelt mit Erstausgaben und Autographen. Außerdem be-
treiben sie gemeinsam die Asterisk Press und veröffentlichen Verse
von Dichtern, die gerade in Mode sind, Novellen, Kurzgeschichten,
von Zeit zu Zeit ein Dutzend Seiten mit den Erinnerungen eines
Autors, dessen Ansehen das Interesse der Sammler garantiert. Sie be-
treiben ihr Geschäft in ihrem Haus, einem alten Vorstadthaus im
Südwesten Londons, unweit des Flusses. Auf der Jagd nach vergessenen Folianten, nach der Korrespondenz von Literaten, lebenden und
toten, besuchen sie Auktionen in der Provinz. Die Anforderungen
der Asterisk Press – Auswahl von Schriftart und Bindung, Papier von
genau passendem Farbton und Gewicht, Versandbestellungen – sorgen für Kontrast. Etwa alle sechs Monate erscheint ein Katalog, in
dem beide Erwerbsquellen zusammengefasst sind.

Vor Jahren hat der Handel mit Erstausgaben und anderen Raritä-
ten Michingthorpe auf den Plan gerufen, der sich hauptsächlich auf,
wie er sie bezeichnet, Notate aus dem 19. Jahrhundert spezialisiert
hat. »Ein Geschäftsfreund«, nennt ihn James, doch diese Bezeichnung sagt längst nicht alles. Schon vor der Geburt der Kinder, vor
der Beisetzung der Großeltern ist Michingthorpe regelmäßig in dem
Haus am Fluss zu Gast gewesen. Mitgebracht hat er die Begeisterung
für flüchtige Notizen, mit denen es eine besondere Bewandtnis hat;
am meisten entzückt ihn ein Fund, der gegen die vorherrschende
akademische Meinung verstößt, ihr widerspricht. Doch für ihn
kommt alles in Frage, denn alles hat eine besondere Bewandtnis oder
bekommt sie in Michingthorpes Besitz. Liebevoll werden Brieffetzen
ausgebreitet; der Anfang eines Kapitels von Dickens, das der Autor
nicht weiterführte; frustrierte Verszeilen von Coleridge, durchgestrichen und neu begonnen; eine Notiz an einen Schneider, Initialen

auf einer Rechnung. Sie alle sind James und Clione zur Prüfung und Bewunderung vorgelegt worden.

Michingthorpe redet meist über sich selbst. Wenn er sich über die besondere Art auslässt, wie ein bedeutender viktorianischer Autor seine Ls oder Ys schnörkelt, versteht er es, der Sache eine persönliche Bedeutung abzugewinnen, und führt im Weiteren aus, dass er selbst seine Buchstaben auf die gleiche Art schnörkelt oder auch nicht. Wenn er auf eine Bemerkung zur Wetterlage oder auf eine Wettervorhersage eingeht, erinnert er sich gleich daran, wie er einmal in Venedig war – einer Kritzelei von John Cross auf den Fersen – und ein sechs Tage anhaltender Regenfall den Wasserstand der Kanäle so erhöhte, dass er in seinem Hotel eingesperrt war und nichts Besseres zu lesen hatte als, zum wiederholten Male, Chestertons Browning-Biographie, die ihm schon bei der ersten Lektüre nicht zugesagt hatte. Ist Frost angekündigt, fällt ihm prompt ein, dass Frost Unpässlichkeit auslöst. Er hatte einen Onkel, der bei einem Sturm ums Leben kam, vom Ast eines Kirschbaums erschlagen.

Schon als er ihr Geschäftsfreund wurde, hat Michingthorpe zu Jugendspeck geneigt; inzwischen ist er richtig dick. Das Fleisch, das die Konturen seines Gesichts verwischt, ist blass. Die Augen, hinter Brillengläsern, sind schieferfarben und klein. Als er noch jünger war, trug er die Haare konventionell kurz geschoren; inzwischen sind seine Ohren auf so unverwechselbare Art von einer grauen Matte bedeckt, dass Clione ihren schadenfrohen Sohn hat sagen hören, Michingthorpe gleiche einem der Jünger aus dem Neuen Testament. Wäre es Michingthorpe selbst zu Ohren gekommen, er hätte nichts dagegen einzuwenden gehabt; möglicherweise hätte er sich daran erinnert, wie er als Schuljunge einen Aufsatz über das Letzte Abendmahl verfasst und einen Preis dafür bekommen hat. Er begrüßt es, wenn über ihn geredet wird, nachteilige Bemerkungen fasst er selten als solche auf.

Als ihr mittleres Kind drei Jahre alt war, kam Clione eines Tages ins Wohnzimmer und hörte, wie Michingthorpe erklärte, weshalb er keine Austern vertragen könne. Er erzählte, bei bestimmten Anlässen wäre es fast zu einer Katastrophe gekommen, bis ihm endlich klar wurde, dass er keine Austern vertrug. Noch immer mit dem Thema seiner Verdauung befasst, sprach er als Nächstes von einer Damenschneiderin, die ihn, als er noch ein Kind war, ins Herz geschlossen hatte und ihm immer hart gebackene Brötchen hinstellte, wenn er bei ihr vorbeischaute. Die Brötchen erwiesen sich als bekömmlich, obwohl er bei einer Gelegenheit gleich sieben auf einmal verdrückt hatte. Dann wechselte er, ohne Gesichtsausdruck oder Tonfall zu ändern, das Thema und berichtete darüber, wie er zum ersten Mal eine Brille aufgesetzt habe: Alles sei umgekippt – ganze Zimmer, Laternenpfähle und der Bürgersteig, auf dem er ging. Dies führte zu einer weiteren Erinnerung an einen Ausspruch, den jemand getan hatte: »Wir sehen Gottes Welt, wie Gott will, dass wir sie sehen.« Einmal hatte er in einem Zoo miterlebt, wie ein Gorilla entfloh. Ein andermal hatte er auf der Straße den verstorbenen Boris Karloff erkannt. Oft redet er von Kellnern: wie geschickt oder nachlässig einer letzte Woche war, was er bei dieser Gelegenheit aß, in wessen Gesellschaft er sich befand. Seine Restaurantbegleiter gehören stets der Branche an, Geschäfte werden bei Suppe, Vorspeise und Dessert abgewickelt.

Seit einiger Zeit schien Michingthorpe sich legerer zu kleiden: Kleidungsstücke, die an Jugendlichen kaum ins Auge stechen – Jeans und T-Shirts –, wirken bei seinem langen grauen Haar auffälliger, als wollten sie etwas unterstreichen oder eine Illusion verewigen. Dazu dicke Pullover mit Hirschhornknöpfen auf der Brust.

»Ich denke, wir alle haben Freunde, in deren Augen wir nicht gerade vorzeigbar sind«, hat Clione gesagt und ihren Mann und ihre Kinder zum Lachen gebracht, weil Clione alles andere als nicht vorzeigbar ist.

Die Kinder, die inzwischen erwachsen sind – der schadenfrohe Sohn, zwei jüngere Mädchen –, haben längst gelernt, Michingthorpe als Teil des Inventars anzusehen, wie die vertrauten Möbelstücke im Hause ihrer Eltern. Er ist etwas, das ebenso lange da gewesen ist wie das Sofa mit den Knöpfen in der Diele oder das hässliche Bild von den Karren ziehenden Maultieren an der Treppenwand, wie der kleine Sekretär auf dem Gang im Obergeschoss. Ihr ganzes Leben hindurch ist er gekommen und gegangen, erwartet und unerwartet, hat sofort irgendeine Begebenheit, die er auf einer Reise erlebt hat, zum Besten gegeben. »O Gott, dieser Mann!«, haben die Kinder ausgerufen, als sie jung waren, als sie älter waren. Nicht dass Michingthorpe sie je wirklich wahrgenommen hätte, scheint er doch immer noch nicht in der Lage, sie auseinanderzuhalten. Untereinander überlegen sie, wie sie es schon immer getan haben, weshalb er überhaupt noch ein willkommener Gast im Hause ihrer Eltern ist. Das verwirrt sie, doch dann verbuchen sie es als eines jener kleinen Rätsel, die die Generationen auf mysteriöse Weise voneinander trennen.

Inzwischen sind die Kinder selber Gäste, kehren ins Haus zurück, wenn sie krank oder unglücklich verliebt sind, obwohl sie oft aus dem Haus gehen, ohne irgendetwas erwähnt zu haben; oder sie kehren zurück, weil sie, alle drei, ihrer Mutter und ihrem Vater liebevoll zugetan sind. An einem regenfeuchten Wochenende im Februar lockt der einundfünfzigste Geburtstag ihrer Mutter sie zum sonntäglichen Mittagessen, das letzte Mal, dass er in diesem Haus begangen wird, denn nach fast fünfundzwanzig Jahren steht ein Umzug bevor. »Wir trödeln herum wie zwei alternde Erbsen«, hat Clione gesagt, »jetzt, wo ihr aus dem Haus seid.« Zwei Tage zuvor haben sie ein Angebot für eine umgebaute Malzdarre in Sussex eingereicht. Morgen werden sie erfahren, ob es akzeptiert worden ist.

Falls es nicht akzeptiert wird, ist Clione insgeheim entschlossen, das zusätzliche Geld irgendwie doch noch aufzutreiben und den geforderten Preis in voller Höhe zu zahlen. Sie hat ihre Kindheit auf dem Land verbracht und überlegt bereits, ob sie wie früher einen Hund – einen Spaniel – halten soll. Seit ihre Kinder aus dem Haus sind, steht ihr mehr Zeit zur Verfügung; sie möchte wieder eigenes Gemüse anbauen, ein Spargelbeet anlegen, Anemonen, Klematis und Nieswurz züchten. Eine innere Stimme sagt ihr, dass sie große Freude daran haben wird.

Die Aussicht muntert Clione auf, nachdem die Kinder, alle auf einmal, am Spätnachmittag wieder fort sind und das Haus, in dem sie zur Welt kamen, wieder still geworden ist. Sie trägt ein Kleid, das sie sich eigens für ihr Geburtstagsessen gekauft hat, zwei Grüntöne, um den Hals ein seidenes Tuch mit Efeumuster. Das Wohnzimmer ist mit Geschenken vollgestopft, auf dem Fußboden liegen zerrissene Pappschachteln, vier verschiedene Sorten bunten Glanzpapiers, das zusammengefaltet werden muss: Weihnachten wird sie wieder Verwendung dafür finden. Ihre Grußkarten stehen auf dem Kaminsims. Neben ihr, auf dem Kaminvorleger, wo sie kniet, steht eine Pfeffermühle von Rösle, auf dem Sessel, in dem sie gewöhnlich sitzt, ihre neue gelbe Kaffeemaschine. Daneben eine CD mit Mahlers Sechster Symphonie. Die Glut rauchfreier Kohle strahlt ein wenig Wärme aus.

Clione vermisst ihre Kinder. Deswegen fühlte sie sich zu der Malzdarre hingezogen, zu den Gedanken an Gemüse und Zierpflanzen. Und immerhin besteht die Chance, dass auch ihre Kinder sich dorthin gezogen fühlen werden, dass sie häufiger zu Besuch kommen werden als in das Haus in London, dass sie sich an der sommerlichen Landschaft und an den Wochenendspaziergängen auf den Feldwegen erfreuen werden, an der winterlichen Kargheit, den skelettartigen Bäumen, den blattlosen braunen Hecken. Manchmal sehnt sie sich nach ihren Kindern, möchte die Uhr zurückdrehen bis zu dem Zeitpunkt, als es kindliche Sorgen gab, die sie mühelos zerstreuen konnte, als ihre Kinder ihr schenkten, was ein Ehemann nicht zu schenken vermag, nicht einmal der großzügigste. Dass ein Kind tot geboren wurde, darüber sprechen sie nicht, weder James noch sie selbst; ihre Kinder wissen nichts davon.

Sie verscheucht die aufsteigende Melancholie und denkt wieder an den Wechsel der Jahreszeiten in einem Garten, den es noch nicht recht gibt, daran, wie sie in den oberen Räumen das gesamte Zubehör der Asterisk Press unterbringen soll. Sie kniet nicht mehr, sondern lehnt sich zurück gegen die Sitzfläche des Sessels, die Beine hat sie bequem abgewinkelt. Ihre Lider erschlaffen.

Michingthorpe hat eine Art, die Türglocke zu läuten, die, zumindest in diesem Haus, anzeigt, wer es ist: ein einmaliges kurzes Klingeln, kürzer als das der meisten Menschen. Michingthorpe weiß, dass der Klang in sämtlichen Zimmern zu hören und, falls ihm auf sein Signal hin niemand öffnet, niemand zu Hause ist, selbst wenn einige Lichter brennen.

Clione, aufgeschreckt aus ihrem Nickerchen, stellt sich vor, dass er bereits im Zimmer steht und ihr, wie ihre Kinder, ein in Glanzpapier eingewickeltes Geschenk bringt. Die eher unwahrscheinliche schlaftrunkene Phantasievorstellung hält noch eine Weile an. Sie sieht sich Michingthorpe voller Dankbarkeit umarmen – was sie noch nie getan hat – und hört sich einen Ruf ausstoßen über das, was ihr Besuch da mitgebracht hat!

Die Dämmerung weicht der Dunkelheit. Sie schaufelt mehr Kohle auf das Kaminfeuer, dann zieht sie vor allen drei Fenstern die Vorhänge zu. Unten schlägt die Dielentür. Minuten später steht Michingthorpe in seinem langen schwarzen Mantel in der Wohnzimmertür, ohne Geschenk.

»Natürlich wusste ich, dass es dort war.« Er spricht zur Luft, wie er es immer tut, ohne jemanden anzureden. »Die Beerdigung vor zwei Monaten, die Auflösung der Bibliothek am achten. Die hatten ja keine Ahnung. All das Zeug und keine Ahnung. Ich brauchte nur zuzugreifen.«

Er legt seinen Mantel nicht ab. Es ist so eine Art von ihm, ihn manchmal anzubehalten. Er setzt sich, redet immer noch, sagt, er habe im alkoholfreien Hotel der Stadt übernachtet, die er besucht hat, dem einzigen Hotel am Ort. Er und der örtliche Buchhändler waren die einzigen Händler, und der Buchhändler wollte lediglich den Hardy haben. Michingthorpe sitzt schwerfällig auf dem Sofa, putzt seine Brille und setzt sie, während er spricht, bedächtig wieder auf.

»Scheußliche Fahrt. Zweimal umsteigen und bei Immington ein Baum auf den Gleisen. Natürlich musste ich die Grossmith-Sachen mit Anmerkungen versehen.«

James schenkt ein und nickt. Sein blondes Haar ist farblos und schütter geworden; in hellbraunen Cordhosen, kariertem Winterhemd, hellbraunem Pullover wirkt er ein wenig gebeugt.

»Cliones Geburtstag«, sagt er und hält Michingthorpe einen Kir hin.

Aber nichts, was außerhalb seiner selbst liegt oder Teil anderer Personen ist, kann Michingthorpe erschüttern. Seine Oberfläche reicht tief, denn die bessere Kenntnis seiner Person fördert auch nicht mehr zutage als das, was die Oberfläche gleich zu Beginn preisgibt. Sein Hobby sei es, im Internet zu surfen, sagte er manchmal.

Clione, die sich von dem Wein zum Mittagessen noch ein wenig benebelt fühlt, schüttelt den Kopf, als ihr ein Getränk gereicht wird, und räumt stattdessen das Zimmer auf. Michingthorpe sagt, er sei zu dem Schluss gelangt, dass Conrad eine Korrespondenz mit einer Frau namens Rosa Hoogwerf unterhalten hat.

»Damals wohnte sie in Argentinien, aber der Grund bleibt mir ein Rätsel. Ich habe den Namen im Netz eingegeben.«

Clione überlegt, ob ihm wohl aufgefallen ist, dass sie eine gelbe Kaffeemaschine durchs Zimmer getragen hat, oder ob er bemerkt, dass sie jetzt die Reste der Pappschachteln vom Boden aufliest. Sie räumt die Geburtstagskarten vom Kaminsims.

»Eine Frau in Ungarn«, sagt Michingthorpe. »Klingt ganz danach, als sei sie Rosa Hoogwerfs Enkelin.«

Er hat den Kir, der ihm eingeschenkt worden ist, entgegengenommen, und Clione fragt sich, warum er da ist, dann wird ihr klar, dass er ihnen von der Reise erzählen will, die er unternommen hat, und von der Beute, die ihm zugefallen ist. Jemand, der ihn einmal in seiner Wohnung aufgesucht hat, sah in dem geöffneten Kühlschrank eine einzige Flasche Milch, einen Teller mit rohen Würstchen und Butter, die noch in ihrer Folie steckte. Michingthorpe ist unverheiratet, hat anscheinend noch nie eine Beziehung mit irgendjemandem – ob Mann oder Frau – gehabt, die den Namen verdient hätte. Das wird allgemein vermutet, allerdings mit einigem Recht, denn die bekannten Tatsachen widersprechen der Vermutung nicht.

Clione setzt sich wieder. Das Gespräch trübt sich zu einem grauen Gemurmel, dem sie nicht folgt. Sie verspürt keine Abneigung gegen Michingthorpe, das hat sie noch nie; er ist kein Feind. Manchmal denkt sie, dass er nicht einmal ein fader Kerl ist, sondern nur ein Schemen mit kleinen schieferfarbenen Augen und Teenagerhaar von biblischem Aussehen. Ihr ist nicht klar, woher sie weiß, dass er sie liebt.

»Nicht dass ich mich alt fühle«, hört sie ihn plötzlich sagen und fragt sich, ob er endlich mitbekommen hat, dass im Haus ein Geburtstag gefeiert wurde, ob er mitgeteilt hat, wann seiner ist, im August, wie er früher schon einmal erwähnt hat. »Die Frau wohnt in Miskolc. Sie spricht etwas Englisch.«

Solange Clione zurückdenken kann, hat er ihr noch nie in die Augen geblickt, denn das tut er bei niemandem; und doch weiß sie es. Seit mehreren Jahren – und schon vorher, denn sie spürt, dass es länger zurückreicht – gibt es etwas, was ihr selbst jetzt noch außerordentlich vorkommt: Kaum zu glauben, dass Michingthorpe jemanden lieben, kaum zu glauben, dass er ein Geheimnis haben kann. Als sie die eingesammelten Pappstücke verbrennt, hört sie dem Gespräch immer noch nicht zu, sondern fragt sich erneut, ob er wohl mitbekommen hat, dass sie seine Zuneigung spürt.

»Endlich können wir das Haus verkaufen.«

Sie hört, wie James die Information weitergibt, und als sie aufblickt, sieht sie die Ausdruckslosigkeit, die die Neuigkeit in Michingthorpes plumpen Gesichtszügen hervorruft, wie sie sich immer einstellt, wenn ein Gegenstand, an dem er nicht das geringste Interesse hat, seine Aufmerksamkeit erfordert.

»Wir haben eine Malzdarre gefunden«, sagt sie.

Jetzt erfolgt eine andere Reaktion. Zum ersten Mal, seit Clione mit ihm Bekanntschaft geschlossen hat, lässt Michingthorpe zu, dass ihm der Mund offen steht, anscheinend vor Schreck. Er schließt ihn auch nicht gleich. Seine kleinen Augen starren entgeistert in die Luft. Er sitzt völlig regungslos, eine Hand umfasst die andere, beide an die Brust gepresst.

»Auf dem Land?«

»Ja. In Sussex.«

Es entsteht eine Pause, dann erholt er sich wieder. Michingthorpe steht auf. »Meine Familie stammt ursprünglich aus Sussex. Aber das ist schon lange her. Michingthorpe Ales.«

»Wir werden Sie vermissen.« Clione merkt, dass sie sich genauso schadenfroh anhört wie ihre Kinder. Er beteuert nicht, dass er auch sie vermissen wird. Einen langen Augenblick bleibt ihr Besucher, der mit leeren Händen gekommen ist, stumm. Doch bevor er geht, lässt er sich noch einmal über das Internet aus.

Fünf Tage später, beim Kaffeeeinschenken am Frühstückstisch, wartet Clione darauf, dass James ihr von dem Inhalt eines frühen Anrufs berichtet: Nur Michingthorpe würde sich um fünf vor acht melden. Gelegentlich hat er sogar noch früher angerufen.

»Er ist da gewesen, um sie zu besichtigen.«

»Was? Um was zu besichtigen?«

»Die Malzdarre. Er ist da gewesen. Na ja, er war wohl in der Nähe, glaube ich. Jedenfalls hat er sich umgeschaut.«

»Aber wozu, um alles in der Welt?«

»Es sieht ihm zwar überhaupt nicht ähnlich, aber er hat's getan. Ich glaube, ich habe ihm die Lage beschrieben. Nicht dass er danach gefragt hätte.«

»Du meinst, er ist hingefahren und hat ohne jeden Grund die Leute belästigt?«

»Er hat nur gesagt, er hätte sich umgeschaut.«

Ein Schauer verstörenden Unbehagens durchläuft Clione. Vielleicht hätte sie sich belustigt gefühlt, wenn sie James je eingestanden hätte, dass Michingthorpe Gefühle für sie hege; doch wenn sie gleichzeitig eingestanden hätte, dass er diese nie offen gezeigt hat, dass es sich nur um eine weibliche Intuition handelt, hätte sie James und sich allzu leicht in Verlegenheit gebracht. Könnte alles nur Einbildung sein? Oder grausamer ausgedrückt: das Verlangen einer verblühenden Schönheit nach Beachtung? »Aber ja, ganz bestimmt«, hört sie James' Einwurf, die Belustigung jetzt in *seiner* Stimme. Schon immer hat sie gedacht, es bleibe besser unausgesprochen.

»Weiß er, dass man unser Angebot angenommen hat?«

»O ja, er weiß Bescheid.«

Zwei Tage später, am frühen Nachmittag, suchen sie erneut das Haus auf, das sie gekauft haben. Sie werden von einem älteren Mann empfangen, einem Mr Witheridge, den sie noch nicht getroffen haben, dessen Tochter und Schwiegersohn sie herumgeführt hatten. Sie dürfen die Zimmer vermessen und unterhalten sich im Flüsterton über die baulichen Veränderungen, die sie vornehmen wollen.

»Schön, dass das Haus auch Ihrem Freund gefallen hat«, sagt der alte Mann, und als sie fertig sind, wartet er unten mit einem Tablett und Teetassen auf sie.

Sie bieten überschwängliche Entschuldigungen und lahm klingende Erklärungen. »Ein alberner Kuddelmuddel«, murmelt James undeutlich.

»Gütiger Himmel, nein! Malzdarren liegen offenbar in Mr Michingthorpes Familientradition. Er erwähnte Michingthorpe Ales.«

Der Garten ist wenig mehr als eine Wiese mit ein paar Sträuchern. Die jetzigen Bewohner sind 1961 gekommen; Mr Witheridge zog ein, als seine Frau starb. All das wird bei einer Tasse Tee besprochen, auch dass Mahonien hier gedeihen und Winterheide. Doch Clione und James sehen aus keiner Jahreszeit irgendwelche Heide, und die Kräuter in den mit Ziegelsteinen umgrenzten Beeten auf dem kopfsteingepflasterten Hof sind verdorrt.

»Hier nisten jedes Jahr Mauerschwalben, aber sie werden nicht lästig«, versichert ihnen der alte Mann. »Eigentlich würde ich am liebsten für immer hierbleiben.« Er nickt, dann tut er seinen Wunsch mit einem Achselzucken ab. »Aber wir können es uns nicht leisten, so weitab zu leben. Nicht dass wir ganz und gar abgeschnitten sind. Nein, eigentlich möchte ich überhaupt nicht wegziehen.«

»Tut uns leid, dass wir Ihnen das Haus wegnehmen.« James lächelt kleinlaut.

»Ach, gütiger Himmel, nein! Es ist nur so, das Haus steht unter einem Glücksstern, und wir wollen, dass auch Sie hier glücklich sind. Am Ende des Feldwegs gibt es einen Bus, der regelmäßig fährt. Ich habe es Ihrem Freund erklärt, als er sagte, er habe keinen Führerschein.«

»Ja, er wird uns bestimmt besuchen kommen.« Clione lacht, aber sie hat ihre Zweifel – und bemerkt, dass auch James sie hat –, dass Michingthorpe sie oft besuchen wird, da er nicht gerade ein Landkind ist. Die lange Bekanntschaft scheint bereits beendet, die Geographie ihres Lebens vermag sie nicht länger in sich aufzunehmen.

»Ihr Freund war an den Nebengebäuden interessiert.«

»Wollen Sie etwa bei uns wohnen?« Clione starrt in das aufgedunsene Gesicht, doch die schieferfarbenen Augen sind so ausdruckslos wie alles andere auch. Seine Stimme ist nicht lebloser als sonst, als er erklärt, er habe sich zufällig in der Nachbarschaft der Malzdarre aufgehalten, eine Bibliothek in Nettleton Court, die er durchsuchen musste.

»Nicht einmal fünfzehn Minuten entfernt. Nichts von Interesse. Eine vergeudete Reise, habe ich mir gesagt, und so was hasse ich.«

»Dem alten Mann gegenüber haben Sie erwähnt, Sie würden gern die Nebengebäude umbauen.«

»Ich führe das Leben eines Knirpses. Ich mag alles, was klein ist, hab's gern ordentlich um mich herum. Sachen werfe ich weg, horte keine Besitztümer. So hab ich's schon immer gehalten, bin ziemlich bekannt dafür.«

»Wir haben nicht die Absicht, die Nebengebäude umzubauen.«

Michingthorpe antwortet nicht. Er nimmt die Brille ab und betrachtet sie, indem er sie weit weghält. Dann setzt er sie wieder auf und sagt:

»Was, glauben Sie, bekomme ich für den Madox Ford? Erinnern Sie sich noch an den Madox Ford?«

»Wir haben nie davon gesprochen, dass Sie bei uns wohnen können.«

Es lässt sich unmöglich feststellen, ob der Satz zur Kenntnis genommen wird, ob Michingthorpe mit dem Kopf eine leise Geste andeutet. Michingthorpe Ales wurden in Maresfield gebraut, erfährt Clione, aber das ist schon lange her. In den dreißiger Jahren des 18. Jahrhunderts, und auch da nur für ein, zwei Generationen.

»Ich habe mich nie so richtig dafür interessiert. Es war bloßer Zufall, dass ich auf den Familiennamen gestoßen bin. Ich glaube, es war in Lockes *Provincial Byways*.«

»Wir ziehen im Mai hin.«

Ziemlich stockfleckig, der Ford, das Frontispiz fehlt. »Nun, Sie haben es selbst gesehen. Sechs Shilling fünf Pence, hätten Sie das gedacht?«

Später erzählt Clione alles weiter. Das leichte Unbehagen, das sie verspürte, als sie hörte, Michingthorpe sei in Sussex gewesen, ist gewachsen. Mehr als zwanzig Jahre lang hat er die Freizügigkeit eines Haushalts genossen, die Gastfreundschaft, die man einer zugelaufenen Katze gewährt oder Vögeln, die auf dem Fensterbrett landen. Hat er all das falsch aufgefasst? Clione kommt es so vor; was ihren Kindern und ihrem Mann wie ein Überfall aus heiterem Himmel erscheint, ist eine Projektion dessen, was schon vorher existierte. Michingthorpes linkische Anmaßung ist die Anmaßung des Unschuldigen, die seiner Ahnungslosigkeit entspringt. Sie sollte es aussprechen, stellt jedoch fest, dass sie es nicht kann.

Sie lauscht dem Gelächter der Familie, und als die Kinder nicht mehr da sind, nimmt sie die Schuld auf sich, sie hätte ahnen müssen, dass dergleichen eines Tages passieren würde.

»Natürlich bist du nicht schuld daran.«

»Es ist meine Schuld, dass er sich so etwas angemaßt hat.«

»Ich wüsste nicht, wieso.«

Sie sagt es ihm, weil sie nicht mehr anders kann, weil etwas, das unwichtig war, wichtig geworden ist. Ein Missverständnis nennt sie es. Sie wusste es und ließ es geschehen, ließ es zu.

»Aber das kann doch wohl nicht sein? Bestimmt nicht.«

»Ich hab's immer für harmlos gehalten.«

»Hast du dir's vielleicht eingebildet?«

Sie lässt sich die stechende Wut nicht anmerken. Ihr Mann lächelt ihr zu. Er steht an einem der Fenster des Wohnzimmers, das sie bald für immer zurücklassen werden. Sein Lächeln ist freundlich. Er spottet nicht, und er neckt sie nicht.

»Nein, ich hab's mir nicht eingebildet.«

»Der arme Narr!«

»Ja.«

Sie gesteht ihm nicht, dass es ihr nach ihrem jüngsten Gespräch mit Michingthorpe leidgetan hat, wie kühl sie zu ihm war, dass sie die letzten paar Nächte verwirrenderweise von seinem Schatten geträumt hat, von seinem Schatten auf dem Schnee, der im Garten der Malzdarre gefallen war, von seinem Schatten auf sonnenbeschienenem Gras, von einem verzerrten Spiegelbild in einer Lache auf den Kopfsteinen vor den Nebengebäuden. Er wärmte seine fleischigen Hände an einem Becher Kaffee, während er weiterredete, während sie ein Soufflé schlug, während er sich abermals an die Damenschneiderin erinnerte, die ihm hart gebackene Brötchen vorgesetzt hatte.

»Es ist abscheulich«, sagt sie. »Jemanden fallenzulassen.«

»Ich weiß.«

James weiß es; es wird ihr bewusst, als sie sich in ihn hineindenkt, wie ihre Vertrautheit es ihr so oft erlaubt. Jemanden fallenzulassen geht gegen James' Natur, und doch – warum sollten sie der peinlichen Selbstsucht eines Kauzes Vorschub leisten? Sie haben Erinnerungen, die bis zu *A Whiter Shade of Pale* zurückreichen, die Absprachen und Kompromisse der Ehe, die zu einem Erfolg zu machen sie fest entschlossen waren. Ihre Freunde waren nicht immer nach dem Geschmack ihres Mannes und seine nicht nach ihrem, und es gab weitere Unterschiede, die, mit der Zeit, gleichfalls ihre Bedeutung verloren hatten. Die Intimität, die ihnen beschieden war, ist wie die zweier Wurzelgeflechte, die sich ausbreiten und verästeln, bis sie fast eins geworden sind. Weshalb sollten sie jetzt peinlich berührt sein?

»Denn dazu würde es kommen«, hört sie James sagen. »Nach und nach.«

»Er lebt ein nichtiges Leben.«

Ehe sie weiß, was sie tut, entschuldigt sie ihn, dann merkt sie, dass sie dies schon früher getan hat. Als sie nach der überraschenden Mitteilung in der Malzdarre davongefahren waren, hatte sie im Auto gemeint, der alte Mann könnte sich verhört haben, möglicherweise habe er die Information über die Busse unverlangt erteilt, nicht als Antwort auf eine Frage. Ein Kind kann man bedauern, denkt Clione, einerlei, wie das Kind ist.

»Es ist eine andere Art von Liebe«, murmelt sie und zögert bei jedem Wort.

»Es ist ziemlich lächerlich, was immer es ist.«

»Seit wir ihn kennen, haben wir uns um ihn gekümmert. Du genauso wie ich.«

»Meine Liebe, bei einem ausgewachsenen Mann können wir unseren Phantasien keinen freien Lauf lassen.«

Wieder sieht sie den verzerrten Schatten aus ihrem Traum vor sich, der vor den Nebengebäuden übers Kopfsteinpflaster geht, den unförmigen Schatten, der auf den Küchenfußboden geworfen wird und dem mit Kochutensilien überladenen Tisch das Sonnenlicht nimmt. Dass er ein Schatten ist, passt zu ihm, wie die Tatsache, dass er früher eine Zielscheibe des Spottes war.

»Es war nur so eine Idee von ihm«, sagt sie.

An einem kühlen Maimorgen werden die Möbel Stück für Stück über den Gehsteig zu den Möbelwagen getragen. Die Männer bekommen Tee gereicht, die Türen der Möbelwagen werden zugeklappt. Clione geht von einem Zimmer zum andern, geht durch das leere Haus, in dem ihre drei Kinder zur Welt gekommen sind, das Haus, in dem sie aufwuchsen und das sie schließlich verlassen haben, und damit auch sie. Wer wird ihm jetzt zuhören? Wer wird ihm zuschauen, wenn er zur Luft spricht? Wer wird *nicht* wissen wollen, was für einen glänzenden Fund er bei einer weiteren Versteigerung gemacht hat? Wer wird *nicht* wissen wollen, dass er keine Austern verträgt?

Als sie abfahren, steht er da, winkt aber nicht, als kenne er sie bereits nicht mehr, als habe er sie nie gekannt. »Ach, der wird sich schon an jemand anderen dranhängen«, haben die Kinder gemeint, jedes von ihnen hat sich ähnlich ausgedrückt. »Er wird sich nicht viel draus machen, dass ihr umzieht.« Sie kann nicht abschätzen, wie viel er sich daraus macht und wie sich das äußern wird, wo sein Schmerz sitzen oder wie stark er sein wird. Aber der Schmerz ist da, denn sie kann ihn spüren.

Ihr nicht gerade vorzeigbarer Freund wird nicht kommen, kein einziges Mal. Weil er nicht Auto fährt, weil es keinen Sinn hat, weil der Schmerz zu stark wäre. Sie weiß nicht, weshalb er nicht kommen wird, nur, *dass* er nicht kommen wird. Sie weiß nicht, weshalb das Mitleid, das sie empfindet, sie so überwältigt, nur, dass es vorhanden ist und dass seine inhaltsleere Liebe nicht lächerlich ist.

WEISSER SONNTAG 1950

Sie stellte den Wein in die Sonne, auf das blendend weiße Fensterbrett. Neben der Porzellanfigur eines Bauernmädchens mit einer Getreidegarbe, dem einzigen Zierrat hier, warf die noch nicht entkorkte Flasche einen rötlichen Schimmer auf das Fensterbrett. Es kam Philippa wie eine Feier vor: Eine Flasche Wein, um die letzte Wärme eines Sonntagabends aufzufangen, und sie fragte sich, ob ihr Bruder möglicherweise vergessen hatte, welcher Sonntag es war, als er die Flasche am Freitag von Findlater's mitbrachte.

Im Haus herrschte Stille. Tom war oben und las vermutlich. An den Wochenenden las er immer um diese Tageszeit für eine Weile. So hatte sie ihn als Kind in Erinnerung, als er es sich in dem einzigen Sessel gemütlich machte, der in seinem Schlafzimmer stand. Damals hatte er ordentlicher dagesessen, die Beine untergeschlagen, den Oberkörper ums Buch geschmiegt; jetzt lümmelte er sich auf den Kissen, streckte die länger gewordenen Beine von sich, ließ einen Arm herabbaumeln und hielt in denselben Fingern, mit denen er die Seiten umblätterte, eine glimmende Zigarette.

Verglichen mit ihm war Philippa zierlich, blonde Haare, das stille Gesicht ernst und ruhevoll. Hübsch wurde es erst, wenn es sich belebte. Sie achtete auf ihre Kleidung, ohne sich wirklich gut zu kleiden. Heute hatte sie eine in zwei Grüntönen gestreifte Bluse an, von denen der eine Farbton zu ihrem Rock, der andere zu ihren winzigen smaragdgrünen Ohrringen passte. Im Frühjahr 1950 war sie neununddreißig, ihr Bruder drei Jahre älter.

Keiner von beiden bereute die Früchte der Revolution, die ihr Leben verändert hatte, indem sie sie zu Opfern machte. Sie freuten sich an allem, was geschehen war, und waren stolz auf ihre zufällige Nähe zu der Revolution, die stattgefunden hatte. Sie hatten der

Geburt einer Nation beigewohnt, später deren Kinderjahre erlebt, eher ärmlich, gewöhnlich und undramatisch. Dass eine schreckliche Schönheit das Land verwandelt hatte, war ihnen entgangen.

Im Garten pflückte Philippa Lilientulpen, Hasenglöckchen und pinkfarbene Haselzweige. Toms Gemüsebeete waren geharkt, die Stellen, wo seine Saat noch nicht aufgegangen war, gekennzeichnet, doch bei den Kräutern schoss Estragon auf, Apfelminze und Liebstöckel. Der Schnittlauch stand hoch, der Salbei war voll dichter, weicher, frischer Blätter. Nächstes Wochenende, hatte er gesagt, sollten sie die langgestreckte Rabatte jäten, die krustige Erde lockern.

Auf dem länglichen hölzernen Abtropfbrett in der Küche begann sie die Blumen in zwei Vasen zu arrangieren. Tom kaufte den Wein immer bei Findlater's, dann legte er die einzige Flasche in den Korb, der an der Lenkstange seines Fahrrads befestigt war. Sie machten nicht viel Aufhebens um das sonntägliche Mittagessen – eine Art, den Tag zu gliedern, die auf Tante Adelaide zurückging, als diese noch lebte –, und nur sonntags gab es zum Abendessen Wein. In dem anderen Haus, in dem Philippa und ihr Bruder gewohnt hatten, bevor sie nach Rathfarnham gezogen waren, hatten auf der Anrichte im Esszimmer Karaffen mit Whiskey und Sherry gestanden, die regelmäßig aufgefüllt wurden und nicht nur da waren, um Eindruck zu schinden. »Du musst dir einen hinter die Binde kippen«, hatte ihr Vater an jenem Sonntag gesagt, der sich heute wieder jährte, und der arme kleine Joe Paddy hatte keine Antwort gewusst, sondern nur von Kopf bis Fuß gezittert, als hätte er eine Grippe. »Was hältst du von was Scharfem?«, war eine andere Ausdrucksweise – wenn Mr Tyson oder Mr Higgins ins Haus kamen – oder manchmal: »Wollen wir uns 'n Gläschen Whiskey genehmigen?« Wenn die Außenwände neu gestrichen wurden und die Arbeit abgeschlossen war, nachdem die Männer ihre Pinsel und ihre Leitern weggestellt hatten, waren sie ins Haus gebeten worden, und auf der Anrichte hatten die gefüllten Gläser bereitgestanden. »Ihr macht Sallymount Avenue alle Ehre«, hatte Philippas Vater gesagt und damit die Arbeit gemeint, die sie geleistet hatten, und darauf wurde angestoßen.

»So, das hätte ich ausgelesen«, sagte Tom, der wusste, wo sie zu finden war.

»Wie ist es ausgegangen?«

»Sie hat den Typ in der Marine geheiratet.«

»Sie werden's schon schaffen.«

»Natürlich.«

Sie fühlte sich beobachtet. Als sie die Stängel auf die gewünschte Länge zurückschnitt und die Haselzweige gruppierte, hörte sie das Klappern der Streichholzschachtel und wusste, wenn sie den Kopf wendete, würde sie in der einen Hand Zigaretten und Streichhölzer sehen, in der anderen den Aschenbecher. Er rauchte Players. Früher waren es Woodbines gewesen, mehr hatte er sich nicht leisten können. »Du hast geraucht, Tom!«, rief Tante Adelaide immer erbost. »Tom, du sollst doch nicht rauchen!«

Er trat in die Küche, leerte den Aschenbecher in den Mülleimer unter der Spüle, wusch ihn unter dem Wasserhahn aus und stellte ihn beiseite, um ihn später wieder mit nach oben zu nehmen.

»Wo steckt der alte Hund?«, fragte er. »Ist er schon zurückgekommen?«

Sie schüttelte den Kopf, dann hörten sie beide ihren Hund im Garten, ein kurzes Kläffen, das seine Rückkehr von den Ausflügen anzeigte, auf die sie keinen Einfluss hatten. Sie blickte durch das Fenster über der Spüle, und da stand er hechelnd auf dem Rasen, ein schwarz-weißer Terrier mit klatschnassem Fell.

»Er war in der Dodder«, sagte sie. »Oder sonst irgendwo.«

»Der bringt mich noch ins Grab, der Hund.«

Der Ausdruck durfte verwendet werden; keiner von beiden zuckte zusammen. Wenn man ihn so unbeschwert auf die Keckheit des Hundes bezog, hatte er einen anderen Klang. Wieder einen anderen, wenn man ihm in irgendwelchen Gedichtzeilen begegnete. Selbst die Osterpassion – wie sie erst unlängst am Karfreitagabend während des Gottesdienstes in der Christ Church Cathedral für sie zelebriert worden war – verlieh dem Tod eine geheiligte Bedeutung und milderte ihn durch das Wunder der Auferstehung. Doch der Tod, der ihr Leben in Mitleidenschaft gezogen hatte, schwärte noch immer, der Moment des Schmerzes, wenn sie ihn zuließen, war noch immer schauderhaft.

»Ich komm in einer Stunde oder so wieder«, sagte Tom.

Er schimpfte mit dem Hund, der erschöpft auf dem Rasen lag; er war eingeschüchtert, kauerte sich beschämt hin und wagte nur noch, mit dem Schwanz zu wedeln. Philippa sah vom Fenster aus zu und riet richtig, dass Tom, Erschöpfung hin oder her, auf seinem Spaziergang einen Begleiter haben würde.

»Lass dir nur Zeit.« Sie entriegelte das Fenster, um ihm den Satz nachzurufen und um ihm zuzulächeln, denn plötzlich merkte sie, dass sie das während ihres Gesprächs versäumt hatte. Dieses Jahr würde sie ausziehen, dachte sie. Sie würde ausziehen, und Tom würde sein eigenes Leben führen.

In all den Jahren, seit er hier wohnte, hatte sich Rathfarnham kaum verändert; das stand noch bevor. An diesem Abend war niemand unterwegs, die wenigen Lädchen waren geschlossen, auch das Yellow House – wo er manchmal ein Bier trank – hatte nicht offen. Die Sonne, die niedrig am Himmel stand, warf kaum Schatten.

»Wir sind nach Rathfarnham zum Tee eingeladen.« Tom erinnerte sich daran, wie oft seine Mutter ihnen das in der Sallymount Avenue verkündet hatte, ihr Tonfall spiegelte die Freude wider, die die Nachricht, wie sie wusste, auslösen würde. Erst die Straßenbahn und dann der lange Fußweg, für den man schönes Wetter brauchte, andernfalls entschied man sich in letzter Minute dagegen. »Ach, Tante Adelaide wird schon wissen, warum«, sagte ihre Mutter dann, und stets war es nur ein Aufschub. Zweimal, erinnerte sich Tom, war das passiert, vermutlich aber noch ein weiteres Mal, das ihm entfallen war. Die Freude, die die Ankündigung auslöste, galt dem reich gedeckten Esstisch, dem geheimnisumwitterten Haus – denn damals war es geheimnisumwittert. Tante Adelaide machte Sandwiches mit Ei oder Sardinen und buk zwei Sorten Kuchen – Obstkuchen und Biskuitkuchen –, es gab kleine, viereckige süße Brötchen, bereits mit Butter bestrichen, und Scones mit Rosinen. Im Garten, zwischen den Lorbeersträuchern, war ein Versteck.

Der Hund trottete ganz folgsam ohne jedes Anzeichen der Ermüdung so dicht neben Toms Beinen, wie es eben ging. »War das nicht ein herrlicher Tag, Sir?«, bemerkte ein alter Mann, den Tom nicht kannte, und der Hund lief zu ihm hin, um seine Hose zu beschnüffeln. »Ah, dich hab ich schon öfter gesehen«, sagte der alte Mann und tätschelte ihm den schwarzen Kopf.

Was für einen Umbruch Tante Adelaides Leben erfahren hatte! Nie und nimmer hätte sie sich vorstellen können, dass die beiden Kinder, die hin und wieder zum Tee gekommen waren, die sich nach oben geschlichen und verbotene Türen geöffnet hatten, die in den Lorbeersträuchern getuschelt und sich versteckt hatten, dass diese beiden Kinder Tag und Nacht da sein würden, das Haus nunmehr ihr Zuhause, alle Geheimnisse gelüftet. Auf seinen Wochenendspaziergängen dachte Tom oft darüber nach; bei seiner Rückkehr sprach Philippa oft mit ihm über die Reue, die derartige Gedanken in ihnen hervorriefen. Wie unbekümmert sie sich ihr aufgedrängt hatten, wie lässig, wie gedankenlos! »Ich muss mich hinlegen«, hatte Tante Adelaide immer gesagt, und Nelly, ihre Dienstbotin und Gesellschafterin, hatte ärgerlich erklärt, der Grund dafür sei eine Rüpelhaftigkeit oder ein Streit. Murphy, der den Garten besorgte und der jeden Tag kam – in Tante Adelaides jungferlichem Leben herrschte an nichts Mangel –, hatte ihnen erzählt, die Gestalt mit dem schwarzen Schnurrbart, die ernst und finster in ihrem Silberrahmen auf dem Fenstertisch im Wohnzimmer stand, sei ein Bewunderer aus alten Tagen. Sie hatten sich oft gefragt, um wen es sich handeln mochte.

Toms Schwester hatte sich geirrt, als sie annahm, er könne doch unmöglich vergessen haben, welcher Sonntag heute war, als er den Wein brachte. Tom hatte es vergessen, weil er, wie er vermutete, es vergessen wollte; als er am Freitagabend vor Findlater's vom Fahrrad gestiegen war, hatte er an ihre Sommerferien gedacht, und so war es ihm entfallen. Gleich darauf war es ihm wieder eingefallen, aber er hätte es töricht gefunden, die Flasche zurückzugeben, und als er zu Hause ankam, dachte er, dass es hinterhältig wäre, den Wein nicht in die Küche zu bringen, wie er es immer tat, wenn er eine Flasche gekauft hatte. Natürlich hatte er Philippas Staunen bemerkt, aber es war ihnen zur Gewohnheit geworden, dass sie das Verhalten des anderen nicht kommentierten.

Als er die letzte kurze Häuserzeile passierte, ehe er das offene Land erreichte, sang Tom leise die ersten paar Zeilen von *She is Far from the Land*. Das Lied kam ihm jedes Mal in den Sinn, wenn er in der Gegend jenes Liebespaars war, das es besang; hier waren auch schon Robert Emmet und Sarah Curran spazieren gegangen. In der Ferne erhellten die letzten Sonnenstrahlen nicht länger den Stechginster auf den Hängen des Kilmashogue, wo ihre heimliche Liebesaffäre noch Glückseligkeit gewesen war. Der feurige, gutaussehende Robert Emmet, ein närrischer Rebell; die sanftmütige Sarah. In ihrer Gesellschaft dachte Tom an sie wie an Freunde – hier oder in dem Wildpark unterhalb der fernen stechginsterbewachsenen Hänge. Sie hatten im Gartenhaus gesessen und über Irland geredet, wie es eines Tages sein würde, und über sich selbst, wie es um sie bestellt wäre. Sie waren in die Zukunft gewandert, so wie Tom jetzt in die Vergangenheit wanderte, um zum Schein heimlich zu lauschen. Beides gehörte dem Heute an, der Spaziergang und das Zusammensein mit ihnen.

Er zündete sich eine Zigarette an. In ihrer Liebe, für die sie nichts konnte, war auch Sarah zu einem Opfer des Zufalls geworden, zwar nicht auf dem Schlachtfeld, jedoch als Hinterbliebene, die, für niemanden sichtbar, an den schmerzenden Narben litt: Der unbeugsame Robert Emmet wurde gehenkt.

Als Tom weiterging, waren seine Gedanken von der Vergangenheit erfüllt. Falls Schönheit über Irland gekommen war, war ihre Form die der Stille: eine friedliche Stille im Dunkel Irlands, eine Oase, die den Liebenden nicht vergönnt gewesen war. Sein Mitleid galt ihnen.

Philippa deckte den Tisch. Zuerst breitete sie das gebleichte Leinentischtuch aus. Es stammte aus dem Haus in der Sallymount Avenue, ebenso wie die zusätzlichen Messer und Gabeln, die Gläser aus Galwayer Kristall und der Tisch in der Diele. Doch jeder größere Gegenstand – der Esstisch mit den Ausziehbrettern, die Stühle, die Teppiche, die Kleiderschränke, die Anrichte – musste versteigert werden, da die Zimmer ihrer Tante auch so schon zum Bersten gefüllt waren.

»Ein Versehen«, hatte Tante Adelaide den Vorfall genannt, als wolle sie sie trösten, da es keinen anderen Trost gab. Oft wiederholte sie den Ausdruck und wiederholte ihn auch dann, wenn Besuch kam, jemand, der neu im Viertel war, oder jemand aus tiefster Vergangenheit: eine Bemerkung, mit der die Anwesenheit zweier Kinder in ihrem Haus erklärt werden sollte. »Ein schreckliches Versehen.«

Es würde Würstchen geben, natürlich die von Hafner, die Philippa unter dem Vorwand, in der Henry Street Einkäufe erledigen zu müssen, gestern eigens besorgt hatte. Würstchen mit Kartoffelbrei und glasierten Karotten. Vor kurzem hatte sie gelernt, wie man sie zubereitete. Danach gedünsteten Feigenpudding, der schon seit einer Stunde vor sich hin dampfte, dazu Vanillesoße. Philippa fragte sich oft, ob es anders wäre, wenn sie einen Ehemann zu bekochen hätte. Sie ahnte, dass es anders wäre, so wie sie ahnte, dass auch Toms tägliche Heimkehr anders wäre, aber sie wusste nicht, auf welche Weise. »Er ist ihr mehr als nur ein Bruder«, hatte ihre Tante immer mit gesenkter Stimme zu einem Besucher gesagt. »Wo er doch älter ist.«

Sie rührte den Senf an und gab ihn in das kleine blaue Glas, das in den silbernen Behälter eingelassen war. Als Joe Paddy wild gegen die Tür hämmerte, hatten sie am Geländer gehorcht. Eigentlich hätten sie schon im Bett liegen müssen, doch sie kauerten sich hin, und ihr Vater sagte, Joe Paddy brauche erst einmal einen Whiskey. Joe Paddy brüllte in einem fort, ein Mann sei hinter ihm her, ihre Mutter suchte ihn zu beruhigen und sagte, die Wirren seien jetzt ein für alle Mal vorbei. Er sei in der Stadt gewesen, um sich selbst davon zu überzeugen, sagte ihr Vater: Nach dem Gemetzel habe Dublin sich beruhigt. Er habe der Kapitulation im Namen des Friedens beigewohnt; jetzt bestehe kein Grund mehr zur Angst. Doch Joe Paddy wiederholte, ein Mann sei hinter ihm her.

Sie stach die Würstchen an und legte sie auf das Fett, das in der Pfanne zerlaufen war. »Wenn der Mann kommt, werden wir ihm alles erklären«, hatte ihre Mutter gesagt. »Wir werden ihm erklären, dass du nichts damit zu tun hattest, Joe Paddy.« Dann verschwammen die Stimmen zu einem Gemurmel, das von der Diele nach oben drang. Sie hatte geschlafen, als sich im Garten Geschrei erhob, und konnte sich nicht erinnern, was es damit auf sich hatte. Sie liefen ans Fenster, um hinauszuschauen, und da stand der Mann, in Soldatenuniform. »Wir werden alles erklären«, wiederholte ihre Mutter, wieder in der Diele. »Du bleibst, wo du bist, mein Junge«, sagte ihr Vater. »Trink noch einen Whiskey.«

Die Würstchen brieten langsam an. Sie stellte die Kartoffeln auf den Herd. Wenn sie gekocht wären, würde Tom sie zerstampfen, einen Klacks Butter und Schnittlauch hinzugeben. »Ich werde versuchen, eine Stelle bei der Bank of Ireland zu bekommen«, hatte Tom gesagt und Tante Adelaide damit eine Freude gemacht, weil auch ihr Vater versucht hatte, eine Stelle bei der Bank of Ireland zu bekommen, und zeit seines Erwachsenenlebens in der architektonischen Pracht der Filiale am College Green angestellt gewesen war, so wie Tom jetzt. »Natürlich werdet ihr das Haus erben«, hatte Tante Adelaide Monate vor ihrem Tod gesagt.

Vom Küchenfenster aus sah Philippa Tom wieder im Garten stehen. Oft kam er von seinen Spaziergängen durch die Seitentür. Er ging nicht gleich ins Haus, sondern schlenderte umher und entfernte, je nach Jahreszeit, verwelkte Blüten von den Pflanzen. Sie wusch die Petersilie, die er für sie im Garten geschnitten hatte, und zerkleinerte sie fein, damit sie für die Karotten bereitlag, die beiden hellen Farben der irischen Trikolore – es war ihr nie aufgefallen, bis Tom es eines Abends beim Essen gesagt hatte.

Er hatte sie vom Fenster weggezogen, und sie hatte geflüstert: »Der arme Joe Paddy!«, denn sie war verwirrt gewesen, und er hatte gesagt, nein, nicht Joe Paddy ist erschossen worden. Da hatte sie nachgefragt, und er hatte ihr geantwortet. Er hatte ihr antworten müssen, weil sie es wissen musste. Er hatte ihr nicht erlaubt hinzusehen.

»Möchtest du einen Sherry?« Plötzlich stand Tom da, wie zuvor, als er gesagt hatte, er habe sein Buch ausgelesen.

»Sherry wäre fein«, sagte sie.

Anglesea Street, dachte sie, eine kleine Wohnung in der Anglesea Street, mitten im Zentrum von Dublin. Sie hatte sich schon immer zu der schmalen Straße hingezogen gefühlt, unweit von Toms Büro, unweit von Jury's Hotel, wo sie sich während seiner Mittagspause manchmal auf eine Tasse Kaffee trafen. Natürlich würden sie das beibehalten, und sie würde Rathfarnham besuchen, sooft sie dort willkommen wäre – an Wochenenden, zum Sonntagsessen, was immer ihm recht wäre. Jetzt würde sie es aussprechen; jetzt, während sie ihren Sherry tranken, war der richtige Zeitpunkt dafür.

»An der Brücke stand ein alter Mann, den ich hier, glaube ich, bisher noch nicht gesehen habe«, sagte Tom.

»Er ist bei den Mulcahys eingezogen. Ihr Vater.«

»Aha.«

Im Garten würden wieder Kinder umherspringen. Es würde Gelächter geben und Familiengeburtstage. Sie würde ihnen Geschenke mitbringen, und im Lauf der Jahre würde Tom in die Rolle ihres Vaters schlüpfen und sich wie dieser benehmen, sorglos, immer einen Scherz auf den Lippen. Die Kinder würden ihr Geschichten erzählen, Geheimnisse mit ihr teilen, wie Kinder es bei Tanten manchmal taten.

Sie hörte das Klirren des Karaffenstöpsels, der Sherry wurde ausgeschenkt, und dann brachte Tom die beiden Gläser aus dem Esszimmer. Es war ungewöhnlich, dass der Offizier, der gekommen war, vor ihren Augen geweint hatte. Er hatte sie erschreckt, als er so plötzlich, so unnatürlich zu weinen begann, die ziegelrote Haut seines schweren Gesichts ganz zerfaltet vor Kummer und Bestürzung. »Was für eine Verschwendung«, hatte er gemurmelt. »Was für eine Verschwendung.« Der Soldat, der wie ein Berserker gewütet hatte, als er Joe Paddy mit jemand anderem verwechselte, litt an einer Kriegsneurose. Der Offizier – sein unmittelbarer Vorgesetzter und, wie er jämmerlich beteuerte, für ihn verantwortlich – konnte den Sachverhalt kaum erklären, so oft blieb ihm die Stimme weg vor lauter Emotion. Da es ihn nichts anging, wusste er nicht, dass Joe Paddys Verbindung mit dem Haus, in dem er Schutz gesucht hatte, als er durch die Straßen verfolgt wurde, genauso flüchtig war wie die zwischen dem seelenkranken Soldaten und Joe Paddy: Alle zwei Monate oder so kam Joe Paddy vorbei, um die Fenster zu putzen. Wahnsinn und Tod: So gehe es zu im Krieg, hatte der groß gewachsene, rotgesichtige Offizier gesagt. Solange er lebe, hatte er versprochen, werde er nicht vergessen können, was sich in einem Vorstadtgarten zugetragen habe.

»Es ist gleich so weit«, sagte Philippa in der Küche, doch ihr Bruder nötigte sie dazu, einen Augenblick innezuhalten und ihren Sherry zu nippen, solange er die Kartoffeln zerstampfte und sie mit dem fein gehackten Schnittlauch bestreute.

»Tom«, sagte sie, es fiel ihr schwer, fortzufahren, und er lächelte sie an, als habe er ihre Gedanken genau gelesen. Er schüttelte sogar leicht den Kopf, obwohl sie sich dessen nicht ganz sicher war. Auf seine Aufgabe bedacht, wandte er sich ab, und sie fuhr nicht fort.

Sie stellte sich ein leise zischendes Kohlenfeuer in einem kleinen, niedrigen Wohnzimmer vor, eine einzige blaue Flamme inmitten schwacher orangefarbener Feuerstrahlen. In der Angelsea Street wohnten nicht viele Leute, es war keine Wohngegend, aber das wäre ihr nur recht – von unten das Geratter von Handkarren, gedämpfte Rufe.

»Danke«, sagte sie, und als sie sah, dass Tom seinen Sherry ausgetrunken hatte, leerte auch sie ihr Glas. Sie spülte die Gläser aus. Vierunddreißig Jahre ist es her, rechnete sie nach; wenn die gleiche Zeitspanne noch einmal verstrich, wäre sie dreiundsiebzig, Tom sechsundsiebzig. 1984 wäre das, sechzehn Jahre bis zum Ende des Jahrhunderts, so wie 1916 sechzehn Jahre nach dessen Beginn.

Er half ihr, die Schüsseln ins Esszimmer zu tragen, dann schenkte er den Wein ein. Inzwischen kam es ihr nicht mehr wie ein Irrtum vor, dass er ihn gekauft hatte. Der Wein würde ihr die Zunge lösen, der Sherry und der Wein.

»Man munkelt über eine neue Straße«, sagte er. »Draußen bei Marley.«

»Davon hab ich noch nichts gehört.«

»Ach, irgendwann in Zukunft, heißt es.«

»Vielleicht kommt es ja nicht dazu.«

An einem dieser Sonntage hatte er mehr Krieg vorhergesagt, und mehr Krieg war gekommen; er hatte Irlands kluge Neutralität vorhergesagt und recht behalten. Eine breite neue Straße dort draußen würde er verabscheuen. Er verabscheute die Motorräder, die oben in Tibradden vorbeiknatterten, durch Farne, Unterholz und kleine Wäldchen brachen, die Bäche verschmutzten. Eines Tages würden kriechende Lastwagen der Luft die Frische nehmen.

»Tom«, sagte sie erneut. Sie frage sich, setzte sie an und verstummte wieder, eine natürliche Pause, wie es schien. *13 Anglesea Street* stand auf einem Umschlag, und vom Trinity College aus überquerten sie den College Green, dann hörte sie ihre Schritte auf der Treppe. Sie machte ihnen Kaffee, denn sie tranken gern Kaffee, und schnitt den Kuchen von Bailey's an, damit sie gleich zugreifen konnten. Wieso dreizehn?, fragte sie sich, und dann fragte sie sich, ob vielleicht auch heute noch eine Wohnung dort leer stand, ob irgendeine Vorahnung sie ihr in den Schoß gelegt hatte. Lange Beine hätte ihr Neffe, wie sein Vater; ihre Nichte wäre bereits eine Schönheit.

»Diesen Sommer?«, fragte Tom. »Port-na-Blagh, was meinst du?« Er war geduldig gewesen, hatte nichts gesagt. Das war eine Freundlichkeit, und auch sein Lächeln war eine Freundlichkeit. »Port-na-Blagh?«, fragte er erneut.

Sie nickte, zwang sich dazu, weil er freundlich gewesen war. Sie sprach vom Sommer, denn er wollte es so. Drei Wochen Urlaub von Dublin und Rathfarnham, der unveränderte Sandstrand von Port-na-Blagh, das weiße Bauernhaus, die Hühner, die auf dem Hof herumpickten. Auch sie liebte es, wenn sie alles abschlossen und nach Donegal verreisten, genau wie er. Selbst wenn es regnete und ihre Sommerkleider unausgepackt blieben, wenn sie aus den Fenstern auf ihre verunglückten Ferientage starrten oder knirschend über Kieselsteine schritten, die nie trocken wurden. Stets nahmen sie mehr Bücher mit, als sie lesen konnten, räumten die Regale der Argosy-Leihbibliothek leer, der sie bei ihrer Rückkehr einen geringfügigen Betrag schuldeten.

»Oder irgendwo anders, was meinst du?«, fragte er.

Einmal waren sie nach Glandore gefahren, ein andermal nach Rossleague, doch Port-na-Blagh gefiel ihnen noch immer am besten. »Ich frage mich, was aus den verwitweten Brüdern geworden ist«, sagte Tom, und sie wusste sofort, wen er meinte: zwei Buchhalter bei Guinness, die beide im selben Jahr Witwer geworden waren und die im Speisesaal der Pension kaum ein Wort über die Lippen brachten; das war auf Achill Island gewesen. Und für ein paar Tage kam der irischsprechende Schulinspektor nach Glandore.

»Wieder im Juli?«, fragte sie.

»Ich fürchte, ja.«

»Oft ist es dann ja ganz schön.«

Er nickte, und sie merkte, dass er Lust auf eine Zigarette hatte. Aber es war nicht seine Art, während der Mahlzeit zu rauchen; sie hatte es nie erlebt.

»Ja, natürlich ist es das«, sagte er.

Wieder sah er ihren Augen die Anstrengung an und spürte, wie sie sich zu überzeugen versuchte, es sei nicht schwer, er werde ihr zuhören, die Worte seien leicht zu finden. Einmal, an einem Weißen Sonntag vor etlicher Zeit, vielleicht war es schon fünfzehn Jahre her, hatte sie es ausgesprochen; und ein andermal, vor kurzem, war sie drauf und dran gewesen, es auszusprechen, näher dran als heute Abend.

»In anderen Sprachen heißt es ›Niedriger Sonntag‹, wusstest du das?«, fragte er.

»Ja, ich weiß.«

Er goss den letzten Wein in das Schweigen, das sich herabgesenkt hatte. Einmal hatte sie geweint, als er nicht da war; er wusste es, denn als er zurückkam, war ihr Lächeln anders gewesen, die Tränenspuren überpudert. Jetzt war es leichter. Nur der Niedrige Sonntag hielt sie in seinen Fängen, ihr Kopf war in die Wolle seines Pullovers gedrückt, sein Tonfall verbot ihr aufzuschauen. Mitleid mit seinen romantischen Gespenstern hielt den Moment in Schach; sie hatte ihren Wachtraum über die Zukunft. Fragmente, Intuitionen machten ihre Unterhaltung aus, etwas Wirkliches hinter unwirklichen Worten. Kein anderer würde sie verstehen: Morgen würde sie das von neuem wissen.

Sie nahmen die Schüsseln und Teller vom Tisch und brachten sie in die Küche. Er wusch ab, wie er es an den Wochenenden immer tat. Sie stellte das Geschirr weg. Der erschöpfte Hund lag in seiner Hütte und schlief. Die Lichter unten wurden eins nach dem andern gelöscht.

Zusammen mit dem Tag zog sich die Vergangenheit zurück; die Zeit, die vor ihnen lag, mochte kommen, so angsterfüllt sie auch wäre. Die Nacht brach herein, es gab keinen Laut. Im Dunkel Irlands war auch das friedliche Jahr 1950 eine Oase.

LE VISITEUR

Einmal im Jahr, wenn der Sommer zur Neige ging, fuhr Guy auf die Insel. Und einmal im Jahr, wenn sein Besuch sich dem Ende näherte, führte er Monsieur und Madame Buissonnet zum Abendessen ins Hotel aus. Das war nicht immer so gewesen, denn die Einladung der Buissonnets, sie zu besuchen, hatte er erstmals erhalten, als er sieben war. Inzwischen war er zweiunddreißig und wurde nicht länger von den Erwachsenen der Obhut des Fährmanns anvertraut, für die Überfahrt ab Port Vevey von seiner Mutter, für die Rückfahrt von Madame Buissonnet. Seit dreizehn Jahren gab es diese Tradition des Abendessens im Hotel, die Fahrt vom Bauernhof mit dem Zwiebellastwagen, Madame Buissonnet in Grau und Schwarz, Monsieur Buissonnets frotzelnde Art, seine Bootsführermütze erst dann abzuziehen, wenn sie schon fast im Restaurant waren, und sie anschließend in seine Tasche zu stopfen. *Loup de mer.* Beide wählten stets das Gleiche, und Guy meist ebenso. Als Vorspeise *soupe de langoustines.*

»Nun denn«, sagte Madame Buissonnet, wie sie es immer tat, wenn die Bestellung aufgegeben war und man den Macon Fuissé gekostet hatte. »Nun denn«, wiederholte sie, denn das Abendessen im Hotel war Anlass für Enthüllungen, die während Guys Aufenthalt noch nicht preisgegeben worden waren.

»Gérard hat geheiratet«, sagte Guy. »Jean-Claude ist nach Afrika gegangen.«

»Nach *Afrika*?«

»Vielleicht für immer. Ich vermisse ihn.«

Monsieur Buissonnet hörte weniger gespannt zu als seine Frau, sein Blick schweifte im Restaurant umher und verweilte gelegentlich auf einem schönen Gesicht. Manchmal seufzte er leise. »Deine Mutter?«, hatte er sich am ersten Nachmittag von Guys Besuch unter vier Augen erkundigt, wie er es jedes Jahr tat. Was Madame Buissonnet betraf, so mochte Guys Mutter ebenso gut nicht existieren.

»Und du bist wieder befördert worden, Guy?«, fragte sie jetzt.

»Das – das geschieht nur alle drei Jahre.«

»Ach so.«

»Meine Liebe.« Monsieur Buissonnet legte seine Hand auf die seiner Frau. Mit seinem Kosewort versicherte er ihr sanft, dass es nicht so schlimm war, wenn sie vergessen hatte, dass nicht jedes Jahr eine Beförderung erfolgte.

»Wie angenehm es hier ist«, murmelte sie, drehte einen Augenblick die Handfläche nach oben und setzte ein Lächeln auf, das sie für solche Momente aufsparte. Guy fühlte sich bei dieser Gelegenheit von der Kommunikation zwischen den Eheleuten ausgeschlossen, obwohl er für ihre Anwesenheit hier verantwortlich war. Es entstand Schweigen, dann meinte Monsieur Buissonnet:

»Das war mal gar nichts, dieses Hotel.«

»Seitdem hat es ihm eine *milliard* eingebracht«, erinnerte ihn seine Frau. »Oder zwei«, stimmte er zu. Perdreau war ein Mann, der sich aufs Geldmachen verstand. Aber die Gerichte, die man in seinem Restaurant aß, waren jeden Franc wert.

Monsieur Buissonnet, mit einem Schopf weißer Haare, die ihm in die Stirn fielen, wies noch immer Spuren von Stattlichkeit auf, so wie seine Frau solche ehemaliger Schönheit. Keiner von beiden würde sie jemals wiedererlangen; die Spuren von Zeit und Sonne hatten sich für immer eingebrannt. Doch der Tribut war abgemildert: Im Alter übte die Fülle ihres weißen Haars einen eigenen Reiz aus; dass er schlanker war denn je, brachte in Monsieur Buissonnet etwas Distinguiertes zum Vorschein, das zuvor nicht aufgefallen war; die Zerbrechlichkeit seiner Frau vervollständigte die Schlankheit, die sie nie eingebüßt hatte.

»Und was noch?«, erkundigte sie sich, als die *amuse gueules* verzehrt waren.

Da ihm nichts anderes einfiel, erzählte Guy vom Club 14. Es kam ihm immer sonderbar vor, worüber gesprochen wurde und worüber nicht; und nicht nur hier, bei den Buissonnets. Seine Mutter hatte ihn kein einziges Mal nach der Insel gefragt und die Buissonnets nicht einmal erwähnt, außer in seiner Kindheit, wenn der September halb verstrichen war und sie ihm sagte, es sei an der Zeit, dass er die beiden wieder einmal besuche. Einmal hatte er einen Versuch unternommen, ihr von dem halben Hektar Land zu erzählen, den Monsieur Buissonnet und seine Landarbeiter im Vorjahr kultiviert hatten, von den *oliviers* oder den Rebstöcken, die sie dort gepflanzt hatten, wo vorher nur Gestrüpp gediehen war, davon, dass ein paar weitere Meter zur Bewässerung vorgesehen waren. Seine Mutter hatte nie Interesse bekundet. »Ach, das liegt daran, dass sie keine eigenen Kinder haben«, hatte sie gesagt, als er sie fragte, weshalb ihn die Buissonnets immer einluden. »So ist es manchmal.«

Nicht dass Guy etwas dagegen hatte, eingeladen zu werden. Er mochte den Bauernhof und die Insel, so wie er auch die Buissonnets mochte. Er freute sich über die trockene, ausgedörrte Erde, die *crêtes*, die gefährlichen Klippen. Die Vegetation war mit Staub bedeckt: die riesigen Kakteen, die violetten oder scharlachroten Prunkwinden, mit denen die Dorfbewohner ihre Mauern schmückten, die Blätter von Brombeersträuchern und Oleander. Der Staub fiel auf Zypressen und Heide und die Sonnenröschen, die Guy noch nie hatte blühen sehen. Nur die riesigen Felsbrocken und die rein gewaschenen Kieselsteine in den kleinen Buchten entgingen seinen grauen Ablagerungen. Nur die Eukalyptusbäume und die Platanen ragten über ihn hinaus.

Die *soupe de langoustines* wurde serviert, der Kellner war ihnen unbekannt, er war neu in dieser Saison, wie die Kellner es oft waren. Er stellte die Schüsseln, die er gebracht hatte, so hin, dass alle drei Gäste mühelos zulangen konnten, dann schöpfte er die Suppe in die Teller und schenkte ihnen Macon Fuissé nach.

»Wie stilvoll!«, flüsterte Madame Buissonnet, als er zum nächsten Tisch weitergegangen war, und dann: »Wie nett von dir, dass du uns wieder hierher bringst, Guy!«

»Keine Ursache.«

»Doch, doch, mein Lieber, wir haben alle Ursache.«

Das Hotelrestaurant bot Ausblicke über ein Tal hinweg auf üppigen Baumbewuchs, für die Insel etwas Ungewöhnliches. Ein von Oleanderbeeten unterbrochener Grasteppich bedeckte die Talsohle weit unterhalb des Restaurants selbst. Dieses lag jetzt, in der Septemberdämmerung, im Schatten, die Farbe war aus seinem Tagesglanz gewichen. Die blau-weißen Markisen, die die Mittagsgäste zuvor von der Sonne abgeschirmt hatten, waren eingerollt, die gläserne Schiebetür war gegen die Stechmücken geschlossen. In dem geräumigen, kreisförmigen Saal standen in weitem Abstand voneinander dreißig Tische, auf jedem ein steifes weißes Tischtuch. Zwei waren an diesem Abend unbesetzt. Monsieur Perdreau, Eigentümer des Hotels, seit Guy und die Buissonnets erstmals im Restaurant gespeist hatten, drehte seine abendliche Runde und blieb an jedem Tisch stehen, um sich vorzustellen oder um sich zu vergewissern, dass alles seine Ordnung hatte.

Die Buissonnets kannten ihn gut, Guy mittlerweile auch. Monsieur Perdreau verharrte eine Zeitlang, nahm Komplimente entgegen, verbeugte sich dankbar, erteilte Auskünfte zur Saison, die dieses Jahr besonders erfolgreich verlaufen sei, auch wenn das Restaurant an diesem Abend nicht ganz gefüllt war. Das Hotel selbst sei voll belegt, erklärte er: Es liege nur daran, dass zur Zeit weniger Jachten im Hafen festgemacht hätten.

»Sie werden bestimmt einmal mein ältester Gast sein, Guy«, sagte er und schüttelte ihnen die Hand, ehe er davonging.

In diesem Augenblick bemerkte Guy, dass sich zu dem Mädchen, das zwei Tische weiter saß, ein Mann gesellt hatte. Sie war in Weiß gekleidet, blond, schmächtig; der Mann war stämmig und trug einen hellblauen Anzug. Das Mädchen war Guy schon vorher aufgefallen, und er hatte es befremdlich gefunden, dass sie, die allein war, an einem Tisch in einer so markanten Position saß.

»Ausgezeichnet!«, rief Monsieur Buissonnet aus, als der Kellner ein weiteres Mal mit der Suppenterrine kam.

Der Abend rückte vor, vergnüglich und behaglich, wie schon so viele andere Septemberabende vor ihm. Der *loup de mer* war so wohlschmeckend wie eh und je; zum Käse trank man Margaux. Madame Buissonnet behielt ihre Enttäuschung darüber, dass Guy keine neue Beziehung in seinem Leben zu vermelden hatte, für sich. Sie erkundigte sich nach Colette, die eine Zeitlang Guys Verlobte gewesen war, und lächelte tapfer, als sie hörte, Colette habe sich mit André Délespaul verlobt. Monsieur Buissonnet sprach von der Olivenernte, dem kältesten November auf der Insel, an den er sich erinnern konnte, wegen des scharfen Windes, der sich plötzlich erhoben hatte und wochenlang anhielt, ein Mistral, der nicht zur Jahreszeit passte. Dennoch sei die Ernte gut gewesen.

Vanilleeis kam, ein Mango-Coulis. Die kleinen *boules* auf den grünen, gelb geränderten Tellern waren so elegant arrangiert, dass Madame Buissonnet bemerkte, wie schade es sei, sie zerstören zu müssen. Der Mann in dem blauen Anzug hatte seine Begleiterin wieder allein gelassen. Sie saß ganz reglos da und aß nicht mehr. Man brachte ihr Kaffee, doch sie schenkte ihn nicht ein. Auch ihrem abwesenden Begleiter wurde eine Tasse mit Untertasse hingestellt, neben seine zerknüllte Serviette.

»Manchmal sind sie eine Plage«, sagte Monsieur Buissonnet über die Touristen, die auf die Insel kamen, eine Bemerkung, die er hin und wieder von sich gab, »auch wenn sie ein bisschen Leben in die Bude bringen.«

Im Hafen oder im Dorf mieteten sich die Touristen Fahrräder und radelten die sandigen Pfade entlang. Sie kamen für einen Tag oder übernachteten in einem der kleinen Dorfhotels, wenn nicht in Monsieur Perdreaus eher prachtvollerem. Die einzigen Fahrzeuge, die auf der Insel verkehren durften, waren die Lastwagen und Traktoren der Bauern, die Lieferwagen und der Minibus, der die Gäste brachte und abholte. Wegen der Feuergefahr war das Rauchen in den bewaldeten Gebieten untersagt.

»Ach, wir freuen uns doch über die Touristen«, äußerte Madame Buissonnet. »Natürlich tun wir das.«

Die Tische leerten sich einer nach dem andern. Als der Kellner, den Madame Buissonnet stilvoll fand, Pralinen und Kaffee brachte, waren nur noch einige wenige besetzt – der eine, an dem das Mädchen allein für sich saß, ein weiterer in einer Ecke, an dem italienisch gesprochen wurde, ein dritter, von dem sich gerade ein Paar erhob. Der Mann im blauen Anzug kehrte zurück, schwankend kam er näher und warf ein kleinlautes Lächeln in die Runde, als sei ihm nicht bewusst, dass die Stühle, die er umschiffte, leer waren. Geräuschvoll setzte er sich hin und stand sogleich wieder auf, offenbar, um die Aufmerksamkeit eines Kellners zu erregen. Als einer auf ihn zukam, winkte er ihn fort und füllte noch im Stehen sein Glas, sodass es überschwappte, als er sich setzte. Das Mädchen schenkte sich Kaffee ein. Sie sagte nichts.

»*È ornitologo*«, sagte jemand an dem italienischen Tisch, eine Frauenstimme, die weit durchs Restaurant trug. »*Scrive libri sugli uccelli.*«

Der Mann im blauen Anzug stand auf und sah sich erneut um. Er zog an seinem Krawattenknoten und lockerte ihn. Dann tastete er nach seinen Hemdknöpfen darunter. Seine Begleiterin starrte auf das Tischtuch. Weinte sie etwa?, fragte sich Guy. Etwas an der geneigten Haltung ihres Kopfes deutete darauf hin.

Auf Stirn und Wangen des Mannes glänzten Schweißperlen. Er hob sein Glas in Richtung der Italiener und lächelte ihnen töricht zu. Einer von ihnen – ein Mann in einer Wildlederjacke – verbeugte sich steif.

Die Kellner wahrten Abstand, ganz und gar diskret. Madame Buissonnet, die die Szene zunächst amüsiert hatte, wandte den Blick ab. Sie sollten jetzt aufbrechen, sagte sie.

»*Mi dà i brividi*«, rief einer der Italiener ziemlich laut, und alle standen auf, die Frauen sammelten ihre Handtaschen und Umhängetücher ein, einer der Männer steckte sich eine frische Zigarette an.

Als er zusah, wie sie davongingen, merkte Guy, dass er dem Mädchen, das ihren Tisch mit dem betrunkenen Mann teilte, den ganzen Abend über verstohlene Blicke zugeworfen hatte. Besonders wenn sie allein war, hatte er sie immer wieder angeschaut, er hatte nicht an sich halten können. Sie war sehr dünn. Noch nie hatte er ein so dünnes Mädchen gesehen. Während er sich über Gérard und Jean-Claude, über André Délespaul und Colette ausgelassen hatte, während er sich nähere Einzelheiten zur Olivenernte angehört hatte, während er Monsieur Perdreau die Hand geschüttelt und über seinen Scherz gelacht hatte, hatte er sich die ganze Zeit über vorgestellt, mit ihr in der kleinen Bucht zu sein, in der er immer schwamm, und in Le Nautic oder im Café Vert im Dorf. Er hatte nach einem Ehering Ausschau gehalten, und da war er.

Der Betrunkene lachte. Er winkte den Italienern nach, und sein Lachen wurde lauter, als habe er einen komödiantischen Augenblick mit ihnen geteilt. Der Mann, der sich gerade eine Zigarette angezündet hatte, winkte zurück.

»He!«, rief der Betrunkene ihnen nach und torkelte hinter ihnen her, wobei er gegen Stühle und Tische stieß und sich bei Gästen entschuldigte, die längst nicht mehr da saßen. Plötzlich blieb er stehen, als habe ihn die Kraft verlassen. Er war verwirrt. Er runzelte die Stirn und schüttelte den Kopf.

Es war kein richtiges Lächeln, als das Mädchen Guy zulächelte; dafür war es zu freudlos, eine Art Flehen. Sie lächelte, da sie bemerkt hatte, dass er den ganzen Abend über seine Augen nicht von ihr abwenden konnte. Sollte sie diesen Mann wirklich einmal geheiratet haben?, fragte sich Guy. Konnte es tatsächlich sein, dass sie Mann und Frau waren?

»Danke, Guy«, sagte Madame Buissonnet, wie sie es immer tat, wenn der Abend zu Ende ging. Die Rechnung, als er nach ihr winkte, kam umgehend. Er unterschrieb den Zahlungsbeleg seiner *carte bancaire*.

»Ja«, bekräftigte Monsieur Buissonnet. »Danke.«

In diesem Augenblick schlug der Mann hin. Er fiel auf einen ungedeckten Tisch und glitt seitlich zu Boden. Kellner liefen herbei, um ihm aufzuhelfen, doch gelang es ihm, sich von allein wieder aufzurappeln. Seine Frau sah nicht hin. Inzwischen war Guy überzeugt, dass sie seine Frau war.

»He!«, brüllte der Mann den Buissonnets zu. »He!«

Er lachte wieder und grölte noch etwas, aber Guy verstand nicht, was, da der Mann entweder englisch oder deutsch sprach; es ließ sich kaum unterscheiden, was genau, weil er nuschelte. Polternd ließ er sich auf den Stuhl fallen, auf dem er schon vorher gesessen hatte. Er breitete die Arme auf dem Tischtuch aus und ließ seinen Kopf darauf sinken. Das Mädchen sagte etwas, doch er rührte sich nicht.

Guy ließ sich seinen Unmut nicht anmerken. Darin war er geübt; schon immer gewesen. Es konnte geschehen, dass man sich verliebte, dass es einen Moment gab, der einem zu dem betreffenden Zeitpunkt nicht auffiel und der einem hinterher, wenn man sich zu erinnern versuchte, nicht mehr einfiel. Aber es war einerlei, denn man wusste, dass es ihn gegeben hatte, man wusste, dass es geschehen war.

»Auf meinem Spaziergang heute hab ich mich mit den beiden unterhalten.« Es schien kaum eine Lüge, lediglich eine notwendige Ausflucht. Jeder Vorwand wäre dienlich gewesen.

Madame Buissonnet zeigte sich nicht überrascht und akzeptierte Guys Behauptung ohne ein wissendes Lächeln. Monsieur Buissonnet, in derlei Angelegenheiten ganz Mann von Welt, sagte, der Schlüssel zum Bauernhaus befinde sich dort, wo er sich immer befand, wenn man ihn draußen ließ: im Taubenschlag. »Madame muss ihren Schönheitsschlaf halten«, fügte er hinzu und hakte den Arm seiner Frau bei sich ein.

»Nicht der Rede wert.«

Wieder stellte Guy sich vor, dass er mit ihr in der kleinen Bucht wäre, ihr in Le Nautic oder im Café Vert erzählte, weshalb er sich auf der Insel aufhielt, ihr die Sache mit den Buissonnets erklärte, ihr erklärte, weshalb er im Restaurant war, als sie einander zum ersten Mal gesehen hatten, dass er den Buissonnet etwas vorgelogen hatte, dass sie seine Lüge durchschaut hatten und dass es gleichgültig sei.

»Madame«, murmelte ein Kellner, bot ihr seine Hilfe an, wiederholte, was Guy gesagt hatte – es sei nicht der Rede wert –, und gab vor, dass ja nichts weiter passiert sei.

Der Mann im blauen Anzug war wach und wieder auf den Beinen, er kniff die Augen zu, als wolle er eine Trübung auf seiner Netzhaut verscheuchen, dann schlug er sie zwinkernd wieder auf. Guy und der Kellner halfen ihm durchs Restaurant und durchs Foyer zum Lift. Das Mädchen, das gedemütigt worden war, flüsterte ihren Dank, sie schien nicht die Zuversicht zu besitzen, die Stimme zu heben. Im Stehen wirkte sie noch dünner, noch zerbrechlicher.

Am Sonntag würde Guy mit der letzten Abendfähre die Insel verlassen, sein Besuch wäre zu Ende. Vielleicht reiste sie selbst ja noch früher ab, eilte gleich frühmorgens mit ihrem Begleiter davon, wegen der Schande, die sie teilten. Als sie einander im Lift berührten – da der Lift klein war, war ihre Schulter gegen Guys gepresst –, kam keine Verlegenheit auf. Er spürte, wie sich panische Angst in ihm ausbreitete, seinen Herzschlag beeinträchtigte, Trockenheit im Mund erzeugte. Aber wie konnte sie so rasch abreisen, da sie ihn doch so angefleht hatte? Woher rührte dieses Flehen, wenn nicht daher, dass sie einander gewahr geworden waren? Allein an ihrem Tisch, als ihr ungehobelter Ehemann sie sich selbst überließ, hatte sie der Blick eines Fremden verstört, ohne dass sie sich seiner erwehrt hätte. Weshalb hatte sie sich seiner nicht erwehrt, es sei denn, dass sie es mit derselben Bestimmtheit gewusst hatte wie er? Noch bevor sie die Stimme des anderen vernommen hatten, hatte Gewissheit bestanden. Ganz Intuition, nichts als ein Gespür über eine Entfernung hinweg, und doch mehr, als sie je zuvor erlebt hatten.

»*Voilà!*«, murmelte der Kellner und entnahm der Jackentasche des Mannes den Schlüssel zum Zimmer des Paares. Einen Augenblick zuvor, als er nirgendwo zu finden gewesen war, hatte Bestürzung geherrscht.

Liebe war Gespräch: Das hatte Gérard gesagt, und Guy hatte es nie begriffen, erst heute Abend. Sie würden auf den Felsen sitzen, und ihr Gespräch würde sich um sie herum ausbreiten, ihrer beider Leben würde sich ineinander verwirren, so wie es das auf andere Weise schon begonnen hatte. Club 14, Gérard, Jean-Claude, Jean-Pierre, Colette, Michelle, Dominique, Adrien, der Gang von der rue Marceau zum Café de la Paix nach einem Badmintonspiel, seine Mutter und alles Übrige: Morgen und Samstag würden nicht ausreichen. Nun, sie brauchten ja auch nicht auszureichen.

Als der Kellner den Mann aufs Bett hatte plumpsen lassen, reichte sie ihm einen Hundert-Franc-Schein. Der Kellner legte den Zimmerschlüssel auf den Schreibtisch. Als er ging, schien er nicht weiter überrascht zu sein, dass Guy nicht ebenfalls das Zimmer verließ, vielleicht ahnte er etwas von dem, was vor sich gegangen war. Nur einmal in einem Menschenleben, dachte Guy, macht das Schicksal zwei Leuten ein solches Angebot. »Wie sehr du doch ein Besucher bist!«, hatte Michelle einmal gemeint, und um die Wahrheit zu sagen, er selbst hatte es stets auch so empfunden: dass er nicht ganz zur Gruppe gehörte, nicht einmal zu seiner Mutter. Und bei den Buissonnets war er natürlich auch nur ein Besucher. All das würde das Gespräch ans Licht fördern; am Ende alles.

»Danke«, sagte sie auf Englisch und danach noch einmal auf Französisch, für den Fall, dass er nicht verstanden hatte. Aber er sprach ein wenig Englisch, und er fragte sich, ob es sich um Amerikaner oder Engländer handelte. Der Mann auf dem Bett schnarchte.

»Bitte«, sagte sie, öffnete die Minibar und deutete auf die aufgereihten kleinen Flaschen. »Bitte, trinken Sie doch etwas.«

Er wollte sagen, sie brauche nicht verlegen zu sein. Er wollte sie vollkommen beruhigen, wollte ihr sagen, dass der Vorfall unten keinerlei Folgen nach sich ziehen werde. Er wollte unverzüglich von all den anderen Dingen reden, ihr anvertrauen, schon vor Jahren habe er erraten, dass Monsieur Buissonnet sein Vater sei, er sei überzeugt, seine Stelle bei der Crédit Lyonnais Monsieur Buissonnets Einfluss zu verdanken. Er wollte ihr erzählen, dass Madame Buissonnet nie auch nur ein Wort über seine Mutter verlor, ebenso wenig wie diese über Madame Buissonnet, schon vor langer Zeit habe er erraten, dass seine Mutter vor dessen Heirat in Monsieur Buissonnets Leben eine Rolle gespielt habe. Es musste vor seiner Heirat gewesen sein; es war nicht Monsieur Buissonnets Stil, untreu zu sein.

»Nun gut, einen Kognak«, sagte er.

Nie wurde darüber gesprochen, dass der Bauernhof eines Tages an ihn fallen würde. Deshalb sprach Monsieur Buissonnet so oft und so ausführlich darüber, deshalb fragte ihn Madame Buissonnet, ob dieser oder jener Farbton richtig sei, wenn sie die Farben für ein Zimmer auswählte, das sie neu streichen lassen wollte.

Guy nahm das Glas, das ihm hingehalten wurde, und eine Sekunde lang streiften seine Finger die Finger des Mädchens, in das er sich verliebt hatte. Bis zum heutigen Abend hatte er nicht gewusst, dass man binnen Minuten, ja Sekunden feststellen konnte, ob man sich in jemanden verliebt hatte.

»Sie sind sehr freundlich gewesen«, sagte sie. Sie setzte sich in einen niedrigen Sessel neben der Minibar, und Guy ließ sich am Schreibtisch nieder. Sie glättete das weiße Kleid über ihren Knien. So vieles an ihr war kindlich, dachte er: ihre Hände, wie sie über den weißen Stoff strichen, die Umrisse ihrer Knie, ihre Füße in den hochhackigen Schuhen. Ihr Haar fiel säuberlich herab und rahmte das Bild ihres Gesichts, in dem er noch immer den nachwirkenden Schmerz, den sie erlitten hatte, lesen zu können glaubte. Ihre Augen waren blau, so blass wie der Himmel über jenem Tag.

»Sie sind Amerikanerin?«, fragte er und bediente sich eines zögerlichen Englisch, indem er die Frage aus dem Französischen übersetzte.

»Ja, Amerikanerin.«

Es war misslich, dass der Mann anwesend war, auch wenn er schlief. Wenn er aufwachte, mochte er ungehalten sein; und doch schien es keine Rolle zu spielen; es war nur misslich. Guy sagte:

»Bisher bin ich immer nur im Hotelrestaurant gewesen. Noch nie in einem Zimmer.«

»Dann wohnen Sie nicht hier?«

»Nein, nein.«

Sie ging zum Bett und schob den Mann unter einiger Kraftaufbietung auf die Seite. Das Schnarchen verstummte.

»Ich komme jedes Jahr auf die Insel«, sagte Guy. »Die Buissonnets haben einen Bauernhof.«

»Die Leute, mit denen Sie zusammensaßen?«

»Ja.«

»Ich war noch nie hier.«

»Die Leute finden es sehr ruhig hier.«

»Ja, das ist es auch.«

Als sie sich wieder setzte, war der Blick, mit dem sie einander umfingen, so verwegen, wie er es für beide von ihnen schon unten gewesen war, ebenso offen und selbstsicher. Vorher hatte Guy diese Selbstsicherheit und Offenheit nicht bemerkt. Er fragte sich, ob er – bis sie lächelte – vermutet hatte, dass ihr sein zwanghaftes Interesse in der unaufdringlichen Beleuchtung des Restaurants entgangen sei. Er konnte sich nicht erinnern, was er vermutet hatte, und es schien nicht wichtig. Er überlegte, was sie wohl dachte.

»Wir sind durch Zufall hierhergekommen«, sagte sie. »Auf die Insel.«

»Ja.«

»Bitte, stehen Sie nicht auf, gehen Sie nicht.«

Er schüttelte den Kopf. Sie lächelte, und er erwiderte ihr Lächeln. Er würde ihr alles auf der Insel zeigen, und wenn der richtige Augenblick gekommen wäre, würde er ihr gestehen, dass er sie liebe. Er würde ihr sagen, dass er noch nie zuvor ein Mädchen so geliebt habe, dass er sich lediglich auf die übliche Weise zu jemandem hingezogen gefühlt habe. Es mochte daran liegen, dass er war, was Michelle einen Besucher genannt hatte, stets ein wenig allein. Es mochte mit den Umständen seiner Geburt zu tun haben, über die so wenig verlautbart wurde, eigentlich überhaupt nichts. Wer weiß schon?, sagte sich Guy, wer weiß schon, was einen Menschen zu dem macht, was er ist?

»Darf ich fragen, wie Sie heißen?«

»Guy.«

Ihren Namen nannte sie nicht. Guy sei hübsch, sagte sie, besonders die Art, wie man den Namen in Frankreich ausspreche. Sie passe zu ihm, die französische Art, ihn auszusprechen.

»Noch einen Kognak?«, fragte sie.

Er hatte kaum einen Schluck zu sich genommen. Er schüttelte den Kopf. Sie streckte die Hand aus, um die Tür der Minibar zu schließen, und blockierte das Licht, das durch die aufgereihten Flaschen auf ihre dünnen Waden fiel. Sie würden eine Ehe führen wie die Buissonnets; im Bauernhaus ließ es sich so leben. Langsam griff sie nach unten und zog ihre Schuhe aus.

Dem Mann auf dem Bett stand der Mund offen. Ein Arm hing herab, seine Finger streiften den Teppich ganz in ihrer Nähe.

»Guy«, flüsterte sie, ihr weißes Kleid lag in einem Bündel auf dem Fußboden, einer ihrer Schuhe war umgekippt. »Mein Lieber«, flüsterte sie.

Die Art, wie sie ihm seine Hemmungen vor dem Akt, der ihm aufgenötigt wurde, nahm, hatte etwas Dringliches. Keine Flüsterworte mehr und keine Liebkosungen. Guy wusste instinktiv, dass es für sie nicht lustvoll war. Als es vorbei war, lachte sie, ein lautloses Lachen, anders als das ihres Mannes und doch dessen Echo.

Das Zimmer war stickig, die Luft verbraucht, infiziert von dem ranzigen Atem des Manns, der schlafend dalag. Nackt stand sie über ihm und blickte hinab auf sein schlummerndes Gesicht, auf die Bartstoppeln, die ihm an Kinn und Hals zu sprießen begannen, den Sabber, der ihm aus dem Mundwinkel troff. Sie berührte seine Schulter, und für einen Moment schlug er die Augen auf. Sie sagte nichts, und er schlief wieder ein. Für all das – für das, was geschehen war, für das, was noch immer geschah – hatte sie den Blick eines Fremden erwidert. Im Zimmer lag etwas Destruktives; Guy war sich dessen bewusst.

Sie wandte sich ab, von dem Bett, auf dem ihr Mann lag, von Guy. Der Kognak, den sie sich eingeschenkt hatte, war unberührt. Guy sah ihr zu, wie sie das Zimmer durchquerte und eine Tür hinter sich schloss. Er hörte Badewasser einlaufen.

Er fischte seine Kleidungsstücke unter ihren heraus und zog sich an. Vielleicht würde er zu ihr hineingehen, nun, da diese Minuten verstrichen waren. Morgen, würde er vielleicht sagen. Um halb elf im Café Vert, um zehn, wenn ihr das besser passte. Er würde ihr die Insel zeigen, würde ihr das Gehöft zeigen; sie würde ihm von sich erzählen. Was geschehen war, konnte nicht vergessen werden, Verstellung war ausgeschlossen; doch wenn sie sich unterhielten, wenn ihr Gespräch begann, würde, was geschehen war, nicht dazugehören.

Er legte ihr Kleid zusammen mit ihrer Unterwäsche auf einen Stuhl, stellte ihre Schuhe ordentlich nebeneinander. Er trank den Kognak ganz aus, er wollte es so, weil sie es war, die ihn eingeschenkt hatte. Dann klopfte er an die Tür, die sie hinter sich geschlossen hatte.

Sofort ertönte ihre Stimme, barsch und laut, anders, als sie zuvor geklungen hatte.

»Ich nehme ein Bad. Musst schon warten.«

Sie sprach auf Englisch. Den ersten Satz verstand Guy, über den zweiten musste er nachdenken, und als er nachdachte, merkte er, dass sie den schlafenden Mann angesprochen hatte, dass er selbst längst hätte gehen müssen. Er wollte antworten, um das Missverständnis aufzuklären, doch er zögerte.

»Schau dich nur um, während du wartest.« Zu den anderen Eigenschaften, die sich in ihre Stimme geschlichen hatten, gesellte sich Spott. »Mach nur.«

Ihr wäre es lieber gewesen, wenn er richtig aufgewacht wäre, als sie seine Schulter berührte; dies hier war nur zweite Wahl: dass ihre Kleider verstreut umherlagen, dass die beiden Gläser noch immer dort standen, wo sie sie abgestellt hatten. Es war nur zweite Wahl, doch das reichte schon. Und dem Zimmer war noch immer aufgeprägt, was geschehen war.

Guys Schritte wurden vom Teppich verschluckt, als er sich von der Tür fortbewegte. Als er am Bett vorbeikam, blickte er auf den Mann in dem hellblauen Anzug, ein Revers mit weißen Essensresten bekleckert, Wangen und Stirn gerötet. Guy fragte sich, wie er wohl hieß, auch wie sie hieß, bevor er das Zimmer verließ.

Die Nachtluft war kalt, bereits herbstlich. Während er langsam auf dem staubigen Pfad voranschritt, überlegte Guy, was die Buissonnets wohl zueinander gesagt hatten. Vielleicht würden sie den Zwischenfall am Morgen erwähnen, oder sie mochten entschieden haben, ihn lieber unerwähnt zu lassen.

Das Meer schwappte sanft über die Kiesel der Bucht, in der er immer schwamm. Zwischen den Felsen setzte er sich hin und überlegte, ob er je irgendjemandem davon erzählen würde, und falls ja, wie er es anstellen sollte. So lebten sie halt, könnte er sagen; so gehörten sie einander an, nicht dass er es begriff. Im kalten, hellen Mondlicht empfand er seine Einsamkeit als tröstlich.

DAS GESCHENK DER JUNGFRAU

Ein milder Herbst hatte sich fortgestohlen, sonnig bis zum Ende, die letzten Schmetterlinge dösten noch bis Dezember in den Felsspalten. Die Blütenblätter der Steinwurz waren schon vor Monaten verwelkt und von ihren Stängeln abgefallen; das Heidekraut stand in Blüte, das Gelb des Stechginsters hatte sich besänftigt. Es war ein Wunder, dachte Michael oft, ein Sommerwunder, dass die Schmetterlinge diese Stelle überhaupt anflogen.

In dem Gefühl, ganz Irland durchwandert zu haben – eine Redensart, die in jener fernen Vergangenheit, der er angehörte, oft verwendet wurde –, war Michael an Irlands zerklüftetster Küste angelangt. Er wusste wohl, dass es nach Norden, Westen und Osten hin Land gab, welches er noch nicht bereist hatte, dass kein Mensch alle Flussufer und Pfade Irlands, alle seine Gipfel und Ebenen, jedes Gehölz, jede Klippe und jede Schlucht begehen konnte. Doch im Übertriebenen der Redensart lag eine Art Sinn; für ihn war seine Reise genau das gewesen, was die Worte beinhalteten. Während die Jahreszeiten wechselten und seine Lebenstage einer nach dem andern ausgelöscht wurden, dachte Michael in der Einsiedelei, die er sich geschaffen hatte, über derlei Verwirrungen von Wahrheit und Irrtum – von Gut und Böse, Gott und Teufel – nach.

Die Jahreszeiten kündigten sich von selbst an, doch für die Tage führte er einen Kalender – wie sie es der Regel folgend in der Abtei gehalten hatten –, und seine Existenz wurde von Fest- und Fasttagen bestimmt, von Tagen der Buße und solchen der Ruhe. Zwischen den Felsen seiner Insel war ihm die Zeit weder Freund noch Feind, ihr Verrinnen nichts weiter als ein Element, das zu Meer und Strand gehörte, zu dem Gemüsegarten, den er angelegt, zu der Behausung, die er sich eingerichtet hatte, zu den Möwen, der Einsamkeit. Er erahnte den Charakter eines jeden der sieben Tage und hielt die unterschiedlichen Empfindungen lebendig, die jeder von ihnen in ihm auslöste, und wenn er erwachte, wusste er, welcher Tag es war.

Als der vierte Tag des Dezember nahte, war es der Festtag des heiligen Petrus Chrysologus. Inzwischen herrschte mehr Dunkel als Licht, und bald würden Regen und Wind von der Felslandschaft Besitz nehmen. Anfangs hatte er sich im Winter in dem Nebel verirrt, der sich zu dieser Zeit herabsenkte und in dem alles Vertraute wie verzerrt wirkte; inzwischen wusste er, dass er sich nicht allzu weit hinauswagen durfte. Im Dezember war ihm jeder Tag, der nicht feucht war, jeder bitterkalte Morgen, jede bestirnte Nacht ebenso willkommen wie die Sommerblumen und die Schmetterlinge.

Als Michael achtzehn Jahre zählte, war ihm seine Berufung offenbart worden, eine Weisung, die ihn im Traum ereilte: die Weisung, das Gehöft zu verlassen und sich der Abtei darzubringen. Damals wusste er kaum etwas über die Abtei, hatte nur ein-, zweimal im Gespräch von ihr gehört und besaß eine vage Vorstellung von ihrem Zweck oder ihrer Beschaffenheit. »Ach, das würdest du nie wollen«, sagte Fódla, als er ihr davon erzählte, denn seit sie sich das erste Mal umarmt hatten, hatte er ihr alles anvertraut. »Dorthin geht man, wenn man alt ist«, hatte sie hoffnungsvoll gemutmaßt, doch ihre dunklen Augen blickten bereits traurig, und sie wickelte eine Haarlocke um den Finger, wie sie es immer tat, wenn sie unglücklich war. »Ein Traum ist nicht mehr als ein Traum«, flüsterte sie in vergeblichem Protest, als er wiederholte, wie ihm die Jungfrau erschienen sei und ihm Gottes Botschaft überbracht habe.

Als Michael am Morgen des Festtags des heiligen Petrus Chrysologus frische Grassoden für sein Dach stach, erinnerte er sich an Fódlas Tränen. Seit Kindertagen hatten sie miteinander gespielt – auf dem Erdboden des Wirtschaftsgebäudes, wo das Viehfutter gekocht wurde, in den ausgehöhlten Torfmooren, wo die Esel geduldig darauf warteten, dass ihre Tragkörbe gefüllt wurden, auf den Stoppeln des Weizenfeldes, wo ihr Vater und seiner gemeinsam die Garben zu Hocken aufstellten, ebenso ihre Mütter und Fódlas Brüder, als sie alt genug waren. »Ich muss«, sagte er, als Fódla zu weinen begann, und dort, wo sie spazieren gingen, trillerte einen Moment lang ein Vogel, wie um sich über ihren Schmerz lustig zu machen. Sie entzog ihm ihre Hand, ihre Freundschaft war zu Ende. Ihr Leben auch, sagte sie.

»Gott hat dich erwählt.« Sein Vater vertrat noch am selben Abend eine andere Ansicht. »Und damit hat Er dich geehrt. Zweifle nicht, Michael.«

Er zweifelte nicht, sondern hatte nur die Sorge, dass die Ehre, die Gott ihm hatte widerfahren lassen, eines Tages den Niedergang des Gehöfts bedeuten würde: Er war das einzige Kind.

»Er wird für uns sorgen«, versicherte ihm sein Vater robust und vertrauensvoll – in der Blüte seiner Jahre. »Das wird er bestimmt.«

Von der anderen Seite seiner Insel schleppte Michael die ersten Soden dürren Grases herbei, die er gestochen hatte. Den ganzen Vormittag lief er hin und her, bis er einen ganzen Stapel neben seiner Klause stehen hatte. Dann hob er die Soden hinauf, zwölf Reihen mit jeweils sechs Soden auf beiden Hälften des sacht geneigten Daches, und schlug sie mit dem langen, flachen Stein fest, den er zu diesem Zweck aufbewahrte. Drei Seiten seiner Hütte, leicht geschrägt, waren aus losen Steinen errichtet, denn schon vor langer Zeit hatte er gelernt, eine Feldmauer zu bauen. Die vierte war eine natürliche Mulde in der Felswand, und das Gerüst, auf das er die Soden legte, bestand aus festgezurrten Ästen, ähnlich die Tür und der Türrahmen.

Als Fódlas Arme verstochen gewesen waren, hatte er die Stiche mit Ampferblättern gelindert. Als sie vor den Gänsen im Obstgarten Angst hatte, hatte er sie fortgeführt, und bald darauf hatte sie vor nichts mehr Angst. Inzwischen war sie wohl verheiratet, hatte Kinder und Enkelkinder, und die Freundschaft von vor so langer Zeit war vergessen: Das akzeptierte er. Seine Mutter wäre jetzt achtzig Jahre alt, sein Vater noch älter. Oder sie wären gar nicht mehr am Leben, was wahrscheinlicher war.

Michael gewann Salz aus dem Meer, und im Sommer konservierte er damit die Fische, die er fing. Das Getreide, das er zuerst mit dem aus der Abtei mitgebrachten Saatgut angebaut hatte, gedieh von Jahr zu Jahr. Da waren außerdem die Heidelbeeren, das Beet mit Nesseln, das er gedüngt und erweitert hatte, die moosgrünen Algen, die in der

Sonne reiften, der Frühling, der nie auf sich warten ließ, die Kräuter, die er aus gleichfalls von der Abtei mitgebrachten Wurzeln gezogen hatte. »Suche die Einsamkeit«, hatte die Jungfrau ihn beim zweiten Mal angewiesen, nachdem er siebzehn Jahre in der Abtei verbracht hatte, und wieder war es ihm wie eine Strafe vorgekommen, wie an dem Morgen, als Fódla Tränen vergossen hatte.

Als die Dämmerung hereinbrach und Michael die Ausbesserung seines Daches abgeschlossen hatte, erklomm er die höchste Felsenspitze der Insel, um zu den Klippen des Festlands hinüberzuspähen, von denen er vor so langer Zeit fortgewatet war, wobei er all seine Habseligkeiten hoch über den Kopf gehalten hatte. Aus dem Himmel las er das morgige Wetter ab; es würde wieder schön werden. Dünne Wolkenfahnen konnten die bernsteingelbe Leuchtspur nicht verdecken, die die Sonne hinterlassen hatte, als sie sich herabsenkte. Das Meer lag ruhig da wie ein See.

Obwohl er wusste, dass es ein Ding der Unmöglichkeit war, bildete sich Michael an stillen Abenden wie diesem oftmals ein, das Angelusläuten der Abtei zu hören. Als er noch dort war, hatte er die Zucht und Ordnung lieben gelernt, die Schlichtheit der wenigen Vergnügungen, die ihnen vergönnt waren, die Gemeinschaft. Das Morgenrot, das vom Klostergang zum Hochkreuz auf der Weide vordrang, die abends angezündeten Ampeln, das Psalmodieren, das Gemurmel während der Messe – all dies vermisste er, selbst jetzt noch. Bruder Luchan kannte die Heiligen und erzählte ihre Legenden: wie der heilige Mellitus sich weigerte, den Söhnen des Königs das heilige Sakrament zu spenden, wie dem heiligen Marcianus Wölfe und Bären gehorchten, wie sich der heilige Symeon auf Säulen geißelte. In ihren Zellen verzierten Cronan und Murtagh kunstvoll die Evangelien, mischten Tinte und schnitten Federkiele. Ioin schielte, Bernard war rund wie ein Fass, Fintan hatte frische Wangen und ein fröhliches Gemüt. Diarmaid war der Größte, Conor der Gesprächigste, Tomás der Vergesslichste, Cathal praktisch veranlagt. »Verliere nie deine Glasscherbe«, ermahnte ihn Cathal zum Abschied. »Du musst immer Feuer machen können.«

Sahen sie ihn genauso vor sich, wie er sie vor sich sah – seine zerschlissene Kutte, seine verschwundene Tonsur, seinen Bart, so gut gestutzt, wie er es eben vermochte, seine bloßen Füße? Konnten sie sich das Kreuz vorstellen, das er in das Gestein über der Felsplatte eingeritzt hatte, die ihm als Bett diente? Hörten sie vor ihrem geistigen Ohr die Wogen und das Klagen der Möwen, wenn er die Algen über die Felsen zu seinem Stück Garten zerrte? Errieten sie, dass er in Gedanken noch immer den kleinen Tümpel hinter dem niedrigen Wäldchen aufsuchte und zusah, wie ein Bibelvers verziert wurde, das Spiel der Kreaturen, die von Cronans Feder eingefangen wurden: Fische und Vögel, Schlangen, die sich um die Unterlänge eines Buchstabens wanden?

Beim zweiten Mal war ihm die Jungfrau so erschienen, wie Murtagh sie dargestellt hatte, nicht wie zuvor in Gestalt seiner Mutter. Bei jenem zweiten Mal hatte er nicht verstanden, weshalb es noch eine Unterbrechung in seinem Leben geben musste. Jetzt verstand er es. In der Abtei hatte er Frömmigkeit gelernt, sich in Geduld geübt, sich vom Talent seiner Gefährten demütigen, von ihrer Freundschaft ermutigen lassen. In seiner Einsamkeit jedoch war er näher an Gott.

Als er jetzt auf der Felsenspitze stand, die alle anderen überragte, wusste er es mit einer Bestimmtheit, die ihn am Abend eines jeden Tages aufs Neue überkam. Während seines gesamten Aufenthalts hier hatte er keinen anderen Menschen gesehen, hatte nur mit Gott und mit sich selbst geredet, mit Tieren und Vögeln und mit den Schmetterlingen, die seltsamerweise hierher fanden, gelegentlich mit einem Insekt. Die Trugbilder, die sich seiner Vorstellungskraft aufdrängten, erzeugten keine befremdliche Stimmung; sein Heimweh war stets gedämpft. Als er an diesem Abend sein Essen zubereitete und verzehrte, freute es ihn, dass er die Grassoden für das Dach gestochen und aufgeschichtet hatte, solange das Wetter schön war. Darin lag eine gewisse Befriedigung, und als er sich zur Ruhe legte, nahm er sie mit in den Schlaf.

Wie aus dem Nichts leuchtete Farbe auf, erhellte sich zu Lebhaftigkeit. Ein Schlagen von Flügeln, die sich nach dem Flug zusammenlegten, war zu hören, Paradiesvögel mit roten Schwanzfedern, gelbem oder grünem Brustgefieder. Torbögen verschmolzen mit der Landschaft; ein Marmorfußboden war von blassbraunen und rosa Adern durchzogen. Sonnenstrahlen schossen wie Pfeile durch die Luft.

Das Gewand der Jungfrau changierte in zwei Blautönen, ihr wie mit Spitzen gesäumter Heiligenschein war kaum wahrnehmbar. Diesmal erinnerten ihn ihre Gesichtszüge nicht an die seiner Mutter, auch nicht an ein reich verziertes Evangeliar: Sie strahlte eine solche Schönheit aus, wie Michael sie nie zuvor in einem Menschenantlitz oder sonstwo in der Natur wahrgenommen hatte – nicht im Steinwurz oder im Heidekraut, nicht in der Zierlichkeit der Muscheln am Meeresstrand. Blasse, schlanke Hände erhoben sich zu einem liebevollen Gruß.

»Michael«, sprach die Jungfrau, und es trat Stille ein, bis er, verwahrlost und zerlumpt, vor ihr stand, bis er sagte:

»Ich bin hier zufrieden.«

»Weil du gelernt hast, deine Einsamkeit zu lieben, Michael.«

»Ja.«

»Noch in diesem Monat des Jahres musst du sie verlassen.«

»Ich war zufrieden auf meines Vaters Gehöft. Ich war zufrieden in der Abtei. Jetzt ist dies mein Zuhause.«

Durch Selbstverleugnung und Entbehrung hatte er seinen Frieden mit sich gemacht, seine Bestimmung erfüllt. Diese Worte wurden nicht ausgesprochen, doch sie waren da, ein Gedanke, der sich durch das Gespräch zog.

»Nun bin ich dir zum letzten Mal erschienen«, sprach die Jungfrau.

Sie lächelte nicht und war doch nicht streng in der Gelassenheit, die sie zu verbreiten schien. Zierlich berührten sich die Finger ihrer Hände und lösten sich wieder, dann erhob sie sie zum Segen.

»Ich verstehe es nicht«, sagte Michael, der nach anderen Worten rang und stumm blieb, als er sie nicht fand. Dann wurde es wieder dunkel, bis er bei Tagesanbruch erwachte.

Es war ein Donnerstag. Michael spürte es in einem Zustand nervöser Gereiztheit. Es kam nicht darauf an, welcher Wochentag war, da doch an diesem Morgen so viel anderes zu bedenken war. »Gebenedeit unter den Weibern«, flehte er. »Maria, voll der Gnade, erhöre mich.«

Er betete, dass seine Schwermut von ihm genommen werden möge, dass die Verwirrung, die ihn in der Nacht befallen hatte, durch eine Offenbarung gemildert werden möge. Dies waren die Tage des Jahres, da seine Lebensgeister am freudigsten waren, da jede Stunde, die verging, das Fest der Geburt des Erlösers näher brachte. Warum war der Respekt gegenüber der Weihnachtszeit so brutal gestört worden?

»Gebenedeit unter den Weibern«, murmelte Michael erneut, doch als er sich von den Knien erhob, war er noch immer allein.

Das Grau des frühen Morgens ließ seine Insel grauer erscheinen, als sie häufig war, und die Bilder seines Traumes, die hell in ihm nachwirkten, ließen sie noch grauer erscheinen. »Ein Traum ist nicht mehr als ein Traum.« Aus ferner Vergangenheit hallte Fódlas jugendliche Stimme nach, und Michael merkte, dass er verneinend den Kopf schüttelte. Wenngleich er sich auch bei den früheren Gelegenheiten, da die Jungfrau ihm erschienen war, gestraft gefühlt hatte – eine so unbehagliche Gereiztheit hatte er dabei nicht empfunden. In seinem ganzen Leben hatte er sie nicht oft empfunden. In der Abtei hatte es den schlurfenden Gang Bruder Andrews gegeben, seine klappernden Sandalen, ein langsames, sich wiederholendes Geräusch, bei dem man die Augen schloss und ihn stumm drängte, sich zu beeilen. Jedes Mal, wenn Bruder Justus im Refektorium vom Tisch aufstand, schüttelte er die Krumen vom Schoß seiner Kutte und verstreute sie auf dem Fußboden, sodass dieser aufs Neue gekehrt werden musste. Und da war das Husten des alten Nessan.

An diesem Morgen jedoch war Michaels Qual trostloser als jede Laune, die von solch lästigen Nadelstichen hervorgerufen wurde. Die Aussicht, seine Einsamkeit verlassen zu müssen, war furchterregend. Dies war sein Zuhause, und er hatte es dazu gemacht. In seinem neunundfünfzigsten Lebensjahr würde es ihn schwächen, ziellos umherzuwandern. Eine Reise könnte er nicht mit derselben Kraft antreten, wie er sie in seiner Kindheit und in mittleren Jahren besessen hatte. Sollte er jedoch abberufen werden, warum dann nicht hier sterben, zwischen seinen Felsen, nahe Heide und Stechginster, nahe seinem kleinen Garten mit Salat und Wurzeln?

Nachdem noch etwas Zeit verstrichen war, machte er sich langsam auf den Weg zu den verschiedenen Ufern der Insel. Am Eingang zu der Höhle, die er bewohnt hatte, bevor er sich seinen Unterschlupf baute, blieb er stehen. Damals – vor einundzwanzig Jahren – hatte er geglaubt, nicht überleben zu können. Als er versucht hatte, die Fische in Reusen zu fangen, war er gescheitert; noch hatte er an den Schlehen, der Nahrung, die sein Zufluchtsort ihm bot, keinen Geschmack gefunden. Er hatte versucht, Bienen anzulocken, aber es waren keine gekommen. Er hatte gehofft, ein Dornenstrauch würde Brombeeren tragen, aber es war nicht die richtige Sorte gewesen. Bevor er auf die Quelle gestoßen war, hatte er aus einem Tümpel im Moor getrunken.

Von der Höhle aus konnte er auf der Landzunge die verkrüppelten Eichen sehen, die sich dem Boden entgegenkrümmten, und er erinnerte sich, wie sie ihm anfangs unheimlich vorgekommen waren, der Wind, der sie verbog, feindselig. Heute Morgen jedoch wirkten sie freundlich, und die Brise, die vom Meer wehte, war so sanft, dass sie nicht einmal den Wasserspiegel kräuselte. Die Wellen schwappten sachte auf die Strandkiesel. Jahrelang hatten die Möwen sich nicht vor ihm gefürchtet, und jetzt landeten sie ganz in seiner Nähe, trippelten ein wenig auf den Felsen umher und blieben dann reglos stehen.

»Ich bin zufrieden hier«, sagte Michael laut und sagte es noch einmal, weil es der Wahrheit entsprach. Beschämt ließ er den Kopf hängen und zog unter seiner Kutte, die ihm nicht mehr viel Wärme oder Schutz gewährte, die Schultern zusammen. Er hielt die Augen geschlossen und sah nichts. Michael haderte mit seinem Ärger. Hatte sein Gehorsam etwa nicht ausgereicht? War er eitel oder stolz gewesen? Hätte er nicht einmal ein Ei aus den Möwennestern entwenden dürfen?

Es kam keine Antwort, keine gesprochene, keine gefühlte, und als er Vergebung für Fragen suchte, die vermessen waren, wurde er verdrießlich.

Als die Ebbe niedrig genug war, ging er hinüber zu den Klippen und watete durch das eiskalte Wasser, das ihn bis zur Brust durchnässte. Zitternd entledigte er sich seiner Kutte, wrang das Meerwasser aus und legte sie auf einen Felsen, wo sie in der Sonne trocknen konnte. Mit den Armen schlug er auf seinen Oberkörper ein und presste seine Finger in die Handflächen, um seinen Kreislauf anzuregen.

Er wartete eine Stunde, dann zog er sich wieder an, aber seine Kleidung war noch immer klamm. Er hatte das Gefühl, dass die Möwen ihn beäugten, und fragte sich, ob sie wohl spürten, dass sich auf der Insel, die er mit ihnen teilte, etwas verändert hatte. Er kletterte die Felswand hoch, an der seine Füße mühelos Halt fanden, und zog sich hinauf, indem er den spitzen Fels umklammerte. Oben gab es einen schmalen Grat aus zerdrücktem Gras, dann begann der Stechginster und wurde so dicht, dass er zuerst dachte, er würde sich nicht hindurchzwängen können. Die Dornen schrammten an seinen Beinen und Füßen, bis sie bluteten. Dann erst gelangte er zu einer Lichtung, wo die Vegetation nachließ. Sie verengte sich, später schlängelte sie sich vor ihm her wie ein Pfad.

Er lief, bis es dunkel war, und hielt nur an, um Holzäpfel zu pflücken und aus einem Bach zu trinken. Zum Schlafen legte er sich auf Farn und deckte sich, um warm zu bleiben, mit Farnwedeln zu, die er mit der Wurzel herausgerissen hatte. Obwohl er das Gegenteil befürchtet hatte, schlief er tief und unbeschwert.

Am nächsten Morgen kam er an einem verlassenen Turm vorbei, in dem nichts von den einstigen Bewohnern zurückgelassen worden war. Danach an einem Wohnhaus, vor dem eine Eselin angepflockt war. Auf einem Acker mit Wintergetreide jäteten ein junger Mann und eine junge Frau Unkraut. Sie gaben ihm Auskunft, wo er sich befand, doch von der Gegend, die sie ihm nannten, hatte er noch nie gehört, ebenso wenig von einer zwei Stunden Fußmarsch entfernten Stadt. Er bat um Wasser, und sie reichten ihm Milch, die erste Milch, die er seit Verlassen der Abtei gekostet hatte. Sie gaben ihm Brot und Blutwurst, die mit einem Kraut gewürzt war, Majoran, sagten sie. Sie hielten ihn für einen *seanchaí*, doch er verneinte, ohne hinzuzufügen, dass die einzige Geschichte, die er zu erzählen wisse, seine eigene sei, denn er fragte sich, wie sie reagieren würden, wenn er ihnen verriete, dass Unsere Liebe Frau ihm dreimal im Traum erschienen war.

»Durchwandert Ihr ganz Irland?«, fragte der junge Mann und eröffnete das Gespräch mit der vertrauten Wendung. Die beiden, die ihre Hacken niedergelegt hatten, setzten sich mit ihm auf einen Grasstreifen, wo er aß und trank.

»Ich habe es früher schon einmal durchwandert«, erwiderte er. »So, wie Ihr es meint.«

»Nicht viele kommen hier bei uns vorbei.«

Sie überlegten gemeinsam und stellten fest, wann zum letzten Mal ein Besucher des Weges gekommen war, der vor ihrem Haus verlief. Sie hätten den Acker und die Eselin, antworteten sie, als er danach fragte. Es werde nicht mehr lange dauern, bis ihnen ein Kind geboren werde.

»Dann seid Ihr wohlhabend.«

»Gott sei Dank, ja.«

Für sie war er ein Wanderbettler. Sie konnten nicht wissen, dass der Fetzen, den er am Leib trug, einst eine Mönchskutte gewesen war oder dass eine Tonsur seine Berufung gekennzeichnet hatte. Sie hätten es für gotteslästerlich gehalten, wenn er ihnen enthüllt hätte, dass er mit Unserer Lieben Frau zürnte, dass er ihr die höhnische Belohnung für seine Willfährigkeit in der Vergangenheit verübelte, dass er auf seiner Reise von Bitterkeit erfüllt war. »Bin ich etwa dein Spielzeug?«, fragte er barsch, als er weiterstapfte, und wie er sich so reden hörte, war er erneut beschämt.

Er gelangte durch einen Wald, in dem es so dunkel war, dass es ebenso gut hätte Nacht sein können. Stunde um Stunde verstrich, ehe die Bäume spärlicher wurden und das schwache Licht eines weiteren Abends die Finsternis tüpfelte. Die Nacht verbrachte er am Waldrand, wo er sich abermals mit Gestrüpp zudeckte.

»Ich werde zurückgehen«, murrte er am nächsten Morgen, wusste jedoch sogleich, dass seine Gereiztheit nichts als eine leere Drohung war: Selbst wenn er den Rückweg antrat, würde er den Weg nicht finden; nachts würden ihn wilde Eber und Wölfe anfallen. Selbst wenn ihn der Stechginster blutig gerissen hatte, wusste er doch, dass er, solange er gehorchte, beschützt wurde, denn im Dunkel des Waldes hatte sich ihm nicht einmal ein abgebrochener Ast in den Kopf gespießt oder ihm ins Gesicht geschlagen, war er nicht einmal über eine Wurzel gestolpert.

So ging er unwirsch weiter. Der Raureif, der Gras und Pflanzendecke weiß färbte, verlor sich jeden Morgen binnen einer Stunde in der Sonne. Es kam der Tag des heiligen Sabas, des heiligen Finnian, der heiligen Lucia, des heiligen Ammon. In früheren Jahren hatte an diesen Tagen das unterschiedlichste Wetter geherrscht, doch auf Michaels Wanderung regnete es noch immer nicht. Er knackte Nüsse, suchte Wasserläufe nach Kresse und wilder Petersilie ab. Er erinnerte sich, dass Luchan am Tag des heiligen Thomas davon erzählt hatte, wie Thomas seine Finger in die Wundmale legte, von dem Schmerzensschrei, den er ausstieß, als seine Ungläubigkeit entlarvt war, und vom Tadel seines Erlösers. »Es liegt nur daran, dass ich es nicht verstehe«, flehte Michael und bat erneut um den Trost der Vergebung.

Oft rastete er nicht, sondern ging weiter, wenn die Dunkelheit hereinbrach, und manchmal aß er nicht einmal. Die Kraft zum Weitergehen blieb ihm erhalten, doch verspürte er eine leichte Benommenheit, und wenn er weiterging, dachte er über sein Leben nach und fragte sich, ob er die Zeit, die ihm auf Erden vergönnt war, nicht vergeudet hatte. An der Tür eines großen Hauses bettelte er und wurde eingelassen, zu Wärme und Nahrung. Die Hausherrin kam in die Küche, um ihm Wein einzuschenken und ihn zu fragen, ob er auf seinem Weg Dachse und Füchse gesehen habe. Er bejahte. Ihr dunkles Haar und ihre olivfarbene Gesichtshaut erinnerten ihn an Fódla, und als er nachts in einem Bett lag, das bequemer war als jedes andere, das er gekannt hatte, dachte er an seine Freundin aus Kindertagen: Ihre Haut wäre jetzt rau und faltig, ihre Hände von lebenslanger Arbeit verfärbt. Wieder erwachte in ihm der Zorn; er war nicht länger bußfertig. Warum musste es so kommen, das Fódla einem anderen Mann Kinder geboren hatte, dass sie einem anderen angehörte, dass er ihr entrissen worden war? Seine schwermütigen Gedanken ängstigten ihn, schienen an Wahnsinn zu grenzen. Hatte seit dem ersten heiligen Traum eine Tollheit von ihm Besitz ergriffen, eine törichte Leichtgläubigkeit? War er zu etwas verleitet worden, das Cathal den Tanz der Verwirrtheit nannte? Cathal hätte sich dazu geäußert, ebenso Diarmaid und Ioin. Ihre Argumente, ihre Sorge und die Weisheit Bruder Beoccas. Doch allein und verloren im Nirgendwo, gab es nur einen nagenden, nicht enden wollenden Zweifel, ein Geheimnis, das ihn verhöhnte und verspottete, das in seinem neunundfünfzigsten Jahr ein übellauniges Kind aus ihm machte.

Am Morgen wurde in dem Haus die Messe gelesen, und als man ihm ein Frühstück vorsetzte, trat die Hausherrin zu ihm.

»Eilt nicht gleich weiter«, bat sie, »wenn Ihr nicht müsst. Wir wollen nicht, dass Ihr in dieser Jahreszeit kein Dach über dem Kopf habt.«

Bleibt noch bis zum Stephanstag, drängte sie ihn und bot ihm mit einem schmerzlichen Lächeln ihre Gastfreundschaft an. Sie war Witwe, hatte er in der Küche gehört.

Sie würden ihn einkleiden, auch wenn darüber nicht gesprochen wurde. Sie würden die alte Kutte verbrennen, die nicht mehr als solche zu erkennen war. Er hatte ihnen nichts von sich erzählt; sie hatten ihn nicht gefragt.

»Ihr seid in meinem Haus willkommen«, hörte er die Einladung zum wiederholten Male. »Und es könnte bitterkalt werden.«

Es wäre angenehm, zu bleiben. Da war das Bett, der offene Kamin in der Küche. Am Vorabend hatte er zugesehen, wie das Rindfleisch mit Zucker und Zimt gewürzt wurde; in den Kühlkammern hatte er Geflügel hängen sehen, und in irdenen Gefäßen war Obst.

»Es ist mir nicht erlaubt, zu bleiben«, sagte er, schüttelte den Kopf und wurde nicht weiter gedrängt.

Bald nachdem er das Haus verlassen hatte, noch in derselben Stunde, fiel seine freudlose Stimmung von ihm ab. Als er in den Stiefeln, die man ihm geschenkt hatte, davonstapfte, spürte er mit bestürzender Plötzlichkeit – und wusste nicht, weshalb –, dass er nicht versagt hatte, weder als der junge Mann, der er einst gewesen, noch als der alte Mann, der er geworden war; und er wusste, dass seine Wanderung kein Gang in den Tod war. Getreu ihrer Weissagung war ihm die Jungfrau kein weiteres Mal erschienen, doch er sah sie auf andere Weise vor sich: wie sie gewesen sein mochte, bevor sie zur Heiligen wurde. Er sah ihr Erschrecken bei der Verkündigung des Engels, sie war in dieselbe Verwirrung gestürzt worden, wie er selbst sie erlebt hatte. Auch für sie hatte es eine Reise gegeben. Auch für sie hatte es Müdigkeit gegeben und Furcht und ein herzloses Mysterium. Und wer wollte behaupten, dass es nicht auch Verdrießlichkeit gegeben hatte?

Wie Blut, das wieder fließt, sickerte Vertrauen in ihn ein, und Michael hatte das gleiche Gefühl wie damals, als ihm zum ersten Mal zu Bewusstsein gekommen war, dass er zwischen den Felsen der Insel überleben würde. Drei weitere Tage musste er sich erschöpft vorankämpfen, und seinem Drängen war Buße beigemischt; und als der vierte Tag graute, wusste er, wo er sich befand.

Die Abtei lag irgendwo gegen Osten hin; auf dem Weideland, das sich vor ihm ausbreitete, war er früher spazieren gegangen. Und ganz in der Nähe befand sich der Hügel, auf dem er so oft die Schafe seines Vaters gehütet hatte. Dort war der Bach, an dem die Erlen wuchsen, die Äste längst entlaubt. Auf den Hängen des Hügels graste keine Herde, im Obstgarten weideten keine Gänse, unter der Buche stöberten keine Schweine mehr. Doch das kleine steinerne Bauernhaus hatte sich kaum verändert.

Als er näher trat, war kein Laut zu hören, und einen Augenblick lang blieb er im Hof stehen und blickte sich zu den geschlossenen Türen der Wirtschaftsgebäude, zu dem Brunnen und dem leeren Kuhstall um. Zwischen den grob behauenen Steinen, mit denen der Hof zu seinen Füßen bepflastert war, wucherte Gras. In einer Ecke welkten Ragwurz und Nesseln vor sich hin. Ein Dach war eingestürzt.

Auf sein Klopfen hin öffneten sie ihm und erkannten ihn nicht. Sie gaben ihm Brot und Wasser, zwei altersschwache Menschen, die er, wäre er ihnen andernorts begegnet, auch nicht erkannt hätte. Um die Wärme zu halten, waren die Fenster in ihrer Küche mit Stroh verstopft. Vom Rauch, der von der Feuerstelle kam, mussten sie husten. Ihre Kleider waren Lumpen.

»Das ist ja Michael«, sagte sie plötzlich.

Sein Vater, blind, streckte die Hand aus und tastete in der Luft. »Michael«, sagte auch er.

Ihre Gesichter verrieten freudige Erregung, ein Hochgefühl, wie Michael es noch nie zuvor in irgendeinem Gesicht wahrgenommen hatte. Die Jahre fielen von ihnen ab, ihre Augen hellten sich auf, so viel Lebenskraft verlieh ihnen ihr Glück. Zur Feier des Tages brannte eine einzelne Kerze, ihr Talg war geronnen, sodass sie auf dem Brett über der Feuerstelle festklebte.

Ihr Land würde nicht wieder bestellt werden; dazu war er nicht gekommen. Im Obstgarten würden keine Gänse mehr schnattern, unter der Buche keine Schweine mehr wühlen. Für sehr viel weniger, und doch für mehr war er in der Zufriedenheit seiner Einsiedelei aufgestört worden. So oft hatte er die Schmetterlinge seines felsigen Zufluchtsortes als seine Sommerengel angesehen, doch falls es auch Winterengel gab, so hielten sie sich hier auf, gestaltlos und unsichtbar. Es sangen keine Chöre, es erstrahlte kein jäher Lichtglanz, nichts als Glieder, von der Mühsal in einer verräucherten Hütte geplagt, eine Hand, die blind die Luft abtastete. Und doch waren es gewiss Engel, die das zarte Gewebe dieser Gnade zwischen den Fingern hielten, das Geschenk eines zurückgegebenen Sohnes.

TOD DES PROFESSORS

Die bedeutenden Männer, die den Raum füllen, warten gespannt auf einen weiteren, den ein dritter bereits den Geist der Party getauft hat. Einige verhehlen ihre Ungeduld, bei anderen verrät sie sich als ein Glitzern in den Augen, eine gerötete Wange, ein flackerndes Lächeln, das kommt und geht. Was die im Raum Versammelten in Gang hält, ist ihre eifersüchtig gehütete Bedeutung in ihrer jeweiligen Fachdisziplin, doch dieses eine Mal, an diesem Morgen, spielt ihre Fachdisziplin keine Rolle. Die spitzen Pfeile der Kränkung bleiben im Köcher, unbeglichene Rechnungen können warten, solange der Tio Pepe des Rektors die Runde macht. Heute führt der Klatsch den Vorsitz.

»Ach so, nur – nur ein Scherz, heißt es?«, murmelt der kleine McMoran und entschuldigt Grausamkeit mit einem Wort, nach dem er erst suchen muss. Die Schulgeschichten seiner Schwester von vor vierzig Jahren waren gespickt mit Scherzen – *The Girls of the Chalet School, Jo Finds a Way, The Terrible Twins*. Sinnlos, sich damit abzugeben, murmelt Mr McMoran weiter; den Urheber werden sie jetzt sowieso nicht mehr ermitteln. Ein kleiner Spaß, fügt er schadenfroh hinzu.

Linderfoot, der fast zweimal so groß wirkt wie McMoran, beschnüffelt sein leeres Glas, sein großer Schädel leuchtet im hellen Winterlicht. O ja, da hat sich jemand einen Spaß erlaubt, pflichtet er bei. Aber für den, der darunter zu leiden hat, ist es natürlich nicht sehr lustig. Nicht sehr lustig, vor der Zeit für tot erklärt zu werden.

»Aber Sie betrifft es doch nicht«, weist McMoran ihn mit kratziger Stimme zurecht und fragt sich, was die Nachrufschreiber wohl schon über diesen übergewichtigen, begriffsstutzigen Mann in der Schublade haben, denn Linderfoot hat er schon immer für mehr als beschränkt gehalten, obwohl er einen Lehrstuhl innehat, was man von McMoran nicht sagen kann. Offenbar sind heute Morgen vier Zeitungen auf den Schabernack eines ulkenden oder gehässigen Studenten hereingefallen und haben die Tribute ihrer Nachrufschreiber an den Professor veröffentlicht, der zum mittäglichen Umtrunk des Rektors noch nicht erschienen ist.

»Im Großen und Ganzen recht wohlwollend«, äußert sich Quicke gegenüber einem Kollegen, der nicht antwortet, da er einer von mehreren im Raum ist, die ihre Meinung gern für sich behalten. »Oh, natürlich wohlwollend. Nein, ich würde nicht sagen, dass sie weniger als wohlwollend ausgefallen sind.«

Quicke grinst durch seinen buschigen Backenbart und bietet Variationen auf ein Thema an. Er erinnert sich an einen gegen den Historiker Willet-Horsby nach dessen Tod gerichteten Angriff – verhüllt natürlich, aber nichtsdestotrotz ein Angriff. »1956. Für eine Nachrufseite ungewöhnlich, aber da sieht man's mal wieder.«

Quicke ist der unordentlichste unter den Männern im Raum, sein rosafarbener Cordanzug hat schon seit vielen Wochen kein Bügeleisen mehr gesehen, das Jackett abgetragen, die Rockaufschläge hier und da mit Speiseresten von der erhöhten Tafel bekleckert. Eine giftig rote Krawatte – demonstrativer Beweis seiner parteipolitischen Bindungen – verdeckt nicht ganz die offen stehenden Knöpfe seines karierten Holzfällerhemdes. Er ist ein behaarter, starkleibiger Mann mit grob geschnittenen Gesichtszügen, der, obwohl bereits in den Sechzigern, auf Festivitäten und auf Zusammenkünften des Colleges stets das Enfant terrible spielt.

»Ormston hat es mit Fassung getragen«, schließt er seine Bemerkungen jetzt ab und schätzt, dass dem keineswegs so ist. »Er ist ein Mann mit Humor.«

»Ormston ist nichts dergleichen.« Triller, der hochgewachsenste Mann im Raum, dünn wie eine Kaulquappe, blickt auf die Gattin des Rektors herab, um dem Verdikt, das sie beide vernommen haben, zu widersprechen. Triller ist liebenswürdig, neigt jedoch gelegentlich zur Schärfe, ein in Tweed gekleideter Vertreter der alten Schule mit einer Pfeife, die heute Mittag, im Salon des Rektors, unangezündet bleibt.

»Eine ganz schreckliche Angelegenheit«, beharrt die Gattin des Rektors, die einzige Frau im Raum. »Ich bezweifle, dass Professor Ormston heute noch kommt.«

»Hat er nichts von sich hören lassen?«

»Kein Wort.«

»Ach, dann wird er schon noch kommen. Es passt nicht zu ihm, nicht zu kommen.«

»Das geht wirklich zu weit, finden Sie nicht? Wie kommt es, dass heutzutage alles immer zu weit gehen muss?«

»Ihr Mann, davon bin ich vollkommen überzeugt, wird das Nötige veranlassen.«

Der Rektor ist zu lax, denkt Triller insgeheim. Der Rektor, auf den die sechziger Jahre abgefärbt haben, lässt schon seit langem die Zügel schleifen. Was wäre von ihm auch anderes zu erwarten? Eine Demonstration der Stärke ist geboten, und Triller fügt hinzu:

»Ich bezweifle nicht einen Augenblick, dass der Rektor das Nötige veranlassen wird. Seltsam nur, dass das Opfer ausgerechnet Ormston ist.«

»Mir war völlig entgangen, dass Professor Ormston unbeliebt ist. Ganz und gar.«

»Er kriecht halt niemandem in den Hintern.« Professor Triller wirft einen flüchtigen Blick auf Wirichs Rücken und freut sich, als die Gattin des Rektors seine Anspielung mit einem ihrer schwachen Lächeln quittiert. »Ich nehme nicht an, dass Ormston je in seinem Leben Leder getragen hat.«

Dies löst Gelächter aus, ein helles Klingeln im Lärm der Unterhaltung. Auch wenn er jetzt anders angezogen ist, neigt Wirich dazu, sich in Leder zu kleiden – Jacken und enge Lederhosen, mit Nieten verzierte Gürtel, bisweilen eine enge Halskette. Er fährt Motorrad, ein große Yamaha.

»Könnte es sich nicht einfach um Fahrlässigkeit handeln?«, lässt sich die Gattin des Rektors vernehmen. »Heutzutage haben Zeitungen die Unart, fahrlässig zu sein.«

»Nicht gleich vier verschiedene Nachrufredaktionen auf einmal, würde ich meinen. Ich fürchte, dahinter steckt eine Absicht.«

Die dralle Rektorsgattin, deren Brille herabbaumelt, entgegnet, dass eine solche Unannehmlichkeit, ganz gleich, wie sie entstanden ist, in einer traditionsreichen Universität nicht akzeptabel sei. Sie ist verärgert, denn was ihre Gäste unverkennbar erregt, erweckt weder bei ihr noch beim Rektor selbst Interesse. Sie hat das Gefühl, ihnen sei etwas weggenommen worden. Der heutige Tag sollte ihnen gehören.

»Ich hatte schon überlegt, Ormston anzurufen«, verrät der Rektor dem Autor von *Stammesstrukturen in den Ausläufern des Karakorum-Gebirges* und einem Altphilologen, der die Untersuchung von Gebirgsstämmen für Zeitvergeudung hält. »Aber dann dachte ich mir, dass ich die Sache damit nur an die große Glocke hängen würde, also hab ich's gelassen.«

Seine Entscheidung wird mit einem Kopfnicken begrüßt. Auch ihnen hätte ein Anruf widerstrebt, besagt die gemeinsame Geste. Beide Männer sinnieren darüber, dass sie an der Rolle des Rektors niemals Geschmack finden könnten, all die irritierenden Entscheidungen, die unentwegt zu treffen sind.

»Ich bin zutiefst beunruhigt.« Da er zum Dröhnen neigt, senkt der Rektor, um den Ernst seines Gemützustandes zu unterstreichen, die Stimme. »Wirklich.«

Vor seiner Zeit, vor nunmehr fünfzehn Jahren, war da die Sache mit Batchetts Vortrag außerhalb der Universität gewesen, und noch früher die Verhöhnung von T. L. Hapgood, die sich in den Annalen verzeichnet findet, auch wenn niemand heute Mittag im Salon des Rektors T. L. Hapgood zu dessen Lebzeiten kannte oder weiß, wie er aussah. Kürzlich war Dr. Kindly morgens ein Schwein geliefert worden, und noch am selben Abend vier Dutzend Pizzas. Batchett hatte sich in einer berühmten Privatschule zu einem Vortrag vor der Geographie-AG zum Thema Überlandleitungen eingefunden, nur um festzustellen, dass die Schule aufgrund der Trimesterferien wie ausgestorben war, mehr noch: dass es gar keine Geographie-AG gab und nie eine gegeben hatte.

»Das Geheimnis um Hapgood ist nie gelüftet worden?«, wagt sich der Karakorum-Gebirgsforscher vor. »Mir jedenfalls ist nichts bekannt.«

»Nein, man ist der Sache nie auf den Grund gekommen. Bei derlei Unfug dringt die Identität der Täter oft einige Jahre später ans Licht, aber in diesem Fall nicht. Irgendeine unzufriedene Clique.«

Die Clique, die eine Abneigung gegen T. L. Hapgood gefasst hatte – nach allgemeinem Dafürhalten, weil sein Sarkasmus schmerzhaft war –, stützte sich bei ihrem Scherz auf die Geringschätzung, die der Professor für die Bewusstseinsstromtechnik der Literatur seiner Zeit empfand. Bei anderen Hochschullehrern trafen angeblich von Professor Hapgood verfasste Briefe ein, in denen sich dieser als Autor einer in Vorbereitung befindlichen Studie über das Leben und Werk von James Joyce ausgab. *Ich glaube, meine Arbeit wäre unvollständig und äußerst mangelhaft, wenn ich nicht auch Ihre Ansichten zu dem großen Iren einbeziehen würde, namentlich zu seiner subtilen und erhellenden Verwendung jener Technik, die wir als »stream of consciousness« bezeichnen. Jede Äußerung aus Ihrer Feder, von einem kurzen Absatz bis zu etwa dreißig Seiten, ist willkommen und würde umgehend mit einem Scheck oder mit einer Flasche unseres guten Bordeaux-Weins honoriert werden, ganz wie Sie wünschen. Ich lasse meine Abhandlung nur ungern in Druck gehen, ohne auch Ihre Stimme gehört zu haben, unnachahmlich in Auffassungskraft und Scharfsinn.* Achtzehn Monate lang erhielt Professor Hapgood Beiträge aus Europa, Amerika, Japan und von den Antipoden. Später fielen die Forderungen nach Vergütung beleidigend aus.

»Ich wusste gar nicht, dass Ormston in seiner Jugend Tischler werden wollte«, bemerkt der Altphilologe. »War heute Morgen in einem der Nachrufe zu lesen.«

»Aber liebevoll geschrieben«, wirft der Rektor hastig ein. »Der Verweis war sehr liebevoll gehalten.«

»O ja, liebevoll.«

Historiker und Philosophen, forsche Soziologen, Förderer der Sprachen und Literaturen, des mittelalterlichen Sagen- und Märchenguts und des Internets – sie alle stehen herum und sprechen oder schweigen. Die Ablenkung lockt sie auf unterschiedliche Weise aus ihrem Schneckenhaus, selbst diejenigen, die sich entschieden haben, dass Bemerkungen zu jedwedem Thema verräterisch sind. Einige fragen sich nach dem abwesenden Opfer, andere nach dessen jüngerer Frau – Trillers Ansicht nach ein geschwätziges, oberflächliches Ding, der Preis, den man für Schönheit zu entrichten hat. McMoran mutet es wie eine kleine Rache des Schicksals an, dass Ormston vor der Zeit niedergestreckt wurde: Seine eigene Frau ist längst der Schlampigkeit und Fettleibigkeit verfallen.

Um fünfundzwanzig nach zwölf tritt eine Pause im Salongeplauder ein, als gäbe es einen bestimmten Grund, aber das ist nicht der Fall. Einen Moment lang ist nur noch Quickes Fistelstimme zu hören, die einem anderen Gast gegenüber wiederholt, dass Ormston ein Mann mit Humor sei. Unzureichend unterdrücktes Gekicher.

»Mein Lieber, einige Gläser sind leer«, murmelt die Gattin des Rektors ihrem Mann ins Ohr.

Als er sich umsieht und überlegt, wo er die Karaffe abgestellt haben könnte, erweist sich, dass die Gesprächspause nicht zufällig eingetreten, sondern ein Omen war. Die Türglocke schrillt. Professor Ormston ist doch noch gekommen.

Jemand hat einmal bemerkt – die genaue Quelle der oft zitierten Behauptung ist verlorengegangen –, in der Blüte ihrer Jahre habe Vanessa Ormstons Schönheit an Marilyn Monroe erinnert. Im Lauf der Zeit erfolgte daraufhin unweigerlich die schlagfertige Antwort, das Hirn des Filmstars besitze sie noch immer. Fotos zeigen ein lächelndes Mädchen mit hellblondem Haar, schlank, um nicht zu sagen schmächtig, das Gesicht von der zarten Schönheit eines Kindes erhellt. Mit achtundvierzig – sechzehn Jahre jünger als ihr Mann – wirkt sie eher dünn als schlank und hat sich ihre Schönheit in demselben Maße erhalten wie die Blumen, die sie zwischen Buchseiten presst. Ormstons Frau – wie die Kollegen ihres Mannes sie oft bezeichnen – hat eine Leidenschaft für Blumen. Ihrer Art, Blumen über ihre Blütezeit hinaus zu konservieren, hat man eine Bedeutung abzugewinnen versucht, und in den Säulengängen oder an der erhöhten Speisetafel des Colleges verspritzt ein wenig der Neid sein Gift.

Sehr früh am Morgen der Sherry-Fete beim Rektor – der gewagte

Begriff wird in der akademischen Welt mit einem gewissen Augenzwinkern benutzt – las Vanessa den Nachruf auf ihren Mann, den sie zehn Minuten zuvor in dem Einzelbett neben ihrem zurückgelassen hatte. Da war er noch am Leben. Gefangen genommen von dem grobkörnigen Foto – Kopf und Schultern, bei der Verleihung der akademischen Titel vor fünf Jahren aufgenommen – wollte sie instinktiv nach oben eilen, um sich zu vergewissern, dass alles in Ordnung war, dass die Zeit ihr keinen Streich gespielt hatte. War es womöglich ein anderer Tag? Hatte Gedächtnisschwund ein tragisches Ereignis ausgelöscht? Doch dann vernahm sie die Schritte ihres Mannes und sein frühmorgendliches Husten. Verschwommen las sie – eine Offenbarung –, dass seine Studenten ihn liebten. Sie las, er sei »in seiner kleinen Welt berühmt« gewesen, und wusste, dass er sich daraus nichts machen würde. Keiner von ihnen erkannte, dass seine Welt klein war.

Während Vanessa weiterlas, erreichte der elektrische Kessel den Siedepunkt; da war sie mit einem Mal wieder beunruhigt und stürzte nach oben. Nach seiner kurzen Abwesenheit vom Bett lag er da, den Kopf durch Kissen gestützt, und was sie von ihm sah, war fast ein Ebenbild der Aufnahme von Kopf und Schultern, die auf der beigefarbenen Resopalplatte des Küchentischs lag. »Bin gleich so weit«, konnte sie eben noch hervorstoßen, dann eilte sie wieder davon, um den Sieben-Uhr-Tee aufzubrühen. Das Tablett war schon am Abend zuvor gerichtet worden, in der runden Dose mit der Aufschrift *The Hay Wain* lagen Ingwerwaffeln. Die Zeitung sollte all das abrunden, dann wäre die Reihe an ihm gewesen, sie zu überfliegen.

Vanessa verlor die Nerven, was in schwierigen Momenten öfter vorkam. Sie konnte ihm unmöglich die Zeitung reichen und darauf warten, dass er bis zu seinem der Nachwelt überlieferten Tod gelangte. Seine Gefährten auf der betreffenden Seite – zweifellos zu Recht dort verzeichnet – waren die Background-Sängerin einer Popgruppe, ein in Stockport geborener Bischof und ein Oberstleutnant. *Professor A. R. Ormston*, stand da zu lesen, und der ihm zugestandene Platz war weniger umfangreich als der der anderen, besonders der der Background-Sängerin. Das Foto des Bischofs war klein, doch ein großzügig bemessener Text machte alles wieder wett; der Oberstleutnant hatte 1931 Anne Nancy Truster-Ede geheiratet und in Zypern einen Arm verloren. Als Vanessa die tapferen alten Augen des Soldaten, das trübe Konterfei des Bischofs und das gerougte Babygesicht der Sängerin betrachtete, von deren Ohrläppchen und Nasenloch etwas Metallenes baumelte, sagte sie sich abermals, dass sie unmöglich eine solche Grausamkeit begehen könne. In das bisschen Platz gezwängt zu werden, das übrig blieb, war schrecklich.

Die Nachrufe standen auf der vorletzten Seite. Früher war es vorgekommen, dass der Bote die Zeitung durch den Briefkastenschlitz gestopft und die Seite ziemlich übel zugerichtet hatte. *Bitte legen Sie die Zeitung aufs Fensterbrett*, hatte ihr Mann ihn auf einem Stück Pappe angewiesen, das er an die messingene Haustürklinke hängte. Das Stück Pappe bewahrte er auf und hängte es jedes Mal hin, wenn der Zeitungsjunge ausgewechselt wurde.

Vanessa riss den unteren Teil der Seite ab und zerknüllte, was zu enthüllen sie nicht übers Herz brachte. Sie warf das Papierknäuel in den Abfalleimer unter der Spüle und drückte es ganz nach unten, unter Kartoffelschalen und eine Suppendose. Dann trug sie das Tablett nach oben.

»Wir müssen wieder mal unsere Notiz aufhängen«, sagte sie, goss Tee ein und gab Milch hinzu. »Der Junge ist neu.«

»Was für ein Junge, Liebling?«

»Der mit der Zeitung.«

Was in aller Welt hätte ich sonst tun sollen?, fragte sie sich verstört und tunkte eine Ingwerwaffel in ihren Tee. Sie hatte Zeit gebraucht, um nachzudenken, doch jetzt, wo sie Zeit hatte, fiel ihr nichts ein. Ihre besorgte Miene, hinter dem Cover der ebenfalls zugestellten Illustrierten versteckt, war ausdruckslos, bis sie sich schließlich mit Überlegungen über die Folgen ihrer List füllte. Es kam ihr nicht in den Sinn, dass es sich durchaus nicht um den Irrtum einer einzelnen Zeitung handelte. Vielmehr ging ihr durch den Kopf, dass ihre Schutzmaßnahme unmöglich lange vorhalten konnte, dass, wenn die Stunde der Wahrheit schlug, keinerlei Erklärung den schwerwiegenden Irrtum eines Nachrufschreibers abzumildern vermochte. Sie hätte die Sache ansprechen, behutsam zu einem Geständnis überleiten sollen, doch sie konnte sich noch immer nicht dazu durchringen.

»Was in aller Welt ist ein Tarnkappenjäger?«, kam die Frage vom Nebenbett und wurde fast ebenso schnell beantwortet, wie sie gestellt worden war. Ein F-117-Tarnkappenjäger war ein Flugzeug, wurde ihr erklärt, ebenso, dass es Ärger mit der Postgewerkschaft geben werde, und anschließend, dass heute nicht viele Nachrichten zu vermelden seien. »Ach, du hast ja keine Ahnung!«, rief sie, wenn auch nur innerlich. Sie blätterte die Seiten ihrer Illustrierten um, ohne sie wahrzunehmen. Ihre Verzweiflung führte sie in die Irre: Freunde und Kollegen würden sich in einer Verschwörung der Menschlichkeit um ihn scharen, sie hätten den gleichen Instinkt wie sie, ihn zu beschützen. Wenn Briefe von Leuten einträfen, denen der wahre Sachverhalt nicht bekannt war, würde sie antworten, alles erklären. Es lag in der Natur der Sache, dass sie an sie adressiert wären. Dass ein Student zu Beginn des neuen Trimesters sagen könnte: »Sir, aber Sie sind doch tot«, kam ihr nicht in den verwirrten Sinn. Schließlich liebten ihn seine Studenten. Bestimmt würden auch sie seine Würde respektieren.

Doch Minuten später, als Professor Ormstons Frau Morgenrock und Nachthemd abgestreift hatte und im Schlafzimmer stand, genau in dem Moment, da sich ihre Unterwäsche wie jeden Morgen kalt auf der Haut anfühlte, wusste sie, dass sie, wie schon so oft in ihrer Ehe und in ihrem Leben, wieder einmal das Falsche getan hatte. Und wie so oft hatte sie die Sache dadurch verschlimmert, dass sie ein unwirkliches Wunderland geschaffen hatte: Sie würden sich allesamt an diesem Spaß ergötzen.

»Was wohl der heutige Tag bringen wird?«, überlegte der Professor von seinem Bett aus, Worte, die ihr im Schlafzimmer zu dieser Tageszeit vertraut waren.

Da war sie drauf und dran, ihm alles zu beichten. Sie hätte halb angekleidet zu ihm gehen und ihm mit dem jungen Körper der Ehefrau Trost bieten können. »Ich bin lächerlich«, hallte stattdessen ihre Stimme lautlos im Zimmer, lächerlich, weil sie nicht den Mut besaß, Schmerz zuzufügen.

Sie kochte ihm sein Ei und machte ihm seinen Toast. Sie erhitzte die Milch für den Kaffee. Ihm standen die müßigen Stunden eines Samstagmorgens bevor, und Bescheid wissen würde er noch immer nicht. Und wider alle Hoffnung fragte sie sich, warum es dieses eine Mal nicht anders ausgehen konnte, warum man bei der Sherry-Fete des Rektors nicht Gnade walten lassen konnte.

»Ich werde mich der Sache annehmen«, sagt der Rektor zur Begrüßung. »Darauf können Sie sich verlassen.«

Mehr sagt er nicht, sondern nickt nur zu dem, was er für Ormstons Verlegenheit hält, was indes Verwirrung ist. Dem Rektor will es vorkommen, als habe Ormston die Absicht, den Sturm zu überstehen, und versage sich eine Bemerkung. Und dafür gebührt ihm natürlich Achtung. »Das also nennt man Nonchalance?«, murmelt McMoran, ebenfalls beeindruckt von Ormstons Gemütsruhe.

Allein in einer Ecke, mustert Kellfittard, ein Mediävist, Ormston mit einem Widerwillen, der an Hass grenzt. »Der Quicke und der Tote«, hört Kellfittard zu seiner Linken, als der Mann, der für tot erklärt worden ist, sich einen Augenblick lang in Gesellschaft des Professors mit dem rosafarbenen Cordanzug wiederfindet. Kellfittard macht sich aus beiden nichts, doch er hat mehr Grund zur Abneigung gegen den, von dem er noch bis vor einer Stunde glaubte, er habe eine Witwe hinterlassen. Kellfittards Familienstand – Junggeselle – hat mit Vanessa Ormston zu tun, die im selben Alter ist wie er und, so meint er, ihre Zeit auf einen trockenen alten Mann verschwendete. Er selbst, ebenfalls trocken, ist einer jener Professoren, die nur sparsame Äußerungen von sich geben, eine Neigung, die seine Chancen bei Vanessa verminderte und es seinem Rivalen gestattete, Fuß zu fassen. Stunden zuvor, in seinen trostlosen College-Räumen, hat er erst ungläubig staunend, dann in heller Freude das Foto auf der Nachrufseite angestarrt und ist ausgegangen, um drei weitere Zeitungen zu kaufen, von denen er annahm, dass sie dieselbe frohe Botschaft enthielten, und in der Tat, da stand es. Sogleich stellten sich Phantasien ein: Theaterbesuche mit Vanessa Ormston, geruhsame Abendessen in The Osteria, ein diskretes Wochenende und noch vor Beginn des Herbst-Trimesters jene Flitterwochen, die schon vor Jahren hätten stattfinden sollen. Erst nach seiner Ankunft im Haus des Rektors hatte Kellfittard gemerkt, dass ein Scherzbold am Werk gewesen war.

Quickes Eselsbrüllen dringt bis zu ihm in seine Ecke. Es verhöhnt ihn, wie all die Gesichter um ihn herum: McMorans verhutzelt, Linderfoots ein Fettfleck, das des Mannes, der sich in den Ausläufern des Karakorum-Gebirges aufgehalten hat, sonnengegerbt, Trillers länglich und gepflegt. Kellfittard selbst teilt mit dem Mann, der ihm neunzehn Jahre vorher eine Schönheit abspenstig gemacht hat, eine Gesichtsblässe ohne jede Spur von Rosigkeit und eine randlose Brille. Beide Männer sind grauhaarig; beide hager. Im Verlauf seiner morgendlichen Überlegungen war Kellfittard der Gedanke, dass eine Frau, die sich neu vermählen will, beim zweiten Anlauf auf körperliche Ähnlichkeit setzen würde, vernünftig vorgekommen. Doch dieselben Überlegungen beharrten unnachgiebig darauf, dass es ansonsten nicht die geringste Gemeinsamkeit zwischen ihnen gab.

»Es lässt sich unmöglich feststellen, wie die Sache eingefädelt worden ist. Ich habe keinen Zweifel, dass man den Namen von einem von uns missbraucht hat.«

Es ist Linderfoot, der diese Erklärung abgibt und sich dabei auf seine plump-vertrauliche Art Kellfittard nähert. Linderfoot behauptet – idiotischerweise, wie Kellfittard findet –, dass sich irgendein B.A.-Student am Telefon einfach verstellt und die Nachricht vom Tod eines Professors durchgegeben hat.

»Ihr Name oder der meinige«, drängt Linderfoot, »hätte bestimmt ausgereicht.«

»Nein«, lässt sich ein anderer Mann vernehmen. »Das hätte nicht gereicht.«

»Was dann?« Linderfoot spitzt seine großen Lippen, als wolle er pfeifen, eine Angewohnheit, die er hat, wenn ein Gespräch seinen Reiz verliert. Der Mann, der sich eingemischt hat, sagt:

»Das ist in einer Nachrichtenagentur ausgeheckt worden. Geht gar nicht anders.«

»In einer *Nachrichten*agentur?«

»Einer von Ormstons alten Studenten. Vergeben ist nicht vergessen.«

»Aber Ormston –«

»Wir alle sind mitunter beleidigend.«

»Ormston scheint so zu tun, als wäre nichts geschehen.« Mit diesem Satz bricht Kellfittard sein Schweigen. Er sagt nicht, wie beglückend es war, zu wissen, dass der Mann nicht mehr lebte. Er glaubt nicht, dass er selbst seine Studenten auf irgendeine Weise beleidigt, doch auch das behält er für sich.

»Seltsam«, ruft Linderfoot dazwischen und spitzt wieder die Lippen. »Seltsam.«

Den anderen – nicht aber Linderfoot, der kein Interesse an derlei Angelegenheiten hat – ist bekannt, dass Kellfittard glaubt, *er* hätte Vanessa Ormston heiraten sollen, dass er nur deswegen keine andere geheiratet hat, weil eine alte Leidenschaft in ihm fortlebt. In Linderfoots Augen ist es verständlich, dass Ormston es vorzieht, die Peinlichkeit des Vorfalls zu ignorieren. Ormston tappt im Raum umher und sucht das Gespräch, ohne zu ahnen, wie groß die Enttäuschung darüber ist, dass er nicht als gebrochener Mann vor sie hintritt, darüber, dass alle Spannung zunichtegemacht ist.

»Das war ein Insider«, meldet sich schließlich Quicke zur Wort, fest dazu entschlossen, der Enttäuschung etwas abzuringen. Als er zusammen mit Ormston das Haus verlässt und sie den breiten Gartenweg des Rektors entlanggehen, stellt er seine Sicht der Dinge dar. »An der Medienfront, ein Insider, so sagt man jetzt.«

Mit einem rot getupften Taschentuch berührt er erst das eine, dann das andere Nasenloch, sodass Ormston sich abwendet. Quickes Betragen lässt auf eine besondere Kameradschaft zwischen den beiden schließen, seine gesenkte Stimme legt Besorgnis nahe. Die Kameradschaft besteht nicht, die Besorgnis ist geheuchelt.

»Wovon reden Sie?«, fragt Ormston, und auf Umwegen – die Informationen in Mitgefühl verpackt – erfährt er, was vorgefallen ist.

Als er linkerseits an den graubraunen Steinen des Pförtnerhäuschens und den tief zurückgesetzten Fenstern der Bibliothek vorbeikommt, fällt Ormston wieder die zerrissene Rückseite seiner Morgenzeitung ein. Das Gesicht der Popgruppensängerin, auf das er einen flüchtigen Blick geworfen hat, steigt ebenso flüchtig aus der Erinnerung auf. Auf der Seite fehlte genau das, was unausgesprochen blieb, als der Rektor sagte, er werde sich der Sache annehmen. Bei der Begrüßung war die Rektorsgattin betreten gewesen, McMoran blasiert. Trillers ausdruckslose Miene verbarg etwas anderes; Wirich starrte vor sich hin; Linderfoot war aufgeregt; Kellfittard hat weggeschaut. Alle wissen sie Bescheid.

Wie schon die anderen legt Ormston sich eine Erklärung zurecht, die denen der anderen ähnelt, nur nicht in den Einzelheiten. Als er jung war, hatte ein unbeliebter Dekan die Schmach eines Verhörs über sich ergehen lassen müssen. Einem Wachtmeister waren Informationen zugespielt worden, denen zufolge der Dekan sich in öffentlichen Bedürfnisanstalten herumtrieb, obwohl es sich in Wahrheit um den ältlichen Verkäufer eines Tuchgeschäfts handelte. Ein Jugendlicher namens Tottle kam dafür hinter Gitter; und nicht einmal ein Trimester später ereilte Ibbs und Churchman das gleiche Schicksal, weil sie den Talar des Rektors entwendet hatten, sodass er, der in Gegenwart eines Mitglieds der königlichen Familie die Hardiman-Vorlesung hätte halten sollen, jämmerlich ans Haus gebunden war. Im Lauf eines einzigen Jahres hatte es eine Flut von Vorkommnissen dieser Art gegeben: Nachttöpfe auf Turmspitzen, falsche Anschuldigungen, der alte Purser, dem mehr als ein Dutzend Mal das Fahrrad auseinandermontiert worden war.

Wieso ist er jetzt das Opfer? Soviel er weiß, ist er seinen Studenten gegenüber weder arrogant noch zurückhaltend; er legt es nicht darauf an, sie in die Schranken zu weisen. Er, dem der Ehrgeiz seiner Kollegen abgeht, ist ein Wissenschaftler der alten Schule, in einem altmodischen Sinn gelehrt. Sollte all das jemanden gekränkt oder irritiert haben, ohne dass er es bemerkt hätte? Professor Ormston geht langsam weiter und schüttelt den Kopf. Er ist kein Dummkopf, natürlich hätte er seine Unbeliebtheit gespürt.

Als er das grün-schwarze Schild des Pubs St. Boniface sieht, überlegt er, ob er einkehren soll, und einen Moment später tritt er tatsächlich ein, statt vorüberzugehen. Er ist nur selten in seinem Leben in einem Pub gewesen, insgesamt vielleicht ein Dutzend Mal, schätzt er, als sich die Pendeltür hinter ihm schließt. Die blau geplüschten Sitzbänke vor den Wänden sind von Zigarettenbrandflecken verunstaltet, ebenso die niedrigen Tische, die davorstehen, jeder mit einem gläsernen Aschenbecher, der für eine Biermarke wirbt, und mit kleinen runden Bierdeckeln, die ähnliche Insignien tragen. Auf Tabletts sind ungespülte Gläser ineinandergestellt; das Lokal, in dem noch vor zehn Minuten samstagmorgendlicher Trubel herrschte, hat sich unterdessen geleert.

»Sir?«, begrüßt ein Mann hinter dem Tresen Professor Ormston und schaut von einem Teller Hack mit Kartoffelbeilage auf.

»Könnte ich ein Glas Whisky haben?«

»Aber selbstverständlich, Sir.«

Das warm dampfende, mit Tomatensoße übergossene Gericht riecht nach dem Fett, in dem es gebraten worden ist. Irgendwo brabbelt ein Discjockey unverständliches Zeug im Radio.

»Darf's auch ein doppelter sein, Sir?«

Als spüre er, dass sein Kunde die Hohlmaße eines Pubs nicht gewohnt ist, hält der Barmann das Glas in die Höhe, um zu demonstrieren, wie wenig Whisky es enthält.

»Ja, bitte.«

»Ganz anständiges Wetter, nicht wahr?«

»Ja.«

»Bitte sehr, Sir.«

»Danke.«

Er zahlt und nimmt das Getränk mit zu einem der Tische am Fenster. »Wohlwollend«, hat Quicke sich ausgedrückt; Quickes Auffassung nach waren alle vier Nachrufschreiber wohlwollend. »Natürlich zu Recht.« Und er war lediglich imstande, zu nicken, schließlich konnte er nicht lauthals vorgeben, dass die Zeitungsnotizen in der Tat recht wohlwollend ausgefallen waren. Ein Bubenstück, hat Quicke gesagt, junge Männer lieben Bubenstücke. Sie denken sich was aus, und der, der sich schließlich dazu in der Lage sieht, führt die Sache durch. Vielleicht handelt es sich um eine Wette, wahrscheinlich. Alle vier Chefredakteure würden sich entschuldigen, da war sich Quicke sicher.

Hinter dem Tresen zeigt sich ein kleines Mädchen, nur ihr Scheitel ist zu sehen. Der Mann fordert sie auf zu gehen, aber dann greift er nach einem Glas und schenkt ihr Pepsi-Cola ein, während er weiterisst. Er sagt dem Mädchen, dass sie noch sein Ruin sein wird.

»Davon werde ich ganz betrunken«, sagt sich Professor Ormston, Whisky vor dem Mittagessen, zusätzlich zu dem Tio Pepe. Und doch möchte er bleiben. Das Morgenblatt neben den Tabletts mit ungespülten Gläsern auf dem Tresen ist nicht die Sorte Zeitung, die Nachrufe enthält. Wieder drängt sich ihm der Gedanke an die zerrissene Seite auf, an die Background-Sängerin, die nur zur Hälfte zu sehen war, den Oberstleutnant der Army, dessen Name ihm nichts sagte, so wenig wie der des Bischofs. Eine Popsängerin hatte natürlich Vorrang. Das leuchtet ein, so wie die Welt heute beschaffen ist.

»Verzeihung«, sagt er am Tresen, nachdem er eine Weile länger sitzen geblieben ist. Er entschuldigt sich, weil der Barmann noch nicht aufgegessen hat. Aber der Mann ist vergnügt, dem Akzent nach Ire. Irgendwo hat Professor Ormston gelesen, dass Iren gute Wirte abgeben, ein paar Schmeicheleien kommen immer gut an.

»Aber ich bitte Sie, wozu bin ich hier, Sir? Wäre es nicht nachlässig von mir, zu Mittag zu essen, wenn jemand Durst leidet?«

»Besten Dank.«

Er trägt sein wieder aufgefülltes Glas zu seinem Sitzplatz. *Hinterlässt eine Frau, Vanessa.* So dürfte es drinstehen, hat Vanessa einmal gesagt. Keine Kinder, würde Bekannten aus früheren Zeiten auffallen. Und Studenten, die nicht wussten, dass er geheiratet hatte, wären überrascht, das sehe ihm nicht ähnlich, hätten sie zu ihrer Zeit vermutet. Als man sie als Sekretärin seiner Abteilung eingestellt hatte, war kaum genügend Arbeit angefallen, um den Schritt zu rechtfertigen, und zuerst hatte sie sich gelangweilt, bis der Vorschlag gemacht wurde, dass er sie sich mit McMoran teilte. Als sie vor drei Jahren kündigte, dann aus dem Grund, dass sie McMoran nicht leiden konnte.

Sie hat getan, was sie für das Beste hielt. So gut kennt er sie; und während er seinen Whisky schlürft, versucht er, sie zu verstehen. Von McMorans Eigensinn einmal abgesehen, war sie, wie sie später gestand, in der Abteilung nie sonderlich glücklich gewesen. »Glauben Sie, das Mädchen taugt was?«, hatte er gefragt, als man sie in Betracht zog. Damals war ihm ihre Schönheit gar nicht aufgefallen. Wenn er an Schönheit dachte, hatte er an diese Stadt gedacht, nicht an ein menschliches Attribut, an die grau-braunen Säulen und Fassaden, die in Stein gemeißelten Figuren, die Straßenlaternen, die im Winter angezündet wurden. Sieben Stunden sind vergangen, berechnet er: Sie ist mit dem Tee und den Ingwerwaffeln nach oben gekommen und hat Ausflüchte gesucht, obwohl ihr das von Natur aus nicht leichtfällt.

Ein anderer Mann kommt herein, der gar nicht erst zu bestellen braucht. Der Barmann kennt seine Wünsche und füllt eine Flasche Adnams Beer ins Glas. »Floating Voter«, sagt der Barmann. »Kannst 'ne Neunerwette abschließen.«

Als sie die Abteilung verließ, behielten die anderen ihre Meinung für sich, sie konnten sie schlecht kritisieren, weil sie seine Frau war. McMoran murmelte etwas, er fühlte sich stärker im Stich gelassen, da er stärker auf sie angewiesen war, aber es war nicht zu verstehen, was er sagte. Keinen von ihnen interessiert, dass sie glücklicher ist, jetzt, wo sie ihr Leben ihren Blumen und ihrer Wohltätigkeitsarbeit zu Gunsten eines Spitals widmet, Kinder aufheitert, die auf Mukoviszidose-Tage warten, Kinder, die sich einer Leukämiebehandlung unterziehen müssen, oder Kinder, die ein Loch im Herzen haben. »Ich weiß nicht, wie sie das schafft«, hätte er sagen können, hat es aber nie gesagt, weil sie sich für die Wohltätigkeitsarbeit der Frau eines Kollegen nicht interessieren. Sie wollte Kinder; er konnte ihr keine schenken.

Der detaillierte Lebensabriss, den sie ihm vorenthalten hat, würde dergleichen natürlich nicht erwähnen. Auch auf seine gelegentliche Gereiztheit würde der nicht eingehen, auf seine kalte Beurteilung von Prüfungsantworten, die systematische Präzision, die seiner Arbeit zugutekommt und ihn in seiner Rolle als Ehemann beeinträchtigt, die Melancholie, die ihn aus heiterem Himmel befällt. Die

Ausschmückung mit anderen menschlich-allzumenschlichen Einzelheiten mochte einen langweiligen Bericht beleben, dem flüchtigen Leser zuliebe würde man sich gewisse Freiheiten herausnehmen. *Seine Frau war sechzehn Jahre jünger,* wäre ganz bestimmt nicht zu lesen. Ebenso wenig: *zu ihrer Zeit so schön wie Marilyn Monroe.*

Der Whisky in seinem Mund ist getrocknet. Im Salon des Rektors muss er eine lächerliche Figur abgegeben haben, als er gar nichts von sich gab: Diejenigen unter seinen Kollegen, die Ehefrauen haben, würden sich am Mittagstisch jetzt den Mund zerreißen. Wenn sie wüssten, dass er heimlich in einem Pub trinkt, hätten sie ihren Spaß.

Im Haus ist es still. In der Küche, wo auf dem ovalen Tisch eingedeckt ist, schwindet das winterliche Sonnenlicht, jeder der beiden Teller mit Zunge ist mit einem weiteren Teller abgedeckt, denn die Sonne hat das Fenster zu einem Tummelplatz für die letzten Herbstfliegen gemacht. Auch der Salat, noch ohne das Dressing aus Öl und Essig, ist abgedeckt.

Wer immer die Übeltäter sind, Vanessa hat das Empfinden, dass sie zu ihnen zählt, dass sie ihrer Grausamkeit noch eins aufgesetzt hat. »Ich konnte nicht denken, ich wusste nicht, was ich tat«: All die Sätze hat sie parat, und zwar schon länger als das Essen, das sie zubereitet hat. »Panik«, auch das muss sie sagen, denn das Wort gehört dazu. »In meinem Kopf herrschte völlige Leere.« Dass eine Ehefrau den Mut haben sollte, eine schlimme Nachricht zu überbringen, braucht sie nicht zu sagen.

Er wird Bescheid wissen, denn natürlich wird alles ans Licht gekommen sein; und dann wird er ihre geröteten Augen sehen und auch den Rest wissen. Bei diesen Anlässen scharen der Rektor und seine geziert tuende Frau ein Natterngezücht um sich. Wer hat schon eine Chance bei einem Natterngezücht?

»Mein Gott!«, hatte Vanessas Mutter mit unverhohlenem Schrecken ausgerufen, als sie fast auf den Monat genau vor neunzehn Jahren davon erfuhr, dass ihre Tochter sich mit einem verstaubten Hochschullehrer verlobt hatte, der alt genug war, um ihr Vater zu sein. »Mein Gott!«, hatte sie auch nach ihrer ersten Begegnung ausgerufen, als Vanessa ihn fürs Wochenende in die Wohnung ihrer Mutter mitgebracht hatte. »Hat er Geld?«, hatte sie gefragt, da sie sich keinen anderen Beweggrund für eine eheliche Verbindung vorstellen konnte, die sie als unattraktiv bezeichnete. »Nur das, was er verdient«, hatte Vanessa geantwortet und ihn zwei Monate später geheiratet.

Er dreht den Schlüssel im Sicherheitsschloss der Haustür um. Während sie auf ihn gewartet hat, ist Vanessa der Gedanke gekommen, dass es ja auch noch andere Zeitungen gibt. Sie hat sich vorgestellt, wie er in einen Zeitungsladen tritt, das abgezählte Geld hinlegt, wie er es gern tut, wenn es ihm möglich ist, und die Zeitungen an einen Ort mitnimmt, wo er sie ungestört durchlesen kann.

Die Haustür schlägt leise zu; er ruft nicht ihren Namen. Dann folgt die Pause, die anzeigt, dass er seinen Mantel und seinen Schal aufhängt und die Zeitungen auf den Tisch unter dem Bild einer Cafészene legt. Danach seine Schritte.

»Ich muss dir sagen«, sagt ihr Mann, »dass ich das Gefühl habe, betrunken zu sein.«

Seine Stimme ist ruhig, die Worte sind deutlich zu hören. Er wirkt nicht betrunken; er ist genauso wie sonst auch. Er lächelt nicht, aber das tut er selten, wenn er nach Hause kommt. »Ein Trauerkloß«, hatte ihre Mutter gesagt. »Schon ganz verschrumpelt«, hatte sie hinzugefügt, obwohl das gar nicht stimmte.

»Ich hab beim St. Boniface vorbeigeschaut«, sagt er. »Verständlicherweise, denke ich.«

»Es tut mir furchtbar leid.«

»Ach Gott, es ist doch nicht deine Schuld.«

»Ich –«

»Ich weiß, ich weiß.«

»Ich konnte nicht denken.«

»Ich auch nicht, als ich davon erfuhr.«

»Haben sie's erwähnt?«

»Quicke konnte sich eine kleine Bemerkung nicht verkneifen. Aber darauf kommt es nicht an. Früher oder später hätte ja doch jemand was gesagt.«

»Ja.«

»Die Übeltäter werden entlarvt werden, das ist die Auffassung des Rektors. Natürlich irrt er sich.«

»Du wirkst überhaupt nicht betrunken.« Während dieses Wortwechsels durchströmt Vanessa ein Gefühl der Erleichterung. Aus einem Grund, der ihr verborgen bleibt, und zum ersten Mal, seit sie in der Zeitung geblättert hat, während sie darauf wartete, dass das frühmorgendliche Teewasser kochte, hat sie das Gefühl, dass nichts so schrecklich ist, wie es ihr in jenen furchtbaren Augenblicken erschien.

»Nach meinem besten Wissen bin ich noch nie in meinem Leben betrunken gewesen. Der Mann hat mir drei doppelte Whisky eingeschenkt, und das zusätzlich zu dem Sherry.«

Sie hebt die Teller hoch, mit denen sie das kalte Fleisch abgedeckt hat. Sie verrührt Öl und Essig, gibt ein paar Löffel voll auf den Salat und schwenkt ihn, dann gießt sie den Rest darüber. Vielleicht werden sie wegziehen, denkt Vanessa, vielleicht wird er sich vorzeitig pensionieren lassen, wie einer von seinen Kollegen, der letztes Jahr unerwartet in den Ruhestand getreten ist. Sie würde sofort ihre Siebensachen packen, sie würde nicht zögern. Ligurien oder Sansepolcro, wo seine Lieblingsgemälde hängen. Inzwischen sind es auch ihre Lieblingsgemälde. »Ich könnte hier problemlos leben«, hat er bei einem Kaffee in Sansepolcro gesagt.

»Ich kann dir verraten, wie es dazu gekommen ist«, sagt er. »Falls du es wissen möchtest.«

»Panik«, setzt sie an und verstummt, als er den Kopf schüttelt. Sein graues Haar ist glatt wie ein Helm.

»Ein Akt des Mitleids«, korrigiert er sie.

»Aber es war töricht. Etwas unterdrücken zu wollen, was sich nicht unterdrücken lässt —«

»Wieso kann ein Akt des Mitleids nicht töricht sein? Ich kann dir verraten«, wiederholt er aufs Wort genau, »wie es dazu gekommen ist. Falls du es wissen möchtest.«

»Irgendein grässlicher, abscheulicher Student.«

»Ich bin nicht der Typ, der Groll provoziert. Ich bin zu schattenhaft und zu grau, zu undramatisch. Ich schikaniere zu wenig, ich greife niemanden an.«

Sie sieht zu, wie er ein Stück Baguette mit Butter bestreicht, das Messer weglegt, mit der Gabel akribisch Zunge und Salat aufspießt, das Fleisch mit Senf beschmiert. Sie schenkt ihm seinen Kaffee ein; um diese Tageszeit trinke er gern Kaffee zum Essen, hat er oft gesagt, besonders wenn französisches Brot dabei ist. Mein Gott, denkt Vanessa, es könnte wahr sein. Ebenso gut könnte er nicht hier sein.

»Stell dir Kellfittard vor, wie er heute Morgen die Zeitung aufschlägt. Stell dir vor, wie er ein, zwei Stunden lang glücklich ist.«

Für einen Moment ist sie verwirrt und glaubt, er mache Kellfittard dafür verantwortlich. Er sagt: »Und dann wird ihm der Boden unter den Füßen weggezogen. Generationen haben unter Kellfittards geistreichen Bemerkungen gelitten. Sie gelten als solche, weißt du. So vieles von dem, was wir Verstaubte von uns geben, gilt als geistreich.«

»Aber du –«

»Das wäre ihnen einerlei. Wer immer die Sache angezettelt hat, würde nicht zögern, mich über die Klinge springen zu lassen, ehe ich fällig bin. Worauf es hier ankommt, ist Kellfittards fortdauernde Leidenschaft für die Frau eines andern.«

Als Kellfittard das letzte Mal stehen blieb, um sich mit ihr zu unterhalten, roch sie den Knoblauch vom Vortag in seinem Atem. Stehen zu bleiben, um sich mit ihr zu unterhalten, war schon immer seine Masche gewesen – und geheimnisvoll zu lächeln, als könne er mit seinem Lächeln Geheimnisse heraufbeschwören.

»Bauernopfer, sagt man nicht so?«, hört sie ihren Mann sagen. »Ich bin das Bauernopfer.«

Er ist dahintergekommen, als er im Pub saß, dessen Namen er nannte und an dem sie schon oft vorbeigegangen ist. Die Wahrheit fällt nicht ins Gewicht und ist jedenfalls kein Trost. Doch ihr Mann, älter als sie, musste sie herausfinden, und sei es auch nur deswegen, weil es sie gibt. Studenten, die längst keine Studenten mehr sind, haben sich revanchiert. Er ist nur eine Nebenfigur, und sie auch.

»So also sieht es aus«, sagt er. »Insgesamt vier Nachrufe, hat Quicke gesagt. An einem Samstag muss man die Seiten füllen.«

»Es wird Beileidsschreiben geben.«

»O ja, und man wird Entschuldigungen drucken. Sagt Quicke ebenfalls.«

An seinem Tonfall oder an dem, was er sagt, merkt sie, dass sie sich getäuscht hat, als sie sich vorstellte, er würde die Zeitungen kaufen. Er hat sie nicht gekauft. Er erkundigt sich nach dem Kaffee, und sie antwortet, aus Kenia.

Er nickt. Der Kaffee ist gut, sagt er. Das andere Thema ist erledigt, das fügt er nicht hinzu, aber Vanessa weiß, dass es so ist. Einmal hat Kellfittard ihr eine Schachtel Pralinen geschenkt, Bendick's Peppermints, weil er wusste, dass sie die gern aß. »Ich habe sie aus Versehen gekauft«, sagte er, und die Lüge machte die Geste zuschanden, sodass die Geste ihren Sinn verlor. Es wäre albern gewesen, die Pralinen auszuschlagen.

»Linderfoot hat mehr als sechs Kilo zugenommen, würde ich sagen. Wie gut, dass man die Frauen zu Hause lassen muss!«

Was sie an ihm liebte, als sie sich, noch ein Mädchen, in ihn verliebte, war seine Weisheit. So nannte sie es, wenn auch nur für sich. Nicht sein Verstand, sie alle hatten Verstand. Nicht sein Können. Nicht seine Allwissenheit, denn sie wussten weniger, als sie sich einbildeten. Seine Weisheit ist fast undefinierbar, etwas, was auch ein Straßenarbeiter haben mochte, eine Platzanweiserin im Kino, ein Geistlicher oder ein Kind. Ihre Mutter würde es nicht verstehen, und er selbst würde bestreiten, dass er weise ist. Natürlich liegen die Zeitungen nicht auf dem Dielentisch; natürlich hat er kein Wort davon gelesen – von den subtilen Kränkungen, die sich als Wertschätzung verkleiden, von Eigenschaften, die er nicht besitzt und die ihm dennoch angedichtet wurden, weil man so verfährt, zum Abschied wartet man mit sämtlichen Klischees auf.

»Nein, nein, ein Irrtum«, hört sie ihn sagen, als das Telefon klingelt, zum ersten Mal heute, bis dahin war das Trauerhaus sich selbst überlassen. »Nein, vollkommen lächerlich«, sagt er. »Tut mir leid, falls ich Sie erschreckt haben sollte.«

Lachend legt er den Hörer auf, und Vanessa sagt nicht, dass sie ihn liebt, obwohl es ihr auf der Zunge liegt. Absurd, ihr Gedanke, sich in

Italien zu verstecken, alles zusammenzupacken, seine wunderschöne Stadt für immer zu verlassen, nur weil sie in den Schabernack eines andern verwickelt sind.

Von ihnen beiden hat er sich besser gehalten, überlegt Vanessa. Sein Gesicht hat schon immer Spuren von Alter aufgewiesen; ihre Schönheit verliert sich mit jedem Tag ein wenig mehr. »Ich liebe deine Weisheit«, möchte sie sagen, ist jedoch noch immer zu schüchtern, das Wort in den Mund zu nehmen, aus Angst, sich mit einer Zurschaustellung ihrer Naivität zu blamieren.

»Mein Liebling«, flüstert er in der Stille, die sie umfängt, und hält sie im Arm wie an dem Tag, als er ihr zum ersten Mal seine Liebe gestand. Was sie beschützt, ist die Vermählung ihrer Unterschiede, unerschütterlich in den Trümmern des Sturms.

WIDER ALLE WAHRSCHEINLICHKEIT

Mrs Kincaid beschloss, sich zu verdrücken. Es hatte Unannehmlichkeiten gegeben; nicht viele, aber doch genug, um sie zu veranlassen, ihren Wohnsitz zu wechseln. Von Zeit zu Zeit sah sie sich dazu genötigt.

Sie dachte an Portrush. Es war Mai. Das bedeutete, dass die Ferienunterkunft noch zu den Preisen der Nebensaison zu mieten sein würde. Sie dachte an Cushendall. Diesen Ort hätte sie bevorzugt, denn sie mochte die Luft dort, doch seit ihrem letzten Besuch waren erst drei Jahre vergangen, und drei Jahre erschienen ihr irgendwie nicht lange genug. Cushendun, Ballygalley, Portstewart, Ardglass, Bangor, Kilkeel: Mrs Kincaid hatte die Luft eines jeden dieser Orte geatmet.

Diesmal jedoch entschied sie sich für eine Stadt im Landesinnern. Auch von diesen kannte sie viele, namentlich Armagh und Lisburn, doch fast ebenso gut Ballymena, Magherafelt, Lurgan und Portadown. Sie selbst stammte aus Belfast, hatte aber schon seit langer Zeit die gesamte Region der Sechs Grafschaften zu ihrem Geschäftsgebiet gemacht. Nur ein einziges Mal, 1987, hatte sie dem Norden Irlands den Rücken gekehrt, sie hatte die Fähre von Larne nach Stranraer genommen und war nach Glasgow weitergereist, eine Episode in ihrem Leben, die sie bedauerte und über die sie lieber nicht nachdachte. Ebenso bedauerte sie eine Bewährungsstrafe des Amtsgerichts von Derry im Jahre 1981, da hierdurch eine Stadt, die sie besonders mochte, für ihre Geschäfte nicht mehr in Frage kam.

Mrs Kincaid – die keinen anderen Anspruch auf diesen Namen erheben konnte als den, dass sie ihn gelegentlich verwendete – wog ziemlich genau siebzig Kilo und war hochgewachsen. Obwohl sie recht füllig war, wirkte sie keineswegs rund; der Körper unter ihrer Kleidung, weder aufgebläht noch schlaff, schien keine überflüssigen

Pfunde aufzuweisen. Ihre Arme waren stämmig, ihre Beine wirkten kräftig. Ihr ziemlich großes Gesicht konnte sie sich ihrer Meinung nach leisten, keines seiner Merkmale war zu beanstanden, weder ein fliehendes Kinn noch vorstehende Zähne. Zurückhaltend gekleidet und darauf bedacht, den Einsatz von Parfüm und Make-up nicht zu übertreiben, zählte sie sechzig Jahre, von denen sie einundfünfzig zugab. Ihr gewinnendes Lächeln wirkte Wunder.

»Ist das nicht großartig?«, bemerkte sie zu dem Fahrer des Ulsterbusses, der sie zu der Stadt im Landesinnern bringen würde, für die sie sich schließlich entschieden hatte, eine Stadt, die sie nicht kannte und in der sie nicht bekannt war. Ihr Hochgefühl, als sie in den Bus stieg, hatte mit der Friedenserklärung in den sechs Grafschaften zu tun. Nach dreißigjährigem Krieg, der nicht Krieg genannt wurde, war ein doppelter Waffenstillstand ausgerufen worden; Politiker aus dem Norden Irlands, aus London und Dublin und Berater aus Amerika hatten ein umfangreiches Programm aufgestellt, das inzwischen zu beiden Seiten der Grenze per Volksentscheid verabschiedet worden war. Mrs Kincaid selbst hatte in den Jahren des Konflikts nur einige Unannehmlichkeiten erdulden müssen; die Wirren in ihrem Leben waren persönlicher Natur gewesen. Aber natürlich waren die Verwüstungen, die sich über einen so langen Zeitraum mit so ermüdender Regelmäßigkeit wiederholt hatten, auch an ihr nicht spurlos vorübergegangen; sie war froh, dass sie ausgestanden waren.

»Großartig?«, reagierte der Busfahrer auf ihren Optimismus.

»Der Frieden.«

»Vielleicht steht ja was in ihren Zeitungen.« Unbekümmert drehte der Fahrer den Zündschlüssel um. Die Scheibenwischer bewegten sich schwerfällig über die gewölbte Windschutzscheibe und schoben einige Regentropfen beiseite. »Sehen wir mal«, sagte er, und aus seinem Tonfall war die Mahnung herauszuhören, dass es – welche Vereinbarungen auch immer getroffen, welche Versprechen auch immer gemacht worden sein mochten – nach wie vor Bewaffnete gab, die nicht verschwunden waren, die weiterhin ihr Arsenal besaßen und es gewohnt waren, das Sagen zu haben. »Sehen wir mal«, sagte er erneut.

»Hoffen wir das Beste.«

»Ja.«

»Aber ist es nicht zu kühl für Mai? Als ich heute Morgen aus dem Fenster sah, hab ich mir gleich gesagt, du wirst dich heute warm anziehen müssen, Mabel.«

Der Busfahrer stimmte ihr zu, dass das Wetter nicht der Jahreszeit entsprach, bevor er den Motor anließ. Mrs Kincaid steuerte auf einen Sitzplatz zu. Wie stets verließ sie Belfast nur ungern. Die Straßen der Stadt waren ihre Straßen, der Tonfall der Bewohner bei der Rückkehr aus einem Exil, das sie nie freiwillig antrat, jedes Mal wieder ein Vergnügen. Die Bomben, durch die Gebäude zerstört, Autos in Stücke gerissen und Bürger verstümmelt und getötet worden waren, hatten in ihr nie, in dreißig Jahren nicht, den Wunsch geweckt, irgendwo anders zu leben. Sie war in einer Belfaster Pension groß geworden und hatte das Vermögen, das ihr eine ererbte Immobilie eingebracht hatte, auf die hohe Kante gelegt. Später hatte man ihr den Erlös weggenommen, und dies war der persönliche Umstand, der ihr Leben seither bestimmt hatte.

Sie saß allein im Bus, ihre beiden braunen Koffer befanden sich in der Ablage über ihr. Wie immer reiste sie mit leichtem Gepäck. Sie bevorzugte Mietzimmer, die bereits möbliert waren, den Geschmack von anderen. So und nicht anders lebte sie, und obwohl sie vermutete, dass in der Stadt, in die sie fuhr, keine Menschenseele auf dieselbe Weise lebte, würde es ihr gelingen, nicht aufzufallen. Welche Geschichte auch immer ihr im Lauf der Reise einfallen würde – sie hatte sich noch keine ausgedacht –, würde dafür sorgen.

Blakely zerdrückte die Erbsen mit seiner Gabel, dann mischte er sie unter einen Brei aus Kartoffeln und Bratensoße. Ein Stück Fleisch war noch übrig, seine Größe so berechnet, dass es zum Rest der Kartoffeln und Erbsen passte. Seit er allein lebte, hatte er sich angewöhnt, auf diese Art zu essen: die Anzahl der vollen Gabeln im Voraus abzuschätzen, die verschiedenen Bestandteile der Mahlzeit auf seinem Teller genau zu kombinieren. All das diente als Ersatz für ein Gespräch, denn dieser Tage aß Blakely ausnahmslos allein.

Sechs Tage in der Woche fuhr er von seinem Bauernhof in die Stadt und setzte sich in Hirrel's Café an denselben Tisch. Er schaute nie in die Speisekarte, sondern bestellte immer das jeweilige Tagesgericht. Sonntags saß er mit Reverend Johnston im Pfarrhaus, brachte ihm stets so viele Eier mit, wie er entbehren konnte, oder Buttermilch, die Reverend Johnston besonders schätzte, einmal im Monat eine Pute. Im Dezember belieferte er auch Hirrel's mit Puten.

Der *Belfast Telegraph*, zurechtgefaltet und von zwei Flaschen Yorkshire Relish gestützt, war voller Artikel über die jüngsten politischen Entwicklungen und die Aussichten für die Zukunft. Vierzehn Jahre zuvor waren Blakelys Frau und Tochter irrtümlich getötet worden; an ihrem Wagen, der nach Fabrikat und Farbe dem des ausersehenen Opfers ähnelte – das Nummernschild unterschied sich nur durch eine Ziffer –, war eine Bombe angebracht worden. Er erhielt umgehend eine Entschuldigung, die Beileidsbeteuerungen des Anrufers klangen aufrichtig. Man schickte zwei Kränze.

Blakely legte Messer und Gabel auf eine Seite des Tellers, und wenige Minuten später brachte ihm Mrs Hirrel einen Teller Rhabarber mit Vanillesoße und eine Kanne Tee. Er dankte ihr und faltete die Zeitung zusammen. Die Männer der Gewalt hatten noch immer das Heft in der Hand, das stand außer Zweifel. Als man die Waffenstillstandserklärungen voraussagte, hatte er eine diesbezügliche Bemerkung zu Mrs Hirrel gemacht, und sie hatte ihm beigepflichtet. Sie hatten sich lange darüber unterhalten; heute gab es, ebenso wie gestern und am Tag davor, über das Thema nichts weiter zu sagen. Stattdessen verkündete Mrs Hirrel, der Rhabarber bestehe ausschließlich aus jungen Stielen, die unter einer Plastikfolie gewachsen seien, die ersten, die sich hinter dem Haus gezeigt hätten. »Kümmere dich um die Frau da, Nellie«, rief sie ihrer Kellnerin zu, denn eine Frau hatte das Café betreten und einen Strom bitterkalter Luft hereingelassen.

Wie immer um diese Zeit waren alle Tische besetzt. Mittags kamen Ladenangestellte in Hirrel's Café, Geschäftsreisende nutzten den Umstand, dass sie sich mitten am Tag in der Stadt aufhielten. Toomey von der Northern Bank saß immer hier, zusammen mit der

Schalterbeamtin, mit der er ein Verhältnis hatte. Auch Lieferwagenfahrer, gelegentlich ein Lastwagenfahrer schauten herein.

»Können Sie einen Moment warten?«, fragte Nellie den Neuankömmling. »Es wird gleich etwas frei.«

»Wissen Sie, wer das ist, Mr Blakely?«, fragte ihn Mrs Hirrel, er verneinte, und Mrs Hirrel sagte, auch ihr sei die Frau unbekannt. »Darf sie sich eine Minute zu Ihnen setzen, während Sie Ihren Tee trinken?«

Zuweilen ergab sich eine solche Situation, weil der Stuhl ihm gegenüber frei war. Er störte sich nie daran. Dann knüpften Handelsvertreter für Stoffe oder Haushaltswaren ein Gespräch mit ihm an, gewährten ihm Einblick in das jeweilige Auf und Ab der Geschäftswelt. Gewöhnlich fragten sie ihn, welcher Tätigkeit er nachgehe.

»Sind Sie sicher?« Als Mrs Kincaid zu seinem Tisch geführt wurde, zögerte sie zunächst, bevor sie sich setzte. »Ich möchte mich nicht aufdrängen.«

»Sie tun schon recht«, versicherte ihr Blakely. Fremden gegenüber war er nervös und drückte sich häufig nicht ganz so aus, wie er beabsichtigte, nur um überhaupt ein Wort herauszubringen. Sein Tee war heiß, und er hätte ihn gern auf die Untertasse gegossen. Aber das schickte sich bei Hirrel's nicht.

»Gemütlich«, bemerkte Mrs Kincaid und sah sich in einer ihr vertrauten Umgebung um: laminierte Tischplatten, billige Messer und Gabeln, Teller mit Brot und Butter, eifrig kauende Gesichter, Zahnstocher, mit denen gelegentlich eingeklemmte Essensreste aufgespießt wurden. Wie viele Male schon hatte sie solche Cafés frequentiert! Wenigstens hatte der Mann, der ihr gegenübersaß, seine Mütze vom Kopf genommen, was die Männer, die in solchen Cafés aßen, häufig nicht taten. Er hatte buschiges, kurzgeschnittenes Haar und ein hageres, schmales Gesicht, dessen Wangen tiefrot waren. Ein gesund aussehender Mann, der an der frischen Luft arbeitete, recht anständig gekleidet, mit Schlips und Kragen. Wenn in Mrs Kincaids Kindheit ein Mann ohne Schlips und Kragen in die Pension kam, um sich nach einem Zimmer zu erkundigen, war er auf der Stelle weggeschickt worden.

»Es ist aber auch kalt heute«, bemerkte sie, und ihr fiel auf, dass er seinen Teller mit Rhabarber und Vanillesoße ordentlich aufgegessen hatte, nicht ohne einen kleinen Rest zurückzulassen und Löffel und Gabel nebeneinanderzulegen. Sie schätzte ihn auf Ende fünfzig; die Fingernägel zwar nicht ganz sauber, aber noch passabel.

»Es wird noch einige Tage kalt bleiben«, sagte er, und dann erschien die Kellnerin und fragte sie, was sie zu essen wünsche, das Lammgericht sei ausgegangen. Mrs Kincaid bestellte einen Teller Butterbrote und Tee.

»Haben wir endlich Frieden?«, fragte sie, und der Mann erwiderte recht höflich, dass man nie wissen könne. Seiner Meinung nach sei es noch ein langer Weg bis dahin, und sie merkte, wie vorsichtig er sich ausdrückte, wie vorsichtig er seine Worte wählte. Da er nichts über sie wusste, da er nicht wusste, auf welcher Seite des Zauns sie stand, wie ihr Vater zu sagen pflegte, hielt er sich zurück. Er schenkte sich eine weitere Tasse Tee ein, gab Milch hinzu und rührte Zucker hinein, zwei Löffel Kristallzucker.

»Ach, das geht nun schon viel zu lange«, sagte sie.

»Vielleicht ist es ja wirklich das Ende.«

Er steckte seine Zeitung in eine Seitentasche seines Jacketts. Es war ein Jackett aus dunklem Tweed und musste gebügelt werden; dort, wo ein Knopf abgegangen war, hing ein Faden heraus. Die Art seines Umgangs mit der Kellnerin ließ darauf schließen, dass er Stammgast war. Er zählte den Betrag seiner Rechnung ab und ließ ein Fünf-Pence-Stück und ein paar Kupfermünzen als Trinkgeld zurück.

»Guten Tag«, sagte er, bevor er zum Tresen ging, um zu bezahlen.

Mehr aus Macht der Gewohnheit als aus irgendeinem anderen Grund fragte sich Mrs Kincaid, auch nachdem Blakely schon gegangen war, wer er wohl sei. Sie fragte sich, ob er vielleicht ein Straßenvermesser sein könnte, denn irgendetwas an ihm erinnerte sie an einen Straßenvermesser, den sie einmal flüchtig gekannt hatte. Sie stellte sich ihn mit einer Kolonne von Straßenarbeitern vor, in der Luft der Geruch von Teer, auf der erneuerten Asphaltdecke frischer, noch blasser Splitt. Dann jedoch ermahnte sich Mrs Kincaid, dass sie nicht hier war, um sich für einen Mann zu interessieren, den sie nicht kannte, ganz im Gegenteil. Sie hatte ihre beiden Koffer in dem Zeitungsladen abgestellt, vor dem sie aus dem Bus gestiegen war. Sobald sie etwas gegessen und Erkundigungen eingeholt hätte, würde sie zurückgehen und sie abholen.

»Versuchen Sie's in der Bann Street«, sagte die Kellnerin. »Da sind ein paar Pensionen, die Zimmer vermieten.«

Lass sein, ermahnte sich Mrs Kincaid abermals, als sie Blakely vier Tage später aus Hirrel's Café kommen sah, und wiederholte ihre an sich selbst gerichtete Warnung, dass sie nicht aus diesem Grund hier sei. Sie würde einen Monat bleiben, hatte sie entschieden; ihrer Erfahrung nach reichte ein Monat aus, damit der Ärger sich legte. Das Gerede von Anwaltsschreiben, vom Gang zur nächsten Polizeidienststelle, die eine oder andere Drohung lösten sich allesamt in Luft auf, wenn ein wenig Zeit verstrichen war. Verletzte Gemüter besänftigten sich, Stolz fand sich noch mit jeder Torheit ab, die sie zu ihrem geschäftlichen Vorteil ausgenutzt hatte. Nicht dass ihr eigenes Gemüt sich besänftigt hätte, nicht dass ihr eigener Stolz sich je von der Kränkung erholt hätte, die ihr zugefügt worden war, doch ihr Fall lag anders und hatte schon immer anders gelegen. 1960 hatte die Pension vierundachtzigtausend Pfund erzielt, heute würde man wahrscheinlich das Zehnfache bekommen. »Wir würden das kleine Unternehmen auf deinen Namen anmelden«, hatte der Mann, den sie für ihren Verlobten hielt, gesagt. »Keine faulen Tricks.« Doch im Verlauf des Kaufprozesses waren die vierundachtzigtausend Pfund für die Firma, die er stets als das kleine Unternehmen bezeichnete, irgendwie aus ihrem Blickfeld geraten. Bald darauf waren sie ganz verschwunden, und er mit ihnen. Das kleine Unternehmen, welches damit hatte erworben werden sollen, war ein Wettbüro in der Argyle Street, ein älterer Buchmacher ging in den Ruhestand, ein Kundenstamm von zwei Generationen. Wenige Wochen später wurde es von einer Kette übernommen.

Dieser Tage bemühte sich Mrs Kincaid nach Kräften, die Sache philosophisch zu sehen, sich einzureden, dass der Vorfall einem Tod ähnelte und man einen Todesfall nicht für immer beklagen konnte, nicht einmal insgeheim für sich. In ihrer Geschäftstätigkeit sann sie nicht etwa auf Rache, sondern suchte stattdessen Geld anzuhäufen, das rechtmäßig ihr gehörte. Sie führte Buch in einem kleinen roten Notizheft, stets in der Hoffnung, dass sie es eines Tages nicht mehr würde tun müssen, dass das Missgeschick ihrer Vergangenheit sie endlich aus seinem Bann entlassen würde.

Als sie sich an dem Tag, an dem sie Blakely zum zweiten Mal sah, gegen einen stetigen Ostwind stemmte, konnte sie sich sehr genau an sein hageres Gesicht erinnern, an sein buschiges Haar, an den Faden, der dort, wo ein Knopf abgegangen war, von seinem Jackett herabhing. Bestimmt war er Junggeselle oder Witwer, sonst würde er sein Mittagessen nicht jeden Tag in einem Café einnehmen. Man konnte sogleich erkennen, auf welcher Seite des Zauns er stand, ein ebenso anständiger Protestant wie sie selbst, daran war nicht zu zweifeln.

In dem Zimmer, das sie gemietet hatte – nicht in der Bann Street, sondern über einem Metzgerladen in der Knipe Street –, roch es nach Fleisch und Talg. Sie hatte eine elektrische Herdplatte, auf der sie kochen konnte, eine Spüle, in der sie Wäsche waschen und Geschirr spülen konnte, ein WC und ein Badezimmer im Stockwerk darüber. Es gab einen Fernseher, einen Gasofen und unter dem Fenster ein Einzelbett, und wenn sie auf der Herdplatte etwas briet, nahm man den Metzgereigeruch eine Weile lang nicht wahr. Mrs Kincaid hatte schon schlechtere Zimmer gemietet.

Aus den Läden brachte sie ein Kit-Kat, *Woman's Own*, *Hello!*, *The Lady* und eine Filmzeitschrift mit. Sie verzehrte den Schokoladenriegel, las eine Geschichte über eine spät aufkeimende Liebe, machte Tee, zog Rock und Bluse aus, schlief und träumte, sie habe einen Geistlichen geheiratet, von dem sie sich die Briefe, die er ihr geschrieben hatte, einst hatte abkaufen lassen. Als sie erwachte, wusch sie sich, briet Frühstücksspeck und ein Ei und ging wieder aus.

Sie saß allein an einem Tisch in der Bar von Digby's Hotel und hörte Schlager der fünfziger Jahre, die ihr alle vertraut waren. Gelegentlich lächelte ihr jemand zu, ein Mann oder eine Frau, das Mädchen hinter der Theke, aber in der Regel gingen sie einfach an ihr vorbei. Es war die Rede von einer Tanzveranstaltung. In jüngeren Jahren wäre sie allein hingegangen, doch die Zeiten waren vorbei. Sie trank Wodka mit einem winzigen Schuss Portwein, ihr bevorzugtes Getränk. Obwohl sie mit dem Rauchen eigentlich aufgehört hatte, kaufte sie sich eine Schachtel Zigaretten. Wenn sich ihr eine Gelegenheit bot, konnte sie nicht widerstehen: Das wusste sie nur zu gut.

Sie wusste es von Neuem, als sie mitten in der Nacht erwachte und eine Weile in der Dunkelheit wach dalag. Der Geruch von dem Laden unter ihr hatte sich erneut eingestellt, und als sie wieder in den Schlaf sank, träumte sie, dass der Mann, den sie im Café getroffen hatte, einen Metzgerkittel trug und mit einem Hackbeil Lammkoteletts abhackte.

An dem Tisch vor dem Fenster saß ein Handlungsreisender für sich, doch es war der kleinste Tisch im Café, und auf dem anderen Stuhl stand sein Musterkoffer, damit er den Leuten, die vorübergingen, nicht im Weg stünde. Ansonsten saß nur noch Blakely allein an seinem Tisch.

»Nur weil sie gesagt hat, dass ich mich zu Ihnen setzen soll«, sagte dieselbe Frau, die schon einmal den Tisch mit ihm geteilt hatte.

»Bitte sehr. Es ist ja sonst kein Platz frei.«

»Ist das nicht eine schlimme Nachricht?« Mit dem Kopf wies sie auf die Schlagzeile in seiner Zeitung. Am Vorabend war ein Taxifahrer erschossen worden, der erste Mord seit den Waffenstillstandserklärungen.

»Ja«, sagte Blakely. »So ist es.«

Sie war gekleidet wie beim letzten Mal, in beigefarbenen und braunen Farbtönen. Unter dem Mantel, den sie abgelegt hatte, trug sie einen Rock, eine Strickjacke und eine cremefarbene Bluse. An ihrer Bluse steckte eine Brosche, die wie eine Blüte aussehen sollte.

»Der Teller ist heiß, Mr Blakely«, warnte Nellie, als sie einen Rinderbraten mit Kartoffeln und Grünkohl vor ihn hinstellte. Sie wischte einen Soßenklecks vom Tellerrand.

»Butterbrot und Tee, Nellie«, bestellte Mrs Kincaid, die sich noch von ihrem letzten Besuch an den Namen erinnerte. »Mittags«, ließ sie Blakely wissen, »esse ich nicht viel. Und Konfitüre«, rief sie der Kellnerin nach.

»Bei mir ist es die Hauptmahlzeit«, erklärte Blakely mit einem Unterton milder Selbstrechtfertigung in der Stimme.

»Es ist bequem, auswärts zu essen.«

»Ja, so ist es.«

»Wohnen Sie am Ort, Mr Blakely?«

»Ein wenig außerhalb.«

»Das habe ich mir gedacht. Sie sehen aus, als wären Sie viel an der frischen Luft.«

»Ich bin Putenzüchter.«

»Sieh an.«

Er schnitt ein Stück Rindfleisch in Streifen, lud Grünkohl und Kartoffeln auf seine Gabel und tunkte etwas Bratensoße auf, bevor er das Ganze zum Mund führte.

»Nicht schlecht«, antwortete er, als er gefragt wurde, ob man für Puten gute Preise erziele.

»Früher hat man nur zu Weihnachten mit Puten gehandelt, sonst nicht. Habe ich recht? Nicht dass ich von Geflügel etwas verstünde.«

»Oh, da haben Sie schon recht.«

»Ich mag das dunkle Putenfleisch. Man hat mir gesagt, das sei ungewöhnlich.«

»Heutzutage wollen alle nur weißes Fleisch.«

»Vermutlich beliefern Sie die Supermärkte, nicht wahr?«

»Stimmt, das sind meine besten Kunden. Obwohl ich auch einige Abnehmer hier am Ort habe.«

»Ich habe ein Zimmer über Beatty's.«

»An Beatty verkaufe ich zu Weihnachten.«

»Na, wenn das kein Zufall ist!«

»Ein anständiger Mann, Henry Beatty.«

»Das kleine Zimmer ist nicht schlecht.«

Weitere Einzelheiten wurden ausgetauscht – über das Zimmer, sodann über die Aufzucht, das Schlachten und Rupfen von Puten, über die europäischen Vorschriften hinsichtlich Hygiene und Kühlung. Nachdem sie preisgegeben hatte, dass sie aus Belfast stammte, sprach Mrs Kincaid von ihrer Heimatstadt. Blakely sagte, seit dem Tod seiner Frau sei er nicht mehr dort gewesen. Sie sei immer zum Einkaufen hingefahren, sagte er. Zu Brand's, sagte er.

»Ah, Brand's, das war wirklich ein wunderbarer Laden. Haben Sie schon immer auf dem Bauernhof gearbeitet, Mr Blakely?«

»Ja.«

»Tut mir leid, das mit Ihrer Frau.«

»Ja.«

Der Teller mit Brot und Butter wurde gebracht, dazu Tee und ein kleines Glasschüsselchen Stachelbeermarmelade.

»Ich selbst bin auch verwitwet«, sagte Mrs Kincaid.

»Ach so –«

»Ich weiß, ich weiß.«

Dieser dahingeflüsterte Kommentar war ersonnen, um die beiden Verwitwungen zu einer zu verschmelzen, ersonnen, um mit stiller Schmerzlichkeit eine gemeinsame Basis abzustecken. Einen Moment lang herrschte an dem Tisch das Gefühl, als habe der Tod fast gleichzeitig zugeschlagen. Für Mrs Kincaid war dieses Gefühl ein theatralischer Effekt, da in ihrem Fall gar kein Tod, gar keine Witwenschaft eingetreten war. Für Blakely war es etwas Wirkliches. Er aß auf, was ihm serviert worden war. Nun wurde ihm Götterspeise mit Biskuitkuchen vorgesetzt, nebst einer Kanne Tee.

»Wohnen Sie weit außerhalb?«, erkundigte sich Mrs Kincaid.

»O nein. Nicht weit.«

»Manchmal ziehe ich mich in eine kleine Stadt zurück, um mich zu erholen. Meistens in einen Ferienort. Doch um diese Jahreszeit ist es dort noch ziemlich einsam.«

»So dürfte es sein.«

Kurz danach steckte Blakely seine Zeitung in die Seitentasche seines Jacketts. Er nahm seine Mütze von dem Knauf an der Rückenlehne seines Stuhls. Dann sagte er Mrs Kincaid auf Wiedersehen und ging zum Tresen, um seine Rechnung zu begleichen.

»Wer ist sie, diese Frau?«, fragte ihn Mrs Hirrel im Flüsterton, und er antwortete, Mrs Kincaid habe ein Zimmer über Beatty's Metzgerladen gemietet. Er kenne ihren Namen nicht, sagte er, eine Frau aus Belfast, die in der Stadt sei, um sich zu erholen.

Danach schien Blakely Mrs Kincaid immer häufiger zu begegnen. Selbst als in Hirrel's Café einmal ein Tisch gleich neben dem Eingang frei war, setzte sie sich zu ihm. Eines Tages stand sie im Zeitungs- und Süßwarenladen Blundell, als er dort seine Zeitung kaufen wollte. Bei einer anderen Gelegenheit traf er sie ein, zwei Kilometer außerhalb der Stadt auf der Landstraße, als er zu seinem Gehöft zurückfuhr, und winkte ihr zu, und sie winkte zurück. Ein paar Tage später ging sie wieder dort entlang, mit aufgespanntem Schirm, und er hielt an, da er meinte, er müsse ihr eine Mitfahrgelegenheit anbieten.

»Das ist wirklich sehr liebenswert von Ihnen«, sagte sie.

»Wo wollen Sie denn hin?«

Sie habe kein besonderes Ziel, antwortete Mrs Kincaid. Nur ein Spaziergang, sagte sie, um den Nachmittag herumzukriegen. »Mein Name ist Mrs Kincaid«, fügte sie hinzu, da sie ihm diese Information bislang vorenthalten hatte, und fragte dann, ob er jemals das Gefühl habe, dass die Nachmittage schwer auf ihm lasteten.

Blakely erwiderte, jede Stunde des Tages bedeute ihm gleich viel. Er bemühte sich, höflich zu klingen, suchte nach den richtigen Worten. Er wollte nicht abweisend erscheinen. »Das gehört Madole«, sagte er, als sie an einem Feld vorüberfuhren, wo ein Gatter weit offen stand. Das Feld wurde gerade zum Frühjahr umgepflügt. Auf dem Traktor saß Quin, Madoles Gehilfe. Madole besitze viel Land, erklärte Blakely, es reiche bis an die Randgebiete der Stadt.

»Hier sind meine eigenen paar Hektar«, sagte er, als sein am Straßenrand gelegenes, rosa gestrichenes Bauernhaus und die Putenverschläge in Sicht kamen. »Soll ich Sie hier absetzen? Ich glaube, der Regen hat nachgelassen.« Seit er fünf Minuten zuvor die Scheibenwischer ausgeschaltet hatte, waren einige Tropfen auf die Windschutzscheibe gefallen, doch begannen sie bereits zu trocknen. In der Lower Bridge Street habe einmal ein Mann namens Kincaid gewohnt, ein Zahnarzt, der Vorgänger des jetzigen.

»Das wird ein schöner Spaziergang zurück«, sagte sie, als sie aus dem Wagen stieg, den Blakely am Straßenrand angehalten hatte, bevor er auf seinen Hof fuhr. Sie bedankte sich bei ihm. »Aber wo geht's da weiter?«

»Nach Loughdoon. Etwa einen Kilometer von hier.«

»Das schaue ich mir mal an.«

»Es ist nur ein kleiner Ort.«

»Ich mag kleine Orte.«

In dem Schuppen, wo die Puten gerupft wurden, standen die Lacky-Schwestern, fünfundvierzigjährige Zwillinge. Die fertig gerupften Vögel waren an einem Balken aufgehängt. Die Schwestern hatten die gleichen schwarz-grauen Kittelschürzen umgebunden; sobald ihr Arbeitgeber den Schuppen betrat, entblößten sie die gleichen schiefen Zähne zu einem breiten Lächeln. Unter den Stoffmützen, die sie trugen, quoll ihr rötliches Haar hervor. Seit neunundzwanzig Jahren, seit ihrer Kindheit, rupften sie für Blakely Puten. Wenn Madole ihm freigab, kam Quin herüber, um auf jede erforderliche Weise auszuhelfen.

Blakely nickte den beiden Frauen zu. Sie hatten gute Arbeit geleistet. Er zählte die für die Lieferung vorbereiteten Vögel, sechzehn an der Zahl. Für den Spediteur, der um vier Uhr kam, mussten zwei Dutzend fertig sein, und das würden sie mühelos schaffen. Die Lacky-Schwestern warfen die Köpfe zurück und quittierten sein Lob mit einem schrillen Lachen. Sie konnten die Frau, die er im Wagen mitgenommen hatte, nicht gesehen haben, auch die Stimmen würden sie nicht gehört haben. Die Leute in Hirrel's Café würden darüber reden, dass sie immer an seinem Tisch saß, doch was konnte er dagegen tun? Und da es regnete, hätte er auf der Straße schließlich nicht an ihr vorbeifahren können. Er stellte den Wagen in dem Schuppen mit dem Pultdach ab und machte sich auf den Weg, um einen Zaun zu flicken, der längst hätte repariert werden müssen. Seine beiden Hütehunde liefen in großen Sprüngen neben ihm her.

Die Arbeit dauerte länger, als er gedacht hatte. Als er fertig war, war der Spediteur schon da gewesen, und die Lackys waren nach Hause gegangen. Während er das Getreide für die Abendfütterung mischte, schlugen die Hunde an.

»Das ist für Sie«, sagte Mrs Kincaid und hielt ihm etwas in einer braunen Papiertüte entgegen. Es regnete leicht, doch ihren Schirm hatte sie zusammengefaltet. »Ich hab den Regen bei Mullin's abgewartet«, sagte sie. »Eine gemütliche kleine Bar, die er da hat.«

Blakely starrte auf die Tüte, die sie ihm entgegenstreckte. »Was ist das?«, fragte er.

Sie lächelte und schüttelte den Kopf, um anzudeuten, dass er das schon selbst herausfinden müsse. »Um Sie aufzumuntern, Mr Blakely.«

Er wollte kein Geschenk von ihr annehmen. Sie hatte keinerlei Veranlassung, ihm ein Geschenk zu machen. Sie hatte keinerlei Veranlassung, auf seinen Hof zu kommen und nach ihm zu suchen.

»Das war nicht nötig«, sagte er und entnahm der feuchten Papiertüte eine Flasche Bushmills Whiskey. »Nein«, protestierte er. Die beiden Hütehunde, die er mit einer Geste in die Ecke verwiesen hatte, hatten begonnen, auf ihren Gesäßen langsam nach vorn zu rutschen. »Ach nein«, sagte er, und reichte ihr die Flasche und die Tüte zurück. »Ach nein, nein.«

Der Regen wurde stärker. »Hätten Sie etwas dagegen, wenn ich mich einen Moment in ihrem Torfschuppen unterstelle?«, fragte sie. »Machen Sie Ihre Arbeit nur weiter, Mr Blakely. Die kleine Gabe ist ein Dank für Ihre Freundlichkeit, dafür, dass Sie mich an Ihrem Tisch haben sitzen lassen und so weiter. Mullin meinte, Sie würden einen guten Tropfen nicht verschmähen.«

»Das kann ich nicht annehmen.«

»Es ist nicht der Rede wert, Mr Blakely.«

»Kommen Sie in die Küche, bis der Schauer abgezogen ist.«

Sie sagte, sie wolle ihn nicht stören, doch wortlos ging er ihr ins Haus voran. In der Küche öffnete er die Drosselklappe seines Rayburn-Ofens, um den Raum aufzuwärmen. Die Flasche und die Tüte standen auf dem Tisch.

»Sie sehen durchgefroren aus, Mr Blakely«, sagte sie und überraschte ihn damit, dass sie zwei Gläser aus dem Geschirrschrank nahm. Sie öffnete die Flasche und schenkte beiden einen Whiskey ein. Es sei nicht der Rede wert, sagte sie noch einmal.

Es war kein Abend, an dem Quin kam. Blakely war froh darüber. Die Lackys konnten sie auf der Straße nicht verpasst haben, aber sie hätten nicht gewusst, wer sie war, und niemals vermutet, dass sie auf den Hof einbiegen würde.

»Er hat mir von Ihnen erzählt«, sagte sie jetzt. »Mr Mullin, meine ich.«

»Ich gehe manchmal hin.«

»Er hat mir vom Tod Ihrer Frau erzählt. Wie es war. Und von Ihrer Tochter natürlich.«

Blakely sagte nichts. Der Whiskey erwärmte seine Brust. Obwohl Mullin das Gegenteil behauptet hatte, trank er nicht regelmäßig, aber einen Tropfen Bushmills wusste er wohl zu schätzen. Ein Abschiedsgeschenk, sagte sie.

»Fahren Sie bald zurück?«, fragte er unverbindlich, in beiläufigem Ton.

Sie hatte ihren Mantel ausgezogen. Sie trug ein blaues Kleid mit winzigen roten Pünktchen, wie mit dem Buntstift aufgetragen. Um den Hals hatte sie ein rotes Tuch geschlungen und in den Ausschnitt gesteckt. Am Tisch legte sie ein Bein über das andere, beide Knie glänzten, da sich das Material ihrer Strümpfe darüber spannte. Ihr Regenschirm lag zum Trocknen aufgeklappt auf den Steinplatten.

»Früher oder später«, sagte sie. »Zum Wohl!«

Als er einen weiteren Schluck getrunken hatte, füllte sie beide Gläser nach. Sie sah sich in der Küche um und meinte, sie sei sehr hübsch. »Mabel«, sagte sie.

»Wie bitte?«

»Mabel Kincaid.«

Der Regen war jetzt stärker, trommelte gegen die Fensterscheiben. Das Feuer im Rayburn hatte angefangen zu tosen. Er stand auf, um die Drosselklappe etwas zuzuschieben.

»Das ist ein Sturzregen, wie er im Buche steht«, sagte sie.

»Ja.«

»Sie lächeln niemals, Mr Blakely.«

Blakely war die Bemerkung peinlich. »Ich denke, vielleicht bin ich ein etwas mürrischer Typ.«

»Das sind Sie ganz und gar nicht. Aber nach allem, was ich über Sie erfahren habe, könnte man es Ihnen kaum verdenken.«

Sie fragte, ob er schon immer in diesem Haus gelebt habe, und er bejahte. Sein Vater hatte Madole die paar Felder abgekauft, damals hatte er eine Schweinezucht betrieben. Das Haus hatten die Madoles gebaut, und zwar ohne Fundamente, was sein Vater erst herausfand, nachdem er es bereits erstanden hatte. Er hatte nicht gewusst, dass dies der Grund für den günstigen Preis war.

»War es eine große Familie, Mr Blakely?«

Er schüttelte den Kopf. Sie seien zu viert gewesen, sagte er, einer mehr als in seiner eigenen Familie, einen Nachzügler habe es gegeben. »Ich habe einen Bruder, Willie John.«

In dem Moment, als er Willie John erwähnte, sah Blakely diesen stumm, mit weit aufgerissenem Mund, lachen, die Sommersprossen um die Augen von der gefälteten Haut zusammengedrängt. Ein plumper Riese mit zwei linken Händen, so hatte ihr Vater ihn genannt, bevor das erste Produkt dieser Hände fertiggestellt worden war – eine Dewoitine 510 mit zwei Motoren, aus einem Modellbaukasten zusammengebastelt.

»Wir haben sie draußen auf den Feldern steigen lassen.« Er wusste nicht, warum er ihr das erzählte; er hatte nicht die Absicht gehabt, doch manchmal war er nach einem Whiskey geschwätzig, obwohl er noch gar nicht viel getrunken hatte. Alkohol hatte die Fähigkeit, ihm die Dinge zu verlebendigen, und er spürte, dass das auch jetzt der Fall war. Eine Messerschmitt landete in einem Brennnesselfeld, und Willie John barg sie behutsam, dabei bemerkte er die Beschädigungen am Rumpfende und an einem der Flügel. Seine eigene Schwarze Witwe stieg auf und blieb in der Luft, bis das Feuerzeugbenzin im Motor aufgebraucht war. Sie glitt auf das kurz geschnittene Gras herab. Einfach großartig, hatte Willie John gesagt.

»Nur Sie beide«, sagte sie. »Ich war Einzelkind.«

»Willie John ist ausgewandert, als die Wirren begannen. Zu Weihnachten bekomme ich immer eine Karte. Denver, Colorado.«

In der Eingangshalle klingelte das Telefon. Es war Nathan Smith von Ulsterfare mit der Bestellung für die nächste Woche. Als sie das

Gespräch über das Geflügel beendet hatten, erzählte Nathan, seine Tochter habe sich verlobt.

»Hab schon gehört. Ist das nicht wunderbar, Nathan?«

»Und ob. Hoffen wir, dass die Ruhe bis zur Hochzeit anhält. Sollen wir sagen, Donnerstag, für die Bestellung?«

»Geht in Ordnung, Nathan.«

Sie stand in der Küche, die Bratpfanne in der Hand. Auf dem Boden der Pfanne haftete noch das geronnene Fett vom Frühstück. Aus dem Kühlschrank hatte sie Speck geholt und eine der Deckplatten des Rayburn hochgeklappt. Auf dem Tisch lagen Messer und Gabeln.

»Ich hatte gehofft, Ihr Gespräch würde länger dauern«, sagte sie. »Ich hatte eine Überraschung geplant.«

»Ach, bitte –«

»Setzen Sie sich und nehmen Sie noch einen Schluck. Es regnet immer noch in Strömen. Sie haben Würstchen da. Möchten Sie ein Paar?«

»Der Regen ist kein Problem. Ich kann Sie zurückbringen.«

Sie schüttelte den Kopf. Sie würde einen Mann, der getrunken hatte, niemals bitten, sie irgendwohin zu fahren. Sie legte vier Scheiben Speck auf das Fett in der Pfanne und stellte diese auf die heiße Herdplatte. Auf dem Abtropfbrett durchstach sie die Haut von vier Würstchen. »Haben Sie Eier?«, fragte sie.

Er holte eine Schüssel mit Eiern aus der Spülküche. Seit dem Tod von Hetty und Jacqueline hatte in der Küche keine Frau mehr gekocht. Er konnte sich nicht einmal daran erinnern, ob überhaupt je eine Frau im Haus gewesen war, seit die letzten Trauergäste es verlassen hatten, die Lackys gewiss nicht. Er hätte über Willie John nicht so reden sollen. Das Gespräch hatte sie ermutigt. Er hätte nicht den Bushmills trinken sollen.

»Sobald es aufgeklart hat, laufe ich zu Fuß zurück«, sagte sie. »Ich bringe nur die Zeit herum, Mr Blakely.«

»Ich fahre Sie zurück«, beharrte er. »Hier kennt mich jeder. Man wird mich nicht anhalten.«

Mrs Kincaid zog sich aus und dachte über ihn nach. Ein gebrochener Mann. Das hatte der Mann in der Bar sinngemäß gesagt. Er war ein Opfer der Wirren, trotzdem gab er nicht auf, mit seinen Puten und den beiden sonderbar aussehenden Frauen, denen sie auf der Straße begegnet war. Sie arbeiteten für ihn, die Kittelschürzen voller Federn. Mit seinem täglichen Mittagessen in einem überteuerten Café, seinen Erinnerungen an Modellflugzeuge, mit seiner Frau und seiner Tochter, über die er niemals sprach: Das war sein ganzes Leben. Eine Weihnachtskarte aus Denver hielt ihn bei Laune.

Als sie sich des letzten Stücks Unterwäsche entledigte, vermutete Mrs Kincaid, dass auch er an sie dachte, dass er sie vielleicht sogar genau so vor sich sah, wie sie in diesem Moment war. Gebrochen oder nicht, einen Funken, den man neu entfachen konnte, gab es immer. Geübt und erfahren, musste sich Mrs Kincaid gar nicht erst fragen, ob es ihr heute gelungen war oder nicht. Sie hatte ihren Vorsatz fallen lassen, und als sie ihr Nachthemd zuknöpfte, fragte sie sich, ob ihr Wille stark genug war, sich rechtzeitig zurückzuziehen, morgen abzureisen, bevor die Dinge ihren Lauf nahmen. Einen Augenblick lag sie beim Licht ihrer Nachttischlampe da, dann streckte sie die Hand aus und knipste sie aus. Sie hatte dasselbe Gefühl wie häufig in diesem Stadium ihrer Geschäftstätigkeit – dass ein Schatten ihrer selbst sich gegen sie durchsetzte, dass sie eine völlig andere Frau wäre, wenn man ihr nicht vierundachtzigtausend Pfund gestohlen hätte.

»Sitzengelassen«, murmelte sie im Dunkeln und meinte damit den Putenzüchter. Im Halbschlaf erinnerte sie sich daran, dass sie denselben Ausdruck auch auf sich bezogen hatte, damals, als sie ihr Unglück erlitt.

Am Morgen nach dem Abend von Mrs Kincaids Besuch in seinem Haus wurde Blakely sich bewusst, dass er nichts dagegen einzuwenden gehabt hätte, wenn die Leute sie in seinem Wagen gesehen hätten, als er sie zu ihrem Zimmer über Beatty's Laden zurückfuhr. Letztlich war es ihm nicht unangenehm gewesen, dass sie ihm in seiner Küche Gesellschaft geleistet hatte. Sie hatte die Teller abgewaschen, von denen sie die von ihr zubereitete Mahlzeit gegessen hatten. Sie hatte in verschiedener Hinsicht Mitgefühl gezeigt, und bevor sie aufgebrochen waren, hatte er ihr die Schuppen vorgeführt, in denen das Geflügel gerupft und bratfertig gemacht wurde, obwohl er sich sagte, dass er es lieber hätte bleiben lassen sollen. »Wird Ihnen hier nicht einsam?«, hatte sie gefragt.

Sie kam weder an diesem noch am nächsten Tag in Hirrel's Café. Sie wird abgereist sein, dachte Blakely. Sie hatte ihm die Flasche gekauft, und nun war sie nach Belfast zurückgefahren. Er war nicht gastfreundlich genug, war verschlossen und misstrauisch gewesen, voller Sorge, die Lackys könnten erfahren, dass sie ihm sein Essen gekocht hatte, voller Sorge, Quin könnte vorbeikommen. Gerade dachte er an sie, da hörte er, wie die Hunde anschlugen und ihre Stimme sie beschwichtigte.

»Ich bin zufällig vorbeigekommen«, sagte sie.

Über die Freundschaft, die für Blakely begann, als wieder der Bushmills ausgeschenkt und zum zweiten Mal eine gemeinsame Mahlzeit in seiner Küche eingenommen wurde, wurde später in Hirrel's Café und in den Putenschuppen geredet. Wegen der Schicksalsschläge in seiner Vergangenheit freuten sich die Menschen für ihn, und sie freuten sich erneut, als sie die beiden zusammen auf den Stufen des Stella-Kinos mit den vier Vorführsälen sahen. Man munkelte schon, dass sie miteinander getanzt hatten, eines Freitagabends, im Tanzlokal Crest; eine Sitzecke in Digby's Hotel galt bald als ihre.

Wenig später lernten die Lackys Mrs Kincaid kennen, ebenso Quin. Blakely nahm sie zum sonntäglichen Mittagessen bei Reverend Johnston mit. Eines Morgens erwachte er und wurde sich einer starken Sehnsucht nach Mrs Kincaid bewusst, einer Zärtlichkeit, wenn er an sie dachte, einer Ungeduld mit sich selbst, weil er ihr seine Gefühle nicht schon früher gestanden hatte.

»Ach nein, mein Lieber, nein.«

Sie sagte, er sei zu gut für sie. Ein zu guter Mann, sagte sie, ein zu stetiger Mann, zu wohlsituiert, ein zu anständiger Mann. Sie könne nichts einbringen, sagte sie, sie würde mit leeren Händen kommen, und das sei nicht ihre Art. Kincaid habe ihr so gut wie nichts hinterlassen, sagte sie, da er nicht damit gerechnet habe, schon so früh das Zeitliche zu segnen, das tue kein Mann in den besten Jahren. Einige Jahre zuvor hatte Mrs Kincaid von einem Mann in Belfast gehört, der, als er Löcher in eine Außenwand gebohrt hatte, durch einen Stromschlag ums Leben gekommen war: Als Ursache für Kincaids Ableben mochte das herhalten.

»Nein, das könnte ich niemals«, wiederholte sie und musterte dabei das Erstaunen, von dem sie wusste, das es in seine hageren Gesichtszüge treten würde, die Röte seiner dunkelnden Wangen. »Sie leben Ihr Leben, wie es ist«, sagte sie. »Sie haben Ihre Erinnerungen. Ich würde Ihre Lebensweise niemals durcheinanderbringen.«

Er verstummte. Glaubte er etwa, er habe sich lächerlich gemacht?, fragte sie sich. Würde er sein Glas leeren, und das wäre dann das Ende?

»Ich bin allein«, sagte er.

Sie saßen in der Bar des Hotels, in der stillen Stunde zwischen sechs und sieben. Am Vortag hatte sie gesagt, dass sie am Wochenende definitiv abreisen werde. Erfrischt und gekräftigt, hatte sie betont.

»Ich bin allein«, wiederholte er.

»Als ob ich das nicht wüsste. Habe ich nicht gesagt, dass Sie einsam sind?«

»Was ich Ihnen damit sagen will, ist –«

»Ich weiß, was Sie mir sagen wollen. Was ich Ihnen sage, ist, dass Sie Ihre festen Gewohnheiten haben. Sie sind wohlsituiert, ich besitze nicht viel. Geht es nicht auch darum?«

»Es geht nicht um Geld –«

»Es geht immer auch um Geld.«

Allmählich mündete das Gespräch in einen Streit. Zuneigung mischte sich hinein, echte und gespielte. Es sei wunderbar gewesen, ihn kennengelernt zu haben, sagte Mrs Kincaid. Man komme an einen Ort, man gewinne einen Freund; es gebe nichts Schöneres. Doch Blakely blieb hartnäckig. Es gehe um Gefühle, beteuerte er; das könne sie nicht leugnen.

»Das tue ich nicht. Überhaupt nicht. Ich versuche nur, Ihnen gegenüber fair zu sein. In mir steckt die Vorsicht einer Frau aus Belfast.«

»Ich selbst bin so vorsichtig wie nur irgendwer in Ulster. Dafür bin ich bekannt.«

»Dennoch vertrauen Sie dem Unbekannten. Muss das nicht einmal klipp und klar gesagt werden?«

»Sie sind mir nicht unbekannt.«

»Wenn man die Sache bei Licht betrachtet, bin ich eine Frau, die Sie so gut wie gar nicht kennen.«

Blakely leugnete es mit einer Geste. Er erwiderte nichts. Mrs Kincaid fuhr fort:

»Wenn ich Sie um Geld bitten würde, warum sollten Sie es mir geben? Ich würde es nicht tun, aber was, wenn ich es täte? Wer würde es Ihnen zum Vorwurf machen, wenn Sie den Kopf schüttelten? Wenn ich Sie bitten würde, mir einen Scheck über zweitausend Pfund auszustellen, wer würde es Ihnen zum Vorwurf machen, wenn Sie sich weigerten? Niemand, der bei Verstand ist, würde anders entscheiden. Wenn ich Ihnen sagen würde, dass ich den Scheck aufbewahren würde, dass ich ihn niemals einlösen würde, weil es ihn nur als Band des Vertrauens zwischen uns gäbe, dann würden Sie mir nicht glauben.«

»Warum sollte ich Ihnen nicht vertrauen?«

»Wenn ich es Ihnen doch sage. Ich bin eine Frau, die hier in der Stadt aufgetaucht ist, um für eine Weile dem Lärm und dem Gedränge der Großstadt zu entkommen. Wer würde es Ihnen zum Vorwurf machen, wenn Sie sich sagten, dass Sie ihr nicht über den Weg trauen? Wenn erst einmal Vertrauen zwischen uns besteht, will ich sagen, können wir vielleicht auch über das andere sprechen. Sie verstehen mich doch, mein Lieber?«

»Wir kennen einander gut.«

»Ja und nein, mein Lieber. Beiden von uns ist Schlimmes widerfahren.«

Danach sprach Mrs Kincaid von den Schicksalsschlägen in ihrer Vergangenheit. Sie blieb bei der reinen Wahrheit, wie sie es in diesem Stadium ihrer Vorgehensweise immer tat.

Blakely griff in die Innentasche seines Jacketts und zog ein Scheckheft der Northern Bank hervor. Er stellte den Scheck aus. Er setzte das Datum ein, unterschrieb und trennte ihn heraus. Er reichte ihn ihr. Sie nahm ihn entgegen und starrte ihn fast eine Minute lang an. Dann zerriss sie ihn.

»Bitte«, sagte er, »ich meine es ernst.«

»Ich habe noch nie einen ehrlicheren Mann kennengelernt«, sagte Mrs Kincaid, und einen Augenblick lang blieb das offene Scheckheft zwischen ihnen auf dem Tisch in der Bar liegen. Als er wieder danach griff, sagte sie: »Ich führe mein Bankkonto unter meinem Mädchennamen.« Sie nannte ihm einen Namen, und er fügte ihn an den Vornamen *Mabel* an, den er bereits geschrieben hatte, während sie noch sprach. »Der wird niemals eingelöst werden«, sagte sie. »Das verspreche ich Ihnen.«

Sie legte fest, dass sie einander nicht schreiben würden. Sie würden zwei Monate warten und sich dann an dem Tisch wiedertreffen, an dem sie jetzt saßen, an dem Tisch, den sie zu ihrem gemacht hatten. Sie wählten ein Datum und eine Uhrzeit, einen Dienstag Ende Juli.

Der Scheck war auf den von Mrs Kincaid genannten Betrag ausgestellt. Sobald sie wieder in Belfast war, zahlte sie ihn auf ihr Konto ein und verzeichnete den Betrag in ihrem Notizbuch. Zwei Tage später erreichte er Blakelys Bank und wurde durch seine Genehmigung gedeckt, dass – sollte sein Girokonto einmal kein ausreichendes Guthaben aufweisen – der benötigte Betrag von seinem Sparkonto abgebucht werden dürfe. Seinen nächsten Kontoauszug erhielt er sechzehn Tage später.

Sie hätte den Mann heiraten können. Der Geistliche, dem sie vorgestellt worden war, hätte die Trauung vollzogen. Für den Rest ihrer Tage hätte sie die Frau eines Putenzüchters sein können, das versuchte sie sich vorzustellen – wie es wäre, in dem Bauernhaus aufzuwachen, die Hütehunde im Hof, die Gespräche, die es hätte geben können, ihre gemeinsame Basis als Opfer von Banditen.

Da überkam Mrs Kincaid ein Bedauern. Sie hatte das Gefühl, eine Chance verpasst zu haben, von der sie nicht einmal wusste, dass es sie gab. Ihr Instinkt gab ihr ein, sie müsse ihm einen Brief schreiben, auch wenn sie nicht wusste, was sie darin sagen sollte. Je länger sie überlegte, ob sie ihm nun schreiben solle oder nicht, umso zuversichtlicher wurde sie, dass sie schon noch genügend Inspiration finden würde, um am Ende ein oder zwei Seiten ebenso mühelos zu füllen, wie sie einen Eintrag in ihr Notizbuch vornahm. Die Zeit würde vergehen, und sie vertraute darauf, dass die Zeit jegliche Pein linderte. Natürlich würde der arme Mann sich peinigen.

Blakely wurde von einer Traurigkeit heimgesucht, die ein wenig nachließ, je weiter jene Zeit von ihm abrückte. An ihre Stelle trat Resignation. Es war seine Schuld; er hatte sich töricht aufgeführt. Sein Widerstand hatte sich geregt, er hatte ihm nicht Folge geleistet. Trotzdem zog er sich an dem Tag, für den sie ihre Wiederbegegnung vereinbart hatten, seinen Anzug an und ging zu Digby's Hotel.

Er wartete eine Stunde in ihrer Ecke der Bar, wider alle Wahrscheinlichkeit glaubte er an eine Erklärung. Dann ging er fort.

Als er aus der Stadt herausfuhr, glomm in ihm noch immer ein schwacher Funke Optimismus, obwohl er nicht wusste, woher dieser rührte oder ob das, was er verhieß, überhaupt vernünftig war. Er dachte über seine Stimmung nicht weiter nach; sie war einfach da.

Seit Mrs Kincaid nach Belfast zurückgefahren war, hatten die Wirren wieder eingesetzt. Es hatte Morde und Bestrafungsaktionen gegeben, Kirchenbrände, die Barrikaden in Drumcree, die Zerstörung der Stadt Omagh. Doch der Glaube an den brüchigen Frieden hielt an, nach so langer Zeit war er zu kostbar, um aufgegeben zu werden. Hartnäckig hielten die Menschen, die die Wirren durchlebt hatten, an der Hoffnung fest, die sich einmal unter ihnen breitgemacht hatte, lautstark in ihrer Forderung, dass sie nicht schwinden dürfe. Obwohl die Stille wieder dem Lärm gewichen war, hatte die gutartige Infektion auch Blakely ergriffen; Mrs Kincaid erging es ebenso, obwohl ihre Wirren selbstgeschaffen waren. Der Eintragungen in ihrem Notizbuch endlich überdrüssig, schrieb sie ihren Brief.

DAS TELEFONSPIEL

Da die traditionelle Trennung der Geschlechter am Vorabend einer Hochzeit Liese nicht zusagte, willigte Tony in ihren Wunsch ein, stattdessen eine Party zu geben, an der die Gäste beider Seiten teilnähmen. Eine Party war notwendig, weil die Formalitäten des Hochzeitstages kaum Zeit für ein Treffen mit Freunden lassen würden, die sie längere Zeit nicht gesehen hatten, und weil sie nicht wollten, dass der Empfang, der dazu Anlass geboten hätte, sich endlos hinzog; pünktlich zum ersten Abendessen ihrer Ehe wollten sie in Venedig sein. So fanden seine und Lieses Freunde sich schon vor der Hochzeit fröhlich gestimmt in Tonys Wohnung ein, die bereits für das gemeinsame Eheleben eingerichtet war; der Wein floss in Strömen, und es spielte Hintergrundmusik, zu der getanzt wurde. Währenddessen erfuhren Braut und Bräutigam aus dem, was gesagt wurde, mancherlei Neues übereinander. Die Freundschaften hier bestanden schon länger als ihre.

Heute Abend lag in Lieses Benehmen eine Feierlichkeit, die ihre zarten Gesichtszüge noch weicher machte: In Gedanken war sie bei ihrer Heirat. Das glatte Haar, blass wie Weizen, fiel ihr bis auf die Schultern; ihre hellblauen Augen wirkten eine Spur weniger gelassen als sonst, doch wenn sie lächelte, kehrte die Gelassenheit in sie zurück. »Ach, Tony, du hast vielleicht ein Glück«, bemerkte ein Cousin, der Liese noch nicht kennengelernt hatte, und Tony sagte, das wisse er sehr wohl. Auch er war blond, von Natur aus sorglos und humorvoll, auf seine Art gut aussehend.

Lieses Vater hatte in Deutschland ein Handschuhfabrik. Tony, ein Einzelkind, war ab dem sechsten Lebensjahr in England von einer Tante großgezogen worden, nachdem seine Eltern bei dem schlimmsten Flugzeugunglück des Jahres 1977 – der Kollision zweier Jumbojets auf dem Rollfeld – ums Leben gekommen waren. Neunzehn Jahre später waren Liese und er sich zufällig in einem hektischen Mittagsrestaurant unweit von Victoria Station begegnet. »Glauben Sie, wir könnten uns wiedersehen?«, hatte er gedrängt, während eine pummelige Kellnerin mittleren Alters, die ihnen genau in diesem Augenblick den Kaffee brachte, seinen Mut guthieß und dies deutlich zu erkennen gab. Die Nummer auf der Rückseite des Fahrersitzes des ersten Taxis, in dem sie gemeinsam saßen, hatte 00178 gelautet, schwarze Ziffern auf einem Oval aus weißer Emaille. Romantischerweise erinnerten sich beide später daran, ebenso an das Geplauder des Taxifahrers und die pummelige Kellnerin.

Liese, die bereits in ihn verliebt war, hatte sich von der Tragödie des Jahres 1977 berichten lassen, Tony sich von den Handschuhen aus Lamm-, Schweine, Ziegen- und Hirschleder, die seit Generationen die Existenzgrundlage von Lieses Familie bildeten. Das Nähen von Hand, die Färbetechniken, verschiedene Zwickel für verschiedene Lederarten waren Thema bei Tonys erstem Besuch in Schelesnau, wo man ihm die langen Reihen mit Schablonen und die zufriedene Belegschaft zeigte, Messer und Dreikantnadeln fein säuberlich an ihrem Platz auf den Regalen. Angespornt von seiner Liebe, spielte er in Schelesnau genau den Part, den man von ihm erwartete, stellte Fragen und zeigte Interesse. Liese war vor ihrer ersten Begegnung mit Tonys Tante sehr nervös. Diese war nicht mehr die Jüngste, sie lebte in einem kleinen Ferienort an der Südküste, von dem aus man in der Ferne die Fähren sehen konnte, die zwischen England und Frankreich verkehrten. Doch Liese hätte sich keine Gedanken machen müssen. »Sie ist reizend«, hatte Tonys Tante gesagt, und in Schelesnau – wo die beiden jüngeren Schwestern von Liese lebten und ein reges Familienleben herrschte – fand man Tony charmant. Anfänglich bestand – in Schelesnau wie in England – leichte Sorge, dass die beiden mit ihrer Ehe eine Bürde auf sich nahmen, die eine Ehe nicht immer tragen musste und die hätte vermieden werden können, wenn Liese sich dazu entschlossen hätte, einen Deutschen zu heiraten, oder Tony ein englisches Mädchen: Schließlich hatten sich beide Völker in zwei furchtbaren Kriegen als Feinde gegenübergestanden. Es war ein unbestimmtes Gefühl, das so gar nicht dem Zeitgeist entsprach, und obwohl es wie ein altes, schon lange in Verruf geratenes Gespenst umherschwebte, gelang es ihm letztlich nicht, Einfluss auf das Geschehen zu nehmen. Was stattdessen Einfluss ausübte, war das Telefonspiel.

Es war Tony, der am Abend vor der Hochzeit das Spiel vorschlug. Später wusste er kaum noch zu sagen, warum er das getan hatte, warum er geglaubt hatte, dass Deutsche den Humor dieses Spiels verstehen würden, aber natürlich hatte er schon einiges getrunken. Liese ihrerseits wünschte, sie hätte darauf bestanden, dass ihre Hochzeitsparty nicht die rechte Gelegenheit für derlei Zeitvertreib sei. »Ach, Tony!«, lautete ihr einziger, halbherziger Protest, und Tony überhörte ihn.

Lieses Schwestern – die beide Brautjungfern sein würden – hatte er bereits erklärt, dass man einen Unbekannten anrufen musste und derjenige das Spiel gewann, dem es gelang, den Unbekannten länger als jeder andere in ein Gespräch zu verwickeln. Die Anweisung machte die Runde unter den konsternierten Deutschen, die sich höflich fragten, was wohl als Nächstes anstand.

»Ich habe mit Motorbooten zu tun«, sagte ein Mann, als die Musik ausgeschaltet wurde. Er war zusammen mit Liese in Fräulein Groenewolds Kindergarten gegangen. »Meinen Sie einen Außenbordmotor?«

Daraufhin wurden er und all die anderen – es waren noch mehr als dreißig Gäste zugegen – gebeten, Stille zu wahren. Tonys Trauzeuge wählte eine Nummer, und dem ersten der Unbekannten wurde mitgeteilt, in seiner Straße gebe es ein undichtes Gasrohr. Er solle alle Zimmer in seinem Haus nach einem verdächtigen Geruch absuchen und den Befund durchgeben. Dem zweiten wurde gesagt, eine Außensicherung sei durchgebrannt; um einer Gefahr vorzubeugen, müssten sämtliche Stecker aus den Steckdosen gezogen und die betreffenden Geräte ausgeschaltet werden. Dem Nächsten wurde geraten, alle Fenster zu schließen und zu verriegeln, da die Nachbarschaft von einem Iltis unsicher gemacht werde.

»Hier spricht das Wasserwerk«, sagte Tony, als er an die Reihe kam.

»Es tut uns sehr leid, Sie so spät noch stören zu müssen. Es handelt sich um einen Notfall.«

Einige der deutschen Gäste waren noch immer verdutzt. »Sind das alles eure Freunde?«, fragte ein Mädchen mit einem Zopf, obwohl ihr das Spiel erklärt worden war. »Ist das ein Spaß unter Freunden?«

Noch einmal erläuterte Liese, bei den angerufenen Personen handele es sich um wildfremde Personen. Das Spiel bestehe darin, das Gespräch hinauszuzögern, es möglichst in die Länge zu ziehen. Damit ihre Stimme nicht an das Ohr von Tonys Opfer drang, flüsterte sie. »*Was? Stimmt irgendwas nicht?*«, flüsterte ihre Freundin auf Deutsch zurück, und Liese sagte, das Ganze sei nur ein Scherz. Der letzte Anruf hatte drei Minuten und fünfundvierzig Sekunden gedauert, der davor nur wenige Sekunden.

»Worum wir Sie bitten möchten, ist Folgendes«, sagte Tony. »Gehen Sie zum Wasserbehälter auf Ihrem Dachboden, und drehen Sie die Wasserzufuhr ab. Dieser Hahn ist normalerweise rot, Madam, aber die Farbe könnte natürlich verblasst sein. Wir möchten unbedingt verhindern, dass Ihr Haus überschwemmt wird.«

»Überschwemmt wird?«, wiederholte die Frau am anderen Ende der Leitung mit verschlafener Stimme. »Was?«

»Eines unserer Transformatorventile ist defekt. Es liegt ein gefährlich hoher Wasserdruck vor.«

»Ich kann doch um diese Uhrzeit nicht auf den Dachboden steigen. Es ist mitten in der Nacht.«

»Wir müssen jeden in Ihrer Nachbarschaft darum bitten, Madam. Vielleicht kann Ihr Mann –«

»Ich habe keinen Mann. Ich habe niemanden hier. Ich bin dreiundsiebzig Jahre alt. Wie kommen Sie darauf, dass ich etwas von Wasserhähnen verstehe?«

»Wir bedauern die Störung, Madam. Selbstverständlich würden wir Sie nicht darum bitten, wenn es nicht notwendig wäre. Wenn ein Transformatorventil ausfällt, ist das eine ernste Angelegenheit. Als Nächstes könnte das Hauptschaltventil ausfallen, und dann ist es natürlich zu spät. Wenn das Hauptschaltventil ausfällt, könnte der Wasserstand binnen Minuten auf über fünf Meter ansteigen. In diesem Fall würde ich Ihnen raten, in den Räumen im oberen Stockwerk zu bleiben.«

Tony legte die Hand auf die Sprechmuschel. Die Frau sei davongeschlurft, um eine Stehleiter und eine Taschenlampe zu holen, flüsterte er. Er lauschte erneut und sagte, er könne das Miauen einer Katze hören.

»Wird auch alles gutgehen?«, fragte ein anderes deutsches Mädchen, das sich zu Liese vorbeugte, und der Deutsche, der mit Außenbordmotoren zu tun hatte und das Spiel genauestens verstand, versicherte ihr mit einem Lächeln, es werde alles gutgehen. Er fand das Spiel unterhaltsam, für Schelesnau jedoch ungeeignet. Es war raffiniert. Es war der berühmte englische Sinn für Humor.

Tony vernahm schlurfende Schritte, in der Ferne eine sich schließende Tür und wieder das Miauen der Katze. Dann herrschte Totenstille.

Tony blickte in die Runde seiner Gäste, von denen einige wie er leicht angetrunken waren. Er lachte, nicht länger darum besorgt, ob das Geräusch zu dem anderen Haus vordrang, da dessen einzige Bewohnerin sich vermutlich bereits auf dem Dachboden befand. Er legte den Hörer neben die Telefonbücher auf dem schmalen Telefontisch und griff nach einer Flasche Sancerre, um einige leere Gläser nachzufüllen. Ein Freund, mit dem er zur Schule gegangen war, begann davon zu erzählen, dass ein Mann in Hoxton einmal auf die Straße geschickt worden war, um nachzusehen, ob dort soeben ein gestohlener blauer Lieferwagen geparkt worden sei. Er selbst hatte sich einmal als Inhaber einer Tanzschule ausgegeben und sechs kostenlose Unterrichtsstunden angeboten. Einige der Deutschen sagten, sie müssten jetzt aufbrechen.

»Psst.« Tony lauschte wieder in den Hörer und hielt eine Hand in die Höhe. Doch vom anderen Ende kam kein Laut. »Sie ist immer noch oben«, sagte er und legte den Hörer neben die Telefonbücher.

»Wo bist du untergebracht?«, fragte der Trauzeuge das Mädchen mit dem Zopf und streifte, während sie miteinander tanzten – die Musik lief wieder –, mit den Lippen ihre Wange. Das Telefonspiel war zu Ende.

»In Deutschland«, erklärte der Mann, der mit Außenbordmotoren zu tun hatte, »würden wir das als *Ärgernis* bezeichnen.«

»Oh, hier auch«, sagte ein englisches Mädchen, das mit dem Telefonspiel nicht einverstanden gewesen war. »Falls *Ärgernis* so viel wie unser *harassment* bedeutet.«

Die verbliebenen Gäste brachen alle auf einmal auf, wobei die Deutschen etwas über *Wasservexierungssport* erzählten, einen Scherz, bei dem man die Leute mit Wasserstrahlen bespritzt. Man steckte eine Zehnpfennigmünze in einen Automaten, um in einer Grotte die Beleuchtung einzuschalten, und wurde stattdessen pudelnass. »*Water-vexing*«, übersetzte der Mann mit den Außenbordmotoren.

»Weißt du, du könntest die Nacht hierbleiben«, sagte Tony, nachdem er und Liese die Gläser und die Aschenbecher eingesammelt, abgewaschen und abgetrocknet hatten, nachdem die Kissen aufgeschüttelt und die Fenster geöffnet worden waren, um einen Strom kalter Nachtluft ins Zimmer zu lassen.

»Aber ich muss doch noch meine Sachen packen. Morgen früh werden wir viel zu tun haben.«

Sie gingen durch die Wohnung, die schon bald ihr Zuhause sein würde, gingen von Zimmer zu Zimmer, obwohl sie alle gut kannten. Im Hintergrund spielte noch leise Musik, und eine Weile tanzten sie in der schmalen Diele, froh, endlich allein zu sein. An dem Tag, an dem sie sich zum ersten Mal begegnet waren, hatte in dem belebten Mittagsrestaurant eine Büroparty stattgefunden. Es war sehr laut zugegangen, und am Nachbartisch hatte sich eine Frau in einem gepunkteten roten Kleid mit ihrem Freund gestritten. Später erinnerten sie sich daran, wie zurückhaltend Liese gewesen war und wie zurückhaltend sie – viel später – gewesen war, als Tony ihr gestand, dass er sie liebte. Ebenso liebevoll erinnerten sie sich daran, dass sie beide eine richtige Ehe hatten eingehen wollen und nicht irgendeinen Ersatz, dass sie sich die bindenden Verpflichtungen strenger ehelicher Forderungen und Gelübde gewünscht hatten. London war der Ort, an dem ihre Liebe ihren Anfang genommen hatte, und Liese bestand darauf, dass die Ehe in London geschlossen wurde – zum Verdruss und Unbehagen ihrer Eltern und gegen jede Konvention.

Während sie tanzten, bemerkte Tony, dass der Hörer noch immer neben den Telefonbüchern lag. Seit mehr als einer halben Stunde hatte er ihn vergessen. Er brach den Tanz ab und griff nach dem Hörer. Dann sagte er: »Sie hat noch nicht aufgelegt.«

Liese nahm ihm den Hörer aus der Hand. Sie lauschte in die Muschel und hörte das leere Geräusch einer offenen Leitung. »Hallo«, sagte sie. »Hallo.«

»Sie hat den Anruf vergessen. Sie ist zu Bett gegangen.«

»Kann sie den Anruf wirklich vergessen haben, Tony?«

»So was Ähnliches.«

»Hat sie ihren Namen genannt? Hast du noch ihre Nummer?«

Tony schüttelte den Kopf. »Sie hat ihren Namen nicht genannt.« Die Nummer habe er vergessen; vermutlich sei er sich der Nummer gar nicht bewusst gewesen, sagte er.

»Was hat sie gesagt, Tony?«

»Nur, dass sie ohne Mann sei.«

»Ihr Mann nicht zu Hause? Um diese Uhrzeit?«

Sie hatten sich voneinander gelöst. Tony schaltete die Musik aus. Er sagte:

»Sie wollte damit sagen, dass sie Witwe ist. Sie ist nicht mehr jung. Dreiundsiebzig oder so.«

»Diese alte Frau klettert auf den Dachboden –«

»Na ja, sie hat versprochen hinaufzugehen. Wahrscheinlich hat sie mir kein Wort geglaubt.«

»Sie wollte eine Stehleiter und eine Taschenlampe holen. Das hast du uns gesagt.«

»Ich glaube, sie hat gesagt, ihr sei kalt in ihrem Nachthemd. Wahrscheinlich ist sie einfach wieder ins Bett. Ich kann's ihr nicht verübeln.«

Liese horchte wieder in den Hörer und sagte: »Ich kann die Katze hören.«

Doch als sie ihm den Hörer reichte, sagte Tony, er könne nichts hören. Nicht das geringste Geräusch, sagte er.

»Ganz weit weg. Die Katze hat miaut, und plötzlich ist sie verstummt. Leg nicht auf!«, schrie Liese, als Tony im Begriff war, den Hörer auf die Gabel zu legen. »Die ist oben auf ihrem Dachboden, Tony.«

»Ach, das glaube ich wirklich nicht. Warum sollte sie? Es dauert nicht lange, einen Absperrhahn zuzudrehen.«

»Was ist ein Absperrhahn?«

»Einfach eine Vorrichtung, mit der man die Wasserversorgung regulieren kann.«

Er konnte das leise Miauen der Katze hören, ein vereinzeltes Miauen, und dann ein weiteres. Unwillkürlich schüttelte Tony wieder den Kopf, um schweigend das Geräusch zu leugnen. Liese sagte:

»Vielleicht ist sie gestürzt. Im Schein der Taschenlampe kann man nicht gut sehen, und da ist sie vielleicht gestürzt.«

»Nein, das glaube ich nicht.« Zum ersten Mal in den anderthalb Jahren, seit sie ihn kannte, hörte Liese aus Tonys Stimme eine gewisse Gereiztheit heraus. Es sei sinnlos, den Hörer nicht aufzulegen, sagte er. »Lass uns die Sache vergessen, Liese.«

Ernst, aber bedrückt schaute Liese in die Gesichtszüge des Mannes, den sie in wenig mehr als zwölf Stunden heiraten würde. Er setzte ein vertrautes, ungezwungenes Lächeln auf. Sinnlos, sagte er noch einmal, etwas sanfter. Vollkommen sinnlos, sich weiter den Kopf darüber zu zerbrechen. »Wirklich, Liese.«

An jenem ersten Nachmittag waren sie spazieren gegangen. Er hatte sie durch Green Park geführt, dann hinab zum Fluss. Sie war in London, um ihr Englisch zu verbessern; an jenem Nachmittag hätte sie wieder im Unterricht sein sollen. Und es war schon Viertel nach fünf, ehe sich Tony eine Erklärung zurechtlog, weshalb er nicht an seinem Schreibtisch saß. Am nächsten Tag trafen sie sich wieder.

»Es ist nichts passiert, Liese.«

»Vielleicht ist sie tot.«

»Ach, Liese, sei nicht albern.«

Gleich darauf bat Tony sie um Verzeihung. Natürlich sei sie nicht albern. Das Spiel sei albern. Es tue ihm leid, dass sie es heute Abend gespielt hatten.

»Aber Tony –«

»Sie ist bestimmt nicht tot.«

»Wie kannst du dir so sicher sein?«

Er schüttelte den Kopf, womit er anzeigen wollte, dass er gar nicht behauptet hatte, sich sicher zu sein, dass seine Vermutung nur der Vernunft folgte. Im Lauf der Monate, da sie sich kennenlernten, hatte er gemerkt, dass Lieses Phantasie manchmal mit ihr durchging; sie hatte es selbst zugegeben. Sinnlos und entbehrlich, sagte sie, eine Laune der Natur, die ihr allzu oft eingab, dem Augenschein zu misstrauen. Musik sei sinnlos, hatte er geantwortet, das Blütenblatt einer Blume entbehrlich: Was keinen Marktwert habe, sei häufig das, was man am höchsten wertschätzen sollte. Doch Liese nannte ihre Laune der Natur eine Plage; und jetzt, wo er zum ersten Mal ein Beispiel miterlebte, begriff Tony, was Liese gemeint hatte.

»Lass uns nicht streiten, Liese.«

Doch der Streit, der schon begonnen hatte, ehe einer von beiden es merkte, verschärfte sich – heimtückisch in der Stille, die der stumme Telefonhörer, der von einem zum andern wanderte, zu erzeugen schien. Keiner von beiden konnte noch einmal das Miauen der Katze hören, und Tony sagte:

»Schau, am Morgen wird sie sehen, dass der Hörer herabhängt, und sich daran erinnern, dass sie vergessen hat, ihn aufzulegen.«

»Es ist bereits Morgen. Tony, wir könnten zur Polizei gehen.«

»Zur *Polizei*? Wozu in aller Welt denn das?«

»Die Polizei könnte herausfinden, wo das Haus ist.«

»Ach, das ist doch völliger Unsinn!« Und Tony, der zu diesem Zeitpunkt gerade den Hörer in der Hand hielt, hätte ihn beinahe aufgelegt.

Liese entriss ihm den Hörer und wurde rot vor Wut. Sie fragte ihn, warum er auflegen wollte, doch er zuckte nur mit den Achseln und gab keine Antwort. Er gab keine Antwort, weil all dies lächerlich war, weil er nicht glaubte, etwas Vernünftiges von sich geben zu können.

»Die Polizei könnte es auch nicht herausfinden«, sagte er, nachdem sie längere Zeit geschwiegen hatten. Die Polizei habe keine

Telefonnummer als Anhaltspunkt. Sie könnten der Polizei lediglich sagen, dass sich in einem Haus irgendwo in London eine alte Frau und eine Katze befänden. Überall in London, sagte Tony, gebe es alte Frauen und Katzen.

»Tony, versuch dich an die Nummer zu erinnern.«

»Herrgott noch mal! Wie kann ich mich an die verdammte Nummer erinnern, wenn ich sie von Anfang an nicht wusste?«

»Nun, dann wird sie in den Computern gespeichert sein.«

»In was für Computern?«

»In Deutschland werden sämtliche Anrufe in Computern gespeichert.«

Liese wusste nicht, ob das wirklich so war. Sie wusste nur, dass sie, wenn er den Hörer aufgelegt hätte, gar nichts ausrichten konnten. Warum hatte er ihn auflegen wollen?

»Liebling, es geht nicht«, sagte er jetzt. »Wir können nicht um drei Uhr morgens auf eine Polizeiwache gehen, nur um zu melden, dass eine alte Frau auf ihren Dachboden gestiegen ist. Es war ein harmloses Spiel, Liese.«

Sie versuchte, nichts dazu zu sagen, doch es gelang ihr nicht. Die Worte kamen ihr trotzdem über die Lippen, ungefiltert, ungewollt.

»Es ist ein grausames Spiel. Wie soll es etwas anderes als genau das sein, wenn es so ausgeht?«

Dort liege eine alte Frau. Liese hörte, wie ihre Stimme darauf beharrte. Durch die offene Falltür dringe Licht nach oben, darunter stehe die Leiter. Dort seien die staubigen Dielenbretter, die Wasserrohre. Die Augen der Katze winzige Nadelstiche in der Finsternis.

»Hat sie sich vielleicht den Kopf gestoßen, Tony? Im Alter werden die Knochen spröde. Ich sage nur, was geschehen sein könnte.«

»Wir haben nicht den geringsten Grund zu der Annahme, dass irgendetwas davon passiert ist.«

»Der Hörer hängt herab –«

»Sie hat den Hörer nicht aufgelegt, weil sie es vergessen hat.«

»Du hattest sie aufgefordert zurückzukommen. Du hattest sie aufgefordert zu tun, was du verlangst, und dir zu sagen, ob es geschehen ist.«

»Manchmal merken die Leute sofort, dass es ein abgekartetes Spiel ist.«

»Hallo! Hallo!«, ruft Liese aufgeregt in die Muschel. »Hallo … Bitte.«

»Liese, wir müssen warten, bis sie wieder aufwacht.«

»Zumindest wird die Katze die Mäuse fernhalten.«

Andere Leute werden sehen, dass im Haus noch Licht brennt. Andere Leute werden ins Haus kommen und den herabbaumelnden Telefonhörer sehen. Warum sollte eine alte Frau im Nachthemd eine Stehleiter unter eine Falltür stellen?, werden sich die Leute fragen, die ins Haus kommen. Sie werden der Katze einen Teller Milch geben, dann werden sie den Hörer auflegen, und einer von ihnen wird auf die Leiter steigen.

»Ich wünschte, es wäre in einer anderen Nacht passiert.«

»Liese –«

»Du wolltest den Hörer auflegen. Du wolltest nichts mehr davon wissen. Du wolltest, dass wir in alle Ewigkeit nicht wissen, was passiert ist, wolltest, dass alles im Dunkeln bleibt.«

»Nein, natürlich nicht.«

»Manchmal begreift man etwas nicht. Manchmal handelt man auf eine bestimmte Weise und macht sich nicht klar, was man tut.«

»Bitte«, flehte Tony sie erneut an, und Liese spürte, wie er seinen Arm um sie legte. Einen Moment lang ließen die Tränen in ihren Augen den Raum verschwimmen, in dem sie standen. Zärtlich streichelte er ihr übers Haar. Als sie wieder sprechen konnte, flüsterte sie gegen seine gemurmelten Tröstungen an und wiederholte, dass sie wünschte, all das wäre früher geschehen, nicht an diesem Abend. Sie verspürte einen pochenden Schmerz, als habe eine Krankheit sie befallen, irgendwo in ihrem Körper, sie wusste nicht, wo. Das kommt von dem Durcheinander und von der Verwirrung, dachte sie, oder davon, dass sie sich so zerrissen fühlt, als hätte sie zwei Seelen in der Brust. Für Streitigkeiten zwischen ihnen war kein Patz. War nie Platz gewesen und war immer noch keiner. Warum war es heute Abend geschehen, warum jetzt? Die Frage wiederholte sich wie ein Hämmern in Lieses Hirn und setzte wieder von vorn ein,

ein ständiges Kreisen. Früher hatte ihre Phantasie gotischen Burgen gegolten und, als sie in Fräulein Groenewolds Kindergarten ging, selbstersonnenen Märchen, später waren es Wunschvorstellungen über Lieblingsschauspieler gewesen. Wenn ihre Phantasie die Wirklichkeit verzerrte, wurde sie zu einer Dummheit. Natürlich hatte er recht.

»Ich muss ständig an sie denken«, flüsterte Liese dennoch. »Ich kann's nicht ändern.«

Tony wandte sich ab und ging langsam zum Fenster hinüber. Er wollte im Freien sein, durch die Straßen gehen, Gelegenheit zum Nachdenken haben. Als Liese sich wünschte, dass ihre Hochzeit in London stattfinde, hatte man ihn gebeten, ihr gut zuzureden. Aus Schelesnau war ein ziemlich langer Brief eingetroffen, in dem man ihn eindringlich bat, sich bei ihr zu verwenden, sie zur Vernunft zu bringen. Es sei für alle umständlich; verursache zusätzliche und unnötige Kosten; sei *exzentrisch* von ihr.

Heute Abend hatte Liese erfahren, dass Tony als Junge waghalsig gewesen war, dass er sich, in fast sechs Metern Höhe, auf dem Gesims von einem Schlafsaalfenster zum andern gehangelt hatte. Sie war darüber beglückt gewesen – dass er ihr nicht selbst davon erzählt hatte, wie mutig er war, und nicht damit angab. Doch jetzt kam ihr alles ganz anders vor.

»Es ist so ein Gefühl«, sagte Liese.

Am Fenster starrte Tony auf die leere Straße hinab. Die Straßenbeleuchtung war noch nicht ausgeschaltet worden, das würde sie erst in einigen Stunden. Doch das Morgenrot zeigte sich schon, zwischen den geparkten Autos, den am Vorabend aus Kellern hochgeholten Plastiksäcken, den an Geländern festgeketteten Fahrrädern. Was meinte sie damit: so ein Gefühl?

»Wirklich, es gibt keinen Grund zur Beunruhigung.«

Tony drehte sich um, als er sprach. Lieses Gesicht war angespannt und nervös, einen Moment lang unschön. Die Luft, die ins Zimmer drang, wirkte erfrischend kalt, und wieder wünschte er sich, er könnte im Freien spazieren gehen, irgendwo allein sein. Sie liebte ihn nicht, das war es wohl, sie war ihm genommen worden. Als er ihr den Rücken kehrte und wieder auf die Straße hinabschaute, sprach er es aus.

»Aber nein, ich liebe dich, Tony.«

Die Gäste der morgigen Hochzeit schliefen über ganz London verteilt – ihre Mutter und ihr Vater, ihre Freunde, die die weite Reise von Schelesnau angetreten hatten. Die Brautjungfernkleider ihrer Schwestern waren zurechtgelegt, Blumen bestellt und eine mit Bändern geschmückte Limousine. Das Gras des Hotelrasens war eigens für den Empfang gemäht worden. In ihrem Haus am Meer hatte Tonys Tante die von ihr ausgewählten Kleider gebügelt, und Liese stellte sich vor, wie sie auf ihren Bügeln bereithingen. Mit den Morgenmaschinen würden weitere Gäste aus Deutschland eintreffen. Sie hatte auf der Stadt ihrer Liebe beharrt. In Schelesnau hätte man niemals den Schlaf einer alten Frau gestört, dort hätte es keinen unbeabsichtigten garstigen Zwischenfall gegeben. Woher nahm sie die Gewissheit, dass man die Tote in einer einfachen länglichen Kiste aus dem Haus trug, nicht in einem Sarg?

»Wir sind so unterschiedlich, Tony.«

»Weil du Deutsche bist und ich Engländer? Ist es das? Dass Geschichte also doch etwas zu bedeuten hat?«

Sie schüttelte den Kopf. Wieso glaubte er denn das? Wieso dachte er so häufig in die falsche Richtung, griff so bereitwillig nach jedem sich bietenden Klischee?

»Wir sind keine Feinde, wir sind Freunde.« Sie holte weiter aus, versuchte etwas zu erklären, was ihr nicht kompliziert erschien. Und doch hatte sie das Gefühl, dass sie es kompliziert machte, denn die Reaktion war Verwirrung.

»Erinnerst du dich an die Büroparty?«, fragte Tony. »An die streitende Frau in dem roten Kleid? An das Lächeln der Kellnerin, als wir zusammen das Restaurant verließen? 00178. Erinnerst du dich daran?«

Sie gab sich alle Mühe, doch die Bilder stiegen nicht mit derselben Klarheit wie sonst vor ihr auf. »Ja, ich erinnere mich«, sagte sie.

Der Zweifel, der sich in ihren Wortwechsel eingeschlichen hatte, verursachte ein Zögern, eine Veränderung des Tonfalls, die sich nicht verschleiern ließen. Schweigen setzte ein, Abgründe taten sich auf, die mit jedem Satz tiefer wurden.

»Es hat mit uns zu tun, nicht mit einer Vergangenheit, die wir nicht kennen.« Liese unterstrich das Gesagte mit einem entschiedenen Kopfschütteln.

Tony nickte wortlos. Er trug an der Last der Geduld. Schweigend dachte er darüber nach, minutenlang, bevor aus weiter Ferne das schwache, dünne Rasseln einer menschlichen Stimme zu hören war. Vom Fenster aus blickte er zu dem Tisch, auf den Liese den Hörer gelegt hatte. Er sah zu, wie sie hinging, um ihn aufzunehmen.

Sie standen nebeneinander, und ein Geistlicher wiederholte vertraute Zeilen. Ein Ring wurde von Hand zu Hand gereicht. Als die letzten Worte gesprochen waren, wandten sie sich um, ließen den Geistlichen und den Altar zurück und schritten gemeinsam davon.

Die Hochzeitsgäste schlenderten auf den frisch gemähten Rasenflächen des Hotels umher. Unter einem strahlend blauen Himmel hantierte aufgeregt ein Fotograf. »Du bist noch schöner, als ich gedacht habe«, flüsterte Tony. Man trank Champagner und unterhielt sich auf Deutsch und auf Englisch. »Und ich liebe dich nur noch mehr.«

In einem gestohlenen Augenblick, bevor nach einer weiteren Rede gerufen wurde, bevor ihr Vater seine besondere Freude darüber zum Ausdruck brachte, dass der Bund zweier Familien heute den Bund zweier Nationen nach sich gezogen habe, musste Liese lächeln. »Wir sind vielleicht zwei Dummköpfe«, hatte Tony gesagt, als der Telefonhörer schließlich aufgelegt worden war, als der Gang auf den Dachboden in allen Einzelheiten wiedergegeben und eine Entschuldigung angeboten worden war, weil die Ausführung der Anweisung so lange gedauert hatte. Sie hatten sich umarmt, und wie sie sich so aneinanderklammerten, war die Wärme ihrer Erleichterung sinnlich spürbar gewesen. Und der Schatten der Wahrheit, die ans Licht gekommen war, ging in der Euphorie unter.

»Es tut mir leid«, sagte Liese im hellen Sonnenschein des nächsten Tages. »Tut mir leid, dass ich so genervt habe.«

Man erhob die Gläser auf ein noch größeres Glück als das Glück dieses Tages. Sie lächelten beide und winkten aus der Limousine, die gekommen war, um sie abzuholen. Dann, als sie endlich allein waren, unterdrückten sie ihre Müdigkeit nicht länger, und jeder suchte die Hand des andern. Unterschiedliche Gedanken gingen ihnen durch den Sinn. Er hatte recht gehabt. Zu diesem Ergebnis kam Tony immer wieder: In der Nacht hatte er nicht einen Augenblick daran gezweifelt, dass er recht hatte. Forderte die Liebe Opfer?, fragte sich Liese. Waren sie vor einem Terrain des Unbehagens gewarnt worden, das sich noch nicht offen als solches zu erkennen gab? Wie kam es, dass im Leben und in den Beziehungen der Menschen beiläufige Vorkommnisse bedeutsamer schienen als die Feindschaft oder Freundschaft zwischen Völkern? Einen Augenblick lang wollte Liese darüber sprechen, sie war schon kurz davor, doch dann beschloss sie, es sein zu lassen.

DIE JUNGGESELLEN IN DEN HÜGELN

Sie saß in der Küche des Bauernhauses und fragte sich, was sie wohl mit ihr anstellen, was sie vorschlagen würden. Es lag bei ihnen; sie konnte nicht danach fragen. Es wäre nicht schicklich, danach zu fragen, es wäre unpassend.

Sie war eine kleine Frau, mager und drahtig, die Trauerkleidung stand ihr gut. Mit achtundsechzig hatte sie ihre Leiden: Arthritis in Fingerknöcheln und Fußgelenken, auch wenn es ihr nicht allzu viel ausmachte; einen grauen Star, von dem sie noch nichts ahnte. Ohne größere Komplikationen hatte sie fünf Kinder zur Welt gebracht und war Großmutter von neun Enkeln. Sie selbst war fern der Hügel, die jetzt ihre Heimat waren, zur Welt gekommen, vor siebenundvierzig Jahren war sie in dieses Haus eingezogen, hatte sich die Küche und die Aufzucht von Gänsen und Hühnern mit der Mutter ihres Mannes geteilt, bis Küche und Aufzucht ganz in ihren Händen lag. Sie hatte nicht geglaubt, dass sie ihn überleben würde. Sie hatte es nicht gewollt. Sie wollte es auch jetzt nicht.

Von der Hauptstraße, wo der Bus ihn abgesetzt hatte, vor den Zapfsäulen und dem Laden von Caslin, gegenüber der Master McGrath Bar & Lounge, die ebenfalls Caslin gehörte, wanderte er in die Hügel. Es war Mittag, und das Wetter war schön. Nach vier Stunden in zwei verschiedenen Bussen freute er sich auf den Spaziergang und die frische Luft. Er hatte sich bereits für die Beerdigung umgezogen, damit er die zusätzliche Kleidung nicht in einem Koffer mitschleppen musste, den er sich hätte ausleihen müssen. Das Nötigste für die Übernachtung trug er in einer ausgefransten blauen Einkaufstasche bei sich, die ihn jeden Arbeitstag im Führerhaus des Lastwagens begleitete, den er lenkte. Er belieferte Bäckereien mit

Mehl in Säcken und Einzelhändler mit abgepackten Tüten in Kartons.

Alles war ihm vertraut: die schmale Straße, die, solange er zurückdenken konnte, ausbesserungsbedürftig war, die anfänglich sanfte Steigung, die Hügel, die in der Ferne in Berge übergingen, die Felder und die Nadelbäume, welche Sümpfen und Gewächsen wichen, die er von seinem Standort aus nicht erkennen konnte, von denen er jedoch wusste, dass es sich um Farnkraut handelte, um Heidekraut und Wollgras und hier und da um einen Flecken Gras. Nicht weit unterhalb der Horizontlinie lagen die Muldenseen, die er noch nie gesehen hatte.

Er war ein dunkelhaariger junger Mann von neunundzwanzig Jahren, schmächtig gebaut, mit rosigen Wangen und einer gewissen Pausbäckigkeit, die ihm ein liebenswürdiges, unbeschwertes Aussehen verlieh. Sorglos marschierte er weiter und dachte lediglich, dass ein Getränk und eine Tüte Kartoffelchips im Master McGrath keine schlechte Idee gewesen wären. Er fragte sich, was wohl aus Maureen Caslin geworden war; als sie beide fünfzehn waren, hatte er sie angehimmelt.

An einer Kreuzung bog er nach links ab auf ein ungeteertes Sträßchen, kaum mehr als ein Pfad. Um ihn herum lag eine Stille, an die er sich ebenfalls erinnerte, ganz anders als die Stille, die er aus den Städten im Landesinnern kannte, um derentwillen er diese Hügel elf Jahre zuvor verlassen hatte. Als er weitere ein, zwei Kilometer gegangen war, wurde sie von etwas unterbrochen, das ihm wie ein Vibrieren der Luft vorkam, eine sanfte Störung, bei der es sich um das leise Dröhnen eines Flugzeugs in großer Entfernung handeln mochte. Fünf Minuten später ratterte Hartigans alter, vom Rost angefressener roter Toyota über die Schlaglöcher und Traktorspuren, verdreckt und mit einem noch nicht gestrichenen vorderen Ersatzkotflügel. Die beiden Männer winkten einander zu, dann hielt die Klapperkiste an.

»Wie geht's dir, Paulie?«, fragte Hartigan.

»Ich kann nicht klagen, Mr Hartigan. Und Ihnen?«

Hartigan antwortete, es sei ihm schon mal besser gegangen. Er lehnte sich hinüber, um die Beifahrertür zu öffnen. Er sagte, es tue ihm leid, und Paulie wusste, was er meinte. Paulie hatte sich schon gefragt, ob er wohl Glück haben, ob Hartigan um die Mittagszeit von Drunbeg zurückkommen würde. Hartigan, ein kleiner, blühend aussehender Mann, lebte mit einer Schwester, die einen Kopf größer war als er, einer dünnen, schlaksigen Frau, die nur Miss Hartigan genannt werden wollte, weiter oben in den Hügeln. An dem Sträßchen gab es sonst keine Häuser.

»Werden sie zurückkommen?«, erkundigte sich Hartigan über das rasselnde Motorgeräusch seines Toyotas hinweg nach Paulies zwei Brüdern und zwei Schwestern.

»Ach, bestimmt.«

»Am Dienstag war er noch auf dem großen Feld.«

Paulie nickte. Hartigan fuhr langsam. Es war nicht der rechte Augenblick für ein Schwätzchen, und das respektierten sie.

»Danke, Mr Hartigan«, sagte Paulie, als sie sich verabschiedeten, und winkte dem Toyota nach. Die Hütehunde bellten ihn an, und er tätschelte ihnen den Kopf; den älteren erkannte er wieder. Der Hof war aufgeräumt. Hartigan hatte nicht gesagt, dass er heruntergekommen war, um seiner Mutter zur Hand zu gehen, aber Paulie konnte sehen, dass es sich so verhielt. Die Hintertür stand offen, weil seine Mutter ihn erwartete.

»Schön, dass du gekommen bist«, sagte sie.

Er schüttelte den Kopf. Kaum hatte er die Geste gemacht, merkte er, dass sie zu verhalten ausgefallen war, um von ihr wahrgenommen zu werden. Er hätte unmöglich wegbleiben können. »Wie geht es dir?«, fragte er.

»Es geht, es geht.«

Sie saßen in der Küche. Sein Vater lag oben. Die anderen würden kommen, dann würde man den Sarg verschließen und seinen Vater zur Kirche bringen. So wollte sie es: So wie es schon immer gewesen war, wenn der Tod aus dem Haus getragen wurde.

»Ihr hattet nie ein gutes Verhältnis«, sagte sie.

»Ist doch selbstverständlich, dass ich komme.«

In der Küche hatte sich nichts verändert: dieselbe grüne Farbe, abgeblättert an zwei Ecken der Anrichte und um die Riegel der Türen, die auf den Hof und zur Treppe führten; dasselbe Porzellan auf den Regalen der Anrichte, das nicht mehr Risse oder abgeschlagene Stellen aufzuweisen schien als früher, der große gescheuerte Tisch, der Krimskrams auf dem verräucherten Sims über dem Herd, die unbequemen Stühle, die Steinfliesen auf dem Boden, die Kassenbelege auf dem Nagel am Fenster.

»Setz dich eine Weile zu ihm, Paulie.«

Sein Vater hatte ihn immer Paul genannt, und Paul nannte man ihn auf der Arbeit, unter den Leuten der Städte im Landesinnern. Auch Patsy Finucane nannte ihn Paul.

»Geh hinauf zu ihm, Paulie. Gott hab ihn selig«, sagte sie. In ihrem Ton lag die Bitte, die Vergangenheit auf sich beruhen, sie im Nebel der Zeit verschwinden zu lassen, nun, da der Tod gekommen war. Wichtiger war ein Gebet für den sicheren Heimgang einer Seele.

»Werden sie alle gemeinsam kommen?«, fragte er und blieb noch sitzen. »Haben sie das gesagt?«

»Sie werden um drei Uhr hier sein. Kevins Auto und ein Wagen, den Aidan mieten wollte.«

Er stand auf, sein Stuhl kratzte über die Steinfliesen. Die Fragen hatte er nur gestellt, um den Moment hinauszuzögern, da er an das Totenbett seines Vaters treten würde. Aber sie wünschte es, und ohne es auszusprechen, wollte sie damit sagen, dass auch sein Vater es gewünscht hatte. In dem Schlafzimmer würde Vergebung walten, seine Vergebung hingemurmelt, die seines Vaters als selbstverständlich vorausgesetzt.

Er nahm den Rosenkranz, den sie ihm entgegenhielt, da er sie nicht kränken wollte.

Sie hörte seine Schritte auf der kurzen, steilen Treppe, hörte, wie sich die Schlafzimmertür öffnete und schloss, dann wieder die Schritte im Zimmer über ihr, danach Stille. Jetzt sah sie vor sich, was ihr heimgekehrter Sohn sah: die blutleere Blässe, die nachgewachsenen Stoppeln, die geschlossenen Lider, die erstarrten Lippen, das von ihr gekämmte graue Haar. Frances war sein Liebling gewesen, dann kam

Mena; Kevin wurde akzeptiert, weil er zuverlässig war; Aidan war der Erstgeborene. Paulie war nicht oft erwähnt worden.

Von weiter unten auf dem Sträßchen war das Geräusch eines Wagens zu hören. Es würde eine Weile dauern, bis er das Bauernhaus erreicht hätte. Ohne Eile stellte sie Tassen und Untertassen auf den Tisch. Das Wasser im Kessel hatte bereits gekocht, und sie schob ihn wieder auf die heiße Platte des Herdes. Seit ihren Kindertagen waren sie nicht mehr alle zur gleichen Zeit daheim gewesen. Das Haus bot nicht genügend Platz für die beiden Nächte, die sie bleiben mussten, aber um ihre Unterkunft würden sie sich schon selbst gekümmert haben. Sie öffnete die Hintertür, damit sie sich willkommen fühlten.

Paulie blickte auf den ausgestreckten Leichnam nieder, er wusste nicht recht, wie er ihn anreden sollte. Dann hörte er die Ankunft der Autos und ging zum Fenster auf der anderen Seite des Zimmers. Dem ersten Auto im Hof entstieg Frances, das andere wurde zurückgesetzt, damit es nicht im Weg stand, ein weißer Ford, den er noch nie gesehen hatte. Das Fenster war oben einen Spaltbreit geöffnet, und er konnte die Stimmen hören. Kevin sagte, die Fahrt sei ganz in Ordnung gewesen, und Aidan stimmte ihm zu. Der Ford war ein Leihwagen, auf einem Aufkleber stand *Cahill of Limerick*; vermutlich war er in Shannon gemietet worden.

Die Männer von Paulies Schwestern waren nicht mitgekommen, vielleicht wegen des Mangels an Schlafplätzen im Haus. Sie würden sich in Dublin um die Kinder kümmern, und offenbar war Kevins Frau Sharon mit ihren Kindern in Carlow geblieben. Aidan war allein aus Boston angereist. Paulie war Aidans Frau noch nie begegnet und Sharon nur ein einziges Mal; von den Kindern hatte er noch keines gesehen. Sie wären auch mit einem Wagen ausgekommen, schätzte er, als er zusah, wie seine Brüder und Schwestern ihre Koffer heraushoben, aber vermutlich wäre es schwierig zu organisieren gewesen, da Kevin den Umweg über Shannon hätte machen müssen.

Seine Brüder trugen schwarze Krawatten, seine Schwestern eine Art Trauerkleidung, aber nicht vollständig, das konnte noch bis später warten. Mena sah aus, als sei sie wieder schwanger. Kevin hatte inzwischen eine kahle Stelle auf dem Kopf. Aidan nahm die Brille ab, die er zum Fahren aufgesetzt hatte. Ihre Koffer waren nicht schwer. Man sah, dass sie nicht die Absicht hatten, länger als nötig zu bleiben.

Als er in den Hof hinunterblickte, wusste Paulie, dass die Vermutung bereits Tatsache war; er hatte es schon in der Küche gewusst, als er mit seiner Mutter dasaß. Er war der Junggeselle der Familie, seine Anstellung galt nicht viel. Seine Mutter kam allein nicht zurecht.

Auch im Hinterzimmer von Meagher's hatte er es schon gewusst, als er Patsy Finucane eröffnete, er müsse zu einer Beerdigung fahren. Der Tod hatte ihm Patsy Finucane geraubt: Als er die Benachrichtigung erhalten hatte, dachte er an sie, nicht an seinen Vater. Bei Meagher's war der Alkohol mit ihm durchgegangen, und er hatte zu früh gesprochen. »Jesses«, hatte sie gesagt, »was soll ich auf einem Bauernhof anfangen?«

Hinterher – als die Fahrt durch die Hügel zu einem Trauerzug am Stadtrand geworden und der Sarg zu seinem nächtlichen Ruheplatz gebracht worden war, und später, als die Familie nach der Beerdigung zum Bauernhof zurückkehrte und sich am nächsten Morgen wieder zerstreut hatte – blieb Paulie zurück.

Das hatte er nicht vorgehabt. Er hatte gehofft, in einem der beiden Wagen mitgenommen zu werden und danach erst einen Bus, dann einen weiteren nehmen zu können, wie er es auf der Herfahrt getan hatte.

»Wo werden sie sich trennen?«, fragte seine Mutter in die Stille hinein, die nach der Abreise eingetreten war.

Er wusste es nicht. Irgendwo, wo es günstig war; in irgendeiner Stadt würden sie haltmachen und gemeinsam etwas trinken, in einer anderen Atmosphäre, da sie nicht mehr in einem Trauerhaus wären. Sie würden Neuigkeiten austauschen, die vorher auszutauschen pietätlos erschienen wäre. Aidan würde von Boston erzählen und seine Schwestern und seinen Bruder dorthin einladen.

»Wärm dich am Feuer, Paulie.«

»Warte, ich will erst nach den Färsen sehen.«

»Seine Stiefel stehen dort.«

»Ich weiß.«

Seine Brüder hatten sich die Gummistiefel ebenfalls ausgeliehen; man benötigte sie, wo immer man hinging. Kevin hatte einen Zaun geflickt, Aidan die Wasserzufuhr zu den Schafen wieder in Gang gebracht. Gemeinsam hatten sie den Stacheldraht auf der anderen Seite des Torfmoores neu gespannt.

»Zieh dir eine Regenjacke an, Paulie.«

Es würde nicht regnen, aber die Regenjacke schützte gegen den Wind. Wann immer er an seine Kindheit auf dem Bauernhof dachte, erinnerte er sich, dass es windig gewesen war: Im Hof flatterten die Düngemittelsäcke, es stürmte auf dem Weg zu den Schafhügeln, auf dem großen Feld, das die Haupteinnahmequelle der Familie gewesen war, seit sein Vater es von Steinen befreit hatte, auf dem Kartoffelacker. Wind war typisch für die Gegend, mehr als Regen oder Frost. Nicht dass es nicht viel regnete. Doch wen stört schon der Regen?, hatte sein Vater immer gesagt.

Nach den Färsen hätte er nicht zu sehen brauchen, das hatte er gleich gewusst. Jämmerlich zusammengekauert drängten sie sich gegen die Mauer einer eingefallenen Scheune, von ihrem Fell hing Schlamm, den der Wind getrocknet hatte. Als eine der anderen Mauern eingestürzt war, hatte sein Vater das Dach abgenommen, weil er das Wellblech für etwas anderes benötigte. Er hatte die Mauer zu dem Zweck stehen lassen, zu dem die Färsen ihn jetzt nutzten.

Auch Paulie stand im Schutz der Mauer, die Pfützen zu seinen Füßen waren noch nicht getrocknet, anders als der Schlamm an den Tieren. Er erinnerte sich daran, wie das rote Dach Stück für Stück heruntergenommen worden war und Kevin unten gewartet hatte, um es entgegenzunehmen. Aidan hatte die Bolzen herausgezogen. Er selbst hatte den Traktor zurückgesetzt und den Anhänger dicht heranmanövriert. »Wozu braucht er das?«, hatte er Kevin gefragt, und Kevin hatte erwidert, das Wellblech werde dazu verwendet, Lücken in den Hecken zu schließen.

Langsam ging Paulie den Weg zurück, den er gekommen war.

»Denkst du daran, für immer zurückzukehren?«, hatte Aidan ihn im Hof gefragt, als sie allein waren. Paulie hatte mit der Frage gerechnet und vermutet, dass Aidan, der Älteste, sie ihm stellen würde. »Wollte es nur mal erwähnen«, hatte Aidan gesagt. »Wollte es nur mal ansprechen.«

Mit dem Blasebalg fachte sie das Torffeuer an und sah zu, wie die Glut sich ausbreitete, Funken aufstiegen und wieder verglühten. Es war nicht der rechte Zeitpunkt gewesen, um Entscheidungen zu treffen oder das Thema auch nur anzuschneiden. Nichts wäre verfehlter gewesen, und sie war froh, dass sie es erkannt hatten. Nach der Beerdigung hatte Kevin sich kurz mit Hartigan unterhalten, den Gesten konnte sie entnehmen, dass es um eine vorübergehende Lösung ging.

Sie würden schreiben. Frances hatte es versprochen, und Aidan auch. Anstelle von Kevin würde Sharon schreiben, wie sie es immer tat. Mena ebenfalls. Wo auch immer sie Rast machten, um sich zu verabschieden, würden sie darüber reden, und später würden sie schreiben.

»Setz dich, Paulie, setz dich«, sagte sie, als ihr Sohn hereinkam und dabei die Kälte von draußen mitbrachte.

Noch einmal sagte sie, Father Kinally habe die Trauerfeier wunderschön gestaltet. Gestern hatte sie es im Auto zu ihren Töchtern gesagt und heute Morgen zu Kevin und Aidan. Paulie hatte es wohl gehört, aber manchmal wollte man etwas noch einmal wiederholen. Es tat gut.

»Ah, das hat er«, sagte Paulie. »Natürlich.«

Er hatte die Verantwortung übernommen. Sie spürte, dass er sie übernommen hatte, spürte es an der Art, wie er sich darum kümmerte, ob mit den Färsen alles in Ordnung war, an der Art, wie er gestern Abend und heute Morgen daran gedacht hatte, dass gemolken werden musste, wie er die Arbeit wortlos erledigte. Sie sah zu, wie er die Gummistiefel abstreifte und neben die Tür stellte. Er hängte die Regenjacke an den dafür bestimmten Türhaken und kam auf Socken zum Feuer, in einer Hand seine Schuhe. Sie drehte sich weg, damit er nicht merkte, dass er sie an seinen Vater erinnerte, der genauso in die Küche gekommen war.

»Sehen die Färsen nicht gut aus?«, sagte sie.

»O ja.«

»Dieses Jahr war er mit ihnen zufrieden.«

»Stimmt, sie sehen nicht schlecht aus.«

»Trotzdem, zur Zeit sind die Preise schlecht.«

Er nickte. Natürlich wusste er, dass die Zeiten schlecht waren und weder Schafe noch Rinder die Preise des Vorjahres erzielten. Die Nachfrage war stärker zurückgegangen, als man es für möglich gehalten hätte.

»Dann haben wir unsere Arbeit für heute getan«, sagte sie.

»So ist es.«

Sie wusch die Eier, die Mena zuvor eingesammelt hatte, bürstete das Stroh ab und wischte dann die Schalen sauber, bevor sie sie in der Schüssel stapelte. Die Eier würden sie eine Weile satt machen, zusammen mit dem restlichen Frühstücksspeck und der halben Kasserolle Eintopf im Kühlschrank. »Du hast genügend Proviant für eine Armee!«, hatte Kevin gerufen, als er in die Tiefkühltruhe geschaut hatte, und sie hatte ihn daran erinnert, dass man ausreichend Vorräte brauchte, für den Fall, dass das Wetter sich verschlechterte.

»Was würden wir ohne sie anfangen?«, fragte sie jetzt und meinte damit die Tiefkühltruhe. Sie hatten eine Schweinehälfte von den Caslins darin verstaut, von der bislang nur eine Portion Bauchfleisch aufgebraucht war. »Und Hammelfleisch bis zum Jüngsten Tag«, sagte sie.

»Wie geht's ihnen derzeit, den Caslins? Auf der Beerdigung habe ich Maureen nicht gesehen.«

»Maureen hat einen Mann aus Tralee geheiratet. Seitdem wohnt sie da.«

»Weißt du, wen?«

»Er arbeitet in einem Schuhgeschäft.«

Sie hätten zur Hochzeit fahren können, nur hatte diese zu einer Jahreszeit stattgefunden, wo man nicht einen Tag erübrigen konnte. Hartigans waren hingefahren. Sie hätten sie mitgenommen, aber sie hatte abgelehnt.

»Hartigan kam betrunken zurück, du hättest ihn sehen sollen!

Und seine Schwester war so frostig, dass man ein Feuer damit hätte löschen können!«

»Er fährt morgen runter. Er holt mich ab.«

In der Pfanne warteten Frühstücksspeck, Blutwurst und gebratenes Brot auf ihn. Sie schlug zwei Eier in das Fett und wendete sie, als sie fertig waren, weil er sie gern gewendet hatte. Als sie ihm den Teller hinstellte, nahm er erst einen Schluck Tee, bevor er etwas aß. Er sagte:

»Du schaffst das nicht. Unmöglich.«

»Es war noch nicht die rechte Gelegenheit, darüber zu reden, Paulie.«

»Ich komme zurück.«

Er begann zu essen, der Dotter färbte den Teller gelb. Die Blutwurst und das knusprige Fett des Specks verzehrte er zuletzt. So hatte er es immer gehalten.

»Hartigan würde mir weiterhin helfen. Das bisschen Melken kriege ich auch noch hin. Das meiste schaffe ich allein. Die Caslins würden heraufkommen.«

»Das wär kein Leben für dich.«

»Es sind Nachbarn, Paulie. Dein Vater hat ihnen geholfen, wenn sie seine Hilfe brauchten. Ich hab gesehen, dass Kevin sich auf dem Friedhof mit Hartigan unterhalten hat. Natürlich wäre es nicht kostenlos, nicht bei Hartigan. Kevin wird mir später davon erzählen.«

»Du wärst abhängig.«

»Du hast dein eigenes Leben, Paulie.«

»Du sollst haben, was dir von deinem bleibt.«

Einige Minuten lang kaute er schweigend, dann trank er den Tee aus, den sie ihm eingeschenkt hatte.

»Ich werde kündigen müssen. Die Kündigungsfrist müsste ich noch abarbeiten. Einen Monat.«

»Überleg's dir, bevor du etwas unternimmst, Paulie.«

Paulie empfand keine Verbitterung, er war kein Mensch, der leicht verstimmt war: Auf den Hof zurückzukehren bedeutete nicht das Ende der Welt. Für ihn hatte es das Ende der Welt bedeutet, als er im

Hinterzimmer von Meagher's hörte, dass Patsy Finucane das Leben auf einem Bauernhof nicht verlockend fand.

Kaum hatte er an dem Tag von Heirat gesprochen, wusste er, dass er es nicht hätte tun sollen. Patsy Finucane hatte es mit der Angst zu tun bekommen wie ein junger Windhund. Sie hatte ihn kaum verstanden, als er vor lauter Verlegenheit sagte: »Schon gut, macht nichts.« Was ihn zu dem Vorschlag veranlasst hatte, war eine Mischung aus Nervosität und Alkohol gewesen, und sobald er ihr den Vorschlag gemacht hatte, bestand keine Möglichkeit mehr, sie zurückzugewinnen: Das sah er in ihren sanften grauen Augen, bevor sie den Blick abwandte. »Dann werde ich nicht zurückgehen«, hatte er gesagt und die Sache nur noch schlimmer gemacht. »Ohne dich werde ich nicht zurückgehen.«

Als sie nach der Beerdigung wieder im Hinterzimmer von Meagher's saßen, versuchte Paulie, die Sache ins Lot zu bringen; er versuchte, noch einmal neu anzusetzen, aber es nützte alles nicht. Als er gerade die dritte Woche seiner Kündigungsfrist absolvierte, begann Patsy Finucane mit einem Postangestellten auszugehen.

Im Hof streute sie den Hühnern Getreidekörner hin und erinnerte sich daran, wie sie das zum ersten Mal getan hatte, damals ängstlich besorgt, worauf sie sich mit ihrer Heirat eingelassen hatte. Ihre Sorge war nicht unbegründet gewesen: Mehr, als sie sich ausgemalt hatte, war ihre Stellung auf dem Hof eine des Gehorsams und der Demut gewesen, und manchmal versetzten ihr dahingesprochene Worte oder zufällige Vorkommnisse einen Stich, der ihr heimlich Tränen entlockte. Doch die Zeit verwandelte, was unabänderlich schien, einfach indem sie verging. Das Älterwerden schwächte sie; doch die Mutterschaft stärkte ihr Selbstvertrauen. Im Haus waren die Rollen vertauscht.

Sie wollte nicht, dass eine Frau, die Paulie irgendwann einmal in die Küche und ins Haus bringen würde, ähnlich leiden musste. Sie würde es ihr erleichtern, indem sie von Anfang an in den Hintergrund treten würde, und zwar willentlich. Es war nur zu schade, dass Maureen Caslin den Mann im Schuhgeschäft geheiratet hatte, denn

Maureen Caslin hätte gut zu ihm gepasst. Freilich gab es da noch ihre Schwestern.

In den Wochen nach Paulies Abreise trafen die ersehnten Briefe von Mena und Frances, von ihrer Schwiegertocher Sharon, die in Kevins Namen schrieb, und von Aidan ein. Der Inhalt aller vier Briefe war einfach, die unausgesprochene Erwartung endlich ausgesprochen, viermal in verschiedener Handschrift. Aidan sagte, er und Paulie hätten darüber geredet. *Es ist lieb von Euch, dass Ihr an mich denkt,* schrieb sie zurück, ebenfalls viermal.

Hartigan schaute weiterhin regelmäßig vorbei, einige Male in Begleitung seiner Schwester. Diese saß dann in der Küche, während er sich im Hof an die schwere Arbeit machte. »Hätte Mena vielleicht Platz für Sie?«, fragte sie bei einer Gelegenheit und schien vergessen zu haben, dass Paulie zurückerwartet wurde, sobald die Kündigungsfrist abgelaufen war. Miss Hartigan brachte immer Rosinenbrot mit, wenn sie kam, und sie verzehrten die Scheiben dick mit Butter bestrichen. »Mena erwähne ich nur, weil es doch sein könnte«, sagte sie, »dass Paulie keine allzu große Lust hat, zurückzukommen. Ich könnte mir denken, dass er nicht gerade versessen darauf ist.«

»Wie kommen Sie darauf, Miss Hartigan?«

»In den Hügeln leben doch jetzt nur noch Junggesellen. Wie er«, fügte Miss Hartigan hinzu und deutete mit ihrem knochigen Schädel zum Hof hin, wo ihr Bruder auf einer Leiter stand und eine Dachrinnenhalterung reparierte.

»Paulie ist doch auch nicht verheiratet.«

»Sag ich doch. Ich frage mich, ob er es dabei belassen will.«

Miss Hartigans Gesichtszüge waren von dem starken Wunsch belebt, mehr zu sagen, zu informieren und zu erklären, um die Verwirrung, die sie angerichtet hatte, zu zerstreuen. Nach einer Pause, in der sie höflich nach einer Schnitte Rosinenbrot langte, fuhr sie fort. Vielleicht sei ihr nicht aufgefallen, dass die Junggesellen in den Hügeln heutzutage Mühe hätten, eine Frau für das Leben auf den bescheidenen Höfen zu begeistern, die sie geerbt hätten.

»Verzeihen Sie, dass ich es angesprochen habe«, entschuldigte sich Miss Hartigan, bevor sie ging.

Es stimmte und war bemerkt und oft kommentiert worden. Hartigan selbst war zwanzig Jahre zuvor vielleicht der erste der Junggesellen in den Hügeln gewesen. Mittlerweile konnte man sie aufzählen: einsame Männer, von denen einige mit einer Mutter oder Schwester zusammenlebten, auf den Hängen des Coumpeebra, auf Slievenacoush, Knockrea, Luire, Clydagh.

Sie konnte sich nicht erinnern, all das verdrängt zu haben, als Paulie sagte, er werde zurückkommen, doch vielleicht hatte sie es getan. Sie versuchte, nicht darüber nachzudenken, und tröstete sich damit, dass der Inhalt des Gesprächs und der Tonfall von Miss Hartigan mehr mit Miss Hartigan und ihrem Bruder zu tun hatten als mit der Zukunft eines benachbarten Bauernhauses. Und es war ja auch nicht gesagt, dass, was bislang geschehen war, auch weiterhin geschah. Das Land der Hartigans war längst nicht so gut wie das Land weiter unten am Hügel; nicht besser als die Hänge des Slievenacoush, Clydagh oder Coumpeebra. Man gab sein Bestes und hoffte auf warme Sommer. Paulie war ein gut aussehender, anständiger Junge; es gab überhaupt keinen Grund, warum er hier nicht eine Familie großziehen konnte wie sein Vater.

»Unten bei den Caslins stehen noch zwei Koffer«, sagte er, als er an einem Samstagnachmittag ins Haus kam. »Wenn ich den Wagen wieder flottgemacht habe, hole ich sie ab.«

Sie umarmten sich nicht; das war in der Familie nicht üblich. Er setzte sich, sie machte Tee und stellte die Pfanne auf den Herd. Er erzählte ihr von seiner Reise, dass im ersten der beiden Busse eine Frau gesungen hatte und er im zweiten eingeschlafen war. Er erzählte mit ernsten Worten, seine Ausdrucksweise war bedacht, manchmal lächelte er kaum. So war er schon immer gewesen.

»Hartigan hat den Wagen schon vor einiger Zeit einmal angelassen«, sagte sie, »um sicherzugehen, dass er gut in Schuss ist.«

»Und ist er das? Gut in Schuss?«

»O ja.«

»Ich schau ihn mir später an.«

Er lebte sich problemlos ein, und dabei stellte sie fest, dass sie ihn nie richtig gekannt hatte. Er war für sie in der Familie untergegangen, sein Schattendasein war von dem mangelnden Interesse seines Vaters noch verstärkt worden. Sie hatte nie dagegen protestiert, nur manchmal heimlich ein oder zwei tröstende Worte geflüstert. Irgendwie passte es, dass eine Wendung des Schicksals ihn zum Nachfolger seines Vaters bestimmt hatte.

Seine täglichen Aufgaben versah er so gründlich und mit so viel Sachverstand, dass man hätte meinen können, er sei nie fort gewesen. Er hatte nichts vergessen und wusste über alles Bescheid: das Winterfutter für die Färsen, die Arbeit auf dem Hof, wo auf den Hügeln die Zäune nachgeben mochten und wie oft er hinaufgehen musste, um sich der Schafe anzunehmen, die Wartung des Traktors. Offenbar hatte er, obwohl seine Gegenwart so häufig übersehen worden war, seinem Vater wesentlich genauer bei der Arbeit zugeschaut als seine Brüder, was sie früher nicht vermutet hätte. »Heute wäre er stolz auf dich«, sagte sie einmal, aber Paulie reagierte auf ihre Bemerkung nicht, und so widerstand sie dem Wunsch, sie noch einmal zu wiederholen. Das große Feld, der Stolz seines Vaters, wurde sein Stolz. Er sagte, südlich davon liege ein weiterer Streifen Land, der von Steinen befreit und zurückgewonnen werden könne, und nahm sie mit hinaus, um ihr zu zeigen, wo er die neue Mauer ziehen würde. Sie standen im Sonnenschein eines warmen Junimorgens, und während er ihr den Streifen zeigte und darüber sprach, saßen die beiden Hütehunde folgsam neben ihm. Er verstand ebenso gut mit ihnen umzugehen wie sein Vater in seinen besten Zeiten.

Wie sein Vater fuhr er sie alle drei Wochen hinunter nach Drunbeg, da sie selbst nie gelernt hatte, Auto zu fahren. Sein Vater hatte, während sie einkaufte, stets auf dem Parkplatz von Conlon's Supermarkt gewartet, aber Paulie begleitete sie immer in den Laden. Er schob den Einkaufswagen, und manchmal drückte sie ihm eine Liste in die Hand, und er nahm die Sachen von den Regalen. »Sollen wir uns den ansehen?«, schlug er einmal vor, als sie am Rialto vorbeifuhren, das jetzt zwei Vorführräume hatte. Früher, bevor es renoviert worden war, hatte es einfach nur das Lichtspielhaus geheißen. Sie habe keine rechte Lust, sagte sie. Sie war noch nie in dem Kino gewesen, weder früher noch seit seinem Ausbau; der Fernseher reichte ihr. »Warum gehst du nicht mit einem der Caslin-Mädchen hin?«, fragte sie.

Er führte die ältere von ihnen aus, Aileen, und danach fuhr er öfter abends nach unten, um mit ihr im Master McGrath zu sitzen. Die Beziehung endete, als Aileen erklärte, ihre Schwester in Tralee habe von einer freien Stelle in einem Zeitungs- und Süßwarenladen gehört, sie sei zu einem Vorstellungsgespräch in Tralee gewesen und tatsächlich habe man ihr die Stelle angeboten.

»Und wusstest du, dass sie solche Absichten hatte?«, fragte ihn seine Mutter, als sie davon erfuhr, und er antwortete, irgendwie habe er es geahnt. Die Sache schien ihn nicht sonderlich zu beunruhigen, obwohl sie selbst angenommen hatte, dass Aileen Caslin – schwerfällig und eher langsam – nach Lage der Dinge die Ehefrau wäre, die ins Haus kommen würde, da ihre Schwester Maureen nicht mehr zu haben war. Paulie sprach nicht darüber, doch schon bald nach Aileens Abreise begann er sich für ein Mädchen an einer der Kassen bei Conlon's zu interessieren.

»Warum bringst du Maeve nicht mal an einem Sonntag mit?«, schlug seine Mutter ihm vor, als die Freundschaft enger geworden war, als es wie mit Aileen Caslin Kinobesuche und gemeinsam verbrachte Abende im Pub gegeben hatte. Maeve war um einiges lebhafter als Aileen; er hätte eine schlechtere Wahl treffen können.

Doch Maeve kam nie zum Hof. Bei Conlon's schob Paulie den Einkaufswagen nunmehr an eine der anderen Kassen, auch wenn die Schlangen länger waren. Seine Mutter fragte nicht nach dem Grund. Er hat sein eigenes Leben, mahnte sie sich immer wieder; er hat seine Privatsphäre, und warum auch nicht? »Ist er nicht ein guter Sohn?«, bemerkte Father Kinally eines Sonntags, als Paulie den Wagen wendete. »Ist nicht alles sehr gut für Sie ausgegangen?«

Das wusste sie selbst und war sehr dankbar dafür. Da er tatkräftiger war als sein Vater gegen Ende seines Lebens, arbeitete Paulie länger – wenn es hell genug war, bis weit in den Abend hinein.

»Ich weiß nicht, ob ich je ein Wort mit ihr gewechselt habe«, sagte sie, als er anfing, mit der letzten noch verbleibenden Caslin-Tochter auszugehen. Die schien vernünftig.

»Ach, ist mir gleich«, antwortete die Jüngste der drei Caslin-Mädchen immer, wenn Paulie ihr sagte, welche Filme gezeigt wurden, und er sie fragte, welchen sie sich ansehen wolle. Wenn die Beleuchtung ausgeschaltet wurde, wartete er eine Weile, bevor er den Arm um sie legte, wie er es auch bei ihren Schwestern und bei Maeve getan hatte. Nur bei Patsy Finucane hatte er es nicht abwarten können.

Das vernünftige Aussehen, das Paulies Mutter an Annie Caslin aufgefallen war, kam auf nüchtern-sachliche Art zum Ausdruck. Gefühle spielten in ihrem robusten, soliden Temperament keine große Rolle. Sie war die Größte und Kräftigste der drei Caslin-Mädchen, mit schwarzem Haar, das sie in Locken legte, und markanten Gesichtszügen, die untereinander um Dominanz stritten – die etwas zu groß geratene Nase, der breite Mund, der starre Blick. Paulie war ein halbes Dutzend Mal mit ihr ausgegangen, bevor sie ihm gestand, dass sie in einer Stadt leben wolle. Sie habe genug vom Master McGrath am Straßenrand, sagte sie; sie habe es satt, an den Zapfsäulen Benzin einzufüllen. »Mein Gott, ich weiß nicht, wie du es da oben im Torfmoor aushältst«, sagte sie, bevor Paulie Gelegenheit hatte, sie zu fragen, ob sie nicht einmal zum Bauernhof heraufkommen wolle. Selbst Drunbeg würde ihr reichen, sagte sie. Sechs Monate später fand sie Arbeit in der Düngemittelfabrik.

Paulie lud andere Mädchen ein, mit ihm auszugehen, doch mittlerweile hatte sich herumgesprochen, dass er eine Frau zum Heiraten suchte. Eine nach der andern hatten sie Ausreden parat, was Hartigan nicht entging. Als er eines Morgens seinen Toyota vor einer Einfahrt parkte, neben der Paulie Pfähle in den Boden trieb, sagte er zwar nichts, aber das war nichts Ungewöhnliches.

»Wird es Regen geben, Mr Hartigan?«, fragte ihn Paulie.

»Als ich deine Mama zum ersten Mal sah«, sagte Hartigan und verzichtete auf ein Gespräch über das Wetter, »breitete sie gerade Laken auf den Büschen aus. Ich war sechs Jahre alt und jagte einem Hasen nach.«

»Das ist eine gute Weile her.«

»Wenn ich's dir doch sage.«

Da Paulie nicht verstand, worauf Hartigan hinauswollte, schüttelte er undeutlich den Kopf und versetzte dem Pfahl, den er in den Boden trieb, einen weiteren Schlag. Hartigan sagte:

»Ich würde dir das große Feld abkaufen.«

»Ach nein, nein.«

Also deshalb hatte er angehalten. Vielleicht war er, als er das dumpfe Geräusch des Vorschlaghammers auf den Pfählen hörte, sogar eigens deswegen heruntergekommen und hatte sich gesagt, das sei ein guter Zeitpunkt für ein Gespräch.

»Ich möchte das Feld nicht verkaufen, Mr Hartigan.«

»Aber wäre das nicht trotzdem eine gute Sache für dich, wenn du es tun würdest? Ist das überhaupt ein Leben für einen jungen Burschen?«

Paulie sagte nichts. Er befühlte den Pfahl, um zu prüfen, ob er noch wackelte. Dann schlug er wieder zu, dreimal, bis er zufrieden war.

»Du könntest ein bisschen Gesellschaft gebrauchen, mein Junge«, sagte Hartigan, bevor er in die Einfahrt zurücksetzte und wieder den Hügel hinauffuhr.

Was sie erfolgreich von sich ferngehalten hatte, seit Miss Hartigan davon gesprochen hatte, ließ sich nicht länger verdrängen. Als Paulie ihr von Patsy Finucane erzählte, freute sie sich, dass er es nicht für sich behielt. Über alles andere wusste sie Bescheid: Es passte, dass Hartigan versuchte, ihm billig das Land abzukaufen, indem er dieselben Umstände ausnutzte, die ihn selbst zum Junggesellen gemacht hatten. Wer wollte es ihm verdenken? Dennoch fragte sie sich, ob Paulie – so liebenswürdig und gutherzig – mit der Zeit genauso werden würde; ob er so gefühllos werden würde wie sein Vater und so habsüchtig wie Hartigan.

»Ich gehe zu Mena«, sagte sie. »Da ist Platz.«

»Ach, das stimmt doch gar nicht.«

»Sie würden mich schon unterbringen.«

»Hier ist Platz für dich.«

»Du möchtest heiraten, Paulie. Jeder Mann möchte das.«

»Der würde einen ganzen Tag brauchen, um einen Stein mit dem Traktor wegzuschaffen. Der würde einen Graben durch den Sumpf anlegen, um gerade mal einen halben Meter zu gewinnen. Den hat's nie gekümmert, wie lange etwas dauert.«

»Wir reden von jetzt, Paulie.«

»Wenn Hartigan das Feld hätte, wären in diesem Haus binnen eines Jahres Schafe, die Türen wären ausgehängt und anderweitig verwendet, und als Nächstes würde der Wind die Schiefer auf dem Dach verrücken. Das große Feld würde er so lange beweiden, bis kein Grashalm mehr darauf steht. Es würde wieder versumpfen. Niemand würde einen Finger rühren.«

»Du wusstest nicht, worauf du dich bei deiner Rückkehr eingelassen hast.«

»Doch, das wusste ich.«

Es war eine Gefälligkeitslüge. Man konnte meinen, er sei unbeschwert. Als er ihr von dem Finucane-Mädchen erzählte, hatte er gesagt, das sei nun mal der Lauf der Dinge. Macht nichts, hatte er gesagt. Oft vergaß man, dass er alles andere als unbeschwert war; oft vergaß auch sie es.

»Es gibt keinen zwingenden Grund, Paulie.«

»Doch, es gibt einen.«

Er sagte es leise, die Worte schwebten im Raum, nachdem er sie ausgesprochen hatte, und ihr wurde klar, dass es zwar ihr Witwenstand war, der ihn zur Rückkehr bewogen hatte, dass er aber nicht wegen ihres Witwenstandes darauf beharrte, zu bleiben. Sie könnte ihm tausend Gründe nennen, er würde trotzdem nicht mehr gehen.

»Du bist so gut, Paulie«, sagte sie, da ihr nichts anderes zu sagen übrig blieb.

Er schüttelte den Kopf, sodass seine schwarzen Haare hin und her schlenkerten. »Ach was.«

»Doch, Paulie, das bist du.«

Wenn ihr eigener Tod nahte, würden ihre anderen Kinder zurückkommen, wieder alle zur gleichen Zeit. Der Sarg würde die steile Treppe hinuntergetragen werden, hinaus auf den Hof zum Leichenwagen, der Trauerzug würde sich durch die Straßen von Drunbeg winden, und am nächsten Tag gäbe es die Totenmesse. Dann würden sie wieder abreisen und Paulie allein auf dem Hof zurücklassen.

»Komm, ich zeig dir was«, sagte er und nahm sie mit hinaus zu der Stelle, wo er einen weiteren halben Meter trockenlegte. Er zeigte ihr, wie er dabei vorging, zeigte ihr die provisorische Mauer, die er errichtet hatte, Stücke roten Wellblechs, das Jahre zuvor von der alten Scheune abgenommen worden war.

»Großartig«, sagte sie. »Großartig, Paulie.«

Von den Hügeln senkte sich weich und sanft Nebel herab, die Wolken darüber dunkelten. Der Grat des Slievenacoush war nicht mehr zu sehen. Irgendwo über der Moorlandschaft schrie ein Brachvogel.

»Geh ins Haus, raus aus dem Nieselregen«, sagte er, nachdem sie einige Minuten zusammengestanden hatten.

»Bleib du auch nicht mehr lang, Paulie.«

Schuldgefühle waren unangebracht, Gutherzigkeit hatte schwerlich etwas damit zu schaffen. Ihr Witwenstand und die Launen einer wechselhaften Zeit waren nicht von Bedeutung, nicht mehr als ein bloßes Flackern in der allgemeinen Ordnung der Dinge, wie sie schon immer bestanden hatte. Die Hügel, beständig und unwandelbar, hatten seiner geharrt und ihn als einen der Ihren eingefordert.

IN EINEM TOTENHAUS

Seine Augen waren geschlossen, dann öffnete er sie und sagte, er wolle nach dem Pferdestall sehen.

Emilys Miene zeigte keine Reaktion. In ihrem Gesicht, dem man nicht ansah, dass sie jünger war als er, spiegelte sich nur Leere und Erschöpfung. »Vom Fenster aus?«, fragte sie.

Nein, er werde hinuntergehen, entgegnete er. »Bringst du mir den Mantel? Und stell die Stiefel an die Tür.«

Sie wandte sich vom Bett ab. Wenn sie ihm nicht half, würde er es allein tun; sie kannte ihn seit achtundzwanzig Jahren, war dreiundzwanzig davon mit ihm verheiratet. Ob sie ihm den Mantel brachte oder nicht, an seinem Entschluss würde das ebenso wenig ändern wie irgendwelche Einwände ihrerseits.

»Es könnte dein Tod sein«, sagte sie.

»Frische Luft tut einem Mann gut.«

Unten stellte sie ihm die Stiefel an der Hintertür bereit. Dann brachte sie ihm Mütze und Schal mit dem Mantel nach oben. Zwischen dem linken Ärmel und der Schulter waren ein, zwei Stiche nötig, stellte sie fest. Es war ihr bisher nicht aufgefallen, aber sie wusste, er würde nicht warten, wenn sie es jetzt richtete.

»Was willst du denn dort?«, fragte sie, und er erwiderte: Nichts weiter. Nur ein bisschen aufräumen.

Acht Tage später starb er, und Dr. Ann versicherte ihr, dass er im Stall aufgeräumt hatte und dabei nur mit einem Mantel über dem Schlafanzug bekleidet war, hätte seinen Tod nicht beschleunigt. Eine Stunde nachdem sich die Ärztin verabschiedet hatte, kamen die Geraghtys, die nicht wussten, dass er tot war.

Es war jetzt halb acht am Abend. Um die gleiche Zeit am nächsten

Morgen erwartete sie Keane, den Bestattungsunternehmer. Das erklärte sie den Geraghtys mit sorgsam gewählten Worten, denn sie sollten nicht denken, dass Emily sie aus einem anderen Grund abwimmeln wollte. Obwohl sie natürlich wusste, dass ihr Mann, wäre er noch am Leben, die Geraghtys nie und nimmer an seinem Bett geduldet hätte. Wie gut, dass sie zu spät gekommen waren.

Die Geraghtys waren zwei Frauen mittleren Alters, Schwestern, auch die Misses Geraghty genannt, und hatten es sich zur Aufgabe gemacht, den Sterbenden Beistand zu leisten. Emily hatte von ihnen gehört, kannte sie jedoch nicht, nicht einmal vom Sehen; sie mussten sich vorstellen, als sie ihnen die Tür öffnete. Ihr wäre nie in den Sinn gekommen, dass die Geraghtys ihr gutes Werk in dem Krankenzimmer verrichten wollten, um das sich ihr eigenes Leben in den vergangenen sieben Monaten gedreht hatte. Sie waren Frauen der Legion of Mary, berühmt für ihre Nächstenliebe, unermüdlich in ihrer Unterstützung der Hilfsorganisation St. Vincent de Paul und der Verbreitung der Schriften von Pater Xavier O'Shea, einem Priester aus der Gegend, der in jungen Jahren um 1880 bei seiner missionarischen Tätigkeit im Fernen Osten an Malaria erkrankt war.

»Wir haben erst am Dienstag von Ihrem Kummer erfahren«, sagte die Dünnere und Kleinere der beiden entschuldigend. »Manchmal kommt es eben doch vor, dass uns etwas entgeht.«

Die andere Frau, kräftiger und älter, erlaubte sich Schmuck und Make-up und achtete mehr auf ihre Kleidung. Doch es war ihre schlichte Schwester mit den strengen Gesichtszügen, die das Heft in die Hand nahm.

»Wir haben bei MacClincy davon gehört«, sagte sie.

»Tut mir leid, dass Sie umsonst gekommen sind.«

»Es ist nie umsonst.« Eine Pause schloss sich an, als wäre sie an dieser Stelle notwendig. »Sie haben unser Mitgefühl«, wurde dann hinzugefügt, offenbar als Erklärung, warum ihr Kommen nicht umsonst war.

Die Unterhaltung fand die ganze Zeit an der Haustür statt. Langsam wurde es dunkel, aber hinter der weißgetünchten Mauer des kleinen Vorgartens konnte Emily noch ein Auto erkennen, das an der Straße geparkt stand. Es war kalt, der Wind hatte auf Osten gedreht. Sie meinten es gut, diese Frauen, auch wenn ihr Unternehmen völlig umsonst war: ihre Fahrt von Carra hierher, um einen Mann zu besuchen, dem sie nicht willkommen gewesen wären, und auch noch zu spät zu kommen, einen Mann, dessen Tod ihnen eine peinliche Situation erspart hatte.

»Möchten Sie vielleicht einen Tee?«, bot Emily an.

Sie dachte, die beiden würden ablehnen und sich auf den Heimweg machen, weil sie die Witwe in einem solchen Augenblick nicht stören wollten. Doch die große, breitschultrige Frau blickte kurz zu ihrer Schwester und zögerte.

»Wenn Sie allein sind«, sagte die Kleinere, »leisten wir Ihnen gern noch Gesellschaft. Wenn es Ihnen hilft.«

Der Tote war nicht gläubig gewesen. Jeder hätte ihnen das sagen können, überlegte Emily beim Teekochen. Er hätte unterstellt, dass sich diese Frauen sicherlich nicht ohne Hintergedanken zu Kranken ans Bett setzten, und sie fragte sich, ob das wohl stimmte. Hofften sie bei ihren barmherzigen Einsätzen auf die ersten Anzeichen eines Glaubens, der sich oft wie aus dem Nichts einstellte, wenn der Tod an die Tür klopfte? Oder fuhren sie nach ihren Hausbesuchen gleich wieder in ein Pfarrhaus und sahen ihre Pflicht als erledigt an? Sie hatte nie dergleichen über die Geraghtys gehört und wollte so etwas auch nicht glauben. Sie meinten es gut, redete sie sich wieder zu.

Wenn die beiden gingen, würde sie nicht mehr nach oben gehen und den Toten betrachten. Sie würde ihn morgen früh Keane überlassen. In der kurzen Zeit, die seit seinem Tod verstrichen war, hatten sie einen Tag für die Beerdigung festgesetzt, Donnerstag nächster Woche; morgen früh wollte sie ein paar Leute benachrichtigen und im *Advertiser* eine Anzeige aufgeben. Kinder hatten sie keine, nach dem Donnerstag war alles vorbei, und es blieben nur noch die Schulden. Sie bestrich Früchtebrot mit Butter und rührte den Tee in der Kanne um, dann trug sie das Tablett ins Zimmer.

Die Geraghtys hatten ihre Mäntel nicht ausgezogen, saßen aber, mit ein bisschen Abstand zwischen sich, still wie zwei Statuen da.

»Es ist kalt«, sagte Emily. »Ich mache Feuer.«

»Ach nein. Wirklich nicht, nur keine Umstände.« Beide protestierten, aber sie ignorierte es, und das Reisig, das den ganzen Sommer im Kamin gelagert hatte, flammte sogleich auf. Sie schenkte ihnen Tee ein und fragte, ob sie Zucker wollten, dann bot sie ihnen das Früchtebrot an. Sie sagten jetzt Emily zu ihr, als sei sie eine gute Bekannte, und nannten ihre eigenen Namen: Kathleen, die ältere Schwester, und Norah.

»Ich hätte nicht gedacht«, setzte Kathleen an, aber Norah fiel ihr ins Wort.

»Wir wissen es natürlich«, sagte sie. »Sie sind Protestantin, aber das hat noch nie eine Rolle gespielt.«

Auch Reverend Wolfe, dem Methodistenpfarrer, hätten sie Beistand geleistet, sagte Kathleen. Ihm vorgelesen und alles gebracht, was er wünschte. Und sie waren da, als er verstarb.

»Das hat noch nie eine Rolle gespielt«, wiederholte Norah, dann nahm eine nach der andern ein Stück Früchtebrot. Beide bemerkten, dass es ganz ausgezeichnet schmecke.

»Es ist nicht leicht«, sagte Kathleen, als das Gespräch stockte. »Vor allem die ersten paar Stunden. Wir bleiben dann oft noch eine Weile.«

»Es war sehr freundlich, dass Sie an ihn gedacht haben.«

»Gemütlich ist das jetzt mit dem Feuer, Emily«, sagte Kathleen.

Die Geraghtys erkundigten sich nach den Pferden, weil sie von ihnen gehört hatten, und Emily erklärte, die gebe es längst nicht mehr. Sie werde den Hof jetzt wohl verkaufen, sagte sie.

»Ihnen ist es hier sicher zu abgelegen, Emily«, meinte Kathleen. Ihr Lippenstift hatte auf dem Rand der Teetasse eine Spur hinterlassen, und Norah wies sie mit einer Geste darauf hin. Kathleen wischte sie weg. »Wir beide sind eben Stadtmenschen«, sagte sie.

Emily empfand das Haus, in dem sie seit fast dreißig Jahren wohnte, nicht als abgelegen. Fünf Minuten mit dem Auto, und man war mitten in Carra. Nach Mangan's Bridge, in der anderen Richtung, brauchte man nicht mal eine Minute.

»Man gewöhnt sich an einen Ort«, sagte Emily.

Die Geraghtys erklärten ihr, in welchem Haus sie wohnten, am Ortsrand von Carra, an der Straße nach Athy. Emily kannte es, ein hübsches, von Kletterpflanzen bedecktes Haus mit einem schmiedeeisernen Zaun davor, nicht groß, aber von Wohlstand zeugend. Sie hatte gedacht, es gehöre Corrigan, dem Landvermesser.

»Ich weiß nicht, wieso ich das dachte.«

»Wir haben es von Mr Corrigan gekauft«, sagte Norah, »als wir vor drei Jahren nach Carra gezogen sind.« Und ihre Schwester ergänzte, davor hätten sie in Athy gewohnt.

»Carra war genau das, was wir gesucht haben«, sagte Norah.

Die Geraghtys bemühten sich, sie mit ihrem Geplauder aufzuheitern. Carra hätte sich in den letzten Jahren gut entwickelt, sagten sie, und es ginge weiter bergauf. Man merke das einem Ort gleich an, andere dagegen kämen auch in hundert Jahren auf keinen grünen Zweig.

»Vielleicht ziehen Sie jetzt auch bald nach Carra«, sagte Kathleen.

»Ich weiß noch nicht, was ich mache.«

Sie schenkte Tee nach und ließ das Früchtebrot ein weiteres Mal herumgehen. Dr. Ann hatte ihr Tabletten dagelassen, aber sie beabsichtigte nicht, welche zu nehmen. So erschöpft sie auch war, sie wollte nicht schlafen.

»Vor einer Woche war er draußen«, sagte sie. »Er ist aufgestanden und nur mit einem Mantel über dem Schlafanzug in den Stall gegangen. Ich dachte, das hätte alles beschleunigt, aber es war anscheinend nicht so.«

Die Geraghtys sagten nichts dazu, sie nickten nur alle beide. Sieben Monate habe er im Sterben gelegen, sagte Emily, und in der ganzen Zeit nicht einmal Zeitung gelesen. Am Ende kriegte er nur noch Maismehl runter.

»Wir haben Ihren Mann ja nicht gekannt«, sagte Norah, »genauso wenig wie Sie. Aber ich glaube, wir sind ihm einmal auf der Straße begegnet.«

Sie spürte ein Gefühl der Beklommenheit in sich aufsteigen, eine vertraute Furcht, die sie unwillkürlich trieb, eine Hand mit der anderen zu umklammern und die Finger fest zu schließen. Die Leute begegneten ihm oft, wenn er eines seiner Pferde trainierte. Manchmal drosselten Autos das Tempo für ihn, doch das kümmerte ihn wenig, nicht mal die Reitgerte hob er zum Dank. Einen Moment lang vergaß sie, dass er tot war.

»Er war viel unterwegs«, sagte sie.

»Ach, es ist schon lange her.«

»Das letzte Pferd hat er vor einem Jahr verkauft. Er wollte nicht, dass sie zurückbleiben.«

»Ist es richtig, dass er mit ihnen Rennen gelaufen ist?«, fragte Kathleen.

»Geländerennen. Hin und wieder in Punchestown.«

»Ach, wie schön.«

»Leider ohne großen Erfolg.«

»Sicher, in diesem Geschäft geht es immer auf und ab.«

Im Haus hatte sich jedes Mal Enttäuschung breitgemacht, wenn wieder ein Pferd beim Rennen zurücklag, wenn die monatelange Vorbereitung umsonst war. Viel Grund zu Optimismus hatte es nie gegeben, trotzdem waren die Erwartungen immer hoch gesteckt, als würde alles, was dem nicht entsprach, nur Pech bringen. Als Emily heiratete, trainierte er mit ein paar Einjährigen auf der Curragh-Rennbahn. Es laufe bestens, hatte er gesagt, obwohl es nicht stimmte.

»Sie hatten nie Kinder, Emily?«, fragte Kathleen.

»Nein.«

»Ich glaube, das hat uns schon jemand erzählt.«

Das Haus war ihr von einer Tante mütterlicherseits vermacht worden. Dreiundvierzig Morgen Land, mit Schafhaltung; auch die Möbel gehörten zum Erbe. »Als Kind bin ich oft hier gewesen. Bei meiner Tante, Miss Edgill hieß sie. Haben Sie von ihr gehört?«

Sie schüttelten den Kopf. Das müsse lange vor ihrer Zeit gewesen sein, sagte Kathleen und sah sich um. Ein schönes Haus, sagte sie.

»Außer mir gab es keinen, dem sie es hätte vermachen können.« Emily sagte nicht, dass weder das Anwesen noch das Land in ihren Besitz übergegangen wären, wenn ihre Tante geahnt hätte, wen sie heiraten würde.

»Aber Sie wollen es aufgeben?«, erkundigte sich Kathleen, nach Kräften bemüht, das Gespräch in Gang zu halten. »Haben Sie nicht gesagt, so wie die Dinge stehen, wollen Sie es aufgeben?«

»Ich weiß es nicht.«

»In so einer Situation braucht jeder ein bisschen Zeit.«

»Wir sind oft mit frisch verwitweten Frauen zusammen«, murmelte Norah.

»Fast auf den Tag genau dreiundzwanzig Jahre waren wir verheiratet.«

»Gott hat ihn zu sich genommen, weil Er es so wollte, Emily.«

Die Geraghtys bekundeten weiter ihre Anteilnahme, eine knüpfte an das an, was die andere sagte, auch der Unterschied in Tonfall und Haltung blieb gewahrt. Und wieder – und mit jeder Tröstung, die ihr aufgedrängt wurde, immer häufiger – empfand Emily es als glückliche Fügung, dass den beiden der Versuch, ihrem Mann Gesellschaft zu leisten, erspart geblieben war. Er hätte sie zurückgerufen, sobald sie ihn mit den Geraghtys allein gelassen hätte, und gefragt, wer die beiden seien, obwohl er es genau wusste; er hätte ihr befohlen, sie wegzuschicken. Nie hatte er ein Blatt vor den Mund genommen – wenn jemand über eines der Felder ging, folgte ein Schwall derber Beschimpfungen, jedes Wort gebrüllt, manchmal war es beängstigend. Es lief immer gleich ab: Er hob die Stimme, benutzte unflätige Ausdrücke; er war nie handgreiflich geworden, nicht ein einziges Mal. Dabei hätte sie es sich oft gewünscht, denn sie war überzeugt, Gewaltausbrüche wären leichter zu ertragen gewesen als die Macht seiner zornigen Worte. Für sie war es Macht, was ihr da immer entgegenschlug, schwelend und dann losgelassen, um sein Scheitern zu verleugnen.

»Pferde. Punchestown. Die Welt der Rennbahnen«, sagte Kathleen. »Ein interessantes Leben haben Sie geführt, Emily.«

Sie hatte den Eindruck, dass Norah den Kopf schütteln wollte, dass die beiden Schwestern zum ersten Mal nicht so recht einer Meinung waren. Das überraschte sie nicht; was sie jedoch erstaunlich fand, war die Bemerkung, die eben gefallen war.

»Ein ungewöhnliches Leben, wollte meine Schwester sagen.« Norah nickte zur Bestätigung ihrer Korrektur, ihr Tonfall milderte den Widerspruch zusätzlich ab.

»Es gibt viele Frauen, die nicht weit herumkommen«, sagte Kathleen.

Emily schenkte Tee nach und legte Torfbriketts auf das Feuer. Sie hatte vergessen, die Vorhänge zuzuziehen, und holte es jetzt nach. Das Zimmer war nur schwach beleuchtet, er hatte immer auf Glühbirnen mit geringer Wattzahl bestanden. Doch das matte Licht machte den Raum gemütlich, und es kam ihr unrecht vor, dass es irgendwo gemütlich sein sollte, während er erst ein paar Stunden tot war. Sie überlegte, was sie wohl tun würde, wenn die nächste Glühbirne hier oder sonst irgendwo im Haus kaputtging. Ob sie dann eine stärkere einsetzen würde, oder gehörte das schwache Licht mittlerweile zu ihrem Leben? Und diese Nervosität, gehörte die jetzt auch zu ihr? Eigentlich glaubte sie es nicht, aber in dem Punkt konnte sie sich natürlich auch täuschen.

»Ich bin nicht viel herumgekommen«, sagte sie, weil ein Schweigen sich breitmachte. Beide Besucherinnen rührten Zucker in ihren Tee. Nachdem die Löffel wieder auf den Untertassen lagen, sagte Norah:

»Manche Leute legen auch gar keinen Wert darauf.«

»Er war ein schwieriger Mensch. Das hat man Ihnen sicher erzählt.«

Dem widersprachen sie nicht. Sie sagten nichts, bis Emily fortfuhr:

»Er hat sein Vertrauen in die Pferde gesetzt. Von Kindesbeinen an wollte er nur Rennen gewinnen, damit wollte er sich einen Namen machen. Aber er hat es nie weit gebracht.«

»Armer Mann«, murmelte Kathleen. »Armer Mann.«

»Ja.«

Sie hätte sich nicht beklagen sollen und wollte es eigentlich auch nicht; Emily versuchte ihnen das zu sagen, aber die Worte kamen einfach nicht. Sie wandte den Blick von den Frauen, die bei ihr zu Besuch waren, und starrte auf die Möbel eines Zimmers, das sie nur allzu gut kannte. Als sie die Vorhänge abgenommen hatte, um sie zu waschen, war er wütend geworden; jeder könnte hereinglotzen, hatte er gesagt, und sie verstand nicht, was er damit meinte. Auf der Straße kam fast nie jemand vorbei.

»Er hat mich wegen des Hauses geheiratet«, sagte sie, auch das kam ihr über die Lippen, ohne dass sie es verhindern konnte. Die Frauen waren Fremde, und sie sprach schlecht über den Toten. Sie schüttelte den Kopf, als wollte sie das eben Gesagte zurücknehmen, aber das schien ihr unehrlich und noch schlimmer, als schlecht über ihn zu sprechen.

Die beiden Frauen hoben gleichzeitig die Tassen an den Mund und tranken einen Schluck Tee.

»Er hat mich wegen der vierzig Morgen geheiratet«, sagte Emily, wieder getrieben, etwas zu sagen, was sie gar nicht sagen wollte. »Ich war ein protestantisches Mädchen, das keiner beachtet hat, bis er auf mich setzte, und ich fand alles romantisch, wie er selbst ja auch – die Rennprogramme und Siegerschleifen, die Farben der Jockeys, die vielen Zuschauer. So sind wir zusammengekommen.«

»Lassen Sie's gut sein, meine Liebe«, sagte Kathleen. »Nicht doch.«

»Ich war dumm, und für Dummheit muss man büßen. Ich war gierig auf die Ehe, und für Gier muss man büßen. Nach allem, was wir letztes Jahr zurückgezahlt haben, blieb uns noch ein halber Morgen. Auf das Haus hat er eine Hypothek aufgenommen. In der Zeit, als er im Sterben lag, war ich kurz davor, ihn zu fragen: ›Was soll ich denn jetzt machen?‹ Aber ich ließ es sein, und er sprach es auch nie an. Nur Gott weiß, was seine letzten Gedanken waren.«

Die Geraghtys sagten, sie sei aufgewühlt und durcheinander. Eine nach der andern versicherten sie ihr, das ginge jeder Witwe so, etwas anderes könne man nicht erwarten. Norah sagte es zweimal. Kathleen meinte, Emily könne sich in ihrem Kummer ruhig an sie wenden.

»In diesem Haus herrscht kein Kummer.«

»Lassen Sie's gut sein«, sagte Kathleen, und ihr großes Gesicht wurde vor Verzweiflung ganz faltig. »Nicht doch.«

»Ihm war es immer egal, wie die Wahrheit herauskam, ob er sie aussprach oder nicht. Er hat nicht gesagt, dass ich nichts tauge, aber man sah es an seinem Blick. Einmal habe ich den Stallhof gefegt, und er fragte, wozu das gut sein soll. Er schob den Teller beiseite, ohne das Essen anzurühren. Eine Zeitlang hatten wir zwei Collies, die uns Gesellschaft leisteten. Als sie starben, sagte er, dass er nie wieder einen Hund haben will. Der Tierarzt machte einen großen Bogen um uns. Der Mann, der zum Ablesen des Zählers kam, war verärgert wegen der Beleidigungen, die er sich anhören musste, weil er mit seinem Transporter in den Hof gefahren war.«

»Jeder hat seine guten und schlechten Seiten, Emily«, sagte Norah im Flüsterton und wiederholte es noch einmal, immer noch flüsternd.

»Bleiben Sie sitzen, Emily«, sagte Kathleen, »ich mache uns noch eine Kanne Tee.«

Sie stand auf, hielt die Teekanne schon in der Hand. Sie war es gewöhnt, in fremden Küchen Tee zu machen. Sie würde sich schon zurechtfinden, sagte sie.

Emily protestierte, aber eigentlich war es ihr gleichgültig. In den vielen Jahren ihrer Ehe hatte in dieser Küche keine andere Frau Tee gemacht, und sie stellte sich vor, er käme vom Hof herein und fände dort eine andere vor. Als sie damals anfing, die Spülküche zu streichen, machte es ihr Angst, wie er plötzlich in der Tür stand, ohne ein Wort zu sagen. Und als sie die Zuckertüte fallen ließ und der Zucker verschüttet überall am Boden lag, sah er zu, wie sie ihn mitsamt den Torfbröseln auf die Kehrschaufel fegte. Er schnauzte sie an, was sie sich eigentlich dabei dachte, Zucker wegzuwerfen, den man noch für den Tee verwenden konnte. Bis zum heutigen Tag war die Spülküche nur zur Hälfte gestrichen.

»Er hat in seiner eigenen fremden Welt gelebt«, sagte Emily zu der Schwester, die bei ihr geblieben war. »Selbst im Alter war er noch überzeugt, ein Pferd könnte ihm neuen Schwung geben. Auch als das einzige, das ihm noch geblieben war, krank wurde und zu nichts mehr taugte. Als sie alle weg waren, schrubbte er die leeren Boxen und füllte sie mit frischem Stroh. Er hatte sich in den Kopf gesetzt, noch einmal von vorn anzufangen, mit einem Pferd, das günstig zu haben war. Er sagte es zwar nie, aber das war sein Plan.«

Das Haus war nicht sauber. Seit Jahren schon nicht mehr. Sie hatte es aufgegeben – das Haus, sich selbst, das nicht funktionierende Radio, ihr Fahrrad mit den platten Reifen. Ihren Besucherinnen war sicher nicht entgangen, dass die Sommerfliegen nicht aufgefegt waren und überall Staub lag.

»Drei Löffel und noch einen extra«, sagte Kathleen und stellte die Teekanne auf den Kamin. »Ist das richtig so, Emily? Lassen wir ihn eine Minute ziehen?«

Ein paar Scheiben Früchtebrot habe sie noch aufgeschnitten, auf dem Schneidebrett hatte sie es liegen sehen, mit dem Brotmesser daneben, zusammen mit der Butter. Sie hoffe, das sei nicht unverschämt von ihr, sie hoffe, Emily empfinde es nicht als Einmischung, sagte sie, doch auf alles erhielt sie keine Antwort.

»Er saß da und hat mich angestarrt«, sagte Emily. »Sein Blick ist mir durch die ganze Küche gefolgt. Einmal war ein Käfer auf dem Tisch, und er hat sich nicht gerührt. Der Käfer ist ins Mehl gekrabbelt, und er hat ihn nicht rausgeholt.«

»Ist es nicht erstaunlich, Emily«, sagte Norah, »dass Sie nicht fortgegangen sind, so wie die Dinge standen? Womit ich nicht sagen will, Sie hätten es tun sollen.«

Emily war sich bewusst, dass die Frage im Raum stand. Sie blieb die Antwort schuldig; sie wusste nicht, warum sie nicht gegangen war. Rückblickend gesehen, verstand sie es auch nicht. Aber sie erinnerte sich an die Argumente, die ihr eingefallen waren, als sie erwogen hatte, ihn zu verlassen; sie hatte sich gefragt, wohin sie gehen könnte, und sich eingeredet, es sei nicht richtig, ein Haus aufzugeben, das man ihr in gutem Glauben und aus Zuneigung vermacht hatte. Und dann war da natürlich die Sorge, wie er zurechtkommen würde.

»Nehmen Sie noch eine Tasse, Emily?«

Sie schüttelte den Kopf. Der Wind war stärker geworden. Sie hörte ihn oben an den Türen rütteln. In dem Zimmer hatte sie das Licht brennen lassen.

»Ich sollte Sie nicht länger aufhalten«, sagte sie.

Doch die Geraghtys hatten es sich wieder gemütlich gemacht, mit dem frischen Tee zur Stärkung. Sie hielte sie in keiner Weise auf, sagte Kathleen. Im schummrigen Licht der Vierzig-Watt-Birne zeigte der Wecker auf dem Kaminsims zwanzig nach elf an, obgleich es in Wirklichkeit schon eine halbe Stunde später war.

»Ich bin nur einfach müde«, sagte Emily. »An so einem Tag, da wollte ich eigentlich nicht stundenlang über Dinge reden, die vorbei sind.«

Kathleen sagte, es sei der Schock. Der Schock über einen Todesfall verändere alles, sagte sie; ganz gleich, wie sicher man mit dem Tod rechnete, wenn er kam, war es immer ein Schock.

»Ich möchte nicht, dass Sie denken, ich hätte meinen Mann nicht geliebt.«

Die Schwestern wirkten überrascht; Kathleen kniete vor dem Kamin und legte Torfbriketts nach, Norah goss Milch in ihren Tee. Ob diese beiden unverheirateten Frauen das überhaupt verstehen konnten?, dachte Emily. Konnten sie verstehen, dass sie den Toten, auch wenn sie weder Kummer noch Trauer empfand, trotzdem noch ein bisschen geliebt hatte? Es war von Anfang an ihr Fehler gewesen, ihre Dummheit; niemand hatte sie zu etwas gezwungen.

Die Witwe und die Schwestern unterhielten sich weiter, Geplauder und Beileidsbekundungen, Trost und Bestärkung. Die Vergangenheit wurde heraufbeschworen, je mehr erzählt wurde: die Hochzeit, seine polierten Schuhe und das glänzende Haar, die Feier danach auf der Curragh-Rennbahn, in der Jockey Hall, weil er den Betreiber dort kannte. Leute wurden aufgezählt, deren Namen die Geraghtys kannten, andere hatten vor ihrer Zeit hier gelebt; Ereignisse wurden erwähnt – das Jahr, in dem er in Cheltenham mitgeritten war, als die alte Grauschimmelstute, die sich beim Geländerennen in Glanbyre das Bein brach, erschossen werden musste. Die Geraghtys erzählten von ihrer Kindheit in Galway, der »City of the Tribes«, und dass man den Ort kaum noch erkennen würde, so schick und quirlig, wie er jetzt war. Sie erzählten, wie sie später in der Nähe von Enniscorthy gewohnt hatten und Kathleen damals von dem Wunsch beseelt war, ein frommes Leben zu führen, dann jedoch wieder davon Abstand genommen hatte, und wie sie allmählich erkannt hatte, dass dieser Irrtum eine Prüfung gewesen war. Mit solchen Geschichten trugen die Geraghtys zur Unterhaltung bei. Im Laufe der Nacht wurde Emily klar, dass sie so handelten, weil es bei einem traurigen Anlass wichtig war, die Trauer in andere Bahnen zu lenken. Sie entschuldigte sich dafür, schlecht über den Toten gesprochen zu haben, und gab sich wieder die Schuld. Als die Geraghtys schließlich aufbrachen, war es halb vier.

»Danke«, sagte Emily und hielt ihnen die Haustür auf. Der Wind, der anfangs eine leichte Brise und dann stärker geworden war, hatte sich ganz gelegt. Die Luft war frisch und rein. Sie würde zurechtkommen, sagte sie.

Die Innenbeleuchtung des Wagens flackerte, als die Frauen die Türen öffneten. Die Rücklichter glühten rot auf, dann sprang der Motor an, und eine kleine Rauchwolke kam aus dem Auspuff, bevor der Wagen langsam davonfuhr und schneller wurde.

Oben im Zimmer zog Emily das Laken über die faltigen, starr werdenden Gesichtszüge und betete. Sie kniete am Bett und bat um Erlösung für ihren Mann, der sie so lange schlecht behandelt hatte. Durch ihre Angst war die Liebe, von der sie gesprochen hatte, zu einer leeren Hülse verkümmert, doch dass es diesen letzten Rest noch gab, leugnete sie jetzt ebenso wenig wie vorher im Beisein ihrer Besucherinnen. Sie konnte nicht weinen, und sie konnte nicht trauern; zu wenig war geblieben, zu viel zerstört. Wussten das die Frauen, als sie in der Dunkelheit davonfuhren? Würden sie es den Leuten erklären, wenn die Leute sie fragten?

Unten spülte sie das Teegeschirr ab. Sie würde nicht schlafen und auch nicht ins Bett gehen. Die Stunden würden verstreichen, und dann würde der Mann vom Bestattungsunternehmen kommen.

Das Scheinwerferlicht fiel auf niedrige Steinmauern, auf die Seitenstreifen mit dem wuchernden Jakobskraut, auf eingezäunte Felder mit schlafenden Schafen zwischen Stechginsterbüschen. Kathleen saß am Steuer wie immer, Norah hatte nie fahren gelernt. Noch nie hatte sich ein Besuch so seltsam gestaltet, so anders, als die Schwestern es aus ihrer Erfahrung kannten. Sie unterhielten sich darüber und schwiegen dann eine Zeitlang, bis Kathleen abschließend bemerkte, was sie den ganzen Abend gehört hätten, sei umso schlimmer gewesen, weil oben in dem Zimmer ein Toter lag.

Norah saß vornübergebeugt im dunklen Wagen und runzelte nachdenklich die Stirn. Sie antwortete nicht sofort, doch nach längerem Schweigen sagte sie:

»Ich würde sagen, heute waren wir in einem Totenhaus.«

Im Haus war wieder die Stille eingekehrt, die von den Besucherinnen gestört worden war. Kein Geist erhob sich aus den körperlichen Überresten des Mannes, der nun endlich in Frieden ruhte. Doch als die Morgendämmerung die Umrisse der Vorhänge erhellte, spürte die Frau, die am Torffeuer saß und es in Gang hielt, eine Regung in ihrem Innern. Die Müdigkeit setzte ihr weniger zu, etwas wie Ruhe überkam sie. In dem vernachlässigten Zimmer bereute sie nichts von dem, was sie den wohlmeinenden Schwestern gesagt hatte; und es war auch nicht wichtig, ob die beiden das eine oder andere nicht ganz verstanden hatten. Emily blieb noch eine Weile sitzen, dann zog sie die Vorhänge auf und ließ den Tag herein. Es war ihr eigener Geist, den die Nacht geweckt hatte, das Bild ihrer selbst, wie sie einst gewesen war.

TRADITIONEN

Sie kamen einer nach dem andern herein, so wie immer. Hambrose, dann Forrogale, Accrington, Olivier, Macluse, Newcombe und Napier. Jeder sah die toten Dohlen auf der gestampften Erde liegen: sieben Stück, für jeden eine.

»Leggett«, sagte Macluse, die Übrigen schwiegen. Nur Napier hatte Leggett auch im Verdacht. Die anderen waren verwirrt, außer Olivier. Jemand hatte den Vögeln den Hals umgedreht und einem den Kopf abgerissen. Wie sie da im Staub lagen, sah das Gefieder schon matt aus, der wache Blick ihrer Augen war getrübt. »Leute gibt's, das glaubt man nicht«, sagte Newcombe trocken, seine Stimme bar von Protest oder Emotion. Olivier wusste gleich, es war das Mädchen.

Eine Glocke läutete und rief sie zur Andacht. Jeden Morgen blieben ihnen nur diese wenigen Minuten, gerade Zeit genug, um zur Scheune zu laufen und nachzusehen, ob mit den Vögeln alles in Ordnung war. Meistens setzte das Läuten ein, wenn die sieben schon auf dem Rückweg waren. Nicht lange davor hatten sie ihre Morgenzigarette geraucht.

»Mein *Gott*!«, stieß Macluse aus, während sie dahineilten. Auch Forrogale und Accrington waren jetzt der Meinung, dass es Leggett war. Die anderen sagten nichts dazu.

Sie brachten ihren Vögeln das Sprechen bei, wie schon Generationen von Jungen vor ihnen. Sie lockten die Dohlen an, wenn sie noch ganz jung waren, stutzten ihnen dann die Flügel und zähmten sie. Man hätte sie vielleicht auch anderswo unterbringen können, aber die leere, geräumige Scheune eignete sich am besten; Hühnerdraht war über eine fensterartige Öffnung gespannt und unten an die Türen genagelt. Sie wurde zu keinem anderen Zweck genutzt, war verlassen und vergessen, bis wieder offiziell daran erinnert wurde, dass das Betreten des ganzen Geländes untersagt war – ein Verbot, das ebenso regelmäßig wieder in Vergessenheit geriet. So lief es seit Generationen. Aber ein solches Gemetzel hatte es noch nie gegeben.

Die Dohlen redeten nicht deutlich, wenn man sie unterrichtete. Sie unterhielten sich weder miteinander, noch gaben sie einen einzigen Laut von sich, den man als Wort bezeichnen konnte. Die Geräusche, die nach stundenlangem Unterricht aus ihren Schnäbeln kamen, waren diffus und mussten vom Zuhörer interpretiert werden. Bessere Resultate ließen sich erzielen, so hieß es, wenn man ihnen die Zunge spaltete, wie es früher praktiziert worden war, nun aber schon seit vielen Jahren nicht mehr. Man fand, das sei doch nicht so das Richtige.

Fast auf die Minute genau erreichten die sieben Jungen die Kirche, liefen an der Reihe der Lehrer vorbei, die an den Kreuzgängen auf ihren Einmarsch warteten, und setzten sich nebeneinander auf ihre Plätze. Dass an diesem Morgen etwas nicht stimmte, sahen ihre Mitschüler sofort; die Neugier wuchs, während Gebete gemurmelt und Choräle geschmettert wurden. Der Kaplan mit dem ernsten Gesicht führte durch die Andacht und sprach kurz über die Versuchungen in der Wüste, denn es war die Zeit dafür im Kirchenjahr. Seine ernste Art war eine allgemein bekannte Eigenschaft, die keineswegs auf das Ereignis der vorigen Nacht zurückzuführen war, von dem er ja nichts wusste. »Denn es steht geschrieben«, zitierte der Kaplan, »er hat seinen Engeln befohlen, dass sie dich behüten auf allen deinen Wegen.« Mit diesen Worten schloss er den Gottesdienst ordnungsgemäß ab. Während Schüler und Lehrer, alle in formellen Talaren, nacheinander wieder an die frische Luft trotteten, erklang ein Orgelsolo von Händel.

In der folgenden allgemeinen Auflösung kamen, mit zunehmender Lautstärke, die Gespräche in Gang. Die Jungen strebten den weit verstreut liegenden Klassenzimmern entgegen, die Lehrer schlugen nur eine Richtung ein, um aus ihrem Aufenthaltsraum die aktuell benötigten Bücher zu holen. Hambrose und Accrington blieben zusammen, ebenso Macluse und Napier und Newcombe, die alle drei einer klügeren Gruppe angehörten. Forrogale hatte eine Klavierstunde. Olivier war zum Direktor bestellt worden. Alle sieben hatten sie noch die Schandtat vor Augen, und weder Bitterkeit noch Zorn waren gewichen.

Forrogale vertrieb sich die Wartezeit mit Klavierspielen, denn er hatte seit seiner letzten Stunde bei Mr Hancock nicht viel geübt. Im Haus des Direktors wurde das blaue Licht über der Wohnzimmertür gelöscht, als der Schulschlachter und Mann für alles, Dynes, aus dem Zimmer kam. Er zwinkerte Olivier unheilvoll zu, um anzudeuten, dass er mehr über die Vorladung wusste, als es der Wahrheit entsprach. Doch das Zwinkern blieb unbeantwortet, da es einer von Dynes' üblichen Tricks war. Olivier klopfte leise an die Tür und wurde zum Eintreten aufgefordert.

»Ich bin enttäuscht«, erklärte der Direktor unvermittelt und führte Olivier vom Kamin, an dem er sich gewärmt hatte, in ein kleines angrenzendes Zimmer, wo Bücher und Papiere und beschlagnahmte Sachen unordentlich herumlagen. Der kräftig gebaute Mann ließ sich schwerfällig hinter seinem Schreibtisch nieder, während Olivier stehen blieb. »Enttäuscht, festzustellen«, fuhr er fort, »dass du in keinem der drei naturwissenschaftlichen Fächer den Anforderungen entsprochen hast. Dabei sieht es so aus, als hättest du diesen Zweig aus freien Stücken gewählt.« Er brach ab, um einen Blick auf ein Blatt Papier zu werfen, das er zu sich herangezogen hatte. »Liegen deine Interessen in dieser Richtung?«

»Ich war neugierig und wollte mehr über Naturwissenschaften wissen, Sir.«

»Setz dich, Olivier.«

»Danke, Sir.«

»Neugierig, sagst du?«

»Ja, Sir.«

»Dann sag mir, warum du in dieser Richtung neugierig bist. Du weißt ja, ich habe eine Verpflichtung – und ein schlechtes Gewissen, wenn ich begriffsstutzige und ungebildete Schüler wissentlich in die unschuldige Welt entlasse. Die Gebühren an dieser Schule sind hoch, Olivier. Sie sind hoch, weil die Erwartungen hoch sind. Dein Hausaufseher hat dir das auch gesagt. Du bist heute Morgen hier, damit dir bewusst wird, wie ernst es uns damit ist. Als du dich für den naturwissenschaftlichen Zweig entschieden hast, bist du also keiner inneren Berufung gefolgt?«

»Nein, Sir.«

»Du hast eine Neugierde befriedigt. Du hast dich befriedigt: Das kann gefährlich sein.«

Warum musste der Mann bloß immer so schwülstig und gestelzt daherreden?, fragte sich Olivier. Wenn der schlichte Wunsch, mehr lernen zu wollen, weil man so wenig wusste, Selbstbefriedigung war, dann war es eben Selbstbefriedigung. Was war daran gefährlich?, überlegte er, fragte aber nicht. Seine unzureichenden Leistungen im Labor hatten ihn nicht überrascht und überraschten ihn auch jetzt nicht.

Olivier sagte, es täte ihm leid, und der Direktor redete, wie bei jeder sich bietenden Gelegenheit, von der Schule und ihrem Glauben an Traditionen. Was er da rühmte, hatte wenig, wenn überhaupt etwas, mit Oliviers Versagen zu tun. Dass das so war, war an sich schon eine Tradition, denn jedes Abweichen von den erwünschten Verhaltensnormen wurde auf das leichtsinnige Missachten altbewährter Grundsätze und Moralvorstellungen zurückgeführt. Auch die Vorgänger dieses Direktors hatten zu ihrer Zeit großen Wert auf die Vergangenheit gelegt, auf die Erfolge der Jungen, wenn sie erwachsen wurden, auf das, was sie der Schule schuldeten. Und Oliviers Vorgänger wiederum hatten ebenso skeptisch und verächtlich zugehört.

»Wollen wir so verbleiben«, schlug der jetzige Direktor vor, »dass du mir heute Morgen versprichst, dich dahinterzuklemmen? Dass wir die Angelegenheit in, sagen wir, fünf Wochen erneut besprechen?«

»Ich könnte die Naturwissenschaften auch aufgeben, Sir.«

»Aufgeben? Das Wort will ich überhaupt nicht hören.«

»Ich habe einen Fehler gemacht, Sir.«

»Mach ihn nicht noch schlimmer, Olivier. Versagen an sich ist schon eine Strafe. Vielleicht lässt du dir das einmal durch den Kopf gehen.«

Mit diesem Vorschlag wurde Olivier entlassen. In der großen

steingepflasterten Halle hinter dem Arbeitszimmer und dem Wohnzimmer vergaß er sofort alles, was man ihm eben gesagt hatte, und widmete sich wieder dem Thema der toten Vögel. Er kam zu dem gleichen Schluss wie schon vorher: Der Schuldige war kein Schüler. Heute Nachmittag nach dem Training würden sie sich Leggett schnappen und ihn verhören. Olivier, der sich auf dem Weg zum Klassenzimmer Zeit ließ, nahm diese ungerechte Rache in Kauf, wusste aber, er würde seinen Verdacht trotzdem nicht preisgeben. Er empfand es als Genugtuung, zu schweigen, etwas zurückzuhalten, zu wissen, was andere nicht wussten.

Den Mittwoch hatte sie immer bis zum Abendbrot für sich. Das war seit jeher so, und jede Veränderung wäre ihr zuwider gewesen. Inzwischen sah sie diesen Tag mitten in der Woche als ihren persönlichen Sonntag – wenn der Wecker nicht klingelte, wenn sie die Glocken der Kirche und Grundschule, die in der Ferne läuteten, ignorieren durfte. Selbst ihr Unterbewusstsein wusste, was zu tun war: den halben Vormittag verschlafen. Es war ein zerrissener Schlaf, unruhig durch endlose Träume, die um diese Zeit besonders lebhaft waren, doch das störte sie nie. Nichts war lustvoller als ein Mittwochmorgen, als sich zwischen Dösen und Aufwachen den unordentlichen Speisesaal nach dem Frühstück vorzustellen, und die Stille, die plötzlich einkehrte, wenn der Unterricht begann, das in die Speisekammern getragene Besteck, wo es sauber poliert und dann wieder zurückgebracht wurde, die großen, zum Mittagessen gedeckten Eichentische. Auch samstagabends hatte sie frei, aber das war anders, nichts wirklich Besonderes, und oft sprang sie für eine der anderen ein, ohne dafür eine Entschädigung zu wollen.

An diesem Morgen stand sie um halb elf auf, ihre übliche Mittwochszeit. Sie las eine farbige Beilage, bis das Wasser im Kessel kochte. Dann öffnete sie die Hintertür, stand im Nachthemd da und verscheuchte eine lästige Katze. Stacpoole war immer am Mittwochmorgen zu ihr gekommen, er war der Einzige gewesen, und auch der Einzige, dem es in all den Jahren gelungen war, sich dann eine Freistunde zu organisieren, von elf bis Viertel vor zwölf. Sie erinnerte sich noch, wie Stacpoole lange danach in die Schule zurückgekehrt war, mit einer Frau, die angeblich seine Ehefrau war, und sie auf dieses und jenes aufmerksam gemacht hatte. Sie erinnerte sich noch, dass sie sich gefragt hatte, ob sie wohl auch dazugehörte.

Sie blieb noch eine Weile stehen und genoss die sanfte, frische Luft. Dann lockte sie der Duft von Toast zurück in ihre Küche.

Im Steinbruch machten sie Kaffee und tranken ihn aus Marmeladengläsern. Sie tranken ihn sehr süß, aber ohne Milch, denn Milch wurde zu schnell sauer. Dann lagen sie auf dem Rücken in der Sonne und rauchten.

Unterdessen schlich Leggett zu seinem Haus zurück und schützte so lange ein Hinkebein vor, wie er glaubte, dass man ihn sehen konnte. Er bildete sich ein, eine gebrochene Rippe zu haben, aber Forrogale, angeblich medizinisch bewandert, hatte sie mit den Fingern befühlt und es bestritten. »Ganz bestimmt nicht«, hatte Forrogale gesagt, aber Leggett war sich da nicht so sicher. Sie hatten ihn sich vorgeknöpft, weil er hinterhältig war: Das hatten sie gesagt, und Leggett wusste, dass es stimmte. Trotzdem war er unschuldig. Niemals hätte er eine ihrer grässlichen Dohlen angefasst, geschweige denn einen Kopf mit einem Schnabel, der nach einem schnappen konnte, in die Hand genommen.

»Der war's nicht«, sagte Accrington nach einem langen Schweigen, und die anderen stimmten der Reihe nach zu. Was natürlich nicht hieß, dass Leggett die Abreibung nicht durchaus verdient hatte.

»Wer dann?«, fragte Napier. Olivier sagte nichts von dem Mädchen.

»Vielleicht war es Dynes«, sagte Macluse.

Alle dachten darüber nach, nur Olivier nicht. Dynes stand nicht zur Debatte; sie konnten ihn weder zusammenschlagen noch in irgendeiner Weise belästigen; nicht mal ansprechen konnten sie ihn auf die Sache, denn wenngleich er wusste, dass Dohlen gehalten wurden, würde er höchstwahrscheinlich auf die Beschuldigung reagieren, indem er preisgab, was er bis vor kurzem für sich behalten hatte. Er war ziemlich empfindlich.

»Ich bezweifle sehr, dass es Dynes war«, sagte Accrington. »Die Sache trägt nicht seine Handschrift.«

Vor ein paar Jahren wollte sich ein Junge erhängen, aber sein Versuch scheiterte. Hinterher wurde festgestellt, dass er gar nicht sterben wollte, denn die vorbereitete Schlinge konnte sich nicht zuziehen, weil er einen Fuß in eine Vertiefung an dem von ihm ausgewählten Baum drückte und somit sein Gewicht abfing. Der Junge durfte allerdings nicht an der Schule bleiben, sondern wurde als nicht ganz normal nach Hause geschickt. Über diesen Fall redeten sie jetzt, denn der Mörder ihrer Vögel war gewiss ähnlich gestrickt. Die Namen der labilen Schüler wurden gehandelt, neue Verdächtige und ihr Verhalten in letzter Zeit diskutiert. Olivier blieb still. Unter den Jungen war er der kleinste, aber nicht der jüngste; er trug eine dunkle Ponyfrisur über einem blässlichen Gesicht. Sein Äußeres hob ihn unter seinen Freunden hervor, ihm war eine Zartheit zu eigen, die ihnen fehlte. Die Nachlässigkeit, mit der die anderen beschaffen waren, wurde offensichtlich, wenn man Olivier als Beispiel für etwas besser Gelungenes ansah. Dass sie in der Pubertät steckten, zeigte sich an zu kurzen Jackenärmeln, widerspenstigen Haaren und heiseren Stimmen, an unreiner Haut unter erstem Bartwuchs. Dennoch fiel niemandem weiter auf, dass Olivier diesem Vorspiel zur Männlichkeit entkommen war, oder der schlaksigen Unbeholfenheit, die seine Freunde akzeptierten, ohne zu bedauern, was sie zurückließen.

Der letzte Kaffee wurde ausgetrunken, und die Zigarettenkippen landeten in der Feuerglut, bevor die verkohlten Stockreste in alle Winde verstreut wurden. In einer Gruppe kehrten die Jungen zur Schule zurück, dann zur Scheune, dem früheren Zuhause ihrer Dohlen. Hambrose, der durch seine Arbeit auf der Schulfarm mit den dortigen Abläufen gut vertraut war, machte einen Umweg, um einen Spaten zu holen, dann empfahl er eine günstige Stelle zum Ausheben eines Gemeinschaftsgrabs. Ein Vogel nach dem anderen wurde hineingeworfen. Macluse schaufelte den Lehmboden zurück, dann begann das Einfangen von Ersatzvögeln.

Lange vor Oliviers Zeit an der Schule war es zu Vorfällen gekommen, die seither durch mündliche Überlieferung Berühmtheit erlangt hatten: das Läuten der Kirchenglocke mitten in der Nacht; das Verschwinden eines Renoir-Druckes – »Lesende« – von seinem Platz zwischen den Fenstern in einem der Präfektenzimmer; das Entwenden eines Feuerzeugs und einer Pfeife aus der Tasche von Dobie-Gordons Mantel; der rätselhafte Zusammenbruch der Zentralheizung. All diese Vorfälle spielten sich im Abstand von vielen Jahren ab und hatten nur gemeinsam, dass nie ein Schuldiger zur Rechenschaft gezogen werden konnte. Ebenso schien es unmöglich, dass dieselbe Person auch nur für zwei – geschweige denn für alle – Ereignisse in Frage kommen konnte, das schloss der begrenzte Aufenthalt eines jeden Jungen an der Schule aus. Vor sieben Jahren – auch das lange vor Oliviers Zeit – hatte es Ärger im Fahrradschuppen gegeben; jemand ließ wahllos die Luft aus den Reifen. Danach passierte nichts mehr, bis zu den getöteten Dohlen.

Es war reine Intuition, die Oliviers Verdacht auf das Mädchen lenkte, nicht nur für die jüngste Gräueltat, sondern auch für die früher begangenen. Und obwohl er überzeugt war, dass er recht hatte, so sicher war sein Instinkt, so deutlich spürte er die Absicht hinter diesen Anschlägen, konnte er sich nicht vorstellen, warum eine der Speisesaalhilfen um ein Uhr nachts Feueralarm in der Schule auslösen wollte oder was sie wohl mit Dobie-Gordons Pfeife anfangen konnte. Hier war Rache mit im Spiel, so seine anfängliche Vermutung, die er dann aber wieder verworfen hatte, weil er sie für zu plump und offensichtlich hielt. Zu diesem Schluss kam er auch am Tag von Leggetts Bestrafung, als er beim Abendessen versuchte, das Mädchen zu beobachten, wenn sie nicht hersah. Er verstand sich gut darauf, in die Privatsphäre anderer einzudringen, ohne dass die beobachtete Person etwas davon merkte; er war stolz darauf, obwohl er zwei- oder gar dreimal wegsehen musste, weil sein musternder Blick plötzlich erwidert wurde. Bella war ihr richtiger Name, aber im Speisesaal und außerhalb sagten alle nur »das Mädchen«.

Die Speisesaalhilfen konnten auf einem Arm fünf Teller gleichzeitig tragen, dicht an dicht, die Ränder mussten sich berühren, damit sie im Gleichgewicht blieben; auf jedem lag Bratwurst im Teigmantel oder Toast mit Bohnen und Rührei. Heute gab es Bratwurst im Teigmantel, zwei Würstchen in jeweils einer dunkelbraunen, knusprigen Teighülle. Am zweiten Tisch von St. Andrew's konnte man seine Wurst an Chom weiterreichen, der aß sie für die anderen. Sonst herrschten im Speisesaal geläufigere Bräuche, und verschmähte Bratwürste im Teigmantel wurden später entsorgt.

Olivier saß heute Abend an Tisch drei von St. David's zur Rechten des Aufsichtsschülers, eine Position, die sich alle zwölf Tage wiederholte, denn mit Ausnahme des Aufsichtsschülers rückte jeder Junge täglich einen Platz weiter. Der Aufsichtsschüler redete nur, wenn er um Salz oder Pfeffer oder Marmelade bat; es war sein Privileg, unnahbar zu sein. Die warmen Teller wurden in jeder Jungenreihe weitergereicht, der des Aufsichtsschülers wurde in letzter Minute gebracht und mit Senf serviert.

Das Mädchen, für das sich Olivier interessierte, bediente nicht an seinem Tisch. Er beobachtete sie ganz hinten im Speisesaal, bei den Tischen von St. Patrick's, wo Accrington und Newcombe und Hambrose saßen. Unter den Jungen, die Dohlen zähmten, wohnte nur Olivier in St. David's. Forrogale und Macluse und Napier wohnten in St. George's, dem Haus, das für seine guten Sportler bekannt war.

Der Lärm im Speisesaal war beträchtlich, doch zu Olivier drangen nur die Gesprächsfetzen von seinem Tisch, der Rest verlor sich im allgemeinen Getöse. In der Samstagabend-Diskussion sollte es diese Woche um die Frage gehen, ob es Geister gab oder nicht. Darüber wurde schon jetzt gesprochen; außerdem stand ein Thema aus den überregionalen Nachrichten zur Debatte – die Verurteilung eines Arztes, der einige seiner Patientinnen umgebracht hatte –, und es wurde für oder gegen die Todesstrafe plädiert. Olivier trank seinen Tee aus und reichte seine Tasse samt Untertasse ans Tischende weiter, wo zwei Jungen für eine riesige Metallkanne mit Tee verantwortlich waren. Dann beobachtete er wieder das Mädchen. Sie wartete darauf, mit dem Abräumen von Tellern und Besteck anzufangen, und stand jetzt mit den anderen Hilfen in einer Reihe vor dem Lehrertisch, der während dieser Mahlzeit unbesetzt war.

Sie war nur dem Namen nach ein Mädchen, die Bezeichnung haftete ihr noch von früher an, als sie unter den Speisesaalhilfen bei weitem die jüngste war. Die Bezeichnung ehrte den Ruhm, den sie einst genossen hatte, als ihre frische Schönheit immer wieder leidenschaftliche Gefühle im Speisesaal entfachte. All dies spielte bei den rätselhaften Vorfällen mit hinein, dachte Olivier, nur wusste er nicht, wie. Und dass es ihr nichts ausmachte, wenn man sie beobachtete, gehörte auch dazu.

»Olivier«, unterbrach der Aufsichtsschüler die Leere, die seinen Überlegungen gefolgt war. »Die Marmelade.«

Olivier entschuldigte sich und griff nach der Schale mit der Apfelmarmelade. Inzwischen war sie eine Frau in den späten mittleren Jahren, groß, die grauen Haare hinter einem Häubchen zurückgebunden, ihr Gesicht zeigte immer noch Spuren der Schönheit, wie andere Jungen sie gekannt hatten. Olivier verstand genau – und hatte schon bald verstanden, nachdem er sich für sie interessierte –, was sie von den anderen Serviererinnen unterschied. Es lag nicht nur an den Geschichten, die ihr aus der Vergangenheit nachhingen, und auch nicht an den Spuren ihrer früheren Schönheit, die bewiesen, dass sie nicht übertrieben waren, oder daran, dass sie lieber schwieg, wenn die anderen Serviererinnen in sorgsam zurückhaltendes Speisesaalgeflüster verfielen. Da war noch etwas, was nur ihr gehörte. Wieder fing ihr Blick den seinen, sie war zu weit weg, als dass Olivier sicher sein konnte, ob es Absicht war, aber irgendwie war er doch sicher.

Das graue Wurstfleisch im Teigmantel muffelte ein bisschen; nicht dass es schlecht war, das nicht, es roch durchaus nach Wurst und Fleisch, aber bei der Zubereitung hatte die Masse ihr natürliches Aroma verloren. Als sie das erste Mal in seine Richtung sah, hatte er sie nicht erkannt und wäre an ihr vorbeigegangen, weil sie keinen Kittel trug. Seitdem war sie ihm oft auf der hinteren Zufahrt aufgefallen, allein an ihrem freien Nachmittag oder wenn sie mit der Arbeit fertig war, nicht in einer Gruppe wie die meisten anderen. Sie lächelte nie, nicht die Spur von einem Lächeln, und er auch nicht.

Lärmend standen die Jungen auf, die Bänke wurden von den Tischen zurückgeschoben, Schuhe schlurften auf den polierten Dielenbrettern. »... *per Christum dominum nostrum*«, stimmte der älteste Aufsichtsschüler an, und dann gab es die abendlichen Bekanntmachungen, der Aufsichtslehrer eilte davon, die Aufsichtsschüler gingen, als die Bekanntmachungen beendet waren, einer schloss sich dem Nächsten an, und unterbrochene Gespräche wurden wiederaufgenommen, während sich der Speiseraum leerte und nur noch die Mädchen blieben.

Die Vögel würde es nicht mehr treffen. Immer gab es einen Wechsel, und einmal hatte Olivier versucht, die nächste Tat zu erraten, war aber jämmerlich gescheitert. Wenn es passierte, wäre er nicht mehr an der Schule, und er stellte sich vor, wie er zu einem Ehemaligen-Treffen zurückkehren und eine beifällige Bemerkung aufschnappen würde. Er stellte sich vor, dass er nicht genau wissen würde, was passiert war, und deshalb am Ende direkt nachfragen musste. Einen Augenblick lang hätte er seinen Freunden gern versichert, dass den neuen Vögeln nichts zustoßen und dass sich der Anschlag nicht wiederholen würde. Aber er sah davon ab. Es war wieder Zeit für eine Zigarette, und die sieben zogen zu der Steinhütte, die sie eigens für diesen Zweck gebaut hatten, außer Sichtweite in der Ecke von einem Feld.

Am Abend sprach der Direktor höchstpersönlich die Komplet, was nur bei seltenen Anlässen vorkam. Er erzählte eine selbst erfundene Parabel: dass ein Mann, der jeden Tag seines Lebens einem bestimmten Verhaltensmuster folgte, dieses Muster durch die stete Wiederholung reicher machte. Er erzählte, wie dieser Mann einmal im Traum von seinem gewählten Weg abwich und daraufhin hart von Gott gerichtet und mit Misserfolg bestraft wurde, wohingegen sein Leben bisher von Erfolg gekrönt war.

Olivier hörte aus den Worten eine schwache Anspielung heraus und fragte sich, ob sie vielleicht auf sein eigenes Abweichen und späteres Versagen auf dem Gebiet der Naturwissenschaften zurückzuführen war. Am Ende seiner Rede versäumte es der Direktor nicht, auf den Wert der Tradition zu verweisen, und sprach ihr und der Schule, in der sie herrschte, eine Macht zu, die gewiss den Beifall des Gottes fand, der strafte, wenn ihm etwas missfiel. Die Philosophie des Direktors veränderte sich nur im allegorischen Gewand seines

Diskurses. Es war ein sich schließender Kreis, der dort endete, wo er begonnen hatte: bei der Schule und ihren altmodischen, aber bewährten Bräuchen, die Jungen zu Männern machten.

Später, beim Überfliegen einer Ode von Horaz mit Hilfe eines Übersetzungsschlüssels, wurde Olivier abgelenkt, weil er an das überwältigende Vertrauen des Direktors in die festen Erziehungsriten der Schule und an die Freveltaten des Mädchens vom Speisesaal dachte. Waren ihre Sünden ein Ausdruck der Rebellion und als solche beabsichtigt, oder waren sie einfach nur zufällig geschehen? Was ging ihr durch den Kopf, wenn sie wieder Unruhe stiftete oder anderen das Leben schwer machte? Und wie kam es, dass die Überzeugungen des Direktors und die hinterhältigen Rückfälle einer Frau plötzlich irgendwie zusammenhingen wie benachbarte Puzzleteile? *Angustam amice pauperiem pati, robustus acri militia puer condiscat,* hatte Horaz geschrieben, und Olivier versuchte Latein und Englisch in Einklang zu bringen, so gut er konnte, da sein Schlüssel keine wortwörtliche Übersetzung bot.

Natürlich wusste der Direktor nicht – ebenso wenig wie die Schulleiter vor ihm –, dass das Speisesaalmädchen in ihrer Jugend auch ein Teil der Tradition gewesen war und den mittlerweile zu Männern herangewachsenen Jungen einen Dienst erwiesen hatte, der in die inoffiziellen Annalen eingegangen war. Auch das gehörte dazu, überlegte Olivier, bevor er weiter herumtüftelte, welches Wort zu welchem passte.

Am Ende eines jeden Tages gingen die Speisesaalhilfen und die Hausmädchen und die für verschiedene Aufgaben zuständigen Mädchen nach Hause. Manche fuhren in den Autos mit, die einige besaßen, andere auf Fahrrädern, manche gingen zu Fuß zum Dorf. Zu denen, die zu Fuß gingen, gehörte auch das Mädchen, das mittlerweile eine Frau war. Sie rauchte auf der mit Laub übersäten hinteren Zufahrt, ein Stück hinter zwei ihrer Kolleginnen, von denen eine den Weg mit einer Taschenlampe erhellte. Die Haut des Jungen, den sie so bewunderte, war immer noch glatt wie Porzellan, aber nicht so weiß und auch ohne das zarte Rosa, das man oft mit einem Porzellanteint verband. Sie liebte die leichte Blässe und die dunklen Augen, die daraus hervorsahen, liebte den Pony, der so schön den Stirnkonturen folgte.

Sein Bild drängte sich beim Weitergehen in ihr Bewusstsein, seine Stimme wurde die Stimme von Jungen, die vor langer Zeit zärtlich ihren Namen ausgesprochen hatten. Er wusste Bescheid, sie hatte es geahnt, denn er war so einer. Sie hatte schon immer gemerkt, wenn einer so war.

Das erste Abendläuten ertönte mit seinem rhythmischen Klang. Die jüngeren Schüler sammelten ihre Bücher ein, und dann verhallten ihre Schritte auf den Gängen, kein Wort wurde gesprochen, weil jeglicher Lärm verboten war, wenn die Klassen der Ober- und Mittelstufe ihre Vorbereitung für den Unterricht fortsetzten. Olivier las *Cakes and Ale*, der orangefarbene Rücken außer Sichtweite versteckt hinter *Raleigh and the British Empire* und einem Handbuch für Laborexperimente. *Meinst du, es war Chapman?*, wurde er beim Lesen von einem Briefchen unterbrochen, das man die Pultreihe entlang an ihn weitergereicht hatte. *Vielleicht*, schmierte er hin und gab den Papierschnipsel wieder an Newcombe zurück. Manchmal musste man lügen. Wenn man immer widersprach, sobald sie einen Verdächtigen nannten, würden sie misstrauisch werden.

Jemand musste ihr auf die Schliche kommen: Sie hatte einen Vorfall nach dem anderen inszeniert, damit ihr jemand auf die Schliche kam. So sicher er sich in allem anderen war, so sicher war er sich auch, dass diese letzte Vermutung nicht unrealistisch war. Mehr wusste er nicht, damit musste er sich wohl zufriedengeben. Vor seinem geistigen Auge sah er sie wieder wie schon ein- oder zweimal, als er um diese Zeit draußen gewesen war: in ihrem marineblauen Mantel, den Gürtel locker gebunden, ein Kopftuch mit Pferden drauf.

»Tschüs, Bella«, riefen die beiden vor ihr, eine nach der anderen, dann bogen sie in die Parsley Lane ein. »Tschüs.«

Sie verabscheute das banale Wort, es war so inhaltslos, wurde jetzt ständig benutzt. »Gute Nacht«, rief sie zurück.

Stimmen und ein gelegentliches Lachen begleiteten die hüpfende Taschenlampe in der Parsley Lane. Sie ging einen anderen Weg und hörte nur den Ruf einer Eule. Sie kam zum Railwayman, wo wieder geredet und gelacht wurde, und dann der laut aufgedrehte Fernseher in Mrs Hodges' Wohnzimmer.

Sie stellte sich vor, ihre Mutter würde noch leben und läge jetzt im Bett. Und er wäre stumm zwischen den Eiben auf dem Friedhof und würde nichts sagen, wenn sie vorbeiging. Wenn sie dann den Tee nach oben gebracht und eine Weile dagesessen hätte, bis die alten Augenlider langsam zufielen, würde sie den Holzriegel zurückschieben, den Vorhang ein Stück nach rechts ziehen und ihn ganz kurz so lassen. Er würde, ohne anzuklopfen, hereinkommen.

Jemand, der aus dem Railwayman kam, rief ihr gute Nacht hinterher, und sie erwiderte den Gruß. Jeden hätte sie haben können, auch heute noch, wenn sie nicht alles täuschte. Mein Gott, dachte sie, erstickt wäre ich an so einem Leben, mit jedem von ihnen!

Die Abkürzung durch den Friedhof machte ihr nichts mehr aus. Schon zu oft war sie an den Grabsteinreihen vorbeigegangen, an der großen Familiengruft der Greshams, zerstört und an einer Stelle offen, an den kaputten, vergessenen Kränzen, die im Mondschein gespenstisch wirkten. Der Geruch, den sie einst mit den Toten verbunden hatte, war altes vermoderndes Laub.

Das kleine Haus, in dem sie ihr ganzes Leben verbracht hatte, war das letzte im Dorf. In ihrer Kindheit hatte ihr Vater es jeden Morgen verlassen, um im Steinbruch zur Arbeit zu gehen; er war oben gestorben, genau wie ihre Mutter. Ein Junge war an dem Tag gekommen, als ihre Mutter starb, und sie hatte ihn wegschicken müssen; er war Aufsichtsschüler von St. Andrew's gewesen, Tateman hieß er. *La même chose,* das hatte er ihr beigebracht, und bei *chacun à son goût* ließ er sie die Lippen spitzen, wegen der Aussprache. Lange danach stellte sie sich vor, wie sie mit ihm durch ganz Frankreich und Deutschland reiste und *la même chose* sagte, wenn man ihr Nachtisch anbot und sie den gleichen wollte wie er. Helle Haare hatte er gehabt, ganz anders als der jetzige, dessen Namen sie nicht kannte.

Sie schloss die Tür auf und zog die Vorhänge im Zimmer zu, auch den schweren vor der Tür, der die kalte Luft von draußen abhalten sollte. Zwei elektrische Heizröhren wärmten ihr die Knöchel, als sie sich mit Tee und Keksen hinsetzte. Die Heimlichkeit an der Sache, das hatten die Jungen immer genossen, in gewisser Weise ebenso sehr wie das andere. Und auch sie hatte es genossen – nicht ganz so sehr, aber fast.

Als im Schlafsaal Ruhe herrschte, dachte Olivier wieder an das Mädchen. Er überlegte, wie sich, als sie noch jung war, ihre Miene verändert hatte, wenn ihre Stimmung wechselte. Er stellte sie sich gelassen vor, denn manchmal sah sie ein bisschen so aus, wenn sie im Speisesaal dastand und auf das Ende des Tischgebets wartete, während die anderen ungeduldig waren. Er phantasierte weiter und sah sie in einem anderen Mantel, ohne Kopftuch, mit zerzausten Haaren. Er sah ihren gestärkten Kittel ausgebreitet auf einem Bügelbrett liegen, ein Finger wurde befeuchtet, um die Hitze des Bügeleisens zu prüfen. Er sah ihre Füße mit den Strümpfen, das Lachen in ihren Augen, und dann ihre Nacktheit.

JUSTINAS PRIESTER

Nur Justina Casey gab ihm noch einen Sinn, überlegte Pater Clohessy und schüttelte den Kopf über den immer wiederkehrenden Gedanken, aber wie sich das Mädchen verhielt, war völlig widersinnig. Der altbekannte Widerspruch regte sich leise in ihm, wie immer, wenn Justina Casey, frei von Sünde wie eh und je, ihre Beichte ablegte. Pater Clohessy kam sich unzulänglich, ja geradezu dumm vor, weil er etwas nicht verstand, was er als Priester eigentlich verstehen sollte.

Er verließ den Beichtstuhl, den auch sie gerade verlassen hatte, und sah sich nach ihr um: Ganz hinten, nicht weit vom Weihwasserbecken, ließ sie ihren Rosenkranz durch die Finger gleiten. »Pater, ich bin schlecht«, hatte sie behauptet, und noch während er ihr die Buße auferlegte, wurde ihm wieder bewusst, dass sie gar nicht ahnte, was Schlechtigkeit war. Aber ohne den Rosenkranz und ohne die Ave-Maria, die er ihr aufgetragen hatte, wäre sie unglücklich weggegangen. Aus freien Stücken polierte sie alle paar Tage die Altarvasen aus Messing und das Altarkreuz. Auch samstagabends war sie da, nachdem sie einen Eimer mit kochend heißem Wasser durch die Straßen getragen hatte, und holte den Mopp vom Haken im Sakristeischrank. An Freitagen kratzte sie das Kerzenwachs weg, das sich während der Woche angesammelt hatte, und ordnete zufrieden die alten Missionsheftchen.

Pater Clohessy, der mit vierundfünfzig Jahren langsam dick wurde und seine roten Haare kurz geschnitten um eine sommersprossige Glatze trug, beobachtete, wie Justina Casey die Fingerspitzen ins Weihwasser tauchte und sich bekreuzigte, ehe sie die Kirche verließ. Ihre Schritte waren leise auf den Kacheln, als verlange das ihre Frömmigkeit, als sei sie weniger wichtig als der heilige Boden, auf dem sie wandelte, weniger als die brennenden Kerzen und die Jungfrau aus Gips, weniger sogar als die ungelesenen Missionsheftchen. Er erinnerte sich an ihre heilige Erstkommunion, wie sie unter den anderen Kindern ein bisschen auffiel, ein paar mickrige Maiglöckchen fest an die Brust gepresst. Hinterher hatte sie ihn gefragt, ob sie sich um das Kirchenmessing kümmern dürfe.

Lautlos schloss sich die Tür hinter ihr, und Pater Clohessy empfand eine gewisse Leere, als hätte man ihm etwas genommen.

Justina trödelte herum und betrachtete die Auslagen in den Schaufenstern. Da waren die Dosen mit Süßigkeiten bei Hehir's, dahinter eine Reihe von Glasgefäßen, halb voll mit Mischungen aus Gummibärchen und runden Bonbons, gefüllten Früchten und Sahnekaramell. Die Textilien bei Merrick's, wo die Dekoration erst eine Woche alt war, Fleisch bei Cranly's, glasiertes Steingut und Töpfe bei Natton's. Bei MacGlashan's hatte sich eine feine Staubschicht auf die Lebensmittel gelegt, auf die Teepackungen von Barry's und die Werbetafeln für Bisto-Saucenmix und Huhn-und-Schinken-Brotaufstrich. Vor Mrs Scallys Laden welkte der Kohl, das grüne Kraut der Karotten war von Gelb durchsetzt.

»Wie geht's, Justina?«, erkundigte sich Mrs Scally vom Eingang aus, die Arme über den Bändern der geblümten Kittelschürze verschränkt. Immer hat sie die Arme verschränkt, dachte Justina und blieb stehen, um zu hören, was Mrs Scally noch zu sagen hatte. Eine Schulter an den Türpfosten gelehnt, einen einzigen Lockenwickler im Haar, Sandalen an den Füßen und die Arme verschränkt: Das war Mrs Scally, wie sie leibte und lebte, wenn sie nicht gerade Kartoffeln abwog oder eine Steckrübe einwickelte. »Gut«, sagte Justina. »Mir geht's gut, Mrs Scally.«

»Ich hab Äpfel reinbekommen. Sagst du oben Bescheid, dass es Äpfel gibt?«

»Ja.«

»Und ein paar Pfirsichdosen sind eingedellt. Die geb ich günstiger ab.«

»Das haben Sie mir schon gesagt, Mrs Scally.«

»Hast du's ihnen ausgerichtet?«

»Aber natürlich.«

Justina ging weiter. Sie hatte Maeve das mit den Pfirsichen erzählt, und ihre Schwester hatte nichts darauf gesagt. Aber Mr Gilfoyle hatte auch zugehört und gelacht. Als Micksie dazukam, sagte er, wenn die Delle in der Dose roste, müsse man aufpassen. Micksie war Maeves Mann, Mr Gilfoyle war sein Vater. Sie wohnten in der Diamond Street, wo Maeve den kleinen Haushalt regierte und meist nicht verhehlen konnte, wie sehr ihr das familiäre Gefüge missfiel. Maeve, eine tüchtige und resolute Frau, hoch gewachsen, dunkelhaarig und kinderlos, wurde das Gefühl nicht los, dass sie in der Falle saß: Als ihre Mutter starb, war sie die Einzige gewesen, die sich um Justina kümmern konnte, denn ihre Mutter war verwitwet, solange die Schwestern zurückdenken konnten. Und dann saß Maeve wieder in der Falle, als ihr Schwiegervater, von den Gebrechen des hohen Alters geplagt, im Haus aufgenommen werden musste; und wieder, weil sie nicht vor ihrer Hochzeit erkannt hatte, dass Micksie ein Kneipengänger war. »Und ob ich Kinder habe«, sagte sie oft, wenn sie wegen ihrer Kinderlosigkeit bedauert wurde.

Bei Today Tonight kaufte sich Justina ein Eis. Die Abendzeitungen waren eben mit dem Bus aus Dublin gekommen. *Nein hat gewonnen,* lautete die Schlagzeile, und sie fragte sich, was das wohl bedeuten mochte. Leute, die sie kannte, nahmen Sachen aus den Regalen, Mineralwasser in Flaschen und Dosen, Tiefkühlgerichte aus der Gefriertruhe in der Mitte, Zeitschriften von den Gestellen. Sie schlenderte umher, leckte an ihrem Eis, knabberte am Tütenrand. Einen Gang hoch und den nächsten runter, vorbei an Schuhcreme und Desinfektionsmitteln und Feueranzündern, an reduzierten Tütensuppen, alles lag griffbereit da, falls man vergessen hatte, es im Superquinn zu besorgen.

»Bist ein braves Mädchen«, bemerkte eine der beiden Nonnen, die nach einer Kerrygold-Butter griff und sie in ihren Drahtkorb fallen ließ. Die andere Nonne, älter und strenger, sagte gar nichts.

»Also, das bin ich wirklich nicht«, sagte Justina. Beiden Nonnen hielt sie ihr Eis hin, aber keine wollte daran lecken. »Ich bin überhaupt nicht brav«, sagte Justina.

»Wo hast du gesteckt?«, fragte Maeve in der Küche.

»Mrs Scally hat wieder von den Pfirsichen angefangen. Schwester Agnes und Schwester Lull waren im Today Tonight.«

»Was hast du dort zu suchen?«

»Nichts.«

Einen Moment lang blieb Justina stumm, dann erzählte sie von dem Eis, und Maeve wusste, ihre Schwester erwähnte es, weil sie plötzlich befürchtete, es zu verheimlichen könnte eine Lüge sein.

»Mein Gott, was bist du bloß für eine!«, schrie Maeve, außer sich vor Wut, unfähig, sich zu beherrschen. »Hier gibt es wahrlich genug zu tun, aber du musst dich in der Stadt herumtreiben.«

»Aber ich muss doch zur Beichte.«

»Ach, Herrgott noch mal.«

»Was ist denn, Maeve?«

Maeve schüttelte den Kopf. Sie spürte eine Müdigkeit in ihren Augen, am liebsten hätte sie sie geschlossen, und dann spürte sie die Müdigkeit durch ihren Körper strömen. Sie wandte sich wieder dem zu, was sie gemacht hatte, bevor Justina hereinkam, und schnitt gekochte Kartoffeln in Scheiben.

»Deck den Tisch«, sagte sie. »Zieh deinen Anorak aus und deck den Tisch.«

»Breda hat mir einen Brief geschrieben«, sagte Justina.

Sie hatte die Hintertür geschlossen, war aber nicht weiter in die Küche hereingekommen. Das machte sie oft, genau wie sie oft am Spülbecken stand und nicht weiterspülte, als ob sie alles um sich herum vergessen hätte. Seit Ewigkeiten, solange Maeve zurückdenken konnte, ging ihr diese Schwäche ihrer Schwester auf die Nerven, ebenso die Nachrichten, die Justina immer von den Ladenbesitzern mitbrachte, dass dieses oder jenes eingetroffen sei oder es neue Sonderangebote gebe, ebenso die Anrufe, die sie von einem fast sechs Meilen von der Stadt entfernten Bauern erhielt, dass Justina seine Jungstiere wieder mit Grasbüscheln füttere. Nicht dass er etwas dagegen hätte, aber die Stiere könnten nervös werden und sie vielleicht bedrängen.

»Liest du mir Bredas Brief vor, Maeve?«

»Von der hältst du dich gefälligst fern, verstanden?«

»Ja, Breda ist doch sowieso fort.«

»Und sie soll auch bleiben, wo sie ist.«

»Soll ich den Tisch decken, Maeve?«

»Hab ich das nicht eben gesagt?«

»Dann deck ich ihn jetzt.«

Pater Clohessy ging in die entgegengesetzte Richtung davon, die Justina eingeschlagen hatte. Das Gefühl von Verlust, das ihn ergriffen hatte, als sie aus der Kirche ging, war einem allgemeineren Bewusstsein von Entbehrung gewichen, das ihn dieser Tage nur noch selten losließ. Der Glanz seiner Kirche war verschwunden und sein Priestertum unausgefüllt darin zurückgeblieben, die Berufung, die ihn einst getragen hatte, war nicht mehr so zwingend wie früher. Er sah, wie seine Gemeinde schrumpfte, und wehrte sich gegen das Gefühl, dass man ihn im Stich ließ. Die neuen Moralvorstellungen der Zeit trugen die Unordnung bis in die Kirche hinein; er kämpfte dagegen an und betete, der Herr möge ihm den Weg weisen, aber er wurde nicht erhört.

Eine vertraute Schwermut, die er nach außen nicht zeigte, begleitete Pater Clohessy auf dem kurzen Weg zur Kalksteinstatue des Rebellenführers, die auf dem Platz im Stadtzentrum stand. Dass er es notwendig fand, seine Sorgen um die Misere seiner Kirche für sich zu behalten, machte ihm die Bürde nicht gerade leichter, ebenso wenig wie die Tatsache, dass Pater Finaghy vorübergehend nicht da war. Pater Finaghy, der sich nach einem Autounfall in Therapie befand, war aufgeschlossen und gesellig, ein Priester, der seinen Glauben auch mit auf den Golfplatz nahm, ohne dass es jemanden störte. »Aber wir tun ja unser Bestes«, pflegte Pater Finaghy gern zu sagen. Pater Clohessy vermisste seine Gesellschaft; manchmal empfand er sie fast als Schutz.

»Haben Sie etwas Kleingeld, Pater?«, bettelte eine junge Frau in einem Hauseingang, neben ihr schlief ein Baby in einem Umschlagtuch. »Nur ein paar Pennys?«

Sie sagte, sie werde für ihn beten, und er dankte ihr und suchte die Münzen, auf die sie hoffte. Er kannte sie, sie war fast immer da. Er hätte sie fragen können, wann er sie in der Messe sehen würde, verzichtete aber darauf.

Aus Mulvanys Elektro- und Fernsehgeschäft schallte Musik über den kleinen Platz, dann folgte das nuschelige Gejammer von Bob Dylan. Mulvany hatte sich eine eigene Tradition geschaffen und feierte die Geburtstage beliebter Unterhaltungskünstler, indem er ein Stück von ihnen spielte: Heute wurde Bob Dylan sechzig. Obwohl bei diesen Gelegenheiten nur ein Titel aufgelegt wurde, und auch nur einmal an dem entsprechenden Tag, empfand es Pater Clohessy als störend in einer ruhigen Stadt und war deswegen einmal an Mulvany herangetreten. Aber Mulvany hatte behauptet, bei den älteren Bürgern würden nostalgische Gefühle geweckt, wenn sie aus heiterem Himmel Sänger wie Perry Como oder Dolly Parton hörten, und die Jüngeren würden sich freuen, wenn die Neuerscheinungen auf dem Musikmarkt Anerkennung fänden. Dass der Widerspruch eines Priesters so kurzerhand verworfen wurde, war der Lauf der Dinge, ein Ausdruck, den Pater Finaghy oft benutzte, wenn er den abnehmenden Einfluss der Kirche ohne Protest hinnahm. *The times they were a-changing* – die Zeiten änderten sich wirklich; Bob Dylan erinnerte noch einmal daran, ehe die Lautsprecher bei Mulvany verstummten.

»Ist das nicht ein herrlicher Tag, Pater?«, sagte eine Frau zu ihm, und er gab ihr recht, worauf sie hinzufügte, danken wir Gott dafür. Er fragte sich, ob sie wohl ahnte, ob irgendwer aus der Gemeinde ahnte, dass er beim Predigen wütend war, weil er nicht wusste, was er ihnen sagen sollte, dass er seinen Kummer möglichst zu verbergen suchte und sich von Wort zu Wort tastete. »Wie geht's Pater Finaghy?«, fragte ihn die Frau. »Haben Sie von ihm gehört, Pater?«

Ja, Pater Finaghys Genesung mache Fortschritte, heute Morgen habe er es erfahren.

»Das liegt bestimmt daran, weil viele für ihn beten«, sagte die Frau, und er gab ihr wieder recht, bevor er seinen Weg durch die Stadt fortsetzte, dorthin, wo er und Pater Finaghy wohnten.

Sein Tee stand schon bereit für ihn. Comeraghview, nach den

Bergen in der Ferne benannt, war ein graues allein stehendes Haus mit einem Taubenbaum im Vorgarten, den ein grauer schmiedeeiserner Zaun von der Hauptstraße trennte. Er und Pater Finaghy waren übereingekommen, dass man das richtige Pfarrhaus sinnvoller nutzen könnte, und mit der Erlaubnis des Bischofs und seinem Segen hatten sie es schließlich der Stadt überlassen, damit es zu dem Jugendzentrum wurde, das schon lange gefehlt hatte.

»Da ist Schinken und Salat für Sie«, sagte Pater Clohessys Hauswirtin und stellte das Essen vor ihn hin.

»Aber natürlich«, sagte Mr Gilfoyle, als Justina ihn bat, ihr Breda Maguires Brief vorzulesen. »Hast du ihn dabei?«

Justina hatte ihn dabei, und Mr Gilfoyle schlug vor, dass sie nach hinten in den Garten gingen, wo sie ungestört waren. Seine Schwiegertochter explodierte dieser Tage schon, wenn man Breda Maguire bloß erwähnte, was wäre dann erst, wenn sie sich auch noch deren Geschichten aus Dublin anhören musste. Es hatte Zeiten gegeben, da wäre Maeve froh gewesen, wenn ihr jemand Justina abgenommen hätte, aber seit die beiden Mädchen erwachsen waren und Breda Maguire auf die schiefe Bahn geraten war, hatte sich das natürlich geändert.

»Ich wohne in einem tollen Schuppen!«, las er in dem kleinen blumenlosen Hintergarten, der zum Lagerplatz für ausrangierte Waschbecken und Kloschüsseln und durchlöcherte Schwimmerhähne geworden war, die sein Sohn, ein Klempner, bei der Arbeit ausgetauscht hatte. Nesseln wuchsen zwischen gusseisernen Heizkörpern und einer Badewanne, Löwenzahn und Ampfer wucherten. Mr Gilfoyle hatte eine Ecke freigeräumt und einen Stuhl aus der Küche hingestellt; an sonnigen Morgen las er dort die Zeitung.

Er war ein Mann mit Schnurrbart, grauhaarig, früher kräftig und eher beleibt, inzwischen etwas weniger, denn die Zeit hatte Spuren von fortgeschrittenem Alter bei ihm hinterlassen. Sein ausgeprägter krummer Rücken, eine arthritische Schulter, Probleme mit Gallensteinen und eine Beugekontraktur der Finger hatten ihn zu einem anderen Menschen gemacht. Auch er war früher Klempner gewesen.

»*So ein Haus hast du noch nicht gesehen*«, las er vor und malte sich aus, was beschrieben wurde: ein Ort, an dem Theaterleute wohnten, Kaffee immer nur zum Mitnehmen, alle standen spät auf. Mr Gilfoyle konnte kaum glauben, dass Breda Maguire dort Unterschlupf gefunden hatte, aber möglich war es natürlich schon.

Justina, die auf dem Rand der Badewanne saß, hatte diese Schwierigkeiten nicht. Ohne jeden Zweifel glaubte sie alles, was in dem Brief stand. Sie sah ihre Freundin in dem grünblauen Kimono, der beschrieben wurde. »*Als wäre ein Drache um mich gewickelt*«, hatte Mr Gilfoyle vorgelesen und erklärt, ein Kimono sei etwas Japanisches. Ihm war, als würde ein Gallenstein irgendwo in seinem Inneren die Lage wechseln, ein stechender Schmerz, nichts Außergewöhnliches in seinem Alter, hatte ihm der Arzt gesagt, den er regelmäßig aufsuchte.

»*Das Davy Byrne's könnte man glatt übersehen, wenn es nicht bis zur Tür brechend voll wäre. Mit Leuten von den Rennen, so in der Richtung.*« Breda Maguire war auf der Straße gelandet, sinnierte Mr Gilfoyle. Sie hatte Geld, das merkte man gleich, daran war nichts erfunden. Das Haus, in dem sie angeblich wohnte, lag in Richtung Island Bridge, und auch darin schwang Wahrheit mit, das war in der Nähe der Kais. Bei den Kais, da findet man sie, hatte ihm ein Maurer gesagt, vielleicht vor fünfzig Jahren, es war also gut möglich, dass man immer noch dorthin ging, wenn man ein Straßenmädchen suchte. »*Ich habe einen Freund, der mich ausführt*«, las er. »*Billy.*«

»Hör dir das bloß an!«, flüsterte Justina. Der Name eines Hotels fiel, wo getanzt wurde, Geschäfte, Kinos. Ein Armreif war gekauft worden, und Justina sah ihre Freundin und Billy an einem Ladentisch mit Glasplatte wie dem in Hennessys Uhrengeschäft, vor ihnen ausgebreitet Halsketten und Armbänder. Sie sah die beiden in einem Café, und eine Kellnerin servierte Gebratenes; bei Egan's hatte sie Leute schon das Gleiche essen sehen – Eier mit Speck und Würstchen. Billy ähnelte dem Piloten in dem Film, den sie und Breda nur einen Tag vor deren Abreise im Fernsehen gesehen hatten. »*Wie läuft's denn so bei dir?*«, fuhr Mr Gilfoyles Stimme fort.

Justina hätte ihr auf diese Frage unmöglich antworten können, weil sie wegen ihrer Lernschwäche keine Briefe schreiben konnte. Aber das hatte Breda natürlich nicht vergessen. *»Vielleicht rufe ich dich in den nächsten Tagen mal an«*, las Mr Gilfoyle zu Ende. Der Schmerz hatte sich verlagert und war nach hinten zum Rücken gewandert, vielleicht also doch ein Gallenstein.

»Ist Billy nicht toll, dass er ihr Sachen schenkt?«, sagte Justina.

»Ja, Justina.«

»Ist Billy nicht ein toller Name?«

»Ja.«

Mit einer Vielzahl von Sünden dahinter, dachte Mr Gilfoyle, ein Ersatzname für Namen, die Breda nie erfuhr; die Geschenke waren nur ein Ausgleich für das Geld, das in Hauseingängen am Hafen den Besitzer gewechselt hatte.

»Ich träume bestimmt von Breda und Billy«, sagte Justina und rutschte vom Rand der Badewanne herunter.

Pater Clohessy hörte zu, als Justina beichtete, dass Maeve ihr böse war, weil Breda angerufen hatte. Sie beichtete, dass sie in die Küche gegangen war, um zu erzählen, was Breda gesagt hatte, aber Maeve wollte es nicht hören; und im nächsten Moment ließ sie eine Tasse fallen, die sie gerade abtrocknete. Dann fing Maeve an zu weinen, die Tränen liefen ihr über die Wangen, über den Hals in den Kragen. Als ob es nicht schon schlimm genug wäre mit einem alten Schwiegervater im Haus, der sein Bett nicht machen konnte und ewig über seine Gebrechen lamentierte. Als ob es nicht schon genug wäre mit einem Mann wie Micksie, der ständig in den Kneipen hing, dazu noch ein Mädchen mit Lernschwäche, der Garten hinten eine Müllhalde. In ganz Irland gab es keine Frau, die mehr durchmachen musste, und dann meldete sich zu allem Übel ein Flittchen wie Breda Maguire wieder, nachdem alle gedacht hatten, man würde sie nie mehr wiedersehen.

Das alles erwähnte Justina in ihrer Beichte. Sie sei schlecht, sagte sie. Eben noch lachte sie mit Breda am Telefon, und im nächsten Moment weinte Maeve in der Küche. Breda sagte, sie solle einfach nach Dublin kommen, dann könnten sie sich herrlich amüsieren.

Das Geld solle sie sich irgendwie besorgen, sagte Breda. Von Mr Gilfoyle, so viel sie kriegen konnte. Mit dem Bus um halb zwei solle sie fahren, den habe sie auch genommen. Es würde doch keinem schaden, wenn sie für zwei Tage käme. »Ich zeig dir das volle Programm«, sagte Breda.

Pater Clohessy hatte die Finger ineinander verschränkt, das war seine übliche Haltung im Beichtstuhl, den Kopf leicht zur Seite geneigt, damit er mit einem Ohr die Offenbarungen hörte, die durch das Sprechgitter drangen. Unter seinen Beichtkindern war Justina die Einzige, die er manchmal unterbrach, wie auch jetzt.

»Ach nein, Justina, nein«, sagte er.

»Soll ich ein Ave-Maria für Maeve beten, Pater?«

»Geh lieber nicht nach Dublin, Justina. Du willst deine Schwester doch nicht noch mehr aufregen.«

»Aber Breda ist doch dort.«

»Ich weiß, ich weiß.«

Sie waren nicht älter als fünf oder sechs, erinnerte er sich, als sie zusammen in der Diamond Street spielten, Justina mit ihren schwarzen Haaren und einer lockigen Ponyfrisur, die ihr Gesicht umrahmte, Breda dünn wie ein Wiesel. In der Klosterschule war sie der Albtraum der Nonnen gewesen, durchtrieben und berechnend, immer neunmalklug und voll unausgesprochenem Trotz. Als sie älter war, schmierte sie sich Lippenstift auf den Mund; am Ende trug sie ein T-Shirt mit einem unanständigen Aufdruck.

»Wäre es denn schlimm, mit dem Bus hinzufahren, Pater?«

»Ich denke schon. Hast du noch etwas zu beichten, Justina?«

»Nur, dass Maeve geweint hat.«

»Zünde eine Kerze an, wenn du den Beichtstuhl verlässt. Putz den Boden am Samstag und das Messing.«

Wieder fiel ihm ein, wie sie nach ihrer Erstkommunion allein vor der Kirche neben dem Marienschrein gestanden hatte, das Gesicht zur Sonne gewandt, die Maiglöckchen fest an die Brust gedrückt. Bevor sie den Beichtstuhl verließ, murmelte er ein Gebet für sie, weil er wusste, das mochte sie am liebsten. Es machte ihm Angst, dass sie ihre Freundin besuchen und seine mahnenden Worte vergessen könnte, dass sie sich irgendwie das Busgeld besorgen und losfahren könnte, ohne es jemandem zu sagen.

Zwei Tage später, als Justina den Kirchenboden wischte, schaute Pater Clohessy bei ihrer Schwester in der Diamond Street vorbei.

»Kommen Sie rein, Pater, kommen Sie rein«, sagte Mr Gilfoyle. Er führte ihn in ein Zimmer, wo gerade ein Fußballspiel im Fernseher lief, Aston Villa gegen Arsenal. Sein Sohn habe es sich angesehen, sagte Mr Gilfoyle, aber dann sei ein Anruf gekommen, auf dem Grundstück von McCarron lief ein Tank über. Mr Gilfoyle schaltete das Fußballspiel ab. Maeve sei fort, um Speck zu holen, werde aber jeden Moment zurück sein, sagte er.

Sie unterhielten sich über ein Waschbecken, das Mr Gilfoyle vor Jahren in der Kirche installiert hatte, in der Sakristei. Pater Clohessy sagte, es sei immer noch gut in Schuss und werde ständig benutzt.

»Ein Belfaster Waschbecken«, sagte Mr Gilfoyle. »Wir nannten das Ding ein Belfaster Waschbecken. Was Besseres findet man nicht.«

»Nein.«

»Setzen Sie sich, Pater. Ich muss mich auch setzen. Die alten Beine wollen nicht mehr so recht.«

Aus der Küche kam ein Geräusch. Mr Gilfoyle rief seiner Schwiegertochter zu, dass Pater Clohessy hier sei, und als Maeve hereinkam, noch immer im Mantel und mit Kopftuch, sagte Pater Clohessy:

»Ich wollte kurz über Justina sprechen.«

»Wird sie Ihnen lästig?«

»Aber nein, ganz und gar nicht.«

»Sie wohnt ja schon fast in der Kirche.«

»Justina ist immer gern gesehen, Maeve. Wirklich. Aber sie hat Breda Maguire erwähnt. Ich mache mir Sorgen, dass Justina womöglich versucht, nach Dublin zu kommen.«

Einen Augenblick herrschte Schweigen. Dem Priester entging nicht, dass Mr Gilfoyle etwas sagen wollte und es sich anders überlegte, und auch nicht Maeves ungläubiger Blick. Er sah, wie sie sich zurückhielt: Schon ein- oder zweimal, als er sich um ihre Schwester besorgt zeigte, hatte sie schroff, ja geradezu grob reagiert. Er schwieg, die Stille dauerte an.

»Das würde sie nie tun«, sagte Maeve schließlich.

Obwohl es ihr gelang, ihren Ärger erfolgreich zu unterdrücken, war die leise Hoffnung in ihrem Tonfall nicht zu überhören. Man sah es auch am Aufflackern ihrer Augen, und sie schüttelte den Kopf, als wollte sie es nicht wahrhaben.

»Wie sollte sie denn, Pater?«

»Der Bus fährt jeden Tag.«

»Sie bräuchte Geld. Und sie gibt sofort jeden Penny aus, den sie in die Finger bekommt.«

»Ich wollte es Ihnen nur sagen. Damit Sie ein Auge auf sie haben können.«

Maeve reagierte nicht darauf. Mr Gilfoyle sagte, Justina werde niemals in diesen Bus steigen. Er werde selbst zu dem Platz gehen, wo der Bus hielt, und nach ihr Ausschau halten.

»Noch schlimmer wäre, wenn sie sich von jemand mitnehmen ließe.«

Als Pater Clohessy das sagte, schloss Maeve müde die Augen. Sie seufzte und wandte sich ab, kämpfte gegen ihren Zorn an, und Pater Clohessy empfand Mitleid mit ihr. Es war nicht leicht, sie tat ihr Bestes.

»Wir behalten sie im Auge«, sagte sie.

Als Pater Clohessy am Abend seine Kirche nach der späten Samstagsmesse schloss, fragte er sich, ob er langsam zur Verzweiflung neigte, der schlimmsten Sünde von allen im Kanon, die sich ein Priester zuschulden kommen lassen konnte. An den Straßenecken und auf dem Platz standen Männer und unterhielten sich, zündeten Zigaretten an, diskutierten die Chancen für Offaly beim Hurlingspiel am nächsten Tag. Frauen hakten sich unter und plauderten im Gehen. Kinder kamen mit Pommes von O'Donnell's. Seine Kirche mochte ihren Glanz verloren haben, seine Gemeinde kleiner werden, sein Einfluss kaum noch spürbar sein, doch wo früher Armut herrschte, war heute Geld, wo früher Bescheidenheit war, regierte heute Ehrgeiz. Diese

Menschen waren befreit und standen anders da als die Generationen vor ihnen. Sie zogen an, was sie anziehen wollten, sie sagten, was sie sagen wollten, sie blieben oder gingen weg. War der Preis zu hoch, wenn die Frau, die er heute besucht hatte, ihre zurückgebliebene Schwester am liebsten los sein wollte? An einem Samstagabend, dem heutigen nicht ganz unähnlich, hatte er zum ersten Mal die Botschaft auf Breda Maguires T-Shirt gelesen, fette gelbe Buchstaben auf Schwarz, schlicht und direkt: *Fick mich.*

Auf den Straßen der Stadt, die er schon so lange kannte, redeten die Leute herzlich und voller Respekt mit ihm. Sie wünschten ihm eine gute Nacht, sie wünschten ihm alles Gute. Ihre Schuld war es nicht, wenn er nicht mehr wusste, was er ihnen in seinen Predigten sagen sollte. Eigentlich sollte er sich dafür entschuldigen, aber ihm war klar, das durfte er nicht. Am Platz, zwischen der alten Munster and Leinster Bank – mittlerweile eine AIB-Zweigstelle – und Mulvanys Fernsehgeschäft, ging er in die Emmet Bar. Pater Finaghy schaute jeden Samstagabend, nachdem sie die Kirche geschlossen hatten, auf einen Sprung dort vorbei, und manchmal kehrte auch er ein – um ein paar Gläser Beamish's Stout zu trinken und ein paar Zigaretten zu rauchen, während er sich mit zwei Männern unterhielt, mit denen er vor vierzig Jahren bei den Christlichen Brüdern in die Schule gegangen war. Beide hatten sich in dem neuen Wohlstand ganz gut eingerichtet, hatten Kinder gezeugt und ihnen eine Ausbildung ermöglicht, waren anständige Männer. Er mochte sie nach wie vor und beneidete sie manchmal sogar um ihr unkompliziertes Leben. Sie, nicht er, bestritten die Unterhaltung in der Emmet Bar, immer voll Rücksicht auf seinen geistlichen Stand. Beide hatten sie weder ein Wort darüber verloren, als vor einigen Jahren ein beliebter Bischof als Vater eines Kindes entlarvt wurde, noch als andere Fehltritte vonseiten anderer Geistlicher ans Tageslicht kamen.

»Noch mal das Gleiche, Larry«, rief der Dickere der beiden, eine helle Krawatte saß locker in seinem Kragen, Sommersprossen verdunkelten die Stirn. Ungelenke Hände schoben die leeren Gläser über den Tresen. »Und eins für den Pater.«

»Ich glaube nicht, dass Offaly gewinnt«, bemerkte sein Freund, der ordentlicher aussah, drahtig, ein Vertreter für landwirtschaftliche Geräte. »Keine Chance.«

In der vollen Bar spielte leise Musik, als käme sie aus einem anderen Zimmer oder würde über einen fehlerhaften Apparat übertragen; es wurde schallend gelacht oder leise, kaum hörbar, gekichert.

»Danke«, sagte Pater Clohessy und nahm das für ihn gefüllte Glas.

Sie würden es unpassend finden, wenn er auf den langsamen Zerfall der Kirche zu sprechen käme. Es wäre ihnen peinlich; hätte er bloß nichts gesagt, würden seine Freunde denken. Manchmal musste man seine Gedanken für sich behalten.

Das Gefühl von Verlassenheit, das ihn oft an den Samstagabenden in der Emmet Bar beschlich, kam auch jetzt wieder. Jahrhunderte der Frömmigkeit hatten eine Lebenshaltung geschaffen, in der das Geheimnis der Trinität als gegeben hingenommen und das unbesiegbare Erbe der Kirche als Teil des Alltags angesehen wurde, wozu auch die Demut gehörte, während sich heute jeder alles herausnahm und Verwirrung herrschte statt Ordnung. Alles, wofür Priester und Bischöfe einst standen – die Kraft des Heiligen und die Erlösung ihrer Gemeinde –, wurde in Fernsehpossen lächerlich gemacht, missbilligt, als Absurdität präsentiert. Dass auch andere Priester in anderen Ortschaften, in Städten und in Landgemeinden, durch ihr Zölibat und das trauervolle Schwarz ihrer Kleidung isoliert waren, hatte ihn früher gestärkt, doch auch diese Quelle des Trostes war schon lange versiegt.

Natürlich würden die Offaly-Flaggen gehisst werden, wenn Ger Toibin wieder fit wäre, stimmten seine Freunde überein. Das Endergebnis wurde vorausgesagt, und er beteiligte sich daran, die Unterhaltung ging weiter. An der Straße nach Tinakilty, wo früher das alte Zementwerk war, sollten neue Häuser gebaut werden. Madden's Hotel würde wegen Modernisierungsarbeiten sechs Monate schließen. Es gab Gerüchte, dass ein Düngemittelbetrieb den Bauhof von Williamson übernahm.

»Wollen Sie schon gehen?«, fragte jemand Pater Clohessy eine halbe Stunde später, und dann, er werde doch bestimmt noch etwas trinken.

Er schüttelte den Kopf, rauchte seine zweite Zigarette zu Ende und drückte die Kippe aus. Ein paar Worte wurden noch gewechselt, dann zwängte er sich durch die Trinkenden, ein- oder zweimal wurde ihm die Hand geschüttelt, andere grüßten nur.

In den dämmrigen Straßen hing er weiter seinen Träumereien nach. Es stimmte zwar und gehörte zum Wesentlichen seiner Berufung, dass er sich der verlorengegangenen heiligen Welt bewusst bleiben sollte – dennoch konnte er nicht leugnen, dass die Berufung ihre Jünger völlig willkürlich traf. Pater Finaghy, der gesellig und unbeschwert war, stimmte samstagabends Lieder in der Emmet Bar an, ein bisschen beschwipst, aber das schadete keinem.

Während Pater Clohessy langsam weiterging, blieben diese altbekannten Gedanken in der Stadt zurück, die schon zur Hälfte im Dunkeln lag. Eine Zeitlang trat nichts an ihre Stelle, bis er sah, wie Justina Casey vorsichtig den Altarschmuck herunterhob, Poliertücher und Putzmittel ordentlich vor sich ausgebreitet. Wie sie ein braun gewordenes Blütenblatt von einer Lilie zupfte. Wie sie das Wachs abkratzte, das sich auf den Kerzenhaltern gesammelt hatte. Wie sie die Missionsheftchen neu ordnete.

So war es nun einmal; so war sein Leben, ob er es verstand oder nicht. Justina Casey würde in der Stadt bleiben, weil Mr Gilfoyle dafür sorgen würde, dass sie nicht in den Bus nach Dublin stieg; Maeve würde sie im Auge behalten; nach einer Zeit würde Breda Maguire sie vergessen. Im beengten Raum des Beichtstuhls würden wieder unnötige Bekenntnisse gemacht und wieder Absolution gewährt. Dann würde ein seliges Lächeln in dem Gesicht aufscheinen, das in dem seinen Gott schaute.

EIN ABEND ZU ZWEIT

In der Theaterbar unterhielten sie sich immer noch und ließen sich Zeit mit ihren Drinks, obwohl eine Ansage ermahnt hatte, dass die Vorstellung in zwei Minuten beginnen würde. Es waren mehr Menschen im Raum, als bequem hineinpassten, dicht gedrängt standen sie an der Theke und in den Ecken, und einige machten sich jetzt langsam auf den Weg durch die verschiedenen Eingänge zum Theatersaal.

»Die Vorstellung beginnt in einer Minute«, erinnerte die gebieterische Lautsprecherstimme, und mit einem Mal war die Bar fast leer.

Der Barmann war ein Original, finsteres Gesicht, Haut und Knochen, bebrillt; dünn wie ein alter Bindfaden, beschrieb er sich gern selbst. Das Barmädchen war um einiges jünger und erfreulich rund.

»Sieh mal, da sitzt noch eine«, sagte sie.

Eine Frau war nicht mit den anderen gegangen und machte auch keine Anstalten dazu. Sie saß in einer Ecke, an einem der wenigen Tische, die es in der Bar gab. Überall um sie herum standen leere Gläser – auf dem Bord, das sich um die Wände zog, auf den Stuhlsitzen. Ihr eigenes war noch drei viertel voll mit Gin Tonic.

»Vielleicht ist sie taub?«, überlegte der Barmann, und das Barmädchen erwiderte, es verstehe sich wohl von selbst, dass Schwerhörige nicht ins Theater gingen. Aber es könnte natürlich sein, dass jemand sein Hörgerät vorübergehend abgeschaltet und es dann vergessen hatte.

Die Frau, von der sie sprachen, war elegant gekleidet, in zwei Grüntönen; ein Mantel, der auf einer Seite aus Tweed und auf der anderen wasserdicht war, hing über dem zweiten Stuhl an ihrem Tisch. In ihrem Gesicht sah man die Spuren einstiger Schönheit, wenn auch vielleicht nicht mehr so selbstverständlich und absichtslos wie früher. Ein Anflug von Grau in ihren hellen Haaren verlieh ihr eine vornehme Note, die gut zu den übrigen, von der Zeit herbeigeführten Veränderungen passte.

»Entschuldigen Sie, Madam«, sagte der Barmann, »aber das Stück hat schon begonnen.«

Eine tolle Stadt, dieses London!, dachte Jeffrey und blickte zum dunklen Bronzegesicht von Sir Henry Havelock hoch, dessen soldatisches Haupt von ein paar Spritzern Taubenschiss aufgehellt wurde. Das letzte Zwielicht eines Apriltags schwand dahin und zeigte – zumindest für Jeffreys Augen – die Stadt von ihrer schönsten Seite, genau wie die Morgendämmerung. Am Trafalgar Square staute sich der Verkehr, nur im Schneckentempo kamen schwerfällige rote Busse und geduldige Taxen voran, durch die sich hin und wieder ein Radfahrer schlängelte. Passanten sammelten sich an den Ampeln, und in jeder kleinen Menschenmenge schienen sie etwas von sich zu verlieren, während sie gehorsam darauf warteten, beim Umspringen des Signals weiterzugehen. Tauben jagten über Gelände, das sie für sich beanspruchten, und wenn sie landeten, watschelten sie hinter Häppchen her oder schnappten nacheinander, ehe sie gemeinsam in den Himmel stoben und weiterstritten.

Jeffrey wandte sich von alldem ab, von Sir Henry Havelock und den Tauben und den vier großen Löwen, von den Flutlichtern, die eben eingeschaltet worden waren und die Fassade der National Gallery erhellten. »Ich kann sie nicht warten lassen«, murmelte er und brachte damit zwei vorübergehende Mädchen zum Kichern. Aber er ließ sie doch warten, denn als er zum Salisbury in der St. Martin's Lane kam, ging er hinein und bestellte einen Bell's, und dann rief er hinterher, er wolle lieber einen Doppelten.

Er brauchte den Whisky. Um ehrlich zu sein, er hätte sogar einen zweiten brauchen können, aber er verwarf den Gedanken und tadelte sich: Es würde keinem von beiden etwas bringen, wenn er beschwipst wäre. Wieder auf der Straße, suchte er in den Taschen seines Regenmantels nach der kleinen Plastikschachtel, die irgendwo klapperte, und als er sie in seinem Sakko fand, nahm er zwei von seinen Pfefferminz.

Evelyn wich leicht vor dem ältlichen, ungepflegten Gesicht des Barmanns zurück, vor den hohlen Wangen, den falschen Zähnen. Wieder sagte er, das Stück hätte schon begonnen.

»Danke«, sagte sie. »Eigentlich warte ich nur auf jemand.«

»Wir könnten Ihren Freund nachschicken, falls Sie schon vorgehen möchten. Wenn Sie Ihre Eintrittskarte haben. Manchmal lassen sie einen noch rein, bevor das Stück richtig losgeht.«

»Nein, eigentlich wollen wir uns hier nur treffen. Wir gehen nicht ins Theater.«

Hinter dem dicken Brillengestell las sie Verwunderung in den Augen des Mannes. Wie ungewöhnlich, las sie weiter, der Gedanke huschte durch seine Verwirrung. Damit gab er sich zufrieden, er war zu einem Schluss gekommen.

»Hoffentlich nehmen Sie es mir nicht übel, dass ich gefragt habe. Ich sagte bloß zu meiner Kollegin, warum sollen beide zu spät kommen, wenn jeder seine Karte hat?«

»Sehr nett von Ihnen.«

»Vielen Dank, Madam.«

In ihrer Nähe räumte er die Gläser von dem Bord, wischte es mit einem feuchten grauen Tuch ab und balancierte im Weitergehen geschickt die eingesammelten Gläser. »Die Dame wartet auf ihren Freund«, sagte er zu dem Barmädchen, das an einem Becken hinter der Theke spülte. »Sie wollen gar nicht in die Vorstellung.«

Evelyn spürte die Blicke hinter der Bar. Später würden sie Vermutungen anstellen, was verständlich war, wenn man Zeit totschlagen musste. Im Augenblick war sie nur eine Frau, die allein war.

»Könnte ich noch einen bekommen?«, rief sie, einem plötzlichen Impuls folgend. »Wenn Sie wieder Zeit haben.«

Jetzt stellte sie ihrerseits Vermutungen an und überlegte, wer wohl gleich hereinkommen würde. Mein Gott!, hatte sie schon oft gedacht, wenn ein unpassender Bewerber derlei Überlegungen schlagartig beendet hatte. »O nein«, hatte sie dann innerlich gemurmelt, den Blick abgewandt und vergeblich so getan, als würde sie niemanden erwarten. Immer waren sie zielstrebig gekommen – der Bankdirektor von Lloyd's, der Chormusik-Liebhaber, der pensionierte Schiffsoffizier, der sich am Ende als Kabinensteward entpuppte, ein verwitweter Professor, der sich entschuldigte und wegging, und einer, der Brettspiele erfand. Noch ehe sie den Mund aufmachten, schienen ihre Zielstrebigkeit und ihr Lächeln eine Vielzahl von Sünden zu verdecken.

Ihr ganzes Leben lang war sie zu früh zu Verabredungen gekommen, und als sie jetzt wieder wartete, fasste sie einen Entschluss: Wenn es diesmal nicht lief, wäre Schluss damit. Sie würde die Finger davon lassen; einerseits wäre es natürlich eine Enttäuschung, vielleicht aber auch eine Erleichterung.

Ihr Gin Tonic kam. Der Barmann hielt sich nicht lange an ihrem Tisch auf. Sie schüttelte den Kopf, als er sagte, er bringe ihr gleich das Wechselgeld.

»Das ist nett von Ihnen, Madam.«

Sie überging es mit einem Lächeln und lächelte immer noch, als ein Mann im offenen Eingang erschien. Unschlüssig sah er sich um, als wäre die Bar voll und er müsste unter mehreren Frauen wählen, seine Nervosität war unverkennbar. Als er näher trat, nickte er.

»Jeffrey«, sagte er. »Sind Sie Evie?«

»Also, eigentlich Evelyn.«

»Oh, tut mir leid.«

Sein Regenmantel war stellenweise abgewetzt, aber nicht schmuddelig. Seine hohen Wangenknochen ragten vor, die Haut darüber war straff gespannt. Er sah nicht gut ernährt aus. Sein dunkles Haar, in dem sich kein bisschen Grau zeigte, war stumpf, und sie überlegte, ob er sich vielleicht gerade von einer Grippe erholte.

»Möchten Sie nachgeschenkt haben?«, bot er zuvorkommend an. »Oder vielleicht Nüsse? Chips?«

»Nein, vielen Dank.«

Er war wählerisch, das merkte man gleich. Ob sich hinter dieser nervösen Art eine gewisse Verletzlichkeit verbarg? Sie legte immer Wert auf Redegewandtheit, und in dieser Hinsicht war nichts an ihm auszusetzen. Und selbst wenn er sich nur von einer Erkältung erholte, wäre sein blasses Aussehen normal, das ließ sich nicht verhindern. Er zog seinen Regenmantel und einen blauen Schal aus, darunter trug er eine Tweedjacke im fast gleichen hellen Braunton wie die Cordhose.

»Hat Sie die Wahl meines Treffpunkts überrascht?«, sagte er.

»Vielleicht ein bisschen.«

Jetzt, wo sie ihn vor sich sah, überraschte es sie nicht mehr, denn seiner Haltung nach zu urteilen war er jemand, der sich alles gut überlegte: Eine Theaterbar war leer, wenn die Vorstellung lief, das ersparte beiden Beteiligten die Peinlichkeit, sich der falschen Person zu nähern. Das sagte er zwar nicht, aber sie wusste es. Er entschuldigte sich im Nachhinein, dass er sie hatte warten lassen.

»Macht überhaupt nichts.«

»Wollen Sie wirklich nichts mehr trinken?«

»Nein, wirklich nicht, danke.«

»Gut, dann hole ich nur was für mich.«

An der Bar fragte Jeffrey nach Wein. »Haben Sie einen trockenen Weißen?«

»Aber selbstverständlich, Sir.« Der Barmann griff hinter sich und hob eine Flasche aus einem Eiskühler. »Grinou«, sagte er. »Wir halten ihn gern kühl, weil's ein Weißer ist.«

»Grinou?«

»So heißt der Wein, Sir. La Combe de Grinou. Das Etikett ist ein bisschen verwaschen, aber so heißt er. Ist sehr beliebt bei uns, der Grinou.«

In Jeffrey regte sich Widerwillen gegen den Mann, wie oft bei Leuten, die ihn bedienten. Er nahm an, dass sich das Barmädchen im Stil einer Tochter mittleren Alters um ihn kümmerte, sich sein Gejammer und seine Wehwehchen anhörte und ihn manchmal zu einer Weihnachtsfeier einlud. Tagsüber arbeitete sie wahrscheinlich als Gardinenverkäuferin, mutmaßte Jeffrey; der Mann war aus Altersgründen schon seit langem aus dem gleichen Kaufhaus ausgeschieden. So in etwa, und die Theaterbar war die Welt, in der sie lebten.

»Gut, ich probier mal ein Glas«, sagte er.

Sie unterhielten sich kurz über das Wetter und dann über die Bar, in der sie saßen, erwähnten die zerstörte georgianische Stuckarbeit, von der ursprünglichen Decke war nur noch eine Ecke geblieben. Aus dem Theatersaal drang gelegentlich Applaus oder Gelächter zu ihnen. Behutsam tasteten sie sich in ihrer Unterhaltung zu persönlicheren Themen vor.

Siebenundvierzig sei er, hatten sie gesagt. *Fotograf* war auf dem ausführlichen Fragebogen zur Person angegeben, und sie hatte an die Fotografen gedacht, wie man sie im Fernsehen sieht, wenn sie im Pulk vor dem Haus eines Prominenten lauern oder sich um den Schauplatz eines Verbrechens drängen. Aber das Mädchen am Telefon hatte sie beruhigt: Er war kein Zeitungsfotograf. »Nein, ganz und gar nicht«, sagte das Mädchen. »Und er macht auch keine Hochzeitsbilder.« Hervorragend sei er auf seinem Gebiet, so das Mädchen, das machte einen Unterschied.

Sie versuchte sich an die Namen von großen Fotografen zu erinnern und kam nur auf Cartier-Bresson, ohne dass sie ein einziges Bild damit verband. Sie überlegte, ob sie ihn fragen sollte, welche Kamera er bevorzuge, fragte aber stattdessen, welche Art von Fotos er mache.

»Stadtlandschaften«, sagte er. »Eigentlich nur Stadtlandschaften.«

Sie nickte zuversichtlich, als könnte sie die Bedeutung seiner Antwort begreifen, als wüsste sie den Reiz, den das Fotografieren von Städten ausmachte, durchaus zu schätzen.

»Teile von Islington«, sagte er. »Die kleinen Seitensträßchen in Hoxton. Die Leute wissen gar nicht, was da alles ist.«

Er wolle London mit all seinen Besonderheiten fotografieren, das sei sein Lebensprojekt. Er zählte Namen auf: Hungerford Bridge, Drummond Street, Worship Street, Brick Lane, Wellclose Square. Er sprach von Kanaldeckeln und Schatten, die von Satellitenschüsseln geworfen wurden, von Regen auf schiefergedeckten Dächern.

»Interessant«, sagte sie.

Was sie suchte, war Gesellschaft. Manchmal, wenn sie in die Downs oder an die Küste fuhr, spürte sie eine beklemmende Einsamkeit, und im Kino oder im Theater hätte sie sich oft gern an jemanden gewandt und gesagt, was sie von dieser oder jener Interpretation hielt. Sie wollte nicht unbedingt zu einem Essen bei Kerzenlicht eingeladen werden, wie es die Agentur – die Kontaktagentur am Bryanston Square – zunächst angenommen hatte, allerdings hätte sie derartige Aufmerksamkeiten auch nicht abgelehnt, vorausgesetzt, sie kamen von einem angenehmen Gegenüber. Heirat war nicht vorgesehen, aber auch nicht völlig ausgeschlossen.

Ihre Bekannten wussten nicht, dass sie Kundin bei der Agentur am Bryanston Square war, obwohl sie sich deshalb nicht schämte. Einige wären vielleicht erstaunt gewesen, doch damit wäre sie spielend fertig geworden. Womit sie sich schon seit jeher weniger abfinden konnte, war das ungute Gefühl, dass der Wahrheit zu wenig Wert beigemessen wurde, weder in der Agentur noch bei den Kontakten, die sie herstellte. Sie hatte den persönlichen Fragebogen so ehrlich wie möglich ausgefüllt und genau überlegt, bevor sie jedes Kästchen auf die eine oder andere Weise angekreuzt hatte, ihr korrektes Alter angegeben, zurzeit einundfünfzig. Und wenn es zu einem Treffen kam, war sie äußerst darauf bedacht, jeden falschen Eindruck sofort zu korrigieren. Trotzdem war da immer das gleiche Unbehagen und das nagende Gefühl, dass in den Begegnungen, auf die sie sich einließ, die Lüge ein natürlicher Bestandteil war.

»Fahren Sie Auto?«, fragte er. Er sah, wie sie nickte und ihr Staunen verbarg. Immer waren sie von dieser Frage überrascht, er wusste nicht, warum. Sie wirkte ziemlich kompetent, fand er, und versuchte sich an den Inhalt des an ihn geschickten Schreibens zu entsinnen. Arbeitete sie nicht in einer Sprachenschule? Etwas in der Richtung fiel ihm ein, und er schnitt das Thema an.

»Ist schon eine Weile her«, sagte sie.

Sie lebte allein und widmete, wie Jeffrey heraushörte, einen Teil ihrer Zeit einer ehrenamtlichen Tätigkeit; daraus schloss er, dass Privatvermögen vorhanden sein musste.

»Meine Mutter starb neunzehnhundertsiebenundneunzig«, sagte sie. »In den letzten Jahren habe ich sie gepflegt. Eine Vollzeitbeschäftigung.«

Jeffrey vermutete eine Erbschaft nach dem Tod der Mutter; ihr Vater, nahm er an, war lange vorher gestorben.

»Leider verstehe ich nicht viel von Fotografie«, sagte sie, worauf er mit den Schultern zuckte, um vage anzudeuten, das sei nur zu verständlich. Ein Zahn tat ein bisschen weh, derselbe wie neulich Abend und genauso plötzlich, es war der letzte unten rechts.

»Fanden sie Sprachen und das alles interessant?«, fragte er.

Sie war vielversprechender als die Frau von der Versicherung oder die Krankenschwester, die sie ihm unbedingt schmackhaft machen wollten. Bei beiden hatte er nein gesagt, aber sie hatten ihn gedrängt, wie sie es eben manchmal machten. Diesmal war er unentschieden gewesen, hatte aber dennoch zugestimmt. Während er vorsichtig mit der Zunge bohrte, erfuhr er, dass es wirklich nicht besonders aufregend war, wenn man seinen Lebensunterhalt damit verdiente, andere mit Fremdsprachen vertraut zu machen. Er überlegte, ob der Barmann wohl ein Aspirin zur Hand hatte, wahrscheinlich aber eher das Barmädchen; vielleicht gab es auf der Herrentoilette auch einen Automaten.

»Entschuldigen Sie mich eine Minute«, sagte er.

»Doch, ja, auf der Herrentoilette ist was«, sagte der alte Barmann, nachdem das Barmädchen in ihrer Handtasche herumgewühlt und den Kopf geschüttelt hatte. »Innen gleich neben der Tür.«

Doch als Jeffrey ein Pfund hineinsteckte, kam nichts heraus. Zu spät entdeckte er den Fetzen perforierten Briefmarkenpapiers, der viel zu hoch angebracht war, um ihn zu sehen, mit der hingekritzelten Botschaft: *Außer Betrieb*. Er fluchte heftig. Wäre die Frau nicht da gewesen, hätte er eine Szene gemacht und sein Pfund zurückverlangt, ja vielleicht sogar behauptet, er hätte zwei Pfund reingesteckt.

»Haben Sie ein Auto?«, erkundigte er sich ziemlich unverblümt, als er in die Theaterbar zurückkam, weil ihm auf dem Rückweg von der Herrentoilette eingefallen war, dass sie nur gesagt hatte, sie könne fahren. *Führerschein?* hieß es zwar auf dem elend langen persönlichen Auskunftsbogen, aber er fragte trotzdem immer, nur um sicher zu sein. Seine Erwartungen an die Kontaktagentur am Bryanston Square waren bescheiden. Er suchte nur eine Frau mit Auto, die ihn und seine Fotoausrüstung von einem bestimmten Stadtteil in London zum nächsten fuhr, eine Frau, die sich – wie er es insgeheim bezeichnete – für seine Arbeit erwärmen könnte. Er stellte sich eine ruhige Frau vor, die nach kurzer Einweisung in der Lage war, ein Stativ aufzuklappen und aufzubauen, einen einfachen Belichtungsmesser zu bedienen, Notizen zu machen und Buch zu führen, eine Frau, der es Spaß machte, an der Sache beteiligt zu sein. Er stellte sich Gespräche vor, in denen es einzig um das von ihm geplante Unternehmen ging, mehr war nicht nötig. Natürlich hatte er diese Einzelheiten nicht auf dem Fragebogen angegeben, den er vor achtzehn Monaten für die Agentur ausfüllen musste, weil er es für unklug hielt.

»Ich wollte nur wissen«, sagte er in der Theaterbar, »ob Sie ein Auto haben.«

Er sah, wie sie den Kopf schüttelte. Bis vor einem Jahr habe sie ein Auto gehabt, einen Nissan. »Ich habe ihn kaum benutzt«, erklärte sie. »So gut wie nie.«

Er ließ sich seine schlechte Laune nicht anmerken, aber die Enttäuschung erdrückte ihn schier. Sie ermüdete ihn, wie es Enttäuschung eben mit sich brachte. Die Sozialarbeiterin mit dem verbeulten Ford Escort war seinen Vorstellungen in dieser Hinsicht bisher am nächsten gekommen oder Ewigkeiten davor die Club-Empfangsdame mit dem Mini. Aber mit keiner hielt es lange genug, um eine wirkliche Hilfe zu sein, und am Ende hatten sich beide auch noch als unangenehm erwiesen. Diese vergebliche Mühe, auch diesmal wieder! Im Grunde könnte er auch gleich aufstehen und gehen, dachte er.

»Jetzt bin ich mit einem Drink an der Reihe«, sagte sie und holte ein Portemonnaie aus ihrer Handtasche; er überlegte, ob sie vielleicht ein Aspirin bei sich hatte.

Aber er fragte nicht. Vor ihrem Treffen hatte er sich überlegt, wenn es diesmal wieder zu nichts führen würde, bliebe als Trostpflaster vielleicht ein Essen, und eine Anspielung auf Zahnschmerzen konnte das leicht vermasseln. Er überlegte, ob das L'Etape geeignet wäre. Schon oft war er dort stehen geblieben, um die Speisekarte neben der Tür zu studieren.

»Ich hatte Wein.« Er reichte ihr sein Glas und sah zu, wie sie durch den leeren Raum zur Bar ging. Sie war nicht schlecht gekleidet; die Preise im L'Etape konnte sie sich ohne weiteres leisten.

Er zählte ihr seine Kameras auf, erwähnte die Namen von Herstellern und Einzelheiten über Blitzlicht und Belichtungszeit. Neun Stück besaß er offenbar, einige davon sehr alt und besser als alles, was derzeit auf dem Markt war. Sein Buch über London war eine Auftragsarbeit und sollte fast tausend Seiten umfassen.

»Toll!«, murmelte sie. Ihr dritter Gin Tonic war halb leer, sie fühlte sich angenehm warm und war ganz froh, hier zu sein, obwohl sie mittlerweile wusste, dass die Sache zu nichts führen würde. »Meine Güte, da haben Sie aber zu tun!«, sagte sie. Seine Welt sei ganz anders als ihre, fügte sie hinzu und wusste, über ihre bräuchte sie gar nicht erst zu reden, weil es langweilig wäre, ins Detail zu gehen. Wen sollte es schon interessieren, dass sie vor über zwanzig Jahren einen Mann zurückgewiesen hatte, obwohl sie ihn liebte? Wen sollte es interessieren, dass sie sich dazu, wie es im Nachhinein schien, nur von leisen Zweifeln hatte verleiten lassen? Ein Fremder würde nicht das Gesicht sehen, das sie immer noch sah, oder die Stimme hören, die sie immer noch hörte; oder begreifen, warum sie danach keinen anderen Mann mehr gewollt hatte; oder hören, was sich hinterher als Wahrheit erwiesen hatte – dass Zweifel in den Verwirrungen der Liebe zu Trugschlüssen führen können. Und wer konnte erwarten, dass sich ein Fremder die langwierige Krankengeschichte einer Mutter anhören will und welche Gnade es war, als sie schließlich in ihrem Vorstadthaus starb? Alle Einzelheiten addiert ergaben ein Leben; man lebte mit dieser Hinterlassenschaft, aber auch das behielt man besser für sich. Während ihr all das durch den Kopf ging, lächelte sie ihren Bekannten an, denn es gab keinen Grund, es nicht zu tun.

»Was halten Sie vom L'Etape?«, sagte er.

Sie dachte, es handle sich um eine weitere Kamera und schüttelte den Kopf, worauf er sagte, das L'Etape sei ein Restaurant. Jetzt war es schwer, wirklich schwer zu sagen, dass sie besser nichts anfangen sollten, was keine Zukunft hatte, ein Schluss, zu dem seiner Haltung nach zu urteilen auch er gekommen war. Sie passten nicht zusammen; was anfangs noch denkbar schien, war es nach einer Dreiviertelstunde nicht mehr, wie es so oft der Fall war. Vieles an diesem Abend war gelungen, das hätte sie ihm gern gesagt; sie hätte ihm gern gesagt, dass sie das Treffen mit ihm schön gefunden hatte und hoffte, ihm ginge es genauso. Ihr Glas war noch lange nicht leer und seines auch nicht, kein Grund zur Eile.

»Eigentlich sollte ich doch lieber gehen«, sagte sie. »Falls Sie nichts dagegen haben.«

Sie fragte sich, ob es auch in seinem Leben einen Fehler gegeben hatte, der einen Schatten warf, ob er deshalb jemand suchte, um eine Lücke zu füllen, an die er sich nie gewöhnt hatte. Sie lächelte für den Fall, dass man ihr die Neugier ansah, und überspielte sie damit.

»War nur so eine Idee, das mit dem L'Etape«, sagte er.

Der Pausenvorhang fiel in einem dramatischen Augenblick. Es wurde geklatscht, und dann erreichte das Stimmengewirr allmählich die Bar, die sich schnell füllte. Der Lärm von Gesprächsfetzen drang in die nunmehr gestörte Stille, bis die Lautsprecheransage mahnte, dass nur noch drei Minuten blieben, dann zwei und eine.

»Leider schließen wir jetzt«, sagte der ältliche Barmann, und das rundliche Barmädchen huschte umher, sammelte die Gläser ein und schob die Stühle an eine Wand, damit die Putzfrauen am nächsten Morgen an den Fußboden rankamen. »Tut mir leid«, entschuldigte sich der Barmann.

Jeffrey überlegte, ob er eine Szene machen und auf einem weiteren Getränk bestehen sollte, denn immerhin handelte es sich hier um eine öffentliche Bar. Er stellte sich vor, dass er um zwei oder drei Uhr morgens aufwachte und darüber deprimiert wäre, wie der Abend verlaufen war. Er würde sich an das strenge Gesicht von Sir Henry Havelock am Trafalgar Square erinnern und an die beiden kichernden Mädchen, weil er laut vor sich hin geredet hatte. An den *Außer Betrieb*-Zettel auf der Herrentoilette. Was das Autofahren betraf, hätte sie sich auf dem Fragebogen deutlicher ausdrücken müssen, anstatt seine Zeit zu verschwenden.

Er dachte daran, ein Glas zu nehmen und es gegen die an der

Wand hinter der Theke hängenden Flaschen zu werfen, sah schon vor sich, wie eine übrig gebliebene Zitronenscheibe durch die Luft flog, wie die Glassplitter in die Aschenbecher und den Eiskühler fielen und die beiden alles zusätzlich saubermachen mussten. Er dachte daran, ohne ein Wort zu gehen und es der Frau zu überlassen, mit dem Paar hinter der Theke ins Reine zu kommen. Lächerlich waren die beiden, lächerlich, dass sie nicht mal irgendwo ein Aspirin hatten.

»Ihre Idee mit der Theaterbar war großartig«, sagte sie auf dem Weg durchs Foyer. Das Gelächter des Publikums drang zu ihnen, eine einzige Welle, die sogleich wieder verebbte. Die Theaterkasse war geschlossen, man hatte ein Brett vor die schmiedeeisernen Gitter gestellt. Draußen verkündeten die Plakate euphorisch die Vorzüge des Stücks, das sie nicht gesehen hatten.

»Ja, also«, sagte er, allerdings nicht sehr endgültig, eher unsicher, wie er es auch vorher schon war.

Aber sie hatte sich doch nicht geirrt, er musste es doch auch gemerkt haben, und zwar genauso schnell wie sie. Sie stellte sich vor, wie er mit einer seiner vielen Kameras durch die kleinen Straßen von Hoxton schlich. Warum sollte ein Fotograf kein künstlerisches Temperament haben, das jedenfalls würde seine Nervosität, oder was immer es war, erklären.

»Sie haben nicht zufällig ein Aspirin?«, fragte er.

Er hatte Zahnschmerzen. Sie suchte in ihrer Handtasche, denn manchmal hatte sie Schmerztabletten dabei.

»Tut mir leid«, sagte sie und wühlte weiter.

»Macht nichts.«

»Ist es schlimm?«

Er sagte, er werde es überleben. »Ich probier's im L'Etape auf der Herrentoilette. Manchmal hängen da Automaten.«

Sie fielen in Gleichschritt. Deswegen habe er das L'Etape nicht vorgeschlagen, sagte er. »Ich dachte nur, es wäre ganz schön«, sagte er. »Ein Dinner als Trost.«

An einer Ecke zeigte er auf eine schmalere, weniger belebte Straße als die, auf der sie gerade gingen. »Da ist es«, sagte er. »Bei dem blauen Licht.«

Er tat ihr leid, und sie änderte ihren Entschluss.

Die Garderobenfrau brachte ihm eine Schmerztablette an den Tisch, da auf der Herrentoilette kein Automat war. Jeffrey dankte ihr und gab mit einer Geste zu verstehen, dass er ihr das Trinkgeld später geben werde. An einem weißen Flügel spielte ein Pianist in einer pflaumenblauen Jacke und griff gelegentlich nach einem Gebräu in einem hohen Limonadenglas, ohne dabei sein Scott-Joplin-Medley zu unterbrechen. Ein junger französischer Kellner brachte Speisekarten und Brötchen. Er empfahl etwas, aber sein Englisch war unverständlich. Jeffrey bat ihn, seine Empfehlung zu wiederholen, aber es war hoffnungslos. Wieder mal typisch, dachte Jeffrey, und bestellte Lamm mit Erbsen und Polenta.

»Tut mir leid, dass Sie Zahnschmerzen haben«, sagte sie.

»Geht schon vorbei.«

Das Lokal war nicht ganz voll. Mehrere Tische, die zu dicht am Klavier standen, waren noch frei. Jemand klatschte, als der Pianist eine pompöse Version von »Mountain Greenery« anstimmte. Beim Spielen bewegte er den Kopf hin und her und ließ seine blonde Mähne schwingen.

»Soll ich den Wein aussuchen?«, bot Jeffrey an. »Was dagegen?« Er sagte nie vorher, dass er nicht die Absicht hatte zu zahlen. Lieber alles auf sich zukommen lassen, dachte er immer.

»Nein, natürlich nicht«, sagte sie.

»Nett von Ihnen.« Den ganzen Abend hatte er sich noch nicht so gut gefühlt wie jetzt, trotz des Stechens im Unterkiefer, und das würde abnehmen, wenn die Schmerztablette wirkte. Es lief immer viel besser, wenn die Frau sich auf ein tröstliches Dinner einließ, wenn die Enttäuschung langsam schwand. »Wir nehmen den Lamothe Bergeron«, sagte er. »Den fünfundneunziger.«

Es entging ihr nicht, dass eine Frau an einem Tisch weiter hinten, in einer Ecke, wo die Topfpflanzen standen, ständig zu ihr hersah. Die

Frau war mit zwei Männern und einer anderen Frau da. Irgendwie kam sie ihr bekannt vor, genau wie einer der Männer.

»*Madame*«, unterbrach der junge Kellner ihre Bemühungen, das Paar einzuordnen, und brachte ihr bestelltes Schnitzel. »*Bon appétit, madame.*«

»Danke.«

Sie mochte das Restaurant, den Dreißiger-Jahre-Stil, die bläuliche Beleuchtung, den weißen Flügel, die Kellner in Schürzen. Sie mochte ihr Schnitzel, als sie es probierte, und den Spinat in reichlich Butter, die kleinen neuen Kartoffeln außerhalb der Saison. Und sie mochte den Wein.

»Nicht schlecht, das Lokal«, sagte ihr Gefährte. »Was meinen Sie?«

»Es ist wundervoll.«

Sie unterhielten sich unbeschwerter als in der Theaterbar, über die sie jetzt sprachen, weil sie ihre gemeinsame Erfahrung war. Ein komischer Kauz, stimmten sie überein, dieser alte Barmann; komisch auch, dass »Barmädchen« noch immer ein gebräuchlicher Ausdruck war, der doch eigentlich auf eine viel Jüngere zutraf als in diesem Fall, offenbar hielt sich das Wort noch aus einer anderen Zeit.

»Ach, ich weiß nicht …«, setzte sie an, als er eine zweite Flasche vorschlug, und dann dachte sie, warum nicht? Sie unterhielten sich über die Agentur am Bryanston Square, die auch eine gemeinsame Erfahrung war.

»Die verwechseln alles«, sagte er. »Die verwechseln sogar Leute. Mit ihren vielen kleinen Kästchen und Fragebogen bringen sie alles durcheinander.«

»Ja, schon möglich.«

Die Frau, die dauernd zu ihr hersah, hörte gerade einem der Männer zu, der offenbar eine Geschichte erzählte. Als er fertig war, wurde gelacht. Der zweite Mann zündete sich eine Zigarette an.

»Gütiger Himmel!«, entfuhr es Evelyn, gegen ihren Willen.

Jeffrey drehte sich um und sah ein paar Tische weiter vier schick gekleidete Leute, eine der beiden Frauen in einem schwarz-rot gestreiften Kleid, die andere, eine Brillenträgerin, hatte ihr hellblondes Haar kunstvoll hochgesteckt. Die Männer trugen dunkle Anzüge. Wie in einer Werbeanzeige, dachte Jeffrey, und die Grünpflanzen, die im Hintergrund standen, verstärkten den Eindruck noch.

»Sind das Freunde von Ihnen?«, fragte er.

»Die Frau in Rot und der Mann mit der Zigarette haben die Wohnung über mir.«

Irgendein Haus hatte sie verkauft, erfuhr er, das Haus ihrer Familie, wie sich dann herausstellte. Sie verkaufte es nach dem Tod ihrer Mutter und legte sich dafür die erwähnte Wohnung zu, die sich für eine alleinstehende Person wirklich besser eignete. Pasmore hießen die Leute, die dort hinten saßen. Persönlich kannte sie die beiden nicht.

»Aber die Leute kennen Sie, hm?«

Ihm war irgendwie leutselig zumute, die Ablenkung ließ die Zeit schneller vergehen.

»Nur vom Sehen«, sagte sie.

»Beim Kommen und Gehen, hm?«

»So ungefähr.«

»Kaffee? Wollen wir Kaffee bestellen?«

Er winkte einem Kellner. Wenn der Wein alle war, würde er verschwinden; meistens stahl er sich zur Herrentoilette, dann holte er seinen Mantel. Einmal hatte es deswegen eine Beschwerde in der Agentur gegeben, aber er hatte behauptet, die Frau hätte ihn zum Essen eingeladen – im Belucci's war das damals – und sich betrunken, bevor der Abend zu Ende war, und deswegen ihre Vereinbarung vergessen.

»Ich halte die Stellung«, sagte er, »falls Sie Ihren Freunden hallo sagen wollen.«

Sie lächelte und schüttelte den Kopf. Er schenkte sich Wein nach und rechnete aus, dass noch vier Gläser in der Flasche waren; sie hatte genug, das merkte er. Als der Kaffee kam, schenkte sie ein und lächelte ihn weiterhin auf eine Weise an, die ihn irritierte. Er rechnete nach, was sie bisher getrunken hatte: zwei Gin Tonic in der Theaterbar und jetzt der Wein, gute vier Gläser. »Ich wüsste nicht mal, dass sie Pasmore heißen«, sagte sie gerade, »aber es steht unten an der Haustür auf der Klingel.«

Er rückte die Weinflasche von ihr weg, falls sie danach greifen wollte. Der Pianist, der eine kurze Pause eingelegt hatte, meldete sich wieder mit ein paar Takten aus *West Side Story*.

»Hübsch ist es hier«, murmelte sie, und Jeffrey hätte schwören können, dass sie seinen Blick suchte. Er fühlte sich unwohl, seine Euphorie von vor wenigen Minuten schmolz dahin, und er hoffte nur, es würde keinen Ärger geben. Um sie abzulenken, sagte er:

»Ich persönlich werde die Agentur nicht mehr bemühen.«

Sie schien es nicht zu hören, was bei dem Lärm, der vom Klavier kam, auch nicht verwunderte.

»Sie haben nicht zufällig eine Zigarette?«, fragte sie.

Ihr mittlerweile überschwängliches Lächeln hatte sich auf ihrem ganzen Gesicht ausgebreitet. Auf dem Fragebogen habe sie *Nichtraucher* angekreuzt, sagte sie, aber das spiele eigentlich keine Rolle mehr. Mit einem Daumennagel fuhr er am Rand der durchsichtigen Hülle der Silk-Cut-Schachtel entlang, die er im Salisbury gekauft hatte, und bot sie ihr über den Tisch hinweg an.

»Früher habe ich geraucht«, sagte sie. »Als es noch akzeptabel war.«

Sie nahm eine Zigarette, und er griff nach einer kleinen Streichholzschachtel, auf der *L'Etape* stand. Er riss ein Streichholz für sie an, und ihre Finger berührten die seinen. Dann zündete er sich auch eine Zigarette an.

»Wie gut das tut!« Sie blies den Rauch aus und beugte sich beim Sprechen vor, die Wangen gerötet, Rauchkringel schwebten in der Luft. »Ich habe immer gern geraucht.«

Sie streckte eine Hand aus, als wollte sie eine von ihm ergreifen, spielte aber stattdessen mit dem Salzfässchen, schob es hin und her. Sie war zweifellos angesäuselt. Mit der anderen Hand hielt sie die Zigarette in der Luft, locker zwischen zwei Fingern, wie Bette Davis in ihrer Glanzzeit.

»Wie schade, dass Sie Ihr Auto verkauft haben«, sagte er, wieder darum bemüht, sie abzulenken.

Sie antwortete nicht darauf, sondern lachte, als fände sie ihn lustig, als hätte er etwas ganz anderes gesagt. Sie hing an seinen Worten, das jedenfalls mussten die Leute denken, die sie erkannt hatten, so durchdringend sah sie ihn an. Die betatscht mich noch, bevor der Abend vorbei ist, dachte Jeffrey.

»Sie packen ihre Sachen zusammen«, sagte Evelyn. »Jetzt gehen sie.«

Er drehte sich nicht um, aber nach ungefähr einer Minute kamen die Leute ziemlich dicht an ihnen vorbei. Sie lächelten Evelyn und auch Jeffrey zu. Mr Pasmore neigte den Kopf, seine Frau winkte leicht mit den Fingern. Im Haus würden sie mit den anderen Bewohnern darüber klatschen, sofern sie es für wert befanden: Die alleinstehende Frau in der Wohnung unter ihnen hatte was mit einem Jüngeren. Jeffrey empfand keine Regung, weder Verständnis noch Mitleid, solche Gefühle waren ihm fremd. Er hatte ein paar Gläser Wein getrunken und war einer Verlockung erlegen, die es selten genug gab; was davon übrig blieb, bedeutete nicht viel, wenn die Zuschauer weg waren, und es überraschte ihn nicht, dass sie es dabei beließen, ohne einen Kommentar.

Als ein Kellner kam, um sie unter Entschuldigungen daran zu erinnern, dass sie an einem Tisch im Nichtraucherbereich saßen, drückte sie ihre Zigarette aus. Ihr Gesicht fand wieder die gewohnte Gefasstheit, die Röte in ihren Wangen verschwand. Unterdessen trat ein Schweigen ein, und am Ende brach sie es, so ruhig, als wäre nichts Bedauerliches geschehen.

»Warum haben Sie mich zweimal gefragt, ob ich ein Auto habe?«

»Weil ich dachte, ich hätte Sie nicht richtig verstanden.«

»Warum war das wichtig?«

»Für meine Arbeit ist jemand mit einem Auto nützlich. Meine Ausrüstung ist schwer. Ich selbst besitze kein Fahrzeug.«

Er wusste nicht, warum er ihr das sagte, er hatte es noch nie getan. Im Gegenzug nickte sie beiläufig, als hätte sie nur aus reiner Höflichkeit gefragt. Sie nickte erneut, als er, wieder ohne zu wissen warum, zu ihr sagte: »Könnten Sie für unser Essen aufkommen? Zu meinem Leidwesen muss ich gestehen, ich kann nicht zahlen.«

Sie griff über den Tisch nach der Rechnung, die der Kellner gebracht hatte. Stumm stellte sie einen Scheck aus und fragte ihn, wie viel Trinkgeld sie aufschlagen sollte.

»Ach, zehn Prozent oder so.«

Sie holte ein Pfund aus ihrem Portemonnaie, für die Garderoben-frau, wie Jeffrey wusste.

Gemeinsam gingen sie zu Fuß zur U-Bahn. Die Sache mit den Stadt-bildern mache er nur am Wochenende, sagte er; um seinen Unterhalt zu verdienen, fotografierte er Lebensmittel. Als sie erfuhr, auf wel-chen Suppen- und Gemüsedosen seine Arbeiten erschienen, fragte sie sich, ob er vielleicht auch hinzufügte, dass sein London-Buch nie fertig und noch viel weniger veröffentlicht werden würde. Er tat es nicht, aber das hatte sie ohnehin vermutet.

»Tja, ich muss in die Richtung«, sagte er, nachdem sie ihre Fahr-karten gekauft hatten und unten an der Rolltreppe standen.

Von den Fotos, für die er sich schämte, hatte er ihr nur erzählt, weil sie ihm nichts bedeutete; das nahm sie ohne Groll zur Kenntnis. Und dass er ihren Ausrutscher ins Alberne bemerkt hatte, störte sie nicht, weil auch er ihr nichts bedeutete.

»Was machen Ihre Zahnschmerzen?«, fragte sie, und er sagte, sie seien weg.

Sie schüttelten sich weder die Hand noch fielen irgendwelche Bemerkungen über den gemeinsam verbrachten Abend, doch als sie auseinandergingen, gab es eine kleine Überraschung: Dass sie einan-der benutzt hatten, war von größerer Würde als alles, was ihrer Be-gegnung hätte folgen sollen. Dieses Gefühl war noch vorhanden, als sie auf zwei verschiedenen Bahnsteigen warteten und ihre Züge an-kamen und wieder abfuhren. Und es klang noch nach, als sie durch die flackernde Dunkelheit getragen wurden, so intim wie gemeinsam erlebte Lust.

GRAILLIS' ERBSCHAFT

Er hatte nicht vorgehabt, seine Fahrt zu unterbrechen, aber da er früh dran war und noch Zeit blieb, machte Graillis einen Abstecher und kehrte zurück zu dem Haus, das er zuletzt vor dreiundzwanzig Jahren besucht hatte. Nach ein paar Meilen an der Old Fort Road entlang, hingen die rostzerfressenen Torflügel schon halb im Gestrüpp. Die Allee war kurz und knickte nach links ab, das Haus selbst war hinter einer Reihe von Weidenbäumen kaum zu sehen.

Als die Frau, die dort als Witwe zurückgeblieben war, nach Dublin zog, kaufte ein Bauer das Anwesen wegen der Kaminaufsätze und der Bleiplatten auf dem Dach. Er selbst war nie dort eingezogen, sondern stellte nur seinen Wagen auf der Kieszufahrt ab, als das Haus anfangs leer stand, und Graillis war nur noch ein einziges Mal dort gewesen. Seither, so hieß es, seien Haus und Hof zusehends verkommen, doch dafür hatte es schon früher Anzeichen gegeben: der abblätternde Lack an den Fensterrahmen, der ungepflegte Garten. Der alleinstehenden Frau war es nicht wichtig gewesen, und früher hatte sich ihr Mann darum gekümmert, obwohl es sonst seinem Wesen nicht entsprach.

Graillis stieg nicht aus, sondern wendete langsam auf dem Kies, durch den schon das Gras wuchs. Er fuhr davon und achtete auf die Schlaglöcher in der Allee, danach kam er auf der kurvigen, schmalen Landstraße auch nur langsam voran. Eine Meile weiter wies ihm ein Schild den Weg zu der Kleinstadt, die er für sein Vorhaben an diesem Nachmittag ausgewählt hatte. Sie lag eine Stunde Fahrt von seinem eigenen Wohnort entfernt und schien ihm geeigneter, weil ihn dort niemand kannte.

Ihm blieb immer noch Zeit, nachdem er den Wagen abgestellt und einen Parkschein aus einem Automaten gezogen hatte. Er schloss den Wagen ab und ging die Davitt Street suchen, wo er sich in einem Zeitschriftenladen nach der Kanzlei Lenehan and Clifferty erkundigte und erfuhr, dass sie vier Häuser weiter sei, in dem ehemaligen Haushaltswarengeschäft.

»Mr Clifferty ist in einer Minute für Sie da«, versicherte ihm das Mädchen in dem geräumigen Empfangsbereich, wo die Tageszeitungen auslagen. Einzig die Ausgabe der *Irish Field* aus der Vorwoche war aufgeschlagen.

»Sind wir Ihnen empfohlen worden, Mr Graillis?«, fragte Clifferty, nachdem er sich für die Wartezeit von weit mehr als einer Minute entschuldigt hatte. Er trug einen Tweedanzug, dazu eine Krawatte aus dem gleichen Stoff und mit Granat besetzte Manschettenknöpfe. Für einen Provinzanwalt, dessen stattliche Gestalt ein voller, vorzeitig weiß gewordener Haarschopf krönte, war er ziemlich elegant. Graillis dagegen fühlte sich in seiner etwas bescheideneren Aufmachung – Cordhosen und ein Sakko aus Wildlederimitat – eher ein wenig befangen. Er war neunundfünfzig, dürr und knochig, und sein lichter werdendes helles Haar zeigte erste graue Strähnen.

»Sie stehen in den Gelben Seiten«, gab er dem Anwalt zur Antwort.

Er reichte ihm den mitgebrachten Umschlag über einen ordentlich aufgeräumten, mit grünem Leder bezogenen Schreibtisch, dessen Ecken ein geprägtes Muster zierte. Clifferty zog ein zusammengefaltetes Blatt Papier aus dem Umschlag, und als er den Inhalt gelesen hatte, machte er sich eine einzige Notiz auf seinen Block, dann las er den Brief ein zweites Mal.

»Es ist schon einige Zeit her, seit sie hier gelebt hat«, sagte Graillis.

»Nun, Mr Graillis, wenn ich Sie richtig verstehe, wollen Sie ja nichts Ungesetzliches. Eine Erbschaft kann ausgeschlagen werden.«

»Genau das wollte ich gern wissen.«

Clifferty steckte den Brief wieder in den Umschlag, gab ihn aber nicht zurück. »Es handelt sich um eine angesehene Kanzlei. Wir haben gelegentlich mit ihr zu tun. Wenn Sie möchten, schreibe ich dorthin, dass Sie die Erbschaft als peinlich empfinden. Dann würde das Testament wie üblich vollstreckt, unter Einbeziehung der hier angesprochenen Hinterlassenschaft.«

»Ich möchte mich von dem Gedanken, der dahinter steht, nur ungern abkehren. Das möchte ich nicht, weil ich in dem Testament erwähnt bin.«

»Sie sind mehr als nur erwähnt, Mr Graillis. Laut der Benachrichtigung, die Sie erhalten haben, gibt es sonst kaum jemanden. Außer ein paar wohltätigen Einrichtungen.«

Graillis ahnte, in welche Richtung die Vermutungen des Anwalts gingen, und hätte ihnen am liebsten widersprochen. Es war verständlich, dass das Interesse eines Provinzanwalts aus seinen Vermutungen genährt wurde und dass die Routine der Familienrechtsfälle in einer ländlichen Kleinstadt einen Hauch von Dramatik willkommen hieß. Graillis hätte die Angelegenheit natürlich erklären können, aber er verzichtete darauf.

»Vielleicht eine kleine Erinnerung«, sagte er. »Eine Zierfigur oder etwas von dem Porzellan. Irgendetwas in dieser Richtung.«

»Man hat Ihnen eine beträchtliche Summe hinterlassen.«

»Deswegen bin ich ja gekommen. Ich wollte fragen, ob ich stattdessen nur eine Kleinigkeit nehmen könnte.«

Es gab einen Aschenbecher mit einem Distelfinken darauf, aber da er vielleicht längst kaputt war, erwähnte er ihn lieber nicht. Und es gab Essteller, die ihm immer so gefallen hatten, mit einem Blumenrand in zwei verschiedenen Blautönen.

»Irgendetwas, dachte ich mir. Wenn das möglich ist.«

Als die Schneeglöckchen in kleinen Büscheln unter den Bäumen sprossen, fragte sie ihn, ob er welche mitnehmen wolle, und gab ihm die, die sie schon gepflückt hatte. Eingewickelt in feuchtes Zeitungspapier würden sie sich halten, sagte sie, und er versuchte sich in Erinnerung zu rufen, wie sie mitten im Satz abbrach, weil ihr klar wurde, dass ihr Vorschlag unmöglich war. Sie wollte die Stängel wieder in die Vase stecken, aber das war schwierig, und dann lagen die Blumen überall am Boden verstreut, schlaff und welk. Es sei nicht schlimm, sie könne ja neue pflücken, sagte sie.

»Aber ja, es ist bestimmt möglich«, erwiderte Clifferty, »dass Sie das bekommen, was Sie möchten. Ich wollte das andere nur erwähnt haben.«

Der Anwalt hatte die Angewohnheit, seine widerborstigen, röt-lichen Augenbrauen glatt zu streichen, erst langsam die eine, dann die andere. Gerade jetzt machte er es wieder, ehe er fortfuhr:

»Aber ich sollte Ihnen sagen, dass ich mir das Testament zunächst ansehen muss, bevor ich Ihnen zu irgendetwas rate.«

»Schicken sie es aus Dublin hierher?«

»Sie würden eine Kopie schicken.«

Clifferty nickte, während er das sagte, das Gespräch war beendet. Er fragte Graillis noch, in welcher Branche er arbeite, und Graillis antwortete, er leite in der Stadt, wo er wohnte, die kleine Bibliothek. Graillis setzte hinzu, dass er Angestellter in der Munster and Leinster Bank gewesen sei, zu jener Zeit, als die Bank noch so hieß. Er stand auf.

»Vereinbaren Sie mit dem Mädchen draußen einen Termin für heute in einer Woche, Mr Graillis«, sagte Clifferty und schüttelte ihm zum Abschied die Hand.

Er fuhr langsam durch die flache, immer gleiche Landschaft zurück und hielt an, kurz bevor er die Stadt erreichte, in die er zurückkehrte. Kein anderes Auto parkte vor dem Jack Doyle Inn, kein Fahrrad lehnte an den beiden silbern lackierten Gitterstangen vor den Fens-tern. Drinnen begrüßte die Bedienung ihn mit Namen.

Sie schenkte ihm einen John Jameson ein und fragte, wie es ihm ginge, dann verschwand sie. »Klopfen Sie auf die Theke, wenn Sie noch etwas möchten«, sagte sie, und der Geruch von brutzelndem Speck wehte schon aus der Küche, in die sie zurückging. Außer ihm war niemand in der Bar.

Er hätte dem Anwalt erklären sollen, dass er Witwer war und dass es keine Ehe gab, die durch ein Erbe, das vielleicht auf einen Be-trug in der Vergangenheit schließen ließ, zerstört werden könnte. Er hätte erklären sollen, dass seine Zweifel, ob er eine so hohe Summe annehmen könnte, und seine Fahrt in eine andere Stadt, um Rat zu suchen, nur damit zusammenhingen, dass er der Neugierde und dem Klatsch in seiner eigenen entgehen wollte. Er wusste nicht, war-um er das nicht erklärt hatte und warum ihm nicht der Gedanke gekommen war, dass Clifferty jetzt wahrscheinlich dachte, hier sei eine betrogene Ehefrau zu bedauern, die nun ein weiteres Mal betrogen wurde, und dass wieder Täuschung und Heimlichkeiten im Spiel waren.

Er setzte sich mit seinem Whiskey in eine Ecke. Was wäre schon dabei gewesen, wenn er über seine Ehe gesprochen hätte, über die Liebe, die sich im Lauf der Ehejahre verändert hatte, über seinen Kummer, als sie schließlich ganz verflogen war, über die kurzen Momente, in denen sie noch da war. Graillis ließ sich vom Strom der Erinnerung forttragen und sah – so lebhaft wie damals, als ihre Liebe begann – ein Mädchen in der grünblauen Uniform einer Klosterschule, Schüchternheit in dem strahlenden, frischen Gesicht. Von ihren Freundinnen zum Erröten gebracht, wandte sie den Kopf mit einem scheuen Lächeln ab, wenn der linkische junge Angestellte der Munster and Leinster Bank auf der Straße an ihr vorbeiging. Und sie war auch scheu, als sie, nunmehr erwachsen, zum ersten Mal die wöchentlichen Schecks und Einnahmen ihres Vaters zur Bank brachte. Dass sie in ihren mittleren Jahren zweimal Mutter wurde, hatte sie nur wenig verändert, und sie war zu dem Menschen geworden, der sie auch blieb, bis zu jenem tragischen Unfall auf einer vereisten Straße, an einem Winterabend vor drei Jahren.

Graillis trank einen Schluck Whiskey, zündete sich eine Zigarette an, rauchte langsam und trank noch einen Schluck. Trotz seiner beruflichen Rechtschaffenheit interessierte sich der Anwalt natürlich eher für die Erblasserin als für die Gattin. *Im achtundsechzigsten Lebensjahr,* lautete das einzige interessante Detail, das der Brief preisgab, und dem konnte der Anwalt lediglich entnehmen, dass es sich um eine ältere Frau handelte.

Der Whiskey wärmte Graillis, die Zigarette spendete ihm Trost. Er hatte nichts erklärt, weil er es nicht erklären konnte und weil es nichts zu erklären gab, jedenfalls nicht viel. Gleichwohl hätte er sagen können, dass er Witwer war. Er blieb noch eine Zeitlang sitzen und betrachtete ein hübsches Schild neben der Tür, auf dem in weißen Buchstaben auf blauem Email stand: *Hier können Sie telefonieren.* »Einen kleinen noch«, sagte er zu dem jungen Mann mit den glatten

Haaren, der auf sein Klopfen hin erschienen war und an den er sich noch als Kind erinnerte. Das Mädchen vom Empfang bei Lenehan and Clifferty hatte ihm eine Karte mitgegeben, auf der sein Termin für die kommende Woche und die Telefonnummer notiert war. Es war noch nicht zu spät, erst kurz nach fünf.

»Wenn es möglich ist«, sagte er, als das Mädchen vom Empfang den Hörer abnahm. »Ich möchte Mr Clifferty noch etwas sagen, was ich vorhin vergessen hatte.«

Beim Warten zündete er sich wieder eine Zigarette an. Sein Glas stand vor ihm auf einer Ablage, neben einem Aschenbecher mit dem Coca-Cola-Schriftzug. »Mr Clifferty?«, fragte er, als der Anwalt sich meldete.

»Guten Abend, Mr Graillis.«

»Ich wollte nur noch etwas klarstellen.«

»Und das wäre, Mr Graillis?«

»Ich glaube, vorhin habe ich nicht gesagt, dass ich Witwer bin.«

Der Anwalt brummte mitfühlend, dann sprach er Graillis sein Beileid aus.

»Ich wollte nur nicht, dass ein falscher Eindruck entsteht«, sagte Graillis. »Falls Sie dachten, meine Frau wäre noch am Leben.«

»Ich weiß, was Sie meinen.«

»Ich wollte jedes Missverständnis vermeiden.«

»Natürlich.«

»Es ist nicht einfach, wenn plötzlich so etwas aus heiterem Himmel kommt.«

»Das verstehe ich, Mr Graillis. Aber ich habe ja Ihre Anweisungen und bin zuversichtlich, dass ihnen entsprochen werden kann. Sollte noch etwas sein, irgendein Problem, können wir nächste Woche gern darüber reden.«

»Ich wollte nur, dass Sie wissen, was ich Ihnen eben gesagt habe. Mehr nicht.«

»Dann sind wir für heute wohl fertig.«

»Wer bekommt eigentlich den Teil, den ich ablehne?«

»Der Nächste in der Erbfolge. Irgendein versprengter Großneffe, nehme ich an. Einen Großneffen gibt es fast immer.«

»Danke«, sagte Graillis, und da ihm nichts weiter einfiel, hängte er den Hörer ein.

Er nahm sein Glas und ging wieder an den Tisch zurück. Eigentlich hatte er gedacht, es würde ihm besser gehen, wenn er bei einem Anwalt war, und das Gleiche hatte er gedacht, als ihn das Telefonschild auf die Idee brachte, Clifferty anzurufen. Doch das Unbehagen, das ihn beschlichen hatte, als er den Brief wegen der Erbschaft erhielt, war nicht gewichen. Er wusste nicht, warum er zu dem Haus gefahren war; wusste nicht, warum er sich so aufregte, nur weil er einem Fremden nicht gesagt hatte, dass er Witwer war? Der Whiskey hatte gesprochen, als er Mr Clifferty sagte, er wolle noch etwas klarstellen; der Whiskey hatte ihn dazu ermutigt, die Nummer zu wählen. Er war verwirrt von der Schuld, die vor langer Zeit zu nichts zerronnen und jetzt wieder erwacht war. Er hatte niemandem weh getan damals, niemanden verletzt, er war klug mit den Ungereimtheiten umgegangen, die aus Unaufrichtigkeit entstehen, mit den Lügen durch Verschweigen. Eine Zeitlang war er lediglich nicht mehr er selbst gewesen, und das hatte man ihm verziehen. Dennoch blieb die derbe Lesart, die sich der Anwalt aus den Einzelheiten zusammenreimen mochte: die hintergangene Ehefrau, die ihren Gatten noch aus dem Grab verfolgte, und die ältere Frau, die aus dem ihren nach dem Geliebten griff, der ihr entglitten war.

»Du lieber Himmel, so schlimm war's noch nie!«

»O doch, mein Lieber, es kommt noch schlimmer.«

Zwei Männer setzten sich an die Theke und beklagten den Preisverfall für Schafe. Der junge Mann mit den glatten Haaren kam wieder, um sie zu bedienen, und dann betrat ein älterer Mann den Raum, einen weißen Windhund an der Leine. Der Junge schenkte ihm ein Smithwick's ein und sagte, der Bus mit dem *Evening Herald* sei noch nicht gekommen. »Unerhört«, knurrte der Alte und kauerte sich über die *Tullamore Tribune.*

Graillis trank seinen Whiskey aus. Nach dem Unfall, als in der *Irish Times* die Todesanzeige erschienen war, bekam er kein Kondolenzschreiben von der Frau, bei deren halb zerfallenem Haus er am Nachmittag gewesen war. Anfangs dachte er noch, sie würde sich vielleicht melden, und dann kam er zu dem Schluss, dass es eigentlich unpassend war. Sie sah es vermutlich genauso.

Er drückte die zweite Zigarette aus. Zu Hause rauchte er nie, er fing auch nicht an, als er plötzlich allein lebte, und in der Bibliothek war das Rauchen verboten, darauf bestand er selbst. Doch in dem Wohnzimmer, in dem er im Herbst 1979 und im darauf folgenden Winter und Frühling so häufig gesessen hatte, war eine Freundschaft entstanden, zu der Zigaretten ebenso gehörten wie die Korkfilter mit Lippenstiftspuren, die sich in dem Aschenbecher mit dem Distelfinken häuften. Das Bild nahm seine Gedanken gefangen, unbewegt wie eine Fotografie, festgehalten mit einer Schärfe, die er heute als grausam empfand.

Er brachte sein Glas zurück zur Bar. Bevor er ging, redete er mit dem jungen Mann mit den glatten Haaren noch kurz über das Wetter. »Machen Sie's gut, Mr Graillis«, rief der junge Mann ihm hinterher, und Graillis sagte, das würde er.

Beim Weiterfahren versuchte er an nichts zu denken, weder an das Mädchen, das er geheiratet hatte, als er noch ein junger Angestellter bei der Munster and Leinster Bank war, noch an die Frau, die er kennenlernte, als sie Romane bei ihm in der Bibliothek auslieh. Die Landschaft unterschied sich kaum von der vor seinem Halt im Pub. Sie veränderte sich auch nicht, als ein Schild auf Irisch und Englisch die Ortsgrenze anzeigte, sondern erst, als in den Randbezirken der Stadt die ersten einstöckigen Häuser mit gepflegten Gärten in sommerlicher Blüte erschienen. Autos mit Preisschildern an den Windschutzscheiben standen dicht an dicht auf dem Vorplatz von Riordan, *Ihr Nissan-Händler*, wie er nach dem Franchise hieß. Graillis fuhr am Elektrizitätswerk und an dem rostigen grünen »Raleigh«-Schild vorbei, auf dem nur noch Reste der beiden Figuren und ihrer Räder zu erkennen waren.

Im Abendverkehr kam er auf der Hauptstraße nur langsam voran. Er kurbelte die Scheibe herunter und legte den Ellbogen auf die Tür. Ursprünglich hatte er vorgehabt, gleich nach Hause zu fahren, aber er überlegte es sich anders und bog stattdessen in die Cartmill Street ein, wo sich die Bibliothek befand. Kein Verkehr störte hier die Ruhe. Manchmal ratterten Jungs auf Skateboards die Straße hoch und runter, aber jetzt waren keine da und auch kaum Fußgänger. Er parkte unter den Linden, wo der Weg am Fluss begann, und ging über die Straße zu einem kleinen, geduckten Gebäude in der langen Reihe von verlassenen Lagerhäusern, die an der Cartmill Street standen und ihr zusammen mit den Linden und dem Fluss das charakteristische Aussehen verliehen.

Heute hatte er die Bibliothek schon um ein Uhr zugemacht, der einzige Wochentag, an dem sie nachmittags geschlossen blieb, genau wie einige Läden an der Hauptstraße. Mit zwei verschiedenen Schlüsseln öffnete er Tür- und Sicherheitsschloss und drückte die blassblau gestrichene Tür auf. Ein gewisser Mr Haverty – erfolgloser Betreiber eines Krämerladens in der Lower North Street, eingefleischter Junggeselle und großer Fan der Geschichten von Zane Grey und anderer Wildwestautoren – hatte die Bibliotheksverwaltung des Bezirks von der Notwendigkeit einer Stadtteilbibliothek überzeugt und auch gleich die Leitung übernommen. Seit er selbst zum ersten Mal dort zur Ausleihe erschienen war, fühlte Graillis sich in den bescheidenen Räumlichkeiten mit den wandhohen Bücherregalen und der schmalen Theke bei der Tür zu Hause. Damals war er der eifrigste Besucher gewesen, und als Mr Haverty der Dienst wegen seiner rapide fortschreitenden Arthritis zunehmend zur Last wurde, benannte er Graillis als seinen Nachfolger und lockte ihn von der Bank mit ihren weitaus vielversprechenderen Aussichten fort. Und Graillis sagte zu, bevor er die Gelegenheit fand, alle damit verbundenen Nachteile zu überdenken. »Aber warum denn bloß?«, rief das Mädchen, das er geheiratet hatte, verwirrt und enttäuscht. Sein sicherer Posten hatte nie in Frage gestanden, er wäre aufgestiegen und hätte irgendwann das niedrige graue Haus oberhalb der Bank bezogen, ein Wahrzeichen der Stadt, mit einem schmiedeeisernen Zaun und gemaserter Eingangstür. Das alles hatte sie mitgeheiratet; Bücher waren nie ihr gemeinsames Interesse, waren für sie nie eine Notwendigkeit gewesen.

Die Frau, für die sie eine waren, war Graillis schon häufiger in der

Stadt aufgefallen, wenn sie aus einem Laden kam oder in ihr Auto stieg – sie war eine Frau, die er normalerweise nicht kennengelernt hätte. Sie war groß und auf ihre Weise schön, das unterschied sie von anderen, auch ihre Kleidung und Haltung ließen das erahnen, und dieser Unterschied wurde noch verstärkt, als sie nebenbei nachfragte, wo denn Mr Haverty sei – offenbar wusste sie nichts von seiner Pensionierung. Sie lächelte, als sie ins Gespräch kamen, und Graillis hatte sie vorher noch nicht lächeln sehen. Bei ihrem nächsten Besuch unterhielten sie sich länger und danach immer ungezwungener. Als sie ihn fragte, welche Romanautoren er empfehlen könne, machte er sie mit Proust und Malcolm Lowry, mit Forster und Madox Ford, Mrs Gaskell und Wilkie Collins bekannt. Er besorgte ihr ein neues Exemplar der *Dubliner*, weil das vorhandene im Regen liegengelassen und unleserlich geworden war. Auf seine Anregung las sie *Am Abgrund des Lebens* und *Zärtlich ist die Nacht*. Elizabeth Bowen war ihre eigene Entdeckung.

In ihrem ordentlichen Wohnzimmer schenkte er mittags den Wein ein. Während sie ihr eigenes Verhalten nicht als sorglos empfanden, denn das waren sie nicht, unterhielten sie sich über die sorglosen Figuren bei Scott Fitzgerald, über das Palace Flophouse, über den Hangover Square und die Dorlcote Mill. Die Mühsale von Jude gewannen kleine neue Dimensionen, ein Tag war von Joe Gargerys Tugendhaftigkeit geprägt, ein anderer von Mrs Proudie oder Daisy Miller. Ellen Wedgeworth starb, Dermot Trellis schlief. Maurice Bendrix umarmte die Frau seines Freundes.

Sie waren nicht daran interessiert, sich ihre Lebensgeschichten zu erzählen. Darum ging es in ihren Gesprächen nicht, und dennoch war ihrer beider Leben, ohne dass sie es bemerkten, immer gegenwärtig in dem Raum, den ihre Freundschaft veränderte. Auch Gefühle kamen nie zur Sprache, ebensowenig wie Reue oder das, was zwischen ihnen vielleicht noch möglich gewesen wäre; sie achteten immer darauf, was sie sagten. Beide übten sie keinen Verrat, sie nicht an ihrer abgeschlossenen Vergangenheit, er nicht an dem, was noch bestand. Wenn sie den Kaffee hereinbrachte, wandte er den Blick vom Regen oder der kalten Frühjahrssonne, und sie unterhielten sich wieder über Wildfell Hall. Beim Abschied stand sie auf der Treppe, die weit geöffnete Haustür im Rücken, eine Gestalt in seinem Rückspiegel, bis die Weiden an ihre Stelle traten.

Allmählich gab es Gerede: Sein Auto wurde auf der Straße zu ihrem Haus gesehen, den Leuten fiel auf, dass sie oft in die Bibliothek kam. Noch war es nicht viel, doch das würde sich ändern, er wusste es so gut wie sie, auch wenn sie es nicht aussprachen. Als die Tage wieder länger wurden, waren drei Jahreszeiten verstrichen. Im Sommer würden sie draußen sitzen, am weißen Tisch auf dem Rasen, doch der Sommer kam nicht.

Graillis räumte die Rückgaben vom Vormittag in die Regale ein, *The Garden of Allah*, offenbar immer noch gelesen, Kriminalromane deutlich beliebter, Georgette Heyer mit ihrer eigenen Fangemeinde. Sonnengebleichte Buchrücken umschlossen eine Welt, die in dem Geruch von altem Papier auflebte. Einmal sagte sie zu ihm, sie beneide ihn um diesen Ort.

Er sah sich noch einmal um, bevor er ging. Bei der Tür hinter der Theke kündigte ein Plakat das Erdbeerfest im Juni an. Über der Tür hing das Strohkreuz zu Ehren der heiligen Brigid. An dem Tag, als sie gesagt hatte, sie beneide ihn, waren abends die Umzugswagen leer durch den Ort gerattert und später schwer beladen mit ihren Besitztümern davongefahren. Sie hatten warten müssen, bis die *Sieben Säulen der Weisheit* für Mrs Garraher abgestempelt waren, bevor sie sich verabschieden konnten, ein Dienstag war es gewesen.

Er sperrte hinter sich zu und fuhr los.

Die Salatköpfe im Gemüsebeet bildeten Herzen. Er schnitt einen ab, dazu ein paar Stängel Schnittlauch und Petersilie. Nach einer Runde durch den Garten sammelte er den Salat und die Kräuter auf, die er am Pfad neben den Beeten abgelegt hatte, und pflückte noch eine Tomate, die unter einem Glasschutz gereift war. Er hatte sich nie an die Leere gewöhnt, die er jedes Mal empfand, wenn er in seinen Garten oder das Haus zurückkehrte, und würde sich wohl auch nie daran gewöhnen. In der Küche machte er zwei Dosen auf, Suppe und Sardinen, dann wusch er den Salat.

»Hinterher rief er noch mal an«, stellte er sich vor, würde Clifferty gerade sagen, während er in der Tür einer anderen Küche stand und von seinem Tag berichtete, sorgsam abwägend, was er von seinen Anwaltsgeheimnissen preisgeben durfte. »Ich weiß nicht, was der gute Mann für Probleme hatte«, sagte Clifferty und fügte hinzu, ansonsten sei nicht allzu viel los gewesen.

Irgendwo war noch Whiskey; Graillis suchte danach und fand ihn zwischen den Flaschen mit den Würzsaucen. Er goss sich einen Schluck ein und mischte Öl und Essig für die Salatsauce. Im Landfunk kamen die neuesten Marktberichte, und dann plapperte ein nassforscher Discjockey drauflos, bis eine wahre Kakophonie begann. Die Stille danach war eine Wohltat.

Graillis legte Messer und Gabel auf den Küchentisch und überlegte, ob wohl eines seiner Kinder heute Abend anrufen würde. Eigentlich bestand kein Grund dazu. Von beiden hatte er erst kürzlich gehört, es war alles in Ordnung, kein Grund zur Besorgnis. Er schenkte sich Whiskey nach, er wollte noch nicht essen. Soweit er sich erinnern konnte, hatte er noch nie allein in diesem Haus getrunken. Den Whiskey hielt er als Vorrat für Besucher, die zufällig vorbeikamen.

Das Glas in der Hand, ging er durch den Garten, vorbei an Bartfaden und Rosen und Montbretien, die noch nicht blühten. Die Reihe Artischocken, die er im Februar gepflanzt hatte, standen hoch aufgeschossen da, wie leere Sonnenblumen. Lavendelduft erfüllte die warme Dämmerung.

Der Whiskey sprach jetzt zu ihm, ein Flüstern aus seinen geordneten Erinnerungen, die keine Panik mehr heraufbeschworen. Mit dem Besuch beim Anwalt und seiner Fahrt zu dem Haus hatte er an etwas gerührt, was besser in seinem Gedächtnis bleiben sollte, wo alles auf ewig ruhte und nichts mehr zu ändern war. Die Rente von einer kleinen Leihbibliothek war kaum der Rede wert, deshalb diese Geste. Wie ein Fremder dies deutete – was durch Neugier zutage gefördert oder durch Klatsch verbreitet wurde –, spielte keine Rolle. Stattdessen war da wieder das frische, strahlende Gesicht, die liebenswürdige Scheu. Stattdessen führte wieder die ältere Frau eine Zigarette zu den Lippen, der bräunliche Filter mit scharlachroten

Spuren. Wieder spürte er das Glück der Ehe, wieder Umarmungen in der Phantasie.

Mehr war nicht und würde nicht sein. Auch keine Zierfigur, sie würde nur die Wirklichkeit verfälschen. Und auch nichts von dem Porzellan, das würde er dem Anwalt schreiben. Die Winterblumen lagen verstreut im Schatten eines Geheimnisses, eine Täuschung, die eine stille Liebe ehrte.

EINSAMKEIT

Ich klettere auf den Stuhl im Flur, um an das Schloss zu kommen. Ich mache die Haustür auf und stelle den Stuhl zurück in die Nische. Ich kämme mir die Haare vor dem Garderobenspiegel. Ich bin sieben Jahre alt und hoffe, dass mein Vater bald herunterkommt. Unser Haus ist schmal und hat eine blaue Eingangstür, es liegt an einem kleinen Platz in London. Mein Vater ist fort gewesen, jetzt ist er wieder zurück. *Am ersten Morgen gehen wir ins Café.* Vor einer Ewigkeit las meine Mutter vor, was er mir auf der Postkarte geschrieben hatte. »Das sind die Pyramiden«, sagte sie, als ich auf das Bild zeigte. Und dann: »Bevor du dich's versiehst, ist er wieder zurück.« Aber es dauerte fünfzig Tage.

Ich höre ihn auf der Treppe »London Bridge Is Falling Down« pfeifen, und dann umarmt er mich, weil er nachts gekommen ist, als ich schon schlief. Er könne gar nicht fassen, sagt er, wie groß ich geworden sei, und ich hätte ihm schrecklich gefehlt.

Zu Fuß gehen wir gemeinsam über den Platz, dorthin, wo Verkehr und die Straßen sind. »Kaffee«, sagt mein Vater in dem Café. »Einen Kaffee, bitte, und ein Stück Russischen Kuchen für Sie-wissen-schon-wen.«

Aber die ganze Zeit ist da diese Sache, und die ganze Zeit ist mir klar, dass ich nichts sagen darf. Wenn ein Kind so was sieht, sollte es das schnell wieder vergessen, sagte Mrs Upsilla, und Charles nickte mit seinem großen schwarzen Kopf. Ihr kann man keine Schuld geben, sagte Charles; jedes Kind spielt mal hinterm Sofa, sie hätten sich bloß umsehen müssen. »Mich geht das nichts an«, sagte Charles. »Ein armer schwarzer Mann wie ich, der hält sich da raus.« Sie wussten nicht, dass ich noch vor der Küchentür stand, und Mrs Upsilla sagte, die Sache mache sie ganz krank. Aber immerhin, gab Charles zu bedenken, hätte meine Mutter ihren Freund nicht in das Schlafzimmer mitgenommen, das auch das meines Vaters war. So viel Anstand habe sie wenigstens noch bewiesen. Aber Mrs Upsilla sagte, von wegen Anstand, und nannte den Freund meiner Mutter einen Fiesling.

»Lernst du jetzt Französisch?«, sagt mein Vater in dem Café. »Gefällt dir Französisch?«

»Nicht so gut wie Geschichte.«

»Was habt ihr denn in Geschichte gelernt?«

»Dass der Sohn von William dem Eroberer einen Pfeil ins Auge gekriegt hat.«

»In welches Auge? Haben sie das auch gesagt?«

»Nein, ich glaube nicht.«

Im Café bedient uns die gleiche Kellnerin wie immer. Mein Vater sagt, das liegt daran, dass wir immer am gleichen Tisch sitzen. Unsere Kellnerin, sagt er, hat tizianrote Haare, so heißt die Farbe. Mein Vater macht immer Bemerkungen über Leute und sagt, sie haben dieses oder jenes, er stellt Vermutungen über sie an oder stellt ihnen Fragen. Häufig kommt er mit Leuten ins Gespräch, die ihn auf der Straße nach dem Weg fragen, und mit Bettlern, mit jedem, der ihn anhält, mit allen in den Geschäften. Einmal hörte ich jemand im Café sagen: »Ein unverschämtes Glück«, worauf mein Vater lachte und den Kopf schüttelte.

Die ganze Zeit, in der wir im Café sitzen, möchte ich es ihm erzählen, weil ich ihm immer alles erzähle, wenn er von einer Reise zurückkommt. Ich möchte ihm von dem Traum erzählen, den ich noch in derselben Nacht hatte und in dem sich alles wiederholte. »Ach, ein böser Traum«, tröstete mich meine Mutter, ohne zu wissen, wovon er handelte, weil ich es ihr nicht sagte und auch nicht sagen wollte.

»Die Bildergalerie?«, schlägt mein Vater vor, nachdem wir unseren Kaffee getrunken haben. »Oder lieber das Puppenmuseum? Sieh mal, was ich habe.«

Er breitet ein Taschentuch auf dem Tisch aus, ganz verblasste Farben und stellenweise so dünn, dass man durchsehen kann. Alt, sagt er, ägyptische Seide. Es hat ein Muster, das er mit dem Finger nachfährt, damit ich es auch sehen kann. »Für dich«, sagt er. »Es gehört dir.«

Im Bus, auf dem Weg zum Puppenmuseum, erzählt er von Ägypten. Dort sei es so heiß, dass man sich die Haut verbrenne, so heiß, dass man sich nachmittags hinlegen müsse. Eines Tages wird er mich mitnehmen, eines Tages wird er mir die Pyramiden zeigen. Auf dem letzten Stück nimmt er mich an der Hand.

Ich kenne den Weg, aber als wir dort sind, ist meine liebste Puppe nicht an ihrem Platz. Sie fühlt sich nicht wohl, sagt der Mann, ist zur Behandlung im Krankenhaus. So drückt er das eben aus, sagt mein Vater. Er fragt den Mann und erfährt: Diese Puppe, die spanische Puppe, wird nächste Woche zurück sein. »Na, dann kommen wir eben wieder«, verspricht mein Vater. »Wer darf heute bis zur Party aufbleiben?«, fragt er mich, als wir wieder zu Hause sind.

Die Party ist heute Abend. In der Küche sind die Weinflaschen schon auf dem langen Tisch aufgereiht, auf Tabletts stehen noch mehr Flaschen und Gläser, die nur darauf warten, gefüllt zu werden. Wenn es eine Party gibt, kommt Charles besonders früh, um zu helfen. Wenn mein Vater zurückkommt, gibt es immer eine.

»Setz dich hin und iss dein Sandwich.« Mrs Upsillas grauer Kopf ist über das geneigt, was sie gerade kocht, sie ist zu beschäftigt, um aufzublicken. Charles zwinkert mir zu, und ich versuche zurückzuzwinkern, aber ich kann es nicht richtig. Er geht dicht an meinem Platz vorbei, und danach ist das Sandwich, das ich nicht will, verschwunden. »Na, bist ein braves Mädchen«, sagt Mrs Upsilla, als sie fragt, ob ich es aufgegessen habe, und ich ja sage. Da grinst Charles. Und Davie kichert, genau wie Abigail.

Abigail und Davie gibt es nicht wirklich, trotzdem sind sie meistens da. Auch an dem Tag, als die Tür aufging und meine Mutter und ihr Freund ins Wohnzimmer kamen. »Alles klar«, sagte meine Mutter. »Sie ist nicht hier.« Da kicherten Davie und Abigail, aber ich ließ sie still sein.

»Nein, so was«, entfährt es Charles in der Küche, als Mrs Upsilla mich ein braves Mädchen nennt. Er sagt das so oft, dass sich Mrs Upsilla ärgert. »Was meint er bloß?, fragt sie mich jedes Mal. »Wovon redet er überhaupt?« Charles lacht dann immer.

Ich danke Mrs Upsilla für das Sandwich, das ich nicht gegessen habe, weil sie möchte, dass ich mich bei ihr für Sachen bedanke. Auf dem Weg nach oben fällt mir ein, dass ich hörte, wie mein Vater, nachdem die Person im Café gesagt hatte, er hätte unverschämtes Glück, meiner Mutter davon erzählte; vielleicht, sagte er, habe die Person damit gemeint, er habe Glück, weil er eine so schöne Frau habe. Man könne es aber auch anders verstehen, sagte Mrs Upsilla, als ich es ihr erzählte: Vielleicht hätte die Person im Café auf die Erbschaft meiner Mutter angespielt.

Mein Vater steht oben an der Tür zu ihrem Schlafzimmer, meine Mutter glättet gerade das Bett. Auch ihr hat er ein Taschentuch mitgebracht, größer als meines, sie trägt es schon als Halstuch. »Du bist so schön!«, sagt mein Vater, und meine Mutter lacht, es klingt wie das Klimpern einer Kette, die er ihr mal geschenkt hat. Im Badezimmer läuft langsam das Wasser für das Bad meiner Mutter ein. »Und wer hilft mir beim Korkenziehen?«, fragt mein Vater, und meine Mutter bittet ihn, das obere Fenster zu öffnen. Ihre Lippen sind weich, als sie mich auf die Stirn küsst, und bei ihrem Duft möchte ich am liebsten die Augen schließen und ihn für immer riechen können. »Braver Liebling«, flüstert sie.

In der Küche zieht mein Vater die Korken raus, und ich lege sie auf einen Stapel und zähle sie. Die roten Flaschen sind eigentlich grün, sagt er, aber das sieht man erst, wenn sie leer sind. Bevor er den Korkenzieher einführt, schneidet er den glänzenden Deckel über jedem Korken weg. »So, das wäre erledigt«, sagt er und fragt, wie viele es waren, und ich antworte sechsunddreißig. »Nimmst du mich nächstes Mal in die Bildergalerie mit?«, sagt er, und dabei fallen mir die tanzenden Frauen ein und der Sturm beim Kricketspiel und Saint Catherine und das Porträt des Künstlers. »Da freu ich mich jetzt schon«, sagt mein Vater, ehe er wieder nach oben geht.

Abigail, Davie und ich spielen in meinem Zimmer ein Spiel. Wir stellen uns vor, wir wären in Ägypten und würden eine Pyramide erklimmen, und Abigail sagt, wir sollten lieber Sonnenhüte aufsetzen, weil die Sonne einem den Kopf sogar durch die Haare verbrennen kann. Also gehen wir nach unten, um sie zu holen, aber dann ist es kühler, deshalb wandern wir durch die Straßen. Auf einem Markt kaufen wir Geschenke, die wir mit nach Hause nehmen wollen, Ringe und Broschen und Gläser mit ägyptischen Pfirsichen und ägyptische Schokolade und ägyptische Teppiche für den Fußboden. Dann gehe ich wieder in die Küche.

Charles ist losgegangen, um Eis zu holen. »Willst du mir Gesellschaft leisten?«, fragt Mrs Upsilla, die immer noch eifrig am Kochen ist. »Du stolperst noch mal über deine Schnürsenkel«, sagt sie und lässt den elektrischen Mixer einen Augenblick lang allein laufen. Irgendwann wird mir deswegen noch mal Schlimmes passieren, und sie bindet mir die Schnürsenkel zu. Immer einen Doppelknoten machen, sagt sie, und dann gehe ich weg.

Im Wohnzimmer stehen Schalen mit Oliven und Gebäck; das Feuer lodert, das Schutzgitter ist heruntergelassen. Ich sehe zu, wie die Regentropfen an den Fensterscheiben entlanglaufen. Ich sehe die Menschen auf dem Platz durch den Regen hasten, eine Frau hält einen Schirm über ihren Hund, und dann kommt Charles mit dem Eis zurück. Die Autos fahren langsam, inzwischen sind die Straßenlampen an.

Ich setze mich in den Sessel am Kamin und betrachte die Bilder in den Büchern, die alte Frau, die Kinder in einen Käfig sperrte, die Riesen, die Zwerge, die Königin und ihr Spiegelbild. Als ich wieder auf den Platz hinausblicke, sehe ich den Freund meiner Mutter, er kommt als Erster. Er lässt ein Auto vorbei, bevor er den Platz überquert, und dann höre ich die Klingel und seine Schritte auf der Treppe.

»Probier mal eine«, sagt er im Wohnzimmer und meint die kleinen Käsestangen, die Mrs Upsilla gebacken hat. »Zeit für deine Tanzstunde«, und er stellt die Musik an. Er zeigt mir wieder die gleichen Schritte, weil ich sie nie übe und auch nicht üben will. »Wie geht's ihnen?«, fragt er, und ich weiß, er meint Davie und Abigail; seit meine Mutter die beiden mal erwähnt hat, fragt er mich nach ihnen. Vielleicht sollte ich ihm erzählen, dass sie an jenem Nachmittag dabei waren, aber ich sage nur, es gehe ihnen gut. Dann kommen andere Leute, und er redet mit ihnen. Ich hasse ihn so sehr, dass ich ihm den Tod wünsche.

Von einer Fensterbank aus, halb hinterm Vorhang, lausche ich den Gästen. Ein Mann erzählt gerade von einem Autorennen, bei dem er mitgefahren ist. Irgendwann werde er gewinnen, sagt eine Frau. Charles bietet in seiner weißen Jacke Getränke an.

Es kommen noch ein paar Leute. »Ach du meine Güte!« Mr Fairlie lächelt zu mir herunter und setzt sich dann zu mir. Alt und müde, sagt er, nicht mehr zum Feiern geschaffen. Auf seine Frage, was ich heute gemacht habe, erzähle ich ihm von dem Puppenmuseum. Seit dem Tod seiner Frau schlägt er sich allein durch, sagte Mrs Upsilla. Meine Mutter war bei der Beerdigung, aber darüber redet er jetzt nicht. »Armer alter Kerl«, sagte Charles.

Die Musik ist kaum zu hören, weil so viele Leute reden. Immer wenn Charles mit einem neuen Tablett vorbeikommt, winkt er mir mit einem Finger zu, und Mr Fairlie sagt, das sei geschickt. »Na, ihr zwei Hübschen!«, sagt eine Frau, und sie küsst Mr Fairlie und küsst mich, und dann kommt mein Vater. »Wer ist denn da müde?«, sagt er und bringt mich nach oben.

Jetzt werde er ganz lange nicht mehr weggehen, das verspricht er, bevor er das Licht ausmacht, aber im Dunkeln ist es dann wieder wie in dem Traum. Er wird weggehen und nicht zurückkommen, nie wieder zurückkommen wollen. Wir werden nie wieder in die Bildergalerie gehen, wo unser liebstes Bild hängt: Picknick am Strand. Nie wieder ins Café gehen, ins Puppenmuseum. Nie mehr wird er sagen: »Wer ist denn da müde?«

Ich weine nicht im Dunkeln, obwohl mir danach ist. Ich zwinge mich, an etwas anderes zu denken, an den Tag, als auf dem Platz ein Unfall war, an den Tag, als ein Mann an unsere Tür kam, weil er dachte, in unserem Haus würden andere wohnen. Und dann denke ich an Mr Fairlie, der jetzt allein ist. Ich sehe ihn so deutlich vor mir wie vorhin, als er neben mir auf der Fensterbank saß: die großen Sommersprossen auf der Stirn, die weißen Haarbüschel, seine Augen, die überhaupt nicht alt wirken. »Früher war er Chirurg«, sagte Mrs Upsilla an dem Morgen zu Charles, als meine Mutter zu der

Beerdigung ging. Ich sehe Mr Fairlie in seinem Haus vor mir, obwohl ich nie dort gewesen bin. Wie er für sich kocht, so gut er kann, und mit einem Staubsauger auf der Treppe. »Von Mr Fairlie hätte ich mich auch operieren lassen«, sagte Charles einmal.

Die Musik klingt, als würde sie anderswo gespielt, nicht in unserem Haus, und ich frage mich, ob sie wohl tanzen. Um zehn werde die Party vorbei sein, sagte Mrs Upsilla, dann würden sie in verschiedene Restaurants aufbrechen oder vielleicht auch alle in das gleiche, und manche würden einfach nach Hause gehen. Es sei so eine Party, die nicht lange dauert, ganz anders als einige, wie Mrs Upsilla sie erlebt hat. »Hier?«, fragte Charles überrascht, als sie das sagte. »Hier in diesem Haus?« Und sie erwiderte nein, hier habe eine Party noch nie die ganze Nacht gedauert, und Charles nickte ernst und sagte, sie müsse es ja wissen. Wenn alle gegangen sind, wird er noch eine Stunde bleiben und Mrs Upsilla beim Aufräumen helfen. Doch um die Zeit bin ich noch nie wach gewesen.

Davie sagt, es war ein Spiel oder so, nur Spaß. Aber Abigail schüttelt den Kopf, dass ihre schwarzen Zöpfe durch die Gegend fliegen. Ich möchte nicht darüber reden. Es war an einem Mittwoch, Mrs Upsilla hatte den Nachmittag frei, und Charles kümmerte sich auf dem Platz um die Blumenbeete.

Ich versuche wieder an Mr Fairlie zu denken, der sein Bett machen und der lauter Sachen bewältigen muss, die früher seine Frau für ihn erledigte, aber Mr Fairlie entgleitet mir ständig. Das Kleid meiner Mutter lag zerknittert auf dem Fußboden, und als ich hinter dem Sofa vorlinste, sah ich auch ihre Halskette unten liegen. Hinterher sagte sie, sie hätten die Tür abschließen sollen.

Die Musik ist immer noch weit entfernt. Der Lärm von den Gästen klingt nicht, als würden Leute reden, sondern eher wie ein Summen. Ich schlage die Bettdecke zurück und schleiche auf Zehenspitzen zur Treppe, um durchs Geländer nach unten zu spähen. Mrs Upsilla hat sich für die Party fein angezogen, Charles trägt wieder ein Tablett mit Gläsern. Auch Mrs Upsilla geht mit zwei Platten voller Häppchen hinein. Sie hat mit Speck umwickelte Aprikosen gemacht und Sandwiches, die nicht größer sind als eine Briefmarke.

Ein paar Leute kommen aus dem Zimmer und stehen im Treppenhaus herum. Meine Mutter und ihr Freund sind auch kurz da, dann geht sie wieder ins Wohnzimmer. Er bleibt, seine Schulter an der Wand neben dem Fenster, vor dem die roten Vorhänge zugezogen sind. »Das Kind hat was gemerkt«, sagte er an dem Tag, bevor mein Vater zurückkam.

Ich will nicht ins Bett, denn dann kommt der Traum wieder, auch wenn ich gar nicht schlafe, der Traum, in dem Mrs Upsilla sagt, mein Vater sei für immer fort, was hätte er denn sonst machen sollen? Wenn ich dann den Lederkoffer suche, den er auf seine Reisen mitnimmt, ist er nicht mehr da, und ich weiß, er wird nie wieder da sein. Dann hole ich das ägyptische Taschentuch und erinnere mich, wie mein Vater es auf dem Tisch im Café ausgebreitet und mir das Muster gezeigt hat. »Unser Café«, sagt er immer.

Der Freund meiner Mutter blickt vom Fuß der Treppe zu mir hoch. Er winkt, und ich sehe zu, wie er langsam die beiden Treppen heraufkommt. Aus seinem Mund hängt eine Zigarette, aber er hat sie nicht angezündet und nimmt sie auch nicht heraus, als er sich den Zeigefinger auf die Lippen legt. »Das dürfte reichen, um sie alle abzufüllen«, sagte Charles, als er die geöffneten Flaschen auf dem Küchentisch sah, und ich frage mich, ob der Freund meiner Mutter betrunken ist, denn er nimmt noch eine Zigarette aus der Packung, obwohl die erste gar nicht brennt.

Als er schwankt, muss er sich am Geländer festhalten. Er lacht, als wäre es bloß Spaß. Ich sehe den Schweiß auf seinem Gesicht, auf der Stirn sieht er aus wie Regentropfen. Bei jeder Stufe schließt er die Augen. Langsam kommt er weiter herauf, einen Schritt und dann noch einen und noch einen. Im Mundwinkel hängt ein Spuckefleck, die beiden Zigaretten sind auf den Treppenläufer gefallen. Ich strecke den Arm aus und kann ihn berühren. Meine Fingerspitzen liegen auf dem dunklen Ärmelstoff, und darunter spüre ich seinen Arm, und dann ist plötzlich alles anders.

Da ist sein stürzender Körper, das zersplitterte Geländer. Da ist der dumpfe Schlag und dann noch einer und noch einer. Da ist die Stille und Mrs Upsilla, die zu mir hochblickt.

Von meinem Fenster aus sehe ich, wie sie getrennt zu dem Tisch kommen, den sie im Garten des Hotels zum Frühstück ausgewählt haben. Sie legen ihre Geschenke an meinen Platz und reden miteinander, aber ich weiß nie, was sie sich unter vier Augen sagen. Ich wende mich vom Fenster ab und überpudere den eben aufgetragenen, korallenroten Lippenstift. Mein Bild in dem ovalen Spiegel hat sich auch an meinem siebzehnten Geburtstag nicht verändert.

Der Salon, durch den ich unten gehe, ist leer; die Fensterläden sind halb geschlossen, zum Schutz gegen die grelle Sonne, die den Hotelgästen später am Tag lästig sein wird.

»*Bonjour, mademoiselle*«, begrüßt mich ein Ober im Garten.

Trotz des frühen Morgens ist die Luft mild. Die ersten Kastanien sind gefallen, leuchtend rote Blätter verschrumpeln. Der Himmel ist wolkenlos.

»Na, Lady«, sagt mein Vater. Eine einzige Rose liegt da, Rosa mit Scharlachrot, er hat sie für mich gepflückt. An meinem Geburtstag treibt er immer irgendwo eine Rose auf.

»Was wollen wir heute unternehmen?«, fragt meine Mutter, nachdem sie mir Kaffee eingeschenkt hat, und mein Vater erinnert sich an das Jahr, als er mich auf dem Pilgrim's Way huckepack nahm, weil ich müde war, und wir den alten Mann trafen, der uns die Geschichte vom heiligen Sisinnius erzählte. Er erinnert sich an die Ballonfahrt und an das Jahr mit der Spielbank. Geburtstage sind immer ein besonderes Ereignis, ob der meiner Mutter im Juli, der meines Vaters im Mai oder meiner im Oktober.

Wir leben in Hotels. Das tun wir, seit wir aus dem alten Haus in London ausgezogen sind, alle möglichen Hotels in den verschiedenen Ländern Europas; was anfangs nur provisorisch schien, wurde später ein Dauerzustand.

»Also, was wollen wir unternehmen?«, fragt meine Mutter wieder.

Weil es mein Geburtstag ist, darf ich es mir aussuchen, und nachdem ich ihre Geschenke ausgepackt, nachdem ich sie umarmt und mich bedankt habe, wünsche ich mir einen Spaziergang durch den Birkenwald und ein Picknick an der Stelle, wo die Wiese beginnt.

»*Moi, je suis tous les sports*«, erzählt ein Mann am Nebentisch seinem Freund. »*Il n'yen a pas un seul auquel je ne m'intéresse pas.*«

Noch heute, fünfunddreißig Jahre später, höre ich die melodische Stimme dieses Mannes. Sehe ich das bebrillte, rosafarbene Gesicht, das ich kurz wahrnahm, und höre seinen Freund *thé de Ceylan* bestellen.

»Der wird schön, unser Spaziergang heute«, sagt meine Mutter. Dann besprechen wir unser Picknick, gehen nach dem Frühstück die verschiedenen Sachen einkaufen und packen unser Mittagessen selbst zusammen.

»Warum schenkst du mir immer eine Rose?«, frage ich ihn unterwegs, als meine Mutter ein ganzes Stück vor meinem Vater und mir hergeht. Ich habe den Zeitpunkt nicht abgepasst, es liegt nicht daran, dass meine Mutter es nicht hören soll; so etwas gibt es bei uns nicht.

»Ach, für eine Rose braucht man keinen Grund, weißt du. Manchmal möchte man eben eine verschenken.«

»Du machst alles schön für mich.«

»Weil du Geburtstag hast.«

»Ich rede nicht nur von meinem Geburtstag.«

Meine Mutter ist bei der Wiese angelangt und ruft uns etwas zu. Als wir zu ihr kommen, sind die Sachen schon ausgepackt, der Wein entkorkt.

»Als dein Vater und ich uns zum ersten Mal begegnet sind«, sagt sie, sobald wir beim Essen sind, »wollte er einen Film für seine Kamera kaufen und hatte zu wenig Geld. So haben wir uns kennengelernt, in einem kleinen Laden. Da es ihm peinlich war, habe ich ihm mit ein paar Münzen ausgeholfen.«

»Deine Mutter hatte schon immer das Geld.«

»Und trotzdem hat es nie eine Rolle gespielt, wie das bei Erbschaften oft der Fall ist. Bei uns war das, glaube ich, wirklich nicht so.«

»Nein, es hat nie eine Rolle gespielt. Aber bevor wir weiterreden, müssen wir einen Toast auf den heutigen Tag ausbringen.«

Mein Vater schenkt Wein ein. »Du darfst nicht mittrinken, Villana. Das gehört sich nicht.«

»Darf ich dann einen Toast auf euch ausbringen? Gehört sich das?«

»Tu's doch einfach.«

»Danke für meinen Geburtstag.«

In der unvermittelten Art, die ihm oft eigen ist, sagt mein Vater: »Marco Polo war der erste Reisende, der einen Bericht über das chinesische Reich mit nach Europa brachte. Niemand wollte ihm glauben. Niemand glaubte, dass es die Orte, von denen er erzählte, oder die Leute – selbst Kublai Khan – wirklich gab. Damit ist der heutige Geschichtsunterricht beendet, meine Lady. Oder Geschichte und Geographie in einem. Je nachdem, wie man darüber denkt.«

»Was heißt ›denken‹ auf Italienisch?« wirft meine Mutter ein.

»*Pensare*. Und *credere* natürlich.«

»Dieser Schinken ist köstlich«, sagt mein Vater.

Sie verließen England mit mir, weil es das Beste war. Ich besuchte nie wieder eine Schule. Sie unterrichteten mich auf ihre Weise, und sie wussten beide eine Menge; sie brachten mir alles bei. Der Ehrgeiz meines Vaters als Ägyptologe wurde zunehmend geringer. Wenn er früher auf Reisen ging – stets entschlossen, Entdeckungen zu machen, die bisher noch keinem gelungen waren –, geizte und sparte er immer, damit er in seiner Ehe unabhängig blieb, und in Ägypten schlief er oft auf Parkbänken. Doch nach dem Auszug aus dem alten Haus in London hatte mein Vater keinen Beruf mehr; er wurde zum Amateur, ein Status, den er einst verachtet hatte. Seine Bücher schrieb er trotzdem, doch er wollte sie nie veröffentlichen.

»Ach, ist das schön!«, sagt er leise, als mein Geburtstagspicknick vorüber und der Wein ausgetrunken ist. Alle drei liegen wir in der warmen Herbstsonne, und dann packe ich die Reste in die Brottasche und finde, dass mein Vater recht hat, es ist schön, vielleicht ist es sogar etwas wie Glück.

»Manchmal mache ich mir Sorgen, dass er nicht genug Bewegung hat«, bemerkt meine Mutter auf dem Spaziergang zurück, wo wir einen anderen Weg wählen und jetzt mein Vater ein Stück vor uns hergeht. Oft habe ich den Verdacht, sie richten es absichtlich so ein, dass ich immer in Begleitung des einen oder anderen bin.

»Meinst du wirklich?«

»Na ja, es könnte mehr sein.«

»Papa ist doch nicht krank?«

»Nein, nicht doch. Wirklich nicht. Aber es liegt in der Natur der Sache …«

Sie lässt den Satz in der Luft hängen, aber ich weiß, was kommen sollte. Es liegt in der Natur der Sache, dass weder sie noch mein Vater ewig leben werden. Natürlich ahnt sie, dass ich den Satz für sie beendet habe, so läuft es zwischen uns, unsere Unterhaltungen bleiben unvollständig oder fangen gar nicht erst an. Sie haben zwischen sich ein Artefakt geschaffen und unser Leben darin eingebettet, ein Artefakt, das so gewissenhaft ausgeführt ist wie ein Meisterwerk auf einer Mosaikentafel. Mein Vater akzeptiert, was er von der Untreue meiner Mutter erfahren hat – und ich glaube, er weiß alles. Meine Mutter bereut offenbar nichts, und er ist nicht verbittert; einen Streit habe ich nie gehört. Sie opfern ihr Leben für mich: der ständig wiederkehrende Wechsel der Umgebung, die anonymen Hotelmöbel, nichts soll an früher erinnern – um meinetwillen achten sie auf jede Einzelheit. Als Anerkennung dafür könnte ich ihnen sagen, dass meine Dankbarkeit jeden Tag mitbestimmt, doch das hören sie nicht gern, sie wollen nicht, dass ich meine Dankbarkeit auch nur erwähne, weil es zu viel wäre.

»*Quel après-midi splendide!*«

»*Ah, oui! On peut le dire.*«

»*J'adore ce moment de la journée.*«

Meine Mutter und ich verfallen oft in eine der Sprachen, die sie mir beigebracht hat, als wollte sie damit jeder unerwünschten Eintönigkeit zuvorkommen. Ob sie – oder beide – den Verlust des Hauses in London genauso bedauern wie ich? Stellen auch sie sich die möglichen Veränderungen dort vor, die blaue Eingangstür in einer anderen Farbe, daneben Firmenschilder, eine Stimme aus der Sprechanlage, wenn eine der Klingeln geläutet wird? Wozu dient das Wohnzimmer wohl jetzt? Beherbergen die Räume im Erdgeschoss vielleicht ein Konsulat, in dem würdevolle Männer hin und her gehen oder Sekretärinnen mit Papieren zum Unterschreiben? Mit Bestimmtheit weiß ich nur – und meine Eltern wohl auch –, dass die Veilchen auf meiner Schlafzimmertapete völlig übermalt wurden, dass die Schiffswerftszenen in Schwarzweiß aus dem Flur verschwunden sind, auch die gerahmten alten *Cries-of-London*-Drucke. Vielleicht grübeln auch sie, genau wie ich, ob der Schauder der Vergangenheit noch in dem Haus sitzt, ob die Geister meiner Kindheitsgefährten durch die Räume spuken, denn seit ich aus England weg bin, ist es mir nicht mehr gelungen, sie zum Leben zu erwecken.

»*C'est vraiment très beau là-bas*«, sagt meine Mutter, als wir meinen Vater einholen, der schon die ersten Kastanien aufsammelt. Wir beobachten einen Vogel, der meinem Vater zufolge sehr selten ist und dessen Namen keiner von uns kennt. Im Hotel ist ein Junge, dem werden wir die Kastanien schenken, und noch während wir dabei sind, wissen wir alle drei, dass auch dies eine Geburtstagserinnerung wird, von der gesprochen und auf die zurückgeblickt wird.

»Ernest Shackleton war ein äußerst bemerkenswerter Mann«, sagt mein Vater in seiner sprunghaften Art. »Vielleicht der Beste unter den vielen Männern, die bemerkenswert waren, weil sie die bitterkalten Winde zu ihrem Lebensraum und das Eis zu ihrer Landschaft machten, und deren Gral die Ödnis am Ende der schrecklichsten Reisen der Welt war. Könnt ihr sie euch vorstellen, die Männer vor ihm und alle, die später kamen? Wie sie ihre Geheimnisse voreinander hüteten, Gebrechen verbargen, ihre Gebete, ihre Enttäuschungen? Diese Not, und doch so viel Mut! Sind wir nicht seltsame Geschöpfe, wir Menschen?«

Es ist nicht schlimm, dass er mir nie die Pyramiden gezeigt hat, wirklich nicht, wenngleich ich nicht behaupten kann, dass ich den Grund dafür verstehe. Aber darüber spricht man besser nicht. Auch ich mache Ausflüchte.

»Wir waren mit dir nie in Heiligenberg«, sinniert er im Gehen.

In Heiligenberg würden noch die letzten wilden Herbstblumen blühen, die Christrosen wachsen dort den ganzen Winter. Ihr Hotel – der Zeldenhof – wäre bestimmt prächtiger als zu ihrer Zeit, sagt meine Mutter.

Wir werden den Winter in Heiligenberg verbringen, beschließen sie, und ich frage mich, ob in Heiligenberg vielleicht ein Brief von Mrs Upsilla kommt. Hin und wieder, nicht oft, erhalten sie einen

Brief in einem Hotel oder postlagernd. Einmal sah ich, was nicht für mich bestimmt war: die schwer zu lesende Schrift, an die ich mich erinnerte, die von Mrs Upsilla seit jeher bevorzugte rote Tinte. Diese Briefe werden nie in meiner Gegenwart geöffnet; als ich einmal die Habseligkeiten meiner Mutter durchsah, war keiner mehr da.

»Einen Monat nach unserer Hochzeit sind wir im Zeldenhof abgestiegen«, sagt mein Vater. »Dort habe ich deine Mutter vor der Berghütte fotografiert.«

Ich frage nach dem Bild und wo der kleine Laden war, in dem sie sich kennenlernten, als mein Vater einen Film für seine Kamera kaufen wollte.

»In Italien«, sagt meine Mutter. »An der Strandpromenade in Bordighera.«

Davon gibt es ein Foto.

Der Bart des Schaffners ist von Grau durchsetzt, seine Uniform hätte eine Reinigung nötig. Ich kenne ihn gut, denn ich reise oft in seinem Zug.

»*Grazie, signora.*« Er reicht mir meine Fahrkarte zurück und erinnert mich daran, in Mailand und Genua umzusteigen. Am frühen Nachmittag beginnt die Reihe der kleinen Seebäder, der Zug fährt dann gemütlich, wird langsamer, bleibt stehen, fährt ruckartig an und wird wieder schneller. Diesen Teil der Strecke mag ich am liebsten.

Ich trage Blau, weil es mir am besten steht, oft zusammen mit Grün, obwohl es heißt, die beiden seien schwer zu kombinieren. Meine Frisur ist gepflegt, wenn auch etwas altmodisch. »Du bist eine altmodische Lady«, sagte mein Vater stets, ohne mich dafür zu tadeln, sein Tonfall war dabei unbeschwert wie immer. Ihr gefalle mein altmodisches Wesen, sagte meine Mutter, als ich noch sehr jung war. Inzwischen bin ich zweiundfünfzig, eine Frau, die sich schließlich in dem vergessenen italienischen Seebad niedergelassen hat, wo die beiden sich trafen. Neunzehnhundertneunundvierzig war das, rechne ich nach.

Beide sind tot. Er starb zuerst – in seinen Achtzigern –, sie kein

Jahr später; und ich, die beide am besten hätte kennen müssen, kannte sie überhaupt nicht, auch wenn meine Mutter in ihrer letzten Nacht meine Hand nicht losließ. Die zweite Beerdigung wurde mit der gleichen schlichten Förmlichkeit abgehalten wie die erste, ihr Sarg zu seinem gestellt in dem kleinen Friedhof, den sie ausgewählt hatten; sie kannten ihn von unseren zahlreichen Sommeraufenthalten im Valle Verzasca. In der kalten Winterluft ging ich fort von meinen Eltern, auf der Erde lag Schnee, aber es schneite nicht mehr.

Ungefähr einen Monat später schaute ich am Schalter für postlagernde Sendungen in Bad Mergentheim vorbei, wie wir es immer zu ihren Lebzeiten gehalten hatten, und fand einen Brief von Mrs Upsilla. Fast ein Jahr hatte er da gelegen und war, wie gewohnt, an meine Mutter adressiert.

… Ich schreibe nur, weil es so lange her ist, seit ich das letzte Mal von Ihnen gehört habe. Ich mache mir Sorgen, aber vielleicht ist ja alles in Ordnung, und schließlich waren Sie immer gut zu mir alter Frau. In Brighton hatten wir keinen schönen Sommer, die Saison lief nicht gut, aber ich schlage mich durch. Ein paar Pensionswirtinnen haben aufgegeben, und auch ich sehe die Zeichen an der Wand und denke mir oft, wie anders das Leben doch früher war, jene wunderbaren Zeiten in London! Nun, eigentlich darf ich das nicht sagen, aber so ist es nun mal. Ich schreibe nur, weil ich nichts mehr gehört habe.

Mir war sofort klar, dass meine Mutter in all den Jahren Geld an Mrs Upsilla gezahlt hatte. Vermutlich auch an Charles. Der verzweifelte Versuch reicher Leute, sich Schweigen zu erkaufen; so sehe ich es, aber ich mache meiner Mutter keinen Vorwurf. Ich schrieb Mrs Upsilla kurz zurück, dass meine Mutter gestorben sei, und bat sie, die Nachricht an Charles weiterzugeben, falls sie zufällig noch mit ihm in Kontakt stünde. Von keinem der beiden erhielt ich jemals eine Antwort, doch dieser Brief von Mrs Upsilla löste in mir zum ersten Mal den Wunsch aus, meine Eltern zu ehren. Denn auch Mrs Upsilla und Charles würden sterben, und irgendwann ich: Wer würde die Geschichte dann noch kennen und weitererzählen?

Ich wohne im Regina Palace in Bordighera. Meine Freunde im Hotel sind die Speisesaalkellner, die Portiers in der Empfangshalle und die Zimmermädchen; ich weise solche Freundschaften nicht zurück, und ich kann auch gut allein sein. Aber wenn ich mein Gesicht in der Klappe meiner Puderdose sehe oder bei günstigem Sonnenlicht in einem Schaufenster oder im Vorbeigehen in einem Spiegel, denke ich mir oft, dass ich diese Frau gar nicht kenne. Wenn ich dann länger hinschaue, frage ich mich, ob ich vielleicht ein Trugbild vor mir sehe, das meine Phantasie dem Schatten übergestülpt hat, zu dem das Kind geworden ist, ob es mich vielleicht gar nicht richtig gibt. Ich weiß, dass es nicht so ist, dennoch kommt es mir so vor. Seit dem Tod meiner Mutter ist mein Leben von Verwirrung geprägt, und in meiner Einsamkeit verspüre ich das unwiderstehliche Bedürfnis, von der Großmut dieser beiden Menschen zu berichten. Es ist ein Antrieb, der sich meinem Verstand entzieht, der mir sagt, was sein sollte. Da ich nie den Mut hatte, meine Geschichte in den Salons des Regina Palace zu erzählen, bin ich jahrelang von meinem schäbigen, alten Städtchen am Meer in weit entfernte Orte gereist, wo niemand mich kannte. Immer wieder suchte ich unter Fremden nach einem Zuhörer, der die Botschaft von der Herzensgüte dieser beiden Menschen weitergeben würde als etwas Wunderbares, wovon bei Familientreffen die Rede sein würde, an Restauranttischen, in Bars und in Geschäften, etwas, was Karten- und Schachspiele unterbrechen und sich in andere Städte, in Dörfer und Gemeinden, selbst in andere Länder ausbreiten würde.

Ich fand immer meinen Zuhörer, und jedes Mal begegnete man mir freundlich, ob am Tisch in einer Teestube oder in einem Park; aber nur Sekunden später änderte sich das. Mancher Reisende, der in einem Wartesaal im Bahnhof die Zeit totschlug, blickte zur Seite und sagte nichts; oder man schob sich in der Straßenbahn oder im Zug an der lästigen Person vorbei. Und meine geflüsterte Entschuldigung wurde nicht gehört.

Dumm, wie ich war, wusste ich noch nicht, was ich seitdem gelernt habe: dass die Wahrheit, selbst wenn sie das Gute im Menschen preist, sich nur schwer verkaufen lässt, wenn sie auch eine schreckliche Seite hat. Ein Licht strahlt umso heller, je tiefer die Dunkelheit ist, aber wer will das schon wissen? Letztlich akzeptiere ich, dass mir verwehrt wird, zu erzählen, was ich erzählen muss. In Bordighera rattern die Rollen an meinem Koffer über den Bahnsteig, draußen vor dem Bahnhof scheint die helle Abendsonne. Der Taxifahrer kennt mein Ziel, ohne fragen zu müssen. Ich könnte ihm sagen, dass dies meine letzte Reise war, aber ich erkundige mich lieber nach seiner Familie, von der er mir oft erzählt.

»*Buona sera, signora. Come sta?*« Wie aus dem Nichts erscheint der Nachmittagsportier des Regina Palace und begrüßt mich in der leeren Eingangshalle.

»*Sto bene, Giovanni. Bene.*«

Der kleine blasse Giovanni, der in seiner üppigen Uniform noch kleiner wirkt, hält das Regina Palace am Laufen, genau wie Signor Valazza, der Manager; oder die stattliche, gebieterische Signora Casarotti, die das Hotel als Empfangsdame an der Rezeption noch in seiner Glanzzeit kannte. Der Wechsel des Zeitgeschmacks hat dem, was einst bezaubernd war, den Zauber geraubt; zurückgeblieben sind abblätternde Farbe und verstaubte Palmen. Das Mauerwerk bröckelt, ein vergessener Lift ist außer Betrieb. Aber *Camera Ventinove*, das Zimmer, in das ich nach meinen missglückten Reisen immer zurückgekehrt bin, hat einen Blick aufs Meer bis zum Horizont.

»Wir vermissen Sie immer, *signora*«, sagt Giovanni, um seine Sprachkenntnisse zu trainieren, wie er es in unseren Gesprächen gern tut. »War schön, Ihre Reise, *signora*?«

»Sie war schön, Giovanni, sehr schön«, lüge ich.

Die Tür von *Camera Ventinove* wird aufgeschlossen. Giovanni tritt beiseite, ich gehe vor ihm hinein. Die Zeremonie meiner Rückkehr dauert ein bisschen länger, aber nicht viel: Die Fensterläden werden geöffnet, die schöne Aussicht gelobt, ein Trinkgeld wird gegeben und angenommen. Dann entfernt sich Giovanni.

Einen Teil der Kleidung, die ich auf der Reise dabeihatte, hänge ich in den Schrank, und für alles, was gewaschen und gebügelt werden muss, schreibe ich eine Liste, die ich beilege. In aller Ruhe nehme ich ein Bad, gehe anschließend eine Weile nach unten und lese den Schmöker fertig, den ich mir für die Reise gekauft hatte. Ich lasse ihn bei den Zeitungen liegen, vielleicht interessiert er ja irgendjemand anders.

Ich gehe am Meer spazieren, meine Gedanken wiederholen sich, und ich stelle mir auf dieser Promenade die beiden Menschen vor, die nicht mehr sind, die sich noch nicht gut kannten, als auch sie hier spazieren gingen. Die Badehäuschen auf dem Foto sind verschwunden.

»*Buona sera, signora.*«

Es ist nicht ungewöhnlich, dass Leute auf der Promenade einander ansprechen, auch nicht, dass ein Mann sich an eine ihm unbekannte Frau wendet. Trotzdem überrascht mich die unerwartete Stimme, und vielleicht wirke ich ein bisschen verschreckt.

»Tut mir leid, ich wollte Sie nicht …« Seine Entschuldigung verliert sich.

»Schon in Ordnung.«

»Wir sind beide Engländer, glaube ich.« Seine Stimme ist gedämpft und klingt angenehm im Ohr, die Augen sind erstaunlich blau. Er ist groß und dünn, trägt einen hellen Leinenanzug, blondes Haar, die Stirn voller Sommersprossen, das Blau seiner Augen gleicht dem der Krawatte, die zu dem blau gestreiften Hemd passt. Ein freundlicher Arzt? Lehrer? Gärtner? Etwas an ihm legt nahe, dass er allein ist. Verwitwet?, überlege ich. Oder Junggeselle? Es ist unmöglich zu erraten. Er heiße d'Arblay, sagt er, und als ich langsam weiterschlendere, ist es nicht weiter seltsam, dass er die Richtung wechselt und mich begleitet.

»Ja, ich bin Engländerin«, höre ich mich, nach kurzem Zögern, herzlich sagen.

»Ich dachte es mir. Nein, ich wusste es. Aber trotzdem war es nur eine Vermutung.« Kaum merkliche Gesten begleiten diese Variation seiner Entschuldigung. Er lächelt ein wenig. »Ich war mit den Gedanken woanders. Mir ging ein Roman durch den Kopf, den ich mit achtzehn zum ersten Mal las. *Die allertraurigste Geschichte.*«

»Den kenne ich auch.«

»Wirklich sehr traurig. Erst vor kurzem las ich ihn wieder. Haben Sie ihn mehrmals gelesen?«

»Ja.«

»Wenn man ein gutes Buch zum zweiten Mal liest, entdeckt man immer etwas Neues.«

»Ja.«

»Gerade habe ich mir die Kurzgeschichten von Somerset Maugham wieder vorgenommen. Ich finde sie besser als seine Romane. Mir gefällt vor allem ›The Kite‹.«

»Das wurde verfilmt.«

»Ja.«

»Den Film habe ich nie gesehen.«

»Ich auch nicht.«

Auf der Promenade ist sonst niemand. Weder Mensch noch Hund. Nicht mal eine Möwe. Einen Moment lang gehen wir stumm weiter, bis ich das Schweigen breche, nur um zu sagen, wie sehr ich das Meer bei Bordighera liebe.

»Ich auch.«

Unsere Schritte hallen wider, oder bilde ich es mir nur ein? Ich weiß es nicht, merke nur, dass wieder Schweigen herrscht und dass ich es wieder breche.

»Vor langer Zeit lebte ich in einem Haus an einem Platz in London …«

Er nickt, sagt aber nichts.

»Mein Vater war Ägyptologe.«

In der Bar, wo früher Cocktailtrinker plauderten und im Palmenhof ein Quartett spielte, läuft jetzt Musik vom Band. Ich bestelle einen Kir, und nachdem ihn der Barmann eingeschenkt hat, lässt er mich wie jeden Abend allein, da er noch anderes zu tun hat. Das wusste ich und habe mir deshalb zur Gesellschaft das angenehme Gesicht des Engländers mitgebracht. »So vieles ist reiner Zufall«, sagt er, und ich höre ganz mühelos seine unverwechselbare Stimme. »So vieles«, sagt er.

Diese Worte nehme ich mit, als ich durch die Empfangshalle des Regina Palace zum Speisesaal mit seiner untergehenden Pracht gehe. Auch Mr d'Arblays Gelassenheit nehme ich mit, seine zarten Hände, die zu gestikulieren scheinen, ohne sich zu bewegen, das kaum erkennbare Lächeln. In diesem riesigen Speisesaal hätten schon Könige gefeiert, behauptet Signor Valazza. Heute Abend jedoch werfen die vergoldeten Spiegel lediglich das Bild einer Handvoll Reisender zurück, schattenhaft unter den flackernden Kronleuchtern. Da ist ein Mann mit einer gelben Pfeife neben sich auf dem Tisch und ein Paar, das vielleicht auf Hochzeitsreise ist, dann zwei alternde deutsche Damen, vielleicht frisch pensionierte Lehrerinnen. Auf kleinen Stövchen werden *filetto di maialino* und *tortellini di pecorino* warm gehalten. Aber diese Realität ist nichts gegen Mr d'Arblay.

»*Si, signora.*« Carlo notiert sich meine Bestellung: das Consommé, den Heilbutt. »*E Gavi dei Gavi. Subito, signora.*«

Meine Mutter hob ihr Kleid vom Fußboden auf, dann auch die Halskette. Das Wohnzimmer war erfüllt von ihrem Duft, und ihr Freund spielte eine Platte auf dem Grammophon. Die Stimme sang noch, als die beiden schon weg waren. Dann kam Charles herein, der sofort Bescheid wusste, und nahm mich mit auf den Platz, um mir die frisch gepflegten Blumenbeete zu zeigen.

»*Prego, signora. Il vino.*«

Der Gavi wird eingeschenkt, aber ich muss ihn nicht probieren und nicke nur.

»*Grazie, signora.*«

Mr d'Arblay ist über unseren Platz geschlendert, mehr als einmal, wie er sich erinnert. Ihm fällt es nicht schwer, sich unser altes Haus so vorzustellen, wie es war; das sagt er zwar nicht, aber ich weiß es. Er hat Phantasie, das merkt man.

»*Buon appetito, signora.*«

Eine zarte Kinderhand auf einem Ärmel, nur eine Sekunde lang lag sie da. So schnell dann die Bewegung, so leicht, als wäre sie gar nicht geschehen: Auch das kann Mr d'Arblay sich vorstellen, und er tut es. Die nicht angezündeten Zigaretten werden unter einem Schuh zerquetscht. Der donnernde Krach, das zersplitterte Geländer. Augen, die von weit unten hochblicken. Der aufgerissene, grinsende Mund.

Der Mann stopft Tabak in seine gelbe Pfeife, zündet sie aber nicht an. Den deutschen Lehrerinnen wird Eiscreme serviert. Das Paar auf Hochzeitsreise stößt mit den Gläsern an. Drei späte Ankömmlinge stehen zögernd an der Tür.

»*Il rombo arrosto, signora.*«

»*Grazie, Carlo.*«

»*Prego, signora.*«

Drei Leben wurden in jenem Augenblick für immer verändert. Ich weiß nicht, welche Lügen mein Vater erzählte, aber für die Leute auf der Party waren sie gut genug, das Schweigen der beiden Bediensteten wurde erkauft. Meine Mutter weinte und verbarg ihre Tränen. Aber dachte sie – und auch mein Vater – in jener schlaflosen Nacht irgendwann daran, ihre Tochter aufzugeben? Wäre es nicht verständlich gewesen, so zu reagieren und das Geschehene als eine böse Tat anzusehen?

»Verständlich ist es auch«, erwiderte Mr d'Arblay, während wir nebeneinanderher gingen, »die Wahrheit in der äußersten Verzweiflung zu suchen. Wer unschuldig ist, kann nicht böse sein, das haben sie in jener schlaflosen Nacht verstanden.«

Was zu Ehren der Toten zu sagen war, erklärte Mr d'Arblay bescheiden, sei nun zwischen zwei anderen Menschen ausgesprochen worden und würde wieder ausgesprochen werden; mit jedem Mal würde dabei etwas gewonnen, und das sei genug. Die Selbstlosen in ihrem Grab stellen keine Ansprüche.

Ich schmecke weder das Essen, das ich zu mir nehme, noch den Wein, den ich trinke. Die *dolce* und den Käse lehne ich ab. Sie bringen mir Kaffee.

»Die Eltern tragen die Schuld«, sagt Mr d'Arblay wieder, »seine war es, dass er sie nicht gut genug kannte, ihre, dass sie seine Unwissenheit ausnutzte. Sie tragen die Schande, aber in unseren Gesprächen ist ihnen vergeben. Schuld ist nicht immer schrecklich und Schande nicht immer unwürdig.«

Auch Petits Fours werden mir wieder angeboten, obwohl ich nie eins vom Teller nehme. Vielleicht nimmt sie ja irgendwann doch eins, denken sie in der Küche und sagen zueinander, dass sie eines Abends, in hohem Alter, wenn sie sich an denselben Tisch setzt, in ihrer Einsamkeit sehr allein sein wird. Woher sollen sie wissen, dass die Frau in dem Speisesaal, wo Könige diniert haben, zwischen den zerschlissenen Vorhängen und schmutzigen Kronleuchtern nicht allein ist? Sie können weder wissen noch ahnen, dass es in dem alten Hotel und auf den Spaziergängen am Meer einen Mr d'Arblay gibt, so wie es in einer anderen Einsamkeit die Freunde ihrer Kindheit gab.

HEILIGENFIGUREN

Sie kämen schon zurecht, hatte Nuala immer gesagt, wenn sie in Schwierigkeiten steckten. Immer war sie es, die der Familie Mut machte. Ihr Vertrauen auf Corry, ihre Gelassenheit in der Not, ihr unbeugsamer Optimismus waren Stärken, die sie schon mit in die Ehe gebracht hatte.

»Versuch es bei Mrs Falloway«, schlug sie vor, als ihnen das Wasser schlimmer denn je bis zum Halse stand. Es war der letzte Ausweg, in ihrer Verzweiflung fiel Nuala nichts anderes mehr ein. »Meinst du nicht, Corry?«

Corry antwortete nicht, und Nuala sah, dass er sich schämte, wie es in den letzten paar Wochen immer häufiger vorkam. Schließlich verlangten sie doch nicht viel von Mrs Falloway, sagte sie. Ihnen ein Jahr lang auszuhelfen, während er das Handwerk des Steinmetzen lernte, wäre wirklich keine große Sache, und danach hätte er wieder ein festes Gehalt. Die Chance in dem Steinmetzbetrieb kam wie gerufen, das hatte auch O'Flynn gesagt.

»Ich kann nicht zu Mrs Falloway, wirklich nicht.«

»Du sollst es ihr nur erklären. Ihr sagen, wie es um uns steht.«

»Was sie damals für uns tun wollte, hat auch zu nichts geführt. Warum soll sie sich noch für uns interessieren?«

»Ohne Hilfe ist alles vertan, was sie sich von dir erhofft hat, Corry. Warum sollte ihr das plötzlich egal sein?«

»Das ist alles lange her.«

»Ich weiß, ich weiß.«

»Es wäre mir peinlich hinzugehen.«

»Aber das weiß ich doch auch, Corry.«

»Beim Straßenbau gibt es Arbeit.«

»Du bist kein Bauarbeiter, Corry.«

»Manches muss man eben machen.«

Nuala sagte absichtlich nichts, weil sie wusste, irgendwann würde Corry das Schweigen brechen.

»Die Fahrt kostet mich einen ganzen Tag«, sagte er und hätte hinzufügen können, dass noch Busgeld und die Leihgebühr für ein Fahrrad in Carrick hinzukamen, aber er ließ es bleiben.

»Ein Tag schadet doch nichts, Corry.«

Sie waren ein gleichaltriges Paar – einunddreißig –, das sich schon seit Kindertagen kannte: Corry groß und knochig, Nuala mollig und kleiner, mit einem runden schlichten Gesicht, ihre hellen Haare kürzer geschnitten als zu der Zeit, in der sie seine Frau wurde. Ihr jüngstes Kind, ein Mädchen, schlug vom Äußeren her ihr nach, die Jungen waren beide dünn und schlaksig wie der Vater.

»Du hast immer dein Möglichstes getan, Corry.« Die Feststellung hing im Raum und schloss ihre Unterhaltung ab, sie war nötig, weil sie zutraf, die stete Wiederholung milderte die Krise in ihrem Leben.

Corrys Werkstatt war ein Schuppen, in dem er seine Heiligen auf einem Regalbrett aufgereiht hatte. Darunter standen die Madonnen, sein Johannes der Täufer und eine Kreuzigungsgruppe. Auch seine Kreuzwegstationen waren dort, sie lehnten an der rauen Betonwand. Als Holz verwendete er Linde und Esche, Apfel und Stechpalme und Buchsbaum, das Eichenholz stammte von einer Rührschaufel aus der Molkerei.

Wenn die Kinder morgens aus dem Haus gingen, um an Quirkes Kreuzung abgeholt und zur Schule gefahren zu werden und wenn Corry auf einem Bauernhof nach Arbeit suchte, freute sich Nuala oft am Talent ihres Mannes; in seiner stillen Werkstatt fragte sie sich dann, wie es wohl zwischen ihnen stünde, wenn er dieses Talent nicht besäße, und was sie für ihn fühlen würde, wenn er Lehrer in einer Schule oder Verkäufer in einem Geschäft in Carrick oder auf einem Hof fest angestellt wäre.

Corrys Heilige waren ihre Freunde geworden, glaubte Nuala manchmal, für sie zum Leben erweckt, ein Quell der Geborgenheit und, wenn nötig, auch des Trostes. *Und Jesus fiel zum zweiten Mal,* stand unter ihrer liebsten Kreuzwegstation. Weder die Heiligen noch die Kreuzwegstationen gehörten in einen Betonschuppen, ebenso wenig wie die Figuren der Jungfrau Maria oder eine der anderen Schnitzarbeiten. Sie gehörten an die Orte, für die sie geschaffen waren, damit die Inspiration, aus der sie entstanden, als Inspiration zum Gebet weiterwirkte. Nuala war sicher, dass es so sein sollte und dass Corry mit dieser Gabe auch dieser Auftrag anvertraut worden war. »Sie sind für eine andere Zeit geschaffen«, hatte ein Priester einmal zu ihm gesagt, gar nicht unfreundlich oder abwertend, als wüsste er genau, dass Corry, auch wenn sich die jetzige Zeit von jener anderen unterschied, weitermachen würde. Alles andere wäre eine Verschwendung dessen, was er konnte und wollte.

Nuala schloss die Schuppentür hinter sich. Sie fütterte die Hühner, dann schlenderte sie über das Stückchen Land, auf dem sie Gemüse zog. Mrs Falloway würde Verständnis zeigen; sie hatte es schon einmal und würde es auch diesmal tun. Wenn Corry erst einmal gelernt hatte, Buchstaben in Grabsteine zu meißeln, wäre der Lebensunterhalt, den er mit seinem Talent bisher nicht verdienen konnte, gesichert. Die Grabsteine waren zwar keine Heiligenfiguren, aber sie genügten, um die Aufmerksamkeit von Bischöfen und Priestern und anderen Interessenten auf sein Geschick zu ziehen. Früher oder später suchte jeder einen Steinmetz auf, das hatte auch O'Flynn gesagt, als er kam und Corry das Angebot machte.

Auf dem Feld hinter dem Gemüsegarten riss die angepflockte Ziege den Kopf hoch und glotzte Nuala an. Sie löste die Kette am Haltepfosten und sah zu, wie die Ziege auf dem frischen Gras scharrte, ehe sie es fraß. Die frische, kühle Luft belebte ihr Gesicht, und einen Moment lang war sie, trotz aller Sorgen, glücklich. Wenigstens dieses Fleckchen Erde gehörte ihnen: das Feld, der Garten, das kleine, abgelegene Haus, in das sie und Corry gezogen waren, als Mrs Falloway ihnen den Kaufpreis lieh, so sicher war sie, dass ihr Corry eines Tages Ehre machen würde. Noch während Nuala diesen Augenblick freudiger Erregung auskostete, spürte sie ihn auch schon schwinden. Natürlich war es möglich, dass Corry von dem Auftrag, mit dem sie ihn losgeschickt hatte, erfolglos zurückkehrte; auch wenn sie optimistisch war, sah sie die Dinge durchaus realistisch. In der Nacht hatte sie mit sich gekämpft und überlegt, wie sie ihn und sich auf den Fall vorbereiten sollte, dass er mit leeren Händen zurückkam. Im selben Moment waren ihr die Rynnes eingefallen. Sie waren ihr in den Sinn gekommen wie eine Inspiration, so stellte sie sich vor, die Corry beim Schnitzen hatte. Nicht dass er es jemals so ausdrückte, aber sie war sich trotzdem ziemlich sicher. Sie hatte wach gelegen und überdacht, was ihr da eingefallen war, und am Ende hatte sie es verworfen, weil es sie entsetzte und schockierte, überhaupt daran gedacht zu haben. Sie betete, dass Mrs Falloway großzügig sein würde wie schon einmal.

An der Kreuzung angelangt, wartete Corry bei den Zapfsäulen auf den Bus nach Carrick. Der Bus kam zu spät, aber das machte nichts, denn Mrs Falloway wusste ja nichts von seinem Besuch. Auf dem Weg vom Haus zur Straße hatte er überlegt, ob er sie anrufen und ihr, sofern sie noch dort wohnte, erklären sollte, was Nuala ihm aufgetragen hatte, um sich eventuell die Fahrtkosten zu sparen. Aber als Nuala das Thema zum ersten Mal anschnitt, hatte sie gleich gesagt, hier ginge es um eine Sache, die sich nicht am Telefon besprechen ließ, auch wenn es ihm gelänge, Mrs Falloways Nummer herauszufinden, die ihm bisher unbekannt war.

In Carrick wartete er vor Hoseys Fahrradgeschäft, während man die Reifen eines alten Raleigh für ihn aufpumpte. Neue Batterien wurden in die Lampe eingesetzt, für den Fall, dass er im Dunkeln zurückkam, obwohl er dem jungen Hosey immer wieder versicherte, er könne gar nicht so lange wegbleiben, weil der Bus zurück um drei fuhr.

Nach Mountroche House ging es sieben Meilen durch meist flaches Moor über eine Straße, weder von Gräben noch Zäunen begrenzt. Corry kannte sie noch aus der Zeit, als er mit Nuala in Carrick gelebt und in Riordans Tischlerei gearbeitet hatte; damals wohnten sie bei Nualas Mutter in einem Zimmer im ersten Stock. Um diese Zeit schnitzte er die ersten Figuren, und sein natürliches Geschick beeindruckte die Riordan-Brüder wie später dann auch

Mrs Falloway. Corry staunte selbst darüber, denn er hatte nicht geahnt, dass es in ihm steckte.

Die Erinnerung an jene ersten Ehejahre ermutigte ihn auf seiner schnellen Fahrradfahrt. Vielleicht hatte Nuala ja recht, und Mrs Falloway würde sich über seinen Besuch freuen und verstehen, warum sie bisher nicht imstande gewesen waren, etwas zurückzuzahlen. Nuala wusste immer, wie man eine Sache anpacken muss, dachte Corry; sie überlegte, was möglich war, und dann probierte man es aus.

Die Straße verlief gerade, mit kaum einer Kurve, bis das Torfmoor in Hügelland überging. Hecken und Bäume begannen, bebaute oder mit Unkraut überwucherte Felder. Mountroche House lag am Ende eines verwilderten Weges, der noch einmal eine drei viertel Meile lang war.

Die Rynnes wohnten in einem grauen, mit Kies verputzten einstöckigen Haus, gleich an der Kreuzung bei der Tankstelle, die sie betrieben, an der Hauptstraße gegenüber von Quirke's SuperValu. Sie waren wohlhabend: Neben der Tankstelle gehörte ihnen eine Versicherungsagentur, die Rynne von zu Hause aus führte. Seine Frau kümmerte sich um die Kundschaft an den Zapfsäulen.

Als Nuala klingelte, kamen die Rynnes gemeinsam an die Tür. Das hatten sie sich so angewöhnt, wenn beide zu Hause waren; und sie führten ihre Besucher zunächst nur in den Flur, bis der Zweck der Störung geklärt war. In der Regel reichte eine Versicherungsangelegenheit, um weiter eingelassen zu werden.

»Ich komme nur kurz vorbei, bin auf dem Weg zum Einkaufen«, sagte Nuala.

Die Rynnes nickten. Ihren länglich geschnittenen Gesichtern nach hätte man sie eher für Bruder und Schwester halten können als für Mann und Frau. Sie trugen beide eine Brille, Rynne eine mit strengem dunklem Gestell, die seiner Frau war leicht und hell. Sie hatten keine Kinder.

»Geht's um eine Versicherung, Nuala?«, erkundigte sich Rynne.

Sie schüttelte den Kopf. Sie sei nur auf einen Sprung vorbeigekommen, sagte sie, um zu sehen, wie es ihnen so ginge. »Wir reden oft von euch«, sagte sie, was etwas aus der Luft gegriffen war.

»Ach ja, uns geht's ganz gut«, entgegnete Rynne. »Um nicht zu sagen ausgezeichnet, oder was meinst du, Etty?«

»Aber ja, natürlich.«

Das Telefon klingelte, und Rynne nahm ab. Nuala hörte ihn sagen, heute Vormittag stecke er bis über beide Ohren in Arbeit. »Geht es auch morgen?«, fragte er. »Soll ich abends vorbeikommen?«

»Tut mir leid, Etty. Du hast keine Zeit.«

»Ich muss nur diese Angebote tippen. Mein Gott, das dauert vielleicht, und nebenher noch die Tankstelle! Zweiundzwanzig verflixte Seiten, jedes einzelne Angebot!«

Trotz des klagenden Tons war es ein nettes Gespräch, in dem unter die Oberfläche verbannt wurde, was Rynne mit seiner Bemerkung, es ginge ihnen ausgezeichnet, verschwiegen hatte: Dass Etty Rynne nicht schwanger werden konnte und wie sehr das Paar darunter litt, wurde nie angesprochen, aber die Tatsache und ihre Folgen waren in der Nachbarschaft allgemein bekannt. Es hieß sogar, die Rynnes hätten enttäuschend verlaufende Erkundigungen wegen einer möglichen Adoption eingezogen.

»Na dann auf Wiedersehen, Etty.« Nuala lächelte und nickte, ehe sie ging, in ihrem Blick lag das Mitgefühl einer Mutter. Gern hätte sie Anteil genommen, aber den wunden Punkt anzusprechen wäre taktlos gewesen.

»Und bei euch ist alles klar, Nuala?«

»Ja.«

»Richte Corry schöne Grüße aus.«

»Mach ich.«

Nuala schob ihr Fahrrad über die Straße und lehnte es an die Wand von Quirke's SuperValu. Beim Einkaufen – sie suchte nach billigen Marken mit fälligem Haltbarkeitsdatum und packte die wenigen Sachen, die sie sich leisten konnte, in einen Drahtkorb – dachte sie an die Rynnes. Sie sah sie fast so deutlich vor sich wie vor zehn Minuten den verträumten, traurigen Blick in Ettys hellbraunen Augen. Sie hörte die unausgesprochene Enttäuschung, die bei beiden in Müdigkeit umschlug. Sie hatten schon aufgegeben, ohne zu wissen, dass es noch Hoffnung gab; all das ging Nuala wieder durch den Kopf.

Sie dachte immer noch an die Rynnes, als sie von der Kreuzung weg und den langen Hügel zu ihrem Haus hochfuhr. Es waren anständige Leute, die sich nur wegen ihrer Kinderlosigkeit und dem, was ihre Sehnsucht nach einem Kind aus ihnen gemacht hatte, in sich zurückgezogen hatten. Nuala erinnerte sich an die beiden als frisch verheiratetes Paar, an die Kartenspielabende im Winter, zu denen sie einluden, an Etty, bei jedem Anlass wie aus dem Ei gepellt, an die Geschichten, die Rynne von seinen Geschäftsreisen mitbrachte.

»Wäre es unrecht?«, flüsterte Nuala leise vor sich hin, da keiner sie hören konnte. »Wäre es Gottesfrevel?«

Zu Hause angekommen, nahm sie die Einkaufstüten von der Lenkstange und stellte sich wieder die gleichen Fragen, ihre Stimme klang laut in der Stille. Falls Corry gute Nachrichten von Mrs Falloway mitbrachte, würde sich die Frage erübrigen, ob es unrecht war. Dann müsste sie Corry nie erzählen, auf welche Idee sie verfallen war – auch später nicht, wenn sie nach Jahren auf diese schlechte Zeit zurückblickten. Wenn Mrs Falloway Glück brachte, konnte sie sich zwingen, alles zu vergessen, sie musste es nur wollen, dann war es möglich.

Es war ein weißes Haus, nur stellenweise grau und grün, wo der Putz beschädigt war. Die Roches hatten seit Generationen in Mountroche gewohnt, bis die Familie in den Neunzehnhundertfünfzigern ausstarb. Mrs Falloway hatte das Haus billig erworben, nachdem es siebzehn Jahre lang leer gestanden hatte.

Corry hörte die Klingel im Innern läuten, aber niemand öffnete. Im Bus und auf der Fahrt durchs Moor hatte er sich besorgt gefragt, ob Mrs Falloway überhaupt noch hier wohnte oder ob sie vor Jahren wieder nach England gezogen war; als er zum dritten Mal am Klingelzug zog, stellte er sich besorgt wieder die gleiche Frage. Dann hörte er irgendwo über sich ein Geräusch. Ein Fenster wurde geöffnet, und Mrs Falloways Stimme rief herunter.

»Mrs Falloway?« Er trat ein paar Schritte auf dem Kies zurück und blickte nach oben. »Mrs Falloway?«

»Ja, ich bin's. Hallo.«

»Hallo, Mrs Falloway.«

Er hätte sie nicht mehr erkannt und fragte sich, ob es ihr nach so langer Zeit ähnlich ging. Er sagte, wer er war.

»Ach, natürlich«, sagte Mrs Falloway. »Warten Sie, bin gleich da.«

Als sie die Haustür öffnete, wirkte sie erfreut. Sie lächelte und streckte ihm die Hand hin. »Kommen Sie herein, kommen Sie.«

Sie gingen durch einen schäbigen Flur und setzten sich in ein Wohnzimmer, in dem es muffig roch. Die kalte Asche eines Kaminfeuers war zum Teil mit vertrockneten Hortensien bedeckt, die aus einer Vase dort abgelegt worden waren. Das Zimmer erstickte unter den Sachen, die auf allen Flächen verstreut lagen: Zeitungen und Zeitschriften, Zeichnungen, verkehrt herum aufgeschlagene Bücher, wie wenn eine Stelle gekennzeichnet werden sollte, leere Körbchen, Nippes in unterschiedlich gutem Zustand, ein Sommerhut, ein Kleiderhaufen neben einem Nähkorb.

»Sind Sie mit dem Fahrrad gekommen, Corry?«, fragte Mrs Falloway.

»Erst ab Carrick. Bis Carrick bin ich mit dem Bus gefahren.«

»Mein Lieber, Sie müssen erschöpft sein. Kann ich Ihnen wenigstens einen Tee anbieten?«

Mrs Falloway blieb fast zwanzig Minuten weg, was Corry ziemlich nervös machte, weil er an den Drei-Uhr-Bus dachte. In diesem Zimmer hatten er und Nuala gewartet, als sie zum ersten Mal hier waren, nachdem er den Brief von Mrs Falloway erhalten hatte. Auf dem Sofa, das jetzt als Ablage für alles Mögliche diente, hatten sie gesessen. Damals war das Zimmer ordentlicher gewesen und Mrs Falloway lebhafter. Die ganze Zeit hatte sie geredet, begeistert von ihren Plänen, am großen Erkerfenster war ein Tisch gedeckt, zu dem sie Corned Beef und Salat brachte, Toast, der von Butter triefte, dazu Orangenlimonade, Tee und Früchtebrot.

»Viel ist es nicht«, sagte sie jetzt, als sie mit einem Keksteller und Teegeschirr und einer Kanne zurückkam. Die Kekse waren mit rosa Schaummasse und Himbeermarmelade verziert.

Corry war dankbar für den starken, heißen Tee. Der Keks, den er nahm, war weich, aber er schmeckte ihm trotzdem. Nuala kaufte manchmal die gleiche Sorte für die Kinder.

»Was für eine nette Überraschung!«, sagte Mrs Falloway.

»Ich war mir nicht sicher, ob Sie überhaupt noch hier wohnen.«

»Wie es aussieht, bleibe ich wohl für immer hier.«

Ein düsterer Zug stahl sich in ihr Gesicht, als ahnte sie den Grund seines Kommens. Bei etwas Nachdenken hätte sie längst wissen müssen, in welch misslicher Lage er und Nuala sich befanden. Natürlich war er nicht hier, um ihr die Schuld daran zu geben, er hoffte, dass sie das nicht dachte, weil es wirklich nicht so war. Die Schuld lag allein bei ihm.

»Es tut mir leid, dass wir nichts zurückzahlen konnten«, sagte er.

»Davon war auch nie die Rede, Corry.«

Sie war eine große, dünne Frau, die jetzt zerbrechlich wirkte. In jüngeren Jahren hatte ihre Erscheinung beinahe einschüchternd gewirkt: Damals lag eine Entschlossenheit in ihren Zügen, die sich auch in ihrem breiten Mund und den riesigen runden Augen wiederfand, in den großen Händen, wenn sie Aufmerksamkeit heischend gestikulierten. Ihr Lächeln konnte mit einem Mal ernst oder energisch werden, jetzt war es irgendwie flehentlich. Aus ihren hochgesteckten Haaren, die Corry als schwarz mit ein paar grauen Strähnen in Erinnerung hatte, war jedes Schwarz gewichen. Ein Hauch von Verwahrlosung haftete ihr an, genau wie dem Zimmer, in dem sie saßen.

»Haben Sie inzwischen Kinder, Corry?«

»Drei. Zwei Jungen und ein Mädchen.«

»Finden Sie Arbeit?«

Er schüttelte den Kopf. »Aus dem Ganzen ist nie was Richtiges geworden«, sagte er.

»Das tut mir leid, Corry.«

Kurz nachdem Mrs Falloway Mountroche House gekauft hatte und dort eingezogen war, nahm sie an der Beerdigung der betagten Witwe aus dem Mountroche-Pförtnerhaus teil. Da sie eine bigotte Protestantin aus England war – so drückte sie es aus –, die bis dahin noch keinen Fuß in eine irische katholische Kirche gesetzt hatte, war ihr noch nie eine derart verschwenderische Fülle von Gipsfiguren vor die Augen gekommen wie bei dieser Totenmesse. *Ich hoffe, Sie emp-finden es nicht als Einmischung von einer Außenstehenden,* schrieb sie in ihrem ersten Brief an Bischof Walshe, *aber es ist einfach unüberseh-bar, welche Gelegenheiten sich hier jungen Handwerkern und Künstlern bieten.* Da sie viel Zeit hatte, zockelte sie mit ihrem Morris Minor durch die Diözese von Bischof Walshe und fotografierte Grotten mit Marien- oder Pietà-Figuren oder hoch aufragende Kreuzigungs-gruppen. Wie schön wäre es doch, schwärmte sie Bischof Walshe vor, als sie ihn schließlich aufsuchte, wenn die Kunst der großartigen irischen Hochkreuze Eingang in die moderne Kirche finden, wenn man die Geburt Christi und Mariä Verkündigung in Bleiglasfenstern sehen, wenn man alte Lesepulte und Altartische durch zeitgenössi-sche Kunstformen ersetzen könnte. In der Empfangshalle des Bi-schofs ließ sie einige Postkarten liegen, die sie aus Italien mitgebracht hatte, Abbildungen von Reliefs des italienischen Bildhauers Mino da Fiesole und Ansichten aus der Kanzel im Dom von Siena. Nachdem sie eine Liste von Künstlern zusammengestellt hatte, schrieb sie allen und besuchte diejenigen, die in näherem Umkreis von Mountroche House wohnten. Vielen Priestern und Bischöfen erklärte sie, es sei notwendig, dass man Reichtum und Talent zusammenbringe, aber zumeist stieß sie auf Widerstand und Gleichgültigkeit. Ein paar Bi-schöfe schrieben verärgert zurück und baten, sie möge nicht mehr an sie herantreten.

Corry, der noch einen Keks in zwei Hälften brach, erinnerte sich an den Brief, den auch er erhalten hatte. »Sieh dir das an!«, rief er an dem Morgen, als der Brief kam. Seit er angefangen hatte, in der Tischlerei in der freien Zeit Figuren zu schnitzen, spürte er eine Be-rufung in sich und den Wunsch, auf diese Weise sein Geld zu ver-dienen; und Mrs Falloways Brief spiegelte exakt seine Überzeugung wider: Die Kirchenkunst, wie er sie kannte, war nicht besonders gut. »Wer ist das bloß?«, überlegte er verwirrt, als er den Brief mehrmals gelesen hatte. Keine Woche später erschien Mrs Falloway selbst und stellte sich vor.

»Es hat mir immer schrecklich leid getan«, wiederholte sie jetzt. »Ich kann Ihnen gar nicht sagen, wie sehr.«

»Ach, es ist nun mal so.«

Nachdem sich alles zerschlagen hatte und ihre Versuche gescheitert waren, verwarf Mrs Falloway das Projekt und schrieb enttäuscht an eine Freundin aus ihrer Schulzeit. *Nun ja, ich gebe den Kampf auf. Es ist eine lange Geschichte, die warten muss, bis du das nächste Mal auf ein paar Wochen im Sommer kommst. Nur so viel sei gesagt: Im heiligen Irland hat sich alles verändert.* Darüber unterhielt sich Mrs Falloway jetzt mit Corry, über ihre Gefühle damals, die sie ihm bisher nie offenbart hatte. Die Kirche hatte genug Sorgen gehabt, erklärte sie; was sich dem Auge bot, schien unwichtig angesichts der immer kleiner werdenden Gemeinden und der Welle von weltlichen Angriffen. Sie hatte unwissentlich eine schlechte Zeit gewählt.

»Meine Schuldgefühle haben mich bewogen, Ihnen dieses bescheidene, kleine Haus zu geben, Corry. Mit meiner Gewissheit, die wirklich nicht begründet war, habe ich Sie in die falsche Richtung geführt. Eine vorlaute, auftrumpfende Engländerin!«

»Ach nein.«

»Doch, leider. Ich hätte Sie zurückhalten müssen, statt Sie zu drängen, Ihre Arbeit in der Tischlerei aufzugeben.«

»Ich wollte das so.«

»Sind Sie im Moment knapp bei Kasse?«

»Ehrlich gesagt, ein bisschen.«

»Sind Sie deswegen vorbeigekommen?«

»Eigentlich ja.«

Sie schüttelte den Kopf. Wieder entstand eine Pause, dann sagte sie: »Wie die Dinge stehen, bin ich selber knapp dran.«

»Das tut mir leid.«

»Steht es sehr schlimm bei Ihnen?«

»O'Flynn hat mir einen Platz in seinem Steinmetzbetrieb in Guileen angeboten. Er ist sehr interessiert, weil mir die Erfahrung mit Holz bei der Arbeit am Stein zugutekommt. Mit mir hätte er keinen blutigen Anfänger, mich müsste er nicht einarbeiten und warten, bis ich den Dreh raushabe, wie es bei einem jungen Burschen der Fall wäre.«

»Sie sollen Grabsteine gravieren?«

»Ja. Nach zwölf Monaten bekomme ich ein Gehalt. Der Haken ist nur, in den zwölf Monaten bin ich ohne einen Penny. Zurzeit arbeite ich hier und da ein paar Tage auf einem Hof, wenn sich was ergibt, aber das müsste ich aufgeben.«

»Dann scheint die Stelle bei O'Flynn die Lösung zu sein.«

»Ich käme mit Leuten zusammen, die sich vielleicht für die Figuren interessieren. Ich könnte sie bei O'Flynn ausstellen. Und wenn ein Priester oder Bischof noch etwas sucht, erfährt er vielleicht vom Hörensagen, dass ich einen Kreuzweg machen kann. Das hat O'Flynn zu Nuala gesagt.«

Sie unterhielten sich weiter. Mrs Falloway schenkte Tee nach und drängte Corry noch einen Keks auf.

»Wenn wir das Jahr überstehen, habe ich ein festes Einkommen«, sagte Corry. »Ich kann jeden Morgen mit dem Fahrrad nach Guileen fahren, kein Problem.«

»Corry, ich habe kein Geld.«

Eine Stille senkte sich über den Raum, keiner von beiden sagte etwas, aber Corry brach nicht sofort auf. Nach einer Weile unterhielten sie sich über die alten Zeiten. Mrs Falloway wollte etwas kochen, aber Corry lehnte ab. Dabei stand er auf und erklärte ihr, dass sein Bus um drei fuhr.

An der Haustür sagte Mrs Falloway wieder, wie leid es ihr tue, und Corry schüttelte den Kopf.

»Nuala hat sich auch um Arbeit bemüht, aber es gibt nichts. Es ist wieder ein Kind unterwegs«, sagte Corry, weil er fand, auch das sollte sie wissen.

Als Nuala von dem Besuch hörte, sagte sie, es sei ohnehin eine vergebliche Hoffnung gewesen, und als Corry ihr den Zustand von Mountroche House beschrieb, empfand sie Mitleid mit Mrs Falloway, deren Glaube an Corry für sie immer eine Bestätigung der heiligen Natur seiner Gabe gewesen war, so als sei Mrs Falloway geschickt worden, um ihnen Mut zu machen. Auch wenn ihr Projekt gescheitert war, konnte es wohl kein Zufall sein, dass sie zu einer Zeit, als Corry in Riordans' Tischlerei beschäftigt war, nur vierzehn

Meilen von Carrick entfernt wohnte; und kein Zufall, dass sie ihre Absichten entschlossen verfolgte, als sie seine ersten Heiligen sah. Er hatte die kleine Figur der heiligen Brigid für Pater Ryan gemacht, um sie im Gemeindehaus von St. Brigid's in einer Nische aufzustellen, ohne dass Pater Ryan ihm etwas dafür zahlen konnte. Sobald Nuala in Carrick war, schaute sie auf einen Sprung im Gemeindehaus vorbei, um die Figur wieder zu bewundern, und dann fiel ihr ein, wie überrascht sie war – ähnlich wie Mrs Falloway –, als sie sie zum ersten Mal sah. »Er hat ein Gespür für den Meißel«, sagte O'Flynn, als er die Arbeit in seinem Steinmetzbetrieb anbot. »Ich glaube, jemand Besseres ist mir noch nicht untergekommen.« Für Nuala war alles nur logisch – die ersten Heiligen, dann Mrs Falloway, die in ihre Nähe zog, und O'Flynns Angebot, als sie die Hoffnung fast aufgegeben hatten. Sie glaubte felsenfest, dass alles so sein sollte.

»Ruh dich aus«, drängte sie Corry in der Küche. »Ich mach dir was zu essen.«

»Mit den Kindern alles in Ordnung?«

Sie spielten hinten auf dem Feld, sagte sie, und hätten keinen Ärger gemacht, seit sie von der Schule zurück waren. Nuala legte Speckstreifen in die Pfanne, die auf dem Herd heiß wurde. Sie sei im Supermarkt gewesen, sagte sie, und Corry erzählte ihr, dass er beinahe den Bus zurück verpasst hätte.

»Er fuhr schon los. Ich musste ihn anhalten.«

»Ich hätte dir diese schreckliche Tour nicht zumuten sollen, Corry.«

»Ach was, nein. Um ehrlich zu sein, es war schön, sie zu sehen. Sie war bloß ein bisschen mitgenommen.«

Er erzählte ihr von den Leuten, die er auf der Rückfahrt im Bus getroffen hatte. Nuala sagte nichts von den Rynnes.

»Gott steh uns bei!«, entfuhr es Etty Rynne. Ihr wurde ganz schwummrig, deshalb setzte sie sich auf einen Stuhl neben der Flurgarderobe. »Ich glaube, ich hab dich nicht richtig verstanden«, sagte sie, obwohl sie ganz gut verstanden hatte.

Sie hörte widerstrebend zu, als Nuala ihren Plan unterbreitete. »Im April ist es so weit«, sagte Nuala und wiederholte die bereits erwähnte Geldsumme. Ende April, meinte sie, vielleicht auch Anfang Mai. Zu früh sei sie noch nie dran gewesen.

»Er würde sagen, es ist gegen das Gesetz, Nuala. Und ich selber bin mir auch nicht sicher.«

Das Tageslicht im Flur hatte blaue und rosa Schlieren von den bunten Scheiben auf beiden Seiten der Haustür. Es war ein mattes, weiches Licht, und während sie versuchte, ihre Gedanken zu sammeln, dachte Etty Rynne insgeheim, dass das Dämmrige zu der Unterhaltung passte, die sie hier führten – keine der beiden konnte das Gesicht der anderen deutlich sehen, ihr eigenes Unverständnis.

»Dass Geld im Spiel war, würde unter uns bleiben«, sagte Nuala.

Ohne es zu wollen und im Flüsterton, wiederholte Etty Rynne die Worte. Es sollte ein Geheimnis bleiben: ein Geheimnis, das für immer unter ihnen vier bewahrt werden sollte, ein Geheimnis, das schon begonnen hatte, weil Nuala darauf gewartet hatte, bis das Auto wegfuhr, vielleicht hatte sie es aus dem Fenster des SuperValu beobachtet, hatte ihn aus dem Haus gehen sehen und, als das Auto weg war, die Straße überquert.

»Hör zu, Etty.«

Nuala erwähnte die von Corry geschnitzten Holzfiguren, die Madonna und die Heiligen, die heilige Brigid im Gemeindehaus von St. Brigid's in Carrick. Sie erwähnte, wie sie im Supermarkt und überall, wo es nur möglich war, nach Arbeit gesucht hatte. Mit dem Baby wäre sie zwar gebunden, aber irgendwie hätte sie es schon geschafft, wenn es Arbeit gegeben hätte, aber es gab keine. Dass Corry bei einer Frau, deren Namen sie nicht kannte, eine Niete gezogen hatte, wurde ebenfalls erwähnt. Und O'Flynn, der in Guileen den Steinmetzbetrieb hatte.

»O'Flynn ist bei uns versichert.« Etty Rynne sah kurz den massigen grauhaarigen Steinmetz vor sich, der die Raten immer selbst vorbeibrachte, damit sie bloß nicht verlorengingen, und der hinterher seinen Peugeot Pick-up zum Volltanken an die Zapfsäulen fuhr. Sie empfand es als Erleichterung, als ihr all das durch den Kopf schwirrte, nach dem Schock, der ihr die Beine zittern ließ und bei dem sie am liebsten nach Luft geschnappt hätte, aber nicht konnte.

»Es ist lange her, seit du das Zimmer eingerichtet hast, Etty.«

»Hab ich es dir gezeigt?«

»Einmal.«

Früher zeigte sie es den Leuten, das kleine Zimmer hinten in dem eingeschossigen Haus, dessen Wände sie in einem leuchtenden Butterblumengelb gestrichen hatte, Tür und Fensterbretter mit weißem Lack.

»Es hat sich nichts verändert«, sagte sie.

»Das dachte ich mir.«

Die Vorhänge, auf denen Puppen Ringelreihen spielten, waren selbst genäht, in einem Blau passend zum Teppich. Möbel hatten sie für das kleine Zimmer nie gekauft. Damit würde man das Schicksal herausfordern, meinte er.

»Wir täuschen niemanden«, sagte Nuala. »Wir lügen nicht, nichts dergleichen. Nur das mit dem Geld bleibt unter uns.«

Etty nickte. Alles kam ihr wirr und seltsam vor, wie in einem Traum: das Klingeln an der Tür und Nuala, die lächelte, wie sie mit Nuala im Flur stand und sich setzen musste, wie sie rot wurde und ihr dann das Blut aus dem Gesicht wich, als Nuala fragte, ob sie Erspartes auf der Bank oder bei einer Kreditgesellschaft hätte und die Summe nannte, die genügen würde.

»Ich könnte dir dein Baby nicht wegnehmen, Nuala.«

»Mir würde es nicht fehlen. Ich könnte noch eins bekommen, vielleicht sogar zwei oder drei. Nach einiger Zeit würden es die Leute verstehen.«

»Gütiger Himmel, das bezweifle ich.«

»Illegal ist es nicht, Etty. Bestimmt nicht.«

»Unmöglich. Ich könnte das nicht.« Eine Schwangerschaft brachte eine Frau manchmal auf die absonderlichsten Gedanken, und sie überlegte, ob es das war, was Nuala gepackt hatte. Sie behielt es für sich, um nicht alles noch schlimmer zu machen. Langsam schüttelte sie den Kopf. »Mein Gott, ich könnte das nicht«, sagte sie wieder.

»Heutzutage ist einiges möglich, wenn ein Mann und eine Frau kein Kind bekommen können.«

»Ich weiß schon, ich weiß.«

»Heutzutage …«

»Was du vorschlägst, brächte ich nicht fertig, Nuala.«

»Liegt es am Geld?«

»An allem, Nuala. An dem, was die Leute sagen würden. Er würde an die Decke gehen, wenn er wüsste, was du vorschlägst. Es ruiniert das Geschäft, würde er sagen. Kein Mensch würde mehr zu uns kommen.«

»Die Leute …«

»Damit würden sie sich nie abfinden, Nuala.«

Ein Schweigen trat ein, und das Schweigen war schlimmer als das Gespräch. Dann sagte Nuala:

»Wollen wir uns hinsetzen und einen Kaffee trinken?«

»Mein Gott, tut mir leid. Aber natürlich.«

Sie schwitzte unter den Armen und an Hals und Stirn. Ihre Handflächen waren kalt. Als sie aufstand, wurde es ein bisschen besser.

»Komm mit in die Küche.«

»Ich wollte dich nicht aufregen, Etty.«

Während Etty Rynne den Wasserkessel füllte, mit einem Löffel Nescafé in zwei Tassen gab und Milch eingoss, ließ ihre nervöse Beklommenheit nach, und sie wunderte sich nur noch. Sie kannte Nuala gut, hatte sie schon mit sechs gekannt, als sie beide zur Schule gingen. Nie hatte es Anzeichen für derartige Geschichten gegeben: Nuala war so, wie sie aussah, realistisch und vernünftig, mit beiden Füßen auf der Erde.

»Ist es die Schwangerschaft? Liegt es daran, Nuala?«

»Die ist nicht anders als die vorherigen. Ich dachte einfach nur daran, wie die Dinge bei euch stehen. Und bei Corry, der von Arbeit im Straßenbau redet.«

Zwei Probleme, hörte Etty Rynne dann, denen man etwas Gutes abgewinnen könnte, wenn man sie zusammennähme. Das sei alles, sagte Nuala; nicht mehr und nicht weniger.

»Was du gesagt hast, wird nicht aus diesen vier Wänden dringen«, versprach Etty Rynne. »Und auch hier drin wird es nicht erwähnt.« Was immer es sein mochte, es war eine Frauensache. Keine zehn Pferde würden ihr das Gespräch, das sie geführt hatten, entlocken. »Du hast es nur gut gemeint. Das weiß ich doch.«

Der Kaffee beruhigte bei beiden das Gemüt. Sie gingen zusammen durch den schmalen Flur, und ein kalter Wind wehte herein, als die Haustür geöffnet wurde. Ein Auto hielt vor den Zapfsäulen, und Etty Rynne eilte hin, um sich darum zu kümmern. Sie winkte, als Nuala an der Kreuzung davonfuhr, auf dem Fahrrad, das sie sich mit ihrem Mann teilte.

»So ist es nun mal«, sagte Corry, als er O'Flynns Angebot einer Stellung im Steinmetzbetrieb ablehnte, und er sagte es wieder, als er die Arbeit im Straßenbau annahm.

Nuala hielt hartnäckig daran fest, dass es nicht so sein müsste. Sie fand es lächerlich, dass eine unfruchtbare Frau und ein Holzschnitzer, den widrige Umstände seiner Bestimmung in Gottes Reich beraubten, nur eine Meile auseinander wohnten. Es war dumm und absurd und pervers, wenn man doch nur ein bisschen Erspartes von der Bank abheben musste. Jetzt würde das liebevoll hergerichtete butterblumengelbe Zimmer nie bewohnt werden. Und Corry würde im Asphalt, den er auf der Straße verteilte, die Visionen sehen, denen er untreu geworden war.

Nuala nährte ihren Zorn und behielt ihn für sich. Sie erledigte ihre Arbeit, sammelte die Eier ein, wo die Hühner sie hingelegt hatten, bereitete Mahlzeiten vor, knetete Teig für das Brot, das sie jeden zweiten Tag buk; und die ganze Zeit nagte der Zorn in ihr. Es war doch bestimmt keine zu schlimme Sünde, keine zu verwerfliche Überheblichkeit, wenn die Menschen dem, was ihnen gegeben war, ihre eigene Ordnung auferlegten. Hatte sie Etty ihr Anliegen ungeschickt dargelegt? Oder war es falsch, dass sie Corry ihre Absichten verschwiegen hatte, statt sie ihm anzuvertrauen und zu hoffen, dass er nach reiflicher Überlegung ihren Sinn verstanden hätte? Doch dann kamen ihr Zweifel: Corry hätte es nie verstanden; und ganz gleich, wie sie es formuliert hätte, Etty Rynne wäre auf jeden Fall entsetzt gewesen.

Corry kaufte neue Stiefel, bevor er im Straßenbau arbeiten ging. Sie teerten einen Seitenweg am Steinbruch, sagte er, erneuerten den Belag, weil die Lastwagenfahrer sich beschwert hatten. Ein Umhang wurde ihm gestellt, für den Fall, dass es regnete.

Am Abend vor seinem ersten Arbeitstag sah Nuala zu, wie er seine Stiefel mit Lederfett einrieb. Ohne Schutz wären sie nutzlos, hatte man ihm gesagt. Er meisterte alles spielend.

»Manchmal kommt es eben anders«, sagte er, als hätte er die Melancholie in Nualas Haltung gespürt. »Wir haben es nicht in der Hand.«

Sie widersprach nicht, Widerspruch war sinnlos. Vielleicht hätte sie gestehen sollen, dass sie Etty Rynne in Angst und Schrecken versetzt hatte; vielleicht hätte sie versuchen sollen, ihm zu erklären, dass sie mit ihrem tollkühnen Gerede aus dem, was war, etwas Gutes hatte machen wollen, so wie sie oft gesehen hatte, dass aus einem rohen Stück Holz ausgebreitete Engelsflügel entstanden. Aber das alles war zu kompliziert, deshalb sagte Nuala nichts.

Ihr Zorn war noch immer erbarmungslos, als der Tag zu Ende ging; und in der Dunkelheit der Nacht fühlte sie, wie er auf ihr lastete, und sie betete verzweifelt, wartete auf eine Antwort, die nicht kam. Im Morgengrauen streckte sie ihre Hand aus und ergriff einen kurzen Moment lang die ihres Mannes. Wäre er aufgewacht, hätte sie ihm alles erzählt, was sie verheimlicht hatte, unfähig, weiter zu schweigen.

Doch heute war Corrys großer Tag, und er war es, der Mitgefühl und Unterstützung brauchte. Während Nuala für ihn und die Kinder Frühstück machte, gab sie ihm beides, so gut sie konnte, und verbannte aus ihrem Denken alle äußeren Spuren dessen, was nun, wie sie wusste, für immer ihr Geheimnis blieb. Als nur noch sie im Haus war, spülte sie das Frühstücksgeschirr und machte die Küche so ordentlich, wie sie es gern hatte. Sie deckte das Feuer im Herd ab. Draußen fütterte sie die Hühner.

In Corrys Werkstatt blieb sie länger als sonst bei ihrem morgendlichen Besuch bei den Heiligen, die ihre Freunde geworden waren: der heilige Laurentius mit seinem Rost, der Erzengel Gabriel mit der Verkündigung, die heilige Klara von Assisi, der Apostel Thomas und die blinde heilige Lucia, die heilige Katharina, die heilige Agnes. Corry hatte die Heiligen für sie lebendig gemacht, und sie spürte, wie ihr Zorn allmählich verflog, als die Figuren ihren Blick mit heiterer Gelassenheit erwiderten. Davon berührt und versunken in ihrem Frieden, ahnte sie auch deren Resignation. Die Welt, nicht sie, hatte versagt.

ROSE WEINTE

»Ach, ist das schön!«, rief Roses Mutter und brachte das Essen an den Tisch, den Rose zum Abendbrot gedeckt hatte. »Ist das nicht ein wunderbares Wetter, Mr Bouverie? Bitte setzen Sie sich doch hier zu mir.«

Mr Bouverie gehorchte und erwiderte etwas auf ihre Bemerkung zum Wetter.

»Hitze kann ich nicht ausstehen«, grummelte Mr Dakin vergnügt.

Roses Vater – Mrs Dakins bessere Hälfte, darauf bestand sie – war ein geradliniger, umgänglicher Mensch. Er redete heiser, hielt seine Stimme immer betont gedämpft, als schone er sie für berufliche Zwecke, er war nämlich Auktionator. Seine Frau klang schriller, war ihm aber sonst durchaus ähnlich: Beide waren sie wohlgenährt und legten eine Unbeschwertheit an den Tag, wie man sie bei Menschen ihrer Leibesfülle und Statur nicht selten fand. Mr Dakin schwitzte im Sommer leicht und tat es auch an diesem Abend; er hatte sein Jackett abgelegt und die Weste aufgeknöpft, die er immer trug, ganz gleich, wie warm oder kalt es war.

Seine Tochter glühte vor Schuld. Rose war achtzehn und wünschte sich sehnlichst, an diesem Abend anderswo zu sein. Sie wünschte, sie hätte Mr Bouveries müdem Blick nicht begegnen oder zusehen müssen, wie er sich um Höflichkeit bemühte und mit schräg geneigtem Kopf ihrer Mutter lauschte und über die launigen Bemerkungen ihres Vaters lächelte. Dabei war der Anlass ein freudiger: Rose würde zur Universität gehen, und zu diesem Erfolg hatte auch Mr Bouverie beigetragen. Über dreißig Jahre lang hatte er sich als Nachhilfelehrer schwacher Schüler angenommen, doch damit sollte jetzt Schluss sein, Rose war sein letzter Schützling. *O Gott, ist das schrecklich,* dachte sie. Immer wieder hatte sie ihre Mutter angefleht, auf die Einladung zu verzichten, doch Mrs Dakin fühlte sich dazu verpflichtet. Mr Bouverie hatte versucht abzulehnen, durfte sich dann aber den Termin selbst aussuchen.

»Ich liebe die Spargelsaison!«, rief Roses Mutter in ihrer lebhaften Art und nötigte ihrem Gast einen Teller mit dem in reichlich Butter geschwenkten Gemüse auf.

Mr Bouverie lächelte und murmelte etwas zum Dank. Er war um die sechzig und bis auf ein paar kaum sichtbare, ausgebleichte Strähnen auf seinem sommersprossigen Schädel so gut wie kahlköpfig. Sommersprossen sprenkelten auch seine Handrücken, deren Haut alt und rissig war wie ausgetrocknetes Fensterleder. Er trug einen hellen Anzug und eine seiner bunten italienischen Fliegen.

»Und was tut sich so in Ihrer Welt, Mr Bouverie?«, erkundigte sich Mr Dakin höflich.

»Sie schrumpft«, erwiderte Mr Bouverie. »Mit fortschreitendem Alter fällt einem das auf.«

Mrs Dakin brach in gutmütiges Gelächter aus. Mr Dakin schenkte roten Bordeaux ein.

»Man selber schrumpft natürlich auch«, führte Mr Bouverie verbindlich das Thema fort, denn es war klar, die Dakins wollten sich gern unterhalten. Er lächelte Rose zu. Die Hälfte seiner Zähne waren noch eigene, allerdings grau verfärbt und schartig abgewetzt.

»Gute Nachrichten für uns Dicke«, murmelte Mr Dakin und schnitt eine Grimasse, wie so oft, wenn er einen Witz machte. Die auf ihn selbst gemünzte scherzhafte Bemerkung veranlasste seine Frau zu dem Ausruf:

»Aber Bobo, du bist doch nicht dick!«

»Früher war ich eins vierundachtzig«, mühte sich Mr Bouverie tapfer weiter. »Davon bin ich heute weit entfernt.«

»Aber sonst ist alles in Ordnung?«, fragte Mr Dakin.

»Ja, ganz bestimmt.«

Mrs Dakin hatte das Esszimmer blau tapezieren lassen, mit einem dunklen und einem helleren Streifen. Die Vorhänge waren farblich passend, Türen und Fensterrahmen weiß lackiert. Mrs Dakin zog viel Freude aus derlei häuslichen Dingen und sagte es auch oft. Die

Wohnzimmerwände zierte ein Muster aus blattlosem Rittersporn, Flur und Treppenhaus waren in Schwarz und Gold gehalten.

»Also, das schmeckt mächtig gut«, lobte Mr Dakin seine Frau für den Truthahn, der aufgeschnitten zum Spargel serviert wurde.

»Köstlich«, pflichtete Mr Bouverie ihm bei.

Rose trug ein schiefergraues Kleid mit Hemdkragen. Im Gegensatz zu ihren Eltern war sie zierlich, mit kurz geschnittenem hellem Haar und einer Ponyfrisur, die perfekt ihrer Stirnkontur folgte, ihre Augen waren vergissmeinnichtblau. Ihre Schuld machte sie an diesem Abend schweigsam, sie lächelte nur flüchtig und nicht oft; und wenn, wurde ihre sonst so volle Unterlippe ganz schmal, und ihre weißen, unregelmäßigen Zähne waren kurz zu sehen. Sie fühlte sich unwohl und unansehnlich hier an diesem Tisch, sie war sich selbst zuwider.

»In unserem Garten halten wir ihn ziemlich lange«, sagte ihre Mutter gerade – es ging immer noch um den Spargel, von dem Rose nur eine Stange genommen hatte. »Bei uns dauert die Saison fast bis zum September.«

Welch ein Martyrium musste das Ganze für ihn sein, überlegte Rose. Sie hatten seine Frau ebenfalls eingeladen, doch tags zuvor die Nachricht erhalten, Mrs Bouverie fühle sich nicht wohl. Rose wusste, dass es gelogen war. Seine Frau hatte die Gelegenheit beim Schopf ergriffen und ihm gesagt, sie hätte keine Lust, aber auch das war gelogen. Gerade jetzt war seine Frau vermutlich nackt, dachte Rose.

»Verrückt, was man bei Autos so alles auf den Heckscheiben liest«, bemerkte ihre Mutter unvermittelt, offenbar war das Thema Spargelsaison erschöpft. »*Baby an Bord* zum Beispiel. Bei aller Liebe, aber warum sollte das einen Wildfremden interessieren?«

»Wahrscheinlich soll es eine Warnung sein, dass man nicht zu dicht auffährt«, schlug Roses Vater vor.

Ihre Mutter verfiel in ihr hohes, ansteckendes Lachen und gab zu bedenken, dass ein solcher Aufkleber doch letztlich nur dazu verführe, zu dicht aufzufahren, damit man ihn lesen könne.

»Auf den Gedanken sind sie wohl nicht gekommen, meine Liebe.«

In sämtlichen von ihr gewählten Fächern hatte Rose auf der Kippe gestanden und war deshalb fast ein Jahr lang jeden Donnerstagnachmittag zu Mr Bouverie gegangen, wo sie immer vor dem Erkerfenster saßen, das auf den Garten blickte. Kaum war Rose angekommen, brachte Mrs Bouverie den Tee, und während sie ihn tranken, versuchte Mr Bouverie gar nicht erst zu unterrichten, sondern erzählte ihr Geschichten aus seinem Leben, aus der Zeit, als er selbst kurz vor dem Studium stand, und wie er sich später um eine Stelle im Tuchhandel bewarb. Eine Zeitlang hatte er es in dieser Branche versucht und war dann in den Schuldienst gewechselt. Doch etwas an der dort herrschenden Disziplin und die langweiligen »Freizeitstunden« – in denen die Jungen Modellflugzeuge zusammenbauten – hatten ihn nach einem Jahr zum Aufgeben bewogen. Seitdem unterrichtete er Schüler bei sich zu Hause, und sein Entschluss, dass Rose sein letzter Schützling sein sollte, lag erst einen Monat zurück. »Anno Domini«, hatte er gesagt, doch Rose wusste, das war nicht der Grund. In den vielen Teestunden hatte er sein Leben vor ihr ausgebreitet wie eine Fortsetzungsgeschichte.

»Aber komisch ist es doch«, beharrte Mrs Dakin leichthin. »Finden Sie nicht auch, Mr Bouverie?«

Der alte Mann stutzte, und Rose merkte, er hatte vorübergehend den Faden verloren. Ihre Mutter würde es sicher ebenfalls bemerken, ohne deshalb verärgert zu sein.

»Was sollen die ganzen persönlichen Mitteilungen auf den Autos«, sagte Mrs Dakin hilfreich, »wen die Leute lieben, wo sie schon überall waren, wie Fahrer und Beifahrer heißen.«

»Meistens Sharon und Liam«, sagte Mr Dakin und lachte schallend.

Mrs Bouverie, die zehn Jahre jünger war als ihr Mann, aber noch jünger wirkte, hatte einen Geliebten. Mrs Bouverie, schlank und seidig, mit langen Beinen und einem faltigen Schmollmund, das Gesicht zu stark geschminkt, empfing jeden Donnerstagnachmittag einen Besucher, weil ihr Mann dann mit seiner letzten Schülerin beschäftigt war und sich auf deren Schwachstellen konzentrierte. Mrs Bouveries Besucher kam leise, aber man hörte halb unterdrückte

Geräusche, als huschten Schatten durchs Haus, es wurde getrippelt und geflüstert, eine Tür vorsichtig geschlossen, und immer – ungefähr zehn Minuten bevor Rose ihrerseits das Haus verlassen musste – kaum hörbare Schritte auf der Treppe und im Flur. Alles folgte einem Muster, zu dem auch das Teetablett gehörte, das Mrs Bouverie auf den hellen Mahagonitisch am Fenster stellte, ihr Duft, der nach ihrem Verschwinden im Raum verweilte, die Ruhelosigkeit in ihrem Blick. Doch die wahre Natur der wöchentlichen Zusammenkünfte erriet Rose erst, als sie an einem Nachmittag an der Garderobe im Flur noch ein Taschentuch aus ihrem Mantel holen wollte und sah, wie ein fahlgesichtiger Mann mit einem Schlüssel in der Hand atemlos die Haustür hinter sich schloss. Als er sie entdeckte, lächelte er sie an, ein strahlendes Verschwörerlächeln. »Ist er jünger als sie?«, fragte Roses Freundin Caroline, die es immer ganz genau wissen wollte, und Rose sagte nein, nicht viel, aber sehr gut gekleidet in einem braunen Leinenanzug, ein grauhaariger Mann, elegante Erscheinung. »Und wenn er nur da war, um was zu reparieren?«, sagte Daisy, die unweigerlich skeptisch reagierte, wenn eine ihrer Freundinnen sich ins Rampenlicht drängte. Ihre Zweifel wurden von Angela und Liz sofort ins Lächerliche gezogen, denn warum sollte wohl jemand, der Waschmaschinen oder Fernsehgeräte repariert, einen Hausschlüssel besitzen und so schick gekleidet sein? Warum sollte er so regelmäßig kommen? Und warum das verschwörerische Lächeln? Im Box Tree Café, wo die fünf Mädchen sich gern zum Plaudern und Nörgeln trafen, wo sie über Sex und andere vertrauliche Dinge redeten und Daisy und Caroline rauchten, wurde Mrs Bouveries Donnerstagsliebhaber zum Gegenstand intensiver und detaillierter Vermutungen. Er sei verheiratet, sagte Caroline, deshalb müsse er zu ihr ins Haus kommen: Bei verbotenen Liebesaffären gebe es immer die Schwierigkeit, einen geeigneten Ort zu finden. Donnerstags kam er, weil Mr Bouveries Aufmerksamkeit nur noch zu dieser Zeit voll beansprucht war, vermutlich im Gegensatz zu früher, als es außer Rose noch mehr Schüler gab. »Na so was, dabei ist sie schon *fünfzig*!«, sagte Daisy mit gerunzelter Stirn, aber Angela meinte, fünfzig sei gar nichts. »Ich werde später nie untreu sein«, erklärte Liz, aber die anderen interessierten sich weder für ihre romantischen Ansichten, noch wollten sie sich länger mit dem fortgeschrittenen Alter von Mrs Bouverie beschäftigen. Was sie alle faszinierte, letztlich auch Daisy, war die Vorstellung, dass Rose in einem Zimmer saß, das sie aus ihren Beschreibungen gut kannten – ein langer, niedriger Raum, der früher geteilt war, mit Sofas und Sesseln und einem runden Spiegel über dem Kaminsims –, während zur gleichen Zeit in einem Zimmer darüber ein Mann und eine Frau miteinander ins Bett gingen. »Ich würde ihn zu gern mal sehen«, sagte Caroline. »Und wenn's nur ganz kurz wäre.« Ob es bei den beiden wohl auch so war, fragten sich die fünf im Box Tree Café, wie in den Liebesszenen im Fernsehen oder im Kino? Oder war es in Wirklichkeit irgendwie doch ganz anders? Darüber diskutierten sie. »Ich würde sofort fremdgehen«, sagte Caroline, »wenn alles fade geworden ist.« So war Caroline, ihre Sachlichkeit klang manchmal hart. Angela dagegen – langes schwarzes Haar, braune Augen, mit einer Zahnspange, weshalb sie nur selten lächelte – war das geborene Opfer, dem ständig etwas passierte. Liz wiederum war zu freigebig, ihre Großzügigkeit gehörte zu ihrer romantischen Natur. Daisy, die rothaarige Brillenträgerin, misstraute allem und jedem. Liz war die Hübscheste von den fünfen, mit regelmäßigen Zügen und flachsblonden, zum Pferdeschwanz gebundenen Haaren und einem Filmstarmund – alles nicht weiter aufregend bis auf ihre dunkelblauen Augen, trotzdem war sie die Hübscheste. Rose sah sich selbst als durchschnittlich, als zu still, zu scheu und nervös: Die Geschichte von Mrs Bouverie und ihrem Donnerstagsbesuch war deshalb ein wahres Gottesgeschenk für die Beziehung zu ihren Freundinnen.

»Ach, ist das schön!«, schwärmte Mrs Dakin zum zweiten Mal, nachdem sich das Thema Autoaufkleber erschöpft hatte. »Wir sind Ihnen unendlich dankbar, Mr Bouverie!«

Rose sah sein Kopfschütteln und hörte ihn antworten, es sei einzig und allein ihr Verdienst.

»Nein, nicht doch, Mr Bouverie«, widersprach ihr Vater in feierlichem Ton.

»Sie hat das ganze Leben noch vor sich«, warf ihre Mutter ein.

Rose hatte ihnen nichts erzählt, auch ihrem Bruder nicht. Über derlei Dinge wurde in ihrer Familie nicht geredet. Es wäre ihr peinlich gewesen, und sie hätte die anderen in eine peinliche Situation gebracht – die Geschichte wäre völlig anders aufgenommen worden als im Box Tree Café mit den grünen Tischen. Nach dem ersten Mal hatten ihre Freundinnen immer gespannt auf den nächsten Bericht gewartet. »Es könnte genauso gut eine von unseren Müttern sein«, flüsterte Liz einmal ergriffen. Sie saßen vor ihren leeren Kaffeetassen, Caroline und Daisy mit Zigarette, und sahen in Gedanken versunken den fahlhäutigen Mann die Räumlichkeiten betreten, die Rose ihnen beschrieben hatte. »Sein Leinenanzug ist tadellos gebügelt«, sagte Rose. »Dazu ein schlichtes grünes Hemd.«

Am Esstisch war die Unterhaltung, nach wie vor von Mrs Dakin bestritten, zu einem neuen Thema gewechselt. »*Kaiserschnitt*«, sagte sie gerade, um Mr Bouverie auf den komischen Humor aufmerksam zu machen, den Friseure bei der Namenswahl für ihre Läden zeigten. »Und erst vor wenigen Tagen habe ich irgendwo *Haarsträubend* gesehen!«

Heute Abend würde er zum allerletzten Mal dort sein. Mr Bouverie speiste abends normalerweise nicht außer Haus, das hatte er betont, als man ihn in Feierstimmung empfing. Kein Teetablett war mehr zu dem Tisch am Fenster getragen worden, seit Rose nicht mehr zum Unterricht zu ihm nach Hause kam. Die Abendeinladung bei den Dakins dürfte der schlanken Mrs Bouverie wie ein frivol verpacktes Geschenk vorgekommen sein. »Ein gewisser Mr Azam«, hatte ihr Mann am vorletzten Donnerstagstermin zu Rose gesagt. »Falls dich sein Name interessiert.«

Mr Dakin schenkte wieder Wein nach. Die Gläser hätten sie zur Hochzeit bekommen, sagte er, aber sie würden nicht oft benutzt, weil nur noch vier übrig waren.

»Von den Mitages«, murmelte Mrs Dakin leise, ohne den schrillen Ton, der sonst in ihrer Stimme mitschwang, hier aber unpassend gewesen wäre, weil die Mitages nicht mehr lebten. Sie ließ die Gabel sinken, neigte den Kopf zum Gedenken leicht nach links, und auf ihren rot geschminkten Lippen erschien ein wehmütiges Lächeln.

Mr Dakin seufzte; dann war der Tod überwunden, Mrs Dakin griff wieder zur Gabel, und die Weinflasche wanderte zurück auf ihr kleines Silbertablett, einem weiteren Hochzeitsgeschenk, was jedoch unerwähnt blieb.

»Hahnrei.« Das hässliche Wort, zuerst von Caroline im Box Tree Café ausgesprochen, nahm in den Köpfen der Mädchen Gestalt an, sein Klang gewann Form und Farbe. Dabei wusste nur Rose, wie Mr Bouverie aussah, aber letztlich spielte er kaum eine Rolle. Es war nicht der alte Mann, der seine Zukunft einst im Tuchhandel gesehen hatte und als Nachhilfelehrer geendet war, der ihr Interesse erregte. Er kam nicht an gegen das abgedunkelte Schlafzimmer über dem Raum, der früher geteilt war, gegen den Duft von Mrs Bouverie, gegen den über einen Stuhl gehängten Anzug ihres Liebhabers, gegen zurückgebliebene Lippenstiftspuren auf fahler Haut. Wenn Rose die Ausbeute eines neuen Donnerstags zum besonderen Genuss ihrer Freundinnen ausbreitete, wurde sie von keiner Bemerkung unterbrochen. Einmal spielte leise »Smoke Gets in Your Eyes«. Einmal klingelte das Telefon, und Mr Bouverie ging nicht ran, obwohl es nur ein paar Schritte von ihnen entfernt stand. Noch ehe er dort gewesen wäre, hörte das Klingeln auf, und oben am Nachttisch wurde abgehoben. Nicht oft, aber hin und wieder erschien Mrs Bouverie auf der Treppe, wenn Rose im Flur an der Garderobe stand und ihren Mantel anzog; und im Sommer, wenn sie keinen Mantel dabeihatte, rief Mrs Bouverie manchmal einen Abschiedsgruß herunter, sobald sie die Stimmen ihres Mannes und seiner Schülerin im Flur hörte. »Ein Scheusal«, sagte Liz. »Die Frau ist ein Scheusal.« Aber Rose sagte nein, als Scheusal könne man Mrs Bouverie nicht bezeichnen, den Eindruck mache sie nicht. »Vielleicht liegt es daran, dass sie keine Kinder hat«, sagte Daisy. »Könnte doch sein.« Caroline war anderer Meinung.

»Donnerwetter!«, rief Roses Vater in seinem jovialen Auktionatorston, als ihm zum Nachtisch Stachelbeercreme serviert wurde. Mrs Dakin sagte, die Stachelbeeren seien aus dem eigenen Garten gepflückt.

»Köstlich«, bemerkte Mr Bouverie zum zweiten Mal, und eine

Zeitlang drehte sich das Gespräch jetzt um Stachelbeeren und die Frage, welche Sorte für welchen Zweck zu bevorzugen sei.

»Er heißt Azam«, hatte Rose im Box Tree Café verkündet, und Daisy war sofort zum Telefonbuch gegangen, um den Namen nachzuschlagen. »Ein Allerweltsname«, sagte sie bei ihrer Rückkehr. »Azams gibt es Hunderte.« In ihrer Abwesenheit hatte das Gespräch eine andere Wendung genommen, denn die Mädchen waren sich einig, dass es sich um einen ausländischen Namen handle und die Diskussion um dieses Thema damit beendet sei. »Wenn der Ehemann Bescheid weiß«, sagte Caroline, »ist er kein Hahnrei, sondern eher zu nachsichtig.« Und sie unterhielten sich darüber, dass Mr Bouverie doch genau wusste, was über ihm geschah, während er sich seiner letzten Nachhilfeschülerin widmete – er wusste, was es mit den knarzenden Stufen und leise zugezogenen Türen auf sich hatte, mit den nicht von seiner Frau stammenden leichten Schritten, den gedämpften Musikfetzen. »War er irgendwie anders, als er dir den Namen gesagt hat?«, fragte Caroline streng, und Rose sagte nein.

Ihr Bruder Jason gesellte sich zu der Runde. Er war so wohlgepolstert wie seine Eltern, mit den gleichen Hängebacken wie der Vater und den plumpen kleinen Händen von der Mutter, eine farblose Erscheinung. Durch ihn waren sie auf Mr Bouverie gekommen, denn auch Jason war seinerzeit ein schwacher Schüler gewesen. Sie gaben sich zur Begrüßung die Hand und erkundigten sich gegenseitig nach ihrem Wohlergehen.

»Na, wie ist es gelaufen?«, fragte Jason danach seinen Vater.

»Ach, ganz gut. Der Chippendale hat ordentlich was gebracht. Ein erfreuliches Geschäft«, berichtete Mr Dakin lächelnd.

»Das ist wirklich schön!« Seine Frau, die ihre Freude über den erfolgreichen Tag mit den anderen teilen wollte, warf einen Blick in die Runde. »Alles in Ordnung, Liebes?«, fragte sie, als sie ihre Tochter sah. »Ist alles in Ordnung, Rose?«

Rose log und nickte. »Es macht mir sehr wohl etwas aus«, hatte er gesagt, als wüsste er alles über das Box Tree Café und die fünf Mädchen, die sich immer um denselben Ecktisch mit der grünen Platte drängten, als hätte er jedes Wort mit angehört. In jenem Augenblick hatten sich ihre Schuldgefühle zum ersten Mal gerührt. Seine Brille war beim Sprechen verrutscht, und er rückte sie schnell wieder zurecht. Die Aufschläge seiner blauen Tweedjacke waren mit Leder eingefasst. »Ja«, hatte sie gesagt, weil ihr nichts Besseres einfiel, von der aufsteigenden Schuld war ihr schon ganz übel. »Ja.« Es war, als hätten auch sie in den vergangenen Monaten ein Geheimnis miteinander geteilt – das Geheimnis, über alles im Bilde zu sein und dennoch zu schweigen. Mit ihren Donnerstagsbesuchen ging auch für ihn ein Lebensabschnitt zu Ende, denn Rose wusste, Mr Azam würde nicht einfach ins Haus kommen und nach oben marschieren, während der alte Hahnrei seufzend wegsah. Das würde nicht geschehen, denn hier hatte alles mit Täuschung und Betrug zu tun. »Es tut mir leid«, das hatte sie ihm eigentlich sagen wollen – und begriff nicht, warum sie in diesem Moment alles dafür gegeben hätte, wenn sie im Box Tree Café nicht so vorlaut gewesen wäre. Sie hatte sich sehnlichst gewünscht, von ihm ins Vertrauen gezogen zu werden – und ihn verraten, noch bevor er es ihr schenkte.

Rose sah das Liebespaar im Schlafzimmer vor sich, sah Mrs Bouverie in Ekstase die Augen schließen, während die Stachelbeercreme aufgegessen wurde und Jason von einer Veranstaltung berichtete, die er besucht und bei der ein Redner kein Ende gefunden hatte. Kaffee wurde serviert und am Tisch eingeschenkt. »Geh noch nicht. Ach, Liebster, bleib hier«, flehte Mrs Bouverie, und Mr Azam beteuerte, er wolle nicht gehen.

All das war hier am Tisch in Mr Bouveries Gesicht zu lesen, wie auch damals, als er dem Mann einen Namen gab, und später, als er sagte, es mache ihm sehr wohl etwas aus. Es war da, hinter der Brille, in dem müden Gesicht, auf dem der Wein zwei scharlachrote Flecken über den Wangenknochen hinterlassen hatte. All das teilte er mit ihr, und doch wieder nicht. Dass sie es teilten, war ihm ein Trost, aber der Trost war so falsch wie die Stimme seiner Frau auf der Treppe.

»Alles in Ordnung, Liebes?«, fragte ihre Mutter wieder, und zur Antwort griff Rose nach der Kaffeetasse.

Mr Dakin runzelte inzwischen die Stirn. Jason hustete und tupfte sein Gesicht mit einem Taschentuch ab, steckte es zusammengefaltet zurück in die Brusttasche und fing wieder von der Veranstaltung an, erzählte von einem Handel, den er vorangetrieben hatte. Sein Vater nickte, dankbar für die Ablenkung. Mrs Dakin räumte auf dem Tisch herum und murmelte Mr Bouverie zu, auch wenn er es sich vermutlich nicht vorstellen könne, aber in Roses Alter sei sie auch sehr schüchtern gewesen.

»Ich bin überzeugt, da wird was draus«, sagte Jason. »Gleich morgen schreibe ich ihm, mal sehen, ob wir uns den schnappen.«

Mrs Bouverie klammerte sich an ihren Geliebten und sagte nein, es dürfe nicht das letzte Mal sein, dann warf sie sich schluchzend über ihn und rief verzweifelt, sie hätten etwas Besseres verdient. Doch Mr Azam schüttelte nur den Kopf. Er war nicht der Mann, der einer Frau, die seine Kinder zur Welt gebracht hatte, Kummer bereiten wollte. »Du und ich, wir haben unsere Würde«, sagte er. »Immerhin war uns das hier eine Zeitlang vergönnt.« Mr Azam zog sein grünes Hemd an, fuhr sich mit einer Bürste vom Frisiertisch durchs Haar und vergewisserte sich, dass alle Lippenstiftspuren verschwunden waren. »Einmal habe ich seine Schülerin gesehen«, sagte er, aber die Frau, für die es bestimmt war, hatte ihr Gesicht zur Wand gedreht.

»Klingt vielversprechend«, lobte Mr Dakin seinen Sohn. »Das klappt bestimmt.«

Mrs Dakin schenkte wieder Kaffee nach. Sie brachte das Gespräch auf Namen; gerade heute Nachmittag sei ihr aufgefallen, wie die Eigenschaft, die in einem Namen stecke, auf den Menschen abfärben könne. Sie beschrieb eine Prudence, die sie gekannt hatte, als sie in Roses Alter war, und ein Mädchen namens Verity. »Erinnerst du dich noch an Ernest Calavor?«, warf sie Mr Dakin als Stichwort hin, und er sagte ja, allerdings. Eine schmale rote Schachtel mit Täfelchen von Zartbitterschokolade wurde herumgereicht. Rose lehnte ab und hielt sie Mr Bouverie hin.

»Danke, Rose.«

Die Schritte des Liebhabers waren auf der Treppe, dann schloss sich die Haustür, und er war fort.

»Es war nett von Ihnen«, sagte Mr Bouverie. »Wirklich sehr freundlich, dass Sie mich eingeladen haben.«

»Ich hoffe, Ihre Frau …«, setzte Mrs Dakin an.

»Es hat ihr leid getan, dass sie heute Abend nicht ausgehen konnte.«

»Dann eben ein andermal. Wir bleiben in Kontakt.«

»Es ist immer schön, Sie zu sehen«, fügte Mr Dakin hinzu. »Wir freuen uns wirklich.«

Der alte Mann zögerte, bevor er sich zum Gehen erhob. Wäre er gleich aufgestanden, hätte Rose vielleicht nicht geweint. Doch Mr Bouverie zögerte, und da begann Rose zu weinen, ungeachtet der besorgten Ausrufe, der allgemeinen Aufregung und Verlegenheit, während Mr Bouverie betreten danebenstand. Sie weinte um sein stilles Leiden, weinte, weil er eine unangenehme Einladung annehmen musste, zu der ihre ahnungslose Mutter ihn gedrängt hatte. Sie weinte um die letzte goldene Gelegenheit, die der heutige Abend zwei anderen Menschen bot, um die Frau, deren sündiges Verhalten sie am Ende dazu bewog, ihr Gesicht zur Wand zu drehen, und um den Mann, den die Pflicht an eine Ehefrau band. Sie weinte um den *modus vivendi* in einem Haus, das kein Schüler und kein Liebhaber mehr betreten würde, um den flüchtigen Einblick, den man ihr gewährt und der genügt hatte, dass sie Verrat übte. Sie weinte um ihre Freundinnen – um die Untreue, wenn eine Beziehung fade wurde, und um die, der ständig etwas passierte; um die Romantische, die zu freigebig war, und um die Misstrauische. Sie weinte, weil sie wusste, wie brüchig das gutmütige Lachen ihrer Mutter und die Fröhlichkeit ihres Vaters war; sie weinte um Jason und seinen bequemen Posten. Sie weinte um ihr ganzes junges Leben, das vor ihr lag, mit neuen Einblicken und neuem Verrat.

DAS GROSSE GELD

Fina stand am Anleger und sah zu, wie die vier Fischer das Boot auf den steinigen Strand zogen. Der Fang wurde ausgeladen und die Netze auf Schäden untersucht. Oben an der Treppe, nicht weit vor ihr, trennten sich die Männer, und sie ging zu John Michael.

»Deine Mutter«, sagte Fina, und sie sah, er ahnte, dass seine Mutter jetzt tot war. »Tut mir leid, John Michael«, sagte sie. »Tut mir aufrichtig leid.«

Er nickte und schwieg, wie nicht anders zu erwarten war. In der kalten Dämmerung gingen sie gemeinsam zum Haus seiner Mutter. Grau in grau jagten Wolken über den Himmel und kündigten Regen an. Jetzt können wir gehen, dachte Fina. Können uns ein eigenes Leben aufbauen.

»Pater Clery war bei ihr«, sagte sie.

»Hast du Pläne?«, fragte John Michaels Onkel – der Bruder seiner Mutter – nach der Beerdigung. Pläne waren notwendig: Sein Vater war ertrunken, als John Michael noch ein kleiner Junge war, und die Fischerkate war damals rechtmäßig an die Witwe gefallen, die dort ein lebenslanges Wohnrecht hatte. Einer anderen Vereinbarung zufolge sollte John Michael – auch er ein Fischer – irgendwann ein kleines Haus erhalten, aber noch nicht jetzt, da er der Jüngste war, der einzige junge Mann unter älteren Männern.

»Ich will weggehen«, antwortete er seinem Onkel.

Fina hörte es und sah damit bestätigt, dass John Michael nur auf den Tod gewartet hatte. Wegzugehen war eine alte Tradition, die Möglichkeit dazu ergab sich auf verschiedene Weise, und die Entscheidung wurde ausführlich erwogen, ehe sie getroffen wurde. Bat Quinn, der geblieben war, deutete oft reumütig übers Meer zum

Horizont, jenseits der beiden Felsen, die Inseln in der Bucht waren. »Dort wartet das große Geld«, sagte er dann und zählte die Männer seiner Generation auf, die auf der Suche nach Reichtum aufgebrochen waren: Donoghue und Artie Hiney und Meagher und Flynn, Big Reilly und Matt Cready. Andere waren ins Landesinnere oder nach England gezogen, aber sie hatten es nicht so weit gebracht.

»Eins wollte ich noch ansprechen«, sagte John Michaels Onkel gerade, »da wäre noch der Hof.«

»Der Hof?«

»Wenn ich nicht mehr bin.«

»Was soll mit dem Hof sein?«

»Der wird dann frei.«

Fina, die der Unterhaltung immer noch folgte, hörte aus dieser Bemerkung etwas heraus, was nicht ausgesprochen wurde: Der Hof würde an John Michael fallen, da es sonst keinen Erben gab.

»In letzter Zeit bin ich nur noch müde«, sagte John Michaels Onkel. Die ausgelaugten Züge und blutunterlaufenen Augen belegten die Worte des alten Mannes. Vor zwei Jahren war seine Frau gestorben, nach einer kinderlosen Ehe lebte er jetzt allein.

»Dir bleiben bestimmt noch ein paar Jahre«, sagte John Michael.

»Mir ist das alles zu viel.«

Sie könnten schon jetzt auf den Hof ziehen, so der unterschwellige Vorschlag, es wäre nicht schwer, alles herzurichten. Landeinwärts vom Meer, wo die Luft milder war und man nicht in ständiger Furcht leben musste, dass einem das Meer etwas wegnahm, könnten sie sich eine Existenz schaffen. Seinen Lebensmut hatte der alte Mann zwar verloren, aber er war umgänglich und würde in der Zeit, die ihm noch blieb, niemandem zur Last fallen.

»Ach, nein. Lieber nicht.« John Michael schüttelte den Kopf und schlug das Angebot aus, ohne näher darauf einzugehen. Fina und er wollten nach Amerika, davon hatten sie immer geträumt. An jenem Abend sagte John Michael, er habe das Geld für den Flug gespart.

Die Pläne, auf die sie zu Lebzeiten von John Michaels Mutter verzichten mussten, konnten nun verwirklicht werden. John Michael würde bald gehen. Im Mai wollte er zur Hochzeit zurückkehren und Fina hinterher mitnehmen. Welche Arbeit er bekäme, wusste er nicht, aber Bat Quinn behauptete, für die Männer, die vor ihm aufgebrochen waren, habe es nie eine Rolle gespielt, dass sie sich nur auf die Fischerei verstanden. »Lass das offen, bis du dort bist, Jungchen«, riet Bat Quinn, der denselben Rat seit nunmehr vierzig Jahren gab. Matt Cready war zurückgekommen, er war der Einzige, und verprasste sein Geld jeden Abend an der Theke der Ladenkneipe. »Schau ihn dir an, Jungchen«, sagte Bat Quinn und zeigte John Michael den Dollarschein, den er in einer Innentasche aufbewahrte. In Delaware hatte Bat Quinn eine Nichte, sie war Nonne, und in Chicago eine Schwester, die vor zwei Jahren gestorben war. Bat Quinn, dessen Bauch aus seinen Sachen zu platzen drohte und dessen Schweinsäuglein wässrig vom Trinken waren, hing schwer an der Theke der Ladenkneipe, die Finas Familie betrieb, und zeigte jedem seinen Dollar. »Ich schick dir noch einen«, versprach John Michael dann immer, und Fina musste kichern.

Sie kannten einander gut, waren schon gemeinsam zur Schule gegangen und jeden Morgen an der Anlegestelle vom Schulbus abgeholt worden, damals die einzigen beiden Kinder aus dem Dorf. Finas Vater, den das geplante Abenteuer seiner Tochter beunruhigte, hatte des Öfteren eingewandt, dass sie immer noch halbe Kinder seien, nicht anders als früher. »Ach, der Junge fällt schon auf die Füße«, prophezeite ihre Mutter, die John Michael mochte und seine Zukunft optimistisch sah. »Aber er könnte doch ebenso gut zu uns ziehen«, hatte Finas Vater nach dem Tod von John Michaels Mutter angeboten, und Fina gab es weiter, obwohl sie wusste, dass John Michael nicht im Traum daran dachte, in der Ladenkneipe zu arbeiten und Pints zu zapfen oder in den Regalen nachzusehen, welche Lebensmittel sich dem Ende zuneigten.

»Nein, wir müssen gehen«, mehr sagte John Michael nicht. Auch Finas Brüder waren fortgezogen, einer nach Dublin, der andere nach England. Beide hätten sie das Geschäft übernehmen können, aber beide hatten es nicht gewollt.

Ein paar Tage vor ihrer Trennung gingen Fina und John Michael in der Abenddämmerung am Strand spazieren und unterhielten sich über das, was sie für immer aufgeben wollten: das Meer und die Fischerei oder dass John Michael eine Verpflichtung in der Ladenkneipe von Finas Eltern oder auf dem Hof seines Onkels übernahm. Das abgelegene Bauernhaus, laut John Michael ohne Fundament gebaut, war elf Meilen entfernt, jenseits des Städtchens Kinard, in dem es einen Supermarkt, ein Textilgeschäft, fünf Pubs, ein Haushaltswarengeschäft und die Apotheke von Power gab. Mit Schiefer gedeckt und weiß verputzt stand es einsam und verlassen in der Landschaft, zusammen mit den Schuppen im Hof, dahinter erstreckten sich die vier Felder bis zu den Mooren, die am Fuß des Bergs begannen. Der Berg hat keinen Namen, sagte John Michael, und wenn doch, war er inzwischen vergessen worden, außerdem gab es kein Tor oder Gatter, das nicht klemmte. Alte Bettgestelle stopften die Löcher in den Hecken, und das Trinkwasser schmeckte leicht nach Torf. Die Feuchtigkeit verursachte Schimmel in den Räumen.

»Selbst wenn man den Laden wieder auf Vordermann bringen könnte«, sagte John Michael, »es wäre nicht das, was wir immer wollten.«

»Bestimmt nicht.« Fina schüttelte leidenschaftlich den Kopf, aus ihren Augen sprach Zustimmung und Entschlossenheit. »Nie im Leben.«

Vom Äußeren her waren sie einander ähnlich, beide zierlich gebaut, John Michael kaum einen Kopf größer. Beide hatten dunkle Haare, mit einer Scheu in den Gesichtszügen wie auch im Auftreten. Zusammen wirkten sie verletzlicher, als wenn sie allein waren.

»Hättest du jemals gedacht, dass wir hier wegkommen, Fina?«

Ihre Hand lag warm in der seinen, die sich stark anfühlte, obwohl Fina wusste, dass sie nicht besonders kräftig war. Seit ihrer Kindheit gehörten sie zueinander. Hier an diesem Strand vor zwei Jahren, auch damals in der Abenddämmerung, hatten sie zum ersten Mal von Liebe gesprochen.

»Wenn ich nur mit dir gehen könnte«, sagte sie.

»Ach, es dauert ja nicht lang.«

Und dann war John Michael ganz plötzlich fort. Zweihundertundeinen Tag würden sie getrennt sein, Fina hatte sie schon gezählt. Anfangs dachte sie noch, dass er vielleicht in letzter Sekunde zurückgeschickt werden und die Einwanderungsbehörde ihn nicht in das Flugzeug lassen würde, weil er keine Arbeitserlaubnis besaß. Aber er hatte gesagt, darauf sei er vorbereitet, und so war es wohl auch. Man musste nur die richtigen Tricks kennen, hatte er gesagt.

Der erste Tag ohne John Michael verging, und am Abend des zweiten redete Bat Quinn wieder vom großen Geld, seine Schweinsäuglein in dem roten, fetten Gesicht auf Fina gerichtet. Nur Jamesie O'Connor sei bislang zurückgeschickt worden, sagte er, wegen seines lahmen Beins. »Mach dir keine Sorgen, Mädel«, tröstete Bat Quinn sie und fing von dem Schoner an, der auf die Felsen aufgelaufen war, er selbst war damals fünf; zwölf fremde Männer hatte man geborgen und beerdigt. »Soll er warten, bis ihm hier was Ähnliches passiert? Da ist er im Land des mächtigen Dollars wirklich besser dran.« Bat Quinn wusste mehr Geschichten zu erzählen als jeder, der sonst in die Ladenkneipe kam. Wenn sein Thema nicht Exil oder Schiffbrüche waren, dann die Fronleichnamsprozession in Kinard, zu der er als Kind zu Fuß gegangen war, dreiundzwanzig Meilen hin, dreiundzwanzig zurück; oder ein alter Priester, der immer die Hurlingschläger seiner Lieblingsmannschaft segnete; oder der Brandanschlag auf Lisreagh House. Auch Bat Quinn war Fischer gewesen und über fünfzig Jahre mit den Booten ausgefahren. In seinem ganzen Leben hatte er noch keinen Kragen und keine Krawatte getragen, er rasierte sich einmal pro Woche, und eine Frau hatte ihm nie gefehlt; seine Sachen wusch er, wenn sie es nötig hatten. All das erzählte Bat Quinn jedem und scheute sich nicht, es zu wiederholen. Er war zu Hause geblieben, als die anderen Männer fortgingen, was ihn aber nicht davon abhielt, zu behaupten, dass die langen, geraden Straßen von Boston einem Wunder glichen, wenn die Abendsonne auf sie schien. Man ging ins McDaid's, wo der Klee in Blumentöpfen wuchs und ein Foto von Christy Ring hing. Er wusste aus erster Hand, dass Donoghue es zu großem Reichtum gebracht hatte, ehe man ihn in einem grün ausgeschlagenen Sarg zu Grabe trug. Artie

Hiney machte seinen Reibach auf den Weizenfeldern von Kansas. Big Reilly arbeitete sich bei der Polizei in Frisco hoch und wurde am Ende ihr Chef.

Du hast mir von der ersten Minute an gefehlt, schrieb John Michael. Jede Menge gebe es zu erzählen, hieß es weiter in seinem Brief, der dennoch recht kurz war. Briefe schreiben sei nicht seine Stärke, hatte er ihr vor der Abreise gesagt, aber er werde sein Bestes tun. *Ich arbeite bei einer Gang,* schrieb er nach weiteren drei Wochen, und Fina dachte unwillkürlich an Gangster. Sie lachte, als sei John Michael da, um mit ihr zu lachen.

Letzte Woche waren hier Touristen, schrieb sie an ihn. *Italiener, die Mary Doleen fragten, ob es heute Fisch gebe. Als sie in den Laden kamen, dachten wir, es sind Deutsche, aber sie sagten, sie kommen aus Italien. Eigentlich wollten sie am nächsten Morgen wegen der Fische wiederkommen, aber sie ließen sich nicht mehr blicken. Bat Quinn war am Anleger und hat auf sie gewartet, weil er wissen wollte, ob sie aus Rom kamen. Es waren die ersten Italiener hier, sagte er, die an Land gespülten Schiffbrüchigen damals waren Spanier. An den nächsten Tagen wartete er morgens immer unten am Anleger, aber sie kamen nicht mehr wieder.*

John Michael antwortete sogleich darauf und schrieb, er arbeite bei einem Italiener, kenne aber nicht dessen Namen. Die Arbeit sei hart. »Lass ihm Zeit, Mädel«, riet Bat Quinn, aber in den folgenden Wochen erzählte er nichts von den Straßen in Boston oder den Weizenfeldern in Kansas. Dann kam ein Brief, in dem Fina gebeten wurde, nicht zu schreiben, weil es eine Zeitlang keine Adresse geben werde, an die sie schreiben könnte. John Michael wollte sie wissen lassen, wenn er wieder eine hatte.

Auf diese Weise verloren Fina und John Michael langsam den Kontakt zueinander. Man müsse wohnen, wo man unterkam, hatte John Michael erklärt; wenn man regulär Miete zahle, würde man keinen Penny verdienen. Fina verstand das nicht ganz. Ihr wollte nicht in den Kopf, dass man irgendwo wohnen konnte, ohne Miete zu zahlen, aber jetzt war es zu spät, um zu fragen. John Michael musste nehmen, was sich ihm bot, das leuchtete ihr natürlich ein. Und wenn ständiges Umziehen die einzige Möglichkeit war, dann musste er eben ständig umziehen; er musste es schließlich wissen.

Ein kalter, sonniger November begann, doch die Tage verliefen fast immer im gleichen Trott. Fina bediente im Laden, schnitt an der Maschine Speck in Scheiben, addierte Rechnungen, packte gelieferte Waren aus – die Marmeladen und Brotaufstriche und Konserven, Hafergrütze und Trockenwaren, die Backzutaten in den sperrigen Kartons. Dienstags und freitags brachte O'Briens Lieferwagen Brot aus Kinard, Milch kam alle zwei Tage, und wenn sich die Lieferung verzögerte, wie es bisweilen vorkam, gab es immer noch H-Milch. Die Familie kannte ihr Geschäft aus Erfahrung und wusste, wann was zu bestellen war und was im Laden oder in der Kneipe vorrätig sein musste. Wenn man nicht aufpasste, konnte man leicht dumm dastehen, sagte Finas Mutter oft; die Sachen blieben ewig im Regal liegen, oder sie gingen einem aus, weil man nicht vorausschauend gehandelt hatte. Ihre Mutter führte den Laden, und abends, wenn die Männer in die Bar kamen und Finas Vater das Kommando übernahm, ruhte sie sich aus. Sie war zierlich wie ihre Tochter, klein und flink, wusste immer, welche Dinge wo auf den überladenen Regalen des Lebensmittelladens zu finden waren, eine schnelle Rechnerin, die Brille an einer Kette um den Hals gehängt. Finas Vater – dem sie in der Kneipe genauso zur Hand ging wie ihrer Mutter im Laden – war groß und schwerfällig, langsam in seinen Bewegungen und im Denken, mit silbergrauem Haar, immer mit aufgerollten Hemdsärmeln. Zur Messe zog er einen schwarzen Anzug an, dazu eine Krawatte mit Nadel, und auf dem Weg durchs Dorf setzte er einen Hut auf. Auch Finas Mutter machte sich sorgsam zurecht und ging in Mantel und Hut, die sie nur zu diesem Anlass trug. Sonntags gingen sie zu dritt, zur Beichte oder Bruderschaft getrennt.

John Michael schrieb nicht, als er keine Adresse hatte, und so suchte Fina Hilfe bei ihrer Vorstellungskraft. Das große, weite Amerika, von dem sie und John Michael so lange geredet und geschwärmt hatten, wurde mit dem Seemannsgarn von Bat Quinn ausgeschmückt, seine Übertreibung und Phantasie durch Fakten korrigiert, an die sie sich aus der Schulzeit erinnerte, als Mr Horan die Landkarte entrollte und an die Tafel hängte. Die einzelnen Bundesstaaten waren auf der glänzenden Oberfläche in Braun- und Grün- und Gelbtönen abgebildet, die Großen Seen in Blau. Eisen kam aus Minnesota und Michigan und Pennsylvania, Uran aus Colorado. Baumwolle und Tabak gehörten zum Süden.

Die Spitze von Mr Horans Rohrstock zeigte in einer geraden Linie auf und ab, trennte Nebraska von South Dakota, Oregon von Idaho. Sie klopfte den Rhythmus der Beitrittsdaten der einzelnen Bundesstaaten zur Union, folgte dem langen Lauf des Mississippi, streifte die Rockies. Man hörte zu, weil man musste, unterdrückte ein Gähnen und vergaß zum Glück, was sich hinter dem »Louisiana Purchase« verbarg. Der Scherenschwanz war der Staatsvogel von Oklahoma, die Pfingstrose die Blume von Indiana. In Milwaukee war Donoghue zum reichen Mann geworden.

Der abgenutzte Schulstock, mit dem die Fakten hervorgehoben wurden, hatte keine bleibenden Bilder heraufbeschwören können. Und Bat Quinns Informationen aus zweiter Hand beflügelten Fina nicht in dem Maße wie John Michael. Für beide aber lebte Amerika auf dem Bildschirm über der Theke oder auf dem in John Michaels Küche. Denn zwei Jahre lang, bis zu ihrem Tod, hatte seine Mutter jeden Abend ins Bett gebracht werden müssen, und Fina hatte dabei geholfen, sooft sie konnte. Hinterher saß sie mit John Michael in der Küche, bei Tee und Mikado-Keksen und leise gestelltem Ton. Sie sahen Amerika, hörten seine Stimmen. Sie sahen die Baseballhelden, steif in ihren Schutzpolstern und Helmen, die sich auf dem Spielfeld Schlachten lieferten. Den Dampf, der nachts über den Gitterrosten der Straßen schwebte. Die Gangster, die mit erhobenen Händen, gespreizten Beinen und ausdruckslosem Blick an der Wand eines Polizeireviers lehnten.

Fina fand es schön, wenn die Portiers die gelben Taxis empfingen, die kurzen Wortwechsel in den Aufzügen von Wolkenkratzern, die weihnachtliche Stimmung in den Geschäften. Sie mochte den einsamen Autofahrer auf dem Highway, wenn Musik im Radio lief, die Tankstelle, an der er anhielt, den Tankwart, der Fliegen totschlug.

Ihr gefiel der junge Mann, der zu nah an der alten Ranch nach Öl bohrte, wie sich alles veränderte, weil nur noch die Ölquelle zählte, und der junge Mann am Ende ein richtiger Millionär war. College-Zeit, Thanksgiving, Robert E. Lee – das alles gefiel ihr. »Möchtest du das?«, flüsterte John Michael ihr zu, und Fina nickte immer, ohne zu zögern.

Ich arbeite in einer Wäscherei, hieß es im nächsten Brief, der lange auf sich warten ließ. Bat Quinn wiegte den Kopf voller Bewunderung, als er die Neuigkeit hörte. Keine Frage, im Wäschereigeschäft lag das große Geld. Die Hemden des Präsidenten mussten schließlich gewaschen und gebügelt werden. Bat Quinn drehte sich auf seinem Barhocker um und verkündete laut, dass John Michael Gallagher für die Hemden des Präsidenten der Vereinigten Staaten zuständig sei. »Eins sag ich dir, Mädel, mit John Michael Gallagher, da hast du das große Los gezogen.«

Das alles schrieb Fina in einem Brief und machte einen Scherz daraus, wie sie es früher getan hätten. Es war ein langer Brief, angereichert mit Nachrichten aus der Zeit, als sie nicht in Verbindung gestanden hatten: O'Briens Brotauto war liegengeblieben, die Boote konnten vier Tage lang nicht ausfahren, bei der Totenwache von Martin Shaul hatte die Witwe getanzt. Sie fragte sich, ob John Michael inzwischen mit einem Akzent sprach, wie ihn, wenn man Bat Quinn glaubte, Matt Cready seinerzeit angenommen hatte.

Im Januar kam eine Weihnachtskarte und vierzehn Tage darauf ein Brief mit einer Adresse, 2a Beaver Street, ein Zimmer, das für sie beide groß genug war. *Inzwischen habe ich es gestrichen,* schrieb John Michael. *Und die Fenster sind geputzt.* Einundneunzig Tage waren verstrichen, und die Tage, die jetzt vergingen, zogen sich ziemlich in die Länge. Vor einer Woche hatte Fina in Kinard den Stoff für ihr Hochzeitskleid ausgesucht. Ständig sagte sie sich, dass es nicht mehr allzu lange dauern werde, bis das erste Aufgebot bestellt wurde.

An dem Morgen, als der Brief wegen des Zimmers kam, lag eine eisige Kälte in der Luft, während sie am Strand spazieren ging und an das Aufgebot und an die Beaver Street dachte. Sie sah eine im Zickzack verlaufende Feuerleiter an einer Außenwand vor sich, ein riesiges Eisengerüst, wie sie es aus Filmen kannte, auf das sich einzelne Fenster öffneten. Sie stellte sich ein ärmliches Viertel vor, denn mehr konnte John Michael sich nicht leisten, mit spindeldürren Bäumen, die ein kümmerliches Dasein an einem Gehweg fristeten. Aber gegen ein ärmliches Viertel gab es nichts einzuwenden, schließlich wusste sie ja, er tat sein Bestes.

Der Strand war an jenem Morgen menschenleer. Die Fischerboote waren noch draußen, bei der Anlegestelle war niemand gewesen, als sie daran vorbeiging. Im sauberen, feuchten Sand lagen eingebettet frische Muscheln, umspült von Wellen, die sanft über sie hinwegschwappten. Vor langer Zeit, so ging eine Geschichte, die man sich im Dorf erzählte, war eine Frau ihrem Geliebten gefolgt und hatte den ganzen Weg nach Galway zu Fuß zurückgelegt. Fina, die John Michael mehr denn je vermisste, obwohl sich die Wartezeit mit jedem Tag verkürzte, konnte die Frau jetzt gut verstehen. Auf ihrem langsamen Rückweg ins Dorf stand ihr das Zimmer, das er für sie gefunden hatte, lebhafter vor Augen als alles, was sie ringsum sah.

Fina wusste sofort Bescheid, als ihr Vater sie rief. Durch das Stimmengemurmel hatte sie das Telefon läuten hören, dann die überraschte Reaktion ihres Vaters. »Ja, heiliger Strohsack! Wie geht's dir denn?« Sie schob das Glas, das sie eben gefüllt hatte, über die Theke. »Moment, ich hol dir Fina«, hörte sie ihren Vater sagen, und als sie den Hörer nahm, war da gleich John Michaels Stimme.

»Hallo, Fina.«

Er klang nicht weit entfernt, nur ungewohnt, weil sie in der ganzen Zeit ihrer Freundschaft nie miteinander telefoniert hatten.

»John Michael!«

»Hast du meinen Brief gekriegt, Fina? Den wegen unseres Zimmers?«

»Gestern ist er gekommen.«

»Alles in Ordnung bei dir, Fina?«

»Aber ja, natürlich. Und bei dir?« Telefonieren könne er in Zukunft nicht mehr, sagte er, bevor er auflegte, und sie stimmte ihm zu:

Telefonanrufe verschlangen das wenige, das er verdiente. Aber seine Stimme zu hören war jeden Penny wert, den sie verloren.

»Mir geht's gut, Fina.«

»Schön, dich zu hören.«

»Hör zu, Fina, eins müssen wir noch mal überdenken.« Er machte eine kurze Pause. »Im Mai, das wird schwierig, Fina.«

»Schwierig?«

»Mit dem Zurückkommen.«

Wieder stockte er, und dann musste er einiges, was er sagte, wiederholen, weil sie ihm nicht folgen konnte. Deswegen hatte er also angerufen. Weil er wusste, es würde kompliziert klingen, aber eigentlich war es das nicht: Es wäre das Beste, nicht im Mai zur Hochzeit zu kommen, denn wenn man es erst mal so weit wie er geschafft und eine feste Arbeit gefunden hatte, konnte man nicht einfach kommen und gehen, wie es einem passte. Eigentlich dürfte er überhaupt nicht arbeiten. Wie die Geier passten sie auf, sagte er.

»Verstehst du, Fina?«

Sie nickte in dem dunklen Laden, wo das Telefon stand. Es roch nach Speck, aus der Kneipe wehte der Geruch von Stout und Schnaps herüber. Die Gefriertruhe fing an zu brummen und registrierte ihren regelmäßigen Stromverbrauch. *Chef soups,* stand auf einem Werbeschild, nahe genug, um es zu erkennen, der Rest der Botschaft verlor sich im Dunkel.

»Wenn ich rüberkomme, lassen sie mich nicht mehr wieder rein.«

Am besten sei es, wenn sie in Amerika heirateten, wenn sie käme und er bliebe, wo er war. Er fragte sie, ob sie das verstehe, und sie kam sich vor wie in einem sinnlosen Traum, in dem sie herumstolperte, aber trotzdem sagte sie, dass sie es verstand.

»Ich muss immer an dich denken, John Michael. Ich liebe dich.«

»Mir geht es genauso. Wir finden eine Lösung. Es ist eben nur anders, als wir dachten.«

»Anders?«

»Ständig denkst du, sie erwischen dich und schicken dich zurück.«

»Dann heiraten wir eben in Amerika, John Michael.«

»Ich muss auch immer an dich denken, Fina. Ich liebe dich auch.«

Sie würden eine Lösung finden, sagte er wieder, und dann machte es *klick*, als der Hörer eingehängt wurde. Wo er wohl jetzt gerade war, in was für einem Zimmer? Stand auch er noch am Telefon, genau wie sie? Einmal waren Stimmen im Hintergrund zu hören gewesen. In Amerika war es jetzt halb fünf, immer noch hell, und sie fragte sich, ob er gerade in der Reinigung gearbeitet und es riskiert hatte, einfach das Telefon zu benutzen.

»Wie geht's John Michael Gallagher?«, fragte Bat Quinn, auf dem Hocker in seiner Ecke kauernd, die im Lauf der Jahre zu seinem Stammplatz geworden war. Im schummrigen Licht der Kneipe verlor sich sein Gesichtsausdruck wie die Worte auf dem Werbeschild für *Chef*-Suppen, aber Fina konnte ihn sich gut vorstellen: Die Schweinsäuglein strahlten begeistert, weil John Michael Gallagher in weiter Ferne auf den Spuren des Erfolgs wandelte.

»Bei dem läuft's bestens, Mädel. Ist das nicht schön für euch?«

In der Nähe der Kneipentür wurde Siebzehnundvier gespielt. Die Männer, mit denen John Michael gefischt hatte, sagten nichts, wie so oft. Finas Vater wusch Gläser ab.

»Er kann nicht zur Hochzeit kommen«, sagte Fina zu Bat Quinn. Sie trat näher zu ihm, fühlte sich zu ihm hingezogen, weil er mit seinem Wissen über Amerika nachempfinden konnte, welche Sorgen John Michael bedrückten.

»Verständlich«, sagte Bat Quinn.

Er trank sein Porter aus und schob das Glas auf der blank gescheuerten Theke in ihre Richtung. Fina schenkte nach und klaubte die abgezählten Münzen auf.

»Es ist nie so einfach, wie sie es sich vorstellen«, sagte Bat Quinn.

Der Zufall hätte immer eine Rolle gespielt, seit den Jahren der Großen Hungersnot, jenem ersten Exodus aus dem Land; schwimmende Särge hätte man die Schiffe damals genannt. Auch wenn alles sein Gutes hatte, so gab es doch immer auch Pech und Verzweiflung und Scheitern.

»Es war nie einfach und wird es auch nie sein, Mädel.«

»Ob sie ihn wohl zurücknehmen?«, fragte Finas Mutter und meinte den Stoff für das Hochzeitskleid. Bis auf den Meter, aus dem sie die Ärmel zugeschnitten hatte, war nichts verbraucht. Scally würde nicht den vollen Preis erstatten, denn was übrig war, müsste als Rest verkauft werden. Von einem Geschäftsmann wie Scally konnte man nicht den vollen Preis erwarten, aber vielleicht ließ sich eine Einigung finden, als Ausgleich für die Enttäuschung. Finas Mutter hatte eine Weile schweigend dagesessen, als sie die Nachricht hörte, und dann seufzte sie und wurde wieder vergnügter, wie es ihre Art war. Zuerst hatte sie angenommen, dass sie das Kleid trotzdem nähen sollte, weil Fina es brauchen würde, wenn sie John Michael in Amerika heiratete. Aber Fina erklärte ihr, es werde jetzt eine andere Hochzeit.

»Vor einiger Zeit haben sie eine Amnestie erlassen«, sagte Finas Vater. Er erinnerte sich an eine Zahl, um die hundertzwanzigtausend irische Einwanderer, die nicht in New York registriert waren. Aber bis zur nächsten Amnestie könnte es wohl eine Weile dauern.

»Nimm's nicht so schwer, Fina«, riet er, ohne es näher auszuführen.

»John Michael, der denkt sich schon was aus«, sagte ihre Mutter.

Zehn Tage später rief John Michael wieder an. Er hätte genauer über alles nachgedacht, und während Fina ihm zuhörte, wurde ihr klar, es ging nicht nur darum, dass er nicht zur Hochzeit zurückkam.

»Willst du mich nicht mehr?«, fragte sie und wollte eigentlich noch etwas hinzufügen, wollte ihn fragen, ob er es sich mit ihrem Kommen anders überlegt habe. Aber sie beließ es dabei, und John Michael beruhigte sie. Er frage sich einfach nur, ob ihnen nicht alles über den Kopf wachsen werde, die Ungewissheit, das ewige Versteckspiel; ob das nicht jeder Frau zu viel wäre, das frage er sich ständig. Für einen jungen, alleinstehenden Mann sei es in Ordnung, der finde immer ein Schlupfloch, um etwaigen Schwierigkeiten aus dem Weg zu gehen. Wenn sie jetzt bei ihm wäre, könnte sie verstehen, was er meinte, und genau das stellte Fina sich vor: Sie und er in dem Zimmer mit den sauberen Fenstern und den frisch gestrichenen Wänden, alles war bereit für sie.

»Ich komme zurück«, sagte John Michael.

»Aber du hast doch ge…«

»Ich komme für immer zurück. Ich komme zurück, und wir bleiben da, wo wir hingehören.«

Ihr verschlug es die Sprache. Sie wollte etwas sagen, aber die Worte gerieten ihr ständig durcheinander, ehe sie sie aussprechen konnte. John Michael sagte:

»Ich liebe dich, Fina. Und ist es nicht am wichtigsten, dass wir uns lieben?«

Sie gab ihm recht, natürlich war das am wichtigsten.

»Ich arbeite noch so lange, wie man mich angeheuert hat.«

Sie verabschiedeten sich. Ein Schock sei die Nachricht für sie, sagte er, und es täte ihm leid. Aber es sei besser so, ganz bestimmt, viel besser. Wieder beteuerte er ihr seine Liebe, und dann war die Leitung tot.

Der Hof seines Onkels, darauf lief alles hinaus. Fina ahnte es, auch wenn er es nicht ausgesprochen hatte. Sie würden alles auf Vordermann bringen, und sein Onkel würde bei ihnen wohnen, bis er starb. Diese Lösung wäre John Michael lieber als die Fischerei oder in der Ladenkneipe ihrer Eltern zu stehen.

»Klar, der eine oder andere kommt zurück«, sagte Bat Quinn, der Finas Beitrag zum Telefongespräch mitgehört hatte.

Fina nickte und sagte nichts, aber noch in derselben Woche machte sie sich auf den Weg zu John Michaels Onkel. Sie nahm den Bus nach Kinard und ging die letzten zwei Meilen von der Haltestelle zu Fuß. Die Schäferhunde bellten, als sie in den Hof einbog, doch der alte Mann ignorierte den Lärm, als interessiere es ihn nicht, dass jemand gekommen war, als sei jegliche Neugier auf Besucher längst verschwunden. Gras wuchs durch das Kopfsteinpflaster, ein einsames Huhn pickte am Rand eines Misthaufens.

»Wollte mal sehen, wie's dir geht«, sagte Fina in der Küche, und das von der Arbeit auf dem Hof zermürbte Gesicht hob sich von der Lektüre eines *Ireland's Own*. Gekochte Kartoffeln lagen auf einer Zeitung, die Schalen der bereits gegessenen auf einem Haufen; in einer Dose waren übrig gebliebene Erbsen. Ein Teller mit Messer und Gabel stand an der Seite.

»Setz dich, Fina«, forderte der alte Mann sie auf. »Ich mach uns einen Tee.«

Das Leben schien in ihn zurückzukehren, als er den Wasserkessel zur Hälfte füllte und auf eine Platte des Elektroherds stellte. Er löffelte Tee in eine nicht vorgewärmte Kanne, stellte Tassen samt Untertassen hin, dazu ein Milchkännchen. Er bot ihr Brot an, aber Fina schüttelte den Kopf. Aus einem Fliegenschrank auf der Anrichte holte er ein Stück Butter.

»John Michael ist rübergegangen«, sagte er.

»Ja, stimmt. Schon vor einiger Zeit.«

»Dann hat er sich wohl eingelebt.«

»Ihm fehlen die richtigen Papiere«, sagte Fina.

Die Butter wurde auf eine Scheibe Brot gestrichen und Zucker darübergestreut. Die Küche zu renovieren würde nicht lange dauern. Man musste nur die schmuddelige Decke streichen, das Linoleum herausreißen und verbrennen, jede Tasse und jedes Messer und jede Gabel waschen, das Fett von der hölzernen Tischplatte schrubben, die aus der Wand hängenden Wasserhähne befestigen, den schmutzigen Sessel ersetzen.

»Du bist zum ersten Mal hier«, sagte der alte Mann und führte sie nach oben in feuchte Schlafzimmer, ein Bild der Jungfrau Maria hing an der Wand gegenüber von jedem Bett. Eine vergessene Katze sprang fauchend von einem Fensterbrett. Elektroleitungen hingen schief von der abgesackten Zimmerdecke, auf den verblassten Tapetenblumen wuchs grauer Schimmel. Unten wucherte Efeu über die Fensterscheiben.

Ein Bagger könnte die Steine entfernen, dachte Fina, als sie die Felder betrachtete. Einen halben Tag würde es mit einem Bagger dauern. John Michaels Onkel sagte, sie seien jederzeit willkommen, falls sie ernsthaft daran dächten. Nach der Hochzeit, meinte er, wenn sie wieder klar denken konnten.

»Dieser Tage gibt es andere Gründe, warum man das Land verlässt«, sagte Bat Quinn an der Theke. »Man hat eine ganz andere Haltung dazu.«

Heutzutage war es eine persönliche Entscheidung. Dem Land ging es gut, so konnte man bleiben, wo man war, oder weggehen. Das war früher vollkommen anders gewesen, da hatte man gar keine Wahl.

»Ja«, sagte Fina.

Ich habe mir den Hof angesehen, schrieb sie. *Bestimmt könnten wir den wieder in Schuss bringen. Mit ihm hätten wir keinen Ärger.* Ihre Mutter nähte das Hochzeitskleid fertig. Fina stellte sich vor, wie John Michael mit der roten Reisetasche, die sie zusammen in Kinard gekauft hatten, hereinspaziert kam. Ihre hatten sie bei der Gelegenheit auch gekauft, in der gleichen Farbe und Größe. Sie stellte sich vor, wie sie und John Michael zu Scally gingen und ihm erklärten, sie wollten die Tasche nun doch nicht. John Michael würde das besser können als sie.

Fina fühlte sich verunsichert. Unablässig hoffte sie, das Telefon möge aus heiterem Himmel klingeln und John Michael würde sagen, alles sei gut, er habe sich eine Arbeitserlaubnis besorgt, der Boss, für den er arbeite, habe ein Wort für ihn eingelegt, es habe eine weitere Amnestie gegeben. Doch dann verging wieder eine Weile, und sie verlor jegliche Hoffnung. John Michael würde hereinkommen, und sie würde sich ihm gegenüber gehemmt fühlen, wie es früher nie der Fall war. Sie sah sich auf dem Hof, so wie sie sich eine Zeitlang in dem von John Michael beschriebenen Zimmer gesehen hatte, sie stellte sich die Stille der Felder anstelle des Lärms auf den Straßen und der vorbeibrausenden gelben Taxen vor. Als sie sich fragte, ob sie John Michael noch liebte, mahnte sie sich zur Vernunft. Er hatte recht, wenn er sagte, wichtig sei nur, dass sie einander liebten. Doch dann ging die Verwirrung von vorn los.

Es kam kein Anruf mehr. *Wir regeln alles, wenn ich zurück bin,* hieß es in einem weiteren Brief. *Bis zur Hochzeit haben wir das erledigt.* Das Aufgebot war seit langem bestellt. Die Ladenkneipe würde für jenen Tag schließen. Man hatte Gäste ins Haus eingeladen. Wenn sie eine Nummer hätte, würde sie ihn anrufen, dachte Fina, aber nicht davon sprechen, wie sie sich fühlte. Mitten in der Nacht wachte sie auf und hatte Angst. In der Dunkelheit spürte sie, dass sie John Michael nicht mehr liebte.

Ich mach dir nur alles kaputt, schrieb sie, als ihm kaum noch Zeit blieb, den Brief vor seiner Abreise zu erhalten. *Mir geht das ständig durch den Kopf, John Michael.* Auf einem Spaziergang allein am Strand hatte sie beschlossen, es ihm so zu sagen. Fünf Tage später, zwei vor seiner erwarteten Rückkehr, rief John Michael an. Er habe ihren Brief bekommen, sagte er, und dann, dass er sie liebe.

»Auf immer und ewig, Fina.«

Er ahnte es schon, das hörte sie an seiner Stimme. Er begriff immer schnell, war immer empfänglich für ihre Stimmungen, selbst in einem Brief, selbst aus der Ferne am Telefon – er wusste mehr als sie.

»Ich weiß nicht, woran es liegt«, sagte sie.

»Du bist dir nicht mehr sicher.«

Sie wollte sagen, das sei es nicht, aber sie stockte und zögerte. Am liebsten hätte sie geweint.

»Du musst auf deine innere Stimme hören, Fina. Du hast Zweifel wegen der Hochzeit.«

Sie wiederholte, was sie ihm schon geschrieben hatte, dass sie ihm alles kaputtmache. »Es wäre nicht richtig zu warten, bis du hier bist.«

»Trotzdem sollten wir abwarten«, sagte er. »Jetzt dauert es nicht mehr lang.«

»Ich möchte nicht, dass du kommst.«

»Liebst du mich denn nicht, Fina?«

Als sie nicht antwortete, fragte er sie wieder.

»Ich weiß nicht«, sagte sie.

John Michael kam nicht zurück. Bei Fina hielt der Schmerz über die leeren Wochen an, die dem anberaumten Hochzeitstag folgten, und dann noch den ganzen Sommer lang. Der September war mild, ein Monat mit klarem blauem Himmel, die Tage verstrichen leise und wurden kürzer. Im Oktober jährte sich der Todestag von John Michaels Mutter. Zu dieser Zeit kamen keine seiner kurzen Briefe mehr.

»Irgendwann wird er hereinspazieren«, sagte Bat Quinn an einem Abend, als er mehr getrunken hatte als sonst. Mit verschwommenem Blick sah er zu ihr auf und fügte hinzu, als gehörten die beiden Äußerungen irgendwie zusammen: »Hast ein geschicktes Händchen, wie du das Stout einschenkst, Mädel.«

»Ja, stimmt.«

Bat Quinn hatte recht. Irgendwann, wenn John Michael sein

Geld verdient hatte, würde er höchstwahrscheinlich zurückkommen, um alles in Augenschein zu nehmen und sich zu erinnern.

»Mit der nächsten Amnestie wird er kommen«, sagte Bat Quinn und erhob sich mühsam vom Hocker, um den allgemeinen Aufbruch aus der Kneipe einzuleiten. »Dann mal gute Nacht, Mädel.«

Sie verstand sich besser aufs Stouteinschenken als ihr Vater, obwohl der schon länger hinter der Theke stand. Ihre Hände waren ruhiger, noch nicht so rau. Sie hätte die Feinfühligkeit der Jungen, hörte sie ihre Mutter sagen, als sich die Enttäuschung mit John Michael herumgesprochen hatte.

»Gute Nacht, Fina«, riefen die Männer einer nach dem anderen, ehe sie gingen, und als der Letzte fort war, verriegelte sie die Tür und drängte ihren Vater, nach oben ins Bett zu gehen. Sie räumte die Gläser weg und klopfte den Inhalt der Aschenbecher in eine Schüssel. Ob sie wohl Mitleid mit ihr hatten, Bat Quinn und die Männer, mit denen John Michael gefischt hatte, ihre Mutter und ihr Vater? Dachten sie jetzt, dass sie bei ihnen festsaß, von einer Flutwelle der Umstände angespült und allein, weil sie die Art ihrer Liebe falsch verstanden hatte?

Sie konnten nicht wissen, dass sie sich weniger allein fühlte, als wenn sie jetzt mit John Michael zusammen wäre. Die lange Freundschaft, ihre Zukunftspläne, die leidenschaftlichen Umarmungen, dies alles stand in ihrer Erinnerung im Zeichen einer Wehmut, aus der der Stachel gezogen war. Was sie geliebt hatten, und zwar zu sehr, war Amerika. Amerika hatte die Träume der Liebe beflügelt, Amerika hatte das Glück, das sie in der Nähe des anderen empfanden, bereichert. John Michael würde ihr zustimmen, wenn er zurückkam, nachdem er sein Geld verdient hatte. Sie würden wieder am Strand spazieren gehen, ohne die Zerbrechlichkeit der Liebe zu erwähnen oder das Unglück, das sie abgewendet hatten, als sie noch jung waren.

AUF DEN STRASSEN

Arthurs bestellte Leber mit Erbsen und Kartoffelbrei in der Strode Street. Als das Essen kam, schmeckte die Leber nicht gut. Ein Fettfilm bildete sich schon auf der Soße, die nicht von den Kartoffeln aufgesogen worden war. Die leuchtend grünen Erbsen waren halbwegs in Ordnung.

Er war ein dunkelhaariger Mann Mitte fünfzig, mit einem spitzen Haaransatz und schmalen Gesichtszügen, die zu seiner hageren Figur passten; seine knochigen Handgelenke ragten aus durchgescheuerten weißen Manschetten vor. Er trug einen Anzug, dessen schwarze Hose, kombiniert mit einer adretten weißen Jacke, bei seiner Arbeit als Frühstückskellner erforderlich war.

»Wollen Sie einen Tee dazu?«, fragte die betagte Frau, die ihm den Teller mit der Leber gebracht hatte. Sie kam extra an seinen Tisch, um ihn das zu fragen; er war ihr einziger Kunde um diese Nachmittagszeit.

Arthurs sagte ja. Die Frau war keine richtige Kellnerin, sie trug keine Uniform, nur eine geblümte Kittelschürze, die um den Bauch herum spannte. An die siebzig mochte sie sein, schätzte er, eine Frau, die an einem Kamin sitzen und von der Wärme rote Flecken auf den Beinen haben sollte. Er spürte ihre Erschöpfung und überlegte, ob sie darüber sprechen würde und ob sich vielleicht eine Unterhaltung entwickeln könnte.

»Sie machen sicher bald Schluss«, sagte er, als sie den Tee brachte, so als würde er sie gut kennen, seinem Tonfall nach zu urteilen gab es eine Vergangenheit in ihrer Beziehung, die nie vorhanden war.

»Um halb vier ist Feierabend.«

»Dann bleiben Sie heute Abend bestimmt zu Hause?«

»Was?« Leicht beunruhigt sah sie Arthurs mit ihren müden Augen an. Ihre Haare waren gelblich gefärbt, am Hals schwabbelte ein fettes Doppelkinn. Wahrscheinlich Witwe, dachte er bei sich.

»Ich geh jedenfalls heute nicht mehr aus«, sagte er. »Ist am besten, wenn man zu nichts so recht Lust hat.«

Die Frau ging nicht darauf ein. Er überlegte, ob er ihr folgen sollte, wenn sie Feierabend hatte. Im Augenblick war es zwanzig nach drei, und bis um halb wäre er startbereit. Er halbierte den Garibaldi-Keks, den sie mit dem Tee gebracht hatte. Seit seiner Kindheit war er Leuten auf den Straßen gefolgt, um zu sehen, wo sie wohnten, um sich die Adresse und ein paar Einzelheiten zu notieren, die ihn an die Person erinnerten. Manchmal drängte es ihn immer noch danach, aber nicht heute, das spürte er.

»Natürlich gibt es das Fernsehen«, sagte er, »wenn man sonst weiter nichts vorhat.«

»Dieser Tage kommt doch sowieso bloß noch Schrott«, sagte die Frau als einzigen Kommentar.

»Da geht man freiwillig früh ins Bett, oder?«

Wieder trat Panik in ihren Blick. Sie fuhr sich mit der Zungenspitze über die Lippen und wischte den zurückgebliebenen Speichel weg. Dann stapfte sie schweigend davon.

Die Rechnung belief sich auf ein Pfund und ein paar Pence, als die Frau sie ihm brachte, das Essen war hier billiger, wenn die betriebsame Mittagszeit vorüber war. Aber er hatte ja gewusst, dass es billiger wäre, dachte Arthurs bei sich.

Mr Warkely kam herein und sagte: »Fangen Sie keinen neuen Stapel an, sonst gibt es im Versandraum einen Stau.« Deshalb schaltete Cheryl die Maschine ab und sah, wie Mr Warkely auf die Uhr spähte und die Zeit auf einen Block notierte. Dass sie eine Viertelstunde früher aufhörte, musste bei der Abrechnung am Wochenende selbstverständlich berücksichtigt werden.

Das bescheidene Geschäft der Warkelys – sie vertrieben Postkarten in kleinen Mengen – war vor drei Jahren in einem Keller eröffnet worden. Cheryls Aufgabe bestand darin, eine Maschine zu bedienen, die jeweils sechs verschiedene Karten zusammen mit der einen, auf der sämtliche Motive klein abgebildet waren, in eine kräftige Plastikfolie einschweißte. Es war eine Teilzeitarbeit, zwei Stunden an drei Tagen in der Woche; außerdem saß sie, nur vormittags, bei Costcutter an der Kasse, und abends ging sie Büros putzen.

Die Warkelys beschäftigten keine weiteren Angestellten: Mrs Warkely kümmerte sich um die Bücher, adressierte Etiketten und erledigte die Korrespondenz; Mr Warkely packte die eingeschweißten Postkarten in Pappkartons und fuhr einen Lieferwagen mit der Aufschrift *WPW Grußkarten*. Im sogenannten Versandraum sahen die Warkelys fern und aßen ihr Abendbrot vom Tablett, der Beweis für ihr Geschäft stapelte sich ringsum an den Wänden.

»Dann bis Donnerstag«, sagte Cheryl, ehe sie ging, worauf Mrs Warkely von irgendwo zurückgrüßte und Mr Warkely etwas brummelte, weil er seinen Kugelschreiber im Mund hatte. »Danke«, sagte Cheryl, wie immer, wenn sie aus dem Keller ging. Ihr war nicht klar, warum sie das machte, aber sie fand, ein Ausdruck der Dankbarkeit rundete die zwei Stunden irgendwie besser ab, als nur »Wiedersehen« zu sagen.

Sie ließ die Tür hinter sich ins Schloss fallen und stieg die Stufen zur Straße hoch, eine dünne, eher kleine Frau, die Haare inzwischen von Grau durchzogen, um Augen und Lippen zeigten sich erste Falten. Früher war sie schön gewesen, und man sah es ihr trotz der einundfünfzig Jahre durchaus noch an. In ihrem schäbigen braunen Mantel, den sie einst so geliebt hatte und nun nicht mehr mochte, eilte sie auf unbequemen hochhackigen Schuhen die Straße entlang. Es gab keinen Grund zur Eile, das wusste sie, aber sie beeilte sich trotzdem, weil sie es sich angewöhnt hatte, so zu gehen.

»Ist bei dir alles in Ordnung?«, fragte eine Stimme von hinten, die dem Mann gehörte, mit dem sie einmal verheiratet war und den sie seither als Fehler in ihrem Leben betrachtete. Immer stellte er die gleiche Frage, wenn er plötzlich auf der Straße erschien. Sie drehte sich um.

»Willst du was von mir?«, sagte sie streng, und er entfernte sich sofort, ihr Tonfall verletzte ihn. Sie kannte das alles, denn es kam nicht zum ersten Mal vor. Obwohl sie ihm nie erzählt hatte, wann sie bei den Warkelys arbeitete, wusste er Bescheid. Er wusste auch, wo sie putzen ging und in welcher Costcutter-Filiale sie kassierte. Fünf Monate hatte die Ehe gedauert, dann packte sie ihre Habseligkeiten und ging, gab sogar eine Vollzeitstelle bei Woolworth auf, weil sie es für besser hielt, in einen anderen Stadtteil zu ziehen.

Sie stand da, wo er sie verlassen hatte, und sah ihm nach, bis er um die Ecke bog. »Du hättest mich besser nicht heiraten sollen«, hatte sie gesagt, was halbwegs dem entsprach, was ihr Daph, mit der sie bei Woolworth hinter der gleichen Verkaufstheke arbeitete, seit der Hochzeit gnadenlos immer wieder vorgehalten hatte, auch wenn sie vor Daph nie zugab und auch nicht zugeben wollte, dass es in ihrer Ehe nicht stimmte.

Sie merkte, dass sie auf dem Gehweg zwei älteren Frauen im Weg stand, die an ihr vorbeiwollten. »Entschuldigung«, sagte sie zu den Frauen, die erwiderten, es sei nicht schlimm.

Sie ging weiter, etwas langsamer als zuvor. Nach der Hochzeit war sie zu ihm nach oben gezogen, in seine zwei Zimmer mit Küchen- und Badbenutzung, er hatte die Wohnung zu Ehren der Veränderung in ihrer beider Leben frisch gestrichen, das alte Linoleum durch einen Teppich ersetzt. Als sie ging, war die Farbe immer noch frisch und der Teppich fleckenlos; sie hatte sich nie Mrs Arthurs genannt.

Obwohl Arthurs kein Trinker war, ging er später am Nachmittag in ein Pub, das er nicht kannte, genauso wenig wie das Lokal, in dem er vorher zu Mittag gegessen hatte: Er mochte neue Orte.

Mit dem Bier, das er bestellte, zog er sich in eine Ecke des fast leeren Barraums zurück, wo die Spielautomaten stillstanden und die Lautsprecher schwiegen. Der Raum hatte etwas Schmuddeliges und Düsteres, was auch die unzureichende Beleuchtung nicht verbannen konnte. An der Theke, auf Barhockern, saßen verdrießlich zwei Männer und redeten nicht miteinander. Ein Barmann in Hemds- ärmeln blätterte im *Star*.

Die Lustlosigkeit, die Arthurs in dem Café erwähnt hatte, erfüllte ihn mittlerweile ganz, er empfand sie fast wie eine Infektion, die in ihm wuchs und an ihm haftete, eine ungesunde Beklemmung. Er trank sein Bier und fragte sich, warum er hier eingekehrt war und Geld verschwendete. Es gab Zeiten, da wäre er zu den Hunderennen in Wimbledon oder White City gegangen. Unter Menschen und mit anderen Gedanken im Kopf hätte er die Stimmung abschütteln können. Vielleicht wäre er sie auch losgeworden, wenn er sich mit einem Flittchen unterhalten hätte. Nicht, dass ihm ein Flittchen jemals gutgetan hätte, ebenso wenig wie vorhin die alte Kellnerin. Er schloss die Augen und unterdrückte die Enttäuschung über ihre Frage, ob er was von ihr wolle, dabei versuchte er doch nur, freundlich zu sein. Sie hätten sich irgendwo im Park auf eine Bank setzen können, wo die Blumen gerade zu blühen anfingen und Vögel auf dem Wasser schwammen. Sie wusste, was passiert war; sie wusste, dass er heute endlich dort gewesen war. Nach ihrer kurzen Begegnung musste sie es ahnen.

Langsam kamen mehr Gäste in den Barraum, noch ein Mann, Pärchen. Arthurs beobachtete sie und suchte die aus, die ihm sogleich unsympathisch waren. Er überlegte, ob er im Mastyn's anrufen und sagen sollte, dass er morgen früh nicht kommen werde. Eine Magenverstimmung, könnte er sagen. Aber dann würde ihm die Zeit lang werden, weil er ohnehin zwanzig nach fünf aufwachte, darauf war er programmiert. Und es gab nichts, was den Spaziergang zur U-Bahn und die Fahrt selbst und das letzte Stück Fußweg zum Hotel ersetzen würde; und nichts, was die dreieinhalb Stunden im Speiseraum ersetzen würde, bis er um halb elf seine weiße Jacke aufhängen und die schwarze Fliege abnehmen konnte. Seit seine Arbeitszeit im Mastyn's verkürzt worden war, reichte sein Verdienst als Frühstückskellner nicht mehr zum Leben, aber er machte den Mangel auf andere Weise wett. Er hatte seit seiner Kindheit gestohlen.

Gegenüber an der Bar war ein Telefon, halb verdeckt durch einen Vorhang, der vom Eingang zur Damentoilette zurückgezogen war. Als er es entdeckte, war er wieder versucht. Aber wer immer an der Rezeption abheben würde, würde meckern und ihm raten, bis morgen abzuwarten, um zu sehen, wie es ihm ginge. Das Gespräch wäre unbefriedigend, man würde die für den Speiseraum zurückgelassene Botschaft vermutlich vergessen und es ihm ankreiden, wenn er nicht auftauchte, obwohl er sich so verhalten hatte, wie man es es von ihm erwartete. Das alles war es nicht wert.

Warum hatte sie ihn so angeblafft? Warum war ihre Stimme so schroff geworden, als sie ihn fragte, ob er was von ihr wolle? Noch nie, nicht ein einziges Mal, hatte er sie um Geld gebeten, aber ihrem Ton nach hätte man meinen können, dass er ständig diesbezüglich Andeutungen machte. Musik setzte ein, wurde leise gedreht, war aber dennoch zu laut, denn für ihn war Musik nichts weiter als Krach. Auch das letzte Paar, das hereingekommen war, lachte lauter als unbedingt nötig, beide trugen sie dunkle Brillen, obwohl den ganzen Tag keine Sonne zu sehen war. Eigentlich hatte er sie nur fragen wollen, ob sie vielleicht kurz in ein Café gehen könnten. Nichts weiter sonst, zehn Minuten von ihrer Zeit.

Arthurs starrte in das Bier, das er nicht getrunken hatte, auf die sich auflösende Schaummasse. Ihre große Stärke war das Einfühlungsvermögen, das sie aufbringen konnte, erstaunlich bei einer Frau, die nicht klug war. Schon am ersten Tag war ihm das aufgefallen, als sie auf der Treppe ins Gespräch kamen, weil er zufällig vorbeiging. »Möchten Sie vielleicht einen Tee?«, hatte sie ihm angeboten, ihr Schlüssel steckte schon im Schloss; und er hatte gesagt, den Tee mit zwei Löffeln Zucker, als sie in ihrem Zimmer waren. Er erzählte ihr von der Beschwerde beim Mittagessen im Speiseraum des Hotels, weil es sich fast von selbst ergab; sie sagte, sie hätte sich gewundert, warum er so durcheinander aussah, und fügte dann hinzu, das wäre wohl jeder, bei einer so schrecklichen Sache. Er wiederholte die Bemerkungen, die gefallen waren, wie er dagestanden hatte und zuhören musste, wie der Mann nach dem Geschäftsführer verlangt und, als Mr Simoni kam, gesagt hatte: »Tut uns leid, dass wir Sie bemühen.« Mr Simoni hatte ihnen die Hand hingestreckt, aber sie schlugen nicht ein.

Arthurs überlegte kurz, ob er ihr, an jenem ersten Tag oder später, auch das erzählt hatte – dass Mr Simonis ausgestreckte Hand ignoriert wurde. Er konnte sich nicht daran entsinnen, es gesagt zu haben. Eine gepunktete Fliege hatte der Mann getragen, weiße Punkte auf Rot, dazu ein dunkles Hemd mit weißen Streifen. Der Pfeffer sei ihr mit einem Murren über das Risotto gemahlen worden, das unverschämt klang, sagte die Frau. Der Kaffee sei kalt gewesen. »Nun, der Kaffee wird selbstverständlich nicht berechnet«, erwiderte Mr Simoni sofort. Etwas Besonderes sollte es werden, dieses Mittagessen, sagte der Mann, und die Frau nannte das Ganze eine Katastrophe, bevor sie ihre Serviette zu Boden warf. Dann rauschten sie davon, nicht ahnend, was sie hinterließen. »Nach diesem Vorfall nur noch Frühstück«, zischelte Mr Simoni, während er vor den mittlerweile verstummten Gästen an den anderen Tischen dienerte und Kratzfüße machte. »Ob Ihnen das passt oder nicht.« Unter der weggeworfenen Serviette lag ein Brief, der angefangen und dann abgebrochen worden war, mit einer Einkaufsliste, deren einzelne Posten mit Bleistift auf dem verbliebenen Platz geschrieben waren. *Sehr geehrte Damen und Herren, ein elektrisches Heizgerät, das ich bei Ihnen gekauft habe, ist defekt* war mit einer gezackten Linie durchgestrichen; am oberen Seitenrand stand in der gleichen Handschrift ein Datum und eine in blauen Reliefbuchstaben eingeprägte Adresse.

Arthurs griff in eine Brusttasche und holte ebenjenes Blatt Papier heraus, nunmehr auf ein Viertel seiner Größe zusammengefaltet. Es war an den Rändern ausgefranst, mit Eselsohren und Schmutzflecken, eine der Falten ging schon fast ab, und er öffnete es nicht, aus Angst, es noch mehr zu beschädigen: Ihm genügte es, das Papier einen Augenblick zwischen Daumen und Zeigefinger zu halten, um zu wissen, was es für ihn bedeutete, er trug es immer bei sich. Vor einem Jahr war er in ein Kall-Kwik gegangen und hatte es zweimal fotografieren lassen, weil er befürchtete, das Original könnte ihm eines Tages irgendwie abhandenkommen: Er misstraute seit jeher der Zukunft und allem, was sie mit sich bringen könnte. Er kannte die Adresse auswendig, noch im Schlaf, in seinen Träumen; aber wer konnte schon wissen, was dem Gedächtnis widerfuhr? Wobei das jetzt natürlich nicht wichtig war.

Er steckte das gefaltete Papier zurück in die Tasche und stand auf. Um sieben war sie mit den Büros fertig, zehn nach war sie wieder unterwegs. Jetzt war es fünf vor sechs, er konnte also noch eine Weile sitzen bleiben und über sie nachdenken. Er hatte sie schon lange kommen und gehen sehen, bevor sie ihn in ihre Wohnung einlud. Oft waren sie sich auf der Treppe begegnet, weil er einen Stock über ihr zwei Zimmer bewohnte, die wegen ihres schlechten Zustands billiger waren als die anderen. Er hatte nicht gewusst, dass sie Witwe war und sie für ledig gehalten, seit sie vor ungefähr einem Jahr eingezogen war. Ihr Mann war Fahrkartenkontrolleur in der U-Bahn gewesen.

Er ließ sein Bier stehen und schob das Glas beiseite, damit er es nicht mit dem Ärmel erwischte, wenn er den Mantel anzog. Langsam knöpfte er den Mantel zu – er war schwarz wie seine Hose –, dann durchquerte er den Barraum und trat hinaus in die Abenddämmerung. Eigentlich sollte er das gefaltete Papier nicht länger aufbewahren, aber ihm war klar, dass er es nicht wegwerfen konnte. Die Einkaufsliste, auch das wollte er ihr sagen, wäre immer ein Andenken.

Die Begegnung mit ihrem Exmann hatte Cheryl nicht besonders erschüttert, dazu war sie zu sehr an seine plötzlichen Auftritte gewöhnt. Während sie Papierkörbe leerte und Plastikbecher aufsammelte, die lange Schnur an ihrem Staubsauger entrollte und mit den Böden begann, machte sie sich wieder Vorwürfe. Dämlich war sie gewesen. Auch einsam, nahm sie an; weil ihr fehlte, was der Tod ihr genommen, hatte sie den Mann in einem anderen Licht gesehen; es war ihr leichtgefallen, ja zu sagen. Daph war beim Standesamt Trauzeugin gewesen, zusammen mit einem Mann, den sie von der Straße holten. Hinterher saßen sie mit Daph im Queen's Regiment in der hinteren Bar, und als später ein paar Leute aus dem Haus dazustießen, gingen sie in einer Gruppe zu Bruce's Platter über dem Prudential Office. Die anderen nannten sie ständig Mrs Arthurs und machten sich einen Spaß daraus, als der Wein Wirkung zeigte, aber er war die ganze Zeit sehr still, bis sie hörte, wie er Daph von der Beschwerde beim Mittagessen erzählte und wie Daph – die kein Blatt vor den Mund nahm, wenn sie zu viel getrunken hatte – alle paar Minuten sagte, solche Leute verdienten es nicht zu leben. »Hast du gehört, was deine Freundin gesagt hat?«, fragte er sie hinterher.

Damals fand sie es ziemlich sonderbar, dass er den Vorfall einer Fremden gegenüber erwähnte, dass jenes schreckliche Mittagessen so lange in ihm bohrte, die Wunde der Demütigung so langsam heilte. Sie hatte ihn gedrängt, im Mastyn's Hotel zu kündigen und sich eine Stelle in einem Restaurant oder einem anderen Hotel zu suchen, aber er wollte nicht, aus welchem Grund auch immer, und hielt stoisch daran fest, dass er sein Leben von jetzt an eben als bescheidener Frühstückskellner fristen würde. Sie verstand ihn nicht, aber sie glaubte, wenn man in einer Ehe die Bürde des anderen mittrug, wären eines Tages alle rundum geheilt.

Doch am Abend ihrer zweiten Hochzeit erwies sich die Bürde, die sie auf sich geladen hatte, mit einem Mal als etwas komplizierter. Nach ihrer Rückkehr von der Feier im Queen's Regiment und Bruce's Platter wollte der Mann, mit dem sie einen halben Tag verheiratet war, nicht ins Bett gehen. Er sagte, es lohne sich kaum noch, da er kurz nach fünf aufstehen müsste. Aber es war noch nicht einmal elf, als er das sagte.

Cheryl, die immer noch Büroböden staubsaugte, erinnerte sich an den unaufgeregten Tonfall seiner Stimme, als er ihr diese Erklärung bot, an die Sachlichkeit, die ihr ziemlich unvermittelt einen kalten Schauer über den Rücken jagte. Sie erinnerte sich, wie sie die einzige Röhre des Heizkörpers eingeschaltet hatte, den sie aus dem Zimmer mitgebracht hatte, in dem sie nicht mehr wohnte. Sie erinnerte sich, wie sie wach gelegen und sich gefragt hatte, ob ihn die Dunkelheit im Schlafzimmer zu ihr treiben würde, ob er so ein Typ von Mann war, auch wenn sie noch nie gehört hatte, dass es solche Männer gab. Aber es tat sich nichts, bis auf ihre Gedanken und die klare Erkenntnis, dass sie einen Fehler gemacht hatte.

Während sie den Staubsauger in Ecken und unter Schreibtische schob, ging ihr dies alles wieder durch den Kopf, wie so oft, wenn ihr Exmann ein weiteres Mal versuchte, in ihr Leben zu treten. In der Zeit, als sie einander kennenlernten, hatte sie ihn als verletzlichen Menschen empfunden. Sie hatte ihm von ihrer Kindheit erzählt, von ihrer Ehe und dem Schock, Witwe zu sein; er hatte ihr von der Missbilligung erzählt, der er sich schon immer ausgesetzt fühlte und die in der Beschwerde beim Mittagessen, die ihm so schwer zusetzte, ihren Höhepunkt gefunden hatte. Kleine Verweise, Schmach und Tadel in den verschiedensten Formen trafen ihn, da war sie sicher, mehr als eigentlich beabsichtigt; das war ihr schnell klargeworden, als er ihr immer neue Facetten seines aufgestauten Schmerzes anvertraute. Allerdings hatte sie auch geglaubt, der Schmerz würde nachlassen, denn wenn sie bei ihm war, sah es so aus. Aber noch ehe sie ihre Sachen packte und ging, sagte Daph: »Dein Kerl hat 'ne Klatsche.«

Cheryl schaltete den Staubsauger aus und wickelte die Schnur wieder auf. Sie stellte die Stühle, die sie aus dem Weg hatte räumen müssen, ordentlich an ihren Platz zurück, machte die Büros nacheinander fertig und schloss von jedem die Tür hinter sich. Dann nahm sie Mantel und Schal von der Garderobe im Gang und schleppte den schwarzen Plastiksack mit dem eingesammelten Müll nach unten. Sie stellte die Alarmanlage wieder ein, ließ die Tür hinter sich ins Schloss fallen und ging langsam davon.

»Sie haben Mr Simoni ignoriert«, sagte er in die leere Dunkelheit. »Mr Simoni wollte ihnen die Hand geben, aber die Mühe hätte er sich sparen können.«

Sie sah ihn ausdruckslos an. Kein Flackern, dass sie Mann und Frau waren, als hätte sie es vergessen. Sie hatte ihm alles bedeutet, das hätte sie an seinem Verhalten ihr gegenüber spüren können. Bei ihrem zweiten Spaziergang hatte sie ihm eine Hand auf den Arm gelegt. An einem Sonntag war das gewesen, einem kalten Nachmittag, rotblaue Handschuhe hatte sie getragen. Nur ein leichter Druck ihrer Finger, kaum spürbar, nicht aufdringlich, aber er hatte ihr Verständnis gespürt. Ein Kellner konnte sein Gegenüber durchschauen, hatte er ihr ein andermal erklärt. Sie hätte keine Ahnung, nicht die geringste, wie verletzend die Höhe eines Trinkgeldes war, das jemand neben dem Teller liegen ließ. Wobei ein Frühstückskellner überhaupt nichts bekam.

»Ich will hier nicht stehen und dir zuhören«, sagte sie, und dann, er solle sich Hilfe suchen und sie endlich in Ruhe lassen.

»Ich habe mich einfach nur gefragt, ob ich dir schon mal erzählt habe, dass Mr Simoni seine Hand angeboten hat.«

»Bitte lass mich in Ruhe«, sagte sie und ging weiter.

Jeder Appell an ihn war eine Wiederholung, schal geworden, bevor sie ihn aussprach, und wenn sie es dann tat, klang es müde. Nach ihrem Umzug in ein anderes Viertel war ihr Kontakt zu Daph eingeschlafen, aber sie hatte ihrer Freundin versprechen müssen, zur Polizei zu gehen, wenn sie sich vor ihm fürchtete.

»Man sah ihr gleich an, dass sie eine von den Frauen war, die sich beschweren«, sagte er. Er habe ihr den Kaffee serviert, damit sie ihn einschenken konnte, und als er sich entfernte, rief sie ihm nach, er sei kalt. Einen Kellner mit schmutzigen Manschetten, das hätte sie in diesem Speiseraum nicht erwartet, sagte sie, als Mr Simoni kam.

Cheryl versuchte zu übersehen, wie er nach seiner Brieftasche suchte. Das fand sie immer am schlimmsten, wenn er das dreckige Papier aus der Brieftasche holte, vorsichtig auseinanderfaltete und ihr die zerfledderten Ränder und die blauen Buchstaben der Adresse hinhielt wie ein Geschenk. *Sehr geehrte Damen und Herren, ein elektrisches Heizgerät, das ich bei Ihnen gekauft habe, ist defekt …* In der Dunkelheit konnte sie nichts sehen, aber sie wusste, das stand da, genau wie einst die Einkaufsliste, deren mit Bleistift geschriebene Posten irgendwann gänzlich verschwunden waren.

»Bitte lass mich in Ruhe«, sagte sie.

Er ging mit ihr und sagte, das Café neben dem Waschsalon sei durchgehend geöffnet, die Leute warteten dort, bis ihre Wäsche fertig war. »Ruhig«, sagte er. »Da ist es immer ruhig, in dem Café.«

An den Bewegungen neben ihr merkte sie, dass er das Papier wieder zusammenfaltete und ins rechte Fach seiner Brieftasche zurücksteckte. Seine Brieftasche war klein und schwarz, die Plastikschicht stellenweise abgewetzt.

»Es liegt doch fast auf deinem Weg«, sagte er.

Außer ihnen war niemand auf der Straße, schon seit sie ihn hinter sich hatte sagen hören, dass die Leute, die sich beschwert hatten, Mr Simonis versöhnlich ausgestreckte Hand ignoriert hatten. Immer sprach er sie von hinten an, seine Schritte auf der Straße waren lautlos.

»Ich dachte mir schon, dass wir uns heute über den Weg laufen«, sagte er. »Bestimmt will sie wissen, was heute Morgen war, dachte ich.«

Er schlug einen Tee vor, worauf sie erwiderte, um diese Tageszeit möge sie keinen Tee. Und dann fiel ihr ein, dass sie in einem Café laut werden und darauf aufmerksam machen konnte, wie er sie belästigte. Aber sie verspürte keine Lust, mit ihm in ein Café zu gehen. Als sie Sachen fand, die er gestohlen hatte, sagte er nichts, schüttelte nicht mal den Kopf. Auch als sie ihre Habseligkeiten packte, schwieg er, als hätte er nichts Besseres verdient und sich die Erniedrigung selbst zuzuschreiben.

»Heute Vormittag, gleich nach der Arbeit im Hotel, bin ich rausgefahren«, sagte er.

Er erzählte ihr von den Frühstücksgästen im Hotel, ein flauer Vormittag, weil Montag war. Er erinnerte sich noch an die Bestellungen, das konnte er hinterher immer, auch wenn viel Betrieb war, er nannte das die Gabe eines Kellners. Er erzählte ihr von der Busfahrt durch Shepherd's Bush und Hammersmith, von den grünen Bäumen und Wiesen hinter Castelnau. Jemand wollte beim Red Rover aussteigen, und der Fahrer rief zurück, den gebe es schon seit Jahren nicht mehr. An der Upper Richmond Road war ein Verkehrsstau, und er stieg aus, um ein Stück zu Fuß zu gehen. Er sei schon vorher dort gewesen, sagte er: Priory Lane, dann beim Briefkasten links. Er hätte sich schon einige Male umgesehen, sagte er.

Als sie um eine Ecke bogen, war das erleuchtete Fenster des Waschsalons zu sehen. Im selben Moment erinnerte sie sich an das Café, von dem er sprach, ein Stück weiter unten, mit einem 7-Up-Schild im Fenster.

»Ich muss noch was waschen«, sagte er.

Sie begleitete ihn nicht in den Waschsalon. Während er dort war, hätte sie schnell am Café vorbei und zur Bushaltestelle gehen können. Sie hätte irgendeinen Bus nehmen können, auch einen, der in die falsche Richtung fuhr. Aber in dem Café, wo ein älterer Mann und zwei einzelne Frauen die einzigen Gäste waren, holte sie eine Kanne Tee mit zwei Glastassen und -untertassen von der Theke, dann ging sie noch einmal zurück, um Milch zu holen.

Sie wartete, starrte ausdruckslos in ihren Tee, trank einen kleinen Schluck, schmeckte nichts. Ihr Kopf war leer. Sie kam sich nicht vor wie in einem Café, fühlte sich nur allein, sie hätte überall sein können. Dann setzte ihr Denken wieder ein. Sie hatte sich zu ihm hingezogen gefühlt, diese Erinnerung hallte nach, eine andere Erklärung gab es kaum.

Sie sah, wie er hereinkam und die Tür sich langsam hinter ihm schloss. Er blickte sich um und wusste, dass sie auf ihn wartete, wusste, dass sie nicht verschwunden war.

Auf dem Tisch breitete er die Sachen aus, die er aus der Tasche geholt hatte, bevor er die Jacke in die Waschmaschine steckte: Schlüssel, seine Brieftasche, einen Kugelschreiber. Eigentlich hatte er damit gerechnet, sie würde ihn fragen, wo seine Jacke war, warum er sie nicht anhatte, aber sie fragte nicht. Er rührte den Tee um, den sie ihm eingeschenkt hatte. Er fand es nicht schlimm, dass sie nicht fragte; sein Mantel stand offen, sie konnte sehen, dass die Jacke nicht da war.

»Vor drei Stunden hat er sie gefunden«, sagte er. »Um Viertel nach sieben kommt er abends immer zurück.«

Cheryl fixierte einen Brandfleck auf dem Tisch, während er ihr alles erzählte: Er hatte geklingelt, und die Frau hatte ihn nicht erkannt, als sie die Tür öffnete. Er gab vor, einen Zähler ablesen zu wollen, sagte aber nicht, welchen. Der Gasmann sei doch erst da gewesen, vor einer knappen Woche, hatte die Frau gesagt, worauf er sich bei ihr entschuldigte, dass sein Namensschild nicht zu sehen war. Er zog seinen Mantel beiseite, um die Dienstmarke der Elektrizitätswerke am linken Revers zu zeigen. Die Frau hatte die Tür nicht zugemacht, als er in den Flur getreten war. Gute zehn Minuten stand sie offen, ehe er die Hände frei hatte, um sie zu schließen.

»Ich bedaure, dass ich so leichtsinnig war«, sagte er. Alles andere bedaure er nicht, fügte er hinzu. Er habe dagestanden und nicht bedauert, dass er sich daran erinnerte, wie die Frau gesagt hatte, seine Manschetten seien schmutzig und der Kaffee kalt. Er habe dagestanden und ihre Stimme gehört, dann klingelte das Telefon auf einem Tischchen neben der Flurgarderobe. Als es aufhörte, ging er sich die Hände in der unteren Toilette waschen, wo Mäntel, eine Mütze und die Hüte des Mannes an Haken hingen. Im Flur wischte er die Klinke mit einem Papiertuch ab, ehe er die Tür öffnete, und hinterher warf er das zerknüllte Tuch in einen Papierkorb an einem Laternenpfahl.

Cheryl sagte nichts, wie immer. Sie sah zu, wie der Mantel zugeknöpft wurde, nachdem sie wahrgenommen hatte, dass er keine Jacke trug. Ein Blutspritzer aus dem Mund der Frau sei auf dem Ärmel gelandet, sagte er, was mit dem bloßen Auge leicht zu übersehen, unter einem Mikroskop aber durchaus erkennbar war.

Einmal hatte er ihr einen blauen Fleck gezeigt, den er sich an einem Finger zugezogen hatte, als er sein Verbrechen beging, ein andermal das Papiertuch, mit dem er die Türklinke abgewischt und es dann den ganzen Tag in seiner Tasche vergessen hatte. Einmal behauptete er, die zweite Post sei gekommen, während er dort war, hauptsächlich braune Umschläge, die durch den Briefkasten rutschten. Während die Frau auf dem Boden lag, hörte er, wie der Briefträger pfeifend fortging.

»Ich bin nicht mit dem Bus gefahren«, sagte er. »In einem Bus sitzen, das wollte ich nicht. Hinterher aß ich Leber mit Erbsen.«

Beim letzten Mal war es eine Packung Chips gewesen, dann wieder ein Chickenburger. Cheryl hörte still zu, während seine Stimme weitersprach, während er ihr erklärte, dass sie seit jenem Morgen seine einzige Freundin war, seit er sich die Hände gewaschen hatte, bei den Mänteln des Mannes, die auf Kleiderbügeln hingen, und der parfümierten Seife in einer eigenen kleinen Porzellanschale. Draußen war eine Katze aufs Fensterbrett gesprungen und fing an zu miauen, als wüsste sie, was passiert war. Er hatte überlegt, ob er die Hintertür aufmachen sollte, um sie hereinzulassen, damit sie, wenn der Mann zurückkam, im Flur wäre und ihre blutigen Pfotenspuren überall im Haus verteilt.

Daph gegenüber hatte sie nie erwähnt, dass sie keine Angst empfand, wenn sie bei ihm war, ja nicht einmal Unruhe. Sie hatte auch nie erwähnt, dass hinter den Geschichten über das nicht begangene Verbrechen eine gewisse Gerissenheit steckte, auch wenn es nicht so aussah, weil er so wenig von ihr verlangte. Sie hatte nie gesagt, dass es ihrem Wesen entsprach, sich zu den Spaziergängen mit ihm hinreißen zu lassen und seine zurückhaltende Umarmung anzunehmen, dass ihr Mitgefühl seine Nahrung war. Mit Daph hatte sie nie über ihn reden wollen. Und die Warkelys wussten nicht einmal, dass er existierte.

Er hob die Glastasse an die Lippen. Sie schwieg immer noch. Sie musste auch nichts sagen, nur ein wenig länger bleiben, das Schweigen gehörte dazu, wenn sie mit ihm zusammen war. Als sie aufstand und sich entfernte, ging er nicht hinter ihr her.

Er würde seinen Tee austrinken und sich noch eine Tasse einschenken, das stellte sie sich vor, als sie wieder auf der Straße war. Im Waschsalon würde er die Tür der Maschine öffnen und seine triefnasse Jacke aus der Trommel holen. Er würde die Ärmel ausbreiten und den Stoff wieder in Form ziehen, bevor er sich auf den Weg zu der Wohnung machte, in der sie so kurz miteinander gelebt hatten. Heute Abend würde ihm das grelle Neonlicht, unter dem sie gerade ging, nichts ausmachen. Und auch nicht die Autos, die auf der Suche nach dem, was die Nacht zu bieten hatte, langsam dahinfuhren. Und auch nicht die Stimmen der Paare, die eng umschlungen an ihm vorbeigingen. Heute Abend schenkten ihre Tränen ihm Frieden.

DIE MUSIK DES TANZLEHRERS

Brigids Bereich waren die Spülräume, dort fing man an, wenn man ein Mädchen war, wenn nicht, im Besteckraum oder in der Stiefelkammer. Brigid fing mit vierzehn an, und sie war noch vierzehn, als sie von dem Tanzlehrer hörte. Mr Crome erwähnte ihn zuerst, sein langsamer, schwermütiger Bericht drang aus der Küche durch die offene Tür des Spülraums. Lily Geoghegan sagte, sobald Mr Crome den Mund aufmache, halte er einen Vortrag.

»Wir dürfen annehmen, dass es sich um einen Italiener handelt. Aus der italienischen Stadt Neapel. Ein reisender Musiker.«

»Also wirklich, so was«, warf Mrs O'Brien ein, und Brigid merkte gleich, dass sie mit etwas anderem beschäftigt war.

Die Spülräume waren niedrig, Kochtöpfe und Kessel hingen an Haken, und die nicht oft benutzten Schüsseln, Teller und Marmeladenschälchen standen gedrängt auf dem langen Regalbrett, das sich vom einen Spülraum in den zweiten zog, obwohl ein Türrahmen dazwischen war. Die dazugehörige Tür hatte man vor Jahren aus den Angeln gehoben, weil sie störte, aber die Angeln, mittlerweile zu fest, um sich noch bewegen zu lassen, waren noch da. Vier Schieferbecken, flankiert von breiten Abtropfflächen, erstreckten sich unterhalb der von außen vergitterten Fenster, und wenn die Scheiben nicht beschlagen waren, sah Brigid die Hofschuppen und die Pumpe. Hin und wieder goss einer der Gärtnerjungen eimerweise Wasser auf die Pflastersteine und schrubbte sie sauber.

»O ja«, fuhr Mr Crome fort. »Eine legendäre Stadt.«

»Bringt er ihnen italienische Schritte bei, Mr Crome?«

»Wir müssen annehmen, dass die Schritte österreichischen Ursprungs sind. Wien, wie mir zu Ohren kam. Auch dies eine berühmte Stadt.«

Dann begann Mr Cromes Vortrag über die Geschichte des Walzerschritts, und Brigid hörte nicht mehr zu. Am Geräusch der Luftklappen, die reguliert wurden, und der sich öffnenden und schließenden Herdtür erkannte sie, dass Mrs O'Brien auch nicht zuhörte.

Niemand hörte richtig zu, wenn Mr Crome ins Schwadronieren kam. Nur wenn er böse war und sich beschwerte, dass Staub zwischen den Geländerstreben lag oder auf dem Wasser in den Karaffen ein schaler Schleier schwamm, dann hörte man zu, egal, wer man war.

Jeden Morgen, in aller Frühe, ging Brigid zu Fuß von Glenmore über Skenakilla Hill zum Skenakilla House. An der Hintertür wartete sie, bis John oder Thomas ihr öffneten. Wenn Mr Crome sie behielt, wenn sie zufriedenstellend und gewissenhaft arbeitete, wenn sie sich für die Aufgaben in der Spülküche als geeignet erwies, würde man sie einquartieren. Das hatte Mr Crome gesagt und dabei genau diese Worte benutzt. Sie war froh, dass sie nicht gleich in dem fremden Haus wohnen musste.

Brigid war groß für ihr Alter, Mr Crome staunte, als sie es ihm nannte. Sie war die Älteste von fünf Geschwistern, blond und sommersprossig, ein Mädchen vom Land, das jenseits des Hügels wohnte. »Rein äußerlich macht sie nicht viel her«, vertraute Mr Crome dem Personal in der Küche an, nachdem sie sich bei ihm vorgestellt hatte. An ihre Mutter erinnere er sich gut, denn auch sie hatte früher in den Spülräumen gearbeitet, dann aber leider Ranahan geheiratet, statt beruflich voranzukommen, und jetzt war sie – so erzählte Mr Crome es Mrs O'Brien – durch Armut und Schwangerschaften ausgezehrt. Ranahan war nie nüchtern.

Am Anfang war Brigid schüchtern. Die anderen warfen einen Blick in die Spülräume, wenn sie vorbeigingen, oder sahen nach ihr, wenn sie es nicht eilig hatten. Wenn die Bediensteten mit ihr sprachen, spürte sie, wie ihr die Röte ins Gesicht stieg, und je bewusster sie sich dessen war, desto schlimmer wurde es, was sie verwirrte und manchmal Dinge sagen ließ, die sie gar nicht sagen wollte. Doch nach einigen Wochen fiel ihr alles leichter, und als der Tanzlehrer ins

Haus kam, empfand sie selbst die Tischzeit nicht mehr so sehr als Tortur wie am Anfang.

»Wo liegt Neapel, Mr Crome?«, fragte Thomas an dem Tag, als Mr Crome zum ersten Mal über Italien sprach, im Speiseraum der Bediensteten. »Wo genau liegt das auf der Landkarte, Mr Crome?«

Er wollte Mr Crome hereinlegen. Brigid sah, dass Annie-Kate zur Seite blickte, falls sie kichern musste, und John stupste Lily Geoghegan mit der Spitze seines Ellbogens am Arm an. Die alte Mary nickte und lächelte beim Kauen, war taub für alles, was gesagt wurde, aber die Spuren einstiger Schönheit leuchteten noch in ihren Zügen; sie saß am anderen Ende des langen Tisches, über den Mr Crome wachte. Neben ihm sorgte Mrs O'Brien dafür, dass immer Kartoffelbrei auf seinem Teller lag, extra püriert, denn Mr Crome aß Kartoffeln nur in dieser Form. Die Witwe Kinawe, die montags und donnerstags die Wäsche machte und manchmal auf der Allee hinterm Haus war, wenn Brigid morgens kam, saß neben ihr am Tisch, auf der anderen Seite Jerety aus dem Garten und neben ihm die Gartenjungen.

»Neapel liegt an den Gestaden des Meeres«, sagte Mr Crome.

»Ich meine, ich hätte was von einem Fluss gehört, Mr Crome. Liegt es nicht eher an den Gestaden eines Flusses?«

»Wahrscheinlich hast du von dem Fluss Donau gehört, mein Junge. Die Donau liegt ganz woanders.« Und Mr Crome zeichnete den Verlauf jenes großen Flusses nach und nahm sich dabei die eine oder andere Freiheit. Ein Walzer sei nach dem Fluss benannt, deshalb hätte Thomas wohl davon gehört.

»Also, das übertrifft wirklich alles!«, sagte Mrs O'Brien.

Mrs O'Brien sagte das oft. Im Speiseraum neben der Küche drehten sich die Gespräche gewöhnlich um Ereignisse im Haus, um Ankünfte und Abreisen, um eingetroffene Nachrichten, um Ankündigungen, Erwartungen; dabei wurde Mrs O'Briens Ausdruck des Staunens oft strapaziert. John und Thomas oder die zwei Zimmermädchen oder Mr Crome persönlich berichteten regelmäßig von den Machenschaften, die sie in den oberen Räumen nach einem Gespräch im Salon oder einer Unterhaltung im Esszimmer oder sonst wo heraushörten. »Machenschaften« war Mrs O'Briens Wort, es stand für den Anteil der Dienerschaft am Hausklatsch.

Es war Winter, als Brigid in den Spülräumen begann und der Tanzlehrer ins Haus kam. Jeden Abend ging sie im Dunkeln über den Hügel zurück, aber nach den ersten paar Malen kannte sie den Weg gut und hielt sich an den steinigen Pfad, dankbar, wenn der Mond schien. Alle vier Wochen trug sie den geringen Lohn bei sich, den Mr Crome ihr zahlte, mit mehr durfte sie erst rechnen, wenn sie ausgebildet war. Bei Regen schützte sie sich, so gut sie konnte, und trocknete ihre nassen Sachen am Kamin, sobald sie nach Hause kam, das Feuer hatte man für diesen Zweck extra unterhalten. Wenn es morgens regnete, spürte sie den ganzen Tag die Feuchtigkeit am Leib.

Was Brigid über Skenakilla House wusste, kam von den Bediensteten. Sie hörte von Mr Everard, dem Master, und Mrs Everard und der Familie, von Miss Turpin und Miss Roche, von den prächtigen Möbeln und Räumen. Brigid konnte sie sich vorstellen, hatte sie aber noch nie gesehen. Was sie über Skenakilla Hill mit nach Hause nahm, waren Beschreibungen der Dienerschaft, mit der sie gemeinsam am Abendbrottisch saß: der langgesichtige Thomas, der korpulente John, die alte Mary, die immer Gespräche anfing, auf die niemand einging, Lily Geoghegan und Annie-Kate, die in ihr Essen kicherten, die Schwermut von Mr Crome, Mrs O'Brien, die immer nervös war und rot wurde, wenn sie zu tun hatte. Sie erzählte von den Enttäuschungen, die das einsame Leben der Witwe Kinawe kennzeichneten, von Jerety, der stumm am Tisch saß, und seinen ebenfalls stillen Gartenjungen.

»Ach, der ist ganz klein. Und dünn wie eine Messerklinge«, lautete das Gerücht, das Brigid nach der Ankunft des Tanzlehrers mit über den Hügel nahm. »Schwarzes Haar, wie bei Italienern üblich. Und es glänzt.«

Er spiele Klavier und lehre gleichzeitig die Schritte, sagte Mr Crome und erinnerte sich an einen anderen Tanzlehrer, einen Mann aus der Gegend, der sich eine Frau zum Klavierspielen und einen Geiger als Begleitung mitgebracht hatte. Buckley hieß der Mann, der jeden Morgen in einem kleinen Wagen mit seinem Gefolge vorfuhr.

»Trotz alledem glaube ich kaum, dass er sich mit dem Stil des Italieners messen könnte«, sagte Mr Crome. »Buckley fehlte es an Haltung.«

Einmal hörte Brigid die Musik, ein Klimpern der Klaviertasten, das nur so lange dauerte, wie die mit grünem Tuch bespannte Tür am Ende des Küchendurchgangs offen stand. John hielt sie mit der Schulter weit auf, während er mit einem Tablett voller Tassen und Untertassen durchging. Annie-Kate zeigte Brigid gerade, wie man die Öllampen im Durchgang auffüllte, eine Aufgabe, die ihr bald zufallen sollte, wenn Mr Crome ihre Arbeit zufriedenstellend fand. Bis zu diesem Morgen war sie noch nie im Durchgang gewesen, da sich die Spülräume auf der anderen Seite des Küchenflügels befanden. »Immer die gleiche alte Melodie«, sagte Annie-Kate. »Nie spielt er etwas Neues.« Aber Brigid hätte gern noch länger gelauscht und war enttäuscht, als sich die Tür schloss und damit die Musik verstummte. Es war das erste Mal, dass sie ein Klavier spielen hörte.

Drei Tage später sagte Mr Crome beim Essen:

»Der Italiener ist fertig mit ihnen. Am Freitag packt er seinen Pferdewagen und fährt weiter nach Skibbereen.«

»Können sie jetzt die Schritte, Mr Crome?«, fragte Annie-Kate in der kecken Art, die sie manchmal am Essenstisch an den Tag legte, wenn sie sich vergaß. Einmal hörte Brigid, wie Mrs O'Brien sie frech nannte und Annie-Kate in der Küche ausschimpfte, und hinterher kam Annie-Kate mit rotem Gesicht und tränenüberströmt in die Spülräume und tupfte sich mit der Schürze das Gesicht ab, ohne sich, wie sie es bei den anderen getan hätte, darum zu scheren, dass Brigid sie sah.

»Das geht uns nichts an«, tadelte Mrs O'Brien, aber Mr Crome dachte über die Frage nach. Man könne gewiss davon ausgehen, sagte er schließlich, dass der Tanzlehrer erst gehen werde, wenn der Zweck seines Besuches erfüllt war. Dann fiel er John ins Wort, der etwas zu dem Thema sagen wollte, um hinzuzufügen:

»Aber eigentlich wollte ich auf etwas völlig anderes hinaus: Am Donnerstagabend soll er für uns spielen.«

»Wie meinen Sie das, Mr Crome?« Die Nachricht verdutzte

Mrs O'Brien, und Brigid erinnerte sich, wie Lily Geoghegan einmal Annie-Kate zugeflüstert hatte, dass Mrs O'Brien sich ärgerte, wenn Mr Crome ihr wichtige Neuigkeiten nicht schon vorher im Vertrauen mitteilte.

»Ich will Ihnen sagen, wie ich das meine, Mrs O'Brien. Wir werden uns alle ausnahmslos nach oben begeben, John und Thomas werden die Stühle, auf denen wir im Augenblick sitzen, in den Salon hochtragen und sie nach meinen Anweisungen aufstellen. Und dann wird man das Konzert für uns geben.«

»Und warum, Mr Crome?«, fragte Annie-Kate.

»So ist es vereinbart worden, Annie. Zu diesem Auftritt sind wir am Donnerstagabend eingeladen.«

»Wir sitzen doch nie mit dem Master und Mrs Everard zusammen. Und mit den Mädchen und Miss Turpin und Miss Roche. Sie nehmen uns auf den Arm, Mr Crome!« Annie-Kate und Lily Geoghegan lachten, und John und Thomas fielen in das Lachen mit ein. Ebenso die alte Mary.

Doch Mr Crome hatte in seinem Leben noch nie jemand auf den Arm genommen. Für den Auftritt des Tanzlehrers werde die Familie den Salon räumen, erklärte er. Die Familie werde sich das Konzert schon vorher anhören, am späten Nachmittag. Dass man den Tanzlehrer ein zweites Mal auftreten ließ, war ein Zeichen der Dankbarkeit für seine Bemühungen.

»Müssen wir uns anhören, was er sonst immer in die Tasten hämmert?«, fragte Annie-Kate. »Die Walzerschritte, meine ich, Mr Crome?«

Mr Crome schüttelte den Kopf. Von Miss Turpin wisse er, dass die vom Tanzlehrer ausgewählten Stücke völlig andere seien. Die Musik war dafür geeignet, sein Können am Klavier zu zeigen; sie war nicht von ihm komponiert, aber er kannte dennoch jede Note auswendig und musste nichts vom Blatt spielen.

»Also wirklich, so was«, staunte Mrs O'Brien, nunmehr besänftigt, weil Mr Crome seine Erklärung direkt an sie gerichtet hatte, ungeachtet dessen, von wem die Fragen kamen.

An jenem Donnerstagabend sah Brigid zwar weder den Master noch Mrs Everard oder die Mädchen oder Miss Turpin oder Miss Roche, aber sie sah den Salon. Sie setzte sich am Ende einer Reihe neben die Witwe Kinawe auf einen der Stühle mit den runden Sitzflächen, die nach Mr Cromes Anweisungen aufgestellt worden waren, und blickte sich um. An beiden Enden des langen schattenhaften Raums loderte ein Feuer, und an den scharlachroten Tapeten hingen goldgerahmte Porträts, fünf an einer, vier an einer anderen Wand. Auf dem Kaminsims und auf Tischen standen Lampen, in einer Ecke eine Marmorfigur, die Stühle und das Sofa, auf dem sonst die Familie saß, allesamt leer. Den Ehrenplatz nahm ein Flügel ein.

Brigid hatte noch nie ein Porträt gesehen. Sie hatte noch nie solche Möbel gesehen oder zwei Feuer in einem Zimmer. Und noch nie ein Klavier, weder einen Flügel noch ein anderes. Auf den breiten Dielenbrettern lagen Teppiche, und die Witwe Kinawe lenkte ihre Aufmerksamkeit auf die Decke, die mit stilisierten Blättern und Blumen überzogen war, ganz in Weiß.

Den Tanzlehrer, klein und dünn wie eine Messerklinge, genau wie sie ihn sich vorgestellt hatte, umwehte beim Eintreten ein schwacher Ölduft, leicht zitronig, aber mit einem Hauch von Süße. Er kam in den Salon, schloss die Tür hinter sich und ging schnell zum Klavier, ohne nach rechts oder links zu blicken. Er sagte nichts, setzte sich sogleich hin, schlug die Hände zusammen, spreizte die Finger und bewegte sie, ehe er begann. Und die ganze Zeit, während er spielte, hing der zarte Ölduft in der warmen Luft des Salons.

Bei der Totenwache von Brigids Großmutter war ein Fiedler da gewesen, ein alter Mann, der unter der Kälte litt, weswegen er sich nah ans Feuer setzte, bevor er ein bekanntes Trauerlied spielte und dann noch eins und noch eins. Es folgte die Totenklage, und hinterher ging die unmelodische Musik weiter, der Fiedler kauerte über der Glut des Torffeuers, während Brigids Großmutter, die Hände auf dem Totenkleid gefaltet, im Nebenzimmer lag. Doch im flackernden Lampenlicht und lodernden Feuerschein klang die Musik des Tanzlehrers in jeder Hinsicht anders als die des Fiedlers. Sie hüpfte und perlte, wurde leiser, ruhig, langsam. Sie tanzte über die scharlachroten Wände und den Blick der Porträtierten. Sie verweilte auf den leeren Stühlen, auf Vasen und Zierstücken. Sie schwebte zu der mit weißen Blumen überzogenen Decke. Brigid schloss die Augen, und die Musik des Tanzlehrers stahl sich in ihre Dunkelheit, die Melodien verloren sich, kehrten wieder, klangen neu. Da war der Gesang einer Drossel, weit entfernter Donner, und der Bach, an dem sie am Skenakilla Hill vorbeiging, rauschte dahin, dann plätscherte er. Als die Musik verstummte, war die Stille anders, als hätte die Musik sie verändert.

Der Tanzlehrer stand auf und verbeugte sich vor der versammelten Dienerschaft, die sich ihrerseits vor ihm verbeugte, weil sie nicht wusste, was sie sonst tun sollte. Er verließ den Salon, wieder ohne etwas zu sagen, und die Stühle mit den runden Sitzen wurden dorthin zurückgetragen, wo sie herkamen. Brigid sah flüchtig, wie Lily Geoghegan und John sich küssten, als sie sich für den Heimweg über den Hügel bereitmachte. »Also, da gehört schon was dazu«, lautete Mr Cromes Urteil über den Auftritt des Tanzlehrers, aber Thomas sagte, er hätte sich auf ein paar Jigs gefreut, und Annie-Kate klagte, dass sie in den anderthalb Stunden auf dem harten Stuhl fast gestorben wäre. Die Witwe Kinawe sagte, es sei großartig, einen derartigen Raum von innen zu sehen, dreiundzwanzig Porzellanstücke habe sie gezählt. Die alte Mary hatte zwar keinen Ton gehört, behauptete aber dennoch, nie einen schöneren Abend verbracht zu haben. »Wer war der Mann eigentlich?«, fragte sie Mrs O'Brien, die ihre Augen ein- oder zweimal geschlossen hatte, aber anders als Brigid.

An jenem Februarabend, auf dem steinigen Hügelpfad, lag Frost in der Luft, und der Himmel war von Sternen übersät, und Brigid kam es so vor, als wollten auch sie die Musik feiern, die Schönheit und das Gefühl in ihr. Die Melodien, an die sie sich zu erinnern versuchte, entglitten ihr, aber irgendwie fand sie es richtig, dass man sie nicht einfach zurückholen konnte. Das Perlende und die Langsamkeit und die Ruhe der Musik, die vom Bach kam, an dem sie gerade vorbeiging, waren nicht so schön wie die Musik im Salon, als sie die Augen geschlossen hatte. Doch als Brigid über Skenakilla Hill nach Hause ging, zehrte sie noch von dem, was gewesen war, und sie zehrte noch davon, als sie am Morgen aufwachte, und auch noch, als sie wieder in den Spülräumen arbeitete.

Beim Essen sagte Mr Crome, der Tanzlehrer habe nach dem Frühstück das Haus verlassen. Ein letztes Mal sei er die Walzerschritte durchgegangen. Dann war er nach Skibbereen aufgebrochen.

In den folgenden Wochen und Monaten drehte sich das Gespräch nur einmal um den Tanzlehrer. Mrs O'Brien fragte, wo ihn seine Reise wohl hingeführt habe, was Mr Crome dazu veranlasste, seine Unterhaltungen mit Miss Turpin und Miss Roche heranzuziehen. Der Tanzlehrer sei in der Tat ein Wandervogel. Wahrscheinlich sei er gerade in England oder vielleicht in Frankreich; auch von Spanien und Indien sei die Rede gewesen. Nur eines könne er mit Gewissheit sagen, versicherte Mr Crome der übrigen Dienerschaft: Der Staub von Skibbereen haftete längst nicht mehr an den Schuhen des Tanzlehrers. »Wer wollte ihm das schon verübeln?«, murmelte Thomas, der schwer auf einem Knorpel kaute, bis er ihn verstohlen aus dem Mund nahm.

Es war das letzte Mal im Speiseraum neben der Küche oder wo immer die Bediensteten sich sonst unterhielten, dass der Besuch des Tanzlehrers in Skenakilla House erwähnt wurde. Das Ereignis verschwand in den Schatten der Erinnerung, einigen blieb das Konzert im Salon als langweilig im Gedächtnis. Andere Vorfälle stießen auf größeres Interesse: Hitzewellen und Gewitter, Winternächte, in denen die Pumpe im Hof zufror, zwei der Kirschbäume brauchten Stützen.

Aber Brigid blieb der Musik treu und die Musik ihr. Der Tanzlehrer spreizte die Finger, während im Salon die beiden Feuer brannten und die Augen von den Wänden herabblickten. In den Spülräumen, wo sie nicht von einem Mann geliebt wurde wie Lily Geoghegan von John, steigerte sich die Musik zum Crescendo und wurde wieder ein Flüstern. Brigid nahm sie mit ins Schlafzimmer, das sie nach einiger Zeit mit Lily Geoghegan und Annie-Kate teilte. Sie nahm sie mit in den Garten, wo sie jeden Tag die Kräuter holen musste, die gerade benötigt wurden. Und wenn sie sonntagnachmittags zu Fuß über den einsamen Skenakilla Hill nach Glenmore ging, feierten die Sterne, die den Februarhimmel erhellt hatten, noch immer die Musik.

Als Brigid in ihrer Stellung vorankam, durfte sie das Haus und die Herrschaften kennenlernen, und wann immer sie in einem anderen Zimmer zu tun hatte und die Klänge des Klaviers hörte, blieb sie stehen. Sie hörte gern zu, aber nichts in der Musik berührte sie und blieb auch nur dunkel oder unbestimmt in ihr haften. Anfangs hoffte sie, das gleiche Klavier würde ihr eines Tages die Musik des Tanzlehrers zurückholen, doch am Ende war sie froh, dass die Musik von keinem anderen gespielt wurde.

Sie gehörte zu dem reisenden Tanzlehrer, und Brigid stellte sich große Häuser in England und Frankreich vor, sah sie deutlich vor sich wie die Bilder in einem Buch. Graue Elefanten gingen gemächlich durch die grelle Hitze Indiens, helle Paläste in Spanien hallten vom musikalischen Geschick des Tanzlehrers wider. Sie sah die Kirche in der Stadt des Tanzlehrers und Priester, die mit der Hostie warteten.

Es kam die Zeit, als Brigid keinen Grund mehr hatte, sonntagnachmittags nach Glenmore zu gehen, denn dort lebte niemand mehr, den sie besuchen konnte. Im selben Jahr gab Mr Crome seine Stellung an einen neuen Mann ab; wenig später übernahm einer der Gartenjungen die Arbeit von Mr Jerety. Die alte Mary war längst verstorben; eines Morgens wurde Mrs O'Brien tot aufgefunden.

Später kam eine Zeit, in der das Vermögen der Familie schwand. Die Bäume wurden als Bauholz gefällt. Vom Dach gefallene Schieferplatten blieben liegen, wohin der Wind sie geweht hatte. In vergessenen Zimmern sammelten sich die Spinnweben, hinter geschlossenen Türen überließ man sie Schimmel und Moder. Der Speiseraum für die Bediensteten stand ungenutzt, weil es nicht mehr genug Personal gab, das sich um den Tisch setzen konnte.

Mit großem Bedauern sah Brigid den schleichenden Niedergang, das in seinem Kummer verstummte Haus, die ruinierte Familie. Doch die Musik des Tanzlehrers versiegte nicht, als wäre nichts geschehen, als wäre alles beim Alten. Die Musik war im Salon, wo die Vasen ohne Blumen standen, die Decke dunkel vom Ruß und die Sofabezüge von der Sonne verblichen. Von alldem unberührt erheiterte sie Spülräume, Küche und Hof. Sie tanzte über Staub und Zerfall im Flur und in den Durchgängen, auf Treppengeländern und Stufen. Sie war bei den Gerüchen des Kräutergartens, beim leichten Duft von Thymian und Estragon.

Brigid, die nicht mehr die Kraft für einen Spaziergang über Skenakilla Hill besaß, schaute aus den Fenstern des Hauses zu den Baumstümpfen, dem kümmerlichen Rest des Hügelwaldes. Inzwischen so alt wie seinerzeit die alte Mary, konnte sie Bach und Weg nur schwer erkennen, aber jedes Mal, wenn sie aus dem Fenster sah, gelang es ihr am Ende doch. Sie wusste mit sicherem Gespür, dass auch dort die Musik des Tanzlehrers war. Sie wusste, die Musik würde auch noch da sein, wenn sie selbst nicht mehr war; das Wunder in ihrem Leben – ein Geist in dem Haus.

SEITENSPRUNG

In dem japanischen Café half er ihr aus dem Mantel und brachte ihn zu den Wandhaken unter dem Schild, auf dem die Geschäftsleitung jegliche Haftung für die Garderobe ablehnte. Obwohl es noch früh war, zehn nach acht, waren sie nicht die Ersten im Café. Der Taxifahrer, der fast jeden Morgen kam, las die *Daily Mail* in seiner gewohnten Ecke. Auch zwei der Musikstudenten waren schon da.

Er hängte den leichten, schwarzen Mantel auf, an dem noch immer ein schwacher Duft haftete. Die wasserabweisende Schicht bot heute Schutz genug, denn der Wetterbericht, den sie beide gehört hatten – sie vor einer Stunde in ihrer Küche, er beim Rasieren in Dollis Hill –, sagte zuversichtlich voraus, das schöne Wetter werde noch ein paar Tage halten. Er hatte keinen Mantel mitgenommen, und im Sommer trug er keinen Hut.

Vom Tisch aus, an dem sie immer saßen – Seite an Seite, damit sie die Straße im Blick hatten, auf der zunehmend mehr Büroangestellte vorbeieilten –, beobachtete sie, wie er auf seine Jackentasche klopfte, um sicherzugehen, dass er Zigaretten und Feuerzeug bei sich hatte. Irgendetwas war heute Morgen anders: Auf dem Weg von der Chiltern Street hierher hatte sie ganz kurz gespürt, dass ihre Liebesaffäre nicht mehr so war wie gestern. Meistens begegneten sie sich in der Chiltern Street, denn dort trafen ihre Wege zusammen. Sie warteten nie aufeinander: Wenn der eine oder andere später kam, trafen sie sich eben im Café.

»Alles in Ordnung?«, fragte sie. »Alles in Ordnung?« Sie versuchte die Sorge aus ihrem Tonfall herauszuhalten; dafür gab es keinen Grund, warum auch? Sie kannte die Verletzlichkeit in der Liebe – meistens war sie unangebracht.

»Aber natürlich«, sagte er, und dann kam der Kaffee, für ihn mit einem Croissant; die japanische Kellnerin lächelte. »Aber natürlich«, wiederholte er und brach sein Croissant in zwei Hälften.

Ein weiterer Musikstudent trat jetzt ein, der mit dem Klarinettenkoffer. Dann tauchte ein Paar aus dem Hotel in der George Street auf, Amerikaner, die sich unter das Bild von der Meereswelle setzten; an ihren Stimmen – sie bestellten Rührei mit Schinken – hörte man, woher sie kamen. Die regelmäßige Anwesenheit solcher Besucher aus Übersee ließ darauf schließen, dass das Frühstück im nahe gelegenen Hotel teurer war als hier.

Das Liebespaar, das sich in der Chiltern Street getroffen hatte, war trotz beider Bemühungen leicht gehemmt. Auf ihre Frage, ob alles in Ordnung sei, hatte sich in seiner Miene ein flüchtiges Unbehagen gespiegelt: Davon war, zumindest jetzt, nichts mehr zu sehen. Seine beruhigende Antwort hatte sie nicht überzeugt, und ihr eigener Versuch, sich zu beruhigen, kam ihr binnen weniger Minuten sinnlos vor: Das wiederum hielt sie vor ihm verborgen.

Sie streckte eine Hand aus und schnipste ihm einen Krümel Croissant vom Kinn. Es war so eine ihrer Gewohnheiten, er strich ihren Mantelkragen glatt, wenn er schief saß, sie rückte seine Krawatte zurecht. Kleine Gesten, mit denen sie zeigten, dass sie in den gemeinsam verbrachten Augenblicken einander gehörten, auch wenn sie es nie aussprachen.

»Ich dachte nur«, setzte sie an und sah, wie er den Kopf schüttelte.

»Du bist so schön!«, murmelte er leise. Mit den Fingerspitzen strich er über ihren Handrücken, das tat er oft, immer nur einmal die gleiche kurze Bewegung.

»Du fehlst mir die ganze Zeit«, sagte sie.

Sie war neununddreißig, er Mitte vierzig. Ihre Beziehung hatte als Büroaffäre begonnen, noch ehe Computer und Software ihr den Lebensunterhalt wegnahmen. Sie hatte sich gezwungenermaßen nach einer anderen Arbeit umgesehen, er war gezwungenermaßen geblieben: Er musste für seine Familie in Dollis Hill sorgen. Jetzt trafen sie sich so wie heute Morgen, dann zur Mittagspause in den Paddington Street Gardens oder in der Bildergalerie, wo sie bei Regen heimlich ihre Sandwiches aßen, später noch mal um zwanzig vor sechs im Running Footman.

Er war ein Mann, zu dem nachlässige Kleidung gepasst hätte. Seine lockeren, weit ausholenden Bewegungen, das kantige, oft sonnengebräunte Gesicht, die widerspenstigen hellen Haare, das Übergewicht, zu dem er langsam neigte – das alles deutete auf jemanden hin, der sich nichts von der Mode diktieren ließ. Dabei war er ziemlich elegant gekleidet: Heute Morgen trug er eine helle leichte Hose mit Jackett, ein blaues Eton-Hemd, dazu eine blau-rot gestreifte Krawatte. Diesen Gegensatz hatte sie immer attraktiv gefunden.

Sie dagegen war heute, abgesehen vom Schwarz ihres Regenmantels, ganz in Blau und Grün, die Farben fanden sich auch in ihrem dünnen Seidenschal wieder. Ihr schwarzes glattes Haar zeigte eine Spur von Grau, die sie nicht zu verheimlichen suchte, lieber machte sie das Beste aus dem, was ihr das nahende mittlere Alter ließ. Es wäre ihr ein Gräuel gewesen, wenn sie auch nur ein Gramm zugenommen hätte; sie achtete penibel darauf, dass es nicht so weit kam. Augen, Nase, Mund, Wangen und ein makelloser Hals: Keine Einzelheit dominierte ihr Gesicht, aber das Zusammenspiel aller Züge machte ihre klare, schlichte Schönheit aus. Die hübschen Ohrringe – kleine Tupfer, die nie fehlten – setzten einen Akzent, der das Gesamtbild abrundete.

»Rauch deine Zigarette«, sagte sie.

Er zog das Zellophan von einer Packung Marlboro. Sie unterhielten sich über den Tag und das, was vor ihnen lag. Sie war Sekretärin bei einem Geschäftsmann, der eine Importfirma für Modewaren leitete, er Steuerberater. Eine Lieferung italienischer Hosenanzüge war im Lager in Shoreditch nicht angekommen und hatte auch noch am Abend davor gefehlt. Das erzählte sie ihm, und er erwähnte einen Mann namens Bannister, einen Fliesenleger, der seine Gewinne nicht ordnungsgemäß gemeldet hatte, und das hieß, er musste als Klient abgewiesen werden. Gestern war es dem Mann schriftlich mitgeteilt worden, heute Morgen würde ein wütender Anruf die Antwort sein.

Der Taxifahrer verließ das Café, denn inzwischen war es fast halb neun, bald würden die ersten Verkehrspolizisten kommen. Von ihren

Plätzen aus sahen sie, wie er sein Taxi aufschloss, das gegenüberstand. Sobald das orangefarbene Licht aufleuchtete, fuhr er davon.

»Du bist bedrückt«, sagte sie, ohne es sagen zu wollen und obwohl sie spürte, dass da etwas war, an das sie besser nicht rühren sollte. Er schüttelte den Kopf. Bannister sei vor allem sein Klient gewesen, sagte er; er hätte es wissen müssen. Aber das war nicht der Grund, sie spürte es. Wir lügen uns an, dachte sie plötzlich, Unwahrheit durch Verschweigen oder wie der Ausdruck hieß. Sie spürte die Lügen, obwohl sie kaum wusste, worin ihre eigene bestand, außer vielleicht, dass sie ihre Nervosität zu verbergen suchte.

»Stehen dir gut, die spanischen Schuhe«, sagte er.

Vor zwei Tagen hatten sie die Schuhe gemeinsam gekauft. Auf ihre Frage hin hatte das Mädchen gesagt, es seien spanische. Schon heute Morgen in der Chiltern Street war ihm aufgefallen, dass sie sie zum ersten Mal trug. Eigentlich hatte er ihr gleich sagen wollen, wie gut sie ihr standen, aber dann war die Obdachlose vorbeigeschlurft, die um diese Zeit immer durch die Chiltern Street zog, und er musste in seiner Tasche nach zwanzig Pence suchen.

»Sie sind bequem«, sagte sie. »Überraschenderweise.«

»Damit hast du nicht gerechnet.«

»Nein.«

An genau diesem Tisch hatte sie ihm von ihrer Scheidung berichtet, und zwar erst – ohne ihre Absicht vorher auch nur anzudeuten –, als die Auflösung ihrer Ehe feststand. Ihre geräuschlose Scheidung, hatte sie es genannt, und nichts vom Protest ihres Mannes erzählt, dem sie als einzigen Grund nannte, dass ihre Ehe am Ende sei. »Nein, es gibt keinen anderen«, war sie der Wahrheit ausgewichen, und auch das hatte sie ihrem Freund nicht erzählt. »Ich hätte mich sowieso scheiden lassen«, behauptete sie im Café, obwohl sie wusste, dass es nicht unbedingt stimmte. Jetzt sei sie glücklicher, behauptete sie ebenfalls. Sie fühle sich befreit, die Bürde von Pflicht und Unfreiheit sei von ihr genommen. So habe sie es gewollt.

»Wahrscheinlich durchs Fliegengitter«, sagte er, inzwischen war das Thema eine streunende Katze, die bei ihm zu Hause durchs Schlafzimmerfenster kam.

Obwohl sie manchmal solche häuslichen Einzelheiten streiften – sein Haus, den Garten, die Nachbarschaft in Dollis Hill –, blieb seine Familie ein Geheimnis und wurde nie näher beschrieben oder diskutiert. Seit der Scheidung war er ein paarmal in der Wohnung gewesen, aus der ihr Mann ausgezogen war, um kleine Arbeiten für sie zu erledigen; so war er auch in einen anderen Bereich ihres Lebens eingebunden. Aber sie waren so daran gewöhnt, ihre Liebesaffäre anderswo und auf andere Weise auszuleben, dass die Wohnung dafür nie der richtige Ort zu sein schien.

Er zahlte und ließ ein Trinkgeld liegen. Dann hob er seine alte, abgewetzte Aktentasche auf, die an einem Tischbein gelehnt hatte, und hielt ihr den Mantel auf. Draußen wurde die Sonne jetzt ein bisschen wärmer. Sie hakte sich bei ihm unter, als sie von der Marylebone High Street in die George Street einbogen. Mit diesen Straßen und ein paar anderen war ihre Liebesaffäre verknüpft und – etwas privater – mit Orten wie dem japanischen Café und den Paddington Street Gardens, der Bildergalerie, dem Running Footman. In diesem Teil von London fühlten sich beide zu Hause, obwohl ihre Wohnung um Meilen entfernt war und Dollis Hill noch weiter.

Sie gingen jetzt weiter, vorbei an dem grauen Kasten der katholischen Kirche, Manchester Square, Fitzhardinge Street, dann zu ihrer Haltestelle. Als der Bus kam, umarmten sie sich flüchtig. Dann stieg sie ein und winkte.

Langsam ging er den gleichen Weg zurück, den sie gekommen waren, in der rechten Hand seine abgewetzte Aktentasche, die nur sein Mittagssandwich enthielt. Er kam wieder an der Bildergalerie vorbei, deren Fassade ein hässliches Gerüst verdeckte. Ein Portier polierte das Messing der Hoteltüren, Leute strömten aus der Kirche.

Immer noch langsam ging er weiter zur Dorset Street, in der sein Büro war. Als sie auch noch dort gearbeitet hatte, hatten es alle Kollegen vermutet und irgendwann gewusst – aber nicht, dass sie manchmal am frühen Morgen, viel früher als jetzt, zusammen die enge Treppe hochgeschlichen waren, durch stickigen Mief, bis die Luft in dem durch die Trennwände geschaffenen Labyrinth endlich wieder zirkulierte. Meistens waren die Papierkörbe am Abend zuvor geleert und es war flüchtig staubgesaugt worden; eine Tragödie war es immer, wenn die Putzfrauen beschlossen hatten, lieber morgens zu kommen und noch da waren.

Das alles schien jetzt lange her und war doch noch lebhaft präsent: der beengte Platz auf dem Fußboden, das Sich-Beeilen, plötzliche Schritte auf der Treppe, wie er von ihren Kleidern den Staub abklopfte, bevor er sich den eigenen widmete. Auch als sie schon nicht mehr dort beschäftigt war, hatten sie das Büro noch ein paarmal frühmorgens benutzt, aber sie war immer dagegen gewesen, und jetzt machten sie es nicht mehr. Ihre Wohnung war zu weit weg, um sie in der Mittagspause aufzusuchen, und hatte deshalb nach der Scheidung in dieser Hinsicht nie eine Rolle gespielt. Hin und wieder, aber eher selten, konnte er es einrichten, eine Nacht dort zu verbringen, und dann erledigte er die Arbeiten, die sie für ihn aufgehoben hatte, bevor sie am nächsten Morgen wieder gemeinsam gingen.

Er sah sie vor sich, immer noch im Bus, ziemlich weit hinten, ihre schmale schwarze Handtasche auf dem Schoß, die spanischen Schuhe. Was hatte sie gemerkt? Warum hatte sie gefragt, ob alles in Ordnung sei, und das gleich zweimal? Ohne es zu wollen und entgegen seinem Bemühen hatte er ihr ein Gefühl vermittelt, das immer stärker an ihm nagte, eine Unruhe, die er nicht erklären wollte, weil er es nicht konnte und weil er sie nicht verstand. Als sie gesagt hatte, sie vermisse ihn die ganze Zeit, hätte er erwidern müssen, dass er sie genauso vermisse, weil es stimmte und schon immer so gewesen war.

Er hatte sich gerade in dem ihm zugeteilten, abgetrennten Bereich des Büros niedergelassen, die Fenster geöffnet und die Unterlagen, die sein Arbeitspensum für den Vormittag darstellten, in verschiedene Haufen geordnet, als das Telefon klingelte.

»He!«, polterte die Stimme des Fliesenlegers Bannister ungeniert los. »Was soll dieser Schwachsinn?«

»Am Dienstag hätten sie hier sein sollen«, sagte sie. »Dienstag letzter Woche. Den vierundzwanzigsten.«

Ein Schweigen trat ein, dann gedämpftes Getuschel, eine Hand wurde über den Hörer gelegt.

»Wir rufen Sie zurück«, versprach jemand, mit dem sie vorher nicht gesprochen hatte. »In fünf Minuten.«

Die Lieferung mit den Hosenanzügen sei in York gelandet, sagte wieder eine andere Stimme, als sie erneut telefonierte. Das stehe mit neunzigprozentiger Sicherheit fest. Die Salvadore-Kleider seien auf dem Weg nach York gewesen und die Hosenanzüge wohl versehentlich mitgeschickt worden.

Stunden später, als der Vormittag vorbei war, als weitere Telefonate geführt und Faxe verschickt und empfangen, als die verschollenen Hosenanzüge endgültig in York aufgespürt, dort in einen Lieferwagen verfrachtet und auf schnellstem Weg nach London befördert worden waren, wurde das Drama in den Paddington Street Gardens berichtet, ebenso wie der Zorn des Fliesenlegers Bannister, der mit einer Klage gedroht und verlangt hatte, dass die bereits in Rechnung gestellten und bezahlten Gebühren unter den gegebenen Umständen zurückerstattet werden sollten.

»Könnte er damit durchkommen?« Sie interessierte sich nicht nur aus Höflichkeit dafür und konnte sich den Ärger am Telefon gut vorstellen, die knappen Antworten darauf, denn Mitgefühl durfte natürlich nicht gezeigt werden.

Beim Zuhören öffnete sie den Plastikbehälter mit dem Salat, den sie unterwegs aus dem Prêt à Manger in der Orchard Street geholt hatte. Er hatte seine Sandwiches schon ausgepackt, sie verströmten einen schwachen Geruch nach Hefeaufstrich. Zwischen den Weißbrotscheiben lugten Salatblätter vor. Nicht besonders nahrhaft, hatte sie gedacht, als sie sein Mittagessen zum ersten Mal sah, aber nichts gesagt. Normalerweise gab es noch Ei oder Tomate dazu, eine kleine Verbesserung; die Sandwiches waren am Morgen in Dollis Hill für ihn gemacht worden.

Der kleine ruhige Park, in dem der Rasen nicht betreten werden durfte, war früher ein Friedhof gewesen, was diejenigen, die es wussten, ein wenig schaudern ließ. Für die, die es nicht wussten, hatte der Park mit seinen leuchtenden Rosen heute nichts Düsteres. Mädchen lagen in der Sonne und genossen die kurze Pause vom Büro, Männer schlenderten ohne ihre Jacketts langsam durch die Gegend. Ein Rasenmäher wurde von einem jungen Mann angeworfen, der seine Baseballmütze verkehrt herum trug. Jazzmusik drang aus einem Walkman und brach einen Moment lang die Parkregeln, wurde aber schnell wieder ausgeschaltet.

Sie wollte ihren Salat nicht essen. Am liebsten hätte sie den durchsichtigen Deckel wieder zugemacht, das ganze Ding zu einem der schwarzen Mülleimer getragen und sich dann wieder zu ihm gesetzt und seine Hand gehalten, ohne ein Wort zu sagen. Sie wollte mit ihm dasitzen, und er sollte ihr erzählen, was ihn bedrückte, während die vielen anderen Büroangestellten verschwinden und der Park sich leeren würde, bis auf sie beide und die jungen Mütter mit ihren Kindern auf dem Spielplatz weiter hinten. Sie wollte sitzen bleiben, und keiner von ihnen sollte sich um den Nachmittag scheren, der ihnen nicht gehörte. Aber sie aß langsam weiter, genau wie er, die Tauben lauerten nur einen Meter entfernt.

Die Scheidung war der Grund, vermutete sie; letztlich konnte er doch nicht akzeptieren, was sie getan hatte. Sie konnte sich gut vorstellen, wie er nachts wach lag, immer häufiger in letzter Zeit, immer länger, und sich durch die Scheidung in die Enge getrieben fühlte. Wie er den Atem seiner Frau hörte, ihr Murmeln im Traum, und eine Hand fasste, die unwillkürlich ausgestreckt wurde. Wie er zusah, wenn die Dunkelheit dem Licht wich, erst nur in schmalen Streifen an den Rändern der Vorhänge, durch die hin und wieder streunende Katzen kamen. Wie er versuchte, an etwas anderes zu denken, eine andere Zeit seines Lebens in sein Bewusstsein zurückzuholen, die Kindheit, seinen ersten Tag im Büro und wie fremd er sich gefühlt hatte. Aber am Ende blieb immer das, was war.

»Es ist aus, oder?«, sagte sie.

Er zerknüllte die Folie, in die seine Sandwiches gewickelt waren, und warf sie in den nächsten Mülleimer. Fast nie traf er daneben. Auch jetzt nicht.

»Ich verschwende dein Leben«, sagte er.

Ihr nicht aufgegessener Salat stand auf dem Platz zwischen ihnen, wo auch seine Aktentasche lag. Als sie noch im selben Büro gearbeitet hatten, mussten sie mittags nicht heimlich unter den schläfrigen Wärtern in der Bildergalerie essen, wenn es regnete; ihnen blieb immer die Privatsphäre in seinem abgetrennten Bereich, ganz still war es dann im Gebäude, manchmal spielte leise ein Radio hinter einer geschlossenen Tür, gewöhnlich nicht einmal das. Aber das Picknick im Park war ihnen immer am liebsten gewesen.

»Ich will es doch so«, sagte sie.

»Du hast etwas Besseres verdient.«

»Ist es die Scheidung?« Und im gleichen knappen Ton fügte sie hinzu: »Aber die wollte ich doch auch, verstehst du? Um meinetwillen.«

Er schüttelte den Kopf. »Nein, das ist es nicht.«

»Die Hitze bleibt uns angeblich noch ein Weilchen«, sagte Nell, die Teefrau, und schenkte ihm Tee aus einer großen Metallkanne ein, mit Milch, zwei Zuckerwürfel lagen auf der Untertasse. Sie war klein und drahtig, stand kurz vor der Pensionierung: Wenn sie ging, würde sie durch einen Getränkeautomaten ersetzt werden.

»Danke, Nell«, sagte er.

An der Scheidung lag es nicht. Die Erschütterungen der Scheidung hatte er überstanden und – nach dem Schock, als er davon erfuhr, was sie so undramatisch abgewickelt hatte – ihre ruhige Entschlossenheit bewundert. Seine anfängliche Nervosität und Sorge, das Ganze könnte Folgen haben, die sie beide womöglich gefühlsmäßig überfordern würden, hatte er sie beiseiteschieben lassen.

Während er seinen Tee mit Milch trank, spürte er plötzlich ein heftiges Begehren, scharf wie ein Splitter, ein Anschlag auf Herz und Sinne, und er wollte auf der Stelle zu ihr gehen: Er wollte die Treppe hinunterpoltern und in die frische Sommerluft stürmen, dann ein Taxi nehmen, was er sonst nie tat, in dem viel eleganteren Bürogebäude, in dem sie arbeitete, nach ihr fragen und, wenn sie aus dem Aufzug trat, ihr sagen, dass sie natürlich nicht ohneeinander leben könnten.

Er blätterte die Unterlagen durch, die er nachmittags bearbeiten wollte. *Ich nehme Ihre Anmerkungen bezüglich des Steuergesetzes von 1970 zur Kenntnis,* las er, *und weise darauf hin, dass die Steuerbehörde in der Regel nur dann die Bestimmungen unter Absatz 88 hinzuzieht, wenn eine beträchtliche Verzögerung vorliegt. Sollte die Verzögerung im vorliegenden Fall den 5. April überschreiten, treten diese Bestimmungen in Kraft. Um die dann fällige Steuerschuld aufzufangen, empfehle ich unter allen Umständen, eine vorläufige Schätzung zu erstellen.*

Er kritzelte seinen Einspruch hin und legte ihn auf den Stapel zum Tippen. Sie war die Stärkere von beiden, sie war stoisch, und dieses Stoische hatte er immer geliebt. Ohne ihre Affäre käme sie besser zurecht, auch wenn die Umstände nahelegten, dass es nicht so sein würde.

Er war noch nicht im Running Footman, als sie eintrat. Gewöhnlich saß er schon da, aber ganz gleich, was war, er würde noch kommen. Als er dann kam, kaufte er die Getränke, da er heute Abend an der Reihe war, und trug sie zu dem Platz, den sie ihm freigehalten hatte. Für sie einen halbtrockenen Sherry, er trank den Rotwein der Woche aus Polen. Im Hintergrund spielte Muzak, jazzig und sentimental.

»Tut mir leid«, sagte er, ehe er irgendetwas anderes sagte.

»Ich bin glücklich, weißt du.« Eigentlich wollte sie mehr sagen. Den ganzen Nachmittag über hatte sie sich ihre Sätze fix und fertig zurechtgelegt. Aber in seiner Nähe wurde ihr klar, dass sich alles erübrigte: Wenn jemand reden musste, dann er. Wieder beteuerte er ihr, sie habe etwas Besseres verdient, und wiederholte auch, dass er ihr Leben verschwende.

In den vierzig Minuten, die ihnen dann verblieben, sprachen sie über die Liebe: wie sie sie erlebt hatten, wie es immer noch war, von den Rücksichten und notwendigen Einschränkungen, auch von der Leidenschaft, dem Schmerz, wie absurd ihnen ihre Liebe oft vorgekommen war, wie sie ihre gemeinsame Zeit nie verschwendet hatten, weil sie nicht schweigend in einem dunklen Kino saßen oder die wenigen gemeinsamen Nächte in ihrer Wohnung verschliefen. Sie hatten ihre Zeit nicht mit Streitigkeiten und Diskussionen verschwendet, wie sie bei Liebenden üblich waren. Und sie verschwendeten sie auch jetzt nicht in ihrem Gespräch.

»Warum?«, murmelte sie, als ihre Gläser fast leer waren und es im Running Footman lauter wurde, weil viele Büroangestellte sich freuten, dass der Arbeitstag hinter ihnen lag. »Bitte.«

Er antwortete nicht, dann rang er sich mühsam die Worte ab: Es waren die Blicke der Leute. Das sei der Grund, sagte er. Wie die Obdachlose guckte, der er in der Chiltern Street immer ein Almosen gab, und der Taxifahrer im japanischen Café und die Kellnerin dort, die schläfrigen Wärter in der Bildergalerie und die Leute, die sie im Park angafften. Überall, auch hier, sahen die Leute nur eines: Sie ist für ihn nicht mehr als ein Seitensprung.

»Ich kann es nicht ertragen, dass sie das denken.«

»Was die Leute denken, spielt keine Rolle. Komm mit, wir gehen in die Wohnung.«

Er schüttelte den Kopf. Damit hatte sie gerechnet: Spontan war es nie möglich gewesen. Was er da sagte, war wirklich kein Argument; natürlich spielte es keine Rolle. Sie sagte es ihm noch einmal und spürte eine Welle der Erleichterung. Mehr als alles, mehr als je zuvor in der ganzen Zeit, seit sie zusammen waren, wollte sie bei ihm sein, wollte sehen, wie er seine Fahrkarte für die U-Bahn kaufte, wollte mit ihm am King and Queen, einem schmuddeligen Pub an der Ecke India Street, vorbeigehen, am Wettbüro, dem Waschsalon. Viermal war er bei ihr in der Wohnung gewesen: zweitägige Außentermine in Liverpool oder Norwich. Was er in Dollis Hill erzählte, hatte sie nie gefragt.

»Mich stört nicht im Geringsten, was die Leute denken«, sagte sie. »Wirklich nicht.« Sie lächelte, legte quer über den Tisch ihre Hand auf seinen Arm und drückte ihn mit den Fingern. »Bestimmt nicht.«

Er blickte zur Seite, und sie merkte, wie auch sie die hell erleuchteten Flaschen hinter der Theke anstarrte. »Mich aber, mein Gott«, flüsterte er. »Mich stört es gewaltig.«

»Außerdem ist es nicht wahr.«

»Du bedeutest mir alles. Du bedeutest mir alles auf der Welt.«

»Ruf sie an«, sagte sie, auch ihre Stimme leise, und die Erleichterung, die sie eben noch gespürt hatte, ließ schon wieder nach. »Es kann doch mal plötzlich was dazwischenkommen.« Er hatte immer den Vorschlag gemacht, sich in ihrer Wohnung zu treffen, und zwar schon Wochen vor der Nacht, die ihm vorschwebte. »Nein, nein«, sagte sie. »Nein, schon gut. Tut mir leid.«

Sie wusste nicht und hatte nie gefragt, warum er an seiner Ehe festhielt. Wahrscheinlich, dachte sie, waren es die üblichen Gründe. Heute Abend würden sie nicht an dem schmuddeligen Pub vorbeigehen und im Spirituosenladen einen Wein holen. Sie würde ihn nicht als einen anderen in ihrer Wohnung erleben, wo er zu Hause war, und doch nicht ganz. Seltsam war es, dass wegen einer Banalität so vieles enden sollte. Sie fragte sich, wie ihr wohl zumute sein werde, wenn sie nachts aufwachte und nicht sofort wusste, welche Angst sie geweckt hatte, wenn sie ihr aufgeschrecktes Bewusstsein durchforstete und dann die leere Wahrheit und sinnlose Verzweiflung fand.

»Ist doch nur so dahingesagt«, sagte sie.

Er wusste, dass sie ihn trotz aller Einwände verstand, genau wie er sie verstanden hatte, als sie ihre Scheidung in die Wege leitete. Ihr war es lästig geworden, mit einem anderen verheiratet zu sein, aber ihn hatte es nie gestört. Eine kaputte Ehe und die Sorge, was andere Leute von dem Menschen dachten, den man liebte, hatten herzlich wenig mit Liebe an sich zu tun. Trotzdem hatte es ihnen zugesetzt. Sie würden gemeinsam alt werden, aber nie zusammen sein, ihr Gesicht wäre von Falten verwüstet, der Blick von quälender Erwartung getrübt. Bei ihren seltenen Treffen würden sie auf diese schöne Zeit in ihrem Leben zurückblicken und daraus Trost schöpfen. Sprach auch das aus dem Blick der Obdachlosen, ging auch das den halbinteressierten Fremden durch den Kopf?

»Ich kann es nicht gut erklären«, sagte er, worauf sie erwiderte, dann eben morgen. Er schüttelte den Kopf und sagte: Nein, auch nicht morgen.

Auf diesen Augenblick war sie nicht erst seit heute gefasst, denn natürlich musste man immer damit rechnen. Von Anfang an war sie darauf gefasst gewesen, und von Anfang an hatte sie sich vorgenommen, dass sie nicht versuchen würde, Bruchstücke aus den Trümmern zu retten. Er täuschte sich: Seine Erklärung war gut.

Sie hörte zu, als er ihr abermals beteuerte, wie sehr er sie liebe; sie sah ihn nach seiner Aktentasche greifen, die sie so oft ersetzen wollte und es doch nicht konnte. Dann lächelte sie leicht und stand auf, um zu gehen.

Draußen auf dem Gehsteig standen Leute mit Gläsern in der Hand und genossen die letzte Sonne. Die beiden zwängten sich zwischen ihnen hindurch, ihr Mantel über seinem Arm, er hatte ihn von der Stuhllehne genommen, über die sie ihn gehängt hatte. Er hielt ihn ihr auf und wartete, während sie ihn zuknöpfte und den Gürtel locker band.

Als sie sich umarmten, spiegelte sich ihr Bild im Schaufenster eines Kaufhauses wider. Sie sahen nicht die Eleganz, die dieses Bild vorübergehend einfing, und hätten nie behauptet oder geahnt, dass auch ihre Affäre diese Eleganz besessen hatte. Die unausgesprochenen, aber von beiden verstandenen Regeln ihrer Liebe waren nicht verletzt worden im schmerzhaften Beenden dessen, was nicht zu Ende war und nie zu Ende sein würde. Nichts von ihrer Liebe war heute ausgelöscht worden: Das nahmen sie mit, als sie sich trennten und auseinandergingen, nicht ahnend, dass die Zukunft weniger düster war, als sie augenblicklich schien, dass ihre zarte Behutsamkeit weiter Bestand haben und sie selbst immer so bleiben würden, wie die Liebe sie für eine Zeit gemacht hatte.

DAS KIND DER SCHNEIDERIN

Cahal sprühte WD-40 auf die einzige Schraube, die er mit dem Schraubenschlüssel nicht bewegen konnte. Alle anderen hatten sich recht einfach lösen lassen, diese eine aber war eingerostet, und die Auspuffanlage hing von ihr herab. Er hatte versucht, sie herauszuhämmern, hatte versucht, die Auspuffanlage hierhin und dorthin zu zerren, in der Hoffnung, irgendetwas würde nachgeben, doch ohne Erfolg. Den Wagen hatte er Heslin für halb sechs versprochen, und jetzt würde die verdammte Karre nicht fertig sein.

In der Werkstatt brannte stets das Licht, weil vor den Fenstern, die sich über die gesamte rückwärtige Wand erstreckten, Regale aufgebaut worden waren. Ausgemusterte Autos, deren Einzelteile noch verwendet werden konnten, Autos und Motorräder, die auf Ersatzteile warteten, und Wagenheber, die man umherrollen konnte, nahmen das bisschen Platz ein, das es zu beiden Seiten des als Büro dienenden kleinen Holzverschlags gab, der sich ebenfalls im hinteren Teil befand. Entlang der Wand standen Gestelle mit Werkzeug, Arbeitsbänke mit Schraubstöcken, Reihen neuer und überholter Reifen und Fässer mit Schmierfett und Öl. In der Mitte der Werkstatt gab es zwei Montagegruben, und in einer davon war Cahals Vater dabei, eine Kupplung einzubauen. Im Radio wurden Hinweise zur Haltung von Fischen in Aquarien gegeben. »Kannst du den Schwachsinn nicht abstellen?«, brüllte Cahals Vater unter dem Auto hervor, an dem er gerade arbeitete, und Cahal suchte die Frequenzen ab, bis er Musik aus der Zeit seines Vaters fand.

Er war der einzige Sohn in einer Familie von Töchtern, die alle älter waren als er und die alle die Stadt verlassen hatten – drei waren in England, eine bei Dunnes in Galway, eine weitere in Nebraska verheiratet. Die Werkstatt war alles, was Cahal kannte; seit seiner

Kindheit hatte er hier seinem Vater Gesellschaft geleistet und, als er älter wurde, gelegentlich kleinere Arbeiten verrichtet. Damals hatte sein Vater noch einen Mitarbeiter gehabt, einen alten Mann, der mit der Familie verwandt war und dessen Platz Cahal schließlich einnahm.

Er versuchte es erneut mit der Schraube, doch das WD-40 hatte noch keine Wirkung gezeigt. Er war ein dünner, fast magerer junger Mann mit dunklen Haaren und einem länglichen Gesicht, das nur selten ein Lächeln zeigte. Sein Arbeitsoverall über dem gelben T-Shirt wies Ölflecken auf und war an den Stellen, wo die grüne Farbe herausgewaschen war, ausgebleicht. Cahal war neunzehn Jahre alt.

»Hallo«, sagte eine Stimme. Ein Mann und eine Frau, Fremde, standen im weit geöffneten Eingang der Werkstatt.

»Guten Tag«, sagte Cahal.

»Gibt es Möglichkeit, Sir, Sie fahren uns zu Heilige Jungfrau?«, erkundigte sich der Mann.

»Wie bitte?« Und Cahals Vater, der wissen wollte, wer da war, brüllte etwas aus der Grube. »Um welche Jungfrau geht's denn?«, fragte Cahal.

Ohne zu einer Antwort anzusetzen, blickten die beiden einander an, und Cahal kam der Gedanke, dass es wohl Ausländer waren, die ihn nicht verstanden hatten. Vor einem Jahr hatte ein Deutscher seinen Volkswagen in die Werkstatt gefahren – ein Geräusch im Motor, hatte er gesagt. »Ich hatte schon gehofft, dass es der Pleuelfuß ist«, hatte sein Vater hinterher zugegeben, dabei war es nur der Verschluss der Motorhaube gewesen, der sich ein wenig gelockert hatte. Ein paar Wochen später hatte ein Paar aus Amerika an seinem Mietwagen einen Reifen montieren lassen, seither jedoch hatte sich nichts weiter ereignet.

»Von Pouldearg«, sagte die Frau. »Ist so, wie man es sagt?«

»Sie suchen die Statue?«

Die zwei nickten erst unsicher, dann mit größerer Zuversicht, beide gleichzeitig.

»Können Sie nicht selbst hinfahren?«, fragte Cahal.

»Wir haben kein Auto«, antwortete der Mann.

»Wir haben gereist aus Ávila.« Das schwarze Haar der Frau war seidig, zurückgekämmt und mit einem rot-blauen Band zusammengebunden. Ihre Augen waren braun, ihre Zähne sehr weiß, ihre Haut olivfarben. Sie trug die nachlässige Kleidung einer Reisenden: Jeans, Wolljacke über rotgestreifter Bluse. Die Hose des Mannes war ähnlich wie ihre, sein Hemd von unbestimmbarem graublauem Farbton; um den Hals hatte er ein weißes Tuch gebunden. Cahal schätzte, dass die beiden ein paar Jahre älter waren als er selbst.

»Ávila?«, fragte er.

»Spanien«, antwortete der Mann.

Wieder brüllte Cahals Vater etwas, und Cahal sagte, zwei Leute aus Spanien seien in die Werkstatt gekommen.

»In dem Geschäft«, erklärte der Mann, »sie sagen, Sie uns zu Jungfrau fahren.«

»Haben sie eine Panne gehabt?«, rief Cahals Vater.

Fünfzig Euro könnte er von ihnen verlangen, Pouldearg hin und zurück, überlegte Cahal. Er würde Deutschland gegen Holland im Fernsehen verpassen, möglicherweise das beste der Pokalspiele, aber bei fünfzig Euro wäre ihm das gleich.

»Die Sache ist die«, sagte er, »ich muss noch einen Auspuff einbauen.«

Er zeigte auf das Rohr und den Dämpfer, die von Heslins altem Vauxhall herabhingen, und sie verstanden. Er gestikulierte, dass sie eine Minute bleiben sollten, wo sie waren, und machte beschwichtigende Bewegungen mit den Handflächen in der Luft, um anzudeuten, dass sie die Gemütsbewegung ignorieren sollten, die aus der Montagegrube kam. Beide waren belustigt. Als Cahal erneut an der Schraube herumprobierte, begann sie sich zu drehen.

Auspuff und Dämpfer fielen scheppernd zu Boden, und er streckte den Daumen nach oben. »Ich könnte Sie gegen sieben hinbringen«, sagte er, als er auf die Spanier zuging, und senkte die Stimme, damit ihn sein Vater nicht hörte. Er führte sie auf den Vorplatz, und während er den Tank eines Lastwagens von Murphy's Stout auffüllte, wurde er sich mit ihnen einig.

Nachdem Cahals Vater eine Meile auf der Ennis Road zurückgelegt hatte, wendete er am Eingang zum Gestüt und fuhr in der Gewissheit zur Werkstatt zurück, dass die Kupplung, die er für Father O'Shea eingebaut hatte, richtig eingestellt war. Er ließ das Auto auf dem Vorplatz stehen, wo es von Father O'Shea abgeholt werden konnte, und hängte die Schlüssel im Büro auf. Heslin vom Gericht schrieb gerade einen Scheck für den Auspuff, den Cahal montiert hatte. Cahal schlüpfte aus seinem Arbeitsoverall, und als Heslin gegangen war, sagte er, die Leute, die gekommen seien, wollten, dass er sie nach Pouldearg bringe. Es seien Spanier, wiederholte Cahal für den Fall, dass sein Vater ihn das erste Mal nicht gehört hatte.

»Was wollen die denn in Pouldearg?«

»Nichts, nur die Statue.«

»Heutzutage geht doch keiner mehr zur Statue.«

»Da wollen sie aber hin.«

»Aber hast du ihnen nicht gesagt, wie's damit steht?«

»Klar, hab ich.«

»Warum sollten die da hinwollen?«

»Es gibt Leute, die Fotos von ihr machen.«

Vor dreizehn Jahren hatten der damalige Bischof und zwei Gemeindepriester dem Kult um die am Wegesrand stehende Statue von Pouldearg ein Ende gesetzt. Keinem der drei Männer und niemandem unter den Priestern oder Nonnen, die die Kreuzung in Pouldearg aufgesucht hatten, war an der Statue je etwas Besonderes aufgefallen; niemand war Zeuge der Tränen geworden, die angeblich aus ihren niedergeschlagenen Augen flossen, wenn Bußfertige um Vergebung ihrer Sünden flehten. Die Statue war Thema auf Kanzeln und in religiösen Schriften, die ihr zugeschriebenen Erscheinungen wurden als Humbug verurteilt. Und dann wies ein damaliger Hilfsgeistlicher nach, dass das, was zwei, drei Leute aus dem Ort, die regelmäßig an der Statue vorbeikamen, bemerkt haben wollten – eine gewisse Feuchtigkeit unter den Augen –, nichts weiter als Regentropfen waren, die sich in zwei ausgeprägten Hohlräumen gesammelt hatten. Damit war die Sache erledigt. Diejenigen, die fest an etwas geglaubt hatten, das sie nie wirklich gesehen hatten, diejenigen, die nicht die triefenden Blätter an den hoch über der Statue hängenden Ästen bemerkt hatten, kamen sich jetzt so töricht vor, wie ihre geistlichen Autoritäten es ihnen stets prophezeit hatten. Fast über Nacht wurde die weinende Jungfrau von Pouldearg wieder zu dem bemalten Bildnis, das sie schon immer gewesen war. Eine Zeitlang war sie Unsere Liebe Frau vom Wegesrand genannt worden.

»Hab nie gehört, dass Leute Fotos von ihr machen.« Cahals Vater schüttelte den Kopf, als misstraute er seinem Sohn, was er oft tat und meist mit gutem Grund.

»Vor einiger Zeit hat so ein Typ ein Buch drüber geschrieben. Ist in ganz Irland rumgefahren und hat weinende Statuen ausfindig gemacht.«

»In Pouldearg war's nichts weiter als Regen.«

»Das hat er in seinem Buch bestimmt vermerkt. Der Mann hat bestimmt alles vermerkt, von wegen, dass man überall Statuen findet und dass einige davon in Ordnung sind und andere nicht.«

»Und hast du die Sache den Spaniern gegenüber richtiggestellt?«

»Klar, hab ich.«

»Lass aus dem Motorrad vom jungen Leahy mal den Saft raus, dann schweißen wir die undichte Stelle.«

Das Misstrauen von Cahals Vater war gerechtfertigt: Die Wahrheit hatte bei dem, was Cahal dem spanischen Paar über Pouldearg erzählte, nur eine untergeordnete Rolle gespielt. Mit fünfzig Euro im Hinterkopf hätte er es als ein Versagen seiner Intelligenz gewertet, hätte er sich das Geständnis erlaubt, dass die Wunder, die der Statue einst zugeschrieben worden waren, jeglicher Grundlage entbehrten. Ein Mann, mit dem sie in einem Dubliner Pub ins Gespräch gekommen waren, hatte die Statue »Unsere Liebe Frau der Tränen«, »Unsere Liebe Frau vom Wegesrand« und »Heilige Jungfrau von Pouldearg« genannt. Sie mussten es ein-, zweimal wiederholen, ehe Cahal begriff, was sie da sagten, aber schließlich glaubte er, sie richtig verstanden zu haben. Es würde ihm nicht schwerfallen, die Fahrt um vier oder fünf Meilen zu verlängern, und wenn sie sich durch die Namen, die man der Statue in Dublin gegeben hatte, irreführen ließen, war das nicht sein Problem. Nachdem er zu Abend gegessen und einen Blick auf den Fernseher geworfen hatte, fuhr er um fünf nach sieben auf dem Hof von Macey's Hotel vor. Dort wartete er, wie er es versprochen hatte. Sie stellten sich fast augenblicklich ein.

Sie setzten sich dicht nebeneinander auf die Rückbank. Bevor er den Motor wieder anließ, sagte ihnen Cahal, wie viel die Fahrt kosten würde, und sie meinten, das sei in Ordnung. Er fuhr durch das Städtchen, in dem es still geworden war, wie immer um diese Zeit: Einige der Läden waren noch geöffnet und würden es auch noch ein paar Stunden länger bleiben – die Zeitungsgeschäfte und Tabakwarenläden, die Süßwarenläden und die kleinen Lebensmittelhandlungen, Quinlan's Supermarkt und sämtliche Pubs –, aber auf den Straßen war wenig los.

»Sind Sie im Urlaub?«, fragte Cahal.

Mit ihrer Antwort konnte er nicht viel anfangen. Beide redeten zugleich und verbesserten sich gegenseitig. Nach vielen Wiederholungen schien es, als wollten sie ihm mitteilen, dass sie auf Hochzeitsreise waren.

»Na, ist doch klasse«, sagte er.

Er bog in die Loye Road ein. Hinten im Auto wurde spanisch gesprochen. Das Radio funktionierte nicht, sonst hätte er es zur Unterhaltung eingeschaltet. Der Wagen war ein schwarzer Ford Cortina mit hundertachtzigtausend Meilen auf dem Tacho; sein Vater hatte ihn in Zahlung genommen. Sie wollten ihn benutzen, bis die Steuerplakette abgelaufen wäre, und dann zum Ausschlachten verwenden. Cahal überlegte, ob er ihnen das erzählen sollte, damit sie nicht etwa glaubten, dass er nicht viel zu sagen hätte, aber er wusste, das wäre zu schwierig. Bei den Christlichen Schulbrüdern war er als jemand, der nicht viel zu sagen hatte, abgestempelt worden, das war ihm im Gedächtnis haftengeblieben, und mitunter beunruhigte es ihn, die Leute könnten denken, er sei begriffsstutzig. Bei jeder Gelegenheit versuchte Cahal diese Einschätzung zu widerlegen, indem er eine Bemerkung von sich gab.

»Sind Sie schon lange hier?«, erkundigte er sich, und die junge Frau antwortete, sie hätten zwei Tage in Dublin verbracht. Er sagte, er sei auch schon einige Male in Dublin gewesen. Von hier an, er-klärte er, sei es bergig, bis sie Pouldearg erreichen würden. Die Land-schaft sei wunderschön, meinte die junge Frau.

Bei den zwei abgestorbenen Bäumen nahm er die Abzweigung, obwohl sie auch geradeaus ans Ziel gekommen wären, ein noch län-gerer Weg, aber Schlaglöcher, wohin man blickte. Ein gutes Auto für die Hügel, sagte der Mann, und Cahal – zufrieden, dass er verstan-den hatte – sagte, es sei ein Ford. Man konnte sich dran gewöhnen, überlegte er; mit ein bisschen Übung würde man den Dreh raus-kriegen, sie zu verstehen.

»Wie sagt man das auf Spanisch?«, rief er über die Schulter nach hinten. »Eine Statue?«

»*Estatua*«, sagten beide wie aus einem Mund. »*Estatua*«, sagten sie.

»*Estatua*«, wiederholte Cahal und wechselte für den Hügel bei Loye den Gang.

Die Frau klatschte in die Hände, und im Rückspiegel konnte er sie lächeln sehen. Gott, was für eine Frau, dachte er. Gib mir eine Frau wie die hier, sagte er bei sich und stellte sich vor, er wäre allein mit ihr im Auto, der Mann wäre nicht da, wäre gar nicht mit ihr nach Irland gekommen, existierte überhaupt nicht.

»Hören Sie von heiliger Teresa von Ávila? Hören Sie von ihr in Ir-land?« Im Rückspiegel öffneten und schlossen sich ihre Lippen, ihre Zähne blitzten auf, und einen Augenblick lang war ihre Zungen-spitze zu sehen. Was sie ihn gefragt hatte, war so klar, wie man's nur sagen konnte.

»Natürlich haben wir von ihr gehört«, sagte er und verwechselte die heilige Teresa von Ávila mit der heiligen Thérèse von Lisieux, die berühmt war für ihre Demut und ihre Aufmerksamkeit gegenüber den kleinen Dingen. »Großartig«, lobte Cahal die falsche Teresa. »Total klasse.«

Zu seiner Enttäuschung wurde wieder spanisch gesprochen. Ei-gentlich war er ja mit Minnie Fennelly zusammen, doch es gab kei-nen Zweifel: Die Frau hier hatte ihr was voraus. Vor seinem geistigen Auge tauchten beide Gesichter gleichzeitig auf, und die Sache war entschieden. Er fuhr an den Cottages jenseits der Brücke vorbei, und von da an wand und krümmte sich die Straße kreuz und quer durch die Landschaft. Im Radio waren Schauer vorausgesagt worden, aber davon gab es keine Spur; der Oktoberabend war windstill, und es begann zu dämmern.

»Höchstens eine Meile noch«, sagte er, ohne den Kopf zu wenden, aber das Spanisch plätscherte einfach weiter. Falls sie vorhatten, Fotos zu schießen, wäre es bis zu ihrer Ankunft wahrscheinlich zu spät dazu. Wegen der Bäume war Pouldearg ohnehin ein dunkler Ort. Er fragte sich, ob die Deutschen wohl schon ein Tor geschossen hatten. Hätte er Geld übrig gehabt, er hätte es auf die Deutschen gesetzt.

Bevor sie ihr Ziel erreichten, fuhr Cahal den Wagen an den Straßenrand, dorthin, wo dieser breit genug war und trocken aussah. Beim Lenken hatte er bemerkt, dass es ein Problem gab. Er fand es am linken Vorderrad: ein undichtes Reifenventil. Bestimmt hatte der Reifen schon an die 0,5 Bar an Druck verloren, schätzte er.

»Dauert nicht mal 'ne Minute«, versicherte er seinen Passagieren, während er hinter der Rückbank zwischen alten Zeitungen, Werkzeug und leeren Farbdosen nach der Pumpe kramte. Einen Moment lang befürchtete er schon, sie könnte abhandengekommen sein, und fragte sich, was er tun würde, wenn auch der Ersatzreifen platt wäre, was bei in Zahlung gegebenen Wagen durchaus vorkam. Aber die Pumpe war noch da, und er verpasste dem undichten Reifen wieder etwas Luftdruck, um ihn straßentauglich zu machen. Wenn sie die Kreuzung bei Pouldearg erreichten, würde er die Luft noch einmal nachprüfen.

Als sie ankamen, war es nicht mehr hell genug zum Fotografieren, aber die beiden traten dicht an die Jungfrau vom Wegesrand heran, die windschiefer dastand, als Cahal sie in Erinnerung hatte, als er vor etwas über einem Jahr das letzte Mal an ihr vorbeigefahren war. Der Reifen hatte den Extradruck, den er hineingepumpt hatte, schon wieder verloren, und während die beiden beschäftigt waren, begann er das Rad zu wechseln, denn wie er festgestellt hatte, war der Ersatzreifen doch funktionstüchtig. Die ganze Zeit über konnte er sie auf Spanisch reden hören, obwohl sie die Stimmen gar nicht gehoben hatten. Als sie zum Auto zurückkamen, war es noch immer aufgebockt, und sie mussten eine Weile neben ihm auf der Straße stehen und warten, aber das schien sie nicht weiter zu stören.

Er würde immer noch den Großteil der zweiten Halbzeit mitbekommen, sagte sich Cahal, als er das Auto schließlich wendete und sie die Rückfahrt antraten. Man wusste nie, woran man war, also wie lange man unterwegs wäre und wie lange man auf die Leute warten musste, die in der Gegend herumtrödelten.

»War sie so, wie Sie sie sich vorgestellt haben?«, fragte er und schaltete die Scheinwerfer ein, damit er die Schlaglöcher sehen konnte.

Sie antworteten auf Spanisch, als ob sie vergessen hätten, dass das nichts brachte. Sie sei noch ein bisschen weiter zur Seite gekippt, sagte er, aber sie verstanden ihn nicht. Sie erwähnten den Mann, den sie in dem Dubliner Pub getroffen hatten. Sie wiederholten etwas, ein Gewirr englischer Wörter, die offenbar immer noch mit ihrer bevorstehenden Heirat zu tun hatten. Am Ende kam es Cahal vor, als hätte der Mann ihnen weisgemacht, dass Paare, die als Bußfertige nach Pouldearg kämen, einen Ehesegen empfingen.

»Haben Sie ihm Drinks spendiert?«, fragte er, aber auch diese Frage verstanden sie nicht.

Sie begegneten keinem anderen Auto, nicht einmal einem Fahrrad, bis sie nach unten gelangt waren. Mit dem Reifen hatte er Glück gehabt: Hätten sie die ganze Nacht in den Hügeln festgesessen, hätten sie guten Grund gehabt, nicht zu zahlen. Sie unterhielten sich nicht mehr, als er in den Spiegel blickte, sie küssten sich und hatten die Arme umeinandergeschlungen, kaum mehr als Schatten in der Finsternis.

Und da – sie waren gerade an den abgestorbenen Bäumen vorbeigefahren – kam das Kind herausgelaufen. Es kam aus dem blauen Cottage und rannte auf das Auto zu. Er hatte schon davon gehört, von diesem Kind, das auf Autos zurannte. Ihm selbst war das zwar noch nie passiert, er hatte noch kein einziges Mal ein Kind gesehen, wann immer er hier vorbeigefahren war, aber es wurde oft von ihm geredet. Kaum eine Sekunde nachdem die Scheinwerfer das weiße Kleid vor der Mauer und dann die plötzliche Bewegung des herauslaufenden Kindes beleuchtet hatten, spürte er den Aufprall.

Cahal hielt nicht an. In seinem Spiegel lag die Straße längst wieder im Dunkeln. Er sah etwas Weißes daliegen, aber dann redete er sich ein, dass er sich das eingebildet haben musste. Die Umarmung auf der Rückbank des Cortina wollte kein Ende nehmen.

Cahal war der Schweiß ausgebrochen, auf den Handflächen, auf dem Rücken und auf der Stirn. Es hatte sich gegen die Seite des Autos geworfen und war gegen die Fahrertür geprallt. Die Mutter war die unverheiratete Frau aus dem Cottage, darüber hatte er die Leute in der Werkstatt schon oft sprechen hören. Fitzie Gill hatte ihm seinen beschädigten Kotflügel gezeigt und gemeint, das Kind müsse einen Stein in der Hand gehabt haben. Aber für gewöhnlich gab es keinen Sachschaden, und nie hatte jemand erwähnt, dass das Kind selbst zu Schaden gekommen wäre.

Bungalows, inzwischen alle hell erleuchtet, kündigten die Stadt an. Das Spanisch setzte wieder ein, und er wurde gefragt, ob er ihnen sagen könne, wann der Bus nach Galway gehe. Erst war er verwirrt, weil er dachte, sie meinten noch diese Nacht, aber dann verstand er, dass vom nächsten Morgen die Rede war. Er nannte ihnen die Abfahrtszeit, und als sie ihn auf dem Hof von Macey's bezahlten, hielt ihm der Mann einen Bleistift und einen Block hin. Cahal wusste nicht, was er damit anfangen sollte, aber dann veranschaulichten sie es ihm mit Gesten, und er schrieb ihnen die Abfahrtszeit des Busses auf. Sie gaben ihm die Hand und gingen ins Hotel.

Ganz früh am Morgen, kurz nach halb zwei, wachte Cahal auf und konnte nicht wieder einschlafen. Er versuchte sich daran zu erinnern, was er von dem Fußballspiel gesehen hatte, die Spielzüge, die gehaltenen Bälle, die gelbe Karte, die zweimal gezogen worden war. Doch nichts davon passte so richtig zusammen, als kämen die Fernsehbilder und die Kommentarfetzen aus einem Traum, was jedoch, wie er wusste, nicht der Fall war. In der Werkstatt hatte er die Seite des Autos untersucht, aber nicht einmal eine Schramme entdeckt. Er hatte das Licht gelöscht und die Werkstatt zugesperrt. Im Shannon's hatte er sich das Fußballspiel angeschaut, das Ende aber nicht verfolgt, da er, als nicht viel passierte, das Interesse daran verlor. Er hätte anhalten sollen; er wusste nicht, warum er es nicht getan hatte. Er konnte sich nicht daran erinnern, gebremst zu haben. Er wusste nicht, ob er es versucht hatte, er wusste nicht, ob ihm die Zeit dazu gefehlt hatte.

Der Ford Cortina war gesehen worden, als er in die Loye Road einbog, und dann wieder bei der Rückkehr. Sein Vater wusste, welche Strecke er genommen hatte, am Cottage der unverheirateten Frau vorbei. Im Hotel würden die Spanier erzählt haben, dass sie bei der Jungfrau gewesen waren. Dort würden sie auch erzählt haben, dass sie weiterwollten nach Galway. Man könnte sie also ausfindig machen, um sie zu vernehmen.

Im Dunkeln versuchte Cahal, noch einmal alles durchzugehen. Den Aufprall hatten sie bestimmt gehört. Sie hatten wahrscheinlich nicht gewusst, was es war, aber gehört hatten sie ihn sicherlich, auch wenn sie gerade mit Küssen beschäftigt waren. Sie würden sich erinnern, wie lange es gedauert hatte, bis sie auf Macey's Hof aus dem Auto gestiegen waren. Es war gar kein weißes Kleid gewesen, begriff Cahal auf einmal: Es hatte auf dem Boden geschleift, zu lang für ein Kleid, eher wie ein Nachthemd.

Er hatte die Frau, die dort lebte, ein paar Mal gesehen, in den Läden des Ortes, eine Schneiderin, hieß es, klein und drahtig mit dunklen, wissbegierigen Augen und leicht verzerrten Zügen, die ihr Gesicht weniger reizvoll machten, als es sonst gewesen wäre. Als ihr Kind zur Welt kam, war der Vater nicht bekannt gewesen – nicht einmal ihr selbst, hieß es, womöglich zu Unrecht. Die Leute sagten, sie rede nicht über die Geburt ihres Kindes.

Während Cahal in der Dunkelheit dalag, widerstand er dem zwanghaften Wunsch, aufzustehen und an die Stelle zurückzukehren, um sich zu vergewissern; zu Fuß zum blauen Cottage hinauszugehen, denn das Auto zu nehmen, wäre unklug gewesen; auf der Straße nach irgendetwas zu suchen, er wusste nicht, wonach. Oft standen er und Minnie Fennelly mitten in der Nacht auf, um sich im Geräteschuppen hinter ihrem Haus zu treffen. Dann lagen sie auf einem Stapel von Netzen, flüsterten miteinander und fummelten aneinander herum, wie sie es tagsüber nirgendwo tun konnten.

Tagsüber brachten sie es bestenfalls auf eine halbe Stunde im Ford Cortina irgendwo draußen auf dem Land. Im Schuppen konnten sie die halbe Nacht verbringen.

Er rechnete sich aus, wie lange es dauern würde, um zu Fuß bis zu der Stelle zu gelangen, wo sich der Vorfall zugetragen hatte. Er wollte es; er wollte dort ankommen, auf der Straße nichts erblicken und vor Erleichterung die Augen schließen. Manchmal, wenn er und Minnie sich trennten, hatte schon der Morgen gedämmert, und auch das stellte er sich vor: das zunehmende Licht, während er vom Land zurücklief und sich wieder gut fühlte. Wahrscheinlicher aber war, dass er sich nicht gut fühlen würde.

»Irgendwann kommt das Kind noch mal um«, hörte er Fitzie Gill sagen, und jemand anders meinte, die Frau sei doch gar nicht in der Lage, für das Kind zu sorgen. Es werde immer im Haus allein gelassen, sagten die Leute, selbst nachts, wenn die Mutter bei Leahy's vor sich hin trank und sich nach einem Mann umsah, der ihr Gesellschaft leistete.

In dieser Nacht schlief Cahal nicht wieder ein. Und den ganzen nächsten Tag wartete er darauf, dass jemand in die Werkstatt spaziert käme und berichten würde, was man entdeckt hatte. Aber es kam niemand, ebenso wenig am nächsten Tag, noch am Tag darauf. Mittlerweile wären die Spanier von Galway aus weitergefahren, die Erinnerung der Leute, die den Ford Cortina bemerkt haben könnten, würde verblassen. Und Cahal zählte die Fahrer durch, von denen er eindeutig wusste, dass sie ähnliche Zwischenfälle mit dem Kind erlebt hatten, und sagte sich, dass er am Ende vielleicht doch noch Glück gehabt hatte. Trotzdem würde viel Zeit vergehen müssen, ehe er wieder an dem Cottage vorbeiführe. Wenn überhaupt jemals.

Dann geschah etwas, das alles von Grund auf veränderte. Eines Abends saß er mit Minnie Fennelly im Cyber-Café, als Minnie Fennelly sagte: »Schau nicht hin, aber jemand starrt dich an.«

»Wer denn?«

»Kennst du diese Frau, die Schneiderin?«

Sie hatten Pommes bestellt, die ihnen genau in diesem Moment gebracht wurden. Cahal sagte nichts, aber er wusste, früher oder später würde er sich nach ihr umdrehen müssen. Er wollte fragen, ob die Frau das Kind dabeihatte, aber in der Stadt hatte er sie immer nur allein gesehen, und er wusste, dass das Kind nicht bei ihr wäre. Falls doch, dann mit einer Wahrscheinlichkeit von eins zu tausend, dachte er, und die Furcht, die ihn am Abend des Vorfalls heimgesucht hatte, überschwemmte sein Bewusstsein und erstickte alles andere.

»Mein Gott, bei der läuft es einem ja kalt den Rücken hinunter!«, murmelte Minnie Fennelly und träufelte Essig auf ihre Pommes.

Cahal schaute hinter sich. Bevor er sich rasch wieder umdrehte, konnte er einen Blick auf die Schneiderin erhaschen, die tatsächlich allein war. Er spürte noch immer ihren Blick im Rücken. Sie war wohl bei Leahy's gewesen; die Art, wie sie dasaß, ließ darauf schließen, dass sie betrunken war. Als sie ihre Pommes aufgegessen und den Kaffee getrunken hatten, der ihnen inzwischen gebracht worden war, fragte er, ob sie noch dasitze.

»Ja. Kennst du sie? Ist sie eine Kundin von euch?«

»Nein, nein, die hat kein Auto. Die kommt nicht zu uns.«

»Ich muss jetzt los, Cahal.«

Er wollte nicht aufbrechen, solange die Frau noch da war. Aber wenn sie warteten, säßen sie womöglich stundenlang fest. Er wollte nicht dicht an ihr vorbeigehen, doch kaum hatte er gezahlt und war aufgestanden, sah er, dass ihnen keine andere Wahl blieb. Als sie an ihr vorbeikamen, sprach die Schneiderin Minnie Fennelly an, nicht ihn.

»Soll ich Ihnen das Hochzeitskleid schneidern?«, erbot sie sich. »Werden Sie überhaupt an mich denken, wenn's so weit ist und Sie eins brauchen?«

Und Minnie Fennelly lachte und sagte, sie seien noch nicht so weit, dass sie Hochzeitskleider brauchten.

»Cahal weiß, wo er mich findet«, sagte die Schneiderin. »Hab ich nicht recht, Cahal?«

»Ich dachte, du kennst sie nicht«, sagte Minnie Fennelly, als sie draußen waren.

Drei Tage später brachte Mr Durcan seinen Vorkriegs-Riley in die Werkstatt, weil die Handbremse nachgezogen werden musste. Er vereinbarte mit ihnen, dass er ihn um vier abholen werde, und sagte, bevor er sich zum Gehen wandte: »Haben Sie schon vom Kind der Schneiderin gehört?«

Er war nicht der Typ, der Dinge durcheinanderbrachte, sondern ziemlich pingelig: dünner schwarzer Schnurrbart, sein Sportwagen der ganze Stolz seines Junggesellendaseins. Auf seine Äußerungen achtete er genauso peinlich wie auf seine Kleidung.

»Es wird vermisst«, sagte er jetzt. »Die Polizei ist schon an dem Fall dran.«

Die Worte waren an Cahals Vater gerichtet. Cahal hatte die Einzelteile des Kühlsystems von Gibneys Brotlieferwagen auf einer Werkbank ausgebreitet und eben die defekte Stelle im Schlauch gefunden.

»Zurückgeblieben, das Mädchen«, sagte sein Vater.

»So ist es.«

»Man hört allerhand Geschichten.«

»Jedenfalls ist es ausgerissen. Die Polizei hat ein paar Straßensperren errichtet und fragt herum, ob jemand es gesehen hat.«

Als Cahal das hörte, machte ihm wieder das Unbehagen zu schaffen, das ihn seit der Begegnung mit der Schneiderin im Cyber-Café nicht verlassen hatte. Er überlegte, welche Fragen die Beamten wohl stellten; er überlegte, wann das Kind davongelaufen sein mochte; sosehr er sich auch bemühte, er konnte es sich nicht erklären.

»Aber ist die Frau nicht auch zurückgeblieben?«, bemerkte sein Vater, als Mr Durcan gegangen war. »Ich meine, hat sie je einen Finger für das Kind gerührt?«

Cahal sagte nichts. Er versuchte, über die Heirat mit Minnie Fennelly nachzudenken, obwohl die Hochzeit noch gar nicht fest geplant war, sie hatten sich ja nicht einmal selbst darauf geeinigt. Ihr molliges, ehrliches Gesicht wurde einen Moment lang in seinem Bewusstsein lebendig, dieselbe Molligkeit wie in ihren Armen und Händen. Er fand das attraktiv, immer schon, seit sie ihm zum ersten Mal aufgefallen war, als sie noch auf die Klosterschule ging. Angesichts der spanischen Frau hätte er nicht auf Gedanken kommen sollen, er hätte es nicht zulassen dürfen. Er hätte ihnen sagen sollen, dass an der Statue nichts dran sei, dass der Mann, den sie getroffen hatten, ihnen einen Bären aufgebunden habe, wegen der Pints, die sie ihm spendieren würden.

»Deine Mutter hat bei ihr Vorhänge fürs Hinterzimmer bestellt«, sagte sein Vater. »Weißt du noch, Junge?«

Cahal schüttelte den Kopf.

»Ah, damals warst du nicht mal fünf Jahre alt, vielleicht noch jünger. Sie hatte mit der Schneiderei gerade erst angefangen, ihr Vater lebte noch bei ihr im Cottage. Die Priester haben die Leute aufgefordert, ihr Arbeit zu geben, aus Nächstenliebe oder so. Himmelherrgott, heute würden sie das nicht mehr sagen.«

Cahal schaltete das Radio ein und drehte die Lautstärke auf. Madonna sang, und er stellte sie sich in dem Outfit vor, das sie sich vor ein paar Jahren zugelegt hatte: Strapse und Reizwäsche. Er hatte sie toll gefunden.

»Ich fahr den Toyota raus«, sagte sein Vater. Auf dem Vorplatz schellte die Klingel, jemand wartete auf Benzin. Es betraf ihn ja nicht, sagte sich Cahal, als er nach draußen ging, um zu bedienen. Was am Abend des Spiels Deutschland gegen Holland geschehen war, hatte mit den Neuigkeiten, die Mr Durcan überbracht hatte, nichts zu tun, es gab da nicht den geringsten Zusammenhang.

»Wie geht's?«, begrüßte er an der Zapfsäule den Fahrer des Schulbusses.

Das Kind der Schneiderin wurde an einer Stelle aufgefunden, wo es mehrere Tage lang gelegen hatte: auf dem Boden einer teilweise von Schiefer verdeckten Felsspalte im aufgelassenen Steinbruch, eine halbe Meile vom Cottage entfernt. Vor Jahren war der letzte Stein weggekarrt und ein Stacheldrahtzaun errichtet worden, mit zwei Schildern, die vor den Gefahren warnten. Den Erklärungen der Polizei zufolge musste sie unter dem untersten Draht durchgekrochen sein, und binnen eines Tages wurde der Stacheldraht durch einen Maschendrahtzaun ersetzt.

In der Stadt verurteilte man die Schneiderin, hinter ihrem Rücken gab man ihr die Schuld an der Tragödie. Dass ihr eigener Vater, der sie nach dem frühen Tod ihrer Mutter allein großgezogen hatte, der Vater des Kindes sei, war eine hässliche Verleumdung, die bis dahin nie ausgesprochen worden war, sich jetzt aber ganz natürlich in die armselige Existenz eines Kindes einzufügen schien, das ein jämmerliches Leben geführt und einen jämmerlichen Tod gefunden hatte.

»Wie geht's, Cahal?« Als Cahal an einem frühen Novembermorgen auf dem Weg zu dem Schuppen war, in dem Minnie Fennelly und er sich ihrer Zuneigung füreinander hingaben, hörte er hinter sich die Stimme der Schneiderin. Es war noch nicht ein Uhr, bis auf einige wenige in der Hauptstraße waren die Lichter der Stadt längst erloschen. »Magst du mit mir nach Hause kommen, Cahal? Wollen wir zu mir rauslaufen?«

All das wurde in seinen Rücken gesprochen, während Cahal weiterging. Er wusste, wer da sprach. Er wusste, um wen es sich handelte, er brauchte sich gar nicht erst zu vergewissern.

»Lassen Sie mich in Ruhe«, sagte er.

»So manche Nacht ruh ich mich auf der Bank am Fluss aus, und so manche Nacht seh ich dich. Und immer hast du's eilig, Cahal.«

»Jetzt hab ich's eilig.«

»Um ein Uhr morgens! Oho, jetzt hör aber mal auf, Cahal!«

»Ich kenne Sie nicht. Ich will nicht mit Ihnen reden.«

»Sie war schon fünf Tage verschwunden, als ich zur Polizei gegangen bin. War ja nicht das erste Mal, dass sie auf und davon ist. Es ist keine Minute vergangen, ohne dass sie sich auf der Straße herumgetrieben hätte.«

Cahal sagte nichts. Obwohl er sich immer noch nicht umdrehte, konnte er den Alkohol an ihr riechen, ein schaler, stechender Geruch.

»Ich bin nicht früher hingegangen, weil ich Angst hatte, solange die Spur noch frisch ist, könnten sie rauskriegen, was wirklich passiert ist. Verstehst du, Cahal?«

Cahal blieb stehen. Er drehte sich um, und fast wäre sie mit ihm zusammengestoßen. Er sagte ihr, sie solle gehen.

»Die Straße war ihr Ding. Morgens ist sie gleich als Erstes auf die Autos zugerannt, ohne ein Krümelchen Essen im Bauch. Als

Nächstes ist sie die Straße rauf zur Statue. Den ganzen Tag hat sie vor der Statue gekniet, bis irgendein alter Kerl sie gefunden und zurückgebracht hat. Irgendein alter Kerl hat sie bei der Hand gefasst, und so sind sie zur Tür hereinspaziert. Ach, wie oft das passiert ist, Cahal. War's nicht der erste Ort, wo die Polizei sie gesucht hat, als ich dem Sergeant Bescheid gegeben hab? Jede Frau will nur das Beste für ihre Kinder, Cahal.«

»Lassen Sie mich endlich in Ruhe!«

»Nach sieben war's, vielleicht zwanzig nach. Die Tür war offen, weil ich zu Leahy's gehen wollte, da hab ich das schwarze Auto vorbeifahren sehen, und da hast du drin gesessen. Zur Abendzeit fällt einem ein Auto immer auf; nur, wie ich dann spät zurück bin von Leahy's, war sie verschwunden. Verstehst du, Cahal?«

»Mit mir hat das nichts zu tun.«

»Er muss auf demselben Weg zurückgefahren sein wie hin, hab ich mir gesagt, aber den Polizisten gegenüber hab ich nichts davon erwähnt, Cahal. Ist sie wieder im Nachthemd rumgeirrt?, haben sie mich gefragt, und ich hab ihnen gesagt, dass sie zur Tür raus war, so schnell konnte man gar nicht schauen. Wollen wir nach Hause laufen, Cahal?«

»Mit Ihnen geh ich nirgendwohin.«

»Ich hab mit keinem Wort Vorwürfe gegen dich erhoben, Cahal.«

»Was sollte man mir vorwerfen können? An dem Abend waren Leute bei mir im Wagen.«

»Ich schwöre vor Gott, was geschehen ist, ist vorbei. Komm jetzt mit zu mir, Cahal.«

»Nichts ist geschehen, nichts ist vorbei. Die ganze Zeit über waren Spanier im Auto. Ich hab sie nach Pouldearg gefahren und wieder zurück zu Macey's Hotel.«

»Minnie Fennelly ist nichts für dich, Cahal.«

Er hatte die Schneiderin noch nie aus der Nähe gesehen. Sie war jünger, als er gedacht hatte, sah aber doch ein gutes Stück, vielleicht zwölf, dreizehn Jahre, älter aus als er. Die Verzerrung ihrer Gesichtszüge machte sie nicht hässlich, verhinderte aber, dass man sie auf gewisse Art als schön empfand, und ihm fiel wieder die makellose

Schönheit der spanischen Frau ein, ihr seidiges Haar. Auch die Haare der Schneiderin waren schwarz, aber wild und verfilzt; schlaff und lose fielen sie ihr auf die Schultern. Die Augen, die ihn im Cyber-Café so durchdringend angestarrt hatten, waren trübe. Ihre vollen Lippen waren zu einem Lächeln verzogen, einer ihrer Zähne war leicht abgesplittert. Cahal ging davon, und sie folgte ihm nicht.

Das war der Anfang; ein Ende gab es nicht. In der Stadt war sie immer gegenwärtig, wenn auch nie wieder nachts: Cahal wusste, das war Einbildung, sie war gar nicht immer gegenwärtig, es kam ihm nur so vor, weil ihre Anwesenheit jedes Mal so viel bedeutete. Sie begann, auf ihr Äußeres zu achten, trug dunkle Kleidung; aus Trauer um ihr Kind, sagten die Leute; und die Leute sagten, sie habe aufgehört, in Leahy's Pub zu gehen. Sie wurde dabei beobachtet, wie sie die Vorderseite ihres Cottages strich, im selben Blauton, und wie sie ihren verwahrlosten Vorgarten pflegte. Von den Läden in der Stadt ging sie zu Fuß nach Hause und stand nie wieder mit ausgestreckter Hand am Straßenrand auf der Suche nach einer Mitfahrgelegenheit.

Cahal, der seine gewohnte tägliche Routine aus Reparaturen, Wartung und Benzingeklingel fortsetzte, sah sich außerstande, die Verbindung zwischen sich und der Schneiderin abzutun, auf die sie ihn aufmerksam gemacht hatte, als sie ihm nachts gefolgt war, und er wusste, dass die Wurzeln, aus denen diese Verbindung hervorging, sich ausbreiteten, an Kraft gewannen und in ihm selbst von seiner Furcht genährt wurden. Cahal hatte Angst, ohne zu wissen, wovor, und wenn er diese ergründen wollte, war er verwirrt. Er ging nun öfter als je zuvor zur Messe und zur Beichte. Seinem Vater fiel auf, dass er in letzter Zeit noch weniger zu sagen hatte, wenn er an den Zapfsäulen Kunden bediente oder wenn diese ihre Autos vorbeibrachten. Seine Mutter tippte auf Blutarmut und setzte ihn auf Eisentabletten. Die eine Schwester, die noch in Irland lebte, kam gelegentlich übers Wochenende in die Stadt zurück und meinte, das Problem habe bestimmt mit Minnie Fennelly zu tun.

Während dieser ganzen Zeit – die ansonsten ziemlich normal verlief – wurde das Kind, noch immer in dem Nachthemd, in dem Cahal es gesehen hatte, wieder und wieder aus der Felsspalte gehoben, hingelegt und in Tücher eingehüllt, wie man Tote eben einhüllt. Hätte er den Reifen nicht wechseln müssen, wäre er zu einem anderen Zeitpunkt am Cottage vorbeigekommen, und wahrscheinlich wäre sie gar nicht bereit gewesen, einfach so herauszulaufen, hätte gerade in dem Moment keine Lust dazu verspürt. Hätte er den Spaniern erklärt, dass es sich bei den Tränen der Jungfrau um nichts als Regenwasser handelte, wäre er überhaupt nicht auf der Straße gewesen.

Die Schneiderin sprach ihn nicht mehr an, versuchte es gar nicht erst, aber er wusste, dass die frische blaue Farbe, die Trauerkleidung, die sie auch mit der Zeit nicht ablegte, und die Blumen, die den kleinen Vorgarten zu füllen begannen, ihm galten. Nachdem seit jenem Abend, an dem er das spanische Paar nach Pouldearg gefahren hatte, etwas mehr als ein Jahr vergangen war, ging er auf Minnie Fennellys Hochzeit, die Des Downey, einen Tierarzt aus Athenry, heiratete.

Die Schneiderin hatte es nicht ausgesprochen, doch genau das war es, was auf den dunklen Straßen zwischen ihnen stand: dass er zurückgelaufen war, wie es sein Wunsch gewesen war in jener Nacht, als er wach lag, dass ihr Kind noch immer an der Stelle gelegen hatte, wo es hingestürzt war, dass er es zum Steinbruch getragen hatte. Und Cahal wusste, es war die Schneiderin gewesen, die das getan hatte, nicht er.

Er besuchte die Jungfrau vom Wegesrand, und stets rechnete er damit, dass das Mädchen zugegen wäre. Er kniete nieder und bat um nichts. Er redete nur in Gedanken, bot Wiedergutmachung an und versprach, jede Strafe zu akzeptieren, die über ihn verhängt würde, weil er sich mit der Spötterei des Mannes gemein gemacht hatte, den die Spanier zufällig in Dublin getroffen hatten, weil er das schiefe Standbild an der Straße verspottet und für eine Lüge fünfzig Euro eingestrichen hatte. Er hatte ihnen beim Küssen zugesehen. Er hatte an Madonna ohne Kleider gedacht und sich nicht daran gestört, dass sie sich diesen Namen zugelegt hatte.

Als er einmal in Pouldearg war, bemerkte er auf der Wange der Jungfrau jenes Glitzern, das früher einmal für Tränen gehalten worden war. Er berührte die Mulde, in der die Feuchtigkeit sich gesammelt hatte, und führte seinen benetzten Finger an die Lippen. Es schmeckte nicht salzig, aber das machte keinen Unterschied. Als er auf dem Rückweg am blauen Cottage der Schneiderin vorbeifuhr, war sie gerade im Garten und jätete ihre Blumenbeete. Obwohl sie nicht aufsah, wollte er zu ihr gehen, und er wusste, eines Tages würde er es tun.

DAS ZIMMER

»Weißt du, warum du es tust?«, fragte er, und Katherine zögerte, dann schüttelte sie den Kopf, obwohl sie wusste, warum.

In neun Jahren war eine wunde Stelle fast verheilt, jeder Tag war etwas leichter gefallen als der vorige, bis ihr der Balsam der Arbeit genommen wurde und die Abheilung durch krätziges Nichtstun ins Stocken geriet. Deshalb war sie hier, ein anderer Grund fiel ihr nicht ein, aber das sagte sie nicht.

»Und du?«, fragte sie stattdessen.

Er war mitteilsam, zumindest klang es so; in einer Phase selbstverschuldeter Einsamkeit habe er sich von ihr angezogen gefühlt, nachdem er sich einmal zu oft mit der Frau gezankt habe, die seine Kinder zur Welt gebracht und für ihn gesorgt hatte.

»Tut mir leid, das mit dem Zimmer«, sagte er.

Seine Habe lag übereinandergestapelt: Bücher und Kartons, offene Koffer, die noch nicht ausgepackt waren. Ein Computer war nicht angeschlossen, die Kabel schlängelten sich auf dem Fußboden. An der Rückseite der Tür hingen mehrere Bügel mit Kleidern, eine Wand war mit der anatomischen Studie eines Elefanten geschmückt; Pfeile zeigten an, wo unter der ledrigen Haut sich bestimmte Organe befanden. Dieses graue Bild gehöre nicht ihm, hatte er auf Katherines Frage geantwortet, es sei Teil der Einrichtung. Ein besseres Zimmer habe er in der Eile nicht finden können. Die Spüle befand sich in derselben Ecke wie das Waschbecken, auf einem Regal standen ein elektrischer Wasserkessel und ein Gaskocher, ein grüner Plastikvorhang war nicht zugezogen.

»Jetzt, wo du hier bist, wirkt alles schon ein bisschen anders«, sagte er.

Als Katherine aufstand, um sich anzuziehen, merkte sie, dass er nicht wollte, dass sie ging. Dabei war er es, der gehen musste, nicht sie; sie hätte den ganzen Nachmittag bleiben können. Während sie den Knopf am Ärmel ihres Kleides schloss, bemerkte sie, dass sie jetzt wenigstens wisse, wie es sich anfühle, wenn man jemanden betrog.

»Wie es sich für Phair angefühlt hat«, sagte sie.

Sie zog den Vorhang ein wenig zur Seite, sodass das Licht direkt auf den einzigen Spiegel im Zimmer fiel. Sie richtete sich das Haar, das noch immer braun, ohne graue Strähnen war. Die Haare ihrer Mutter waren überhaupt nicht grau geworden und die ihrer Groß-mutter erst, als sie schon sehr alt war, was ihr selbst hoffentlich er-spart bleiben würde; sie war jetzt siebenundvierzig. Aus dem Spiegel blickten ihr ihre dunklen Augen entgegen, ihr Lippenstift war ver-wischt, und in ihren Gesichtszügen war eine Leere, die nichts damit zu tun hatte, dass sie ihr Make-up auffrischen musste. Ihre Schönheit verflüchtigte sich eben – aber nur allmählich, etwas Schönheit war ihr noch geblieben.

»Du warst wohl neugierig?«, fragte er. »Auf Betrug?«

»Ja, ich war neugierig.«

»Und wirst du es wieder sein?«

Katherine, die noch immer damit beschäftigt war, die Unebenhei-ten in ihrem Gesicht wegzuglätten, antwortete nicht sofort. Dann sagte sie: »Wenn du magst.«

Der Nachmittag war warm, die Straße, in der sich das Zimmer be-fand – über einem Wettbüro –, wirkte auf Katherine jetzt heller und anmutiger als auf dem Herweg. Trotz der Geschäfte und Autos hatte sie etwas nachmittäglich Gelöstes. Die Tische vor dem Prince and Dog waren unbesetzt, zu beiden Seiten der königlichen Figur und eines Damaltiners mit erhobener Pfote hingen Blumenampeln mit Petunien. Neben einem Prêt à Manger gab es ein Costa-Café, und Katherine überquerte die Straße. »*Latte*«, bestellte sie bei einer der jungen Frauen, die die Gaggia-Maschinen bedienten, und entschied sich, während sie wartete, für einen Florentiner aus der Glasvitrine auf der Theke. Den Mann, mit dem sie geschlafen hatte, kannte sie kaum. Er hatte mit ihr auf einer Party getanzt, zu der sie allein gegangen war, und dann hatte er noch einmal mit ihr getanzt, sie enger an sich gezogen, nach ihrem Namen gefragt und seinen genannt. Dieser Tage begleitete Phair sie nicht mehr auf Partys, und sie selbst ging auch nicht oft. Aber als sie auf diese gegangen war, hatte sie gewusst, was sie wollte.

Die wenigen Tische waren alle besetzt. Sie fand einen Hocker an der Theke, die sich an einer der Wände entlangzog. *Ausgangssperre für Teenager!*, protestierte mit dem Unterton der Empörung eine Schlagzeile im Abendblatt eines anderen Gastes, und einige Augenblicke lang fragte sie sich, was es mit der Sache auf sich haben mochte, doch dann verlor sie das Interesse wieder.

Phair würde jetzt mit hochgekrempelten Ärmeln ruhig an seinem Schreibtisch sitzen: in dem blaugesprenkelten Hemd, das sie vorgestern gebügelt hatte, das krause, rötlich braune Haar so, wie es am Morgen gewesen war, als er das Haus verlassen hatte, und mit dem freundlichen Lächeln, das jeden willkommen hieß, der auf ihn zukam. Trotz der Geschichte, die sich vor neun Jahren ereignet hatte, war Phair nicht freigestellt worden – ein nützlicher Euphemismus, wenn jemand gefeuert wurde. Dass man ihn behalten hatte, war ein Tribut an seine Erfolge in der Vergangenheit, und natürlich gehörte es sich nicht, einen Mann zu treten, der schon am Boden lag. »Wir sollten weggehen«, hatte sie gesagt und erinnerte sich jetzt wieder daran, aber er hatte es nicht gewollt, denn Weglaufen war auch wieder so etwas, was sich nicht gehörte. Er hätte es Weglaufen genannt, und genau so hatte er es tatsächlich genannt.

Heute Abend würde er ihr von seinem Tagesablauf berichten, und sie würde über ihren reden und dabei lügen müssen. Und während sie verschiedene Speisen auftrug, würden sie einander zuhören, und er würde ihr Wein einschenken. Sich selbst nicht, da er nicht mehr trank, es sei denn, jemand nötigte ihn dazu, und auch dann nur, um nicht unhöflich zu erscheinen. »Meine Ehe geht gerade in die Brüche«, hatte der Mann, der in seiner vorübergehenden Bleibe mit ihr geschlafen hatte, ihr anvertraut, als sie, zwei Fremde, miteinander getanzt hatten. »Und Ihre?«, hatte er gefragt, und sie hatte gezögert und dann geantwortet, nein, sie gehe nicht in die Brüche. Davon sei nie die Rede gewesen. Und als sie zum zweiten Mal tanzten, nachdem sie erst ein Glas und dann noch ein paar miteinander getrunken hatten, fragte er sie, ob sie Kinder habe, und sie antwortete, sie habe keine. Dass sie keine bekommen konnte, war schon vor der Ehe bekannt gewesen und dann fester Bestandteil davon geworden – genauso wie ihre Anstellung im Charterhouse Institute es bis vor sechs Wochen gewesen war, als das Institut beschloss, dichtzumachen.

»Nichtstun ist zermürbend«, hatte sie beim Tanzen gesagt und den Mann, der sie jetzt enger an sich zog, gefragt, ob er schon einmal von Sharon Ritchie gehört habe. Die Leute meinten oft, sie hätten noch nie von ihr gehört, und dann erinnerten sie sich plötzlich doch. Er hatte den Kopf geschüttelt, und der Name hatte ihm auch dann nichts gesagt, als sie ihm versicherte, er sei ihm bestimmt geläufig. »Sharon Ritchie wurde ermordet«, hatte sie erklärt. Ohne die paar Drinks hätte sie geschwiegen. »Mein Mann wurde angeklagt.«

Sie blies auf die Oberfläche ihres Kaffees, aber er war noch immer zu heiß. Aus der Papierhülse ließ sie Zucker auf ihren Teelöffel rieseln und beobachtete, wie der Zucker den Kaffee aufsog und sich dunkel färbte. Sie liebte diesen Geschmack, sie genoss ihn mindestens ebenso sehr wie alles andere an diesem Nachmittag. »Oh, erstickt«, hatte sie geantwortet, als sie gefragt worden war, wie diese Person namens Sharon Ritchie ums Leben gekommen sei. »Sie ist mit einem Kissen erstickt worden.« Sharon Ritchie hatte ein armseliges Leben geführt, in großem Stil in einer guten Gegend gewohnt und häufig Herrenbesuch empfangen.

Katherine blieb noch ein Weilchen sitzen und starrte auf die Krümel ihres Florentiners. Der Kaffee war ausgetrunken. »Wir müssen damit leben«, hatte sie gesagt, als sie gemeinsam die Party verließen, er, um zu seiner Frau zurückzukehren, mit der er sich nicht mehr verstand, sie zu ihrem Mann, dessen Betrügereien mit einem Todesfall geendet hatten. Vor einer Stunde, in dem Zimmer, das seine vorübergehende Bleibe war, hatte ihr nachmittäglicher Liebhaber jede Einzelheit wissen wollen, fasziniert davon, womit man so alles leben musste.

In der U-Bahn sah sie ständig das Zimmer vor sich: das Bild des Elefanten, die Koffer, die sich schlängelnden Kabel, die Kleidungsstücke an der Rückseite der Tür. Die Echos ihrer Stimmen, seine Neugier, ihre Ausflüchte, nur um dann doch noch mehr preiszugeben, denn schließlich war sie ihm etwas schuldig. »Einmal hat er sie mit einem Scheck bezahlt, ach, vor Ewigkeiten. So haben sie ihn in die Sache hineingezogen. Und als sie die alte Frau verhörten, die Sharon Ritchie gegenüber auf demselben Stockwerk wohnte, erkannte sie ihn auf dem Foto, das man ihr zeigte. Ach ja, wir müssen damit leben.«

Als sie versuchte, die U-Bahn-Station zu verlassen, reagierte das Drehkreuz nicht auf ihr Ticket, und sie erinnerte sich, dass sie den Fahrpreis nur geschätzt hatte und sich getäuscht haben musste. Der Inder, dessen Aufgabe es war, sich mit derlei Irrtümern herumzuschlagen, wollte Strenge walten lassen. Ihr Hinweg sei ein anderer gewesen, versuchte sie zu erklären; sie habe alles durcheinandergebracht. »Na ja, so was kommt schon mal vor«, sagte der Inder, und sie begriff, dass seine Strenge nicht ernst gemeint war. Als sie lächelte, nahm er keine Notiz davon. Auch das gehört wohl zu seiner Rolle, dachte sie.

Sie kaufte zwei Hühnerfilets, Freiland, biologisch; dazu Zucchini und Medjool-Datteln. Anders als sonst hatte sie sich keine Einkaufsliste gemacht und überlegte, ob das mit dem Verlauf des Nachmittags zu tun hatte; vermutlich ja. Sie versuchte sich zu erinnern, welche Frühstücksflocken nachgefüllt werden mussten, konnte es aber nicht. Dann fielen ihr Butter aus der Normandie, Braeburn-Äpfel und Tomaten ein. Als sie die Wohnung betrat, war es kurz vor fünf. Das Telefon läutete, und Phair sagte, es werde ein bisschen später, nicht viel, vielleicht zwanzig Minuten. Sie ließ Badewasser einlaufen.

Mit den Fingerspitzen streichelte er den Arm, der neben ihm lag. Er sagte, er glaube, er liebe sie. Katherine schüttelte den Kopf.

»Sag schon.«

»Hab ich doch.«

Er drang nicht weiter in sie. Eine Weile lang lagen sie schweigend da. Dann sagte Katherine: »Jetzt, wo er mir auch noch leidtut, liebe ich ihn noch mehr. Er hatte Mitleid mit mir, als ich erfuhr, dass mir die Kinder, die wir uns beide wünschten, versagt bleiben würden. Liebe macht das Beste aus Mitleid, oder Mitleid aus Liebe, was weiß ich. Ist auch ziemlich egal.«

Sie erzählte ihm immer mehr und merkte, dass sie es wollte, was ihr bis dahin nicht bewusst gewesen war. Als die beiden Polizisten am frühen Morgen gekommen waren, war sie noch nicht angezogen gewesen. Phair hatte gerade Kaffee gekocht. »Phair Alexander Warburton?«, sagte einer von ihnen. Sie hörte ihn vom Schlafzimmer aus, das letzte Badewasser lief glucksend ab. Sie glaubte, sie wären gekommen, um einen Todesfall zu melden, was Polizisten manchmal tun müssen: den Tod ihrer Mutter oder den von Phairs Tante, seiner nächsten Anverwandten. Als sie nach unten ging, sprachen sie über den Tod einer Person, deren Namen sie nicht kannte. »Wer?«, fragte sie, und der größere der beiden Polizisten antwortete: »Sharon Ritchie«, und Phair sagte nichts.

»Ihr Mann hat erklärt«, sagte der andere Mann, »dass Sie Miss Ritchie nicht kannten.« Donnerstagabend vor zwei Wochen, der 8., sagten sie. Ob sie sich erinnern könne, um welche Zeit ihr Mann nach Hause gekommen sei.

Sie zögerte, fühlte sich verloren in alldem. »Aber wer ist diese Person? Warum sind Sie hier?« Und der größere Polizist sagte, es gebe da ein paar offene Fragen. »Setzen Sie sich, Madam«, warf sein Kollege ein, und wieder wurde sie gefragt, um welche Zeit ihr Mann nach Hause gekommen sei. Das übliche Elend auf der Northern Line, hatte er an jenem Abend, am vorvorigen Donnerstag, gesagt. Er habe aufgegeben, wie alle anderen auch, und dann wegen des Regens kein Taxi ergattern können. »Sie erinnern sich, Madam?«, half der größere Polizist nach, und irgendetwas veranlasste sie zu der Aussage: zur üblichen Zeit. Sie konnte nicht denken; sie konnte es nicht, weil sie sich zu erinnern versuchte, ob Phair Sharon Ritchie jemals erwähnt hatte. »Ihr Mann hat Sharon Ritchie besucht«, sagte derselbe Polizist, da ertönte das Funkgerät des anderen Mannes, er ging damit zum Fenster und kehrte ihnen den Rücken zu.

»Nein, wir reden gerade mit ihm«, murmelte er in das Gerät. Er hatte die Stimme gesenkt, aber sie konnte ihn verstehen.

»Ihr Mann hat erklärt, dass es am Vortag war«, sagte sein Kollege. »Und dass sein letzter Besuch bei Miss Ritchie früher stattgefunden hat – während seiner Mittagspause.«

Katherine wollte bleiben, wo sie jetzt war. Sie wollte schlafen, wollte den Mann, den sie nicht gut kannte, neben sich spüren, wollte, dass er auf sie wartete, wenn sie aufwachte. Wegen der Hitzewelle, die vor einer Woche eingesetzt hatte, hatte er die Klimaanlage eingeschaltet, eine altmodische Apparatur am Fenster.

»Ich muss los«, sagte er.

»Natürlich. Bin gleich so weit.«

Unter ihnen war ein weiteres Pferderennen in die spannende Endphase eingetreten; gedämpft drang der Kommentar zu ihnen herauf, während sie sich anzogen. Zusammen gingen sie die teppichlose, schmale Treppe hinunter, vorbei an der offenen Tür des Wettbüros.

»Kommst du wieder?«, fragte er.

»Ja.«

Und sie verabredeten sich für einen Nachmittag in zehn Tagen, denn er konnte nicht immer einfach so aus dem Büro spazieren, in dem er arbeitete.

»Lass nicht zu, dass ich darüber spreche«, sagte sie, bevor sie sich trennten. »Frag nicht, lass mich nicht davon erzählen.«

»Wenn du nicht willst.«

»Es ist vorbei. Und dich langweilt es, wenn nicht jetzt, dann bald.«

Er wollte schon sagen, dass es ihn überhaupt nicht langweile, das sei ja gerade das Problem. Sie wusste, dass er das sagen wollte, konnte es an seinem Gesicht ablesen, doch er überlegte es sich anders. Und natürlich hatte er recht; er war ja kein Dummkopf. Neugier konnte man nicht so einfach unterdrücken.

Sie umarmten sich nicht, bevor er davoneilte, denn das hatten sie bereits hinter sich. Als sie ihm nachsah, kam es ihr schon wie eine Gewohnheit vor, und während sie die Straße zum Costa-Café überquerte, fragte sie sich, ob ihre Nachmittage hier durch die Wiederholung in gewisser Weise die Ordnung und die Strukturen ihrer Arbeit ersetzen würden, die sie so vermisste. »Ach, überhaupt keine«, hatte sie geantwortet, als sie gefragt worden war, ob sie Aussichten auf etwas anderes habe. Sie hatte nicht gesagt, wie unwahrscheinlich es war, dass sie je wieder ihre morgendliche Reise quer durch London antreten und sich in überfüllten U-Bahn-Stationen gekonnt in ebenso überfüllte Züge zwängen würde; wie unwahrscheinlich es war, dass sie je wieder ein eigenes kleines Büro haben würde, eine wichtige Stellung und großzügige Kollegen, die die Trostlosigkeit milderten und Gespenster fernhielten. Sie hatte es nicht gewusst, bis Phair, vor kurzem erst, sagte, Routine fühle sich für ihn oft wie ein Heilmittel gegen Demenz an.

Sie hätte nicht so viel erzählen sollen an diesem Nachmittag, sagte sich Katherine, die wieder auf demselben Platz saß wie beim letzten Mal. Nie hatte sie irgendwem auch nur das Geringste erzählt oder sich mit Leuten darüber unterhalten, die Bescheid wussten. Ich bin durcheinander, dachte sie; und plötzlich setzte draußen, von fernem Donner begleitet, Regen ein und machte der Hitze eine Ende, die extrem gewesen war.

Da sie keinen Schirm dabeihatte, verließ Katherine das Café nicht, als sie ausgetrunken hatte. Auch an jenem Abend war es regnerisch gewesen. Regen spielte insofern eine Rolle, als die alte Frau aus der Wohnung gegenüber in dem Moment an der Tür gestanden hatte, als der Regen gerade einsetzte und auch die 6-Uhr-Nachrichten im Radio gerade anfingen. Die Frau erinnerte sich später, dass sie kurz zuvor an dem weit geöffneten Fenster eine halbe Treppe tiefer vorbeigekommen und gleich darauf hinuntergegangen sei, um es zu schließen, bevor der Teppichboden ein weiteres Mal durchnässt würde. Dabei habe sie gehört, wie unten die Haustür geöffnet wurde und Schritte heraufkamen. Als sie wieder vor ihrer Tür stand, habe der Mann den Treppenabsatz erreicht. »Nein, ich habe mir nie etwas Ungehöriges dabei gedacht«, hatte sie offenbar ausgesagt. Nichts Ungehöriges, was die junge Frau betraf, die gegenüber wohnte, oder deren Herrenbesuche. »Ich hab doch nicht herumgeschnüffelt«, sagte sie. Beim Öffnen ihrer Wohnungstür hatte sie sich umgedreht und einen flüchtigen Blick auf den Mann erhascht, der an jenem Abend gekommen war. Sie hatte ihn auch früher schon gesehen – die Art, wie er dastand und darauf wartete, dass die junge Frau ihn einließ, sein Haar, sogar der Klang seiner Schritte auf der Treppe: Es gab nicht den geringsten Zweifel.

Das Café füllte sich, im Eingangsbereich drängten sich Leute, die Schutz vor dem Regen suchten, andere standen an der Theke an. Katherine hörte den stakkatohaften Appell ihres Handys, ein Klingelton, den sie hasste, obwohl sie ihn ursprünglich selbst ausgesucht hatte. Eine Stimme, die von einem Kind hätte stammen können, sagte etwas, das sie nicht verstand, und wiederholte es noch einmal, nachdem sie erklärt hatte, sie verstehe nicht, und dann war die Verbindung tot. Heutzutage hörte man so viele Stimmen, die wie Kinderstimmen klangen, dachte sie, während sie das Handy wieder in ihrer Handtasche verstaute. »Eine Modeerscheinung, diese Babytelefonstimme«, hatte Phair gesagt. »So merkwürdig das klingen mag.«

Sie knabberte am Rand ihres Florentiners, dann riss sie das Zuckerröhrchen auf. Nachdem es sich draußen zuvor verfinstert hatte, hellte es jetzt wieder auf. Die Leute im Eingang zerstreuten sich. Das andere Mal hatte es die ganze Nacht hindurch geregnet.

»Wieder nichts?«, erkundigte sich Phair immer, wenn er nach Hause kam. Er war besorgt ob der Bürde, die ihr so willkürlich und unerwartet auferlegt worden war, hatte ein-, zweimal Neuigkeiten über Stellen mitgebracht, die dem Hörensagen nach vakant waren. Doch bei aller Liebe und Fürsorge, er musste an sich selbst denken. Phair war schlimmer dran und würde es immer bleiben, das lag auf der Hand.

Wieder klingelte ihr Handy, und seine Stimme sagte, dass er in der Mittagspause Spargel gekauft habe. Er habe ihn zufällig an einem Stand entdeckt, er habe gut ausgesehen und sei nicht teuer gewesen. Erst gestern hatten sie von Spargel gesprochen, ihnen war eingefallen, dass jetzt Saison war: Sie hätte auch welchen gekauft, wenn er nicht angerufen hätte. »Komme gerade aus dem Kino«, sagte sie, nachdem sie zuvor schon erwähnt hatte, sie habe gerade wieder *La Strada* gesehen. Er habe es schon vor einer Stunde bei ihr versucht, sagte er, aber ihr Handy sei ausgeschaltet gewesen. »Na ja, kein Wunder«, sagte er.

Sechs Monate dauert eine Affäre, zu der es nur deshalb kommt, weil etwas anderes nicht stimmt: Das hatte der Mann gesagt, den Katherine nachmittags traf und der in diesen Dingen erfahrener war als sie. Und als etwas mehr als sechs Monate verstrichen waren, kehrte er zu seiner Frau zurück, als sei er sich darüber stets im Klaren gewesen. Das Zimmer hatte er behalten, während die Aussöhnung voranschritt – oder vielleicht für den Fall, dass sie es nicht tat –, aber seine Sachen waren fort. Das Zimmer wirkte größer, aber auch schäbiger ohne sie.

»Warum liebst du deinen Mann, Katherine? Nach der ganzen Geschichte – nach allem, was er dir zugemutet hat?«

»Das kann niemand beantworten.«

»Ihr versteckt euch voreinander, du und er.«

»Ja.«

»Hast du Angst, Katherine?«

»Ja. Wir haben beide Angst. Wir träumen von ihr, wir sehen sie tot vor uns. Und am Morgen wissen wir, ob der andere von ihr geträumt hat. Wir wissen es und sagen es nicht.«

»Du solltest keine Angst haben.«

Sie stritten sich nie in dem Zimmer, nicht einmal freundschaftlich, sondern waren verschiedener Meinung und beließen es dabei. Oder sie waren außerstande, einander zu verstehen, und beließen es auch dabei. Katherine fragte nicht, ob eine Ehe sich kitten lasse, solange sie dieses Zimmer noch immer für ihre Zwecke benutzten. Ihr gelegentlicher Liebhaber drängte sie nicht, zu enthüllen, was sie ihm noch vorenthielt.

»Ich kann ihn mir nicht vorstellen«, sagte er, aber Katherine versuchte gar nicht erst, ihren Mann zu beschreiben, sondern bemerkte nur, dass sein Vorname gut zu ihm passe. Der Name habe eine lange Tradition in seiner Familie, sagte sie.

»Du bist ziemlich bemerkenswert, weißt du? So innig zu lieben.«

»Und doch bin ich hier.«

»Vielleicht meine ich genau das.«

»Meistens wissen die Leute nicht, warum sie etwas tun.«

»Ich beneide dich um deine Ernsthaftigkeit. Dafür würde ich dich lieben.«

Einmal, als er wieder gehen musste, blieb sie zurück. Er hatte es eilig an jenem Tag; sie war noch nicht ganz fertig. »Zieh einfach die Tür hinter dir zu«, sagte er.

Sie lauschte seinen Schritten, die über die Holzdielen der Treppe hinabpolterten, und dabei fiel ihr die alte Frau ein, die Phairs Schritte erkannt haben wollte. Bei der Gerichtsverhandlung hatte Phairs Verteidiger bestimmt gefragt, ob sie sich sicher sei, und überlegt, wie sie sich so sicher sein könne, denn wenn sie die Schritte auch schon bei früheren Gelegenheiten gehört habe, hätte sie jedes Mal auf dem Treppenabsatz stehen müssen, was wohl eher unwahrscheinlich sei. Bestimmt hatte er angedeutet, dass sie offenbar mehr Zeit auf dem Treppenabsatz verbrachte als in ihrer Wohnung. Bestimmt hatte er sich darüber gewundert, wie die Gesichtszüge eines vorübergehenden Fremden einen so deutlichen Eindruck hinterlassen haben konnten, da eine mögliche Begegnung kaum mehr als einen Augenblick gedauert hätte.

Allein im Zimmer und unwillig zu gehen, kroch Katherine wieder ins Bett, das sie erst wenige Minuten zuvor verlassen hatte. Sie zog die Bettdecke hoch, obwohl es nicht kalt war. Die Fenstervorhänge waren nicht zurückgezogen worden, und sie war froh darüber. »An der jungen Frau hat mir nicht besonders viel gelegen«, hatte Phair gesagt, nachdem die zwei Polizisten gegangen waren. »Aber trotzdem mochte ich sie auf eine gewisse Art. Das muss ich zugeben, Katherine. Tut mir leid.« Er hatte ihr Kaffee gebracht und sie genötigt, sich dort hinzusetzen, wo sie gerade stand. Manche Männer seien eben so, sagte er. »Wir haben nur miteinander geredet. Sie hat mir Dinge anvertraut.« Eine junge Frau wie sie gehe jedes Mal ein Risiko ein, wenn sie jemandem die Tür aufmache, sagte er; und als er weinte, wusste Katherine, dass es der Frau galt, nicht ihm selbst.

»O ja, ich verstehe«, sagte sie. »Natürlich.« Sie begriff, dass es sich um ein schmutziges Verhältnis mit einer Edelnutte handelte, so wie er begriffen hatte, dass sie keine Kinder bekommen konnte, und behauptet hatte, es mache ihm nichts aus; dabei wusste sie, dass es ihm sehr wohl etwas ausmachte.

»Ich habe etwas Kostbares riskiert«, flüsterte er in seiner Beschämung und bekannte dann, dass es jedoch auch aufregend gewesen sei, Katherine zu betrügen. Risiko spielte auf jede erdenkliche Art mit hinein; Risiko war ein Teil davon, die Heimlichkeit des Versteckspiels, die Verstohlenheit. Und das Risiko hatte seinen Tribut gefordert.

Dieselben Polizisten kamen später wieder. »Sind Sie sich in diesem Punkt auch ganz sicher?«, fragten sie und stellten ihr danach unzählige Male dieselbe Frage; sie wiederholten das Datum und hörten, wie sie wiederholte, die übliche Zeit sei zehn vor sieben gewesen. Phair hatte nicht wissen wollen – und wollte es nach wie vor nicht wissen –, weshalb sie so geantwortet hatte, weshalb sie immer wieder bekräftigt hatte, er sei neunzig Minuten früher nach Hause gekommen, als es tatsächlich der Fall gewesen war. Sie hätte ihm den Grund nicht nennen, ihm höchstens sagen können, dass sie aus einem Instinkt heraus so geantwortet habe, so wie Bestürzung und Verwirrung aus ihr gesprochen hatten, als ihr die Frage zum ersten Mal gestellt wurde. Sie hätte sagen können, sie kenne Phair ebenso gut wie sich selbst, die Vorstellung, er habe einer Frau das Leben genommen, sei undenkbar, ganz gleich, was für ein Verhältnis er mit ihr hatte. Es schmerze sie – hätte sie gesagt, wenn man sie danach gefragt hätte –, dass die beiden zusammen gewesen seien, er und die junge Frau, und sei es nur, um sich zu unterhalten. »Sie haben sich gestritten, Sir?«, hakte der große Polizist nach. Es liege auf der Hand, dass es Streit gegeben habe, beharrte er, oder eine Meinungsverschiedenheit, die außer Kontrolle geraten sei. Aber Phair war kein streitsüchtiger Typ. Er schüttelte den Kopf. In all seinen Antworten hatte er so gut wie nichts bestritten, nur die Verantwortung für den Tod; er hatte nicht geleugnet, dass er einer der Besucher in der Wohnung gewesen war, und Einzelheiten mitgeteilt, so wie sie ihm in Erinnerung geblieben waren. Er akzeptierte, dass er Fingerabdrücke hinterlassen hatte, während sie nichts akzeptierten. »Sind Sie sich wirklich sicher, Madam?«, fragten sie erneut, und ihr Instinkt verhärtete sich, vermischt mit Besorgnis, so lächerlich die Schlussfolgerungen der Polizisten auch waren. Ja, sie sei sich sicher, sagte sie. Sie leierten ihre Belehrungen herunter, dann nahmen sie ihn fest.

Katherine war eingeschlafen, und als sie aufwachte, wusste sie nicht, wo sie sich befand. Dabei waren nur Minuten vergangen, weniger als zehn. Sie wusch sich am Waschbecken in der Ecke und zog sich gemächlich an. Nachdem er festgenommen worden war – bis zum Ausgang des Prozesses saß er in Untersuchungshaft –, hatte man am Institut angedeutet, man könne eine Weile ohne sie auskommen. »Nein, nein«, hatte sie beteuert. »Ich möchte lieber weiterhin arbeiten.« Und in der langen Pause des Schweigens, die darauf folgte, hatte sie nicht gewusst, dass sich in dem schwachen Gedächtnis der alten Frau, die zu gegebener Zeit aufgefordert werden würde, ihre Aussage unter Eid zu bekräftigen, Zweifel breitzumachen begannen. Sie hatte nicht gewusst, dass sich die alte Frau angesichts der Tragweite ihrer Zeugenschaft nicht mehr sicher war, ob der Mann, den sie an jenem nassen – und bereits dämmrigen – Abend gesehen hatte, wirklich der Mann war, den sie auch früher schon gesehen hatte. Mit etwas Nachhilfe und Ermunterung würde sie ihr Selbstvertrauen schon wiederfinden, mussten wohl jene geglaubt haben, für die ihre Aussage von entscheidender Bedeutung war: Die Argumentation der Anklage basierte auf dieser Identifizierung, auf kaum etwas anderem. Doch die lange Verzögerung rächte sich; von den Versuchen, sie zu instruieren, war die Zeugin erschöpft und machte vor Gericht kein Hehl aus ihren Sorgen. Als der erste Verhandlungsmorgen seinem Ende zuging, unterdrückte der Richter seinen Zorn und verkündete, seines Erachtens gebe es keine schlüssigen Beweise. Am Nachmittag wurden die Geschworenen entlassen.

Katherine zog die Vorhänge zurück, frischte ihr Make-up auf, machte das Bett. Irgendwo gab es Schuld – in fehlerhaften Erinnerungen, in der Achtlosigkeit der Polizisten, in der unbegründeten Zuversicht der Anklage –, doch die Zuweisung dieser Schuld bot kaum Anlass zur Zufriedenheit. Zufall und Umstände hatten einen Albtraum heraufbeschworen und es der Ungehaltenheit eines Richters anheimgestellt, das Ganze ad absurdum zu führen. Genau das hatte er getan, doch Worte reichten nicht aus: Zu viel blieb zurück. Kein anderer Mann wurde jemals angeklagt, obwohl es einen anderen Mann natürlich geben musste.

Wie ihr aufgetragen worden war, zog sie die Tür hinter sich zu. Sie hatten sich nicht voneinander verabschiedet, doch als sie hinunterging und das gedämpfte Gebrabbel des Pferderennenkommentators hörte, wusste sie, dass es das letzte Mal gewesen war. Mit dem Zimmer war es aus und vorbei. An diesem Nachmittag hatte sie es gespürt, auch wenn es nicht ausgesprochen worden war.

Sie trank keinen Kaffee und ging am Prince and Dog vorbei, ohne das Lokal überhaupt zu bemerken. In ihrer Küche würde sie das Essen zubereiten, das sie eingekauft hatte, sie würden zusammensitzen und über den Tag reden. Über den Tisch hinweg würde sie den Ehemann, den sie liebte, anschauen und einen Schatten sehen. Sie würden über Nebensächlichkeiten sprechen.

Ziellos lief sie umher, verließ die belebte Straße, die auch wohltuend war, ging an Reihenhäusern vorbei, an Fenstern mit Spitzengardinen. Ihr nachmittäglicher Liebhaber würde seine gescheiterte Ehe kitten, würde den entstandenen Schaden Stück für Stück beheben, denn Beschädigung war nicht Zerstörung und war auch nicht beabsichtigt. So schrecklich war es gar nicht, wenn man öfter mal stritt; oder wenn man untreu war, ohne zu lieben. Beide würden sie übereinkommen, dass sie dem gewachsen waren, und die freundliche Zeit würde den Rest besorgen, solange man von ihr nicht allzu viel erwartete. »Und sie?«, würde seine Frau eines Tages vielleicht fragen, und er würde beteuern, die andere Frau sei nur eine Fußnote, verglichen mit dem, was ihre Ehe bedeutete. Vielleicht das, aber mehr nicht.

Katherine gelangte zum Kanal, wo man am Wasser sitzen konnte. An diesem Abend würde sie lügen, und sie würden wieder über Nebensächlichkeiten reden. Sie würde nicht sagen, dass sie Angst hatte, und er auch nicht. Aber die Angst war da, bei ihr in Form eines nagenden Zweifels, der ihn auf eine Weise ansteckte, von der sie nichts wusste. Sie ging an den Sitzen vorbei, vorbei an Kindern mit einem Kindermädchen. Ein Lastkahn mit Fässern tuckerte vorüber, der Bug mit Rosen bemalt.

Sie schien durch Ödland zu laufen, öde nicht an und für sich, sondern aufgrund ihrer Stimmung. Hier, wo sie nicht hingehörte, verspürte sie ein Gefühl von Anonymität und Einsamkeit, und damit ging etwas einher, das sie nicht greifen konnte. Ach, es ist doch vorbei, sagte sie sich wie zur Antwort auf diese milde Verwirrtheit, verwirrte sich nur noch mehr und fragte sich, woher sie wusste, was sie zu wissen schien. Denken taugte nichts; all das war Gefühl. Also ging sie weiter, ohne zu denken.

Ohne einen bestimmten Grund fühlte sie, wie die Zurückhaltung von ihr abfiel. Und natürlich, all die neun Jahre hindurch hatte sie sich in Zurückhaltung geübt. Keinerlei Bitten, ihr davon zu erzählen, keinerlei Bitten, ihr zu versprechen, dass das, was sie da hörte, die Wahrheit war. Keinerlei Fragen nach der jungen Frau, wie sie sich gekleidet hatte, nach ihrer Stimme, ihrem Gesicht, ob sie wirklich nur dagesessen und geredet hatte und sonst nichts. Keinerlei Fragen, ob auf der Northern Line tatsächlich das übliche Elend gewaltet hatte, nach dem Warten auf ein Taxi im Regen. All die neun Jahre hindurch, da die Arbeit ihnen beiden Zurückhaltung ermöglichte, hatte Schweigen geherrscht: in ihren alltäglichen Wortwechseln, im Gespräch, wenn sie miteinander schliefen, auf Spaziergängen am Wochenende und auf Sommerreisen ins Ausland. All die neun Jahre hindurch hatte es Liebe gegeben, mehr als nur ein Trost, dafür war sie zu intensiv gewesen. War Heimlichkeit noch immer aufregend? Diese Frage war nicht gestellt worden, und Katherine, die jetzt kurz stehen blieb, um zuzusehen, wie sich ein weiterer Lastkahn näherte, wusste, dass sie jetzt nie mehr gestellt werden würde. Jemand hatte die Wohnung betreten, und Sharon Ritchie hatte erstickt auf ihrem Sofa gelegen. War sie das typische Opfer? Auch das war weggeschlossen.

Katherine machte kehrt und ging den Weg zurück, den sie gekommen war. Es wäre kein Schock, nicht einmal eine Überraschung. Er erwartete von ihr nicht mehr, als was sie ihm geschenkt hatte, und sie würde den passenden Moment wählen, um ihm zu sagen, dass sie gehen müsse. Er würde verstehen; sie würde es ihm nicht erklären müssen. Das Beste, was Liebe vermochte, war nicht ausreichend, und auch das würde er wissen.

MÄNNER IRLANDS

Der Mann kam beschwingten Schrittes als Erster der Fußpassagiere. Unwillkürlich sog er schnuppernd die Luft ein. Mein Gott!, sagte er, aber er sagte es nicht laut. Mein Gott, man kann's wirklich riechen. Dreiundzwanzig Jahre lang war er nicht in Irland gewesen.

Als er das Ende des Kais erreichte, ging er bedächtiger; er war der Erste und wusste nicht, welche Richtung er einschlagen musste. »Da lang«, sagte ein Beamter, der nach dem Rechten sah, und gestikulierte mit gerecktem Daumen über seine Schulter.

»In Ordnung«, sagte der Mann. »In Ordnung.«

Er folgte der angegebenen Richtung. Der Kai sah anders aus, als er ihn in Erinnerung hatte, und er fragte sich, wo der Zug einfuhr. Nicht dass er vorhatte, den Zug zu nehmen, aber es würde ihm dabei helfen, sich zu orientieren. Er hätte die Passagiere fragen können, die nach ihm von Bord gegangen waren, aber er traute sich nicht recht. Er ging noch langsamer, und sie begannen ihn zu überholen; einige von ihnen nahmen dieselbe Richtung wie er. Dann erblickte er den einfahrenden Zug. Staubig sah er aus und ein wenig ramponiert, aber soweit er sehen konnte, frei von Graffiti.

Er war ein schäbig gekleideter Mann; fast alles, was er trug, war von jemand anders ausgemustert worden. In dem Wissen, dass er diese Reise plante, hatte er sich seine Kleidung über einen längeren Zeitraum zugelegt – die Hose, die zu einem Anzug gehört hatte, braune Nadelstreifen, an Gesäß und Knien blank gewetzt; ein Sakko, das marineblau gewesen, jetzt aber von undefinierbarer Farbe war; das Khakihemd, das er trug, früher Teil einer Militäruniform. Seine Schuhe waren gut. In einer seiner Taschen befand sich eine Old-Carthusian-Krawatte, obwohl er selbst die Charterhouse-Schule nie besucht hatte. Sein Name war Donal Prunty. Früher einmal war er groß gewesen, von kräftigem Körperbau, wovon jetzt aber kaum noch etwas zu spüren war. Seine ehemals markanten Gesichtszüge waren schlaff geworden, sein dunkles Haar grob geschnitten. Er war zweiundfünfzig Jahre alt.

Inzwischen kamen die Autos vom Schiff herunter und bahnten sich langsam einen Weg um die neuen Betongebäude herum, bevor sie durch eins davon hindurchfuhren – zumindest kam es ihm dort, wo er stand, so vor. Die Straße, auf die sie zusteuerten, war genau das, was er suchte, und er ging in diese Richtung. Als er von Irland aufgebrochen war, hatte ihn der Viehlaster, auf dem er mitfahren konnte, fast bis zur Fähre gebracht. Vor dreiundzwanzig Jahren, dachte er wieder, man sollte es nicht für möglich halten.

Seit sieben Tagen war er unterwegs, quer durch England, durch Wales. Seine Kleidung hatte sich als strapazierfähig erwiesen; er hatte sich rasiert, so gut er konnte, und die Klingen, die man in den Herbergen zugeteilt bekam, aufbewahrt. Wenn man wollte, konnte man eine Klinge an die dreißig Mal verwenden, bevor sie schartig wurde. Was man sich für die Füße angeschafft hatte, musste man gut in Schuss halten; darauf galt es am meisten achtzugeben. Seine Schuhe hatte er einem Betrunkenen abgenommen, der auf der Straße hinter dem Cavendish Hotel gelegen hatte. Alles, was man ihm sonst noch abknöpfen konnte, war schon verschwunden – Brieftasche, Uhr, Kragen- und Manschettenknöpfe, Kleingeld, ein Füllfederhalter, falls es einen gegeben hatte, Autoschlüssel, für den Fall, dass das Auto in der Nähe abgestellt war und sich noch Wertsachen darin befanden. Jemand hatte dem Betrunkenen die Krawatte abgebunden, aber dann wieder hingeworfen, und er hatte sie, nachdem er die Schuhe aufgeschnürt hatte, eingesteckt.

Als er die Landstraße nach Wexford erreichte, waren die Autos schon unterwegs. Ungefähr jede Minute fuhr eins an ihm vorbei, und die Lkw hatten es noch eiliger. Doch weder Pkw noch Laster hielten seinetwegen an, und er lief erst eine Meile und dann fast noch eine. Inzwischen wurde er seltener überholt, die meisten Autos fuhren in die entgegengesetzte Richtung, um dasselbe Schiff für die Überfahrt nach Fishguard zu erreichen. Er kam zu einem Lieferwagen, der in einer Parkbucht stand; der Fahrer aß Chips, vor sich auf dem Armaturenbrett eine Dose Pepsi-Cola, das Fenster neben ihm heruntergekurbelt.

»Könnten Sie mich ein Stück mitnehmen?«, fragte er ihn.

»Wohin müssen Sie?«

»Nach Mullinavat.«

»Ich mach grad Pause.«

»Ich hab's nicht eilig. Weiß Gott, eilig hab ich's nicht.«

»Ich könnte Sie bei New Ross absetzen. Warten Sie hier, bis ich aufgegessen habe.«

»Hinter Mullinavat und dann über den Galloping Pass, kennen Sie das? Gleban heißt das Dorf.«

»Nie davon gehört.«

»An der Straße steht 'ne große weiße Kirche, in Gleban selbst gibt's nichts außer Benzin und Schnittbier, 'ne halbe Meile in der anderen Richtung ein Priesterseminar.«

»Sagt mir nichts.«

»Da war ich mal. Wer weiß, ob's inzwischen nicht größer geworden ist.«

»Bestimmt. Ist doch überall so heutzutage, oder? Steigen Sie ein, und wir machen uns auf den Weg nach Ross.«

Prunty überlegte, ob er den Lieferwagenfahrer um Geld bitten sollte. Er könnte damit warten, bis sie in der Nähe von Ross wären, für den Fall, dass der Lieferwagen anhalten würde, sobald die Rede auf Geld käme, und er wieder aussteigen müsste. Oder vielleicht wäre es besser, damit zu warten, bis der Lieferwagen zur Abzweigung nach Mullinavat kam, wo sich ihre Wege trennen würden. Er erinnerte sich an Ross, erinnerte sich, wo die Straße nach Mullinavat abzweigte. War er erst einmal an der Stelle, bis zu der er mitgenommen werden konnte, was schadete es dann schon, wenn er um etwas Geld für eine Scheibe Brot bat, so wie jeder andere Reisende es täte?

Prunty dachte darüber nach, während der Fahrer ihm erzählte, seine Mutter sei in Tagoat in Pflege. Sonntags fahre er immer nach Tagoat, sagte er, und jetzt wusste Prunty, welcher Wochentag es war; nicht dass es einen Unterschied machte. In einer Stadt kriegte man immer mit, wann dieser eine Tag der Woche an die Reihe kam, aber wenn man auf Achse war, wollte man sich nicht mit solchem Kram belasten.

»Sie ist bei einer Frau, die es ehrlich mit ihr meint«, sagte der Lieferwagenfahrer. »Kein Heim, nichts dergleichen. Ein Heim kommt mir nicht in die Tüte.«

Prunty stimmte ihm zu. Seit zwölf Monaten sei sie jetzt schon dort, sagte der Lieferwagenfahrer, ungestört in einem Zimmer, jede Mahlzeit werde eigens für sie zubereitet, während sie darauf warte. Verwundert über diese Bedingungen, schüttelte er den Kopf. »Wie die Königin von Saba«, sagte er.

Pruntys Mutter war tot. Achtzehn Monate bevor er ins Exil ging, war sie gestorben, ein Tag, an den er sich nur mit Widerwillen erinnerte. Die Nachricht traf in Cahill's Pub ein, 1979, an einem nassen Wintertag, Februar, wenn er sich nicht täuschte.

»Man hat nur die eine Mutter«, sagte er. »Ich bin aus demselben Grund hier.«

Prunty stellte die Verbindung in der Hoffnung her, dass ihm die Gemeinsamkeit dabei helfen würde, den Lieferwagenfahrer um ein paar Münzen anzupumpen.

»Sie leben in England?«, erkundigte sich der Lieferwagenfahrer.

»O ja. Schon lange.«

»Ich war noch nie da.«

»Ich komm grad von der Fähre.«

»Sie reisen mit leichtem Gepäck.«

»Ich hab noch Sachen in Gleban.«

»Ist Ihre Mutter da in einem Heim?«

»Kommt mir nicht in die Tüte, wie bei Ihnen. Sie ist dreiundachtzig Jahre alt und wohnt immer noch in dem Haus, in dem acht Kinder zur Welt gekommen sind. Nicht ein Körnchen Staub, kein Spiegelei, für das man kein Dankesgebet sagt, zwei Sorten Sodabrot, jeden Tag frisch gebacken.«

Der Lieferwagenfahrer meinte, er wisse, wovon Prunty spreche. Sie fuhren an der Abzweigung nach Adamstown vorbei, der Abend war noch immer schön, und Prunty war froh darüber. Er habe zwei

Kinder, sagte der Lieferwagenfahrer, die würden ihm sagen können, ob Kilkenny gewonnen habe. Sonntags nach Tagoat zu fahren gehöre sich nun mal, wenn das Alter das Sagen habe, meinte er; das Opfer müsse man bringen. Als sie an einer Kirche vorbeifuhren, bekreuzigte er sich, und Prunty gestand sich ein, dass er das fast verlernt hatte.

»Früher musste man mitten durch Wexford fahren«, sagte er.

»Ja, so war das.«

»Dem Land geht's gut.«

»Die Straßen werden uns von den Europäern geschenkt. Aber trotzdem, schlecht geht's ihm nicht, dem Land.«

»Waren Sie immer schon in Ross?«

»O ja.«

»Ich bin abgehauen, als mir nichts anderes übrigblieb. Ist schon 'n Weilchen her.«

»Damals sind viele weggegangen.«

Prunty sagte, zu jener Zeit hätte man es kaum geglaubt. Es passierte überall um einen herum, aber vom Ausmaß der Emigration habe man keine Vorstellung gehabt. Ohne großes Interesse wurde ihm zugehört. Das Gespräch erlahmte, und als der Lieferwagen endlich anhielt, hatte ein paar Meilen lang Schweigen geherrscht. Sie befanden sich auf einer ruhigen Straße, die an diesem Sonntagabend verlassen dalag. Prunty stieg nur ungern aus.

»Sie hätten nicht zufällig ein paar Shilling für mich übrig?«

Der Lieferwagenfahrer beugte sich hinüber, um den Türgriff zu betätigen. Er stieß die Tür auf.

»Fünfzig Pence vielleicht, falls Sie die grad zur Hand haben«, schlug Prunty vor, und der Fahrer erwiderte, im Wagen habe er nie Geld bei sich, und Prunty wusste, dass das nicht stimmte. Er schüttelte den Kopf. »Nur 'n bisschen Kleingeld«, sagte er.

»Ich muss jetzt weiter. Da drüben bei dem Laternenpfahl mit dem Mülleimer müssen Sie sich links halten. Sehen Sie den? Sie biegen links ab und gehen immer geradeaus.«

Prunty stieg aus. Als die Tür von innen zugeschlagen wurde, trat er einen Schritt zurück. Das sagten sie doch nur, weil sie immer gleich dachten, sie würden ausgeraubt, wenn von Geld die Rede war.

Sogar ein junger Kerl wie der hier, stark wie ein Pferd. Was du hast, das lass nicht aus den Fingern: So waren sie alle.

Er sah dem nach rechts abbiegenden Lieferwagen hinterher, dem orangefarbenen Licht des Blinkers. Er schlug die angegebene Richtung ein. Auf seinem Weg aus der Stadt fuhr kein einziges Auto an ihm vorbei. Auch danach hielt niemand für ihn an. Auf der offenen Straße blendete ihn die Abendsonne. Es war das erste Mal gewesen, dass er in Irland gebettelt hatte, sagte er zu sich, und der Gedanke begleitete Prunty ein paar Meilen weit, bis er sich am Rand eines Feldes hinlegte. Die Nacht über würde es schön bleiben, abgesehen von dem bisschen Tau, der sich später niederschlagen mochte. Das vorherzusagen war nicht schwer.

Der alte Mann schlief, der Kopf war ihm auf die Brust gesunken, sein weißes Haar zerzaust, ein Arm hing locker herab. Die Türklingel hatte ihn nicht aufgeschreckt, und Miss Brehany kam zu dem Schluss, dass ihr keine andere Wahl blieb, als ihn zu wecken; zweimal hatte sie schon geklopft, ohne dass er es gehört hätte. »Father Meade«, rief sie leise, während der Mann, der gekommen war, in der Diele wartete. Sie hätte ihn fortschicken sollen, sie hätte ihn bitten sollen, zu einer anderen Zeit wiederzukommen, wenn Father Meade auf seinen Besuch vorbereitet wäre; an warmen Tagen nickte er nach dem Mittagessen für gewöhnlich ein. »Miss Brehany«, sagte er und setzte sich auf.

Sie beschrieb den Mann, der an die Tür gekommen war. Sie sagte, sie habe ihn nach seinem Namen gefragt, aber ihre Frage sei übergangen worden, als hätte er sie nicht gehört. Als sie noch einmal nachgefragt habe, habe sie die Antwort nicht verstanden. Sie sah zu, wie der Priester die Handflächen fest auf die Schreibtischplatte stützte und sich auf die Füße hievte.

»Er trägt Kragen und Krawatte«, sagte sie.

»Es ist doch nicht etwa Johnny Healy?«

»Nein, Father. Der Mann ist jünger als Johnny Healy.«

»Holen Sie ihn herein, Rose, holen Sie ihn herein. Und bringen Sie mir ein Glas Wasser, ja?«

»Selbstverständlich.«

Father Meade war der Mann fremd, der zu ihm hereingeführt wurde, obwohl er ihn einmal gekannt hatte. Der gehört nicht zur Gemeinde, sagte er sich, es sei denn, er wäre erst in den letzten Jahren dazugestoßen. Aber was Kragen und Krawatte betraf, so hatte seine Haushälterin recht gehabt, eine Ergänzung zur Kleidung eines Mannes, die es Father Meade nach langjähriger Erfahrung in diesen Dingen erlaubte, ihn einzuordnen. Mit der restlichen Kleidung, so hätte Rose Brehany hinzufügen können, war es nicht weit her.

»Erinnern Sie sich noch an mich, Father? Erinnern Sie sich noch an Donal Prunty?« Miss Brehany kam mit dem Wasser herein. Sie hörte die Frage und sah, wie Father Meade nach einer Pause langsam nickte. Er dankte ihr für das Glas Wasser.

»Sie sind Donal Prunty?«, fragte Father Meade.

»Ich war bei Ihnen Messdiener, Father.«

»So ist es, Donal, so ist es.«

»Sie haben meine Mutter nicht selbst beerdigt.«

»Father Loughlin, falls ich es nicht war. Sie sind weggegangen, Donal.«

»Ja, das bin ich. Bin erst jetzt zurückgekommen.«

Er bettelte. Father Meade wusste es, so etwas spürte man immer sofort; das war einer der Sinne, die sich bei einem Priester herausbildeten. Nicht etwa, dass in einer verstreuten Gemeinde viele betteln gekommen wären, in Städten war das anders.

»Wollen wir ein wenig durch den Garten schlendern, Donal?«

»Ganz wie Sie wollen, Father. Ganz wie Sie wollen.«

Father Meade öffnete die Verandatür und ging seinem Besucher voran. »Ich liebe den Garten«, sagte er, ohne den Kopf zu wenden.

»Ich lebe auf der Straße, Father.«

»In Dublin?«

»Ich bin nach England gegangen, Father.«

»Ich glaube, ich habe davon gehört.«

»Was gab's hier schon für Arbeit?«

»Oh, ich weiß, ich weiß. Neunzehnhundert-wann-war-das-nochmal?«

»Neunzehnhunderteinundachtzig bin ich rüber.«

»Sie hatten dort kein Glück?«

»Glück hab ich nie gehabt, Father.«

Der alte Mann ging langsam, die Arthritis, die ihm in den Knochen beider Füße steckte, war eine Plage. Das Haus, in dem er wohnte, seit er das Pfarrhaus verlassen hatte, war bescheiden, aber der Garten war groß und wurde von einem Mann gepflegt, den die Gemeinde entlohnte. Haus und Garten waren Gemeindebesitz und erfüllten wie in seinem Fall den Zweck, alten Priestern – wenn es sich so ergab, mehr als einem gleichzeitig – ein Heim zur Verfügung zu stellen. Father Meade hatte das Glück, es ganz für sich zu haben, und Miss Brehany kam jeden Tag.

»Ist sie nicht großartig, diese Kletterpflanze?« Über einen schmalen Streifen frischgemähten Rasens hinweg deutete er auf eine sich rot verfärbende Jungfernrebe an einer hohen Steinmauer, auf deren Zementkrone Glasscherben eingelassen waren. Prunty war in Schwierigkeiten geraten. Anfangs blieb die Erinnerung verschwommen, bis ihm die Einzelheiten wieder einfielen: Zur Erntezeit oder beim Kartoffelsetzen, wenn alle auf dem Feld waren, hatte er aus Bauernhäusern gestohlen. Immer dieselbe Geschichte, bis auf das eine Mal, als er mit der Krebsspendenbüchse ertappt worden war. Gleich nachdem man seine Mutter unter die Erde gebracht hatte, ging er weg, um, noch ehe er etwa ein Jahr später den Bezirk verließ, erneut in Schwierigkeiten zu geraten.

»Die Bergaster ist eine meiner Lieblingsblumen.« Father Meade gestikulierte wieder. »Die Art, wie sie den Herbst aufheitert.«

»Ich weiß, was Sie meinen, Father.«

Ein paar Minuten lang gingen sie schweigend. Dann fragte Father Meade: »Sind Sie zurückgekommen, um zu bleiben, Donal?«

»Wenn ich das wüsste. Viel los in Gleban?«

»Oh, und ob, und ob. Schauen Sie sich's doch nur mal an, verglichen mit damals, als Sie weggegangen sind. Ist doch fast schon eine Metropole.« Father Meade lachte, dann fügte er in ernsterem Ton hinzu: »Jetzt gibt's bei uns John-Deere-Immobilien, einen Grundstücksmakler in der Mullinavat Road und einen weiteren hinter der

Kirche. Wir haben ein SuperValu, eine Eisenwarengenossenschaft und zweimal die Woche die Zweigstelle der Bank. Wir haben Dolan's Autowerkstatt und Linehan's Stoff- und Gemischtwarenhandlung, und Steacy's wird gerade umgebaut. Früher musste man nach Mullinavat zum Arzt, und selbst da fand man nicht immer einen. Seit einem Jahr oder länger gibt es hier einen jungen Burschen, der jeden Dienstag zu uns herauskommt.«

Ein paar Stufen, die das Gefälle des Gartens ausglichen, unterbrachen den Pfad, auf dem sie gingen. Auf einer Rasenfläche, die mehr Platz bot als der Grasstreifen bei der Mauer mit der Jungfernrebe, stand noch der Stuhl, auf dem Father Meade sich ausgeruht und die Morgensonne genossen hatte.

»Wie auch immer, es hat sein Gutes, an den Ort zurückzukehren, wo man zur Welt gekommen ist. An Ihre Mutter kann ich mich noch gut erinnern.«

»Ob Sie wohl etwas für mich erübrigen könnten, Father?«

Father Meade machte kehrt und ging langsam wieder zum Haus. Zum Zeichen, dass er die Bitte gehört und zur Kenntnis genommen hatte, nickte er, und Prunty hatte den Eindruck, als ziehe er sie ernstlich in Erwägung. In dem Zimmer jedoch, in dem er zuvor eingenickt war, sagte Father Meade, in Gleban und Umgebung gebe es Arbeit.

»Wenn Sie an Steacy's Bar vorbeigehen, sprechen Sie auf Kingston's Hof vor und richten Sie Mr Kingston aus, ich hätte Sie geschickt. Falls Mr Kingston selbst nichts für Sie hat, wird er sich woanders für Sie verwenden.«

»Was ist das, Kingston's Hof?«

»Da wird das Wasser von den Quellen oben am Pass in Flaschen abgefüllt.«

»Ich bin nicht wegen Arbeit gekommen, Father.«

Prunty setzte sich. Er holte eine Schachtel Zigaretten hervor, dann erhob er sich wieder, um sie dem Priester hinzuhalten. Father Meade stand bei der Verandatür. Er trat weiter ins Zimmer hinein und stellte sich hinter seinen Schreibtisch. Setzen wollte er sich nicht, denn das mochte sein Besucher als Ermunterung auffassen, seinen Besuch in die Länge zu ziehen. Er winkte die Zigaretten weg.

»Eigentlich wollte ich es nicht sagen«, sagte Prunty.

Er hatte Schwierigkeiten mit seiner Zigarette. Es gelang ihm nicht, sie anzuzünden, obwohl er schon zwei Streichhölzer angerissen hatte, und Father Meade fragte sich, ob mit seinen Händen etwas nicht stimmte – er konnte sie nicht ruhighalten. Aber Prunty erklärte, die Streichhölzer seien feucht. Wenn man die Nacht im Freien verbringe, wache man auf, und alles sei feucht, selbst wenn es nicht geregnet habe.

»Was ist es denn, was Sie nicht sagen wollen, Mr Prunty?«

Prunty lachte. Seine Zähne waren verfärbt, fast schwarz. »Warum nennen Sie mich Mr Prunty, Father?«

Auch der Priester rang sich ein Lachen ab. »Schieben Sie's aufs Alter«, sagte er. Manchmal vergesse er einen Namen, und dann falle er ihm wieder ein.

»Der Name ist Donal«, sagte Prunty.

»Ach ja, natürlich. Was ist es denn, was Sie sagen wollen, Donal?«

Ein Streichholz flammte auf, und sofort stand in einem Zimmer, in dem niemand mehr rauchte, der Geruch von Tabakdunst.

»Zu der Zeit, als ich Messdiener war, sind Dinge passiert, Father.«

»Vom rechten Weg abgekommen sind Sie aber erst ein wenig später, Donal.«

»Hätten Sie vielleicht einen Drink, Father? Würden Sie mir einen anbieten?«

»Wir werden Rose bitten, uns eine Tasse Tee zu bringen.«

Prunty schüttelte den Kopf, eine schwache, fast unmerkliche Geste.

»Ich habe nichts Alkoholisches im Haus«, sagte Father Meade. »Ich selbst trinke nicht.«

»Früher haben Sie mir öfter Drinks gegeben.«

»Ach, nein, nein. Was wollen Sie, Donal?«

»Ich schätze mal, Geld, Father. Wenn's irgendwo noch wen gibt, der mir weiterhilft, dann ist's Father Meade. Das hab ich früher immer gesagt. Wir haben unter den Brückenbogen gelegen, da hat man gehört, wie der Regen auf den Fluss klatschte. Im Kohlenbecken hat ein Feuer gebrannt, bis sie gekommen sind und es gelöscht haben. Ganz Irland war da, hat Toomey immer gesagt. Männer von überall her, auch Nellie Bonzer und Colleen aus Tuam. Dann hat der Brennspiritus die Runde gemacht, und wenn man die letzten Tabakreste aus den Kippen gedröselt hat, haben einem die Finger gezittert, und dann hat man die alten Geschichten gehört. Oft hab ich denen erzählt, wie Sie die Hand gehoben haben, wenn Sie oben auf der Kanzel standen. ›Geht nicht eher, als bis ich's euch auf Irisch gesagt habe‹, haben Sie gemahnt und noch mal von vorn angefangen, und die Frauen haben gehorsam dagesessen und kein einziges Wort verstanden, aber das war egal, weil sie hatten's ja schon in der fremden Zunge gehört. Gab's nicht viele Priester, die haben's die fremde Zunge genannt, Father?«

»Tut mir leid, dass Sie in Not geraten sind, Donal.«

»Eulala ist mit dem Kind von 'nem Priester im Bauch rübergekommen.«

»Donal –«

»Eulala ist 'n Bein abgenommen worden. Geht die ganze Zeit an Krücken, einundsiebzig Jahre alt. Lang ist's her, dass sie Irland hinter sich gelassen hat.«

»Donal –«

»Nehmen Sie's mir nicht übel, wenn ich so was von 'nem Priester sage.«

»Es ist schlimm, so etwas zu sagen, Donal.«

»Sie haben mir immer einen Drink gegeben. Erinnern Sie sich noch daran? Wenn alle weg waren, haben wir uns in die Sakristei gesetzt. Sie haben zur Tür rausgeschaut, um zu sehen, ob die Luft rein war, und dann haben Sie zugemacht und sind zu mir gekommen. ›Ist heute nicht dein Geburtstag?‹, haben Sie gefragt, dabei war gar nicht mein Geburtstag. ›Wollen wir die alte Flasche öffnen?‹, haben Sie gefragt. Das eine Mal, wo's heiliger Wein war, haben Sie sich neben mich gesetzt und gesagt, der wär noch nicht heilig. Unbedenklich, haben Sie gesagt.«

Father Meade schüttelte den Kopf. Er blinzelte und runzelte die

Stirn, und einen Moment lang schien es, als teile Miss Brehany ihm mit, an der Haustür stehe ein Mann, als dringe ihre Stimme zu ihm, während er noch schlief. Aber er schlief nicht, obwohl er es sich gewünscht hätte.

»Über die Priester wird oft hergezogen«, sagte Prunty. »›Das verborgene Irland‹ ist Toomeys Bezeichnung dafür, wie's früher zuging. Die ganzen Geschichten, Father. ›Schließ die Augen‹, haben Sie in der Sakristei immer gesagt. ›Schließ die Augen, Junge. Leg die Beichte nachher bei mir ab.‹«

Im Zimmer herrschte Schweigen. Dann fragte Father Meade, warum er ihm diese Lügen auftische, wo er doch genau wisse, dass es Lügen seien. »Ich glaube, Sie sollten jetzt gehen«, sagte er.

»Wie ich's meiner Mutter erzählt hab, hat sie gesagt, sie kommt mir gleich mit der Peitsche.«

»Sie haben Ihrer Mutter gar nichts erzählt. Es gab nichts zu erzählen, wem auch immer.«

»Brenda Flynn, so hat Eulala eigentlich geheißen, aber ein Rumäne hat sie so genannt, und sie hat den Namen beibehalten. Aus Limerick war sie. Sie und der Rumäne waren ein Paar. Toomey ist aus Carlow.«

»Was Sie da unterstellen, ist ekelhaft und furchtbar und schändlich. Ich möchte, dass Sie jetzt gehen.«

Father Meade wusste, was er da sagte, aber er hörte es kaum, weil er sich fragte, ob er vielleicht mit einem anderen Priester verwechselt wurde: Ein durch Zuflucht zu Brennspiritus beeinträchtigter Verstand wäre mittlerweile natürlich getrübt. Aber auch die Priester der Gemeinde, die noch vor Pruntys Zeit im Amt gewesen waren, hatte Father Meade gut gekannt. Keinen von ihnen konnte er sich auch nur einen Augenblick lang in der Rolle vorstellen, auf die Prunty angespielt hatte. Kein Wort von dem, was dieser verrückten Phantasie entsprang, war je in der Gemeinde vernommen, mit keinem Finger je auf einen Priester gezeigt worden. Er hätte davon gewusst, man hätte es ihm gesagt, dessen war sich Father Meade sicher, so sicher wie seines Glaubens. »Ich habe kein Geld für Sie, Prunty.«

»Vor langer Zeit hab ich immer die jungen Priester vom Seminar gesehen. Vielleicht drei von ihnen, die gemeinsam spazieren gegangen sind, auf der Straße zum Pass. Ständig waren sie am Reden, und ich hab ihnen zugehört und mir überlegt, ob ich vielleicht selbst ins Seminar eintreten soll. Aber dann wär man eingesperrt gewesen. Soll ich morgen früh wiederkommen, wenn Sie Gelegenheit gehabt haben, ein paar Shilling aufzutreiben?«

»Ich habe kein Geld für Sie«, sagte Father Meade erneut.

»Es gibt da Gerede, das niemand gern verbreiten würde. Sie haben manches vergessen, Father. Vor langer Zeit sind Sachen passiert, die wissen Sie nicht mehr. Klar, niemand macht Ihnen daraus einen Vorwurf. Aber eines Nachts hab ich mir gesagt, ich geh zurück nach Gleban.«

»Wissen Sie eigentlich, dass Sie Lügengeschichten erzählen, Prunty? Sind Sie sich dessen bewusst? Böses wird nie vergessen, Prunty: Ein Priester weiß das besser als alle anderen. In Kleinigkeiten mag das Gedächtnis eines alten Mannes ja nachlassen, aber was Sie da hineinzulegen versuchen, wäre niemals daraus verschwunden.«

»Nichts für ungut, Father.«

»Erzählen Sie Ihre Geschichte in Steacy's Bar, Prunty, vielleicht schenkt man Ihnen ja dort Glauben.«

Father Meade stand auf, kramte die wenigen Münzen hervor, die er in den Hosentaschen hatte, und häufte sie auf den Tisch.

»Gehen Sie zur Beichte, Prunty. Wenigstens das.«

Prunty starrte das Geld an, zählte es mit den Augen. Dann klaubte er es auf. »Wenn wir jetzt noch ein paar passende Scheinchen dazu hätten«, sagte er, »würden wir auf einen ordentlichen Betrag kommen.«

Er sprach langsam, als täten sich ältere Menschen mit einer bedächtigen Ausdrucksweise leichter. Es gehe um all das Gerede, sagte er, das große Geld, das es da geben würde. Unmöglich, davon nichts mitzukriegen, unmöglich, nicht davon betroffen zu sein.

Er wusste, er würde noch mehr Geld herausholen. Egal, wie viel im Haus war, er würde es mitnehmen, und so sah er zu, wie eine Schublade aufgesperrt und herausgezogen, wie einem Pappkarton Geld entnommen wurde. Es blieb nichts übrig.

»Danke, Father«, sagte er, bevor er ging.

Father Meade öffnete die Verandatür in der Hoffnung, der Zigarettenrauch würde hinausziehen. Er war selbst Raucher gewesen, dreißig Stück am Tag, aber das war lange her.

»Ich mach mich jetzt auf den Weg, Father«, sagte Miss Brehany, die hereingekommen war, um sich zu verabschieden. Sie habe ihm kalten Braten aufgeschnitten, sagte sie. Die Teesachen habe sie ihm hingestellt, neben die Kanne.

»Danke, Rose. Danke.«

Sie sagte auf Wiedersehen, und er legte an der Haustür die Kette vor. Im Garten zog er den Stuhl, auf dem er am Morgen schon gesessen hatte, in die letzten Sonnenstrahlen, die er warm auf seinem Gesicht spürte. Er machte sich keinen Vorwurf daraus, dass er wütend geworden war, dass er die Fassung verloren hatte, weil die Andeutungen ihn anwiderten. Auch Donal Prunty machte er keinen Vorwurf, weil man einem hoffnungslosen Fall keinen Vorwurf machen konnte. In einem langen Leben empfing ein Priester zahlreiche Besucher, hörte Stimmen, die er schon vor Ewigkeiten vergessen hatte, vermochte es nicht, Gesichter zu erkennen, die ihm so vertraut wie das eigene gewesen waren. »Versuchen Sie, zu ihm durchzudringen«, hatte Donal Pruntys Mutter gefleht, als ihr Sohn noch ein Kind war, und er hatte es versucht. Aber schon damals hatte Prunty ihn angelogen und versprochen, sich zu bessern, ohne es aufrichtig zu meinen. »Na klar, hab halt 'n bisschen Geld gebraucht«, hatte er kaum eine Woche später gesagt, als er mit der aufgebrochenen Krebsspendenbüchse ertappt worden war.

Hatte er ihn deshalb mit dem letzten Penny im Haus ziehen lassen, weil er so offenkundig darauf angewiesen war?, fragte sich Father Meade. Oder weil man Mitleid mit ihm haben musste? Oder lag in seiner Freigebigkeit etwas Verzweifeltes, als hätte ihn sein eigenes Versagen dazu veranlasst, damals, als er mit noch größerer Verzweiflung gebeten worden war, zu einem Jungen durchzudringen, der nicht zwischen Recht und Unrecht unterscheiden konnte?

Während er sich in der Sonne ausruhte, war sich Father Meade der Versuchung bewusst, seine Überlegungen mit einer dieser Schlussfolgerungen enden zu lassen. Doch auch ohne jedes weitere Nachdenken wusste er, dass diese ebenso wenig Wahrheit enthielten wie die plumpen Vorspiegelungen seines Besuchers: Hinter dem Geldgeschenk verbarg sich keine großzügige Absicht, zu seiner Geste hatte ihn kein ehrbares Schuldgefühl veranlasst, keine mildtätigen Beweggründe. Er hatte Schweigegeld gezahlt.

Er war schuldlos schuldig, sein mutiger Trotz eine Finte, so wie die Finten seines Besuchers. Die geringfügige Verfehlung, die sich zugetragen hatte, hätte er verharmlosen können, so unbedeutend nahm sie sich aus, verglichen mit dem Verrat an der Kirche und der Beschämung der irischen Priesterschaft. Er hätte sich dazu durchringen können, einem abgerissenen Mann aus Gleban etwas Freundliches zu sagen, etwas, das dem Mann Trost verschaffen, sein Gewissen beruhigen würde, sollte ihn dieses Gewissen irgendwann einmal plagen. Stattdessen war er ängstlich gewesen, herabgesetzt durch die Sünden, die die Geistlichkeit so tief befleckten, misstrauisch gegen seine Herde.

Father Meade saß in seinem Garten, bis die Schatten, die sich auf seinem Rasen, seinen Blumenbeeten in die Länge zogen, nicht mehr zu sehen waren. Die Luft kühlte sich ab. Er blieb jedoch noch ein wenig sitzen, ehe er zum Haus zurückging, um Erlösung zu suchen und für Donal Prunty zu beten.

Prunty ging durch die Stadt, zu der Gleban geworden war, seit er dort gelebt hatte. Er suchte nicht die Kirche auf, um, wie ihm angeraten worden war, zu beichten. Er ging auch nicht in Steacey's Bar, sondern an beiden vorbei und folgte dem Weg, den er am frühen Morgen genommen hatte. Er verspürte keinerlei Gefühlsregung, und es war ihm gleichgültig, wie er an das Geld herangekommen war, Hauptsache, es war seins. Ein einziger schwacher Gedanke fuhr ihm durch den Sinn: dass die Stadt, die er jetzt hinter sich ließ, erneut zum Ort seiner Schande geworden war. Er störte sich nicht daran. Er war nicht gern in der Stadt gewesen, er hatte sich nicht gern danach erkundigt, wo der Priester wohnte, er war nicht gern hingegangen. Er war nicht gern durch den Garten geschlendert, er hatte nicht gern seine Forderung gestellt, ja, nicht einmal das Wissen hatte ihn gefreut, dass er erhalten würde, weswegen er gekommen war, obwohl man ihm zweimal das Gegenteil versichert hatte. Etwas von dem Geld würde er heute Abend vertrinken und morgen die Fähre erreichen. Danach würde er sich Zeit lassen. Ob er schnell ging oder langsam, die Straßen, die seine Heimat waren, wären noch für ihn da.

MOGELN BEIM CANASTA

Es war ein Sonntagabend; aber Sonntage, so erinnerte sich Mallory, waren in Harry's Bar stets wie jeder andere Tag gewesen. Oben im Restaurant eilten die Kellner mit vollbeladenen Tellern hin und her und riefen einander, den Gesprächslärm übertönend, Anweisungen zu. Steinbutt, *scaloppa alla Milanese*, gegrillte Koteletts, Rührei mit Speck oder Räucherlachs, Erbsen oder *spinaci al burro*, besonders köstlich zubereitetes Kartoffelpüree: All das waren Spezialitäten eines Hauses, in dem die bemerkenswerteste Fähigkeit der Kellner darin bestand, die Tischtücher mit einem Geschick zu wechseln, das allabendlich wohl an die hundert Mal bewundert und gelegentlich sogar beklatscht wurde. Unten standen Amerikaner und Italiener drei, vier Reihen tief an der Theke, und keiner konnte den anderen so richtig hören.

Mallory war stämmig, ohne korpulent zu sein, sonnengebräunt, blauäugig, mit dem Blick eines müden Reisenden, ein Engländer in den mittleren Jahren. Heute Abend war er allein. Vier dieser Jahre waren verflossen, seit er zum letzten Mal mit seiner Frau in Harry's Bar zum Abendessen gewesen war. »Versprich mir, dass du für uns beide hinfährst«, hatte Julia gebeten, als ihr klar war, dass sie selbst nicht wieder nach Venedig zurückkehren würde, und er hatte es ihr versprochen; doch bis er sein Versprechen einlösen konnte, war mehr Zeit verstrichen, als er beabsichtigt hatte. »Wie hieß sie noch gleich?«, hatte Julia sich zu erinnern versucht, und er hatte geantwortet: »Harry's Bar.«

Der Kir, den er bestellt hatte, kam. Er orderte Steinbutt, als Vorspeise einen Cäsarsalat. Dann deutete er auf einen Gavi, der früher nicht auf der Weinkarte gestanden hatte. »*Perfetto!*«, sagte der Kellner anerkennend.

Sie hatten so getan, als könnte Julia noch Karten spielen, und in gewisser Weise konnte sie es auch. Bei seinen Besuchen saßen sie zusammen auf dem Sofa im Aufenthaltsraum ihres Pflegeheims und forderten einander zu einer Partie Canasta heraus. Das hatten sie oft auf Reisen gespielt oder im Garten des Hauses, in dem sie seit ihrer Heirat gewohnt hatten und in dem ihre Kinder zur Welt gekommen waren. »Ganz gleich, was wird«, hatte Julia gesagt, als sie ahnte, was werden würde, »lass uns immer Karten spielen.« Und das taten sie; denn trotz ihrer schwindenden Erinnerung – jeden Tag schwand sie ein bisschen mehr: Ihre Kinder wurden ihr genommen, ihr Haus, ihre Blumenbeete, Habseligkeiten, Kleider –, waren die Canasta-partien im gemeinschaftlichen Wohnzimmer die eine Wirklichkeit, die ihr Leiden noch zuließ. Nicht dass ihr Kartenspiel einer Logik folgte, nicht dass man es als richtiges Spielen bezeichnen könnte; doch wenn sie in ihrem Blatt ein, zwei Joker entdeckte, leuchtete ihr Gesicht noch immer auf, und sie freute sich, tun zu können, was ihr Besucher tat, selbst wenn es ihr nicht ganz gelang, selbst wenn sie ab und zu nicht einmal wusste, wer er war. Vom Fußboden las er die Könige und Buben, die Achten und Zehnen auf, die ihre ungelenken Finger hatten fallen lassen. Er legte sie auf eine Seite, auf welche, spielte keine Rolle. Er mogelte beim Canasta, und sie gewann.

Bis zuletzt hatte sie auf dem Versprechen beharrt, das sie ihrem Mann abgenommen hatte. Die Gedächtnisstörung hatte bereits eingesetzt, der Saum jener Grauzone, die sie so früh ereilen sollte. Denn heute Abend saß er allein, wo sie so oft mit ihm zusammen ge-sessen hatte, und mit stechendem Schmerz erinnerte sich Mallory an ihre Bitte und seine Einwilligung. Er hatte nicht gezögert, sondern sofort zugestimmt und sich dabei doch gewünscht, sie hätte ihn um etwas anderes gebeten. Hätte es wirklich so viel ausgemacht, fragte er sich in dem überfüllten Restaurant, wenn er diese Reise schließ-lich doch nicht unternommen hätte, die erste von den vielen, die sie sich von ihm gewünscht hatte? Wenn es in den Tiefen der über sie hereinbrechenden Dämmerung überhaupt noch Orte gab, dann gehörten diese in eine Kindheit, mit der er nicht vertraut war, zu Schattengestalten, die nur sie angingen, nicht ihn, nicht sie beide.

Bei allem, was dem Vergessen anheimgefallen war, wie sollte es da von Bedeutung sein, wenn ein wunderlicher Einfall, selbst schon vergessen, unberücksichtigt blieb, so wie die Spielkarten, die ihrer Hand entglitten waren?

An einem Ecktisch für sechs Personen ging es lebhaft zu. Gläser wurden erhoben; allem Anschein nach eine Geburtstagsfeier. Ein Paar, das keinen Tisch reserviert hatte oder zu früh eingetroffen war, wurde abgewiesen. Eine hochgewachsene, schlanke Frau sah sich um und suchte nach jemandem, der nicht da war. Beim letzten Mal hatten sie am Tisch an der Tür gesessen, erinnerte sich Mallory.

Er ging den Inhalt seiner Brieftasche durch: die gewohnten Kreditkarten, die Liste mit Telefonnummern, die er immer ins Ausland mitnahm, einige unbenutzte Fahrkarten für die Pariser Métro, Zettelchen, auf denen nichts stand, bunte Papierstreifen, die er unnötigerweise aufbewahrt hatte. Mit der daran festgeklammerten *carte bancaire* war die doppelt gefaltete Rechnung seines Hotels in Paris genauso dick wie sein beträchtliches Bündel Euro-Banknoten. Auf die Rückseite eines 50-Euro-Scheins hatte jemand *Lisa* gekritzelt. Dann kam sein Wein.

Er war heute von Monterosso angereist, von den Küstenstädtchen der Cinque Terre, wo sie im September oft auf den Bergwegen gewandert waren. Bei der Hitze war die Fahrt unangenehm gewesen. Er hätte sie unterbrechen sollen, sie hätte ihm dazu geraten – eine Nacht in Mailand oder in Brescia, um noch einmal die Foppas zu betrachten und das Kloster aufzusuchen. Natürlich hätte er es so einrichten sollen, dachte Mallory und kam sich töricht vor, weil er es versäumt hatte, und doppelt töricht, weil er jetzt ausgerechnet hier war, unter Menschen, die zu ihrem Vergnügen hergekommen waren oder doch aus Gründen, die vernünftiger schienen als seine. Er fühlte sich spontan erleichtert, als er abgelenkt und seine Schwermut vom Klang einer Männerstimme unterbrochen wurde.

»Warum weinst du?«, fragte irgendwo ein Amerikaner.

Die Frage kam fast mit Sicherheit von dem Tisch, der seinem am nächsten war, doch als Mallory leicht den Kopf drehte, war nur ein Salzstreuer auf der Ecke eines Tischtuchs zu sehen. Auf die Frage, die gestellt worden war, folgte keine Antwort, zumindest keine, die er gehört hätte, und das Schweigen, das eingetreten war, dehnte sich. Er lehnte sich auf seinem Stuhl zurück, als wolle er aus einer bequemeren Position heraus eine gerahmte Schwarzweißfotografie an der Wand betrachten – eine Straßenszene, die von einem Hochhaus in Form eines Bügeleisens beherrscht wurde. Soweit seine neue Position es ihm erlaubte, konnte er feststellen, dass das Mädchen, das gefragt worden war, warum es weine, nicht mehr weinte. Die schlanken, zerbrechlich wirkenden Finger, die auf dem Tisch ruhten, umkrampften auch kein Taschentuch. Die Gabel in der anderen Hand, spielte sie mit den Erbsen auf ihrem Teller, schob sie umher. Sie aß nicht.

Ein aufgedonnertes Kind, zu jung, um auch nur am Anfang einer Ehe zu stehen, und doch wusste Mallory instinktiv, dass sie bereits die Frau des Mannes war, der ihr am Tisch gegenübersaß. Ein weißes Band hielt ihr das Haar, schwarz wie Ebenholz, aus der Stirn. Ihr Kleid, ebenfalls schwarz, wirkte auf ähnliche Weise streng: ungemustert, als einzige Verzierung eine geschwungene Halskette, die zu den mit einer einzigen Perle verzierten kleinen Ohrringen passte. Ihre Schönheit erschütterte Mallory – die Feinheit ihrer Gesichtszüge, die tiefen Augen, bar jedes Lächelns –, und er wusste, dass es mehr davon gab; jetzt war es hinter dem ausdruckslosen Ernst ihrer Unzufriedenheit verborgen.

»Ein besserer Typ als ich.« Ihr Mann hatte ein rosiges Gesicht, sein Haar war säuberlich gebürstet und gescheitelt, der Knoten seiner roten Seidenkrawatte weder zu klein noch zu klobig groß für den gestärkten weißen Hemdkragen, sein Leinenanzug unzerknittert. Als er auch auf seinen Kommentar, ein anderer sei ein besserer Typ als er, keine Antwort erhielt, lachte er leise auf und fügte hinzu: »Ich meine die Sorte Mann, die früh aufsteht.«

Mallory fragte sich, ob die beiden wohl das waren, was manche als Scott-Fitzgerald-Menschen bezeichneten, und einen Augenblick lang bildete er sich ein, er hätte die Frage laut gestellt – so als habe Julia ihn letztlich doch wieder nach Venedig begleitet. Was bei den beiden auf Scott Fitzgerald hindeutete, war ihre Eleganz, ihre Körperhaltung, die Schönheit der jungen Ehefrau, deren anhaltendes Schweigen: Bei allem Elend wird die Fassade aufrechterhalten. »Oh«, sagte Julia, »ihre Gefühle interessieren ihn nicht.«

»*Prego, signore.*« Die Ankunft von Mallorys Cäsarsalat unterbrach diese Kollision mit der Wahrheit, nahm passendererweise seine Aufmerksamkeit in Anspruch und bewog ihn, sein vorgetäuschtes Interesse an etwas, das gar nicht vorhanden war, aufzugeben. Der Kellner, der den Salat brachte, war ein jüngerer Mann, vielleicht sogar jener Piccolo – nun etwas erwachsener geworden –, den Julia *primo-piatto*-Piccolo genannt und an dem sie ihr Italienisch erprobt hatte. Mallory hörte, wie man ihm *buon appetito* wünschte und ihm Öl und Essig in Reichweite schob, und dabei dachte er: Ja, es gab da eine Ähnlichkeit, ganz gewiss in den Manieren. Der Piccolo hatte zuerst nicht verstanden, als Julia ihn auf Italienisch gefragt hatte, wie lange er schon Kellner sei, aber dann hatte er geantwortet, er habe erst wenige Tage zuvor in Harry's Bar angefangen und vorher noch nirgendwo gearbeitet. »*Subito, signore*«, versprach er jetzt, als Mallory um Pfeffer bat, und goss ihm Wein nach, bevor er ging.

»Ich wusste nicht, dass Geoffrey früh aufsteht.« Die Stimme an dem Tisch, der sich außerhalb seines Blickfelds befand, klang weich, die Gelassenheit ihres Tonfalls drang klarer zu ihm vor als das, was sie mitteilte. Ihr Mann sagte, er habe nicht verstanden. »Ich wusste nicht, dass er früh aufsteht«, wiederholte sie.

»Es ist nicht wichtig, ob er das tut. Es spielt keine Rolle, wann der Mann aufsteht. Ich hab es nur gesagt, um zu erklären, dass er und ich uns überhaupt nicht ähneln.«

»Ich weiß, dass du Geoffrey nicht ähnelst.«

»Warum hast du geweint?«

Wieder gab es keine Antwort, kein undeutliches Gemurmel, keine Satzmelodie, in der die Worte verlorengegangen wären.

»Du bist müde.«

»Eigentlich nicht.«

»Ich verstehe immer noch nicht, was du sagst.«

»Ich habe gesagt, ich bin nicht müde.«

Mallory glaubte nicht, dass sie nicht verstanden worden war: Ihr

Mann saß näher bei ihr als er, und selbst er hatte das »Eigentlich nicht« sehr wohl gehört. Die beißende Gereiztheit nährte in beiden von ihnen eine unberechenbare Böswilligkeit: Sie sagte nicht, warum sie geweint hatte, und er log. Mein Gott, dachte Mallory, was die da vergeuden!

»Niemand verübelt dir, dass du müde bist. Niemand kann etwas für seine Müdigkeit.«

Sie ging nicht darauf ein, und es herrschte Schweigen. Die Fassade wurde aufrechterhalten, und Mallory aß seinen Cäsarsalat zu Ende. Hier oben im Restaurant war er der einzige Gast ohne Begleitung. Beim Eintreten war er einen Moment lang leicht enttäuscht gewesen, weil man ihn nicht erkannt hatte. Er selbst hatte die Gesichtszüge des Kellners wiedererkannt, der ihn zu seinem Tisch geführt hatte; später war da jene Vertrautheit mit dem jüngeren Kellner gewesen; auch konnte er nicht umhin, sich an die ungezwungene Herzlichkeit zu erinnern, mit der er vor vier Jahren begrüßt worden war und die auf einen Anflug des Wiedererkennens hinzudeuten schien. Aber vor vier Jahren war er nicht allein gekommen, und natürlich hatten es Restaurantkellner nicht leicht, wenn sie sich nur einem Teil dessen gegenübersahen, was einmal gewesen war. Vielleicht wirkte er ja auch ein wenig verschrumpelter als früher; und vier Jahre waren die längste Zeitspanne zwischen zwei Aufenthalten gewesen.

»Meine Schwester hat Geoffrey geheiratet«, sagte das Mädchen am Tisch hinter ihm.

»Ja, hat sie. Ich will doch nur sagen –«

»Ich weiß, was du sagen willst.«

»Ich frage mich, ob du es wirklich weißt.«

»Du willst sagen, dass ich dachte, es würde so sein wie zwischen Geoffrey und Helen. Dass ich mir etwas erhofft habe, was es nicht gibt.«

»Es ist schwer zu verstehen, dass überhaupt jemand Geoffrey geheiratet hat.«

Heute Abend kam es nicht darauf an, was sie sagten. Der langweilige Geoffrey, der früh aufstand, um seine E-Mails zu lesen oder seine Kontoauszüge zu prüfen, der es vorzog, ein geordnetes Leben zu führen, reichte heute Abend aus, um das Bedürfnis der beiden, einander zu strafen, zu nähren. Dass es mit der Ehe der Schwester nicht weit her war, ließ sich in den Wortwechsel einwerfen, ließ sich kommentieren, vielleicht weil es noch nie zuvor angesprochen worden war. »Nun, davon haben wir nicht die leiseste Ahnung«, hätte Julia womöglich auf ihre gelegentlich strenge Art gesagt und schien es jetzt tatsächlich zu sagen. »Unterhalte dich lieber mit mir.«

Er musste lächeln. Und vom anderen Ende des Restaurants winkte ihm eine Frau aus der fröhlichen Geburtstagsrunde zu – als glaube sie, er habe ihr zugelächelt, oder als meine sie ihn zu kennen, ohne ihn einordnen zu können, oder als bedaure sie ihn, weil er in so geselliger Umgebung so allein war. Er nickte und behielt sein Lächeln bei, dann blickte er weg. So streng Julia mitunter gewesen sein mochte, wie oft hatte sie auf ihren gemeinsamen Reisen über Menschen, die sie gar nicht kannten, ebenso wilde Spekulationen angestellt wie er! Liebespaare, die sich in der Pâtisserie Fauchon umarmten, die Japaner in den Uffizien, sonnenhungrige Deutsche am Lido oder Menschen, die an beliebigen Café-Tischen miteinander plauderten. Und auch ihnen hatte man zugehört, das war klar – ihn habe man, behauptete Julia, für einen Landarzt gehalten und sie für eine Sozialarbeiterin oder dergleichen. Beide natürlich Engländer, das merkte jeder, ihr Akzent bestätigte ihre Zugehörigkeit zur Oberschicht, falls jemand sich für derlei interessiert hatte.

»*Va bene?*«, erkundigte sich der Kellner, der *primo-piatto*-Piccolo gewesen war, und trug den Salatteller ab. »War gut?«

»*Va bene. Va bene.*«

»*Grazie, signore.*«

Die *Taufe Christi* von Cima, die ihnen so gefallen hatte, hing in der Kirche San Giovanni in Bragora: Heute Morgen im Zug und den ganzen Tag über war ihm der Name der Kirche entfallen, jetzt entsann er sich wieder. Wenn man das Gemälde betrachtete, hatte es manchmal den Anschein, als stünde Christus noch im seichten Wasser; blickte man jedoch erneut hin, sah man, dass dem gar nicht so war: Die fast nackte Gestalt stand auf trockenem Boden am Rand des Wassers. Santa Maria Gloriosa dei Frari beherbergte Bellinis

Triptychon; die Heiligen, die er mit über achtzig Jahren gemalt hatte, befanden sich in San Giovanni Crisostomo. Sollte es wirklich so viel ausmachen, wenn er nun, da er allein war, nicht hinging, um sie zu bewundern? Ob er in San Giobbe vor Vivarinis *Verkündigung* stand oder nicht, ob er sich ansah, was immer es in Madonna dell'Orto zu sehen gab? Sie würde jetzt schlafen. Zuweilen wurden sie schon um fünf Uhr nachmittags ins Bett gebracht.

»Ich bin es nicht«, sagte das Mädchen. »Um ehrlich zu sein, ich bin es nicht.«

»Niemand kann erwarten, die ganze Zeit über glücklich zu sein.«

»Du hast mich gefragt. Ich sag's dir, weil du mich gefragt hast.«

Der Kellner brachte ihnen Himbeeren mit Baiser und Eiscreme. Mallory sah zu, wie das Dessert an ihm vorbeigetragen wurde, und hörte das Gemurmel des Ehemanns.

»Wozu haben wir das bestellt?«, beschwerte sich das Mädchen, als der Kellner gegangen war.

»Du wolltest es doch.«

»Wieso hast du gesagt, ich hätte Geoffrey heiraten sollen?«

»Ich habe nicht gesagt –«

»Lass mich in Ruhe.«

»Liebling, du bist müde.«

»Wozu sind wir hierhergekommen?«

»Jemand hat uns gesagt, es sei schön hier.«

»Wozu sind wir nach Venedig gekommen?«

Nun war es an ihm, nicht zu antworten. Die Ehe sei ein unkalkuliertes Risiko, erinnerte sich Mallory einmal gesagt zu haben. Das kniffligste aller Unterfangen, so hätte er es auch ausdrücken können und hätte anmerken können, sich darüber im Klaren zu sein sei eine Versicherung gegen die schlimmsten Eventualitäten, ein notwendiges Gewahrwerden der unwillkommenen Überraschungen, die einem möglicherweise bevorstünden. »Das ist doch immerhin etwas«, hatte Julia zugestimmt und gesagt, sie hoffe, es sei genug. »Die grausamen Engel der Liebe beim Spiel«, nannte sie es, wenn sie einander das Leben schwermachten.

Das Schweigen am anderen Tisch hielt an. »*Grazie mille, signore*«, hörte Mallory sagen, als es endlich gebrochen und die Rechnung beglichen wurde. Er hörte, wie die Stühle abgerückt wurden, dann ging das Paar, das sich gestritten hatte, dicht an seinem Platz vorbei, und einer Regung folgend, blickte er auf und sprach die beiden an. Dabei fragte er sich, ob er vielleicht schon zu viel getrunken hatte, denn es war gar nicht seine Art, Fremde zu belästigen. Er hob die Hand zu einer Abschiedsgeste, in der Hoffnung, dass sie weitergehen würden. Aber sie zögerten, und er spürte, wie ihnen klarwurde, dass er, der eindeutig nicht Amerikaner war, aus England sein musste. Einen Augenblick herrschte Ungläubigkeit, dann fanden sie sich damit ab. Das spiegelte sich auf ihren Gesichtszügen wider: Erst schlich sich Scham ein, bevor die Eleganz, die sie im Verlauf ihres Streits eingebüßt hatten, wiederhergestellt wurde und ihnen zu Hilfe kam. Das höfliche Wohlwollen, mit dem er ihnen einen guten Abend wünschte, als sie vorübergingen, wurde höflich erwidert, ein freundliches Lächeln war die harmlose Leugnung all dessen, was er zu Ohren bekommen hatte. »Das Restaurant trägt seinen Ruf zu Recht«, bemerkte der Ehemann mit ungezwungenem Charme. »Sehr hübsch, das Lokal.« Ihre Koteletts hätten köstlich geschmeckt, sagte sie.

Mallory passte sich an und fragte sie, ob dies ihr erster Besuch in Venedig sei. Noch war ihnen die Verlegenheit anzumerken, doch irgendwie gelang es ihnen, sie wie eine Art Selbstbestrafung wirken zu lassen, weil sie ihm ihr Gezanke zugemutet hatten.

»O ja, das allererste Mal«, sagten sie wie aus einem Mund. Beide schienen instinktiv zu wissen, wie ihre Antwort ausfallen sollte.

»Ihrer sicher nicht, schätze ich«, fügte der Ehemann hinzu, und Mallory schüttelte den Kopf. Nachdem er es sich das erste Mal habe leisten können, sei er immer wieder nach Venedig gereist, sagte er. Und dann erzählte er ihnen, weshalb er allein unterwegs war.

Dabei hörte er aus seiner Stimme den Nachhall seines Bedauerns, dass es Torheit war, die ihn hierhergeführt hatte. Er sagte es nicht. Er sagte nicht, dass er hier war, um einen wunderlichen Einfall zu ehren, der vergessen worden war, kaum dass man ihn mitgeteilt hatte. Er beklagte nicht die ermüdende, sinnlose Reise. Aber er war doch nahe dran gewesen, sie zu beklagen, und fühlte sich nun seinerseits beschämt. Aus Gewohnheit hatte er die Missstimmung, deren Zeuge er geworden war, als den unziemlichen Stoff der Ehe abgetan. Schwieriger war es da schon, seine eigene heimliche Verfehlung abzutun, und noch immer quälte ihn Scham.

»Das mit Ihrer Frau tut mir leid.« Das Lächeln des Mädchens war sanft. »Es tut mir sehr leid.«

»Nun ja.« Mit einem Kopfschütteln spielte er seine Schwermut herunter.

Wieder entgleiten ihr die Spielkarten. Wieder hebt er sie auf. Sie gewinnt, dann ist sie glücklich und weiß nicht, warum.

Die Feier am Ecktisch ging zu Ende, das Geplapper wurde erst lauter und verebbte dann. Ein Kellner nahm eine zurückgelassene Handtasche an sich. Neue Gäste trafen ein.

Morgen wird das, was beim Verfall ihres Gedächtnisses verlorengegangen ist, wiederhergestellt werden, so wie sie es gekannt hat: das Rosa und Gold der *Verkündigung* in San Giobbe, die Taube, das Antlitz der Jungfrau, die kleinen Bäume, Gott. Morgen wird auf der Piazza San Marco wieder die zum Verstummen gebrachte Musik spielen, die Touristen werden durch die *calles* schlurfen und die Boote zu den Inseln hinausfahren. Morgen werden sich Venedigs Katzen in den ausgetrockneten Parkanlagen von Damen füttern lassen, und auf der Zattere wird Kaffee serviert werden.

»Nein, nein«, murmelte er, als der Ehemann sagte, auch ihm tue es leid. »Nein, nein.«

Er sah dem Paar nach, und als sie die Tür erreichten, lächelte er ihnen durch das überfüllte Restaurant zu. Scham ist nichts Schlechtes, sagt ihre Stimme von anderswoher mit Nachdruck. Und auch nicht die Demut, die das Geschenk der Scham ist.

FALSCHES HELDENTUM

Die Blätter hatten zu fallen begonnen. Die ganze Sunderland Avenue entlang lagen sie unter den Buchen vereinzelt auf dem Gehsteig – noch nicht jene matschige Unannehmlichkeit, zu der sie werden würden, wenn mehr davon herabfielen und der Regen kam, was schon bald unweigerlich der Fall wäre. Nicht viele Leute waren unterwegs; es war nach Mitternacht, fast ein Uhr, und in großen Abständen warfen die Straßenlaternen dunstig gelbe Lachen aufs Pflaster. In der Blenning Road führte ein Mann seinen Hund in ähnlich geflecktem Laternenlicht aus, und auch hier sammelten sich die ersten Blätter des Herbstes. Im Verdun Crescent wurde oben ein Fenster geöffnet, jemand klatschte in die Hände, um eine Katze zu verscheuchen, die in einem Blumenbeet wühlte. Ein Auto bog in die Sunderland Avenue ein, die Scheinwerfer wurden erst abgeblendet, dann ausgeschaltet, dann wurde die Alarmanlage mit ihrem Geflirr aus aufblinkendem Rot und Orange für die Nacht aktiviert. Der Stadtverkehr war ein fernes Summen, das nur schwach in diese geruhsamen Straßen drang; gelegentlich wurde der Friede nachdrücklicher gestört durch das entfernte Kreischen einer Polizeisirene oder eines Rettungswagens.

Kaum eine halbe Meile weiter sah die Nacht schon anders aus. Vor dem Star Club, dessen Band – Big City – gerade Pause machte, lungerten junge Leute herum. Ein Laden hatte noch zu später Stunde geöffnet, und in der Tür stand ein Inder, der wachsam das Kommen und Gehen verfolgte. Ein paar Autos fuhren weg, die meisten jedoch blieben. Dann brach im Star Club mit einem Gehämmer von solcher Plötzlichkeit die Musik wieder los, dass man einen Moment lang meinen konnte, es handle sich um eine Notfall- oder Katastrophenwarnung.

Um halb zwei war es auch in dieser Gegend ruhig geworden. Die Türsteher des Star Club fuhren weg, Pärchen machten sich auf den Weg in die dunkle Abgeschiedenheit des nahe gelegenen Kanalufers. Andere standen herum, Grüppchen bildeten sich und lösten sich wieder auf. Unter dem Protest und den Beschimpfungen jener, deren Forderungen nach Alkohol und Kartoffelchips abgewiesen wurden, schloss der Inder seinen Laden. Die letzten der geparkten Autos fuhren davon.

Zwei befreundete Jugendliche machten sich zusammen auf den Weg, unbeirrt von der Aussicht auf einen einstündigen Fußmarsch. Der eine war im Hemd und hatte sich die Ärmel eines roten Anoraks um die Schultern gebunden, obwohl es kühl war; der andere trug einen schwarzen Wollpullover und ausgefranste Jeans. Sie unterhielten sich über die Mädchen, denen sie auf der Tanzfläche begegnet waren, vor allem über eins, das sie beide gut kannten, während sie die anderen zum ersten Mal gesehen hatten. Sie sprachen über ihre Zukunftspläne – in der Merchant Navy und im Autohandel, dem Geschäft eines Onkels. Dies waren die Veränderungen, die in Kürze auf sie zukämen, wenn die Schulzeit zu Ende ginge, wenn sie so viel Altbekanntes für immer hinter sich ließen: die Christlichen Brüder und die Laienlehrer, die beengten Pulte, in deren Holz verschlungene Initialen, Herzen und Pfeile geritzt waren, alles, was sie gelernt hatten an Selbsterhaltung und Überlebenstaktik. In ihrem Gespräch klang kein Bedauern an.

Sie blieben kurz stehen, während der Anorak aufgeknotet und übergestreift, der Reißverschluss hochgezogen und die Knöpfe geschlossen wurden. Sie waren sich einig, dass es ein schöner Abend war. »Die haben echt was auf dem Kasten«, sagte der eine, »Big City.« Sie gingen weiter und sprachen darüber, dass die Band auf ihre Weise genial war.

Das Handy nahe am Mund, verlangte der Inder laut nach der Polizei – sein üblicher Trick um diese Uhrzeit: Er sprach mit niemandem. Seine Peiniger beschimpften ihn, dann wurden sie ihrer Flegeleien müde und trollten sich. Sie waren zu fünft, zwei davon Mädchen, von denen sich keines an den Schmähungen gegen den

Inder beteiligt hatte. Das überraschte ihn, denn Mädchen trieben es oft am schlimmsten. Er behielt die fünf im Auge, als sie im Pulk abzogen und ein entgegenkommendes Auto zwangen, auf Schritttempo zu verlangsamen, während sie die Straße überquerten. Dann verriegelte er seinen Laden, dankbar, dass es zu keinem Zwischenfall gekommen war.

»Wie läuft's?«, rief Manning dem Fahrer des Wagens zu. Er trommelte mit den Fäusten auf die Kühlerhaube, und seine Kumpels – nicht jedoch die Mädchen – schlossen sich ihm an. Das Auto rollte weiter, blieb dann stehen und fuhr zurück. Der Fahrer nahm einen anderen Weg.

»Ist das zu toppen?«, lachte Manning, während er dem Auto von der Mitte der Straße aus nachsah. Er war der Größte in der Gruppe; sein rötliches Haar fiel ihm in einer lockeren Tolle, auf die er, wie man sagte, stolz war, in die Stirn. Sein Benehmen strahlte eine gewisse Unbekümmertheit aus, was sich im lässigen Schwung seiner Hüften und in seinem Lächeln zeigte. Manning gefiel sich als Anführer, wenn er, wie meistens und so auch diese Nacht, mit Donovan und Kilroy unterwegs war. Seine Freundin war Aisling, blond und hübsch, mit ausdrucksvollen blauen Augen, über ein Jahr jünger als Manning. Das zweite Mädchen gehörte nicht zur Clique; es hatte zuvor gefragt, in welche Richtung sie gingen und ob es sich ihnen anschließen dürfe, da es in derselben Richtung wohne. Es hieß Francie.

Aisling schmiegte sich beim Gehen an Manning. Kilroy, der den Arm um Francie geschlungen hatte, versuchte ihre Schritte zu verlangsamen, in der Hoffnung, wenn sie nur weit genug zurückfielen, würde sich die Gelegenheit zu etwas ergeben. Aber Francie, die seine Absichten ahnte, behielt ihr gleichmäßiges Tempo bei. Sie war klein, wurde oft als Winzling bezeichnet, erwies sich jedoch in ihrem Auftreten als überlegt und entschlossen. Auch sie war hübsch, wenn auch auf weniger dramatische Weise als Aisling, von der Manning gern sagte, sie sei zum Sterben schön. Das bestritt sie zwar, doch Mannings regelmäßige Wiederholung des Kompliments war ihr nicht unangenehm.

Sie hörte ihm gerade zu, als er sagte, er habe nicht vor, jemals wieder einen Fuß in den Star Club zu setzen, er verbitte sich die Art, wie ihn die kahlrasierten Rausschmeißer nach Miniflaschen gefilzt hätten. Sie hätten ihm eine abgenommen und es später geleugnet; die glaubten wohl, sie könnten alles mit einem machen, diese Proleten. »Haste dir schon mal 'ne Line gezogen, Cowboy?«, rief er Donovan über Aisling hinweg zu.

»Tu ich das nicht grad mit Emir Flynn?«

»Du Idiot!«

Manning, der wieder lachte, hörte sich betrunken an. Nicht sehr, dachte Aisling, aber doch ein bisschen. Sie selbst war ein-, zweimal betrunken gewesen, aber es war ihr zuwider, wie sich alles zu drehen begann und wie einem am nächsten Morgen zumute war.

»Aber haste schon mal?«, drängte Manning und bot Donovan eine Zigarette an.

»Klar«, antwortete Donovan, »und nicht nur einmal«, und Aisling wusste, dass das alles für sie und für das Mädchen bestimmt war, das sich ihnen angeschlossen und dessen Namen sie vergessen hatte. »Fantacolastisch«, sagte Donovan, während er und Manning ein Streichholz teilten und ihre Zigaretten anzündeten. Sonst war unter ihnen kein Raucher.

Sie kamen jetzt an der Färberei vorbei, wo Manning einmal über den hohen, mit Eisenspitzen versehenen Zaun geklettert war. Auch das war für Aisling bestimmt gewesen, und für ein Mädchen namens Maura Bannerman. Die Sicherheitsscheinwerfer waren ausgelöst worden, und durch den Zaun hatten sie beobachtet, wie Manning auf dem Gelände herumstrich und von Zeit zu Zeit in die Fenster im Erdgeschoss des wuchtigen Backsteingebäudes spähte, von dem es hieß, es sei einst eine Irrenanstalt gewesen.

Hinter sich hörte Aisling, wie Kilroy dem Mädchen, das er in Beschlag genommen hatte, von jener Nacht erzählte. Die Eisenspitzen waren mit Rasiermesserdraht verbunden, was das Ganze noch gefährlicher machte: Keiner von ihnen wusste, wie Manning es bewerkstelligt hatte, aber irgendwie war es ihm gelungen, obwohl er auch damals leicht betrunken gewesen war.

Kilroy hatte Schlitzaugen, die passenderweise einen wenig vertrauenswürdigen Charakter suggerierten. Donovan galt als beschränkt: fast so groß wie Manning, aber von massigerer Statur, war er ungeschickt in seinen Bewegungen und sprach langsam. Kilroy wirkte wie zu kurz geraten, was durch das geölte und glatt zurückgebürstete schwarze Haar, das seinen Kopf flach erscheinen ließ, noch unterstrichen wurde. Aisling hatte für beide nicht viel übrig.

Als sie das erste Mal im Star Club gewesen war – und sie Manning, nicht mehr als ein Gesicht in der Menge, das erste Mal gesehen hatte –, fand sie ihn toll. Wie er ihr später anvertraute, hatte er ihr Interesse bemerkt. Er hatte ihr gesagt, sie sei sein Typ, und sie hatte nicht gezögert, als er sie fragte, ob sie mit ihm ausgehen wolle. Wie in Dublin üblich, wurde er Mano genannt; sein Taufname war Martin John. Von seiner Familie wurde er Martin gerufen, und wenn Aisling im Klassenzimmer ihrer Klosterschule saß, dachte sie – ebenso wie jede Nacht vor dem Einschlafen – an ihn als Martin. Sie und er seien ein Paar, sagte er; ein Paar war Aisling noch mit keinem gewesen.

»Tausend Kröten für 'ne Line«, sagte er jetzt mit etwas lauterer Stimme, in der wieder ein Lachen mitschwang. »Wo kriegen wir 'ne Line her, Cowboy?«

Donovan meinte, vielleicht bei Dirty Doyle's, Kilroy schlug Capel Street vor. Es war eine Art Spiel; Martin Manning machte einen auf großen Macker, wie ihr Vater sich ausgedrückt hätte. Aisling hatte sich schon vor Ewigkeiten daran gewöhnt.

Sie erreichten die ruhigen Straßen, St. Stephen's Church an der Ecke Goodchild Street, vor ihnen das schattige Dach der Bäume zu beiden Seiten der Sunderland Avenue.

»Wer sind denn diese Waschlappen?«, rief Donovan plötzlich, und alle blieben stehen, zunächst ohne zu wissen, wohin sie blicken sollten. Doch als Francie mit dem Finger zeigte, sahen sie den roten Anorak.

»Das ist der beschissene Dalgety«, sagte Manning.

Die beiden trennten sich in der Sunderland Avenue. Dalgety bog in die Blenning Road ein. Jetzt, da er allein war, ging er etwas schneller, blieb aber stehen, als er sah, dass eines der Gartentore, an denen er vorbeikam, einladend offen stand. Er trat hindurch und lief über den Rasen zu eine Stelle nahe dem Haus, wo er von den Fenstern aus nicht gesehen werden konnte. Er urinierte im Schatten einer Ölweide.

Auf dem Weg vom Nachtklub hatten sie zwar hin und wieder Stimmen hinter sich vernommen, waren aber zu sehr in ihr Gespräch vertieft gewesen, um sich umzudrehen und herauszufinden, wessen Stimmen es waren. Jetzt konnte Dalgety die Stimmen nicht mehr hören, und er vermutete, dass ihre Besitzer, wer immer sie sein mochten, eine andere Richtung eingeschlagen hatten. Im Haus war kein Licht angegangen, was manchmal geschah, wenn man einen Garten fand, der sich für den Zweck eignete, zu dem er ihn soeben benutzt hatte. Er öffnete den Reißverschluss seines Anoraks, weil er bemerkte, dass die Zähne nicht richtig ineinandergegriffen hatten. Als er den Reißverschluss wieder zuzog, erhielt er einen Schlag auf die rechte Seite des Kopfes. Er dachte schon, jemand sei aus dem Haus gekommen, und fragte sich, warum er die Haustür nicht gehört hatte, als ihn auch schon der nächste Schlag traf. Er strauchelte und fiel hin, und als er auf dem Rasen lag, trat ein Fuß ihn in den Unterkiefer. Er versuchte sich aufzurappeln, vermochte es aber nicht.

Aisling hatte, ohne es zu wollen, zugesehen. Francie hatte weggeschaut, als sie mitbekam, was ablief. Als der Junge auf dem Rasen lag, trat Donovan, der sich zunächst abseitsgehalten und nicht mitgemacht hatte, in den Garten. Kilroy blieb bei dem Mädchen, denn er rechnete sich aus, dass er bei Francie verspielt hätte, wenn er sich beteiligte. Niemand sprach während des Angriffs, weder im Garten noch auf der Straße. Niemand sprach, als sie im Pulk weiterzogen.

Aisling fragte sich, was der Junge verbrochen hatte, welche Beleidigungen sie sich im Star Club oder davor an den Kopf geworfen hatten, was genau sein Vergehen war. Etwas von der berauschenden Atmosphäre des Nachtklubs schien zurückgekehrt zu sein, etwas von der Energie der Musik, von der Wildheit, die sich oft in einem Gesicht abzeichnete, das auf der Tanzfläche kurz vorüberflog, ehe es von der erstickend dichtgedrängten Menschenmenge wieder aufgesogen wurde.

»Ach, lass mich doch in Ruhe!«, rief Francie plötzlich aus. »Lass mich einfach in Ruhe, okay?«

»Benimm dich, Cowboy.« Mannings Rüge klang ungezwungen, und einen Moment lang sah Aisling den weißen Schimmer seiner Zähne.

Kilroy brummelte etwas und ließ ein paar Minuten von ihr ab, bevor er es von neuem versuchte und abermals abgeschüttelt wurde. In der Charleston Road trennte Francie sich von ihnen und trippelte, ohne sich zu verabschieden, hastig davon. Kilroy zögerte, folgte ihr aber nicht.

»Dalgety ist 'ne blöde Sau«, antwortete Manning, als Aisling fragte, weshalb Dalgety verprügelt worden war. »Vergiss es einfach«, sagte er.

»Ich hab den Namen noch nie gehört«, sagte Aisling. »Dalgety.«

»Ja, so heißen nur Blödmänner.«

Dann erlahmte das Gespräch, doch als sie am Eingang des Greenbanks-Hotels vorbeikamen, begann Donovan eine Geschichte über seine Schwester zu erzählen, die zum Seelenklempner ging, es aber so sehr hasste, dass sie zu den wöchentlichen Sitzungen oft gar nicht erst erschien.

»Ein Kerl geht dir an die Wäsche«, sagte Donovan, »und zack!, landest du beim Seelenklempner.«

Niemand äußerte sich dazu. Donovan sprach nicht weiter; das zuvor unterbrochene Schweigen setzte sich fort. Das also war es, dachte Aisling und fühlte sich erleichtert, spürte, wie ihr Körper sich entkrampfte, als wären ihre Nerven angespannt gewesen und seien es nun nicht mehr. Dieser Dalgety hatte Donovans Schwester zugesetzt, war zu weit gegangen, obwohl sie es nicht wollte, und seine Beharrlichkeit, welche Form sie auch angenommen haben mochte, hatte dazu geführt, dass sie auf psychiatrische Behandlung angewiesen war. Und der Wutausbruch im Garten, dessen Zeugin Aisling gewesen war, berührte sie; was sich zugetragen hatte, erschien jetzt in einem anderen Licht, nahm sich weniger schlimm aus.

»Bis dann, Mano«, sagte Donovan. »Mach's gut, Aisling.«

Sie sagte gute Nacht. Donovan bog in die Cambridge Road ein, und bald darauf bog auch Kilroy ab.

»Meinst du, der berappelt sich wieder?«, fragte Aisling dann.

»Wer?«

»Dalgety.«

»Mann, natürlich berappelt der sich.«

Sie gingen zur Spire View Lane, wohin sie immer gingen, wenn es so spät wurde. »Du siehst irre aus heut Nacht«, flüsterte Manning und ließ seine Hände unter ihre Kleider gleiten.

Sie schloss die Augen und erwiderte seinen Kuss. Seine frühmorgendlichen Bartstoppeln kratzten an ihrem Kinn. Als sie das erste Mal diese Rauheit erlebt hatte, hatte es sie erregt, und seither erregte es sie jedes Mal. »Ich sollte langsam zurückgehen«, sagte sie; nicht dass sie irgendwohin zurückgehen wollte.

Ein Hund näherte sich ihnen schnüffelnd, irgendeine kleine Rasse, schwarz oder grau, im Dunkeln ließ sich das nicht erkennen. Jemand pfiff nach ihm, und er lief davon.

»Ich bring dich«, sagte Manning, was er immer tat, wenn sie gehen musste. Er zündete sich eine Zigarette an, wie er es ebenfalls jedes Mal tat. Der Rauch würde in ihren Kleidern hängenbleiben, und sie würde sich Fragen gefallen lassen müssen, falls noch jemand wach war, was aber fast nie vorkam.

»Ich hab mich noch mal umgedreht«, sagte Manning. »Er war schon wieder auf den Beinen.«

Bernadette hat angerufen, stand in der Küche auf einem Zettel für sie, *und Schwester Teresa will wissen, ob du deine Rolle für Donnerstag kannst.*

Es war niemand mehr auf, sonst läge da kein Zettel. Aisling machte sich einen Kakao und aß Kekse dazu. Sie setzte sich an den Tisch, den *Evening Herald* vor sich, dann schob sie die Zeitung beiseite. Sie wünschte, es wäre nicht passiert, aber dann dachte sie an Hazel Donovan, die es so böse erwischt hatte, dass sie zum Seelenklempner musste, und bevor ihr Kakao ausgetrunken war, fragte sie sich, ob sie es wirklich gewünscht hatte. Sie hätte ihn zurückhalten können, aber sie hatte es nicht getan, und jetzt erinnerte sie sich, dass sie es nicht gewollt hatte. »Der harte Mann«, sagten seine Freunde zur Begrüßung; sie kannten ihn gut, wussten, dass er Risiken einging. »Ach, komm schon«, hatte er sie gedrängt, als er sie damals auf der Stange seines Fahrrads nach Hause brachte und sie von ihrem Vater erwischt wurden, der ihnen auf seinem eigenen Fahrrad entgegenkam, von dessen Lenkstange seine Veterinärtasche baumelte. »Dass ich so etwas nicht noch einmal sehe«, hatte ihr Vater getobt, sobald sie im Haus war. Dass sie sein Lieblingskind sei, mache die Sache nur noch schlimmer, hatte ihre Mutter erklärt. Beide hielten nichts von Manning. Die kapierten rein gar nichts.

In der Spüle wusch sie den Becher ab, aus dem sie ihren Kakao getrunken hatte, und schloss den Deckel der Keksdose. Sie nahm Schwester Teresas getippte Seiten und ging nach oben. *Szenen aus Hamlet* war Schwester Teresas Titel für die Monologe, die sie zusammengestellt hatte, das erste Mal, dass sie sich an etwas anderem als einem konventionellen Stück versuchte. *Da ist Fenchel für Euch*, murmelte Aisling schon im Halbschlaf, *und Aglei…*

Die ältere Frau, die seit dem Tod ihres Mannes vor sieben Monaten allein in der Blenning Road Nummer 6 wohnte, wurde aus einem Traum gerissen, in dem sie wieder ein Kind gewesen war. Sie ging zum Kopf der Treppe, beugte sich über das Geländer und rief in Richtung Eingangstür, wer da sei. Doch die einzige Antwort war das abermalige Läuten der Türklingel. Da braucht's schon mehr, sagte sie sich, um mich dazu zu bringen, um diese Uhrzeit meine Haustür zu öffnen.

Als das Klingeln verstummt war, ertönten ein Klopfen und Hämmern und eine Stimme, die von weit her zu kommen schien, da sie keine Zeit gehabt hatte, ihr Hörgerät einzusetzen. Selbst als der Briefschlitz klapperte und die Stimme lauter wurde, konnte sie immer noch kein Wort von dem verstehen, was gesagt wurde. Sie ging wieder ins Schlafzimmer, um ihr Hörgerät zu holen, dann schlurfte sie nach unten in die Diele.

»Was wollen Sie?«, rief sie in Richtung Briefschlitz.

Finger wurden sichtbar, die die Klappe hochdrückten.

»Entschuldigen Sie, Missus. Entschuldigen Sie, aber da liegt jemand in Ihrem Garten.«

»Es ist halb sieben morgens.«

»Könnten Sie bitte die Polizei verständigen, Missus?«

Sie stand in der Diele und schüttelte, ohne zu antworten, den Kopf. Sie fragte, wo genau in ihrem Garten die Person liege.

»Er liegt auf dem Rasen. Ich würde die Polizei ja selbst rufen, aber der Akku von meinem Handy ist leer.«

Sie telefonierte. Hatte ja keinen Sinn, es nicht zu tun, dachte sie. Sie war froh darüber, bald aus dem Haus auszuziehen, das so lange schon für zwei zu groß gewesen war und für sie allein absurd groß. Sie war schon vorher froh darüber gewesen, aber jetzt war sie sich sicherer denn je, dass sie die richtige Entscheidung getroffen hatte. Dieser Gedanke ging ihr wieder durch den Kopf, als sie durch das Esszimmerfenster beobachtete, wie ein Polizeiauto vorfuhr und bald danach ein Rettungswagen. Da öffnete sie ihre Eingangstür und sah, wie ein regloser Körper weggetragen wurde. Ein Mann trat auf sie zu und sprach sie an. Er sei es gewesen, der durch den Briefschlitz mit ihr gesprochen habe, sagte er. Ein Polizist teilte ihr mit, die Person, die man nahe der Ölweide aufgefunden habe, sei tot.

In den Nachrichten wurde die Adresse nicht erwähnt. Es war nur von einem Vorgarten die Rede, und der Bezirk wurde genannt. Ein Milchmann, auf dem Weg zum Depot, war aufmerksam geworden. Das war alles.

Als Aisling um fünf nach acht herunterkam, wurde in der Küche darüber gesprochen. Sie wusste sofort Bescheid.

»Alles in Ordnung?«, fragte ihre Mutter, und sie bejahte. Sie ging zurück ins Schlafzimmer. Sie habe etwas vergessen.

Die ganze Geschichte war auf der Titelseite der Frühnachmittagsausgabe des *Evening Herald* nachzulesen. Bislang war keine Anklage erhoben worden, aber man rechnete damit, dass dies im Lauf des Tages geschehen würde. Der Verstorbene war der Hauseigentümerin, in deren Garten die Leiche gefunden worden war, nicht bekannt gewesen. Sie hatte ausgesagt, sie sei in der Nacht durch nichts Ungewöhnliches im Schlaf gestört worden. Die Identität des Verstorbenen hatte noch nicht ermittelt werden können, aber es wurden ein paar Details genannt, allerdings wenig mehr, als dass ein etwa sechzehnjähriger Junge infolge eines tätlichen Angriffs zu Tode gekommen war. Zeugen wurden aufgefordert, sich zu melden.

Aisling meldete sich nicht; das Mädchen, das sich ihnen angeschlossen hatte, dagegen schon. Der Begleiter des Opfers auf dem Heimweg vom Star Club gab den Zeitpunkt an, zu dem sie losgegangen waren, und den ungefähren Zeitpunkt, zu dem sie sich getrennt hatten. Die Türsteher des Nachtklubs waren hilfsbereit, konnten aber dem, was man bereits wusste, wenig hinzufügen. Das Mädchen, das sich gemeldet hatte, wurde mehrere Stunden lang auf der Polizeiwache festgehalten, von wo aus die Ermittlungen angestellt wurden. Man lobte sie für die Klarheit ihrer Aussage und drängte sie, sich an die Namen der vier Personen zu erinnern, mit denen sie unterwegs gewesen war. Aber sie hatte die Namen nie gekannt; sie wusste nur, dass der rothaarige Junge Mano genannt wurde und er selbst zwei seiner Kumpels mit »Cowboy« angeredet hatte. Kurz vor Mitternacht erfolgten die ersten Festnahmen.

All das las Aisling am nächsten Morgen im *Irish Independent*, der Zeitung, die ins Haus geliefert wurde. Später am selben Tag las sie einen fast identischen Bericht in der *Irish Times*, die sie an einem Kiosk kaufte, wo niemand sie kannte. In beiden Berichten wurde sie erwähnt: Sie war das »zweite Mädchen«, und die Polizei war bemüht, sie ausfindig zu machen. Es gab ein Foto: Man erkannte einen Mantel, über Kopf und Schultern einer Gestalt geworfen, die abgeführt wurde, ein Handgelenk an das eines uniformierten Polizisten gekettet. Auch über die zweite Festnahme, in einem Haus in Ranelagh, gab es nicht mehr Informationen. Zunächst wurden keine Namen veröffentlicht.

Als sie dann doch veröffentlicht wurden, machte Aisling bei der Polizei eine Aussage. Sie gestand, das zweite Mädchen zu sein, und damit wurde sie zu einem Teil des Geschehens. Die Leute versuchten nicht, sie darauf anzusprechen, und in der Klosterschule war jedes Gespräch untersagt; doch selbst Fremden fiel es mitunter schwer, die Neugier zu zügeln, die sich nur allzu oft in ihren Mienen spiegelte. Nach einiger Zeit kam es zur Gerichtsverhandlung und schließlich zum Urteilsspruch: Die beiden, die man festgenommen hatte, wurden von der Anklage des Mordes freigesprochen und zu elf Jahren Gefängnis verurteilt, wobei ihre Unbescholtenheit ebenso berücksichtigt wurde wie die vor Gericht unbestrittene Tatsache, dass bei dem, was ihnen widerfahren war, ein unglücklicher Zufall eine Rolle gespielt hatte: Keiner von beiden hatte von dem schwachen, defekten Herzen ihres Opfers gewusst.

Aislings Vater verzichtete darauf, seine Standpauke zu wiederholen, dass sie eine Freundschaft eingegangen sei, für die er nie etwas übriggehabt habe. Was sich zugetragen hatte, war zu schrecklich für kleinliche Schuldzuweisungen. Und unter einer intoleranten Oberfläche verbarg sich ein gütiger Mensch, der sich Tag für Tag rührend um die Tiere in seiner Obhut kümmerte. »Wir müssen damit leben«, sagte er, als akzeptierte er, dass die Brutalität des Vorfalls auch ihn erfasste, dass Schuld sich wahllos verteilte.

Für Aisling verstrich die Zeit sonderbarer als alle Tage und Nächte je zuvor. Nichts blieb davon unberührt. Als sie auf der hastig zusammengezimmerten Bühne der Klosterschule Shakespeares Poesie rezitierte, konnte sie ihren Text zwar in- und auswendig, und das Publikum war wohlwollend. Doch aus dem Applaus klang Mitleid heraus, weil sie in der schweren Zeit nach der Tragödie, deren Zeugin sie geworden war, ungerechterweise viel hatte mitmachen müssen. Das war ihr klar, und in den Tiefen ihres Bewusstseins kam es ihr wie Hohn vor, und sie wusste nicht, warum.

Viel später traf ein Brief ein; die auffällige Handschrift weckte Erinnerungen an das Fieber früherer heimlicher Zettel. Er erhob keine Ansprüche auf sie, noch waren da Ergebenheitsbeteuerungen, wie es sie früher so oft gegeben hatte. Er werde weggehen. Er wolle niemandem zur Last fallen. Er sei ein anderer Mensch geworden. Ein Priester stehe ihm bei.

Der Brief war lang genug für Zerknirschung und doch zu kurz.

Was auf der einen beschriebenen Seite fehlte, hatte auch während der Gerichtsverhandlung schon gefehlt: dass das Opfer Donovans Schwester belästigt habe. Auf dem Zeitungsfoto – es war immer dasselbe – hatte Dalgety dunkle Haare, er lächelte nur leicht, seine Gesichtszüge waren regelmäßig, geradezu unscheinbar, bis auf ein Muttermal am Kinn. Aisling hatte das Bild oft gesehen und sich jedes Mal vorgestellt, wie er Hazel Donovan mit seinen unerwünschten Avancen in die Ecke trieb; die Unschuld in seinen Zügen hatte sie als Verstellung ausgelegt. Es war außergewöhnlich, dass dieses Tatmotiv vor Gericht nicht angeführt worden war, und noch außergewöhnlicher, dass es auch in einem Brief, in den es, zusammen mit Reue und Bedauern, doch gewiss gehörte, keine Erwähnung fand. »Ein Kerl geht dir an die Wäsche«, hatte Donovan in jener Nacht gesagt.

Es war nach einem lange anhaltenden Schweigen gewesen, das er gebrochen hatte, um dieses Problem in seiner Familie anzuschneiden, als habe er gedacht, jemand müsse etwas sagen. Der Plauderton in seiner Stimme schien anzudeuten, dass er fortfahren wollte, was er aber nicht tat. In ihrem Hunger nach Gnade hatte sie in dieses unbeholfene Ablenkungsmanöver allzu bereitwillig eine Identität eingeflochten, die er nicht genannt hatte, und diese als Wahrheit gelten lassen, bis die Zeit die Täuschung fadenscheinig machte.

Nach der Klosterschule erwarb Aisling einen Abschluss, der zu einer Anstellung in der Zentrale der Schulbuchverlage führte. Sie hatte Geschmack daran gefunden, für sich zu sein, ging abends oft allein ins Kino und an den Wochenenden in Howth oder in Dalkey am Meer spazieren. Eines Nachmittags besuchte sie das Grab, und von da an kam sie immer wieder. Ein Grabstein war aufgestellt worden, die frischgemeißelten Worte waren knapp: Name, Lebensdaten. Menschen kamen und gingen zwischen den Gräbern, doch dieses suchte niemand auf, obwohl von Zeit zu Zeit Blumen darauf abgelegt wurden.

Auf dem düsteren Friedhof bat Aisling den Toten um Verzeihung für die Lüge, an die sie sich geklammert hatte, als die Wahrheit zu hässlich war, um ihr ins Gesicht zu sehen. Schweigend war sie Zeugin einer Tat geworden, die begangen wurde, um sie zu beeindrucken, um sich ihrer Liebe als würdig zu erweisen, wie andere Taten zuvor. Und sie hatte Freude beim Zusehen empfunden. Zwar nur für einen Augenblick, aber doch Freude.

Vielleicht würde auch sie weggehen, und oft dachte sie daran: weg in die Stille einer anderen Zeit, eines anderen Ortes, um den Schatten falschen Heldentums zu entfliehen. Stattdessen blieb sie, auch sie war ein anderer Mensch geworden, der dort hingehörte, wo der Vorfall sich zugetragen hatte.

EIN NACHMITTAG

Jasmin wusste, er würde anders sein, es war ausgeschlossen, dass er das nicht wäre, auf keinen Fall würde er über einem Militärhaarschnitt eine Baseballkappe verkehrt herum aufsetzen oder schlaksig sein wie Lukie Giggs oder ein glucksendes Geräusch von sich geben wie Darren Finn, wenn der versuchte, ein Wort herauszubringen. Wie er sein würde, konnte sie sich nicht vorstellen, nur, dass er nicht wie die anderen wäre. Schon möglich, dass er einen an den Schlagzeuger von Rawdeal erinnerte, wie immer der heißen mochte, oder an Al aus *Doc Martin*. Aber der Junge am Busbahnhof war nicht so wie diese beiden. Und er war auch kein Junge, keine Spur.

Außer ihr war er der Einzige, der allein wartete, und für die Ansagen, welche Busse gerade ankamen oder abfuhren, schien er sich nicht zu interessieren. Er sah nicht auf, wenn Leute in die Halle traten. Er hatte nicht ein Mal in ihre Richtung geblickt.

Letzten Endes, wenn nichts passierte, würde sie schamlos sein müssen, das wusste Jasmin. So nannte sie es bei sich selbst, und darauf lief es hinaus, denn wenn man es nicht war, erreichte man nichts. Ein ganzes Leben lang würde man im Schnellimbiss den Lastwagenfahrern Tee bringen, die Plastikteller abräumen und die Tische abwischen, und dabei würde man sich Gott weiß was holen, denn man atmete den Zigarettenqualm der Fahrer ein. »Du bist so was von schamlos, Angie«, pflegte ihre Mutter sie zu schimpfen, als sie gerade mal fünf oder sechs war und im Pricerite immer nach den Kochdatteln oder nach einem Schokoladenriegel grabschte und, bevor ihre Mutter es mitbekam, die Packung öffnete.

»Das bringst du zu der Frau, die an den Regalen arbeitet. Du sagst, es war ein Versehen, das sagst du ihr. Schamlos, das bist du«, so endete die Tirade ihrer Mutter jedes Mal. »Nimm dich in Acht,

Mädchen.« Sie selbst verhielt sich ruhig. Sie ging nie auf die Frau zu, die die Regale aufstockte, sondern legte, was immer ihre Tochter an sich genommen hatte, hinter die Cornflakes oder die Küchenrollen.

Den Namen Jasmin hatte sie sich selbst ausgesucht, denn Angie hatte sie schon immer verabscheut, und als sie älter wurde, fand sie ihren Namen gewöhnlich. »Oh, wie etepetete!«, war die Reaktion ihrer Mutter auf diesen neuesten Beweis ihrer Schamlosigkeit gewesen. »Nun hör dir unsere Madam an!«, forderte sie Holby auf und versuchte, den Ehemann, den sie inzwischen hatte, in die Geschichte mit hineinzuziehen. Doch in derlei Dingen war Holby mittlerweile gewieft, denn nachdem er sich in eine ausweglose Ehe hatte locken lassen, hatte er seine Lektion gelernt. Es sei nicht einmal die übliche Schreibweise, kommentierte ihre Mutter sarkastisch, sondern ohne ein ›e‹ am Ende, wie die verdammten Muslime es hielten. Aber als ihre Mutter nicht dabei war, sagte Holby, das sei alles Quatsch. »Schreib du nur deinen Namen, wie's dir gefällt«, riet er. »Bleib bei dem Namen, den du haben willst.« Ihre Mutter war eine gewalttätige Frau, fand Jasmin, und sie wusste, dass Holby ihre Meinung teilte.

»Entschuldigung«, sagte sie, als sie zu dem wartenden Mann hinüberging. »Ich bin Jasmin.«

Er lächelte sie an. Er hatte ein bleiches Gesicht, die Zähne drängten sich vorn zusammen, sein helles Haar trug er lang. Er hatte Flanellhosen und ein Jackett an, und das überraschte sie. Das Jackett war von einem gesprenkelten Marineblau, dazu eine graue Krawatte. Und Halbschuhe, keine Turnschuhe, alles sehr ordentlich. Am meisten überraschte sie, dass er Mitte dreißig hätte sein können, vielleicht sogar ein paar Jahre älter. Seiner Stimme im Chat nach zu schließen, hatte sie eher auf neunzehn getippt.

»Magst du einen Kaffee, Jasmin?«, fragte er.

Wenn er sprach, war sie ganz aufgeregt. Zum ersten Mal hatte sie so empfunden, als er sie im Chat Jasmin genannt hatte. Dann wieder gestern, als er sie gefragt hatte, ob sie sich nicht einmal treffen wollten.

»Ja, gern«, sagte sie.

Die ganze Zeit über lächelte er. Er sei einer von der fröhlichen Sorte, hatte er ihr im Chat gesagt, nicht gleich beim ersten, aber vielleicht beim vierten oder fünften Mal. Er hatte sie gefragt, ob sie auch von der fröhlichen Sorte sei, und sie hatte bejaht, obwohl sie wusste, dass das nicht zutraf. Die bläst immer Trübsal, hatte sie ihre Mutter sagen hören, als Holby bei ihnen im Haus eingezogen war, und später, als ihre Mutter nicht dabei war, hatte Holby sie gefragt, was sie bekümmere, und sie hatte nicht geantwortet. »Vermisst wohl deinen Papa?«, hatte Holby vermutet. Damals war sie sieben gewesen.

»Magst du hier reingehen?«, schlug der Mann vor, als sie zu einem McDonald's kamen. »Ist dir McDonald's recht, Jasmin?«

Nur einen Kaffee, sagte sie, als er sie zu einem Hamburger einladen wollte, und er sagte, er würde ihr einen bringen. Ihr Vater war weggegangen, nachdem er herausgefunden hatte, dass ihre Mutter ein Verhältnis mit Holby hatte. Ihre Mutter sagte, ihr sei's egal, aber sechs Monate später hatte sie Holby dazu gebracht, sie zu heiraten, denn sie saß in der Klemme, weil sie mit Jasmins Vater nicht verheiratet gewesen war.

»Mir gefällt's bei McDonald's«, sagte der Mann, als er mit dem Kaffee zurückkam.

Er lächelte wieder, und sie fragte sich, ob er an der Bestelltheke auch die ganze Zeit gelächelt hatte. Sie wusste seinen Namen nicht. Vor drei Wochen hatte sie zum ersten Mal seine Stimme im Chat gehört. »Ich bin Jasmin«, hatte sie gesagt und erwartet, dass auch er seinen Namen nennen würde, aber das hatte er nicht.

»Ich hab dein Alter fast erraten«, sagte er jetzt. »Von der Unterhaltung mit dir hab ich's fast erraten.«

»Sechzehn.«

»Genau das hab ich mir gedacht.«

Sie saßen an der Theke, die am Fenster entlanglief. Die Leute auf dem Gehsteig waren in Eile, rempelten einander an. Auf dieser Straße waren Autos und Busse nicht erlaubt.

»Du bist hübsch«, sagte er. »Du bist hübsch, Jasmin.«

Das war sie nicht. Man konnte sie nicht wirklich hübsch nennen, aber er sagte es trotzdem, und er fragte sich, ob es ein ähnliches Kompliment gäbe, das er selbst besonders gern hören würde. Während sie die Leute auf der Straße beobachteten, dachte er darüber nach und stellte sich die Babystimme vor, mit der sie ihre Worte hervorbrabbelte und etwa sagte, er kenne sich aber aus, oder, er sei immer so locker.

»Du hast wohl gedacht, ich wäre jünger?«, fragte er sie.

»Ja, vielleicht.« Sie zuckte mit den Achseln, dabei ruckten ihre schmalen Schultern rasch auf und ab. Der blaue Anorak, den sie trug, war nicht schmuddelig, sah aber verblichen und verwaschen aus. Andere Mädchen hätten ihn längst weggeworfen.

»Dein Amulett gefällt mir«, sagte er und deutete, weil sie nicht verstand, was er meinte, auf die Brosche, die an den dünnen rosa Stoff ihres Kleides geheftet war. Sie hatte eine flache Brust, und er hätte sagen können, dass ihm auch diese gefiel, denn das entsprach der Wahrheit. Aber die Wahrheit war nicht immer angezeigt, wie er vor langer Zeit herausgefunden hatte, und so lächelte er stattdessen. Ihre nackten, blassen Beine waren wie Zweige, von denen man die Rinde entfernt hatte, und er erinnerte sich daran, wie er genau das immer getan hatte, auch das vor langer Zeit. Ihre Schuhe waren zartrosa und hatten hohe Absätze.

»Die ist nichts Besonderes«, sagte sie und meinte ihre Brosche. Wieder zog sie ruckartig die Achseln hoch, fast schien es wie ein Krampf, aber er wusste, dass es keiner war. »Ein Fisch«, sagte sie. »Es soll ein Fisch sein.«

»Sie ist wunderschön, Jasmin.«

»Holby hat sie mir geschenkt.«

»Und wer ist Holby?«

»Meine Mutter ist mit ihm verheiratet.«

»Dein Vater, nicht wahr?«

»Von wegen.«

Er lächelte. In einer ihrer Unterhaltungen hatte er sie gefragt, ob sie hübsch sei, und sie hatte geantwortet, vielleicht, und aus der Art, wie sie es gesagt hatte, konnte er heraushören, dass sie es nicht war. Sie lebten in einer Phantasiewelt, sie taten so, als ob. Na ja, das machten natürlich alle.

»So alt wie du, Jasmin – hast du das gedacht, als wir uns unterhalten haben? Wie alt hast du mich denn geschätzt?«

»Wie ein kleiner Junge hast du dich jedenfalls nicht angehört.«

In einem Nasenflügel trug sie einen Ohrstecker, und in einen Ohrrand war eine kleine Spirale gepierct. Er überlegte, ob sie wohl auch im Bauchnabel ein Piercing hatte, und wollte sie schon danach fragen, wusste aber, dass es besser war, es zu lassen. Er hätte gern die Augen geschlossen und sich ein funkelndes Etwas vorgestellt, das sich dort verbarg, doch stattdessen lächelte er. Ihr Haar war glatt, kein bisschen gekräuselt, und heller gefärbt.

»Du machst dir Mühe«, sagte er. »Ich dachte mir schon, dass du so jemand bist. Ich wusste, dass du dir Mühe mit deinem Äußeren gibst.«

Wieder das Achselzucken. Sie hielt den Pappbecher mit dem Kaffee zwischen den Händen, als wollte sie sie wärmen. Sie fragte ihn, ob er Arbeit habe, und er sagte, ja, Recht und Ordnung.

»Recht und Ordnung? Bei der Polizei?« Mit verängstigten Augen blickte sie sich um, eine fahrige Körperdrehung. Er hätte ihre Hand ergreifen können, dachte er, etwas ganz Natürliches, aber auch diesem Impuls widerstand er.

»Bei Gericht«, sagte er. »Wenn es einen Streitfall gibt, wenn es Ärger gibt, muss ich den Fall darlegen. Nein, nicht bei der Polizei, hat mit der Polizei nichts zu tun.«

Sie nickte, das Unbehagen schwand.

»Und du willst Krankenschwester werden, Jasmin? Für andere Menschen sorgen? Ich kann mir vorstellen, dass du für andere Menschen sorgst.«

Wenn sie fragten, antwortete er immer: »Bei Gericht.« Und meist sagte er, er könne sich vorstellen, dass sie für andere Menschen sorgten.

Die Gold Mine war ein Spielsalon, den er kannte, und sie gingen hin, um an den Geldspielautomaten ihr Glück zu versuchen. Er gewinne immer, sagte er, aber heute blieb das Glück aus. Er machte sich nichts daraus. Er geriet deswegen nicht in Wut wie Giggs, wenn er Geld vergeudet hatte. Er sagte nicht, das Ganze sei ein abgekartetes Spiel. Gute Tage, schlechte Tage, mehr sagte er nicht.

»Nein, nimm's nur«, sagte er, als sie ihm erklären musste, dass sie kein Geld bei sich hatte, und am Ende nahm sie die Zwei-Pfund-Münze, die er ihr gab, und ging los, um sie sich umwechseln zu lassen. Am Greifautomaten fischte er eine Halskette für sie heraus. Geschickt bewegte er den Greifer, wusste, wann er die Metallklauen zu öffnen hatte und dass er nicht zu hastig sein durfte, wenn er sie schloss, sondern warten musste, bis er sich ganz sicher war. Einmal habe er alles abgeräumt, was zu haben war, sagte er – Süßigkeiten, Schmuck, Würfel, drei Kartenspiele, zwei Taschenmesser, eine Tanzpuppe, eine Minnie-Mouse-Figur, allerlei Krimskrams. Als er die Halskette für sie herausgefischt hatte, schwenkte er den Kran herum und fragte sie, was sie als Nächstes wolle, diesmal aber schlossen sich die Klauen einen Augenblick zu früh, und die Armspange, auf die er es abgesehen hatte, bewegte sich nur ein bisschen und rutschte dann zurück. Sie verbrachten eine Stunde in der Gold Mine.

»Wollen wir noch mal für 'ne Weile zum Busbahnhof gehen?«, schlug er vor, und Jasmin sagte, sie habe nichts dagegen. Aber auf dem Weg dorthin standen ein paar Sitzbänke zu beiden Seiten eines kleinen betonierten Platzes mit einem bepflanzten Betonttrog in der Mitte. Die Sträucher waren fast alle abgestorben, doch eine der Bänke war leer, und er fragte sie, ob sie sich dort hinsetzen wolle.

»Ja, es ist nett hier«, sagte Jasmin.

Auf der Sitzbank gegenüber lag ausgestreckt ein älterer Mann und schlief. Auf einer anderen saßen eine Mutter und ihre Kinder und aßen Pommes frites. Auf der dritten zwei Frauen, die schweigend vor sich hin starrten.

»Ich komme hierher, wenn die Sonne scheint«, sagte der Mann, mit dem Jasmin zusammen war. »Nichts Besseres zu tun, dann komm ich hierher.«

Er hatte gewollt, dass sie die Halskette trug, und sie ihr selbst umgelegt. Als er sich am Verschluss zu schaffen machte, hatten seine

Fingerspitzen kühl auf ihrem Nacken gelegen. Er hatte gesagt, die Kette stehe ihr gut. Sie passe zu ihren Augen, hatte er gesagt, und darüber war sie erstaunt, denn die Perlen sahen gelblich aus. Als sie zu dem Automaten gegangen waren, der einen zu den Sternen entführte, hatte er gesagt, er sei neunundzwanzig, und sie war drauf und dran gewesen, zu erwidern, es gefalle ihr, dass er älter sei.

»Ist die Sonne okay für dich, Jasmin?«

Die beiden Frauen sahen zu ihnen herüber, erst die eine, dann die andere, und sprachen noch immer nicht. Die Mutter schalt ihre Kinder, als sie um mehr Pommes frites quengelten. Sie stopfte die leeren Pappschachteln in einen Abfalleimer, und sie gingen davon.

»Die Sonne enthält Vitamine. Wusstest du das, Jasmin?«

Sie nickte, obwohl sie sich darüber nicht klar gewesen war. Sie versuchte ihre Halskette zu begutachten, konnte sie aber nicht richtig sehen. Sie zog sie straff und schielte auf die Perlen hinab. Wäre sie allein gewesen, sie hätte sie abgelegt, aber jetzt wollte sie das nicht.

»Jasmin ist ein großartiger Name«, sagte er. Im Chat hatte er das auch schon gesagt, ihr ein Kompliment gemacht, obwohl er nicht wusste, dass sie sich den Namen selbst zugelegt hatte. Wenn sie chatteten, hatte sie oft gedacht, wie zärtlich er war, dabei war sie ein paar Mal verwirrt gewesen, wenn er die Telefonzelle beschrieb, in der er stand, oder Graffiti von einer Wand ablas. Als er ihr das erste Mal etwas ablas, ohne zu sagen, dass er etwas ablas, hatte sie sich gefragt, ob er ganz richtig im Kopf war, aber dann hatte er es erklärt, und alles war wieder in Ordnung. Sie stellte sich ihn vor Gericht vor, so wie man es im Fernsehen sah. Sie stellte sich vor, wie er, in der einen Hand die Unterlagen, dastand und einen Fall darlegte. Sie stellte sich vor, wie er zu ihr auf der Zuschauerbank herübersah und sein Lächeln aufsetzte, wie sie ihm zuwinken wollte, es jedoch unterließ, weil er es ihr verboten hätte. Das erste Mal im Chat hatte er eine Bemerkung über ihre Stimme gemacht. »Lass dir Zeit«, hatte er gesagt, und sie war am Apparat geblieben, weil sie ihn nicht gehen lassen wollte. »Ich liebe diese Stimme«, hatte er gesagt, und ihr war aufgegangen, dass er ihre meinte.

Jetzt lächelte er sie an, und sie sahen zu, wie der schlafende Mann aufwachte. Aus einer Plastiktüte, die offenbar mit Kleidern vollgestopft war, hatte er sich ein Kissen gemacht. Er hatte seine Schuhbänder gelöst, und jetzt schnürte er sie wieder zu. Er blickte sich um, dann ging er fort.

»Ich dachte schon, du könntest nein sagen, Jasmin, als ich dir vorgeschlagen hab, dass wir uns treffen. Weißt du, was ich meine, Jasmin? Dass du diesen Schritt nicht gehen willst.«

Sie schüttelte den Kopf. Sie wollte, dass ihre Mutter vorbeikäme, auf dem Rückweg vom Wettbüro, wo der Mann arbeitete, von dem Holby nichts wusste. Holby sei ein Jammerlappen, sagte ihre Mutter, ein Fehler wieder einmal, der gleiche wie mit Jasmins Vater. Sie hatte sich auf ein Verhältnis mit dem Mann aus dem Wettbüro eingelassen, und der würde sich bestimmt auch bald als Fehler erweisen, etwas anderes war gar nicht möglich.

»Ich hätte nie«, hörte Jasmin sich beteuern, »ich hätte niemals nein gesagt.«

Sie schüttelte den Kopf, um sicherzustellen, dass er beschwichtigt war. Als er sagte, er habe sich Sorgen gemacht, sie könnte nein sagen, hatte er die Stimme gesenkt. Sie wollte nichts verderben; sie wollte, dass alles so gut wäre wie im Chat, so gut, wie es jetzt war.

»Wenn du heute nichts Besseres vorhast, Jasmin, hast du ja vielleicht Zeit, zu mir nach Hause zu kommen?«

Wieder durchlief sie eine Welle der Erregung. Sie spürte sie am ganzen Körper, fast fühlte es sich an wie das Kribbeln, wenn einem ein Arm oder Fuß eingeschlafen war, aber sie wusste, es war etwas anderes. Sie war gern mit ihm zusammen; sie hatte schon vorher gewusst, dass das so wäre. »Ja«, sagte sie, ohne zu zögern, denn sie wollte nicht, dass er ihre Gedanken las. »Ja, heut hab ich Zeit.«

»Am besten gehen wir zu Fuß«, sagte er. »Einverstanden mit einem Spaziergang, Jasmin?«

»Natürlich.« Und weil nun der passende Augenblick gekommen schien, fügte Jasmin hinzu, sie kenne seinen Namen nicht.

»Clive«, sagte er.

Der Name gefiel ihm, und er gab ihn oft als den seinen aus. Normalerweise fragten sie danach, manchmal sogar schon im Chat, bevor sich etwas entwickelte. Auch Rodney gefiel ihm. Ken gefiel ihm. Und Alistair.

»Ich hab noch nie einen Clive gekannt«, sagte sie.

»Wohnst du noch zu Hause, Jasmin?«

»O ja.«

»Ach, stimmt. Hast du ja kürzlich gesagt. Ich hab mich nur gefragt, ob du in der Zwischenzeit vieleicht ausgezogen bist.«

»Ich wünschte, das wäre so.«

»Die sind wohl auf Armeslänge, was?«

Sie verstand nicht, was er meinte, und er sagte, ihre Mutter und wer immer. Er erinnerte sich, dass sie im Chat gesagt hatte, sie sei Einzelkind. Damals hatte sie ihre Mutter erwähnt, auf den Mann war sie am Busbahnhof zu sprechen gekommen. Er erkundigte sich nach ihm, fragte, ob er wohl aus der Karibik stamme, und sie sagte, ja. Helle Hautfarbe, sagte sie. »Er geht so durch.«

Die lebhaften Straßen hatten sie hinter sich gelassen, waren in die Blenheim Row eingebogen, die zur Sowell Street führte, wo sich die öffentlichen Toiletten befanden und am Ende der Straße eine Schule.

»Hier ist ein Junge aus der Karibik umgebracht worden«, sagte er. »Weiße Jugendliche haben ihre Messer gezückt. Hast du so was schon mal miterlebt, Jasmin?«

»Nein.« Sie schüttelte heftig den Kopf, er musste lachen, und dann lachte auch sie.

»Schon mal dran gedacht, auszuziehen, Jasmin? Ist dir so was schon mal in den Sinn gekommen? Eine eigene Wohnung zu haben?«

»Die ganze Zeit«, sagte sie. Die Sache sei bloß die, sie verdiene nichts.

»Das war mit das Erste, was du mir erzählt hast, dass bei dir kein Geld reinkommt.«

»Mit dir kann man so gut reden, Clive.«

Er ergriff ihre Hand, sie wehrte sich nicht dagegen. Bei McDonald's hatte er bemerkt, dass ihre Fingernägel silbern lackiert waren, einige waren abgebrochen, der Lack war abgesplittert. Kein Zweifel, dass sie noch ein Kind war, kein Zweifel, dass sie keine sechzehn war, eher zwölf. Ihre Hand war warm, wie sie so in seiner lag, feucht, die Finger mit seinen verflochten.

»Es gab da mal 'nen Song«, sagte er. »*Putting on the style* hieß der. ›*Putting on the agony, putting on the style.*‹ Vor deiner Zeit, Jas. Hätte auch anders heißen können, aber so ging der Text. ›*That's what all the young folk are doin' all the while.*‹ Ein schöner Song.«

»Vielleicht habe ich ihn irgendwann mal gehört, ich weiß nicht.«

»Wie alt bist du wirklich, Jas?«

»Siebzehn.«

»Nein, wie alt wirklich?«

Sie sagte, fünfzehn. Im Oktober sechzehn, sagte sie.

Als sie am Queen and Angel vorbeikamen, fragte er sie, ob sie schon einmal Alkohol getrunken habe. Er könne sie nicht in eine Kneipe mitnehmen, erklärte er ihr, und sie erwiderte, mit Alkohol habe sie wenig am Hut, denn sie erinnerte sich an den Geschmack von Bier, den sie nicht gemocht hatte. Er bat sie zu warten, ging in ein Spirituosengeschäft auf der anderen Straßenseite und kam mit einer Plastiktüte zurück. Er zwinkerte ihr zu, und sie lachte. »Wir dürfen nicht unartig sein«, sagte er. »Nur ein paar Schlückchen.«

Sie kamen zu einer Brücke, die über den Fluss führte. Sie überquerten sie nicht, sondern stiegen die Stufen hinab zu einem Treidelpfad. Er sagte, es sei eine Abkürzung.

Dort unten war niemand, und sie lehnten sich gegen eine Backsteinmauer, die Teil der Brücke war. Er schraubte den Verschluss der Flasche auf, die er gekauft hatte, und zeigte ihr, wie sich die weiße Plastikscheibe, die er aus einer seiner Jacketttaschen nahm, zu einem Trinkbecher auseinanderziehen ließ. Wein, erklärte er, aber er habe auch Wodka besorgt; Miniaturen, nannte er die kleinen Fläschchen, die er dabeihatte. Das Getränk der Russen, sagte er, aber das wusste sie schon. Er sei mal in Moskau gewesen.

Nachdem er die von ihm hergestellte Mischung gekostet und für nicht zu stark befunden hatte, tranken sie aus dem Becher. Er sei noch nie dafür verantwortlich gewesen, ein Mädchen betrunken gemacht zu haben, sagte er. Er habe den ausziehbaren Becher auf derselben Sitzbank gefunden, auf der sie in der Sonne gesessen hätten. Eines Tages habe er ihn dort entdeckt und ihn für eine Puderdose gehalten. Er trage ihn bei sich für den Fall, dass er auf einen Freund treffe, der etwas trinken wolle.

»Alles in Ordnung, Jas?«

»Ja, super.«

»Schmeckt's dir, Jas?«

Immer wieder reichten sie einander den Becher. Sie setzte ihn dort an, wo seine Lippen gewesen waren; das tat sie absichtlich. Er bemerkte es und lächelte sie an.

Schön so in der Sonne, sagte er, als sie weitergingen, und ergriff wieder ihre Hand. Sie glaubte, er werde sie küssen, aber er tat es nicht. Sie wünschte es sich. Sie wünschte sich, auf einer Grasnarbe zu sitzen und den vorübergleitenden Ruderern zuzuschauen, sein Arm um ihre Schultern, ihre Hand in seiner. In den Flaschen war noch ein Rest, als er sie mitsamt der weißen Plastiktüte in einen Abfalleimer steckte.

»Wollen wir uns hinsetzen?«, fragte sie, und das taten sie. Sie schmiegte ihren Kopf an seine Brust. »Ich liebe dich, Clive«, flüsterte sie, denn sie konnte sich nicht länger zurückhalten.

»Wir gehören zusammen«, flüsterte er zurück. »Ganz zweifellos tun wir das, Jas.«

Als sie weitergingen, brach sie das Schweigen nicht; sie wusste, dass dieses Schweigen etwas Besonderes war und besser als alle Worte. Worte waren überflüssig, Worte konnten dem, was war, nichts hinzufügen.

»Ich kann uns in Moskau sehen, Jas. Ich kann uns sehen, wie wir durch die Straßen gehen.«

Sie kam sich verändert vor, als sei das Unscheinbare ihres Äußeren verschwunden. Ihr Gesicht kam ihr verändert vor, ebenso ihr Körper. Im Schnellimbiss würde sie eine andere Person sein, wenn sie die Teller abräumte; sie würde sich nicht länger am Zigarettenqualm der Lastwagenfahrer stören, sich nicht daran stören, was sie zu ihr sagten. Nichts von dem, was sie kannte, würde so sein wie zuvor, auch ihre

Mutter nicht, und dass Lukie Giggs sie anfasste, wo immer er wollte, das würde es auch nicht mehr geben. Sie fragte sich, ob sie betrunken sei.

»Du bist auf keinen Fall betrunken, Jas.« Er drückte ihre Hand, er sagte, sie sei phantastisch. Sie seien höchstens etwas beschwipst, sagte er. Fröhlich, sagte er. In dem Moment, als er ihre Stimme gehört hätte, habe er gewusst, dass sie phantastisch sei. In dem Moment, als er sie am Busbahnhof gesehen hätte. In dem Zimmer, zu dem sie jetzt gehen würden, befänden sich die Gegenstände, die er sammle – kleine Plastikschildkröten und Rennautos und Bücher über Orte, die er besuchen wolle, und Bilder von Schlössern an den Wänden. Als er ihr davon erzählte, malte sie sich alles aus und sah eine Vase mit Sommerblumen vor sich, Vorhänge, die zum Schutz gegen das Sonnenlicht zugezogen waren. Er spielte ihr eine Schallplatte vor, die Spice Girls, denn die gehörten in die Vergangenheit, und all das mochte er.

Sie bogen vom Treidelpfad auf einen Weg ein, der auf der einen Seite von einer Reihe Garagentoren und auf der anderen von ummauerten Hintergärten gesäumt war. Am Ende kamen sie auf eine Vorortstraße, überquerten sie und kamen zu einer halbmondförmigen Straße. Bevor sie diese erreichten, ließ er ihre Hand los und zog das Rückenteil seines Jacketts zurecht, das ein wenig hochgerutscht war. Er schloss alle drei Knöpfe.

»Kannst du fünf Minuten auf mich warten, Jas?«

Ihr kam es so vor, als wisse sie Bescheid, als wisse sie, warum sie warten musste und warum es gerade fünf Minuten sein sollten, als habe er ihr etwas erzählt, das sie vergessen hatte. Sie wusste, er hatte ihr nichts erzählt. Es spielte keine Rolle.

»Alles klar, Jas?«

»Natürlich.«

Sie sah ihm nach, als er davonging und ein blaugestrichenes Eingangstor erreichte. Sie sah ihm nach, wie sie ihm nachgesehen hatte, als er die Straße zum Spirituosengeschäft überquert hatte. Sie wartete, wie sie auch dort gewartet hatte, sah wieder die kleinen Schildkröten und die Rennautos vor sich, hörte die Spice Girls. Auf der anderen Straßenseite fuhr ein Lieferwagen vor. Niemand stieg aus, und ein

paar Minuten später fuhr der Wagen wieder ab. Ein Hund lief vorüber. In einem der Vorgärten warf eine Frau einen Rasenmäher an.

Sie musste länger warten, als er gesagt hatte, wie eine Ewigkeit
kam es ihr vor, doch als er zurückkehrte, beeilte er sich, als wolle er
sein Versäumnis wiedergutmachen. Er rannte fast, seine Flanellhosen
flatterten. Als er bei ihr ankam, war er außer Atem. Er schüttelte den
Kopf und sagte, sie sollten lieber zurückgehen.

»Zurück?«

»Lass uns lieber zurückgehen, Jas.«

Er nahm ihren Arm, aber er war unruhig und hielt ihn nicht so
wie vorher. Er suchte nicht nach ihrer Hand. Als sie Schwierigkeiten
hatte, mit ihm Schritt zu halten, zog er sie am Anorak. Irgendwo
hinter ihnen schlug eine Autotür zu.

»O Gott«, sagte er.

Als sie gerade in den Weg mit den Garagentoren einbogen, brems-
te ein roter Wagen neben ihnen ab. Er hielt an, und eine Frau stieg
aus, von deren Hals eine an einem Band befestigte Brille baumelte.
Sie trug einen braunen Rock und eine dazu passende Strickjacke
über einer hellen Seidenbluse. Ihr dunkles Haar war um ihren Kopf
geschlungen, ihr Lippenstift glänzte, als habe sie keine Zeit gehabt
oder vergessen, ihn zu überpudern. Die Brille hüpfte auf ihrer Brust
auf und ab und kam dann zur Ruhe. Als sie sprach, klang ihre Stimme verärgert, aber sie hatte sie gesenkt, was den Eindruck hervorrief,
als beiße sie die Zähne zusammen.

»Es ist doch nicht zu fassen«, sagte sie.

Sie sprach, als wäre Jasmin gar nicht vorhanden. Sie sah sie nicht
an, warf nicht einmal einen Blick in ihre Richtung.

»Herrgott!«, schrie sie nun fast und knallte die Autotür zu, als
müsse sie irgendetwas tun, als könne nur Lärm ausdrücken, was sie
empfand. »Herrgott, nach allem, was wir durchgemacht haben!«

Ihr Gesicht zitterte vor Wut, sie ballte eine Hand zur Faust, schlug
damit auf das Wagendach, öffnete sie wieder und ließ sie an ihrer
Seite herabfallen. Dann herrschte Stille.

»Wer ist das?« Nach einigen Minuten des Schweigens ergriff die
Frau wieder das Wort und nahm Jasmins Anwesenheit endlich zur

Kenntnis. Ihre Frage kam müde, in einem düsteren, matten Ton. »Du bist auf Bewährung entlassen«, sagte sie. »Hast du etwa vergessen, dass du auf Bewährung entlassen bist?«

Der Mann, den sie beschimpfte, hatte keinen Versuch unternommen, etwas zu erwidern, hatte nicht protestiert, doch jetzt murmelte er einige Worte.

»Sie hat nach dem Treidelpfad gesucht. Sie hat mich gefragt, wo der ist. Ich kenne sie überhaupt nicht.«

Vielleicht waren die länglichen, fahlen Gesichtszüge an jenem Nachmittag oder an irgendeinem anderen Nachmittag nie etwas anderes gewesen als das, wozu sie in der kurzen Zeitspanne, die vergangen war, geworden waren: vollkommen ausdruckslos, tot, Tränen begannen zu tropfen.

Und dann trottete Jasmins regelmäßiger Gesprächspartner, den sie zu lieben begonnen hatte, davon, und die Frau sagte nichts, bis er das blaugestrichene schmiedeeiserne Tor erreicht hatte und wieder um die Hausecke verschwunden war.

»Ist etwas vorgefallen?«, fragte sie dann. Sie starrte Jasmin an, musterte sie langsam von oben bis unten. Jasmin verstand nicht, worauf ihre Frage abzielte.

»Hat er dir etwas angetan?«, fragte die Frau, und jetzt verstand Jasmin und verstand doch nicht. Viel wichtiger war, dass er geweint hatte, dass ihm seine Fröhlichkeit genommen worden war, und auch sein Lächeln. Er hatte ihretwegen geweint. Er hatte um sie beide geweint. All das verstand sie nur zu gut.

»Wer bist du?«, fragte die Frau. Ihre verhaltene Stimme, die die Kraft der Wut verloren hatte, klang furchtsam, und in ihren müden Gesichtszügen saß die Angst.

»Clive ist mein Freund«, sagte Jasmin. »Da war nichts Unrechtes. Wir haben nichts Unrechtes getan.«

»So heißt er nicht.«

»Clive, hat er gesagt.«

»Er sagt alles Mögliche. Hat er dir Alkohol zu trinken gegeben?«

Jasmin schüttelte den Kopf. Warum sollte sie es zugeben? Warum sollte sie ihn in Schwierigkeiten bringen?

»Du stinkst nach Alkohol«, sagte die Frau. »Jedes Mal gibt er ihnen was zu trinken.«

»Er hat nichts getan.«

»Seine Mutter war meine Schwester. Er lebt bei uns.«

Wenn sie ihn danach gefragt hätte, hätte er ihr die Sache mit seinem Namen bestimmt erklärt, sagte Jasmin. Aber als sie der Frau zu erzählen begann, dass auch sie sich einen anderen Namen zugelegt hatte, dass Menschen das manchmal einfach tun wollen, starrte die Frau sie nur an.

»Meine Schwester ist gestorben«, sagte die Frau. »Seitdem lebt er bei uns. Er hat geglaubt, das Haus wäre heute Nachmittag leer, aber das war es nicht, denn ich hatte es mir anders überlegt mit dem Ausgehen. Man macht sich Sorgen, und man überlegt es sich anders. Das tut man ziemlich oft. Nun, das ist ja wohl normal, denke ich. Er steht unter Anklage.«

»Er wollte mir doch nur zeigen, wo er so lebt.«

»Wie heißt du?«

»Jasmin.«

»Wenn sich das herumspricht, sperren sie ihn wieder ein.«

Jasmin schüttelte den Kopf. Das müsse ein Irrtum sein, sagte sie. Die Frau erwiderte, es sei keiner.

»Wir kümmern uns um ihn, wir lügen für ihn, mein Mann und ich. Wir haben unser Bestes getan, seit meine Schwester tot ist. Eine Familienangelegenheit, man tut sein Bestes.«

»Da war nichts.«

»Meine Schwester wusste, dass sich ihm irgendwann eine Gelegenheit bieten würde. Sie wusste, dass ein schrecklicher Tag kommen würde, den sie nicht ertragen könnte. Schließlich war er ihr Kind, es war einfach zu viel. Sie hat einen Brief hinterlassen.«

»Ehrlich, ich verspreche es Ihnen.«

»Ich weiß, ich weiß.«

Die Frau stieg in ihren Wagen und kurbelte das Fenster herunter, als wolle sie noch etwas hinzufügen, aber sie sagte nichts mehr. Sie bog in die ruhige Straße ein und fuhr zurück zu ihrem Haus.

Holby briet Koteletts und stach gelegentlich mit der Gabel in sie hinein. Er liebte sie scharf angebraten, liebte es, den Rauch aus der Pfanne aufsteigen zu sehen, ohne sofort das Gas herunterzudrehen. Der Rauch setze sich in ihren Haaren fest, behauptete Jasmins Mutter. So ein Rauch sei fettig, beharrte sie, aber Holby sagte, das könne gar nicht sein. Er hörte das Geräusch der Tür, als Jasmin in die Küche kam, und rief nach ihr, denn er wusste, dass es nicht ihre Mutter war, die hereingekommen war.

»Na, wie geht's, Mädchen?«

»Alles in Ordnung«, antwortete Jasmin, und dann kehrte ihre Mutter von einem Rendezvous mit ihrem Freund im Wettbüro zurück. Selbst durch den Rauch hindurch brachte ihr Auftritt eine Wolke des Parfüms mit sich, das sie so verschwenderisch auftrug, wenn sie sich mit einem ihrer Männer traf.

»Was brätst du da, Holby?« Ihre Stimme übertönte das Brutzeln des Fleisches, und Jasmin wusste, heute Abend würde es zum Streit kommen.

In ihrem Zimmer hörte sie durch die geschlossene Tür, wie es losging: die lautstarke Kritik ihrer Mutter, Holbys gemessene, monotone Stimme, mit der er es ihr heimzahlte. Sie lauschte nicht. Vermutlich war er letztendlich hinter die Sache mit dem Mann aus dem Wettbüro gekommen, so wie ihr Vater einst hinter die Sache mit ihm gekommen war. Vermutlich war es jetzt so weit – das Braten der Koteletts, der Rauch, das Fett, all das war nichts anderes als eine Provokation, eine Art, sich zu behaupten. Und Holby würde sie – heute oder an irgendeinem anderen Tag – verlassen und sagen, das könne kein Mann aushalten, und genau das, so erinnerte sich Jasmin, hatte auch ihr Vater gesagt.

Sie zog die Vorhänge zu und legte sich auf ihr Bett. Sie mochte das Zwielicht, das dadurch entstand; selbst an Tagen, die besser waren als dieser. Ermüdet vom Gang zu dem Haus des Mannes, den sie zu lieben begonnen hatte, und von dem einsamen Gang zu dem Haus, in dem sie selbst lebte, schloss sie die Augen. »Magst du hier reingehen?«, fragte er wieder. Er brachte ihren Kaffee an den Tisch, wo sie wartete. Sie spürte die Berührung seiner Finger, als er ihr die Halskette umlegte. »Ist die Sonne okay für dich?«, fragte er.

In dem Zimmer musste sie sich noch die Bücher auf den Regalen vorstellen, die Vase mit den Blumen, die Bilder von den Schlössern. In einem Gerichtssaal legte er einen Fall dar, seine Unterlagen hatte er in der einen Hand, mit der anderen gestikulierte er. Sie gehörten zueinander, sagte er auf dem Treidelpfad, und die Ruderer glitten vorüber.

Unten wurde etwas zerschmissen, man hörte Holbys Murmeln, das Klirren von Porzellanscherben, die aufgekehrt wurden, die Stimme ihrer Mutter, die immer weiterschimpfte, dabei klang ihr Ärger ebenso erschöpft wie der der Frau vorhin. Er war von der Frau, die die Sache falsch aufgefasst hatte, beschämt worden, und er gehörte zu den Menschen, denen das etwas ausmachte. Er begriff nicht, dass die Frau nebensächlich war, dass ihr Gerede und ihr Zorn nebensächlich waren. Er gehörte nicht zu den Menschen, die sich damit auskannten. Er kannte sich nicht aus.

Die Stimme ihrer Mutter klang jetzt anders, zärtlich, verlogen. Sie schickte Holby los, um Bier zu holen, was sie in dieser Phase des Geschehens immer tat; Jasmin hörte, wie er ging. Ihre Mutter rief die Treppe hoch, nannte sie Angie, sagte ihr, sie solle runterkommen. Sie gab keine Antwort. Sie sagte nicht, dass sie nicht Angie heiße. Sie sagte gar nichts.

Wenn sie hinginge, würde er nicht auf der Bank in der Sonne sitzen. Er würde nicht am Busbahnhof warten. Auch an den Glücksautomaten würde er nicht spielen. Und nicht im McDonald's sein. Doch als Jasmin wieder die Augen schloss, war da sein Lächeln, und es schwand nicht. Mit den Lippen berührte sie die Halskette, die er ihr zum Geschenk gemacht hatte. Sie schwor, sie immer bei sich zu tragen.

AUF OLIVEHILL

»Nun, dann sagt ihm wenigstens nichts davon«, bat ihre Mutter. »Unternehmt wenigstens nichts, solange er noch lebt.«

Aber sie hatten ihre Zweifel und schwiegen. Anders, als sie es erhofft hatte, machten sie keine Versprechungen. Dann, als sie ihre Enttäuschung bemerkten, beschwichtigten sie sie.

»Wir würden ihm auf keinen Fall Kummer machen wollen«, sagte Tom, und Eoghan nickte.

Sie war keineswegs beruhigt, sagte aber nichts. Sie wusste, was sie dachten: dass einem im Alter die Nähe des Todes wahrscheinlich bewusst war, doch selbst wenn dem so war, der Tod hatte es nicht immer eilig mit seinem Geschäft. Und sie verabscheute, was ihr eben mitgeteilt worden war, so ganz aus heiterem Himmel an einem so schönen Tag.

Sie war ein Jahr jünger als der Vater der beiden, und wer konnte schon sagen, wen es zuerst treffen würde? Beide litten sie an einer Unzahl kleiner Zipperlein, und jeder von ihnen hatte eine ernstere Krankheit. Sie waren Ende siebzig und lebten von einem Tag auf den anderen.

»Wir sagen ihm also nichts davon«, sagte sie und hoffte noch immer, dass sie versprechen würden, ihren Wunsch zu erfüllen. »Versprecht es mir«, hatte sie immer gesagt, als sie noch klein waren, und sie hatten es immer folgsam getan. Aber jetzt war alles anders. Sie wusste, dass sie alles unternahmen, was in ihrer Macht stand, um die Dinge am Laufen zu halten. Sie wusste, dass es ein Kampf war auf Olivehill.

»Mach dir keine Sorgen«, sagte Eoghan, und seine sanften blauen Augen blickten einen Moment lang schuldbewusst drein. Er hatte die Neigung, sich schuldig zu fühlen, dachte sie. Mehr als Tom, mehr als Angela.

»Es ist einfach so, dass wir vorausplanen müssen«, sagte Tom. »Wir müssen wissen, wie es weitergeht.«

Obwohl der Sommer schon weit fortgeschritten war, hatten sie zum ersten Mal draußen Tee getrunken. Am Morgen war das Gras auf der großen Rasenfläche von Kealy gemäht worden, die Gartenstühle waren gesäubert. Was vom Tee übrig geblieben war, stand auf dem weißen, noch mit dem Tischtuch bedeckten Lattentisch herum. Unter dem Tisch dösten zwei englische Setter.

»Der Tee ist bestimmt kalt. Ich mache frischen«, sagte sie, als ihr Mann kam.

»Nein. Kommt gar nicht in Frage.« Obwohl er noch Meter entfernt war und sich dem Tisch nur langsam näherte, widersprach James. »Du ruhst dich aus, meine Liebe.«

Sie hatte von dem, was er gesagt hatte, zwar nicht alles mitbekommen, nickte aber zustimmend. Beide waren gleichermaßen schwerhörig, ignorierten ihr Gebrechen jedoch und ähnelten sich auch in anderer Hinsicht: Sie waren groß, wenn auch nicht mehr so groß wie früher, gebeugt und hager. Ihre Kleidung war nicht neu, verriet aber nach wie vor eine gewisse Eleganz: ihr abgestuftes Dunkelbraun, ihre hellen Seidenschals, seine grünlichen Tweedanzüge, seine sorgfältig geknotete Krawatte. Das von Kletterpflanzen überwucherte Haus, der hier und da vernachlässigte Garten spiegelten zwar ihr Sein in der Welt wider, nicht aber sie selbst.

»Danke, Mollie«, sagte der alte Mann, als seine Frau seine Toastscheiben aufdeckte und die Serviette zusammenfaltete, damit er sie zum nächsten Tee benutzen konnte. Sein Toast war säuberlich in Rechtecke geschnitten, drei pro Scheibe, und gebuttert. Niemand sonst aß um diese Tageszeit Toast.

»Ihr wendet das Heu?« Er sprach beide Söhne gleichzeitig an, eine Angewohnheit von ihm. »Meint ihr, ihr könnt es Ende der Woche einbringen?«

Noch vor Donnerstag, sagten sie, danach würde das Wetter möglicherweise umschlagen. Sie waren salopper angezogen als ihr Vater, weiße Hemden mit offenem Kragen und Flanellhosen. Beide waren Landwirte. Tom und seine Familie lebten in einem Haus auf eigenem Grund und Boden, das früher einmal einem Angestellten gehört hatte. Wann immer er konnte, was ihm allerdings nicht jeden Tag möglich war, kam Tom um diese Tageszeit nach Olivehill, um dem alten Paar für ein, zwei Stunden Gesellschaft zu leisten. Gelegentlich fand sich auch seine Frau Loretta ein und brachte die Kinder mit. Eoghan war nicht verheiratet und lebte noch auf Olivehill.

James schmierte Zitronenaufstrich auf seinen Toast und fragte sich, weshalb gleich beide Söhne zum Tee gekommen waren; wenn Tom kam, war Eoghan normalerweise nicht dabei. Er bohrte nicht nach, es würde sich schon noch erweisen, welche Veränderungen sie vorschlugen, warum sie beide zusammen argumentieren mussten, um ihn zu überzeugen. Einen Augenblick später aber stand Eoghan auf und ging.

»Du wirkst munter«, sagte Tom anerkennend zu seinem Vater.

»Oh, ich fühle mich auch munter.«

»Schönes Wetter ist wie ein Balsam«, meinte Mollie.

Und James erkundigte sich nach Loretta, wie er das immer tat, und nach seinen Enkelinnen.

»Mit ihrem Unfug bringen sie das arme Mädchen noch um den Verstand«, sagte Tom lachend, obwohl das gar nicht nötig war, denn es war bekannt, dass seine fügsamen Töchter, Zwillinge von vier Jahren, noch nicht in dem Alter waren, in dem man übermütig wird.

Es war eine irisch-katholische Familie, die früher einmal eine bescheidene Stellung innerhalb der Oberschicht eingenommen hatte, die selbst nicht katholisch war und kaum noch existierte. Als Mollie ins Haus gekommen war, hatte der Glaube, zu dem sie und James sich bekannten, sie mit der Nation verbunden, die eben neu erstanden war. Doch nach all den Jahren spielte die Unterschiedlichkeit des Glaubens in Irland keine große Rolle mehr, denn der Glaube selbst spielte keine große Rolle mehr und nahm weniger Einfluss darauf, wie die Menschen lebten.

»Angela hat geschrieben«, sagte Mollie und zog den Brief hervor, den sie mit in den Garten genommen hatte, um ihn Tom zu zeigen.

Er las ihn und merkte an, Angela ändere sich aber auch gar nicht.

»Was man von ihren Männerbekanntschaften nicht sagen kann«, äußerte James.

Angela war das jüngste der Kinder und arbeitete als Einkäuferin für eine Kette von Modegeschäften. Sie lebte in Dublin. Die Einzige, die es geschafft hat, wegzugehen, sagte Tom oft.

Er und Eoghan hatten es gar nicht gewollt. Sie wollten es noch immer nicht, fühlten, dass sie hierher gehörten, und waren es zufrieden, wenn Angela mit ihren Dubliner Klatschgeschichten und ihrer Flatterhaftigkeit ein wenig Leben in ihren Alltag brachte.

Tom steckte den Brief wieder in den Umschlag und gab ihn zurück. James trank bedächtig seinen Tee aus. Mollie streifte mit ihrem älteren Sohn durch den Garten.

»Nett von dir, dass du so nachsichtig bist, Tom«, sagte sie, obwohl sie gehofft hatte, dass das, was ihrem Vater verschwiegen worden war, sich nicht bewahrheiten würde. Sie konnte keinen Sinn darin sehen, dass der größte Teil von Olivehill in einen Golfplatz umgewandelt werden sollte, in der Hoffnung, einen höheren Profit zu erzielen, als das Land abwarf. Es war einfach dumm, dachte Mollie, als Tom gegangen war und sie und James wieder allein mit den Hunden beisammensaßen; aber ihre Söhne waren keine Dummköpfe. Es war geschmacklos, geradezu vulgär, dachte sie, als sie so in der Abendsonne saßen, denn kein anderes Wort schien passender; aber ihre Söhne waren nicht vulgär.

»Sind wir eins mit uns?«, hörte sie James fragen, und sie entschuldigte sich für ihre Zerstreutheit.

Er liebte es, diesen altmodischen Ausdruck zu gebrauchen. Er liebte es, wenn man ihm Sicherheit gab, und in diesem Augenblick fühlte er sich in Sicherheit. Wie sehr würde er hassen, wovor sie ihn geschützt hatte, wie gefühllos und verabscheuenswert würde es ihm erscheinen, wie enttäuschend.

»Du siehst wunderbar aus«, sagte er, und sie verstand jedes Wort, tat aber so, als habe sie es nicht verstanden, damit er es noch einmal sagte.

Eoghan fuhr zur Heuwiese, ohne auf die Straße zu achten. Auf diesen Nebenstraßen gab es nie Verkehr, nie sah man einen Radler, der sich verfahren hatte, oder jemanden, der von Mountmoy hierhergewandert war. Ein streunendes Schaf gehörte stets zu ihrer eigenen Herde. Aber heute war kein Schaf zu sehen, höchstens hin und wieder ein Kaninchen, das ins sichere Gebüsch hoppelte.

Bei ihnen könne man während des Fahrens ebenso gut schlafen, sagte Eoghan immer, und einmal war er an der Abzweigung nach Ana Woods tatsächlich in der Nachmittagshitze eingenickt. Er war aufgewacht, bevor der alte Austin, den er damals hatte, gegen einen Baum prallte. Nicht dass es viel ausgemacht hätte, wenn er nicht aufgewacht wäre, fügte er jedes Mal hinzu, wenn er die Geschichte erzählte: Alle Autos, die er jemals besessen hatte, hatten ihre besten Tage längst hinter sich, stammten von Chappie Keogh, dem der Schrottplatz in Maire gehörte. Ungezwungen und gutmütig, scheinbar langsam, in Wirklichkeit aber recht gescheit, war Eoghan von einem empfindsamen Kind zu einem stämmigen, rothaarigen Mann herangewachsen, der sich in seinem Äußeren von den anderen Familienmitgliedern unterschied. Die nämlich waren allesamt bemerkenswert mager. Er war zufrieden damit, dass er den zweiten Platz belegte, nach Tom. Ihr ganzes Leben lang waren die beiden Freunde gewesen, und ihre Freundschaft war mit den Jahren nur noch enger geworden.

Er fuhr auf das Feld, wo er früher am Tag damit begonnen hatte, das Heu zu wenden. Nach einer Stunde war er mit der Arbeit fertig, ohne sich beeilt zu haben, denn er beeilte sich nie. Dann fuhr er weiter, zu Brea Maguire's an der Kreuzung, wo er ein Bier trank und sich mit den Männern unterhielt, die dort jeden Abend zusammenkamen. Es wäre ein großer Fehler, wenn nicht sogar eine Katastrophe, wegen Olivehill auch weiterhin nichts zu unternehmen. Das hatten sie ihr zu verstehen gegeben, hatten gehofft, dass sie es verstand.

Neun Tage später wachte James morgens auf, fühlte sich sonderbar und hatte Schwierigkeiten mit dem Treppensteigen. Er zog das linke Bein ein wenig nach, eine äußerst unbequeme Angelegenheit, und beim Frühstück bemerkte er, dass auch sein linker Arm zitterte. Die

Beweglichkeit war eingeschränkt, und Gegenstände konnte er nicht mehr so mühelos anheben wie früher. »Ein kleiner Schlaganfall«, sagte Dr. Gorevan, als er zur Visite kam.

»Sollte er im Bett bleiben?«, fragte Mollie, und James sagte, er habe nicht die Absicht, sich ins Bett zu legen, also verschrieb Dr. Gorevan ihm stattdessen einen Gehstock. Als sie davon erfuhr, kam Loretta mit einem Biskuitkuchen herüber.

James starb. Jedoch nicht gleich, sondern erst im Winter, an einer Lungenentzündung. Er hatte keinen weiteren Schlaganfall erlitten und war weniger beeinträchtigt als in der Zeit unmittelbar nach dem ersten. In seinem Schlafzimmer brannte ein Kaminfeuer, und oft kamen die Mitglieder der Familie einzeln zu Besuch, um sich mit ihm zu unterhalten. Aber er war müde, und als der Zeitpunkt nahte, zwei Tage nach seinem achtzigsten Geburtstag, war er froh, zu gehen. Es war ein guter Tod – so nannte er es selbst.

In dem Haus, in das Mollie als junges Mädchen von neunzehn Jahren gekommen war, in dem es Bedienstete gegeben hatte und in dem später ihre Kinder geboren worden waren, war jetzt nur noch Kitty Broderick tätig. Kealy war der letzte der Männer, die draußen gearbeitet hatten. Im düsteren Esszimmer saßen Mollie und Eoghan an den beiden Enden des langen Mahagonitisches, und Kitty Broderick servierte ihnen die Mahlzeiten, die sie zubereitet hatte. Auf allem lag jene Stille, die mit dem Tod kommt, und es schien Mollie, als halte diese Stille in Schach, was James verschwiegen worden war. Eines Abends jedoch, als die Tage schon wieder länger geworden waren und er ein, zwei müßige Stunden hatte, sagte Eoghan nach dem Essen zu ihr: »Komm, ich zeig's dir.«

Sie begleitete ihn, ohne sofort zu wissen, worum es ging; hätte sie es gewusst, sie hätte gezögert. Das hätte jeder getan, dachte sie, als sie von Feld zu Feld schritten.

»Das kannst du nicht tun, Eoghan«, protestierte sie, nachdem sie lange Zeit geschwiegen und nur zugehört hatte.

»Das würden wir auch nicht, wenn es einen anderen Ausweg gäbe.«

»Aber Ana Woods, Eoghan!«

Wie in der Vergangenheit könnten sie das Holz in kleinen Mengen verkaufen, einen halben Morgen nach dem anderen abholzen und immer wieder aufforsten, aber das war nie wirklich eine Lösung gewesen und bot auch jetzt der Familie keine Möglichkeit, es wieder zu etwas zu bringen. Damit würden sie zwar über die Runden kommen, aber es ging um mehr als nur ein Über-die-Runden-Kommen. Der Waldbestand war Teil des Ganzen, und es musste das Ganze in Ordnung gebracht werden. Wenn man es in dem erforderlichen Umfang tat, konnten die für ein solches Unternehmen notwendigen Maschinen zu günstigeren Preisen gemietet werden. Holz, das in größeren Mengen zum Verkauf angeboten wurde, würde einen angemessenen Preis erzielen, nicht die Kleckerbeträge, die sich kaum rechneten. Und das gerodete Land konnte profitabel genutzt werden. Dies alles erklärte Eoghan ihr.

»Aber der Glockenblumenweg, Eoghan! Die Buchen, die Ahornbäume!«

»Ich weiß. Ich weiß.«

Sie gingen über die Höfe zurück ins Haus und setzten sich in die Küche. Die Setter, die sie auf ihrem Gang über die Felder begleitet hatten, durften nicht in die Küchenräume und trotteten in einen anderen Teil des Hauses.

»Es wurde zu viel vergeudet im Lauf der Jahre«, sagte Eoghan.

»Das hat auch Papa gewusst.«

»Er hat getan, was er konnte.«

»Das hat er.«

Parzellen Land waren auf dieselbe kleinherzige Weise verkauft worden wie der Holzbestand, als Geldquelle, wenn Geld benötigt wurde. Alles kunterbunt durcheinander, sagte Eoghan, ohne an die Zukunft zu denken. Für Mollie war es wie eine Ironie des Schicksals, dass James, der erkannt hatte, dass ihm ein heruntergewirtschaftetes Anwesen vererbt worden war, so darum gekämpft hatte, die Dinge wieder ins richtige Gleis zu bringen. Die landwirtschaftlichen Subventionen der achtziger und neunziger Jahre hatten für viele Betriebe die Rettung bedeutet, auch Olivehill war damit geholfen worden;

aber sie reichten nicht aus, um Ausblutung und Misswirtschaft über Generationen rückgängig zu machen. »Vielleicht liegt es daran, dass wir selbst zum alten Eisen gehören«, hatte James gesagt, als er sich mit seinem Scheitern abgefunden hatte. »Vielleicht ist es so, dass das alles einfach zu viel für uns ist.«

Wie oft hatte Mollie sich diese Leidensgeschichte anhören müssen, allerdings immer nur unter vier Augen, nie in Gegenwart der Kinder. In seinen späteren Lebensjahren war die Mutlosigkeit von James so charakteristisch wie vormals sein Optimismus. Wenigstens waren die Möbel und die Gemälde nicht verkauft worden, ein Zeichen des Vertrauens auf bessere Zeiten.

»Es ist schwer«, sagte Eoghan. »Ich weiß, wie schwer das alles ist, Mama.« Er griff nach ihrer Hand, wofür Tom zu schüchtern gewesen wäre, worauf Angela sich vielleicht auf töchterliche Art verstanden hätte.

»Es ist nur schwer, es sich vorzustellen«, sagte sie. »Eine so große Sache.«

Sie würden es schon irgendwie schaffen, sagte Eoghan. Tom und seine Familie würden kommen und auf Olivehill wohnen; das Haus, in dem sie jetzt lebten, würde man demjenigen anbieten, der Kealy ersetzen würde, wenn der Zeitpunkt gekommen wäre. Wenn auch Kitty Broderick gegangen wäre, könnte ein paar Vormittage in der Woche eine Zugehfrau kommen – Einschränkungen, um andere Sonderausgaben aufzufangen.

»Aber Tom hat recht«, sagte Eoghan, »wenn er ehrgeiziger ist. Und wagemutiger, wo wir schon mal dabei sind.«

Sie nickte und sagte, sie verstehe, was aber nicht der Fall war. Die Freundschaft ihrer Söhne, ihr Respekt voreinander, ihr Vertrauen in ihre gemeinsamen Unternehmungen – das hatte ihr schon immer Freude bereitet. Dass all das noch intakt war, dachte sie, war doch was.

»Und Angela?«, fragte sie.

»Angela weiß, wie die Dinge stehen.«

In dieser Nacht träumte Mollie, dass James im Gesellschaftszimmer saß. »Nein, nein, nein«, sagte er und lachte, weil es so lächerlich war. Und sie gingen zum Long Field und kamen an den Quellen vorbei, wo Angestellte des Grafschaftsrats Pläne mit Zeichnungen ausbreiteten und Messungen durchführten. »Unsere Jungs nehmen euch auf den Arm«, sagte James zu ihnen, aber die Männer schienen es nicht zu hören und sagten untereinander, mit einem Golfplatz als Freizeiteinrichtung würde Mountmoy sich nicht wiedererkennen.

Später, als sie wach lag, erinnerte sich Mollie daran, wie James ihr erzählt hatte, dass das Land von Olivehill umkämpft gewesen war, dass die Familie sich in den Jahren der Kirchenverfolgung jeder List hatte bedienen müssen, um zu behalten, was ihr von Rechts wegen zustand. In den vierziger Jahren hatte sein Vater auf de Valeras persönlichen Wunsch hin Zuckerrüben und Tomaten angebaut. Und als sie erneut träumte, sagte James, in einer Zeit so strenger Vorschriften hätte man keine Genehmigung dafür erteilt, gutes Ackerland in einen Golfplatz umzuwandeln. Olivehill sei untrennbar mit der Geschichte verbunden, sagte er, und in Irland werde die Geschichte als etwas sehr Kostbares gehütet. Er war verärgert, weil seine Söhne es zugelassen hatten, dass die Familie der Lächerlichkeit preisgegeben wurde, und sagte, seines Wissens sei es eine Tatsache, dass die Angestellten des Grafschaftsrats sich anders besonnen hätten und sich über die Absurdität eines derart naiven Antrags lustig machten.

»Wir dürfen uns nicht streiten«, sagte Eoghan.

»Nein, wir dürfen uns nicht streiten.«

Sie hatte vorgehabt, ihm von ihrem Traum zu erzählen, tat es aber nicht. Auch Tom erzählte sie nichts davon, als er zum Tee kam. Bei Streitigkeiten war er der Klügere von beiden, schon immer gewesen; er hörte zu, und als sie durcheinandergeriet und nicht weiterwusste, nahm er ihr sogar die Worte aus dem Mund. Sein Eifer für das, wozu seine Einbildungskraft ihn hingerissen hatte, war ungekünstelt. Dabei half er ihr, ihre Einwände zu ordnen, und plötzlich sah sie ihn wieder vor sich, wie er als Achtjähriger gewesen war – blond, zart und ebenso begeistert.

»Aber, Tom –«, setzte sie von neuem an.

»Es ist ungewöhnlich, dass es in einer Stadt von der Größe Mountmoys keinen Golfplatz gibt.«

Die Genehmigung erwähnte sie gar nicht erst, denn im Lauf des Tages hatte sie gemerkt, dass dieser Aspekt bereits geprüft worden war; wären sie auf ein unüberwindliches Hindernis gestoßen, hätte die gegenwärtige Unterredung einen anderen Verlauf genommen.

»In den Jahren der Verfolgung, Tom –«

»Die Vergangenheit liegt lange zurück, Mama.«

»Aber sie ist da.«

»Auch die Zukunft ist da. Und die gehört uns.«

Sie wusste, es hatte keinen Zweck. Sie hatten den Segen ihres Vaters gewollt, den er ihnen nicht erteilt hätte, aber sie hatten es immerhin versuchen wollen, und vielleicht war es verkehrt von ihr gewesen, dass sie sie darum gebeten hatte, den Versuch zu unterlassen. Vielleicht hätte sein Zorn ihr Schamgefühl geweckt und gesiegt, wo sie allein nicht siegen konnte. An diesem Tag empfand sie zum ersten Mal, dass es Verrat gewesen war, ihn zu schützen.

Am Wochenende kam Angela aus Dublin. Als sie im Wald spazieren gingen, weinte sie ein bisschen. Aber Angela stand nicht auf ihrer Seite.

Die Auffahrt von Olivehill war eine Meile lang. Das eiserne Eingangstor war über Generationen hinweg vernachlässigt und schließlich an einen Bauunternehmer verkauft worden, der etwas Dekoratives für eine meilenweit entfernte Wohnsiedlung suchte, die er am Stadtrand von Limerick fertiggestellt hatte. Die beiden steinernen Säulen standen jedoch noch an ihrem angestammten Platz, ebenso das verfallene Pförtnerhäuschen. Wiederaufgebaut, würde es als Klubhaus dienen; der Stechginster sollte beseitigt werden, um Platz für einen Parkplatz zu schaffen. Aus Sussex kam ein Mann angereist, der Golfplätze in Spanien und Südafrika entworfen hatte, und blieb eine Woche lang auf Olivehill. Der Antrag auf Planungsgenehmigung für die gewerbliche Nutzung des Pförtnerhäuschens war eingereicht worden; hierfür war es notwendig, die Zufahrt zum Parkplatz zu verbreitern. Andere Bedingungen wurden nicht gestellt.

Mollie hörte dem Golfplatzdesigner zu, der ihr von den Vorkehrungen erzählte, die er für die Ausbildung seiner Kinder getroffen hatte, und von den Kochkünsten seiner Frau. Sie erfuhr, dass er selbst sich für Wasserräder interessierte. Er sagte ihr, dass die Umwandlung des Gehöfts in einen Golfplatz ein einfallsreicher Geniestreich sei.

»Verstehst du, was vor sich geht, Kitty?«, fragte Mollie ihr früheres Zimmermädchen, dessen Pflichten inzwischen eher allgemeiner Art waren.

»O ja, Ma'am. Ich hab's vor einiger Zeit von Kealy erfahren.«

»Und was hält Kealy davon?«

»Kealy wird nicht hierbleiben, Ma'am.«

»Hat er das gesagt?«

»Wenn die Bagger kommen, wird er keinen Tag länger bleiben. Hat er mir selbst gesagt.«

»Aber du wirst mich nicht verlassen, Kitty?«

»Das werd ich nicht, Ma'am.«

»Das Haus werden sie nicht abreißen.«

»Die Frage hat mich schon beschäftigt.«

»Nein, nein. Auf keinen Fall.«

»Aber ist das nicht der Lauf der Dinge? Muss man nicht mit der Zeit gehen?«

»Das mag sein. Ich könnte ohnehin nichts dagegen tun, Kitty.«

»Jetzt, wo der Herr nicht mehr da ist, um ein Machtwort zu sprechen, Ma'am, welche Chance hätte da irgendjemand anders? Der Herr fehlt uns, Ma'am.«

»Ja, das tut er.«

Als der Februar anbrach, ging Mollie öfter denn je zuvor in den Feldern und Wäldern spazieren. Anfang März dachte sie schon, die Arbeiten seien unterbrochen worden, denn es war still, und es geschah nichts. Doch dann, noch vor Mitte des Monats, wurde die Rinderherde verkauft, bis auf ein paar Kühe. Die Schweine verschwanden. Man behielt die Schafe, zusammen mit den Hühnern und den Truthähnen. Es gab keine Frühlingsaussaat. Eines Morgens erschien Kealy nicht mehr.

Tom und Eoghan bedienten die Bagger selbst. Mollie sah es nicht mit eigenen Augen, denn sie wollte es nicht sehen, aber sie wusste, wo sie mit den Arbeiten begonnen hatten. Sie wusste es von den Bemerkungen, die Eoghan gemacht hatte, und ihr wurde zu spät klar, dass sie ihn nicht hätte anhören sollen.

An jenem Tag verließ Mollie das Haus nicht, ging nicht einmal bis in den Garten oder auf die Höfe. Wäre sie nicht so schwerhörig gewesen, hätte sie die Felsbrocken und Steine gehört, die auf die Schaufeln der Bagger prasselten. Sie hätte gehört, wie in dem Feld, das sie das Eichenfeld nannten, die Eiche umstürzte, hätte die Kettensägen in Ana Woods gehört. Ein dritter Bagger sei gemietet worden, erzählte ihr Eoghan, zusammen mit einem Baggerführer, denn Kealy habe sie im Stich gelassen. Sie hörte nicht zu.

Es fiel auf, dass sie oft nicht mehr zuhörte, und es fiel auf, dass sie nicht mehr aus dem Haus ging. Sie verbarg ihre Freudlosigkeit, weil sie ihre Familie nicht damit belasten wollte. Warum sollte sie auch? Schließlich war sie an dem, was geschah, selbst schuld. James hätte Dokumente aufsetzen lassen, er hätte in der wenigen Zeit, die ihm noch verblieben wäre, rasch gehandelt, klar und entschlossen in seinen Wünschen. Und seinen letzten Wünschen hätte niemand zuwidergehandelt.

»Komm, ich zeig's dir«, erbot sich Eoghan. »Ich bring dich mit dem Auto hin.«

»O nein, du hast zu viel zu tun. Ich denke nicht im Traum daran.«

»Die frische Luft würde dir guttun, Mama.«

Sie liebte diese Form der Anrede und war froh, dass sie nicht aufgegeben worden war, dass es auch bei »Herr« und »Herrin« geblieben war. Auf Olivehill waren die Hausbediensteten stets mit vollem Namen angesprochen worden, bei Kitty Broderick war dies auch jetzt noch der Fall; von Stallarbeiter und Gärtner dagegen kannte man nur die Nachnamen. James hatte behauptet, derlei Kleinigkeiten machten eine bestimmte Lebensweise aus – so wie der Wunsch, »eins mit sich« zu sein, ein Ausdruck, den er selbst auf jene Liste der Kleinigkeiten gesetzt hatte.

Tage und Wochen vergingen, und Mollie klammerte sich immer mehr an das Gesellschaftszimmer. Dort las sie Bücher, die sie schon vor Jahren gelesen hatte, legte Patiencen und spielte eine Art Whist, bei der weder ein Partner noch ein Gegner erforderlich waren. Dort suchte auch Father Thomas sie auf.

Als Kealy zurückkehrte, entschuldigte er sich bei ihr in diesem Gesellschaftszimmer. Sein schmales, gerötetes Gesicht, der Geruch nach Schweiß und Alkohol, seine Stiefel, die er ausgezogen hatte, um den Teppich nicht zu beschmutzen – all dies erzählte die Geschichte seines Rückzugs vor den Geschehnissen, eines Rückzugs, der so ganz anders war als Mollies. Er bat sie, bei ihren Söhnen ein gutes Wort für ihn einzulegen, und sie erwiderte, das sei nicht nötig. Sie trug ihm auf, sie zu suchen und ihnen auszurichten, sie wünsche, dass man ihm die Position als Stallarbeiter wiedergebe, die er vierunddreißig Jahre lang bekleidet hatte. Trotz seines verwahrlosten Äußeren entfernt er sich voller Würde, dachte Mollie.

Etwa jedes dritte Wochenende kam Angela vorbei; auch sie erbot sich, Mollie herumzuführen und ihr zu zeigen, wie weit man vorangekommen war, aber Mollie schlug ihr Angebot aus und tat so, als sei ihre Weigerung bloße Altersschrullichkeit. Nach seinem Tagwerk kam Tom um sieben ins Gesellschaftszimmer und setzte sich auf einen Sherry zu ihr, und als seine Kinder fragten, ob auch ihre Großmutter gestorben sei, wurden sie ins Gesellschaftszimmer gebracht, damit sie sich vergewissern konnten, dass sie noch lebte.

Die Bilder, die sich an den Wänden des Gesellschaftszimmers drängten, zeigten Vorfahren der Familie – nicht ihre eigenen, obwohl es ihr jetzt oft so vorkam –, Pferde und Hunde, das Haus selbst, zu einer Zeit, als es noch nicht von Kletterpflanzen überwuchert war, eckig und karg. Zwischen den Ölgemälden hingen ein paar Aquarelle: der Glockenblumenweg, die Auffahrt im Herbst, der Garten. Es gab auch einige Fotos: Angela, Tom und Eoghan als Säuglinge und als Kinder, Mollie und James nach ihrer Hochzeit, ähnlich große Anlässe im Leben vergangener Generationen. Das Gesellschaftszimmer war selbst im Hochsommer dunkel; erst am Abend, wenn alle Lichter brannten, lösten sich die Zeugnisse von Orten und Personen aus den schattenhaften Wänden. Erst dann waren Rosenholz und Mahagoni zu erkennen, gaben die Regale die Titel ihrer Bücher preis. Kerzenhalter, in denen keine Kerzen mehr angezündet wurden,

Schnupftabaksdosen, die zu Stecknadelbehältern geworden waren, erhielten etwas von der Achtung zurück, die ihnen gebührte.

In diesem Zimmer hatte Mollie eingeschüchtert vor James' Vater und Mutter gestanden, hatte geglaubt, dass sie sie nicht mochten, hatte sich gefragt, ob sie ihre Ungezwungenheit als unangemessen erachteten für eine Ehefrau. Der Betstuhl – der noch immer zwischen den beiden hohen Fenstern stand – hatte in dem Gesellschaftszimmer zu feierlich und zu heilig gewirkt, die Reproduktion einer *Madonna mit Kind* von Mantegna an der Wand darüber war ein zu ernstes Sujet gewesen. Doch seit sie das Gesellschaftszimmer zu ihrem Zufluchtsort gemacht hatte, kniete sie oft auf dem Betstuhl nieder, um ein Dankgebet zu sprechen, denn im Frieden des Nichtwissens fühlte sie sich nicht länger hin und her gerissen zwischen den Lebenden und den Toten. James zu schützen war keine Sünde gewesen; noch war es Sünde, eine Lebenswirklichkeit zu wählen, die ihrer Stimmung entsprach. Dieser Trost hatte nichts Phantastisches, entsprang nicht der Neigung, so zu tun, als sei ihr geliebter Mann auf kameradschaftliche und versöhnliche Weise gegenwärtig. Die Erinnerung beschwor auf ganz gewöhnliche Weise abgeerntete Felder, Heuhaufen und herbstliche Hecken herauf, die ersten Fuchsien, die letzten wilden Wicken. Sie bescherte ihr muhende Kühe, alte Esel, die sich ausruhten, umhertollende Hunde und Tage und Orte.

Hier im Gesellschaftszimmer verbannte sie die Einbildungskraft, denn die war trügerisch und würde sie unfreiwillig auf feindliches Terrain führen. »Oh, Ma'am, das sollten Sie sehen!« Kitty Broderick kam eigens, um ihr davon zu berichten, und erklärte alles, was es zu sehen gab, für ein Wunder. Früher hätte man zehn Jahre dafür gebraucht, sagte Kealy. Jetzt habe man nicht einmal achtzehn Monate dafür benötigt.

Eines Tages schloss Mollie die Vorhänge gegen das Tageslicht und zog sie nie wieder auf. Als sie durchblicken ließ, dass sie es gern so hätte, wurden ihr die Mahlzeiten ins Gesellschaftszimmer gebracht, und als sie sagte, dass ihr das Treppensteigen zu beschwerlich werde, nahmen ihre Söhne ihr Bett auseinander und bauten es neben dem

Betstuhl wieder auf. An Samstagabenden las Father Thomas in dem spärlich beleuchteten Zimmer die Messe, und manchmal stieß die Familie dazu: Angela, wenn sie zufällig im Haus war, Loretta und die Kinder. Kitty Broderick und Kealy ebenfalls, denn eine Messe um diese Tageszeit kam ihnen gelegen.

Tom war über die Entwicklung der Ereignisse untröstlich, aber Angela sagte, ihre Mutter sei noch sehr hell im Kopf. Man müsse eben die Altersmüdigkeit berücksichtigen, die anhaltende Trauer einer Witwe, eigentlich sei es nicht verwunderlich, dass sie sich zurückziehe.

Eoghan protestierte. »Es ist nicht richtig, was du tust, Mama«, schalt er.

»Aber, aber, Eoghan, aber, aber.«

»Wir wollen nicht, dass du gegen uns bist.«

Sie schüttelte den Kopf und sagte, sie sei zu alt, um gegen andere Menschen zu sein. Und er entschuldigte sich abermals.

»Wir konnten nicht anders, das weißt du doch.«

»Natürlich konntet ihr nicht anders. Natürlich nicht, Eoghan.«

Die Ersatzlandschaft nahm einen ganz eigenen Charakter an – niedrige Hügelchen, die die ausdruckslose Einförmigkeit unterbrachen, lange Spielbahnen, Sandbunker, ein Sumpfgebiet, eigens geschaffen, um die Unachtsamen zu überraschen, flache Grüns und kleine Fahnen. *Olivehill Golfplatz, 1 km* besagte ein Schild, und später wurde die unmittelbare Nähe des Golfplatzes angekündigt. Der Parkplatz war geteert, die Stellplätze waren weiß markiert. Die Fertigstellung des Klubhauses zog sich in die Länge, aber endlich war es so weit. In der Sonne eines anderen Sommers blitzten Niblicks. Die Jungen von Mountmoy lernten, was man als Caddy zu tun hat.

In ihren nachdenklichen Momenten wusste Mollie, dass James verraten worden war. Sein Zorn war nicht zugelassen worden und war auch nicht zu ihrem eigenen geworden, denn sie hätte damit nicht umgehen können. In bester Absicht war er hinters Licht geführt worden, und hätte er Bescheid gewusst, so hätte er vielleicht gesagt,

Wohlwollen schmecke ebenso bitter wie Verrat. Er hätte gesagt – und sie konnte ihn hören –, das Entsetzliche, das sich ereignet habe, sei zwar nicht schlimmer, aber auch nicht weniger schlimm als die Ohnmacht katholischer Familien in der Vergangenheit, als verfolgte Priester aus ihren Verstecken auf Olivehill abgeführt worden waren, als die Messe im Haus voller Angst gelesen werden musste, als allenthalben Verdacht und Misstrauen herrschten. Dennoch habe die Familie mit Schweigen und List auf Olivehill überlebt, habe weggeschaut, wenn die Männer, die auf den Feldern arbeiteten, gegen das Gesetz verstießen, habe weggehört, wenn Aufstandsgerüchte kursierten.

In dem abgedunkelten Gesellschaftszimmer, das von den neuen Überlebensnotwendigkeiten ebenso abgeschirmt war wie James, versuchte Mollie, über das nachzudenken, worüber er selbst gedacht haben mochte. Wie heute hatte sicher auch in ferner Vergangenheit Unglück Verwirrung gestiftet – und Uneinigkeit darüber bestanden, wie man eine Niederlage zu akzeptieren hatte, wie man am besten Stolz verbannte und Demut lernte, wie man am besten ein eingeschränktes Leben führte. Und bestimmt traf es zu, dass es auch damals schon den Zorn der Enttäuschung gegeben hatte, Schuldgefühle und müde Verzweiflung.

»Ich habe Ihren Tee gebracht.« Kitty Broderick unterbrach ihren Gedankengang. Das Licht, das durch die geöffnete Tür fiel, erlaubte ihr, gefahrlos ins Zimmer zu treten und das Tablett, das sie trug, abzustellen. Sie rückte den Tisch, auf dem es jetzt stand, näher an Mollies Stuhl heran.

»Du bist so gut zu mir, Kitty.«

»Ach, überhaupt nicht. Aber soll ich die Vorhänge nicht ein bisschen aufziehen?«

»Nein. Nein, die Vorhänge sind ganz recht, so wie sie sind. Hast du dir denn keine Tasse mitgebracht?«

»Oh, die Tasse hab ich ganz vergessen!« Das tat sie immer, fühlte sich nie wohl dabei, wenn ihr der Vorschlag gemacht wurde, dass sie sich hinsetzen und ihrer Herrin beim Tee Gesellschaft leisten sollte.

»Kealy hat sich wieder betrunken«, sagte sie.

»Ist alles in Ordnung mit ihm?«

»Er ist bei mir in der Küche.«

»Kealy trinkt gern ein Glas.«

Kealy war nicht so heikel wie Kitty Broderick, und wenn er ins Gesellschaftszimmer kam, nahm er den Whiskey, den sie eigens für ihn dort bereithielt, umstandslos an. Wenn Tom abends zu ihr kam, dann, um Sherry zu trinken.

»Wie still es sein kann, Kitty, hier im Gesellschaftszimmer. Es ist fast immer still.«

»Es ist ein ruhiges Zimmer, das stimmt schon. Das war's schon immer. Aber möchten Sie nicht vielleicht einen kleinen Spaziergang machen nach dem Tee?«

Die Glockenblumen wuchsen langsam wieder. Das hatte man ihr gesagt. Kitty Broderick wusste, dass sie keinen Spaziergang unternehmen würde, dass sie das Haus, in das sie gehörte, nicht verlassen würde, um auf eigenem Grund und Boden eine Fremde zu sein. Sie hatten gewollt, dass sie die Setter bei sich behielt, aber es war nicht recht, Hunde den ganzen Tag über einzusperren, und sie hatte abgelehnt.

Nichts ändert sich, dachte sie, als das Zimmermädchen gegangen war; warum sollte es auch? Was einst Verfolgung war, war heute eine Verkettung hässlicher Umstände, hatte sich den Zeiten angepasst. Die Heimsuchungen der Familie, so erbarmungslos und unerbittlich sie waren, ließen sich wie in früheren Zeiten ertragen. In ihrer künstlichen Dunkelheit ließen sie sich ertragen.

EINE PERFEKTE BEZIEHUNG

»Ich räume noch auf«, sagte sie. »Das ist das Mindeste, was ich tun kann.«

Prosper sah ihr dabei zu. Sie hatte bestritten, dass es einen anderen gab, hatte es mehrfach wiederholt, weil er mehrfach darauf bestanden hatte, dass es einen geben müsse.

Die Kissen in den Sesseln und auf dem Sofa wurden aufgeschüttelt, leere Gläser eingesammelt. Auf der Tischplatte, dort, wo die Flaschen gestanden hatten, wurden klebrige Flecken abgewischt. Sie hatte den Teppichkehrer über den Boden gerollt.

Es war früh am Morgen, kurz vor sechs. »Ich liebe diese Wohnung«, hatte sie immer gesagt, und da Prosper sie so gut kannte, spürte er, dass sie es jetzt, da sie die Wohnung verließ, wieder sagen wollte. Aber sie sagte nichts.

Einmal, bevor sie eingezogen war, hatten sie eine Wanderung in den Chiltern Hills unternommen. Sie hatten sich kaum gekannt und die beiden Nächte auf Bauernhöfen verbracht, waren an jenem Wochenende von einem Hof zum anderen gewandert. Er hatte Vögel für sie bestimmt – Triele, Steinschmätzer – und Wildblumen, wenn er die Namen wusste. Damals besuchte sie noch die Abendschule, und oft unterhielten sie sich in einem einfachen Italienisch, einer der beiden Sprachen, in der er sie dort unterrichtete. Sie buchstabierte *giochetto* und *pizzico* für ihn; das Imperfekt benutzte sie richtig. Er fragte sich, ob sie sich daran wohl noch erinnerte, ob sie sich noch an ihre Schüchternheit von einst erinnerte, an ihre Bescheidenheit, daran, dass sie nie versäumt hatte, ihm zu danken. Und daran, dass sie gesagt hatte, er wisse so viel.

»Ich liebe dich, Chloë.«

Chloë, dunkelhaarig und schlank, nicht sehr groß, tat ihr Aussehen als etwas Gewöhnliches ab. Dabei hatte ihr hübsches Äußeres tatsächlich einen Hauch von Schönheit – im tiefen Blau ihrer Augen, ihrem perfekt geformten Mund, ihrem Profil.

»Es ist abscheulich, was ich tue«, sagte sie. »Es ist schrecklich. Das weiß ich.«

Er schüttelte den Kopf, nicht um ihre Gefühle in Abrede zu stellen, sondern um seine Verwirrung zu zeigen. Den Zeitpunkt – mitten in der Nacht – hatte sie deshalb gewählt, weil es leichter war, fast wie ein *fait accompli*, weil es ihr leichter fiel, den Mut aufzubringen, wenn er von der Abendschule nach Hause kam. Das ahnte er, sprach es aber nicht aus, denn der Zeitpunkt war unwichtiger als die Tatsache, dass sie nicht mehr bei ihm sein wollte.

Die gedämpften Farben der Kleider, die sie trug, passten zu dem traurigen Anlass, so als habe sie sie eigens dafür ausgesucht: der graue Rock, der ihr nicht gefiel, der nichtssagende Seidenschal, der, anders als so viele der übrigen Schals, kein Geschenk von ihm war, die schlichte, cremefarbene Bluse, die er an ihr noch nie zuvor ohne Halskette gesehen hatte. Sie sah anders aus als sonst. Vielleicht war sie der Meinung, anders aussehen zu müssen, weil sie sich anders fühlte.

»Wo willst du hin, Chloë?«

Sie wandte ihm den Rücken zu. Sie versuchte, mit den Schultern zu zucken. Sie nahm ein Glas auf, und als sie die Tür erreichte, drehte sie sich zu ihm um. Keiner sonst wisse Bescheid, sagte sie. Er sei der Erste, der es erfahre.

»Ich liebe dich, Chloë«, sagte er abermals.

»Ja, das weiß ich.«

»Wir sind einander alles gewesen.«

»Ja.«

Die Zuneigung, die sie füreinander empfunden hatten, war für beide die Freude ihres Lebens gewesen. Das war in diesem Zimmer nie ausgesprochen worden, auch nicht, dass sie Glück miteinander gehabt hatten. Die Zurückhaltung, die ihnen gemeinsam war, lag in ihrer Natur, aber sie verstanden auch das – der eine so gut wie die andere –, was nicht in Worte gekleidet wurde. Vielleicht hätte Prosper jetzt seinen Teil dazu beitragen können; da er jedoch spürte, dass es sich zu sehr nach Protest angehört hätte, unterließ er es.

»Tu's nicht«, bat er stattdessen, und sie blickte ihn ausdruckslos an, bevor sie hinausging.

Nachdem sie auch den Flur gekehrt hatte, hörte er sie im Schlafzimmer. Das Telefon klingelte, und sie ging sofort dran; ein Taxifahrer, vermutete er, denn manchmal war Clement Gardens schwer zu finden.

Erschöpft setzte Prosper sich hin. Ein Mann mittleren Alters, leicht ergraut, das schmale Gesicht, wie so oft, verängstigt, fragte er sich, ob er so verstört und mitgenommen aussah, wie er sich fühlte. »Tu's nicht«, flüsterte er. »Um Gottes willen, tu's nicht, Chloë.«

Im Schlafzimmer war kein Geräusch zu hören, weder von den Reißverschlüssen der Koffer und Taschen noch von Schritten. Dann läutete es an der Tür, und im Flur erklangen Stimmen, ihre unbeschwert und ungezwungen, höflich wie immer, die des Taxifahrers ein Gemurmel. Die Wohnungstür schlug zu.

Er saß da, wo sie ihn verlassen hatte, und dachte, dass er sie nie wirklich gekannt hatte, denn wie sollte er es sich sonst erklären? Er stellte sie sich in dem Taxi vor, das sie an einen Ort brachte, von dem sie ihm nichts erzählt hatte. Selbst dem Taxifahrer würde sie mehr anvertrauen als ihm – weshalb sie dorthin fuhr, worin das Problem bestand. Sie hatte nicht auf Wiedersehen gesagt. Sie hatte nicht geweint. »Es tut mir leid«, hatte sie gesagt, als er, mehr oder weniger zur üblichen Zeit, von der Abendschule nach Hause gekommen war. Er musste von acht bis halb zwei unterrichten, und fast immer blieb er länger da, weil jemand mit dem Stoff nicht nachkam. So hatte er es auch an diesem Morgen gehalten und war dann zu Fuß gegangen, weil er frische Luft schnappen wollte. An einem Stand in Covent Garden hatte er, wie so oft, eine Tasse Tee getrunken. Um zwanzig vor drei war er in der Wohnung angekommen, sie war noch nicht ins Bett gegangen. Sie hatte fast die ganze Nacht gebraucht, um zu packen.

Auch Prosper ging nicht zu Bett. Er blieb den ganzen folgenden Tag über auf. Es hatte keinen Streit gegeben. Sie hatten nie gestritten, kein einziges Mal. Das würde sie immer zu schätzen wissen, hatte sie gesagt.

Er nahm ein Paracetamol gegen Kopfschmerzen. Er lief in der Wohnung umher in der Erwartung, etwas zu finden, das sie vergessen hatte, denn das geschah meistens, wenn sie packte. Doch jede Spur von ihr war verschwunden: aus der Küche und dem Badezimmer, aus dem Schlafzimmer, das sie zweieinhalb Jahre lang geteilt hatten. Am Nachmittag um halb fünf kam eine Privatschülerin, eine Slowakin mittleren Alters, deren Englisch er verbesserte. Er verlangte kein Geld von ihr. Das lohnte sich nicht, denn sie hätte ohnehin nur ein Almosen zahlen können.

Den ganzen Tag über hatte Chloë sich von ihrer Arbeit ablenken lassen. Jetzt gab es da den Fernseher, hoch oben in einer Zimmerecke und so geneigt, dass man ihn ohne Anstrengung vom Bett aus sehen konnte. Bekannte von ihr hätten sie eine Zeitlang bei sich aufgenommen, aber sie hatte es nicht gewollt. Im Kylemore-Hotel war das Frühstück im Übernachtungspreis eingeschlossen; und es war besser, allein zu sein.

Aber dieses hier war nicht das Zimmer, das man ihr gezeigt hatte, als sie sich vor einer Woche erkundigt hatte. Die verblichene Tapete war schmutzig, der Nachttisch von Brandflecken verunstaltet. Das Zimmer, das man ihr gezeigt hatte, war zumindest sauber gewesen, und sie hatte gezögert, als sie heute Morgen in ein anderes geführt worden war. Aber sie war zu niedergeschlagen gewesen, um sich zu beschweren.

Vom Fenster aus beobachtete sie den zähflüssigen Verkehr – verkeilte Taxis, geduldige Busfahrer, die in der Abendhitze ihre Fenster geöffnet hatten, Radfahrer, die sich geschickt durch den Stau fädelten. Während sie noch auf die Straße hinunterblickte, kam ihr zu Bewusstsein, weshalb sie hier war. Aber eigentlich nutzte es nichts, es zu wissen. Sie war glücklich gewesen.

Es war das zweite Mal, dass Prosper verlassen worden war. Beim ersten Mal war eine Ehe in die Brüche gegangen, doch die Trennung, die auf die weniger formale Beziehung folgte, war nicht weniger schmerzhaft; und in den Tagen, die jetzt dahinkrochen, wurde der Schmerz zur Qual. Er fürchtete sich jedes Mal davor, in die leere Wohnung zurückzukehren, besonders in den frühen Morgenstunden. Er fürchtete sich vor der Abendschule, vor dem Stimmengeplapper zwischen den Unterrichtsstunden, vor der düsteren Präsenz Hesses, des neuberufenen Direktors, vor dem Automaten mit den Heißgetränken, der einem nur das gab, was gerade da war, und nicht das, was man wollte, vor den Gesichtern im Klassenzimmer, die ihn anstarrten. »Alles in Ordnung?«, erkundigte sich Hesse. Er sprach jede Silbe langsam und mit Bedacht, sein großes, speckiges Gesicht heuchelte Besorgnis. In Prospers Träumen hielt die Zufriedenheit vor, die er zweieinhalb Jahre lang gekannt hatte, und oft streckte er die Hand nach der Gefährtin aus, die nicht länger da war. In der Dunkelheit überfiel ihn dann die Wahrheit, unbarmherzig, unabweisbar.

Am Sonntag fuhr er nach Winchelsea, eine lange, schleichende Fahrt mit dem Zug und dem Bus, die sich wegen Wochenendarbeiten an verschiedenen Gleisabschnitten noch weiter in die Länge zog.

»Nein, das ist aber nett«, sagte ihre Mutter, als sie die Tür öffnete, und war ganz durcheinander.

Sie führte ihn ins Wohnzimmer, das ihm von dem einzigen Mal, dass er sich in diesem Haus aufgehalten hatte, noch in Erinnerung war – die Drucke mit ländlichen Szenen an den Wänden, die Ziergegenstände, ein Regal voller Bücher, die, wie Chloë erklärt hatte, nie gelesen worden waren. Im Kamin brannte kein Feuer, denn an diesem Morgen war das Zimmer sonnig. Ein schwarz-weißer Hund, der sich nur widerstrebend aus der Verandatür verscheuchen ließ, roch genau wie damals, nach Feuchtigkeit oder nach sich selbst.

»O ja, uns geht's gut«, sagte Chloës Mutter, als er sich nach dem Befinden erkundigte. »Er hat jetzt was Neues.«

Das Neue stellte sich als Metallsuche heraus. Mit einem Detektor stocherte er auf dem Strand von Winchelsea herum, meilenweit der beste Strand für diesen Zweck. »Möchten Sie eine Tasse Kaffee? Oder etwas essen? Zum Mittagessen ist er zurück.«

Prosper hatte immer gewusst, dass sie ihn nicht mochte, einen älteren Mann, nicht der Typ, mit dem sie warmwerden konnte. Er hörte es förmlich, wie sie es sagte. Und jetzt hatte er sie mit einem Lockenwickler in den strähnigen grauen Haaren überrascht. Vermutlich hatte sie ihn vergessen. Er sah, wie ihr das bewusst wurde – eine nervöse Geste, Finger, die die Haare auf einer Seite des Kopfes zurechtstrichen. Sie ging hinaus, und als sie zurückkam, sagte sie, es tue ihr leid, ihn sich selbst überlassen zu haben. Sie bot ihm Sherry an. Die Flasche war fast leer.

»Er hat gesagt, er würde neuen besorgen.« Sie goss ihm den Rest ein, nahm selbst nichts.

»Ich weiß nicht, wo sie ist«, sagte Prosper. »Ich dachte, vielleicht ist sie hier.«

»Oh, Chloë ist nicht hier.«

»Ich hätte gern gewusst –«

»Nein, Chloë ist nicht hier.«

»Ich hätte gern gewusst, ob sie vielleicht gesagt hat, wo sie ist.«

»Nein.«

Er fragte sich, was wohl gesagt worden war, wie sie es formuliert hatte, vermutlich am Telefon. Er fragte sich, ob sie ihnen mehr erzählt hatte als ihm, ob sie froh oder zumindest erleichtert gewesen waren, alle beide, nicht nur die Mutter.

»Er wird bald hier sein. Er würde Sie nicht verpassen wollen.«

Prosper glaubte ihr. Vor seinem geistigen Auge sah er die schlaksige Gestalt ihres Vaters, wie er mit seinem Metalldetektor auf dem Kiesstrand herumstöberte. Der Vater hatte Chloë verzärtelt; wahrscheinlich war er der Meinung, dass sie nichts verkehrt machen konnte. Dennoch war er es, den Prosper hatte besuchen wollen. Er hatte nicht die Wahrheit gesagt, als er die Vermutung geäußert hatte, sie sei vielleicht hier.

»Es ist schwierig«, sagte ihre Mutter. »Bei Licht betrachtet, ist es schwierig.«

Als sie geendet hatte, schüttelte sie mehrere Male den Kopf. Prosper sagte, er verstehe.

»Er würde Sie sicher gern sehen. Er möchte bestimmt, dass ich Sie zum Essen einlade.«

»Das ist sehr liebenswürdig.«

»Er ist nie untätig.«

»Ich erinnere mich daran.«

»Letzten Winter hat er diese Flaschenschiffe gebastelt. Haben Sie sie gesehen, als Sie durch die Diele gekommen sind?«

»Ja, sie sind mir aufgefallen.«

»Es gibt Lamm heute Mittag. Nur eine kleine Haxe, aber es wird reichen.«

Während sie noch sprach, hörte man in der Eingangstür zuerst den Schlüssel ihres Mannes, dann, wie er ihr zurief, er sei zurück.

An demselben Sonntagmorgen verließ Chloë das Kylemore-Hotel und nahm sich ein Taxi nach Maida Vale. Dort räumte sie ihre Sachen in ein Zimmer, das ihr von dem Mädchen, das dort wohnte, überlassen wurde, solange es in der Provence auf Urlaub war. Besser hier als im Hotel; drei Wochen sollten reichen, um eine ständige Bleibe zu finden.

Sie füllte die Schubladen, die ihr zugewiesen worden waren, und hängte die Kleider, für die Platz war, auf eine Kleiderstange hinter dem Vorhang. Einen Glücksfall hatte sie es genannt, als ihr das Mädchen – eine Kollegin aus dem Büro, mit der sie gar nicht weiter bekannt war – diese Vereinbarung vorgeschlagen, die Miete genannt und um Vorauszahlung gebeten hatte. In einem ganz ähnlichen Zimmer hatte Chloë gewohnt, ehe sie in die Wohnung in Clement Gardens eingezogen war.

Er hatte sie nicht dazu gedrängt; das hatte er zu keiner Zeit getan, zu keiner Zeit in ihrer Beziehung hatte er sie je zu etwas gedrängt. Vom ersten Moment an hatte sie in der Wohnung leben wollen, war bezaubert gewesen von ihrer Geräumigkeit und von der Pracht – so nannte sie es – von Clement Gardens. Die Nutzung des Gartens selbst – im Sommer konnte man sich hinaussetzen – war den Mietern vorbehalten, und die strikte Einhaltung der Vorschriften sorgte dafür, dass es friedlich war.

Sie ging hinaus, um einen Kaffee zu trinken, und fand ein Café, vor dem in der Sonne Tische auf dem Bürgersteig standen. Sie sagte sich, dass sie nicht einsam sei, wusste aber, dass sie es war. Ob die Wochenenden wohl immer am schlimmsten sein würden?, fragte sie sich. Am schlimmsten, weil sie so viel bedeutet hatten, schon bevor sie nach Clements Garden gezogen war, vielleicht da ganz besonders? Sie machte eine Einkaufsliste und fragte die Kellnerin, die ihr den Kaffee brachte, ob in der Nähe ein Laden geöffnet sei. »Ja, natürlich«, antwortete die Kellnerin und beschrieb ihr den Weg.

Leute, die ihre Hunde ausführten, kamen vorbei, Kinder in Gesellschaft von Vätern, die von ihrer sonntäglichen Besuchserlaubnis Gebrauch machten, flanierende Paare. Eine Kirchenglocke hatte zu läuten begonnen; ältere Leute mit Gebetbüchern eilten vorüber. In den Mienen der Kinder stand grollender Ärger, die Väter kämpften darum, ein Gespräch in Gang zu halten.

Einen Moment lang fühlte Chloë sich schläfrig in der Sonne und döste ein, da sie in der Nacht keine Ruhe gefunden hatte; als sie aufwachte, sah sie in ihrer Erinnerung die Frau vor sich, die seine Ehefrau gewesen war. »Prosper!«, hatte diese schöne Erscheinung aus der Menschenmenge in der Festival Hall gerufen. Mit ihrem Lächeln hatte sie ihn noch immer besessen, ein wenig. Und als sie für die zweite Hälfte des Konzerts wieder ihre Sitzplätze einnahmen, hatte Chloë sich gefragt, ob der Mann in Begleitung der Frau derjenige war, mit dem sie durchgebrannt war, und hatte sich vorgestellt, dass er es in der Tat sein musste.

Sie machte eine Liste mit den Dingen, die sie brauchte. Es war Mahlers *Fünfte Symphonie* gewesen. Bevor er sie in die Festival Hall ausgeführt hatte, waren wochenlang CD-Aufnahmen gespielt worden. Ein Komponist nach dem anderen, das war seine Art gewesen, Musik in ihr Leben zu bringen.

Ihr Vater war schüchtern; was geschehen war, machte ihn nur noch schüchterner. Seine Schultern waren leicht gebeugt, was ihn zusammen mit seiner Gebrechlichkeit älter erscheinen ließ, als er war, siebenundsechzig. »Es tut mir leid«, sagte er, als seine Frau das Zimmer verlassen hatte.

»Ich weiß nicht, warum es passiert ist.«

»Bleiben Sie zum Essen bei uns, Prosper.«

Die Einladung hörte sich wie eine Art Wiedergutmachung an, aber Prosper wusste, dass er sich das nur einbildete, dass etwas so Lächerliches nicht beabsichtigt war.

»Ich weiß nicht, wo sie ist.«

»Ich glaube, sie möchte allein sein.«

»Könnten Sie –«

»Nein, könnten wir nicht.«

Gemeinsam gingen sie ins Lord and Lady, wohin Prosper an jenem anderen Sonntag zu einer ähnlichen Mission mitgenommen worden war: um Krüge mit Bier zum Mittagessen zu holen.

»Möchten Sie was trinken, wo wir schon mal hier sind?«, erfolgte die Einladung wie damals, und als ihr Vater sich daran erinnerte, bestellte er einen Gin Tonic und ein Worthington für sich selbst.

»Wir könnten niemals etwas tun, was Chloë nicht will«, sagte er, während sie auf ihre Bestellung warteten.

Auf dem Kaminsims im Wohnzimmer stand ein gerahmtes Foto von ihr, ein barfüßiges Kind von neun oder zehn Jahren in einem Badeanzug, das lachend inmitten von Sandburgen saß, die in einem Kreis um sie herumgebaut worden waren. Sie hasse dieses Foto, hatte sie immer gesagt. Sie hasse dieses Wohnzimmer. Sie war Chloë getauft worden, nach einer prüden Filmfigur. Sie konnte sich nicht dazu durchringen, den Namen zu mögen.

»Es gibt keinen anderen«, sagte Prosper.

»Chloë hat uns versichert, dass es so ist.«

Das Bierglas wurde erhoben, und Prosper tat mit seinem Gin Tonic dasselbe.

»Sie haben viel für Chloë getan, Prosper. Wir wissen, was Sie für sie getan haben.«

»Weniger, als es scheint.«

Unterrichten war nichts Besonderes, man gab nur Informationen weiter. Jeder andere hätte ihr ausländische Filme zeigen können, jeder andere hätte sie in die National Gallery mitnehmen oder ihr erklären können, wer Apemantus war. Sie war das aufnahmefähigste und intelligenteste Mädchen gewesen, das er je unterrichtet hatte.

»Ich will ehrlich zu dir sein, Prosper – hier zu Hause waren wir nicht immer einer Meinung über diese Freundschaft. Nicht dass es zu Streit gekommen wäre. Nein, das meine ich nicht.«

»Ich bin zu alt für sie.«

»Ja, darüber wurde geredet.«

»Es war nicht weiter von Bedeutung. Nicht für Chloë. Für uns beide nicht.«

In Prospers Stimme schlich sich ein flehender Unterton. Er konnte ihn nicht verbannen. Er kam sich armselig vor, wie ein Versager, weil er für das, was geschehen war, keinen Grund angeben konnte. Weshalb sollte er ihnen leidtun? Weshalb sollten sie sich für einen Mann interessieren, der fallengelassen worden war?

»Chloë ist nie eigensinnig gewesen«, sagte ihr Vater. Seine Stimme hörte sich gepresst an, als sei die Unterhaltung auch ihm zu viel.

»Nein«, sagte Prosper. »Nein, das ist sie nicht.«

Ihr Vater nickte, ein Anzeichen von Erleichterung: Es lag eine Endgültigkeit darin.

»Wenn man morgens hingeht«, sagte er, »hat man den ganzen Strand für sich. Meile um Meile ganz für sich. Es ist verblüffend, was man alles findet. Man sagt sich, da ist nichts. Und immer irrt man sich.«

»Ich hätte Sie nicht behelligen sollen. Es tut mir leid.«

»Nein, nein.«

»Ich habe versucht, sie zu finden. Habe überall herumtelefoniert.«

»Wissen Sie, wir gehen jetzt am besten zurück.«

Auf dem Weg zum Haus wechselten sie kaum ein Wort, und im Esszimmer konnte Prosper von dem, was ihm vorgesetzt wurde, fast nichts essen. Die Minuten des Schweigens dehnten sich immer weiter aus, und am Ende herrschte nur noch Schweigen. Er hätte sie zwingen sollen, ihm zu verraten, wo sie hinwollte, sagte er und sah, dass ihnen diese Bemerkung peinlich war. Sie gingen nicht darauf ein. Beim Abschied entschuldigte er sich. Sie sagten, auch ihnen tue es leid, aber er wusste, dem war nicht so.

Im Zug nickte er ein. Kaum eine Minute später wachte er wieder auf und dachte, dass daran wohl das Bier schuld war, das er beim

Mittagessen getrunken hatte, zusätzlich zu seinem Gin Tonic. Nur weil sie es gesagt hatte, nur weil sie nie log, hieß das noch lange nicht, dass es keinen anderen gab. Jeder log. Lügen standen jedermann zur Verfügung, warteten nur darauf, dass man sie benutzte, wenn es sich anbot. Wenn es einen anderen gab, bekam die ganze Sache einen Sinn, ein jüngerer Mann, der ihr vorschrieb, was sie tun sollte.

Der Zug fuhr langsam in Victoria Station ein, aber Prosper blieb sitzen und dachte nach, bis eine Reinigungskraft aus der Karibik ihm sagte, er solle jetzt aussteigen. Er bahnte sich seinen Weg durch die Menge und überlegte, ob er in eine der Bars gehen sollte, entschied sich dann aber dagegen. Auf dem Weg zur U-Bahn besann er sich wieder anders, denn er wollte nicht in der Wohnung hocken. Es dauerte eine Stunde, um ins Vine in der Wystan Street zu gelangen, wo sie oft an Sonntagnachmittagen hingegangen waren.

Es war ruhig, das hatte er gewusst. Durchs Vine hallten keine Stimmen, sie wurden ohnehin nicht erhoben; in Paaren oder allein lasen die Leute die Sonntagszeitungen. Er hatte sie hierhergebracht, als sie noch an der Abendschule gewesen war, nach dem Sonntagnachmittagsunterricht. »Du warst meine Rettung«, hatte sie immer gesagt, und er erinnerte sich daran, dass sie es hier gesagt hatte. In der Abendschule, als sie wie ein Schulmädchen über ihr Pult gebeugt saß, folgsam, bescheiden, ihr hübsches Aussehen verkümmert, ihre Intelligenz verborgen, hatte sie sich selbst geringgeschätzt. Gefangen in ihrer Natur, hatte er anfangs gedacht, aber dann, als ihre Freundschaft begonnen hatte, immer seltener: als sie nach der Abendschule gemeinsam durch die leeren, dunklen Straßen gegangen waren und sich zunächst über die beiden Sprachen unterhalten hatten, die sie lernte, und später über alles andere. Manchmal hielten sie an dem Kaffeestand in Covent Garden an, und jedes Mal wurden sie besser miteinander bekannt. Sie war ein Einzelkind, ihre Jugend wie zugeschnürt; Gardinen hatten sie vornehm von der Außenwelt abgeschirmt. Für ihn hatte es die Qual gegeben, in seiner Ehe nicht mehr begehrt zu werden. Sie schämte sich dafür, dass sie sich schämte, ihm waren nur Eifersucht und verletzter Stolz geblieben. Ihre Intimität hatte auch für ihn die Rettung bedeutet.

In einer Nische der Weinbar war der Tisch frei, an dem sie immer gesessen hatten. Die Haare frisch mit Henna gefärbt und in schwarze Seide gekleidet, die sich um ihre Kurven schmiegte, winkte ihm Margo – die Besitzerin – hinter dem Tresen freundlich zu.

»Chloë geht es nicht gut«, sagte er, als sie kam, um seine Bestellung aufzunehmen. Als sie die leeren Gläser abräumte und den Tisch abwischte, klimperten ihre Armreife.

»Arme Chloë«, murmelte sie leise und empfahl ihm den weißen Beaune; ihre Flüsterstimme war immer wieder eine Überraschung, denn ihr Erscheinungsbild ließ auf Lärm schließen.

»Es wird schon wieder.« Er nickte und wusste nicht, warum er ihr etwas vorspielte. »Nur eine halbe Flasche«, sagte er. »Wo ich doch allein bin.«

Jemand anders brachte den Wein, ein Mädchen, das früher noch nicht in der Bar gearbeitet hatte. Halbe Flaschen Wein hätten etwas Freudloses, hatte er immer gesagt, und jetzt begriff er, was er gemeint hatte: das einzelne Glas, die gedrungene kleine Flasche.

»Danke«, sagte er, und das Mädchen erwiderte sein Lächeln.

Er nippte an dem gekühlten Wein und blickte sich nach den Männern um, die allein hier waren. Jeder von ihnen konnte auf sie warten. Das war nicht unmöglich, auch wenn es das einst gewesen war. Ein junger Mann, etwa in ihrem Alter, den Seidenschal lässig in den offenen Kragen seines blauen Hemdes gesteckt, die Sonnenbrille in die Stirn geschoben, las ein Taschenbuch mit demselben Umschlag, den auch die Ausgabe hatte, die Prosper selbst besaß: *Tagebuch eines Landpfarrers*.

Er versuchte sich daran zu erinnern, ob er ihr das Buch je empfohlen hatte. *Der Geheimagent* hatte er ihr empfohlen, und Poe und Louis Auchincloss. Conrad hatte sie noch nie zuvor gelesen. Von Scott Fitzgerald, von Faulkner oder Madox Ford hatte sie nie gehört.

Der Mann hatte blondes Haar, ziemlich lang, aber gekämmt. Über der Lehne seines Stuhls hing ein Pullover, auch dieser blau. Seine Leinenschuhe waren ebenfalls blau.

Er war genau der Typ. Prosper wusste kaum, weshalb er diesen Gedanken hatte, doch je länger er ihm durch den Kopf ging, desto natürlicher erschien er ihm. Hatten sie einander an irgendeinem anderen Sonntag bemerkt? Hatte er sie auf die Weise angestarrt, wie Männer das manchmal taten? Wann war ein Blick getauscht worden?

Er behielt den Mann im Auge, bemerkte, wie er zur Tür hinblickte. Ein Finger schob die Sonnenbrille noch weiter zurück, zwischen die Seiten des *Tagebuchs eines Landpfarrers* wurde ein Lesezeichen gesteckt, dann wieder herausgezogen. Aber es kam niemand.

Die Fotografie auf dem Umschlag des Buches war grün und schwarz, der junge Pfarrer stand auf einem Stuhl, die Frau hielt einen Korb mit Kerzen. War das Buch aus dem Regal in der Wohnung genommen worden, um dem Betrug einen Schauder der Erregung, eine gewisse Pikanterie zu verleihen? Wieder wurde die Sonnenbrille zurückgeschoben, das Lesezeichen auf den Tisch gelegt. Die Leute brachen auf, hängten die Zeitungen wieder an das Gestell bei der Tür.

Plötzlich wäre sie da. Sie würde ihn nicht bemerken, falls aber doch, würde sie wegsehen. Als sie zum ersten Mal an dem Stand in Covent Garden Kaffee getrunken hatten, hatte sie gesagt, dass sie noch nie in ihrem Leben mit jemandem wirklich geredet habe.

Einen Augenblick lang stellte Prosper sich vor, es wäre geschehen. Sie kam, der Mann streckte ihr die Arme entgegen, hielt sie umschlungen, und sie erwiderte seine Umarmung. Er sagte sich, dass er nicht hinsehen dürfe. Er sagte sich, dass er nicht hätte herkommen dürfen, und blickte nicht wieder in die Richtung. Am Tresen bezahlte er den Wein, den er nicht getrunken hatte, und auf der Straße weinte er. Er schämte sich und verbarg seinen Schmerz vor den Passanten.

Sie beobachtete, wie die Dämmerung schwand, die Dunkelheit sich vertiefte und in den Fernstern der Wohnung, die zum Garten hin lag, die Lichter angingen. »Ach, ein Mann kommt über so etwas hinweg.« Dessen war ihre Mutter sich sicher gewesen. Ihre Mutter hatte gesagt, er werde schon zurechtkommen, ihr Vater, sie hätten gemeinsam das Bier fürs Mittagessen geholt. Sie hatte angerufen, denn er musste da gewesen sein; das war nicht schwer zu erraten. »Nicht dein Typ, das war er nie«, hatte ihre Mutter gesagt, ihr Vater, sie solle zu ihrer Entscheidung stehen. »Er ist erschüttert, aber du warst anständig und eindeutig.« Ihre Mutter hatte gesagt, er habe seine Chance gehabt.

Schließlich würden sie davon sprechen, dass es mit ihm ohnehin nicht weit her gewesen sei. Obwohl sie oft uneins seien, darin wären sie sich einig, denn es war leichter, wenn eine Unwahrheit als die Wahrheit ausgegeben wurde. »Ach, schon vor langer Zeit«, würde ihre Mutter sagen, »schon vor langer Zeit habe ich zu Dad gesagt, das ist nichts Rechtes.«

Ein Schatten verdunkelte eines der erleuchteten Fenster, dann war er verschwunden. Der warme Tag war kalt geworden, im Garten war die Luft frisch und unbewegt. Sie saß jetzt allein dort, und sie erinnerte sich daran, wie er sie zwischen den Sträuchern hindurchgeführt hatte, bevor sie bei ihm eingezogen war. »Hibiskus«, hatte er gesagt, als sie ihn nach einem Strauch gefragt hatte, ein anderer war Gottesgnadenkraut, ein dritter Blutwurz, wieder ein anderer eine Mahonie. Die Namen fielen ihr wieder ein, und sie stellte sich vor, dass sie sie nie vergessen würde.

Als sie den Garten verließ, zog sie das Tor hinter sich zu und hörte es ins Schloss fallen. Sie überquerte die Straße und stand vor der vertrauten Tür. Sie brauchte den Torschlüssel nur in den Briefkasten zu werfen; deswegen war sie gekommen, denn sie hatte ihn aus Versehen mitgenommen. Am Morgen würde er unter den Briefen entdeckt und zusammen mit diesen auf den Tisch im Treppenhaus gelegt werden, ein Fundgegenstand, der auf denjenigen wartete, der ihn verloren hatte.

Doch Chloë blieb mit dem Schlüssel in der Hand stehen; so wollte sie ihn nicht weggeben. Irgendwo schlug eine Autotür zu; von irgendwoher drang schwach Musik. Minutenlang stand sie so da, aber es kam ihr länger vor. Dann drückte sie auf die Klingel.

Als er die Wohnungstür öffnete, hörte er ihre Schritte auf der Treppe. Er schloss die Tür hinter ihr, und sie hielt ihm den Schlüssel entgegen. Sie lächelte und sagte nichts.

»Das ist nett von dir«, sagte er.

Er hatte gewusst, dass sie es war, noch bevor sie in die Gegensprechanlage gesprochen hatte. Als wäre Telepathie im Spiel, hatte er gedacht, aber doch nicht so recht daran geglaubt.

»Du bist zur Küste gefahren.«

So nannte sie es immer – nie drückte sie sich genauer aus –, so als verdiene die Stadt, in der sie gelebt hatte, keine größere Auszeichnung, weil die möglicherweise das verkörperte, was sie an dem Haus nicht mochte.

Sie hatten gestanden, und jetzt setzten sie sich. Ohne zu fragen, schenkte er ihr einen Drink ein.

»Ich habe für ein paar Wochen ein Zimmer«, sagte sie. »Ich werde mich nach etwas anderem umschauen.«

»Es war einfach nur, falls ich Briefe nachsenden muss. Und es ist peinlich, wenn jemand anruft. Peinlich, wenn man nicht weiß, was man sagen soll.«

»Das tut mir leid.«

»Na ja, bis jetzt sind keine Briefe gekommen. Und es hat niemand angerufen. Ich hätte nicht nach Winchelsea fahren sollen.«

»Ich hätte dir mehr sagen sollen.«

»Warum bist du weggegangen, Chloë?«

Chloë hörte, wie sie darauf antwortete, wie sie mit kaum mehr als einem Flüstern sagte, sie habe sich dumm verhalten. Und als sie das gesagt hatte, wusste sie, dass sie mehr sagen musste, aber es fiel ihr schwer. Die Worte waren da, und sie hatte sie schon vorher geprobt. In den langen Abendstunden, in denen sie allein in der Wohnung saß, während er in der Abendschule war, hatte sie versucht, sie aneinanderzureihen, damit sie, indem sie zu Sätzen wurden, zu ihren Gefühlen wurden. Aber immer waren sie streng gewesen, zu grausam, entsprachen nicht dem, was sie sagen wollte, waren undankbar, kalt. Wenn sie es ihm sagte, wollte sie ihn nicht verletzen, wollte nicht Ungeduld ausdrücken oder Schuld zuweisen. Ermüdet durch Selbstprüfung, war sie Abend für Abend zu Bett gegangen und eingeschlafen; wenn er heimkam, war sie mitunter aufgewacht, froh, dass sie dort bei ihm war.

»Ich wusste nicht, dass es so dumm war«, sagte sie.

Freundschaft hatte sie zusammengeführt. Im Geben und Nehmen hatten sie einander zu einer Zeit entdeckt, da jeder von ihnen weniger war als das, was sie wurden. Das war ihr stets bewusst gewesen; auch, dass es genug war, mehr, als die meisten Menschen hatten. Sie war noch immer auf der Suche nach Worten, mit denen sie beginnen könnte, und jetzt sprach sie sie aus. Und fügte nach einem Moment hinzu: »Ich möchte hier sein.«

Er schwieg. Er sah sie nicht an; nicht, dass er sich abgewendet, ihre Verwirrung übelgenommen oder gedacht hätte, dass sie es nicht so weit hätte kommen lassen dürfen: Sie wusste, dass es nicht so war, so war er noch nie gewesen.

»Ich dachte, es würde mir leichtfallen«, sagte sie.

Es hatte Gewissheit gegeben. In ihren Gefühlen war sie sicher gewesen, selbst wenn diese durcheinandergerieten, selbst wenn sie nicht mehr denken konnte, weil sie schon zu viel nachgedacht hatte und alle Vernunft erschöpft war. An diese ihre Gewissheit hatte sie sich geklammert, hatte geahnt, dass es tatsächlich so war: dass sie mit jedem Tag etwas von sich verloren hatte und noch immer verlor. Mit Freundlichkeit, und zu ihrer eigenen Freude, war ihr Leben zum Stillstand gekommen, und gierig hatte sie akzeptiert, was ihr geboten wurde. Doch sobald sie allein mit sich war, hatte ihre Gewissheit sich verflüchtigt.

»Man macht einen Fehler«, sagte sie, »und man weiß es erst, wenn man damit leben muss.«

Prosper verstand, denn er hatte einen scharfen Verstand; und nachdem er kurz zuvor gar nichts verstanden hatte, verstand er nun zu viel. Eine innere Ruhe überkam ihn, es war das erste Mal an diesem Tag, dass er Ruhe verspürte, das erste Mal, seit sie ihre Sachen gepackt hatte und weggegangen war. Es war ihm nicht klar gewesen, dass sie ein ungutes Gefühl gehabt hatte.

In der Weinbar war er eifersüchtig gewesen: Dergleichen geschah, wenn Emotionen außer Kontrolle gerieten; Panik und Verzweiflung richteten dergleichen an. Es sei ihre Schuld, sagte sie. Nein, es sei niemandes Schuld, widersprach er ihr.

Sie sagte, er sei sehr nachsichtig. Sie sagte, die Verachtung ihrer Mutter sei nicht ernst gemeint gewesen, und mit der Zeit werde sich ihr Vater schon zufriedengeben. Was einmal so wichtig gewesen war, dachte er, hatte jetzt keine Bedeutung mehr.

Sie machte Rühreier für sie beide. Sie tranken noch etwas, und da Chloë sich unendlich erleichtert fühlte, rief sie ihm voller Wärme die Zeit, die sie miteinander verbracht hatten, in Erinnerung, die Chilterns und ihre Spaziergänge, die sie in den frühen Morgenstunden durch die dunklen Straßen geführt hatten. Die Kinobesuche am Wochenende, ihren Einzug in die Wohnung, ihr Zusammenleben, bei dem es nie zum Streit gekommen sei, den Garten im Sommer.

Prosper sagte nicht viel und nichts von dem, was er hätte sagen können, denn er wollte es nicht sagen, obwohl er wusste, dass er es sagen musste. Die Teller, von denen sie ihr Rührei gegessen hatten, standen noch auf dem Couchtisch. Dort standen ihre Gläser, die noch nicht ganz ausgetrunken waren, dort lag ihr Schlüssel zum Garten. Und über dem düsteren Zimmer, das nur von einer einzigen Tischlampe erleuchtet war, lagen Schatten.

Prosper wünschte, die Nacht möge nie enden. Er liebte sie, sie gab ihm zurück, so viel sie vermochte: Das hatte er stets gewusst. Ihre Stimme, die noch immer in Erinnerungen schwelgte, war sanft, und als sie müde klang, redete er selbst und fand in ihrer Gegenwart den Mut, den sie gefunden und wieder verloren hatte. Seine Aufgabe war es nun, zu ordnen, was geordnet werden musste, zu sagen, was gesagt werden musste. Es lag keine Dummheit vor, es lag kein Fehler vor.

DIE KINDER

»Wir müssen jetzt gehen«, sagte Connies Vater, und Connie erwiderte nichts.

Die beiden Männer standen mit ihren Schaufeln da, zögerten. Alle anderen, auch Mr Crozier, von dem die Beerdigungsfeier geleitet worden war, hatten dem Grab den Rücken gekehrt. Autos wurden angelassen oder bereits aus den Parklücken in der engen Straße manövriert, wo sie nahe der Kirchenmauer abgestellt worden waren.

»Wir müssen gehen, Connie«, sagte ihr Vater.

In ihrer Manteltasche fühlte Connie nach dem Halstuchring und glaubte einen Augenblick lang, ihn verloren zu haben, doch dann fand sie den schmalen silbernen Reif. Sie wusste, es war kein echtes Silber, aber sie hatten immer so getan, als ob. Sie beugte sich vor, um ihn auf den Sarg fallen zu lassen, dann nahm sie die Hand, die ihr Vater ihr entgegenstreckte. Am Friedhofstor holten sie die letzten der Trauergäste ein, Mrs Archdale und die beiden ältlichen Brüder Arthur und James Dobbs.

»Sie kommen doch mit zum Haus?«, lud ihr Vater sie ein, für den Fall, dass sie noch keine Einladung erhalten hatten. Aber die Leute wussten Bescheid: Die Autos, die jetzt losfuhren, schlugen alle dieselbe Richtung ein, zu dem dreieinhalb Meilen entfernten, gerade noch in der Gemarkung Fara gelegenen Haus.

Connie hätte es lieber gehabt, wenn es anders gewesen wäre. Sie hätte sich das Haus jetzt still gewünscht, hatte sich vorgestellt, wie sie und ihr Vater an diesem Nachmittag die persönlichen Gegenstände ihrer Mutter zusammentragen und darüber entscheiden würden, so wie man gewöhnlich über die persönlichen Gegenstände der Toten entscheidet. Ihr Vater hätte ihr nach und nach erklärt, wie zu verfahren sei. Sie hatte gedacht, dass sie nach der Beerdigung allein sein und all dies tun würden, weil es der richtige Zeitpunkt gewesen wäre, weil es ihren Gefühlen entsprochen hätte.

Das Sterben ihrer Mutter und der Tod selbst waren geordnet vor sich gegangen; damit hatten sie gerechnet. Schon Monate zuvor hatte Connie gewusst, dass er herannahte, schon Wochen zuvor hatte sie gewusst, dass sie in allerletzter Minute ihren Halstuchring auf den Sarg werfen würde. »Bei Brown Thomas«, hatte ihre Mutter auf die Frage geantwortet, wo sie ihn gekauft habe, und ihn Connie geschenkt, da sie ihn nicht länger behalten wollte. An diesem Nachmittag würden sie in dem stillen Schlafzimmer andere Dinge finden: vertraute Broschen, vertraute Ohrringe, Kleidungsstücke und Schuhe natürlich; Krimskrams in Schubladen. Aber ihr Vater und sie würden schon damit fertig werden.

»Alles in Ordnung, Connie?«, fragte er, als er links abbog, statt den Umweg über Knocklofty zu nehmen.

Sie hatte keine Schmerzen gehabt; dafür war gesorgt worden. Solange sie im Sterbehospiz lag und auch, als sie schließlich nach Hause kam, weil sie es plötzlich so gewünscht hatte, konnte man sehen, dass sie nicht unter Schmerzen litt. »Ich nehme an, weil wir dafür gebetet haben«, hatte Connie gesagt, als alles vorbei war, und ihr Vater hatte geantwortet, das nehme auch er an. Das war wichtiger als alles andere: dass sie keine Schmerzen gehabt hatte.

»Ach, alles in Ordnung«, sagte sie.

»Es ist Brauch, dass sie ins Haus kommen. Sie werden nicht lange bleiben.«

»Ich weiß.«

»Du bist mir eine große Stütze gewesen, Connie.«

Er meinte es ernst. Anfangs war er selbst eine Quelle der Kraft gewesen. Er hatte ihr über die schwere Zeit hinweggeholfen, bevor sie begann, ihm etwas von dem, was er ihr geschenkt hatte, zurückzugeben. Connie hatte ihre Mutter verehrt.

»Sie würde wollen, dass wir gastfreundlich sind«, sagte er unnötigerweise und sagte schon zu viel.

»Ich weiß, dass wir gastfreundlich sein müssen.«

Connie war elf Jahre alt, sie hatte die blassblauen Augen ihrer

Mutter und weizenblonde Haare, genau wie ihre Mutter. Doch die Sommersprossen auf Stirn und Nasenrücken gehörten ganz ihr.

»Wir können uns daranmachen, wenn sie fort sind«, sagte sie, als sie weiterfuhren, an den beiden Cottages vorbei, in denen niemand wohnte, den Hügel hinab, wo es auf einmal fast dunkel wurde, weil die Kronen der Buchen sich berührten. Mrs Archdale war von den Brüdern Dobbs mitgenommen worden, deren roter Ford Escort schon in die Toreinfahrt einbog. Auf dem unebenen Belag der Auffahrt schoben sich behutsam andere Autos voran und wurden von den zu beiden Seiten eingezäunten Schafen beäugt.

»Kommt herein, kommt herein«, lud Connies Vater die Trauergäste ein, die bereits ausgestiegen waren und sich auf dem Kies vor dem Haus in gedämpftem Ton miteinander unterhielten. Er war ein großer, schlanker Mann mit dunklem, ergrauendem Haar. Die Wangenknochen beherrschten seine Gesichtszüge. Obwohl er heute dunkel gekleidet war, fiel auf, wie gutaussehend er war. Er hatte viel früher als sein Kind gewusst, dass seine Frau sterben würde, aber wie immer hatte es zu Beginn noch Hoffnung gegeben. Connie hatte man es erst gesagt, als keine Hoffnung mehr bestand.

Die Eingangstür war unverschlossen. Er hatte sie nicht zugesperrt, da er wollte, dass die Leute hineingingen, sobald sie eingetroffen waren, aber es hatte sich niemand getraut. Er stieß die Tür auf und trat zur Seite. Alle wussten, wohin sie zu gehen hatten, und Mrs O'Daly würde mit dem Tee bereitstehen.

Als Teresa von ihrem Mann verlassen worden war, hatte sie seine Entscheidung als Demütigung empfunden. »Du wirst sie ganz für dich haben«, hatte er gesagt; mit falscher Freundlichkeit, wie sie fand. »Ich verspreche dir, dass ich dir nicht ins Gehege kommen werde.« Er sprach von ihren beiden Kindern, von denen sie immer geglaubt hatte, dass sie ihn lieber hatten als sie. Und es schien ihr verkehrt, dass sie ihres Vaters beraubt werden sollten: In ihrer damaligen Niedergeschlagenheit hatte sie diesen Gedanken sogar ausgesprochen, hatte das Gefühl gehabt, sie sollte auch dafür bestraft werden, dass es ihr nicht gelungen war, die Ehe zusammenzuhalten, und sollte auch die

Kinder verlieren. »O nein«, hatte er protestiert. »Nein, das würde ich niemals tun.«

Als sie nun unter den Trauergästen im Wohnzimmer stand, erinnerte sie sich daran mit Bitterkeit und fragte sich, ob ein so früher Todesfall in einer Ehe denselben grausamen Schmerz hinterließ, einen Schmerz, der unverändert blieb und so lange nachwirkte. »Mein Beileid«, sagte sie, als Connies Vater ihr die Hand auf den Arm legte und murmelte, wie nett es von ihr war, dass sie gekommen sei. »Mein herzliches Beileid, Robert«, sagte sie erneut, ebenfalls murmelnd.

Sie kannte ihn als Connies Vater, denn ihre eigene Tochter Melissa war Connies beste Freundin. Sie kannte ihn nicht gut; meist war er nicht da, wenn sie Melissa brachte, damit sie den Tag auf dem Hof verbringen konnte. Sie hatte Connies Mutter gemocht, sich aber nie so recht mit ihr unterhalten, denn sie war ein anderer Menschenschlag gewesen, und im Haus hatte es stets zu tun gegeben. In all den Jahren, in denen Teresa in dem Haus ein und aus ging, hatte es weder dort noch auf dem Hof eine Aushilfe gegeben – abgesehen von einigen wenigen Tagen im Sommer. Teresa hatte vermutet, dass die Abwicklung des traurigen Anlasses, um den es jetzt ging, Mrs O'Daly anvertraut worden war, die auf ihre praktische Landfrauenart angeboten hatte, sich um alles zu kümmern. Jetzt schenkte sie den Tee aus; auf einem Tisch, der nicht ins Wohnzimmer gehörte, standen Tassen und Untertassen bereit. O'Daly, ein kleiner, trippelnder Mann, der Straßenarbeiter war und auch jede andere Arbeit annahm, die er ergattern konnte, reichte Teller mit Keksen und Eierbroten herum.

»Das hat er sehr schön gemacht«, bemerkte jemand zu Teresa, »Ihr Rektor.«

»Ja, das hat er.«

Ein Paar, das sie nicht einordnen konnte und dessen Art, über Mr Crozier zu sprechen, darauf hinzudeuten schien, dass sie nicht aus der Gegend waren, stimmte ihrer Bejahung mit einem nervösen Kopfnicken zu. Vermutlich hätte Teresa sie gekannt, selbst wenn sie aus Clonmel gekommen wären. Ja, Mr Crozier leite Beerdigungen sehr gut, sagte sie.

»Wir sind entfernte Verwandte«, sagte die Frau. »Das liegt eine Generation zurück.«

»Ich lebe ganz in der Nähe.«

»Es ist schön hier.«

»Ruhig«, sagte der Mann. »Die Ruhe fällt einem gleich auf.«

»Wir wussten gar nichts, bis wir es in der *Irish Times* gelesen haben«, sagte die Frau. »Wir hatten den Kontakt verloren.«

»Tut uns natürlich leid«, stellte der Mann mit einem Kopfnicken klar. »Dass wir den Kontakt verloren haben.«

»Ja.«

Teresa war einundvierzig, noch immer hübsch, das runde Gesicht von einem Lächeln erhellt, das mühelos kam und blieb, als gehöre es zu ihren Zügen, als wäre es ebenso dauerhaft wie diese selbst. Ihr rötliches Haar war ziemlich kurz geschnitten; sie musste auf ihr Gewicht achten und tat dies unerbittlich. Als O'Daly ihr seinen Teller mit den Bourbon Creams aufnötigen wollte, schüttelte sie den Kopf.

»Wir haben den Wagen genommen«, teilte ihr die Frau mit, mit der sie sich unterhielt. »Von Mitchelstown.«

»Nett von Ihnen, dass Sie gekommen sind.«

Sie missbilligten diese Bemerkung, und Teresa sah sich um. Als sie an diesem Morgen aufgewacht war, hatte sie sich gefragt, ob auch ihr Mann hier sein würde, ob er von Dublin gekommen wäre, denn dieser Todesfall hätte ihn erschüttert. Doch unter den Trauergästen im Wohnzimmer sah sie ihn nicht. Die Gesellschaft schien sich in dem großen, unauffällig eingerichteten Wohnzimmer zu verlieren, denn nicht alle, die den Gottesdienst besucht hatten, waren gekommen. Aber Teresa wusste, dass ihr Mann auch nicht in der Kirche gewesen war. Es war Jahre her, seit sie sich zuletzt gesehen hatten; er hatte aufgehört, sich um seine Kinder zu kümmern, kaum dass ihm andere Kinder geboren worden waren. Sein Wort, ihr nicht ins Gehege kommen zu wollen, hatte er gehalten, dachte Teresa.

Nachdem alle gegangen waren, half Connie den O'Dalys beim Abräumen, und als das erledigt war, gingen auch sie. Dann kamen Connie und ihr Vater der Bitte ihrer Mutter nach, nahmen ihre Sachen aus dem Kleiderschrank und aus den Schubladen des Ankleidetischs und sortierten sie ihren Wünschen entsprechend; auch ihre Wohltätigkeitsvereine wurden bedacht. Es war spät, bis alles erledigt war, bis Connie und ihr Vater zusammen in der Küche sitzen konnten. Sie beschlossen, Eier zu essen; er pochierte sie. Er bat sie, auf den Toast aufzupassen. »Wir werden schon zurechtkommen«, sagte er.

Das Gehöft war in Roberts Besitz gekommen, als er geheiratet hatte, es hatte ihn mit einer Lebensweise bekanntgemacht, die er sich nicht ausgesucht und von der er nicht gedacht hatte, dass er sich damit anfreunden könnte. Aber es gelang ihm, und im Lauf der Jahre verwandelte er den Hof, den seine Frau kurz zuvor als schlechtgehendes, vernachlässigtes Unternehmen geerbt hatte, in einen blühenden Betrieb. Für Robert war es eine Erwerbsquelle, mehr noch: eine Quelle persönlicher Genugtuung, dass ihm Ackerbau und Nutztiere, womit er sich früher überhaupt nicht ausgekannt hatte, Erfolg beschieden.

Dies änderte sich auch dann nicht, als er verwitwet war, als Haus und Land ganz sein Eigentum geworden waren. Auf dem Hof gab es keine Veränderungen, doch im Haus – in dem Mrs O'Daly an den Wochentagen jetzt jeweils drei Stunden arbeitete – waren Connie und ihr Vater, obgleich sie über den Verlust, den sie erlitten hatten, allmählich hinwegkamen, sich der Gegenwart eines Geistes bewusst, der auf flüchtige Weise nicht mehr verlangte, als dass man sich seiner erinnerte. Auch wenn das Leben weiterging, konnte es doch nicht verdecken, was geschehen war, aber es hatte etwas zu bieten, verwischte das Drama der Unmittelbarkeit des Todes. Und als seit dem Begräbnis fast zwei Jahre vergangen waren, hielt Robert um Teresas Hand an.

Es war ein ganz natürlicher Vorgang. Sie waren schon aufgrund der Freundschaft ihrer Töchter miteinander bekannt gewesen, und infolge der neuen Umstände hatten sie sich besser kennengelernt. Teresa brachte Melissa auch weiterhin mit dem Auto zum Gehöft, zusammen mit deren sehr viel jüngerem Bruder, nachdem auch dieser von Connie eingeladen worden, aber noch zu klein gewesen war, um allein mit dem Rad hinzufahren. Und sooft er konnte, tat Robert das Seinige und fuhr die beiden zum Bungalow in Fara Bridge zurück, wo ihr Vater seinerzeit versucht hatte, eine Töpferei zu etablieren.

An dem Tag, als er um Teresas Hand anhielt, hatte Robert gerade das Unkraut zwischen den Futterrüben gejätet, und als er aufschaute, hatte er sie vom Feldrain auf sich zukommen sehen. Sie brachte ihm eine Kanne Tee. Das tat sie oft, wenn sie den ganzen Nachmittag auf dem Hof blieb, um ihm die Rückfahrt nach Fara Bridge zu ersparen. Ein Jahr nach dem Tod seiner Frau hatte sie angefangen, sich in ihn zu verlieben.

»Das hätte ich nie gedacht«, sagte er auf dem Rübenfeld, als Teresa ihm auf seinen Heiratsantrag hin ihre Liebe gestand. »Ich dachte, du würdest mich abweisen.«

Sie nahm ihm die Kanne Tee aus der Hand und hob sie an die Lippen, die erste vertrauliche Geste zwischen ihnen, noch vor der ersten Umarmung, noch vor den ersten Liebesworten. »Ach, Robert, nie und nimmer würde ich dich abweisen«, flüsterte sie.

Wohl gab es Schwierigkeiten, aber die spielten keine so große Rolle mehr wie früher. In einem Irland, an das sich beide noch erinnern konnten, wären Bemerkungen darüber gemacht worden, dass sie, die in einen anderen Glauben hineingeboren worden war als Robert, an einem Beerdigungsgottesdienst einer fremden Kirche teilgenommen hatte. Es wäre erklärt worden, dass eine Ehe zwischen ihnen nicht statthaft sei, dass die Scheidung, die Teresas Ehe ein Ende gesetzt hatte, nicht anerkannt werden könne. Es wären Fragen über mögliche gemeinsame Kinder gestellt worden: Nach welcher Religion würden sie großgezogen, an welchem sicheren Zufluchtsort würden sie unter ihresgleichen sein? Von derlei Schwierigkeiten gab es noch immer Spuren, wie Samenhülsen, die sich in alten Spinnennetzen verfangen, aber die Kritiker mischten sich nicht mehr so oft ein, wenn es darum ging, wie man Kinder aufzog, und nach Zufluchtsorten wurde weniger häufig gesucht. Melissa, die ein Jahr älter war als Connie, hatte ihre ersten Schuljahre bei den Nonnen von Clonmel verbracht und war dann auf ein überkonfessionelles Internat in Dublin gegangen. Ihr Bruder besuchte noch die Grundschule in Fara Bridge. Connie ging zu Miss Mortimer, die in einem Raum im ersten Stock des Pfarrhauses eine winzige Lehranstalt für protestantische Kinder betrieb. Connies Mutter hatte sie ausgewählt, weil sie bequem zu erreichen war, zehn Minuten Fußweg den Flusspfad entlang. Schließlich aber würden alle drei auf Melissas Internat geschickt werden, das koedukativ war und in die heutige Zeit passte.

»Wie wunderbar das alles ist!«, flüsterte Teresa.

Die Verlobung wurde auf einer Party bekannt gegeben – Wein am Nachmittag, wiederum Mrs O'Dalys Eierbrote, dazu Teresas Biskuitkuchen, ihre Brandy Snaps und ihre Baisers. Nach einem regnerischen Morgen war die Sonne hervorgekommen und machte es möglich, dass im Garten gefeiert werden konnte. Der Garten war stellenweise zugewachsen und verwildert, seine Verwahrlosung ging auf die Zeit des Todesfalls zurück und war nicht zu übersehen, obwohl Teresa, wenn sie da war, um ein Auge auf die Kinder zu haben, ihr Bestes getan hatte, um die Geranienbeete zu pflegen, eine Aufgabe, um die sich besonders Connies Mutter gekümmert hatte.

Von nun an würde sie es besser machen, nahm Teresa sich vor und schaute sich unter den Partygästen um, so wie sie sich unter den Trauergästen umgeschaut hatte, und wieder rechnete sie halb damit, den Mann zu sehen, der sie verlassen hatte. Sie wollte, dass er da wäre, wollte, dass er wusste, dass sie wieder geliebt wurde, dass sie die Schmach, die er ihr so beiläufig zugefügt hatte, überstanden hatte, dass sie glücklich war. Aber er war nicht da, und das schien nur natürlich. All das gehörte der Vergangenheit an, und natürlich waren auch die entfernten Verwandten aus Mitchelstown nicht da, mit denen sie sich am Nachmittag der Beerdigung unterhalten hatte.

Auch Robert war glücklich – er war es, weil Teresa es war und weil es um ihn herum auf der Party keinerlei Anzeichen von Missbilligung gab, nur zustimmendes Lächeln.

Da die Heirat erst später im Sommer stattfinden sollte, wenn Melissa Schulferien hatte, lebten Connie und ihr Vater noch eine Zeitlang allein. Sie kamen zurecht, wie er vorausgesagt hatte. Robert kaufte ein halbes Dutzend Charolais-Kälber, eine Rasse, die er noch nie auf dem Gehöft gehabt hatte. Es gefiel ihm, jedes Jahr etwas Neues zu beginnen; auch die Kälber gefielen ihm. Ansonsten folgten Kauf und Verkauf einem Muster, seine Aufgaben wiederholten sich. Er reparierte die Zäune, spannte, wo immer möglich, den Stacheldraht, erneuerte ihn, wo notwendig. Er hielt Ausschau nach Anzeichen der vielen Krankheiten, von denen Schafe befallen werden konnten. Er grub die ersten Kartoffeln aus und überprüfte jeden Tag den Reifegrad seiner Gerste.

Zwischen Blutstorchschnabel und Waldstorchschnabel zog Teresa ganze Klumpen Quecken und hinterhältige kleine Brennnesseln hervor, mit einer Gartenkelle machte sie sich am Sauerampfer zu schaffen. Den Storchschnabel »Johnson's Blue« schnitt sie zurück, damit er sich nicht zu ungestüm ausbreitete, hätte selbst aber nicht gewusst, dass man Clarkes Gartenstorchschnabel etwas länger wachsen lassen musste oder dass die kräftigen Wurzeln des Wiesenstorchschnabels schwer zu teilen waren. Ein Notizbuch aus der Hinterlassenschaft unterwies sie in alldem.

Miss Mortimer schloss ihre kleine Schule für den Sommer, und von da an war Connie den ganzen Tag zu Hause. Manchmal war Melissas Bruder da, ein kleiner, schmaler Junge namens Nat, ein Name, der, wie Melissa meinte, nicht passender hätte sein können, denn für sie sah er einer Natter nicht unähnlich.

»Magst du mitkommen?«, lud Teresa Connie ein, als sie sich auf den Weg zum Bahnhof von Clonmel machte, um Melissa abzuholen, deren Schuljahr zu Ende war. Connie zögerte, dann verneinte sie.

Teresa war überrascht. Sie war eigens von Fara Bridge herübergekommen, wie sie es immer tat, wenn Melissa in den Ferien nach Hause kam. Sie war überrascht; hinterher aber wurde ihr klar, dass sie mit der Antwort gerechnet hatte, noch bevor sie die Frage gestellt hatte. Sie war verblüfft, ließ sich aber nichts anmerken.

»Und dann kommen wir hierher, oder?«, schlug sie vor, denn auch das hielten sie immer so, wenn Melissa den ersten Abend wieder zu Hause war.

»Wenn ihr wollt«, sagte Connie.

Der Zug hatte zwanzig Minuten Verspätung, und als Teresa mit Melissa und Nat zum Gehöft zurückkehrte, war Connie nicht im Haus. Als später ihr Vater eintraf, war sie auch nicht bei ihm, wie es sonst manchmal der Fall war. »Connie!«, riefen sie im Hof nach ihr, und ihr Vater suchte mehrere Ställe ab. Melissa und ihr Bruder liefen bis zum Ende der Auffahrt und dann noch in beiden Richtungen ein Stück weit die Straße entlang. »Connie!«, riefen sie im Garten, obwohl sie sehen konnten, dass sie nicht dort war. »Connie!«, riefen sie und gingen im Haus von Zimmer zu Zimmer. Ihr Vater machte sich Sorgen. Er gab es nicht zu, aber Melissa und ihr Bruder merkten es ihm an. Ebenso Teresa.

»Sie kann nicht weit sein«, sagte sie. »Ihr Fahrrad ist hier.«

Sie fuhr Melissa nach Fara Bridge, damit sie ihre Sachen auspacken konnte, und nahm Nat mit. Später rief sie auf dem Gehöft an. Der Hörer wurde nicht abgenommen, und sie mutmaßte, dass Robert noch immer nach seinem Kind suchte.

In dem Moment, als Connie zurückkam, klingelte das Telefon erneut. Sie kam die Treppe herunter. Sie sei auf dem Dach gewesen, erklärte sie. Man gelangte durch die Falltür am Ende der Dachbodentreppe hinauf. Man konnte sich auf das warme Bleidach legen und ein Buch lesen. Ihr Vater schüttelte den Kopf und sagte, es sei gefährlich, auf dem Dach herumzuklettern. Sie musste ihm versprechen, es nie wieder zu tun.

»Was ist los, Connie?«, fragte er, als er zu ihr ging, um gute Nacht zu sagen. Nichts sei los, sagte Connie. Sie hatte das Buch vor sich, das sie auf dem Dach gelesen hatte, *Die Zitadelle* von A. J. Cronin.

»Aber das verstehst du doch gar nicht, Connie«, sagte ihr Vater, und sie erwiderte, ein Buch, das sie nicht verstehe, würde sie nicht lesen wollen.

Connie sah zu, wie die Möbel ausgeladen wurden. Die Männer hoben sie aus dem gelben Umzugswagen. Jedes einzelne Stück war ihr vertraut aus jenen Tagen, die sie im Bungalow in Fara Bridge verbracht hatte. Man hatte Platz dafür geschaffen, einige Möbel aus dem Haus geräumt, um sie in einem der Nebengebäude unterzustellen.

Melissa war nicht da. Sie half ihrer Mutter dabei, die verbliebenen Möbel in den halbleeren Zimmern in Fara Bridge umzurücken; man würde sie verkaufen müssen, wenn auch der Bungalow verkauft wurde, denn auf dem Bauernhof war kein Platz für sie. Den ganzen Sommer über hatte draußen ein Schild gehangen, dass der Bungalow zum Verkauf stand, aber noch hatte niemand ein Angebot unterbreitet. »Ich werde jeden Pfennig in den Hof stecken«, hatte Connie Teresa sagen hören.

Nat, den Teresa vorher zum Hof hinübergefahren hatte, stand mit Connie in der Diele und sah zu. Wie so oft war er an diesem Morgen still und hatte die dünnen Arme auf eine Weise eng um den Körper geschlungen, als sei ihm kalt, dabei war es ein warmer Tag. Ab und zu blickte er zu Connie hinüber, als erwarte er, dass sie sich zu den Vorgängen äußerte, aber Connie schwieg.

Es dauerte den ganzen Morgen. Mrs O'Daly brachte den Männern Tee, und später, als sie fertig waren, lud Connies Vater sie zu einem Drink in der Küche ein: kleine Gläser mit Whiskey, außer für den Fahrer, der den Rest der Flasche mit nach Hause nehmen durfte.

»Was für wunderschönes Porzellan«, bemerkte Mrs O'Daly im Flur. Sie meinte eine blau-weiße Suppenterrine, die die Männer auf die Ablage des Kleiderständers gestellt hatten. Als sie ihre Arbeit beendet hatte, war sie von Zimmer zu Zimmer gegangen, um die Möbel zu begutachten, die eingetroffen waren, das Glas und das Porzellan in der Diele. »Ist sie nicht wirklich wunderschön?«, rief sie noch einmal aus und meinte wieder die Suppenterrine.

Connie sah, dass sie angeschlagen war, ein langer Riss im Deckel. Sie hatte auf der Anrichte im Esszimmer des Bungalows gestanden. Damals war sie ihr nicht sonderlich aufgefallen, aber hier in der Diele wirkte sie aufdringlich.

Melissa war hübsch, groß und schlank, mit langem blondem Haar und grünlichen Augen. Sie machte gern Witze und war intelligent, obwohl sie es gar nicht sein wollte und oft so tat, als sei sie es nicht.

»Zeit, die Made zu messen«, sagte sie später am Tag. Sie war der Ansicht, dass ihr Bruder aufgehört hatte zu wachsen und nie mehr weiterwachsen würde. Sie und Connie stellten ihn regelmäßig an den Pfosten von Connies Schlafzimmertür, in der Hoffnung, an seiner bescheidenen Gestalt einen Zuwachs zu entdecken.

Aber bei dem neuerlichen Vorschlag schüttelte Connie den Kopf. Sie las gerade *London gehört zu mir* und fuhr in ihrer Lektüre fort. Nat, der bereits auf dem Weg nach oben war, denn er liebte dieses Aufmerksamkeitszeremoniell, blickte enttäuscht drein.

»Die arme kleine Made«, sagte Melissa. »Die arme kleine Made, Connie. Die hast du jetzt aber ganz schön traurig gemacht.«

»Du solltest deinen Bruder nicht Made nennen.«

»Hey!« Empört und ungläubig starrte Melissa in Connies ruhiges Gesicht. »Hey, was soll denn das?«

Connie knickte die Ecke einer Buchseite um und schickte sich zum Gehen an.

»Das ist doch nur so ein Wort«, protestierte Melissa und rannte Connie hinterher. »Ihm macht das nichts aus.«

»Das hier ist nicht euer Haus«, sagte Connie.

An dem Tag, an dem Connies Mutter aus dem Sterbehospiz zurückgekommen war, hatte Miss Mortimer Blumenbilder im Schulzimmer aufgehängt. Miss Mortimer malte ihre Bilder selbst; vor den Blumen waren es Clowns gewesen. »Fingerhut«, hatte Connie gesagt, als Miss Mortimer sie nach dem Namen der Blume gefragt hatte.

Als sie auf dem Flusspfad nach Hause gegangen war, hatte sie daran gedacht, an die vier neuen Bilder an der Wand, an Miss Mortimer, die gesagt hatte, dass es bald schon keine Himmelsschlüssel mehr geben würde. Das Schulzimmer sah sie fast immer vor sich, wenn sie nach Hause ging, die Schrift auf der Tafel, den abgetretenen Teppichboden, die Fußbodendielen, die man an seinen Rändern sehen konnte, den Tisch, an dem sie zusammen mit Miss Mortimer saßen. Sie sah das Pfarrhaus selbst vor sich, die beiden Treppenfluchten, die weiße Eingangstür, die drei Stufen, den Kies.

Ihr Vater winkte nicht, als sie ihn auf sich zukommen sah. Es nieselte, und sie dachte, dass er vielleicht gekommen sei, um sie abzuholen. Aber im Winter regnete es oft, und er kam trotzdem nicht; immer hatte ihre Mutter sie abgeholt. »Hallo, Connie«, sagte er, und da wusste sie, dass ihre Mutter aus dem Hospiz zurückgekommen war, so wie sie es angekündigt hatte.

Er nahm sie bei der Hand und brauchte es ihr gar nicht erst zu erzählen, denn sie wusste Bescheid. Sie weinte nicht. Sie wollte nachfragen, für den Fall, dass es anders gekommen war, als sie dachte, aber sie fragte nicht nach, denn sie wollte es gar nicht hören, falls es anders gekommen war. »Es geht schon«, sagte ihr Vater. Er trat mit ihr in das Zimmer, das auf den Garten ging und das jetzt zum Zimmer ihrer Mutter geworden war. Sie berührte die Hand ihrer Mutter, und er hob sie hoch, damit sie sie auf die Wange küssen konnte, wie er es so oft getan hatte. Als sie wieder nach unten gingen, stand Mr Crozier an den Fenstern des Wohnzimmers. Sie hatte nicht gewusst, dass er da war. Dann kamen die O'Dalys.

»Du bleibst bei mir«, sagte Mrs O'Daly in der Küche. »Ich werde dir beim Lesen zuhören.« Aber an einem Dienstag brauchte sie gar nicht zu lesen, stattdessen mussten sie wieder ein Gedicht auswendig lernen und sechs Sätze schreiben. »Wirst du sie jetzt schreiben?«, fragte Mrs O'Daly. »Wirst du sie dir jetzt ausdenken?«

Sie hatte keine Lust. Sie lernte das Gedicht und sagte es ihrem Vater auf, als er kam, um sich zu ihr zu setzen. Doch am nächsten Tag brauchte sie nicht zu Miss Mortimer zu gehen. Am Morgen kamen Leute. In der Diele und auf der Treppe konnte sie ihre Schritte hören; Stimmen hörte sie nicht. Dies war der Nachmittag, an dem ihre Mutter gestorben war.

»Das ist gar nicht Connies Art«, sagte Robert.

»Nein.«

Als Teresa von ihren Kindern gehört hatte, was Connie zu ihnen gesagt hatte, wurde ihr mit jäher, bitterer Eingebung bewusst, dass die Zeit, da alles gutgegangen war, ein Ende hatte. Und sie fragte sich, was sie und Robert falsch gemacht hatten. Robert war einfach nur bestürzt.

Die Trauung – die Mr Crozier im engsten Familienkreis vollziehen sollte – stand in weniger als drei Wochen an. Danach würde es keine Reise geben, keine Flitterwochen, denn das ließen die Hofarbeiten zu dieser Jahreszeit nicht zu.

»Was sagt Connie denn sonst noch so?«

Teresa schüttelte den Kopf. Sie hatte keine Ahnung. Nichts weiter, vermutete sie, und hatte recht damit.

»Wir wollen heiraten«, sagte Robert. »Und nichts wird uns jetzt noch daran hindern.«

Teresa zögerte, aber nur einen Augenblick. »Nichts«, wiederholte sie.

»Kinder schaffen das schon, sich zu vertragen. Sogar wenn sie Fremde füreinander sind.«

Teresa sagte nicht, dass es ihnen möglicherweise leichter fiele, gerade wenn sie Fremde füreinander wären. Sie sagte es nicht, weil sie nicht wusste, weshalb das so war. Aber Melissa, die nie geweint hatte, weinte nun oft und litt, wo eine Fremde nicht gelitten hätte.

Die Bücher, die Connie zu lesen vorgab, standen in den Regalen im Esszimmer, zu beiden Seiten des Kamins. Es waren die Bücher ihrer Mutter gewesen, die sie bei Auktionen in Landhäusern ersteigert hatte. Einige hatte sie, wenn die Bücherregale überfüllt waren, aussortiert. Alle waren alt, stammten aus einer anderen Zeit. »*Bildnis eines Rothaarigen*«, hatte ihre Mutter gesagt, »das wird dir gefallen.« Und *Des Lebens Bogen* und *Gefundene Jahre*. Nur *Gasthaus Jamaica* war noch mit seinem Schutzumschlag versehen, gelb und ohne Abbildung. »Und *Die Sterne blicken herab*«, hatte ihre Mutter gesagt. »*Die Sterne blicken herab* wird dir gefallen.«

Connie nahm das Buch mit aufs Dach, zu dem mit Blei ummantelten Gully, den sie entdeckt hatte. Er war breit genug, dass sie zwischen zwei Dachschrägen darauf liegen konnte. Jedes Mal, wenn sie hinaufkletterte, wünschte sie sich, sie müsste ihrem Vater gegenüber nicht ungehorsam sein, und achtete immer darauf, dass sie nicht zu lange dort blieb, damit man sie nicht fand. Manchmal stand sie auf und sah im Schutz eines mächtigen Schornsteins weit draußen auf den Feldern ihren Vater oder zwischen den Geranienbeeten Teresa. Manchmal hielten sich Melissa und Nat im Bereich der Zufahrt auf, Nat auf dem Gepäckträger von Melissas Fahrrad, die dünnen Beine weit abgespreizt, damit sie nicht in die Speichen gerieten.

Teresa spürte, dass sie Robert niemals intensiver geliebt hatte; und sie spürte, dass sie selbst noch unverbrüchlicher geliebt wurde als zuvor – gerade so, dachte sie, als führten die Schwierigkeiten eine solche Innigkeit herbei. Oder war es Panik?, fragte sie sich in anderen Momenten; geschah es in Panik, dass die Tiefen des Vertrauens sich erschlossen? Geschah es in Panik, dass der verwitwete Mann und die verschmähte Frau etwas schützten, das zu schützen sie vorher nicht in der Lage gewesen waren? Sie wusste die Antwort auf ihre Fragen nicht. Es kam ihr nur ganz und gar unangemessen vor, dass die Verstocktheit eines Kindes etwas verhöhnte, das ihnen in besonderem Maße zustand.

»Connie.«
Robert fand sie in dem Nebengebäude, wo die Möbel standen. Sie hatte ein Abdecktuch zur Seite gezogen und saß in einem Sessel, dessen Sprungfedern zerbrochen waren und der schon vor Jahren hätte ausrangiert werden sollen.

»Connie«, unterbrach er sie, denn sie hatte ihn nicht gehört. Diesmal las sie *Folly Bridge*.

Sie benutzte den Zeigefinger als Lesezeichen und lächelte ihn an. Niemand hätte ahnen können, dass sie in letzter Zeit schmollte, sie ließ es sich nicht anmerken. Selbst als sie Melissa und Nat gesagt hatte, dass das Haus nicht ihnen gehöre, hatte sie es allem Anschein nach einfach nur so dahingesagt.

»Du bist besorgt, weil Teresa und ich heiraten wollen, Connie.«
»Mir geht's gut.«
»Bis jetzt scheint es dir nichts ausgemacht zu haben.«
Der Sessel hatte eine hohe Rückenlehne mit Ohren, sein verblichener roter Samtbezug war an einigen Stellen stark abgenutzt,

an der Stelle, wo ein Möbelschoner hätte liegen können, war ein Blumenmuster aufgestickt.

»Es ist sehr gut«, sagte Connie und meinte das Buch, das sie in den Händen hielt.

»Ja.«

»Wirst du's lesen?«

»Wenn du möchtest.«

Connie nickte. Sie könnten sich darüber unterhalten, sagte sie. Wenn er es läse, könnten sie sich darüber unterhalten.

»Ja, das könnten wir. Du hast Teresa immer gemocht, Connie. Du hast Melissa und Nat immer gemocht. Es ist nicht leicht für uns, dich zu verstehen.«

»Können sie nicht hierbleiben, die Möbel, die du nicht mehr haben willst? Können wir sie nicht behalten?«

»Hier draußen ist es ein bisschen feucht für Möbel.«

»Könnten wir sie dann nicht wieder ins Haus bringen?«

»Ist es das, was dir Sorgen macht, Connie? Die Möbel?«

»Wenn die Bücher weggeworfen werden, dann weiß ich, wovon jedes einzelne von ihnen handelt.«

»Aber um Himmels willen, die Bücher werden doch gar nicht weggeworfen!«

»Ich glaube schon.«

Robert ging. Er suchte nicht nach Teresa, um ihr von dem Gespräch zu berichten. Jedes Jahr um diese Zeit baute er einen Pferch, in dem seine Mutterschafe durch einen Trog mit Desinfektionsmitteln wateten. Dort drängten sie sich nun zusammen, während er an seinen halbherzigen Protest und an Connies unbefriedigende Antworten dachte. »Ach, nun kommt schon, kommt! Macht, dass ihr fertig werdet!« Mit seinen Schafen war er ungeduldiger, als er es mit seiner Tochter gewesen war, und er fragte sich, ob Connie ihn hasste. Er hatte ihren Hass gespürt, auch wenn sie sich nichts dergleichen hatte anmerken lassen, auch wenn nichts dergleichen in ihrer Stimme anklang.

Vom Dach aus sah sie ein Auto, das sie noch nie zuvor gesehen hatte. Sie erriet, weshalb es vorfuhr. In einer Schublade des wackeligen Geschirrschranks hatte sie eine Einkaufsliste gefunden und geglaubt, sich daran erinnern zu können, dass sie verlegt worden war. *Bügelstärke, Backpulver,* hatte sie darauf gelesen.

Als sie vom Dach herunterkam, parkte das Auto im Hof. Ein Mann stand daneben. Genau wie Connie vermutet hatte, fragte er nach den Möbeln, die verkauft werden sollten.

»Jemand zu Hause?«, fragte er sie.

Er war ein großer, rotgesichtiger Mann in Hemdsärmeln. Er habe schon gedacht, er würde das Haus nicht finden, sagte er. Er fragte sie, ob er erwartet werde, ob er hier richtig sei, und sie wollte schon sagen, das sei er nicht, doch in diesem Augenblick kam Teresa aus dem Haus.

»Geh und hol deinen Vater«, sagte sie, und Connie nickte und ging zu der Stelle, wo sie ihn vom Dach aus gesehen hatte.

»Verkauf die Möbel nicht«, bettelte sie, statt zu sagen, dass der Mann gekommen war.

Eines Abends – die Hochzeit sollte in fünf Tagen stattfinden – fuhr Teresa zum Gehöft. Sie hatte gerade ins Bett gehen wollen, wusste aber, dass sie nicht würde schlafen können, also schrieb sie Melissa einen Zettel, auf dem stand, wohin sie fuhr. Es war nach halb zwei Uhr morgens, und wenn auf dem Gehöft kein Lebenszeichen erkennbar gewesen wäre, hätte sie wieder kehrtgemacht. Aber im großen Wohnzimmer brannte Licht, und Robert hörte das Auto. Er hatte getrunken, wie er Teresa gestand, als er sie einließ.

»Ich verstehe einfach nicht, was ich von ihr halten soll«, sagte er, als sie sich umarmt hatten. Ohne sie zu fragen, schenkte er ihr ein Glas Whiskey ein. »Ich weiß nicht, was ich tun soll, Teresa.«

»Ich weiß.«

»Als sie heute Nachmittag kam und sich neben mich stellte, während ich die Kühe gemolken habe, als sie kein Wort sagte, obwohl ihr Flehen deutlich zu hören war, dachte ich schon, sie sei besessen. Aber später haben wir uns unterhalten, als wäre nichts gewesen. Sie hat den Tisch gedeckt. Wir haben die Forelle gegessen, die ich gebraten hatte. Wir haben abgewaschen. Liebe Teresa, ich kann die Kindheit, die ihr noch verbleibt, nicht zerstören.«

»Ich glaube, du bist ein bisschen betrunken.«

»Ja.«

Er bestand nicht darauf, dass es einen Ausweg geben müsse; und da Teresa wusste, was ihn ängstigte, wusste sie, dass es keinen Ausweg gab. Jetzt, da sie bei ihm war, da sie die Schrecken seiner Beunruhigung wortlos teilte, war sie selbst verängstigt. Gab es eine Tat, die, zu entsetzlich für ein Kind, in der Trostlosigkeit der Verzweiflung darauf wartete, die eines Kindes zu werden? Sie sprachen nicht davon, was die Phantasie daraus machte, wie sie sich gestalten mochte, genährt vom Schmerz des Zorns, von Hoffnungslosigkeit und von Verrat, auf welche Weise sie unerträglich werden mochte.

Dicht nebeneinander gingen sie in der erfrischenden Luft die Auffahrt hinab. Am Himmel wurde es hell, bis zum Morgengrauen war es nur noch eine Stunde. Die Schatten der Gefahr begleiteten sie, zu tückisch, um damit zu spielen.

»Unsere Liebe zählt noch immer«, flüsterte Teresa. »Das wird sich niemals ändern.«

Ein gesundes Kalb war geboren worden. Das hatte ihn erschöpft: Connie konnte sehen, dass ihr Vater müde war. Und der Regen, der nun schon seit einer Woche fiel, hatte kaum nachgelassen und würde seine Wintersaat in einen Morast verwandeln.

»Ach, das kommt schon in Ordnung«, sagte er.

Er wusste, was sie dachte, und sah ihr zu, wie sie vorsichtig mit den Tellern hantierte, die im Ofen vorgewärmt worden waren, wie sie vorsichtig mit dem Kaffee umging, den sie aufgebrüht hatte und den sie eine Minute ziehen ließ. Kaffee zum Abendessen hatte er schon immer gemocht. Sie erhitzte Milch und goss sie aus dem Stieltopf.

Das Brot war aufgeschnitten, die Scheiben lagen auf dem Brett, daneben die Butter. Es gab Tomaten, die ersten Blenheim-Äpfel, die letzten Taybeeren. In der Bratpfanne bräunten Schweinekoteletts.

Es war nicht alles freudlos, darüber war Robert sich im Klaren. Es gab Momente wie den, der gerade verstrich, oft auch zu anderen Zeiten, da erkannte er in der Verstocktheit seiner Tochter eine Kraft, die ungebrochen war und der kein böser Wille anhaftete. Hier in der Küche, die ihnen beiden so vertraut war, und draußen in der rauen Kälte des Herbstes, wenn sie zu ihm aufs Feld kam, war sie das, was die Umstände aus ihr gemacht hatten: jemand, der Pflichten übernommen hatte, die man nicht zurückweisen konnte. Für sie hatte es den Anschein gehabt, als würde ein künstlicher Haushalt genau das von ihr verlangen, und vielleicht wäre es ja wirklich so gekommen.

Inzwischen verstand Robert das; Teresa bekannte, dass nichts so wohlgeordnet und einfach war, wie sie es sich vorgestellt hatte. Es gab keine Ansprüche, die andere Ansprüche nichtig machten, es gab weniger Trost für die Verschmähte und für den Verwitweten, als sie erwartet hatte, Gerechtigkeit schon gar nicht. Sie seien zu hastig gewesen, wagte sie zu sagen, obwohl ihr zwei Jahre Wartezeit ausreichend schienen. Sie seien ungeschickt gewesen und hätten es nicht gemerkt. Sie hätten sich fahrlässig verhalten, dabei seien sie keine fahrlässigen Menschen. Zu einem geringen Teil sei es ihre Schuld, aber mehr auch nicht.

Und Robert wusste, dass die verstreichende Zeit richten würde, was sich im Sommer nicht vollendet hatte. Die Zeit würde die losen Fäden aufnehmen und dafür sorgen, dass auch die Erinnerung, die seine Tochter in Ehren hielt, Liebe war und ebenfalls zählte, vielleicht noch mehr.

EINE ALTE FLAMME

Grace ist gestorben.

Als Zoë den Deckel des elektrischen Wasserkochers schließt – sie hat den Briefumschlag über dem Dampf geöffnet –, fällt ihr als Erstes diese nüchterne Mitteilung ins Auge. Sie entfaltet den einfachen weißen Briefbogen, und noch bevor sie beginnt, den Brief von Anfang an durchzulesen, erfasst sie aufs Geratewohl eine weitere Bemerkung: *Soweit ich mich erinnern kann, haben wir nicht ein einziges Mal miteinander gestritten.*

Das spinnenhafte Gekritzel, die sparsame Zeichensetzung haben ihren Mann einst in Verzücken versetzt, und bis zu diesem Tag werden die Briefe nicht so beiläufig in Empfang genommen wie eine Zeitungsrechnung oder eine Mietforderung. Aufgrund der sexuellen Leidenschaft, die es einmal gegeben hat, hat sich das Gekritzel mit Charles' eigener säuberlicher Handschrift verknüpft, zwei Teile einer Verbindung, bei der Briefe emotional eine große Rolle gespielt haben. Da er in solchen Angelegenheiten immer sehr schnell bei der Hand ist, wird Charles sofort eine Antwort aufsetzen, so wie es sich einer alten Flamme gegenüber gehört. Früher hat Zoë vor dieser Korrespondenz Angst gehabt, sie war ihr verhasst. *Dir, wie immer, alles Liebe.* In all den Jahren ihrer Beziehung lautetete die Grußformel immer gleich.

Wie gewohnt wird sie den Umschlag neu versiegeln müssen, denn die Gummierung der Lasche klebt nicht mehr richtig. Heutzutage ist das viel einfacher, mit den praktischen Klebestiften von Pritt oder Uhu. Einmal, als die Affäre auf ihrem Höhepunkt angelangt war, hatte sie den ganzen Brief mit Klebstoff verschmiert.

Zoë ist jetzt vierundsiebzig, eine kleine, schlanke, nur leicht gebeugte Frau. Ihr glattes Haar, das einst pechschwarz war, ist heute fast weiß. Ihr Mund, schmal wie ein Briefkastenschlitz, so findet sie selbst, hatte dazu geführt, dass man sie früher eher attraktiv als schön nannte. »Wild«, hatte man sie als Mädchen genannt, und »unberechenbar«, beide Ausdrücke bezogen sich auf ihr Temperament. Niemand hat sie je hübsch genannt, und niemand würde sie heute wild oder unberechenbar nennen.

Da es früh am Tag ist, trägt sie noch ihren Morgenrock, ein Tulpenmuster auf schwarz-roter Seide. Er schmiegt sich an ihren zarten Körper, ist vorn übereinandergeschlagen und wird von einem passenden Bindegürtel zusammengehalten. Wenn ihr Mann erscheint, wird auch er noch im Morgenrock sein, bequeme Wolle, teddybärbraun und mit Biesen eingefasst. *Liebster, liebster Charles,* beginnt der Brief. Zoë liest ihn noch einmal ganz durch.

Natürlich ist dieser Brief etwas Besonderes, wegen Grace' Tod. Andere Briefe waren anders gewesen. *Grace und ich fragen uns, wie es Dir im Moment wohl gehen mag ... Grace und ich sind endlich in den Ruhestand getreten ... Grace sagt, ich soll Dir diese Adresse geben, für den Fall, dass Du schreiben möchtest ... Ein Haus am Meer. Das hat Grace sich schon immer gewünscht.* In den Jahren 1985, 1978, 1973 und 1969 hatte immer Grace das Sagen gehabt. *Ein kurzes Mittagessen, irgendwann?,* wird am Ende eines jeden Briefes – auch dieses Briefes – vorgeschlagen, vor dem *Dir, wie immer, alles Liebe* und dem X, das ihn an ihre Küsse erinnern soll. Aus irgendeinem Grund hat Zoë immer geglaubt, dass der Vorschlag zu einem kurzen Mittagessen von Grace ausging. Ob sie es auch auf ihrem Sterbebett noch vorgeschlagen hat?, fragt sich Zoë.

Infolge der Affäre hatte sich bei Zoë ein siebter Sinn entwickelt. Mühelos kann sie sich eine hochgewachsene Frau vorstellen, die sie noch nie getroffen hat und die nun die einzige Bewohnerin eines Hauses ist, das sie noch nie betreten hat. Sie sieht diese Frau elegant in Brauntöne gekleidet, das eisengraue Haar modisch zurechtgemacht, die Klarheit der Augen ein wenig getrübt. Die Fältchen auf ihrer Gesichtshaut haben sich vervielfacht, eine Landkarte von Runzeln. Zoë stellt sich vor, wie sie in ihre Küche geht und das Radio einschaltet, um dieselben Nachrichten zu hören, die Zoë soeben gehört hat: In einer deutschen Stadt randalieren Fußballfans, eingeschlagene Schaufensterscheiben, ein umgestürzter Bus. Sie stellt sich vor, wie Audrey mit einer Tasse Nescafé am Erkerfenster ihres Wohnzimmers steht; durch die regenbenetzte Scheibe bildet das Meer ein einziges Wellenmuster, graugrün, von Weiß gesäumt. Der Himmel, der es am fernen Horizont berührt, ist zu trostlos, als dass man ihn lange betrachten könnte. Ein einsamer Makrelentrawler schiebt sich ins Blickfeld.

Natürlich verstehe ich, wenn es Dir nicht passt oder wenn Du lieber nicht möchtest.

Sie essen im Alp Horn zu Mittag, so haben sie es gehalten, seit ihre Liebe begann. Einmal hatte Neugier Zoë übermannt, und sie war hingegangen. Sie hatte das Lokal tatsächlich betreten, hatte sich einen Namen ausgedacht für die Person, die sie treffen wollte. Über die ganze Länge einer Wand hing ein Musikinstrument, vermutlich ein Alphorn; zwei andere waren mit Tiroler Landschaften dekoriert. Es gab blau-rot karierte Tischdecken und Musikberieselung; das Lokal war anspruchslos. »Tut mir furchtbar leid«, sagte Zoë zu dem Kellner, und es scheint ein halbes Leben her zu sein, was es in der Tat ist. »Da ist wohl etwas durcheinandergeraten.«

Sie findet den Prittstift dort, wo Charles ihn aufbewahrt, in der mittleren Schublade des Geschirrschranks, zusammen mit seinen Schreibutensilien, dem Siegelwachs, dem Tesafilm und der Schere. Sie kocht das Wasser noch einmal auf, für den Kaffee. Über sich hört sie Schritte, die den Flur von ihrem Schlafzimmer zur Toilette überqueren, dann wieder zum Badezimmer. Als er das Heißwasser aufdreht, klopfen die Leitungsrohre, denn er hat nie gelernt, den Hahn nur halb aufzudrehen, damit das Wasser nicht so herausschießt. In all den Jahren, in denen sie ihn kennt, ist er bei solchen Dingen immer ungeduldig gewesen.

»Es wird Zeit, dass du mal wieder Charles siehst.« Zoë weiß, dass Grace das in jenem Haus immer wieder gesagt hat, und errät Audreys Antwort: dass Charles jetzt sein eigenes Leben führt, dass Charles seine Wahl getroffen hat. Grace sagt es stets mit sanftem Nachdruck, denn auch sie liebte Charles, musste es aber für sich behalten. »Meine Liebe, ich bin sicher, dass Charles sich über ein Zeichen von dir freuen würde.« Alles Mögliche hätte passiert sein können; sie hätten es nicht gewusst.

Seit dem ersten Jahr der großen Leidenschaft sind neununddreißig Jahre vergangen. Audrey und Grace waren damals bereits befreundet, kamen in ihrem Berufsleben voran, fest entschlossen, ihre Sekretärinnenstellen als Sprungbrett für etwas Besseres zu nutzen. An dem Tag, als Charles aufgetaucht war – als sie ihn das erste Mal zu Gesicht bekamen –, war er von der hochnäsigen, halb betrunkenen Miss Maybury herumgeführt worden, beide hatten ein Glas Rosé in der Hand, denn das war es, was La Maybury – so wurde sie im Büro genannt – jeden Nachmittag, und manchmal auch schon am Morgen, trank. »Hallo«, sagte Charles, ein schlaksiger, junger Mann mit weichem blondem Haar. Zoë fiel es nicht schwer, sich das schüchterne Lächeln vorzustellen, das er zuerst Audrey zuwarf und dann Grace. Später hatte er ihr von La Maybury, dem Wein und der Tour durch das Büro erzählt.

»Der arme Charles«, dazu war er erst in den darauffolgenden Jahren geworden. Der arme Charles, allein mit seiner ungeliebten, lieblosen Ehefrau. Was sollte das jetzt noch, jetzt, da seine Kinder erwachsen waren? In ihrem Haus am Meer hatten sie in der Hoffnung gelebt, dass er eines Tages nicht mehr flüstern müsste am Telefon, dass er ihnen Einzelheiten über einen Unfalltod oder eine Krankheit mitteilen würde. »Hat nur noch sechs Monate zu leben, eine Erlösung.« Oder: »Einfach ausgerutscht. Eine dumme Plastiktüte. Im Regen, bei den Mülleimern.«

Zoë steckt zwei Scheiben Brot in den Toaster, drückt den Hebel aber nicht herunter, denn noch ist es nicht so weit. Vor Beginn der Affäre hatte es etwas Faszinierendes für ihn gehabt, dass zwei offenbar sehr enge Freundinnen so unterschiedlich waren – zumindest was ihr Erscheinungsbild betraf. »Ach, das ist oft der Fall«, sagte Zoë und führte Beispiele aus ihrer Schulzeit an, aber er hatte sich für ihre Schulzeit nie sonderlich interessiert und tat es auch bei dieser Gelegenheit nicht. »Die Pummelige heißt Grace«, sagte er. »Sieht aus wie das hintere Ende von einem Bus. Audrey ist ein Hingucker.« Altmodische Namen, hatte sie gedacht und sich altmodische Mädchen vorgestellt, schlampig, trotz Audreys gutem Aussehen. Später hatte er in seine Bemerkungen über Audrey auch Grace eingeschlossen und damit die Oberfläche, wegen der Untiefen darunter, verwischt.

Sie löffelt Kaffee in die Kanne aus blauem Denby-Porzellan, dem letzten Teil eines Services. Es gab da ein Foto, das sie einmal gefunden hatte: Audrey so attraktiv, wie er behauptet hatte, ein göttinnen-gleiches Geschöpf mit Zigarette; Grace verschwommen, so als habe sie sich bewegt. Sie lagen ausgestreckt auf einer Decke, neben einem Tischtuch, auf dem sie Picknick gemacht hatten. Man konnte ein Stück vom Hinterrad eines Autos sehen, und es war nicht schwierig, Graces krauses Haar und die beiden rotgeränderten Augen hinter ihrer Brille zu erkennen. Wo um alles in der Welt hatte das Picknick stattgefunden? Welche Gelegenheit war dazu genutzt worden – ein flauer Nachmittag im Büro?

Zoë lehnt den Brief gegen seine Tasse, sie tut es mit Absicht. Es wird ihn ärgern, dass sie den Brief so arrangiert hat, eine Geste, die einen Kommentar darstellt; dabei ist sie selbst verärgert. Das Foto hatte sie in kleine Fetzen zerrissen und zugesehen, wie sie verbrann-ten. Er hatte den Verlust mit keinem Wort erwähnt, natürlich nicht.

»Ah, gut«, begrüßt sie ihn und sieht zu, wie er den Brief zur Hand nimmt. Sie drückt den Hebel des Toasters herunter. Auf dem Gas-herd klappert der Stieltopf mit der Milch; die runde Glasscheibe, die darin herumhüpft, soll die Milch am Überkochen hindern. Sie gießt sich und ihm Kaffee ein. Er steckt den Brief wieder in den Umschlag. Sie halbiert die Toastscheiben diagonal, wie er es gernhat.

Sie hatte nichts geahnt. Es war ein furchtbarer, ein betäubender Schlag gewesen, als er ihr gestand: »Hör zu, ich muss dir was sagen. Audrey und ich haben uns ineinander verliebt.« Einen Augenblick lang wusste sie nicht, wer Audrey war. »Audrey und ich«, wiederhol-te er, denn er glaubte, sie habe ihn nicht richtig verstanden, »Audrey und ich, wir lieben uns.« Für den Rest jenes Jahres und für mehrere Jahre danach wurde Zoë jedes Mal übel, wenn dieser Satz in ihr wi-derhallte, wenn er sich zurückmeldete von jenem Sonntagmorgen: 10. September 1968, elf Uhr. Den Zeitpunkt hatte er gewählt, damit sie den ganzen Tag zur Verfügung hätten, um die Angelegenheit zu bereden, doch außer praktischen Erwägungen gab es nichts, das hätte beredet werden müssen. Was gab es schon zu bereden, wenn er eine andere mehr liebte als sie? Nach fünf Jahren Ehe war er ihrer überdrüssig. Er hatte es ihr gestanden, um sie loszuwerden.

Nachdem sie sich von der Marmelade genommen hat, schiebt sie das Glas näher an ihn heran. Sein Gesicht, weniger als früher darin geübt, sich zu verstellen, verbirgt nichts. Sie beobachtet, wie er an die Frau denkt, die jetzt allein ist, wie sein Mitgefühl zu einem Haus am Meer wandert, das für eine Person zu geräumig ist. Doch Charles ist kein phantasievoller Mann. Sein Blick dringt nicht weit. Er sieht im Kühlschrank seiner alten Flamme nicht die Hühnerkeule für eine Person oder die einfache Portion Fisch für den nächsten Tag. Der Winter ist eine melancholische Zeit, um Leid zu tragen, die eigene Stimmung spiegelt sich in Kälte und Nässe, in dem Wind, der klirrt und heult. Audrey wird ihre Freundin besonders beim Fernsehen vermissen: niemand mehr, der neben ihr sitzt, mit dem man Bemerkungen tauschen kann.

»O ja, das Alp Horn gibt es noch«, hört Zoë später am Morgen, als sie vorsichtig eine Tür öffnet, die er sorgsam geschlossen hat. »Sagen wir, um 12.45 Uhr? Sollte dein Zug leichte Verspätung haben oder so, mach dir bitte keine Sorgen. Ich werde einfach warten, meine Liebe.«

Davor hatte er etwas gesagt, das ihr entgangen war, da seine Stimme unnatürlich tief war und er den Hörer mit der Hand verdeckte. Er hatte einen Tadel angedeutet, weil die alte Flamme nicht schon eher geschrieben hatte. Hätte er Bescheid gewusst, wäre er zur Beerdigung gekommen.

»Es tut mir leid, dass ich dir so weh getan habe«, hatte er später an jenem Sonntag gesagt, aber da waren Worte schon längst sinnlos geworden. Ein fünfjähriger Irrtum, hatte sie gedacht, zwei Kinder irrtümlich zur Welt gekommen. Die Tränen tropften ihr auf die Kleidung, während er wie ein begossener Pudel dastand, sein gutes Aussehen vom Kummer verzerrt. Sie putzte sich nicht die Nase, wollte so aussehen, wie sie sich fühlte. »Du wünschtest, ich wäre tot«, schluchzte sie und wollte, dass er im Zorn die Hand gegen sie erhob, sie zerschmetterte, voller Erbarmen auslöschte, was von ihr noch übrig geblieben war. Aber er stand nur da, auf einmal wirkte er unterernährt. Hatte sie ihn nicht anständig bekocht?, so drehten ihre Gedanken sich halb verrückt weiter. Hatte sie ihm nichts Nahrhaftes vorgesetzt? »Und ich dachte, wir wären glücklich«, flüsterte sie. »Ich dachte, wir bräuchten nichts in Frage zu stellen.«

»Ich freue mich, das alte Alp Horn wiederzusehen«, dringt sein Gemurmel von der Diele, und Zoë merkt, dass er sich bemüht, fröhlich zu klingen. »Weißt du was, ich bringe dir eine Schachtel Three Castles mit.«

Man hört das Klicken, als der Hörer aufgelegt wird, ein kurzes Klingeln. Er sagt etwas zu sich selbst, etwas, das sich wie »Armes Ding!« anhört. Leise schließt Zoë die Tür. Grace und Audrey waren vermutlich fünfzig Jahre lang befreundet gewesen, vielleicht noch von der Schule her. War Audrey der Typ, in den andere Mädchen sich verknallten? War Grace ein wenig schikaniert worden? Zoë stellt sich vor, wie Grace beleidigt in ihrer Schulbank kauerte und Audrey sie verteidigte. In Briefen und Telefongesprächen hatte es Hinweise auf Freundinnen gegeben, auf Urlaube in der Normandie und der Bretagne, auf Bridge, auf Grace' Darmspülungen, auf Audreys Weisheitszähne, die im Krankenhaus gezogen werden mussten. Zoë weiß – sie sprach selten von »vermuten« –, dass Grace nach Audreys Rückkehr von ihren Besuchen im Alp Horn gierig auf jeden Brosamen war, der ihr gereicht wurde. Mit keinem Lidschlag konnte Grace ihr Geheimnis lüften; einziger Ausdruck ihrer Leidenschaft war die Beständigkeit, mit der sie auf einen weiteren Brief drang. *Wir denken an Dich, an die Kälte, in der Du mit ihr lebst.* »Er sah ziemlich gebrechlich aus«, hatte Audrey zweifellos in den letzten Jahren berichtet.

Es war nicht Liebe, deretwegen er damals bei Zoë geblieben war. Er war geblieben, weil ihm – ganz plötzlich und unerwartet – die Emotionen um ihn herum zu viel geworden waren: Die Erschöpfung hatte ihn bewogen, sich zurückzuziehen. Hatte er, so fragte sich Zoë Jahre später, Grace' Schatten gespürt, ohne genau zu wissen, dass es ihr Schatten war? Er bleibe, weil ihm Zoë und die beiden Kinder, die ihm geboren worden waren, mehr bedeuteten, als er geglaubt habe. Hinter dieser Behauptung lag die stillschweigende Folgerung, dass es nicht gerecht sei, Unschuldigen dem eigenen Glück zuliebe Leid zuzufügen. Das hatte, auch wenn es nicht ausgesprochen wurde, in Zoës Ohren einen bitteren Beiklang. »Ach, geh doch!«, hatte sie geschrien. »Geh schon zu dieser unausstehlichen Frau.« Aber sie beharrte nicht darauf, sagte ihm keineswegs, dass ihr nichts mehr geblieben war, dass der Schaden nicht wiedergutzumachen war. Der Frau gegenüber nannte er wirtschaftliche Gründe, die ihn dazu gebracht hätten, sich umzubesinnen. Zwei Haushalte finanzieren zu müssen – und so hatte die Perspektive damals ausgesehen – war für ihn mehr als beängstigend gewesen. *Grace sagt, dass Du sie nicht ohne einen Pfennig zurücklassen kannst. Was sie und ich verdienen, macht das mühelos wett. Grace würde uns liebend gern aushelfen.* Wäre er damals gegangen, Grace wäre immer zugegen gewesen.

Zoë weiß genau, wenn der Tag naht. Über ihren Frühstückskaffee hinweg sieht er sie an, und in seinen Augen liegt ein stumpfer Glanz, der von dem Versuch herrührt, eine verbrauchte Erregung neu zu entfachen: immer war er derjenige, der sich Mühe gab. In einem Brief hatte Audrey einmal vom »Charme seiner lässigen Glieder« gesprochen und behauptet, sie bezweifle, ob sie ohne diesen leben und noch sie selbst sein könne. Dieses Schlaksige hat er noch immer; vielleicht hatte sie das gemeint. Was von seinem weichen, hellen Haupthaar noch übrig ist, vornehmlich hinten und an den Seiten, ist längst aschgrau; seine Hände – von denen sich Zoë gut vorstellen kann, dass Grace oder Audrey sie zu seinem elegantesten Merkmal erklärten – sehen verwelkt aus, die Knochen stehen deutlicher hervor als früher, die Haut hat Altersflecken gleich Stockflecken auf altem Papier. Seine Gesichtszüge sind schärfer, die Zähne zum größten Teil künstlich, die Augen, wenn es warm ist im Zimmer, wässrig. Dort, wo sich die Haut über den Wangenknochen spannt, zeigen sich immer wieder zwei rosa Flecken auf den schmalen Wangen. Ansonsten ist sein Gesicht blass.

»Ich muss heute in die Stadt«, verkündet er wie nebenher.

»Bist du nicht zum Mittagessen da?«

»Ich esse irgendwo ein Sandwich.«

Sie wünschte, sie könnte ihm raten, ein teureres Restaurant aufzusuchen als das Alp Horn, es wäre klüger. Für jemanden in seinem Alter sind billiges Essen und Hauswein eine fatale Kombination. Schrecklich unangenehm, wenn er sich den Magen verderben würde.

»Muss ein bisschen was einkaufen«, sagt er.

Früher war da immer der alte Soundso gewesen, den er treffen sollte, aber dieser Vorwand verfängt nicht mehr, denn mit zunehmendem Alter kann man sich nicht darauf verlassen, dass so jemand nicht alles ausplaudert. Dann war da »der Mann von Lloyds« gewesen, den er sprechen wollte, oder Hanson und Phillips, die ihm eine Rente verschafften. All das ist ausgereizt; es bleibt ihm nur noch die schwache Ausrede des Einkaufens. Vor seinem Ruhestand hatte er nichts dergleichen zu erwähnen brauchen.

»Einkaufen«, sagt sie ohne fragenden Unterton. »Einkaufen.«

»Ein, zwei Sachen.«

Die Zigarettenmarke Three Castles ist nur schwer aufzutreiben. Audrey raucht nichts anderes, und es ist geradezu ein Witz, dass er sich für sie auf die Suche macht, ein Glassplitter der Zuneigung im Kaleidoskop ihrer Liebesgeschichte. Ein weiterer solcher Splitter ist ihre gemeinsame Freude an Kalbsbries, ein Gericht, das Zoë ekelerregend findet. Auch die Unpünktlichkeit ist ihnen gemeinsam. *Grace kann sich gar nicht vorstellen, wie wir es schaffen, uns zu treffen!*

»Sollte schön bleiben«, prognostiziert er.

»Nimm trotzdem deinen Schirm mit.«

»Ja, ich nehme meinen Schirm mit.«

Er fragt nach einem bestimmten Hemd, dem blaugestreiften. Er möchte wissen, ob es gebügelt ist. Sie sagt ihm, wo er es findet. Ihre drei Kinder – die Buben und Cecilia, die später geboren wurde, jetzt alle verheiratet – wissen nichts von Audrey. Manchmal erscheint es Zoë sonderbar, dass dem so ist, dass eine Person, die im Leben ihres Vaters eine so große Rolle gespielt hat, ihnen unbekannt ist. Hätte diese Person ihren Willen durchgesetzt, wäre Cecilia nicht geboren worden.

»Brauchst du etwas?«, bietet er sich an. »Soll ich dir etwas mitbringen?«

Sie schüttelt den Kopf. Sie wünschte, sie könnte ihm sagen: »Ich öffne ihre Briefe. Ich lausche, wenn ihr euch am Telefon unterhaltet.« Sie wünschte, er könnte ihr sagen, dass Grace gestorben ist, dass seine Freundin jetzt allein ist.

»Gegen vier zurück, nehme ich an?«

»Ja, so in etwa.«

Wäre er damals gegangen, sie wäre nicht mehr in diesem Haus, würde nicht mehr in ihrem schwarz-roten Morgenrock in dieser Küche sitzen und ihn in seinem braunen Wollstoff vor sich sehen. Sie würde bei einem der Kinder wohnen oder irgendwo in einer Mietwohnung. Das Haus wäre vor Jahren verkauft worden; sie wäre nicht mit einem Gefährten alt geworden. Es war äußerst unwahrscheinlich, dass es je einen anderen Mann gegeben hätte; sie bezweifelte, ob sie einen gewollt hätte.

»Ich habe geträumt, dass wir mit der Fähre nach Dänemark gefahren sind«, sagt er unerwartet. »Da war eine Frau, mit der du dich unterhalten hast, ganz in Schwarz.«

»Eine Schönheit in Schwarz?«

»O ja. Eine schöne Frau. Sie hat einen merkwürdigen Ausdruck benutzt. Sie hat gesagt, sie sei entschlossen, ein ›Superkind‹ zu haben, so nannte sie es.«

»Aha.«

»Du sagtest, ich solle mich zu ihr setzen und ihre Kleidung beurteilen. Du wolltest, dass ich ihr Vorschläge mache.«

»Und hast du ihr Vorschläge gemacht, Charles?«

»Ja, hab ich. Ich habe ihr Grüntöne vorgeschlagen. Dunkle Grüntöne, nicht olivgrün wie meine Hose. Und abgerundete Ecken an ihrem Blusenkragen, nicht spitze wie an meinem Hemd. Ich habe ihr mein Hemd gezeigt. Eine nette Frau, außer dass sie eine spitze Bemerkung über meine Schuhe gemacht hat.«

»Abgewetzt?«

»Etwas in der Art.«

»Deine Schuhe sind nie abgewetzt.«

»Nein.«

»Da haben wir's.«

Er nickte. »Ja, da haben wir's.«

Gleich danach steht er auf und geht nach oben. Wieso haben sie sich über seinen Traum unterhalten? Zwar erzählen sie sich gelegentlich ihre Träume; das haben sie immer getan, gelegentlich. Aber dass er einen seiner Träume ausgerechnet an diesem Morgen mit ihr geteilt hat, scheint von Wichtigkeit zu sein; das spürt sie.

»Warum hast du dich mit mir herumgeschlagen, wenn ich gar nicht zählte?« Lange nachdem er sich entschieden hatte, bei ihr zu bleiben, hatte sie ihn das gefragt. Lange danach hatte sie alles in Frage gestellt; sie hatte an der Liebe gezerrt, die sie einst vereint hatte; sie hatte das Recht, dass er ihr zuhörte. Sechs Jahre verflossen, bis ihre Tochter geboren wurde.

»Also, ich geh jetzt.«

Er sieht aus wie ein großes, mageres Kind, die Augen liegen tief in ihren Höhlen, sein konventioneller dunkler Anzug ist ordentlich gebügelt, er trägt eine Krawatte mit blauem Paisleymuster, das zu dem blaugestreiften Hemd passt. Seine braunen Schuhe, das Paar, das er für besondere Anlässe aufbewahrt, glänzen, wie sie es in seinem exzentrischen Traum nicht getan haben.

»Wenn ich Bescheid gewusst hätte, wäre ich mitgekommen.« Zoë kann nicht anders; sie hat nicht die Absicht, die Worte rutschen ihr einfach heraus. Aber sie beunruhigen ihn nicht, wie sie es früher einmal getan hätten. Früher wäre der Anflug eines Schreckens über seine Züge gehuscht, in seinem Gesicht hätte sich die Sorge ausgebreitet, sie könnte nach oben laufen und ihren Mantel überziehen.

»Nächstes Mal gehen wir zusammen«, verspricht er.

»Ja, das wäre schön.«

Sie küssen sich, wie sie es immer tun, wenn sie sich verabschieden. Die Haustür schlägt hinter ihm zu. Zum Mittagessen wird sie eine Dose Lachs aufmachen und ihn mit Tomaten und eine Tüte Kartoffelchips essen. Eine ganze Dose ist natürlich zu viel, aber zu zweit werden sie den Rest heute Abend schon noch aufessen.

Im Wohnzimmer stellt sie den Fernseher an. Celeste Holm, in

einen noblen Pelzmantel gekleidet, sitzt in einem Auto und ärgert sich über irgendetwas. Zoë hat keine Lust, sich den Film anzusehen, und schaltet das Gerät wieder aus. Sie stellt sich die alte Flamme vor, wie sie aufgeregt in dem Zug sitzt, der sich London nähert. Die alte Flamme hat sich schon vor einer Stunde geschminkt, aber jetzt fängt sie noch einmal von vorn an, kein Leichtes in dem ratternden Zug. Audrey weiß nicht, dass die Liebe wieder Einzug in die Ehe gehalten hat, dass die Wunde verheilt ist. Sie weiß es nicht, weil es ihr niemand gesagt hat, weil er es nicht über sich bringt, ihr zu gestehen, dass ihre kurze Begegnung eine Verirrung war. Er hält in Ehren – denn so ist er nun einmal beschaffen –, was immer an dieser Affäre für die Frau noch von Bedeutung ist, deren Leben daran zerbrach. Er weiß nicht, dass Audrey – die alles bekommen hatte, was zu haben war – sich auf natürliche Weise von dem Drama erholt hätte, wenn nicht Grace – die überhaupt nichts abbekommen hatte – auf sie eingewirkt hätte. Er fragt sich nicht, was geschehen mag, nun, da der Tod das Muster loser Enden verändert hat.

Zoë öffnet die Dose Lachs und reist in Gedanken wieder zu dem Rendezvous im Alp Horn. Sie überlegt, ob das Lokal sich wohl verändert hat, hält es aber für eher unwahrscheinlich. Das lange Alphorn erstreckt sich noch über die ganze Länge einer Wand. Dieselben Tiroler Landschaften schmücken die beiden anderen. Da sind die blau-rot karierten Tischdecken. Er hat ein Glas Sherry vor sich und wartet, und dann ist sie da.

»Mein Lieber!«

Sie ist die Erste, die die vertraute Anrede benutzt, und sie überrascht ihn damit, so wie ihn dieser Tage alles Mögliche überrascht.

»Meine Liebe!«, sagt er seinerseits.

Er bestellt auch für sie einen Sherry, und als das Getränk serviert wird, berühren sich einen Augenblick lang die Ränder ihrer Gläser – ein Toast auf die Vergangenheit.

»Grace«, sagt er. »Es tut mir so leid.«

»Ja.«

»Ist es schlimm?«

»Ich komme zurecht.«

Der Kellner nimmt eilfertig ihre Bestellung auf und erkundigt sich, welchen Wein sie trinken möchten.

»Ach, den guten alten roten Hauswein.«

Zoës Finger, die eine Tomate umschließen, um sie zu schneiden, sind voller Arthritis, manchmal schmerzen sie, aber nicht jetzt. Nachts im Bett, wenn er die eine oder die andere Hand ergreift, ist er zärtlich, liebevoll-behutsam, packt nicht mehr so fest zu wie früher. Ihre Finger sind hässlich; manchmal denkt sie, dass sie längst wie eine Äffin aussieht. Sie arrangiert den Fisch und die Tomate auf einem Teller und streut Pfeffer darüber. Keiner von ihnen nimmt jemals Salz.

»Und du, Charles?«

»Mir geht es gut.«

»Manchmal mache ich mir Sorgen um dich.«

»Nein, mir geht's gut.«

An dem Tag, als Zoës Neugier sie ins Alp Horn getrieben hatte, spielte dort Akkordeonmusik. An den Tischen hatten junge Leute aus den umliegenden Büros gesessen. Es hatte großer Betrieb geherrscht.

»Ich weiß das hier zu schätzen«, sagt Audrey. »Wenn etwas vorbei ist, nach all den Jahren – ich weiß es zu schätzen, Charles.«

Er schiebt ihr über den Tisch die Schachtel Three Castles zu, sie lächelt und legt sie neben sich, denn es ist noch zu früh, um sie zu öffnen.

»Es macht Spaß mit dir, Charles.«

»Ich glaube, La Maybury hat geheiratet, weißt du? Ich meine, jemand hat mir davon erzählt.«

»Grace konnte sie nie ausstehen.«

»Nein.«

Ist es jetzt zu Ende?, fragt sich Zoë. Ist dies das letzte Aufflackern, die letzte Herausforderung an seine Lauterkeit und Ehre? Kann seine Schuld zurückschlüpfen in jene Verstecke, die es dafür geben mag, nun, da er endlich befreit ist von Grace' Leidenschaft aus zweiter Hand? Niemand hatte ihm gesagt, dass die Treue zu halten ebenso grausam sein kann, wie eine Treulosigkeit einzugestehen; nur Grace hätte das auf angemessene Weise tun können, sie, die treulos die Rolle der besten Freundin gespielt hatte. Aber es hatte nicht in Grace' Interesse gelegen.

»Vielleicht verkaufe ich das Haus.«

»Ich denke, das solltest du tun.«

»Grace hatte es einmal vorgeschlagen.«

Zoë überlässt die beiden sich selbst und isst ihren Lachs mit Tomate. Sie schaut sich das Ende des alten Schwarzweißfilms an: Vor Jahren einmal, lange vor Grace und Audrey, hatten sie ihn gemeinsam gesehen. Seitdem hatten sie ihn mehrmals angeschaut; als Junge war er in Bette Davis verliebt gewesen. Zoë stochert in dem Essen herum, das sie zubereitet hat, und amüsiert sich erneut über Szenen, über die sie sich früher schon amüsiert hat. Doch sie ist nicht ganz bei der Sache. Gespräche finden statt; sie hört sie nicht; was sie sieht, sind Finger, unverkrümmt von Arthritis, die die Silberfolie aus der Zigarettenschachtel ziehen und sie zu einem Schmetterling falten. Er bestellt Kaffee. Der Duft, der in seinen Kleidern hing, roch nach Zitrone, mit einem Hauch von Flieder. Die zu einem Schmetterling gefaltete Silberfolie war in einem Brief erwähnt worden.

»Da sind wir nun«, sagt er. »War schön, dich zu sehen, Audrey.«

»Für mich auch.«

Nachdem er die Rechnung bezahlt hat, bleiben sie noch einen Augenblick sitzen. Dann, in der Damentoilette, pudert sie sich das von Wärme und Wein gerötete Gesicht und richtet ihr adrettes graues Haar. Einen Moment lang erfrischt der Zitronenduft die abgestandene Luft der Garderobe.

»Da sind wir nun«, sagt er noch einmal auf der Straße. Hat jemals Bissigkeit zwischen ihnen geherrscht?, fragt sich Zoë. Ist sie der Typ, der nie die Beherrschung verliert, der leidensfähig ist und voller Geduld, der in der Schule jedermanns Liebling war? Schließlich hatte sie sich mit ihrer Freundin nie gestritten.

»Ja, da sind wir nun, Charles.« Sie nimmt seinen Arm. »All das bedeutet mir sehr viel, weißt du?«

Sie gehen zur Straßenecke und halten Ausschau nach einem Taxi. In einer Ehe gibt es viel Streit, denkt Zoë.

»Auf den Beinen zu sein hilft nicht. Bleib liegen. Und trink viel Wasser, Charles.«

Der Krug mit Wasser, den sie gefüllt hatte, bevor sie gestern Abend zu ihm ins Bett schlüpfte, steht auf seinem Nachttisch, daneben ein gefülltes Glas. Einmal, aber das war schon eine Weile her, hatte er, als er Magenbeschwerden bekam, nicht nur darauf bestanden aufzustehen, sondern obendrein noch im Garten gearbeitet. Den ganzen Tag über hatte sie ihm zugesehen, wie er die Laubverbrennungsanlage mit Blättern gefüllt und im Steingarten Unkraut gejätet hatte. Mehrmals hatte sie ans Küchenfenster geklopft, aber er hatte sie nicht beachtet. Infolgedessen hatte er zwei Wochen lang das Bett hüten müssen.

»Tut mir leid, dass ich dir so viele Umstände mache«, sagt er.

Sie streicht die Laken auf ihrer Seite des Bettes glatt, überlässt ihm das Bett, macht es ihm so bequem wie möglich, in der Hoffnung, dass er liegen bleibt. Die Zeitung liegt bereit, falls ihm danach zumute ist. Und auch *Klein Dorrit* liegt da, worin er immer liest, wenn er sich nicht wohl fühlt.

»Später vielleicht ein bisschen klare Brühe«, sagt sie, »und einen Kräcker.«

»Du bist so gut zu mir.«

»Nun aber.«

Unten im Wohnzimmer zündet Zoë das Gasfeuer an und sieht nach, ob es einen Film im Vormittagsprogramm gibt. Gleich fängt *Barfuß im Park* an. Und dann sieht sie, plötzlich und ohne Vorwarnung, wie die losen Fäden zusammenlaufen. Alles ist ganz anders, aber natürlich wird nichts davon je ausgesprochen werden. *Wie schön, dass es das kleine Restaurant noch gibt,* schreibt die alte Flamme. *Nur eine Zeile, um dir zu danken.* Es war so schön, miteinander zu reden. So schön, ihn zu sehen. So nett von ihm, an die Three Castles zu denken. Aber all das ist nichts mehr wert, denn Grace ist nicht mehr da, um sie zu bitten: »So, jetzt erzähl mir alles haarklein.« Ist nicht mehr da, um im Falle nagender Zweifel zu sagen: »Meine Liebe, was für ein vollkommener Unsinn!« Allein in ihrem Haus am Meer, wird sie keinen Vorwand mehr finden, um ihm ein kurzes Treffen zum

Mittagessen vorzuschlagen, falls er Lust dazu hat. Auch er wird es ihr nicht vorschlagen, denn das hat er noch nie gemacht. Er wird froh sein, seine Schuldigkeit endlich getan zu haben.

Inzwischen langweilt ihn die alte Flamme, mit ihrem Duft und ihren Zigaretten und ihren Schmetterlingen aus Silberpapier. In ihrem Haus am Meer weiß sie, dass ihr Dankesbrief ihr letzter Brief sein wird, die See ist grau, und wieder fällt Regen. Eines Tages, wenn sie allein ist, wird sie erraten, dass ihre Freundin sie betrogen hat. Eines Tages wird sie erraten, dass nur sein Ehrgefühl die Fassade aufrechterhalten hat.

Grace ist gestorben. Mehr ist nicht geschehen, sagt sich Zoë, warum also sollte sie verzeihen? »Warum sollte ich?«, flüstert sie. »Warum sollte ich?« Doch einen Augenblick lang, bevor sie *Barfuß im Park* einschaltet, brennen hinter ihren Augenlidern Tränen. Ein Streich, den einem das Alter spielt, sagt sie sich, und befiehlt ihnen zu verschwinden.

GLAUBE

Sie war eine schwierige Frau, war schon als Kind eigenwillig gewesen, ein launisches, aufsässiges Mädchen, das zu Zornesausbrüchen neigte, später waren Strenge und Argwohn hinzugekommen. Die Leute wussten nicht immer, was sie taten, gab Hester gern zu bedenken; sie vertrat ihre Meinung stets deutlich, besonders oft ihrem Bruder Bartholomew gegenüber. Sie war jetzt zweiundvierzig, er drei Jahre jünger. Sie hatte nicht geheiratet, hatte nie den Wunsch verspürt.

Es gab da eine Vorgeschichte: Hesters Einfluss, als die beiden in beengten Wohnverhältnissen über einer Bäckerei in einem anständigen Dubliner Viertel aufwuchsen. Ihr Vater war Angestellter in Yarruth's Holzhandlung, ihre Mutter nahm Näh- und Häkelarbeiten an. Sie waren arme Protestanten, die bescheiden hinter schmucken Gardinen in der Maunder Street wohnten, stolz auf ihre Religion, stolz auf sich selbst. Sich um Bartholomew zu kümmern sei ihre Pflicht und Schuldigkeit, so hatte Hester es genannt.

Als seine Zeit kam, heiratete auch Bartholomew nicht. Er war ein gefühlsstarker, ernsthafter junger Mann, frischordinierter Geistlicher der Church of Ireland, und liebte Sally Carbery, die seinen Antrag annahm. Die Verlobung, die notwendigerweise lange dauerte, hielt dem Aufschub zwar stand, wurde indes am Vortag der Hochzeit gelöst – für Bartholomew eine Enttäuschung, von der er sich nicht wieder erholte. Sally Carbery – geistreich und humorvoll, während ihrer Freundschaft eine Quelle der Kraft, auf ihre Weise eine Schönheit – ehelichte einen Mann aus Jacob's Keksfabrik.

Hester arbeitete bei der Gasversorgungsgesellschaft, gab jedoch ihre Stelle auf, als ihr Vater Witwer wurde, um ihn zu betreuen; denn in den letzten neun Jahren seines Lebens litt er an der Parkinson-Krankheit. So sei sie nun einmal, es liege in ihrer Natur, sagten die

Leute, eine Art Wiedergutmachung für ihre brüske Art. Ihre Aufopferungsbereitschaft wurde mit Applaus bedacht. »Wir sind immer miteinander ausgekommen«, sagte Hester am Abend der Beerdigung ihres Vaters, »du und ich, Bartholomew.«

Das leugnete er zwar nicht, wusste aber, dass die Art, wie seine Schwester sich ausdrückte, etwas unausgesprochen ließ. Sie kamen miteinander aus, weil er, der ebenfalls pflichtbewusst war, dafür sorgte. In Bartholomews zarter attraktiver Erscheinung – helles Haar, blaue Augen – gelangten die Familienmerkmale, die bei Hester weniger ansprechend ausfielen, am besten zur Geltung; bei einer Frau hätte seine geschmeidige Schlaksigkeit plump gewirkt. Alles in allem schien es nur recht und billig, dass man sich jetzt anpassen musste, dass jegliche Anstrengung, besser miteinander auszukommen, von ihm ausging, ohne anerkannt zu werden.

Bartholomew hatte keine eigene Gemeinde. Er half in einer Gemeinde auf der Nordseite der Stadt aus, wo auch die Maunder Street lag, machte Altenbesuche, war mit Youth Reach und Youth Action sowie der Leitung des Jugendzentrums befasst, brachte an Samstagen Gruppen von Kindern zum Wandern in die Dubliner Berge oder zum Schwimmen in eins der Schwimmbäder auf der Nordseite. Als klar wurde, dass sie die Mietwohnung über der Bäckerei nicht länger halten konnten, teilten er und Hester den Familienbesitz unter sich auf; Bartholomew fand ein Zimmer innerhalb der Gemeinde, in der er arbeitete; Hester machte sich auf die Suche nach einem eigenen. Bei der Gasversorgungsgesellschaft erkundigte sie sich, ob sie auf eine Stelle, ähnlich wie die in der Vergangenheit, zurückkehren könne, aber es war gerade nichts frei. Dann entdeckte sie Oscarey.

Oscarey war eine Gemarkung in den Bergen von Wicklow, entlegen und öde, einstmals bedeutend wegen des florierenden Landguts Oscarey House, wobei es vom Gutshaus selbst keine Spur mehr gab. Die Kirche jedoch, die spät in der Geschichte des Hauses zum Nutzen der Familie und ihres Gefolges an der hinteren Zufahrt erbaut worden war, stand noch; die verstreuten Nebengebäude des Anwesens – das Haus des Meutenführers und der Hof mit den Hundezwingern, das Haus des Wildhüters, das mit Kieselrauputz versehene

Haus des Gutsverwalters –, sie alle waren renoviert worden und noch bewohnt. An der Kreuzung von Oscarey gab es ein SPAR-Geschäft, es gab eine Esso-Tankstelle; wenige Meilen weiter konnten Briefe aufgegeben werden.

Als seine Schwester ihn darum bat, brachte Bartholomew sie nach Oscarey. Sie fuhren an einem Montag, seinem arbeitsfreien Tag, und um den Dubliner Verkehr zu vermeiden, brachen sie frühmorgens auf. Er wusste den Grund der Reise nicht, er war ihm nicht mitgeteilt worden; Hester gab ihre Absichten oft nicht preis, aber er wusste, dass sie es schließlich doch tun würde. So konnte er die Fahrt nicht recht einordnen.

»Da wohnt ein Mann namens Flewett«, sagte Hester, als sie im Wagen saßen und sie den Namen von einem kleinen Zettel ablas, auf den sie ihn notiert hatte. »Er wird uns alles erklären.«

»Was denn, Hester?«

Dann erzählte sie ihm ein wenig, nicht viel, nicht alles. Die kleine Kirche von Oscarey, die in der Vergangenheit einen Zweck erfüllt hatte, war wieder ins Gespräch gekommen. Eine unterprivilegierte Gemeinde der Church of Ireland, darunter die Nachfahren von Hausdienern, Gärtnern und Gutsarbeitern, verfügte über kein angemessenes Gotteshaus. Ein geweihter Bau zerfiel, da er nicht genutzt wurde.

Sie fuhren durch Blessington; Bartholomews altersschwacher A-30-Lieferwagen – den er meist für seine samstäglichen Ausflüge in die Berge einsetzte – machte ein schepperndes Geräusch, das ihm bis dahin noch nicht aufgefallen war. Er sagte Hester nichts davon, sondern fuhr weiter in der Hoffnung, dass es nichts Ernstes war.

»Mir ist da eine Idee gekommen«, sagte Hester.

»Aber wer ist Flewett?«

»Einer von den Leuten da.«

Sie verriet nicht, wie sie von dem Mann erfahren hatte, und erteilte auch sonst keine Auskünfte über ihn.

»Wir werden sehen, was Mr Flewett uns zu sagen hat«, meinte sie.

Unterhaltungen mit Hester verliefen oft so; Bartholomew hatte sich daran gewöhnt. Zurückgehaltene oder nur am Rande erwähnte

Einzelheiten waren das Höchste, was sie preisgab, wie um dem Gespräch eine interessantere Wendung zu geben. Fremde mutmaßten mitunter, dass sie eine Absicht damit verfolgte, merkten aber wenig später, dass Hester überhaupt nicht daran gelegen war, sich Befriedigung zu verschaffen; was sie dazu verleitete, eine Unterhaltung auf diese Weise zu erschweren, war eine schlichte Marotte, ohne jeden Zweck. Sie wusste nicht, woher diese Marotte stammte, und machte sich darüber nie Gedanken.

»Was meinen Sie?«, fragte Bartholomew den Mann an der Tankstelle, als sie anhielten, um zu tanken, und der Mann antwortete, das scheppernde Geräusch könnte alles Mögliche sein.

»Würden Sie mal den Motor hochjagen?«, schlug er vor, als er an der Zapfsäule fertig war, und öffnete die Motorhaube. »Volles Rohr, Sir«, wies er Bartholomew an. Dann: »Soll ich Ihnen was sagen, Sir? Der alte Vergaser wackelt ein bisschen. Gehen Sie jetzt vom Gas runter, Sir, damit wir uns die Sache mal ansehen können.«

Bartholomew nahm das Gas zurück, dann stellte er den Motor ab. Wenn er richtig verstanden hatte, hatte sich der Vergaser in seiner Halterung gelockert. Der Mann nahm einen Franzosen zur Hand und sagte, er brauche nur zwei Sekunden, um es in Ordnung zu bringen, und als er fertig war, wollte er kein Geld dafür nehmen, obwohl Bartholomew ihn dazu drängte.

»In der *Gazette* standen ein, zwei Zeilen über Oscarey«, sagte Hester, als sie weiterfuhren, und meinte die Zeitschrift, in denen Nachrichten der Church of Ireland veröffentlicht wurden. »Sie müssen sich mit einem auf Tonband aufgenommenen Gottesdienst behelfen.«

Es war wie immer, dachte sie, Bartholomew bietet dem Mann Geld an, obwohl er nicht danach gefragt worden ist. »Leichte Beute«, hatte ihr Vater ihn genannt, und als Bartholomew Geistlicher werden wollte, hatte er denselben Ausdruck benutzt und dabei gelacht. Trotzdem war er nicht ungehalten gewesen; ebenso wenig ihre Mutter oder Hester selbst. Bartholomews Berufung passte zu ihm; sie vervollständigte ihn und schützte ihn, genauso wie Hester es auf andere Weise versuchte.

»Ein Glück, dass ich angehalten habe«, sagte er, und Hester spürte, dass er inzwischen erraten hatte, weshalb sie nach Oscarey fuhren. Er hatte sich alles zusammengereimt, und aus diesem Grund erwähnte er noch einmal den Halt an der Tankstelle, denn über Dinge, über die geredet werden musste, wollte er oft nicht reden und hoffte, dass sie sich von selbst regelten. Aber dies hier war eine Angelegenheit, bei der man nicht zulassen konnte, dass sie sich von selbst regelte, so heikel und schwierig sie sein mochte.

»Nett von ihm, dass er uns helfen wollte«, sagte er. Hester beobachtete einen Schwarm Saatkrähen, der aus einem Baum aufflog, an dem sie vorüberfuhren.

»Interessant, zu sehen, wie die Dinge stehen«, sagte sie. »In Oscarey.«

Es war noch früh, als sie ankamen, um zehn vor elf fuhr Bartholomew an dem SPAR-Geschäft an der Kreuzung vor. »Mr Flewett?«, erkundigte er sich an der einzigen Kasse, und man beschrieb ihm den Weg.

Er verließ die Hauptstraße und fuhr langsam durch ein Labyrinth von Sträßchen. Hier und da gab es einen Wegweiser. Als sie in die frühere, inzwischen überwucherte hintere Zufahrt von Oscarey House einbogen, stießen sie fast sofort auf die Kirche. Es gab zwar Gräber, aber kaum so etwas wie einen Friedhof, nicht mehr als einen schmalen Streifen Land an einem Pfad nahe der Kirche selbst, der ganz um sie herumführte. Eines der Gräber, das keinen Grabstein aufwies, war frischer als die anderen. Die Kirche war winzig und aus dunklem, fast schwarzem Stein erbaut, der ihr ein abweisendes Aussehen verlieh.

»Es könnte eine Filialkirche gewesen sein«, sagte Bartholomew.

»Über all das wird Mr Flewett Bescheid wissen.«

Das Innere der Kirche roch modrig, obwohl es Anzeichen dafür gab, dass sie noch benutzt wurde. Die Vasen auf dem Altar waren leer, auf der Anzeigetafel waren aber noch die Liednummern zu sehen: 8, 196, 516. Das Messing des Pultes war angelaufen, ebenso das Messing der Grabplatten, das Altartuch zerfranst und angeschmutzt. Das schwach getönte Glas der Fenster – ein bläuliches Grau – zeigte keine biblischen Szenen. Das konnte man kaum als Kirche bezeichnen, ging es Bartholomew durch den Kopf; er sprach den Gedanken aber nicht aus.

»Sie könnte wunderschön sein«, meinte seine Schwester.

Wie Hester vorausgesagt hatte, war Mr Flewett ein älterer Herr. Er lebe seit einiger Zeit allein, sagte er, als er auf einem Tablett Tee und eine Dose Kekse hereinbrachte. An der Eingangstür hatte er sie willkommen geheißen, seine Besucher aber eingehend gemustert, bevor er sie ins Haus bat.

»Natürlich haben wir eine Tonbandaufnahme des Gottesdienstes«, sagte er. »Dafür bin ich selbst verantwortlich. Allerdings nur das Morgengebet.«

Die Kirche von Oscarey war eine von mehreren in einer zusammengelegten Pfründe, bis zu der am weitesten entfernten Kirche waren es siebzehn Meilen. »Zu weit für Kanonikus Furney, und es gibt einige wenige, die sich an die Aufnahme nicht gewöhnen können und deshalb die Fahrt zum Kanonikus in Clonbyre oder Nead auf sich nehmen. Andererseits ist da natürlich Mrs Whartons Großzügigkeit.«

Dies zu erklären brauchte einige Zeit. Die kleine, verstreute Gemeinde von Oscarey war inzwischen eine Mischung aus armen und bessergestellten Gläubigen: Neben den Überbleibseln der Familien, die auf dem Gut gelebt hatten, gab es auch Zugereiste. Mrs Wharton – die nicht mehr am Leben war – hatte zu Letzteren gehört. In ihrem Testament hatte sie der Kirche von Oscarey ihr Haus und ein beträchtliches Vermögen vermacht; das Geld sollte dazu dienen, einem geeigneten Amtsinhaber ein Gehalt auszuzahlen, das Haus sollte zur Pfarrei von Oscarey werden.

»Genau darum geht es«, fuhr Mr Flewett fort und schenkte Tee nach.

Hester nickte. »Ich habe etwas in dieser Art gehört«, sagte sie. »Dass vielleicht ein jüngerer Mann …«

»Ganz richtig.«

Bartholomew fühlte sich unbehaglich. Hester ließ sich oft zu etwas hinreißen. In der traurigen, verschmutzten kleinen Kirche hatte er begriffen, dass ihre Phantasie sehr erhitzt gewesen war und es noch immer war; doch die Armseligkeit des Ortes, selbst der Versuch, sie zu verschleiern, hatte etwas Endgültiges. Es war überhaupt nicht klar, wie der Verfall rückgängig gemacht werden konnte.

»Die Mühlen der Church of Ireland mahlen langsam«, sagte Mr Flewett. »Ich glaube, darin sind wir uns einig. Und natürlich ist Mrs Wharton erst vor fünf Monaten gestorben. Aber die Zeit zehrt noch an den besten Absichten. Und ihre Wünsche müssen respektiert werden. Sie ist auf unserem kleinen Friedhof beerdigt.«

»Ich glaube, wir haben das Grab gesehen«, sagte Bartholomew.

»Kanonikus Furney ist einundsiebzig. Er wird nicht in den Ruhestand treten, es gibt auch gar keinen Grund dafür. Er ist ein guter, lieber Mann, und keiner würde das wollen. Allerdings befürchten wir, dass Clonbyre und Nead, wenn er schließlich geht, mit Oscarey zusammengelegt und Oscarey möglicherweise aufgegeben wird, da wir so entlegen sind. Dabei wäre Mrs Whartons Haus eine bessere Pfarrei als die in Clonbyre, und auf ihre sonstige Großzügigkeit ist die Pfründe dringend angewiesen.«

»Sie sind sehr freundlich, Mr Flewett«, sagte Bartholomew. »Das alles war sehr interessant. Aber wir haben Ihre Zeit schon zu lange in Anspruch genommen, das sollten wir wirklich nicht.«

»O nein, das haben Sie nicht. Ganz und gar nicht.«

»Ich hoffe, es wird sich eine Lösung finden.«

»In Oscarey hoffen wir das alle.«

Bartholomew stand auf. Er streckte die Hand aus, danach schüttelte Mr Flewett auch Hester die Hand.

»Was ich in meinem Brief geschrieben habe, meine ich ernst«, sagte er. »Kommen Sie jederzeit. Ich bin immer da. Die Leute werden froh sein, dass Sie gekommen sind.«

Hester nickte. Manchmal hatte sie eine Art, nicht zu lächeln, und sie lächelte auch jetzt nicht. Aber als wolle sie ihre ernste Miene wiedergutmachen, nickte sie gleich noch einmal.

Im Auto sagte Bartholomew: »Was für ein Brief?«

Hester antwortete nicht. Gedankenverloren starrte sie vor sich hin. Es war Februar, für den Frühling noch zu früh, aber schön.

»Hast du ihm geschrieben, Hester?«

»Der Artikel in der *Gazette* erwähnte, dass die Frau Geld und Haus hinterlassen hat. Sein Name wurde genannt.«

Bartholomew sagte nichts. Seine Schwester tat alles zu seinem Besten; das hatte er stets gewusst. Manchmal schien es vielleicht nicht so, aber er wusste, dass es so war.

»Wollen wir uns die Kirche noch einmal ansehen?«, fragte sie.

Als sie an der Kirche vorbeikamen, hielt er an. Der Erdhügel, der ihnen aufgefallen war, das frischeste der Gräber, begann eben zu grünen und war gepflegt worden, das Gras in einem Rechteck um den Hügel herum gestutzt.

»Ich hoffe, die wissen, was sie tun«, sagte Hester, als sie die schwere Westtür aufdrückte. »Ich würde sie verschlossen halten.«

Die Missionsbroschüren, die bei der Sammelbüchse auslagen, waren verschmiert und hatten Eselsohren, und jetzt bemerkte Bartholomew, dass auf den Vorhängen, die die Sakristei statt einer Tür abschlossen, Vogelleim klebte.

»Die Kokosmatten würde ich wegschaffen«, sagte Hester.

Auf der Rückfahrt nach Dublin hielten sie nicht an. Wie so oft schwieg Hester und sprach erst wieder, als sie in der Maunder Street waren. »Ich könnte uns ein Rührei machen«, sagte sie, und Bartholomew folgte ihr durch die leeren Zimmer.

»Wie lange kannst du noch bleiben?«, fragte er, und seine Schwester antwortete: »Bis Ende nächster Woche.« In der Nähe des Fairview Park hatte sie ein Zimmer besichtigt, und er erkundigte sich danach. Es komme nicht in Frage, sagte sie, auch Drumcondra sei nichts.

»Tut mir leid, dass du solche Schwierigkeiten hast. Ich habe mich auch umgehört.«

»Die Gasversorgungsgesellschaft will mich wieder nehmen. Jemand hat unerwartet gekündigt.«

»Na, das ist doch wenigstens was.«

Hester war nicht begeistert. Sie sagte es nicht, aber Bartholomew wusste es. In der kahlen Küche sah er zu, wie sie das Eigelb mit einer Gabel anstach und die Eier verquirlte, Milch und Butter hinzufügte, dann Pfeffer darüberstreute. Seit ihrer Kindheit war ihm, ohne dass er es jemals ausgesprochen hätte, ihre ständige Einmischung lästig gewesen, ihre Empörung in seinem Namen, ihre besitzergreifende Art. Die Dinge, für die sie nichts konnte, hatte er ihr verziehen; Nachsicht war für ihn ebenso selbstverständlich wie für sie Bitterkeit und Kratzbürstigkeit. Sie hatte nie bemerkt, war sich nie bewusst gewesen, wie ihm zumute war.

»Oscarey würde dir gefallen«, sagte Hester.

Noch bevor Bartholomew und seine Schwester Oscarey zu ihrem Zuhause machten, hatte der Gang der Ereignisse etwas Unausweichliches. Im Stillen dachte Bartholomew über das, was geschah, nicht so wie Hester, vielmehr glaubte er, dass es ihm vorherbestimmt und Hesters Gestaltung der äußeren Umstände ein Teil davon war. Fünfzehn Jahre zuvor hatte sich Sally Carbery aus Angst vor Hester in letzter Minute gegen die Heirat entschieden. Anfangs war Sally nur unsicher gewesen, plötzlich aber skeptisch und nicht so aufrichtig, wie sie hätte sein können. Bartholomew, der nichts geahnt hatte, war aus allen Wolken gefallen; später war er zu der Überzeugung gelangt, dass seiner Schwester, indem sie Sally Carberys Zweifel nährte, schon damals eine Rolle in einem von einer höheren Instanz ersonnenen Plan zugewiesen worden war. »Dumm«, hatte Hester Sally Carbery genannt, noch bevor diese und Bartholomew sich ineinander verliebten.

Die Kirche stimmte der Rettung von Oscarey zu; wie Mr Flewett vermutet hatte, wurde damit gerechnet, dass die Pfründen Clonbyre, Nead und Oscarey nach dem Tod des alten Kanonikus Furney zusammengelegt und die unnötig geräumige, zugige und reparaturbedürftige Pfarrei in Clonbyre zugunsten einer kleineren und bequemeren in Oscarey aufgegeben würde. Dies bewahrheitete sich, und die Art, wie die menschliche Existenz, scheinbar von den Launen der Zeit und des Zufalls geformt, in Wirklichkeit einem höheren Willen gehorchte, wurde zum Gegenstand von mehr als einer Predigt Bartholomews. Um seinen Schlussfolgerungen Glaubwürdigkeit zu verleihen, führte er Stellen aus der Heiligen Schrift an, die vor allem eins behaupteten: dass ein Mysterium niemals weniger als mysteriös und stets das Herzstück spirituellen Lebens sei. Dass sich die körperliche Präsenz der Dinge, Worte und Menschen auf nahezu nichts belief, leuchtete Bartholomew völlig ein.

Hester erging es ebenso. Der Glaube war ein selbstverständlicher Teil von ihr, eine unverbrüchliche Gewissheit, die ihr Selbstvertrauen schenkte und es ihr erlaubte, darauf zu beharren, dass man sie so nahm, wie sie war, die ihr erlaubte, jede Verheimlichung persönlicher Charakterzüge als Unaufrichtigkeit zu verdammen. Als die vierzehn Gemeindemitglieder ihres Bruders in Oscarey, die siebenundzwanzig in Clonbyre und die elf in Nead sie besser kennengelernt hatten, waren sie sich einig, dass sie und Bartholomew sich ganz und gar nicht ähnelten. Anders als Sally Carbery hatte niemand unter den Gemeindemitgliedern Angst vor Hester, da sie nicht die Vorahnungen einer Verlobten, sondern nur den Scharfblick eines Fremden besaßen. Sally Carberys Angst – die mit ihren Zukunftsaussichten und mit einer engeren Beziehung zu Hester zu tun hatte – war verständlich. In Oscarey, in Clonbyre und Nead war Hester lediglich die, die sie war, und wurde eben dadurch zum Gesprächsthema.

Als die beiden alterten, wurde ihr gegenseitiges Verständnis, das die beengten Verhältnisse in der Maunder Street überdauert hatte, von Erinnerungen gestützt – der allmorgendliche Duft nach frischem Brot, der unerwartete Tod ihrer Mutter, der unbarmherzig langsame ihres Vaters, die beiden Einäscherungen in Glasnevin. In einem Album fanden sich Fotos von den Stränden in Rush und Bettystown, sie erinnerten sich an Besuche bei beiden Großmüttern und bei Tanten und an frühere Generationen, über die gesprochen worden war. Die Gegenwart wurde ein wenig in Schach gehalten: Dass die Gemeinden überall schrumpften, dass die Kirche keinen Meter Boden gewonnen hatte, vermutlich auch nie mehr gewinnen würde, wurde selten erwähnt. Hester stand alldem gleichgültig gegenüber. Bartholomew wurde zunehmend ein Opfer der Melancholie, ließ sich jedoch nichts anmerken, weder Hester noch sonst jemandem gegenüber.

Hester ihrerseits hatte es sich zur Aufgabe gemacht, die Kirche von Oscarey zu renovieren, sie kratzte den Schmutz von den Fliesen, wusch die Altartücher, polierte die vernachlässigten Kirchenbänke und das Messing. Sie fand, die Kirche gehöre ihr, denn sie hatte sie entdeckt und mit Leben erfüllt, hatte mehr aus ihr gemacht als nur ein äußerlich sichtbares Zeichen. Es war nicht ihre Art, zu sagen, dass alles in Ordnung sei, dass dank ihrer Arbeit alles gut werde: Darin hätte eine Anmaßung gelegen, zu der sie sich nicht versteigen wollte; derlei Empfindungen widerten sie an. Doch wenn sie vor ihrem Bruder am Altargitter kniete, während er den Kelch hob oder erneut dessen Rand abwischte, dann wusste sie, dass all dies so vorherbestimmt war. Er war, wo er hingehörte und wo auch sie hingehörte, wo ihr unnachgiebiger Geist sie beide hingeführt hatte. »Der Friede Gottes« – mit diesen Worten beendete er jeden Gottesdienst und spendete den Segen. Sie waren von besonderer Bedeutung; auch dass er sie in die Stille hineinsprach, während Hester unter den wenigen Gemeindemitgliedern kniete, die zur Kirche von Oscarey kamen, und bevor das Schlurfen und Flüstern einsetzte, war von besonderer Bedeutung.

Außer bei Eheschließungen und den Taufen, die mitunter darauf folgten, gab es in den Gemeinden der drei Kirchen keine jungen Leute, und hin und wieder erinnerte sich Bartholomew voller Sehnsucht an Youth Reach und Youth Action und an die samstäglichen Wanderungen nach Kilmashogue und Two Rock. Wenn er sonntags von der Kanzel auf alternde Gesichter hinabblickte, auf müde Augen, auf Köpfe, die sich abwandten, um besser zu hören, und wenn man ihm nach dem Gottesdienst an der Kirchentür die Hand schüttelte, dann spürte er die Hoffnung, die während des Gottesdienstes aufgeflackert war: durch all die Verheißungen, durch Psalmen und Evangelium, durch seine eigene Exegese. Das Ende war kein Ende.

Und dann – zufälligerweise an einem Sonntagabend – wurde Bartholomew mit grausamer Unmittelbarkeit etwas klar, das ihm das Gefühl gab, ihm sei ein so starker Schlag versetzt worden, dass er, auch wenn er keinen Schmerz empfand, seiner normalen geistigen Fähigkeiten beraubt war. Es geschah in seinem Schlafzimmer, bevor er begonnen hatte, sich auszuziehen. Die Nachttischlampe brannte; er hatte die Tür geschlossen und die beiden Rouleaus heruntergezogen, stand neben seinem Bett und hatte eben die Schnürsenkel gelöst. Einen Moment lang glaubte er, der Länge nach hingefallen zu sein, aber er war nicht hingefallen. Er glaubte, nicht mehr sehen zu können, aber er konnte sehen. In einer Hand hielt er einen Schuh, was ihm etwas von der Realität zurückgab, und als er sich auf die Bettkante setzte, half auch dies. Als der Schuh ihm aus der Hand glitt und aufs Linoleum polterte, wurde ihm ein weiteres Stück Realität geschenkt. Solange er dort saß, blieb das Gefühl der Verwirrtheit haften, dann verlor es sich.

»Dein Reich komme, dein Wille geschehe, wie im Himmel, so auf Erden …«

Seine Stimme ergab keinen Sinn, und doch sprach sie weiter.

Später sagte Bartholomew sich, dass der Vorfall sicherlich nur seiner gereizten Stimmung zuzuschreiben war, Ausbruch seiner halb unterdrückten Ungeduld angesichts von Schnörkeln und Rüschen, welche die schlichte Wahrheit mit aufdringlichen, rührseligen Geschichten verbrämten und den Glauben irgendwie einfacher machten, angesichts der Kirchenlieder, die er hasste. Für Bartholomew war das Mysterium – die Quelle allen spirituellen Glaubens und gegenwärtig bei Katastrophen, Seuchen und Übeln – auch jetzt und mehr als je zuvor eine Kraft. Dennoch gab es da eine innere Unruhe, einen Aufruhr in der Berufung, die er sich selbst aufgebürdet hatte und von der er nun wünschte, er hätte es nicht getan. Er suchte Rat und lebte in Erinnerungen an die Euphorie, die er empfunden hatte, als ihm zum ersten Mal bewusst wurde, dass dieser Beruf für ihn erwählt worden war. Damals hatte er keine Vorbehalte gehabt, und er horchte in sich hinein, was es wohl gewesen sein mochte, das ihm seinen bedingungslosen Glauben ermöglicht hatte. Doch aus den Tiefen der Vergangenheit wurde ihm keine Hilfe zuteil, und Bartholomew – der nicht wusste, was er sonst hätte tun sollen – fuhr fort, die Einsamen und die Siechen zu besuchen, das Tedeum, das Credo und die Litanei zu wiederholen. Er spürte, dass er das nicht tun sollte, aber er tat es doch.

Hester bemerkte keine Veränderung an ihrem Bruder, er hatte sich ihr nicht anvertraut. Die Erfüllung, die sie durch ihn erfuhr, hielt an, ihr Glaube blieb unangetastet, ihre Gewissheit unangefochten. In ihrem täglichen Leben misstraute sie allem und jedem, dem sie schon immer misstraut hatte. Ihr Blick war kalt, ihre Verachtung eine Art Nahrung; doch mit der Zeit kam auch für Hester Ungemach. Sie klagte nicht. »Ach, wir müssen alle sterben«, sagte sie, als sie erfuhr, dass sie, früher als erwartet, sterben würde. Ein Arzt, dessen Dienste sie kaum je in Anspruch genommen hatte, seit sie nach Oscarey gezogen waren, bestätigte seinen anfänglichen Verdacht und nahm ihr auf sanfte Weise auch noch den letzten Rest Hoffnung, den er ihr bei dem vorherigen Besuch in Aussicht gestellt hatte. Er sagte ihr, was sie wissen musste, und sie entgegnete nichts. Später, als sie allein war, weinte sie nicht; ihren Bruder bereitete sie nicht darauf vor, was sie beide erwartete. Eines Morgens aber, Frühling und Sommer lagen bereits hinter ihnen, und sie saßen im warmen Septembersonnenschein in ihrem kleinen Garten, weihte sie ihn ein. Hester war noch keine sechzig.

Mit ungläubiger Bestürzung hörte Bartholomew zu. Doch Hester akzeptierte, was ihr zuteilgeworden war, als eine einfache Tatsache und sprach so furchtlos, dass ihm eine Zurschaustellung seiner Gefühle fehl am Platz schien. Ihre gefalteten Hände waren regungslos, ihr Tonfall gelassen, ihr Blick unerschrocken. Sie bettelte nicht um Mitgefühl, das hatte sie noch nie getan. Ihre nächste Bemerkung galt dem Altweibersommer.

»Es tut mir leid«, sagte Bartholomew.

Eigentlich kannte er sie gar nicht; dieser Gedanke, der ihm noch nie gekommen war, jetzt kam er ihm. Ihre Strenge, die Unverblümtheit, die ihre zweite Natur war, gaben zu wenig von ihr preis. Sie habe ihn vor Sally Carbery gerettet, hätte sie gesagt, in dem Glauben, dies sei die einzig ehrliche Art, es auszudrücken. Schon als Kind hatte er gewusst, dass niemand sie leiden konnte. Er hatte versucht, sich mit ihr zu vertragen, und jetzt war er froh darüber.

Was jedoch einen Schatten auf diese Überlegungen warf und sie schmälerte, war, was Hester so stoisch ertrug. Es belauerte die Vergangenheit und bemächtigte sich der Zeit, die ihr noch verblieb. Und doch bescherten seine eigenen Sorgen Bartholomew das größere Leid; daran konnte er nichts ändern, und auf die ihm vertraute Weise kamen Schuldgefühle hoch. An diesem Tag tat er im Haushalt mehr als sonst und übernahm die Aufgaben seiner Schwester.

»Wie mutig du bist!«, sagte Bartholomew, als der Herbst vergangen war, und auch der Winter.

Hester schüttelte den Kopf. Der Mut kam mit dem Missgeschick; sie hatte kein Verdienst daran. Sie hatte ihn um Primeln gebeten und sah zu, wie Bartholomew sie auf dem Rasenstück pflückte, wo sie wuchsen. An diesem Abend standen sie auf ihrem Nachttisch, in einer Vase, die schon in der Maunder Street gestanden hatte.

»Warum haben sie mir diesen schrecklichen Namen gegeben?«, fragte Hester, als Bartholomew später zu ihr kam, um gute Nacht zu sagen. Der Name stammte von außerhalb der Familie; sie fragte sich, woher. Als Bartholomew geboren wurde, hatten sie gesagt, dies sei der Tag gewesen, an dem in Frankreich die Hugenotten gemeuchelt worden waren.

»Ich habe dir Ovomaltine gebracht«, sagte er.

Die half ihr beim Einschlafen, so zumindest die Annahme, aber wenn er morgens mit dem Tee kam, fragte er nicht, ob sie wach gelegen habe. Die Nächte waren lang. Er brachte ihr den Tee, so früh er konnte.

An Sonntagen konnte sie den Kirchgang nicht länger auf sich nehmen; doch von den Gemeindemitgliedern von Oscarey trafen Genesungswünsche ein, Gebete wurden für sie gesprochen. »O Herr«, stellte sie sich Bartholomews Fürbitte vor, »sieh herab vom Himmel und erlöse Deine Dienerin ... Sieh herab auf sie mit dem Blick Deiner Gnade ... Gib ihr Trost und unerschütterliches Vertrauen in Dich ...«

Dies waren die Formeln, die sie bevorzugte, und wenn sie in der Stille der Pfarrei in ihrem Bett lag, wusste sie, dass dies die Worte waren, die gesprochen wurden.

Bartholomew überlegte, ob er danach würde fortgehen wollen; ob sein eigenes Missgeschick zu trostlos wäre, um es ohne sie zu ertragen. Wieder auf die Nordseite von Dublin, dachte er, die er besser kannte als alle anderen Stadtteile. Irgendeine Beschäftigung würde sich schon finden, gleichgültig, welche; vorausgesetzt, er wäre in der Lage, sie auszuüben. Er fragte sich, ob er in einem der Geschäfte aushelfen könnte oder in einem Bed and Breakfast. Inzwischen war er mittleren Alters; vielleicht konnten die jungen Leute, mit denen er gearbeitet hatte, irgendeine Anstellung für ihn finden oder ihn gar selbst beschäftigen. Und doch kam es ihm lächerlich vor, eine so dramatische Veränderung auch nur in Erwägung zu ziehen. Er wusste, er würde bleiben und schweigen.

»Wie wohlgeordnet das alles ist!«, flüsterte Hester. »Es gibt eine Zeit zu leben, und dann ist man nicht mehr. Wie gut das alles eingerichtet ist!«

In ihrer Ausdrucksweise und in ihrem Tonfall lag Zufriedenheit. Bartholomew spürte es, und da er sich um sie jetzt wieder größere Sorgen machte als um sich selbst, freute es ihn. Dass er sie und seine winzige Gemeinde getäuscht hatte, würde eines Tages auf seinem Gewissen lasten, würde die Fortführung seines Amtes eines Tages unmöglich machen, zumindest aber würde sie davon nichts erfahren müssen.

Als die Zeit nahte, wusste Hester, dass sie in der Nacht sterben würde.

Bartholomew war bei ihr. Sie zeigte keine Gefühle, sie sprach nicht, und Bartholomew ahnte, dass es mit einem Mal nur noch Schmerzen gab. Gottes Wille – er wusste, dass sie sich diese Wendung immer wieder vorsagte, so wie sie es getan hatte, als ihr bewusst wurde, dass ihre Krankheit eine Heimsuchung war, die nur so enden konnte, wie sie jetzt endete. Die Schmerzen, die sie erduldete, vermochten die Intensität ihres Glaubens, die Gewissheit ihres Vertrauens nicht zu beeinträchtigen, und er betete, sie möge die Augen schließen und sterben. Aber sie tat es nicht, und Bartholomew telefonierte, um mehr Morphium anzufordern.

»Nein, es geht schon«, flüsterte sie, als sie seine Bitte hörte, obwohl er von einem anderen Zimmer aus angerufen hatte. Er hatte den Arzt nicht erreichen können und eine Nachricht hinterlassen müssen. »Bald«, sagte Hester, und ihre Stimme war kaum noch zu vernehmen. »Bald ist es so weit.« Dann bat sie um die letzte Kommunion.

Draußen hatte den ganzen Tag über Frost geherrscht, und nun überzog er alles mit einer weißen Eisschicht: den kleinen Garten, das Rasenstück, die Felder dahinter. Bartholomew stand am Fenster und sah zu, wie aus einer weiteren Dämmerung Dunkelheit wurde. Er wünschte sich, es möge jetzt nicht diese Kluft zwischen ihnen geben, eine Kluft, von der sie nichts ahnte. Die Quelle ihres Mutes war ihr Glaube, er verlieh ihr Würde in ihrer Bedürftigkeit, schon leuchtete ihr das ewige Leben mit seinen prächtigen Engeln, die darauf warteten, sie in die Wohnungen des Paradieses zu geleiten, mit seinem Gesang himmlischer Chöre.

Als Bartholomew wieder an ihr Bett trat, war sie ruhig. Dann redete sie etwas Unverständliches. Sie wimmerte, ihre geschlossenen Augen zogen sich zusammen, ihr Kopf zuckte auf dem Kissen; und er ging wieder ans Telefon. »Bitte«, flehte er. »Bitte.« Aber da war noch immer nur der Anrufbeantworter. Er sagte noch etwas, diesmal im Flüsterton, der die Verzweiflung in seiner Stimme verdeckte. Draußen scharrte eine Amsel, vertraut mit dem Garten, im Raureif.

»Hester«, sagte er, als er wieder bei ihr stand, aber es kam keine Antwort; er hatte auch keine Antwort erwartet. Sie würde sterben und doch stets hier sein, hier und nirgendwo anders; in seinem inneren Zwist konnte er sich dieser Einsicht nicht entziehen. »Es kommt das Nichts«, hätte er sagen können und wünschte, er könnte seine Qual mit ihr teilen, so wie sie ihren Todeskampf mit ihm teilte.

»Hester«, flüsterte er.

Sie wandte sich um, schüttelte, so gut sie konnte, einen Krampf ab, doch dann überkam sie ein weiterer Krampf, und sie wurde rastlos. In ihrer Verwirrung versuchte sie, sich aufzusetzen, und behutsam bettete er sie wieder hin. Dann klarten ihre Augen einen Lidschlag lang auf, ihre verzerrten Züge entspannten sich und wurden ruhig. Bartholomew wusste, dass ihr der Schmerz jetzt genommen wurde und dass sie, in diesem ersten Moment ihres ewigen Lebens, die nagende Unzufriedenheit abstreifte, die sie allzu lange begleitet hatte; dass der Friede, der ihr ein Leben lang verwehrt gewesen war, sich endlich auf sie senkte.

Er griff nach ihrer Hand und fühlte sie warm in seiner. »Danke«, glaubte er zu hören, wusste aber, dass sein Gefühl trog. Er betrachtete noch eine Weile ihr totes Gesicht, ehe er das Laken darüberzog.

Er tätigte die erforderlichen Anrufe, widerrief die Nachricht, in der er um Morphium gebeten hatte, informierte einen Bestattungsunternehmer. Er räumte das Zimmer auf, schaffte Medikamente, Tasse und Untertasse fort.

Unten setzte er sich ins Wohnzimmer, dicht vor den Kamin, denn es war kälter geworden. Er erinnerte sich an vergangene Tage, an die Maunder Street, an die Spiele, die sie hinten auf dem Hof gespielt hatten, an den Nachmittag, als Hester mit ihm in den Botanischen Garten gegangen war, an die Blaskapelle, die sie einmal durch die Straßen hatten marschieren sehen.

Bartholomew sah zu, wie das Feuer verglühte, er aß nichts, wurde von niemandem gestört. In dieser Nacht schlief er unruhig, und in seinen Träumen verflocht sich der Tod seiner Schwester mit dem Verlust seines Glaubens. Er wachte oft auf, und gleich nach Tagesanbruch ging er in Hesters Zimmer.

Als er das Laken zurückschlug, lag auf ihren Zügen noch immer jener Moment der Ruhe. Er blieb bei ihr; die Gnade ihrer Gelassenheit kam ihm vor wie ein Wunder, ebenso wirklich wie im Augenblick des Todes. Genügend Himmel, und mehr als nur Engel.

FOLIE À DEUX

Wilby sieht von dem Buch auf, mit dessen Lektüre er gerade begonnen hat, denn er spürt die Anwesenheit eines Menschen. Der Mann, der neben ihm steht, spricht nicht. Er lächelt nicht. Von seinem Bauch hängt, in die verknoteten Bänder seiner schmutzigen Schürze gesteckt, ein Spültuch, und Wilby vermutet, dass er ein Gesandter aus der Küche ist, der sich dafür entschuldigen möchte, dass der Fisch, den Wilby bestellt hat, so lange auf sich warten lässt.

Das Lokal ist bescheiden, es liegt in der Rue Piques, einer Seitenstraße der Rue de Sèvres; Wilby hat sich den Namen nicht gemerkt. Es ist Café und Brasserie in einem und nur schwach erleuchtet, außer an der Theke, wo ein Paar über seine Gläser gebeugt sitzt und sich gedämpft unterhält. An einem der wenigen Tische, die zum Café gehören, sitzen vier kartenspielende ältere Frauen, an den Tischen der Brasserie einige weitere Gäste.

Der Mann, der aus der Küche gekommen ist, dreht sich um und geht wieder, noch immer ohne ein Wort. Wilby hat den Eindruck, er sei mit jemand anders verwechselt worden. Er schenkt sich Wein nach und beginnt wieder zu lesen. Wilby liest viel, und er trinkt viel.

Er ist ein magerer Mann mit scharfen Gesichtszügen, Mittvierziger und sauber rasiert, in grauem Anzug und blau-rot gestreifter Krawatte, was ihm eine fast elegante Note verleiht. Gelegentlich kommt er nach Paris, um die Auktionsräume abzuklappern, die auf seltene Briefmarken spezialisiert sind, und gewöhnlich zieht er seine Besuche etwas in die Länge, denn er kann es sich leisten. Vor drei Jahren hat er die Weinhandlung seiner Familie in der Grafschaft Westmeath geerbt, achtzehn Monate später hat er sie verkauft und beschlossen, von dem Erlös zu leben und seinen philatelistischen Interessen nachzugehen. Inzwischen allein, bewohnt er das efeubewachsene Haus, das er gleichfalls geerbt hat; es liegt am Rand des Städtchens in Westmeath, in dem er zur Welt gekommen ist. Seine Ehe hat ihn enttäuscht, oder er sie, und er bezweifelt, dass er je wieder einen Versuch in dieser Hinsicht unternehmen wird.

Sein Essen wird ihm von einem kleinen, alten Kellner gebracht, einer ansehnlicheren Gestalt als der Mann, der eben gekommen und gegangen ist. Er ist aufmerksam, redet Wilby in herkömmlichem Kellnerton an und holt ihm, als er darum gebeten wird, von einem anderen Tisch Pfeffer und Salz. »*Voilà, monsieur*«, murmelt er entschuldigend.

Wilby isst seinen Fisch und fragt sich, was für ein Fisch es wohl sein mag. Als er ihn bestellt hatte, wusste er es noch, aber jetzt hat er es vergessen, und der Geschmack verrät es ihm auch nicht. Das Beste an der ganzen Mahlzeit ist das Brot, und er ruft den Kellner herbei und bittet um mehr. Das Buch, das er schon einmal gelesen hat, ist eine Taschenbuchausgabe von *The Hand of Ethelberta*.

Er liest noch eine Seite, bestellt noch etwas Wein, isst die Pommes frites auf, aber nicht den Fisch. Er mag ruhige Lokale und hat keine Eile. Er bestellt Kaffee und – fast unbeabsichtigt – einen Calvados. Er sagt sich, dass er zu viel trinkt, und als der Kaffee kommt, widersteht er der Versuchung, noch einen Calvados zu bestellen. Er liest weiter, genießt es, in Paris zu sein, in einer Brasserie, in der keine Muzak spielt, an einem kleinen Ecktisch, in eine Geschichte vertieft, die ihm vertraut ist, deren Lektüre jedoch so weit zurückliegt, dass sie stellenweise verschwommen ist, wie die vage Erinnerung an etwas Angenehmes. Er stört sich nie daran, wenn das Essen nicht sonderlich gut ist; der Wein ist da schon wichtiger, und die Ruhe. Er wird zu Fuß ins Hôtel Merneuil zurückgehen; mit etwas Glück wird er morgen Erfolg haben in den Auktionsräumen.

Mit einer Geste verlangt er die Rechnung und zahlt. An der Tür hält der alte Kellner seinen Mantel bereit, und Wilby steckt ihm ein kleines Trinkgeld zu. Es ist Ende November, und die Nacht ist kalt.

Auf der Straße steht der Mann, der an den Tisch gekommen ist, um ihn zu mustern, genauso gekleidet wie zuvor. Reglos steht er da und spricht wieder nicht. Vielleicht ist er hinausgegangen, um eine Zigarette zu rauchen, wie Kellner das manchmal tun. Aber da ist keine Zigarette.

»*Bonsoir*«, sagt Wilby.

»*Bonsoir.*«

Kaum hat er ihn gegrüßt, ist der Mann plötzlich ein anderer. Eine Erinnerung flackert auf: das glatte schwarze Haar, ein Schädel wie das abgerundete Ende einer Patrone, die Stirnfransen, nicht mehr so wie früher, aber noch immer Stirnfransen, die dunklen Augen. Er hat eine Art dazustehen, nicht verlegen oder unruhig, und doch unbeholfen, die Hände schmächtig, weit geöffnet.

»Was soll das, bitte schön?« Noch während Wilby die Frage formuliert, kommt ihm seine Wortwahl lächerlich vor. »Anthony?«, fragt er.

Eine Regung, eine angedeutete Geste, nichtssagend, schwerlich eine Antwort. Dann dreht der Mann sich um und betritt die Brasserie durch eine andere Tür.

»Anthony«, murmelt Wilby wieder, diesmal aber nur zu sich selbst. Es hatte geheißen, Anthony sei tot.

Die Straßen sind einsamer als zuvor, das Gedränge auf den Bürgersteigen hat nachgelassen. An der Rue de Babylon, wo man wieder auf schnellen Autoverkehr stößt, bleibt Wilby gehorsam an einer roten Fußgängerampel stehen, er wartet zusammen mit einer Frau in einem hellen Regenmantel, der ihre schlanken Beine zeigt, ihr blondes Haar ist zurückgekämmt. Da er nicht an Anthony denken will, überlegt er, ob es eine Hure sein könnte, denn sie erweckt diesen Anschein, und einen Moment lang sieht er den hellen Mantel, in einem kleinen Zimmer achtlos hingeworfen, das Glimmen eines elektrischen Heizöfchens, Geldscheine auf einer Frisierkommode; auf seinen Reisen nimmt er sich hin und wieder eine Frau. Aber die hier würdigt ihn keines Blickes, und die Ampel springt auf Grün.

Unter keinen Umständen kann es sich um Anthony handeln, natürlich nicht. Selbst gesetzt den Fall, dass Anthony noch am Leben ist, weshalb sollte er in Paris als Küchengehilfe angestellt sein? »Ja, wir befürchten das Schlimmste«, hatte sein Vater am Telefon gesagt, das liegt nun schon Jahre zurück. »Er hat ein paar Sachen geschickt, aber das ist eine gute Weile her. In einem Buch haben wir eine unfertige Nachricht an dich gefunden. Eigentlich stand nichts drin. Dein Name, sonst nichts.«

In der Rue du Bac gibt es ein Schaufenster mit Drucken von der Revolution, das Wilby gefällt. Seit seinem letzten Besuch hat sich die Auslage kaum verändert: Marie Antoinettes Hinrichtung, die Girondisten auf ihrem Weg zur Guillotine, der Sturm auf die Bastille, Dantons Tod, Robespierres Triumph, Robespierres Sturz. Im trüben Licht der Straßenlaterne sind die Einzelheiten nicht leicht auszumachen, Drucke im hinteren Teil, die er bislang nicht gesehen hat, gar nicht zu erkennen.

In einer Bar trinkt er noch einen Calvados. Als die Leute ihn fragten – einige wenige waren es gewesen –, hatte er geantwortet, auch er halte Anthony für tot. Wenn jemand so lange verschwunden war, ohne ein einziges Lebenszeichen in all den Jahren, schien eine solche Vermutung sich zu bestätigen, wurde weniger vorläufig und schließlich endgültig.

In der Rue Montalembert fragt ihn ein Pärchen nach dem Weg zur Métro. Wilby zeigt ihnen den Weg und begleitet sie ein Stück weit. Für die Unterbrechung ist er ebenso dankbar wie vorher, als die Frau am Zebrastreifen sein Interesse geweckt hatte.

»*Bonne nuit, monsieur.*« Im Foyer des Hôtel Merneuil hält ihm der Nachtportier die Tür zum Lift auf. Dann schließt er sie, und der Lift gleitet sanft nach oben. »Der Lebenswille kann nachlassen, weißt du?«, hatte Anthonys Vater am Telefon gesagt, als er angerufen hatte, um herauszufinden, ob es Neuigkeiten gebe.

Monsieur Jothy schüttelt den Kopf wegen der zurückgelassenen Lohntüte. Sie liegt auf der Fensterbank über den Spülen, wo auch andere Lohntüten unbeachtet liegengeblieben sind. Er schreibt eine Nachricht auf die Tüte und lehnt sie an eine leere Flasche.

Zu dieser späten Stunde hat Monsieur Jothy die Küche ganz für sich, er hat Zeit, nachzuprüfen, was geordert werden muss, Zeit, sich zu vergewissern, ob das Küchenpersonal im Großen und Ganzen zurechtkommt. Er nimmt den Zettel zur Hand, auf dem Jean-André notiert hat, was er für den morgigen Tag benötigt, und kontrolliert die Regale, wo die Reinigungsmittel stehen. In letzter Zeit ist er misstrauisch gegen Jean-André, verdächtigt ihn der Schlamperei. Sein Risotto, früher eine Attraktion auf der Speisekarte, wird kaum noch bestellt; und zwar aus gutem Grund, wie Monsieur Jothy meint, denn das Risotto hat den intensiven Geschmack verloren, der ihm zu seiner Beliebtheit verhalf, und fällt oft zu trocken aus. Aber wenigstens ist die Küche sauber, und Monsieur Jothy, der Besteck und Geschirr inspiziert, kann nirgendwo klebengebliebene Essensreste finden oder einen Schmutzrand an einer Tasse. Früher hat er an den Spülen zwei Tellerwäscher beschäftigt, jetzt aber besorgt einer allein den Abwasch, und der vergisst immer wieder seinen Lohn. Monsieur Jothy versucht ihn zu halten und fragt sich, ob er ihn irgendwo im Lokal unterbringen kann, damit er nicht die lange Anfahrt von seinem Zimmer auf sich nehmen muss. Doch nicht einmal im Vorratsraum gibt es ein freies Eckchen, und als er sich in der Nachbarschaft nach einer Unterkunft in der Nähe der Rue Piques erkundigte, hatte er auch damit keinen Erfolg.

Die Spüllappen hängen gewaschen und ausgespült auf den Heizkörpern und werden am nächsten Tag trocken sein, die Suppenschüsseln sind übereinandergestapelt; auf dem Beistelltisch glänzen die aufgereihten Gläser. »*Très bon, très bon*«, murmelt Monsieur Jothy, bevor er das Licht ausschaltet und das Restaurant abschließt.

Wilby kann nicht schlafen, und obwohl er es versucht, kann er auch nicht lesen.

»Wunderbar, nicht wahr?«, hatte Miss Davally gesagt; die Erinnerung ist so lebhaft, als habe sie es erst gestern gesagt. Man sollte nicht glauben, dass Aprikosen in einem solchen Klima so leicht heranreifen können. Selbst an einer mit Backsteinen verkleideten Wand sollte man es nicht für möglich halten. Sie deutete auf die Zweige, die an Drähten entlangwuchsen, und man konnte die Früchte erkennen, die in kleinen Büscheln zusammenstanden. »Rittersporn«, sagte sie und wies auf eine andere Pflanze; nacheinander benannte sie die Blumenarten, an denen sie bei ihrem Gang durch den Garten vorbeikamen. »Und das hier ist Anthony«, sagte sie im Haus.

Der Junge sah von den Spielkarten auf, die er auf dem Fußboden ausgebreitet hatte. »Wie heißt er?«, fragte er, und Miss Davally antwortete, das wisse er doch, sie habe es ihm doch schon gesagt. Trotzdem wiederholte sie den Namen noch einmal. »Warum heißt er so?«, fragte Anthony. »Warum heißt du so?«

»So heiße ich eben.«

»Wollen wir im Garten spielen?«

An diesem ersten Tag und an allen anderen Tagen danach gab es mitten am Vormittag Ingwerkekse. »Bin ich älter als du?«, fragte Anthony. »Ist sechs älter?« Er habe ein Haus, sagte er, in den Büschen am hinteren Ende des Gartens, und sie taten so, als sei da ein richtiges Haus. »Er heißt Jericho«, sagte Anthony von dem Hund, der ihnen überallhin folgte, ein schwarzer Labrador, dreizehn Jahre alt, mit einem verletzten Bein, das schlaff herabhing. »Miss Davally ist Waise«, sagte Anthony. »Deshalb wohnt sie bei uns. Weißt du, was das ist, eine Waise?«

Im Hof schauten die Pferde über die geöffneten Halbtüren ihrer Ställe hinweg; die Jagdhunde waren in einem kleineren Hof untergebracht. Anthonys Mutter war nie zum Mittagessen da, denn dann trainierte sie ihr Pferd und ihre Hunde. Aber sein Vater war immer da und hatte jedes Mal ein anderes Tweedjackett an. Den grauen Schnurrbart trug er gestutzt, die Oliven, die er so gern auf dem Mittagstisch sah, waren stets vorhanden, ebenso der Whiskey, den er seiner Gesundheit zuliebe trank. »Nun, junger Mann, wie geht's?«, fragte er immer.

Im Gang, der zur Küche führte, spielten sie an regnerischen Tagen Murmeln, neben ihnen lag ausgestreckt der Hund. »Im Sommer kommst du mit ans Meer«, sagte Anthony. »Sie haben's mir gesagt.« Das war jeden Juli so: die lange Reise von Westmeath zu immer demselben Ferienhaus auf der Felsenklippe über einer Bucht, die keinen Namen hatte. Das alles hatte ihm Miss Davally erzählt, und um sich erkenntlich zu zeigen für die gewährte Gastfreundschaft, fuhr sie Anthony nach einiger Zeit häufig hin und zurück. Das sei auch für sie ein Ausflug, pflegte sie zu sagen, und manchmal nahm sie einen Kuchen mit, den sie gebacken hatte, denn es war ihre Art, ein Geschenk mitzubringen, wenn sie jemanden besuchte. Das Meer gefiel ihr ebenso wie Anthony; sie betätigte gern den Blasebalg in der Küche des Cottages, dass die Funken stoben; und Anthony mochte den harten Sand am Strand, er mochte es, Feuersteine zu sammeln und mit dem Netz Garnelen zu fangen. Der Hund trieb sich zwischen den Felsen herum, schnüffelte an den Algen und kratzte an den Seeanemonen. »Unser Haus«, nannte Anthony die Höhle, die sie entdeckt hatten, als sie durch einen Felsspalt geklettert waren, eine Höhle, von der niemand wusste, dass es sie gab.

Die Luft von dem Fenster, das Wilby oben ein wenig geöffnet hat, ist frisch und trägt einen Moment lang den Zwei-Uhr-Glockenschlag herein. Sein aufgeklapptes Buch liegt mit dem Rücken nach oben, damit er weiß, wo er bei der Lektüre innegehalten hat, die Nachttischlampe brennt noch. Aber im Dunkeln ist es besser, und er löscht sie.

In der Nische der Treppenwand stand eine blaue Vase, sonst nichts, und auf den schmalen Regalbrettern im Gang drängten sich Briefbeschwerer, die einander alle berührten; sechsundvierzig Stück, sagte Anthony. Im Wohnzimmer spielte seine Mutter Klavier. »Hallo«, sagte sie und streckte ihm lächelnd die Hand entgegen. Sie sah nicht so aus wie jemand, der Jagdhunde trainierte, trug Parfüm, war schlank, klein und wunderschön. »Sieh mal!«, sagte Anthony und zeigte auf die Dame auf dem Gemälde, das über dem Kamin in der Diele hing.

Miss Davally war nicht nur Waise, sondern eine entfernte Verwandte, und wenn sie nach dem Schwimmen im Sand saß, sprach sie oft über ihre Kindheit in dem Haus, das ihr Zuhause war: wie sich ein besonders unangenehmer Junge immer an sie herangeschlichen und dicht an ihrem Ohr einen Knallbonbon auseinandergezogen habe, wie sehr sie ihre schleifenverzierten Zöpfe gehasst und ein naives Zimmermädchen dazu überredet habe, sie abzuschneiden, wie sie der Küchenkatze das Tanzen beigebracht habe und alle Leute behauptet hätten, so etwas noch nie gesehen zu haben.

Täglich beim Mittagessen hielt Anthonys Vater ein Gespräch in Gang, über eine Welt, die seinen Zuhörern noch nicht vertraut war. Voller Wärme sprach er von dem Playboy und Boxer Jack Doyle, führte die Finesse seines rechten Schwingers vor und erinnerte an seine spektakulären Kämpfe, bevor er völlig verarmte. Er erzählte ihnen von den Heldentaten eines genialen Entfesselungskünstlers, Major Pat Reid. Er verdammte den ersten Earl von Inchiquin als den schändlichsten Mann, den Irland je hervorgebracht habe.

Dies und viel anderes Wissenswertes wurde am Mittagstisch erörtert: weshalb Flugzeuge fliegen können, wie Uhren funktionieren, wie und warum Spinnen ihre Netze weben. Wissen sei alles, behauptete Anthonys Vater, und die Verbreitung desselben während der Mittagessen zusammen mit Miss Davallys Erinnerungen nährte die Neugier: Das Unbekannte wurde zur Faszination. »Was würde geschehen, wenn man nicht äße?«, fragte sich Anthony; es gab Experimente, um zu prüfen, ob man, wenn hell die Sonne schien, mit dem Gartenschlauch einen Regenbogen herstellen könnte, und sie entdeckten, dass es tatsächlich möglich war. Mit dem Garnelennetz fingen sie eine Qualle, um herauszufinden, ob sie, wenn man sie auf den Sand kippte, sterben oder überleben würde. Miss Davally schlug vor, sie wieder ins Wasser zu tun, und warnte, die Berührung einer Qualle sei ebenso schlimm wie ein Wespenstich.

Zwischen Miss Davally und Wilbys Mutter entwickelte sich eine Freundschaft – ein höfliches Verhältnis, das keiner Vornamen bedurfte, weder im Gespräch noch in den Briefen, die von einem Sommer zum nächsten ausgetauscht wurden. *Anthony soll sehr intelligent sein,* stand da in Miss Davallys spinnenhafter Handschrift. Und dann, als müsse die Behauptung abgeschwächt werden: *Nun ja, so sagt man.* Sie schrieb auch, dass Anthony jedes Jahr, wenn es auf den Juli zuging, die Tage zu zählen begann. *Diese Freundschaft ist ihm so wichtig!,* kommentierte Miss Davally. *Was für ein Glück, dass zwei Einzelkinder so gut miteinander befreundet sind!*

In der Tat, was für ein Glück. Es gab keinen Zank, kein Gerangel um Vormacht, keinen Wettstreit. Als in einem der Sommer eine aufgeblasene gelbe Luftmatratze angeschwemmt wurde, schafften sie das Ding in die Höhle, von der niemand wusste, dass es sie gab, und keiner von beiden beanspruchte sie für sich, weil er sie zuerst gesehen habe. »Irgendjemand hat das Ding verloren«, sagte Anthony, aber niemand kam, um danach zu suchen. Sie wussten nicht, was es war, wussten nur, dass sie schwamm. So ließen sie die Matratze eben schwimmen, und wenn sie damit auf dem Weg zum Meer waren, kam der Hund hinter ihnen hergehumpelt, wedelte wie verrückt mit dem Schwanz und legte den Kopf schief. In der Höhle war die Luftmatratze sein Bett, auf das er kletterte, wenn er müde war.

Die Luftmatratze war wieder so ein kostbares Geheimnis ihrer Freundschaft, wie die Höhle selbst. Sie fanden keinen anderen Verwendungszweck für sie, doch ihr Besitz allein machte sie zum Höhepunkt dieses einen Sommers, und am letzten Julitag trugen sie sie zum Meeresrand. »Na, na«, beruhigten sie den Hund, als er ganz aufgeregt wurde. An jenem Morgen konnte man die Wellen kaum als Wellen bezeichnen.

Im Dunkeln leuchtet irgendwo am Fernseher ein kleiner roter Punkt. Die Luft, die ins Zimmer dringt, ist kälter geworden. Wilby schließt das Fenster, das er einen Spaltbreit geöffnet hat, und dämpft das schwache Dröhnen eines Flugzeugs in der Ferne. Die Erinnerungen werden ihn nicht mehr loslassen, das weiß er, und er versucht gar nicht erst, sich gegen sie aufzulehnen.

Als sie zusahen, wie der Hund ertrank, sagten sie kein Wort. Der alte Jericho war pfiffig und immer für einen Spaß zu haben. Er rührte sich nicht, sondern war wie immer gehorsam. Er spielte seinen Part und harrte auf der Luftmatratze aus, die aufs Meer hinaustrieb, ein tiefschwarzer Schatten, der sich scharf von dem grellen Gelb abhob. Sie sahen zu, so wie sie zugesehen hatten, als der Regenbogen aus dem Gartenschlauch Farbe annahm, so wie Miss Davally den tapsigen Schritten der tanzenden Katze zugesehen hatte. Die Luftmatratze trieb bereits weit draußen, ihr Gelb war nur noch ein verschwommener Fleck auf dem Wasser, der verschwand, wieder auftauchte und wieder verschwand. Dann setzte Gebell ein und wurde zu Gewinsel. Noch immer fiel kein Wort. Auch nicht, als sie über

717

den Kiesstrand und die Felsen zur Abkürzung kletterten und das Feld mit dem Stechginster durchquerten. Von der Klippe aus blickten sie zum letzten Mal zum fernen Horizont. Die See war unbewegt und glitzerte im Sonnenlicht. »Na, was habt ihr zwei heute Vormittag getrieben?«, fragte Miss Davally. Am nächsten Tag wurde der Hund an einer anderen Stelle angespült.

Miss Davally gab sich selbst die Schuld, denn das lag in ihrer Natur. Aber sie traf keine Schuld. Man kam überein, dass sie keine Schuld traf. Der alte Jericho kannte eben seine Grenzen nicht – war er doch fast blind und hatte nur drei gesunde Beine –, und er hatte eine Art, sich in die Fluten zu stürzen, wenn er ein Stück Treibholz sah, das auf dem Wasser wippte. Nun war es einmal zu viel des Guten gewesen. Sein Grab lag im Garten, eine in den Rasen eingelassene kleine Schiefertafel, sein Name, seine Lebensdaten.

Sie sprachen nie darüber, wie der Hund ertrunken war. Nie sagten sie, dass sie den Unfall nicht beabsichtigt hatten. Es gab keine Vorwürfe, keine Anschuldigungen. Sie hatten es nicht als Spiel bezeichnet, sondern nur gesagt, sie seien neugierig, was wohl passieren würde, wie der Hund wohl reagieren würde. Das Schweigen hatte bereits eingesetzt, bevor sie die Luftmatratze hinausgestoßen hatten.

Andere Sommer brachten andere Vorfälle mit sich und andere Erlebnisse, ein solches Vorkommnis aber sollte es nie wieder geben. In ihrer Freundschaft kam es zu Veränderungen, denn das brachte die fortschreitende Zeit mit sich, und sie spielten andere Spiele, führten andere Gespräche und machten neue Entdeckungen.

Dann, eines Winters, traf ein Brief von Miss Davally ein, der weniger fröhlich war als ihre sonstigen Briefe. *Zurückgezogen,* schrieb sie, *sie seien besorgt.* Was sie in allen Einzelheiten erläuterte, fand seine Bestätigung, als der Sommer heranrückte: Anthony war anders, und Sommer für Sommer wurde er fremder, stiller, schüchterner, wirkte manchmal wie verloren. Als der Grabstein des Hundes aus dem Garten verschwand, war es allen ein Rätsel.

Im Dunkeln – der hellrote Punkt am Fernseher leuchtet noch immer – fragt Wilby sich wie schon so oft, welche Macht wohl am Werke gewesen war, als sie taten, was sie taten, ohne einander anstacheln, überzeugen oder sich verständigen zu müssen. Sie waren neun Jahre alt gewesen, damals, als aus Geheimnissen Selbsttäuschung wurde.

An dem Abend, als er und Anthony sich wiedersahen, schneite es; beide warteten sie im Kreuzgang der Kapelle darauf, dass ihre Namen als Schulneulinge aufgerufen würden. Es war keine Überraschung, dass Anthony von der Schule, die ihn Jahre zuvor für intelligent erklärt hatte, hierhergewechselt war; und es war kein Zufall, dass sie für die restliche Dauer ihrer Schulausbildung zusammenbleiben sollten. »Schön für Anthony, jemanden zu haben, den er kennt«, sagte sein Vater am Telefon und bestätigte, dass Anthony noch immer wie ausgewechselt sei.

In dem schwachen Abendlicht wehte der Schnee sachte in den Kreuzgang, und als alle aufgerufen worden waren und sich lärmend zu zerstreuen begannen, blieb eine einsame Gestalt zurück, mit demselben glatten schwarzen Haar und einer Art dazustehen, die unverändert war. »Wie geht's?«, fragte Wilby. Das Lächeln seines Freundes, einst so herzlich, stahl sich wie ein Schatten in sein Gesicht und verlor sich dann in Unbeholfenheit.

In der Schule wurde Anthony ein Sonderling genannt, jedoch nicht tyrannisiert, so als hätten die anderen erkannt, dass sie daraus keine Befriedigung ziehen würden. Für Mannschaftsspiele fehlte es ihm an Geschicklichkeit, jeder Betätigung, die nicht vorgeschrieben war, ging er aus dem Weg, stellte aber von Anfang an seine Intelligenz unter Beweis, wobei Naturwissenschaften und Mathematik seine Stärken waren. Religiös gesinnte Mitschüler versuchten, sich mit ihm anzufreunden, da sie es für ihre Pflicht hielten; gütige Lehrer bemühten sich, ihn aus der Reserve zu locken. »Ja, ich kenne ihn noch von früher«, gestand Wilby und erläuterte wenig überzeugend seine Beziehung zu jemandem, der so ganz anders war als die Freunde, die er mittlerweile hatte. »Schon lange her«, fügte er fast jedes Mal hinzu.

Hin und wieder, wenn er an den Fenstern leerer Klassenzimmer vorüberging, bemerkte er Anthony dort, eine einsame Gestalt zwischen verlassenen Pulten. Und oft – sei es auf der Auffahrt, die am

Schultor endete, oder sonstwo – sah er in der Ferne dieselbe einsame Gestalt. Auf dem Golfplatz, wo die älteren Schüler spielen durften, saß Anthony mitunter auf einem Sitz an der Mauer und sah zu, wie die Golfer sich näherten, sah zu, wie sie weitergingen. Wenn eine Unterhaltung drohte, scheute er zurück und verkroch sich wieder in sein Schattenland.

Eines Tages war er nicht da, seine Bücher waren ordentlich in seinem Pult verstaut, seine Kleidungsstücke hingen in seinem Spind im Schlafsaal, sein Schlafanzug lag unter seinem Kopfkissen. Vermutlich war er bereits auf dem Weg nach Hause, da Jungen, die sich abseits hielten, oftmals Heimweh verspürten. Aber er hatte gar nicht versucht, auszureißen, und wurde auf dem Schulgelände entdeckt. Gegen die Schulordnung hatte er also nicht verstoßen, höchstens, indem er einen Tag lang die Schulglocke ignoriert hatte.

Dunkel naht die Morgendämmerung. Wilby schläft. Doch sein Schlaf ist kurz, seine Träume sind vergessen, als er erwacht. Die Last der Schuld, die sich eingestellt hatte, als sie schweigend über den Kiesstrand und die Felsen geklettert waren, als sie das Feld mit dem Stechginster durchquert hatten, war mit Bestürzung vermischt gewesen, es war die quälende Panik eines Kindes, noch nicht in Schach gehalten durch Verdrängung, wie das später der Fall sein sollte. Erst lange danach, als er erfuhr – und selbst davon sprach –, dass Anthony tot war, waren die Überreste der Scham, zu der die Schuld sich gewandelt hatte, von ihm abgefallen.

Er rasiert und wäscht sich, kleidet sich langsam an. Im Foyer haben die Empfangschefs gerade mit der Tagesschicht begonnen. Sie nicken ihm zu, wünschen ihm einen schönen Tag. Heute Morgen brauche man keinen Schirm, sagt einer von ihnen.

Draußen ist es noch nicht ganz Tag oder überhaupt Tag. Die Wagen der Stadtreinigung sind unterwegs, Wasser rauscht in die Abflussrinnen, aber in der Rue du Bac ist noch niemand zu sehen, die Müllsäcke warten darauf, dass sie abgeholt werden. Weiter unten in der Straße ist eine Bar geöffnet, Männer stehen am Tresen, verspüren keine Neigung, miteinander zu reden. Eine schlafende Gestalt in einem Hauseingang ist nicht geweckt worden. In was für einem Loch, fragt sich Wilby im Vorübergehen, wohnt wohl ein Tellerwäscher?

Die Jalousien der Brasserie in der Rue Piques sind heruntergelassen, nirgendwo ein Licht. Hinter den Scheiben dreier Fenster im oberen Stockwerk stehen übereinandergestapelte Pappkartons, andere Fenster sind ohne Vorhänge; keines der Fenster suggeriert die Häuslichkeit einer Wohnung. Le Père Jothy heißt das Lokal.

Wilby durchstreift die umliegenden Straßen. Ein paar weitere Cafés machen auf, und in einem davon wird ihm ein Kaffee gebracht. Er schlürft ihn und bricht ein Croissant. Bis auf den Barkeeper ist niemand da.

Er weiß, dass er abreisen sollte. Er sollte den Zug nach Passy nehmen, zu den Auktionsräumen, die er dort aufsuchen wollte; er sollte nie mehr in die Rue Piques zurückkehren. Er hat ohne Schwierigkeiten mit einer moralischen Verfehlung gelebt, sie dann abgeschüttelt: Was geschah, ist kaum der Rede wert.

Andere Männer kommen herein, eine Frau ohne Begleitung, deren Gesicht auf einer Seite Prellungen aufweist. Sie hat keinerlei Versuch unternommen, die dunkler werdenden Striemen zu verdecken. Als sie ihre Verletzung dem Mann hinter dem Tresen erklärt und sie dabei ab und zu mit dem Finger berührt, ist ihre Stimme leise. Sie trägt ihren Cognac an einen Tisch, dann weint sie lautlos.

Ach, das ist doch lächerlich!, hatte sein unausgesprochener Kommentar gelautet, als Miss Davallys Brief eintraf, dessen Tragweite nur ihm klar war. Um Himmels willen!, hatte er verärgert gemurmelt, die Worte aber für sich behalten, wenn er Anthony im Kreuzgang begrüßte und wann immer er ihn auf dem Golfplatz erblickte. Der alte Hund wäre ohnehin bald gestorben. Und jetzt erinnert sich Wilby – mit derselben Strenge wie in der Nacht zuvor – seines bitteren Grolls darüber, dass eine Freundschaft, die ihn so beglückt hatte, zerstört war, dass es Anthonys Welt – den Garten, das Haus, seine Mutter, seinen Vater, Miss Davally – nicht mehr gab.

»Er kann uns nicht gebrauchen«, sagte sein Vater. »Kann keinen von uns gebrauchen, glauben wir.«

Als er in die Rue Piques einbiegt, bemerkt Anthony sogleich die Gestalt, die vor dem Kurzwarenladen wartet. Es ist der 24. November, der letzte Donnerstag des Monats. Diesen Tag wird es nicht noch einmal geben.

»*Bonjour*«, sagt er.

»Wie geht's dir, Anthony?«

Und Anthony sagt, Montag sei Ruhetag. Nicht, dass nicht auch Sonntag Ruhetag wäre. An einem Montag oder Sonntag vor dem Kurzwarenladen zu warten hätte nicht viel Sinn. Nicht, dass viele Leute dort warteten.

Dort, wo sie stehen, wirbelt der Wind einen Fetzen Papier auf. Im Schaufenster des Kurzwarenladens liegen Rollen mit Bändern in allen Breiten und Farben, Besatzmuster für andere Zwecke, Spitze und Samt, schlichte weiße Bordüren und eine Auswahl an Knopfkarten. Anthony schaut oft nach, ob sich an der Schaufensterauslage etwas verändert hat, aber das ist noch nie der Fall gewesen.

»Wie geht's dir, Anthony?«

Was da umhergewirbelt wird, ist ein Fetzen von einer weißen Papiertüte, und an den Resten der roten Schrift, die für die Boulangerie in der Rue Dupin wirbt, kann Anthony sie identifizieren. Als das Papierstück näher zu ihm hergeweht wird, tritt er mit dem Schuh darauf.

»Die Leute haben sich gefragt, wo du steckst, Anthony.«

»Ich habe Irland verlassen.«

Anthony bückt sich und hebt den Papierfetzen auf, den er eingefangen hat. Er sagt, heute müsse er sich um die Öfen kümmern. Ein Donnerstag, da arbeite er vormittags.

»Miss Davally schreibt mir immer noch, sie fragt, ob es Neuigkeiten von dir gibt.«

Donnerstags beginne seine Schicht um halb neun, sagt Anthony und fügt hinzu, in der Küche habe es noch nie eine Beschwerde gegeben. Ein Fleck auf der Zinke einer Gabel könne zu einer Beschwerde führen, ein Stück Fischhaut, ein Kohlblatt. Aber zu einer Beschwerde komme es nie.

»Die Leute dachten, du wärst tot, Anthony.«

Wilby sagt, dass er die Weinhandlung verkauft hat. Einmal, als sie noch Kinder waren, hatte er sie Anthony beschrieben: die Regale mit den Flaschen, die verschiedenen Formen, den Inhalt, rot oder weiß, rosé, wenn die Leute das verlangten. Er erinnert sich, dass er gesagt hatte, er habe ein paar Mal von dem Wein probiert.

»Dein Vater ist gestorben, Anthony. Und deine Mutter. Miss Davally hat das Haus geerbt, da es sonst niemanden gab. Sie wohnt jetzt dort.«

Es kommt keine Antwort; Wilby hat auch keine erwartet. Er sei Philatelist geworden, sagt er.

Anthony nickt, wartet darauf, dass er die Straße überqueren kann. Er weiß, dass sein Vater tot ist und auch seine Mutter. Er hat damit gerechnet, dass Miss Davally das Haus geerbt hat. Die Todesanzeigen hatten in der *Irish Times* gestanden, die er in all den Jahren, in denen er Nachtportier im Cliff Castle Hotel in Dalkey gewesen war, immer von der ersten bis zur letzten Seite durchgelesen hatte.

Das Cliff Castle Hotel erwähnt er nicht. Er sagt nicht, dass er die *Irish Times* vermisst, die vertrauten Namen, die Nachrichten aus der Politik, die Fotos von Ortschaften, die Veränderungen, die in Irland vor sich gehen. *Le Monde* ist gesetzter, bedächtiger, ernster. Anthony sagt auch das nicht, denn er bezweifelt, dass es für einen Parisbesucher von Interesse ist.

In dem Strom der Fahrzeuge, die jetzt vorüberrollen, tut sich eine Lücke auf, aber Anthony traut der Sache nicht und wartet noch ab. Auf den Straßen bewegt er sich vorsichtig, obwohl er sie gut kennt.

»Ich bin nicht gestorben«, sagt er.

In ihrer perfekten Freundschaft waren sie beide an einer Tat beteiligt, die zu schmachvoll war, um sie allein zu begehen; an einem sonnigen Morgen hatten sie die Gelegenheit wahrgenommen, herauszufinden, ob die Pfiffigkeit eines alten Hundes ausreichte, sein Überleben zu sichern.

Wieder verpasst Anthony eine Chance, die Straße zu überqueren, und einen Moment lang versucht Wilby, in Sätze zu fassen, dass es keineswegs so war, versucht, es anders zu erklären. Ein Unfall, ein Unglück, das nicht vorherzusehen war, das Unerwartete: Dies alles will er geltend machen, mit Sanftmut, denn hier ist Sanftmut gefordert. Doch in diesem Augenblick überquert Anthony die Straße und öffnet mit einem Schlüssel die Seitentür der Brasserie. Er hebt zum Abschied nicht die Hand, er blickt sich nicht um.

Auf dem Weg zu den Auktionsräumen in Passy schlendert Wilby am Fluss entlang und wünscht sich, er hätte gesagt, wie froh er sei, dass sein Freund nicht tot ist. Es ist sein einziger Gedanke. Auf dem Wasser neben ihm gleiten die Vergnügungsdampfer vorbei, kaum jemand ist an Bord. Ein Kind winkt. Zu spät hebt er die Hand, um zurückzugrüßen, und lässt sie wieder fallen. Der Wind, der den Unrat in der Rue Piques umhergewirbelt hat, hat aufgefrischt und greift nach dem verbliebenen Laub der schwarzstämmigen Bäume, die in wohlgeordneter Reihe dem Flussverlauf folgen.

Die Geschäfte befinden sich am anderen Ufer, in der Nähe des Rundfunksenders und der Wohnblocks, die den Charakter des Flusses verändern. Schon mehrfach hat er die riesige Ausstellung besucht, wo die Briefmarken dieser Welt, falls sie besonders wertvoll sind, hinter Glas ausliegen, ansonsten nach Ländern geordnet auf Tischen. Das Bild geschäftigen Treibens hat Wilbys Einbildungskraft schon immer beflügelt, und als er die Stufen zur Brücke erklimmt, bemüht er sich, diese Vorfreude heraufzubeschwören, doch es will ihm nicht so recht gelingen.

Es ist keine Strafe, dass an einem weiteren Donnerstagmorgen die Öfen gesäubert werden. Es ist keine Sühne, dass bald die ersten Essensreste des Tages von den Tellern gekratzt werden. Niemand quält sich mit dem Gedanken an Erlösung. Als Wilby von der Brücke auf das träge dahinfließende Wasser hinunterblickt, redet er sich dies zuversichtlich ein. Genau wie die Abenddämmerung bewirkt das morgendliche Dunkel, dass in dem Wohnblock einige Lichter angehen. Durch ferne Straßen wälzt sich der Verkehr.

Worauf es für Anthony ankommt, das ist der Vertrauensbruch, die Torheit, die Unachtsamkeit, die verziehen worden wäre, die Grausamkeit. Auf all das war es auch in ihrem Schweigen angekommen – während sie zusahen, während sie über den Kiesstrand und die Felsen kletterten, während sie das Feld mit dem Stechginster durchquerten. Auf all das kommt es auch jetzt an. Das spukende Meer ist die einzige Wahrheit, die es für Anthony gibt, sie ehrt er, weil es noch immer auf sie ankommt.

Die Käufer gehen von Tisch zu Tisch, und Wilby weiß, hier, in dieser sicheren Welt der Briefmarken aus zweiter Hand, wird er Ruhe finden. Er weiß, woran er ist mit alldem; er weiß, wofür er steht, wie er es von anderen Bereichen seines geordneten Lebens weiß. Und doch kann er sich an diesem Morgen weniger gut leiden als seinen Freund.

DIE FRAUEN

Cecilia Normanton, die in den lustlosen neunziger Jahren aufgewachsen war, kannte ihren Vater gut, ihre Mutter hingegen gar nicht. Mr Normanton war stattlich und hochgewachsen, mit stahlgrauem Haar, das er jeden Tag sorgfältig bürstete, damit es genau so anlag, wie er es haben wollte. Seine Hemden und Anzüge vermittelten den Anschein, als wären sie ein Teil von ihm, ebenso das Haus in der Buckingham Street und das Familiengeschäft, das seinen Namen trug. Tatsächlich aber war nur Mr Normantons tiefe Schwermut ganz sein eigen. Wer ihn kannte, berichtete, dass diese Schwermut nicht von jeher seine vorherrschende Eigenschaft gewesen sei, früher sei er unbekümmert, ja ein wenig verwegen gewesen, und erst der Verlust seiner Frau – nicht etwa durch die Grausamkeit eines frühen Todes, sondern weil sie einen anderen Mann bevorzugt hatte – habe eine unheilbare Wunde bei ihm hinterlassen.

Diejenigen, die Einblick in die Ehe der Normantons gehabt hatten, erinnerten sich, dass sie von Gelächter erfüllt gewesen sei, es habe Partys gegeben und das Vergnügen des Geldausgebens, offenbar hätten die Normantons große Freude aneinander gehabt. Und doch – weniger als zwei Jahre nach der Hochzeit war die Ehe am Ende; mehr erfuhr Cecilia im Haus in der Buckingham Street nicht. »Deine Mutter war nicht mehr hier«, sagte ihr Vater, und Cecilia wusste nicht, ob dies seine Art war, ihr mitzuteilen, dass ihre Mutter gestorben war, und hatte nicht das Gefühl, nachfragen zu dürfen. Sie lebte mit der Ungewissheit, glaubte aber mehr und mehr daran, dass es sich um einen Todesfall handelte, von dem ihr Vater sich nie erholt hatte und über den er nicht sprechen konnte. Hinten in einer Schublade, in einer gelben Mappe im Taschenformat, lagen Fotos von einer hübschen und zierlichen jungen Frau, die am Meeresstrand oder in einem Garten in die Kamera lächelte oder aus einem Zug winkte. Manchmal war auch Cecilias lächelnder Vater zu sehen, und Cecilia malte sich ihr Glück aus, ihre Eskapaden, ihre Freude am Zusammensein. Sie hatte Mitleid mit ihrem Vater, wie er jetzt war, seine Erinnerungen überschattet von seinem Verlust.

Cecilia, dunkelhaarig und für ihr Alter hochgewachsen, die schlanken Beine elegant in Schulmädchenschwarz, wurde für älter gehalten, als sie war. Die Jungen und Männer auf der Straße, die einem zweiten Blick auf ihre hübsche Erscheinung nicht widerstehen konnten, schätzten sie auf achtzehn oder neunzehn. Sie war vierzehn. Sie wusste nicht, weshalb man ihr auf der Straße nachsah, denn sie hatte noch kein Bewusstsein von ihrer hübschen Erscheinung. Weder ihr Vater noch Mr Grace, der pensionierte Schullehrer, den ihr Vater als Erzieher engagiert hatte, statt sie auf eine der nahe gelegenen Schulen zu schicken, wiesen sie darauf hin, auch nicht die Maltraverses, die ebenfalls Tag für Tag ins Haus kamen, um zu kochen und zu putzen.

Allein unter diesen Erwachsenen in der Buckingham Street fühlte Cecilia sich einsam, Freunde hatte sie keine. An den Wochenenden gab sich ihr Vater alle erdenkliche Mühe, auf ihren Spaziergängen durch die verlassenen Straßen der City – Strand und Ludgate Hill, Cheapside und Poultry, Threadneedle, Cornhill – interessant zu sein. Er zeigte ihr die Bank of England, die Börse; er sagte, im Grunde sei die Londoner City ein Dorf. Manchmal buchte er zur Abwechslung zwei Zimmer in einem kleinen Hotel in Suffolk, meist in Hintlesham oder Orford.

Cecilia genoss diese Wochenendausflüge, doch unter der Woche verstrichen die Tage auch weiterhin nur langsam, denn Mr Grace kam nur vormittags, und die Maltraverses neigten nicht zu Gesprächigkeit. An den Nachmittagen, wenn Cecilia ihre Aufgaben erledigt hatte, hatte sie die weitläufigen Zimmer des Hauses für sich und stöberte in Schubladen, sah fern oder schlug die gelbe Mappe auf, um sich die Fotos von ihrer Mutter anzuschauen. Wenn sie Geld hatte, ging sie aus dem Haus, um sich Lakritze oder ein KitKat zu kaufen.

Sie wusste, dass sie es gut hatte. Niemand war unfreundlich zu ihr, niemand ungehalten. Sie glaubte nicht, dass sich je etwas ändern würde; stets würde Mr Grace kommen, stets wären die Maltraverses zu beschäftigt, um sich auf Gespräche einzulassen, stets würde es die stillen Nachmittage geben, die Schubladen, und ihr Alleinsein. Doch ihr Vater, auf dem, was sein Kind betraf, der Druck der Verantwortung lastete, zögerte nicht, als man ihm zu verstehen gab, der Zeitpunkt sei gekommen, Cecilia auf ein Internat zu schicken, wo sie ein Mädchen unter vielen sein würde.

»Du wirst ein Blumenbeet haben«, sagte Miss Watson. Elegant wie ein Mannequin, war sie auf zarte Weise attraktiv: ihre Stimme, ihre Schlankheit, die Sanftmut in ihren Augen. Sie trug ein lose umgebundenes weich gewebtes Halstuch, das fast bis zum Boden reichte – eine Galaxie aus Rot und Rostbraun vor dem Grau ihres Kleides.

»Wir sind glückliche Menschen hier«, versicherte sie Cecilia. »Du wirst es auch sein.«

Die Schule hieß Amhurst, und Miss Watson, die Direktorin, erklärte ihr, woher der Name kam, erzählte ihr, dass eine Gutsbesitzerfamilie hier gewohnt habe; die Wirtschaftsgebäude habe man zu Musikzimmern und Laboren, Zeichensälen und Webraum umgebaut und nur die Blöcke mit den Klassenzimmern neu hinzugefügt. Sie führte Cecilia zu einem kleinen, von Ziegelmauern umgebenen Garten, der schon immer der Direktorin gehört hatte. Sie öffnete ein schmiedeeisernes Tor unter einem Bogen, das sie gleich darauf wieder verriegelte, als wolle sie die Schule selbst ausschließen. Sie zeigte auf ein Beet, in dem nichts wuchs, und sagte, dieses sei Cecilias Beet, dort könne sie die Blumen pflanzen, die ihr am besten gefielen. Schulgärtner sei der alte Trigol, sagte sie, ein lieber Mensch, wenn man ihn erst einmal näher kennenlerne.

Cecilia fasste eine heftige Abneigung gegen das Internat und fühlte sich einsamer und verlassener als in der Buckingham Street. Sie schrieb ihrem Vater und flehte ihn an, herzukommen, um sie fortzuholen. In diesem Trimester war sie die einzige Neue, und niemand gab sich mit ihr ab, außer einem älteren Mädchen, das Miss Watson eigens dazu eingeteilt hatte. »Betest du?«, fragte das ältere Mädchen und schlug ihr vor, gemeinsam zu beten. »Jede Mahlzeit ist ungenießbar«, las Mr Normanton. »Von den Sardinen ist einem Mädchen schlecht geworden.«

Doch als die Zeit verstrich, wurden Cecilias Briefe weniger unglücklich. Sie entdeckte Mozart, Rousseau den Zöllner und – eine Empfehlung des gläubigen Mädchens – die hl. Thérèse von Lisieux. Unter den zerlesenen Büchern der Schulbibliothek stieß sie auf *Silbermond und Kupfermünze* und *Die treue Nymphe*. Zwei Mädchen, Daisy und Amanda, wurden ihre Freundinnen. Das gläubige Mädchen berichtete Miss Watson, die Eingewöhnung habe begonnen.

Während dieses ersten Trimesters kam Mr Normanton oft zu Besuch. An den Wochenenden unternahm er mit Cecilia Spritztouren – Mittagessen im Castletower Hotel, Tee in der Teestube am Fluss. Er lernte Daisy und Amanda kennen, und noch bevor das Trimester endete, nahm er auch die beiden mit auf Ausflüge. Er war froh, dass er dem Ratschlag gefolgt war, den man ihm gegeben hatte, und dass ihm die Augen für etwas geöffnet worden waren, worauf er von allein nicht gekommen wäre: dass es seinem Kind guttun, dass es sein Kind glücklich machen würde, ein Mädchen unter vielen zu sein.

In ihrem Beet pflanzte Cecilia Maiglöckchen, nachdem sie entschieden hatte, dass dies ihre Lieblingsblumen waren. An ihrem fünfzehnten Geburtstag pflückte sie den ersten Strauß und überreichte ihn Miss Watson.

»Wir sind sehr stolz auf dich, Cecilia«, sagte Miss Watson.

Die beiden Frauen, die beim Hockey zuschauten, standen an der anderen Seitenlinie, genau gegenüber der Stelle, wo – zusammen mit Daisy und Amanda – auch Cecilia zuschaute, denn bei Heimspielen herrschte Anwesenheitspflicht. Cecilia erinnerte sich, die Frauen schon einmal an der Seitenlinie gesehen zu haben, denn als das damalige Hockeyspiel beendet war, waren sie dicht an ihr, Daisy und Amanda vorübergegangen. Die Mädchen hatten nach Amandas Armbanduhr gesucht, die ihr unbemerkt vom Handgelenk geglitten war. »Jemand wird drauftreten!«, hatte Amanda gejammert, und die beiden Frauen hatten gezögert, als wollten auch sie nach der Uhr

Ausschau halten. Schließlich fand Daisy sie unbeschädigt im Gras, und die Frauen gingen weiter. Doch im Augenblick des Zögerns hatten sie Cecilia ganz befremdlich angestarrt.

Plötzlich ertönten Hurrarufe und Applaus: Amhurst hatte ein Tor geschossen. Die Mannschaft von St. Hilda's – mit ihren unkleidsamen braunen Trikots ein düsterer Kontrast zu Amhursts fröhlichem Rot-Blau – wirkte bereits besiegt und würde es wohl auch werden, denn Amhurst verlor nie. Das Tor hatte bestimmt Elizabeth Statham erzielt, dachte Cecilia und hoffte, dass es sich anders verhielt, denn sonst würde Elizabeth hinterher furchtbar angeben. »Statham, die dumme Kuh«, murmelte Daisy.

Sie wollten, das St. Hilda's gewann. Der gegnerischen Mannschaft den Sieg zu wünschen linderte ihren Unmut darüber, an einem Winternachmittag anderthalb Stunden in der Kälte stehen zu müssen. Beim Hockey zuzuschauen, hassten sie fast mehr als alles andere.

»Ich habe versucht, *Virginibus puerisque* zu lesen«, sagte Amanda. »Einfach grauenhaft.« Daisy stimmte ihr zu und empfahl stattdessen *Ein Schritt ins Leere.*

Cecilia fragte sich, wer die Frauen wohl sein mochten, die, nur wenige Wochen nachdem sie sie zum ersten Mal gesehen hatte, wiedergekommen waren. Ehemalige konnten es nicht sein, denn Ehemalige klebten immer an Miss Watson oder Miss Smith, und das taten sie nicht. Fans von St. Hilda's konnten sie auch nicht sein, denn beim letzten Mal war nicht St. Hilda's die Auswärtsmannschaft gewesen. Sie überlegte, ob sie aus irgendeinem Grund Spaß daran hatten, bei Hockeyspielen zuzuschauen, so wie Colonel Forbes Spaß daran hatte, im Sommertrimester Samstag für Samstag beim Cricket zuzuschauen. Oder wie Trigol, der sich am Sporttag den Nachmittag von der Gartenarbeit freinehmen durfte, weil er einmal Meister im Hochsprung gewesen war, was man sich nur schwer vorstellen konnte, weil Trigol inzwischen über siebzig war.

Als die beiden Frauen Cecilia angestarrt hatten, hatte die Kleinere gelächelt. Cecilia hatte ihr Lächeln erwidert, da es unhöflich gewesen wäre, es nicht zu tun, aber Daisy und Amanda hatten ihr Lächeln ebenso wenig gesehen wie die Blicke, und hinterher hatte Cecilia nichts gesagt, weil es peinlich und albern gewesen wäre, Aufhebens darum zu machen.

Miss Chalmers pfiff das Spiel ab, und es gab ein dreifaches Hip, Hip, hurra, erst für St. Hilda's und dann für Armhurst, und als die beiden Mannschaften das Spielfeld verließen, wurden sie von Applaus begleitet. Die Zuschauer folgten ihnen, und auf dem Rückweg zu den Schulgebäuden lösten die Grüppchen sich auf, und es bildeten sich neue. Die beiden Frauen verloren sich in der Menge, und Cecilia spürte, dass sie erleichtert war. Aber da waren sie wieder, beim Weiderost, wo an Austragungstagen die Autos parkten. Auch der Bus von St. Hilda's stand dort, und der Fahrer faltete die Zeitung zusammen, in der er gelesen hatte. Anders als Cecilia vermutet hatte, stiegen die beiden Frau nicht in ein Auto und fuhren davon. Vielmehr standen sie herum, als hätten sie einen Grund dazu, und Cecilia vermied es, in ihre Richtung zu blicken.

Sie hatten den Pfad zwischen den Bäumen genommen, und als sie aus dem kleinen Wäldchen heraustraten, staunten sie über das offene Land, so wie sie an diesem Morgen über Sonnenschein im Februar gestaunt hatten, auch wenn es diesig gewesen war. Der Gang vom Bahnhof war ihnen nicht von lästigem Regen verdorben worden, und ihr Rückweg würde es auch nicht.

»Für diesen Nachmittag wäre ich eine Million Meilen gereist«, fasste Miss Keble den Ausflug zusammen, als sie den ersten der Bungalows am Stadtrand erreichten.

Miss Cotell – die weniger zu Übertreibungen neigte als ihre Freundin – erwiderte nichts, doch ihre Zurückhaltung bedeutete nicht, dass der Nachmittag nicht auch für sie vergnüglich gewesen wäre. Wie hätte er auch nicht vergnüglich sein sollen, dachte sie; zum zweiten Mal war ihre Anwesenheit nicht hinterfragt worden, dazu noch das Gefühl, dass sie recht daran getan hatten, zurückzukommen. Wie hätte all das kein Genuss sein sollen?

Miss Keble, die ihre Gedanken erahnte, verfolgte das Thema weiter. Sie wunderte sich, dass so wenig erreicht zu haben sich wie ein großer Triumph anfühlte, und verstand doch den Grund. Sie würde die Gesichter der Mädchen nicht so leicht vergessen, auch ihre Stimmen nicht, und wie höflich sie beiseitegetreten waren – aus Respekt vor Fremden. All das würde unvergesslich bleiben.

Miss Cotell war zwar stumm, aber nicht weniger beeindruckt und plötzlich auf eine ganz andere Weise betroffen, sodass sie den Drang zu weinen zügeln musste. Auf der Heimfahrt flossen ihre Tränen, die sie sich jetzt im Zug erlaubte, nicht aus Trauer oder gar Bestürzung, sondern vielmehr weil ihre Freundin sie so gut verstand, weil das Einvernehmen, das zwischen ihnen herrschte und das niemals schwankte, heute stärker gewesen war denn je zuvor.

Miss Keble, die all dies erriet, sah zu, wie Miss Cotell ihre Fassung wiedergewann. Einige Minuten lang blickten sie hinaus auf die Landschaft und auf die Umrisse eines prähistorischen Tieres, die in den Kalkstein eines fernen Hügels geschnitten waren.

»Es tut mir leid«, entschuldigte sich Miss Cotell. »Wie albern.«

»Aber nicht doch.«

Miss Keble begab sich auf die Suche nach Tee, konnte jedoch keinen auftreiben. Miss Cotell schlief ein.

Die beiden – im selben Alter, fünfundfünfzig – waren vorzeitig in den Ruhestand getreten. Mehr als dreißig Jahre zuvor hatten sie sich in einem Ministerium kennengelernt, seitdem war ihre Freundschaft entlang den Gepflogenheiten des Bürolebens gediehen. Miss Keble blieb bei den Sozialleistungen (Familie), Miss Cotell wagte einen kurzen Vorstoß in die Rentenabteilung, dann kehrte sie zu den Sozialleistungen zurück. Seitdem waren sie zusammen, im Ruhestand ebenso innig wie zuvor.

Die Landschaft, für die Miss Cotell kein Auge hatte, solange sie gleich wieder vergessene Träume träumte, schwand in der Winterdämmerung. Miss Keble gelang es nicht, Interesse für eine Zeitung aufzubringen, die jemand liegengelassen hatte; stattdessen dachte sie an das Haus, in das sie jetzt zurückkehrten, an die Zimmer, in denen ihrer beider Leben sich im Lauf der Jahre miteinander verknäult hatten, für die sie die Möbel Stück für Stück gemeinsam ausgewählt, in denen sie Kindheitserinnerungen ausgetauscht hatten. Wie schon häufiger, wenn sie länger als gewöhnlich von zu Hause weg gewesen war, sah Miss Keble wie in einer Vision die Andenken an fremde Orte vor sich, die sie im Urlaub aufgesucht hatten: die Costa del Sol, der Strand von Rimini, Vernon, wo sie übernachtet hatten, als sie Monets Garten besuchten; und jene nicht zu identifizierende Kulisse, vor der ein hilfsbereiter Fremder auf den Auslöser von Miss Cotells Kodak gedrückt hatte, sodass sie gemeinsam posieren konnten. Das Haus, die Zimmer, diese Bilder von ihnen beiden an Orten, die sie besucht hatten, bedeuteten Miss Keble alles, Miss Cotell ging es genauso.

Das Haus in einer Zeile von Reihenhäusern war klein und hatte keinen Garten. Die Besonderheit des betonierten Hinterhofes war eine Reihe Topfpflanzen, angeordnet vor einer cremefarben getünchten Hauswand. Feinmaschige Gardinen vor den beiden Vorderfenstern im Erdgeschoss schützten vor den Blicken vorbeikommender Passanten; abends wurde geblümter Chintz vorgezogen; oben gab es Jalousien. Alles – auch im Hof – war so hergerichtet, wie Miss Cotell und Miss Keble es wünschten, ein Einvernehmen, das ein weiteres Element in ihrer Beziehung wurde. Ohne Absprache wurde nichts unternommen, nichts verändert.

Als sie von der Zugfahrt zurückkamen, gehörte das im Dunkeln liegende Haus wieder ihnen. Es war kalt, und sie schalteten Heizstrahler ein. Sie besprachen, was gekocht oder nicht gekocht werden sollte, ob sie an diesem Abend eine Dose Lachs öffnen oder mit Sandwiches und Tee vorliebnehmen sollten. Beide entschieden sich für verlorene Eier auf Toast.

»Es war lieb von dir, Keble«, sagte Miss Cotell, als sie sich in ihrer geheizten Küche gemütlich zum Essen hinsetzten. »Ich muss dir danken.«

Sie redeten einander nur mit Nachnamen an – eine Gewohnheit, die sie sich aus ihrem Büroleben bewahrt hatten, denn obwohl sie ihren vorzeitigen Ruhestand nicht bereuten, hatte das Büroleben seine Spuren hinterlassen. Sie hatten eine andere Tätigkeit als Büroangestellte erwogen, aber es war nicht leicht – und am Ende unmöglich – gewesen, etwas Geeignetes zu finden, zumal sie sich ausbedungen hatten, nicht voneinander getrennt zu werden.

»Beide Male wollte ich mitkommen«, sagte Miss Keble. »Und ich werd's wieder tun.«

Säuberlich legte Miss Cotell Messer und Gabel auf ihrem leeren Teller zusammen. »Allerdings frage ich mich«, sagte sie, »ob ich den Mut aufbringen werde, noch einmal hinzufahren.«

»Ach was, Cotell! Natürlich hast du den Mut!«

»Was soll denn noch dabei herauskommen?« Und im Flüsterton, als spräche sie insgeheim für sich, obwohl sie keinerlei Heimlichkeiten voreinander hatten, wiederholte Miss Cotell leise: »Was denn noch?«

Miss Keble wusste es, sagte aber nichts. Die Euphorie, die der Tag ausgelöst hatte, hielt sie noch immer fest im Griff, warm und angenehm. Sie wünschte Miss Cotell nichts Böses, wünschte ihr allen Seelenfrieden der Welt, doch sie konnte nicht umhin, die freudige Erregung, die sie verspürte, auf eine Weise, die ihr selbstverständlich schien, willkommen zu heißen. Sie drängte und mahnte nicht: das taten sie beide nicht. Sie widerstand dem Flackern der Genugtuung, das ihre Gesichtszüge zu entstellen drohte, und räumte die Tassen und Untertassen ab.

Miss Cotell faltete das Tischtuch zusammen und stellte Salz und Pfeffer weg. »Wie schwierig es ist«, murmelte sie, »zu wissen, was richtig ist.«

»Natürlich«, sagte Miss Keble.

Cecilia sah die beiden Frauen erst im folgenden Trimester wieder. Der Sommer war gekommen, die langen, hellen Abende, der Duft nach frisch gemähtem Gras, die Blumenbeete in Miss Watsons ziegelummauertem Garten, in denen Montbretien, Wicken, Natternkopf und Storchschnabel leuchteten. Als sie jünger war, hatte Cecilia die Behaglichkeit des Winters vorgezogen, inzwischen nicht mehr. Sie liebte den Sonnenschein und seine Wärme, dann bräunte sich ihre allzu blasse Haut leicht, und sie bekam Sommersprossen auf den Armen.

Als sie vom Briefkasten zurückkehrte, wo sie die Nachmittagspost eingeworfen hatte – dafür war die zehnte Klasse verantwortlich, und

Cecilia war alle vierzehn Tage an der Reihe –, erblickte sie die Frauen. Nachdem sie die Briefe eingeworfen hatte, war sie bei Ridley's vorbeigegangen – Honeycomb-Schokolade für Daisy und Mademoiselle Bonbons. Die Frauen liefen den Pfad zwischen den Bäumen entlang und kamen auf sie zu.

Sie mussten in der Nähe wohnen, dachte Cecilia. Vielleicht machten sie Spaziergänge und hatten zufällig den Weg zum Hockeyfeld gefunden. Aber Hockey würde erst im September wieder gespielt werden.

Die Sonnenstrahlen brachen durch die Bäume, die frischen Buchenblätter warfen gesprenkelte Schatten auf die Kleider der Frauen. Wie trist diese Kleider waren!, dachte Cecilia. Wie hässlich die Gesichtszüge der größeren Frau, die hohlen Wangen, die schiefen Zähne, bei einem fehlte eine Ecke. Ihre Freundin war mollig.

Sie waren stehen geblieben, und Cecilia hatte das Gefühl, ebenfalls stehen bleiben zu müssen, auch wenn sie lieber weitergegangen wäre.

»So ein herrliches Wetter – endlich!«, sagte die mollige Frau.

Sie erkundigten sich nach ihrem Namen, und als sie ihn nannte, sagten sie: »Was für ein hübscher Name.« Veilchen wurden ihr hingehalten, damit sie daran roch. Sie verrieten, wo sie sie gepflückt hatten. »Eine Mulde«, nannten sie die Stelle, beim Wegweiser. Sie hätten einen ganzen Armvoll pflücken können.

»Wir hatten gehofft, dich zu treffen«, sagte die größere Frau. »Für dich, meine Liebe.«

Wieder wurden ihr die Veilchen hingehalten, diesmal sollte Cecilia sie nehmen.

»Wir dürfen keine Blumen pflücken.«

Beide lächelten gleichzeitig. »Du kannst ja erklären, dass du sie nicht gepflückt hast. Ein Geschenk.«

»Schau hierher, Cecilia«, bat die mollige Frau.

Sie hatte einen Fotoapparat dabei, doch in der Ferne hatte bereits die Glocke zum Nachmittagsappell zu läuten begonnen, und Cecilia sagte, sie müsse gehen.

»Nur ganz schnell, meine Liebe.« Beide sprachen gleichzeitig und sagten, sie dürften sie nicht aufhalten, und als Cecilia davoneilte, hörte sie sie weiterreden, leise und gleichförmig, eine Stimme unterschied sich kaum von der anderen. Sie wusste, dass sie beobachtet wurde, dass die Frauen stehen geblieben waren, statt weiterzugehen.

»Wer war das?« Elizabeth Statham trug noch ihre Sportkleidung, sie kam von ihrem nachmittäglichen Waldlauf zurück. »Freundinnen von dir?«, fragte sie.

»Ich kenne sie überhaupt nicht.«

»Komisch, dass sie dann ein Foto von dir machen.«

Cecilia unternahm gar nicht erst den Versuch zu antworten. Sie hatte Angst vor Elizabeth Statham, bei ihr zeigte sie sich von ihrer schlechtesten Seite und wusste nie, was sie sagen sollte.

»Komisch, dass sie dir Blumen schenken.«

Cecilia wollte mit den Achseln zucken, doch der Versuch wirkte unbeholfen, und Elizabeth Statham kicherte.

»Arme Verwandte, ja?«

»Ich kenne sie nicht.«

Sie konnte die Frauen nicht mehr hören; sie mussten wohl gegangen sein. Sie blickte nicht zurück. Elizabeth Statham würde nicht lockerlassen, sie hatte eine Art, zu reden, abends, wenn das Licht ausging, auf ihrem Bett zu sitzen und nett zu tun.

»Komisch, dass sie deinen Namen wissen«, sagte sie jetzt, bevor sie ihren Lauf fortsetzte.

»Komm schon«, sagte Miss Keble am selben Abend, als sie wieder zu Hause waren. Es war spät.

Miss Cotell antwortete zuerst nicht. Als sich das Schweigen in die Länge zog, sagte sie: »Wenn ich versuche nachzudenken, legt sich eine Dumpfheit auf mich. ›Ich werde die Sache durchdenken‹, sage ich mir dann, und kann's doch nicht. Diese Dumpfheit überkommt mich, als hätte ich sie herbeigerufen.«

»Man nennt es ›geteilter Meinung sein‹«, sagte Miss Keble.

»Ich habe das Gefühl, gar keine Meinung zu haben.«

»Ach was!« Miss Keble lächelte und schüttelte entschieden den Kopf.

»Wie lieb du zu mir bist, Keble.« Miss Cotell dankte ihr, bevor sie nach oben ging.

Miss Keble leugnete es nicht.

Miss Cotell kleidete sich aus. Bevor sie nach ihrem Nachthemd griff, stand sie einen Augenblick still. Der Spiegel reflektierte ihren nackten Körper. Wie alt sie wirkte, ihr Hals bestand nur aus Fettpolstern und Falten, ihre Arme waren abgemagert! Das Haar, das Broughton ihren »krönenden Abschluss« genannt hatte, war grauer und dünner, als es sein sollte. Sie machte sich Vorwürfe, aber Vorwürfe halfen auch nicht weiter. »Wie könnte ich!«, hatte sie protestiert und beinahe aufgelacht, als Broughton sie gefragt hatte, ob sie sich ihm zeigen würde. »Bitte«, hatte er gebettelt. »Ach, bitte!« Das würde er jetzt nicht mehr tun. Er hatte sie an sich gezogen, die Knöpfe seines Jacketts waren kalt gewesen. Scheu wie ein Vogel, hatte sie die Leute über ihn sagen hören, aber o nein, das war er nicht. Bei ihr könne er es gar nicht sein, hatte er gesagt.

Langsam zog Miss Cotell ihr Nachthemd über, dann fühlte sie die Laken, das Kopfkissen: kalt. Er hatte sie gewärmt, und heute Abend würde er es wieder tun, das wusste sie. Das bewirkten seine gemurmelten Liebkosungen, und seine Berührung war mehr, als sie ertragen konnte, seine Hände so weich, als hätte er sein ganzes Leben lang keine körperliche Arbeit verrichtet. Das Blau seiner Augen war blasser, als sie es je gesehen hatte, sein Haar wie Flaum, weizenfarben, wunderbar. Jetzt im Dunkeln flüsterte er wie damals, und auch sie flüsterte, denn das hatten sie sich stets gewünscht. Sie trocknete seine Tränen der Scham. Sie liebte die Wärme seines Körpers. Er hatte sie erwählt. Sie hatte keinen anderen gewollt.

Miss Keble, die diesen Aspekt des Lebens nie erfahren hatte, wusste ohne Missgunst, dass sie nur aus zweiter Hand lebte. Ihre Freundin hatte Dinge getan: Daran ließen die Erinnerungen, die sie so oft austauschten, keinen Zweifel. Doch obwohl Miss Cotell die Richtung vorzugeben schien, tat sie nichts dergleichen. Miss Keble hatte schon vor Jahren die Führung übernommen, indem sie zuhörte und wusste, was zu tun war. »Wie wenig ich wäre, allein auf mich gestellt!« Miss

Cotell hatte eine Art, solche Sätze zu sagen, und Miss Kebel hörte sie gern. Indem sie ihre geringere Rolle akzeptierte, wusste sie, dass am Ende sie es war, die ihrer beider Leben ordnete und die Macht ausübte.

Sie blätterte in einem alten Buch, das sie nie weggeworfen hatte und fast auswendig konnte, *Des Lebens Bogen. Ein Roman der Medizin*. Doch ihre Gedanken verbanden sich nicht mit den Menschen, die der Roman ihr wieder einmal vorführte. Welche Unschuld in den Augen des Mädchens! Sie schloss die eigenen und sah die unverdorbenen Gesichtszüge, noch immer die eines Kindes, vor sich, das dunkle, dunkle Haar, den blau-roten Blazer, den grauen Faltenrock. Alles, was der Tag Miss Keble geboten hatte, wurde von der lebhaften Erinnerung aufgefrischt, und die Freude, die ihre Freundin hätte verspüren sollen, wurde zu ihrer eigenen.

Miss Cotell träumte. Als sie die Haustür öffnete, stand Father Humphrey vor ihr. Zunächst kehrte er ihr den Rücken zu. »Alles erledigt«, sagte er dann mit strenger Stimme und festem Händedruck. »Danke«, sagte er, öffnete aber nicht den Umschlag, den sie ihm gab.

Da Cecilia die Thisbe geben sollte, wurde Mr Normanton ein Sitzplatz in der ersten Reihe zugewiesen. Er wusste, dass seine Tochter den Ehrgeiz hatte, eines Tages Schauspielerin zu werden, ein Geheimnis, in das sie nur ihn eingeweiht hatte. Derartige Vertraulichkeiten gab es, seit Cecilia aufs Internat ging, als erzeugten die Trennung und die Freude des Wiedersehens eine Nähe, die zuvor nicht merkbar oder spürbar gewesen war. Er verstand Cecilias Widerwillen, ihren Freundinnen die Anmaßung eines Talents zu offenbaren, ihre Entscheidung, ihnen die Prognose ihrer Englischlehrerin vorzuenthalten, dass sie irgendwann Ophelia und eines Tages Lady Macbeth spielen würde. Es freute Mr Normanton, dass sich alles so ergeben hatte, dass sein einziges Kind auf eine Weise aus der Reserve gelockt worden war, wie er selbst es nicht vermocht hatte, dass sie sich trotz seiner Unbeholfenheit als Vater mit derartigen Vertraulichkeiten an ihn wandte.

Miss Watson nahm ihren Platz neben ihm ein und flüsterte etwas,

was er nicht verstehen konnte. Die Saalbeleuchtung erlosch, das Stimmengewirr legte sich.

Hinterher unterhielten sich Miss Cotell und Miss Keble über den Abend. Miss Keble hatte herausgefunden, dass auch die Öffentlichkeit Eintrittskarten erstehen konnte, sobald die Nachfrage von Freunden und Eltern befriedigt war. Sie hatten ziemlich beengt hinten im Saal gesessen, sich aber nicht daran gestört. Ihnen war nicht entgangen, dass Mr Normanton die Ehre zuteilgeworden war, neben der Direktorin platziert zu werden, und als jemand Miss Keble fragte, wer er sei, konnte sie antworten, er sei der Vater des Mädchens, das für die Darstellung der Thisbe so begeisterten Applaus bekommen hatte.

Inzwischen war es fast Mitternacht, und die Betten in ihrem Bed & Breakfast stand dicht genug beisammen, dass sie sich, wenn sie die Stimmen senkten, unterhalten könnten, ohne jemanden zu stören. Der Abend hatte sich wie der Gipfel all dessen angefühlt, was sie sich erhoffen konnten, dachte Miss Cotell, etwas ging zu Ende, das begonnen hatte, als sie an einem kalten Aprilmorgen vor langer Zeit allein jenes Haus aufgesucht hatte, das Father Humphrey das Priesterhaus nannte. »Er wird zu Ihnen kommen, sobald er kann«, hatte eine liederliche Frau mit Eimer und Scheuerlappen ihr barsch mitgeteilt und nicht geantwortet, als Miss Cotell eine Bemerkung über das Wetter machte. »Nun?«, hatte Father Humphrey sie begrüßt, als er schließlich kam, ein dicker, großer Mann, der sie fragte, wie sie gerade auf ihn verfallen sei. Sie erklärte, eine Kollegin in der Rentenabteilung habe seinen Namen genannt.

Auch Miss Keble, die wach dalag, erging sich in Erinnerungen an jenen Nachmittag, an die schlampig gekleidete Frau, an die Priester, die schweigend das Zimmer durchquert hatten, in dem Miss Cotell wartete. Sie hatten beide damit gerechnet, dass sie heute Abend noch einmal über jene Zeit sprechen würden, doch sie taten es nicht. Draußen auf der Straße rumpelte ein Lastwagen vorbei, irgendwo hörte ein Hund auf zu bellen.

Dann schliefen Miss Cotell und Miss Keble ein. Historische Kostüme färbten ihr Unterbewusstsein, und noch einmal vernahmen sie undeutlich die Rhythmen mittelalterlicher Musik; und da waren Mr Normantons dunkelblauer Anzug, seine gepunktete Krawatte, der Hut, den er zu seinem Mantel trug.

»Ich kann nicht abreisen«, bekannte Miss Cotell beim Frühstück. »Ich kann es nicht, ohne ihr zu sagen, wie wunderbar das alles war. Ich kann es nicht, Keble.«

Sie kauften zwei Geschenke, Miss Cotell eine Brosche aus in versilbertes Blech eingelassenen farbigen Steinen, Miss Keble eine Mischung Pralinés, die ihr als erlesen angepriesen wurde. Mit dem Läuten der Schulglocke waren sie inzwischen vertraut, wussten, welches den Unterricht beendete, welches zum Mittagessen rief oder zum Nachmittagsappell um halb fünf und wie die »Beeilt euch«-Glocke fünf Minuten später klang. Sie kannten eine Lichtung im Wald und nahmen die Sandwiches mit, die sie gemacht hatten. Sie konnten den Pfad sehen, aber den ganzen Tag über zeigte sich niemand.

Es musste gesagt werden, dachte Miss Keble ungeduldig, während sie warteten. Es musste gesagt werden, und Cotell wäre nicht diejenige, die es sagen würde, denn das war nicht ihre Art. Cotell zwang sich nie zu etwas, hatte es noch nie getan und würde es nie tun. Sie ließ sich allzu leicht einschüchtern. Dennoch, und mehr denn je, konnte Miss Keble in den Augen ihrer Freundin das Verlangen sehen, das, seit sie zum ersten Mal hierhergekommen waren, schon so oft darin gestanden hatte. Heute konnte sie es ablesen, an Gesten und Andeutungen, an Tränen, die zurückgehalten wurden.

Um zwanzig nach vier gingen sie zur Schule.

Cecilia sah die beiden Frauen flüchtig. Sie blickte weg und nicht wieder hin. Der Nachmittagsdienst würde sie bestimmt fragen, was sie wollten, weshalb sie hier in Founder's Quad standen, wo sich Besucher nie ohne besonderen Grund aufhielten. Sie hörte, wie eine Aufsichtsschülerin fragte, wer sie seien, und wie ein anderes Mädchen ihr antwortete, sie wisse es nicht. Wenigstens war es eine Erleichterung, dass Elizabeth Statham beim Appell entschuldigt war, weil sie jetzt jeden Nachmittag für den Sporttag trainieren musste.

»Wir wollten nur sagen, wie gut uns der gestrige Abend gefallen hat«, sagte die größere der beiden Frauen, und die Mollige fügte hinzu, keine zehn Pferde hätten sie daran hindern können, noch einmal zurückzukommen, um ihr das zu sagen.

»Die sind für dich«, sagte die Hochgewachsene.

Sie hielten ihr Schachteln in verschiedenfarbigem Geschenkpapier hin, und Cecilia fielen die Blumen ein, die sie ihr aufgedrängt hatten und die sie hatte wegwerfen müssen. Heute hatte Miss Smith Dienst, doch die Anwesenheit der Frauen schien sie nicht zu kümmern, sie quittierte sie sogar mit einem gastfreundlichen Kopfnicken in ihre Richtung, als erinnere sie sich an sie vom Vorabend. Als die Namen aufgerufen wurden und Miss Smith zwei kurze Ankündigungen verlas, flüsterten sie leise miteinander.

»Cecilia, unser Haus würde dir gefallen, wenn du uns besuchen kämst«, sagte die mollige Frau daraufhin. »Wir wohnen nicht weit weg.« Sie sagte, bei den Schachteln, die Celicia nicht angenommen hatte, handele es sich um Geschenke; ihre Anschrift liege dabei, ebenso ihre Telefonnummer.

Niemand stand nahe genug, um zu hören, was sie sagte, und die Neugier, die den beiden Frauen gegolten hatte, war verflogen. Die Mädchen zerstreuten sich bereits.

»Die sind für dich«, wiederholte die hochgewachsene Frau.

Cecilia nahm die Schachteln, dann besann sie sich anders und legte sie auf eine Bank in der Nähe. »Ich kenne Sie nicht. Es ist freundlich von Ihnen, mir Geschenke zu machen, aber ich weiß nicht, warum Sie das tun.«

»Cecilia«, sagte die mollige Frau, »du hast bestimmt von Father Humphrey gehört?«

»Ich glaube, Sie verwechseln mich mit jemandem.«

Die hochgewachsene Frau schüttelte den Kopf. Als der Name fiel, hatte sie erschrocken gewirkt, hatte mit angsterfüllten Augen die Hand ausgestreckt, wie um Einspruch zu erheben.

»Father Humphrey ist gestorben«, fuhr die andere dennoch fort. »Miss Cotell hat es erfahren. Und als sie erneut zum Priesterhaus ging, bat sie mich, sie zur Unterstützung zu begleiten. Wieder war dieselbe Putzfrau da, und ich sagte, unter den hinterlassenen Papieren könne es welche geben, die Miss Cotell betreffen. Die Frau hatte ihre Einwände, erlaubte uns aber, die Papier genau fünf Minuten lang durchzugehen, und um die Wahrheit zu sagen, fünf Minuten waren ausreichend. Father Humphrey war ein Mann, der alles aufschrieb.«

Cecilia fragte sich, ob die Frauen nicht recht bei Trost waren, ob sie aus einem Heim für Geistesgestörte ausgerissen waren. Einen Augenblick lang taten sie ihr leid, doch dann begann die Kleinere, von ihrem Haus zu sprechen, von einer Katze namens Raggles und von Blumen in Töpfen, und nach kurzem Zögern stimmte die Größere ein. Sie hörten sich nicht so an, wie sich in Cecilias Vorstellung Wahnsinnige anhörten, und der Augenblick des Mitleids verflog. Die Katze habe sich als Junges in ihren Hinterhof verirrt. Ihr Haus heiße Sans Souci. Wenn sie zu Besuch komme, könne sie bei ihnen übernachten, sagten sie. Sie redeten, als wollten sie ihr vorschlagen, sie häufig zu besuchen, und beschrieben das Schlafzimmer, in dem sie nächtigen würde und das sie selbst tapeziert hatten.

»Wie schön wir es fänden, wenn du kämst!« Während sie sprach, lächelte die hochgewachsene Frau durch die Angst hindurch, die sich nicht verloren hatte, und ihr abgebrochener Zahn, schief und verfärbt, ragte weiter hervor als die anderen.

»Meine Liebe, Miss Cotell ist deine Mutter«, sagte Miss Keble.

Cecilia ließ die beiden Schachteln auf der Bank liegen und ging davon, aber sie war nur wenige Meter weit gekommen, als sie die Stimmen der Frauen hörte, laut und wütend, wie sie sie noch nie gehört hatte. Sie sah sich nur einmal um, nur ganz flüchtig.

Sie waren in einer ganz anderen Verfassung als noch eben. Sie stellten einander zur Rede, schafften es nicht, ihre Stimmen zu dämpfen. »Ich habe mein Ehrenwort gegeben«, rief die Frau, die ihre Mutter genannt worden war, verbittert aus.

Die Stimmen prallten aufeinander: Vorwurf und Leugnung, Verachtung und Hohn; und dann das Schluchzen der Frau, die sich beraubt fühlte. Sie habe nur in der Nähe ihres Kindes sein wollen, mehr verdiene sie nicht. »Nicht mehr als das.« Cecilia hörte die hervorgewürgten Worte. »Und mit deiner schrecklichen Eifersucht hast du das bisschen zunichtegemacht, das mir vielleicht vergönnt gewesen wäre.«

Da eilte Cecilia fort. »Wir können nicht wiederkommen«, hörte sie eben noch. »Kein einziges Mal. Nie wieder.«

Ein wütend hervorgefauchter Protest, danach konnte sie nichts mehr verstehen. Cecilia behalf sich erneut mit dem Gedanken, dass die Frauen nicht recht bei Trost waren, und dann versuchte sie, gar nicht mehr an sie zu denken. Sie erzählte niemandem, was gesagt worden war, nicht einmal Daisy und Amanda, die das natürlich interessiert hätte.

In diesem Sommer fuhr Mr Normanton mit seiner Tochter auf die Île de Porquerolles. In früheren Sommern war er mit ihr nach Cap Ferrat, nach Venedig und Bologna, in die Schweiz gereist und hatte jedes Mal Zeit für einen Aufenthalt in Paris gefunden. Während dieser Reisen hatte Cecilia ihren Vater besser kennengelernt. Er offenbarte ihr mehr von seinem Leben, mehr von einer Vergangenheit, von der er geglaubt hatte, dass sie sie nicht interessieren würde. Seine Kindheit verlieh seiner Rolle als alleinerziehender Vater eine neue Dimension; ebenso seine Welt als junger Mann. Immer wenn Cecilia aus dem Internat in die Buckingham Street kam, merkte sie, dass seine Schwermut ihm weniger zu schaffen machte als früher. Während ihrer gemeinsamen Ferien war sie kaum mehr vorhanden.

Auf Porquerolles suchten sie jede Bucht, jeden Bach, jeden Badeort entlang der Inselküste auf, und Cecilia hatte das Gefühl, dass ihr Vater ihre Gesellschaft genoss; und seine ruhige Gegenwart bereitete auch ihr Vergnügen, was nicht immer der Fall gewesen war. Früher hatten sich Schweigen, das Suchen nach Worten, um ein Gespräch in Gang zu halten, Unsicherheit und Zweifel allzu oft zu dem nervösen Gefühl verdichtet, dass nichts in Ordnung war.

Es war heiß im August, aber eine Brise machte die Spaziergänge angenehm, und sie gingen viel spazieren. Sie redeten auch viel, besonders Cecilia – über ihre Freundinnen im Internat, über die Bücher, die sie im vergangenen Trimester gelesen hatte, über Elizabeth Stathams raffinierte Schikanen. Über die Frauen, die solche Plagegeister gewesen waren, hatte sie nicht berichten wollen, und als ihr am Ende doch etwas herausrutschte, bereute sie es sogleich.

»Wollten sie Geld?«, fragte ihr Vater auf dem Spaziergang entlang den Klippen und blieb einen Augenblick stehen, um nach einem Weg zu dem Felsenufer unter ihnen zu suchen. Als er keinen fand, ging er weiter.

»Nein, überhaupt nicht«, antwortete Cecilia. »Es waren einfach nur sonderbare Frauen.«

»Leute, die sich so an einen heranpirschen, wollen manchmal Geld.«

Er war gekleidet, wie er sich in London nie kleidete: salopp, ohne Jackett, in weißen Sommerhosen, mit dem farbigen Halstuch, das sie ihm geschenkt hatte, und offenem Hemdkragen. Cecilia, die ein Auge für Kleidung hatte, gefiel all das viel besser als seine förmlichen Anzüge. Das sagte sie ihm auch. Die Frauen erwähnten sie nicht mehr.

Doch am Abend, auf der Hotelterrasse, nachdem ihm sein Whiskey gebracht worden war, sagte er: »Erzähl mir mehr von deinen Frauen.«

Cecilia, die gerade in eine Olive biss, ärgerte sich erneut über sich selbst. Er war neugierig und natürlich auch verwundert, weil sie so viel ausgelassen hatte – dass die Frauen bei den Hockeyspielen gewesen und dann auf dem Waldpfad aufgetaucht waren, dass sie schon geglaubt hatte, sie litten an einer Geisteskrankheit. Jetzt beschrieb sie ihre Kleidung und ihre Art, immer gleichzeitig zu reden, wobei jede von ihnen oft etwas anderes sagte, dass sie ihr in allen Einzelheiten die Einrichtung ihres Hauses geschildert und von ihrer Katze erzählt hatten. Ihr Vater hörte zu, nickte und lächelte gelegentlich. Sie erzählte ihm nicht alles.

Das letzte Tageslicht ließ den Abendhimmel farbenprächtig leuchten, allmählich füllte sich die Terrasse, und neue Gespräche wurden begonnen. Ein Hund legte sich folgsam unter einen Stuhl und machte selbst dann keine Scherereien, als das Paar, mit dem er gekommen war, austrank und ohne ihn ins Restaurant ging. Ein Franzose, der zum Besten gab, was ihm vor kurzem widerfahren war, beendete seine Geschichte und wurde mit leisem Gelächter belohnt. Cecilia, verwirrt von dem Ausdruck *jeu blanc*, den sie mehrmals aufgeschnappt hatte, verstand nicht, worum es ging.

»Früher habe ich viel Tennis gespielt«, bemerkte ihr Vater, als sie im Restaurant an ihren Tisch geführt wurden. »Ich glaube nicht, dass ich dir je davon erzählt habe.«

»Warst du gut?«

»Nein, ganz und gar nicht. Aber es hat mir Spaß gemacht. *Jeu blanc* ist ein Love Game, ein Spiel ohne Gegenpunkte.«

Als sie an ihrem letzten Morgen zum Hafen gingen, wie sie es während ihres Aufenthaltes tagtäglich getan hatten, sprach Cecilia davon, Schauspielerin werden zu wollen, und erfuhr mehr als früher über die Arbeit ihres Vaters und seine Bürokollegen, über das Haus in der Buckingham Street, wie es früher gewesen war, über das Leben, das er dort mit seiner Ehefrau geführt hatte. Als sie an dem Gehöft am Dorfrand vorbeikamen, sagte er: »Unsere Ehe war zerbrochen. Wir versuchten, sie wieder zu kitten, aber es gelang uns nicht. Ich habe dich in einem anderen Glauben gelassen, weil es leichter war, und manchmal habe ich sogar mir selbst eingeredet, dass dies die Wahrheit wäre. Ich habe mich geschämt, weil ich zurückgewiesen worden war.«

Über den Gartenmauern hing Bougainvillea. Das Café gegenüber dem umdrängten Obststand, das ihnen am besten gefiel, war noch nicht zum Leben erwacht, ihr angestammter Platz noch nicht, wie so oft, in Beschlag genommen. Ihr Kaffee wurde ihnen gebracht, noch ehe sie ihn bestellt hatten.

»Ich dachte, du hättest es vielleicht erraten«, sagte ihr Vater. »Was die Ehe betrifft.«

In einer Ecke spielten alte Männer Domino, die Kellner standen untätig herum. Eine Frau und ein Kind kamen hereingeeilt. Das Mädchen, das die Kaffeemaschine bediente, zeigte auf eine Tür.

»Dein ganzes Leben lang«, sagte Cecilias Vater, »hast du mir alles entgolten, was in meinem Leben schiefgelaufen ist.«

Am Kai sahen sie zu, wie sich langsam die Fähre näherte. In die Menge, die darauf wartete, an Bord zu gehen, kam Bewegung, Gepäck wurde hinaufgereicht, Rucksäcke wurden verstaut. Als zwei Fahrkartenkontrolleure eintrafen, bildete sich eine unordentliche Schlange. Die Neuankömmlinge, die ausstiegen, rollten ihre Koffer zu der Stelle, wo der graue Minibus des Hotels parkte.

»Wir sollten bei der Touristeninformation nachfragen«, sagte Cecilias Vater, doch als sie dort ankamen, stellten sie fest, dass sie nicht hineinzugehen brauchten, da die Abfahrtszeiten der Fährschiffe zum Festland – eines davon wollten sie früh am nächsten Morgen nehmen – im Fenster aufgelistet waren.

Im Dorf kauften sie ein Baguette und dünn geschnittenen Schinken, Pfirsiche und eine Zeitung. Im Café tranken sie eine weitere Tasse Kaffee.

»Es tut mir leid«, sagte ihr Vater, »dass ich die Wahrheit so sehr gehasst habe und so lange.«

Auf dem Rückweg zum Hotel sagte Cecilia nicht, was sie hätte sagen können, und fragte nicht, was sie hätte fragen können. Sie wollte es nicht wissen.

Sie ruhten im Schatten der staubigen, ausgetrockneten Bäume aus. Leute auf Fahrrädern radelten vorbei, lächelten ihnen zu und winkten. In der Ferne konnten sie schwach das Rattern des Minibusses hören, der zum Hafen zurückkehrte.

»Sollen wir weitergehen?«, schlug ihr Vater vor und hielt ihr seine Hände entgegen.

In ihrem Zimmer zog sie die Vorhänge zu und dämpfte so die Helligkeit des Nachmittags. Als sie sich hinlegte, glaubte sie, weinen zu müssen, und breitete ein Handtuch über ihrem Kopfkissen aus. Bruchstücke ergaben ein Ganzes: die Fotos, die Lügen waren, die Ehe, die zerbrochen war. Anders, als sie es sich erhofft hatten, war kein weiteres Kind geboren worden. Stattdessen standen Koffer in der Diele; Mäntel und Kleider, noch auf ihren Bügeln, waren übereinandergeschichtet. Ein Taxi fuhr davon. Er sah ihm nach, allein, bis auf ein Kind, das, weil es nirgendwo sonst hingehörte, nunmehr ihm gehörte.

Zimmermädchen kamen, um das Bett zu machen. Cecilia hielt sie davon ab und dankte ihnen für die Praline, die sie ihr auf den Nachttisch gelegt hatten. Als ihr Vater leise an die Tür klopfte, rief sie ihm eine Entschuldigung zu. Sie habe Kopfschmerzen und werde an diesem Abend nicht nach unten kommen. Er versuchte nicht, mit ihr zu diskutieren. Das tat er nie. Seine Schritte entfernten sich.

Die Nacht hatte keine Eile, als sie kam. Cecilia wollte nicht, dass sie hereinbrach. Morgen würde er beenden, womit er begonnen hatte: Sie konnte an nichts anderes mehr denken. »Ich muss dir auch das noch erzählen«, würde er sanft sagen und sie um Verzeihung bitten. Sie machte ihm keine Vorwürfe, ihr Dinge verschwiegen zu haben. Sie verstand ihn; er hatte es ihr erklärt. Dennoch würde er vervollständigen, was noch nicht vollständig war, weil er das Gefühl hatte, es tun zu müssen.

Für ihren Zug nach Paris kamen sie zu früh in Toulon an. Bei den Spaziergängen durch die Straßen wechselten sie sich ab, damit ihr Gepäck nicht unbeaufsichtigt blieb. Missmutig betrachtete Cecilia die Schaufenster, die ausgestellten Waren nahm sie kaum wahr. Wieder wichen die Frauen nicht von ihrer Seite, so wie sie es auch in Wirklichkeit nicht getan hatten. Ihre Stimmen, ihre Kleider, der Geistliche, von dem sie gesprochen hatten, ihr Haus, ihre Katze. Das Schweigen ihres Vaters würde nicht anhalten; das wollte er nicht. Im Zug würde er ihr alles erzählen.

Oder schon jetzt, dachte Cecilia, als sie zusammen am Bahnsteig warteten. An einem fremden Ort, zwischen hastenden Menschen, würde es einen Moment geben, der ihm der richtige erschiene, und er würde seine Worte wählen. Wieder würde er beteuern, dass ihre Anwesenheit in seinem Haus ihm all sein Unglück dort entgolten habe, und ihr erzählen, was sie wissen musste.

Doch als ihr Vater zu sprechen begann, lobte er nur den Zug, auf den sie warteten. »Die besten Züge der Welt«, sagte er. »Und zu Mittag essen wir *Croque Monsieur*.«

Sie verzehrten ihre Käsetoasts am Tresen der Bar und unterhielten sich über die Insel, darüber, dass sie sich für immer nach den kleinen

Buchten sehnen würden, sie sprachen über das klare blaue Wasser, ihre täglichen Erkundungen, das Café, das ihnen so gut gefallen hatte. Cecilias Angst schwand ein wenig und dann noch mehr, die Höflichkeit ihres Vaters war gemessen und verbindlich, als habe er ihre Grübelei bemerkt und verstanden. Er zog das Gespräch in die Länge und erhielt es aufrecht. In seinem Gesicht konnte sie lesen, dass er sich eines anderen besonnen hatte.

Hinterher, in einem fast leeren Waggon, saßen sie einander allein und schweigend gegenüber. Ihr Vater las *Bleak House*, ein Buch, das er immer wieder zur Hand nahm, und anders als auf früheren Reisen fühlte sie sich nicht vernachlässigt, nur weil er so darin vertieft war. Sein gelegentliches vergnügtes Lächeln, seine zarten Finger, die die Seiten umblätterten, seine trotz der Bahnfahrt kein bisschen zerknitterte Sommerkleidung spiegelten die innere Ruhe wider, zu der er allmählich gefunden hatte. Er hatte seine Bitterkeit überwunden. Irgendwo, heute und jeden Tag, genoss die Frau, die zu lieben er nie aufgehört hatte, jene Zufriedenheit, die er ihr nicht hatte schenken können. Mit grausamer Seelenstärke hätte er sich erlauben können, in Gedanken für immer bei dem Leben zu verweilen, das sie ohne ihn führte, doch zog er eine innere Leere vor, aus der er etwas Besseres machte, als die Wahrheit es war. Das wusste Cecilia; und indem sie seiner Fähigkeit, in Kummer zu leben, nacheiferte, gab sie die harte Realität zugunsten freundlicherer Bilder auf. Könnte es nicht sein, dass die Frauen in ihrem einsamen Leben Phantasien nährten, mit der sie die Dinge ein wenig ausschmückten, dass sie sich mit mutterlosen Mädchen anfreundeten, damit diese sich mit ihnen anfreundeten? Hatten sie gemeinsam den Reiz eines Schattenreiches entdeckt und ihn mit der Arroganz des Wagemuts und der Täuschung aufrechterhalten?

Diese fadenscheinige Übung in bloßen Vermutungen, die das Offensichtliche, das nahezu Gewisse zitternd in Frage stellten, war schwach und ungenau. Doch Cecilia wusste, dass die Vermutungen nicht nachlassen würden, und hielt sich an das Geflüster tröstlichen Zweifels.

TEXTNACHWEIS

»In Isfahan«, aus: *Angels at the Ritz and Other Stories.*
Bodley Head, London 1975.
Aus dem Englischen von Hans-Christian Oeser.

»A Dream of Butterflies«, aus: *Lovers of Their Time and Other Stories.*
Bodley Head, London 1978.
Aus dem Englischen von Hans-Christian Oeser.

»The Teddy-bears' Picnic«, aus: *Beyond the Pale and Other Stories.*
Bodley Head, London 1981.
Aus dem Englischen von Hans-Christian Oeser.

»A Trinity«, aus: *Family Sins and Other Stories.*
Bodley Head, London 1990.
Aus dem Englischen von Hans-Christian Oeser.

»The Piano Tuner's Wives«, aus: *After Rain.*
Viking/Penguin Books, London 1996.
Aus dem Englischen von Hans-Christian Oeser.

»Three People«, »Of the Cloth«, »Good News«, »The Mourning«,
»A Friend in the Trade«, »Low Sunday, 1950«, »Le Visiteur«, »The
Virgin's Gift«, »Death of a Professor«, »Against the Odds«, »The
Telephone Game«, »The Hill Bachelors«, aus: *The Hill Bachelors.*
Viking/Penguin Books, London 2000.
Aus dem Englischen von Hans-Christian Oeser.

»Sitting with the Dead«, »Traditions«, »Justina's Priest«, »An Evening Out«, »Graillis's Legacy«, »Solitude«, »Sacred Statues«, »Rose Wept«, »Big Bucks«, »On the Streets«, »The Dancing-master's Music«, »A Bit on the Side«, aus: *A Bit on the Side.*
Viking/Penguin Books, London 2004.
Aus dem Englischen von Brigitte Jakobeit.

»The Dressmaker's Child«, »The Room«, »Men of Ireland«, »Cheating at Canasta«, »Bravado«, »An Afternoon«, »At Olivehill«, »A Perfect Relationship«, »The Children«, »Old Flame«, »Faith«, »Folie à deux«, aus: *Cheating at Canasta.*
Viking/Penguin, London 2007.
Aus dem Englischen von Hans-Christian Oeser.

»The Women« erschien im *New Yorker*, 14. Januar 2013.
Aus dem Englischen von Hans-Christian Oeser.